HEYNE BÜCHER

Tip des Monats

W0214890

In derselben Reihe erschienen
außerdem als Heyne-Taschenbücher

Alistair MacLean · Band 23/1
Johannes Mario Simmel · Band 23/2
Sandra Paretti · Band 23/3
Willi Heinrich · Band 23/4
Desmond Bagley · Band 23/5
Victoria Holt · Band 23/6
Michael Burk · Band 23/7
Marie Louise Fischer · Band 23/8
Will Berthold · Band 23/9
Mickey Spillane · Band 23/10
Robert Ludlum · Band 23/11
Susan Howatch · Band 23/12
Hans Hellmut Kirst · Band 23/13
Colin Forbes · Band 23/14
Barbara Cartland · Band 23/15
Louis L'Amour · Band 23/16
Alistair MacLean · Band 23/17
Victoria Holt · Band 23/18
Jack Higgins · Band 23/19
Utta Danella · Band 23/20
Desmond Bagley · Band 23/21
Caroline Courtney · Band 23/22
Robert Ludlum · Band 23/23
Gwen Bristow · Band 23/24
Heinz G. Konsalik · Band 23/25
Leon Uris · Band 23/26
Susan Howatch · Band 23/27
Colin Forbes · Band 23/28
Utta Danella · Band 23/29
Craig Thomas · Band 23/30
Daphne Du Maurier · Band 23/31
Robin Moore · Band 23/32
Marie Louise Fischer · Band 23/33
Johanna Lindsey · Band 23/34
Alistair MacLean · Band 23/35
Philippa Carr · Band 23/36

2 Romane in einem Band

Joseph Wambaugh

Die Chorknaben
Ein guter Polizist

WILHELM HEYNE VERLAG
MÜNCHEN

HEYNE TIP DES MONATS
Nr. 23/37

Titel der amerikanischen Originalausgabe
THE CHOIRBOYS/DIE CHORKNABEN
Deutsche Übersetzung von Sepp Leeb

Titel der amerikanischen Originalausgabe
THE BLACK MARBLE/EIN GUTER POLIZIST
Deutsche Übersetzung von Sepp Leeb

Copyright © für »Die Chorknaben« 1975 by Joseph Wambaugh
Copyright © der deutschen Übersetzung 1984 by
Wilhelm Heyne Verlag GmbH & Co. KG, München
Copyright © für »Ein guter Polizist« 1978 by Joseph Wambaugh
Copyright © der deutschen Übersetzung 1982
by Wilhelm Heyne Verlag GmbH & Co. KG, München
Copyright © für diese Ausgabe 1989 by
Wilhelm Heyne Verlag GmbH & Co. KG, München
Printed in Germany 1989
Umschlagfoto: Photodesign Mall, Stuttgart
Umschlaggestaltung: Atelier Ingrid Schütz, München
Gesamtherstellung: Presse-Druck Augsburg

ISBN 3-453-02959-3

Inhalt

Die Chorknaben

Für meine loyalen Freunde
Rechtsanwalt Irving Feffer
Sgt. Richard Kalk, LAPD

und

Für die Chorknaben
Mögen eure Lieder Trost und
Freude spenden

Prolog

1967 bluteten und starben die Third Marines für drei namenlose Hügel im Norden von Khe Sanh. Die Divisionen der nordvietnamesischen Armee waren um die DMZ stationiert, und die Marines waren in den von Höhlen durchsetzten Hügeln auf verschiedene NVA-Kommandoposten und primitive Feldlazarette gestoßen. Die Höhlen zogen sich bis zur laotischen Grenze hin, und es wurden Patrouillen ausgesandt, um Granaten in die Luftschächte zu werfen und den Vietkong aus den Bodenlöchern, den sogenannten *spider traps*, zu vertreiben.

Eines Nachts – die wichtigsten Kämpfe waren bereits entschieden – geriet ein Trupp Marines in einen Hinterhalt und wurde aufgerieben. Die Sonne war vor zwei Stunden untergegangen, und zwei Marines kauerten sich in einer Höhle, die ehemals als NVA-Lazarett gedient hatte, eng aneinander. Bis auf ein paar kaputte Bambusbetten und etwas Gerümpel war sie völlig leer. Es war naßkalt und modrig, und die beiden Marines überlegten verzweifelt, wie sie am besten zu ihrer Kompanie zurückgelangen sollten. Sie waren völlig verwirrt und konnten nicht begreifen, was plötzlich geschehen war.

Der größere von beiden, Anführer einer MG-Einheit, wünschte verzweifelt, sein Schütze hätte überlebt. Sein Begleiter, ein kleiner, schmächtiger Schütze, war erst neu zu seiner Einheit gekommen und konnte mit der M-14 noch nicht so recht umgehen. Wie ein Hund kauerte er auf dem harten Boden der Höhle und wartete auf einen Befehl.

Dann hörten sie die Stimmen in der Dunkelheit. Viele Stimmen. Die zwei Marines krochen tiefer in das Innere der Höhle und preßten sich gegen die Wände, während das Vietkong-Killerkommando nach Überlebenden suchte.

Beide Marines spürten, wie ihre Uniform an ihrer Haut klebte; sie wischten sich den Schweiß aus den Augen und bissen die Zähne zusammen, damit sie nicht zu klappern begannen. Der kleine Marine wimmerte leise.

Dann sagte einer der Vietkong etwas zu einem Kameraden und

trat vorsichtig, den Schein seiner Taschenlampe in das naßkalte Dunkel vor sich gerichtet, in das Innere der Höhle.

Die Marines vergruben ihre Gesichter in der schlammigen Erde, als sie plötzlich ein nervöses Lachen hörten und noch ein Soldat in die Höhle trat. Das Licht ging aus. Der große Marine wagte endlich wieder, aufzusehen, und konnte ganz deutlich die Silhouette des Soldaten in der Öffnung der Höhle erkennen. Er trug ein Bündel chinesischer Handgranaten und einen Flammenwerfer. Er schlurfte auf sie zu.

Der Soldat stolperte, murmelte etwas und blieb stehen, um einen Gang zu seiner Rechten hinunterzusehen. Dabei fummelte er an seinem Flammenwerfer herum, während die beiden Marines praktisch vor ihm lagen. Sie konnten seinen Schweiß riechen, vermengt mit dem Geruch nach Fischsauce und rohem Knoblauch. Dann wandte sich der Soldat wieder um und ging zum Höhleneingang zurück, wo die Stimmen lauter wurden. Mehrere Soldaten lehnten ihre Waffen gegen die Felsen und setzten sich.

Und während der kleine Marine spürte, wie seine Panik wuchs, und er bereits glaubte, das verzweifelte Schluchzen, das ihm in der Kehle hochstieg, nicht mehr länger unterdrücken zu können, hatte der große Marine plötzlich das Gefühl, zu ersticken. Keuchend riß er sich den Kragen seiner Uniformjacke auf. Nur die Stimmen der Soldaten am Höhleneingang retteten sie.

Es war der größere, kräftigere von beiden, der zu weinen begann. Die Wände der Höhle und die Dunkelheit schlossen sich um ihn, und er bekam nicht mehr genügend Luft. Erst weinte er kaum merklich, aber schließlich brach es in krampfhaften Zuckungen aus ihm heraus; und sein Begleiter – mochten da nun die Stimmen sein oder nicht – war sich sicher, daß die Vietkong sie auf jeden Fall hören mußten. Mit dem Instinkt der Verzweiflung nahm er im Dunkel der Höhle den großen Marine in seine Arme, tätschelte ihm die Schultern und flüsterte: »Ist ja gut, schon gut. Schön still sein. Ich bin doch da. Du bist nicht allein.«

Allmählich beruhigte der große Marine sich wieder und begann regelmäßiger zu atmen; und als die Patrouille fünf Minuten später weiterzog, hatte er sich wieder völlig unter Kontrolle. Er führte den kleinen Marine zurück zu ihrer verstreuten Kompanie. Sie waren beide neunzehn Jahre alt. Es waren Kinder.

1

Territorialer Imperativ

Das Hauptverdienst daran, daß über den MacArthur-Park-Mord nichts vorzeitig in der Presse berichtet wurde, was das Los Angeles Police Department in Mißkredit gebracht hätte, fiel Commander Hector Moss zu. Es war vielleicht Commander Moss' Sternstunde.

Der blonde Commander war an diesem Nachmittag so gut gelaunt, daß es ihm nicht einmal etwas ausmachte, daß Deputy Chief Adrian Lynch ihn genau den üblichen Zeitraum warten ließ. Lynch ließ grundsätzlich alle Anrufer erst einmal drei Minuten zappeln, bevor er ans Telefon ging, es sei denn, seine Sekretärin teilte ihm mit, daß es sich um den Polizeichef persönlich oder um einen Untersuchungsrichter, einen Stadtrat oder sonst jemanden handelte, der in direktem Kontakt mit dem Bürgermeister stand.

Moss verachtete Lynch wegen seines Nichtstuerpostens und seines speziell angefertigten übergroßen Schreibtisches. Moss wußte außerdem, daß Deputy Chief Lynch insgeheim plante, seinen persönlichen Mitarbeiterstab um zwei Personen zu erweitern – um eine Polizistin und eine Zivilangestellte, beide mit einer bemerkenswerten Oberweite ausgestattet. Commander Moss hatte diese Information von seinem Adjutanten, Lieutenant Dewey Treadwell, der sich in Lynchs Büro geschlichen und die dort umherliegenden Papiere durchstöbert hatte, als ein Hausangestellter die Tür offen gelassen hatte. Das trug ihm zwar nicht unbedingt eine lobende Eintragung in seine Personalakte ein, aber zumindest eine im privaten Rahmen geäußerte Anerkennung von seiten Moss'.

In einem anderen Zusammenhang war Treadwell bei einem ähnlichen Auftrag jedoch weniger Erfolg beschieden gewesen, und in Commander Moss' Magen fing es jetzt noch zu rumoren an, wenn er daran dachte. Die Sache drehte sich um Moss' IQ von 107. Seine gesamte einundzwanzigjährige Berufslaufbahn lang hatte sein Intelligenzquotient keinerlei Einfluß auf seinen Aufstieg zum Commander gehabt. Moss hatte nicht einmal gewußt, wie hoch sein IQ war. Er hatte auf dem College Polizeiwesen studiert und ging davon aus, daß das niemand mit einem normalen Intelligenzquotienten schaffen konnte. Aber mit der Pensionierung eines Deputy Chief war Moss durch keinen anderen als Deputy Chief Lynch der Umstand zu bedenken gegeben worden, daß die Direktion für solch ein hohes Amt wohl kaum einen Mann heranziehen würde, dessen IQ lediglich 107 betrug. Lynchs Intelligenzquotient betrug 140.

Commander Moss war außer sich. Eines Freitags schleppte er Lieutenant Treadwell nach Dienstschluß in eine Bar in Chinatown und drängte dem Antialkoholiker Treadwell fünf Cocktails auf, wobei er ihm für den Rest seiner Zeit bei der Polizei seine Protektion zusicherte, falls er einen höchst delikaten Auftrag ausführte. Und der ehrgeizige, dreißigjährige Lieutenant erklärte sich bereit, noch in derselben Nacht in die Personalabteilung einzudringen und Commander Moss' IQ von 107 auf 141 zu erhöhen.

Commander Moss kippte seinen vierten Singapore Sling und sagte: »Treadwell, ich weiß, daß ich mich auf Sie verlassen kann.«

Aber der Ehrgeiz des Lieutenant wurde auf der Stelle von seiner Angst verdrängt. Er stotterte: »Wenn je etwas davon herauskommt... na ja, Sie wissen, Sir, der Leiter der Personalabteilung ist ein ehemaliger Detektiv. Er könnte doch anfangen, seine Nase in diese Sache zu stecken. Und im Labor können sie doch ohne weiteres feststellen, ob an einem Dokument herumgepfuscht worden ist!«

»Ach, hören Sie mir mit dem Labor auf, Treadwell«, beruhigte ihn Moss. »Haben Sie je für das Detektivbüro gearbeitet?«

»Nein, Sir.«

»Dann hören Sie mal gut zu, Treadwell. Sie sind doch ein typischer Schreibtischmensch, und Sie sind auch nie was anderes gewesen. Sie haben nicht die leiseste Ahnung, was in einer gut funktionierenden Polizeiwache alles los ist. Sie halten einfach nur den Mund und tun, wie Ihnen gesagt wird, und ich werde dafür sorgen, daß Sie eines Tages zum Captain befördert werden und ein eigenes Revier zum Spielen bekommen. Wenn nicht, werden Sie in kürzester Zeit eine Uniform überstreifen und in Watts Nachtstreife gehen. Haben Sie mich verstanden, Treadwell?«

»Aber selbstverständlich, Sir.«

»Und jetzt trinken Sie Ihre Pink Lady aus«, befahl Commander Moss abschließend.

Drei Wochen lang versuchte Lieutenant Treadwell Nacht für Nacht verzweifelt, sich in die Personalabteilung zu schleichen, um freilich jeden Morgen Commander Moss wieder von neuem mit einem resignierten ›Tut mir leid, Sir, negativ‹ Bescheid geben zu müssen. Innerhalb dieser drei Wochen nahm Lieutenant Dewey Treadwell zehn Pfund ab. Außerdem schlief er pro Nacht höchstens vier Stunden, und auch dies meistens nur sehr unruhig. Er wurde zudem impotent. In der einundzwanzigsten Nacht wäre er um ein Haar von einem Hausangestellten erwischt worden. Lieutenant Treadwell kapitulierte und gestand dies an einem schwarzen Mittwochmorgen seinem Chef.

Der Commander hörte sich die Entschuldigungen seines Adjutanten für einen Augenblick an und unterbrach ihn dann. »Konnten Sie das Gesicht dieses Hausangestellten erkennen, Lieutenant?«

»Ja, Sir. Nein... ich weiß nicht, Sir. Warum?«

»Weil dieser Bursche in Watts wohnen könnte. Und sie werden dort künftig ein paar Freunde brauchen können. WEIL ICH SIE BEI DER NÄCHSTBESTEN GELEGENHEIT GENAU DORTHIN VERSETZEN LASSE, SIE UNFÄHIGES ARSCHLOCH!«

Allerdings schickte Commander Moss Lieutenant Treadwell dann doch nicht nach Watts. Er gelangte zu der Überzeugung, eine rückgratlose Qualle wäre doch um einiges einem naseweisen Laffen wie diesem Lieutenant Wirtz vorzuziehen, der für Deputy Chief Lynch arbeitete. Statt dessen begab er sich am hellichten Tag in die Personalabteilung, riß das Empfehlungsschreiben, das er selbst für Treadwell verfaßt hatte, aus dessen Akte, durchkreuzte es mit einem riesigen, schwarzen X und legte es ohne Kommentar in einem verschlossenen Umschlag auf Lieutenant Treadwells Schreibtisch.

Lieutenant Treadwell seinerseits arbeitete sich, nachdem ihm das Haar in Büscheln auszugehen begonnen hatte, langsam wieder in Commander Moss' Gunst empor, indem er folgendes Kapitel für das Handbuch des Los Angeles Police Department verfaßte:

KOTELETTEN: Koteletten sollen nicht weiter reichen als bis zum unteren Rand der äußeren Ohröffnung (die Oberseite des Ohrläppchens), und sie sollen in einer sauber rasierten, geraden Linie enden. Der auseinanderlaufende untere Teil der Koteletten darf nicht mehr als um ein Viertel des gerade verlaufenden Teils der Koteletten breiter sein.

SCHNURRBÄRTE: Ein kurzer und ordentlich geschnittener Schnurrbart der natürlichen Bartfarbe darf getragen werden. Schnurrbärte dürfen den oberen Lippenrand oder die Mundwinkel nicht nach unten hin überrragen und dürfen auch seitlich nicht weiter als einen halben Zentimeter über die Mundwinkel hinausstehen.

Für die Verfassung dieses Texts brauchte Lieutenant Treadwell dreizehn Wochen. Bei einem Belegschaftstreffen wurde er dazu beglückwünscht. Er strahlte vor Stolz übers ganze Gesicht. Die Bestimmungen waren perfekt. Niemand verstand sie.

Während Commander Moss sich also Mühe gab, sich zu gedulden, bis Deputy Chief Adrian Lynch ans Telefon ging, beobachtete dieser, wie der Sekundenzeiger seiner Uhr über das übliche dreiminütige Intervall hinwegglitt, mit dem er normalerweise seine Anrufer beehrte. Lynch konnte sich nicht so recht entscheiden, ob er Moss noch eine Minute warten oder ihm durch seine Sekretärin mitteilen lassen sollte, daß er ihn zurückrufen würde. Natürlich konnte er sich keine offensichtliche Grobheit erlauben. Dieser Scheißkerl Moss hatte beim Polizeichef und einer Menge anderer Idioten, die ihn nicht durchschauten, einen Mordsstein im Brett. Lynch haßte diese goldenen Locken, die sich Moss vermutlich färbte. Dieses Arschloch war mindestens fünfundvierzig Jahre alt und sah immer noch aus wie ein Pfadfinder. Nicht eine Falte in seiner smarten Fresse.

Böse drückte Lynch auf den Durchstellknopf und trällerte: »Guten Morgen, Deputy Chief Lynch am Apparat. Was kann ich für Sie tun?«

»Ich bin's Boß. Hec Moss«, meldete sich der Commander. Chief Lynch schnitt eine Grimasse und dachte: Ich bin's. Meine Fresse!

»Ja, Hec, was gibt's?«

»Boß, es dreht sich um die MacArthur-Park-Orgie.«

»Verdammt noch mal! Nennen Sie sie doch nicht immer so.«

»Entschuldigung, Sir. Ich habe die Singstunde gemeint.«

»So sollen Sie sie auch nicht nennen. Stellen Sie sich nur vor, die Presse bekäme davon Wind.«

»Jawohl, Sir«, erwiderte Moss, um dann verschlagen fortzufahren: »Ich bin mir der Bedrohung durch eine schlechte Presse durchaus bewußt. Es ist mir gelungen, die Sache nicht ans Tageslicht kommen zu lassen und die Familie des Opfers zu besänftigen.«

Meine Fresse! dachte Lynch. *Besänftigen.* »Ja, Hec«, nickte er darauf müde.

»Wissen Sie, Sir, ich habe mir gedacht, daß man die Sache sozusagen möglichst schnell zum Abschluß bringen sollte ... und ob wir nicht vielleicht dem Polizeichef vorschlagen sollten, jeden Polizisten, der an der Orgie teilgenommen hat, möglichst schnell vor den Prüfungsausschuß bringen zu lassen. Und dann alle entlassen.«

»Sagen ... Sie ... nicht ... immer ... *Orgie.* Und sagen ... Sie ... auch nicht ... *Singstunde*!«

»Entschuldigung, Sir.«

»Das finde ich alles andere als eine gute Idee, Hec.« Lynch lehnte sich in seinem Sessel zurück, lüpfte sein rostfarbenes Toupee und kratzte sich seinen sommersprossigen, gummiartigen Skalp. »Ich finde nicht, daß wir diese Männer feuern sollten.«

»Aber sie hätten es verdient, Sir.«

»Sie haben mehr als das verdient, Hec. Diese Dreckskerle haben es verdient, wegen Beihilfe zum Mord im Gefängnis zu verrotten. Am liebsten würde ich sie im Folsom Prison eingebuchtet sehen. *Aber*, sie könnten unter Umständen Schwierigkeiten machen. Vielleicht erscheinen sie mit ihren Anwälten vor dem Prüfungsausschuß. Und sie könnten die Presse von der Sache in Kenntnis setzen, falls es zu einer Massenentlassung kommt. Besser ausgedrückt, sie könnten uns einen Haufen Scheiße in die Klimaanlage plumpsen lassen.«

Chief Lynch wartete auf ein Kichern von seiten Moss'. Als dieses ausblieb, tröstete er sich mit dessen niedrigem IQ. »Jedenfalls«, fuhr er fort, »haben wir nur gegen den einen Beamten, der geschossen hat, stichhaltige Beweise, und viel mehr werden wir meiner Meinung nach kaum machen können. Wir werden die anderen vor den Prüfungsausschuß bringen und sechs Monate vom Dienst suspendieren lassen; aber alles, ohne großes Aufsehen zu erregen. Vielleicht können wir ein paar von ihnen auch genügend einschüchtern, daß sie freiwillig den Abschied nehmen.«

»Einer von diesen verdammten Psychiatern im General Hospital sagt, der Killer hätte ne Meise.«

»Was wäre vom General Hospital auch schon anderes zu erwarten, Hec? Die taugen doch zu nichts anderem, als die Lahmen und die Arbeitsscheuen auf Kosten der Steuerzahler zu pflegen. Was haben Sie eigentlich mit diesem Trottel von Detektiv vor, der den Officer in besagter Nacht verhört und auf die psychiatrische Station hat bringen lassen?«

»Zehn Tage frei?«

»Zwanzig wären besser.«

»Ich fürchte nur, er könnte sich an die Presse wenden.«

»Damit haben Sie vermutlich recht«, stimmte ihm Lynch widerwillig zu.

»Na ja, dann hoffe ich, daß Sie mit uns zufrieden sind, Chief!«

»Sie haben gute Arbeit geleistet, Hec«, lobte Deputy Chief Lynch. »Aber ich hätte doch gern, daß Sie mal mit Ihrer Sekretärin sprechen. Mir ist zu Ohren gekommen, daß sie letzte Woche zweimal nicht ›Guten Morgen‹ gesagt hat, als mein Adjutant angerufen hat.«

»Das wird auf keinen Fall noch einmal vorkommen, Chief.«

»Also dann auf Wiedersehen, Hec.«

Eine Verletzung der Telefonvorschriften des Los Angeles Police Department konnte Deputy Chief Lynch auf keinen Fall durchgehen lassen. Immerhin hatte er sie selbst verfaßt. Ein Polizeibeamter hatte sich folgendermaßen zu melden:

»Guten Morgen (Tag oder Abend), Wilshire-Revier, Commander-Büro, Officer Fernwood am Apparat. Kann ich Ihnen irgendwie behilflich sein?«

Falls auch nur ein Wort dieser Grußformel ausgelassen wurde, konnte gegen den betreffenden Beamten ein Disziplinarverfahren eingeleitet werden.

Es soll einmal einen Fall gegeben haben, in dem ein Beamter der Newton-Street-Wache erst diesen ganzen Sermon heruntergeleiert hatte, bevor er den Anrufer zu Wort kommen ließ, so daß dieser, das Opfer einer Herzattacke, das Bewußtsein verlor, bevor er eine Adresse angeben konnte, zu der man einen Notarztwagen hätte schicken können. Er starb zwanzig Minuten später.

Deputy Chief Lynch war keineswegs ein Mann, dessen Licht sich leichter unter den Scheffel stellen ließ, da er das beste Schlagwort in der Geschichte seiner Abteilung kreiert hatte. Es handelte sich dabei um die Bezeichnung für einen simplen Plan, nach dem die einzelnen Beamten geografisch so verteilt werden sollten, daß sie ein bestimmtes Gebiet optimal überwachen konnten. Aber falls dieser Plan etwas hermachen sollte, brauchte man dafür auch eine entsprechende Bezeichnung – etwas Kompliziertes, Militärisches und *Dramatisches*.

Der Einfall kam Deputy Chief Lynch eines Nachts im Traum, nachdem er im Spätprogramm *Befehlsgewalt* gesehen hatte.

»Territorialer Imperativ!« schrie er im Schlaf auf, so daß seine Frau entsetzt hochschreckte.

»Aber was soll das bedeuten, Sir?« fragte sein Adjutant am nächsten Morgen.

»Das ist doch das Tolle daran, Sie Idiot. Es bedeutet, was man eben gerade will, das es bedeutet«, klärte Chief Lynch ihn gereizt auf.

»Ach so! Wirklich großartig, Sir!« jubelte der Adjutant. Von da an las man in den Zeitungen von Los Angeles immer wieder, daß der Polizeichef seine Männer nach Gesichtspunkten des ›territorialen Imperativs‹ einsetzte.

2

Die Personenzählung

Deputy Chief Adrian Lynch konnte stundenlang hinter seinem Schreibtisch sitzen, auf den Papierkram vor sich starren, an einer nicht angezündeten Pfeife nuckeln und den Eindruck totaler Überarbeitung erwecken. Das allein hätte jedoch nicht zu seinem Erfolg ausgereicht, wäre er nicht auch die treibende Kraft hinter solchen Projekten wie Teamarbeit und dem Basiswagenplan gewesen, von denen jeder wußte, daß der große Häuptling eine spezielle Vorliebe für sie hatte.

›Teamarbeit‹ bedeutete nichts weiter, als in einem bestimmten Funkstreifendistrikt dieselben Männer so oft wie möglich auf Streife zu schicken, wobei diese Beamten nicht nur möglichst häufig ihre Uniformen sehen lassen, sondern auch den Detektiven bei ihrer Ermittlungsarbeit behilflich sein sollten. Die Detektive (sie werden inzwischen ›Ermittlungsbeamte‹ genannt) zeigten sich wenig begeistert, daß jüngere Streifenpolizisten plötzlich ihre Nase in Dinge steckten, die eigentlich bislang nur sie etwas angegangen waren. Umgekehrt waren die Streifenpolizisten über einen bestimmten Teil des Basiswagenplans verärgert – das sogenannte Basiswagenplantreffen. Eigentlich gab es niemanden, der diese Einrichtung nicht haßte.

Diese Treffen fanden in der Regel in einer Schule oder einem Hörsaal innerhalb des Distrikts statt, für den ein bestimmter Streifenwagen zuständig war. Letztlich handelte es sich dabei um nichts anderes als eine Art Kaffeklatsch, zu dem als zusätzliches Lockmittel noch Krapfen angeboten wurden. Die Krapfen wurden im übrigen von einer großen Firma kostenlos gestellt. Die Männer in der Verwaltungsabteilung der Polizei hätten schwören können, daß die Verbrechensrate zurückging, weil zwei Dutzend einsamer, alter Damen sich bei Kaffee und Kuchen von zwei charmanten, ordentlichen, jungen uniformierten Polizisten hofieren ließen, die es ihrerseits gar nicht erwarten konnten, die alten Damen loszuwerden, damit sie Feierabend machen und sich jüngeren Damen widmen konnten.

Als Deputy Chief Lynch noch einen Posten als Commander innehatte, ließ er in weiser Voraussicht einen ehrgeizigen jungen Polizisten in sein Büro versetzen, der als Lieutenant in Vietnam gedient hatte und als absoluter Könner auf dem Gebiet der Personenzählung galt. Officer Weishart sorgte dafür, daß alle Basiswagentreffen in den Lynch unterstellten Bezirken in Schulen stattfanden, die an dicht bevölkerte Spielplätze angrenzten. Officer Weishart besorgte nun nicht nur Kaffee und Kuchen für die älteren Semester, sondern auch Kekse und Limonade für die Kinder. Auf diese Weise lockte er Hunderte von Kindern von der Straße in die Schule, die dann jedesmal aufs neue mitgezählt wurden. Und zwar, so oft sie kamen und gingen. Sollte sich je jemand die Mühe gemacht haben, Officer Weisharts Statistiken zu Rate zu ziehen, hätte er feststellen müssen, daß die Aulen der einzelnen Schulen etwa die Ausmaße des Stadions von Los Angeles hätten haben müssen, um die dort angegebenen Menschenmassen unterzubringen.

Aber durch die Teamarbeit und den Basiswagenplan waren eine Menge Arbeitsplätze für Verwaltungsbeamte geschaffen worden. Lieutenants wurden Captains, Captains wurden Commander, und Commander wurden Deputy Chiefs, wobei jeder einzelne über mehr als genügend Zeit verfügte, um sich für die einfachen Polizisten alle möglichen neuen Aufgaben auszudenken, außer Ganoven hinter Schloß und Riegel zu bringen – im übrigen eine Sache, von der die wenigsten der neuen Captains, Commanders und Deputy Chiefs etwas verstanden.

Falls Deputy Chief Lynch eine Achillesferse besaß, was seine Beförderung zum Polizeichef betraf, war, daß er ein begieriges Auge auf seine Sekretärin Theda Gunther geworfen hatte. Theda war mit Lieutenant Harry Gunther verheiratet, der sich mit jedem Quartal in einen neuen Bezirk versetzt fand, der immer weiter von seinem Heim in Eagle Rock entfernt lag, wodurch seiner Frau mehr und mehr Zeit für Deputy Chief Lynch blieb, der seinerseits wünschte, es gäbe für Lieutenant Gunther ein Revier, das sogar noch weiter von der Innenstadt entfernt lag als die West-Valley-Wache.

Wenn nun die Personenzählung bei den Basiswagenplantreffen Lynchs größte Leistung auf beruflichem Sektor darstellte, zählte es zu den aufregendsten Dingen in seinem Leben, es mit Theda Gunther auf dem Schreibtisch dieses religiösen Fanatikers, Assistent Chief Buster Llewellyn, zu treiben.

In der Nacht, als Lynch diesen Vorschlag machte, hatten sie sich in Chinatown einen vergnügten Abend gemacht, und als sie dann um zwei Uhr früh in das Polizeigebäude stolperten, wäre es fast zu einem kleinen Skandal gekommen.

Offenbar hatte es auf beide Beteiligten einen besonderen Reiz ausgeübt, gerade an solch einem geheiligten Ort möglicherweise ertappt zu werden. In ihren orgiastischen Zuckungen riß Theda Gunther Deputy Chief Lynch das Toupee vom Kopf, worauf er instinktiv nach dem dreihundert Dollar teuren Haarteil griff, dabei herausrutschte und zu einem frühzeitigen Erguß kam, der seine Spuren auf der nicht auswechselbaren Schreibtischauflage Llewellyns hinterließ, in deren vier Ecken verschiedene religiöse Sinnsprüche geschrieben waren.

Lynch befürchtete, Llewellyn könnte diese Flecken sofort als das erkennen, was sie waren. Möglicherweise schickte er die Schreibtischauflage ins Labor und betraute irgend so einen Klugscheißer wie zum Beispiel seinen Adjutanten, einen ehemaligen Detektiv, mit der Aufklärung des Falls. Chief Lynch hatte keine Ahnung, *was* ein ehemaliger Detektiv alles herausfinden konnte.

Als ihm der Mord im MacArthur-Park zu Ohren kam, hörte sich Deputy Chief Lynch sämtliche Einzelheiten an, einschließlich der Berichte über die fantastisch grausigen Orgien, in die auch Beamte und die üblichen Polizeigroupies verwickelt waren. Er wurde wütender, als ihn je jemand gesehen hatte. Er wollte die Beamten ins Gefängnis werfen lassen. Aufgrund seines Malheurs auf Llewellyns Schreibtisch war er mit den Nerven völlig am Ende. Und obwohl sich Theda Gunther drei Wochen lang wie gewohnt mit der ganzen Länge ihres gut proportionierten Körpers an ihm rieb, wenn sie im Büro an ihm vorbeikam, blieb er schlaff wie zu lange gekochte Makkaroni. Mit der Zeit wurde sie dann sauer und hörte auf, ihn ›mein starker Bär‹ zu nennen.

3

Unwürdiges Verhalten

Commander Hector Moss war ein beliebtes Gesprächsthema, wenn jemand einen ordentlichen Zorn hatte und den verbal an einem höheren Beamten auslassen wollte.

Der geborene Redner Moss trug immer ein paar Handschellen an seinem Gürtel. Wenn er von einer Belegschaftsversammlung sprach und die Damen, hingerissen von seinem blondgelockten Haar, seinen Erzählungen von Gewalt und Verbrechen lauschten, öffnete sich immer wieder seine Jacke, so daß die Handschellen zum Vorschein kamen. Zuweilen rutschte der rechte Teil seines Jacketts auch so weit zur Seite, daß eine verchromte Smith and Wesson Combat Masterpiece zum Vorschein kam, die an einem schicken Krokogürtel hing, der speziell angefertigt worden war, um die schwere Waffe zu tragen. Seit er vor sechzehn Jahren zum Sergeant befördert worden war, hatte Commander Moss verschiedene Verwaltungsposten eingenommen. Jedenfalls war seine Kanone nie abgefeuert worden. Die Munition war so alt, daß fraglich war, ob sie überhaupt noch abzufeuern gewesen wäre. Seine Schauergeschichten über Gewalt und Verbrechen holte sich Commander Moss aus den Protokollen, die täglich dutzendweise über seinen Schreibtisch wanderten. Und Commander Moss war ein hervorragender Geschichtenerzähler.

In Wirklichkeit war der MacArthur-Park-Mord ein Gnadengeschenk von Gott. Krisen wirkten auf Hector Moss wie ein Lebenselixier, und er tat nichts lieber, als seine freundschaftlichen Kontakte zu den Medien zu demonstrieren. Außerdem brauchte er dringendst etwas, um sich seine Langeweile zu vertreiben, die aus der Lektüre des Hausorgans *Der Revierbote* resultierte. Ihm war einiges daran gelegen, sich zu vergewissern, daß das Blatt keine gewichtigeren Informationen enthielt als die Berichte, wer gerade ein Baby bekommen hatte oder gestorben war, oder mindestens ein Foto von einem Verkehrspolizisten auf Urlaub in Mexiko, der grinsend einen toten Fisch präsentierte.

Nie war in dieser Zeitschrift ein kontroverser Artikel erschienen, in dem die Meinung der gewöhnlichen Polizisten auf der Straße wiedergegeben oder in dem in irgendeiner Weise zum Nachdenken angeregt wurde. Moss pflegte sogar hin und wieder darauf hinzuweisen, daß man sich in acht nehmen müßte, wenn diese Blödhammel doch einmal auf die Idee kämen, sich zu organisieren. Er war ein Sklavenhändler, der nachts ängstlich auf die Schritte der Eingeborenen an Deck lauscht.

In diesem Augenblick – es war ein heißer Augustnachmittag, und die an dem Mord beteiligten Polizisten schwitzten in den Verhörräumen der Abteilung für interne Angelegenheiten – entschied sich Commander Moss für eine Methode, die er für die wirksamste im Umgang mit Presseleuten hielt, welche verspätet vielleicht doch noch Wind von der Leiche im MacArthur-Park bekamen. Er wartete gar nicht erst ab, von seinen Feinden angerufen zu werden, die seiner Meinung nach für ein linksgerichtetes Hetzblatt arbeiteten. Er rief seinen Lieblingsreporter bei der Konkurrenzzeitung an, nachdem er in Erfahrung gebracht hatte, daß dieser aus einer anderen Quelle von dem Vorfall wußte.

»Ich wollte, daß Sie über alles Bescheid wissen, sobald ich über das volle Ausmaß des Vorfalls unterrichtet bin«, lächelte Commander Moss in den Telefonhörer hinein. »Allem Anschein nach hatte ein Beamter außerhalb der Dienstzeit gegen zwei Uhr morgens im MacArthur-Park mit seiner Waffe einen Unfall. Ich hoffe nur, daß dieser bedauerliche Vorfall im Interesse der siebentausend zuverlässigen Jungs und Mädels in dieser Abteilung möglichst wenig breitgetreten wird. Ja natürlich; das Ganze ist wirklich sehr tragisch. Ein junger Mann mußte mit seinem Leben bezahlen. Ja. Ein Beamter ist bis auf weiteres vom Dienst suspendiert. Ja, ja, es deutet einiges darauf hin, daß Alkohol im Spiel war. Ich weiß nicht; vielleicht ist ihm die Waffe aus der Hand gefallen, so daß sich ein Schuß gelöst hat. Das kann ich bislang noch nicht mit Gewißheit sagen. Er ist schon fast fünf Jahre bei der Polizei. Vietnamkämpfer. Richtig. Ja, es deutet einiges darauf hin, daß er sich in Gesellschaft von einigen Freunden befand. Im übrigen besteht berechtigter Grund zu der Annahme, Pete, daß ein paar Polizisten einen Kasten Bier gekauft haben und es sich auf dem Nachhauseweg im Park gemütlich gemacht haben, um ein bißchen zu plaudern. Ja, genau, das ist ein für einen Polizisten unwürdiges Verhalten. Was, Singstunde? Nein, ich glaube nicht, daß ich davon schon einmal was gehört habe. Singstunde? Nein, nie davon gehört.«

Nachdem der Reporter aufgehängt hatte, lehnte Commander Moss sich in seinem Sessel zurück und legte seine Beine auf den Schreibtisch, der übrigens ganze zwei Quadratzentimeter größer war als Chief Lynchs Spezialanfertigung. Und dann sagte er zu seiner Sekretärin: »Ich weiß natürlich, daß das nicht die erste Singstunde im Park war. Ich würde nur zu gern wissen, was die Kerle während der *anderen* getrieben haben.«

4

Sergeant Nick Yanov

In Wirklichkeit hatten im MacArthur-Park Dutzende von Singstunden stattgefunden, denen regelmäßig zehn Polizisten beiwohnten, die zwar im Wilshire-Revier stationiert waren, aber für ihre Zusammenkünfte den MacArthur-Park ausersehen hatten, weil er zur Rampart-Station gehörte. Sie waren der Auffassung, man sollte lieber nicht in sein eigenes Nest scheißen.

Die erste Singstunde im MacArthur-Park wurde zu Beginn des Frühjahres abgehalten, als die Abende dafür warm genug wurden. Die meisten der Chorknaben waren frei und ungebunden. Darauf legte Harold Bloomguard, die treibende Kraft hinter den Singstunden im MacArthur-Park, besonderen Wert. Harold bestand darauf, daß keine verheirateten Männer in die Gruppe aufgenommen wurden, da sie früher nach Hause gehen mußten, und solche Leute waren der Tod einer jeden gelungenen Singstunde.

»Die Lieder dürfen nicht zum Verstummen kommen!« pflegte Harold es immer auszudrücken.

Natürlich sang in diesen Singstunden niemand. Diese ›Lieder‹ waren etwas anderer Natur, wenn sie vielleicht auch demselben Zweck dienten wie wirklicher Chorgesang. Auf den verschiedenen Revieren kursierten die unterschiedlichsten Bezeichnungen für diese Treffen, zu denen sich, meistens an einem abgeschiedenen Ort, nach Dienstschluß die Polizisten versammelten, die von ihrer Arbeit noch zu angespannt und aufgedreht waren, um einfach nach Hause gehen und sich ins Bett legen zu können, während ihre Nervenenden noch voll unter Strom standen. Um eine Polizistenkneipe aufzusuchen, mangelte es einigen an Geld, obwohl das starke Bedürfnis vorhanden war, sich bei einem Drink zu entspannen und mit den anderen zu unterhalten, die die Nacht auf den Straßen verbracht hatten. Und um sich gegenseitig wieder zu bestärken.

Sergeant Nick Yanov hätte während der fünf Monate, in denen

die Singstunden im MacArthur-Park abgehalten wurden, gut als Gründungsmitglied gelten können. Er war dazu eines Abends nach einem Drei-Uhr-Morgen-Appell, bei dem den Uniformierten von Stanley Drobeck ein überraschender Besuch abgestattet worden war, von Harold Bloomguard eingeladen worden. Der Revierkommandant trug einen Seidenanzug und schwarz-weiße Lederschuhe. Als Captain Drobeck den Versammlungsraum betrat, nahm Lieutenant Alvin Finque, der den Appell leitete, unwillkürlich Habachtstellung ein, was die blau uniformierten Streifenpolizisten verwunderte. Da es bei der Polizei nicht halbwegs so militärisch zugeht wie in der Army, nimmt ein Polizist eigentlich nur bei einer Inspektion oder einer inoffiziellen Feier Habachtstellung an.

Lieutenant Finque errötete und setzte sich wieder. Er zwinkerte und begrüßte Captain Drobeck mit einem lässigen ›Hi, Skipper‹.

»Wer auch immer den Einbrecher in Distrikt Sieben-A-Eins geschnappt hat, hat sich was Ordentliches zu Rauchen verdient!« verkündete der Captain und schleuderte vier Fünfzehn-Cent-Zigarren unter die achtundzwanzig versammelten Nachtstreifenbeamten, um dann mit einem selbstzufriedenen Lächeln wieder durch die Tür zu stolzieren. Sein frisch gewaschenes Haar schimmerte an diesem Tag bläulich-weiß.

Nur drei der Nachtstreifenpolizisten waren alt genug, um mit einer Zigarre nicht lächerlich zu wirken. Einer davon war Herbert ›Spermwhale‹ Whalen, und er war es auch gewesen, der den Einbrecher geschnappt hatte. Außerdem war er ein MacArthur-Park-Chorknabe.

Wie alle alten Hasen saß Spermwhale in der hintersten Reihe und bestand darauf, seine Mütze aufzubehalten. Und sie saß natürlich leicht schräg auf seinem Kopf. Spermwhale hob eine der Zigarren vom Boden auf, besah sich das Etikett, setzte sich dann darauf und ließ eine gewaltigen Furz, der jeden Uniformierten in seiner Nähe zusammenzucken ließ. Dann warf er die Zigarre wieder auf den Boden. Ein anderer Chorknabe, Spencer Van Moot von 7-A-33, hob sie vorsichtig mit zwei Fingern auf, puhlte das Zellophan ab und meinte: »So schlecht ist das Ding wahrscheinlich gar nicht, wenn es wieder trocken ist.«

Lieutenant Finque hatte erst kürzlich Lieutenant Grimsleys Stelle eingenommen, dessen Versetzung durch Spermwhale Whalen unter recht mysteriösen Umständen beschleunigt herbeigeführt worden war. Lieutenant Finque war mittelgroß; sein glattes, gescheiteltes Haar war nach hinten gekämmt, wie es sein Vater getragen hatte, als es 1939 noch richtig schick gewesen war. 1939 war übrigens Lieutenant Finques Geburtsjahr. Der Lieutenant fühlte sich in seiner neuen Rolle noch keineswegs sicher, beachtete aber doch kaum – wenn überhaupt – die Ratschläge, um die er Sergeant Nick Yanov ständig anging.

Sergeant Yanov, ein schmalhüftiger, kräftig gebauter Mann, der sich zweimal täglich rasieren mußte, um seine Koteletten im Zaum zu halten, war seit elf Jahren bei der Polizei und hatte mit vierunddreißig Jahren entsprechend weniger Erfahrung als Lieutenant Finque. Dafür war er der einzige Kontrollbeamte, der je zu einer Singstunde im MacArthur-Park eingeladen worden war – ein Angebot, das Yanov übrigens in weiser Voraussicht abschlug.

Sergeant Yanovs einziges, wirklich brennendes Lebensziel – und damit war er in der Wilshire Station keineswegs der einzige – bestand darin, eines Nachts Polizistin Reba Hadley hinter ihrem Schreibtisch hervor und in den Keller zu locken, ihr dort die knapp sitzende Uniformbluse und den Rock von ihrem aufreizenden, jungen Körper zu reißen und es ihr einmal ordentlich zu zeigen. Dieser Wunsch stand vielleicht in symbolischem Zusammenhang mit Yanovs Überzeugung, daß es ihm Vorgesetzte wie Lieutenant Finque nun schon elf Jahre lang erbarmungslos gezeigt hatten.

Lieutenant Finques Ziele waren dagegen etwas anderer Natur. Er wollte der erste Revierkommandant in der Geschichte der Wilshire Station werden, der jeden einzelnen Mann seines Reviers dabei ertappte, wie er ohne Mütze aus seinem Wagen stieg oder einen Gratiskaffee trank oder sich nicht korrekt am Telefon meldete.

Als sich die Aufregung nach Spermwhales Beitrag zum Appell einigermaßen gelegt hatte, fuhr Lieutenant Finque fort: »Also gut, Jungs. Wir haben da noch einige Anweisungen hinsichtlich diplomatischer Immunität in Straffällen. Falls ihr im Dienst einmal mit einem Konsul oder Botschafter zu tun haben solltet – kennt eigentlich jeder den Unterschied zwischen einem Konsul und einem Botschafter?«

»Soviel ich gehört habe«, meldete sich Roscoe Rules von 7-A-85 zu Wort, »wischen sich doch diese Konsulatswichser in New

York mit den Strafzetteln, die sie wegen Falschparken bekommen, nur den Arsch ab.«

»Wenn man für die UNO arbeitet, kann man sich wirklich alles erlauben«, schimpfte Spencer Van Moot von 7-A-33.

»Na gut, ich hoffe, ihr lest euch die schriftlichen Mitteilungen alle durch«, ergriff Lieutenant Finque wieder das Wort. Er war sich nicht recht sicher, ob er dieses Verhalten nun als Aufmüpfigkeit auffassen sollte.

»Finques Appelle sind ungefähr so aufregend wie ein Strafzettel wegen Falschparkens«, flüsterte Francis Tanaguchi von 7-A-77 seinem Partner Calvin Potts zu.

»Und ich Idiot habe mich noch extra vom Krankenbett erhoben, um zum Dienst zu erscheinen«, brummte Calvin.

»Wieso, geht's deiner Freundin nicht gut?« wollte Francis wissen.

»Aber jetzt zu wichtigeren Dingen, Männer«, fuhr Lieutenant Finque fort, während Sergeant Nick Yanov, der auf dem kleinen Podest vor den versammelten Polizisten links von ihm saß, zur Decke aufsah und mit den Fingern nervös auf den Tisch trommelte. »Ich hoffe, ihr habt euch auch bemüht, möglichst viele Pfeifen zu verkaufen. Im Vergleich mit den Jungs von der Tagesschicht haben die Leute von der Nachtschicht recht gut abgeschnitten.« Bei dieser Ankündigung lehnte Sergeant Yanov sich in seinem Stuhl zurück, und er begann, sich mit den Handrücken die Augen zu reiben, damit er nicht mitansehen mußte, wie die Männer vor ihm die Augen zur Decke wandten, die Lippen spitzten, die Köpfe schüttelten, mit den Füßen scharrten und sich den Bauch kratzten, was jedoch Lieutenant Finque, im übrigen Urheber der Trillerpfeifenverkaufsaktion, gar nicht bemerkte.

Die Idee zu dieser Meisterleistung rührte eigentlich von einer achtzigjährigen alten Jungfer her, die sich kein einziges Basiswagentreffen entgehen ließ. Da sich Lieutenant Finque sicher war, daß die alte Dame in ihrer Verkalktheit baldigst vergessen haben würde, daß die Idee von ihr stammte, gab er sie als seine eigene aus, und so sahen sich die uniformierten Streifenpolizisten der Wilshire Station gezwungen, den Frauen, mit denen sie bei ihrer Arbeit in Berührung kamen, für fünfzig Cents schwarze Plastiktrillerpfeifen anzubieten. Sollte eine Frau auf der Straße von einem Dieb angefallen werden, sollte sie ihre Pfeife herausziehen und Alarm blasen.

Der Erlös aus den Trillerpfeifenverkäufen kam dem Jugendarbeitsfond zu und belief sich binnen kurzem auf mehrere tausend Dollar. Lieutenant Finque hoffte, diese Idee würde ihm eine schriftliche Empfehlung von Deputy Chief Lynch eintragen, was sich auf seine Personalakte sicher nicht nachteilig ausgewirkt hätte.

Die meisten Trillerpfeifen hatte Spermwhale Whalen verkauft; insgesamt waren es ganze sechs Stück. Allerdings hatte er die Dinger selbst erstanden und dann seinen bevorzugten Strichmädchen zusammen mit der Anweisung gegeben, einfach mal kurz in ihr Pfeifchen zu stoßen, wenn gerade ihr alter Kumpel im 7-A-1 vorbeikam und sie einen schlechten Abend hatten, so daß sie auch genausogut mal eine kleine Gratisnummer einlegen konnten.

Es wurde zwar kein Fall bekannt, in dem eine Funkstreife durch eine solche Trillerpfeife zu Hilfe gerufen worden wäre, aber man erzählte sich, daß die Pfeife auf dem La Cienega Boulevard das Eigentum einer Frau rettete, als ein Handtaschendieb vor Lachen fast in den Rinnstein gekullert wäre, als er plötzlich eine sechzigjährige Matrone in einem Chinchillamantel vor sich hatte, die aus Leibeskräften in eine Trillerpfeife pustete, bis ihr Gesicht wie eine verfaulte Erdbeere aussah.

»Und zuletzt noch eine kurze Anweisung, bevor wir zur Inspektion schreiten und den Dienst antreten«, schloß der Lieutenant. »Die Detektive hätten gern, daß ihr auf Wilburns Tavern in der Sixth Street ein Auge werft. Ihnen liegen Meldungen vor, daß der Besitzer seine Bardamen verprügelt. Die Mädchen haben allerdings zuviel Angst, um Anzeige zu erstatten. Offensichtlich stellte er nur Mädchen ein, die willens sind, oral mit ihm zu verkehren. Und wenn sie sich nach einer Weile weigern, verprügelt und bedroht er sie. Sieben-A-Neunundzwanzig? Wie wär's, wenn Sie dort alle paar Tage mal vorbeischauen würden?«

»Aber selbstverständlich, Lieutenant«, nickte Harold Bloomguard und warf seinem grinsenden Partner Sam Niles einen kurzen Blick zu.

Wenige Minuten nach dem Appell raste 7-A-29 in Richtung Sixth Street los, wurde aber von zehn anderen Nachtstreifenpolizisten um Wagenlängen geschlagen, die sich bereits über die Bar verteilt hatten, um auf die Bardamen ein Auge zu werfen.

5

7-A-85: Roscoe Rules und Dean Pratt

Die meisten Singstunden wurden vermutlich von Harold Bloomguard von 7-A-29 einberaumt. Zu den wenigsten rief 7-A-85 auf. Roscoe Rules schien sie offensichtlich nicht so häufig zu brauchen.

Fünf Monate vor dem Singstundenmord wurde jedoch von Dean Pratt von 7-A-85 äußerst dringend eine Singstunde angesetzt. Das war in der Nacht, in der Roscoe Rules sich schon zu Lebzeiten als eine Art lebender Legende einen Namen machte.

Den Spitznamen Roscoe hatte Henry Rules während eines anderen mitternächtlichen Chorknabentreffens von Harold Bloomguard bekommen, als Rules, der gerade im Fernsehen einen Bogartfilm gesehen hatte, den anderen von einer Verhaftung erzählte: »Dieses blöde schwarze Arschloch machte ganz den Eindruck, als würde er jeden Moment durchdrehen; also habe ich ihm mit meinem Roscoe einen über die Rübe gezogen.«

Für einen Augenblick sah Harold Bloomguard in seinem Suff ungläubig seinen Partner Sam Niles an. Rules hatte weder ›Knarre‹ noch ›Kanone‹ noch ›Achtunddreißiger‹ gesagt, sondern schlichtweg ›Roscoe‹.

»Eidechsenscheiße! Habt ihr das gehört?« platzte Bloomguard heraus. »Roscoe! Roscoe! Habt ihr das gehört?«

»Du meinst wohl deine Sprühdose, was Rules?« röhrte Sam Niles los, der ebenfalls schon ordentlich getankt hatte und mindestens zwei Liter Wein im Wert von etwa drei Dollar verschüttete, als er sich vor Lachen auf seiner Decke im Gras kullerte.

Von diesem Zeitpunkt an hieß Henry Rules bei den Chorknaben nur noch ›Roscoe‹ Rules. Der einzige, der ihn ab und zu noch Henry nannte, war sein Partner Dean Pratt, der etwas Angst vor ihm hatte.

Roscoe Rules war seit fünf Jahren bei der Polizei. Er hatte lange Arme und sehnige Hände. Er war groß, zäh und kräftig. Und fies. Niemand, der so fies daherredete wie Roscoe Rules, hätte auf dieser Erde neunundzwanzig Jahre überleben können, ohne wirklich fies zu *sein*. Seine Eltern hatten eine kleine Farm in Idaho gehabt, siedelten dann aber ins San Joaquin Valley in Kalifornien über, wo beide noch in relativ jungen Jahren starben.

»Roscoe Rules hat in den Duschen von Auschwitz die Handtücher verteilt«, behaupteten die Polizisten.

»Roscoe Rules wurde nicht einmal in die Manson-Familie aufgenommen – zu fies.«

»Roscoe Rules füttert streunende junge Hunde und Katzen – an seine Piranhas.«

Und so weiter.

Wenn es etwas gab, das Roscoe Rules sich gewünscht hätte, nachdem er von der Welt soviel mitbekommen hatte, wie er sehen wollte, dann war es ein Wort, so schlimm wie ›Nigger‹, das sich als Bezeichnung für die gesamte Menschheit geeignet hätte. Da seine Fantasie nicht sonderlich ausgeprägt war, gab er sich in diesem Punkt schließlich mit ›Arschloch‹ zufrieden. Allerdings mußte er feststellen, daß dies auch bei den meisten anderen Polizisten von Los Angeles und ganz Amerika der gängigste Begriff war.

Calvin Potts, der einzige schwarze Chorknabe, stimmte Roscoe aus ganzem Herzen zu, als ihm dieser während einer nächtlichen Singstunde in seinem Suff dieses Problem gestand.

»Das ist das einzige, was ich an dir mag, Roscoe«, meinte Calvin. »Du haßt nicht nur Schwarze. Du haßt *alle*. Sogar noch mehr als ich. Ohne Vorurteile und Parteilichkeit.«

»Dann sag mir doch ein Wort«, lallte Roscoe, während ihm die Kotze schon halb im Hals steckte. Er sah sich nach Harold Bloomguard um, der jedem den Hals umgedreht hätte, der seinen geliebten MacArthur-Park-Enten etwas zuleide getan hätte.

»Sag mir doch ein Wort«, wiederholte Roscoe und warf linkisch einen zackigen Steinbrocken nach einer flaumigen kleinen Ente, die ganz nah an ihnen vorüberschwamm. Das arme Tier quakte verschreckt auf und flüchtete sich unter die Fittiche seiner Mutter.

Roscoe Rules zuliebe spielten nun also alle das gewohnte Spiel mit.

»Wie wär's mit Pfurzschnüffler?«

»Nicht mies genug.«

»Schleimsäcke.«

»Das ist langsam auch abgedroschen.«

»Popelfresser.«

»Ach was.«
»Schlabberschleimer.«
»Zu lange.«
»Hämorrhoiden.«
»Das sagt doch jeder.«
»Hodensäcke?«
»Nicht schlecht, aber zu lang.«

»Dann einfach Säcke«, warf Willie Wright ein, der inzwischen betrunken genug war, solch unanständige Worte über seine Lippen kommen zu lassen.

»Genau!« brüllte Roscoe Rules los. »Säcke! Das ist es, was diese ganzen Arschlöcher sind – dreckige, blöde, widerliche, häßliche, absolut überflüssige Säcke. Wirklich nicht schlecht! Säcke!«

»Die Philosophie eines Mannes, ausgedrückt in einem Wort«, bemerkte Baxter Slate von 7-A-1. »Hört! Hört!« Er hielt seine Flasche hoch und goß, was sie noch enthielt, in drei Schlucken seinen Rachen hinunter.

Es gab allerdings noch etwas, das Roscoe Rules unter den Chorknaben eine gewisse Beliebtheit eintrug – sein Organisationstalent. Roscoe beschaffte die ausgefallensten und leckersten Speisen und Getränke für die Chorknaben, die ihn ansonsten für einen unausstehlichen Widerling hielten – und das auch noch völlig umsonst.

Zuerst konnte Roscoe an seinem Partner Dean Pratt nur sein sauber geschnittenes rotes Haar nicht ausstehen. Es sollte jedoch nicht lange dauern, bis er ihn auch wegen seiner besoffenen Heulkrämpfe während ihrer nächtlichen Zusammenkünfte zu hassen begann. Und da war noch etwas an Dean Pratt, das *alle* Chorknaben nervte. Der fünfundzwanzigjährige Junggeselle brauchte nämlich nur einen winzigen Schluck Alkohol, um sein Gehirn absolut funktionsuntauglich zu machen. Und dann war es praktisch unmöglich, dem dämlich grienenden Rotschopf auch nur irgend etwas begreiflich zu machen. Jede Frage, jede Feststellung, jeder kleine Witz wurde mit der idiotischen, frustrierenden, nervenaufreibenden Bemerkung beantwortet:

»Das verstehe ich nicht. Das verstehe ich nicht.« Oder: »Was willst du damit sagen? Was willst du damit sagen?« Am häufigsten bekam man jedoch den Satz zu hören: »Was meinst du? Was meinst du?« Und das alles nie ohne die doppelte Wiederholung.

Jedenfalls handelte sich Dean Pratt auf diese Weise langsam den Spitznamen Wasmeinstdu-Dean ein. Während der ersten Sitzungen der MacArthur-Park-Chorknaben kam es deshalb schließlich jedesmal an einem bestimmten Punkt so weit, daß Roscoe Rules, Calvin Potts oder Spermwhale Whalen den schlaksigen Rotschopf an seinem Bugs-Bunny-T-Shirt packten und ihn verzweifelt schüttelten, während Dean völlig aufgelöst babbelte: »Ich verstehe das nicht. Ich verstehe das nicht. Was meinst du? *Was* meinst du?«

Dennoch war Wasmeinstdu-Dean der erste Polizist, den Roscoe Rules zu sich nach Hause einlud und mit seiner Familie bekannt machte. Roscoe war einer der drei verheirateten Chorknaben und lebte auf einem kleinen Grundstück östlich von Chino, das etwa hundert Kilometer von der Wilshire Station entfernt lag. Selbst die wenigen Freunde, die sich Roscoe während der letzten vier Jahre bei der Polizei gemacht hatte, fanden diese Distanz für einen kleinen Besuch etwas zu weit. Roscoe gefiel es dort draußen allerdings, und die lange Fahrerei machte ihm nichts aus. Seine Kinder konnten, wie er, in einer ländlichen Umgebung aufwachsen. Nur würden sie nicht so hart arbeiten müssen wie er. Seine zwei Söhne, acht und neun Jahre alt, hatten nichts weiter zu tun, als die Beete mit Mais, Zwiebeln, Karotten, Kürbissen und Melonen zu hacken, zu jäten und zu gießen. Wenn sie dann den Stall ausgemistet, den Dreck von den Hufen des Pferds gekratzt und das altersschwache Pony gestriegelt hatten, durften sie für den Rest des Tages spielen, soviel sie wollten. Danach mußten sie an Wochentagen mindestens ein bis eineinhalb Stunden für die Schule lernen, an Samstagen und Sonntagen sogar zwei. Und danach legten sie an den Wochenenden für fünfundvierzig Minuten ein ordentliches Baseballtraining ein.

Roscoe Rules hatte seine beiden Söhne überzeugt, daß sie sofort große Stars werden würden, wenn sie erst einmal alt genug waren, um in eine Mannschaft einzutreten. Außerdem hatte er sie davon überzeugt, daß ihnen genau das blühen würde, was das widerspenstige Pony bekam, wenn es nicht parierte, falls sie die Grundschule nicht mit einer Serie glatter Einsen abschließen sollten.

Roscoes Söhne ritten genauso ungern, wie das Pony sich reiten ließ. Und wenn das Pony wieder einmal nicht wollte, schlang ihm Roscoe eine Schlinge um die Vorderbeine und befestigte das Seil an einem Pfosten des Gatters. Wenn sich dann das Seil spannte, wurden dem armen Tier die Beine nach hinten gerissen, und Roscoe versetzte ihm im Fallen auch noch einen kräftigen rechten Haken zwischen die Augen. Dabei trug er seine alten Handschuhe mit den bleiverstärkten Handflächen und den gepolsterten Knöcheln (eine Heulschwester von Sergeant? hatte ihn einmal erwischt, wie er damit einen Betrunkenen verprügelte, und ihm daraufhin verboten, die Dinger im Dienst zu tragen). Das plötzliche Anreißen des Seils, der Schlag und die Wucht des Aufpralls auf dem Erdboden verfehlten ihre Wirkung auf das Pony nie, so daß es für ein paar Wochen wieder spurte. Nach einer Weile vergaß das blöde Vieh diese Prozedur allerdings wieder und wurde störrisch. Dann brauchte es eben wieder eine ›Lektion‹. Roscoe Rules war der festen Überzeugung, daß sich Menschen und Tiere kaum voneinander unterschieden – sie waren alle Säcke.

Roscoe war sehr stolz auf das gesunde Landleben und die heile Welt, die er für seine Söhne fernab dem Chaos der Großstadt geschaffen hatte. Er zählte bereits die Jahre, Monate und Wochen, bis er sich nach zwanzig Jahren Dienst endgültig mit einer kleinen Pension auf seine Ranch östlich von Chino zurückziehen würde können. Er wollte sich dann den Rest seiner Tage seiner Frau Clara (einer heimlichen Trinkerin) widmen, seine Enkelkinder in derselben amerikanischen Tradition großziehen, ihnen allen ein Pony kaufen und sie zu Baseballstars machen. Und natürlich wollte er ihnen alle Vorteile bieten, in deren Genuß schon seine Kinder gekommen waren.

Wie die meisten Polizisten war Roscoe politisch konservativ eingestellt, was zum einen auf den unvermeidlichen Zynismus zurückzuführen war, den die Arbeit bei der Polizei notgedrungen bewirkt, zum anderen jedoch auf seinen Menschenhaß, dessen Wurzeln sicher in seiner Kindheit zu suchen waren. Er hatte in Vietnam gedient und wäre fast beim Militär geblieben, hätte ihn nicht eines Tages ein Werbeplakat des Los Angeles Police Department veranlaßt, die Vorteile der Polizeiarbeit mit denen des Militärs zu vergleichen.

Roscoe war nicht religiös. Er runzelte über die Verlautbarungen des Papstes nur die Stirn und machte seiner Frau, einer Presbyterianerin, das Leben schwer, indem er ihr vorhielt, sie mache aus ihren Söhnen nur Schwächlinge, wenn sie sie zur Sonntagsschule gehen ließ. Roscoe meinte, anstatt auch noch die andere Wange hinzuhalten, sollte man kräftig zurückschlagen und diese Dreckskerle ungespitzt in den Boden rammen und ihnen auf dem Schädel herumtrampeln, bis ihnen die Zunge so weit zum Maul heraushing, daß man sie ihnen mehrmals um den Hals wickeln konnte. Und wenn

Jesus Christus nicht den Mumm in den Knochen hätte, so mit seinen Feinden umzuspringen, dann wäre er auch nichts weiter als ein schwuler Jude. Und Roscoe Rules würde seine Söhne nicht zu Schwulen erziehen.

Aber Roscoe Rules hatte auch Humor. In seiner Brieftasche hatte er zwei Fotos aus den Tagen bei der Army, die schon langsam verknittert und verblichen waren, obwohl sie in einem Plastikschutzumschlag steckten. Auf einem war ein zwölf- oder dreizehnjähriges vietnamesisches Mädchen zu sehen, das sich fünf Dollar zu verdienen versuchte, indem es mit einem ausgezehrten Ochsen kopulierte, den Roscoe und einige andere amerikanische Cowboys mit einem Lasso eingefangen und gefesselt hatten, um dann in seinem Bambuspferch wie wild auf seinen Rücken einzudreschen.

Das zweite Foto, das schon jeder in der Wilshire-Station gesehen hatte, zeigte Roscoe mit dem abgetrennten Kopf eines Vietkongsoldaten. Roscoe hatte den Kopf am Haar gepackt und schnitt mit weit heraushängender Zunge und zur Seite geneigtem Kopf eine Grimasse in die Kamera. Über den unteren Rand des Fotos war ›Igor mit Freund‹ geschrieben.

Wasmeinstdu-Dean haßte es, jemanden zum Partner zu haben, der so fies und kaputt war wie Roscoe Rules. Er war sich seiner eigenen physischen Begrenzungen durchaus bewußt und riskierte auf der Straße kaum einmal eine kesse Lippe, es sei denn, er war sich absolut sicher, daß sein Gegenüber schon allein durch seine Polizeiuniform entsprechend eingeschüchtert war. In solch einem Fall warf er dann auch mit einem gelegentlichen ›Arschloch‹ oder ›Sack‹ um sich, um Roscoe eine Freude zu machen.

»Weißt du, weshalb Nigger selbst ernsthafte Verletzungen überleben, Partner?« fragte Roscoe Rules Wasmeinstdu-Dean.

»Nein, wieso, Henry?« erwiderte Wasmeinstdu-Dean mit einer Gegenfrage, wobei er Rules bei seinem von den anderen Chorknaben verabscheuten richtigen Namen nannte.

»Sie sind zu blöd, um einen Schock zu bekommen.«

Wasmeinstdu-Dean kicherte und sah kurz vom Steuer auf. Dabei fiel sein Blick auf die brauenlosen blauen Augen von Roscoe Rules und auf seine sommersprossigen Hände, die nervös nach seinem Hodensack tasteten, was vor allem dann der Fall war, wenn das Gespräch auf Frauen kam. Roscoe war einer von den Polizisten, die in den späten Nachmittagstunden gelangweilt in ihrem Streifenwagen saßen, von ihren unglaublichen sexuellen Erlebnissen in Vietnam oder Tijuana erzählten und sich dabei ihre Genitalien massierten, bis ihren Partnern übel wurde.

Mit Roscoe Rules zu arbeiten mochte zwar vieles sein, aber langweilig war es nie. Er war, wie man das im LAPD-Jargon nennt, eine ›Vierfünfzehn-Persönlichkeit‹. 415 ist die Nummer des Paragraphen im kalifornischen Strafrecht, der sich mit Ruhestörung befaßt. Roscoe Rules hatte auch tatsächlich durch seine bloße Anwesenheit schon mehr als genug harmlose Familienstreitigkeiten oder Auseinandersetzungen zwischen Mietern und Hausbesitzern in kleinere Aufstände verwandelt. Er war innerhalb seiner Abteilung häufiger versetzt worden als alle anderen Kollegen, war Gegenstand zahlreicher Beschwerden wegen übertriebener Gewaltanwendung, wobei diese nicht nur von gewöhnlichen Bürgern kamen, sondern auch von Kontrollbeamten, die in der Regel an Methoden, derer sich Roscoe Rules bediente, selten etwas auszusetzen hatten. Zumindest nicht, wenn sich diese Polizisten auf Funksprüche sofort meldeten, mindestens einen Strafzettel pro Tag ausschrieben und täglich mindestens drei Personen zwecks einer Durchsuchung anhielten.

Während ihrer ersten Woche als Partner verursachte Roscoe einen mittleren Aufstand. Sie befanden sich im Distrikt 7-A-77, aber Calvin Potts und Francis Tanaguchi hatten gerade in 7-A-29 zu tun, während Harold Bloomguard und Sam Niles in 7-A-1 beschäftigt waren und Spermwhale Whalen und Baxter Slate ihren Wagen in einem Hinterhof in der Nähe des Crenshaw Boulevard abgestellt hatten, wo Spermwhale gerade von einer schwarzen Nutte, die er noch aus den alten Zeiten in der University-Station kannte, lustlos einen geblasen bekam.

Das Ganze hatte als ein Streit unter Nachbarn begonnen, und bis Roscoe und Wasmeinstdu-Dean am Schauplatz des Geschehens eintrafen, hatte sich die potentiell durchaus brisante Lage in dem Wohnblock an der Cloverdale, dessen Parteien etwas ungünstig zusammengewürfelt waren, wieder so weit entspannt, daß man sich zwar noch wüst beschimpfte, aber doch insgesamt bemüht war, das Gesicht zu wahren. Verwickelt waren in die Sache zwei müde Männer, ein Mexikaner und ein Schwarzer, die nicht wirklich gewillt waren, sich um ihrer keifenden Frauen willen oder aus sonst einem Anlaß zu prügeln.

»Hier war ich schon mal«, bemerkte Roscoe, als sie an jenem Abend gegen neun Uhr die Treppe hinaufstiegen. »Irgend so eine bescheuerte Alte erstattete Anzeige, daß einer ihrer Schratzen vermißt war. Sie hatte so viele Fratzen um sich herum, daß sie ganz vergessen hatte, daß der kleine Scheißer für eine Woche in einem Sommercamp der Polizei untergebracht war. Für was für Leute unsere Sommercamps gut sind. Jedenfalls hat die Alte erst gemerkt, daß der Kleine weg war, als sie ihre Bande mal durchzählen ließ.«

Wasmeinstdu-Dean schüttelte es leicht, als er ein Team von Schaben ein Stückchen schleimig roten Hamburger bearbeiten sah, der auf dem Treppenabsatz vor sich hin stank.

An der Tür des Hausmeisters war ein Schild angebracht. ›Herumlungern in diesem Gebäude nicht gestattet. Wegen Entführung, Belästigung und Beraubung weiblicher Mieter werden Herumlungerer strafrechtlich verfolgt.‹

Auf dem zweiten Treppenabsatz passierten sie eine schwer torkelnde schwarze Frau mit einer Mordsfahne, die sie völlig ignorierte. Sie war barfuß und trug eine zu enge schwarze Hose und eine extraweite, schmutzige Bluse, die ihr heraushing. »Na, ein bißchen zu tief ins Glas geschaut, Alte«, blinzelte Roscoe Wasmeinstdu-Dean zu und versetzte der Frau einen kräftigen Schlag auf den Hintern.

Roscoe war immer noch am Kichern, als sie auf die letzten verglimmenden Überreste des ehemals gefährlich auflodernden Nachbarschaftszwistes stießen. Die rivalisierenden Parteien waren ziemlich gleich verteilt. Jede wurde von der üblichen Anhäufung von Ehemännern und -frauen, kleinen und großen Kindern unterstützt. Die Mexikaner halfen zu den Mexikanern, die Schwarzen zu den Schwarzen. Auf dem Höhpunkt der Auseinandersetzung hatten zweiundzwanzig Personen erbost aufeinander eingeschrien. Inzwischen standen allerdings nur noch die Ehemänner der zerstrittenen Frauen etwas unter Dampf. Dem Schwarzen lief ein schwaches Blutrinnsal den Mundwinkel herunter, wo ihn der Mexikaner versehentlich gestoßen hatte, als sie sich in Aussicht einer handfesten Auseinandersetzung hin und her zu schieben und drängen begonnen hatten.

Der Schwarze, ein untersetzter Hilfsarbeiter beim Bau mit enormen Schultern und einer wilden, natürlichen Afrokrause, schien durch die Ankunft der Uniformierten sichtlich erleichtert und brüllte wütend los: »Du hast mich blutig geschlagen, du Dreckskerl! Das wirst du mir teuer bezahlen. Dir werd ich's zeigen.«

»Jederzeit, Mann, jederzeit«, entgegnete der Mexikaner, ein etwas kleinerer Mann, der gelegentlich mit dem Schwarzen zusammengearbeitet hatte und fast mit ihm befreundet war.

Wie der Schwarze trug der Mexikaner eine schmutzige Arbeitshose, und um seinen Opponenten einzuschüchtern, hatte er sein Hemd ausgezogen. Nicht, daß er eine sonderlich beeindruckende Figur gehabt hätte, aber sein Rücken und sein Brustkorb waren über und über von böse aussehenden Narben überzogen, von denen einige wie aufgewickelte Seile, andere wie blutigrote Reißverschlüsse aussahen. Sie stammten aus den alten Bandenkriegen von East Los Angeles, in denen er sich durch eine komplizierte Bandenhierarchie zu einem mit Ruhm ebenso wie mit Verwundungen bedeckten *veterano* emporgefochten hatte. Dann allerdings hatte der Mexikaner geheiratet, sieben Kinder in die Welt gesetzt, seinen Geschmack an den Bandenkriegen verloren, und er war auch schon seit Jahren keinem Gegner mehr unter die Augen getreten.

»Wie ist das Ganze denn losgegangen?« fragte Roscoe Rules den Mexikaner.

Der zuckte mit den Achseln, strich sich nervös über seinen Zapata-Schnurrbart, senkte seine Augen und wandte den beiden Polizisten seinen zernarbten Rücken zu.

Als erste meldete sich darauf die Frau des schwarzen Hilfsarbeiters zu Wort. »Das Problem ist, Herr Wachtmeister, daß dieses Weibsstück und ihre Tochter immer am selben Tag die Wäsche aufhängen müssen wie ich. Und an sich wäre das ja noch keine große Sache, wenn sie sich wenigstens anständig aufführen würden und nicht dauernd wie die Säue anderer Leute Sachen auf den Boden schmeißen würden. Und ich kann dann noch mal 'nen Quarter in die Maschine stecken und meine Kleider noch mal waschen.«

»Das stimmt doch gar nicht«, platzte die kräftige mexikanische Frau heraus und warf sich ihr verschwitztes, langes, braunes Haar über die Schulter zurück. »Sie und Ihre Tochter sind diejenigen, die sich nicht benehmen können. Wie die Tiere führen Sie sich auf.«

»Geh doch zurück nach Mexiko, du Miststück«, stichelte die Schwarze.

»Ich bin hier geboren, du Niggerschlampe. Geh du mal lieber nach Afrika zurück«, konterte die Mexikanerin. Als die Schwarze daraufhin auf sie losging, schob sich Wasmeinstdu-Dean zwischen sie, rempelte dabei aber Roscoe Rules an, der gegen den

Schwarzen prallte, worauf dieser Roscoe versehentlich auf die Zehen trat. Und Roscoe hatte seine Stiefel in den acht Monaten, seit er sie trug, täglich spiegelblank poliert.

»Verdammt noch mal!« brüllte Roscoe und steckte, seine Augen verächtlich zur Decke gewandt, seine Arme zwischen die beiden Frauen. »Jetzt langt's aber wirklich!« donnerte er los, die Arme immer noch ausgestreckt, die Knie leicht gebeugt, und das Gesicht verzerrt, als wäre er Samson, der gerade an den Säulen des Tempels riß.

Dann stützte Roscoe seine Fäuste in die Hüften und fing an, langsam im Kreis zu gehen. Schließlich blieb er stehen, sah die Umstehenden wie ein trauriger, geduldiger Onkel an, nickte und sagte noch einmal: »Jetzt langt's aber!«

»Wissen Sie, Herr Wachtmeister«, meldete sich der Schwarze wieder zu Wort. »Ich will ja nicht frech werden, aber mir langt's allmählich, Sie sagen zu hören: ›Jetzt langt's aber!‹ Davon wird man ja richtig nervös.«

Roscoe trat auf Wasmeinstdu-Dean zu, zog ihn etwas beiseite und flüsterte: »Dieser Tintenkopf ist der Unruhestifter, soweit ich das beurteilen kann. Ich glaube, der hat ein Loch in seinem Seesack. Meschugge. Verrückt. Nicht mal reden kann man mit dem Kerl. Schau nur mal, was dieser Idiot mit meinem Schuh angestellt hat.«

»Ach, die werden sich schon beruhigen«, meinte Wasmeinstdu-Dean, während Roscoe wie ein blauer Flamingo auf einem Bein neben ihm stand und sich verzweifelt seinen Zeh an seiner Wade rieb.

»Kann ich mal kurz mit Ihnen sprechen?« wandte sich Wasmeinstdu-Dean an den Mexikaner, um ihn ein Stück den Gang entlang zu führen, während Roscoe mit dem schweigenden Schwarzen ein paar Meter die Treppe hinunterstieg.

»Machen Sie mir hier bloß keine Scherereien mehr«, flüsterte Roscoe, als sie sich außer Hörweite von den anderen befanden.

»Ich mache doch gar keine Scherereien, Herr Wachtmeister«, entgegnete der Schwarze und sah zu den gnadenlosen Augen von Roscoe Rules auf, die jedoch kaum zu erkennen waren, da er sich seine Mütze so weit nach vorn gezogen hatte, daß der Schirm fast seine Nase berührte.

»Widersprechen Sie mir nicht ständig!« platzte Roscoe heraus. Seine Nasenflügel weiteten sich, als er die Angst des Mannes spürte, der nervös vor ihm stand.

»Wie heißen Sie?« fragte Roscoe.

»Charles Er Uh Henderson«, gab der Hilfsarbeiter Auskunft, um ungeduldig hinzuzufügen: »Hören Sie, ich möchte jetzt gern zu meiner Familie. Ich habe das Ganze gründlich satt und möchte nur noch ins Bett. Ich habe schwer gearbeitet...«

Damit kam er jedoch bei Roscoe Rules genau an den Richtigen, und er knurrte ihn an: »Jetzt hören Sie mal gut zu, Charles Er Uh Henderson; erzählen Sie mir nicht, was Sie tun werden. Wenn Sie wieder in Ihre Wohnung gehen können, werde ich Ihnen das schon sagen, wenn Sie heute überhaupt noch in Ihre Wohnung zurückgehen werden. Es könnte ja auch sein, daß Sie heute zur Abwechslung mal im Knast übernachten!«

»Weswegen denn? Ich habe doch nichts getan. Woher nehmen Sie das Recht...«

»Recht? Recht?« zischte Roscoe und besprühte den Schwarzen mit seinem Speichel. »Ein Wort noch, Mann, und ich buchte Sie ein! Und zwar persönlich! Und dann werden Sie sehen, wie Ihnen der Arsch auf Grundeis geht.«

Wasmeinstdu-Dean brüllte zu Roscoe herunter und schlug vor, die beiden Streithähne auszutauschen. Sobald das geschehen war, versuchte er vergeblich, den aufgebrachten Schwarzen zu beruhigen.

Ein paar Minuten später hörte er dann Roscoe dem Mexikaner folgenden Rat geben: »Wenn diese Schnatterziege meine Frau wäre, würde ich ihr mal ordentlich in die Votze treten!«

Vor zwanzig Jahren hatte der Mexikaner noch eine volle Flasche Bier auf dem Kopf eines Mannes zerbrochen, bloß weil er seiner Frau zugelächelt hatte. Und vor zwanzig Jahren, als sie noch ein geschmeidiges, junges Mädchen mit einem sinnlichen Unterleib war, hätte er jeden Mann, ob Polizist oder nicht, erschossen, der sich eine solche Beleidigung erlaubt hätte.

Roscoe wußte nichts über *machismo* und bemerkte nicht einmal das leichte, kaum wahrnehmbare Zucken des linken Augenlids des Mexikaners, wie ihm auch nicht bewußt wurde, daß diese stechend schwarzen Augen nicht mehr auf einen Punkt irgendwo zwischen dem Dienstabzeichen und der Krawatte von Roscoe Rules gerichtet waren, sondern auf sein Gesicht und auf die brauenlosen blauen Augen des großen Polizisten.

»Und jetzt geben Sie beide sich mal schön die Hand und vertragen sich wieder, damit wir gehen können«, ordnete Roscoe an.

»Was?« meinte der Mexikaner ungläubig, und selbst der Schwarze sah verständnislos auf.

»Ich habe gesagt, Sie sollen sich die Hände schütteln. Seien Sie doch vernünftig und vertragen Sie sich wieder. Die Sache ist bereinigt, und wenn Sie sich die Hand gegeben haben, fühlen Sie sich gleich besser.«

»Ich bin zweiundvierzig Jahre alt«, sagte der Mexikaner leise, wobei sein Lid diesmal deutlicher zuckte. »Alt genug, um Ihr Vater sein zu können. Und ich werde niemandem die Hand geben wie ein kleiner Junge auf dem Spielplatz.«

»Sie tun, was ich sage, oder Sie können im Knast übernachten«, erwiderte Roscoe, der daran denken mußte, wie sich in der Schule nach einer ordentlichen Schlägerei jeder besser gefühlt hatte und wie sie dann gemeinsam ein Bier getrunken hatten.

»Und warum?« fragte der Mexikaner, dessen Atem allmählich immer heftiger ging. »Können Sie mir vielleicht sagen, warum?«

»Sie haben beide getrunken«, entgegnete Roscoe, der einerseits allmählich das Vertrauen in seine Autorität verlor, andererseits zunehmend in Wut geriet über diese Aufmüpfigkeit, welche die seiner Ansicht nach bereits unter Kontrolle gebrachte Situation wieder einigermaßen gefährlich machte.

Roscoe war der festen Überzeugung – wie im übrigen die meisten Polizisten seines Schlages – daß das gesamte Gerüst der amerikanischen Exekutive in sich zusammenstürzen und in einer Staubwolke aufgehen würde, sobald man auch nur für einen Moment einen Rückzieher machte, wenn man sich mit Arschlöchern und Säcken herumschlug.

»Wir sind nicht besoffen«, begehrte der Mexikaner auf. »Ich habe eine Dose Bier getrunken, als ich von der Arbeit nach Hause gekommen bin. Eine Dose, und keinen Tropfen mehr!« Er sprach jetzt ein ausgeprägtes Cholo-Englisch, als wäre er plötzlich wieder ein angesehenes Mitglied einer Gang.

Daraufhin stieß Roscoe ihn in eine Nische zurück, wo ihn die anderen nicht sehen konnten, die sich inzwischen auf dem Flur selbst einig geworden waren und sich bereits daran machten, in ihre Wohnungen zurückzugehen und mit dem Abendessen zu beginnen. Roscoe zog seinen Knüppel aus der Halterung am Gürtel und haßte diesen sturen Mexikaner und den hinterfotzigen Schwarzen und selbst Wasmeinstdu-Dean, dessen Nervosität Roscoe erboste. Diese Scheißsäcke sollten nie denken, man hätte Angst...

Dann sah Roscoe um sich und gelangte zu der Überzeugung, daß zwischen ihnen und dem Streifenwagen mindestens ein Dutzend Menschen waren, was ihn zu der Einsicht brachte, daß dies nicht der richtige Ort und Zeitpunkt war.

Aber der Mexikaner ließ Roscoe Rules vergessen, daß dies nicht der richtige Ort und Zeitpunkt war, als er dem großen Polizisten mit dem massigeren, brutaleren, kräftigeren Körper in die Augen sah und sagte: »So hat bis jetzt noch niemand mit mir gesprochen. Entweder Sie buchten mich jetzt ein, oder Sie lassen mich gehen. Aber Sie reden nicht mehr so mit mir oder... oder...«

»Oder? Oder was?« Roscoes haarlose Brauen zuckten leicht, als er dem kleinen Mexikaner mit der Spitze seines Knüppels auf die Brust tippte. »Ihr Mexikaner seid alle gleich. Kommt euch wohl mächtig stark vor, was? Der große Fliegengewichtweltmeister auf so 'ner Müllhalde, wie? Ich sollte dir deinen öligen Schnurrbart von der Fresse ziehen.«

Die flackernden Augen wurden plötzlich starr und schienen wie gebrochen. »Na, dann mach schon«, flüsterte der Mexikaner kaum hörbar.

Und das tat Roscoe dann auch. Eine Sekunde später stand der Mexikaner da, und ein zwei Zentimeter langes Stück seines Schnurrbarts befand sich zusammen mit der dazu gehörigen Haut in Roscoe Rules' Fingern. Die wunde Stelle begann sich sofort rot zu färben.

Da schrie der Mexikaner auf und trat Roscoe in die Eier.

Wasmeinstdu-Dean fand sich plötzlich bei dem Versuch wieder, den Hals des Mexikaners in seine Armbeuge zu bekommen, um ihm die Sauerstoffzufuhr zum Hirn abzusperren, damit er das Bewußtsein verlor und, wie ein Huhn krampfhaft zuckend, zu Boden ging.

Den ehemaligen schwarzen Feind des Mexikaners überkamen angesichts der mißlichen Lage seines Wohnungsnachbarn plötzlich wieder solidarische Gefühle.

»Ihr verdammten weißen Wichser!« explodierte der schwarze Hilfsarbeiter. Er ließ eine rechte Gerade in Richtung Wasmeinstdu-Deans Kopf los, die diesen an der Schläfe traf, so daß er den Mexikaner loslassen mußte und über Roscoe Rules stürzte, der auf dem Boden kniete und verzweifelt hoffte, von dem Tritt in die Eier nicht kotzen zu müssen.

Mit seinem nicht vorschriftsmäßigen, vierunddreißig Unzen

schweren Knüppel, der ihm die Hose nach unten zog, wenn er den Gürtel nicht eng genug schnallte, schlug Roscoe nach den Beinen des Schwarzen.

Er traf ihn am Schienbein. Das dürfte diesem Dreckskerl den Rest geben, dachte Roscoe und schwang schwach seinen Knüppel, als wäre dieser ein Zauberstab, der ihn jetzt, da er nicht aufstehen konnte, vor weiterem Unheil bewahren würde.

Aber der Schwarze schien den Schlag gegen sein Schienbein gar nicht zu spüren, während er abwechselnd mit dem Mexikaner auf Wasmeinstdu-Dean eindrosch.

Der Rotschopf hatte sowohl Knüppel wie Knarre verloren und torkelte zwischen den zwei Männern hin und her. »Partner! Partner!« brüllte Wasmeinstdu-Dean, aber Roscoe Rules kam nicht auf die Beine. Haßerfüllt sah er zu den drei Männern auf und hätte den Nigger, den Mexikaner und das Arschloch von Partner am liebsten abgeknallt.

Und dann fiel Roscoe hintüber. Er hielt sich seine anschwellenden Hoden und spuckte Schaum wie ein tollwütiger Hund.

Das Ganze nahm ein abruptes Ende. Anfeuernde Schreie von Männern, Frauen und Kindern. Das Krachen von Körpern, die gegen Wände schlugen, Türen, die laut dröhnend ins Schloß fielen. Und dann plötzlich Stille.

Plötzlich waren Roscoe Rules und Wasmeinstdu-Dean allein auf dem Flur. Beide lagen auf dem Boden, die Uniformen halb zerfetzt, Knüppel, Taschenlampen, Pistolen und Notizblöcke überall verstreut. Stöhnend kringelte sich Wasmeinstdu-Dean über eine umgestürzte Mülltonne. Roscoe Rules spürte, wie er langsam wieder zu Kräften kam, als er sich mühsam aufrappelte. Aus Angst, sie könnten wie reife Tomaten aufplatzen, wenn er sie losließ, hielt er dabei seine Hoden fest in beiden Händen.

Jedenfalls war Roscoe für den Rest des Abends erledigt. Er war damit zufrieden, die Treppe zum Wagen hinunterzuhumpeln und auf die Ankunft der anderen Einheiten zu warten, nachdem sein Partner über Funk Verstärkung angefordert hatte. Roscoe konnte Wasmeinstdu-Dean nicht begleiten, als dieser mit sechzehn anderen Polizisten wieder in das Haus zurückging, um auf der vergeblichen Suche nach den zwei Hilfsarbeitern, die sich aus dem Staub gemacht hatten und vierzehn Tage lang nicht aufgespürt werden konnten, sämtliche Türen einzutreten, die es in dem Wohnblock gab.

»Schlag auch für mich ein paarmal ordentlich zu, Partner«, flüsterte Roscoe, als er langsam auf den Krankenwagen zuschlurfte. Seine glühendheißen, geschwollenen Hoden hielt er dabei nach wie vor vorsichtig in seinen Händen, als trüge er einen schweren Goldbarren oder wertvolle Edelsteine. Und was ihn betraf, stimmte das ja auch. Er dachte in diesem Augenblick, er könnte sie für immer verlieren, und nie war ihm etwas so kostbar erschienen. Er weigerte sich sogar, sein gequältes Fleisch loszulassen, um in den Krankenwagen zu steigen. Statt dessen stand er einfach mit gebeugten Beinen da und wartete, bis ihn zwei Sanitäter vorsichtig ins Innere hoben.

Bevor sie die Tür des Krankenwagens schlossen, rief er seinem übel zugerichteten Partner noch schwach zu: »Gib's ihnen, Dean! Immer noch einen für deinen Partner! Zeig's diesen Dreckskerlen! Und nimm sie richtig in den Schwitzkasten! Diese Hunde sollen sich in ihre eigenen Eier beißen! Und dann heiz ihnen mit dem Knüppel ein! In die Knie mit diesen Schweinen! Punktier ihnen die Nieren! Und die Milz noch dazu! Diese Säcke sollen nur noch zukkend am Boden liegen!«

In dieser Nacht wanderten fünf Personen ins Gefängnis. Die Anklagen waren unterschiedlichster Natur und reichten von Widerstand gegen die Staatsgewalt bis Trunkenheit. Der schwarze Hilfsarbeiter wurde zwei Wochen später aufgegriffen. Nach fünf Gerichtssitzungen wurde er zu zehn Tagen Gefängnis verurteilt, die er aufgrund seiner Arbeit und seiner großen Familie an den Wochenenden verbüßen durfte. Die Strafe des Mexikaners fiel aufgrund seiner Vergangenheit etwas härter aus, aber bis auf fünfzehn Tage Haft wurde schließlich auch ihm alles erlassen.

Beide Männer wurden daraufhin von ihren Familien und Nachbarn für eine Weile wie Helden gefeiert, und der Mexikaner, der sich bereits wegen seiner nachlassenden Potenz Sorgen gemacht hatte, fühlte sich nach seiner Entlassung aus dem Gefängnis plötzlich wieder wie ein junger Hengst. Seine Frau meinte, es wäre nie zuvor so gut mit ihm gewesen.

Nachdem Roscoe Rules sich von seiner Abreibung durch die beiden Hilfsarbeiter erholt hatte, konnte er es kaum erwarten, wieder den Dienst anzutreten und den Bewohnern des Wilshire-Distrikts seine Verletzungen und seine Erniedrigung heimzuzahlen. Nicht, daß er die Wunden selbst als eine Schande betrachtet hätte. Ganz im Gegenteil, Roscoe trug seine Narben ebenso stolz zur Schau wie der Mexikaner die Souvenirs aus den Bandenkriegen seiner Jugend. Roscoe wurmte vielmehr die Tatsache, daß sie im Kampf zwei gegen zwei einen auf den Deckel bekommen hatten. Wenn er deshalb seinen Kollegen die Geschichte erzählte, nahm die Zahl der Angreifer ständig zu, bis selbst Wasmeinstdu-Dean nicht mehr wußte, wie viele Leute eigentlich über sie hergefallen waren. Roscoe konnte sich überhaupt nicht mehr daran erinnern. Irgendwie schien der ganze Vorgang aus seinem Gedächtnis gelöscht, beziehungsweise nur noch verschwommen abrufbar. Das gleiche galt für die qualvollen Tage im Krankenhaus, wo er sich ständig hatte übergeben müssen und wo ihn die zum Glück unbegründete Angst plagte, seine Männlichkeit könnte für immer kompromittiert sein. Seinem Partner gegenüber gab er zu, daß er sich nicht mehr klar erinnern konnte, was damals eigentlich passiert war, und sprach selbst nach seiner völligen Genesung von diesem Erlebnis nur als von dem Tag, an dem seine Eier explodierten.

Und natürlich wurde Roscoe von nun an noch vorsichtiger. Wenn eine verdächtige Person auch nur so aussah, als könnte sie *vielleicht* Schwierigkeiten machen, bekam sie bereits Roscoes nicht vorschriftsmäßigen Knüppel zu spüren. Während des Monats seiner Rekonvaleszenz war Roscoe aufgrund der stechenden Schmerzen in seinen Lenden unfähig, einen, wie Harold Bloomguard es nannte, ›Diamantenschneider‹ zustande zu bringen oder auch nur einen ›Blaublütler‹. Einer besorgten Nachbarin erzählte seine Frau, es wäre ihr in ihrer Ehe noch nie so gut gegangen.

Aber Roscoe trug die Sache mit seiner Art von Humor. Während er noch vom Dienst freigestellt war, um sich von den Folgen seiner Verletzungen zu erholen, lud er Wasmeinstdu-Dean auf seine Ranch östlich von Chino zu einem urigen Garten-Barbecue ein.

»Nicht diesen Niggerfraß, den du in diesen ganzen Klitschen in der Stadt kriegst«, versprach er, sondern ein richtiges Barbecue, wie es eines amerikanischen Farmers aus dem Mittelwesten würdig war, als der sich Roscoe immer noch fühlte.

Als Wasmeinstdu-Dean Roscoe dann auch fragte, ob er vorhätte, sich nach seiner Pensionierung wieder in den Mittelwesten zurückzuziehen, polterte Roscoe los, verdammt noch mal, nein, diese Scheißhinterwäldlerschwulen würden doch nur fertig, wenn sie in der Bibel lesen könnten, während sie einem den Arsch malträtierten. Als er schließlich sogar philosophisch wurde, gab er zu, daß er sich eigentlich nur in Vietnam wirklich glücklich gefühlt hätte und daß er am liebsten nach Afrika gegangen wäre, um sich dort als Söldner zu verdingen, wenn er nicht so blöd gewesen wäre, seine Alte schon so früh anzupuffen und dann zu heiraten.

»Stell dir vor, du wirst dafür bezahlt, Nigger abzuknallen«, sinnierte er.

Und dann bewies er, daß er immer noch Humor besaß, als sein achtjähriger Sohn Clyde heulend in den Hinterhof gerannt kam, wo Roscoe und Wasmeinstdu-Dean Bier aus der Dose tranken und an einem ferngesteuerten Modellflugzeug herumfummelten, das Roscoe vor zwei Jahren seinem Sohn zum Geburtstag gekauft hatte, um ihn dann allerdings nicht damit spielen zu lassen, weil er dafür noch zu klein war. Roscoe liebte nichts mehr, als vor dem Haus zu sitzen und das Pony zum Wahnsinn zu treiben, indem er das Spielzeugflugzeug immer wieder zum Sturzflug auf seinen Kopf ansetzen ließ. Es war eine Messerschmitt mit deutschen Abzeichen und einem Hakenkreuz am Heckruder.

»Daddy!« heulte sein Sohn Clyde. »Schau mal Pookie an!«

»Was ist denn mit ihm, mein Kleiner?« fragte Roscoe mit einem besorgten Blick auf die kleine Schildkröte in den Händen seines Sohns. Das arme Tier war bereits halb tot.

»Das Vieh verreckt doch sowieso; schaff es weg«, befahl Roscoe, ohne die Schildkröte anzurühren.

»Nein, Daddy!« schluchzte der Junge. »Er wird schon wieder werden! Pookie kommt schon durch!«

»Gib ihn mal her.« Roscoe blinzelte Wasmeinstdu-Dean kurz zu. »Ich werde mal sehen, was sich machen läßt.« Er entriß seinem Sohn die Schildkröte und schnippte ihr mit der Zange, mit der er eben den Motor des Flugzeugs repariert hatte, an der Öffnung des Panzers den Kopf ab, so daß ihre Beine im Todeskampf kurz aufzuckten. »Jetzt können wir Pookie als Briefbeschwerer verwenden«, meinte Roscoe stolz.

Am nächsten Tag erzählte er jedem in der Wilshire-Station davon, um zu beweisen, daß er das fieseste, mieseste Arschloch war, das je eine blaue Uniform getragen hatte, während Wasmeinstdu-Dean, ohne es zu wissen, genau die Charakterisierung Roscoes gab, die auch dessen fünf frühere Partner gegeben hatten. Er flüsterte, Roscoe sei ein absolut unerträglicher Kotzbrocken.

Trotz seines Waterloo durch die beiden Bauhilfsarbeiter machte Roscoe ziemlich genau im gleichen Stil weiter wie zuvor. Er stellte einen Antrag, wieder in 7-A-85 arbeiten zu können, wo es immer besonders hoch herging. Und da Roscoe so viele betrunkene Autofahrer schnappte und eine unglaubliche Anzahl von Strafzetteln austeilte, war er nach wie vor bei den Verwaltungsbeamten äußerst beliebt, die glaubten, mindestens einen Strafzettel pro Tag auszustellen, sei der beste Beweis für die Eignung eines Mannes zum Polizisten.

Roscoe verhaftete sogar mehr betrunkene Fahrer als die Verkehrsstreifen. Und natürlich mußte er auch sehr oft vor Gericht aussagen, da er auch die sogenannten ›Grenzfälle‹ einkassierte. Im übrigen stellte er immer, wenn es nur irgendwie ging, solche Strafzettel aus.

»Alles, was ich mitbekomme, und einiges, was ich nicht mitbekomme«, pflegte es Roscoe immer auszudrücken.

An dem Abend, an dem Roscoe Rules eine lebende Legende wurde, hatten er und Wasmeinstdu-Dean einen betrunkenen Autofahrer zu schnappen versucht, indem sie sich vor einer Bar an der West Jefferson umsahen, die hauptsächlich von Schwarzen besucht wurde. Und da in dieser Bar nicht lange gefackelt wurde und der Schnaps biergläserweise floß, hatte Roscoe gehofft, auf dem Parkplatz hinter der Kneipe einen Besoffenen zu finden, der in seinem Wagen seinen Rausch ausschlief, um ihn dann aufzuwecken und ihm zu raten, nach Hause zu gehen und sich dort ins Bett zu legen. Dann wollten sie ein Stück weiter weg warten und den betrunkenen Autofahrer verhaften, wenn er an ihnen vorbei nach Hause fuhr.

Manche Polizisten machen sich aufgrund ihrer zahlreichen Verhaftungen einen Namen, wodurch sie sich in die Kategorie der sogenannten instinktiven Polizisten einordnen, die irgendwie riechen, wenn an einer Sache etwas faul ist – wenn ein Verdächtiger lügt, wenn eine Wendung des Kopfs oder ein Blinzeln mehr bedeuten als nur diese bestimmte Nervosität, die alle überfällt, wenn sie mit der Polizei zu tun haben. Wenn man *weiß*, welche Autos man anzuhalten hat, mit welchem Fußgänger man sprechen soll, und vor allem, welchem man *glauben* kann; denn die meisten Polizisten gelangen irgendwann sowieso zu dem Schluß, daß sich die Menschheit – über die Tatsache hinaus, daß jeder seine Schwächen hat – aus einer Bande von Lügnern zusammensetzt, die sogar lügen, wenn nur die Wahrheit sie retten könnte, wobei sie in den meisten Fällen nicht die geringste Ahnung haben, was eigentlich die Wahrheit ist.

Aber es gibt auch andere Möglichkeiten, sich innerhalb Polizeikreisen einen Namen zu machen – zum Beispiel durch eine einzelne Aktion, die so außergewöhnlich ist, daß sie binnen vierundzwanzig Stunden bei jedem Appell Gesprächsthema Nummer eins ist. Und auf diesem Weg erlangte auch Roscoe Rules schon zu Lebzeiten legendären Ruf.

Jener schicksalsschwere Abend fing ziemlich genauso an wie jeder andere Abend. Roscoe saß am Steuer und sprach über die Vorteile schneller Wagen, wilde Verfolgungsjagden, Vernichtungswaffen und Munitionstypen und sogar Frauen; seine arg mitgenommenen Hoden hatten sich nämlich erholt und funktionierten wieder. Beim Sprechen knetete Roscoe wie immer, ohne dies zu bemerken, an sich herum.

Die räucherlachsige Sonne war an jenem Abend sehr rasch untergegangen. In der Dämmerung kreuzten sie durch ihr Revier und sahen sich nach Möglichkeiten um, Strafzettel zu verteilen, die man Roscoes Ansicht nach möglichst schon zu Beginn des Dienstes ausstellen sollte. Nicht selten überfuhr ein Autofahrer in den frühen Morgenstunden mit hundertzwanzig ein Rotlicht, und Roscoe ignorierte ihn einfach oder sah ihn gar nicht, wenn er schon seinen Strafzettel für den Abend ausgeschrieben hatte.

Sie fuhren an der Baustelle für eine neue Grundschule in der Nähe des Washington Boulevard vorbei, und Roscoe brüllte einem Bauarbeiter mit einem Schutzhelm auf dem Kopf vom fahrenden Wagen aus zu: »Na, baut ihr wieder neue Käfige?« Der Mann grinste und hob seinen Hammer.

»Alles ruhig bis jetzt«, bemerkte Roscoe und steckte sich eine Marlboro an. »Kaum Funksprüche, aber ich habe so ein Gefühl, daß das heute eine heiße Nacht wird. Diese Tiere haben heute alle ihre Schecks von der Wohlfahrt gekriegt. Ich schätze, daß da noch einiges passieren wird.«

An einem Rotlicht hielt ein klappriger Chevrolet mit Texaner Nummer und finster dreinblickenden Weißen am Steuer neben ihnen. Die Frau auf dem Beifahrersitz – sie wirkte matt und ausgemergelt – hatte Schwierigkeiten, das Fenster herunterzukurbeln. Sie hielt ein Baby im Arm, so daß ihr eines der vier blonden Kinder auf dem Rücksitz dabei half.

»Können Sie uns vielleicht sagen, Herr Wachtmeister«, fragte sie, »wo das General Hospital ist?«

»Klar«, antwortete Roscoe. »Fahren Sie einfach immer geradeaus weiter, bis zum Harbor Freeway, und biegen Sie dann rechts ab. Und dann fünfzehn Kilometer weiter immer geradeaus. Sie können es unmöglich verfehlen.«

»Vielen Dank«, lächelte sie zurück und mühte sich wieder mit dem Fenster ab.

Wasmeinstdu-Dean sah seinen Partner fragend an, worauf Roscoe erklärte: »Scheißproleten. Dieses Gesindel ist ja noch schlimmer als die Nigger. Kommen hier an und meinen, wir blechen für ihre Schratzen. Ins General Hospital wollen die? Meine Fresse. Mal sehen, wie dumm die schauen, wenn sie plötzlich auf den Ozean glotzen.«

»Weißt du, daß ich bei 'ner Verfolgungsjagd noch nie selbst gefahren bin«, bemerkte Wasmeinstdu-Dean, als er einen Verkehrsstreifenwagen an ihnen vorbeischießen sah. Er verfolgte ein Auto auf dem Olympic Boulevard, das zu schnell gefahren war.

»Dabei darfst du nur eines nicht vergessen.« Roscoes Stimme wurde eine Oktave tiefer, wie sie das immer tat, wenn er die Rolle des ausbildenden Beamten annahm. »Versuch nie, einen schnell fahrenden Wagen außen zu überholen, wenn du ihn schneiden willst. Da langt ein Stück Spucke auf der Straße, und die Kiste rutscht weg wie nichts. Am inneren, hinteren Kotflügel mußt du ihn erwischen, und ich kann dir sagen, der Fahrer frißt die Windschutzscheibe mitsamt den Scheibenwischern auf. Ich hab' mal gesehen, wie 'ne Freewaystreife so 'n Arschloch voll an einen Seitenpfeiler gedrängt hat. Die Kiste von diesem Idioten ist in die Luft gegangen wie eine Haubitzengranate. Hat die Steuerzahler *für immer* von Schmarotzern erlöst.

Und du mußt natürlich wissen, wann dein Motor abstirbt. Diese Hunde gehen möglicherweise erst bei hundertachtzig aus, so daß du also ganz schön hartnäckig bleiben mußt und dir vielleicht sogar der Motor draufgeht. Bei 'ner guten Verfolgungsjagd ist das natürlich peinlich. Da kommt man sich dann ganz schön blöd vor.«

»Aber natürlich mußt du nicht nur deinen Wagen ganz genau kennen, sondern auch deine Ausrüstung«, fuhr Roscoe mit seinen Ausführungen fort. »Wie zum Beispiel den Erbsenstreuer, den du dabei hast. Ich würde dich ja zu gern überreden, dir 'ne Magnum zu kaufen und dir ein paar anständige hohle Patronen zuzulegen; die reißen immer so schöne Löcher. Ich jedenfalls möcht' 'ne Kanone, die so 'nen Sack zum Stehenbleiben bringt, wenn ich will, daß der Kerl stehenbleibt. Wenn dieses Arschloch dann hin ist, kann ich mir immer noch überlegen, was die da oben wegen der Munition sagen. Hab' ich dir eigentlich mal von diesem Einbrecher erzählt, den mein Partner abgeknallt hat, als ich noch in Watts stationiert war? Der Kerl wollte 'ne Tankstelle ausnehmen, hat aber die Alarmanlage ausgelöst. Wir hatten damals nur diese Sprühdosen dabei; dieser Dreckskerl ist tatsächlich die hundert Meter in zehn-null gerannt, bis ihn mein Partner abgeknallt hat; und dann ist er sie in neun-neun gerannt. Also hab' ich mir geschworen, dieses wertlose Zeug loszuwerden und mir was Durchschlagenderes zu besorgen. Ich hab' mich genau mit der Geschwindigkeit und der Durchschlagskraft befaßt.«

Und dann erhielten sie den *ersten* Einsatzbefehl des Abends. »Sieben-A-Fünfundachtzig. Ein Selbstmord, Wilshire/Ecke Mariposa«, quäkte eine Stimme aus dem Funkgerät. »Übernehmen Sie den Fall.«

Roscoe hatte sich in die Stimme der Frau verliebt, welche die Durchsagen über Kanal zehn machte. Er hatte sie jedoch noch nie zu Gesicht bekommen. Also ergriff Roscoe das Mikrofon, drückte auf den Sprechknopf, machte drei Kußgeräusche und fing an: »Hier Ssssiebennnn-Aaaaa-Achttttundffffünffffzig. Ich wiederhole: Sieben-A-für-aaaabsolut-geil-achtundfünfzig. Verrrstandennnn.«

Dann ließ er den Knopf los und wandte sich Wasmeinstdu-Dean zu. »Wetten, daß die davon 'ne feuchte Hose kriegt.«

Und die Sprecherin, eine dicke, neunundfünfzigjährige Matrone mit sechs Kindern, von denen jedes älter war als Roscoe Rules, wandte sich kurz der Kollegin links neben ihr zu und meinte: »Dieser Kerl in Sieben-A-Achtundfünfzig muß ja ein ganz schöner Kotzbrocken sein.«

Der Hinweis auf die Selbstmörderin stammte von einem Türsteher namens Homer Tilden. Ihm war die zweiundzwanzigjährige Sekretärin Melissa Monroe aufgefallen, die etwa drei Stunden nach Büroschluß in das Gebäude zurückgekommen war und verlangte, eingelassen zu werden. Sie behauptete, ein wichtiges Dokument vergessen zu haben.

»Ich hätte sie auf keinen Fall reinlassen sollen. Es ist alles meine Schuld, alles nur meine Schuld«, schluchzte der dicke schwarze Portier später, als ihn die Beamten verhörten.

Und dann beschrieb der Portier das keß lächelnde Mädchen mit der kessen Tolle, die ihm immer ›'n Abend, Mister Tilden!‹ zurief, wenn sie nach der Arbeit nach Hause ging. Und dann brach er in Tränen aus.

Als Roscoe Rules und Dean Pratt, Blaulicht und Martinshorn eingeschaltet, schließlich am Schauplatz des Geschehens eintrafen, hatte sich bereits eine kleine Schar von Schaulustigen versammelt, die aus dem Ambassador Hotel über die Straße gekommen waren. Homer Tilden führte die zwei Polizisten zum Lift, mit dem sie zum einundzwanzigsten Stock hochfuhren, wo die junge Frau auf dem Fenstersims des Büros saß, in dem sie arbeitete. Ihre Beine baumelten entspannt über dem Abgrund, und sie blickte neugierig auf die Menge unter ihr hinab. In der Ferne ertönte das Heulen der Sirene eines Noteinsatzwagens der Feuerwehr, der drei Blocks weiter im Abendverkehr auf dem Wilshire Boulevard festsaß.

»Kommen Sie mir nicht in die Nähe«, warnte das Mädchen gelassen. Der Wind blies ihr das feine Haar flatternd um die kleinen Ohren, als die zwei Polizisten vom Flur in das Büro gestürzt kamen.

»Gehen Sie wieder runter«, befahl Roscoe Homer Tilden, der sich die Brust hielt, als wäre er die einundzwanzig Stockwerke hochgerannt und nicht im Lift gefahren.

»Vielleicht...«

»Gehen Sie wieder runter, verdammt noch mal!« fuhr ihn Roscoe an. »Es werden noch mehr Leute kommen.«

Und während der Portier gehorchte, stellte sich Roscoe Rules bereits das Foto und die Schlagzeile in der nächsten Ausgabe der *Los Angeles Times* vor, wenn es ihm gelingen würde, die hübsche Selbstmörderin am Springen zu hindern. Sie war sehr hübsch und mit Sicherheit für ein Foto auf der zweiten Seite gut – zusammen mit ihrem Retter, versteht sich.

»Jetzt hören Sie mal, Miß«, begann Roscoe und trat einen Schritt vor. Aber das Mädchen rückte dem Abgrund nur noch näher, so daß Roscoe mitten in der Bewegung erstarrte.

»Vielleicht sollten wir sie lieber in Ruhe lassen, Partner«, flüsterte Dean und sah in diesem Moment wesentlich jünger als fünfundzwanzig aus. Seine Sommersprossen schimmerten unter Strömen von Schweiß.

»Nichts da«, zischte Roscoe zurück. »Die Kleine hat doch 'ne Meise. Mit der werde ich schon fertig.« Und dann fuhr er, an das

Mädchen gewandt, fort: »Kommen Sie doch wieder rein. So schlimm wird's schon nicht sein. Jetzt überlegen Sie sich die Sache doch erst noch mal.«

Er sagte das leichthin, mit einem Grinsen auf den Lippen, und trat auf sie zu. Das Mädchen gebot ihm jedoch neuerlich Einhalt, indem es weiter nach vorn rutschte und nun wirklich nur noch am äußersten Rand des Fenstersimses balancierte. Ihre zierliche Gestalt hob sich deutlich gegen den dunstigen Nachthimmel ab.

»Nein!« stöhnte Dean auf. »Bitte nicht, Miß! Halt, nicht mehr weiter! Los, Partner, gehen wir wieder nach unten und lassen der Dame Zeit zum Überlegen.«

Aber Roscoe Rules sah bereits einen Artikel in der *Times* und einen Orden den Bach hinunterschwimmen, so daß er es auf eine andere Tour versuchte. Charles Laughton oder sonst irgend so ein Kerl hatte damit in einem alten Film einmal Erfolg gehabt.

»Na gut, dann machen Sie schon!« provozierte er das Mädchen. »Inzwischen sind doch genügend Zuschauer da. Schließlich ist es Ihr Leben. Wenn es Ihnen schon nichts mehr wert ist, was sollen wir uns dann einen Dreck darum kümmern. Machen Sie doch endlich, junge Frau. Wir können hier nicht die ganze Nacht rumstehen und Ihnen schön tun. Wir haben auch noch anderes zu tun. Also machen Sie doch endlich! Springen Sie!«

Und das tat sie dann auch. Ohne ein Wort oder eine Träne sah sie Roscoe Rules und Dean Pratt an, und sie wandte ihre großen lila Augen auch keinen Moment von den beiden ab, als sie sich vom Fenstersims gleiten ließ und mit zehn Metern pro Sekunde, die Beine voraus, mit einem langgezogenen Schrei in die Tiefe stürzte.

Was von Melissa Monroe daraufhin noch übrig war, lag unter einer braunen Decke, als Dean Pratt auf dem Weg zu ihrem Streifenwagen an ihr vorbeistolperte.

»Laß mich das Protokoll aufnehmen, Partner.« Zum erstenmal glaubte Dean die Stimme Roscoes zittern zu hören, als er dies sagte.

Dann warf Wasmeinstdu-Dean einen Blick auf Melissa Monroe, und er erzählte später, es wäre gewesen, als hätte dem lieben Gott seine Nachspeise nicht geschmeckt, so daß er sie wütend in Richtung Ambassador Hotel geschleudert hätte. Da er es jedoch verfehlte, klatschte das Ganze auf den Gehsteig des Wilshire Boulevard. Schädel und Körper waren zerplatzt. Organe und Hirn besudelten das Pflaster. Sie war weiß und gelb und rosa, bedeckt mit einer klumpigen roten Soße und Sirup. Melissa Monroe war zu einem riesigen Himbeereis geworden.

Für den Rest der schlimmsten aller Nächte seines Lebens war Dean Pratt sehr ruhig. Er dachte, sie wären fertig, als Roscoe Rules auf der Wache seinen 15,7-Bericht zu Ende geschrieben hatte – dieses unersetzbare polizeiliche Formular, das für alle Fälle vorgesehen ist, die nicht in die üblichen Kategorien wie Raub, Einbruch oder Fahrzeugdiebstahl passen.

»Und vergiß eines nicht, Partner«, schärfte Roscoe ihm ein, als sie allein in der Cafeteria saßen. »Sobald der Portier weg ist, ist sie einfach gesprungen. Niemand hat auch nur ein Wort gesagt. Sie ist einfach gesprungen!«

Dean Pratt nickte und nippte an einer Limonade, während er sich nach einem Glas voll Bourbon sehnte, wie er sich noch nie in seinem Leben nach etwas gesehnt hatte. Er hoffte, daß in der hintersten Ecke seines Kleiderschranks zu Hause, wo seine Freundin ihre Medikamente aufbewahrte, noch ein paar Beruhigungspillen herumlagen. Schlaftabletten waren ihm nicht ganz geheuer, da Drogenmißbrauch ein unwiderruflicher Entlassungsgrund war. Aber im Augenblick wollte er nur vergessen und schlafen.

Um elf Uhr zerrte Roscoe seinen Partner aus der Cafeteria und sagte: »Los, Partner, fahren wir wieder los. Es gibt noch einiges zu tun.«

»Wie bitte?«

»Los, komm schon, verdammt noch mal; an die Arbeit«, grinste Roscoe. »Wir haben noch nicht Feierabend; bis dahin sind's noch fünfundvierzig Minuten.«

»Das kann doch nicht dein Ernst sein«, stöhnte Dean.

»Los, jetzt stell dich nicht so an«, befahl Roscoe barsch, und sein Grinsen verflog. Er nahm Wasmeinstdu-Dean sehr fest am Arm und führte ihn nach draußen zum Streifenwagen.

»Jetzt mach bloß keine Geschichten!« knurrte Roscoe, als er losfuhr. »Meiner Meinung nach können wir uns keinen Vorwurf machen. Was hätten wir schon machen sollen? Wenn diese blöde Kuh schon unbedingt ein bißchen frische Luft schnappen wollte, verdammte Scheiße, dann ist das nicht unser Problem.«

Dean erwiderte nichts, was Roscoes Wut nur noch steigerte. Seine haarlosen Brauen wurden weiß und begannen zu zucken. »Verdammt noch mal! Wen kümmert es schon, wenn *alle* diese blöden Arschlöcher Schluß machen wollen. Das sind doch sowieso nur miese, stinkende Scheißbollen. Was soll ein Menschenleben schon, wenn es nicht gerade deines ist?«

Da Dean immer noch nichts antwortete, zerrte Roscoe unbewußt an seinem Hodensack und schimpfte weiter. »Du schnappst einen Gauner und sagst ihm, er soll die Pfoten hochnehmen. Das macht er nicht, und es sind keine Zeugen da; dann lege ich den Kerl doch um. Hast du verstanden? Knall dieses Drecksvolk einfach ab wie die Tauben, die dir aufs Dach scheißen. Kannst du dich noch an diesen Nigger und den Mexikaner erinnern, an dem Abend, als meine Eier explodiert sind? Eines Tages werde ich mir die beiden schnappen. Und du kannst mir glauben, daß die zwei nichts zu lachen haben werden. Du würdest die beiden doch auch gern umlegen, oder vielleicht nicht?«

»Kann schon sein«, nickte Dean.

»So ist es richtig!« redete sich Roscoe weiter in Fahrt.

»Eines Tages werden wir uns ein paar Säcke schnappen, die es auf die harte Tour versuchen wollen. Und denen werden wir's dann zeigen, wozu so ein paar abgebrühte Jungs wie wir noch in der Lage sind. Denen werden wir dann mal vorführen, was rückwirkende Geburtenkontrolle ist. Diese Scheißwichser werden wir mit meiner Magnum und deinem Erbsenstreuer regelrecht aus den Socken ballern!«

»Kann schon sein Roscoe«, murmelte Dean.

Roscoe merkte gar nicht, daß er mit seinem Streifenwagen mit hundertdreißig Stundenkilometern ziellos über den Santa Monica Freeway jagte. Er spürte nur den kühlenden Fahrtwind, während Dean vorsichtig nach dem Tachometer schielte.

Und dann kam der letzte Funkspruch jener Nacht herein.

»Sieben-A-Fünfundachtzig, Sieben-A-Fünfundachtzig, kommen Sie Verkehrsstreife, Venice und Hauser, zu Hilfe. Code zwei.«

»Sieben-A-Fünfundachtzig, Roger.« Dean knallte das Mikrofon in die Halterung zurück und notierte sich angewidert die Adresse.

»Verdammte Scheiße!« Diesen Fluch brachte Roscoe nur sehr selten an, seit ihn ein früherer Partner darauf aufmerksam gemacht hatte, daß das bei ihm klang wie bei einem Nigger von der Central Avenue.

»Für heute langt's mir wirklich«, brummte Dean. »Ich wäre für Code sieben bereit gewesen.«

»Ich könnte auch was zu mampfen vertragen«, murrte Roscoe.

»Haben diese Scheißsäcke in der Zentrale keinen anderen Wagen, den sie dorthin schicken können? Verdammte Scheiße! Zeig's ihr mit den Handschellen, Partner.«

Wie Roscoe Rules es ihm beigebracht hatte, öffnete Dean Pratt den Verschluß seiner Handschellen, hielt sie direkt vor das Mikrofon und drückte sie fünf-, sechsmal kräftig auf und zu, so daß ein knirschendes Geräusch entstand, als zöge man einen gigantischen Reißverschluß auf und zu. Roscoe war der Überzeugung, daß dieses Geräusch mit der entsprechenden Verstärkung im Kopfhörer der Funkoperatorin ankam.

»Klingt ganz so, als ob ein etwas perverser grüner Riese seinen Hosenlatz aufmachen würde, oder nicht?«

Wasmeinstdu-Dean nickte; ihm war plötzlich leicht übel. Seit vierundzwanzig Stunden hatte er praktisch nichts mehr gegessen. Er hatte sich den ganzen Tag über im Gericht aufgehalten und unmittelbar danach den Dienst angetreten. Und Roscoe Rules, der ständig an seinem Sack herumpopelte, tat nicht das Geringste, um ihn ein wenig abzulenken.

»Hab ich dir eigentlich je von dieser Kleinen erzählt, die wir in Vietnam immer alle zusammen gevögelt haben?« fing Roscoe richtig gut gelaunt an, da dies ihr letzter Auftrag für die Nacht sein würde. Selbst wenn die Sache schnellstens erledigt sein würde, wollte er ein wenig Zeit schinden und sich dann gleich abmelden, wenn sie fertig waren.

»Glaube nicht, daß du mir das schon erzählt hast«, seufzte Dean, der inzwischen zu dem Schluß gelangt war, daß ihm vier Finger Bourbon besser tun würden als ein Hamburger.

»Diese Göre war vielleicht vierzehn; sie hatte 'ne leichte Mattscheibe. Ein Hirn wie ein Hühnchen und kurzsichtig wie ein Maulwurf. Wir ließen ihr durch den Übersetzer erklären, daß Bumsen gut für die Augen ist. Und sie war so häßlich wie 'ne offene Blase. Nur ein ganz kleines bißchen besser, als sich einen runterzuholen, wobei das Beste an ihr gar nicht ihre Möse war. Das Tollste war, sie ab und zu so richtig zu schrubben. Wir haben solche miesen Fünfzig-Cent-Nutten wie sie immer gepackt und in diese großen, hölzernen Waschzuber geworfen, und dann haben wir sie zu acht oder zehnt mit heißem Wasser übergossen und ihr mit unseren Bürsten den Dreck von der Pelle gerieben. Meine Fresse, das war vielleicht ein Ding! Wir haben sie eingeschäumt und jeden Zentimeter geschrubbt. Scheiße, wir haben uns ausgezogen und sind ins Wasser geplumpst und haben Bier gesoffen, und dann haben wir diese Weiber gewaschen. Klingt vielleicht ein bißchen komisch, aber es hat mehr Spaß gemacht, die Weiber zu waschen, als sie zu ficken.«

Dean lehnte sich zurück, während Roscoe in westlicher Richtung über den Venice Boulevard fuhr und von schlanken gelbhäutigen Körpern in Seifenwasser träumte. Er hatte schon einige Frauen umgelegt, aber sein aufregendstes sexuelles Erlebnis war es doch gewesen, diese schlitzäugigen, kleinen Nutten einzuschäumen und zu waschen. Selbst jetzt bekam er noch einen Steifen, wenn er ein Stück Seife in die Hand nahm.

»Verdammte Scheiße!« bemerkte Dean. »Da!«

Der Verkehr hatte sich in jeder Richtung über sechs Blocks hin gestaut. Etwa fünfzig Personen hetzten wie Geister auf der Straße herum, und zwei verzweifelte Verkehrspolizisten versuchten, mit Warnlichtern den Verkehr umzuleiten. Jede der nach Osten führenden Fahrspuren war durch irgendein kaputtes Auto blockiert. Insgesamt waren vier Fahrzeuge in den Unfall verwickelt.

Roscoe schaltete das Blaulicht ein, überquerte den Mittelstreifen und parkte auf der falschen Seite des Venice Boulevard.

»Gut, daß Sie endlich da sind«, begrüßte sie ein korpulenter Verkehrspolizist mittleren Alters, der mit einer Handvoll Warnleuchten auf sie zugerannt kam. »Das ist der schlimmste Unfall, den ich seit langem gesehen habe. Zwei Wagen haben sich ein Rennen geliefert und ein zwanzig Meter langes Stück Leitplanke umgeholzt, bevor sie in einen Kombiwagen gekracht sind, der in Richtung Norden gefahren ist; sie haben ihn einfach auf die Gegenfahrbahn hinübergedrückt.«

»Was für einen Kombi?« fragte Dean. Er rückte seine Uniformmütze zurecht, holte seine Taschenlampe hervor und rannte zusammen mit Roscoe auf die Unfallstelle zu, wo sich bereits die ersten Andenkenjäger zu schaffen machten.

»Haut bloß aber hier, oder ihr wandert alle in den Knast!« brüllte der Verkehrspolizist die vergammelten Jugendlichen an.

»Haben Sie schon alle ins Krankenhaus gebracht?« erkundigte sich Roscoe und winkte mit seiner Taschenlampe heftig einem Wagen zu, der sich zwischen den Wracks durchzuschlängeln versuchte, um auf dem Ridgely Drive weiter in Richtung Süden fahren zu können.

»Zwei Krankenwagen waren schon hier«, sagte der Verkehrspolizist. »Sie sind bis jetzt der einzige Funkstreifenwagen. Die Scheißfeuerwehr ist immer noch nicht da, und in dem Kombi sind zwei Leichen eingeklemmt!«

»Würde mir vielleicht mal jemand sagen, wo dieser verdammte Kombi ist?« schimpfte Dean. Er hatte eine Handvoll Warnlichter im Arm und machte sich daran, damit eine Umleitung zu kennzeichnen, so daß die hupenden Autos über eine in Ostwestrichtung verlaufende Querstraße die Unfallstelle verlassen konnten.

»Da ist er! Das ist der Kombi.« Der Verkehrspolizist deutete auf einen Klumpen Blech, der die Straßenbeleuchtung außer Funktion gesetzt hatte, so daß die Kreuzung in völliger Dunkelheit lag. »Mitten entzweigerissen!«

»Wenn du vielleicht auch noch ein bißchen mit deinem Arsch pusten könntest, Pizzafresser!« brüllte Roscoe einen pickligen Mann in einem weißen Cadillac an, der hupte und brüllte, als dächte er, die Polizei könnte die zehn Tonnen Blech einfach so von der Straße zaubern, damit er weiterfahren könne. Er hatte es so eilig, weil er noch eine Bar in West-Hollywood aufsuchen und sich dort eine Fünfunddreißig-Dollar-Nutte greifen wollte, bevor die Kneipe dichtmachte.

Inzwischen ließen mindestens ein Dutzend der eingekeilten Autos ihre Fernlichter in die Gesichter der Polizisten leuchten, während Roscoe sie, von ihrem lauten Hupen genervt, haßerfüllt auf die Querstraße zuwinkte, wo Dean gerade seine Warnlichter anbrachte.

»Ein schrecklicher Unfall«, murmelte der Verkehrspolizist. »Einer Insassin des Kombi wurde der Kopf abgerissen. Sie ist immer noch eingekeilt.«

»Tatsächlich?« entgegnete Roscoe. Er überquerte die Straße, wobei er im Schein seiner Taschenlampe über die herumliegenden Wrackteile stieg, bis er schließlich vor der einen Hälfte des Kombi stand und aus dem Chaos aus verstümmelten Körperteilen schlau zu werden versuchte, die einmal ein junges Paar gewesen waren. An der hinteren Stoßstange hingen immer noch die leeren Blechdosen und ein Schild mit der Aufschrift ›Auf Hochzeitsreise‹.

Und dann mußte Roscoe plötzlich an eines der beiden lächerlichen Fotos denken, die er seit seiner Zeit in Vietnam in seiner Brieftasche mit sich herumtrug.

»Mann!« sagte Roscoe Rules aufgeregt. Und dann rief er Dean zu: »Leg die Warnlichter hier vorbei, Partner!« Dean winkte wütend mit seiner Taschenlampe auf die Wagen ein, um sie über die Umleitung von der Unfallstelle wegzuschaffen. Mittlerweile war in der Ferne bereits die Sirene eines Einsatzwagens der Feuerwehr zu hören.

»Wieso?«

»Ich möchte, daß sie alle an diesem Wrack hier vorbeimüssen. Sie können ja durch den Parkplatz von der Tankstelle fahren.«

»Wieso?«

»Ich glaube, hier kommen sie schneller durch.«

»Na gut.« Dean zuckte mit den Achseln und stellte die Warnlichter entsprechend auf. Roscoe Rules stand währenddessen gelassen auf der anderen Seite des Kombi und hoffte, die Feuerwehr und die anderen Krankenwagen würden noch eine Weile brauchen, um ihm den Spaß nicht zu verderben.

Der erste Wagen, der an Roscoe vorbeifuhr, war nicht geeignet. Sein Fahrer war gut gekleidet und offensichtlich wohlhabend; genau die Sorte Arschloch, dachte Roscoe, die dann später Beschwerde einlegen würde. Und auch der zweite Wagen kam nicht in Frage. Langsam kroch die Autoschlange an ihm vorüber; die Fahrer stierten gierig aus den Wagenfenstern, ob es nicht etwas Blut zu sehen gab.

Der zwölfte Wagen war dann genau richtig. Es war ein relativ neuer Dodge mit einem Mann und zwei Frauen. Der überquellende Dachträger, die Reiseaufkleber und das Ohio-Nummernschild gaben Roscoe unmißverständlich zu erkennen, daß es sich um Touristen auf der Durchreise handelte, die sich kaum die Zeit nehmen würden, um sich über einen Polizisten zu beschweren, wie aufgebracht sie auch sein mochten.

Als der Dodge an ihm vorbeiglitt, lächelte Roscoe der pummeligen Frau auf dem Beifahrersitz aufmunternd zu. Sie hatte das Fenster heruntergekurbelt und rief ihm zu: »Das ist vielleicht ein Unfall, was?«

»Allerdings, Ma'am«, erwiderte Roscoe, der nun wußte, daß der richtige Zeitpunkt gekommen war.

»Hierher, Partner!« winkte er Wasmeinstdu-Dean zu sich, da nun einmal jede Legende ihren Erzähler braucht.

Traurig schüttelte die Frau den Kopf. Während ihr Mann den Motor aufheulen ließ und die Schlange sich wieder in Bewegung setzte, wandte sie sich neuerlich an Roscoe: »Ist jemand verletzt worden?«

Daraufhin trat Roscoe hinter dem Unfallwagen hervor, trat an ihr

Fenster und streckte ihr den bluttriefenden, abgetrennten Kopf der jungen Braut entgegen. »Allerdings. Dieses Mädel hier hat ganz schön was abgekriegt.«

Während ihr Mann in der Schlange davonglitt, übertönte die Frau aus Ohio mit ihrem Kreischen mühelos die Sirenen der Feuerwehr.

Dean Pratt erzählte die Geschichte am selben Abend noch mindestens dreißig anderen Polizisten, bevor er nach Hause fuhr. Roscoe Rules war dadurch zu Lebzeiten zu einer Legende geworden. Für die Polizei von Los Angeles hatte er Unsterblichkeit erlangt.

6

7-A-33: Spencer van Moot und Pater Willie Wright

Auch Willie Wright war es bestimmt, eine Berühmtheit zu werden. Es geschah vier Monate nach dem Singstundenmord. In dieser Nacht traf er im Keller auf einen Bruder.

Natürlich hätte er sich nicht träumen lassen, welch bizarre Wendungen diese Schicht nehmen würde, als er sich an jenem Nachmittag im Appellraum auf seinen Stuhl setzte und sich insgeheim wünschte, er könnte sich einen Schnurrbart wachsen lassen wie Sam Niles von 7-A-29 oder Calvin Potts von 7-A-77. Letzterer hatte einen besonders imposanten Schnauzer, der den muskulösen, schwarzen Polizisten noch eindrucksvoller erscheinen ließ.

Willie war sich allerdings sicher, daß er kaum einen üppigeren Schnurrbart zustande bringen würde als Francis Tanaguchi, dem sicher eine ganze Reihe von alten Damen Konkurrenz hätte machen können.

Der Appell verlief an jenem Nachmittag völlig friedlich und undramatisch. Lieutenant Finque hatte gerade seinen freien Tag, so daß nur Sergeant Yanov an seinem Tisch auf dem kleinen Podest vor ihnen saß.

»Gestern nacht ist was Witziges reingekommen«, verkündete Sergeant Yanov, während er die Berichte durchsah, ob nicht einer darunter war, der die allgemeine Stimmung etwas heben könnte. »Ein Typ hat versucht, seiner Alten eine Pepsiflasche in die Möse zu schieben, als er herausgekriegt hatte, daß sie fremdgeht.«

»Der Bericht ist von mir«, meldete sich Sam Niles. »Das Ganze war nicht der Rede wert. Die Flasche hatte nicht mal mehr den Verschluß drauf.«

»Das erinnert mich an diesen Kerl, der sich 'nen Schraubenzieher in den Arsch gesteckt hat, um sich an der Prostata zu kratzen. Weißt du noch, Partner?« wandte Roscoe Rules sich an Wasmeinstdu-Dean. »Dann hat er ihn nicht mehr rausgekriegt, und seine Frau hat die Polizei gerufen. Das war vielleicht 'n Ding!« Rules kicherte und zerrte an seinen Hoden, was Harold Bloomguard Übelkeit verursachte.

Dann lief Roscoe jedoch plötzlich rot an und wurde wütend, als Sergeant Yanov fortfuhr: »Im übrigen, ein nicht näher genannter Beamter hat gestern nacht einen Bericht eingereicht, in dem er geschrieben hat, ein Taschendieb hat seinem Opfer a-u-f-g-e-l-a-u-h-e-r-t und ihm die Handtasche e-n-t-r-i-e-s-s-e-n. Seht also in Zukunft lieber im Wörterbuch nach, wenn ihr euch mit der Rechtschreibung nicht sicher seid. Schließlich werden diese Berichte vor Gericht vorgelegt. Und total blöd wollen wir doch auch nicht dastehen, oder?«

»Ich hab' dir doch gesagt, du sollst auf meine Rechtschreibung achten, verdammt noch mal«, flüsterte Roscoe Rules Dean Pratt zu, der sich verlegen lächelnd entschuldigte: »Tut mir leid, Partner.«

»Und noch etwas«, redete Sergeant Yanov weiter. »Der Captain ist ganz schön sauer wegen dieses verpißten Säufers, der auf dem Rücksitz von Sergeant Sneeds Wagen gepennt hat. Sie haben euch unter Verdacht, daß einer von euch ihn dorthin gelegt hat.«

»Wieso ich? Wieso ausgerechnet immer ich?« wimmerte Francis Tanaguchi, als sich aller Augen auf ihn richteten.

»Meine Fresse; wenn der Lieutenant nicht hier ist, verlaufen die Appelle ja immer richtig ruhig«, bemerkte Spermwhale Whalen, um sich dann speziell an Willie Wright zu wenden: »Na, Kleiner, wie wär's? Könntest du mal eben mit auf die Toilette kommen. Ich habe Rückenschmerzen und soll nichts Schweres heben.«

Spencer van Moot war froh, daß der Appell früh endete. Dadurch blieb ihm mehr Zeit zum Einkaufen. Mit vierzig war Spencer der zweitälteste Chorknabe; neben dem zweiundfünfzigjährigen Spermwhale Whalen war er der einzige Sängerknabe über dreißig. Spencer van Moot hatte Harold Bloomguard überzeugt, in den Kreis der MacArthur-Park-Chorknaben aufgenommen zu werden, da er nur vorübergehend verheiratet war, von seiner Frau Tootie und ihren drei Kindern gehaßt wurde und vermutlich in Bälde zum dritten Male geschieden werden würde.

Harold begrüßte die Teilnahme des Quenglers Spencer van Moot aus denselben Gründen wie die von Roscoe Rules. Er nahm Spencer van Moot auf, weil er der cleverste Schnorrer und Organisierer der Wilshire Station war.

Spencer kannte jeden Laden in seinem Revier. So hatte er sich mit seinen ›Polizei-Discounts‹ zum Beispiel sein Haus fürstlich eingerichtet. Er trug die feinsten italienischen Anzüge aus den besten Bekleidungsgeschäften. Er dinierte regelmäßig in einem der drei teuersten Restaurants in der Nähe von Wilshire und Catalina, obwohl diese eigentlich zur Rampart Division gehörten. Die Ladeninhaber ließen sich überzeugen, daß Spencer van Moot sie vor Einbrechern, Ladendieben, Brandstiftern und Plünderern schützen könne. Mit der Zeit gelangten sie sogar zu der Überzeugung, daß dieser große, blonde Musterpolizist mit dem energischen Kinn und dem struppigen Schnurrbart einem möglichen Geschäftsrückgang vorbeugen könne.

Trotz seines griesgrämigen Wesens und seiner vor Selbstmitleid triefenden Klagen über seine unglückliche Ehe wurde er von den Chorknaben sofort akzeptiert. Er brachte zu seinem Einstand gleich eine Mitgift von drei Kästen Bier und vier Flaschen Chivas Regal mit. Und er hatte seinen Partner Willie Wright dabei.

Neben Francis Tanaguchi und Harold Bloomguard gehörte Willie zu den kleinsten Chorknaben; alle drei waren unter einem Meter dreiundsiebzig. Willie mußte sich sogar ordentlich strecken, um eins siebzig zu schaffen, was seine Einstellung bei der Polizei schon fast an seinen körperlichen Voraussetzungen hätte scheitern lassen. Er war ein von Grund auf religiöser junger Mann, der als Baptist erzogen worden war; nach seiner Heirat mit seiner High-School-Flamme Geneva Smythe war er jedoch zu den Zeugen Jehovas konvertiert. Willie war inzwischen vierundzwanzig, Geneva fünfundzwanzig. Wie Willie war auch sie klein und pummelig. Dreimal die Woche wanderte sie mit dem *Wachturm* von Tür zu Tür. An seinem freien Tag begleitete Willie sie.

Spencer van Moot arbeitete jedoch gerne mit ihm als Partner, weil dieser es für unzulässig hielt, Geschenke oder günstige Rabatte von den einzelnen Ladeninhabern anzunehmen, so daß Spencer bei solchen Gelegenheiten auch gleich noch Willies Anteil absahnte. Als einziges Zugeständnis leistete Willie Spencer van Moot bei seinen allabendlichen Einladungen in einem seiner Feinschmeckerrestaurants Gesellschaft.

Nachdem er von Spencer praktisch gewaltsam zu der ersten Singstunde geschleppt worden war, stellte Willie Wright etwas höchst Ungewöhnliches fest. Singstunden machten Spaß; sie machten sogar mehr Spaß als alles andere, was er bis dahin in seinem jungen Leben erlebt hatte. Von den anderen Chorknaben wurde er fast sofort akzeptiert, da sie sich über seine mit quäkender Stimme heruntergeleierten Belehrungen köstlich amüsierten. Er ermahnte sie, wie schlecht es sei, sich zu betrinken und hinter den beiden weiblichen Teilnehmerinnen an den Singstunden, Ora Lee Tingle und Carolina Moon, herzugieren. Wenn er dann allerdings selbst genügend intus hatte, verwandelte er sich in einen bösäugigen, kleinen Mustang.

Harold Bloomguard ernannte ihn in aller Förmlichkeit zum Kaplan der MacArthur Park-Chorknaben. Von da an wurde er nur noch als Padre oder Pater Willie Wright angesprochen.

In der Nacht, in der Pater Willie Wright zum erstenmal an einer Singstunde teilnahm, hatte er im Keller den Bruder gefunden. Der Abend hatte so ziemlich wie jeder andere begonnen; Spencer van Moot jagte mit der Funkstreife wie ein Irrer zu seinen einzelnen Stops, bevor die Läden schlossen. Als erstes kamen drei Zigarettenstops, bei denen er jeweils zwei Schachteln Zigaretten für jeden von ihnen bekam. Pater Willie machte davon jedoch nicht Gebrauch. Außerdem vermutete er – im übrigen durchaus zu Recht –, daß Spencer die Zigaretten an seine Nachbarn verkaufte.

Dann hielten sie an der Molkerei, wo Spencer sich seine tägliche Ration Buttermilch und Joghurt – für jeden einen Liter – abholte. Auch in diesem Fall lehnte Willie natürlich ab, etwas anzunehmen. Dann schaute er, wenn es die Zeit erlaubte, noch in verschiedenen Geschäften am Wilshire Boulevard vorbei, wo er und die Verkäufer mit Worten wie Brioni und Valentino um sich warfen. In der Regel endete dies damit, daß Spencer über seiner blauen Uniform zum Beispiel eine Jacke aus feinstem Ziegenleder anprobierte. Währenddessen saß Pater Willie gelangweilt im Ankleideraum und bewachte Knüppel, Knarre und Mütze seines Partners.

Hin und wieder unterlief einem neuen Verkäufer der Fehler, dem großen Polizisten den normalen Ladenpreis zu nennen, was ihm neben einem giftigen Blick und einem angewidert zuckenden Zahnbürstenschnurrbart unweigerlich den guten Rat eintrug, sich mit dem Geschäftsführer mal über Spencers Polizeirabatt zu unterhalten.

Pater Willie dachte oft daran, sich nach einem anderen Partner umzusehen; aber andererseits wollte er auch nicht Spencers Gefühle verletzen. Spencer hatte sich jahrelang bemüht, einen Partner wie Pater Willie zu finden, der auf den ihm zustehenden Anteil an Gratiszigaretten, -schnaps und sonstigen Annehmlichkeiten verzichtete.

Spencer war es mit der Zeit lästig geworden, neue Partner einzuführen:

»Rauchst du?«

»Nein, Spencer.«

»Na, dann rauchst du heute ausnahmsweise mal. Wenn du sie nicht willst, nehme ich eben beide Schachteln.«

Das weckte natürlich unweigerlich die Gier des jeweiligen Partners von Spencer. »Ich will heute auch eine Schachtel, Spencer.«

»Wieso? Du rauchst doch nicht.«

»Ich gebe sie meinem Bruder. Schließlich stehen mir drei Schachteln pro Tag zu.«

Im Fall Pater Willies konnte Spencer dessen Anteil unwidersprochen einstreichen. Willie beschwerte sich nicht ein einziges Mal, wenn Spencer für die Singstunden alkoholische Getränke zusammenschnorrte.

»Wir feiern eine kleine Abschiedsparty für einen unserer Detektive«, log Spencer in solchen Fällen einen langen, leidend aussehenden Schnapsladenbesitzer an, worauf dieser von dem Regal hinter sich zwei Flaschen Scotch nahm.

»Das wird eine Riesenparty – mit 'ner Menge Leute«, würde Spencer lächelnd erklären, bis der Ladenbesitzer begriff und noch zwei Flaschen dazustellte.

Aber Spencer achtete darauf, nicht immer denselben zu schröpfen und suchte einen Laden, in dem es alkoholische Getränke gab, nie öfter als einmal im Monat auf, es sei denn, er wollte nur Zigaretten haben. Der Zigarettenhalt war dagegen ein unausweichliches, tägliches Ritual. Es hieß, während der Watts-Krawalle im Jahr 1965 sei Spencer mit einem halb ausgebrannten Streifenwagen, dem sie sämtliche Fenster eingeschossen hatten, mit ruß- und schweißverdrecktem Gesicht die zehn Meilen bis zum Beverly Boulevard gefahren und habe dabei noch alle drei Zigarettenstops geschafft, bevor die Läden um zwei Uhr schlossen.

Spencer van Moot hatte sicher schon tausend Schachteln Zigaretten bekommen, und nicht weniger häufig war ihm eine kostenlose Mahlzeit angeboten worden. Und obwohl er genügend Kleidung zum Einkaufspreis erstanden hatte, um damit ein Dutzend Filmstars einzukleiden, hätte er doch nie daran gedacht, eine Fünf-Dollar-Note anzunehmen. Eine solche war ihm allerdings auch nie angeboten worden – mit einer Ausnahme, als er nämlich einen Gemischtwarenhändler aus Chicago, der in Los Angeles Urlaub machte, aufgehalten hatte.

Die Polizei und ihre Mitglieder unterschieden sehr bestimmt zwischen kleinen Gefälligkeiten und Bargeldangeboten, die – egal, wie geringfügig sie waren – als Bestechung betrachtet wurden, die nicht nur ein Dienstvergehen waren, sondern auch strafrechtlich verfolgt wurden.

Es war nicht so, daß die Bürger und die Polizei von Los Angeles besser gewesen wären als die Leute von der Ostküste oder aus dem Mittelwesten. Nur eignete sich der Westen mit seinen fast stündlich neu aus dem Boden gestampften Städten und Gemeinden nicht in dem Maß für die alte Intimität des Ghettos, in dem sich politisches Patronat und organisiertes Verbrechen die Hand reichten. Die Wettleidenschaft hatte zum Beispiel im westlichen Amerika nie solche Blüten getrieben, und der Durchschnittsbürger von Los Angeles hatte nicht einmal eine Ahnung, wie so etwas überhaupt abgewickelt wurde. In der Hüttenstadt in Pennsylvania, in der Spencer van Moot aufgewachsen war, hatte es kaum eine sterbliche Seele gegeben, die nicht gewettet hätte. Sogar Traumbücher wurden zu Rate gezogen, um den Sieger zu ermitteln. Und das organisierte Verbrechen bezog auf diese Weise einen Großteil seines Einkommens aus diesen Aktivitäten. Die Buchmacher gaben sich sozusagen die Klinke in die Hand, und sie nahmen sogar Wetten mit Pfennigbeträgen von Kindern entgegen. In einer Stadt, die sich über eine Fläche von 460 Quadratmeilen erstreckte und in der auf jeden Erwachsenen ein Auto kam, hatte es sich für die Ganoven der Westküste dagegen als unmöglich erwiesen, ein funktionierendes Überwachungs- und Eintreibungssystem zu organisieren. Los Angeles hatte also seine Geografie und Geschichte auf seiner Seite.

Und so besorgte Spencer van Moot also etwa die Hälfte der Getränke, die während der Singstunden konsumiert wurden; den Rest organisierte Roscoe Rules, der die Getränke von den eingeschüchterten Ladeninhabern mit etwas drastischeren Methoden eintrieb.

Nachdem er seine ›Einkäufe‹ erledigt und seine Schätze im Fond seines Campingbusses verstaut hatte, der auf dem Parkplatz des Reviers stand, fing Spencer an, über sein unglückliches Familienleben zu jammern.

»Ich meine, wie soll man so eine Frau je verstehen, Padre?« beklagte sich Spencer, während die untergehende Sonne durch den Smog drang und in Pater Willies empfindliche, leicht vorstehende, blaue Augen stach.

»Ich weiß auch nicht, Spencer«, seufzte Pater Willie und überlegte, wie lange Spencer sich wohl an diesem Abend seiner als Klagemauer bedienen würde. Wenn er Glück hatte, hörte er manchmal schon nach den ersten zwei Stunden ihrer Tour mit dem Gejammere auf.

»Ich bin jetzt vierzig Jahre alt, Pater Willie«, fuhr Spencer fort und strich sich mit der Hand über seinen Zwanzig-Dollar-Haarschnitt, den er sich von einem Friseur am Wilshire Boulevard hatte verpassen lassen – selbstverständlich umsonst. »Schau dir nur mein Haar an; es wird schon grau. Warum nur muß ich in solch einem Elend leben.«

»Ich bin vierundzwanzig«, erinnerte ihn Pater Willie, »und du hast noch wesentlich mehr Haare auf dem Kopf als ich. Was kümmerst du dich dann darum, ob es grau wird.«

»Sie ist einfach ein Miststück, Padre. Das Leben mit ihr ist die Hölle, glaub' mir«, flennte Spencer. »Sie ist noch wesentlich schlimmer als meine ersten zwei Frauen zusammen. Und sogar die Kinder hat sie gegen mich aufgehetzt. Sie hassen mich sogar noch mehr als sie. Sie erzählt ihnen ständig irgendwelche Lügen – daß ich trinke und mich mit anderen Frauen herumtreibe.«

»Aber das stimmt doch«, erinnerte ihn Pater Willie. »Du trinkst ja nun wirklich nicht gerade wenig, und hinter den Frauen bist du doch auch ständig her.«

»Aber so etwas erzählt man doch keinen Kindern im Teenageralter, verdammt noch mal!« schimpfte Spencer los. »Ich hätte nie 'ne ältere Frau mit Kindern heiraten sollen. Scheiße, sie ist inzwischen schon zweiundvierzig, und ihre Beine werden langsam richtig grün. Richtig grün! Ob du's glaubst oder nicht. Und ich habe nur noch vier Jahre, bis ich mich endlich pensionieren lassen kann. Und was passiert? Diese blöde Kuh wird schwanger!«

»Ach, irgendwie wird sich das schon regeln, Spencer«, tröstete ihn Pater Willie, während sie auf der Eighth Street, die grellen Strahlen der untergehenden Sonne im Rücken, nach Osten fuhren.

»Sich regeln? Sich regeln? Vier Jahre bis zu meiner Pensionierung, und sie muß noch mal werfen! Wie soll ich dann in Rente gehen, wenn ich noch so einen kleinen Fratzen in meinem Haus herumkrabbeln habe?«

»Na ja«, zuckte Pater Willie mit den Achseln. »So ist das Leben.«

»Da besäuft man sich mal und wird unvorsichtig, und schon hat man sich zehn weitere Jahre bei der Polente an den Hals gevögelt. So etwas geht doch nicht!«

»Tja«, meinte Pater Willie etwas ratlos.

»Warum muß so etwas immer nur mir passieren?« winselte Spencer.

Für einen Augenblick wurde Spencer van Moot durch den Anblick eines siebzigjährigen Rentners, der in einem billigen Hotel in der Seventh Street namens Restful Arms Motel lebte, in seinen Klagen unterbrochen. Der Mann stieß seinen Rollstuhl mit seinem *Fuß* rückwärts über den Gehsteig, während er seine arthritischen Hände untätig in seinem Schoß verschränkt hielt. Er war auf dem Weg zu dem Supermarkt einen Block westlich, wo er sich zwei Büchsen nahrhaftes Hundefutter zum Abendessen kaufen wollte.

»Es könnte noch viel schlimmer sein, Spencer.«

»Aber sicher. Ich werde mit vierzig vollgeschissene Windeln waschen und...«

»Du hast doch einen neuen Campingbus. Du kannst doch einfach mal mit deiner Frau wegfahren – vielleicht zum Fischen.«

»Natürlich. Ich habe einen neuen Campingbus. Ich bin ja so glücklich! Aber ich habe auch schon wieder Schulden. Offensichtlich fühle ich mich nicht wohl, wenn ich nicht in den roten Zahlen stehe.«

»Es wird schon irgendwie hinhauen.«

»Klar wird es das. Ich werde in Bälde tot sein. Niemand in meiner Familie ist sonderlich alt geworden. Ich hatte 'nen Onkel, der ist mit fünfundvierzig an Altersschwäche gestorben. Das hat der Doktor gesagt. Jedes Organ in seinem Körper war alt und verrottet. Und ich werde auch nicht mehr lange durchhalten. Zumindest bin ich dann meine Alte los. Ich kann dir sagen, Padre, die hat eine Zunge, die ist so spitz, daß es wirklich ein Wunder ist, daß sie sich noch nicht das Maul in Stücke geschnitten hat und verblutet ist.«

»Willst du mal mit Geneva und mir in die Kirche kommen?« schlug Pater Willie vor. »Einige der besten Zeugen, die ich kenne, haben erst sehr spät zu Gott gefunden. Und was die frühzeitigen Todesfälle in deiner Familie betrifft...«

»Verdammt noch mal, ich bin immerhin noch nicht ganz tot!« schrie Spencer plötzlich voller Angst auf. »Padre, gib mir noch eine Chance! Ich habe doch noch gar nicht richtig gelebt!«

»Na ja, ich habe doch auch nur gemeint, wegen deiner schlechten Gesundheit solltest du...«

»Schlechte Gesundheit? Schlechte Gesundheit? Ich bin noch viel zu jung, um ans Sterben zu denken. Meine Güte, Partner, was du für morbide Ideen hast!«

Es dauerte fast eine ganze Stunde, bis Spencer sich gänzlich von der Vorstellung eines frühzeitigen Ablebens erholte. Unter den Beamten der Nachtschicht war er am häufigsten krank geschrieben. Er war hochgewachsen und kräftig, ein Mann in seinen besten Jahren, und er hatte in den sechzehn Jahren bei der Polizei Fässer von Blut und Quadratkilometer von verstümmeltem Fleisch gesehen, aber er fiel in Ohnmacht, wenn er sich am Finger einen Kratzer zuzog. Er konnte problemlos Schmerzen ertragen – bis auf seine eigenen.

Unmittelbar vor Einbruch der Dunkelheit fuhren sie am Mary-Sinclair-Adams-Mädchenheim vorbei – eine Institution, in der bedürftige, schwangere Frauen Obdach fanden. Es war ein umgebautes zweistöckiges Haus, das zwei Blocks östlich vom Hancock Park lag und ehemals einer achtzigjährigen Jungfer als herrschaftlicher Wohnsitz gedient hatte.

Vor dem Heim stand ein junges Mädchen mit einem Acht-Monate-Bauch – Zigarette zwischen den Lippen, Augenbrauen zu einem bleistiftstrichdünnen Bogen ausgezupft, die Lidschatten fünf Zentimeter breite, schwarze Halbkreise. Sie unterhielt sich mit drei jungern Männern auf Chopper-Bikes.

»Der Storchclub«, bemerkte Spencer angewidert. »Sie marschieren einfach rein, lassen einen Frosch fallen und hauen wieder ab.«

»Ich habe gehört, daß es für legal erklärt worden ist, bei diesen Mädchen, die in solche Heime eingeliefert werden, Verhütungsmittel einzusetzen«, bemerkte Pater Willie.

»Hätte mal lieber jemand meiner Alten die Vogeltränke verstöpseln sollen«, grunzte Spencer und pustete eine dicke Wolke Rauch gegen die Windschutzscheibe. »Ich hätte dagegen sicher nichts einzuwenden gehabt. Möchte sowieso wissen, wie es diese furztrockene alte Kuh noch geschafft hat, schwanger zu werden. Und ich werde meine grundlegendsten Bedürfnisse einschränken müssen, damit das Geld reicht. Ich bin doch kein verdammter Trappistenmönch. Nicht einmal anständig essen werde ich noch können.«

»Es wird schon klappen«, setzte Pater Willie zu einem neuerlichen Tröstungsversuch an. »Außerdem werden wir doch nach wie vor gebratene Ente mit Orangensauce essen, oder nicht, Spencer?«

»Aber sicher.«

»Mit glasierten Karotten und Schalotten?«

»Klar werden wir noch immer umsonst in unseren Restaurants essen wie bisher«, beschwichtigte Spencer Pater Willie. »Ich habe nur gemeint, daß ich dann *zu Hause* am Hungertuch nagen werde. Meine Frau und die Kinder werden sich natürlich auch einschränken müssen. Vielleicht müssen sie sogar alte Kleider mit Flicken auftragen.«

Pater Willie wollte schon fast vorschlagen, Spencer könnte für die Flicken vielleicht einen von seinen vierzehn maßgeschneiderten Anzügen opfern, die in seinem Kleiderschrank hingen, als sie einen Lincoln entdeckten, der an der Kreuzung Wilshire und Western ein Rotlicht überfuhr. Kaum hatte Pater Willie auf die Hupe gedrückt, fuhr der Lincoln auch schon an den Straßenrand.

»Man muß nur lernen, mit dem Geld hinzukommen«, seufzte Spencer, während sie nach ihren Mützen, Strafzettelblöcken und Taschenlampen griffen, um auszusteigen.

Pater Willie nickte, als sie aus dem Schwarzweißen stiegen. Ihre Wege kreuzten sich, als sie auf den Lincoln zugingen, da Pater Willie an der Reihe war, mit dem Fahrer zu sprechen, während Spencer ans Beifahrerfenster trat und mit seiner Taschenlampe ins Innere leuchtete, um Pater Willie ›Lichtschutz‹ zu bieten. Als diese Geschichte erledigt war, sehnte sich Spencer nach nichts anderem mehr, als zum Wilshire Boulevard zu fahren und dort Leberpastete mit pochiertem Steinbutt und sautierten Gurken zu essen. Aber Pater Willie machte den Fehler, sich über Funk mit der Zentrale in Verbindung zu setzen, worauf sie sofort einen Auftrag erhielten. »Sieben-A-Dreiunddreißig, Sieben-Adam-Dreiunddreißig, sehen Sie nach der Frau in der Eleventh Ecke Ardmore; möglicherweise tot.«

»Eine Tote – und das um Viertel nach elf! Verdammte Scheiße, Padre, wie oft soll ich dir noch sagen, du sollst dieses verdammte Mikrofon in Ruhe lassen und dich nicht ständig zurückmelden!«

»Ich weiß ja, Spencer«, entschuldigte sich Willie. »Ich weiß.«

»Du bist einfach viel zu gewissenhaft.«

»Ich weiß.«

»Warte nur, bis du diesen Job mal 'ne Weile gemacht hast.

Glaubst du, die Sergeants scheren sich einen Dreck darum, ob wir uns die Füße heiß laufen? Glaubst du, Lieutenant Finque schert sich auch nur den kleinsten Dreck darum?«

»Ich weiß ja, Spencer, ich weiß.«

»Meine Fresse, ich hab' jetzt schon Kopfweh. Mein Kopf tut weh, und übel ist mir bis in den Magen hinunter.«

»Ich weiß.«

»Scheiße, meine Vichyssoise habe ich heute abend auch nicht gekriegt.«

»Das tut mir leid.«

»Und aus meiner Veau à la crème ist auch nichts geworden.«

»Was soll ich da schon machen...«

»Und dabei hatte ich mich schon so auf ein paar Coquilles St. Jacques Parisienne gefreut!« schluchzte Spencer.

»Ist das nicht dieses Zeug mit den Muscheln und Knoblauch und Kräutern?«

»Nein, das ist Provençale. Ich meine die mit Muscheln und Pilzen.«

»In einer Weißweinsoße?«

»Ja.«

»Die schmecken mir auch.«

»Und dann Artischockenherzen mit Trüffeln!« schwärmte Spencer weiter. »O mein Gott!«

»Es tut mir wirklich leid, Spencer«, entschuldigte sich Pater Willie.

»Als du mit mir zu arbeiten angefangen hast, konntest du noch nicht mal 'ne französische Speisenkarte lesen. Ich habe dich regelrecht ausgebildet!« erinnerte Spencer van Moot seinen Partner.

»Ich weiß, Spencer, ich weiß.«

»Und das ist der Dank dafür. Und das alles nur, weil du so verdammt etepetete sein mußt und dich bei der Zentrale zurückmeldest. Jetzt kann ich mir diesen fiesen Leichengestank reinziehen, anstatt eine Soufflé au chocolat zu genießen! Das soll mal einer aushalten!«

»Ich werd's wieder gutmachen, Spencer«, versprach Pater Willie, wobei er sich fragte, wann er wohl endlich lernen würde, sich wie ein alter Hase zu benehmen.

Auf der Veranda eines zweistöckigen Holzhauses, südlich von der angegebenen Stelle, saß eine verhutzelte Alte in einem schwarzen Kleid und schmutzigen Strümpfen. Sie hielt eine Dose Bier in der Hand und winkte den beiden zu, als Spencer mit dem Suchscheinwerfer die Gegend ableuchtete, wobei er insgeheim hoffte, den Anrufer nicht zu finden.

Sie parkten den Wagen, und Spencer trödelte angewidert herum. Gemächlich setzte er sich seine Mütze auf und griff nach der Taschenlampe. Er blickte beim Aufsetzen der Mütze immer in den Rückspiegel, um seine Frisur nicht in Unordnung zu bringen.

»Was gibt's, Ma'am?« Pater Willie richtete seine Taschenlampe auf die Stufen der Veranda, während die alte Frau die Bierdose leerte, ohne aus ihrem Schaukelstuhl aufzustehen. Sie miefte wie feuchtes, halbvermodertes Unkraut.

»Schätze, mein Mieter im Keller ist tot«, grinste die alte Frau triumphierend.

»Wie kommen Sie denn darauf... äh, uh.« Auf der obersten Stufe der Veranda angelangt, roch Spencer bereits die Antwort auf seine Frage, und zwar mit einer Eindringlichkeit, die ihn den Modergeruch der alten Frau vergessen ließ.

»Wann haben Sie ihn entdeckt?« erkundigte sich Pater Willie, während Spencer stillschweigend vor sich hinfluchte, daß er anstatt eines Peach Melba nun mit so etwas vorlieb nehmen mußte.

»Er hat sich drei Tage nicht mehr blicken lassen, so daß ich schon dachte, er wäre ausgezogen, ohne die Miete zu bezahlen. Und vor einer Stunde, als etwas Wind aufkam, habe ich ihn dann sozusagen entdeckt.«

Spencer nickte seufzend und ging Pater Willie durch den muffigen Korridor der Pension voraus, in der sieben alleinstehende Männer untergebracht waren. Sie fanden die Kellertür leicht offenstehend vor.

»Ich möchte nur wissen, ob diese alte Hexe tatsächlich Bier säuft, oder ob das Fledermausmilch ist«, brummte Spencer.

»Da unten ist er«, sagte Pater Willie und mußte sich fast übergeben, als sie die Tür aufstießen.

Spencer tastete nach dem Lichtschalter und stieg, Pater Willie dicht hinter sich, die alte Holztreppe hinunter, wo sie den Gesuchten von den Heizungsrohren an der Decke hängen sahen, so daß seine Knie fast den Boden berührten.

»Herr im Himmel!« entfuhr es Spencer, und für einen Augenblick vergaß er bei dem Anblick sogar den entsetzlichen Gestank.

Der Hals des Erhängten war fast fünfundzwanzig Zentimeter lang, und seine schlaffen Beine bildeten eine Art Brücke, über die ein Heer Ameisen zu seinem Gesicht und seinen Ohren und seiner Nase emporwanderte, wo sie sich zusammen mit einer dicken, samtigen Spinne gütlich taten. Dem Haufen von Köteln auf dem Boden nach zu schließen, mußten die Verletzungen am Hals des Erhängten Rattenbisse sein.

»Wie lange der wohl hier schon herumhängt?« Spencer stieß seinen Partner in die Seite, der sich ein Taschentuch an die Nase preßte.

Willie Wright hatte während seiner drei Jahre bei der Polizei noch nicht allzu viele Tote gesehen, und er war schockiert darüber, wie jung der Mann war, über die durch das abgesackte Blut dunkel angelaufenen und geschwollenen Hände und über das graue Gesicht, das aussah, als gehörte es in ein Wachsfigurenkabinett. Und obwohl ihn auch der Anblick des langgezogenen Halses entsetzte, da er sich nicht im Traum hätte einfallen lassen, daß so etwas möglich sein könnte, schockierte ihn doch am meisten eine Erkenntnis, die Pater Willie Wright noch nie zuvor in den vierundzwanzig Jahren seines Lebens gehabt hatte. Er starrte auf das eine trübe, offene Auge und wußte mit einem Mal, daß er sich dem wächsernen Mann einmal anschließen würde. Sie waren Brüder, die den gleichen Weg gingen, der irgendwohin führte – oder ins Nichts.

Es war einfach nur, daß ein junger Mann zum erstenmal mit einer grundlegenden Realität des Lebens konfrontiert wurde. Pater Willie begriff jedoch die Ursache seiner Angst nicht und verspürte nur ein sehr flaues Gefühl in der Magengegend, wobei er große Mühe hatte, sich nichts anmerken zu lassen.

Dies war auch der Abend, an dem Pater Willie zum erstenmal selbst eine Singstunde anregte.

Und an diesem Abend wurde Pater Willie Wright – vielleicht einzig und allein aufgrund des Gehängten – ein beliebter und geschätzter MacArthur Park-Chorknabe, weil er dieses eingebildete Luder von Officer Reba Hadley auf seinen Platz verwies.

Es gab in der Wilshire-Division zwei Officer Hadley: Phillip Hadley, ein Polizist, der während der Tagschicht Dienst tat, und Reba Hadley, die während der Nachtschicht arbeitete. Die beiden waren im übrigen nicht miteinander verwandt. Um die zwei nun auseinanderhalten zu können, sprachen die Kollegen als Eier-Hadley und Keine-Eier-Hadley von ihnen.

Keine-Eier-Hadley saß am Schreibtisch der Rezeption. Sie war seit zwei Jahren bei der Polizei, hatte einen M. A. in Betriebswirtschaft und war der Überzeugung, daß Frauen bei der Polizei diskriminiert würden, weil sie nicht über den Rang eines Sergeant hinaus gefördert werden konnten. Außerdem wurden die Frauen zusätzlich erniedrigt, indem sie die gleiche Ausbildung durchmachen mußten wie Männer. Sie empfand es als herabwürdigend und demütigend, daß Frauen mit Streifenfunktionen nicht nur kurz geschnittenes Haar, sondern auch Männeruniformen tragen mußten, was sie als einen Versuch ansah, Frauen abzuschrecken, die sich für eine Stelle bei der Polizei bewarben. Und natürlich hatte sie damit vollkommen recht.

Ebenso machte sie unmißverständlich geltend, daß es wenig oder gar keines Gehirns bedurfte, einen vollgekotzten Betrunkenen in einen Streifenwagen zu bugsieren, einen Einbrecher in einem Hinterhof zu stellen oder hinter einem kaugummikauenden Teenager herzurasen, der es in Daddys Wagen mit der Geschwindigkeitsbegrenzung nicht so genau nahm. Auch darin hatte sie recht.

Keine-Eier-Hadley, die manchmal auch Schwanzlos-Tracy genannt wurde, hatte auch darin recht, als sie auf einer Politessenversammlung, der verschiedene chauvinistische Spione von Commander Moss beiwohnten, furchtlos erklärte, daß er, wie im übrigen die meisten hochgestellten Beamten der Abteilung, so gut wie keine praktische Erfahrung habe und nur deshalb so rasch aufgestiegen wäre, weil er wußte, wie man eine Prüfung bestand, aber nicht, weil er ein guter Streifenpolizist war.

Keine-Eier-Hadley wurde daher von jenen hohen Beamten des Los Angeles Police Department, welche Frauen zumindest für Vergewaltigungsfälle, Jugendstraffälle und Public relations einen *gewissen* Wert zusprachen, als Unruhestifterin und Aufrührerin eingestuft. Insgeheim waren diese Männer aufs äußerste darauf bedacht, daß diese Frauen schön brav ihren Mund hielten und sich möglichst in nichts einmischten, da sie ja doch nur verkappte kesse Väter waren und den Männern ihre Jobs wegnehmen wollten. Keine-Eier-Hadley wußte, daß die da oben ihre Pöstchen auf keinen Fall preisgeben würden, zumal sie in so viele Ärsche gekrochen waren, um sie zu bekommen.

Kurzum, Keine-Eier-Hadley war intelligent, nicht auf den Mund gefallen, mutig, und die meiste Zeit hatte sie auch recht mit ihren Äußerungen. Mit ihren langen, wohlgeformten Beinen, den schmalen Händen, dem honigfarbenen Haar und ihren jugendlich strammen Brüsten war sie eine sehr feminine Frau. Hinsichtlich der Männer, mit denen sie sich verabredete, war sie durchaus wählerisch. Sie bevorzugte Männer mit Bildung und Geld und zerstörte damit die Hoffnungen so ziemlich jedes Polizisten der Nachtschicht. Aus diesem Grund wurde sie allgemein als arrogantes Luder eingestuft, und es bedurfte der Person, die sie mehr als jemand sonst auf Erden liebte, um sie auf ihren Platz zu verweisen.

Es geschah um zwei Uhr früh nach Dienstschluß, und zwar in der Nacht, in der Pater Willie den Bruder in dem Keller entdeckt hatte. Pater Willie döste gerade in seinem Suff während der Singstunde im MacArthur Park vor sich hin, als Spencer van Moot seinen Partner am Kinn packte.

»Laß mich in Frieden, Spencer«, quietschte Pater Willie, während ihn sein Partner am Kiefer massierte und aufforderte: »Los, aufstehen, Padre. Hier wird nicht geschlafen, verdammt noch mal!«

»Der Erhängte!« schrie Pater Willie verwirrt auf. »Der Erhängte!«

»Ach, laß doch den Erhängten«, beruhigte ihn Spencer. »Bloomguard und Niles sind gerade gekommen. Sie waren auf 'ner Party in Sergeant Yanovs Wohnung. Da fahren wir jetzt auch alle hin.«

»Nein, nicht«, stöhnte Pater Willie und versuchte, sich wieder auf seiner Decke zusammenzurollen. Aber Spencer ließ nicht lokker.

Pater Willie war der letzte Chorknabe, der aufstand. Die anderen ließen bereits ihre Wagen an, schalteten die Lichter ein und fuhren in Richtung Fourth und Bronson los, wo der Junggeselle Yanov wohnte. Obwohl Yanov klugerweise jegliche Einladungen zu einer Singstunde ausschlug, gab er doch gelegentlich selbst spontan eine kleine Party.

»Na komm schon, Padre«, drängte Spencer und zog seinen Partner auf die Beine, wobei er sorgfältig darauf achtete, daß er keine Entenscheiße von Willies karierten Bermudashorts auf seine Fünfundfünfzig-Dollar-Jeans kriegte, die er in einem Herrenbekleidungsgeschäft auf dem Beverly Boulevard auf Polizeirabatt erstanden hatte. »Jetzt hör mal, Pater Willie! Keine-Eier-Hadley ist auch da!«

Und schon öffneten sich Pater Willies verquollene Augenlider.

Der kleine Mann schüttelte sich das dünne, weizenfarbene Haar aus den Augen, bedachte seinen Partner mit einem hoffnungsvollen Grinsen und ließ sich von ihm am Arm nehmen und zu ihrem Wagen in der Parkview Street südlich der Wilshire fahren.

»Wirst du allmählich nüchtern?« erkundigte sich Spencer, der Pater Willies Kombi fuhr, einen fünf Jahre alten Dodge mit einem ›Gott ist die Liebe‹-Aufkleber am Heck.

»Ja«, stammelte Pater Willie und wurde mit jedem Holpern des Wagens betrunkener, so daß in ihm eine sämtliche Eingeweide verzehrende, leidenschaftliche Liebe für Keine-Eier-Hadley ausbrach, die er sich nur einzugestehen wagte, wenn er betrunken genug war.

Er hatte es geschafft, seine süßen, zwanghaften Fantasien zu verdrängen, sah man einmal von den wenigen Momenten ab, in denen seine Zeugen-Jehovas-Frau sich auf eine ordentliche Fünf-Minuten-Nummer ohne zuviel lästiges Vorspiel einließ. In diesen Augenblicken war es nicht die pummelige Zeugin Jehovas, die er bestieg, sondern Officer Reba Hadley – Keine-Eier-Hadley mit den herrlichen Brüsten, den schlanken Beinen und der scharfen Zunge, die Pater Willie Wright nicht einmal eines Blickes würdigte, wenn er an ihrem Schreibtisch vorbeikam und genügend Mut aufbrachte, um zu sagen: ›Guten Tag‹ oder ›Guten Abend‹ oder ›Verdammt viel los heute, was?‹.

Manchmal murmelte sie vielleicht irgendeine mechanische Antwort, wenn sie nicht gerade telefonierte oder an einem Bericht arbeitete. Einmal, als sie gerade wieder einmal in ihrer maßgeschneiderten, langärmeligen, blauen Bluse und dem passenden Rock einer Bürobeamtin, und nicht in der Männeruniform einer weiblichen Streifenpolizistin, ins Telefon plauderte, fragte sie Pater Willie, ob er ihr nicht vielleicht etwas zu trinken aus dem Automaten holen könnte, da sie gerade drei Verbrechensmeldungen aufzunehmen habe und nicht vom Telefon weg könne.

In seiner Eile, die Münzen in den Automatenschlitz zu stecken, verstreute Pater Willie sein gesamtes Kleingeld über den Boden, und dann achtete er sorgsam darauf, auch ja keinen Tropfen zu verschütten, als er den Pappbecher mit Limonade mit größerer Ehrfurcht vor Keine-Eier-Hadley stellte, als je ein Priester am Altar den Kelch mit dem Blut des Herrn geweiht hat.

Keine-Eier-Hadley sagte gerade ins Telefon: »Hör mal, Magde, wir müssen uns einfach nur trauen, ins Büro des Chefs zu marschieren und ihm zu sagen, was wir denken. Natürlich kann er uns nicht ausstehen; aber zumindest hat er inzwischen auch Angst vor uns. Schließlich haben wir die Medien hinter uns. Verdammt noch mal, Magde, was haben wir denn schon zu verlieren? Glaubst du vielleicht, ich will mein Leben damit verbringen, hinter diesem Schreibtisch zu hocken und Fahrraddiebstahlsmeldungen auszuschreiben und mir das Gelaber von diesem Haufen halbgebildeter Heinis anzuhören?«

Einer der halbgebildeten Heinis, von denen sie gerade sprach, stand verlegen vor ihrem Schreibtisch und stellte die breite Spalte zwischen seinen Vorderzähnen für Keine-Eier-Hadley zur Schau, die seine Anwesenheit ganz vergessen hatte, bis sie den Vierteldollar sah, der immer noch vor ihr auf dem Schreibtisch lag.

»Einen Augenblick bitte, Magde«, sagte sie gereizt in den Hörer, um ihn dann mit ihrer Hand zu verdecken und sich an Pater Willie zu wenden. »Officer...«

»Wright«, half ihr Pater Willie nach. »Willie Wright ist mein Name.«

»Ja, natürlich«, erwiderte sie ungeduldig. »Glauben Sie etwa, ich würde nicht jeden Mann der Nachtschicht beim Namen kennen? Immerhin bin ich erst sechs Monate an diesen Schreibtisch gekettet. Nach dieser langen Zeit sollte ich es doch langsam wissen, oder nicht?«

»Aber sicher«, entgegnete Pater Willie, der so unansehnlich, so klein, so unauffällig war, daß sie sich nie an seinen Namen erinnern konnte.

»Was gibt's, Wright? Wollen Sie irgend etwas?«

»Nein, nein«, winkte Pater Willie ab, während er sich in seinem überschäumenden jungen Herzen nichts sehnlicher wünschte, als herauszuplatzen: »Aber ja! Aber ja, Reba! Aber natürlich!«

Er hatte sie noch nie Reba genannt – nicht ein einziges Mal in den sechs Monaten, in denen sie in der Wilshire Station arbeitete, seit sie vom Parker Center hierher versetzt worden war, nachdem sie dort einen Bummelstreik der weiblichen Polizistinnen zu initiieren versucht hatte.

»Also, was wollen Sie dann noch, Wright? Wie wär's, wenn Sie Ihr Geld nehmen und mich entschuldigen würden? Ich führe eben ein wichtiges Gespräch.«

»Aber klar, Officer Hadley.« Pater Willie wurde rot und wandte sich verlegen ab.

»Einen Moment mal, Wright. Nehmen Sie doch das Geld für die Limonade.«

»Nein, nein; ist schon gut«, murmelte Willie. »Es war mir ein Vergnügen. Ehrlich, ich...«

»Nehmen Sie bitte das Geld«, forderte ihn Keine-Eier-Hadley auf. Ihre Augen verengten sich, als sie für einen Moment das Telefon vergaß, das sie mit ihren Händen umklammerte.

»Wirklich, es ist mir...«

»Jetzt hören Sie mal«, legte Keine-Eier-Hadley los. »Ich bezahle meine Drinks selbst – wie jeder andere Beamte hier auch. Sie können mir glauben, daß ich mir auch ohne Sie eine Limonade leisten kann. Also, jetzt nehmen Sie das Geld schon!«

Pater Willie schnappte sich mit seiner schweißnassen Hand die Münze vom Schreibtisch, hastete die Treppe zum Parkplatz hinunter, stieg in seinen Streifenwagen und raste auf den Venice Boulevard hinaus.

»Was ist denn mit dir los?« hatte Spencer sich erkundigt, als er Pater Willies ziegelrotes Gesicht sah.

»Nichts. Ach nichts.«

Pater Willie hatte sich geschworen, Keine-Eier-Hadley zu vergessen, mußte aber zu seiner Schande feststellen, daß sie dadurch nur noch begehrenswerter für ihn wurde.

Als Spencer und Pater Willie zu der Party in Sergeant Yanovs Wohnung erschienen, dachte Willie nicht mehr an seine unselige Begegnung mit Keine-Eier-Hadley. Sein vom Gin bereits halb aufgelöstes Gehirn schenkte jenen Warnungen und Ahnungen keine Beachtung, welche die meisten Menschen davon abhalten, Berühmtheit zu erlangen.

Als Pater Willie also seinen Fuß in die lärmende, rauchgeschwängerte, von Menschen brodelnde Wohnung setzte, war er sturzbesoffen. Er drängte sich zwischen schwitzenden Leibern hindurch, welche dicht aneinandergedrängt in den berstend vollen Räumen tanzten. Die Party hatte sich sogar auf den Balkon und den Swimming-pool ausgebreitet, in dem sich mindestens ein Dutzend weiblicher, bikinigekleideter Angestellte der Wilshire-, Rampart- und Hollywood-Reviere tummelten, durchmengt von geilen und nackten Polizisten, denen allerdings der Hausverwalter einen Strich durch die Rechnung machte, indem er damit drohte, die Polizei zu verständigen, was in diesem Fall sämtliche Männer waren, die noch etwas anhatten. Sie zogen sich schließlich ihre Unterhosen an und warteten, bis der Hausverwalter wieder verschwand, um sich dann wieder auszuziehen.

Bis Pater Willie sich seinen Weg durch die Menge gebahnt hatte, waren seine vorspringenden blauen Augen stark gerötet. Ihm war schon leicht übel von dem Rauch und dem Gedränge, als er aus dem Schlafzimmer etwas hörte. Ihre Stimme!

»Jetzt hör aber mal, Sheila«, sagte sie zu Officer Sheila Franklin, einer gutaussehenden Brünetten von der Jugendabteilung der Central Station. »Ich möchte jetzt hier weg, und es ist mir völlig egal, ob du Angst hast, Nick Yanov dadurch zu verletzen. Verdammt noch mal, soll er doch diese widerlichen, blöden Suffköpfe lieber etwas unter Kontrolle halten, wenn er möchte, daß man auf seiner Party bleibt. Natürlich bin ich gleich aus dem Pool geflüchtet! Du glaubst doch nicht etwa im Ernst, ich schwimme zwischen diesen nackten Gorillas mit ihren Erbsenhirnen herum! Ich bin weder an Sergeant Nick Yanov noch an sonst einem dieser Idioten interessiert und bin nur deinetwegen hergekommen...«

Und während Pater Willie seine Ohren spitzte, um die Stimme seiner heimlichen Liebe zu hören, legte Francis Tanaguchi abrupt anstatt Elton John ein Band der Carpenters ein, weil er es schließlich doch noch geschafft hatte, einen Tanz mit Ida Keely zu ergattern, einer hübschen Angestellten aus der Funkzentrale mit Augen wie ein Reh. Schon bevor das Lied anfing, hatte er einen Blauadrigen.

Wenn ich auf die vergangenen Jahre zurückblicke
und wie es damals war,
erscheint mir das Heute eher trist;
so vieles hat sich geändert.

Seufzend stand Officer Sheila Franklin auf und bahnte sich einen Weg aus dem Schlafzimmer, das mit den Möbeln aus den restlichen Räumen vollgestopft war, um Platz zum Tanzen zu schaffen. Bevor sie die Tür öffnete, wandte sie sich noch einmal um. »Also gut, Reba, ich habe dich gebeten, dich ein bißchen zu bemühen, nett zu sein und eine Weile zu bleiben, weil du weißt... nun ja, daß mir an Nick Yanov etwas liegt. Aber wenn du unbedingt gehen willst...«

»Du kannst ja noch bleiben. Ich werde mir eben ein Taxi nehmen.«

»Ach Quatsch, Reba, ich hab' dich hierher gebracht. Also werde ich dich auch wieder zurückbringen. Aber eins möchte ich dir doch sagen. Die Leute hier sind keineswegs Widerlinge. Sie tanzen nur und haben...«

»Sie haben mich praktisch in den Swimming-pool gezerrt.«

»Ein Besoffener hat nach dir gegrabscht. Ich bitte dich, Reba, du bist doch selbst bei der Polizei. So schlimm ist das doch nun auch wieder nicht. Sie sind einfach nur ein bißchen betrunken.«

»Ich ruf' mir ein Taxi.«

»Nein, verdammt noch mal. Ich werde Nick sagen, daß wir gehen. Zieh dich schon mal um.«

Und wärend sich Pater Willie ins Bad verdrückte, schwang die halb offene Schlafzimmertür auf, und Sheila Franklin, immer noch mit ihrem Bikini und einem blauen Frotteebademantel bekleidet, ging über den Korridor auf die Terrasse hinaus, wo Sergeant Nick Yanov mit fünf anderen Polizisten pokerte.

Es waren Lieder der Liebe, die ich ihnen sang,
und ich weiß noch jedes Wort.
Diese alten Melodien klingen noch so gut in meinen Ohren,
während sie all die Jahre vergessen machen.

Keine-Eier-Hadley saß immer noch, wo Sheila Franklin sie zurückgelassen hatte. Auf einem großen Couchtisch aus Glas. In ihrem nassen Bikini. Ihre schimmernde Haut bedeckte ein kurzer Morgenmantel, den sie sich von Nick Yanov ausgeliehen hatte. Pater Willie stieß leise die Tür auf.

Der Klang von Keine-Eier-Hadleys Stimme. Die herzzerreißende Stimme von Karen Carpenter. Die unerträgliche Nostalgie seiner High-School-Zeit. Ein halber Liter Gin, der in seinen jungen Adern rumorte. Pater Willie hatte sehr wenig mit dem zu tun, was dann geschah. Selten wurde eine Legende so unvermittelt geboren.

Alle meine besten Erinnerungen kommen deutlich zurück;
einige bringen mich sogar zum Weinen – wie schon damals.
Es ist noch einmal gestern.

Zuerst versuchte Pater Willie, einen perfekten Satz zu formulieren – etwas Zärtliches, Liebevolles, Warmes. Aber er schaffte es nicht. Ohne von Keine-Eier-Hadley bemerkt zu werden, lehnte er sich hinter ihr gegen die Wand des Schlafzimmers. Sein Atem ging schwer. Seine Nüstern blähten sich. Die vorquellenden Augen verdrehten sich in unerträglicher Leidenschaft und Ekstase. Wie Byron auf der Akropolis.

Jedes sha-la-la-la, jedes wu-oh-wu-oh tut noch weh
jedes shing-a-ling-ling, das sie singen.

Instinktiv spürte er, daß nun der Augenblick gekommen war. Sein Leben hatte ihn an diesen Punkt gebracht. Hinter Reba, die auf dem Glastisch hockte, sauer auf ihre Freundin Sheila Franklin, auf diese schweinischen Polizisten und auf die Männer überhaupt. Und kein Mann hätte verhindern können, was als nächstes geschah, als sie, immer noch den kurzen Bademantel übergestreift, ihr Bikinihöschen abstreifte und es mit einem feuchten und wütenden Klatscher gegen die Wand schleuderte.

Der Couchtisch fühlte sich plötzlich kalt an unter ihrem bloßen Po, und Keine-Eier-Hadley versuchte, sich den Bademantel darunter zu klemmen, wobei sie neuerlich an dieses fette, behaarte, widerwärtige Schwein von Spermwhale Whalen denken mußte, der versucht hatte, sie unterzutauchen und sie am Hintern zu grabschen. Wie sie da innerlich kochend auf dem gläsernen Couchtisch saß, wußte Pater Willie, daß er nicht würdig war, dieses herrliche, goldene Mädchen zu berühren, die Schuld und Qual in sein junges Leben gebracht hatte.

Jedes sha-la-la-la, jedes wu-oh-wu-oh tut noch weh
jedes shing-a-ling-ling, das sie zu singen beginnen...

Pater Willie fand sich plötzlich auf seinen Knien über den roten Teppich kriechend. Ohne es zu wollen, wand er sich auf dem Rükken unter den gläsernen Couchtisch.

Und dann glaubte Keine-Eier-Hadley plötzlich etwas zu hören. Ein Geräusch, feucht und klebrig. Aufgrund des Lärms im Wohnraum achtete sie jedoch nicht weiter darauf und wartete schmollend weiter auf ihre Freundin – entschlossen, nicht einmal in den anderen Raum zu gehen, um ihre Kleider zu holen. Sheila sollte sie ihr bringen. Sie würde nicht noch einmal eine Begegnung mit einem betrunkenen Polizisten riskieren.

Dann hörte sie das Geräusch – nah und doch zugleich fern. Und dann hörte sie es direkt unter sich! Sie entschränkte ihre Beine und spreizte sie und blickte entsetzt auf die weißen und blutleeren Lippen und die verquetschte Nase von Pater Willie Wright hinab, die gegen die Unterseite der Glasplatte des Couchtischs gepreßt waren und das Glas unter ihrem Po mit feuchten, liebevollen Küssen bedeckten, während die blauen Augen noch weiter aus ihren Höhlen traten, als sie eingehend das goldene Pelzchen seiner Angebeteten studierten.

Keine-Eier-Hadley kreischte entsetzt auf. Angewidert sprang sie auf, während Pater Willie Wright – er hatte nicht gemerkt, daß sie aufgesprungen war – nach wie vor zärtlich auf das Glas einschmatzte und sich vage fragte, was da jemand herumschrie.

Keine-Eier-Hadley kreischte – und hörte nicht mehr auf zu kreischen.

Bevor allerdings die ersten drei Polizisten durch die Tür geschossen kamen, merkte Pater Willie bereits, daß irgend etwas nicht stimmte, während sein Gesicht immer noch wie das eines Fischs gegen das verschmierte Glas gepreßt war, seine Augen halb aus den Höhlen fielen. Und dann begriff Pater Willie, daß er entdeckt worden war.

»Gott liebt dich!« flüsterte Pater Willie ehrfürchtig, bevor Keine-Eier-Hadley eine riesige Keramikstehlampe packte und sie auf die Glasplatte des Couchtischs niederschmetterte, so daß um den verwirrten und verstörten Kaplan der Chorknaben die Hölle losbrach.

Dann zerrte ihn jemand unter dem Tisch hervor, um ihn vor Keine-Eier-Hadley zu retten, die einen Schläger aus Sergeant Nick Yanovs Golftasche zerrte und anfing, die Glasplatte in Stücke zu dreschen. Pater Willie schlidderte über den Boden, während Spencer van Moot ihn an den Füßen aus dem Schlafzimmer schleifte.

Irgend jemand entwand Keine-Eier-Hadley den Golfschläger, während sie außer sich losbrüllte: »Du widerliches, dreckiges, lausiges, kleines Schwein! Ich bring' dich um!«

Sie riß ein Bild von der Wand und warf es krachend durch das Schlafzimmerfenster auf die Terrasse hinaus, wo es gegen den Kopf eines der Pokerspieler krachte, der daraufhin in die Unfallabteilung des Krankenhauses eingeliefert und mit fünf Stichen genäht werden mußte.

Keine-Eier-Hadley, ohne ihren Bademantel, den ihr ein Polizist bei dem Versuch, sie festzuhalten, vom Leib gerissen hatte, und nur noch mit ihrem grünen Bikini-Oberteil bekleidet, fing an, auf

Pater Willie Wright einzudreschen und ihn gegen die Schiebetüren des Wandschranks zurückzudrängen. Zwischendurch trat sie auch noch nach seinem dicken, weichen Bauch.

Schließlich saß sie rittlings auf Pater Willie und bearbeitete ihn mit beiden Fäusten, während er mit den Armen sein Gesicht schützte und flehte: »Aber ich liebe Sie doch, Officer Hadley. Begreifen Sie das denn nicht?«

Schließlich überwältigte Sergeant Nick Yanov, einer der wenigen, die nicht betrunken waren, die spuckende, tretende, um sich schlagende Polizistin und zerrte sie, immer noch nackt, in das andere Schlafzimmer, wo sie Officer Sheila Franklin in den Schwitzkasten nahm, bis sie erschöpft in sich zusammensackte und stammelnd hervorsprudelte, was Pater Willie ihr angetan hatte.

Als der blutende, verwirrte Pater Willie Wright von Spencer van Moot und Harold Bloomguard zum Wagen getragen wurde, wandte er letzterem sein übel zugerichtetes Gesicht zu und sagte: »Was habe ich denn falsch gemacht, Harold? Was habe ich denn nur getan?«

»Ich kann dir schon sagen, was du getan hast, Padre! Du hast dieses hochnäsige, eingebildete Luder von Keine-Eier-Hadley auf ihren Platz verwiesen, sonst nichts!« Und dann verkündete Harold Bloomguard lauthals und voller Stolz, während sie Pater Willie den Gehsteig hinunterschleiften: »Eben bist du eine lebende Legende geworden!«

Von diesem Tag an wurde in der Chorknaben-Folklore die Episode mit Keine-Eier-Hadley als die Nacht bekannt, in welcher der Padre versuchte, sein Schinkensandwich durch das Einwickelpapier zu essen.

7

7-A-77: Calvin Potts und Francis Tanaguchi

Mit Sicherheit notwendig war die Singstunde, welche von Francis Tanaguchi in der Nacht einberufen wurde, in der das U-Boot aus dem Betrieb gezogen wurde. Das war drei Monate vor dem Mord im MacArthur Park.

Dies sollte eine ganz besondere Nacht werden, und sie fing bereits gut an, und zwar mit einem lautstarken Streit, in dem sich die Nachtschicht gegen Lieutenant Finque auflehnte, als dieser die Disziplinarmaßnahmen des Direktoriums der aufmüpfigen Mannschaft junger Uniformierter gegenüber zu rechtfertigen versuchte, die jedoch einhellig der Meinung waren, er rede einen Haufen Blech, wenn nicht Schlimmeres.

»Dieser Officer aus West Los Angeles«, brachte der entnervte Schichtleiter vor, »hat angesichts dessen, was er getan hat, diese dreißig Tage Suspendierung einfach *verdient*.«

»Verdient? Verdient?« donnerte Spermwhale Whalen los. »Sein Alter und der Alte seines Alten haben diese Bar schon dreißig Jahre geführt. Er ist praktisch hinter dem Tresen aufgewachsen.«

»Den Vorschriften entsprechend ist es aber verboten, daß ein Polizist nach dem Dienst in einem Lokal arbeitet, in dem alkoholische Getränke...«

»Was würden *Sie* denn tun, wenn Ihr Alter schon seit Wochen verzweifelt nach einem Barkeeper suchen würde?«

»Er hat doch *nur* dreißig Tage gekriegt.«

»Nur? *Nur?* Entziehen Sie mir dreißig Tage Gehalt, und ich würde glatt verhungern. Und mit mir meine ehemaligen Frauen und Kinder, ganz zu schweigen von meiner Schildkröte. Wo sonst wird ein Kerl für etwas bestraft, das er in seiner Freizeit macht, wenn er dabei nicht gegen das Gesetz verstößt?«

»Profis«, entgegnete Lieutenant Finque.

»Die können sich so etwas auch leisten – im Gegensatz zu uns«, schoß Spermwhale zurück. »Alles, was ich sagen kann, ist, daß ich froh bin, daß nächsten Januar meine zwanzig Jahre um sind. Dann werde ich denen aber mal gehörig meine Meinung sagen.«

»Das wird dem Lieutenant gerade so recht kommen wie ein kleiner Tripper«, zwinkerte Sergeant Nick Yanov Spermwhale zu.

»Mir kommt es wirklich so vor, als hätten hier nur absolute Arschlöcher etwas zu bestimmen«, grollte Spermwhale, wobei er sich unter Sergeant Yanovs besänftigendem Grinsen bereits wieder etwas zu beruhigen begann. »Jetzt weiß ich endlich auch, warum die ganzen hohen Tiere in der Innenstadt zum Mittagessen immer nach Chinatown fahren. Sie holen sich die Tips, wie sie diese verdammte Abteilung leiten sollen, aus den Glücksplätzchen.«

»Was würdet ihr davon halten, wenn wir mal die Verbrechensmeldungen durchgehen würden?« schlug Sergeant Yanov sehr zur Erleichterung von Lieutenant Finque vor, der sich vor diesen ungehobelten, bärbeißigen alten Polizisten wie Spermwhale Whalen unverhohlen fürchtete. Irgendwie schaffte er es nie, sich mit diesen Burschen auf ein vernünftiges Gespräch einzulassen.

»Hier haben wir was aus der Virginia Road, wo eine Hausfrau selbst eine Alarmanlage gegen Einbrecher gebastelt hat«, kam Nick Yanov zur Sache und rieb sich beim Lesen sein Stoppelkinn. »Sie ist gehbehindert und liegt den ganzen Tag mit einer Achtunddreißiger unterm Kopfkissen im Bett. Sie hat einen Einbrecher abgeknallt, als er sich durchs Küchenfenster in die Wohnung schleichen wollte. Das war bereits der *zweite*.«

Nachdem das allgemeine Beifallklatschen verstummt war, sah Sergeant Yanov auf die Uhr. »Wir haben nicht mehr viel Zeit. Hier ist ein Foto von dem Burschen, den die Schnüffler suchen, weil er ständig seine Alte verprügelt; das ginge ja noch, wenn er ihr nicht auch noch mit einem Messer auf den Leib rücken würde. Er hängt oft in dem Billardsalon in der Adams rum.«

»Übrigens, Sergeant«, meldete sich Spencer van Moot zu Wort, »mir reicht's allmählich, ständig zu dieser verrückten Alten gerufen zu werden, die am West Boulevard wohnt. Weiß der Mann an der Aufnahme nicht langsam, daß die Frau 'ne Meise hat? Sie fragt immer so Zeug wie, wo sie einen Sturzhelm für ihren fünfunddreißigjährigen epileptischen Sohn kriegt, der ständig auf den Kopf fällt.«

»Aber das dauert doch immer nur eine Minute«, beruhigte ihn Sergeant Yanov. »Ihr Sohn ist außerdem schon seit fünf Jahren tot. Und der alten Frau tut es doch einfach gut, mit so einem gutaussehenden Blondschopf wie Ihnen zu sprechen, Spencer. Vielleicht erinnern Sie sie an ihren Sohn.«

»Sie ist ja nun nicht gerade mein Typ, und schließlich habe ich Wichtigeres zu tun«, erwiderte Spencer. Zu seinem Ärger brach auf diese Antwort die versammelte Mannschaft in lautes Gejohle und Gelächter aus, da bis auf Lieutenant Finque jeder wußte, daß diese wichtigeren Dinge die günstigen Einkäufe waren, die Spencer auf dem Wilshire Boulevard tätigte.

»Zeit, an die Arbeit zu gehen«, verkündete Lieutenant Finque daraufhin, da er der Auffassung war, ein Lieutenant sollte nie zulassen, daß ein Sergeant – besonders, wenn er so nachsichtig war wie Nick Yanov – während des Appells zu viel zu sagen hatte.

Die schlimmste Nervensäge unter den Männern der Nachtschicht des Wilshire-Reviers war zweifellos Francis Tanaguchi. Er war fünfundzwanzig, Japan-Amerikaner der dritten Generation und war in den *barrios* von East Los Angeles aufgewachsen, so daß er zwar fließend Spanisch, aber kein Wort Japanisch sprach. Er liebte Guacamole, Chile relleno, Barbacoa, Menuda, Albongidassuppe und Tequila mit allem Drumrum. Dagegen haßte er Sushi, Tempura, Teriyakisteak und Sake und wäre vor einem vollen Teller verhungert, wenn er ihn mit Stäbchen hätte essen müssen.

Als jugendliches Mitglied einer Chicano-Jugendbande hatte er an mehr Wände als jedes andere Bandenmitglied ›Peewee Raiders‹ gesprüht. Trotzdem wurde er von den Mexikanerjungen nie voll akzeptiert, die sämtliche Asiaten unter den Oberbegriff ›Chino‹ oder ›Chink‹ fallen ließen. Francis bemühte sich darum, ›Francisco‹ oder zumindest ›Pancho‹ genannt zu werden, mußte sich aber schließlich mit ›Chink-ano‹ zufriedengeben. Dieser Name blieb ihm, bis er mit einundzwanzig zur Polizei ging.

Im Lauf der Zeit stellte er fest, daß es durchaus Vorteile mit sich brachte, Japaner zu sein. Es gab einige mexikanisch-amerikanische Polizisten, aber nur wenige japanisch-amerikanische, obwohl Los Angeles den größten japanisch-amerikanischen Bevölkerungsanteil in Kalifornien hat.

Hin und wieder führten Francis und sein schwarzer Partner Calvin Potts tiefschürfende, philosophische Gespräche über ihre ethnische Abstammung.

»Wie soll ich es je zu was bringen, wenn mich alle nur einen Buddhaschädel nennen«, klagte Francis seinem Partner sein Leid.

»Du brauchst dich gar nicht groß zu beklagen«, bemerkte Calvin. »Was soll denn ich erst sagen? Wie glaubst du denn, daß es wäre, in deiner Kuliwelt ein Schwarzer zu sein, hm?«

»Wer sagt hier, daß ich ein Kuli bin?« fuhr Francis auf. »Ich bin Mexikaner, verdammt noch mal.«

»Red keinen Quatsch, du bist ein Japse«, erinnerte ihn Calvin.

»Dann hör gefälligst auf, mich Kuli zu nennen.«

»Zumindest seht ihr doch alle gleich aus.«

»Es ist verdammt hart, ein Japaner zu werden, wenn du mal in meinem Alter bist. Ich versuche das jetzt schon seit vier Jahren und kann noch immer kein anständiges Foto machen oder einen Rasen ordentlich mähen.«

»Du denkst also, du hättest nichts zu lachen«, meinte Calvin. »Wie fändest du es denn, von den Kollegen ständig angemacht zu werden, wenn du dich mit 'ner Weißen zu verabreden versuchst. Glaubst du, so etwas ist angenehm?«

»Zumindest ist es noch nicht soweit, daß du davon die Nase voll hast.«

»Das ist nur, weil ich mich besaufe, wenn ich mich mit 'ner Weißen verabrede. Ich muß mich einfach besaufen, um es besser zu ertragen, wenn sie mich dann abblitzen läßt.«

»Du besäufst dich doch immer – ganz gleich, mit was für 'nem Mädchen du dich verabredest. Inzwischen pfeifen es doch schon die Spatzen von den Dächern, daß du ein Säufer bist.«

»Ich saufe doch nur, weil das alles ein bißchen erträglicher macht«, meinte Calvin.

»Klar, aber wie fändest du es denn, wenn dir jedesmal kotzübel würde, wenn du bloß 'nem toten Fisch in die Augen siehst?«.

»Mir *wird* jedesmal kotzübel, wenn ich einem toten Fisch in die Augen sehe.«

»Aber dich versucht Lieutenant Finque wenigstens nicht in die asiatische Gemeinde einzuschleusen, indem er dich als Kontaktbeamten bei japanischen Banketts einsetzt, wo du dir drei rohe Krabben reinwürgen mußt, um dann bis zum Daniel Freeman Hospital nicht aus dem Kotzen herauszukommen.«

»Das ist doch alles nur in deinem Kopf, diese Abneigung gegen japanisches Essen.«

»Aber der Kopf ist doch wohl der schlimmste Ort, wo es einem übel werden kann. Und so etwas tut dieses Arschloch von Lieutenant Finque mir an.«

»Wir können das bei der nächsten Singstunde ja mal mit den anderen besprechen. Roscoe oder irgendein anderer von diesen Irren wird sich schon was einfallen lassen, um es diesem Heini zu zeigen.«

Mit achtundzwanzig war Calvin Potts drei Jahre älter als Francis Tanaguchi, und er war auch schon zwei Jahre länger bei der Polizei. Er war groß, durchtrainiert, geschieden und der Sohn eines Kautionsbürgen. Er war in Baldwin Hills aufgewachsen, als dort noch kaum schwarze Familien wohnten. Sein ganzes Leben lang hatte er mit Mädchen und Frauen aller Rassen zu tun gehabt, und er hatte eigentlich keine Probleme mit seiner Hautfarbe. Alkoholiker war er, weil sein Vater bereits Alkoholiker gewesen war; ebenso wie ein Bruder, eine Schwester, zwei Onkel und zahlreiche Cousins. Er kam aus einer Familie, in der ordentlich gesoffen wurde. Schon mit sechzehn hatte er mit Scotch angefangen. Außerdem trank er, weil er über seine Exfrau Martha Twogood Poots nicht wegkam, deren Vater einer der erfolgreichsten schwarzen Anwälte von Los Angeles war.

Im zweiten Jahr ihrer Ehe war Martha Twogood Potts nach verschiedenen relativ erfolgreichen sexuellen Begegnungen mit heiratswürdigeren Männern zu der Überzeugung gelangt, daß sie blöd gewesen war, einen ganz gewöhnlichen Polizisten zu heiraten. Sie setzte Calvin Jr. auf die Straße und wandte sich an ihren Daddy um Hilfe, worauf dieser einen Richter des Obersten Gerichtshofs überzeugen konnte, daß es im Falle Officer Calvin Potts' durchaus angebracht war, daß er fünfunddreißig Prozent seines Nettoeinkommens für die Unterstützung seiner Frau und seiner Kinder abtreten sollte. Damit blieben fünfzehn Prozent für die monatlichen Ratenzahlungen für den Wagen, fünfundzwanzig Prozent für Essen, zwanzig Prozent für Benzin und Reparaturen und vierzig Prozent für einen umfangreichen Kredit, den er zu Beginn seiner Ehe großzügig aufgenommen hatte. Da sich die Summe daraus auf 135 Prozent belief, schaffte Calvin Abhilfe, indem er seinen Mercedes zurückgab und sich stattdessen ein gebrauchtes Schwinn-Fahrrad ohne Gangschaltung kaufte, mit dem er täglich zum Dienst fuhr. Dann teilte er die fünfundzwanzig Prozent für Lebensmittel in zwei gleiche Teile – eine Hälfte für Essen, eine Hälfte für Alkohol, um freilich feststellen zu müssen, daß zwölfeinhalb Prozent des Nettoeinkommens eines Polizisten selbst für einen durchschnittlichen Alkoholiker reichlich knapp bemessen waren.

Also tat er sich mit einem Mädchen namens Lottie La Farb zusammen, die einen Teilzeitjob beim Fernmeldeamt hatte und bei dieser Gelegenheit auch gewisse Anrufe entgegennahm, die ihr zweihundert Dollar die Nacht eintrugen, wenn sie nach der Arbeit nach Hause kam.

Calvin Potts arbeitete seit sechs Monaten mit Francis Tanaguchi zusammen, und die beiden waren langsam unzertrennlich geworden. Calvin konnte das nicht so recht begreifen, da er grundsätzlich etwas gegen Menschen hatte und Francis Tanaguchi darüberhinaus mit Sicherheit die schlimmste Nervensäge der gesamten Wilshire-Station war. Aber so war es nun einmal. Sie hingen ständig zusammen, so daß sie schon allgemein als The Gook und The Spook bekannt waren.

Es gab berechtigte Gründe, weshalb Francis Tanaguchi als unerträgliche Nervensäge galt. Er tat verschiedene Dinge, die einfach ärgerlich waren; einige davon mehr oder weniger permanent, andere in gewissen regelmäßigen Abständen. Zu den Angewohnheiten, die ihm angekreidet wurden, gehörte unter anderem, daß er für vier Uhr morgens Telefonanrufe in den Wohnungen der andern Chorknaben arrangierte. Eine geheimnisvolle Frau mit einer sinnlichen, aufreizenden Stimme redete dann auf den verschlafenen Chorknaben ein, während er im Dunkeln langsam zu sich kam. Er wurde mit einer leise geflüsterten sexuellen Litanei berieselt, die so ziemlich jeden verschrumpelten Zylinder aus Fleisch, Muskeln und Adern in einen Diamantenschneider verwandeln hätte können. Obwohl Francis Tanaguchi allgemein als Urheber dieser Anrufe verdächtigt wurde, konnte man es ihm doch nie nachweisen; er stritt auch jegliche Schuld ab. Betrunken und nüchtern, hatte Calvin Potts ihm gut zugeredet, ihm gedroht und ihn zu bestechen versucht, seine Urheberschaft zuzugeben – ohne Erfolg.

Niemand hatte die ›Drachenlady‹ je zu Gesicht bekommen, wie sie die Anruferin inzwischen nannten. Und niemand hatte es geschafft einzuhängen, bevor sie ihre Litanei zu Ende heruntergebetet hatte. Alle hatten sie feuchte Träume von ihr. Spencer van Moot war von seiner Frau das dritte Mal verlassen worden, als sie über den Zweitapparat die erotischen Verheißungen mitanhörte, die das Blut jedes Mannes zum Kochen gebracht hätten.

Der größte Schaden wurde durch solch einen Anruf wahrscheinlich Pater Willie Wright zugefügt, als eines Nachts sein pummeliger Knödel von Frau neben ihm im Bett schnarchte. Pater Willie nahm den Hörer ab und saß wie erstarrt im Dunkeln, während die Drachenlady Versprechungen machte, ihren Körper und den Willies auf eine Weise zu verrenken, von der jeder vernünftige Mensch gewußt hätte, daß dies unter den gegebenen körperlichen Voraussetzungen unmöglich war. Allerdings war Pater Willie in diesem Augenblick alles andere als vernünftig. Er war verschlafen, verträumt und noch nicht ganz wach. Er war sprachlos und außer sich. Die Drachenlady fing an, unglaublich wollüstige, unanständige, schmatzende Geräusche von sich zu geben. Und dann hängte sie auf.

Pater Willie lag für eine Weile still da und fiel dann über die schlafende Zeugin Jehovas her, welche Sex nur duldete, wenn sie wach und darauf gefaßt war.

Am nächsten Nachmittag wartete Pater Willie Wright vor dem Appell, sein linkes Auge von dem verzweifelten Schlag einer pummeligen kleinen Faust blutunterlaufen, im Umkleideraum auf Francis Tanaguchi und forderte ihn zu einem Kampf auf Leben und Tod im Keller der Wilshire Station heraus. Während Francis noch seine Unschuld beteuerte, traten bereits Calvin Potts und verschiedene andere Kollegen dazwischen. Pater Willie Wright schluckte Tränen der Wut hinunter, als er darauf in den Appellraum geführt wurde, und bei dieser Gelegenheit hörten ihn die anderen auch zum erstenmal fluchen.

»Du mieser Wichser!« brüllte Pater Willie. »Fick dich doch in deinen schlitzäugigen Arsch, du gottloser Wichser!«

Francis Tanaguchi hatte noch verschiedene andere unangenehme Angewohnheiten. Unter anderem biß er Leute in den Hals. Begonnen hatte das Ganze, als sich Francis in einem miesen Melrose Boulevardkino anläßlich eines Bela-Lugosi-Festivals einen Vampirfilm ansah. Das Publikum setzte sich hauptsächlich aus Schülern und Studenten zusammen, die brüllten und tobten und Hasch rauchten und Popcorn mampften.

Francis befand sich in Begleitung einer unnahbaren Stenotypistin namens Daphne Simon, die während der Tagschicht im Archiv des Wilshire-Reviers arbeitete und sich kaum einmal mit einem Polizisten verabredete, da sie fand, daß diese Kerle fast ausnahmslos zu geil waren. Francis hatte sich allerdings bei ihr Liebkind gemacht, indem er ihr einen Blumenstrauß für dreißig Dollar zuschikken ließ, den er allerdings umsonst bekommen hatte, indem er einen japanischen Blumenladen am Crenshaw Boulevard aufgesucht hatte und die frisch eingewanderten Besitzer mit seinem blau uniformierten asiatischen Körper beeindruckte. Eigentlich hatte Francis nur auf einen Strauß Veilchen spekuliert, aber als er dann merkte, wie sehr die Besitzer an ihm Gefallen gefunden hatten, besann er sich eines besseren und bestellte die dezenten Nelken in verschiedenen Farben.

Während sie nun in dem verrauchten Kinosaal saßen, mußte Daphne Simon ständig Francis' Hand zwischen ihren Beinen hervorzerren, wenn dieser sie zufällig dorthin fallen ließ. Er begann bereits zu wünschen, er hätte sich die Nelken für Ora Lee Tingle und die Singstunde aufgehoben. Francis Tanaguchi wurde zunehmend saurer auf Daphne Simon, die ihm jedoch auf fast exotische Weise durch die Art, wie sie seine Hand drückte, bevor sie sie auf die hölzerne Armstütze zwischen den Kinosesseln klatschte, zu einem Blauadrigen verhalf. Aber wenn er anfing, Daphne Simon unsympathisch zu finden, verliebte er sich doch gleichzeitig in Bela Lugosi.

»Wo willst du hin, Francis?« blinzelte Calvin Potts am nächsten Nachmittag argwöhnisch, als Francis es sich auf dem Beifahrersitz ihres Schwarzweißen bequem machte.

»Zu diesem großen Kostümverleih an der Western«, wiederholte Francis.

»Willst du vielleicht auf einen Maskenball?«

»Nein.«

»Ich weiß schon; du willst für dich und Ora Lee einen Eisbärenanzug kaufen, den ihr dann anzieht, wenn ihr euch während der nächsten Singstunde mit kleinen toten Enten bewerft.«

»Ich will mir ein Paar Vampirzähne besorgen«, erklärte Francis.

Drei Wochen lang – so lange dauerten Francis' Spinnereien in der Regel – schlich er dann mit zwei über seine Eckzähne gesteckten, blutigen Vampirhauern durch das Wilshire-Revier, um jedem unterhalb des Rangs eines Sergeants an die Kehle zu gehen.

»Eine Weile fand ich das Ganze ja sogar ganz witzig«, beschwerte sich Spencer van Moot eines Tages bei Calvin Potts. »Wenn nur diese verreckten Zähne nicht so weh täten. Und mit der Zeit schlägt es einem außerdem ganz schön auf die Eier, Francis ständig am Hals hängen zu haben.«

Und während er das gerade sagte, hechtete sich Francis von

hinten auf Spencers Rücken und verbiß sich mit seinen Plastikhauern in seinen Nacken.

Schließlich erschien Sam Niles mit einer silbern gestrichenen Kugel im Dienst und ließ Francis zusehen, als er seine Dienstwaffe damit lud.

Harold Bloomguard hängte sich einen Zopf Knoblauch vor seinen Schrank, und dann fing Wasmeinstdu-Dean – und nach ihm alle anderen – damit an, ständig ein Kreuz mit sich herumzutragen, um den asiatischen Vampir in Schach zu halten. Dieser begann auch tatsächlich zu knurren und zu winseln, wenn er ein Kreuz sah, und sank in seinen Schrank zurück, bis er schließlich wieder jemanden entdeckte, der ihm den Rücken zukehrte.

Schließlich packte Spermwhale Whalen Francis am Kragen und fuhr ihn an: »In diesem Umkleideraum gibt es inzwischen so viele Kreuze, daß man meinen könnte, in einem Nonnenkloster zu sein. Und wenn du mit diesem Scheiß nicht sofort aufhörst, Francis, dann stecke ich dir diese Scheißzähne in deinen knochigen Arsch, daß du sie nach dem nächsten Mittagessen rauskotzen kannst.«

»Ist ja schon gut. Langsam gehen mir diese ungewaschenen Hälse ja auch wirklich auf den Geist«, gab Francis zu, womit seine Vampirphase beendet war.

Die Nacht, in der Francis blutige Hände bekam und das U-Boot aus dem Verkehr gezogen wurde, war ein Spätfrühlingsabend mit einer Menge Smog. Er begann wie üblich mit Calvins Vorwürfen, daß immer er fahren müßte.

»Jetzt hör mal, Francis, ich bin schon länger bei der Polizei, und ich bin auch schon länger als du auf dieser Scheißwelt, und ich möchte, verdammt noch mal, wissen, weshalb ich mich von dir eigentlich so herumkommandieren lasse.«

»Was meinst du mit herumkommandieren?«

»Na ja, ich fahr' dich doch jede Nacht wie so ein Scheißchauffeur in der Gegend rum.«

»Ich kann besser Englisch schreiben als du, und dann ist es doch ganz gut, wenn ich mich um die Berichte kümmere, während du fährst.«

»Was? Die meiste Zeit hast du doch eine Rechtschreibung wie ein sitzengebliebener Erstklässler. Du hast doch in deiner Chicano-Schule gar kein Englisch gelernt.«

»Na ja, außerdem fährst du besser als ich.«

»Quatsch. Hast du je einen Schwarzen in Indianapolis fahren sehen?«

»Hast du überhaupt mal einen Buddhaschädel hinterm Steuer eines Wagens gesehen? Jeder Polizist weiß doch, daß die Asiaten noch schlechter Auto fahren als die Schwarzen.«

»Morgen fährst jedenfalls du.«

»Ich kann nicht. Ich möchte nicht, daß mich jemand mit Brille sieht. Mit dem Ding sehe ich aus wie ein Iwo-Jima-Scharfschütze, und das möchte ich auf keinen Fall.«

»Ich hab' dich noch nie mit 'ner Brille gesehen.«

»Ich trage sie ja auch nur, wenn ich was sehen will.«

»Jetzt sind wir schon so lange Partner, und du wolltest nie etwas sehen?«

»Es gibt in diesem Job nichts, was ich gern sehen würde, Calvin. Ich setze meine Brille nur auf, wenn andere Typen sie abnehmen. Ich habe sie nur beim Vögeln auf. Was anderes will ich gar nicht sehen.«

»Ziehst du sie in der Singstunde auch auf, wenn du Ora Lee Tingle oder Carolina Moon nagelst?«

»Nein, das ist auch noch was, was ich nicht sehen will.«

Und dann wurde Calvin einfach trübsinnig. Das passierte ihm in letzter Zeit immer häufiger, zumal er mehr und mehr trank. Er hatte gewaltsam versucht, nicht mehr an dieses Miststück von Martha Twogood Potts und ihre glatte, karamelfarbene Haut zu denken. Aber die Gedanken an Calvin Jr., der ihn inzwischen vermutlich nicht einmal mehr erkennen würde und auch die Wochenenden nicht mit ihm verbringen wollte, konnte er auf diese Weise nicht verdrängen. Und an sich wollte er den Jungen ja gar nicht in Lottie LaFarbs Wohnung mitnehmen, obwohl sie viel eher ein nettes Fräulein vom Amt war als eine Prostituierte und ihn mit Sex und Geld verwöhnte, soweit es ihr möglich war. Außerdem mochte sie auch Calvin Jr.

Manchmal hätte er nichts lieber getan, als Lottie LaFarb und Francis Tanaguchi zu Matsch zu prügeln; sie waren die einzigen Menschen auf der ganzen Welt, von denen er glaubte, daß es ihnen nicht egal war, ob er sich diese Smith K-38 in den Mund steckte und die Schädeldecke vom Kopf pustete, daß sie gegen die Deckenverkleidung ihres Schwarzweißen knallte, der im Augenblick nach der Kotze und der Pisse eines Säufers stank, den die Jungs von der Tagschicht kurz vor Schichtwechsel eingebuchtet hatten.

Calvin Potts' aufwallender Ärger ließ jedoch schnell nach, als über Funk die Stimme ertönte, welche die Chorknaben allgemein zu lieben gelernt hatten: »Sieben-A-Siebenundsiebzig, Sieben-A-Siebenundsiebzig; helfen Sie der Frau, Familienstreit in der Bar Adams/Ecke Cloverdale.«

»Das geht uns an, Calvin«, bemerkte Francis gutgelaunt und notierte den Funkspruch auf dem am Armaturenbrett befestigten Notizblock.

»Na, dann bestätige doch endlich, verdammt noch mal«, knurrte Calvin böse.

»Sieben-A-Siebenundsiebzig, verstanden«, sprach Francis ins Mikrofon und sah dabei seinen Partner an, dessen Kaffeegesicht durch die tiefen Strahlen der Abendsonne wie matt poliert schimmerte. »Weshalb bist du denn so sauer, Calvin?«

»Ach, nichts. Ich habe es nur einfach satt, in diesem Bezirk zu arbeiten. Wieso können wir nächsten Monat nicht mal für den Norden eingeteilt werden?«

»Das ginge doch. Ich dachte nur, du hättest gern, daß ab und zu mal richtig was los ist.«

»Mir reicht es bis hier oben hin, kann ich dir sagen. Mir langen diese miesen Eastsidenigger, die sich hier immer mehr breitmachen. Da ist mir ja noch das Fairfax-Revier lieber.«

»Na gut. Wir können ja mal mit dem Boß sprechen, ob er uns für nächsten Monat nicht für den Norden einteilen kann. Ich weiß außerdem, was du wieder mal vertragen könntest.«

»Was?«

»Na ja, 'ne ordentliche Nummer schieben.«

»Ach ja, natürlich; genau das hätte mir noch gefehlt.« Für einen Moment verdrehte Calvin seine Augen angewidert nach oben.

»Ich weiß, daß Lottie sich ganz gut um dich kümmert, aber ich habe da ganz was Besonderes in dem Haus, in dem ich wohne. Ich wollte dir schon die ganze Zeit davon erzählen.«

»Du meinst wohl die Drachenlady, was?« sagte Calvin plötzlich, und für einen Augenblick wich seine Niedergeschlagenheit von ihm.

»Also jetzt hör mal, Calvin; du weißt sehr wohl, daß ich mit dieser Drachenlady ebenso wenig am Hut habe wie alle anderen.« Dabei setzte Francis sein unerforschliches asiatisches Grinsen auf.

»Na gut, wie sieht sie dann aus?«

»Noch besser als die Zierliche, Schlanke, die wir auf dieser Party in Hollywood Hills kennengelernt haben.«

»Na ja, das will ich aber auch hoffen.«

»Wirklich schade, daß du bei der nicht gelandet bist.«

»Dabei hätte es sicher geklappt, wenn dieser Scheißanwalt nicht alle fünf Minuten mit seiner dicken Brieftasche durch die Luft gefächelt hätte. Wenn einer damit anfängt, habe ich wirklich keine Chance mehr.«

»Aber sonst hat er doch keine Vorzüge aufzuweisen gehabt«, bemerkte Francis.

»Ich möchte wetten, daß sich mit der was geschoben hätte, wenn ich mit ein paar Fünfzig-Dollar-Scheinen herumgewedelt hätte.«

»Wenn du dafür zahlen mußt, macht's doch nicht wirklich Spaß.«

»An dem Abend hätte ich auch gezahlt. Ich kann dir sagen, die Alte ist mir schon ganz schön an die Hose gegangen.«

»Klar.«

»Das habe ich dir doch schon erzählt, oder nicht?«

»Ach was, das hast du dir doch in deinem Suff wieder mal nur eingebildet, Calvin. Ich würde an deiner Stelle lieber mal zusehen, daß du endlich aus dieser Johnny-Walker-Flasche rauskommst, in der du lebst.«

»Jetzt hör mal gut gut zu, du schlitzäugiger kleiner Eierkopf; wenn ich dir sage, daß sie mir unter dem Tisch schon mächtig die Eier massiert hat, dann ist das so. Verstanden?«

»Du warst doch an dem Abend schon so zu, Calvin, daß du nicht mal bei der Drachenlady 'nen Steifen gekriegt hättest.«

»Jetzt wirst du gemein, Francis.«

»Ach was, Calvin, ich meine es doch nur gut mit dir.«

Calvin Potts funkelte Francis Tanaguchi wütend an und wäre fast nicht mehr rechtzeitig auf die Bremse getreten, um nicht einen halb auseinandergefallenen, zehn Jahre alten Pontiac zu rammen, der von der Auffahrt zu Elmer's Barbecue Kitchen auf den Adams Boulevard geholpert war.

»Paß doch auf, du Holzkopf!« brüllte Calvin den Fahrer des Pontiac an, der ein verängstigtes Lächeln aufsetzte und seine mächtigen, schwieligen Arbeitshände nervös ums Lenkrad krampfte, so daß seine Knöchel wie Walnüsse hervortraten.

»Huuu-iii!« stieß der Fahrer des Pontiac zwischen den Zähnen hervor und hielt auf der rechten Fahrspur an, um auf weitere Anweisungen von dem Streifenwagen zu warten, der neben ihm hielt.

»So ein verdammter, aus Mississippi transplantierter Scheißnigger«, stöhnte Calvin, während er das Rotlicht einschaltete und überlegte, ob er erst den Ehezwist schlichten oder einen Strafzettel ausstellen sollte.

Francis nahm ihm die Entscheidung ab. »Ich bin dran, Calvin.«

»Also gut, dann stell du ihn aus.«

»Ich will ihm aber keinen verpassen, Calvin. Der Bursche sieht nicht so aus, als ob er sich das leisten könnte.«

»Dann schreib' ich ihn eben aus.«

»Aber ich bin doch dran. Dann verzichte ich eben auf meinen Strafzettel. Den nächsten kannst dann du wieder ausstellen.«

»Tut mir leid, Officer«, entschuldigte sich der Fahrer des klapprigen Pontiac, als der schwarze Polizist ihn böse anstarrte. »Ich bin diesen Verkehr in Los Angeles einfach nicht gewohnt. Ich komme vom Land draußen rein.«

»Dann fahr doch besser einen Traktor, Arschloch!« fluchte Calvin, stellte das Rotlicht ab und raste zu ihrem Auftrag in der Adams/Ecke Cloverdale los, wo sie zwei schwarze Frauen in Schürzenkleidern und Plastiksandalen sahen, die sich vor einer Bar stritten.

»Haben Sie uns rufen lassen?« fragte Francis und setzte seine Mütze auf, während Calvin nur den Kopf schüttelte und den zwei Frauen und Francis mit der Mütze in der Hand nach drinnen folgte. Dort fanden die zwei Polizisten vier weitere Teilnehmer an der Auseinandersetzung, die sich alle mehr oder weniger gegen eine dralle Mulattin in den Dreißigern verbündet hatten, die an einem Ecktisch saß, einen Milchshake schlürfte und Dörrfleisch kaute.

»Das ist das Luder, das schuld ist an allem, Officer«, erklärte die dickere der beiden Frauen, die sie nach drinnen geführt hatten.

»Ja, du Miststück«, schimpfte die andere los, bevor die Mulattin etwas erwidern konnte. »Sie hat mit meinem Onkel zusammengelebt. Und der ist vor kurzem gestorben, und jetzt will sie sich um die Beerdigung kümmern. Und sie glaubt, sie würde das Haus kriegen – und den Wagen, weil dieser alte Mann, der nicht für fünf Pfennig Hirn gehabt hat, irgend so eine blöde Erklärung abgegeben hat, die sie für ein Testament hält.«

»Sie hat das ganze Geld meines Onkels für Wein und Bier ausgegeben«, bemerkte ein knochiger Gast am Tresen.

»Wofür hast du denn die Knete von deinem Onkel ausgegeben,

du Dreckskerl?« begehrte die Mulattin auf, um sich dann an Francis zu wenden. »Wir haben rechtmäßig zusammengelebt.«

»Was heißt hier schon rechtmäßig, du Luder«, fuhr die kleinere der zwei Frauen dazwischen und trat auf den Tisch der jungen Frau zu. Calvin stellte sich jedoch zwischen die beiden.

»Kann ich mal unter vier Augen mit Ihnen sprechen«, wandte Calvin sich daraufhin an die junge Mulattin, worauf diese zum erstenmal von ihrem Dörrfleisch abließ und dem großen Polizisten in die hinterste Ecke der Bar folgte, wo eine stumme Musikbox stand.

»Was ist denn hier nun eigentlich los?« fragte Calvin, als sie allein waren.

»Wissen Sie, ich war mit diesem alten Mann eben zusammen. Diese zwei Jahre mit mir waren sicher die schönsten seines Lebens. Ich habe mich kaum umgedreht, wollte er schon wieder, daß ich ihm einen runterhole. Ich kann Ihnen sagen, ich hab' schon Blasen im Mund gekriegt von diesem alten Idioten. Ich hätte mich ja sowieso aus dem Staub gemacht, als er gestorben ist, aber dann sind mir diese Leute da vom ersten Tag an dumm gekommen, als der Alte tot war. Na ja, und dann hab' ich mir eben gedacht, kann ich genausogut bleiben und um das kämpfen, was mir zusteht.«

»Weiter nichts?«

»Absolut nichts«, bestätigte die Frau und lächelte Calvin zum erstenmal an. Dabei trat sie näher an ihn heran und streifte mit ihren wippenden Brüsten seinen Brustkorb.

In diesem Augenblick torkelte der Mann am Tresen betrunken auf sie zu. »Glauben Sie diesem Miststück kein Wort. Sie lügt. Das ist alles Blödsinn. Der alte Mann war einfach total verkalkt, und sie hat ihn schamlos ausgenutzt.«

Der Mann preßte einen Gegenstand an seine Rippen. Im Dämmerlicht der Bar sah es aus wie ein rostiges Handtuch. Und dann merkte Calvin, daß etwas auf die schäbigen Slipper des Mannes hinuntertropfte und weiter auf den Boden.

»Mensch, Sie bluten ja!«

»Ja«, erwiderte der Mann. »Das stimmt.« Und als wäre es ihm peinlich, nahm er das schmutzige Handtuch weg, so daß aus der Wunde in seiner Brust ein ordentlicher Strahl Blut über seinen Bauch und auf den Boden floß. Mit jedem Atemzug klaffte die Wunde weiter auf, und mehr Blut floß. »Das war dieses Luder.«

»Na gut, du Sauhund!« legte die dralle Erbin los. »Dann werde ich ihnen jetzt zeigen, was du mit mir gemacht hast.«

Noch während sie sprach, zog sie sich unter lasziven Verrenkungen ihr enges Kleid über ihre ausladenden Pobacken hoch und stelle ein blutgetränktes Papiertaschentuch zur Schau, das sie in ihr blaues Höschen gesteckt hatte, um den Blutfluß von einer langen Messerwunde zu stoppen, die sich quer über Hüfte und Bauch zog. Unter dem aufgeschlitzten Fleisch und Fett schimmerte sogar ein Stück Hüftknochen durch.

»Seid ihr eigentlich wahnsinnig geworden?« platzte Calvin heraus, um dann Francis zu sich zu winken und ihm die häßlichen Wunden zu zeigen.

»Du hast gesagt, du würdest nichts sagen, wenn ich auch den Mund halte, du blöder Hund!« schimpfte die Erbin.

»Du siehst doch, daß er mich gefragt hat, blöde Kuh. Was hätte ich denn sagen sollen? Daß ich ein Stück blutiges Fleisch in meinem Handtuch mit mir rumtrage?«

»Also gut, und wer hat also wen verletzt?« schaltete sich Calvin wieder dazwischen. Er war wütend, da sie nun ein Protokoll aufnehmen und vermutlich beide an dem Kampf Beteiligten verhaften mußten.

»Ich bin in einen Eispickel gefallen«, sagte der Mann.

»Und wer hat *Sie* so zugerichtet?« fragte Francis die Erbin.

»Ich bin in ein Schlachtermesser gefallen«, erwiderte sie.

»Sagen Sie«, fing der Mann an, als Francis blinzelnd das Loch in seiner Brust betrachtete und schließlich sogar einen Schritt vortrat, um die Wunde pulsieren und schäumen zu sehen, während der Mann atmete. »Wenn jemand jemanden anderen mit einem Eispikkel angreifen würde, und dieser andere würde sich mit einem Metzgermesser verteidigen, würde dann der mit dem Messer ins Gefängnis kommen?«

Bevor die Polizisten etwas erwidern konnten, fügte die Mulattin hinzu: »Und wenn dieser verdammte Dreckskerl von einem Säufer derjenige gewesen wäre, der eine *Frau* mit einem Metzgermesser angegriffen hat, und wenn sie sich mit einem Eispickel verteidigen hätte müssen, wäre diese Frau dann nicht ein Opfer dieses miesen, alten Dreckskerls? Sie würde doch nicht ins Gefängnis kommen, oder?«

»Hat das sonst noch jemand gesehen?« fragte Francis. Aber plötzlich hatten offensichtlich alle wie auf Kommando mächtig Durst bekommen und wandten sich ihrem Bier zu.

»Die Kriminaler würden sie beide einlochen und die ganze Angelegenheit dann vor Gericht regeln«, knurrte Calvin verächtlich. »Und bevor es schließlich zu einer Gerichtsverhandlung käme, gäbe es sicher auf Antrag der zwei Angeklagten drei Vertagungen, und am Ende würden sie sich dann doch einigen, nichts gegeneinander zu unternehmen, womit wieder einmal nur eine Menge *meiner* Zeit und das Geld der Steuerzahler verschwendet worden wäre.«

»Könnten Sie mich vielleicht ins Krankenhaus bringen?« fragte die Erbin.

»Möchten Sie gegen ihn aussagen?«

»Nein.«

»Dann nehmen Sie den Bus«, riet ihr Calvin. »Der Doktor wird Sie sogar umsonst flicken. Das ist ein Notfall.«

»Kriegt man hinterher keine Rechnung zugeschickt?« erkundigte sie sich, um das Papiertaschentuch wieder über die Wunde zu pressen und ihr Kleid hinunterzuziehen.

»Sicher werden sie Ihnen eine Rechnung schicken, aber die können Sie ja mit all den anderen Rechnungen dazu hernehmen, die Löcher in Ihren Schuhen zu stopfen.«

»*Ihn* sollten wir auf jeden Fall mitnehmen, Calvin«, schlug Francis vor. »Er ist wirklich schwer verletzt.«

»Wollen Sie gegen die Frau da aussagen?« fragte Calvin.

»Nein«, erklärte der Mann. Sein Atem produzierte eine blubbernde Blase auf seiner Brust, die unter leisem Schmatzen platzte.

»Na wunderbar«, meinte Calvin und strebte dem Ausgang zu. »Dann nehmen Sie mal schön zwei Aspirin und bleiben morgen im Bett.«

»Aber er ist doch schwer verletzt, Calvin.« Francis mußte laufen, um seinen Partner draußen auf dem Gehsteig einzuholen.

»Hey, laß mich bloß in Frieden! Mein Entschluß steht fest. Ich schere mich einen Dreck um diese Arschlöcher. Sollen die doch machen, was sie wollen, und wenn sie sich vom Hals bis zum Bauch aufschlitzen. Bitte, sollen sie doch! Ich werde sie nicht daran hindern.«

»Aber er schwebt in Lebensgefahr! Seine Lunge könnte nicht mehr mitmachen.«

»So einen Nigger bringt so schnell nichts um, Francis. Mich hat ein gewisser Dixie Suggs eingearbeitet, der Schwarze genauso gehaßt hat wie du Krabben. Er hat mir beigebracht, daß man diesem Volk praktisch die Köpfe abschneiden und dann schrumpfen lassen muß, wenn man eines von diesen Arschlöchern umbringen will. Verdammte Scheiße, hoffentlich werden wir nächsten Monat für den Norden eingeteilt. Jedenfalls sind mir diese Juden mit ihren großen Klappen wesentlich lieber als diese verdammten Nigger.«

»Ist ja schon gut, Calvin, ist ja schon gut.« Francis sah seinen Partner kurz an, bevor er nach dem Mikrofon griff, um sich bei der Zentrale zurückzumelden.

Calvin rauchte eine Zigarette, während sie bis Einbruch der Dunkelheit geruhsam durch die Gegend fuhren. Dann betastete Calvin die Brusttasche seiner Uniform und sagte: »Schauen wir doch mal kurz bei Easy's rein und holen uns was zu rauchen.«

Francis, der den Abend zuvor ordentlich gezecht hatte, döste in seinem Sitz vor sich hin, wobei ihm alle paar Augenblicke der Kopf auf die Brust kippte, so daß ihm sein langes schwarzes Haar wie einem kleinen Jungen über sein schmales Gesicht fiel.

»Haben wir einen Auftrag gekriegt?« erkundigte sich Francis und suchte in seiner Hemdtasche nach einem Bleistift.

»Du kannst ruhig weiterschlafen, Francis. Wir haben nichts gekriegt.«

Calvin bog gemächlich in den Venice Boulevard ein und hielt vor dem Alkoholausschank von Easy Willis, einem humorvollen Schwarzen, der jeden der drei Streifenwagen, die dieses Gebiet rund um die Uhr abfuhren, täglich mit zwei Schachteln Zigaretten versorgte. Easy dachte, er käme dadurch in den Ruf, daß bei ihm ständig die Polizei aus- und einging, und er hoffte, auf diese Weise potentielle Räuber und Einbrecher aus der Gegend abzuschrecken.

Der Zigaretten wegen kamen nicht nur während jeder Schicht zwei Polizisten in den Laden, sondern sie richteten auch jedesmal, wenn sie vorbeikamen, ihren Suchscheinwerfer auf das Ladenfenster. Die Zigaretten ließen sie außerdem etwas häufiger als gewöhnlich vorbeikommen, und der Suchscheinwerfer eines Streifenwagens hat für Laden- und Tankstellenbesitzer in Ghettogegenden immer etwas Vertrauenserweckendes. Viele von ihnen wurden nämlich schon öfter mit einer Schußwaffe bedroht und angegriffen als ein ganzer Trupp Polizisten, und sie üben ja tatsächlich einen wesentlich gefährlicheren Beruf aus als diese.

»Na, Calvin, was gibt's denn so Neues?« grinste Easy, als Calvin ohne Mütze den Laden betrat, der von oben bis unten mit Bier, billigem Wein und harten Sachen vollgestopft war. Die Ghettobewohner verstanden sich aufs Trinken.

»Nichts besonderes, Easy, nichts besonderes.« Calvin lehnte sich lässig gegen die Theke, während Easy einer angetrunkenen Schwarzen mit einem Kind im Arm und einem zweiten am Rockzipfel eine Flasche Scotch in eine Papiertüte packte.

Calvin ließ seine Blicke über die Regale gleiten, die sich unter all den Flaschen bogen. Wie in den meisten Läden im Ghetto gab es wegen jugendlicher Ladendiebe auch bei Easy keine Süßigkeiten oder Zigaretten. Calvin sah sich die Reihen von Pornomagazinen an und dann das raffinierte Feuerlöschsystem, das der weiße Inhaber des Geschäfts anbringen hatte lassen, falls es in Los Angeles zu einem neuerlichen Aufstand der Schwarzen kommen sollte.

Lolly Hermann, der Besitzer des Geschäfts, hatte früher einen Laden in Watts gehabt, der jedoch 1965 geplündert und in Brand gesteckt worden war. Er hatte mehr Angst vor einer schwarzen Rebellion als jeder Südstaaten-Plantagenbesitzer vor dem Bürgerkrieg. Er hatte alle Fenster vergittern und an fünf strategisch wichtigen Stellen des Ladens einen lautlosen Auslöseknopf für die Alarmanlage anbringen lassen – hinter dem Ladentisch, auf der Toilette, falls ein Dieb den Verkäufer dort einsperren sollte; im Kühlraum; neben der Hintertür des Ladens, die auf einen Hof führte, der mit einem drei Meter hohen Drahtmaschenzaun und fünf Reihen Stacheldraht als oberstem Abschluß gesichert war, und schließlich in dem kleinen Büro, das sich direkt an den Ladentisch anschloß und bis zur Decke mit kugelsicherem Glas abgetrennt war. Die Tür zum Büro, in dem das Geld aufbewahrt wurde, war elektronisch verriegelt. Dasselbe galt für das Eisengitter vor der Eingangstür des Ladens, das herabgelassen wurde, wenn das Geschäft um zwei Uhr nachts schloß.

Noch furchterregender als der bösartige Dobermann, der am Zaun des Hinterhofs auf und ab hechelte, wenn er sich nicht gerade seinen Flöhen widmete, war vielleicht der Karabiner, den Mr. Herman an der Wand des kugelsicheren Büros zur Schau stellte, um keinen potentiellen Dieb oder Einbrecher darüber im unklaren zu lassen, daß er keineswegs nur Vorkehrungsmaßnahmen zu treffen bereit war.

Drei Wochen, nachdem er sein raffiniertes Einbruchssicherungssystem fertig installiert hatte, wurde er von einem vierzig Kilo schweren Jungen auf Rollschuhen niedergeschlagen, als er nach Ladenschluß gerade in seinen Wagen steigen wollte. Dabei wurden ihm aus Socken und Unterwäsche dreitausend Dollar gestohlen.

Danach hörte Lolly Herman mit achtzehn genähten Wunden am Kopf auf, in seinem Laden zu arbeiten, und zog sich in sein Haus in Beverly Hills zurück.

Statt dessen sollte sich nun Easy Willis um den Laden kümmern.

Natürlich ging von da ab das Geschäft nicht mehr so gut. Wenn Lolly Herman ihnen nicht auf die Finger sah, nahmen es Easy und die sechs anderen Angestellten nicht so genau. Sie schafften monatlich jeder einen Tausender auf die Seite, um ihr Gehalt etwas aufzubessern, aber trotzdem war der Laden immer noch eine Goldgrube, und Mrs. Herman dankte insgeheim Gott, daß dieses Vierzig-Kilo-Würstchen namens Chipmunk Grimes ihrem Mann eine gehörige Lektion erteilt und ihn in Rente geschickt hatte.

»Mama hat heute Pökelfleisch in Sülze gemacht, Calvin«, sagte Easy, nachdem die Kundin den Laden verlassen hatte. Dann schob er wortlos zwei Schachteln Camel über die Theke.

»Danke, Easy, aber in letzter Zeit stehe ich nicht mehr so auf *Soul-food*.« Calvin steckte beide Schachteln ein; Francis rauchte zum Glück nicht.

Natürlich wußte Easy, daß Francis nicht rauchte, aber er spielte trotzdem dieses Spiel mit, seit die beiden zum erstenmal in seinen Laden gekommen waren und Calvin Francis vorgestellt hatte: »Das ist mein neuer Partner, Easy. Er heißt Francis und raucht auch Camel.«

Lolly Herman hatte angeordnet, pro Wagen zwei Schachteln zu spendieren, und Easy war es völlig egal, ob sie nun ein Polizist bekam oder zwei. Nachdem Lolly Herman sich aus dem Geschäftsleben zurückgezogen hatte, ließ Easy häufig sogar zwei Extraschachteln springen, und da er von Calvins Probleme mit dem Alkohol wußte, schob er ihm ab und zu auch eine Flasche Johnny Walker über die Theke.

»Officer!« brüllte ein junger Schwarzer in einem gelben Pullover, während er in den Laden stürmte. »Auf der La Brea hat gerade so 'n Typ 'nen Radio aus 'nem Wagen geklaut!«

»Wie lange ist das schon her?«

»Etwa zwanzig Minuten.«

»Dann fahr doch mal auf deinen Rollschuhen zu unserem Schwarzweißen raus und weck meinen Partner auf. Er wird den Bericht aufnehmen.«

»Wollen Sie denn nicht probieren, ihn zu schnappen?«

»Wie stellst du dir das denn vor? Der Kerl ist doch inzwischen schon fast in Compton.«

»Der ist nicht aus Compton. Es war kein Schwarzer. Das war so ein Typ mit langen, blonden Haaren. Ich schätze, der gehört zu diesen Jungs, die ein Stück die Straße runter in diesem Berufsberatungsbüro arbeiten. Aber die einzigen, die davon ein bißchen Knete sehen, sind die Jungs, die dort die ganze Zeit schlau daherreden, wie man 'nen Job kriegt; und die kriegen die Moneten von der Regierung.«

»Na ja, dann werden wir eben ein Protokoll aufnehmen«, sagte Calvin ungerührt. »Und da dieses Büro heute nacht geschlossen ist, werden die Detektive morgen dort mal vorbeischauen.«

»Diese verdammten Weißen haben hier wirklich nichts zu suchen«, meinte Easy. »Die meisten von diesen Sozialarbeitern machen sowieso den Eindruck, als hätten sie nicht so recht alle beisammen. Und dann wollen die uns noch erzählen, wie wir es anpacken sollen. Wenn du mich fragst, sind das sowieso alles Kommunisten oder ähnliches Gesindel.«

»Und noch was«, fuhr der junge Bursche, an Calvin gewandt, fort. »Der Bruder, dem das Radio gehört hat, blutet am Auge. Dieser Langhaarige hat angefangen, irgendwelchen Scheiß zu faseln, als ihn der Typ, dem der Wagen gehört, bei der Arbeit überrascht hat. Und dann hat dieser weiße Wichser dem Bruder einen Mordsschwinger verpaßt, und ab ist er mit dem Radio.«

»Was hat er denn für 'nen Eindruck gemacht, als er zugeschlagen hat?« wollte Easy wissen.

»Ein übler Bursche. Mächtig schnell. Und einen Schlag wie Ali.«

»Dann war es keiner von diesen Labersäcken«, meinte Easy. »Das sind doch alles richtige Jammerlappen. Wenn du mich fragst, war das 'n echter Profi, der mal eben zufällig hier durchgekommen ist.«

Nachdem er die kurze Diebstahlmeldung notiert hatte, war Francis wieder wach, und in dem Augenblick, als Calvin losfuhr, sagte er: »Wie wär's mit Code sieben?«

»Zu früh zum Essen.«

»Und wie wär's, wenn wir nur auf einen Taco kurz zu Bernie reinschauen würden?«

»Na gut.« Calvin steckte sich eine Zigarette an und schnitt bei dem Gedanken an Bernies mit salziger Guacamole gefüllte Tacos, die Francis Tanaguchi wahre Freudenschauer den Rücken hinunterlaufen ließen, eine angewiderte Grimasse.

Francis suchte schließlich bei der letzten Möglichkeit Zuflucht. »Ist eigentlich das Periskop noch im Kofferraum, Calvin?« fragte er unschuldig.

»Jetzt aber mal halblang, Francis; aber wirklich!«

»Fahr doch mal kurz dort vorne an den Straßenrand. Ich möchte nur mal nachsehen.«

»Verdammt noch mal, Francis, laß endlich diesen Blödsinn. Du hast es mir versprochen.«

»Wolfgang ist heute nacht wieder allein in seinem Wagen unterwegs. Ganz allein!« Francis probierte sein unergründliches Lächeln an Calvin aus.

Wolfgang Werner, ein vierundzwanzigjähriges Prachtexemplar von einem Mann in blauer Uniform, war vor zehn Jahren aus Stuttgart in die Vereinigten Staaten ausgewandert. Francis hatte einen Monat mit ihm zusammengearbeitet, bevor er mit Calvin Potts ein Team bildete. Francis hatte es nichts ausgemacht, mit Wolfgang zu arbeiten. Zu hassen begann er Wolfgang erst, als der Deutsche zu Lieutenant Finque ging und um die Zuteilung eines anderen Partners bat, und zwar aufgrund persönlicher Differenzen.

Francis fand das unverzeihlich. Bei der Polizei von Los Angeles war es üblich, die für allerlei Interpretationen offene Phrase ›persönliche Differenzen‹, hinter der sich eine ganze Reihe der unterschiedlichsten Probleme verbergen konnte, nicht näher zu hinterfragen. Oft besagte es nichts weiter, als daß sich zwei Polizisten einfach nicht ausstehen konnten und ihre Aggressionen deshalb an unschuldigen Bürgern abreagierten, wenn sie für einen zu langen Zeitraum in der enorm intimen Welt eines Streifenwagens miteinander konfrontiert wurden. Francis war außer sich, da zu viele ›persönliche Differenzen‹ dazu führten, daß ein Polizist in den Ruf gelangte, ›sich nicht so richtig einfügen zu können‹.

Die Polizei wurde immer noch von Männern geleitet, die Untergebene wollten, die ›sich einfügen konnten‹; und sie waren nach wie vor der festen Überzeugung, daß ›ein guter Gefolgsmann einen guten Führer abgibt‹.

Francis Tanaguchi hingegen hatte noch nie daran geglaubt, daß es zu etwas führen würde, jemandem zu folgen, zumal es niemanden gab, nach dem er sich hätte richten können, wenn es nachts auf den Straßen von Los Angeles Entscheidungen zu fällen galt, die nicht selten über Leben und Tod entscheiden konnten. Daher behauptete Francis, Wolfgang Werner wäre eine Zimperliese. Er erklärte, den wirklichen Grund zu wissen, weshalb Wolfgang sich geweigert hatte, weiter mit ihm zusammenzuarbeiten. Er konnte nämlich den Spitznamen nicht ausstehen, den Harold Bloomguard ihnen verpaßt hatte und der auch von den anderen baldigst übernommen worden war. Harold hatte sie die Achsenpartner genannt.

Eines Nachts, nachdem Francis aufgehört hatte, ein Achsenpartner zu sein, und statt dessen die eine Hälfte des Spook- und Gook-Teams bildete, fuhren sie an einem ruhigen Mittwoch über den Crenshaw Boulevard, als Francis plötzlich Wolfgang entdeckte, wie er gerade mit einer rothaarigen Autofahrerin sprach, die er in der Nähe der Rodeo Road angehalten hatte, um ihr wegen eines defekten Rücklichts einen Strafzettel zu verpassen.

»Na ja, Miß, ich denke, diesmal werde ich noch ein Auge zudrükken können«, dröhnte Wolfgang. Er stand drohend neben dem limonenfarbenen Mustang und stierte auf den Führerschein der jungen Dame, um sich ihre Adresse einzuprägen. Seine Augen waren unter dem Mützenschirm verborgen, den er sich wie Roscoe Rules immer viel zu weit in die Stirn zog.

»Das ist aber nett von Ihnen, Herr Wachtmeister«, kicherte das Mädchen über seinen deutschen Akzent und begutachtete währenddessen den ausladenden Brustkasten des jungen Herkules, der vor freudianischen Symbolen nur so triefte. Da waren all die Phallussymbole – die Knarre, das Abzeichen; ganz zu schweigen von dem überdimensionalen Knüppel, der ihm vom Gürtel baumelte. Das junge Mädchen hatte nicht die geringste Ahnung, welchen Eindruck diese Objekte auf ihre Libido machen sollten.

Als Wolfgang ihr mit seinem einstudierten teutonischen Grinsen den Führerschein zurückgab, wußte Francis, daß Wolfgang nun in seinem unverkennbaren Akzent sagen würde: »Was würden Sie davon halten, wenn wir uns nach Dienstschluß mal auf einen Gin Tonic treffen würden?«

»Dieser Schleimscheißer von einem Krautkopf«, schimpfte Francis, während er dieses Schauspiel vom Beifahrersitz ihres Schwarzweißen aus beobachtete.

Er bat Calvin, irgendwo an der gegenüberliegenden Ecke zu parken. »Diesem würstchenfressenden, arischen Hundesohn werde ich es zeigen.« Und später in jener Nacht kaufte er dann in einem

Ramschladen ein billiges Plastikperiskop. Francis wußte nämlich, daß Wolfgang einen Angriff auf seine Würde nicht verputzen können würde. Und dann begannen die U-Boot-Angriffe.

Am Abend des ersten Angriffs arbeitete Wolfgang wieder einmal allein. Francis setzte sich seine Mütze verkehrt herum auf, machte sich auf seinem Sitz ganz klein, während Calvin fuhr, und schob sein neues Spielzeug langsam über den unteren Rand des Seitenfensters.

»Hast du denn überhaupt einen Spiegel in deinem Periskop?« wollte Calvin wissen.

»Nein.«

»Dann siehst du doch gar nichts.«

»Nein. Du mußt mir eben sagen, wann ich Wolfgang im Visier habe.«

»Ist das denn alles? Willst du Wolfgang nur ins Visier kriegen?«

»Nein, keineswegs. Wir werden diesen *pendejo* versenken«, flocht Francis plötzlich einen spanischen Brocken ein. »Bring uns schon auf Breitseite.«

Wolfgang stand am Wilshire Boulevard zwischen Western und Muirfield.

Diesmal war sein Jagdwild aus einem eleganten Mercedes gestiegen. Sie war brünett, langbeinig, mit Schmuck behängt und ordentlich sauer, da sie zu Recht argwöhnte, daß Wolfgangs Interesse keineswegs ihrer defekten Nummernschildbeleuchtung galt.

Es war zehn Uhr. Kein Stern war am Himmel zu sehen. Auf dem Wilshire herrschte kaum Verkehr, und Francis hatte schon Angst, Wolfgang würde sie näherkommen sehen.

»Schalt das Licht aus«, befahl Francis.

Achselzuckend kam Calvin seinem Wunsch nach und lenkte seinen Schwarzweißen hinter Wolfgangs Wagen, als Francis plötzlich aufgeregt herausplatzte: »Nicht hinter ihn, du Idiot! Neben sie! Und schön langsam!«

Dann holte Francis Tanaguchi tief Luft und stieß hervor: »Ssssswwwwwwwwuuuuuuuuuuuuuuusch!« Auf das Geräusch drehte Wolfgang sich nach ihnen um und starrte sie verdutzt an.

»Daneben!« schrie Francis aufgeregt. »Tauchen! Tauchen! Tauchen!«

»Was?«

»Verdammt noch mal, hau schon ab hier!« brüllte Francis, und Calvin stieg aufs Gas, während Wolfgang und die Brünette ihnen verständnislos hinterherstarrten.

In der nächsten Nacht, in der sie angriffen, dauerte es länger als eine Stunde, bis sie Wolfgang schließlich fanden. Als sie ihn schließlich aufspürten, lauschte er gerade über Funk einer neuen Stimme, die Calvin verdächtigerweise fast genauso aufreizend vorkam wie die der Drachenlady.

»Sieben-X-L-Fünf, Sieben-X-L-Fünf; sehen Sie nach der Frau, Crescent Heights und Colgate; Beschwerde wegen eines Streuners.«

»Er wird alles liegen und stehen lassen, um den Auftrag zu übernehmen«, meinte Francis. »Ich weiß doch, was in dem Burschen vorgeht. Er wird sich denken, daß es sich bei dem Kerl um einen Spanner handelt und daß sie seiner Aufmerksamkeit durchaus wert ist. Also volle Kraft voraus!«

Francis setzte seine Mütze verkehrt herum auf und zog das Periskop unter dem Sitz hervor, während sie auf Wolfgangs Wagen zuglitten.

Der hünenhafte Deutsche stieg gerade aus, in der einen Hand die Taschenlampe, in der anderen einen Block mit Protokollformularen. Er bemerkte sie nicht, als sie mit ausgeschaltetem Motor näher rollten.

Und dann brüllte Francis: »Achtung! Feuer!«

Wolfgang wirbelte herum; die Taschenlampe zerbrach splitternd auf dem Asphalt, und der Deutsche hatte bereits halb seine Waffe gezogen, als Francis Tanaguchi zischte: »Ssssswwwwwuuuuusch.«

»Haben wir ihn erwischt, Francis?« fragte Calvin Potts, während er Motor und Scheinwerfer wieder einschaltete und eineinhalb Meter Reifengummi auf die Straße kleisterte.

»Banzai! Banzai!« kicherte Francis geheimnisvoll.

Sie sahen Wolfgang erst nach Dienstende im Umkleideraum wieder, als er vor dem Umziehen an Francis' Schrank trat und mit einem schmallippigen Grinsen sagte: »Also gut, Francis, du hast mich einmal versenkt. Was hältst du davon, wenn wir jetzt einen Waffenstillstand schließen?«

Francis lächelte nur unergründlich und machte sich zusammen mit Calvin auf den Weg zu einer Singstunde, um sich vor Harold Bloomguard damit zu brüsten, wie er Wolfgang langsam verrückt machte. Nach einer scharfen mexikanischen Soße taufte er sein U-Boot auf S. S. *Chorizo*.

Die letzte Nacht, in der Francis' U-Boot in See stach, war die Nacht, in der er Blut an seinen Händen hatte. Wolfgang Werner stand vor der Wilshire Police Station und unterhielt sich mit seiner neuesten Flamme – einem rosigen, knackigen Mädchen namens Olga, die im La Brea Drive-in bediente, wo der zuständige Streifenwagen gratis verköstigt wurde.

»Jetzt laß doch endlich diesen Blödsinn«, versuchte Calvin Francis zu bremsen, als sie aus dem Parkplatz der Wache auf den Venice Boulevard bogen und sich der Kamikaze auf dem Beifahrersitz mit einem stieren Blick auf Olga bereits wieder seine Mütze zurückrückte.

»Dreh schon um, Calvin«, befahl Francis finster und zog das Periskop unter seinem Sitz hervor.

»Dieser Kerl schlägt dir noch den Schädel ein, wenn du's zu weit treibst.«

»Dreh um, Calvin.«

»Ich sag' dir, dieser Kraut reißt dir den Kopf vom Hals und pinkelt dir dann noch in die Speiseröhre, Francis.«

»Hast du vielleicht Schiß?«

»Allerdings.«

»Wenn du noch einen Angriff für mich fährst, dann verspreche ich dir, daß ich das Periskop wegschmeiße.«

»Also gut; aber wieso ausgerechnet jetzt?«

»Ich bin in Olga verliebt. Sie ist so ein Wahnsinnsweib! Also, dreh schon um, und ich schwöre dir, nie wieder einen Torpedo abzufeuern.«

»Schwörst du's wirklich?«

»Ja.«

»Bei Buddha?«

»Laß doch diesen Japsen-Quark, Mensch Meier. Dieses Arschloch von Lieutenant Finque hat mich heute schon wieder zu so einem verdammten Japan-Treffen geschickt. Was hältst du von einem mit rohen Krabben vollgekotzten Hemd, du blöder Hund?«

»Ist ja schon gut; ich dreh' ja schon um. Aber ich sag' dir, dieser teutonische Kleiderschrank macht dich zu Hackfleisch.«

»Jetzt fahr schon endlich!« drängte Francis, während Calvin wendete und in Richtung Venice Boulevard zurückfuhr.

Wolfgang hatte ihnen den Rücken zugekehrt, als sie sich ihm näherten; diesmal wegen des dichten Verkehrs mit ziemlicher Geschwindigkeit und angeschalteten Lichtern.

»Das ist das letzte Mal, daß ich in See steche, Francis«, brummte Calvin.

»Ist ja schon gut, Mann; jetzt mach mich nicht noch nervös«, schimpfte der Kommandant und klemmte sich hinter sein Periskop, um jedoch gleich darauf mit bloßem Auge über den unteren Fensterrand zu lugen, da der Sucher des Periskops nichts anderes zeigte, als ein kleines Foto einer behaarten Vagina, die Calvin aus einem *Playboy* ausgeschnitten und in das Guckloch geklebt hatte.

»Geh nachher sofort auf Zickzackkurs«, befahl Francis, als Wolfgang sich gerade von Olga abwandte, die die knappsten, aufreizendsten Jeans trug, die Francis Tanaguchi je gesehen hatte. Sie hatte keine Höschen an, so daß es an einer bestimmten Stelle dunkel durch den gelben Stoff der Hose schimmerte.

Francis beugte sich aus dem Fenster, das Periskop ausgefahren, und richtete es nicht auf Wolfgang, sondern auf Olgas leicht vorgewölbten Flausch.

»Ssssswwwwwuuuuuuusch«, juchzte Francis Tanaguchi, während Calvin Potts aufs Gas stieg und einen ängstlichen Blick auf das wutverzerrte Gesicht von Wolfgang Werner warf.

An jenem Abend packte Wolfgang Francis im Umkleideraum ohne Vorwarnung am Kragen und sagte: »Wenn du auch nur noch einmal daran denken solltest, deinen lausigen Torpedo dorthin zu setzen, wo du ihn heute hin gezielt hast, dann kannst du deinen Kopf in deiner Aktentasche nach Hause tragen. Ich würde dir also empfehlen, dein U-Boot außer Gefecht zu setzen, Francis.«

Wolfgang rang Francis ein diesbezügliches Versprechen ab, indem er seinen Hals kräftig massierte und ihm beim Nicken etwas behilflich war. Dann ließ er Francis, der verzweifelt nach Luft schnappte, vor seinem Schrank zurück, während Calvin Potts so tat, als müßte er noch einmal dringend auf die Toilette.

Als er wieder zurückkam, meinte er zu Francis: »Ich glaube, wir sollten die S. S. *Chorizo* lieber mal ins Trockendock bringen, Francis.«

Diese letzte gefährliche Attacke auf den Deutschen erfolgte nach dem Auftrag, der Francis mitten in der Nacht schweißgebadet und mit Blut an den Knöcheln und unter den Fingernägeln aufwachen ließ.

»Sieben-A-Siebenundsiebzig; kümmern Sie sich um die Frau, Pico/Ecke Ogden; Beschwerde unbekannt.«

»Sieben-A-Siebenundsiebzig, verstanden«, murmelte Francis ins Mikrofon und warf es dann auf den Sitz. »Scheiße, dabei hätte ich gerade so richtig Lust auf einen Guacamlole-Taco.«

»Das muß es sein«, meinte Calvin fünf Minuten später. Francis sah auf, als Calvin den Strahl des Suchscheinwerfers auf einen Mann und eine Frau richtete, die vor einem heruntergekommenen Wohnblock standen, der sich noch in einer vorwiegend von Weißen bewohnten Gegend befand; allerdings stieg die Zuzugsrate von Schwarzen ständig.

»Hoffentlich dauert das Ganze nicht allzu lang«, nörgelte Francis, während sie nach ihren Taschenlampen, Mützen und Notizblöcken griffen. Smog hing wie mit einer Spritzpistole gemalter Rauch über der Straße und dem Haus.

»Ich bin diejenige, die Sie hat rufen lassen«, meldete sich eine Frau in einem gesteppten Morgenmantel zu Wort; unter ihrem Haaransatz quoll orangefarbenes Haar hervor.

Auf den Stufen neben ihr saß ein Mann mit schütterem Haar und einem trägen Grinsen auf den Lippen. Zwischen den beiden lagen sechs Dosen Bier.

»Was haben Sie denn für ein Problem?« fragte Francis, leicht über den ›Beschwerde unbekannt‹-Auftrag beunruhigt. Eine solche Durchsage konnte alles bedeuten, wenn es auch manchmal nur besagte, daß der Beamte in der Zentrale, der den Anruf entgegennahm, keine passende Kategorie für die Klassifizierung des Auftrags fand.

»Ich bin die Hausverwalterin«, stellte sich die Frau vor und raffte dabei ihren Morgenmantel über der Brust zusammen, als wäre sie nicht bereits zwanzig Jahre über das Alter hinaus, in dem es noch etwas zu Glotzen gibt. »Also, ich habe da eine Mieterin oben auf Nummer zwölf, Mrs. Staffort heißt sie. Sie hat drei kleine Kinder, und ich hätte das Zimmer eigentlich nicht an sie vermieten sollen, weil wir eigentlich nicht mehr als ein Kind pro Wohnung haben wollen.«

»Ja, und was ist mit ihr?« wollte Calvin ungeduldig wissen, während er sich insgeheim überlegte, ob Francis wohl allzuviel dagegen einzuwenden gehabt hätte, wenn sie kurz in McGoon's Saloon vorbeischauen und sich einen genehmigen würden. Vielleicht nur einen kleinen Johnny Walker on the Rocks...

»Ja, wissen Sie, würden Sie das nicht auch etwas komisch finden? Vor zwei Stunden, als es gerade dunkel wurde, habe ich dieses Geräusch gehört. Und dann war plötzlich nichts mehr zu hören. Sie gehen immer furchtbar früh zu Bett – sie und die Kinder. Sie tun mir ja wirklich leid; deswegen habe ich ihnen auch einen alten Fernseher geliehen. Sie ist erst vor kurzem aus Arkansas nach Los Angeles gekommen und kriegt noch keine Sozialhilfe oder sonst irgendeine Unterstützung; sie probiert schon die ganze Zeit, einen Job als Kellnerin zu finden. Aber Sie wissen ja selbst, daß das heute gar nicht so einfach ist.«

»Und was ist mit dem Geräusch«, drängte Calvin. »Was ist damit?«

»Ach ja, ich dachte, ich hätte jemanden schreien gehört. Nicht besonders laut, aber doch ein Schrei. Aber die Kinder plärren natürlich ständig herum. Und dann habe ich vor etwa zwanzig Minuten einen Mann aus dem Haus gehen sehen, und dann nichts mehr. Es war auch kein Licht in der Wohnung. Nichts hat sich gerührt. Deshalb bin ich dann nach oben und hab' an die Tür geklopft.«

»Und dann?«

»Sie müssen auf jeden Fall zu Hause sein. Sie sind nicht ausgegangen. Wenn sie weggegangen wären, hätte ich sie bestimmt gesehen.«

»Dann schlafen sie vielleicht schon.«

»Aber der Fernseher läuft noch.«

»Ach, sie haben vielleicht vergessen...«

»Wissen Sie, Herr Wachtmeister«, wandte sich die Frau nun Francis zu, »der Fernseher ist schon ziemlich alt; aber er geht noch recht gut. Ich konnte ihn bis auf den Gang hinaus hören. Sie haben dasselbe Programm angesehen wie ich. Und dann hab' ich durch die Jalousie nach innen gesehen, aber auf dem Bildschirm war kein Bild – nur dieses weiße Geflimmer wie bei einer Störung.«

»Ja und? Was soll das schon groß zu bedeuten haben?«

»Ich weiß auch nicht, Herr Wachtmeister.« Die Frau wandte sich wieder Calvin zu. »Sie hat nicht viele Freunde und Bekannte. Die arme Frau ist meistens nur mit ihren Kindern zusammen. Nur wenn sie auf Arbeitssuche geht, läßt sie die Kleinen allein hier zurück. Dann passe ich immer ein bißchen auf sie auf.«

»Wieso sperren sie denn nicht mit Ihrem Zweitschlüssel die Wohnungstür auf und sehen nach, was los ist?«

»Das ist doch das Problem; ich habe keinen mehr. Der letzte Mieter hat seinen Schlüssel nicht abgegeben, so daß ich ihr meinen Zweitschlüssel gegeben habe. Könnten Sie nicht vielleicht mal kurz reinschauen und nachsehen, ob alles in Ordnung ist?«

»Aber Sie wollen doch vermutlich nicht, daß wir die Tür aufbrechen, oder?« brummte Calvin, während sie die Treppe hinaufstiegen.

»Können Sie denn nicht wie diese Polizisten im Film das Schloß mit einem Dietrich aufmachen?«

»Nee, und ich kriege auch keinen Safe auf, indem ich auf das Klicken der Kombination höre«, entgegnete Calvin, während Francis bereits den oberen Treppenabsatz erreicht hatte und laut gegen die Tür von Nummer zwölf klopfte.

»Ich möchte nicht, daß Sie die Tür aufbrechen.« Hilflos stand die Hausverwalterin am Fuße der Treppe.

Francis fing an, an dem Fenster neben der Eingangstür herumzufummeln. »Halt mal kurz«, forderte er Calvin auf und streckte ihm sein Notizbuch entgegen. Dann drückte er mit den Fingerspitzen einer Hand kräftig gegen die Fensterscheibe, während er mit einer Münze aus seiner Hosentasche den Rahmen leicht hochstemmte. Ein kurzes, metallisches Klicken war zu hören, und das Schiebefenster glitt nach links.

»Du gäbst einen prima Einbrecher ab, Francis«, lobte Calvin.

»Zuviel der Ehre; da bin ich schon lieber bei der Polizei.«

Francis schob die altersschwachen Jalousien hoch und kletterte in den dunklen Raum, der nur von dem Schneesturm auf dem Bildschirm des Fernsehers schwach erhellt war. Die Lautstärke war sehr leise gedreht.

»Calvin!« flüsterte Francis plötzlich.

»Was ist?« Instinktiv griff sein Partner nach seiner Schußwaffe und drückte sich neben dem Fenster gegen die Wand.

»Calvin!« wiederholte Francis, diesmal schwächer, und Calvin Potts ließ, fest der Überzeugung, daß sein Partner ernsthaft in Gefahr war, sein Notizbuch zu Boden fallen. Calvin duckte sich, suchte nach einer geeigneten Deckung und schätzte kurz die Entfernung zur Treppe ab.

»Calvin!« rief Francis von neuem. Als Calvin daraufhin seine Waffe zog, rannte die Frau schreiend in ihre Wohnung, um nicht mitten in eine Schießerei zu geraten.

Als die Tür aufging, drückte sich Calvin flach gegen die Wand.

Das Adrenalin pumpte durch seine Adern. Steif tappte Francis über die Schwelle.

»Calvin!« sagte er leise wie ein Kind.

»Was ist denn? Verdammt noch mal, was ist eigentlich los?« drängte Calvin, seine Waffe direkt auf Francis gerichtet, der sich dessen jedoch nicht im geringsten bewußt zu werden schien.

»Da drinnen haben sie ein paar ermordet!«

»Verdammte Scheiße, Francis!« Calvin stieß seinen Partner zur Seite und stürzte mit gezogener Waffe in die Wohnung, um mit der Taschenlampe nach dem Lichtschalter zu suchen.

Als erstes sah Calvin die Frau. Sie war unglaublich mager und blaß und hatte riesige Augenhöhlen. Sie lag mit dem Rücken auf der Couch, einen Morgenmantel über ihre Hüften gerafft. Ihre Beine waren gespreizt, die Knie angezogen, der Kopf im Todeskampf zurückgeworfen. Die klassische Pose eines vergewaltigten und dann ermordeten Opfers.

Um ihren Hals war das Antennenkabel geschlungen, und ihr Mund und ihre Augen standen offen. Die toten Augen, noch klar und ungetrübt, starrten auf den oberen Rand der Tür, die zu den zwei Schlafzimmern führte. Von der Tür hing eine Puppe mit blondem Haar herunter; sie war mit einem weiß eingefaßten, roten Abendkleid bekleidet. Das Kleid war oft gewaschen, und das Gesicht der Puppe wirkte alt und abgenutzt. Die Puppe hing am Hals von einem Bademantelgürtel, der mit Klebstreifen am oberen Querbalken der Tür befestigt war. Die Rolle Klebstreifen lag im Durchgang zum Bad auf dem Fußboden.

Während Calvin sich vornahm, die Rolle Klebstreifen auf Fingerabdrücke untersuchen zu lassen, schreckte ihn Francis aus seinen Gedanken auf, als er hinter ihn trat und sagte: »Die Küche!«

Calvin machte zwei Schritte nach links in eine winzige Küche mit einem kleinen, gelben Kühlschrank und einem Herd. Neben der Spüle lag ein blonder, siebenjähriger Junge auf dem Boden. Die Telefonschnur war um seinen Hals gewickelt, und sein Kopf ruhte auf einem Kissen, als hätte es ihm der Mörder bequem machen wollen. Der grüne Samtstoff war feucht von den Körpersäften, die aus dem Mund des Kindes rannen, während es erwürgt wurde. Seine Schlafanzugjacke war hochgeschoben, und man konnte zwei Zigarettenbrandwunden am Rücken und am Hals erkennen. Seine Augen waren fester geschlossen, als Calvin das je bei einem Toten gesehen hatte. Als hätte er im Sterben vergeblich nach seiner Mutter geschrien, war sein Gesicht in das grüne Samtkissen gepreßt.

»Das Bad!« sagte Francis. Calvin nickte mechanisch und folgte seinem Partner durch einen winzigen Wohnraum. An der Tür blieb er kurz stehen, um die Puppe näher zu betrachten. Sie drehte sich leicht zur Seite, als Francis mit der Mütze gegen den Plastikfuß stieß, als er unter ihr hindurchging.

Francis blickte ins Bad, um noch einmal zu überprüfen, was er bereits gesehen hatte, bevor er Calvin die Tür geöffnet hatte. Dann schaute er noch einmal die Puppe an und wandte sich schließlich Calvin zu.

Calvin Potts wußte bereits, was ihn im Bad erwarten würde, und sein Herz dröhnte ihm in den Ohren, als Francis das Licht einschaltete und zur Seite trat, um seinem Partner den Blick auf das Kind freizugeben, das an der Stange des Duschvorhangs baumelte.

Es war das jüngste der drei Kinder – ein Mädchen von vier Jahren, in einem mit Tierfiguren bedruckten Schlafanzug. Es war an zwei aneinandergeknüpften Unterhosen aufgehängt. Die Gerichtsmediziner würden später vermutlich feststellen, daß das kleine Mädchen den langsamsten Tod gestorben war. Calvin wollte gar nicht erst sehen, ob auch sie Verbrennungen hatte. Er wollte das Mädchen nicht berühren. Seine Augen waren wie die seiner Mutter offen. Sein Mund war geschlossen, da der Kopf vornüber auf die Brust gesackt war. Das Kind drehte sich langsam zur Seite, als Francis seinen Fuß berührte.

»Verdammt noch mal, was soll das denn?«

»Was?« fragte Francis dämlich.

»Laß bloß deine Finger von ihnen!«

»Was?« wiederholte Francis, ohne bemerkt zu haben, daß er wie zum Trost die kleinen Füße getätschelt hatte, die um die Knöchel mit einem braunen Gürtel zusammengebunden waren und deren Zehen wie die einer Ballerina nach unten zeigten.

»Los, verschwinden wir hier lieber. Sollen sich die von der Mordkommission um das Ganze kümmern.«

Calvin fuhr sich mit dem Handrücken über seine schweißnasse Stirn. »Augenblick mal! Wie viele Kinder, hat die Frau gesagt, hat sie gehabt?«

»Ich weiß nicht mehr genau.«

»Es waren doch, glaube ich, drei?«

»Ja, es waren drei.« Francis' Stimme klang belegt.

»Die Schlafzimmer!« Calvin knipste im ersten das Licht an. Dort stand ein Doppelbett, in dem offensichtlich die Frau mit dem kleinsten Mädchen geschlafen hatte. Er atmete schwer, als er in den Kleiderschrank und hinter eine Kiste mit alten Spielsachen sah.

»Calvin!« ertönte Francis' Stimme aus dem anderen Schlafzimmer, in dem zwei Kinderbetten standen. Auf einer alten Kommode standen bunte Spielsachen, und ein weißes Regal war mit Blumenbildern beklebt, um dem tristen Raum ein etwas freundlicheres Aussehen zu geben.

Francis war zwischen den beiden Betten auf die Knie gegangen; seine Mütze und die Taschenlampe lagen neben ihm auf dem Boden; und der Strahl der Lampe leuchtete unter das eine Bett, wo die Leiche eines fünfjährigen Jungen lag.

Calvin kniete sich ebenfalls auf den Boden, nahm seine Mütze ab und leuchtete mit Francis' Taschenlampe unter das Bett. Der Junge war blutüberströmt; der Schlafanzug um den zierlichen, zusammengekauerten Körper war völlig zerfetzt, und bis auf eine blonde Haarsträhne war der Junge völlig entstellt und voller Blut.

»Der Junge muß unters Bett gekrochen sein, um sich vor ihm zu verstecken«, flüsterte Calvin heiser. »Und der Killer muß ihm hinterher sein, und dann hat er den Kleinen unter dem Bett zerstückelt. Er ist einfach unter diesem Bett gelegen und hat auf ihn eingestochen. So muß es gewesen sein. Um das Bett herum ist nirgendwo Blut zu sehen. Der Kleine hat sich unter dem Bett versteckt, und der Killer ist ihm mit dem Messer nachgekrochen. Es gibt keinen Gott, Francis! Ich sag's dir, es *gibt* keinen!«

Plötzlich sprang Francis auf, zerrte das Bett zur Seite und zog das kleine, entstellte Bündel Mensch aus der zähflüssig roten Pfütze auf dem Boden, bis Calvin ihn stoppte.

»Rühr die Leiche nicht an!«

»Ich glaube, ich habe gesehen, daß er sich noch bewegt hat, Calvin! Vielleicht ist er noch am Leben.«

»Francis, jetzt reiß dich bloß zusammen!« brüllte Calvin und schüttelte seinen Partner, so daß dieser den kleinen Körper sanft zu Boden gleiten ließ, wobei ein paar dicke Tropfen gegen die schmutzige Tapete spritzten. »Schau doch! Seine ganzen Innereien sind über den Boden verstreut!« Er deutete auf die unheilvollen roten Blüten. »Sieh dir doch das ganze Blut an! Und das Gesicht! Der Junge ist tot, Francis.«

Für einen Augenblick sah Francis Tanaguchi seinen Partner an und blickte schließlich auf seine blutigen Hände. »Weißt du, ohne meine Brille sehe ich nicht so gut. Wahrscheinlich sollte ich doch lieber meine Brille tragen.«

»Jetzt verständigen wir lieber erstmal die Mordkommission«, schlug Calvin vor und führte seinen Partner behutsam aus der Wohnung, die dreißig Minuten später förmlich überquoll von Detektiven, Fingerabdruckspezialisten, Fotografen, Gerichtsmedizinern und hohen Polizeibeamten; letztere hatten zwar nichts mit den Ermittlungen zu tun, aber sie wollten natürlich im Fernsehen einen schlauen Kommentar abgeben.

Auch Deputy Chief Lynch war zugegen. Da er vorher gerade mit Theda Gunther in einem Hotel gewesen war, saß sein Toupet etwas schief.

Commander Moss grinste und gestikulierte solange durch die Gegend, bis sich ein Reporter schließlich breitschlagen ließ, ein Foto von ihm zu machen. Er tat so, als untersuchte er gerade einen Fingerabdruck seitlich am Fernseher. Als er dann ging, winkte er den Leuten von der Presse mit beiden Armen zu, und sein blondgelocktes Haar schimmerte golden im Scheinwerferlicht. Ein Journalist ließ eine Bemerkung fallen, er würde sich aufführen wie die Rosenkönigin bei einem Blumenkorso.

Der Mörder hatte kaum Spuren hinterlassen. Der Fingerabdruck stammte, wie sich herausstellen sollte, von dem Opfer, Mrs. Mary Stafford. Schließlich wurde ein ehemaliger Freund von ihr unter Mordverdacht festgenommen; allerdings reichten die Beweise nicht aus, um ihn vor Gericht zu stellen. Deshalb erschien auch Commander Moss' Foto nicht in den Zeitungen.

Es war später in dieser Nacht – in den Hautfalten an seinen Fingerknöcheln klebte immer noch das Blut eines Kindes – als Francis Tanaguchi sein Plastikperiskop unter dem Sitz hervorholte und zu seinem letzten zwanghaften U-Boot-Angriff auf Wolfgang Werner und die dralle Olga startete. Danach berief er eine Singstunde ein. Er betrank sich und machte sich bereits wegen der Alpträume Sorgen, die ihn künftig heimsuchen würden.

8

7-A-1: Spermwhale Whalen und Baxter Slate

Zuerst war Spermwhale Whalen an einem dunstigen Juninachmittag während des Appells ungewöhnlich still. Das war zwei Monate vor dem Mord während der Singstunde. Spermwhale kam nicht über den Tod eines Sohnes hinweg, der ihn ebenso zu verachten behauptete, wie Spermwhale ihn liebte. Allerdings kannten die beiden sich kaum.

Baxter Slate, sein Partner, war noch nie ein sonderlich vorlauter junger Mann gewesen, so daß es auch nicht weiter verwunderlich war, daß er nichts sagte, während die halbe Nachtschicht auf Roscoe Rules und Lieutenant Finque einjohlte.

»Jetzt hören Sie mal, Lieutenant; es geht doch einfach nicht, daß die Detektive sämtlichen Vergewaltigungsopfern auch mein Foto vorlegen«, beklagte sich Roscoe Rules. »Ich habe erst letzten Monat rausgekriegt, daß die das schon eine ganze Weile machen.«

»Offensichtlich haben sie sich gedacht, daß Ihr Foto ganz gut in die Reihe weißer Sexualverbrecher paßt«, entgegnete Lieutenant Finque, den wieder einmal seine obligatorische Appellmigräne befiel.

»Ja, ja; ich hätte mir's doch gleich denken können, als mich diese rotznäsige kleine Detektivin mal in Zivil erwischt und mich gefragt hat, ob sie ein Foto von mir machen dürfe, um ihre neue Polaroidkamera auszuprobieren.«

»Aber was macht das denn schon, Roscoe«, grinste Sergeant Yanov.

»Was das macht? Diese miese Fotze benutzt mein Foto jedesmal, wenn sie mit einer Alten, die sie gerade vergewaltigt haben, die Verbrecherkartei durchgehen.«

»Sie kann doch nichts dafür, daß du so komisch aussiehst«, schaltete sich Spermwhale Whalen ein, während sein Partner

Baxter Slate schadenfroh grinste. »Ich schätze, sie wird damit aufhören, sobald ein paar Opfer *dich* als den Täter bezeichnen.«

»Womit sie vermutlich genau den Richtigen erwischt hätten«, warf Harold Bloomguard ein.

»Ach was«, meinte Calvin Potts, »der kriegt doch nicht mal 'nen Blauadrigen zustande, geschweige denn einen Diamantenschneider. Wenn sie je hier in der Gegend nach einem schlappschwänzigen Bullen suchen sollten, dann ist er der Hauptverdächtige.«

»Sehr witzig, Potts, wirklich sehr witzig«, knurrte Roscoe Rules feindselig, während er, ohne es zu merken, an sein geschmähtes Organ faßte.

»Ich werde mal sehen, was sich in der Sache machen läßt, Rules«, erklärte darauf der Lieutenant. »Aber jetzt zum nächsten Punkt der Tagesordnung. Und zwar gehen zunehmend mehr Beschwerden wegen übertriebener Gewaltanwendung ein. Der Captain sagt, er hätte eine Menge Formalitäten zu erledigen gehabt, weil ein Beamter der Tagschicht einem Verdächtigen bei der Festnahme den Arm gebrochen hat. Seien Sie also in Zukunft bitte etwas vorsichtiger. Wenn Sie bei der Festnahme den Schulterdrehgriff anwenden und der Betreffende sich wehrt, dann lassen Sie nicht Ihr Temperament mit sich durchgehen.«

»Frage, Lieutenant«, meldete sich Baxter Slate zu Wort.

»Ja?«

»Wenn sich ein Verdächtiger *nicht* wehrt, weshalb sollte man ihn dann überhaupt in den Polizeigriff nehmen?«

Sergeant Yanov kam seinem Vorgesetzten zu Hilfe, indem er die Leitung des Appells übernahm und vorschlug: »Was halten Sie davon, wenn ich die Verbrechensmeldungen vorlese. Hier haben wir zum Beispiel eine Sex-Story, die Ihnen den Abend etwas verschönern könnte.«

Und während Sergeant Yanov seinen Lieutenant vor einer Reihe weiterer peinlicher Fauxpas bewahrte, kochte dieser innerlich. Yanov kam so gut mit den Männern zurecht und wurde so offensichtlich von ihnen geschätzt, daß für Finque außer Zweifel stand, daß er ein mieser Aufsichtsbeamter war. Diese Überzeugung wurde noch zusätzlich durch die Tatsache untermauert, daß Yanov nun drei Monate für ihn arbeitete, ohne je einen Polizisten beim Rauchen oder ohne Mütze ertappt zu haben. Lieutenant Finque nahm sich vor, Captain Drobeck darauf aufmerksam zu machen, daß Yanov, mit vierunddreißig lediglich ein paar Monate jünger als

Lieutenant Finque, vermutlich zu jung und unerfahren war, um einen kompetenten Außendienst-Sergeant abzugeben, und vielleicht besser ins Detektivbüro versetzt werden sollte.

Captain Drobeck wäre der erste gewesen, der einem solchen Vorschlag zugestimmt hätte, da er Yanov uneingeschränkt haßte, seit dieser während eines Treffens sämtlicher Aufsichtsbeamten der Wilshire Station seinem Captain ganz offen widersprochen hatte. Yanov hatte einen ›administrativen Verbesserungsvorschlag‹ des Captain zurückgewiesen und als Begründung angeführt, er würde zwar gern dem Polizeichef etwas vormachen oder den Bürgermeister belügen – oder seiner Frau, falls er noch eine gehabt hätte –, aber auf keinen Fall seine Männer. Und zwar aus dem ebenso einfachen wie einleuchtenden Grund, da er weder den Polizeichef, noch den Bürgermeister, noch seine Frau bitten würde, für sein Wohlergehen und seine Sicherheit Kopf und Kragen zu riskieren.

Captain Drobeck versah Sergeant Yanovs Personalbogen mit dem Vermerk: ›Noch zu jung und unreif, um der Verantwortung, welche eine Kontrolltätigkeit mit sich bringt, gewachsen zu sein.‹

Um sich bei seinen Leuten wieder ins rechte Licht zu rücken, unterbrach Lieutenant Finque Sergeant Yanov beim Verlesen der Verbrechensmeldungen. Er hatte sich entschlossen, seinen Männern mitzuteilen, was er kurz vor dem Appell erfahren hatte: Daß nämlich ein Oberster Gerichtshof einen Mann freigesprochen hatte, der des Mordes an einem Polizisten angeklagt worden war.

»Freigesprochen?« donnerte Spermwhale Whalen los, als der Lieutenant die Neuigkeit verkündet hatte. Aber selbst Spermwhale Whalens gewaltiges Organ ging in dem Tumult unter, den diese Nachricht auslöste.

Man hatte den Angeklagten für einen Drogenhändler gehalten. Er ging zusammen mit einem Beamten, der sich als Käufer ausgab, und einem dritten Mann, einem Polizeispitzel, in ein Hotel. Der getarnte Beamte wollte zum Schein ein größeres Geschäft abwickeln; aber wie sich herausstellen sollte, hatte der Angeklagte kein Rauschgift bei sich. Statt dessen hatte er eine kleinkalibrige Pistole eingesteckt, mit der er auf den Beamten schoß und ihn tötete, bevor dieser das Feuer erwidern konnte. Daraufhin stahl der Angeklagte den Koffer mit dem Geld und rannte aus dem Hotelzimmer, wo er jedoch sofort von anderen Beamten verhaftet wurde, die dort auf der Lauer lagen.

Die Polizei bezeichnete die Schießerei als Teil eines von vorneherein geplanten Raubes, bei dem es ausschließlich darum ging, das Geld zu stehlen. Der Spitzel sagte aus, daß der Angeklagte den Koffer an sich riß und ohne Warnung schoß. Der Angeklagte dagegen erklärte, der erschossene Polizist hätte plötzlich und ohne Grund seine Waffe gezogen, so daß er, der Angeklagte, in dem Glauben, er sollte beraubt werden, in Notwehr als erster feuerte. Die Ermittlungsbeamten hatten geglaubt, leichtes Spiel zu haben. Ein todsicherer Fall. Eine reine Routinesache. Das Beweismaterial war erdrückend. Es gab einen Augenzeugen. Die Geschichte des Angeklagten war ebenso verzweifelt an den Haaren herbeigezogen wie lächerlich. Aber er wurde freigesprochen.

Nachdem er den Spruch der Geschworenen zur Kenntnis genommen hatte, erklärte der Richter, er sei schockiert. Allerdings war er nicht annähernd in dem Maß schockiert wie die achtundzwanzig Männer bei Lieutenant Finques Appell; sie würden sich nie mit derlei erschütternden Geschworenensprüchen abfinden können. Es dauerte fünf Minuten, um sie wieder zur Räson zu bringen und verschiedene Fragen beantwortet zu bekommen. Aber eigentlich waren es keine Fragen. Es waren eher Äußerungen der Wut und des Unglaubens. Aufschreie. Drohungen. Und dann ein gewalttätiges, obszönes Verdammen des Geschworenensystems.

Baxter Slate, vielleicht der redegewandteste Chorknabe, erklärte voller Ingrimm, daß dieses Bollwerk der Demokratie in Wirklichkeit nichts weiter sei als ein billiges Pokerspiel, bei dem zwölf Elektriker, Postbeamte, Busfahrer, Rentner und Hausfrauen mittleren Alters, ohne irgendwelche Kenntnisse über das Recht oder die Natur des Soziopathen, unwiderrufliche Entscheidungen fällen, und deren Kompetenz auf nichts weiter beruhte als auf der Tatsache, daß sie Filme wie *Die zwölf Geschworenen* oder *Perry Mason* im Fernsehen gesehen hatten.

Lieutenant Finque ließ sie sich austoben, bis er sich sicher war, daß sie genauso sauer waren, wie er ihretwegen immer wurde. Er strahlte vor Zufriedenheit. Nicht einmal Angst hatte er in diesem Augenblick vor ihnen.

Ihr Zorn war so groß, daß ihnen binnen kurzem die Worte fehlten. Einen Moment lang schrill zitternde Stimmen. Fragen, unbeantwortet und unbeantwortbar. Dann Stille. Niedergeschlagenheit. Und gärende Wut.

Dann entließ sie Lieutenant Finque mit einer weiteren Ermunterung an die Arbeit: »Und schreiben Sie sich die letzte Mahnung des

Captains hinter die Ohren. Alle Raser, die gern mal ordentlich aufs Gas steigen, sollen sich vorsehen. Sollte es in Kürze wieder zu einem Verkehrsunfall kommen, der zu verhindern gewesen wäre, wird der Commander dem Captain aufs Dach steigen; und der wird natürlich mir auf den Pelz rücken, was wiederum heißt, daß ich Ihnen gehörig einheizen werde!«

Nach kurzem Schweigen meldete sich schließlich Spermwhale Whalen zu Wort. »Ich weiß ja inzwischen, daß Scheiße bergabwärts rollt; aber warum muß ausgerechnet ich immer auf der Talsohle herumkrebsen?«

Herbert ›Spermwhale‹ Whalen haßte das neue Gebäude, in das die Wilshire-Abteilung 1974 verlegt worden war. Tag für Tag fuhr er an dem heruntergekommenen, alten Haus am Pico Boulevard vorbei, das – bei Gott – noch aussah wie eine Polizeiwache. Er sehnte sich nach den alten Zeiten zurück.

Mit seinen hundertfünf Kilo Lebendgewicht und seinen Schweinsaugen wie bei einem Walfisch trug Spermwhale seinen Spitznamen völlig zu Recht. Er war irisch-katholischer Herkunft und dreimal geschieden, weshalb er sich als exkommuniziert betrachtete. »Einfach jammerschade, daß ich nicht reich genug bin, um meine Ehen wie alle diese betuchten Wichser und Fotzen vom Papst persönlich annullieren zu lassen. Dann hätte ich wenigstens in der Kirche bleiben können.«

Diese Leier bekam man während der Singstunden im MacArthur Park relativ häufig zu hören, wenn Spermwhale, eine Flasche Bourbon oder Scotch in seiner roten Pranke, bereits halb hinüber war. »Und jetzt komme ich in die Hölle, weil ich exkommuniziert bin!«

Und wenn Pater Willie Wright gerade betrunken genug war und unter einem Anfall von schlechtem Gewissen litt, weil er gerade von Ora Lee Tingle oder Carolina Moon gestiegen war – er rechtfertigte dies mit dem Hinweis, daß ihn seine pummelige kleine Frau nur zweimal im Monat, und auch das nur höchst widerwillig, drüberließ –, stimmte er Spermwhale geknickt bei: »Und ich werde dir Gesellschaft leisten, Spermwhale. Ich fürchte, ich werde dir dort Gesellschaft leisten.«

Baxter Slate war ein idealer Partner für Spermwhale Whalen, weil er nicht viel redete und Spermwhale keine Kopfschmerzen bereitete. Nachdem er an seinem zweiundzwanzigsten Geburtstag seinen Diensteid geleistet hatte, war er inzwischen fast fünf Jahre bei der

Polizei. Mit seinen neunzehn Dienstjahren betrachtete Spermwhale jeden mit weniger als fünf Jahren als hoffnungslosen Anfänger, mit dem zu arbeiten er sich weigerte.

Außerdem beschwerte sich Baxter nicht, wenn Spermwhale hin und wieder ein Mädchen auf dem Straßenstrich aufgabelte, das er noch aus seinen alten Tagen bei der Sitte kannte. »Mal wieder Zeit, Dauerlutscher zu spielen«, pflegte er bei diesen Gelegenheiten zu verkünden. Wäre er dabei erwischt worden, hätte sie das ihren Job gekostet, wobei Spermwhale Whalen nur noch wenige Monate vor seiner Pensionierung stand. Es war ein kalkuliertes Risiko, und Spermwhale geriet jedesmal von neuem ordentlich dabei ins Schwitzen, da es die Herren im Polizeipräsidium auf den Tod nicht ausstehen konnten, wenn sich uniformierte Polizisten in einem Schwarzweißen einen runterholen ließen.

Es war erstaunlich, daß Spermwhale dieses Risiko einging. Er verkündete nämlich mit steter Regelmäßigkeit, daß es kein Sergeant, der ihn bei etwas ertappt hätte, dessentwegen er gefeuert werden könnte, lebend zurück auf die Wache schaffen würde, weil er, Spermwhale Whalen, jeden miesen Wichser killen würde, der ihn daran hinderte, seine zwanzig Jahre herumzubringen und in den Genuß seiner durch nichts zu ersetzenden Pension zu gelangen. Jeder, den Spermwhale nicht mochte, war entweder eine ›Fotze‹, ein ›Kastrat‹, ein ›Eunuch‹ oder ein ›Wichser‹, und dazu gehörten praktisch sämtliche Zivilisten und mit Sicherheit alle Leute im Präsidium sowie die Aufsichtsbeamten (mit Ausnahme von Sergeant Nick Yanov), ganz zu schweigen von den Beamten des Civil Service Department, welche sich die haarspalterischen Prüfungsfragen ausdachten, die in all den Jahren seine Beförderung über den Rang eines gewöhnlichen Polizisten hinaus verhindert hatten.

Dies ärgerte ihn um so mehr, als Spermwhale Whalen Major der Air-Force-Reserve war und dabei oft auf Lieutenants und Captains der LAPD traf, die ihn in ihrer Funktion als Reservisten während der militärischen Sommerübungen grüßen mußten.

Spermwhale war der lebende Beweis für die Tatsache, daß man nicht unbedingt ein intellektueller Eierkopf zu sein braucht, um es in der United States Air Force Reserve zu etwas zu bringen, wie Commander Moos seinerseits der lebende Beweis dafür war, daß es keinerlei gesunden Menschenverstandes bedurfte, um innerhalb des Los Angeles Police Department zu einer leitenden Position aufzusteigen.

Jedenfalls war Spermwhale Whalen möglicherweise einer der coolsten, kompetentesten Transportpiloten des 452. Geschwaders. Er hatte erst im Zweiten Weltkrieg und dann in Korea Einsätze geflogen, bevor er aus der Air Force ausschied und zur Polizei ging. Er war der einzige Polizist in Los Angeles, der an einem der Kriege seines Landes teilgenommen hatte, während er gleichzeitig aktives Mitglied der Polizei war. Diese beachtliche Leistung vollbrachte er als Pilot von C-124 Globemasters, welche er 1966 und 1967 im Zuge drei- bis viertägiger Missionen von der March Air Force Base nach Danang flog, wobei er zweimal um ein Haar von der kommunistischen Flugabwehr abgeschossen worden wäre. In jenen Jahren hatten sich die Wilshire-Polizisten einen Spaß daraus gemacht, Kollegen von anderen Revieren zu hänseln, indem sie Unterhaltungen wie folgende inszenierten:

»Na, was hast du denn während deiner freien Tage gemacht, Marvin?«

»Ich war mit den Kindern meiner Schwester in Disneyland. Und du?«

»Ich war mit Simon und seiner Freundin oben am Big Bear Lake fischen. Und was hast du gemacht, Spermwhale?«

»Ich war in Danang. Sonderlich viel war da ja eigentlich nicht los – wenn man von den paar Raketenangriffen mal absieht.«

Spermwhale hatte sich damals selten zwei Tage in einer Woche freigenommen. Wie viele Polizisten arbeitete er lieber neun oder zehn Tage hintereinander, um dann seine freien Tage aneinanderhängen zu können. Allerdings benutzte er sie dann für seine Feindflüge, für die ihm die Regierung der Vereinigten Staaten eine Prämie zahlte, die er jedoch an seine drei Frauen abtrat, von denen ihm jede vor der Scheidung ein Kind geboren hatte. Wenn Spermwhale gerade wieder einmal nach Danang unterwegs war und die Männer der Nachtschicht gelangweilt im Mannschaftsraum saßen, bemerkte hin und wieder jemand, wenn gerade ein Flugzeug über sie hinwegdonnerte, um zur Landung auf dem LA International-Flughafen anzusetzen:

»Klingt ganz so, als käme Spermwhale wieder mal etwas zu spät zum Appell.«

Spermwhale hatte eine Z-förmige Narbe, die sich von einer seiner buschigen schwarzen Augenbrauen über seine abgeflachte Nase zog, unter seinem rechten Auge eine Kehrtwendung machte und wieder auf die Nase zustrebte, wobei sie sich weiß gegen Spermwhales rotgeäderte Haut abhob. Einmal fragte ihn Carolina Moon während einer Singstunde, wie er sich die Narbe zugezogen hatte.

»Bei 'ner Landung im Regen, der halbe Schwanz war weggeschossen.«

»Wo war das, Spermy? Wo ist das gewesen?«

Und dann geschah etwas Ungewöhnliches: Spermwhale konnte sich nicht mehr daran erinnern. Fast eine ganze Minute lang nicht. Zwar hatte auch der Alkohol sein Gehirn etwas in Mitleidenschaft gezogen; aber das allein war es nicht. Er hatte für seine Regierung so viele Einsätze geflogen, in denen sein Auftrag gelautet hatte, Asiaten zu töten, daß sie ihm mit der Zeit alle eins geworden waren: Japaner, Koreaner, Vietnamesen. Er wußte es tatsächlich nicht mehr. Jedenfalls im Augenblick nicht.

»Ach ja«, fiel es ihm schließlich wieder ein. »Das war in Korea. Meine Fresse! Ja, in Korea. Einen Augenblick konnte ich mich wirklich nicht mehr erinnern, in welchem Krieg das war.«

Nach Beendigung des Vietnamkrieges flog Spermwhale immer noch, wenn ihm auch ein Großteil seines Soldes gestrichen wurde, so daß es für ihn immer schwieriger wurde, die Unterhaltszahlungen für seine drei Frauen aufzubringen und auch für sich genügend zusammenzukratzen, um sich ab und zu ordentlich zu betrinken oder eine seiner Flammen auszuführen. Hauptsächlich waren es daher wirtschaftliche Überlegungen, die ihn an den Singstunden teilnehmen und sich mit den wesentlich jüngeren Chorknaben abgeben ließen, die ihn sonst eigentlich eher aufregten. Dank Roscoe Rules und Spencer van Moot waren während der Singstunden die Getränke nämlich in der Regel frei. Und manchmal nahm an ihnen auch Carolina Moon teil, in die sich Spermwhale bei jedem dieser Anlässe wieder von neuem verliebte. Das dicke Mädchen und der dicke Polizist spazierten dann Hand in Hand um den Ententeich, nuckelten an einer Flasche Scotch und säuselten sich dabei gegenseitig ins Ohr.

Nach dem Appell waren Spermwhale Whalen und Baxter Slate etwas gedrückter Stimmung. Schuld daran war, daß sie allmählich beide den Verdienstausfall zu spüren bekamen, der aus einer viertägigen Dienstsuspendierung resultierte.

Diese Suspendierung wiederum war auf Lieutenant Elliott ›Hardass‹ Grimsleys Entschluß zurückzuführen, seinen vierzigsten Geburtstag gebührend zu feiern, indem er an diesem Abend eine Revierinspektion durchführte und dem Revierkommandanten, Captain Drobeck, bewies, daß er diesem in nichts nachstand, wenn es darum ging, seinen Leuten die Hölle heiß zu machen. Und obwohl er erst acht Monate den Rang eines Lieutenants bekleidete, hatten doch seine neun Jahre als Außendienstsergeant ausgereicht, sämtliche miesen kleinen Tricks zu lernen.

Dagegen hatte Captain Drobeck erst kürzlich zu beweisen versucht, daß er keineswegs ein fieses Arschloch von einem Vorgesetzten war, sondern sich der allgemeinen Beliebtheit seiner Männer erfreute. Anlaß dazu hatte eine offizielle Inspektion durch Deputy Chief Lynch persönlich gegeben. Jeder Streifenpolizist des Wilshire-Reviers trug bei dieser Inspektion eine makellos blaue Uniform und blank poliertes, schwarzes Leder. Die Männer waren in drei Abteilungen aufgeteilt, und alle schwitzten sie ganz fürchterlich.

In seiner blauen Uniform mit all den Orden und Auszeichnungen, die er sich in Pattons Third Army erworben hatte, und mit seiner frisch coiffierten, weißen Mähne bot Captain Drobeck einen stattlichen Anblick. Die Wilshire-Polizisten wußten zwar, daß er beim Militär nichts weiter als ein gewöhnlicher Schreibstubenhengst gewesen war und kein Panzerkommandant, wie er oft andeutete, und sie flüsterten sich nicht selten zu, daß Captain Drobeck wohl kaum an einem Rückzug beteiligt gewesen war, sondern höchstens auf seiner Schreibmaschine zurückgeschaltet hatte, um einen Tippfehler auszubessern.

Bei offiziellen Feierlichkeiten erschien Deputy Chief Lynch regelmäßig mit zwanzigminütiger Verspätung, wie er auch erst nach drei Minuten ans Telefon ging. Captain Drobeck zupfte nervös an den Bügelfalten seiner Hose und hoffte, daß seine Schuhe von seinem Adjutanten Sergeant Sneed ordentlich auf Hochglanz gebracht worden waren. Sneed hatte diese Kunst während seiner Zeit als Posaunist bei einer Militärkapelle der US Army gelernt.

Während eines dieser Momente gespannter Erwartung winkte der Lieutenant seiner seit zwanzig Jahren Angetrauten zu, die neben Hut und Handschuhen zu diesem Anlaß unglaublicherweise auch noch ein Blumensträußchen an der Brust trug. Mit strahlenden Augen warf Ardella Grimsley ihrem Gemahl eine Kußhand zu, welche in den hinteren Reihen mit einem dröhnenden Furz erwidert wurde, begleitet von dem Ausruf: »Und für *Sie* auch ein Küßchen!«

»WER WAR DAS?« brüllte Lieutenant Grimsley los, daß sich der sowieso schon reichlich aufgeregte Captain Drobeck tatsächlich um ein Haar in die Hosen gemacht hätte.

»Was ist denn los, Grimsley?« wollte der Captain wissen.

»Jemand hat gefurzt!«

»Ist das denn so schlimm?«

»Aber das ... es galt meiner Frau!«

»Das verstehe ich nicht, Grimsley.«

In diesem Augenblick kam Sergeant Sneed, von den Männern Arschkriecher Sneed genannt, von seinem Platz in der hintersten Reihe der ersten Abteilung nach vorn gerannt.

»Ich glaube, es war die Stimme eines Farbigen, Sir«, flüsterte er dem Captain völlig außer Atem ins Ohr. »Ich meine, die Stimme eines Schwarzen.«

Captain Drobeck, der sich der Zuneigung seiner Männer gewiß war, setzte ein wohlwollendes Lächeln auf und sagte: »Bitte, meine Herren, beruhigen Sie sich erst einmal. Das ist doch einfach lächerlich.«

»Ich finde das keineswegs lächerlich, Captain. Jemand hat meine Frau beleidigt«, begehrte Lieutenant Grimsley auf.

»Bitte, Lieutenant, bitte!« flüsterte Captain Drobeck.

»Der Deputy Chief kann jeden Augenblick eintreffen, und Sie führen sich auf wie ein kleiner Junge. Mein Gott, da ist doch einfach nicht zu fassen.«

»Es war persönlich gemeint, Sir. Das war eindeutig böse Absicht.«

»Ist ja schon gut. Wären Sie bereit, die Sache auf sich beruhen zu lassen, wenn der Betreffende sich bei Ihnen entschuldigt? Sicher war es einer von unseren jüngeren Männern. Die meisten von ihnen sind ja noch nicht einmal dreißig. Halbe Kinder noch! Soll sich also der kleine Junge entschuldigen, und dann vergessen wir das Ganze.« Captain Drobeck wandte sich der angetretenen Abteilung Polizisten zu und sagte mit einem väterlichen Grinsen, bei dem eine Menge Zähne zum Vorschein kamen: »Also gut, Jungs; sprechen wir mal ein deutliches Wort miteinander. Wer hat da eben gefurzt?«

Captain Drobeck fiel herzhaft in das schallende Gelächter seiner Männer ein, während er darauf wartete, daß sich der Schuldige meldete, damit er seinen Leuten beweisen konnte, welch ein Trottel Hardass Grimsley war und wie großzügig er dem Übeltäter verzeihen wollte, zumal Ardella Grimsley eines dieser geschwätzigen Weibsstücke war, die Captain Drobeck auf den Tod nicht ausstehen konnte.

Aber dann passierte etwas Seltsames: Niemand meldete sich.

»Jetzt macht schon, Jungs«, lachte Captain Drobeck, auch wenn sein Lachen diesmal nicht mehr ganz so herzhaft klang. »Derjenige, der's war, soll sich jetzt melden. Sagen Sie Lieutenant Grimsley, es war nur ein Versehen, und die Sache ist vergessen.«

Das Gelächter hörte nicht auf, jedoch ohne daß Captain Drobeck diesmal eingestimmt hätte. Statt dessen lächelte er geduldig und wartete darauf, daß sich der Schuldige meldete und Lieutenant Grimsley demonstrierte, wie gut er, Captain Drobeck, mit seinen Leuten umgehen konnte.

Aber noch immer trat keiner vor.

»Ich verstehe das einfach nicht«, versuchte es Captain Drobeck von neuem. »Ich habe Ihnen nun doch wirklich ausreichend Gelegenheit gegeben, eine gewisse Reife an den Tag zu legen; und ich finde auch, daß Lieutenant Grimsley das verdient hat. Aber jetzt möchte ich, um Himmels willen, doch wirklich hoffen, daß der Betreffende vortritt und sich bei Lieutenant Grimsley entschuldigt. Und dann wollen wir die ganze Angelegenheit vergessen. Aber wir haben nicht den ganzen Tag lang Zeit, und ich möchte deshalb, daß das sofort geschieht.«

Niemand meldete sich.

Plötzlich war Captain Drobeck nicht nur das Lachen, sondern auch das Lächeln vergangen. Er fummelte an der Bügelfalte seiner Uniformhose herum und nickte wütend. »Na gut, Sie wollen es also nicht anders, hm? Mein Gott, wenn Sie sich schon unbedingt wie kleine Jungs aufführen wollen, dann kann auch ich Sie wie kleine Jungs behandeln. Soll ich Ihnen denn wirklich die Außendienstsergeanten auf den Hals hetzen? Ich kann Ihnen versichern, daß sich das problemlos arrangieren lassen wird. Ich gebe Ihnen also noch eine letzte Chance. Wenn der Mann, der gefurzt hat, nicht Mann genug ist, dazu zu stehen, soll zumindest sein Nachbar sich ein Herz fassen.«

Und der kam dieser Aufforderung auch entsprechend nach; sein Furz war lauter als der erste.

»ACH-TUNG!« brüllte Captain Drobeck, und die ganze Abteilung nahm Habachtstellung ein. Wie ein Löwe schritt der Captain die hinteren Reihen ab und brummte böse vor sich hin, während er jedem einzelnen Polizisten in die Augen sah und ein paar detektivische Methoden anzuwenden versuchte, die er aus verschiedenen Büchern auswendig gelernt hatte, als er für die Prüfungen zu seiner Beförderung zum Captain gebüffelt hatte. Er hielt nach nervösem Augenzucken oder Blinzeln Ausschau. Das Problem war nur, daß er selbst von dem Warten auf Deputy Chief Lynch so nervös und inzwischen auch aufgebracht war, daß seine eigenen Augenlider wie wild gewordene Fahnen flatterten.

Nachdem er die ganze Abteilung abgeschritten hatte, trat er vor die erste Reihe und flüsterte Arschkriecher Sneed ins Ohr:

»Sie bekommen für mich heraus, wer das war. Haben Sie mich verstanden?«

»Jawohl, Sir. Den ersten oder den zweiten Furz?«

»Ich *will* diesen Kerl! Den *ersten*!«

»Es war die Stimme eines Farbigen... ich meine, eines Schwarzen. Dessen bin ich mir absolut sicher«, meinte Sneed. »Damit wäre die Zahl der Verdächtigen auf sechs Personen geschrumpft.«

In diesem Augenblick fuhr Deputy Chief Lynchs Wagen vor. Die Angelegenheit wurde vorübergehend vertagt. Die Inspektion wurde durchgeführt und erwies sich als voller Erfolg. Captain Drobeck dankte dem Deputy Chief für seine anerkennenden Worte und versicherte ihm, dies wäre dem Pflichtbewußtsein seiner Männer zuzuschreiben.

Eine halbe Stunde später verschaffte Captain Drobeck auf der Toilette der Wache seinen rumorenden Eingeweiden von der Anspannung des Tages Erleichterung. Er las die Zeitung, brummte zufrieden vor sich hin und sog an seiner Pfeife. Plötzlich wurde die Tür zur Toilette aufgerissen, und jemand ließ einen gewaltigen, dröhnenden Furz. Bevor sich die raschen Schritte wieder entfernten, sagte eine Stimme: »Das ist für dich, du blödes Arschloch!«

Captain Drobeck sollte dieses Rätsel nie lösen. Aber eines stand fest: Es war die Stimme eines Farbigen gewesen.

Während einer seiner wöchentlichen Inspektionstouren erwischte Lieutenant Grimsley dann in einer Nacht acht Polizisten ohne Mütze; einer rauchte in der Öffentlichkeit, und drei weitere tranken Kaffee, den sie sich, wie sich herausstellte, bereitwillig hatten spendieren lassen. Kurz bevor er Schluß machen wollte, konnte er noch einen weiteren Treffer verbuchen. Er entdeckte Spermwhale Whalen und Baxter Slate um elf Uhr abends in einer ruhigen Wohngegend, wo sie eine Verkehrsampel überwachten. Sie stand an einer Kreuzung, an der um diese Zeit höchstens zwei Wagen pro Stunde vorbeikamen. Beide Polizisten waren in ihren Sitzen zusammengesunken, den Kopf gegen das Seitenfenster gelehnt. Wie alle alten Hasen konnten sie sich jedoch auf ihre jahrelange Erfahrung verlassen, auch im Schlaf zu hören, wenn über Funk einmal 7-A-1 verlangt wurde.

Vom juristischen Standpunkt aus betrachtet, bastelte Lieutenant ›Hardass‹ Grimsley sich das alles zusammen. Da er nicht schlüssig beweisen konnte, daß Spermwhale und Baxter geschlafen hatten, stand auf ihrem Suspendierungsformular:

Die Beamten verstießen gegen das Wachsamkeitsgebot, indem sie eine ruhende Stellung in einem Polizeiauto einnahmen. Sie atmeten tief und regelmäßig und hatten die Augenlider fest aufeinandergepreßt. Vier Tage.

Des weiteren stieß Lieutenant Grimsley im Zuge seiner äußerst gewissenhaften Inspektion auf eine Tüte Avocados in dem Streifenwagen, die er wiederum mit Francis Tanaguchi in Verbindung bringen konnte. Francis hatte sie vom Besitzer eines japanischen Lebensmittelgeschäftes bekommen, dessen Stolz auf den Umstand, daß es auch japanische Polizisten gab, immer noch unvermindert war. Allerdings wußte der gute Mann nicht, daß Francis sich im tiefsten Innern seines Herzens als Mexikaner fühlte und die Avocados dazu verwenden würde, Guacamole für seine Tacos zu machen. Zusätzlich erhielten Spermwhale und Baxter noch einen dienstlichen Verweis folgenden Inhalts:

Hiermit rüge ich Sie auch dafür, von einem Kollegen eine Tüte Avocados entgegengenommen zu haben, welche dieser von einem Privatmann erhalten hatte, welcher seinerseits moralisch verwerflich gehandelt hat, indem er sie ihm ohne eine Gegenleistung gab. Darüberhinaus hat sich der andere Beamte moralischer Verwerflichkeit schuldig gemacht, indem er die Avocados umsonst mitnahm. Das Annehmen von Geschenken und sonstigen Vergünstigungen ist gegen die Bestimmungen, und Sie waren sich hinsichtlich dieser Bestimmungen im klaren, als Sie die Avocados unklugerweise von besagtem Beamten annahmen, welcher ebenfalls von diesen Bestimmungen wußte, als er unklugerweise die

Avocados von dem Mann entgegennahm, der ebenfalls klüger hätte sein sollen.

Francis Tanaguchi wurde jedoch weder in irgendeiner Form bestraft, noch erhielt er einen Verweis, da nämlich Lieutenant Gay, der für die Öffentlichkeitsarbeit zuständig war, sich vor allem mit der asiatischen Bevölkerungsgruppe gut stellen wollte, indem er Officer Tanaguchi als vorbildlichen Polizisten anpries. Er konnte Captain Drobeck überreden, nicht zuzulassen, daß Lieutenant Grimsley Francis offiziell rügte. Lieutenant Grimsley stimmte dieser Entscheidung zu, da der Revierkommandant sie gefällt hatte, aber zugleich ärgerte es ihn auch, daß er dem alten Japaner nichts anhängen konnte, der Francis die Avocados gegeben hatte. Zumindest machte er die Leute von der Sitte darauf aufmerksam, ein Auge auf den Laden zu werfen, ob der Alte nicht vielleicht Bier an Minderjährige verkaufte. Und natürlich setzte er Lieutenant Gay und Francis auf seine Abschußliste.

Aber wenn Lieutenant Gay, Francis Tanaguchi und der alte Japaner auf Lieutenant Grimsleys Abschußliste standen, dann stand mit Sicherheit Lieutenant Grimsley auf der von Spermwhale Whalen.

»Der Kerl ist schon für jeden Tanz ausgebucht«, verkündete Spermwhale während einer Singstunde, nachdem sie bereits die ganze Nacht auf Rache gesonnen hatten.

»Und mir steht der erste Walzer zu«, fiel Francis Tanaguchi ein, der im Dunkeln unter einem Baum saß.

Die Chorknaben begannen verschiedene subtile Attacken auf Lieutenant Grimsley, die schließlich zu seiner Versetzung vom Wilshire-Revier führten, da er nach Aussagen des Captains mit verschiedenen Polizisten auf zu vertrautem Fuß verkehrte.

Die Polizisten, mit denen er auf so freundschaftlichem Fuß verkehrte, waren zwei MacArthur Park-Chorknaben, nämlich Spermwhale Whalen und Baxter Slate, die es sich mit der Zeit sogar leisten konnten, in Lieutenant Grimsleys Büro zu gehen, ihm durch sein von Schuppen übersätes, schütteres Haar zu fahren und Dinge zu sagen wie: »Na, Hardass, wie wär's morgen mit einem Tag frei?« Und das, obwohl niemand, der nicht mindestens den Rang eines Lieutenant bekleidete, auch nur gewagt hätte, Grimsley mit seinem Vornamen Elliott anzusprechen.

Diese bemerkenswerte Vertraulichkeit war durch eine gründliche Vorarbeit von seiten Francis Tanaguchis in die Wege geleitet worden; er hatte es unter anderem geschafft, den Privatwagen des Lieutenant aufzubekommen, um drei Enten aus dem MacArthur Park auf den Rücksitz zu setzen.

Voller Erwartung legten sich die Chorknaben daraufhin nach Dienstschluß auf dem Parkplatz hinter der Wache auf die Lauer, um Lieutenant Grimsley zu beobachten, wie er nach einer harten, anstrengenden Nacht über seinem Papierkram durch die Dunkelheit auf seinen Wagen zutrottete und einstieg, um freilich fünf Sekunden später wieder daraus hervorgeschossen zu kommen und von der Entenscheiße an seinen Schuhsohlen auszurutschen und auf seinen Arsch zu fallen. Es hieß, daß ihm seine Frau noch Monate danach wegen des grünen Schleims in den Ohren lag, der sich hartnäckig in den Nähten der Lederpolsterung festgesetzt hatte.

Bei einer anderen Gelegenheit versteckten die Chorknaben einen besonders wilden Ganter in Lieutenant Grimsleys Schrank im Umkleideraum, was einwöchige Ermittlungen von Beamten der Abteilung für interne Angelegenheiten zur Folge hatte.

Harold Bloomguard, der Beschützer aller Enten und sonstigen Lebewesen, erklärte sich in jedem Fall freiwillig bereit, die wild flatternden und quakenden Vögel einzufangen und fortzuschaffen. Logischerweise hätte ihn das verdächtig erscheinen lassen sollen, zumal er auf mysteriöse Weise nach jedem dieser Entenattentate auftauchte. Aber Lieutenant Grimsley war viel zu aufgebracht, um noch zwei und zwei zusammenzählen zu können. Abgesehen davon war es gar nicht so einfach, zwei und zwei zusammenzuzählen, wenn man seine Sachen stinkend und mit grünlichem Schleim verschmiert vorfand und einem gleichzeitig noch eine aufgeregte Ente mit dem Schnabel den Kopf bearbeitete.

Dann gab es noch einige kleinere Übergriffe, indem zum Beispiel das Martinshorn am Dienstwagen des Lieutenant so angeschlossen wurde, daß es nicht mehr zu heulen aufhörte, sobald er einmal den Motor angelassen hatte. Oder sein Knüppel, der sich in der Halterung an der Tür befand, wurde sorgfältig in der Mitte durchgesägt und dann wieder zurückgesteckt.

Aber der Coup, welcher Lieutenant Grimsley endgültig außer Gefecht setzte und ihn zum Sklaven Spermwhales machte und schließlich seine Versetzung zur Folge hatte, wurde von Spermwhale gelandet, indem er eine schwarze Prostituierte namens Fanny Forbes bestach, Lieutenant Grimsley zu verführen.

Spermwhale Whalen sagte ihr, in welchem Restaurant der Lieutenant an Donnerstagabenden aß, wenn er sich gerade einmal von seiner Arbeit losreißen konnte, die darin bestand, Routinemeldungen zu unterzeichnen und seine Männer beim Faulenzen zu erwischen, wenn sie sich eigentlich ihren Pflichten hätten widmen sollen.

Da sie trotz ihres Alters noch rank und schlank war und die Rundungen an den richtigen Stellen hatte, brauchte Fanny Forbes, die sich als Touristin aus Philadelphia ausgab, genau fünfundzwanzig Minuten, Lieutenant Grimsley dazu zu überreden, sie mit ihrem Koffer, der nichts enthielt außer Spermwhale Whalens schmutziger Wäsche, zu einem Motel an der La Brea zu fahren. Er parkte seinen Schwarzweißen in einer Seitenstraße und bestand darauf, ihr den Koffer aufs Zimmer zu tragen, während sie an der Rezeption das Meldeformular ausfüllte.

Acht Minuten später bedeckte Lieutenant Grimsley, bis auf seine schwarzen Uniformsocken splitternackt, die alt gediente Quelle ihres Einkommens mit heißen Küssen und flüsterte Schmeicheleien wie: »Du siehst gar nicht aus wie eine Negerin, Baby. Du siehst aus wie eine Samoanerin!« Währenddessen schlichen Spermwhale Whalen und Baxter Slate dieselbe Hintertreppe hoch und durch die Tür, welche die Schwarze unverschlossen gelassen hatte.

Die zwei Chorknaben warteten noch ein paar Minuten, die Ohren gegen die Zimmertür gepreßt. Lieutenant Grimsley keuchte so laut, daß sie schon fürchteten, sie könnten das mit Fanny Forbes verabredete Zeichen überhören.

»Sie heizt ihm tatsächlich ganz schön ein.«

»Allerdings!« flüsterte Spermwhale, die Mütze in seiner Hand, das Ohr gegen die Tür gepreßt.

Und dann hörten sie endlich das Stichwort: »Aaaaah!« stöhnte Fanny Forbes. »Du hast Eier wie ein Elefant und einen Schwengel wie ein Ochse!«

Und gerade als Spermwhale durch die Tür geschossen kam, schwelgte Lieutenant Grimsley in den Zuckungen höchster Lust. Als er abrupt vom Bett aufsprang, war sein Gesicht das eines Toten.

»Also gut, wer hat hier die Pol... Lieutenant Grimsley!« entsetzte sich Spermwhale Whalen.

»Was wollen Sie hier?« schrie Lieutenant Grimsley.

»Wir haben einen Funkspruch reinbekommen, in diesem Zimmer würde 'ne Frau vergewaltigt! Wir konnten doch nicht ahnen, daß Sie...!« winselte Baxter Slate.

»Wahrscheinlich hat Sie jemand, der keine Polizisten ausstehen kann, mit der Dame hier aufs Zimmer gehen sehen!« erklärte Spermwhale Whalen.

»Wie peinlich!« jammerte die Hure.

»Nicht so laut«, flüsterte Lieutenant Grimsley, immer noch völlig reglos und blaß im Gesicht.

»Sir, da ist noch etwas Tau auf der Lilie«, machte Spermwhale Whalen seinen Vorgesetzten aufmerksam.

»Oh.« Der Lieutenant kam langsam wieder zu sich und wischte sich mit seiner Unterhose ab, während Fanny Forbes nackt auf dem Bett lag und Spermwhale Whalen vergnügt zuzwinkerte. Vermutlich erlebte Spermwhale gerade den schönsten Augenblick seines Lebens.

»Tja, dann verdrücken wir uns lieber wieder mal... Hardass«, grinste Spermwhale, während Lieutenant Grimsley tolpatschig auf das Bett zustolperte und versuchte, mit beiden Beinen gleichzeitig in seine Hose zu schlüpfen.

»Ja, klar und wie wär's, wenn ihr noch kurz in Pop's Café auf mich warten würdet, Jungs? Ich würde euch gern auf eine Tasse Kaffee einladen, damit wir noch ein paar Kleinigkeiten besprechen können, bevor wir wieder einrücken.«

»Aber sicher... Hardass«, grinste Spermwhale, um dabei dem Lieutenant gutmütig durchs Haar zu fahren.

Lieutenant Grimsley war daher richtiggehend erleichtert, als Captain Drobeck drei Wochen später andeutete, er verkehre mit gewissen Beamten etwas gar zu intim, und was er von einer Versetzung halte. Lieutenant Grimsley war erleichtert, weil er es gründlich satt hatte, daß sich Spermwhale Whalen jedesmal, wenn er einen Bericht zum Unterzeichnen brachte, auf seinen Schreibtisch setzte und ihm mit einem wissenden Grinsen durchs Haar fuhr.

Fanny Forbes schnitt zwar eine enttäuschte Grimasse, als Spermwhale ihr nur einen Zehn-Dollar-Schein zusteckte, aber als er sie daran erinnerte, daß dies zehn Dollar mehr waren, als sie für ähnliche Aktivitäten mit ihm selbst bekommen hatte, nahm sie die Vergütung achselzuckend entgegen.

In der Nacht, in der sie den ›Reuigen Vergewaltiger‹ schnappten, waren Spermwhale und Baxter jedoch immer noch ordentlich sauer über ihre viertägige Suspendierung, weil sie mit den Avocados im Kofferraum geschlafen hatten.

Lieutenant Grimsley war indessen bereits zur Abteilung für interne Angelegenheiten versetzt worden, wo er sich seiner Lieblingsbeschäftigung widmen konnte – Polizisten auf Abwegen zu schnappen.

Die Verhaftung des ›Reuigen Vergewaltigers‹ war möglicherweise Baxter Slates absolute Glanztat. Der Betreffende hatte auf den Straßen von Los Angeles mindestens dreißig Frauen mit dem Messer bedroht und dann vergewaltigt. Sein Name rührte davon her, daß er sich danach jedesmal ausgiebigst entschuldigte und seinen Opfern manchmal sogar das Geld fürs Taxi gab. Zu seinem Glück hatte dem Vergewaltiger noch keine Frau ernsthaften Widerstand geleistet, und es herrschte auch Unklarheit, wie weit er mit seinem langen Dolch gehen würde, wenn er auf wirkliche Gegenwehr stieß. Jedenfalls wurde er, völlig zu Recht, als extrem gefährlich eingestuft, und zwar nicht nur für die Frauen, denen er auflauerte, sondern auch für die Polizisten, die ihm das Handwerk zu legen versuchten.

Die Nacht, in der sie den ›Reuigen Vergewaltiger‹ schnappten, war bis dahin relativ ruhig verlaufen. Der erste Auftrag des Abends bestand darin, einen Bewohner eines Wohnblocks im Hancock Park darauf aufmerksam zu machen, nicht jeden Nachmittag mit seiner Fliegenklappe nach Insekten zu jagen, vor allem wenn er dabei auf eine Leiter klettern mußte und wenn gleichzeitig ausgerechnet die Tochter seines Wohnungsnachbarn, eine neunzehnjährige Blondine, gerade ihren Mercedes 450 SL wusch und nicht umhin konnte festzustellen, daß er unter seinem Bademantel, dessen Gürtel sich ständig löste, splitternackt war.

Später auf der Wache verfiel Spermwhale in sehr gedrückte Stimmung. Lieutenant Finque hatte eben seine Bitte abgelehnt, in der Caféteria ein Bild seines alten Freundes Knuckles Garrity aufzuhängen. Garrity war fünfzehn Jahre lang im Central-Revier als Streifenpolizist tätig gewesen und schloß seine fünfundzwanzigjährige Dienstzeit bei der Polizei bei der Wilshire-Division ab, wo er zusammen mit Spermwhale Whalen eine Funkstreife fuhr. Kurz bevor Garrity pensioniert werden sollte, wurde seine dritte Scheidung eingeleitet, worauf er eines Tages auf dem Parkplatz der Wache erschossen in seinem Wagen aufgefunden wurde.

Der Zündschlüssel steckte im Schloß, und der Wagen war von innen verriegelt. Auf dem Sitz neben ihm lag seine Dienstwaffe. Gegen jede Logik hatte sich Spermwhale jedoch zu glauben geweigert, sein Partner wäre nicht ermordet worden. Man mußte ihm drei Tage zusätzlich freigeben, damit er wieder einen einigermaßen klaren Kopf bekam. Als er schließlich Knuckles Garritys offensichtlichen Selbstmord doch als solchen anerkannte, wurde ihm Baxter Slate als neuer Partner zugeteilt. Außerdem begann er, an den Singstunden im MacArthur Park teilzunehmen.

Als Spermwhale Whalen im Central-Revier angefangen hatte, war er von Knuckles Garrity angelernt worden, der seinem jungen Kollegen erklärte, ein Polizist brauchte nur drei Dinge, um Erfolg zu haben: gesunden Menschenverstand, Humor und Mitgefühl. Keine dieser Eigenschaften konnte man sich auf der Schulbank aneignen, und die meisten Menschen schlugen sich auch ohne alle drei ganz gut durchs Leben. Aber für einen Polizisten waren sie unerläßlich. Spermwhale durchlief kurz ein Schaudern, als er darüber nachdachte, wie Knuckles der Humor wohl vergangen war.

Spermwhale hatte sich das letzte Foto besorgt, das von Knuckles in Uniform existierte; er ließ es vergrößern und rahmen. Außerdem befand sich auf der unteren Querleiste des Rahmens eine kleine Messingplatte mit folgender Aufschrift:

Thomas ›Knuckles‹ Garrity
F. A. 29.4.74

Es war an einem herrlichen Aprilnachmittag gewesen – das Sonnenlicht drang in langen, goldenen Strahlen durch den Smog –, daß Knuckles Garrity auf dem Parkplatz der alten Wache am Pico Boulevard für immer Feierabend machte.

Aber der Lieutenant sagte, das Foto hätte in der Caféteria nichts zu suchen und Spermwhale Whalen solle es wieder mit nach Hause nehmen, da Knuckles Garrity nicht im Dienst umgekommen war wie die anderen Polizisten, deren Fotos in der Wache aufgehängt waren.

»Das stimmt doch gar nicht!« protestierte Spermwhale, als ihm der Lieutenant das Foto in die Hand drückte und den stechenden Augen des dicken, alten Polizisten auswich.

»Jetzt hören Sie doch endlich, Whalen«, erklärte Lieutenant

Finque. »Der Captain will es nun einmal so. Und schließlich hat Garrity sich selbst erschossen. Wollen Sie das denn einfach nicht wahrhaben.«

Sehr ruhig entgegnete Spermwhale Whalen: »Knuckles Garritys Tod ist eine direkte Folge seiner Arbeit bei der Polizei. Nicht weniger als im Fall irgendeines anderen Polizisten, der bei einer Schießerei ums Leben gekommen ist. Knuckles Garrity war mit Abstand der beste Polizist, den wir in dieser Wache hatten, und dieser Wichser von Captain sollte *stolz* sein, Knuckles' Foto an der Wand hängen zu haben.«

»Tut mir leid, aber ich kann an dieser Entscheidung nichts ändern«, bedauerte der Lieutenant und ging in sein Büro zurück, so daß Spermwhale mit dem Foto in seinen mächtigen, roten Pranken allein auf dem Korridor zurückblieb.

»Am liebsten würde ich jetzt jemanden abknallen«, knurrte Spermwhale, als er nach diesem Vorfall wieder in seinen Streifenwagen stieg.

Baxter Slate drückte den Anlasser und schaltete die Scheinwerfer ein, da es bereits dämmerte.

»Und an wen denkst du dabei?«

»Na, den Captain natürlich. Vielleicht auch den Lieutenant. Irgend jemanden.« Als er dies sagte, wußte Spermwhale noch nicht, daß er in genau zwei Stunden tatsächlich auf jemanden schießen würde und daß ihm dies fast genausoviel Befriedigung verschaffen sollte, als wäre es der Captain oder der Lieutenant gewesen.

Aber bevor Spermwhale diese Befriedigung zuteil wurde, wurden er und Baxter noch in den Bezirk von 7-A-85 gerufen, weil Roscoe Rules und Wasmeinstdu-Dean im Bezirk von 7-A-33 zu tun hatten, weil Spencer van Moot und Pater Willie einen vertrackten Auftrag erhalten hatten.

Spermwhale Whalen und Baxter Slate bahnten sich also ihren Weg durch das Labyrinth des Ghettos von Wilshire, das vermutlich in keiner anderen größeren Stadt der Welt als Ghetto bezeichnet worden wäre. Anlaß des Funkspruchs war lediglich ein weiterer Versuch von Clyde Percy, ins Camarillo State Hospital eingeliefert zu werden.

Clyde Percy war ein siebzigjähriger Schwarzer, der in der Nähe des Baldwin Hills-Reservoir wohnte. Während der Überschwemmungskatastrophe von 1963 hatte er sich in die tosenden Fluten gestürzt und eine Frau gerettet, die in ihrem Wagen davongeschwemmt wurde. Für diese Tat war Clyde Percy von der Stadt Los Angeles eine Urkunde ausgestellt worden – im übrigen die erste öffentliche Anerkennung, die ihm in seinem Leben zuteil geworden war. Nun konnte er sich allerdings nicht mehr allzu weit vom Schauplatz seines ehemaligen Triumphs entfernen und wurde so Anlaß manch eines Auftrags. Clyde Percy schlief in nicht abgeschlossenen Autos oder in Lagerschuppen, und einmal hatte er es sich sogar eine ganze Nacht lang auf einer körpergerechten Matratze im Schaufenster eines größeren Kaufhauses in Crenshaw bequem gemacht. Am nächsten Morgen wurde er dann, mit schmutzigen Schuhen und in voller Bekleidung, von den ersten Passanten im Schaufenster entdeckt. Er schnarchte friedlich; aus dem zahnlosen Mund floß ihm reichlich Speichel, und er träumte von irgendeiner Frau aus seiner Vergangenheit, da er sich an eine Erektion klammerte, die ihm nur im Schlaf kam. Dafür hatte Clyde neunzig Tage bekommen.

»Möchte nur wissen, weshalb diesen Auftrag nicht Spencer van Moot und Pater Willie gekriegt haben«, brummte Spermwhale Whalen. »Wetten, daß die beiden sich gerade wieder in so einer verdammten Boutique herumtreiben, um für Spencer 'ne Lord Fauntleroy Krawatte oder ein Paar schicke Stiefel zu kaufen. Dieser Kerl ist doch inzwischen schon mindestens vierzig Jahre alt und zieht sich immer noch an wie ein Schaufensterdekorateur oder so was.«

Der Funkspruch, den Spermwhale und Baxter Slate bekommen hatten, bezog sich auf eine offene Tür, die ein ängstlicher Nachtwächter während seiner Runde durch ein Möbelgeschäft entdeckt hatte. Der Nachtwächter hatte aus dem Innern des Gebäudes seltsame, gespenstische Geräusche gehört; es war dort bereits dunkel und unheimlich, obwohl die Sonne noch nicht untergegangen war. Der Nachtwächter war fünfundsiebzig Jahre alt und nicht gerade begeistert von seinem Dasein als Nachtwächter. Aber da er und seine zwei Jahre jüngere Frau auf das Sozialamt angewiesen waren, hätten die beiden sich anstatt an zwei Tagen in der Woche fünf Tage lang von Hundefutter ernähren müssen.

»Machen Sie ruhig weiter Ihre Runde«, beruhigte Spermwhale den alten Mann. »Wir werden uns schon um die Sache kümmern.«

»Ich bin gleich auf der anderen Straßenseite bei meinem Wagen, falls Sie mich brauchen«, versprach der Nachtwächter. »Ich werde mich in der Nähe eines Funkgeräts aufhalten, falls Sie Hilfe benötigen sollten.«

»Gut«, nickte Spermwhale. »Halten Sie sich bereit, falls wir Sie brauchen.«

Damit klopfte er dem Nachtwächter aufmunternd auf die Schulter und deutete auf seinen Wagen, der nicht auf der anderen Straßenseite geparkt stand, wie er gedacht hatte, sondern auf dem Parkplatz hinter dem Möbelgeschäft. Der alte Mann fand mindestens einmal pro Nacht seinen Wagen nicht mehr.

Als die beiden Polizisten schließlich allein waren und es immer dunkler wurde, schlug Baxter vor: »Sollen wir nicht lieber einen zweiten Wagen zur Verstärkung anfordern, hm?«

»Nee«, schüttelte Spermwhale den Kopf. »Das ist nur der alte Clyde Percy.«

»Wer?«

»Clyde, der Lebensretter. Dieser bescheuerte Alte, der damals bei der Überschwemmungskatastrophe so 'ne Alte vor dem Ertrinken gerettet hat. Hast du noch nie was von ihm gehört? Der Kerl wird doch ständig wegen irgend etwas eingelocht.«

»Woher willst du wissen, daß es der ist?«

»Das Ganze ist absolut typisch für ihn. Er bricht immer nach Geschäftsschluß irgendwo ein, frißt sich voll und legt sich dann schlafen. Außerdem hat doch der Nachtwächter gesagt, er hätte ganz seltsame Geräusche gehört. Wie von einem Gespenst. Die Leute, die uns seinetwegen verständigen, sagen das immer.«

»Was macht er denn für Geräusche?«

»Er wimmert vor sich hin. Er hockt einfach nur herum und wimmert. Klingt wie ein trauriger Elch. Ich wette meinen Kopf, daß das da drinnen Percy ist.«

Für alle Fälle nahm Baxter trotzdem das Ithaca-Gewehr aus der Halterung und schob eine Patrone ins Magazin, als sie hintereinander in das dunkle Möbelgeschäft traten und sich auf die Suche nach dem jammernden Elch machten.

Es war ein relativ kleines Möbelgeschäft, das komplette Wohnzimmereinrichtungen für sechshundert Dollar anbot. Clyde Percy hielt jedoch nicht sonderlich viel von den billigen Möbeln. Sie fanden ihn im ersten Stock in der Nähe des Büros des Geschäftsführers auf einem Plüschsofa für neunhundert Dollar. Er mampfte gerade eine halbvolle Tüte Kartoffelchips und eine Banane, die ein Angestellter übriggelassen hatte. Clyde trug seine übliche Kleidung; sie bestand aus zwei schmutzigen Unterhemden, drei Hemden und einem zerlumpten, verblichenen Pullover darüber, einer dicken Flanellhose über langen Unterhosen, einem Paar Fallschirmspringerstiefeln und einer Fliegermütze ohne Brille, die noch aus dem Zweiten Weltkrieg stammte.

»Hallo, Clyde«, begrüßte ihn Spermwhale, während Baxter sein Gewehr senkte und die Patrone wieder aus dem Magazin schnalzen ließ.

»Schon gut, Officer, schon gut«, grinste Clyde Percy glücklich und nahm Habachtstellung ein. Seine purpurnen Lippen waren von der Banane verschmiert, und seine Haut schimmerte in dem Dämmerlicht bläulich. »Haben Sie mich also wieder mal erwischt. Aber keine Handschellen. Ich komme so mit – ganz friedlich. Aber wenn Sie mir Handschellen anlegen wollen, ist das natürlich auch in Ordnung.«

»Schon 'ne ganze Weile her, daß ich dich das letzte Mal gesehen habe, Clyde«, sagte Spermwhale, als sie den alten Neger die Treppe hinunterführten. Dabei hielt jeder der Polizisten Clyde an einem Ellbogen, da er eine ordentliche Fahne hatte und auf dem Treppenabsatz um ein Haar gestolpert wäre.

»Letzten November haben Sie mich eingelocht. Gerade rechtzeitig für Thanksgiving. Die letzten achtundzwanzig Jahre ist mir nicht ein Thanksgiving im Central Jail ausgekommen.«

»Du hast seit November gesessen?« fragte Baxter, als er sich vorsichtig die Treppe hinuntertastete, an der einen Hand Clyde, in der anderen das Gewehr. Es war inzwischen so dunkel, daß sie eine Taschenlampe brauchten.

»Nein, nein«, winkte Clyde Percy ab. »Diesmal habe ich 'ne Menge Glück gehabt. Ich bin ins Camarillo State Hospital gekommen. Der Verteidiger hat erklärt, ich wäre verrückt. Und erst wollte ich da auch gar nicht hin, weil es mir im Knast eigentlich immer ganz gut gefallen hat. Aber dann hat er mir gesagt: Wir schicken dich in dieses Irrenhaus, Clyde, und dort wird es dir sogar noch besser gefallen als im Gefängnis. Also gut, sage ich, und schon wandere ich ins Camarillo. Und wissen Sie was? Die haben mir 'ne Stelle als Lehrer gegeben.«

»Als Lehrer?« Baxter stolperte und riß Clyde mit sich. Dabei ließ er Taschenlampe und Gewehr fallen.

Während die zwei Polizisten über den Boden krochen, um nach der Taschenlampe zu suchen, die unter einen Ladentisch gerollt war, hob Clyde Percy hilfsbereit das Gewehr auf und hielt es wie ein Baby zärtlich in seinen Armen, als Sergeant Nick Yanov durch den Vordereingang kam.

»Verdammter Mist!« brüllte Nick Yanov. Gleichzeitig ging er in Hockstellung, zog seine Waffe und richtete den Strahl seiner Taschenlampe auf Clyde Percy, der inzwischen das Gewehr mit dem Lauf nach unten hielt und wieder seine Kartoffelchips mampfte, während die beiden Polizisten vor ihm auf dem Boden herumkrochen.

»Werfen Sie das verdammte Gewehr weg, oder ich schieße!« kreischte Nick Yanov.

Die nächsten Minuten ertönten einige aufgeregte, hektische Schreie, bis Spermwhale den Sergeant auf eine Couch gesetzt, ihm eine Zigarette angeboten und ihn davon überzeugt hatte, daß sie noch am Leben waren, daß Baxter das Gewehr bereits wieder entladen hatte, daß Clyde Percy ein völlig harmloser alter Bekannter von Spermwhale Whalen war und daß Sergeant Yanov auf der Couch sitzen bleiben sollte, bis seine Beine wieder zu zittern aufgehört hatten.

»Bin ich vielleicht froh, daß Sie's waren, Sarge«, sagte Spermwhale zu dem muskulösen Sergeant mit dem stoppligen Kinn. »Wenn das einer von diesen anderen Arschlöchern von Kontrollbeamten gewesen wäre, hätte er Clyde vermutlich bis zur Unkenntlichkeit durchlöchert, und wir hätten uns schon wieder mal eine Suspendierung eingehandelt.«

»Warum müßt ihr mir immer so etwas antun«, stöhnte Nick Yanov, während er an seiner Zigarette sog. Langsam kehrte wieder etwas Farbe in sein Gesicht zurück.

Daraufhin halfen die zwei Polizisten und Clyde Percy dem noch etwas wackligen Sergeant Yanov aus dem Laden und zu seinem Wagen, wobei Clyde Percy sich in langatmigen Entschuldigungen erging, weil er ihn zu Tode erschreckt hatte.

»Wo ist hier die nächste Tankstelle?« erkundigte sich Sergeant Yanov, als er sich in seinen Schwarzweißen setzte und Mütze und Taschenlampe auf den Sitz neben sich warf. Dann fuhr er sich mit beiden Händen durch sein dichtes schwarzes Haar.

»Wieso, müssen Sie mal?« grinste Spermwhale.

»Nee, ich hab' gerade! Muß mich ein bißchen sauber machen!« brummte Nick Yanov, während er den Anlasser drückte und davonpreschte.

»Das ist noch mal echt ein Kerl von einem Sergeant«, murmelte Spermwhale Whalen in einem seiner seltenen gutmütigen Momente vor sich hin, um dann jedoch gleich wieder in seinen gewohnten Ton zurückzufallen. »Nicht so ein Wichser wie dieser Kastrat von einem Lieutenant oder dieser Heini von Captain, ganz zu schweigen von diesen anderen Sergeanten der Nachtschicht.«

»Was hast du da vorhin erzählt, Clyde, von wegen du wärst im Camarillo als Lehrer angestellt gewesen?« wandte sich Baxter wieder an Clyde Percy, nachdem sie ihn in ihrem Wagen verstaut hatten und unterwegs zum Gefängnis waren.

»Ich kann Ihnen sagen, Officer«, sagte Clyde Percy und mampfte an seinen Kartoffelchips, »im Camarillo war es echt schön. Sie hatten da 'ne Menge Kinder; lauter Behinderte, wissen Sie? Und die haben natürlich kaum mal Besuch gekriegt. Und um sie zu beschäftigen, haben sie ihnen immer irgendeine Arbeit gegeben. Sie haben zum Beispiel solche Luftballons mit den Röhrchen zum Aufblasen gemacht. Und mir haben sie dann gesagt, ich soll während der Arbeit auf die Kinder aufpassen. Hab' ich also darauf geachtet, daß sie die Röhrchen richtig an den Ballons befestigt haben und daß sie sich nicht zu viel gekloppt haben und nicht auf den Kopf gefallen sind und sich in die Zunge gebissen haben und so. Und dann habe ich eines Tages 'ne Erfindung gemacht. Ich hab' Löcher in so ein Brett gebohrt, um die Röhrchen reinzustecken, und danach konnten die Kinder drei Ballons auf einmal befestigen, und es war einfacher, sie zu halten. Einer der Chefs hat dann zu mir gesagt: ›Mann, Clyde, wenn wir nur alle so clever wären wie Sie.‹ Und dann habe ich ihm von der Frau erzählt, die ich bei dem Hochwasser aus ihrem Wagen gerettet habe, und dann hat er gesag: ›Clyde, wenn Sie wollen, können Sie hier bleiben.‹«

»Wieso bist du denn dann jetzt wieder draußen?« wollte Spermwhale wissen, als sie auf dem Venice Boulevard in Richtung Westen fuhren.

»Na ja, eines Tages haben sie gesagt, sie hätten keinen Platz mehr. Sie könnten nur noch die wirklich Verrückten unterbringen, und ich wäre nicht so verrückt. Also habe ich an dem Abend angefangen zu erzählen, ich bin der Präsident und der Bürgermeister und so Zeugs. Aber sie haben nur gesagt, ich soll den Quatsch lassen. Wir wissen doch, daß du nicht wirklich verrückt bist, Clyde, haben sie gesagt. Und vor allem hast du noch nie jemandem was getan. Du bist nicht gemeingefährlich. Und dann hab' ich mir schon gedacht, ob ich vielleicht einen der Helfer anfallen soll und ihn ein bißchen verprügeln. Aber das konnte ich dann doch nicht, weil sie immer so nett zu mir waren. Und da haben sie mich also rausgesetzt, und da bin ich nun wieder.«

»Das ist schon eine Sauerei«, grunzte Spermwhale wütend und wandte sich Baxter zu. »Was habe ich schon Fünfzig-Dollar-Nutten und Giftler und Zuhälter und Ganoven und Arschlöcher jeder Art gesehen, die seit drei Generationen von der Wohlfahrt leben, und dann können wir es uns nicht mal leisten, Clyde wenigstens ein verdammtes Bett in einem Krankenhaus zur Verfügung zu stellen. So was ist doch echt eine Sauerei!«

»Glauben Sie, Sie könnten was für mich tun, daß ich wieder ins Camarillo zurück kann?« fragte der alte Schwarze; Kartoffelchipsbrösel klebten an seinen bläulichen Lippen, und die linke Ohrenklappe seiner Fliegerhaube war von dem Handgemenge mit Sergeant Yanov nach oben geklappt.

»Eines steht fest: Wenn es in dieser Schweißwelt so etwas wie Gerechtigkeit gäbe, was nicht der Fall ist, dann sollte dir jemand helfen, Clyde. Weißt du was, bekenn dich morgen bei der Verhandlung einfach ›Nicht schuldig‹. Wenn du dann vor Gericht kommst, werde ich da sein. Ich werde mit dem Staatsanwalt sprechen und ihm sagen, daß du ständig in den Straßen herumstreunst und alle Leute bedrohst und erzählst, du wärst der Osterhase, und unschuldigen Hausfrauen deinen Pimmel unter die Nase hältst und Hundescheiße in Briefkästen stopfst und überhaupt eine schlimmere Landplage bist als Francis Tanaguchi.«

»Francis wer?«

»Ach, vergiß es«, brummte Spermwhale, als sie auf dem Parkplatz hinter der Wache hielten und ausstiegen. »Jedenfalls werde ich ihm erzählen, du wärst der Oberirre der Wilshire-Division und ein Riesenarschloch, und sie sollten dich nicht immer nur für neunzig Tage einlochen, weil du besoffen warst. Ich werde ihm erzählen, du hättest echt 'ne Meise, und sie sollten dich mal auf deine Zurechnungsfähigkeit überprüfen, und dann werden sie dich wieder ins Camarillo verfrachten.«

»Das wäre ja toll, Officer«, schluchzte der Alte vor Freude und hörte sogar auf, seine Kartoffelchips zu mampfen. »Ich kann Ihnen sagen, so einen Irren wie mich haben die noch nie gesehen; wenn's nötig ist, kann ich sogar auf dem Kopf stehen...«

»Übertreib's mal lieber nicht«, warnte ihn Spermwhale. »Starr einfach nur so vor dich hin ins Leere und sag irgendwas Blödes, wenn dich jemand was fragt.«

»Ich werde Fliegen verscheuchen, die gar nicht da sind«, schlug Clyde vor, als sie auf den Eingang der Wache zugingen.

»Ja, genau so was«, nickte Spermwhale, als sie dem alten Mann die Treppe hinaufhalfen.

»Und dann werde ich 'nem Polizisten eins in die Fresse hauen«, ereiferte sich Clyde weiter.

»Nee, das lieber nicht«, bremste ihn Spermwhale.

»Wie wär's mit einem Verteidiger?« warf Baxter Slate ein.

»Nein, nein«, winkte Spermwhale energisch ab, während sie eine Seitentür öffneten und Clyde nach drinnen schoben.

»Und einen Richter? Wie wär's mit einem Richter?« schlug Baxter weiter vor.

»Nein«, schüttelte Spermwhale den Kopf. »Nur nichts übertreiben. Schlag nur nach unsichtbaren Moskitos oder beschimpf die Geschworenen oder irgendwas in der Richtung.«

Und dann blieb Clyde Percy vor den vergitterten Zellentüren stehen und blickte zu Spermwhale auf; sein Gesicht, staubbedeckt, aber an manchen Stellen pechschwarz, war von feucht schimmernden Streifen durchzogen.

»Dafür bin ich Ihnen sehr dankbar, Officer«, wandte er sich an den dicken Polizisten. »Ich möchte zu meinen Kindern ins Camarillo zurück. Ich bin Ihnen so dankbar für alles, was Sie für mich tun.« Und dann ergriff er Spermwhales mächtige Pranke und weinte.

»Mein Gott, Clyde! Reiß dich zusammen! Ist ja schon gut!« versuchte Spermwhale ihn zu beruhigen, und zog seine Hand zurück. Dabei blickte er sich vorsichtig um, ob ihn keine anderen Polizisten beobachteten. »Ist ja schon gut. Du brauchst doch nicht... ist ja schon gut, Clyde. Mir macht es doch nichts aus, vor Gericht zu erscheinen. Ich hab' doch sowieso nichts zu tun. Mein Gott, jetzt laß endlich gut sein. Hör endlich auf zu weinen, ja?«

Spermwhale Whalen erschien tatsächlich vor Gericht, als der Fall Clyde Percy verhandelt wurde, und er erreichte auch, daß der alte Schwarze auf seine Zurechnungsfähigkeit untersucht wurde. Allerdings wurde Clyde Percy als ungefährlich für sich und die Gemeinschaft befunden und wieder freigelassen. Nach seiner Freilassung ging er zu Fuß einen Kilometer in Richtung Innenstadt, klaute sich eine Flasche Wein, trank sie binnen kürzester Zeit leer und legte sich dann mitten auf die Kreuzung von First und Los Angeles Street, wo er nur neunzig Sekunden zu warten brauchte, bis ein Streifenwagen dort auf dem Weg zur Wache vorbeikam, den Lebensretter von Baldwin Hills einlud und ihn wegen Trunkenheit ins Central Jail brachte. Er wurde zu neunzig Tagen Gefängnis vergattert, was besser als nichts war, aber doch bei weitem nicht ans Camarillo State Hospital hereinreichte, wo er seine Erfindung gemacht hatte, mit deren Hilfe die behinderten Kinder ihre Ballons leichter aufblasen konnten.

Als Wasmeinstdu-Dean, nachdem er bei einer Singstunde von Clyde Percys endgültigem Schicksal gehört hatte, in einen seiner Heulanfälle ausbrach, schimpfte ihn Roscoe Rules einen Niggerfreund und behauptete, dieser alte Lutscher hätte sowieso nur ins Camarillo gewollt, weil er sich an die kleinen Irren heranmachen wollte.

Spermwhale Whalens Stimmung war nach der Einlieferung von Clyde Percy auf dem Nullpunkt angelangt. Inzwischen war auch die interne Post in der Wilshire-Station eingetroffen, und sie enthielt unter anderem eine Hochglanzvergrößerung im Format achtzehn mal vierundzwanzig, die Spermwhale von seinem Schulfreund Sergeant Harry Bragg zugeschickt worden war, der im Fotolabor der Polizei arbeitete. Das Foto stammte aus dem Verbrecheralbum und zeigte Spermwhale Whalens ältesten Sohn Patrick, der dreizehn Monate zuvor an einer Überdosis Heroin gestorben war. Es war die letzte Aufnahme, die es von dem Jungen aus den letzten zwei Jahren seines Lebens gab. Das Foto war gemacht worden, als er in Van Nuys wegen eines Autodiebstahls festgenommen worden war.

Spermwhale, Veteran dreier gescheiterter Ehen, hatte den Jungen kaum gesehen, nachdem er in die Pubertät gekommen war, und so studierte er das Foto sehr eingehend. Dabei lobte er Sergeant Harry Braggs Kunstfertigkeit, mit der er die Aktenziffer und die Profilaufnahme wegretuschiert und das Gesicht so herausvergrößerte hatte, daß vermutlich nur noch ein Polizist hätte erkennen können, daß es sich dabei um eine Aufnahme aus dem Verbrecheralbum handelte.

Vom Technischen her war das Foto ein voller Erfolg, was jedoch nach künstlerischen Maßstäben nicht gegolten hätte. In den arroganten Augen und dem schmalen Mund war keine Spur von der beachtlichen Intelligenz des Jungen zu entdecken. Das schulterlange Haar war Spermwhale Whalen in keiner Weise vertraut; das gleiche galt für die frische, kleine Narbe über dem rechten Auge. Die Person auf dem Foto war nicht der Sohn, an den er sich gern erinnert hätte, und dies vor allem, wenn er sich nicht von seinen Schuldgefühlen übermannen lassen wollte.

Mürrisch vor sich hin brummend, biß Spermwhale seine Zigarette halb in Fetzen, als er und Baxter zu ihrem Wagen zurückgingen. Die Nacht war diesmal besonders finster.

»Was hast du denn?« wollte Baxter wissen.

»Nichts.«

»Du machst aber nicht gerade einen zufriedenen Eindruck.«

»Ach was. Weshalb sollte ich unzufrieden sein? Ich mache immerhin meine siebzehntausend im Jahr, oder etwa nicht? Wenn man natürlich die Einkommensteuer und die Rentenversicherung und die Kreditrückzahlungen und die Arbeitsversicherungen und die drei Frauen und die Miete abzieht, bleibt mir vielleicht noch ein Dollar dreißig zum Essen zwischen den Zahltagen. Und da ich gerade eine viertägige Suspendierung hinter mir habe, werde ich wohl die nächsten zwei Wochen fasten müssen. Was sollte ich also für einen Grund haben, sauer zu sein?«

»Ist es wirklich das? Das Geld?«

»Ach was, das Geld. Wer braucht schon Geld? Nur weil ich vom mächtigen Arm des Gesetzes ein bißchen durchgeschüttelt worden bin? Nur weil ich auf vier Tage Lohn verzichten muß? Ich bitte dich, das ist doch nur ein Klacks. Ich habe schließlich nur drei Ex-Frauen zu unterstützen und drei Ex-Kinder... nein, *zwei* Ex-Kinder. Und dann noch einen Ex-Hund und eine Schildkröte. Die Schildkröte hält natürlich ab und zu ihren Winterschlaf, so daß sie nicht allzuviel zum Fressen braucht. Und abgesehen davon geschieht es mir vollkommen recht, daß sie mir vier Tage Suspendierung aufgebrummt haben, weil ich diese Avocados für Francis aufgehoben habe. Aber was ich gern wissen möchte: Ob Lieutenant Grimsley und diese anderen Kopfjäger von der Kontrollstelle ein Kopfgeld bekommen, wenn sie einen von uns hinhängen können? Vielleicht zahlt ihnen die Stadt Prozente von dem, was sie dabei an unserer Lohntüte einsparen, wenn wir eine Suspendierung aufgebrummt bekommen. Hast du dir das eigentlich mal durch den Kopf gehen lassen?«

»Ich könnte dir bis zum nächsten Ersten zwanzig Dollar leihen.«

»Quatsch, ich brauche kein Geld. Der gute, alte Clyde Percy kommt auch ohne aus; warum nicht ich?«

»Ich finde es echt anständig, was du für ihn tun willst, daß der Alte wieder ein Bett in der Klapsmühle kriegt.«

»Jetzt hör mal gut zu, Partner«, fing daraufhin Spermwhale an. Er hatte seine Zigarre inzwischen fast vollständig aufgegessen und spuckte schwarze Tabakfitzel aus dem offenen Wagenfenster. »Mach dir bloß keine falschen Hoffnungen, nur weil ich manchmal den Eindruck erwecke, als wäre mir an manchen Leuten doch etwas gelegen. Nach neunzehn Jahren und ein paar Monaten auf diesen Straßen habe ich vor allem eines gelernt: daß die Menschen Scheiße sind. Abschaum. Der einzige Grund, weshalb ich mit ihnen nicht so umspringe wie Roscoe Rules oder noch so ein paar Hitzköpfe, ist einfach der, daß das Ganze letztlich doch bloß wieder auf einen selbst zurückfällt. Am Ende feuern sie dich dann wegen Brutalität oder wegen eines Magengeschwürs oder sonst irgendwas. Und wofür, frage ich mich dann? Die Menschheit ist keinen Pfifferling wert, aber wir müssen nun mal mit diesen Arschlöchern auskommen. Also, was soll's? Wenn es nun einmal so gespielt wird hier, dann tut man eben so, als würde man mitspielen. Und wenn du das nicht machst, wenn du dich außerhalb stellst, dann nimmst du am besten gleich deinen Colt und siehst zu, daß du zweimal zum Abdrücken kommst, während du an seinem Lauf herumkaust. Ich will mich einfach nicht wie so viele andere Polizisten selbst über die Leine springen lassen. Und deshalb mache ich ab und zu etwas, das vielleicht so aussieht, als würde ich mich wenigstens einen Fatz um einen von diesen Idioten scheren. Aber ich kann dir sagen, es gibt nichts Verdorbeneres und Kaputteres als Menschen.«

Und der nächste Auftrag dieses Abends sollte nicht das geringste dazu beitragen, Spermwhale eines Besseren zu belehren.

»Wahrscheinlich werde ich morgen mal meine Ehemalige besuchen«, sagte Spermwhale zu Baxter, der gerade vorgeschlagen hatte, vor dem Restaurant in der Western, in dem sie immer zum halben Preis etwas zu essen bekamen, auf Code sieben zu schalten.

»Welche denn?« wollte Baxter genauer wissen.

»Die zweite«, klärte Spermwhale ihn auf. »Irgendwie mag ich sie noch am ehesten. Sie hatte den meisten Mumm. Hat mir den letzten Pfennig abgeluchst. Ab und zu besuche ich sie mal, um meinen Ex-Hund und meinen alten Wagen wieder mal zu sehen.«

»Und läuft ab und zu noch was mit ihr?«

»Selbst wenn, hätte ich keinen Bock. Ihr Arsch ist so fett, daß sie sich auf Raten setzen muß. Und außerdem ist sie schon ein bißchen alt. Mir sind diese jungen Dinger wie Carolina Moon schon lieber. Ihr Fett ist noch überall glatt und straff. Ich mag's, wenn sie noch genügend Kraft haben, um selbst noch einen Zahn zuzulegen.«

»Demnächst werde ich wohl wieder mal 'ne Singstunde einberufen müssen«, meinte Baxter Slate, als zwei Blocks weiter der ›Reuige Vergewaltiger‹ gerade eine schwarze Frau aus ihrem Ford zerrte und sie hinter einem großen Müllcontainer ins Dunkel zu schleppen versuchte.

Sie schrie verzweifelt zwei vorbeikommenden Männern zu, die jedoch einfach weitergingen und die goldene Regel aller Stadtbewohner befolgten: Was ich nicht weiß, macht mich nicht heiß.

»Langsam kriege ich schrecklichen Hunger«, meinte Baxter Slate, als der ›Reuige Vergewaltiger‹ gerade feststellen mußte, daß die schwarze Frau fast genauso kräftig wie er war und nicht so einfach klein beigab, ob er ihr nun mit dem Messer drohte oder nicht. Verzweifelt suchte der Mann nach dem Dolch, den ihm die Frau aus der Hand geschlagen hatte, als er versuchte, damit auf sie einzustechen.

»Weißt du, irgend etwas an Nick Yanov erinnert mich ganz stark an meinen jüngsten Sohn«, sagte Spermwhale, während er sich eine frische Zigarre ansteckte und Baxter langsam an den Autos vorbeifuhr, die vor den Restaurants in der La Cienaga nach einem Parkplatz suchten.

»Aber dein Sohn ist doch noch gar nicht so alt.«

»Natürlich nicht«, erwiderte Spermwhale. »Aber er sieht Yanov irgendwie ähnlich. Aber, weißt du, ich habe Angst, daß er wie die anderen in Schwierigkeiten kommt. Das letzte Mal, als er mich besuchen kam, hat er nicht einmal die Kleider angenommen, die ich ihm gekauft habe. Alles was ihn interessiert, ist, am Vencice Beach mit diesen Hippies herumzuhängen. Nicht einmal saubere Unterwäsche will er. Weißt du, er will einfach partout nichts *besitzen*. Außer den Kleidern auf seiner Haut will er absolut nichts haben. Schon allein die Entscheidung, seine Unterhosen zu wechseln, ist ihm zuviel. Ich fürchte fast, daß es ihm sogar gefallen könnte, wenn er in den Knast kommt und ihm alle Entscheidungen abgenommen werden.«

Baxter Slate dachte angestrengt nach, wie er das Thema wechseln könnte, weil er nicht wollte, daß Spermwhale zu viel an seinen ältesten Sohn dachte.

Und währenddessen packte der ›Reuige Vergewaltiger‹, der jedoch in diesem Augenblick noch keinerlei Reue zeigte, die schwarze Frau am Hals und hatte ihr schon fast das Lebenslicht ausgeblasen, bis sie es schließlich doch noch schaffte, ihre Zähne in seinen Bizeps zu schlagen und einen markerschütternden, schrillen Schrei auszustoßen, der um ein Haar ihr letzter geworden wäre.

»Meine Fresse, was war denn das?« schnellte Spermwhale in seinem Sitz hoch und griff nach der Taschenlampe, während Baxter den Wagen herumriß und in den dunklen Parkplatz einbog, so daß die kreischende Frau und der tobende Vergewaltiger plötzlich im Lichtkegel der Scheinwerfer auftauchten, wie sie auf dem Boden miteinander rangen.

Spermwhale, der sich plötzlich bewegte wie ein junger, schlanker Mann, war aus dem Wagen gesprungen, bevor er zum Stehen kam, und verfolgte den fliehenden Mann über den Parkplatz. Er schrie ihm nach: »Bleib stehen, du Drecksau, oder ich mach' dich zu Madenfraß!«

Baxter Slate, der seine Taschenlampe schließlich doch noch zum Brennen brachte, indem er sie sich mehrmals heftig beim Laufen gegen die Hüfte schlug, holte Spermwhale ein, der inzwischen reglos dastand und mit beiden Händen auf einen laufenden Schatten in etwa fünfundzwanzig Metern Entfernung zielte. Dann krachten in Baxters Ohren drei Schüsse, und der ›Reuige Vergewaltiger‹ stürzte entsetzt aufschreiend auf den Asphalt. Eines von Spermwhales Geschossen war in seinen Rücken eingedrungen, wo es ihm zwei Rippen brach und, dem Weg des geringsten Widerstands folgend, an der Vorderseite wieder austrat, wobei es kaum mehr als eine leichte Fleischwunde verursachte. Dies veranlaßte Roscoe Rules während des Appells am nächsten Nachmittag zum hundertstenmal zu der lautstarken Forderung, man sollte ihnen endlich erlauben, Dumdum-Geschosse zu verwenden.

Als die zwei Polizisten den Verwundeten erreichten und über ihm standen, schüttelte er sich das verschwitzte Haar aus dem Gesicht und schrie: »Ihr habt mich in den Rücken geschossen, ihr Schweine!«

Spermwhale, vor Anstrengung und Aufregung noch ganz außer Atem, brüllte zurück: »Hier gelten keine Regeln mehr, du mieser Wichser! Hier ist Graf Knigge nichts weiter als eine Tunte von der Eighth Street!«

Und damit war der ›Reuige Vergewaltiger‹ geschnappt. Dafür erhielten Spermwhale Whalen und Baxter Slate eine Sonderempfehlung der Kategorie A, die jedoch absolut nichts wert war, was verbesserte Beförderungschancen, erhöhtes Prestige oder eine finanzielle Vergütung betraf. Sie beide erboten sich, die Empfehlung gegen die vier Tage Lohn einzutauschen, die ihnen abgezogen worden waren, weil sie die Avocados mitgenommen hatten, aber der Commander erklärte ihnen nur, er fände das nicht im geringsten komisch.

Spermwhales größte Leistung war vermutlich die Beziehung, die er mit dem Vergewaltiger während der fünf Stunden herstellte, in denen sie erst im Unfallkrankenhaus, dann im Verhörraum und schließlich im Gefängnis des General Hospital zusammen waren.

Das Ganze fing damit an, daß Spermwhale für sich und seinen hungrigen Partner zwei Riegel Schokolade kaufte und feststellen mußte, daß er wieder einmal auf den falschen Knopf gedrückt hatte, weil er nämlich einen mit Karamelfüllung bekommen hatte. Und diese Dinger aß er grundsätzlich nie, weil sie ihm ständig am Gaumen klebten.

»Da, willst du was Süßes?« fragte er deshalb den jungen Burschen, der in Handschellen auf einem Stuhl in der Notaufnahme saß.

»Danke«, sagte der ›Reuige Vergewaltiger‹, und Spermwhale stellte fest, daß seine Augen feucht schimmerten. Obwohl er sich geweigert hatte, mit den Detektiven zu sprechen, wandte sich Spermwhale noch einmal an ihn: »Schmeckt gut, das Zeug, oder? Stehst du auf Süßigkeiten?«

»Ja, nicht übel«, entgegnete der junge Bursche, während seine großen blauen Augen suchend durch den Raum wanderten.

»Weißt du übrigens, daß ich dir damit einen Gefallen getan habe, daß ich dich angeschossen habe?«

Der junge Bursche wischte sich an der Schulter seiner zerrissenen Jacke das Gesicht ab und fragte: »Wieso?«

»Weil wir dich sonst ins LAPD-Gefängnis gebracht hätten. Und dort werden die Gefangenen um fünf Uhr früh geweckt, und zu essen bekommen sie roten Tod, Knastburger und Eselsschwänze. Aber so kommst du erst ins Krankenhausgefängnis, und wenn du wieder einigermaßen auf dem Damm bist, wirst du ins County Jail eingeliefert. Dort ist das Essen wesentlich besser. Und für die Betten und die Zellen gilt das gleiche. Wie du siehst, habe ich dir also wirklich 'nen Gefallen getan.«

»Danke.«

»Und weißt du, ich kann dir gar keinen so rechten Vorwurf aus dem machen, was du getan hast. Mich überkommt dieses Gefühl ja auch manchmal. So ein häßlicher Kerl wie ich, und dann rund um mich herum diese ganzen Mösen, die einem ständig nur kräftig einheizen mit ihren engen Hosen und ohne BH. Verdammte Scheiße, die wollen's doch gar nicht anders.«

»Glauben Sie wirklich?«

»Klar. Wir haben doch alle unsere kleinen Schwächen. Verdammt noch mal, ich schaffe es doch auch nicht, mit dem Rauchen und Saufen aufzuhören. Wie soll ich da dir einen Vorwurf machen?«

Der ›Reuige Vergewaltiger‹ lächelte den dicken Polizisten an, nahm von ihm zwei weitere Riegel Schokolade mit Karamel- und Mandelfüllung an und gestand darauf über dreißig Vergewaltigungen, darunter zwölf, die der Polizei nie gemeldet worden waren, sich jedoch infolge der durch die Detektive angestellten Ermittlungen bestätigten.

Ungeachtet all dessen sollte Spermwhale wieder einmal wie so viele Male zuvor durch die Prüfung rasseln, der er sich vor dem Beförderungsausschuß unterzog. Über Jahre hinweg hatte er seine Freizheit dafür geopfert, Tonnen von menschlicher und maschineller Fracht für sein Land zu fliegen, anstatt an der Polizeiakademie Abendkurse zu belegen.

Wie Captain Drobeck es einmal während eines privaten Belegschaftstreffens ausdrückte; wer zum Teufel wollte schon Kontroll- und leitende Beamte, die nur etwas taugten, wenn es galt, Flugzeuge zu fliegen oder gefährliche Ganoven zu fassen wie den ›Reuigen Vergewaltiger‹? Abgesehen davon hatte Spermwhale Whalen keine Umfangsformen und abnorme Füße; er brauchte Schuhe mit der enormen Weite von E plus, während er gleichzeitig nur Schuhgröße 7½ hatte. Das sah aus, als ginge er auf Riesenwaffeln.

9

Tommy Rivers

»Ich bitte um Applaus für Roscoe Rules!« verkündete Sergeant Nick Yanov an dem Abend, an dem Baxter Slate den ganz gewöhnlichen Typen erschoß, während des Appells. »Roscoe hatte gerade seine jährliche ärztliche Untersuchung, und das Ergebnis besagt, daß in diesem Jahr sein *Phthirius pubis*-Befall sehr niedrig war. Ich habe das in einem medizinischen Handbuch nachgeschlagen und festgestellt, daß das Filzläuse sind.«

Nachdem der Applaus für den finster dreinblickenden Roscoe Rules verebbt war, gab sich Lieutenant Finque alle Mühe, die allgemeine Stimmung zu heben, indem er die Fotos zeigte, die er sich von den Beamten der Mordabteilung geliehen hatte. Auf ihnen war die entsetzlich entstellte Leiche von Nathan Zelinski zu sehen, einem zweiundsiebzigjährigen Türsteher, der vor drei Jahren bei einem Einbruch in eine Junior High-School von zwei sechzehnjährigen Burschen zu Tode getrampelt worden war.

»Die haben ihm das Nasenbein regelrecht in die Kehle hinuntergeprügelt«, erklärte Lieutenant Finque. »Der alte Mann ist buchstäblich an seinem eigenen Blut erstickt. Sein Todeskampf hat fast fünfundvierzig Minuten gedauert. Die beiden haben in ihrem Geständnis zugegeben, daß sie noch ein paarmal vorbeigekommen sind, um nach ihm zu sehen.«

»So etwas übt eben seinen besonderen Reiz auf sie aus«, flüsterte Baxter Slate zu niemandem speziell.

»Auf wen?« wollte Spermwhale wissen.

»Na, auf so junge Burschen eben.«

»Der Grund, weshalb ich euch diese Aufnahmen zeige, ist folgender«, fuhr Lieutenant Finque fort. »Der zweite Junge ist eben aus dem Jugendgefängnis entlassen worden und treibt sich wieder in unserem Revier herum. Der erste ist schon vor vier Monaten rausgekommen.«

Und während die Männer der Nachtschicht die Fotos durch die

Reihen reichten und auf die Gerichte und die Rechtsprechung im allgemeinen fluchten, fragte Sergeant Nick Yanov leise: »Muß denn das sein, Lieutenant?«

»Natürlich«, antwortete der Lieutenant. »Sie sollen doch schließlich wissen, mit welchen Idioten wir es hier zu tun haben.«

»Glauben Sie denn nicht, daß sie das schon zur Genüge wissen? Wieso erinnern Sie sie denn immer wieder von neuem daran, was für eine Scheiße das ist? Warum?«

»Darüber können wir uns ja später noch ausführlicher unterhalten«, brach Lieutenant Finque die Diskussion ab.

Allerdings sollte es zu diesem Gespräch nie kommen. Statt dessen schrieb Lieutenant Finque in Sergeant Yanovs nächste Beurteilung: »Sergeant Yanov muß noch einiges lernen, bevor er hoffen kann, als Kontrollbeamter seinen Mann zu stehen. Es fehlt ihm eindeutig noch an der nötigen Reife.«

Und um Sergeant Yanov zusätzlich zu zeigen, wer hier der Boß war, wandte sich Lieutenant Finque wieder an die Männer: »Ach, habt ihr übrigens schon diese Geschichte von den anderen jungen Burschen gehört, die das Jugendamt den Sommer über ins General Hospital geschickt hat. Sie hatten alle schon *reichlich* Drogenerfahrungen, und deshalb haben sie sie in die *Medikamentenausgabe* gesteckt und sie Flaschen auswaschen lassen. Den Rest könnt ihr euch ja denken. Und dann noch ein paar Dinge, über die wir während des Treffens der Kontrollbeamten gesprochen haben«, fuhr der Lieutenant fort, der langsam in Fahrt kam. »Es gibt da verschiedene Geschäftsleute in der Umgebung, die uns häufig Diebstähle und Einbrüche melden; und sie wollen nicht, daß uniformierte Polizisten durch den Haupteingang kommen. Das brächte das Geschäft in einen schlechten Ruf.«

Der Lieutenant lächelte selbstgefällig, als er die lautstarke Empörung hörte, welche diese Meldung hervorrief. »Natürlich hat ihnen der Captain gehörig die Leviten gelesen. Ihr wärt stolz auf ihn gewesen.«

»Ich hab' doch schon immer gewußt, daß er hinter uns ist«, bemerkte Spermwhale Whalen. »Ich habe das schon oft gespürt.«

Ohne recht zu wissen, wie er Spermwhales Bemerkung auffassen sollte, fuhr der Lieutenant mit den guten Nachrichten fort: »Außerdem ist jetzt endgültig ein Ende mit diesen ständigen Beschwerden, von wegen ihr müßtet vor Gericht immer solange warten, bis euer Fall aufgerufen würde. Ich habe darüber mit dem Captain gesprochen, und der hat sich mit dem Commander in Verbindung gesetzt, und der wiederum hat mit dem Deputy Chief gesprochen...«

»Und der hat mit Dear Abby gesprochen, der dieses Scheißdepartment leitet«, sprach Spermwhale Whalen für ihn weiter.

»Und der hat sich mit den zuständigen Stellen bei Gericht unterhalten«, Lieutenant Finque ließ sich durch das Lachen nicht beirren. »Vor Gericht haben einfach Fälle mit privatem Rechtsbeistand vor solchen mit Pflichtverteidigern Vorrang.«

»Klar«, brummte Spermwhale. »Die meisten Leute, die wir einlochen, haben Pflichtverteidiger, die es nicht eilig haben, den Gerichtssaal schnell zu verlassen, damit sie noch einem anderen Klienten ein paar Dollar abknöpfen können, und deshalb können wir Polizisten und unsere Zeugen und Opfer sich erst mal die Beine in den Bauch stehen, während sich diese schwarzberobten Arschlöcher vor allem um ihre Verbindungsbrüder sorgen. Wenn die kein Monopol haben, wer denn dann? Wer denkt denn eigentlich auch mal an uns Polizisten?«

»Und wer denkt an die Opfer?« schaltete sich Baxter Slate ein.

»Von denen ganz zu schweigen«, stimmte ihm Spermwhale zu.

»Na ja, es ist auch durchaus richtig, während des Appells mal ordentlich Dampf abzulassen«, versuchte Lieutenant Finque achtundzwanzig wütende Blauröcke zu beschwichtigen, die eben noch wie eitel Freude und Sonnenschein vor ihm gesessen hatten. »Ich bin nun leider mit dem Captain verabredet«, wollte er sich daraufhin verabschieden. »Sergeant Yanov wird währenddessen noch eine Schußwaffeninspektion durchführen. Während der letzten Inspektionen sind verschiedentlich nicht ordnungsgemäß gepflegte Waffen aufgetaucht, und der Captain möchte das ein für allemal abgestellt haben. Sie mögen davon zwar nicht viel halten, aber Sie arbeiten für ein verdammt gutes Revier. Und auch die Bürger, für die Sie arbeiten, geben sich alle Mühe. Sie zeigen deutliches Interesse an den Basiswagenplantreffen, und sie haben bereits viele Trillerpfeifen gekauft.«

»Entschuldigung, Lieutenant«, meldete sich in diesem Augenblick Spermwhale zu Wort. »Stimmt es eigentlich, daß diese Trillerpfeifen im Einkauf sieben Cent kosten?«

»Über die Details weiß ich leider nicht Bescheid«, erwiderte Lieutenant Finque.

»Damit wären an einer Trillerpfeife dreiundvierzig Cent verdient«, rechnete Spermwhale den anderen vor.

»Wie bereits gesagt, über die genaueren Einzelheiten weiß ich nicht Bescheid.«

»Meine Güte, mit dieser Geschichte müssen wir doch ein paar tausend Dollar verdient haben«, beharrte Spermwhale.

»Das weiß ich nicht so genau, aber zumindest ist das Geld doch für eine gute Sache.«

»Stimmt es eigentlich, daß verschiedene Trillerpfeifenhersteller schon im ganzen Land unterwegs sind und versuchen, anderen Polizeidirektionen diese Idee aufzuschwatzen?«

»Darüber bin ich nicht informiert.«

»Das ist doch echt 'n Ding. Das muß man diesen Eunuchen von der Direktion wirklich lassen. Manchmal haben die wirklich eine geniale Idee. Wieso bin nur ich nicht darauf gekommen? Damit hätte ich in einem Jahr genug verdient, um alle meine Ex-Frauen auf einen Schlag auszuzahlen.«

»Jetzt aber genug von Trillerpfeifen«, lächelte Lieutenant Finque nervös, da er der Eunuch war, der diese Idee gehabt, beziehungsweise von einer alten Dame geklaut hatte, die glaubte, dem Verbrechen könnte wirksam begegnet werden, wenn nur genügend alte Damen mit Trillerpfeifen durch die Gegend liefen und den Verbrechern damit den Marsch bliesen.

»Vielleicht könnte ich mich noch an dem Geschäft beteiligen, Lieutenant«, ließ Spermwhale nicht locker. »Ich habe da noch so 'ne Idee. Warum verscherbeln wir diese Trillerpfeifen nicht an alle geschlechtsreifen Frauen der Stadt. Wir entwerfen eine Pfeife, die aussieht wie 'n Schwanz, und wo man sie hält, ist sie geformt wie ein Paar Eier mit zwei Dienstabzeichen dran. Und unser Werbeslogan könnte vielleicht lauten: ›Blasen Sie nach Ihrem Kontaktbereichsbeamten.‹«

»Ja, das wäre vielleicht gar keine so schlechte Idee, Lieutenant!« platzte Francis Tanaguchi heraus.

»Wirklich nicht übel, Spermwhale!« fiel Spencer van Moot ein.

»Ich kenne jemanden, der diese Trillerpfeifen entwerfen könnte!« meldete sich Harold Bloomguard zu Wort.

Lieutenant Finque war zum Heulen zumute. Es war immer das gleiche. Er sprach über irgendeine wichtige Angelegenheit, und am Ende machten sich seine Männer lustig über ihn. Kontrollbeamter oder nicht, er hätte viel darum gegeben, Spermwhale Whalen einmal ordentlich seine große, zernarbte Nase zu verdengeln. Und er hätte das auch getan, wenn er nicht enormen Respekt vor dem dicken Polizisten gehabt und gewußt hätte, daß dieser ihm den Hals umgedreht hätte.

»Sie sollten sich jetzt besser beeilen, wenn Sie noch rechtzeitig zu Ihrer Verabredung wollen«, erinnerte Sergeant Yanov seinen Vorgesetzten und ersparte ihm damit ein weiteres traumatisches Erlebnis.

Aber bevor Lieutenant Finque endgültig den Raum verließ, sagte er noch: »Eines will ich euch noch sagen. Diese Trillerpfeifen haben auf jeden Fall dazu beigetragen, ein besseres Verhältnis zu den Bürgern zu entwickeln. Wenn ihr also irgendwo in einen Kampf mit einem Verdächtigen verwickelt werden solltet, braucht ihr euch keine Sorgen mehr zu machen. Die Leute werden nicht einfach tatenlos zusehen, wie euch der Schädel eingeschlagen wird!«

»Natürlich nicht; sie werden ihn uns vorher selbst abschneiden und zu einem Schrumpfkopf verarbeiten«, bemerkte Roscoe Rules trocken, während der Lieutenant zitternd die Fliege machte.

Sergeant Yanov gab sich Mühe, die Schußwaffeninspektion erträglich zu gestalten, indem er sich den Lauf von Harold Bloomguards Pistole ansah und bemerkte: »Meine Fresse, Harold, wann haben Sie denn dieses Ding zum letztenmal geputzt? Da drinnen sitzt ja schon so lange eine Spinne, daß sie drei Streifen am Ärmel hat.«

Baxter Slate war einer der drei Chorknaben, die einen Collegeabschluß hatten; die anderen beiden waren Sam Niles und Harold Bloomguard. Zwei weitere hatten zumindest verschiedene Seminare besucht, und bis auf Spermwhale Whalen hatte jeder mehr oder weniger Collegeluft geschnuppert. Baxter Slate hatte nicht nur sein Bakkalaureat in klassischer Philologie, sondern bereitete sich auch bereits auf ein Universitätsstudium vor, als er in einem plötzlichen Ausbruch des Widerwillens alles hinschmiß und zur Polizei ging. Er war ein ungewöhnlich gutaussehender, siebenundzwanzigjähriger Mann, der jetzt seit fünf Jahren bei der Polizei war. Er lebte allein in einem kleinen Apartment. Er hatte weder Heiratspläne, noch legte er, was seine Beförderung anbelangte, irgendwelchen Ehrgeiz an den Tag. Er erklärte, er arbeite gern als uniformierter Streifenpolizist; auf diese Weise lebte er intensiver, und manchmal habe er das Gefühl, als wäre in einer einzigen Nacht eine ganze Woche oder sogar ein ganzer Monat vergangen.

Während zum Beispiel Calvin Potts jedes neue Buch in der Polizeibibliothek las, von dem er dachte, es könnte ihm für die Prüfung zur Beförderung zum Sergeant von Nutzen sein, nahm Baxter Slate kein einziges Buch aus der Polizeibibliothek in die Hand, da sie alle ohne Ausnahme rechtliche und polizeiliche Fragen zum Inhalt hatten. Obwohl Baxter Slate die Arbeit eines Polizisten gern tat, haßte er es, darüber zu lesen. Und obwohl Baxter Slate der Auffassung war, daß seine umfangreiche humanistische Erziehung die größte Geldverschwendung gewesen war, die sich seine Mutter je hatte zuschulden kommen lassen, und daß seine Abschlußurkunde nie auch nur das geringste mehr wert sein würde als das überraschend billige Papier, auf die sie gedruckt war, konnte er dennoch nicht von seinen alten Gewohnheiten lassen. Einfach nur so zum Spaß schlug er sich dann wieder einmal mit Vergil oder Plinius dem Älteren herum, um zu sehen, ob sich ihre Ratschläge auch auf den sinnlichen, autarken, alkoholbestimmten Mikrokosmos der Singstunden anwenden ließen, der für Baxter Slate mehr Sinn hatte als die Welt um sie herum.

Die meisten Chorknaben hatten irgendwann einmal mit Baxter als Partner gearbeitet. Bei der Wilshire-Division war er seit drei Jahren. Zuvor war er neun Monate bei der Jugendabteilung gewesen, bis er jedoch feststellen mußte, daß er ein lausiger Jugendbeamter war. Baxter hielt sich im übrigen auch für einen lausigen Streifenpolizisten. Niemand sonst bezeichnete Baxter als einen lausigen Irgendetwas; außer Roscoe Rules, der Baxter nicht ausstehen konnte, da er Gedanken äußerte, die Roscoe durcheinanderbrachten. Während der Singstunden warf Roscoe in seinem Suff Baxter oft vor, er redete immer nur so geschwollen daher, um bei Ora Lee Tingle Eindruck zu schinden, die jedoch von Gin und Wodka bereits so hinüber war, daß es für sie auch keinen Unterschied mehr gemacht hätte, wenn Baxter Latein gesprochen hätte. Im übrigen war Baxter tatsächlich in der Lage, auf lateinisch Zoten zu erzählen, die außer Roscoe alle Chorknaben erheiterten.

»Du und dein geschwollenes Gequatsche«, dröhnte Roscoe Rules eines Nachts, als er sich gerade seine Füße im Ententeich kühlte und achtsam über seine Zehen wachte, damit sie nicht von einer Ente attackiert wurden.

»Ach Quatsch, Baxter redet auch nicht unverständlicher als jeder andere von uns«, mischte sich Spermwhale Whalen ein. Dabei sah er aus, als hätte er Roscoe Rules, der Spermwhale sogar noch mehr haßte und fürchtete als kleine Enten, am liebsten pulverisiert.

»Na, da bin ich aber etwas anderer Meinung«, widersprach Roscoe, gab sich aber Mühe, Spermwhale anzulächeln, während er dies sagte.

Baxter lag in etwa zehn Meter Entfernung im Dunkeln auf seiner Decke und schüttelte verwundert über die Tatsache den Kopf, daß es selbst hier, in der idyllisch friedlichen und total losgelösten und künstlich geschaffenen Welt der Singstunde, nicht möglich war, ohne Feindseligkeit und Gewalttätigkeit miteinander zu leben.

»Ich finde es einfach eingebildet und tuntig, so zu sprechen«, quengelte Roscoe Rules weiter, während die anderen Chorknaben tranken oder Ora Lee Tingle den Hof machten oder mit konfiszierten und illegalen Fünfundzwanzig-Zentimeter-Stiletts im Gras Stich-dich-nicht-ins-Fingerchen spielten oder, wie Spermwhale Whalen, kleine Steinchen ins Wasser warfen, um die Kreise zu beobachten und mit Carolina Moon zu schmusen.

Schließlich richtete Baxter seinen schlanken Körper auf, strich sich sein dichtes dunkelbraunes Haar zurück, das länger war als das aller anderen mit Ausnahme Spencer van Moots – dem der Schichtcommander im übrigen ständig wegen seiner Frisur in den Ohren lag – und sagte: »Wirklich, Roscoe, es liegt mir absolut fern, geschwollen daherreden zu wollen.«

»Da! Habt ihr's gehört? Schon wieder!« fuhr Roscoe Rules auf und hieb auf den Arm seines Partners Dean Pratt ein, der auf seiner Decke vor sich hin döste. »Siehst du, eben hast du schon wieder gesagt: ›Es liegt mir fern.‹ Scheiße, so was sagt doch kein normaler Mensch. Höchstens Tunten faseln solchen Quatsch, aber kein normaler Mensch.«

»Ich wollte doch die Kameraden nur fragen...«

»Da! Schon wieder!« kreischte Roscoe Rules in seinem Suff und stieß Dean in die Seite, um ihn zu wecken. Aber sein Partner wimmerte nur leise im Schlaf vor sich hin. »›Kameraden‹? Hast du je einen anderen Polizisten ›Kameraden‹ sagen hören? Polizisten sagen ›Jungs‹ oder ›Typen‹ oder ›Kerle‹ oder ›Leute‹, aber kein Polizist in der Geschichte der Polizei von Los Angeles hat je ›Kameraden‹ gesagt. Niemand außer dir, Baxter Slate.«

»Ich habe Baxter bisher noch nie was Tuntiges sagen hören«,

meldete sich plötzlich Calvin Potts zu Wort. Der große schwarze Polizist stand dabei direkt hinter Roscoe, der gerade dachte, daß es außer einem Nigger nichts Schlimmeres gab als eine Tunte, und wie er gerade Lust gehabt hätte, Calvin Potts in die Kniekehlen zu treten, seine Nieren zu punktieren und die Milz zu zermatschen wie einen verfaulten Pfirsich.

»Um Himmels willen, Baxter, jetzt erklär Roscoe schon, was du eigentlich sagen willst. Ich möchte endlich meine Ruhe haben«, ertönte es zwischen den ausladenden Brüsten von Ora Lee Tingle hervor, wo Francis Tanaguchi sie gerade dazu zu überreden versuchte, für ein paar Chorknaben die Beine breit zu machen. Sie trug jetzt nichts mehr als Spermwhales T-Shirt und ihre eigene, knallenge, schwarze Hose, während sie Francis Tanaguchi im Arm hielt und ihm ins Ohr flüsterte, wie schrecklich süß doch Japsen wären.

»Jetzt hör mal, Roscoe«, sagte Baxter geduldig. »Ich habe doch nur gesagt, daß Polizisten mit den schlechtesten Menschen zu tun haben, und das wiederum nur in den miesesten Situationen. Ich wollte einfach nur die Gründe für unseren Zynismus erklären. Das ist alles, was ich gesagt habe, und ich wünsche inzwischen, ich hätte meine große Klappe gehalten.«

»Ganz meiner Meinung«, grunzte Roscoe Rules. »Dieses geschwollene Geschwafel. Ein Polizist braucht doch höchstens hundert Wörter in seinem Wortschatz.«

»Die einzigen feinen Wörter, die ich verwende, habe ich auf der Polizeiakademie gelernt, Roscoe«, fuhr Baxter fort. »Worte wie Notdurft und Blutung.« Baxter nahm einen Schluck gekühlten Wodka. »Und du weißt sehr wohl, Roscoe, daß selbst du euphemistische Ausdrücke gebrauchst. Du nennst zum Beispiel deinen Birnenmatscher einen Schlagstock, weil es die Herren von der Direktion so wünschen. Ich weigere mich, so dazu zu sagen. Ein Schlagstock ist doch ein Spielzeug für kleine Mädchen. Ohne die geringsten phallischen Anspielungen. Wenn ich schon was mit mir herumtrage, womit ich anderen die Köpfe einschlage, dann soll es wenigstens Freudsche Assoziationen bergen. Das habe ich auf der Graduate School gelernt. Alles muß Freudsche Konnotationen haben.«

»Du willst mich wohl verarschen, Slate?« drohte Roscoe und versuchte, leicht wankend, aufzustehen.

»Weißt du, Roscoe, ein Student würde dich liebend gern mit so einem tuntigen Wort wie ›effeminiert‹ bezeichnen. Das ist eines der

Lieblingsschimpfworte unter Studenten. Und von deinem Schlagstock würden sie sagen, daß in Wirklichkeit das Symbol deiner sexuellen Identität das hölzerne Anhängsel ist, das du in deinem Schließfach auf der Wache aufbewahrst. Mit anderen Worten, dein Schwanz ist im Schließfach.«

»Ich kann dich wirklich nicht ab, Slate, und ich konnte dich auch noch nie ab«, zischte Roscoe Rules, der Baxter Slate tatsächlich genauso wenig ausstehen konnte wie Harold Bloomguard, Francis Tanaguchi, Calvin Potts und Spermwhale, wenn auch nicht unbedingt in dieser Reihenfolge. Er tolerierte lediglich seinen Partner Dean Pratt, der ihm allerdings auch schon auf die Nerven zu gehen begann, und Pater Willie Wright, der Angst vor ihm zu haben schien.

»Reden wir doch lieber von volkswirtschaftlichen Fakten als von Philosophie, Roscoe«, forderte Baxter Slate den fiesesten aller Chorknaben heraus. »Ich finde, die inflationäre Phase folgt auf die Prognose der defizitären Mäander von Herzkranz-Harry, daß Roscoes sich in Gefangenschaft nicht fortpflanzen und daß Cahndu, der Magier, ein Cousin des Kondors von Santa Barbara ist.«

»Aus diesem Gefasel werde ich um keinen Fatz schlauer als aus dem Gesabber von vorhin«, bestand Roscoe den Test.

»Was meinst du, Baxter? Was meinst du?« meldete sich Wasmeinstdu-Dean zu Wort, der durch das Gras auf den Schauplatz des Wortgefechts zwischen Baxter Slate und Roscoe Rules zugekrochen war.

»Was ich meine, Dean, mein Freund?« wandte sich Baxter Slate ihm zu. »Ich meine, daß ich ein lausiger Jugendbeamter war, das meine ich. Ich meine, daß ein geschlagenes Kind über die wundervolle Fähigkeit verfügt, sich seiner Folter anzupassen und seine brutalen Eltern trotzdem ohne Einschränkungen zu lieben. Ich meine damit, daß die Mutter eines sexuell mißbrauchen Kindes dessen Vater nicht wirklich verläßt oder das Kind vor diesem schützt, solange dieser einen guten Job hat oder die Mutter sonst irgendwie davor bewahrt, ein Leben unter finanziellen Bedingungen zu führen, die entsetzlicher sind als die Kindsmißhandlungen. Ich meine damit, daß die Unfähigkeit der menschlichen Rasse überwältigend ist und daß es nicht die Fähigkeit zum Bösen ist, die junge Polizisten wie dich und mich immer wieder von neuem verblüfft, Dean. Es ist viel eher die letztlich unbegreifliche Wertlosigkeit menschlicher Wesen. Die Menschheit verfügt nicht über die nötige

Würde zum Bösen, und *das* ist die entsetzlichste Erfahrung, die ein Polizist macht.«

»Was willst du damit sagen, Baxter? Was willst du damit sagen?« flehte Wasmeinstdu-Dean betrunken.

»Ich will damit sagen, daß zwölf rechtschaffene Bürger in Wirklichkeit ein dummer Haufen ahnungsloser Neulinge sind, konditioniert durch den Heroismus von Fernsehgeschworenen, die unausweichlich den Angeklagten freisprechen, der seinerseits unausweichlich unschuldig ist. Ich will damit sagen, daß sie nie wirklich glauben können, daß ein natürlicher Vater seinem natürlichen Kind so etwas Unnatürliches antun könnte.«

»Ich kapier' das nicht! Ich kapier's einfach nicht!« winselte Wasmeinstdu-Dean.

»Ich will damit nur sagen, daß Ärzte und sonstige Männer in leitenden Positionen die arrogantesten und inkompetentesten Zeugen in jedem strafrechtlichen Verfahren sind und einem mit Sicherheit jeden Fall versauen.

Ich will damit sagen, daß sich schwache und ihrer Aufgabe nicht gewachsene Eltern immer weigern werden, ihre vernachlässigten Kinder der Obhut der Behörden anzuvertrauen, weil sie die Fehler wiedergutmachen wollen, die sie an ihren anderen Kindern begangen haben, womit sich dieser Teufelskreis natürlich unweigerlich fortsetzt.

Ich will damit sagen, daß wir vielleicht letztlich doch nach wirtschaftlichen und nicht moralischen Gesichtspunkten vorgehen, und daß der Richter vielleicht gar nicht so unrecht hat, wenn man ihn anfleht, einen Kerl einzulochen, um seine Familie vor ihm zu schonen, und er darauf mit einer Gegenfrage antwortet: ›Na gut, und wen soll ich dann an seiner Stelle auf freien Fuß setzen lassen?‹ «

»Was meint er? Was meint er?« brüllte Wasmeinstdu-Dean die betrunkenen Chorknaben an. Dean war inzwischen voll genug, um in einen Heulkrampf auszubrechen, und die Tränen flossen ihm bereits die Wangen herunter, als er vor krampfhaftem Schluchzen fast umgefallen wäre.

»Und ich will damit sagen, daß vielleicht irgendwann einmal das Faß einfach überläuft, wenn Polizisten auch noch in ihren Reihen mit sturen nicht anpassungsfähigen Männern zu tun haben. Und schuld an der Tatsache, daß Roscoe Rules stur, nicht anpassungsfähig und unsensibel ist, ist zum Teil vielleicht die Tatsache, daß die üblichen Verwaltungsleute bei der Polizei – Männer wie Captain Drobeck, Commander Moss und Chief Lynch – stur sind, nicht anpassungsfähig, unsensibel und ...«

»Ich habe diese tuntige Bemerkung sehr wohl gehört, Baxter, du Sack!« grunzte Roscoe Rules, der immer noch nicht imstande war, auf seinen Beinen zu stehen.

»Ich will damit sagen, daß Polizisten sowohl den bösen Geistern der Gesellschaft hinterherjagen wie ihren eigenen, was mit der Zeit mehr oder weniger unerträglich wird, da so ein böser Geist letztlich nur das Spiegelbild einer Kreatur ohne das geringste Maß an Wert und Würde ist. Und daß die physischen Gefahren der Polizeiarbeit kraß überschätzt werden, während in Wirklichkeit die psychischen Gefährdungen sie zum problematischsten Job machen, den es überhaupt gibt.«

»Baxter, bitte laß das! Baxter, ich flehe dich an!« stöhnte Wasmeinstdu-Dean, dem langsam übel wurde.

»Ich will damit sagen, daß ich mich nur an zwei Dinge erinnern kann, die ich als kleiner Junge in meiner Dominikanerschule gelernt habe, in die mich meine wunderbare, weitgereiste Mutter gesteckt hat: Wenn man bei der Kommunion die Hostie mit den Zähnen berührt, ist das nicht so gut, und man sollte das möglichst vermeiden. Und die einzige unverzeihliche Sünde ist, sich selbst umzubringen, weil es in diesem Fall absolut keine Möglichkeit der Absolution und Erlösung gibt, und ...«

»Was faselst du da für Blödsinn, Baxter?« fiel ihm Spermwhale Whalen ins Wort. Er hatte lange genug geschlafen, um wieder einigermaßen in der Lage zu sein, vor Morgengrauen nach Hause zu fahren, und stand plötzlich hinter Baxter.

»Spermwhale! Ich dachte schon, du würdest gar nicht mehr aufwachen!« Baxter Slate bedachte seinen Partner mit einem breiten Grinsen und bot ihm einen Schluck Wodka an.

»Mensch, Baxter, du klingst wie ein pseudointellektueller Pferdearsch. So was haut ja den stärksten Mann um. Los jetzt, ich fahr' dich nach Hause.« Spermwhale verspürte einen stechenden Schmerz über der Stirn, als er seinen jungen Partner hochzerrte und ihm behilflich war, einigermaßen auf seinen eigenen Beinen zu stehen.

An sich war Baxter Slate nur selten solch ein pseudointellektueller Pferdearsch, aber er hatte eine lange Phase der Mutlosigkeit durchlaufen, die zum Teil darauf zurückzuführen war, daß er sich für einen unfähigen Jugendbeamten hielt.

Der Mord an Tommy Rivers war schließlich der endgültige Schicksalsschlag für seine Karriere bei der Jugendstreife gewesen, da er den Tod von Tommy Rivers vorausgesehen hatte und völlig machtlos gewesen war, ihn zu verhindern; beziehungsweise hatte er sich einzureden versucht, er wäre dagegen machtlos.

Es war auf den Tag genau drei Monate nach Tommy Rivers' Tod und etwa zwei Monate vor dem Singstundenmord, daß Baxter Slate der erste der zehn Chorknaben wurde, der im Dienst einen Menschen tötete.

Im Gegensatz zu den gewohnten Darstellungen in Filmen und Romanen bedienen sich Polizisten nur in den seltensten Fällen ihrer Schußwaffen, und selbst Spermwhale Whalen und Spencer van Moot mit ihren neunzehn, beziehungsweise sechzehneinhalb Jahren bei der Polizei hatten im Dienst noch niemanden getötet. Die Fleischwunde, die Spermwhale dem ›Reuigen Vergewaltiger‹ zugefügt hatte, war der einzige Fall gewesen, in dem Spermwhale außerhalb des monatlichen Schießtrainings seinen Revolver abgefeuert hatte, und das, obwohl er an der Niederschlagung des Watts-Aufstandes beteiligt gewesen war. Deshalb wurde es natürlich zum Gesprächsthema Nummer eins während der Singstunde, als Baxter Slate einen Mann tötete.

An dem betreffenden Abend war einiges los. Zehn Minuten, nachdem sie nach dem Appell um 15 Uhr 45 ihren Dienst antraten, sandten Roscoe Rules und Dean Pratt in der Chesapeake Avenue in der Nähe der Dorsey High-School einen ›Beamte-fordern-Unterstützung-an‹-Ruf aus.

Auf solch einen Funkspruch hin wendet in der Regel jede Funkstreife reifenquietschend an dem Punkt, an dem sie sich gerade befindet, und so kämpften sich auch jetzt sämtliche Wagen durch den dichten Abendverkehr auf den angegebenen Punkt zu, da die Kollegen vermuteten, Roscoe Rules hätte möglicherweise in der Schule wieder einmal einen mittleren Aufstand verursacht.

Wie sich herausstellte, war der Urheber des Funkspruchs tatsächlich Roscoe Rules gewesen. Er und Dean waren am Schulgelände vorbeigefahren, damit Roscoe sich in seiner maßgeschneiderten blauen Uniform und dem blitzenden Dienstabzeichen an seiner Brust vor den High-School-Girls etwas in Positur werfen konnte, als sie einen jungen Schwarzen entdeckten, der sich an den Schalensitzen eines Porsche zu schaffen machte, der auf dem Parkplatz für die Lehrer stand.

Beim Aussteigen ließ Wasmeinstdu-Dean versehentlich seinen Knüppel fallen, und auf das Geräusch hin sah sich der Dieb um, so daß sein Blick auf die ›Mickymaus-Ohren‹ auf dem Dach des Polizeiautos fiel, wie die Studenten die Blaulichter nennen. Der junge Dieb legte einen Spurt hin, mit dem er mit Sicherheit hundert Meter in 9,9 zurückgelegt hätte und folglich Dean weiter hinter sich ließ, während Roscoe über Funk Verstärkung anforderte.

Auf seiner Flucht rannte der Dieb direkt in die Arme einer hübschen, fünfundzwanzigjährigen weißen Lehrerin für Geschichte namens Pamela Brockington, die den erschöpften Polizisten keuchend hinter dem Jungen herhetzen sah. Sie schob den Burschen ins Innere des Schulgebäudes und machte sich dann vor der Tür breit, als der schlaksige Rotschopf auf sie zuhechelte.

»Ist der Kerl da rein?« stieß Dean außer Atem hervor.

»Ich kenne diesen Jungen, Officer«, hielt ihm Pamela Brockington entgegen. »Was auch immer er angestellt haben mag, ich glaube, wir können die Angelegenheti klären, ohne daß Sie auf dem Schulgelände herumrennen und für eine Menge Aufregung sorgen.«

»Weg... gehen Sie schon aus dem Weg«, keuchte Dean.

»Jetzt hören Sie mal; Sie befinden sich hier auf dem Grund und Boden der Erziehungsbehörde.« Die Lehrerin spreizte aufmüpfig ihre Beine, was ihr angesichts ihres engen Rocks jedoch nicht allzu leicht fiel.

»Wenn Sie ihn kennen, dann ist das Ganze ja weiter kein Problem.« Dean kam allmählich wieder zu Atem. »Dann brauchen Sie uns ja nur seinen Namen zu sagen; dann können wir ihn zu Hause abholen.«

»Was hat er denn eigentlich angestellt?« Zum erstenmal wirkte die junge Lehrerin etwas verunsichert.

»Er hat versucht, aus einem weißen Porsche auf dem Parkplatz die Schalensitze zu klauen. Wie heißt der Junge denn?«

»Oh«, entgegnete die Lehrerin kleinlaut.

»Ist das Ihr Wagen?«

»Nein, der von Mister Krump.«

»Und wie heißt der Junge nun?«

»Wissen Sie, ich weiß eigentlich seinen Namen gar nicht, aber er treibt sich immer hier rum.« Pamela Brockington trat zur Seite, um Dean den Weg freizugeben. Aber es war bereits zu spät, und der jugendliche Dieb hatte längst durch eine andere Tür das Weite gesucht.

»Aber er geht doch hier zur Schule, oder nicht? Sie würden doch sein Foto auf dem Schülerbogen erkennen.« Dean nahm seine Mütze ab und wischte sich den Schweiß von seiner sommersprossigen Stirn.

»Wissen Sie, ich glaube, er geht eigentlich hier gar nicht zur Schule, aber...« und die junge Frau schien unter Deans wütendem Blick merklich in sich zusammenzuschrumpfen. »Er ist... er treibt sich nur nach der Schule immer hier rum, und ich bin mir sicher, daß Sie ihn morgen oder in den nächsten Tagen wieder hier finden können.«

Als Dean ohne den Wagendieb zu ihrem Streifenwagen zurückkehrte und Roscoe Rules von seiner Begegnung mit Pamela Brokkington erzählte, lächelte dieser ironisch und sagte mit betont leiser und sanfter Stimme: »Ist das nicht wieder mal typisch, Partner, hm? Ich meine, das ist doch wieder mal absolut typisch für so eine wohlmeinende, links gerichtete Sozialkundelehrerin, hm?«

»Ich weiß nicht, ob sie wirklich Sozialkunde unterrichtet«, warf Dean ein, als Roscoes Stimme um eine Oktave anstieg.

»Aber natürlich ist das absolut typisch, und unser kleiner Scheißganove ist inzwischen fast in Watts oder sonstwo.«

»Hast du schon eine Personenbeschreibung durchgegeben?« fragte Dean, als er bemerkte, wie sich das vertraute verrückte Blinzeln in Roscoes blauen Augen ausbreitete, während sich seine haarlosen Brauen verkniffen und wieder entspannten und Dean verdammt nervös machten, da er nicht wußte, ob Roscoes Zorn sich nicht plötzlich gegen ihn richten würde, was dann auch tatsächlich der Fall war.

»Und jetzt zu *dir*... Partner.« Roscoes Stimme wurde noch lauter, während er den Wagen wendete und sich daran machte, das halbe Profil auf dem Asphalt des Schulparkplatzes zurückzulassen. »*Du*, mein Partner, hast dich von dieser rot angehauchten, Scheiße lutschenden Fotze von der Verfolgung dieses Wichsers abhalten lassen? Wirklich kaum zu glauben!«

»Na ja... Partner«, schluckte Dean. »Wir werden ihn eben ein andermal schnappen. Vielleicht.«

»Jetzt klingst du schon genauso, wie diese Niggerfreundin wohl geklungen hat, Partner. Wenn ich an deiner Stelle gewesen wäre, hätte ich mir diese Sozialfotze gegrapscht, und ich hätte sie GE-

WÜRGT, DASS SIE NUR NOCH WIE EIN HÄHNCHEN MIT IHREN ARMEN GEFLATTERT HÄTTE! HAST DU MICH VERSTANDEN?«

Das ganze war nur zu typisch für Roscoe Rules und wurde erst später noch einmal für Baxter interessant, da der jugendliche Dieb den Exposition Boulevard überquerte und die Palmgrove Avenue hinaufrannte, wo er den fast tödlichen Irrtum beging, in den umzäunten Garten von Yolanda Gutierrez, zweiundsechzig, und ihrer Nichte, Rosario Apodaca, einundfünfzig, einzudringen, welche im Gegensatz zu Pamela Brockington zwar kein Englisch verstanden, aber dafür sofort begriffen, was sie davon zu halten hatten, als dieser junge Bursche über ihren Gartenzaun sprang und sich hinter einen Hibiskusbusch duckte, als gerade ein Streifenwagen vorbeigefahren kam, dessen beide Insassen deutlich sichtbar ihre Hälse reckten, um die Gegend abzusuchen.

In aller Ruhe öffnete Yolanda Gutierrez eine Kiste, die ihrem Sohn gehörte, der vor dreiundzwanzig Jahren in Korea gefallen war, nahm seinen 45er Colt-Automatik heraus und legte auf den jungen Burschen an.

Der junge Dieb lachte sich halb kaputt über die alte Frau mit der schweren Waffe, bis Yolanda Gutierrez einen Warnschuß abfeuerte und damit das Seitenfenster des vor dem Haus geparkten Wagens in Scherben gehen ließ. Der Wagendieb fiel vor Schreck zu Boden, ohne zu ahnen, daß die alte Dame nicht nur den Colt, sondern auch ihre Brille verloren hatte und nun über die Veranda kroch, um danach zu suchen. Währenddessen kamen jedoch bereits zwei Streifenwagen, durch den Schuß aufmerksam gemacht, die Straße heruntergeschossen, um den Wagendieb zu verhaften.

»Was man daraus lernen kann«, bemerkte Baxter Slate später Spermwhale gegenüber, »ist, wie zwei verschiedene soziale Schichten die Realität wahrnehmen. Die gebildete Lehrerin und die einfache alte Frau.«

»Wer schert sich denn schon einen Dreck um die Realität?« brummte Spermwhale.

»Ich sicher nicht«, grinste Baxter. »Während der Singstunden kann mir die Realität gestohlen bleiben.«

Baxter Slates breites Grinsen sollte jedoch schnell verfliegen, als er einen räudigen Hund entdeckte, der von einer etwas größeren und kräftigeren Hündin die Straße hinuntergezerrt wurde. Er kam nicht mehr von ihr los, und seine Leidenschaft hatte sich in heulendes Elend verwandelt. Eine Gruppe von schwarzen Kindergartenkindern, arglos wie eine Kiste Trockenpflaumen, bewarf die beiden Hunde lachend und kreischend mit Steinen und leeren Dosen.

»Vielleicht fliege ich während meiner nächsten freien Tage mit ein paar Jungs mal wieder 'nen Angriff«, sagte Spermwhale plötzlich. »Ich kann ein bißchen Abwechslung vertragen.«

»Fang bloß nicht wieder mit diesem Quatsch an«, riet ihm Baxter und setzte seine Sonnenbrille auf, während sie wieder in ihre eigenes Revier zurückfuhren.

Spermwhale fing an, über die Mission nachzudenken, die er vor drei Wochen geflogen hatte. Das Ganze hatte völlig unschuldig mit irgendeinem betrunkenen Gefasel während der Singstunde begonnen, wie die Weißen von Palm Springs die Indianer um ihr Geburtsrecht betrogen hätten, indem sie ihnen Palm Springs, die Quelle in der Wüste, gestohlen hätten. Roscoe Rules wies in diesem Zusammenhang darauf hin, daß dies Juden und nicht Weiße gewesen wären und daß er sich nichts mehr wünschte, als daß sich dieser Stamm noch einmal zusammentäte, und jeden einzelnen von diesen krummnasigen Scheißkerlen skalpieren und massakrieren würde.

Und dann, genau fünfzehn Minuten vor Tagesanbruch, weckte Francis Tanaguchi mit ein paar leichten Schlägen ins Gesicht Spermwhale Whalen, der in den molligen Armen von Carolina Moon sanft schlummerte.

»Ich würde die beiden ja zu gern in einem Pornofilm sehen«, bemerkte Francis Tanaguchi, während sie zu mehreren schmutziges Wasser aus dem Ententeich in Spermwhales Gesicht spritzten, bis er prustend nach Luft schnappte.

»Wieso? Das ist doch gar nicht nötig?« meinte Calvin. »Du kannst sie doch richtig ›live‹ beobachten. Du brauchst dich nur hinter den Büschen zu verstecken, hinter denen sie's immer treiben.«

»Schon, aber in einem Film wäre das doch was anderes«, entgegnete Francis. »Weißt du, in so 'nem schwülstigen, rot beleuchteten Schlafzimmer mit Seidenbettwäsche, auf der sich dann Carolina und Spermwhale ganz fett und käsig und ölig herumwälzen!«

»Dafür bräuchtest du doch 'ne Cinemascopelinse«, warf Baxter

Slate ein. »Und einen Superweitwinkel noch dazu, damit du all das Fleisch überhaupt drauf kriegst.«

»Von Wand zu Wand Fleisch!« brüllte Francis Tanaguchi. »Was für ein Titel! Wäre das nicht etwas?«

Eine Stunde später befanden sich Francis, Calvin, Dean und Spermwhale, die alle am nächsten Abend frei hatten, in Spermwhales gemieteter orange-weißer Cessna 172 am Burbank Airport, von wo aus Spermwhale öfter kleine Rundflüge startete, wenn er jemanden auftreiben konnte, der für die Mietgebühren und den Treibstoff aufkam. Spermwhale war ohne genauen Flugplan gestartet, aber dafür mit drei verkaterten Chorknaben an Bord und zwei Flaschen Scotch und einer Flasche Gin. Ihr Auftrag lautete, Palm Springs zurückzuerobern, und zwar nach einer Zwischenlandung auf dem Ontario Airport, der Spermwhale widerwillig zustimmte, da Wasmeinstdu-Dean unbedingt Kartoffelchips haben wollte. Sie wurden von einem Mann im Tower des Ontario Airports gerügt, da sie ohne Funk gelandet waren, aber Spermwhale sagte ihm nur, er solle das Maul halten und beschloß dann, ein Taxi zum Ontario Motor Speedway zu mieten und ein Motorradrennen anzusehen.

Es wurde ein langer, heißer Renntag, den sie damit verbrachten, ohne Hemd in der Sonne zu dösen, die zwei Flaschen Scotch und einen Kasten Bier zu leeren und sämtliche Kartoffelchips zu verzehren, deren Wasmeinstdu-Dean habhaft werden konnte.

Bis zum späten Nachmittag passierte nichts Außergewöhnliches. Dann schlenderten die Chorknaben jedoch zur Rennstrecke hinunter, wo ein bärtiger Rennfahrer Spermwhale anmotzte, er sollte seinen fetten Arsch von seiner Maschine hieven. Darauf erwiderte Spermwhale, wenn er es unbedingt so haben wolle, könne der bärtige Rennfahrer Evel Knievels Rekord für gebrochene Knochen auf einer Rennbahn brechen.

Darauf holte der Rennfahrer die Rennbahnpolizei und nachdem diese den vier Chorknaben mit einer Verhaftung drohte, zogen sich die vier wieder ihre Unterhemden und T-Shirts an, um sich davonzutrollen. Sie konnten sich jedoch nicht die Klage verkneifen, daß doch nie ein Polizist zur Stelle wäre, wenn man einen brauchte. Wasmeinstdu-Dean war so betrunken, daß ihm die anderen beim Anziehen seines verdreckten, gelben Sweatshirts helfen mußten. Schließlich hatte er es auch verkehrt herum an, mit dem Bild von Bugs Bunny am Rücken und der Aufschrift ›Is' was, Doc?‹ über der Brust.

Während des Flugs von Ontario nach Palm Springs machten die Chorknaben eine ungewöhnliche Entdeckung: Daß nämlich Fliegen mit zwei Promille einen belebenden Effekt hatte. Diese Erkenntnis feierten sie mit der Entkorkung der letzten Flasche Gin.

»Ich kann Gin nicht ausstehen«, klagte Spermwhale und kippte sich in einem Zug mindestens drei Fingerbreit des Inhalts der Flasche hinunter, während er gleichzeitig die Cessna so unbeirrbar auf Kurs hielt wie einen mittleren Güterzug.

»Schwarze trinken das Zeug nur, wenn sie keinen Scotch kriegen können«, bemerkte Calvin, der hinter dem selbsternannten Navigationsoffizier, Francis Tanaguchi, saß, der noch nie in einem Flugzeug gesessen hatte. Nur während der Zeit bei der Army war er einmal nach Fort Ord verfrachtet worden.

»Aber ihr Bimbos kippt euch doch zur Not sogar Flugzeugtreibstoff hinunter«, meinte Francis mit einem ginseligen Grinsen.

»Klar, während ihr Chicanos ja wahre Muster an Nüchternheit seid«, konterte Calvin.

»Er ist kein Chicano, du Blödmann. Er ist ein Japse. Wann wirst du das endlich in deinen Schädel kriegen«, grunzte Spermwhale.

»Ach ja, natürlich.« Calvin Potts schüttelte seinen Kopf. »Verdammt, ich sollte wirklich mit der Sauferei aufhören. Langsam schlägt mir das tatsächlich auf die Rübe.«

»Ach was, es bringt selbst den klügsten Kopf ein bißchen durcheinander, wenn man mit so einem Irren wie Francis zusammenarbeitet. Das ist alles«, rülpste Spermwhale.

»Gin! Gin!« heulte Wasmeinstdu-Dean auf und entriß Calvin die Flasche, um nach drei kräftigen Schlucken in den endgültigen Filmriß hinüberzugleiten.

Zwanzig Minuten vor dem Palm Springs Airport stellte Spermwhale fest, daß er etwas vom Kurs abgewichen war und gefährlich tief über die San Jacinto Mountains flog. »Verdammte Scheiße!« fluchte er und zog die Maschine auf zweitausend Meter hoch.

»Umwerfend!« kicherte Calvin während des Steigflugs.

»Meine Ohren! Meine Ohren!« jammerte Wasmeinstdu-Dean.

»Irre!« kreischte Francis, als sie gerade durch eine Wolke stachen und wie ein Tischtennisball von einer Turbulenz hin und her geschleudert wurden.

»Hey, ich kann das Weiße in den Augen von diesem Karl da unten sehen!« brüllte Calvin Potts.

»Von was für einem Kerl?« erkundigte sich Spermwhale.

»Von diesem Typen in der brauen Uniform. Sieht aus wie ein Waldaufseher oder so was. Der Typ, der von diesem Felsen gehüpft ist und auf seinen Arsch gefallen ist, als wir vorbeigepfiffen sind.«

»Wir sind an niemandem vorbeigepiffen«, meinte Spermwhale. »Zumindest nicht mit Absicht.«

»Fliegen wir eigentlich nicht ein bißchen tief, wenn wir's über den Berg da schaffen wollen?« beharrte Calvin.

»Was meinst du? Was meinst du?« wimmerte Wasmeinstdu-Dean.

»Irgend etwas stimmt da nicht«, brummte Spermwhale. »Irgend etwas ist schief gelaufen. Wir nähern uns nicht dem Flugplatz. Offensichtlich bin ich doch etwas mehr vom Kurs abgekommen, als ich gedacht habe.«

Und dann lag Calvin Potts Spermwhale plötzlich um den Hals. »Werden wir abstürzen?«

»Was meinst du? Was meinst du?« kreischte Wasmeinstdu-Dean.

»Mensch, laß schon meinen Hals los, Calvin, verdammt noch mal!« befahl Spermwhale und entwand sich Calvins Armen. »Scheiße! Du erinnerst mich, verdammt noch mal, an diesen Vampir von deinem Partner. Sich jemandem gleich so an den Hals zu werfen!«

»Wir werden mit an Sicherheit grenzender Wahrscheinlichkeit *nicht* abstürzen«, behauptete Francis Tanaguchi idiotisch kichernd, während die kleine Maschine gefährlich schwankte. »Solange ich Navigator bin, werden wir nicht abstürzen!«

»Abstürzen? Abstürzen?« stammelte Wasmeinstdu-Dean.

»Gibt Dean noch was zu trinken, Calvin, und dann nimm auch selbst noch einen kräftigen Schluck«, schlug Spermwhale vor, als sie zu einem kleinen Sturzflug auf das Geschäftsviertel von Palm Springs ansetzten und das Motorengeräusch ihrer Maschine Aufmerksamkeit zu erregen begann.

Und dann schossen sie über den Canyon Country Club hinweg. Calvin Potts klebte sein rotes T-Shirt an seiner zimtfarbenen Haut, so schwitzte er, als er jetzt losfluchte: »Spermwhale, das ist, verdammt noch mal, eine *grüne* Landebahn. Das ist... SCHEISSE! DAS IST EIN GOLFPLATZ!«

Spermwhale riß am Steuerknüppel, so daß sie alle in ihre Sitze gepreßt wurden, als er die Maschine wieder nach oben zog.

»Macht euch mal keine Sorgen«, beruhigte Spermwhale seine Kumpel. »Ich habe mich nur ein bißchen verflogen.«

»Verflogen? Verflogen?« wimmerte Wasmeinstdu-Dean. »Was meint er, Calvin? Was meint er denn, Calvin?«

»Hier«, bot im Francis Tanaguchi die Flasche an, die Dean zufrieden entgegennahm.

Es ging den Chorknaben oft so, wenn sie sich zusammen mit dem sabbernden Rotschopf betranken, daß sie im Laufe der Zeit, ohne es selbst zu merken, zusehends in Panik gerieten und alles zweimal sagten, wenn sie sich sein Gefasel länger anhörten.

Und gleich darauf sagte Spermwhale tatsächlich: »Ich könnte noch was zu trinken brauchen. Ich könnte noch was zu trinken brauchen!«

»Hier, hier. Trink, trink«, reichte ihm Francis die Flasche.

»Du hast doch schon genug, du hast doch schon genug«, versuchte Calvin, ihn zu bremsen.

»Was willst du damit sagen? Was willst du damit sagen?« fiel Wasmeinstdu-Dean ein.

Francis fummelte an den Drosselventilen herum und tat so, als wäre er ein richtiger Pilot, während Spermwhale zum zweitenmal zur Landung ansetzte – wie sich herausstellte, jedoch wieder über einem Golfplatz.

»Diese Scheißkerle schießen auf uns!« brüllte Calvin Potts, als Spermwhale schließlich über den fünfzehnten Golfplatz hinwegbrauste und dann auf einen Berg zuhielt.

»Wer?« fragte Spermwhale Whalen, um die kleine Maschine absichtlich zu wenden und angriffslustig auf den Golfplatz zuzuhalten.

»Ach, nichts«, meinte Francis verächtlich. »Nur ein Typ, der mit seinem Golfschläger auf uns gezeigt hat. Er ist diesmal ins Sandloch gehechtet.«

Während die Polizei von Palm Springs zwei Streifenwagen ausgeschickt hatte, um die verrückt gewordene Maschine zu verfolgen und zu identifizieren, kreiste Spermwhale ein paar weitere Minuten über der Innenstadt von Palm Springs.

Und dann verfiel Francis zum Kummer von Calvin Potts, der vor einer Viertelstunde zu trinken aufgehört hatte, plötzlich in schlechte Laune.

»Diese miesen bleichgesichtigen Arschlöcher!« brüllte Francis los. »Den Indianern ihr Land zu stehlen! Jetzt sollte Roscoe Rules hier sein, ihr Säcke! Der würde es euch zeigen. Fix und fertig würde der euch machen!«

»Was meinst du, Francis? Was meinst du, Francis?« wollte Wasmeinstdu-Dean wissen.

»Sie haben das Land gestohlen!« klagte Francis, und die Trauer in seiner Stimme war alles, was Dean verstand; aber sie genügte, um ihn zum Heulen zu bringen: »Sie haben das Land gestohlen! Sie haben das Land gestohlen!«

»Halt's Maul, Dean, verdammt noch mal!« knurrte Spermwhale. »Das hat uns gerade noch gefehlt; daß du jetzt hier zu flennen anfängst.«

»Da, trink was, Dean«, forderte Calvin Potts seinen Partner auf und reichte ihm mit zitternden Händen die Flasche, während Spermwhale weiter über der Stadt kreiste und Francis über die Weißen schimpfte.

»Danke, Calvin. Danke, Calvin«, lächelte Wasmeinstdu-Dean tapfer. Dann wischte er sich seine feuchten Augen an seinem Hemdsärmel ab, ließ sich in seinem Sitz zurück und nuckelte an der Ginflasche.

»Sturzflug! Sturzflug! Sturzflug!« befahl der wütende Navigator, aber Calvin Potts fuhr ihm ins Wort: »Jetzt laßt endlich diesen Blödsinn, ihr Arschlöcher! Das hört sich ja an, als würden wir Wolfgang versenken. Aber das ist hier kein Spielzeug-U-Boot. DAS IST EIN VERDAMMT REALES FLUGZEUG!«

»Sturzflug! Sturzflug! Sturzflug!« Francis ließ sich nicht beirren und starrte mit tellergroßen Augen auf den leicht taumelnden Piloten, der verlangte: »Gebt mir noch 'nen Schluck Gin!« Dies wiederum brachte Calvin Potts' Herz für einen Augenblick zum Stillstand, und er hätte am liebsten mit Wasmeinstdu-Dean losgeheult, obwohl dieser im Augenblick gar nicht heulte, sondern Calvin kichernd die fast leere Ginflasche entgegenstreckte und ihn durch das verzerrende Glas der Flasche grinsend anstarrte.

»Wo soll ich denn zum Sturzflug ansetzen?« fragte Spermwhale schließlich, und Francis antwortete: »Auf diesen verdammten Golfplatz. Wir landen einfach und nehmen diese ganze Scheißstadt wieder für die Indianer in Besitz. Wenn ihr nicht mitmacht, seid ihr alle ganz gewaltige, feige Hosenscheißer.«

»Was, ich ein Hosenscheißer? Ich ein Hosenscheißer?« brüllte Spermwhale und setzte unter einem entsetzten Aufschrei Calvins zu einem Sturzflug an, der die Belastbarkeit der kleinen Maschine eindeutig zu überfordern schien. Dean brüllte los: »Ich will doch nur wissen: Was soll das bedeuten? Was soll das bedeuten?« Calvin Potts fand das die intelligenteste Bemerkung, die er in letzter Zeit gehört hatte; währenddessen begann das Flugzeug wieder zu steigen, so daß Wasmeinstdu-Dean sämtliche Mitpassagiere vollkotzte.

»Verdammte Scheiße, Dean!« brüllte Spermwhale.

»Jetzt langt's aber!« tobte Francis. »Wie ich *alle* diese Diebe von Weißen hasse; selbst die hier in diesem Flugzeug. Am liebsten würde ich abstürzen, nur damit ihr Arschlöcher alle ins Gras beißt.«

»Und was ist mit mir? Und was ist mit mir?« flehte Calvin Potts. »Ich bin kein Weißer. Wieso soll ich auch dran glauben?«

»Ihr seid alle gleich«, wütete Francis weiter.

»Schließlich hat Wasmeinstdu-Dean gekotzt, nicht ich«, beharrte Calvin, um schon im nächsten Augenblick festzustellen, daß Wasmeinstdu-Dean in seinen Schoß kotzte, so daß er sich auch nicht mehr halten konnte und ebenfalls eine ordentliche Ladung hochwürgte.

»Siehst du, ihr seid doch alle gleich«, zischte Francis angewidert. »Nichts als ein Haufen weißer Kotzbrocken. Wenn nur Roscoe Rules hier wäre. Der würde euch allen die Milz punktieren.«

»Ich schwöre, daß ich kein Weißer bin!« würgte Calvin Potts, während es ihm ein zweites Mal hochkam.

»Also gut, ich habe einen Sturzflug gemacht. Was zum Teufel soll ich jetzt weiter tun?« fragte Spermwhale herausfordernd. »Wie wär's mit etwas Kunstflug. Die ganze Kotze ein bißchen verteilen?«

»Zisch noch mal über den Golfplatz«, ordnete der Navigator an, während sowohl Wasmeinstdu-Dean wie Calvin stöhnend ihre Köpfe rollten und nach Luft schnappten.

»Wo ist er denn?« fragte Spermwhale.

»Meine Güte, Spermwhale; er ist doch grün, oder etwa nicht? Flieg einfach nur immer schön gerade aus, nur etwas tiefer. So etwas Riesiges ist doch wohl kaum zu verfehlen!«

Aber sie schafften es doch. Sie verfehlten die Berge, und zwar nur um ein Haar.

Spermwhale gehorchte dem Navigator und setzte neuerlich zum Sturzflug auf den Golfplatz an, obwohl er durch die Konzentration, die das Fliegen erforderte, langsam wieder zu sich kam. Ihm wurde allmählich klar, daß verschiedene Leute Francis' kleinen Streich, auf dem Golfplatz zu landen und ihn für den Cahuilla-Stamm zurückzuerobern, keineswegs witzig finden würden. Er flog so tief, daß Calvin Potts entsetzt aufschrie, als sie über den Golfplatz hinwegschossen. Francis klappte das Seitenfenster auf und warf die leere Flasche Gin hinaus, worauf diese auf der Terrasse des Clubhauses zersplitterte und dem Angriff auf das indianische Land von Palm Springs ein Ende setzte.

Zehn Minuten später schlug Spermwhale wieder Kurs auf Los Angeles ein, wobei ihm so weltliche Gedanken durch den Kof gingen wie die Frage, ob sie wohl bei der Landung in Burbank auf der Stelle verhaftet werden würden. Aber nach einer Stunde hatte er aufgehört, sich Sorgen zu machen, ob man sie in Burbank verhaften würde. Die Nacht war hereingebrochen und hatte dichten Nebel mit sich gebracht. Außerdem weckte ein Blick auf die Treibstoffanzeige die bange Frage, ob sie es überhaupt bis Burbank schaffen würden. Da der Burbank Airport noch immer nicht in Sicht kam, entschied Spermwhale sich zum erstenmal an diesem Tag dafür, doch den Funk einzuschalten. Außerdem fragte er die anderen Chorknaben: »Sieht einer von euch in dieser Suppe was? Ich meine, während der letzten fünf Minuten oder so?«

»Ich hab' vor etwa 'ner Viertelstunde was gesehen«, meldete sich Calvin Potts, der einzige Passagier, der einigermaßen nüchtern und verängstigt genug war, um völlig wach zu bleiben. »Ich hab' eine Reihe von Lichtern gesehen.«

»Was für Lichter meinst du? Was meinst du?« fragte Spermwhale. »Meine Fresse, ich klinge ja schon wie Dean.«

»Na ja, es hat wie so eine Kette von Lichtern ausgesehen. Es hätten Straßenlaternen sein können, oder Scheinwerfer.«

»Scheinwerfer?« murmelte Spermwhale und starrte angestrengt in das Dunkel unter ihnen, ohne etwas erkennen zu können. Nichts als Nacht und Nebel. »Haltet euch fest, ich gehe tiefer.«

»Tiefer, du willst tiefer?« kreischte Calvin Potts.

»Wer will tiefer?« fragte Francis, der eben mit einem Lächeln auf den Lippen aufgewacht war. »Ora Lee?«

»Bist du eigentlich wieder nüchtern?« fragte Calvin. »Du wirst doch langsam wieder nüchtern, Spermwhale, oder nicht?«

»Ja, klar, ich... Scheiße! Scheiße! Ich glaube, ich weiß, wo wir sind!«

»Ich seh' was. Ich seh' was«, murmelte Calvin Potts, als sie auf etwa dreißig Meter Höhe waren.

»Was ist es? Verdammt noch mal, was ist es?« wollte Francis wissen, der inzwischen wach und nüchtern genug war, um Calvins schweißkalten Schrecken zu teilen.

»Der Ozean!« brüllte entsetzt der Chorknabe. »Das da unten ist dieser Scheißozean! Meine Fresse!«

»Der Ozean!« kreische Francis.

»Der Ozean! Der Ozean! Was für ein Ozean?« schrie Wasmeinstdu-Dean, der aus seinem alkoholisierten Schlaf hochkam.

»Bleib mir bloß vom Hals, du Idiot!« Spermwhale stieß Calvin heftig von sich, so daß sich der schwarze Polizist statt dessen Francis in die Arme warf.

»Werden wir notwassern, Spermwhale? Werden wir ersaufen?« krächzte Francis, ohne zu merken, daß Calvin ihn halb erwürgte.

»Wir werden gar nichts, außer nach Burbank zurückfliegen. Und jetzt haltet, verdammt noch mal, bloß euer blödes Maul!« fluchte Spermwhale.

Aber nach einem Blick auf die Treibstoffanzeige konnte er sich nicht mehr so recht des untrüglichen Gefühls erwehren, daß dies sein letzter Flug sein würde. Er hoffte, daß er es irgendwie in Küstennähe schaffen würde, wenn er notwassern mußte, wobei keineswegs gesagt war, ob nicht schon dieses Manöver für alle von ihnen einen tödlichen Ausgang nehmen würde. Aber er flog immer noch mit derselben Gemütsruhe, mit der er noch an diesem Morgen auf dem Ontario Airport gelandet war.

»Da! Da sind sie wieder!« schrie Calvin plötzlich. »Die Lichter!«

»Klar, das ist die Küstenstraße«, sagte Spermwhale mit einem kaum hörbaren Aufseufzen. »Am Santa Monica Airport ist wahrscheinlich der Teufel los.« Er schaltete die Funkverbindung nach Burbank ein, beobachtete die Anzeigetafel und drängte: »Jetzt komm schon, Nadel, komm schon.«

Dann zog er die Maschine über die Santa Monica Mountains, und zehn Minuten später landeten die Chorknaben mit weniger als zwei Gallonen Treibstoff in jedem Tank auf dem Burbank Airport, zerrten Wasmeinstdu-Dean aus der Maschine und fuhren gemeinsam nach Hause.

Baxter Slate war sich durchaus nicht sicher, welche positiven Seiten er seinem Leben abgewinnen sollte, es sei denn Foxy Farrell. Und jeder mit auch nur einem Funken Verstand hätte ihm diesbezüglich zugestimmt. Aber je abhängiger Baxter in letzter Zeit von ihr geworden war, desto mehr begehrte er sie auch. Die einsfünfundsiebzig große, fünfundvierzig Kilo leichte Nackttänzerin mit dem kupferroten Haar hatte irgendwie einen ebenso tiefen wie nachhaltigen Eindruck in Baxters Herz hinterlassen.

Und er wollte auch von keinem anderen Mädchen etwas wissen, obwohl er in dieser Hinsicht keineswegs hätte klagen können. Mit seiner guten Figur, den leuchtend grünen Augen, den dichten Augenbrauen und dem breiten, jungenhaften Grinsen erfreute sich Baxter unter den weiblichen Angestellten der Wache und unter den alleinstehenden Frauen in seinem Wohnblock größter Beliebtheit. Er gab sich Mühe, auch an anderen Frauen etwas zu finden, und schaffte es auf diese Weise auch gelegentlich, sich für mehrere Tage von Foxy fernzuhalten. Aber er kehrte immer wieder zu ihr zurück und ärgerte sich über sie, wenn sie ihm lachend erzählte, daß sie in seiner Abwesenheit mit anderen Männern nicht tat, was sie jeweils gerade mit ihm anstellte. Und danach würde sie ihm von irgendeinem tollen neuen Freund einer anderen Tänzerin erzählen, und wie nett und gutaussehend er wäre, und weshalb sich Baxter nicht mal einen weißen Overall mit Pelzkragen kaufe, anstatt immer in seiner blöden Fischgrätjacke mit der idiotischen gestreiften Krawatte herumzulaufen, mit der er aussah wie irgendein popeliger Schulmeister.

Spermwhale hatte Baxter eines Tages dazu überredet, ihn nach der Arbeit zum Sunset Strip mitzunehmen und ihn Foxy vorzustellen. Die beiden Polizisten wurden vom Geschäftsführer in die Garderobe geführt, wo Foxy gerade völlig nackt vor dem Spiegel stand und sich ihr Schamhaar kämmte, um sich für ihren zweiten Auftritt fertig zu machen. Als sie damit fertig war, schob sie sich ihre Schamlippen wieder zurück.

»Manchmal flutschen sie mir raus«, lächelte sie, als sie die zwei Männer vor sich stehen sah. »Hi, Sie sind sicher Spermwhale. Ich bin Foxy.«

»Ich muß schon sagen, Foxy; Sie haben wirklich meine kühnsten Träume übertroffen«, schwärmte Spermwhale Whalen. Er mußte feststellen, daß Foxy ihm ganz schön unter die Haut ging. Am liebsten hätte er sich auf der Stelle auf sie gestürzt und sein Gesicht in ihrem Schamhaar vergraben, das sie in Herzform ausrasiert und wie ihr Haar kupferrot gefärbt hatte.

»Mein Gott, Foxy, mußt du dich denn immer benehmen wie eine... ach, ich meine, was soll's?« stöhnte Baxter.

»Er ist so furchtbar prüde«, lachte Foxy und warf ihr Haar über die Schulter zurück. Dann schlüpfte sie in einen durchsichtigen Morgenmantel. »Baxter ist wirklich schrecklich prüde. Aber das ist genau der Grund, weshalb wir uns so lieben.«

Und mit diesen Worten trat sie auf den verärgerten jungen Polizisten zu, preßte ihren nackten Körper gegen ihn und zog sein Gesicht an den Ohren zu ihrem herab.

Spermwhale beobachtete sie dabei, schluckte zweimal und bekam einen Diamantenschneider, der Foxy Farrell sichtlich beeindruckte.

Baxter Slate verachtete Foxy Farrell. Und das war genau der Grund, weshalb er jede freie Minute mit ihr verbringen wollte und manchmal sogar in voller Uniform in seinem Schwarzweißen zum Sunset Strip fuhr, um Spermwhale im Wagen warten zu lassen, während er sich durch den Hintereingang des Nightclubs schlich und an Foxys Garderobentür lauschte, wo sie gerade irgendeinem fetten Geschäftsmann einen blies.

Das hatte Baxter bis dahin sogar schon zweimal getan, aber er hatte danach immer noch über die Geistesgegenwart verfügt, sich aus dem Staub zu machen, bevor ihn jemand sah, um Foxy Farrell seine Meinung erst zu sagen, wenn sein Dienst zu Ende war. Bei der letzten derartigen Gelegenheit hatte er ihr erst wütende Vorwürfe gemacht und sie dann sogar geschlagen, was ihr aber gar nicht so viel ausmachte, solange er dazu nur seine Fäuste benutzte und sie keine blauen Flecken davon bekam, die man auf der Bühne gesehen hätte.

Als seine Wut verraucht war, und Baxter in ihre Arme sank, lächelte Foxy. Pfefferminzatem. Der Duft von Parfüm. Schon längst überfällig. »Baxter, mein Schnuckelchen, ist doch schon gut, ist doch schon gut. Mami versteht doch ihr Baby. Ehrlich, Liebling, ich hab' mit diesem Typen wirklich nichts gemacht, außer ihn ein bißchen an der Nase herumgeführt. Und geblasen habe ich ihm ganz bestimmt keinen. Das hat nur so geklungen, weil du ein bißchen aus dem Häuschen warst und Sittenpolizist gespielt hast, und dabei ist eben deine Fantasie ein bißchen mit dir durchgegangen.

Baxter setzte ein grimmiges Lächeln auf und schimpfte los. »Du mieses Aas. Du bist keinen Pfifferling wert, weißt du das? Keinen Pfifferling. Außerdem steckt kein Funken Ehrgefühl in dir. Von Menschlichkeit ganz zu schweigen. Aber eines Tages wird dich so ein Kerl umbringen. Nur würde das letztlich auch nichts nützen.«

Foxy lächelte schlitzäugig und leckte Baxters Wange. »Ehrlich,

Liebling«, schnurrte sie, »ich würde mich doch nicht hinknien und diesem reichen Kerl den Pimmel küssen und an seinen Eiern rumlutschen, wie ich das gleich bei dir machen werde. Du weißt ganz genau, daß ich so etwas mit keinem anderen Mann machen würde.«

Und während sie damit zugange war, biß Baxter Slate die Zähne aufeinander und zischte: »Du nichtsnutzige Schlampe. Du billiges Flittchen. Ich hasse dich.«

Und er flüsterte es immer und immer wieder. Sie verhalf ihm zu einem der sinnlichsten und ekstatischsten Momente seines gesamten Lebens, wobei diesmal sogar *sie* Spaß dabei empfand. Sie lachte die ganze Zeit vor Erregung, und das Blut pulste in ihrer Wange an der Stelle, wo er sie geschlagen hatte.

Baxter sprang nur selten so grob mit Foxy Farrell um. In der Regel behandelte er sie wie eine perfekte Dame, was sie jedoch nicht ausstehen konnte. Außerdem führte er sie in intime französische Restaurants aus, die sie langweilig fand. Und er brachte ihr flaschenweise Bordeaux, den er sich eigentlich gar nicht leisten konnte und den Foxy dann ihren Freunden mit Eiswürfeln servierte. Eigentlich mochte Foxy an Baxter so gut wie nichts, außer, daß er einfach gut aussah. Die Tatsache, daß er bei der Polizei war, konnte sich vielleicht als nützlich erweisen, wenn sie einmal mit dem Gesetz in Konflikt kommen sollte oder Schwierigkeiten mit der Sitte bekam, wenn sie auf der Bühne beim Tanzen etwas zu weit ging. Und manchmal ging sie in der Tat zu weit. Bei einer Gelegenheit wurde sie von einem Mann von der Sitte von der Bühne weg verhaftet, weil sie das Gesicht eines Gastes gegen ihren zuckenden Unterleib preßte. Ein Anruf bei Baxter Slate bewahrte Foxy vor einer Nacht im Gefängnis, da der Mann von der Sitte ein Studienkollge Baxters war und ihn gut leiden konnte, was eigentlich auf alle Polizisten der Wilshire-Abteilung zutraf, wenn man einmal von Roscoe Rules absah.

Schließlich gelangte Foxy Farrell zu der Überzeugung, daß Baxter Slate ein schrecklicher Langweiler war, und sie fing an, ihn ebensosehr zu verabscheuen, wie Spermwhale Whalens Begeisterung für Foxy Farrell zusehends zunahm. Aber sie verfiel schließlich dem unwiderstehlichen Charme eines fünfundzwanzigjährigen Zuhälters namens Goldie Grant, der sie besuchen kam, so oft sie Baxter abwimmeln konnte, und schließlich ihr fester Freund wurde. Er zog zu ihr und ließ sie für sich arbeiten, indem er sie für eine Menge

Geld auf den Strich schickte und zweimal im Monat ordentlich verprügelte, ob sie es brauchte oder nicht. Sie waren glücklich miteinander, und alle sagten, sie gäben ein schönes Paar ab.

Als Baxter eines Abends nicht unglücklich genug dreinschaute, erzählte ihm Foxy, ein ganz besonders netter, gutaussehender Spieler hätte sie nach der Arbeit noch auf einen Drink ausgeführt und ihr hundert Dollar angeboten, nur damit er sein Gesicht in ihren Schoß legen dürfe. Sie konnte ihn nur von seinem Vorhaben abbringen, indem sie ihm erzählte, ihr Freund sei bei der Polizei. Und was für einen Steifen der Kerl hatte!

Und dann tat Foxy verletzt und schockiert, als Baxter schief grinste und sagte: »Du bist dümmer und mieser als jedes blöde Stück Vieh!«

Schmollend versicherte sie ihm: »Ehrlich, Baxter, ich habe doch gar nichts gemacht.« Und dann begann sie ihr kleines Spielchen, das mit seinem erregten Stöhnen und ihrem sinnlichen Kichern endete. Aber wie sehr sie auch Baxter Slate geringschätzen mochte, machte Foxy Farrell sich doch nicht annähernd eine Vorstellung von dem Ausmaß, in dem derselbe junge Mann sich selbst einmal verachten würde.

Die Beziehung zwischen Foxy Farrell und Baxter Slate hatte begonnen, nachdem er bei der Jugendpolizei aufgehört hatte. Er machte sich schreckliche Vorwürfe, weil er den Tod von Tommy Rivers, sechseinhalb, nicht verhindert hatte.

Natürlich hätte niemand gedacht, daß Baxter Slate sich für Tommy Rivers' Schicksal irgendwie verantwortlich fühlte.

Auf den Gedanken, er hätte Tommy Rivers' Tod verhindern können, kam Baxter Slate, weil er vor seiner Versetzung zur Jugendpolizei seinen ersten Funkspruch überhaupt zum Haus von Lena Rivers bekommen hatte, und zwar kurz nachdem man ihr ihren damals fünfjährigen Sohn Tommy wieder in ihre Obhut gegeben hatte. In seinem blauen Matrosenanzug hatte der kleine Junge wie Shirley Temple mit kurzen Haaren ausgesehen.

Lena Rivers hatte noch drei Kinder von dem Mann, mit dem sie in der Zeit vor Tommys Vater verheiratet war, einem untergeordneten Offizier bei der U. S. Navy. Als er sechs Monate nach Tommys Geburt wieder einmal in See stach, um diesmal jedoch nie wieder zurückzukehren, übergab Lena den Jungen ihrer Mutter zur Pflege. Sie wollte von dem Kind des Mannes, der sie so schmählich im Stich gelassen hatte, nichts mehr wissen und mußte sich sogar einer psychiatrischen Behandlung unterziehen. Fünf Jahre danach – Lenas Mutter war krank geworden und konnte sich nicht mehr um den Jungen kümmern – sah sich Lena nun gezwungen, zur Greyhound-Station in der Innenstadt von Los Angeles zu fahren, um den kleinen Matrosen dort abzuholen, der ganz allein, und ohne zu jammern, mehrere hundert Meilen mit dem Bus gefahren war und sich während der langen Fahrt die Herzen aller Mitreisenden erobert hatte.

Das erste, was Lena Rivers nach Aussage der anderen Kinder dann tat, war, Tommy den Matrosenanzug vom Leib zu reißen, sobald sie zu Hause angekommen waren. Ein paar Wochen danach wurde Baxter Slate aufgrund des Anrufs einer Nachbarin zum Haus von Lena Rivers gerufen. Die Frau hatte erzählt, daß im Haus von Lena Rivers verschiedene ältere Kinder aus der Nachbarschaft verkehrten, von denen einige wiederholte Male den Eindruck gemacht hatten, als wären sie betrunken. Außerdem hätte sich der Neuzuwachs, Tommy, äußerst selten im Freien blicken lassen; und wenn dies der Fall war, sah er sehr krank aus.

Baxter Slate, der damals während der Tagschicht und allein arbeitete, war zum Haus von Lena Rivers gefahren. Die Frau war betrunken und wirkte nicht weniger verlottert als das, was er von ihrem Heim sehen konnte. Er verlangte, ihr jüngstes Kind zu sehen und gab auch nicht klein bei, als sie protestierend erklärte, der Junge schliefe gerade.

Schließlich ließ Lena Rivers Baxter Slate doch in das Zimmer des Jungen, der sich auch tatsächlich dort aufhielt. Ungewaschen und voll bekleidet lag er in einer Wiege, die bereits viel zu klein für ihn war. Als Baxter später zur Jugendpolizei versetzt wurde und viel mit vernachlässigten Kindern zu tun hatte, fiel ihm wieder ein, daß Tommy Rivers' Hose damals ausgesehen hatte, als wäre sie völlig flach auf sein Bett gebügelt gewesen, wobei er damals noch nicht gewußt hatte, daß sich unterernährte Kinder vor allem durch das Fehlen von Pobacken von lediglich sehr dünnen Kindern unterscheiden.

Zu jenem Zeitpunkt hatte Baxter Slate jedoch noch sehr wenig über hungernde Kinder gewußt, zumal er im Gegensatz zu einigen anderen Chorknaben nie im Krieg gewesen war. Daher hatte er auch folgsam den Rückzug angetreten, als Mrs. Rivers ihn aus dem Haus wies. Baxter hatte oft klein beigegeben, und dies vor allem, wenn er allein arbeitete und das Gesetz nur bedingt hinter sich wußte. Er hatte immer geglaubt, daß die Macht der Polizei und der Einfluß des Rechtsprechungssystems ihre Grenzen hatten. Und selbst jetzt, nach einigen Jahren Dienst auf den Straßen, war sein Wille, seine Befugnisse nicht zu überschreiten, noch nicht ganz gebrochen. Das veranlaßte viele seiner Partner zu der Feststellung: »Mit Baxter als Partner läßt sich wirklich gut arbeiten; er macht fast alles mit. Aber zugleich ist er auch noch so naiv, als wäre er in einem Glashaus aufgewachsen.«

Zwar war die Wilburn Military Academy nicht unbedingt ein Glashaus, aber doch ein Treibhaus für Kinder der oberen Mittelschicht, zu der Baxter gehörte, bis seine Mutter dummerweise ihrer üppigen monatlichen Unterhaltszahlungen verlustig ging, weil sie einen Weckerfabrikanten heiratete, der sein Vermögen verlor, indem er es in erfolglose Ölbohrungen vor der Küste Kaliforniens investierte. Die Jahre in dem strengen Dominikanerinternat hatten den Jungen gelehrt, was für Waschlappen die Lehrer in Wilburn waren, die nur so taten, als wären sie Soldaten. Da hatte Gottes Armee schon wesentlich energischere Generäle vorzuweisen, die sich ihrer Sache eindeutig mehr verpflichtet fühlten. Es war höchst verwunderlich, daß sich ein Junge, der so viel herumkommandiert worden war und andererseits eine im traditionellen Sinn so hervorragende Ausbildung genossen hatte – dabei war er praktisch völlig getrennt von seinen Eltern aufgewachsen, wenn man von den Ferien absieht, die er mit Mami verbrachte –, daß nun aus diesem Jungen ausgerechnet ein Polizist wurde, der sich über Menschenrechte und die Befugnisse eines Polizisten Gedanken machte. Schließlich waren ihm selbst diese Rechte ständig verwehrt worden. Aber er machte sich trotzdem solcher Dinge wegen Gedanken. Und nicht gerade wenige. Und dies auch dann noch, als er zu der Überzeugung gelangt war, daß es idiotisch war, sich über derlei Kram den Kopf zu zerbrechen.

Als Baxter Slate noch allein im West-Adams-Bezirk gearbeitet hatte, sah er einen Wagen vorbeifahren, aus dessen Rückfenster verzweifelt zwei Kinder winkten, um im nächsten Augenblick auf dem Rücksitz niederzusinken und seinen Blicken zu entschwinden. Der Fahrer war ein Schwarzer mit einem breitkrempigen Hut. Baxter folgte dem Wagen ganze zwei Meilen, um noch einmal einen Blick auf die zwei Kinder zu erhaschen, wobei er sich selbst die Frage stellte, ob er dem Wagen auch gefolgt wäre, wenn der Fahrer ein Weißer gewesen wäre, und ob es sich bei dem Ganzen vielleicht nur um einen Streich von seiten der Kinder handelte. Schließlich schaltete Baxter sein Rotlicht ein und hielt den Wagen an. Die Kinder hatten sich kichernd auf dem Rücksitz niedergekauert. Und der Fahrer, ein Bekannter der Mutter der beiden Fratzen, wollte wütend wissen: »Hätten Sie mich auch angehalten, wenn es schwarze Kinder gewesen wären?« Baxter hatte darauf geantwortet, daß er es auch dann getan hätte; aber er wußte, daß dies eine Lüge war, und er sollte diesen Vorfall nie vergessen.

Zwei Wochen, bevor Tommy Rivers starb, erhielt Baxter Slate zum zweiten Mal einen Funkspruch, zum Haus von Lena Rivers zu kommen. Diesmal hatte eine Nachbarin auf der anderen Straßenseite Verdacht geschöpft. Sie meldete der Zentrale, daß mit der Frau ganz bestimmt etwas nicht in Ordnung sei. Tommy lebte nun schon seit neun Monaten bei seiner Mutter, war aber nur ganz selten vor dem Haus zu sehen, wenn er mit einem Bruder oder einer Schwester im Garten saß.

»Ich glaube, daß der Junge krank ist«, hatte die Nachbarin erklärt.

Und dieses Mal überschritt Baxter auch tatsächlich seine Befugnisse, indem er mit Nachdruck verlangte, Tommy sehen zu dürfen, da er ansonsten gezwungen wäre, die Leute von der Jugendpolizei zu verständigen.

Lena Rivers erklärte sich schließlich einverstanden, und dann ging die hagere, junge Frau mit den stechenden Augen ins Schlafzimmer und kam mit einem schmutzigen, aber offensichtlich wohlgenährten und gesunden Kind von sieben Jahren zurück, das den Polizisten anlächelte und dessen Pistole anfassen wollte.

»Zufrieden?« meinte Lena Rivers. »Diese neugierigen Nachbarn sollten sich lieber um ihre eigenen Angelegenheiten kümmern.«

Baxter Slate sah Lena Rivers an, ihren zerzausten, farblosen Pferdeschwanz und die blinzelnden Augen mit den Schatten darunter, das Gesicht, das bereits vom Alkohol aufgedunsen war, obwohl die Frau sonst noch sehr jugendlich wirkte und sehr schlank war.

»Der Junge sieht aber ziemlich anders aus als das letzte Mal, als ich ihn gesehen habe«, meinte Baxter Slate.

»Wann haben Sie ihn gesehen?« lallte Lena Rivers, und Baxter konnte ihre Fahne riechen.

»Ich wurde schon einmal hierher gerufen«, gab Baxter nicht nach. Er blieb in der Tür stehen. »Sie haben mich damals ins

Schlafzimmer geführt, damit ich mir Tommy ansehen konnte. Wissen Sie das nicht mehr?«

»Ach ja, stimmt. Und Sie scheinen offensichtlich nichts Besseres zu tun zu haben, als mich zu nerven, was?«

»Das würde ich nicht unbedingt sagen.«

Alles, was er in seinen vier Jahren bei der Polizei gelernt hatte, sagte ihm, daß diese Frau log. Eine der Erkenntnisse, die einem Polizisten vielleicht am wenigsten in den Kopf wollen, ist die Tatsache, daß die meisten Menschen überzeugte Lügner sind. Und gerade Baxter hatte damit Schwierigkeiten, da er doch mit der Überzeugung groß geworden war, es gäbe so etwas wie die Wahrheit, und die meisten Menschen würden sich auch noch daran halten.

»Ist das derselbe Junge, den ich schon früher gesehen habe?« fragte Baxter und war überzeugt, daß sie log, als sie sagte: »Natürlich ist das derselbe Junge!«

»Wie heißt du denn, Kleiner?« wandte sich Baxter lächelnd an den Jungen.

»Tommy Rivers«, antwortete der Junge und blickte zu seiner Mutter auf.

»Ich glaube einfach nicht, daß das derselbe Junge ist, den ich damals gesehen habe. Der war nämlich sehr, sehr dünn.«

»Er hat eben ein paar Pfund zugenommen. Er war krank. Hat Ihnen meine neugierige Nachbarin denn nicht erzählt, daß er krank war?«

Und Baxter Slate nickte, da die neugierige Nachbarin das tatsächlich gesagt hatte; aber trotzdem...

»Jetzt hören Sie mal.« Baxter versuchte sein breitestes, gewinnendstes Lächeln. »Das ist nun schon das zweite Mal, daß ich zu Ihrem Haus gerufen werde. Jetzt lassen Sie mich mal kurz rein, damit ich mich ein bißchen umsehen kann. Dann werden alle zufrieden sein, und Sie werden mich hier nicht mehr sehen. Einverstanden?«

Daraufhin trat die Frau auf die Veranda heraus, so daß Baxter sie nicht mehr nur durch das Fliegengitter vor der Tür sah und jetzt auch die gelblichen Tränensäcke unter ihren irr funkelnden Augen erkennen konnte.

»Jetzt hören Sie mir mal gut zu. Sie haben kein Recht, hier rumzustehen, und ich verlange, daß Sie auf der Stelle verschwinden. Haben Sie gehört? In meinem Haus blitzt vielleicht nicht alles vor Sauberkeit, na und? Wen geht das was an? Jedenfalls kümmere ich mich um meine Kinder, und hier sehen Sie ja selbst den Jungen, dessentwegen Sie sich Gedanken machen. Und jetzt gehen Sie zu dieser blöden Ziege rüber und fragen Sie sie, ob sie noch irgendwelche Beschwerden hat, sonst werde ich es ihr persönlich sagen und ihr dabei ein paarmal kräftig in den Arsch treten!«

Lena Rivers ging ins Haus zurück und warf die Tür krachend hinter sich zu, so daß Baxter Slate unschlüssig allein auf der Veranda zurückblieb.

Noch Monate später fragte sich Baxter, inwieweit sein Zögern auf seine Internatshöflichkeit zurückzuführen gewesen war, und ob die besten Polizisten nicht vielleicht doch aus der in dieser Hinsicht weniger feinfühligen Arbeiterklasse kamen, und ob es vielleicht von der Polizeidirektion nicht doch höchst unklug war, Polizisten aus anderen Gesellschaftsschichten zu rekrutieren.

Aber ganz gleich, wie oft er mit Kollegen über den Vorfall in Form einer hypothetischen Situation sprach, wobei er nie zuzugeben wagte, daß er tatsächlich zum Haus von Tommy Rivers gerufen worden war, er gelangte immer wieder zu demselben, unausweichlichen Schluß, daß nur die wenigsten auf der Veranda stehengeblieben wären. Zögernd wie Hamlet. Um sich dann den Schweiß von der Stirn zu wischen und weiterzufahren.

Die Antworten auf seine hypothetischen Fragen variierten geringfügig:

»Ich glaube, ich hätte Verstärkung angefordert oder vielleicht auch einen Jugendbeamten. Ich wäre auf jeden Fall rein, wenn ich sie unter Verdacht gehabt hätte, daß sie mir ein anderes Kind gezeigt hat.« Diese Äußerung stammte von Pater Willie Wright.

»Ich hätte diese Fotze einfach beseite geschoben und nach dem Lauser gesucht.« Soweit Roscoe Rules.

Nicht einer der Chorknaben – und er hatte jedem von ihnen diese Frage privat gestellt – hatte geäußert, er hätte keinen ausreichenden Anlaß gesehen, sich Zutritt zu dem Haus der Frau zu verschaffen. Die meisten waren einer Meinung mit Francis Tanaguchi, der achselzuckend erklärte: »Wenn die Sicherheit eines kleinen Kindes auf dem Spiel steht, kann mir dieser ganze juristische Kram gestohlen bleiben. Ich wäre in so einem Fall auf jeden Fall rein. Falls es deswegen dann vor Gericht Schwierigkeiten gibt, meinetwegen; aber ich will jedenfalls das meinige dafür getan haben, daß dem Kind nichts fehlt.«

Sie fanden es absurd, sich auch noch über rechtliche Fragen den Kopf zu zerbrechen, die ihnen die Polizeiarbeit erschwerte. »Wir würden uns sonst jedesmal wegen des Obersten Gerichtshofs der Vereinigten Staaten Gedanken machen, wenn wir ein ganz stinknormales Verhaftungsprotokoll ausschreiben«, stellte Spencer van Moot den Sachverhalt treffend dar.

Und Baxter Slate gelangte zu der Überzeugung, daß dies die Einstellung der meisten Polizisten war, nicht nur der Chorknaben. Und es gab auch nicht einen Chorknaben, der nicht schon einmal vor Gericht gelogen hatte, wenn es in einem auf Wahrscheinlichkeiten basierenden Fall darum ging, die Belangung eines offensichtlich schuldigen Angeklagten zu gewährleisten.

Die einzige Ausnahme war auch hier wieder Baxter Slate, der auf seiner Dominikanerschule zu viel über Ehre und Wahrheit gehört hatte. Selbst Pater Willie log hin und wieder. Allerdings überkreuzte er dabei immer hinter seinem Rücken zwei Finger seiner linken Hand, wenn er dabei im Zeugenstand stand.

Und im Falle Tommy Rivers' hätte Baxter Slate nicht einmal zu lügen brauchen. Er hätte nur die unverschlossene Tür zu öffnen, Lena Rivers' Haus zu betreten und ungeachtet ihrer wüsten Beschimpfungen nach Tommy zu suchen brauchen. Aber da er nur einen Verdacht hegte und sich nicht sicher war, und da er nicht glauben wollte, daß jemand so schamlos lügen konnte, da es einfach absurd war, zu glauben, Lena Rivers sollte ihm etwas vormachen, zumal sie doch noch andere gesunde Kinder hatte, und da er Baxter Slate war und nicht Roscoe Rules, zog er seinen Schwanz ein und ging einem billigen Bluff auf den Leim. Und Lena Rivers konnte völlig ungestört den schrittweisen Mord an Tommy Rivers weiter betreiben.

Als Baxter Slate Bruce Simpsons Verhaftungsprotokoll zum ersten Mal las, klopfte sein Herz so laut, daß er tatsächlich glaubte, der Mann neben ihm müßte es schlagen hören, und er räusperte sich und scharrte betreten mit den Füßen auf dem Boden des Bereitschaftsraums. Nach dem zweiten Lesen glaubte er, sein Herz wäre stehengeblieben, so flach ging sein Atem. Beim dritten Mal war er nicht einmal mehr imstande, an sein Herz zu denken.

Bruce Simpsons Protokoll war ein mittlerer Klassiker in Jugendpolizeikreisen, da er nicht wie die meisten Kollegen im gebräuchlichen Amtsdeutsch schrieb: ›Besagte Person erklärte...‹

Der verhaftende Beamte Simpson verfaßte statt dessen eine Schaudergeschichte ersten Ranges, die auch nicht ein grausiges Detail ausließ, ob es nun etwas zur Sache tat oder nicht. Simpson tat dies wegen einer Kollegin namens Doris Guber, unter deren Höschen Simpson vorzudringen trachtete und die eine Vorliebe für sexuelle Details hatte. So befragte sie jugendliche Ausreißer immer nach ihren sexuellen Praktiken und ließ in ihre Berichte ausnahmslos genaue Informationen darüber einfließen, wie oft ein rechtswidriger Penis in eine rechtswidrige Vagina eingeführt und wieder aus ihr herausgezogen wurde, was allerdings für die strafrechtliche Belangung straffälliger Jugendlicher nicht unbedingt von vorrangiger Bedeutung war.

Doris' besonderes Interesse galt immer der Frage des Orgasmus; ob er eintrat, und wenn ja, wie stark und wie lange. Sie brauchte nur darüber zu reden, da konnte Simpson kaum mehr an sich halten; und so fing er an, seine Berichte ähnlich abzufassen.

»Hattest du mit dem Mädchen einen Orgasmus?« fragte Doris einmal einen mindestens achtzehnjährigen schwarzen Jungen, den sie dafür belangen wollte, daß er es mit seiner Nachbarin getrieben hatte.

»Ob ich einen was hatte?«

»Bist du gekommen?« half ihm Doris Guber mit leuchtenden Augen auf die Sprünge.

»Und wie.«

Bruce Simpsons unnachahmlich anschauliche Prosa ließ nichts aus. Die Seiten seines Berichts trieften nur so von Tod und Schmerzen. Er schilderte darin, wie Lena Rivers damals am ersten Tag dem kleinen Tommy den Matrosenanzug vom Leib gerissen hatte. Er folgerte daraus, daß Tommy darin zu sehr dem längst verschwundenen blonden Seemann geähnelt hatte, der die romantischen Wunschträume von Lena Rivers zum Platzen gebracht hatte, indem er seinen Abschied von der Navy nahm und mit unbekanntem Ziel in See stach. Bruce Simpson führte bis ins kleinste Detail aus, wie an jenem Tag Tommy Rivers' Abstieg in die Hölle begann und wie er erst durch seinen Tod zehn Monate später von seinen Qualen erlöst wurde.

Lena Rivers hatte damit begonnen, Tommy ständigem Beschuß durch verbale Beschimpfungen auszusetzen, um sich dann mit Schlägen, Essensentzug und schließlich sogar regelrechten Foltern immer mehr zu steigern. Je grausamer sie sich jedoch Tommy gegenüber verhielt, desto mehr Zuwendung bekamen ihre anderen drei Kinder zu spüren, die zwischen sieben und zehn Jahre alt waren. Außerdem war sie zu den älteren Kindern aus der Nachbarschaft außergewöhnlich freundlich und gab ihnen zum Teil sogar Bier und auch kleinere Beträge Geld von ihren zweimonatlichen Unterhaltszahlungen von seiten der Wohlfahrt. Nachdem sie einmal mit ein paar von ihnen Strip-Poker gespielt hatte, deflorierte sie schließlich sogar drei von ihnen.

Unter den heranwachsenden Jugendlichen des Blocks sprach es sich allmählich herum, daß Lena Rivers mit dem Neuzuwachs, dem sechs Jahre alten Tommy, recht grob umging. Später stellte sich dann heraus, daß mindestens zwei der jungen Burschen, die außer Poker noch verschiedenes anderes von Lena Rivers gelernt hatten, Zeuge geworden waren, wie die junge Frau strafbare Handlungen an dem kleinen Tommy begangen hatte. Bei zwei Gelegenheiten war Lena Rivers beobachtet worden, wie sie die Hand des Jungen in die Flamme des Gasherds hielt, weil er bettgenäßt hatte. Bei einer anderen Gelegenheit hatte sie dem kleinen Jungen befohlen, oral mit einem ihrer pokernden, sechzehnjährigen Liebhaber zu kopulieren, was der junge Bursche seiner Aussage vor Gericht zufolge jedoch abgelehnt hatte. Zu guter Letzt ergab sich, daß nicht weniger als drei junge Burschen, ganz normale Abkömmlinge von ganz normalen Nachbarn, gesehen hatten, wie Lena Rivers den nackten, kreischenden, elf Kilo schweren Jungen mit einer Kombizange um seinen Penis durchs Haus trug.

Während dieser zehn Monate des Schreckens hatte sich Lena Rivers allerdings auch weniger exotische Strafen für Tommy Rivers ausgedacht. So sperrte sie ihn zum Beispiel jedesmal, wenn er nach seiner Großmutter schrie, die er nie wieder zu Gesicht bekommen sollte, in den Besenschrank in der Küche. Für Tommy wurde dieser Besenschrank schließlich sogar so etwas wie ein Ort der Zuflucht, dessen friedvolles Dunkel er oft für Stunden genoß, wenn Lena Rivers ihn dort vergaß. Seine älteren Geschwister brachten ihm zwar hin und wieder über seine spärlichen Rationen hinaus etwas zum Essen, aber dieses wenige reichte nicht aus, ihn bei Gesundheit zu halten. Der Besenschrank wurde schließlich zu seinem Schlafzimmer. Neben dem Warmwasserboiler, der während der Nacht Wärme spendete, baute er sich aus Lumpen und alten Zeitungen ein Lager.

Baxter versuchte sich einzureden, daß er die kleine Gestalt, die in der Ecke des dunklen Besenschranks kauerte, vermutlich gar nicht gefunden hätte, selbst wenn er sich dazu hätte durchringen können, das Haus zu durchsuchen. Vielleicht hätte er seinen Verdacht, daß Lena Rivers ihm ein falsches Kind gezeigt hatte, nie beweisen können.

Baxter unterhielt sich später mit erfahreneren Jugendpolizisten, studierte einschlägige psychologische Werke und stellte sich selbst immer und immer wieder die Frage: »Aber *wieso* haben die anderen Kinder, vor allem die älteren Kinder aus der Nachbarschaft, der Polizei nie etwas gemeldet? Sie *wußten* doch, was Lena Rivers mit dem kleinen Tommy machte. Selbst die Kleinen wußten doch, daß hier etwas ganz und gar nicht stimmte.«

Die häufigste Antwort darauf lautete: »Kinder sind einfach neugierig, und das Ungewöhnliche, Bizarre hat sie schon immer fast krankhaft fasziniert. Die älteren Jungen beschwichtigte sie mit Alkohol und Sex, und ihre eigenen Kinder konnten am Beispiel Tommys sehen, was mit ihnen passieren würde, wenn Mami sie plötzlich nicht mehr lieb hätte, und folglich ...«

Später kamen Baxter Slate während seiner Zeit bei der Jugendpolizei immer wieder Fälle unter, in denen die Zeugen brutalste Mißhandlungen einfach ignorierten, und zwar nicht nur Jugendliche, sondern auch Erwachsene aus Nachbarschaft und Verwandtschaft. Und dann wurde Baxter Slate, ehemals römisch-katholisch, Alter sechsundzwanzig, mit zunehmender Deutlichkeit bewußt, wie zerbrechlich die menschliche Seele ist. Und er stellte fest, daß seine Seele, falls er eine hatte, im Absterben begriffen war.

Aus ›persönlichen Gründen‹ beantragte Baxter eine Rückversetzung zur Streife; er dachte sogar daran, ganz bei der Polizei aufzuhören. Dann mußte er allerdings feststellen, daß ihm seine humanistische Schulbildung fürs harte Berufsleben nicht gerade förderlich war. Er bekam zwar ein Angebot, an einer Grundschule zu unterrichten; allerdings auch dies nur unter der Voraussetzung, daß er eine pädagogische Ausbildung vorweisen könne, was Baxter nicht konnte und auch nicht nachzuholen beabsichtigte. Und außerdem bekam man als Polizist ein besseres Gehalt.

Also gab er sich damit zufrieden, in einer Funkstreife durch die Gegend zu kutschieren, ohne daß er, was seine Beförderung anbelangte, sonderlichen Ehrgeiz an den Tag gelegt hätte. Er lieh sich nie mehr von seiner Mutter Geld, die inzwischen zum vierten Mal geschieden war, und vor allem achtete er sorgsam darauf, daß niemand erfuhr, daß er intelligent und gebildet war, da dies Leute wie Roscoe Rules verärgern konnte.

Baxter achtete darauf, in Gesprächen mit anderen Polizisten hin und wieder ein paar grammatikalische Unsauberkeiten einzuflechten, und wenn er sich nicht gerade während einer Singstunde betrunken hatte, verwendete er in Roscoe Rules' Gegenwart auch nie Adverbien. Schon allein deren unschuldiger Gebrauch brachte Roscoe Rules oft zur Weißglut, weil sie in seinen Ohren so verdammt tuntig klangen.

Tommy Rivers, zu einem Fetzen Haut über einem winzigen Skelett reduziert, starb schließlich durch einen Hammerschlag, den ein gesundes Kind wahrscheinlich ohne weiteres überlebt hätte. Lena Rivers wurde verhaftet, was Bruce Simpson eine Gelegenheit bot, Doris Guber mit seiner blumigen Prosa schönzutun. Und Baxter Slate hörte bei der Jugendpolizei auf, weil er sich für den miesesten Jugendbeamten in der Geschichte der Vereinigten Staaten hielt. Zugleich intensivierte er seine Beziehung zu Foxy Farrell. Er machte erst mit ihr Schluß, als sie ihn beim Vögeln so wild in die Brust biß, daß sie ihm einen Fetzen Haut abzog. Und dann winselte sie, während sie ihn mit blutendem Mund küßte: »Das hat dir doch gefallen, Baxter! Es hat dir *gefallen*, du Dreckskerl! Gib's doch zu, du altes Arschloch! Soll ich's noch mal machen, hm? Oder soll ich dir erzählen, was ich gestern nacht mit Goldie gemacht habe, nachdem ich von dir weg bin? Goldies Pimmel ist so...«

Und dann weinte Baxter vor Scham und Wut. Er schlug Foxy Farrell ins Gesicht, bis sich unter sein Blut auch das ihre mischte. Und dann wurden ihr Augen glasig, und sie hielt ihn an den Handgelenken, und von ihren dunklen, schmalen Lippen träufelten die Worte: »Jetzt reicht's. Ich weiß jetzt, was dir gefällt, Liebling. Ist ja schon gut. Mami weiß. Mami *weiß*.«

Nachdem er also bei der Jugendpolizei aufgehört hatte und nicht mehr soviel an die Dinge dachte, die Foxy Farrell ihm über sich selbst beigebracht hatte – Dinge, die er nie hätte lernen sollen –, und als er sich allmählich wieder mit anderen Frauen verabredete und einem etwas normaleren Sexualleben etwas abzugewinnen versuchte, wurde Baxter Slate der erste Chorknabe, der im Dienst einen Menschen tötete. Er erschoß den ganz gewöhnlichen Typen.

Baxter und Spermwhale trafen sich oft mit anderen North End-Wagen auf einen Kaffee, und zwar vor allem mit 7-A-29, der mit Sam Niles und Harold Bloomguard bemannt war. Wenn es nicht viel zu tun gab, waren sie für sieben Uhr abends im Drive-in am Olympic Boulevard verabredet.

An dem Abend, an dem Baxter Slate den ganz gewöhnlichen Typen tötete, saß er wieder einmal zusammen mit Spermwhale Whalen im Drive-in und schäkerte mit den Bedienungen, während er seinen Kaffee schlürfte.

Zufällig hielt neben ihnen ein gelber Porsche, dessen Fahrerin Spermwhale das Kompliment machte, ihr blondes Haar passe genau zur Farbe ihres Wagens.

Das Mädchen meinte lachend: »Wie viele Mädchen halten Sie denn an, um ihnen einen Strafzettel zu verpassen, nur weil ihre Haarfarbe zu der des Wagens paßt?«

»In so einem Fall habe ich noch kein einziges Mal einen Strafzettel verteilt«, ließ Spermwhale weiter seinen Charme sprühen, während Baxter automatisch nach seiner Waffe griff, als ein Mann, dessen Rechte in der Tasche seines Regenmantels steckte, sich von links dem Funkstreifenwagen näherte.

Die Außentemperatur war an jenem Abend sicher fünfundzwanzig Grad, aber der Mann hatte den Kragen seines braunen Trenchcoat hochgeschlagen. Außerdem trug er einen breitkrempigen schwarzen Hut, wie sie schon seit mindestens zwanzig Jahren aus der Mode waren; allerdings sah man sie seit neuestem wieder des öfteren. Sein rundes Gesicht wirkte ziemlich verdellt, wie ein Klumpen Kitt, den jemand mit der Faust bearbeitet hat.

Der Mann griff in die Tasche seines Mantels und holte Spielzeughandschellen und eine Plastikbrieftasche daraus hervor. Letztere enthielt einen dieser Scherzpässe, den er ihnen zeigte. »Ich arbeite hier in dieser Gegend. Haben Sie vielleicht ein paar heiße Tips für mich? Irgend jemand, hinter dem Sie her sind? Ich wäre Ihnen gern bei Ihrer Arbeit behilflich.«

Baxters Hand entspannte sich über der Waffe; immer noch hinter dem Steuer des Funkstreifenwagens sitzend, sah er zu dem Mann auf, dessen verschwommene, blaue Augen unter der Hutkrempe hervorlugten, wobei ein leicht mongoloider Einschlag unverkennbar war. Von seiner psychischen und emotionalen Entwicklung her schätzte Baxter den Mann auf etwa zehn Jahre.

Spermwhale wandte sich nur kopfschüttelnd an seinen Partner und sagte: »Du bist wirklich der geborene Blutspender.« Baxter blätterte nämlich sein Notizbuch durch, wo er ein paar Fotos von Kriminellen fand, die längst im Gefängnis saßen. Er überreichte sie dem Trottel, der sein Glück kaum fassen konnte.

»Du meine Güte, vielen Dank!« sprudelte es aus dem selbsternannten Detektiv heraus. »Ich werde mich gleich auf die Socken machen. Ich werde diese Burschen finden! Darauf können Sie sich verlassen!«

»Wunderbar. Rufen Sie uns einfach an, wenn Sie sie ausfindig gemacht haben, ja?« Baxter mußte grinsen, als der Mann mit den Fotos davonschlurfte.

Nachdem es ihm nicht gelang, dem lachenden Mädchen im gelben Porsche die Telefonnummer zu entlocken, sah Spermwhale nach ihrem Nummernschild und ließ sich über Funk ihre Adresse durchgeben. Dann beugte er sich aus dem Fenster des Polizeiautos und sagte: »Wissen Sie, daß Sie mich an ein Mädchen erinnern, das ganz in meiner Nähe gewohnt hat, in Hollywood, in der Fountain?«

Das Mädchen sah ihn verdutzt an. »Sie haben in der Fountain gewohnt?«

»Ja«, nickte Spermwhale voller Überzeugungskraft. »Da war so ein Mädchen; sie hat im Sechstausenderblock gewohnt. Ich hab' sie des öfteren aus ihrer Wohnung kommen sehen. Ich habe zwar nie ihre Bekanntschaft gemacht, aber ich habe mich im Lauf der Zeit richtig in sie verliebt. Ich habe sogar mal den Hausmeister nach ihrem Namen gefragt. Sie hieß Norma. Und Sie sehen ihr wirklich verdammt ähnlich.«

»Ich... aber das muß doch ich sein! Ich heiße Norma!«

Und dann bemerkte sie Baxters Grinsen, und sie wurde rot, als sie sagte: »Also, woher wissen Sie das? Ach so, mein Nummernschild. Eine kleine Durchsage über Funk. Klar.«

»Aber es hätte doch tatsächlich so sein können.« Spermwhales zernarbte, buschige Augenbrauen senkten sich zerknirscht.

»Nachdem Sie ja nun schon meinen Namen und meine Adresse wissen, kann ich Ihnen ja auch gleich noch meine Telefonnummer geben«, meinte das Mädchen mit dem kanariengelben Haar, beeindruckt von den Möglichkeiten des Gesetzes und dem guten Aussehen Baxters.

Während Spermwhale also weiter flirtete, schlürfte Baxter seinen Kaffee und dachte an den Smog während der Dämmerung. Wie blau und sogar purpurn er im Schatten gewesen war. Gift kann sehr reizvoll ein, dachte Baxter Slate.

In diesem Augenblick bog ein weiterer Streifenwagen in das Drive-in-Restaurant ein und stellte sich an einen der hintersten Plätze. Baxter entschloß sich, Spermwhale mit seiner Blondine alleinzulassen und sich auf einen kurzen Schwatz zu den Insassen des neu angekommenen Wagens zu gesellen.

Er hatte eben seine Mütze und die Taschenlampe auf dem Fahrersitz zurückgelassen und schlenderte mit seinem Kaffee auf den Funkstreifenwagen zu, als vor seinen Augen das hintere Seitenfenster auf der Beifahrerseite mit einem lauten Knall zersplitterte. Und dann schepperte der vordere Kotflügel von 7-A-77: PONG!

Calvin Potts brüllte: »WIR WERDEN BESCHOSSEN!«

Baxter Slate warf sich zu Boden, während gleichzeitig die Türen des Schwarzweißen aufflogen. Und im nächsten Augenblick krochen auch schon Calvin Potts und Francis Tanaguchi auf ihren Bäuchen mit ihm über den Asphalt, ohne daß irgend jemand, auch nicht Spermwhale Whalen, der gerade einen Blauadrigen hatte, etwas davon gemerkt hätte.

Dann stellte Spermwhale den Funk leiser, da er ihm zu laut wurde. Und als er dann über den Parkplatz zu den drei auf dem Bauch liegenden Chorknaben hinübersah, flog auch in seinem Wagen plötzlich das Seitenfenster auf der Beifahrerseite heraus, woraufhin Spermwhale schneller aus dem Schwarzweißen war als Lieutenant Grimsley nach der Attacke durch die Enten aus dem MacArthur Park.

»Hast du den Lichtblitz gesehen?« brüllte Baxter, der sich inzwischen wieder auf die Knie aufgerichtet hatte und hinter seinem Streifenwagen Deckung suchte, während um sie herum alles seinen gewohnten Lauf nahm, als wäre nichts geschehen. Verschiedene Autoradios tönten disharmonisch durcheinander. Teller klirrten, Tabletts klapperten. Menschen schlürften cremige Milchshakes; kauten selig an fettigen Hamburgern; unterhielten sich. Niemand war sich einer Gefahr bewußt. Niemand bemerkte die vier blau uniformierten Männer, die auf dem Bauch über das Gelände krochen. Schließlich beugte sich eine miniberockte Bedienung zu Baxter herab und fragte: »Haben Sie Ihre Kontaktlinsen verloren, oder was ist?«

Und dann waren die vier Polizisten mit einem Mal auf den Beinen und rannten auf den Zaun zu, der das Gelände des Drive-in von dem Hinterhof trennte, aus dem die Schüsse gekommen waren.

Baxter faßte schließlich als erster wieder einen klaren Gedanken und schrie Spermwhale zu: »Spermwhale, fordere über Funk Verstärkung an.«

Und dann leuchtete Francis Tanaguchi mit seiner Taschenlampe vorsichtig in das Dunkel und brüllte: »Da liegt eine Knarre im Hinterhof!«

Calvin Potts kroch in das Dunkel und verschwand für ein paar Minuten, bis er geduckt wieder zurückgehetzt kam, ein umgebautes 22kalibriges Gewehr im Arm, mit einem Spezialgriff und einem Infrarot-Zielfernrohr. Die Waffe hätte an sich so schnell feuern können, wie man den Abzug drückte, aber was die Polizisten vermutlich gerettet hatte, war der Umstand, daß der Heckenschütze in seiner Aufregung den Abzug verklemmt hatte.

Als erster schlug Baxter Slate vor, mit den Autos die Gegend abzusuchen, und während Calvin und Francis noch die Glassplitter von ihren Sitzen wischten, raste Baxter bereits davon, daß die Kaffeetassen nur so durch das ganze Gelände flogen. Gleichzeitig wurde in der Ferne bereits die Sirene des ersten Einsatzwagens vernehmbar.

Spermwhale stieg vor der Einfahrt zum Hinterhof des nächsten Wohnblocks aus, während Baxter noch ein Stück weiter fuhr. Er ging davon aus, daß ein Mann, der gerade ein paar Polizisten aus einem Hinterhalt beschossen hatte, ziemlich weit und auch schnell würde laufen können.

Auf dem St. Andrew's Place sah Baxter Slate dann auch tatsächlich einen dunklen Schatten, der davonrannte. Er stieg aufs Gas, und die nächsten sechzig Sekunden gerannen zu einer bruchstückhaften Folge von Eindrücken, bis er mit quietschenden Bremsen neben der laufenden Gestalt anhielt und mit gezogenem Revolver in das Dunkel hinaussprang. Er wurde von dem wie sich später herausstellte, unbewaffneten Mann mit lautem, hysterischem Gebrüll empfangen, und dieses eine Mal dachte Baxter Slate nicht erst lange nach. Er folgte einfach seinen Instinkten und leerte das Magazin seiner Waffe in den Körper des Angreifers, wobei drei von sechs Geschossen ihr Ziel erreichten. Eine Kugel durchschlug den vorderen Gehirnlappen und tötete den Mann fast auf der Stelle. Er mußte feststellen, daß im Gegensatz zu der choreographierten Zeitlupengewalt, wie man sie aus dem Kino kennt, die wirkliche Sache rasch und unzusammenhängend vonstatten geht.

Nachdem er von den Beamten des Morddezernats intensiv verhört worden war und seinen eigenen Bericht geschrieben hatte, stieß ein blasser und angespannter Baxter Slate zu den anderen neun Chorknaben im MacArthur Park und versuchte, sie so gut wie möglich in die einzelnen Details einzuweihen. Das Problem war nur, daß es keine gab.

Der Name des jungen Mannes war Brian Greene, und zu Baxters Glück wurden auf dem Gewehr seine Fingerabdrücke entdeckt. Er war zweiundzwanzig Jahre alt. Er war weiß. Er hatte keinerlei Vorstrafen. Es gab keinerlei Anzeichen irgendwelcher psychischer Störungen. Der Vietnamkrieg war längst vorbei, und er hatte nicht daran teilgenommen. Er war kein Student. Er interessierte sich nicht für Politik. Er war Mechaniker. Er hatte Frau und Kind.

Francis war in jener Nacht während der Singstunde völlig außer sich; nicht so sehr vor Angst, als vor Wut – und schließlich vor Verzweiflung.

»Jetzt hör doch endlich auf, darüber zu reden«, versuchte Calvin ihn zu bremsen. »Ich kann das Ganze schon nicht mehr hören. Na gut, dieses Arschloch hat auf uns geschossen, und jetzt ist das Ganze überstanden, und damit hat sich's.«

»Aber begreifst du denn nicht, Calvin? Er wußte doch absolut nichts über uns. Er hat uns nicht einmal gekannt. Wir waren für ihn doch nur... nur... blau uniformierte Symbole!«

»Na gut, dann sind wir eben blau uniformiert«, hielt ihm Calvin entgegen. »Nach Sonnenuntergang siehst du doch im Ghetto außer Blau und Schwarz sowieso nichts anderes.«

»Aber wir waren auf dem Olympic Boulevard. Der gehört nicht zum Ghetto. Und es war ein Weißer. Warum hat er geschossen? Wer war er? Hat dieser Idiot denn nicht gewußt, daß wir ein bißchen mehr sind als blaue Uniformen mit einem Abzeichen dran? Wirklich verrückt. Ich möchte nur wissen, woher solche Leute kommen. Das möchte ich wirklich wissen.«

»Ich weiß nicht mal, woher *du* kommst«, brummte Calvin wütend.

»Ich weiß auch nicht, woher ich komme«, meinte Francis. »Ich weiß nicht mal, wo mir der Kopf steht.«

»Was für ein Scheißestablishment haben wir denn für ihn repräsentiert?« wollte Spermwhale wissen. »Ich hab's langsam satt, ein Symbol zu sein! Für meine Ex-Frauen und Ex-Kinder bin ich auch kein Symbol. Warum will so ein stinknormaler Typ mich abknallen?«

Und alle Chorknaben sahen sich im Mondlicht gegenseitig an, ohne daß einer von ihnen eine Antwort parat gehabt hätte.

»Ich wollte ihn nicht töten«, sagte Baxter leise. »Ich wollte noch nie jemanden töten.«

Plötzlich war es kalt im Park. Sie waren begeistert, als Ora Lee Tingle auftauchte und andeutete, sie könnte an diesem Abend möglicherweise einen losmachen.

10

7-A-29: Sam Niles und Harold Bloomguard

In der Nacht, in der Sam Niles und Harold Bloomguard auf den ›Stöhnenden Mann‹ trafen und eine Singstunde anberaumten, wurde Lieutenant Finque während des Appells von einer schrecklichen Migräne geplagt.

Schuld an seiner Migräne war der Umstand, daß er versuchte, für die Police Protective League einzutreten.

»Wie sollte diese verdammte Protective League etwas für uns tun?« wollte Spermwhale wissen. »Solange unsere feinen Herrn Vorgesetzten dort Mitglied sind? Begreifen Sie denn nicht, daß die League mehr wie eine richtige Gewerkschaft organisiert sein sollte. Aber so ist es doch wieder das alte Lied: Die da oben gegen die da unten. Und Sie zum Beispiel gehören doch auch schon zu denen da oben. In der League sollten meiner Meinung nach nur gewöhnliche Polizisten und vielleicht noch die Sergeants zugelassen werden. Aber alles, was darüber ist, ist doch der *Feind*, verdammt noch mal!«

»Das stimmt einfach nicht!« protestierte Lieutenant Finque. »Die Commander und die Deputy Chiefs sind genauso Polizisten wie ...«

»Meine Fresse, Lieutenant!« unterbrach ihn Spermwhale. »Wann haben Sie denn zum letztenmal gehört, daß ein Deputy Chief TBC oder einen Bruch oder eine Lungenentzündung gekriegt oder angeschossen, verprügelt oder mit einem Messer niedergestochen worden ist? Die einzige Polizistenkrankheit, die die je kriegen, sind Herzbeschwerden, und das auch nicht, weil sie aus Funkstreifenwagen springen müssen und hinter irgendwelchen Arschlöchern herrennen und sich vielleicht dann auch noch mit denen prügeln müssen. Nein, die Herzbeschwerden kriegen sie davon, weil sie bei diesen Sexorgien, bei denen sie sich ausdenken, wie sie uns am besten dazu bringen, die Köpfe hinzuhalten, so viel fressen und saufen!«

»Wie viele Deputy Chiefs und Commander begehen eigentlich im Schnitt Selbstmord?« warf Baxter Slate plötzlich ein, und für einen Moment wurde es absolut still im Raum, während jeder der Anwesenden kurz über diese gefährlichste aller Polizistenkrankheiten nachdachte.

»Nun, in der Regel sind es doch die gewöhnlichen Polizisten, die sich irgendwann mal ihre Knarre selbst in den Mund stecken«, wütete Spermwhale Whalen weiter, während er unbewußt an mindestens zehn Männer dachte, mit denen er zusammengearbeitet hatte und die auf diese Weise ihren Abschied genommen hatten.

»Ich würde mich schämen, ein Mitglied dieser Abteilung zu sein, wenn die Protective League je eine richtige Gewerkschaft werden sollte«, erklärte Lieutenant Finque feierlich. Wie alle höheren Polizeibeamten aus der Mittelschicht hegte auch er tiefstes Mißtrauen gegenüber allem, was irgendwie nach Gewerkschaft aussah.

»Bleiben Sie mir doch mit Ihrer Protective League vom Hals!« schimpfte Spermwhale Whalen. »Die streicht doch nur unsere Beiträge ein, damit die hohen Herren schön bei Kerzenlicht und Wein dinieren können, während ich mir in Fat Ass Charlie's Soul Kitchen Bohnensuppe reinwürgen kann.«

»Ich dachte immer, du stündest auf Soul food, Spermwhale«, grinste Calvin Potts.

»Wir sollten die Scheißstadtverwaltung für jede Beitragserhöhung verklagen«, fuhr Spermwhale fort. »Ich hab's satt, die Beiträge für die Protective League zu zahlen. Da garantiert mir doch eine zwei Jahre alt Packung Gummis mehr Schutz!«

»Was würdet ihr davon halten, das Thema zu wechseln?« schaltete sich Sergeant Nick Yanov ein, während sich der Lieutenant an seinen pochenden Schädel faßte und sich vornahm, Spermwhale Whalens Personalakte noch einmal durchzusehen, um sich Klarheit zu verschaffen, wie viele Monate dieser aufmüpfige Kerl noch bis zu seiner Pensionierung hatte. Und den Captain zu ersuchen, ob es nicht eine Wache gab, zu der sie ihn bis dahin versetzen konnten. Er dachte dabei zum Beispiel an das West-Valley-Revier, das vierzig Kilometer entfernt war.

Lieutenant Finques Augen fingen an, so rot und glasig zu werden, wie die von Roscoe Rules es ständig waren. In letzter Zeit klebte dem Lieutenant außerdem ständig weißer Speichel in den Mundwinkeln, da er mehr oder weniger unablässig Übersäuerungstabletten lutschte.

»Ich werde sofort das Thema wechseln, das Thema wechseln«, verkündete Lieutenant Finque in etwas eigenartigem Ton. »Der Captain hat das Schließfach für die Gewehre inspiziert und dabei eines entdeckt, dessen Lauf bis oben hin mit Zigarren vollgestopft war! Wenn so etwas noch einmal vorkommt, wird mir dafür jemand büßen!«

Niemand mußte sich nach Spermwhale umwenden, welcher der einzige Zigarrenraucher der Nachtschicht war. »Die jungen Polizisten, die sie heutzutage anstellen, klauen einem ja wirklich alles«, brachte Spermwhale zu seiner Entschuldigung vor. »Da muß man seine Sachen doch irgendwo verstecken, Lieutenant.«

Lieutenant Finque hatte in letzter Zeit etwas abgenommen. Zurückzuführen war dies auf seine Migräneanfälle, seinen übersäuerten Magen und sein Unvermögen, sich bei Captain Drobeck lieb Kind zu machen. Obwohl Lieutenant Finque alles versucht hatte, sich beim Captain einzuschmeicheln, hatte Captain Drobeck in diesem Moment schon drei Einladungen zum Abendessen ausgeschlagen. Darüberhinaus wußte der Lieutenant, daß er möglichst klaren Kopf behalten sollte, um sich täglich drei Stunden auf das bevorstehende Beförderungsexamen zum Captain vorbereiten zu können. Dazu war es unter anderem nötig, sich seine Frau und seine drei Kinder möglichst vom Leib zu halten. Und dann mußte er sich im Dienst noch mit solch aufmüpfigen Unruhestiftern wie Spermwhale Whalen herumschlagen.

»Sehen wir uns mal die Verbrechensberichte an«, schlug der Lieutenant vor und griff nach einem Stapel Papiere. »Hier haben wir einen tätlichen Angriff auf eine High-School-Lehrerin. Da steht, sie begann gerade ihre dritte Periode, als...«

»Ist das nicht ein bißchen spät?« kicherte Francis Tanaguchi dazwischen, woraufhin Lieutenant Finque krampfartig zusammenzuckte und das Protokoll zerriß. Dann blinzelte er mehrere Male hilflos mit den Augen, da er den Faden nicht wiederfinden konnte. »Dieses Protokoll ist einfach unmöglich. Eine unglaubliche Schlamperei. Von wem ist es eigentlich?« Seine Augen waren so wäßrig, daß er den Namen des ausstellenden Beamten nicht lesen konnte.

»Ich habe es doch extra mit Bleistift ausgefüllt, um nachträglich die Rechtschreibfehler ausbessern zu können, Sir«, meldete sich der Schuldige, Harold Bloomguard.

»Ach ja... es geht da so ein Gerücht herum.« Lieutenant Finque vergaß plötzlich die Verbrechensmeldungen und ging zu einer Notiz in seinem Ordner über. »Möglicherweise wird es heute nachmittag zwischen vier Uhr und vier Uhr dreißig in der Nähe der Dorsey-High-School zu einem Aufruhr kommen. Verschiedene militante...«

»Ein halbstündiger Aufruhr?« unterbrach Calvin Potts den Lieutenant, welcher daraufhin den Faden noch mehr verlor. Er fing an, sich mit Sergeant Yanov, der rechts von ihm saß, zu unterhalten, als wären sie allein im Raum.

»Wissen Sie, Yanov, es kursiert da ein Gerücht, daß diese jungen Vietnamveteranen, die sie heutzutage anstellen, Hasch rauchen. Sie wissen ja selbst, wie schwierig es allein schon ist, sie dazu zu bringen, daß ihre Haare nicht über den Kragen stehen und ihre Schnurrbärte sauber gestutzt sind. Und dann ist auch noch durchgedrungen, daß ein paar Polizisten davon gesprochen haben, einen Schichtleiter fertigzumachen... regelrecht fertigzumachen!«

»Ich werde die Verbrechensmeldungen vorlesen«, sagte Sergeant Yanov abrupt. Und während die anwesenden Polizisten sich allmählich mit wissenden Blicken anzusehen begannen, legte er Lieutenant Finque beruhigend seine Hand auf den Arm. »Sehen wir mal, was so alles geboten ist. Ach ja, das hier könnte vielleicht zur Hebung der allgemeinen Stimmung beitragen. Ein Triebtäter steckte sich seine Automatik in den Gürtel, während er sein Opfer dazu zwang, ihm einen zu blasen, und das hat den Kerl dermaßen erregt, daß er sich mit einem Mal seine Eier weggeballert hat!«

Der tosende Beifall, der auf diese Meldung hin ausbrach, schreckte Lieutenant Finque entsetzt auf. Das einzige, was ihn daran hinderte, aufzuspringen, war Sergeant Yanovs starke linke Hand, die seinen Unterarm auf die Tischplatte preßte.

»Seht euch außerdem ein bißchen nach Melvin Barnes um«, fuhr Sergeant Yanov fort. »Er wohnt hier in der Gegend und hat sich schon einige Zeit nicht mehr bei seinem Bewährungshelfer gemeldet. Er treibt sich sicher auf der Western Avenue herum, weil er dort einfach so was wie eine Berühmtheit ist. Außerdem macht es ihm nichts aus, verhaftet zu werden. Er braucht das sozusagen schon fast. Leute wie ihn gibt's ja zu Tausenden.«

»Amen«, fiel Spermwhale Whalen ein. »Wenn ihr mich fragt, dann trifft das auf mindestens die Hälfte dieser Scheißbevölkerung zu. Die kommen allein nicht mit ihrem Leben klar, also soll sich irgendeine staatliche Institution um sie kümmern. Wir sollten vielleicht unsere Gefängnisse noch ein wenig komfortabler ausstatten, dafür sorgen, daß die Jungs ab und zu auch mal zum Vögeln kommen und so; und ich kann euch sagen, ihr würdet keinen von denen mehr auf den Straßen finden. Scheiße, es wäre wahrscheinlich wesentlich billiger, sie ein wenig bei Laune zu halten und für den Rest ihres Lebens einzulochen, als sie ständig wieder von neuem durch das ganze Scheißsystem zu jagen; und das auch noch auf Kosten der Unglücklichen, die ihnen dabei dummerweise in die Quere kommen.«

»Du hast ja 'ne Menge guter Ideen, Spermwhale«, bemerkte Harold Bloomguard. »Hast du dir schon mal überlegt, dich zum Sergeant pervertieren zu lassen?«

Während Sergeant Yanov sich also bemühte, die allgemeine Stimmung etwas zu heben, damit die Männer ihren Dienst mit einem gewissen Maß an Zuversicht antreten konnten, ging Lieutenant Finque ein paar Briefe durch, die ihm mit der Abteilungspost zugestellt worden waren. Die Stimmen Yanovs und der Männer schienen weit entfernt zu sein. Der Lieutenant bemerkte auch nicht Francis Tanaguchis Grinsen, als er den letzten Umschlag öffnete. Er enthielt ein Foto aus dem Labor, auf dem eine neunzehnjährige Schwarze abgebildet war, die schon drei Wochen tot gewesen war, bis ihre Leiche entdeckt und die Aufnahme gemacht wurde. Ihr weißes Haar war elektrisch aufgeladen. Ihre silbrigen Augen standen offen, und aus ihrem Mund ragte die schwarze Zunge. An das Foto war ein kleiner Zettel mit folgender Aufschrift geheftet: ›Lieber Lieutenant Finque, wie kommt es, daß Sie mich nicht mehr besuchen kommen, seit Sie in die Westside versetzt worden sind? Sie schnuckeliger, blauäugiger kleiner Teufel!‹

Der Lieutenant blinzelte und zuckte und hoffte, an diesem Abend die Wache noch bei lebendigem Leibe verlassen zu können. Dann stand er plötzlich auf und sagte etwas Unverständliches zu Sergeant Yanov, bevor er den Raum verließ.

An diesem Abend legte jemand eine fingierte Zeitbombe, die aus mit Klebstreifen zusammengehaltenen Warnlichtern und einem billigen Wecker bestand, unter Lieutenant Finques Schreibtisch, als dieser sich gerade einen Kaffee holte. Um zweiundzwanzig Uhr versicherte das Bombenteam der Wilshire-Station dem Captain per Telefon, daß es sich dabei nicht um Dynamit handle. Irgendein Mann der Nachtschicht hatte dem Lieutenant lediglich einen Streich spielen wollen. Um dreiundzwanzig Uhr verließ Lieutenant Finque, bis zum Hals mit Beruhigungsmitteln vollgepumpt, das

Daniel Freeman Hospital. Daraufhin war er sieben Tage lang krank; die Symptome waren denen einer Kampfmüdigkeit nicht unähnlich. Aufgrund seiner hervorragenden Leistungen als Trillerpfeifenverkäufer wurde er in die Innenstadt versetzt, wo er zum Adjutanten von Chief Lynch ernannt wurde. Sein Aufstieg war offensichtlich nicht mehr aufzuhalten.

Mit einem Meter fünfundachtzig und achtzig Kilo Gewicht war Sam Niles nicht unbedingt außergewöhnlich groß und kräftig, aber neben Harold Bloomguard wirkte er wie Gulliver. Mit achtundsechzig Kilo auf einem recht zierlichen Körper war Harold Bloomguard der kleinste Chorknabe. Um die körperlichen Voraussetzungen bei der Einstellungsprüfung zu erfüllen, hatte er sich die letzten drei Tage davor mit einer speziellen Diät aus Bananen und Sojabohnen vollgestopft.

Die Chorknaben behaupteten immer, was Harold an körperlicher Statur fehle, mache er durch körperliche Schwäche wett. Sowohl Ora Lee Tingle als auch Carlina Moon hatten ihn während einer Singstunde im Armdrücken geschlagen, worauf Harold, der sonst durchaus einen kleinen Scherz vertragen konnte, in seiner Unterwäsche in den Ententeich hinauswatete und dort auf Duck Island zusammen mit den Enten schmollte. Er weigerte sich, an Land zurückzukehren, bevor nicht alle Chorknaben bis zur Bewußtlosigkeit betrunken waren oder nach Hause gefahren waren.

»Mach dir doch nichts draus, Harold! Mach dir doch nichts draus, Harold!« rief Wasmeinstdu-Dean zu der einsamen weißen Gestalt hinüber, die sich im Dunkel auf Duck Island zusammengekauert hatte, einem zehn auf zehn Meter großen Haufen Dreck und Geäst mitten in dem großen Ententeich, den sie alle MacArthur Lake nannten.

»Was hat er gesagt, Dean?« fragte Harold Bloomguards Partner, Sam Niles, als Wasmeinstdu-Dean sich wieder zu den Chorknaben gesellte, die gerade Carolina Moon zu überreden versuchten, es doch wieder einmal mit ihnen zu probieren, auch wenn sie wirklich müde war, nachdem sie den ganzen Abend im Peppermint Club in Hollywood bedient hatte.

»Was soll wer gesagt haben?«

»Na, Harold natürlich! Oder mit wem hast du denn dort drüben eben rumgebrüllt, hm?«

»Ich weiß nicht«, meinte Wasmeinstdu-Dean mit einem verwirrten Stirnrunzeln.

»Harold Bloomguard, verdammt noch mal!« schaltete sich Spermwhale ein, der noch ein Stück saurer auf Wasmeinstdu-Dean wurde als die anderen, da er sich mehr oder weniger um ihn kümmern mußte, wenn er so betrunken war.

»Du hast doch zu Harold auf der Enteninsel rübergerufen, oder nicht?« versuchte Ora Lee Tingle es mit Geduld, während Francis Tanaguchi hinter ihr her über den Rasen kroch. Er trug sein LAPD-Baseballtrikot mit der Nummer 69 auf dem Rücken, zwickte sie in ihren ausladenden Hintern und brüllte jedesmal laut auf, wenn sie ihn gegen die Schulter stieß und in die weichen Arme von Carolina Moon schleuderte, die ihn mit ihren enormen Brüsten empfing und ihm ins Ohr flüsterte: »Du süßer kleiner Scheißjapse, du!«

»Ich muß zugeben, daß ich mit irgend jemandem rumgebrüllt habe; aber ich kann mich nicht mehr erinnern, was«, gestand Wasmeinstdu-Dean schließlich und wünschte sich insgeheim, die andern würden endlich aufhören, auf ihm herumzuhacken, und ihn stattdessen weiter trinken und auf Ora Lee Tingles Bauch liegen lassen, damit er seinen angestrengten Verstand etwas ausruhen konnte. »Ich glaube, ich habe sogar jemanden antworten gehört.«

»Und was hat er geantwortet, du Einfaltspinsel?« wollte Spermwhale wissen.

»Ich glaube, er hat gesagt: ›Quak, quak.‹«

Daraufhin ließen sich sämtliche Chorknaben stöhnend ins Gras plumpsen, wo sie angewidert die Augen zum Himmel hoben. Dann packte Spermwhale Wasmeinstdu-Dean an seinem Bugs-Bunny-T-Shirt und fuhr ihn an: »Das war eine Ente, du Idiot! Quak, quak sagen nur Enten. Harold würde wohl kaum quak, quak sagen. Du hast mit einer Ente gesprochen!«

»Die hat mich zumindest nicht so angebrüllt«, schniefte Wasmeinstdu-Dean, und von seinem linken Auge löste sich eine große, runde, salzige Träne. »Ich weiß gar nicht, was du eigentlich willst. Was soll das Ganze? Warum hackt ihr alle so auf mir herum? Hm? Kannst du mir das vielleicht sagen?«

Sie gaben es schließlich auf und ließen Wasmeinstdu-Dean seinen Wodka austrinken, woraufhin er binnen drei Minuten völlig vergessen hatte, daß alle auf ihm herumgehackt hatten und daß Harold Bloomguard allein und fast völlig nackt bei den Enten auf Duck Island herumsaß. Bis auf Sam Niles hatten im übrigen alle binnen kurzem Harold Bloomguard wieder vergessen, und auch Sam Niles sollte sich noch wünschen, er hätte lieber nicht an seinen Partner gedacht.

Um fünf Uhr morgens, als nur noch die zwei Mädchen und drei der Chorknaben übrig waren – sie lagen auf den mitgebrachten Decken herum – zog Sam Niles sich aus und watete durch den Schlick zur Enteninsel, wo er die schlafenden Entlein von Harold Bloomguards bibberndem Körper scheuchte, ihn wachrüttelte und dann durch das kalte, schmutzige Wasser zu seiner Decke und seinen Kleidern schleppte. Dann gelangte Sam allerdings zu dem Schluß, daß Harold eindeutig zu dreckig war, um ihn in seinen Ferrari zu packen. Also brach er das Schloß an der Tür eines Geräteschuppens der Parkverwaltung auf und zerrte einen Gartenschlauch daraus hervor. Dann zwang er den vor Kälte zitternden Harold Bloomguard, sich auf den Rasen zu stellen, und spritzte ihn von Kopf bis Fuß ab, bevor er ihn mit den Decken abtrocknete und anzog.

»Ich hätte dir so etwas nie angetan, Sam!« protestierte Harold, als ihn der unerbittliche Wasserstrahl traf, so daß seine Hoden zu Bucheckern schrumpften.

»Glaubst du, ich lasse dich so voll grüner schleimiger Entenscheiße in meinen Ferrari«, knurrte Sam Niles, der von monströsen Kopfschmerzen geplagt wurde.

»Immerhin habe ich dir einen schönen Batzen Geld für die Anzahlung geliehen!« erinnerte ihn Harold und zuckte zusammen, als ihn der Strahl an den Bucheckern traf. Sein entsetztes Aufkreischen weckte Roscoe Rules, der die zwei halbnackten Männer vor dem Geräteschuppen für zwei Schwule hielt, die sich im Park tummelten. Mit einem lauten Rülpser legte Roscoe los: »Macht mal lieber nicht so viel Krach, ihr verdammten Scheißtunten, sonst könnt ihr eure Zähne einzeln einsammeln!« Und dann schlief er auf der Stelle wieder ein.

Als Harold einigermaßen sauber war, schwor sich Sam Niles, daß er sich Harold Bloomguard eines Tages irgendwie vom Hals schaffen würde. Seiner Auffassung nach hatte dieser Kerl etwas mehr als nur eine leichte Macke.

Manchmal hatte Sam Niles das Gefühl, als hätte er Harold Bloomguard immer schon am Hals gehabt, als wäre schon von den frühesten Anfängen seines Lebens an eine kleine Gestalt neben ihm gewesen, die mit ihren rehbraunen Augen blinzelte, ihre Fingerknöchel knacken ließ, ständig mit dem Taschenmesser an einem pickligen Hautausschlag am Hals herumschabte und, was am schlimmsten war, ohne es selbst zu merken, seine Zunge zusammenrollte, und damit kleine Spuckebläschen in die Welt blies.

»Das macht einen ja ganz krank!« hatte Sam Niles Harold Bloomguard in den sieben Jahren, in denen er ihn kannte, sicher schon tausendmal zu verstehen gegeben. »Wirklich übel kann einem davon werden!«

Und Harold Bloomguard würde ihm zustimmen und versprechen, es nie wieder zu tun; und jedesmal, wenn er wieder einmal aufgrund einer der mehreren hundert neurotischen Ängste, mit denen er zu leben hatte, nervös oder konfus oder verängstigt war, würde er einfach dasitzen und sich Sorgen machen, und dann würde sich seine Zunge zusammenrollen und von seinem Mund würden kleine, runde, schimmernde Speichelkügelchen tropfen.

Sam Niles wurde klar, daß er mit sechsundzwanzig Jahren, nur vier Monate älter als Harold Bloomguard, eine Vaterfigur für diesen war. Dies war schon seit Vietnam so gewesen, als Harold Bloomguard mehr oder weniger versucht hatte, sich lebenslang an Sam Niles zu hängen. Er schied zwei Monate nach Sam aus der Army aus und schloß sich wie dieser nach seiner Rückkehr nach Pomona in Kalifornien, wo Harolds Vater als Anwalt arbeitete und seine Mutter in einer Nervenklinik untergebracht war, der Polizei von Los Angeles an.

Es war immer dasselbe, Harold bat Sam, ihm zu helfen, seinen letzten symbolträchtigen Traum zu deuten, woraufhin Sam immer geltend machte, Harold solle doch einen Psychiater konsultieren, wenn er wirklich Angst davor habe, wie seine Mutter in der Klapsmühle zu enden. Das Problem war nur, daß Harold Bloomguard der festen Überzeugung war, daß vor allem die wöchentlichen Sitzungen bei einem dieser Kopfschrumpfer daran schuld waren, daß seine Mutter in die Nervenklinik hatte eingeliefert werden müssen; denn bis ihr die Segnungen der Psychotherapie zuteil wurden – Harold befand sich zu diesem Zeitpunkt in Übersee – war seine Mutter nichts weiter als ein bißchen neurotisch. Und so wurde Sam Niles zum einzigen Psychiater, den Harold Bloomguard je konsultierte, und dies war schon so, seit Sam sich dazu hatte hinreißen lassen, sich des dürren, schwächlichen, kleinen Soldaten etwas anzunehmen.

Wie es die Ironie des Schicksals wollte, hatte Sam Niles es Harold

Bloomguard zu verdanken, daß er vorübergehend zur Sitte versetzt wurde, wie er sich das schon immer gewünscht hatte. Als er nämlich vom Lieutenant der Sitte gebeten wurde, zwei Wochen für ihn zu arbeiten, weil die Damen vom Straßenstrich allmählich die Gesichter seiner Leute zur Genüge kannten, hatte Harold den Lieutenant mit der Antwort überrascht: »Ich weiß, daß ich nicht gerade wie ein Polizist aussehe; klein und unscheinbar wie ich bin. Aber wieso nehmen Sie nicht auch meinen Partner Sam Niles? Der sieht auch nicht aus wie ein Polizist.«

»Das soll wohl ein Witz sein«, meinte darauf Lieutenant Handy. »Das ist doch dieser dunkelhaarige Bursche mit dem Schnauzer, oder nicht?«

»Ja.«

»Dem ist doch der Polizist auf hundert Meter Entfernung anzusehen.«

»Aber er trägt eine Brille, Sir«, beharrte Harold Bloomguard. »Und es gibt nicht allzu viele Polizisten, die eine Brille tragen.«

»Das geht auf keinen Fall. Die Mädchen würden ihm den Polizisten auf der Stelle ansehen. Sie sind der Mann, den ich brauche. Wir werden Ihnen einen Brooks-Brothers-Anzug anziehen, und sie werden sich auf Sie stürzen wie die Fliegen.«

»Wie Sie meinen, Sir«, entgegnete Harold schüchtern. »Ich weiß das durchaus zu schätzen. Sie sind seit viereinhalb Jahren der erste, der vorgeschlagen hat, mich in Zivilkleidung zu stecken. Und ich weiß das wirklich zu schätzen. Aber...«

»Ja?«

»Wissen Sie, Sam und ich waren in Nam bei derselben Einheit. Und hier in der Wilshire-Station fahren wir schon seit Jahren denselben Streifenwagen...«

»Also gut; wenn Sie unbedingt meinen. Ich brauche sowieso noch zwei Uniformierte für die nächsten zwei Wochen. An sich hatte ich mich dabei schon für Baxter Slate entschieden. Ihm scheinen die Frauenherzen ja nur so zuzufliegen. Außerdem wollte ich noch einen Mann von der Tagschicht. Aber wenn Sie unbedingt Sam Niles dabeihaben wollen, einverstanden. Soll er für den Neuling von der Tagschicht einspringen.«

»Das ist großartig, Lieutenant«, schwärmte Harold. »Sie werden diese Entscheidung sicher nicht bereuen. Sam ist der beste Polizist, mit dem ich je gearbeitet habe. Und außerdem ein prima Kumpel.«

»Ja, ja, schon gut. Wir werden Sie bis Mitte August brauchen. Sozusagen für einen kleinen Kreuzzug gegen die Straßenmädchen. In alles Weitere werde ich Sie später einweihen.«

Sam Niles wußte nichts von Harolds Unterredung mit dem Lieutenant von der Sitte und war ziemlich baff, als er hörte, daß auch Harold Bloomguard für den Auftrag eingeteilt war.

»Schon seit dreizehn Monaten versuche ich, mal einen Job bei der Sitte zu kriegen«, äußerte Sam Niles seinem Partner gegenüber, nachdem er von seinem Glück erfahren hatte. »Ich möchte nur wissen, wie die dazu kommen, auch dich zu nehmen?«

»Keine Ahnung, Sam«, zuckte Harold mit den Achseln. »Vermutlich habe ich mich auch hier wieder mal erfolgreich an deinen Rockzipfel gehängt.«

Aber vorher hatten Sam Niles und Harold Bloomguard noch ein Erlebnis, das Sam Niles dazu veranlaßte, eine Singstunde einzuberufen. Das war vor ihrem Einsatz bei der Sittenpolizei und vor dem Augustmord im MacArthur Park. Sam und Harold trafen auf den ›Stöhnenden Mann‹. Sie machten einen guten Fang an jenem Abend, kaum daß sie fünf Minuten die Wache verlassen hatten – oder besser: Fast hätten sie einen guten Fang gemacht. Es war vier Uhr nachmittags. Zweifellos ging es dem mageren Fixer in dem langärmeligen Hemd, den sie in der Fourth/Ecke Ardmore sahen, nicht gerade gut. Und der Kerl mußte an der Nadel hängen, wie er so schwach und erbärmlich an der Straße stand, daß er nicht einmal den Schwarzweißen sah, der mit Sam Niles am Steuer und Harold Bloomguard neben ihm die Straße herunterglitt.

Der Fixer war ein Mexikaner; groß, ausgemergelt, und Augen wie schlammiges Wasser. Er hatte sich kürzlich von einer Hepatitis erholt, die er sich von einer Art Gemeinschaftsartillerie zugezogen hatte, die in einem Schießstand in East Los Angeles von Drücker zu Drücker weitergereicht wurde.

»Der Kerl dort drüben hat sicher 'nen Schuß nötig«, brummte Sam Niles, während er den Funkstreifenwagen auf der falschen Straßenseite an den Straßenrand lenkte.

Noch bevor der Süchtige sie überhaupt bemerkte, war Harold schon aus dem Wagen. Der Fixer wandte sich um und wollte weggehen, aber Sam holte ihn rasch ein, packte ihn am Ärmel seines Hemds und schleuderte ihn Harold in die Arme.

»Halt dich schön still, und laß dich von meinem Partner abklopfen«, forderte Sam Niles den Mann auf, der mit dem unvermeidlichen »Was, ich?« antwortete.

»Meine Fresse«, stöhnte Sam Niles. »Wer denn sonst?«

Als Harold damit fertig war, ihn an der Vorderseite vom Hals bis zu den Knien abzutasten, und sich dem Rücken zuwandte, versuchte der Fixer eine, wie er dachte, schnelle Bewegung zu seinem Gürtel zu machen, wurde aber von Sam Niles in den Polizeigriff genommen und hochgehoben, so daß er nur noch auf den Zehenspitzen stehen konnte und so ziemlich vergaß, was ihm sonst noch alles weh tat.

»Hey, jetzt aber mal langsam, verdammt!« brüllte der Giftler.

»Ich hab' dir doch ausdrücklich gesagt, keine raschen Bewegungen, Freundchen.« Sam preßte seinen Arm um den Hals des Mexikaners und übte gerade soviel Druck auf die Halsschlagader aus, um ihm zu demonstrieren, daß das farb- und geruchlose Luftgemisch, das er einatmete, sogar noch süßer und kostbarer sein konnte als die weiße, kristalline Chemikalie, mit der er sich seit zwanzig Jahren seine Arme und Hände und Beine und seinen Hals und seinen Penis vollgepumpt hatte.

»Ich hab's, Sam.« Harold riß ein kleines Papiertütchen vom Gürtel des Fixers, wo es mit Klebstreifen befestigt gewesen war.

»Na, großartig ist das ja nicht gerade«, bemerkte Sam Niles herablassend, während er den Druck um den Hals des Mannes etwas verringerte.

»Also gut, habt ihr's also gefunden«, knurrte der Fixer.

»Sind Sie krank?« fragte ihn Harold Bloomguard.

»Nichts Ernsthaftes, wirklich nichts Ernsthaftes.« Der Mann wischte sich an seiner Schulter Augen und Nase ab, während ihm Sam Niles Handschellen anlegte. »Jetzt hören Sie aber mal. Sie werden mich doch wegen dem bißchen Stoff nicht einbuchten. Hätte ich mir doch einen Schuß setzen sollen, verdammte Scheiße. Das soll mir in Zukunft eine Lehre sein.«

»Wie kommt es überhaupt, daß Sie *nicht* gefixt haben, krank wie Sie sind?« wollte Sam Niles wissen, nachdem er die Handschellen hatte zuschnappen lassen.

»Diese Alte. Diese miese, verrottete Alte. Sie wollte sich hier mit mir treffen. Mich nach Hause bringen. Ich sollte was besorgen, und sie wollte sich hier mit mir treffen. Sie hat 'ne Spritze, und außerdem steht sie auf mich. Meine Fresse...« Liebevoll blickte er auf das Tütchen in Harolds Hand. »Hören Sie, ich werde für Sie arbeiten. Lassen Sie mich frei, und ich sage Ihnen, wie Sie einen Typen schnappen können, der das Zeug unzenweise verdealt. Geben Sie mir doch noch mal 'ne Chance. Ich will keine Knete; nur, daß Sie mich laufen lassen. Ich bin Ihr Mann, und das völlig umsonst. Sie können mir natürlich ein bißchen Stoff zukommen lassen, wenn Sie wieder mal 'nen Dealer hochgehen lassen. Sie brauchen nur hier irgendwo ein kleines Tütchen verstecken, das ich mir dann abholen kann. Wir könnten zusammenarbeiten wie Partner. Auf diese Art und Weise würden Sie mehr Fänge machen als die Jungs vom Rauschgiftdezernat. Na, was halten Sie davon?«

»Los, gehen wir«, drängte Sam Niles und schob den Fixer in Richtung Wagen. Aber Harolds Augen weiteten sich bei dem Gedanken an die Verbindungen zu internationalen Drogenhandelsringen, auf die der Süchtige anspielte.

»Hören wir uns doch mal an, was er zu sagen hat«, schlug er deshalb vor.

»Harold, ich bitte dich! Dieser Kerl würde doch das Blaue vom Himmel herunterlügen...«

»Und Einbrecher. Ich kann Ihnen sagen, ich kenne Millionen von den Kerlen«, redete der Giftler, immer noch mit Handschellen, verzweifelt auf Harold ein, während Sam ihn auf die offene Tür des Streifenwagens zuschob. »Hauptsächlich Tageseinbrecher. Alles Giftler. Diese ganzen Weiber sind ja inzwischen verdammt faul geworden; liegen den halben Tag im Bett herum. Deshalb ist es auch gar nicht mehr so einfach, am Morgen 'ne Wohnung auszunehmen, wie wir das früher immer gemacht haben. Aber ich kenne trotzdem noch jede Menge Einbrecher. Wollen Sie einen Einbrecher, Officer...?«

»Bloomguard.«

»Officer Bloomguard, ja. Wollen Sie einen Einbrecher, Mister Bloomguard?«

»Wieso wollen wir die Sache nicht wenigstens mal versuchen, Sam?« wandte sich Harold an Sam Niles, als dieser gerade dabei war, den Mexikaner auf den Rücksitz des Funkstreifenwagens zu bugsieren.

»Und Tricks weiß ich, kann ich Ihnen sagen. Mann, ich könnte Ihnen ein paar Tricks beibringen. Von mir könnten Sie wirklich noch was lernen, Mister Bloomguard. Ich treibe mich nun schon vierzig Jahre auf dieser Welt rum. Ich fixe schon, seit ich fünfzehn bin, und wie Sie sehen, bin ich immer noch am Leben. Wissen Sie zum Beispiel, wie Sie einen Fixer erkennen können, selbst wenn ihm nichts fehlt? Suchen Sie nach Brandlöchern in seinen Kleidern und nach Blasen an seinen Fingern. Wenn so 'n Kerl auf einen Schuß wartet, wird er sich halb zu Tode brennen, wenn er 'ne Zigarette raucht. Das ist doch kein schlechter Tip, oder?«

»Nicht übel«, nickte Harold Bloomguard. »Sam, laß mich doch wenigstens kurz mit ihm reden.«

Angewidert ließ Sam Niles seine Arme sinken, schleuderte seine Mütze auf den Vordersitz und setzte sich auf den vorderen Kotflügel des Streifenwagens, während der Fixer Harold Bloomguard von seinem jämmerlichen Leben und seiner eifersüchtigen Wut auf eine Freundin erzählte, die ihn hereingelegt hatte.

»... und dieses Luder kann was erleben, Mister Bloomguard. Ich werde in dem Haus, in dem sie wohnt, in der Eingangshalle auf sie warten, und wenn sich ihr neuer Macker ins Haus schleicht, werde ich ihm heimlich nachgehen. Ich werde ihm mit 'nem Schraubenschlüssel eins über die Rübe ziehen, und dann schleppe ich ihn in den Besenschrank und zieh' ihm seine Hose runter und ficke ihn! Ja! Und dann werde ich seinen versohlten, durchgefickten Arsch vor die Tür meiner Alten schleppen und klingeln, und wenn sie dann an die Tür geht, werde ich sagen: »Hier, du Miststück! Hier hast du deine Freundin!«

»Der Karl hat echt Stil!« wandte sich Harold Bloomguard an Sam Niles, der erwiderte: »Ja, wirklich. Das muß man ihm lassen. Laden wir ihn doch zu 'ner Singstunde ein, Harold.«

»Und noch was, Officer. Weil Sie so nett waren, mir zuzuhören, werde ich Ihnen weitere Scherereien ersparen. Wissen Sie was? Soll ich Ihnen die Wahrheit sagen? Ich bin mir nicht mal sicher, ob Sie mich überhaupt einlochen können. Und wissen Sie, warum?«

»Warum?« fragte Harold Bloomguard, während Sam Niles inzwischen so weit war, daß er am liebsten den Fixer *und* Harold Bloomguard mit einem kräftigen Tritt in den Hintern in den Wagen befördert hätte.

»Weil ich glaube, daß mich dieser Scheißkerl, von dem ich das Zeug habe, reingelegt hat. Dieses Schwein hat nämlich schon öfter versucht, einem reinen Milchzucker anzudrehen; und er hofft dann, daß er einem ein paar Tage lang nicht in die Quere kommt. Der Kerl ist schon so am Ende, daß er für ein bißchen Knete alles tun würde.«

»Sie glauben also, das ist Milchzucker?« erkundigte sich Harold und zog das Tütchen aus seiner Hemdtasche, während Sam

Niles aufstand, seine Zigarette austrat, seine Stahlrandbrille zurechtrückte und sagte: »Harold, los, fahren wir.«

»Ja, ich glaube, daß es wahrscheinlich Milchzucker ist«, nickte der Fixer. »Und Sie werden mich laufen lassen müssen, sobald Sie auf der Wache Ihre Tests gemacht haben. Probieren Sie's doch mal. Ich glaube, es ist reiner Zucker.«

»Harold!« warnte Sam Niles, als Harold Bloomguard das Tütchen neugierig öffnete, jedoch nicht, ohne sich vorher vergewissert zu haben, daß die Hände des Giftlers durch die Handschellen auf seinem Rücken sicher aneinandergekettet waren.

»Harold!« Sam Niles trat einen Schritt vor, während Harold gerade seinen Finger mit der Zunge befeuchtete, um damit etwas Zucker zu stippen. Und gleichzeitig machte der Mexikaner sein Versprechen wahr, Harold ein paar Tricks beizubringen.

Der Süchtige blies das Gramm Heroin auf dem auseinandergefalteten Stückchen Papier in Harolds Handfläche in die Luft, so daß Sam Niles mitansehen konnte, wie der weiße Staub in das Gras zu seinen Füßen niederrieselte.

»Mein Gott«, stöhnte Harold Bloomguard auf und sank in die Knie, um verzweifelt Grashalme auszureißen und nach dem Beweismaterial zu suchen, das der Süchtige eben weggepustet hatte.

Für einen Augenblick hielt der Fixer seinen Atem an, als Sam Niles auf ihn zutrat und ihn drohend aus seinen grauen Augen anfunkelte. Aber dann schloß Sam Niles wortlos die Handschellen auf, legte sie in das Etui zurück, hängte sich den Schlüssel wieder an seinen Schlüsselring, zog die Wagenschlüssel von seinem Revolvergürtel und klemmte sich hinters Steuer des Schwarzweißen, während Harold Bloomguard im Gras herumkroch und nach ein paar Puderstäubchen suchte.

»Wahrscheinlich könnten Sie das Zeug nicht mal mit 'nem Staubsauger bergen«, erteilte der Süchtige seinen gut gemeinten Rat. »Es war verdammt feinkörnig. Außerdem war es wirklich nur ein Gramm.«

»Vermutlich haben Sie recht«, nickte Harold Bloomguard. Dann stieg er neben Sam Niles in den Streifenwagen, und zwar gerade noch rechtzeitig, um nicht ein Bein zu verlieren, als Sam mit quietschenden Reifen davonschoß, um sich im nächsten Drive-in eine Tasse Kaffee zu genehmigen, die er jetzt dringend brauchte.

»Tut mir leid, Sam«, lächelte Harold verlegen, ohne seinen wütenden Partner anzusehen.

Der Fixier winkte ihnen zum Abschied nach und gelangte zu dem Schluß, daß Harold ein richtig netter Mensch war. Er hoffte, daß seine fünf Söhne, deren Erziehung er fünf verschiedenen Pflegemüttern überlassen hatte, ebenso prächtige Kerle werden würden.

Harold versuchte, die Sache mit dem Heroin zu überspielen, indem er sich an einen wirren Traum erinnerte, den er letzten Donnerstag gehabt hatte und den er seinem Partner noch nicht erzählt hatte. Und während er sich darauf konzentrierte, rollte er seine Zunge wieder zusammen und pustete kleine Speicheltröpfchen in die Luft. Sie landeten leise klatschend auf dem Armaturenbrett, so daß Sam mit den Zähnen knirschte.

»Sam, ich hätte dich da in einer bestimmten Sache gern um deinen Rat gefragt.«

»Ja, ja, ja. Was ist es denn diesmal wieder?«

»Ich glaube, ich werde impotent.«

»Ach, was du nicht sagst.«

»Ich bin letzte Woche nicht ein einziges Mal mit einem Diamantenschneider aufgewacht. Nicht einmal 'nen Blauadrigen hab' ich zusammengekriegt.«

»Du bist nicht impotent.«

»Woher willst du das wissen, Sam? Ich meine, woher willst du wissen, daß mir so was nicht passiert? Ich habe kürzlich über Impotenz gelesen, daß...«

»Hör lieber auf zu lesen, Harold. Das ist eine Hauptursache deines Problems. Du liest über diese Krankheit, und dann kriegst du auch tatsächlich die Symptome.«

»Du glaubst natürlich, das alles wäre nur eine Folge meiner Hypochondrie, aber...«

»Außerdem gehst du zu oft zu den Singstunden. Tritt mal lieber eine Weile etwas kürzer. Zu viel Alkohol macht aus jedem Schwanz 'ne weichgekochte Makkaroni. Außerdem wirst du langsam alt. Sechsundzwanzig. Du hast deinen Höhepunkt bereits überschritten. In deinem Alter solltest du lieber ein Stärkungsmittel trinken statt Alkohol.«

»Ich finde das überhaupt nicht zum Spaßen, Sam. Mir ist das todernst.«

»Das macht dir ganz schön Angst, was, Harold?«

»Allerdings«, nickte Harold Bloomguard, und Sam Niles knirschte neuerlich mit den Zähnen. Inzwischen konnte er das

Wort ›allerdings‹ nicht mehr ausstehen, da es einer von Harolds Lieblingsausdrücken war.

»Na gut, dann will ich dir mal was sagen, Harold. Impotent zu werden, wäre vielleicht gar nicht mal das Schlechteste für dich, weil Carolina Moon und Ora Lee Tingle so ziemlich die einzigen Weiber sind, über die du in letzter Zeit mal drüber gedurft hast; und ich kann mich des Eindrucks nicht ganz erwehren, daß du auch das nur machst, um als angesehenes Mitglied einer keineswegs so respektablen Gruppe dazustehen, die sich einmal die Woche zu einem Besäufnis trifft und bei der Gelegenheit über zwei fette Bedienungen herfällt.«

»So etwas zu sagen, ist nicht fair, Sam. Du weißt sehr wohl, daß es einige von uns nicht gut finden, daß in einer Nacht mehr als ein Typ mit einem Mädchen vögelt. Du und Baxter und Dean, ihr macht das zum Beispiel nie. Und du weißt, daß ich das auch nicht tue.«

»Und was war dann letzte Woche?«

»Sam, ich schwör's dir: nichts!«

»Und was hast du dann die ganze Zeit mit Ora Lee Tingle in den Büschen getrieben?«

»Wir haben nur so rumgeblödelt. Ich kann nicht einfach so auf Bestellung wie dieser geile Sack von Spencer oder dieses Schwein von Roscoe Rules.«

»Und hast du 'nen Blauadrigen gekriegt?«

»Sogar 'nen Diamantenschneider.«

»Und wieso glaubst du dann, du könntest impotent sein?«

»Weil ich die ganze Woche über mit nichts anderem aufgewacht bin als mit 'ner schlaffen Makkaroni.«

»Du wirst also bei der nächsten Singstunde in der Potenzrangliste ganz unten eingestuft werden«, richtete Sam Niles einen Bloomguardismus gegen seinen Partner.

»Du bist wirklich gemein, Sam, weißt du das?«

»Harold, du bist nicht impotent. Das kannst du mir glauben. Und du wirst auch nicht in 'ner Gummizelle enden wie deine Mutter. Allerdings kann das mir blühen, wenn du mich weiter als einen Kopfschrumpfer heranziehst. Wenn du schon unbedingt mit 'nem Steifen aufwachen willst, dann bitte doch den Captain, dich für die Tagschicht einzuteilen. Wenn du dann bei Sonnenaufgang auf Streife bist und in deinem Schwarzweißen aufwachst, nachdem du mit einem nervösen Magen von den verrückten frühen Morgenstunden und den fettigen Spiegeleiern, die du dir um zwei Uhr früh hineingewürgt hast, zu schlafen versucht hast, und wenn du dann in irgendeinem Hinterhof in deinem Wagen pennst und doch kaum schlafen kannst vor Angst, daß dich ein Sergeant erwischt, und wenn du dich dann nach all dem sehnst, was normale Leute um diese Zeit machen, wie zum Beispiel sich an einen warmen, weichen Frauenkörper zu kuscheln, weißt du, was dann? Dann wirst du mit dem härtesten Diamantenschneider aufwachen, den du dir nur vorstellen kannst. Versuch's mal, wenn du mir nicht glaubst.«

»Mich für die Frühschicht einteilen lassen, hm? Wäre vielleicht gar nicht mal so schlecht. Wie sieht das mit dir aus; würdest du auch mitmachen?«

»Nein, das mußt du schon allein probieren und dir 'nen neuen Partner suchen. Wer weiß? Vielleicht hast du Glück und erwischst 'nen Spezialisten für abnorme Psychologie.«

Harold ließ sich diesen Vorschlag fünf Sekunden durch den Kopf gehen und sagte dann: »Ich glaube, ich bleibe lieber bei dir, Sam. Wir werden uns eben eine andere Lösung für meine Impotenzprobleme ausdenken müssen.«

Dann erhielten sie einen Routineruf ins South End, wo ein Schwarzer mit einem Topf heißer Suppe nach seiner Tochter geworfen und seiner Frau den Deckel auf den Kopf gedroschen hatte. Aber da sich der Schuldige aus dem Staub gemacht hatte und das Mädchen bereits mit dem Krankenwagen in eine Klinik gebracht worden war, gab es für die beiden nicht mehr viel zu tun, außer die Aussage der Mutter zu Protokoll zu nehmen und wegen der Behandlung der Tochter im Krankenhaus anzurufen.

Nach Einbruch der Dunkelheit kam ein weiterer Routineauftrag herein, diesmal ins North End zu einem kleinen Haus, in dem eine verwahrloste weiße Frau wohnte, die ein zerschlissenes, löchriges Kleid trug und barfüßig war. Immerhin hielt der Stoff des Kleides noch genügend aus, daß sich drei kleine Kinder daran festklammern konnten. Die Frau schwankte beim Gehen leicht, was zum einen auf die Kinder an ihrem Rockzipfel, zum anderen auf die Flasche Bourbon zurückzuführen war, die sie im Verlauf des Abends bereits konsumiert hatte.

Sam Niles ließ Harold Bloomguard sich um die Sache kümmern, da der so etwas immer irgendwie hinkriegte. Er stürzte sich immer begeistert in eine Unterhaltung mit einem zerstrittenen Paar oder dem Opfer eines Einbruchs, wobei es immer zu einem regen Austausch von guten Ratschlägen kam. Harolds Notizbuch quoll förmlich über mit Adressen von Stellen, die offensichtlich Abhilfe für jedes Übel wußten, mit dem Los Angeles aufwarten konnte.

Die Frau mit den müden Augen hatte sie rufen lassen, um zu melden, daß ihre Tochter im Teenageralter gedroht hatte, mit dem neunundvierzigjährigen Klavierstimmer durchzubrennen, der nebenan wohnte. Harold Bloomguard versprach ihr, für den nächsten Morgen eine Verabredung mit den Beamten vom Jugenddezernat zu vereinbaren. Außerdem riet Harold der Frau, sie solle versuchen, der Polizei dabei behilflich zu sein, den Nachweis zu erbringen, ob das Mädchen von dem älteren Mann mißbraucht worden war.

»Ob sie was?« fragte die Frau, als Sam Niles seine Taschenlampe anknipste, um die Stufen der Veranda hinabzusteigen.

»Ob sie mißbraucht worden ist«, wiederholte Harold, während Sam bereits halb die Treppe hinunter war und auf den Streifenwagen zuging.

Die Frau nickte einfältig, worauf Harold sich verabschiedete: »Also bis dann, Ma'am.« Harold nahm seine Mütze ab und winkte der Frau noch einmal zu, als er die Tür des Wagens öffnete. Inzwischen schien sie fast durch den Boden der Veranda zu sacken, da sich unter dem kalten Licht der nackten Glühbirne ganze sieben Kinder um sie versammelt hatten. »Übrigens, wo haben Sie denn die ganzen Kinder her?«

»Vom Ficken«, brüllte die Frau und wunderte sich, wie der kleine Polizist so blöd sein konnte, so etwas nicht zu wissen.

»Na, Harold, jetzt weißt du wenigstens, woher die kleinen Kinder kommen«, bemerkte Sam beim Losfahren.

Es war immer so mit Harold Bloomguard, und es war schon immer so gewesen. Aber aus unerklärlichen Gründen konnte sich Sam des anhänglichen, kleinen Kerls einfach nicht entledigen – ähnlich, wie sich die ausgelaugte Frau nicht von ihren Kindern trennen konnte.

Aber ich habe nicht gevögelt, um ihn zu *kriegen*, dachte Sam Niles. Wieso mußte ich diesen Kerl nur in meinen Trupp in Nam aufnehmen. Und dann spürte Sam Niles die Angst über sich hinwegschwappen, als er an Vietnam dachte. Und einen Augenblick lang haßte er Harold Bloomguard sogar. So kam es immer: Erst die Angst bei der Erinnerung an jene Zeit und dann für den Bruchteil einer Sekunde verzehrender Haß, der seiner Meinung nach Harold

Bloomguard galt, da er das Geheimnis der Höhle kannte. Und schließlich Erleichterung, daß Harold dieses Geheimnis keinem anderen Menschen enthüllt und es nicht einmal Sam Niles selbst gegenüber erwähnt hatte.

Wenn er es nur einmal zur Sprache bringen würde, dachte Sam Niles, aber Harold schnitt dieses Thema nie an. Und das war vielleicht genau der Grund, weshalb er Harold Bloomguard einfach nicht loswurde.

In der Nacht, in der ihnen dieser Fixer einen todsicheren Fall wegpustete, verhafteten sie den Mann, der sich rot angemalt hatte.

Sowohl Sam Niles wie Harold Bloomguard hatten von dem Mann gehört, der sich rot angemalt hatte. Vor diesem Zusammentreffen war er allerdings nur als der Mann bekannt gewesen, der seinen *Wagen* rot gestrichen hatte. Er hieß Oscar Mobley und war achtundfünfzig Jahre alt, weiß, ledig und arbeitslos. Er lebte allein und liebte nichts mehr, als seinen Wagen rot anzustreichen. Dem Los Angeles Police Department wäre davon nie etwas zu Ohren gekommen, wäre Oscar Mobley dabei nicht mit einem Pinsel und einem Eimer Farbe zu Werke gegangen, und das mindestens einmal im Monat. Die Polizisten, die ihn kannten, behaupteten, daß sein fünfzehn Jahre alter Ford mit seinen unzähligen Schichten abblätternder roter Farbe mehr als ein Cadillac wog.

Und auch das hätte sicher noch nicht ausgereicht, Oscar Mobley in Polizeikreisen zu einem beliebten Gesprächsthema zu machen, wenn er nicht gelegentlich auch seine Scheinwerfer rot gestrichen hätte und so über den Wilshire Boulevard gefahren wäre. Oscar Mobley hatte schon eine Reihe Strafzettel und Verwarnungen bekommen, aber er strich seine Scheinwerfer trotzdem immer wieder rot an. Schließlich ging er sogar dazu über, sämtliche Fenster rot zu übermalen, und da er nun beim Fahren natürlich nichts mehr sah, wurde er auf dem Washington Boulevard in einen Verkehrsunfall verwickelt. Daraufhin wurde ihm gerichtlich verboten, seine Wagenfenster und Scheinwerfer rot zu streichen.

Für mehrere Monate wurde es dann still um Oscar Mobley, der sich offensichtlich mit einem Wagen mit roter Karosserie, roten Stoßstangen, roten Reifen, roten Radkappen und rotem Kühlergrill, aber ohne rote Fenster und Scheinwerfer zufrieden gab. Aber dann passierte in der Nacht, in der Sam und Harold Oscar Mobley trafen, etwas.

»Sieben-A-Neunundzwanzig; sehen Sie nach der Frau, männlicher Geistesgestörter, Elevent und Irolo, Code zwei.«

»Sieben-Adam-Neunundzwanzig, verstanden«, antwortete Harold, während Sam leicht beschleunigte und durch den Abendverkehr in die Gegend fuhr, in der Oscar Mobley wohnte.

»Gut, daß Sie gekommen sind«, begrüßte sie die Anruferin, eine Mrs. Jasper, die neben Oscar Mobley wohnte. Ihr Haar war voll roter Farbe, und auch ein blaues Baumwollkleid, das sie in der Hand hielt, hatte eine Menge roter Farbe abbekommen. »Ich habe diesen Irren von Oscar nur gefragt, warum er seine Scheinwerfer und Fenster rot streicht, und dann...«

»Einen Augenblick, bitte«, sagte Sam Niles, als er und Harold mit Mrs. Jasper, ihrem Mann, ihrem Bruder und acht anderen Männern und Frauen aus der Nachbarschaft auf der Straße standen. Die kleine Menge war schon fast so weit gewesen, den zerbrechlichen Oscar Mobley zu lynchen, bis jemandem die glorreiche Idee kam, statt dessen lieber die Polizei zu rufen.

»Heute abend hat Oscar wieder angefangen, seinen Wagen anzupinseln«, erzählte Mr. Jasper, ein Mann mit sich lichtendem Haar und einem Papageiengesicht, der sogar noch zerbrechlicher wirkte als Oscar Mobley und offensichtlich nicht gerade eine Kämpfernatur war, da Mrs. Jasper vermutlich sogar an einem schlechten Tag Oscar Mobley und Mr. Jasper gleichzeitig in die Tasche gesteckt hätte.

»Ja, wir wissen über Oscar bereits Bescheid«, nickte Sam Niles.

»Na ja, er hat also wieder mit der Pinselei angefangen«, fuhr Mr. Jasper fort. »Ansonsten hat er das ja jetzt schon drei, vier Monate bleibenlassen. Aber er hat nie jemandem hier in der Straße verraten, warum er eigentlich seinen Wagen immer rot streicht, obwohl wir ihn sicher schon tausendmal gefragt haben. Wenn man ihn deswegen anspricht, lächelt er einfach nur und pinselt weiter, ohne eine Antwort zu geben. Na ja, und heute abend hat er wieder damit angefangen, obwohl ihm der Richter das damals ausdrücklich verboten hat; er hat angefangen, die Scheinwerfer und die Fenster rot zu streichen, worauf meine Frau auf die Veranda ist und ihn gefragt hat, warum er das macht.«

»Sonst habe ich nichts getan, und dieser verrückte...«

»Bitte, Ma'am, alle der Reihe nach«, unterbrach Harold sie.

»Na ja, mein kleines Frauchen geht also aus dem Haus und sieht Oscar dort unter der Straßenlaterne, wie er alles rot anmalt, und sie fragt ihn, warum er das tut, worauf er etwas antwortet, was sie nicht verstanden hat. Jedenfalls denkt sie, sie käme vielleicht endlich mal dem Geheimnis auf die Spur, weshalb Oscar Mobley seinen Wagen immer rot anstreicht, und geht auf ihn zu...«

»Aus reiner Neugier«, fügte Mrs. Jasper hinzu.

»Ja, aus reiner Neugier«, bestätigte Mr. Jasper. »Und als sie näher rankommt, sagt sie zu ihm: ›Oscar, warum malen Sie Ihren Wagen eigentlich immer rot an?‹ Darauf hat er erst mal kein Wort gesagt. Und dann hat er es getan.«

»Was hat er getan?« wollte Harold wissen.

»*Mich* rot angemalt!« platzte Mrs. Jasper heraus. »Dieser windige, kleine Schuft hat *mich* rot angepinselt. Er hat mir den Pinsel in den Mund gesteckt, so daß ich keine Luft mehr bekam. Und er hat mein Haar und meinen Hals und meine Arme angemalt. Wenn ich vor Überraschung nicht völlig baff gewesen wäre, hätte ich diesen Schuft glatt zu Brei geschlagen, aber schon nach wenigen Augenblicken konnte ich vor lauter Farbe in meinen Augen nichts mehr sehen. Da habe ich mich umgedreht und bin nach Hause gerannt, und er ist mir nach, und wissen Sie, wo er mich dann mit Farbe bekleckert hat, auf meinem... auf meinem...«

»Auf ihrem Hintern«, kam ihr Mr. Jasper zu Hilfe.

»Ja, nicht einmal davor hat dieser unverschämte Kerl halt gemacht, und ich mußte mir die Farbe so lange von der Haut schrubben, daß sie schon fast mit abgegangen wäre. Sehen Sie sich das mal an!«

Harold richtete den Strahl seiner Taschenlampe auf Mrs. Jaspers' Hals, um sie nicht zu blenden; und ihre Haut war tatsächlich fleckig und gerötet wie ein Granatapfel.

»Langsam wird es wirklich Zeit, daß wegen Oscar etwas unternommen wird«, seufzte Sam Niles, woraufhin er und Harold ihre Knüppel holten, sie in die Halterungen an ihren Gürteln steckten und sich auf die Suche nach Oscar Mobley machten.

Wie Sam erwartet hatte, öffnete ihnen Oscar Mobley nicht, als er gegen die Tür klopfte und klingelte.

»Es ist nicht abgeschlossen«, sagte Harold, während er am Türknopf der Eingangstür des kleinen Dreizimmerhauses drehte, in dem Oscar zusammen mit zwei Katzen und einem Goldfisch lebte.

Achselzuckend entsicherte Sam seinen Revolver, und auch Harold Bloomguard fingerte an seinem Halfter herum. Die beiden Polizisten betraten die dunkle Küche und schlichen auf Zehenspitzen durch den schmalen Korridor zu dem winzigen Schlafzimmer, in dem eine Lampe brannte.

Als erster trat Sam ein, seinen Revolver in der Hand, und er sagte ganz ruhig: »Wenn Sie hier drinnen sind, Mister Mobley, dann kommen Sie jetzt bitte raus. Wir sind von der Polizei und hätten gern mit Ihnen gesprochen. Wir tun Ihnen nichts. Kommen Sie raus.«

Als keine Antwort kam, trat Sam vollends in den Raum, wo er nichts sah außer einem ungemachten Bett, einer Kiste mit Katzenstreu, einem wackligen Nachttisch mit einem alten Radio darauf, einem Haufen schmutziger Wäsche auf dem Boden und einem abgenutzten Sessel.

Sam wollte schon unter dem Bett nachsehen, als er und Harold fast zu Tode erschrocken wären. Oscar Mobley sprang nämlich plötzlich völlig nackt und am ganzen Körper rot bemalt mit ausgestreckten Armen hinter dem alten Sessel hervor.

»Hoppla, hier kommt der Teufel!« brüllte Oscar Mobley ausgelassen.

Es war ein Wunder, daß keiner der beiden Polizisten auf ihn geschossen hatte. Beide übten mindestens ein halbes Kilo Druck auf die Abzüge ihrer Waffen aus, die, wie alle Polizeiwaffen, so konstruiert waren, daß sie nur auf doppelten Druck reagierten. Schulter an Schulter, den Rücken gegen die Wand gedrückt, standen sie nebeneinander und starrten Oscar Mobley an, der mit einem stolzen Grinsen, die Arme weit ausgestreckt, vor ihnen posierte; die Farbe auf seinem zierlichen, nackten Körper war noch kaum getrocknet.

Und er war bei seiner Bemalungsaktion sehr sorgfältig vorgegangen; er hatte nichts ausgelassen, auch nicht die Handflächen, die Fußsohlen, sein Haar, das Gesicht, den Körper und die Genitalien. Mit einem Roller hatte er sogar seinen ganzen Rücken erreichen können. Nur seine Zähne hatte er vergessen. Und seine Augäpfel hatte er nicht bemalt, weil sie ziemlich zu schmerzen begannen, als er auch das versuchte.

Als Sam Niles später in Oscar Mobleys Küche stand und eine Zigarette rauchte, um seine Nerven etwas zu beruhigen, überredete der nicht weniger geschockte Harold Bloomguard Oscar Mobley mit aller ihm zu Gebote stehenden Geduld, daß er sich doch lieber einen Bademantel überwerfen sollte, wenn sie ihn fortbrächten. Nichts gegen seine Malkünste, aber es wäre doch ein ziemlich kühler Abend, und er würde sich möglicherweise erkälten.

Nachdem sie zu der Überzeugung gelangt waren, daß Elwood Banks, der Gefängnisbeamte der Wilshire-Station, nicht sonderlich begeistert sein würde, wenn sie einen Mann anschleppten, der über und über rot bemalt war, zumal sich daraus bei der Abnahme der Fingerabdrücke eindeutig Probleme ergeben würden, brachten Sam und Harold den guten Oscar dorthin, wohin er gehörte – in Abteilung drei der Psychiatrie im Los Angeles County General Hospital. Inzwischen hatte die Klinik allerdings einen noch etwas pompöseren Namen bekommen: Los Angeles County, University of Southern California Medical Center. Für die Leute, die dort behandelt wurden, blieb es jedoch nach wie vor das General Hospital.

Nach seiner Einlieferung wurde Oscar Mobley einem Psychiater vorgeführt, wobei er sich beharrlich weigerte, einen Grund anzugeben, weshalb er seinen Wagen, Mrs. Jasper und sich selbst rot angemalt hatte. Daraufhin wurde er in eine staatliche Klinik eingeliefert, wo er allerdings sein Geheimnis nicht weniger standhaft wahrte.

Nach seiner Entlassung zog er in einen anderen Stadtteil, nahm einen Job als Verteiler von Postwurfsendungen an, den er im übrigen eine Woche lang anstandslos erledigte, bis er seinen Chef und dessen Frau rot anmalte und neuerlich in die Klinik eingeliefert wurde. Aber das war lange nach dem Zeitpunkt, als Sam Niles und Harold ihn auf Abteilung drei brachten, und zwar genau rechtzeitig, um Code sieben zu verpassen und statt dessen auf den ›Stöhnenden Mann‹ zu treffen.

Der Funkspruch kam kurz nach elf Uhr. ›Sieben-A-Neunundzwanzig; Schuß abgefeuert in der Nähe von Ninth und New Hampshire.‹

»Dafür ist doch die Rampart-Abteilung zuständig«, protestierte Harold Bloomguard.

»Sieben-A-Neunundzwanzig, bleiben Sie einen Augenblick dran«, sagte die Frau in der Zentrale, während sie den Auftrag noch kurz mit dem Beamten besprach, der die einzelnen Funksprüche verteilte.

»Diese Scheißtypen von der Rampart-Division machen mir das in letzter Zeit ein bißchen gar zu häufig«, knurrte Sam Harold an, dem es allerdings nichts ausmachte, den Auftrag anzunehmen, da

Sam seit einer Weile auffällig ruhig geworden war und auch Harold allmählich anfing, sich zu langweilen.

»Wenn wir diesen Auftrag übernehmen müssen, dann sollen nächstes Mal diese Heinis von der Rampart ein bißchen für uns schuften«, nörgelte Sam weiter.

»Sieben-A-Neunundzwanzig, übernehmen Sie den Auftrag in der Rampart-Division«, meldete sich die Frau aus der Zentrale wieder. »Im Augenblick sind leider keine Rampart-Streifen verfügbar.«

»Sieben-A-Neunundzwanzig, verstanden«, sagte Harold Bloomguard ins Mikrofon, während Sam Niles seine Stahlrandbrille hochschob, eine Zigarette aus dem Fenster warf und sagte: »Wahrscheinlich hängen die alle auf der Alvarado rum, die faulen Säcke, und mampfen ihre Hamburger.«

Sam fuhr langsam durch die Straßen des heruntergekommenen Wohnviertels, in dem neben ein paar Schwarzen und Lateinamerikanern hauptsächlich Weiße wohnten. Er ließ den Strahl des Suchscheinwerfers über die Häuserfronten gleiten und hoffte, niemanden zu entdecken, der wegen der abgefeuerten Schüsse die Polizei verständigt hatte. Sam Niles wollte eigentlich lieber zu einem Drive-in in East Hollywood fahren, um sich dort einen Kirschkuchen mit Kaffee zu genehmigen und vielleicht eine Verabredung mit einer Bedienung zu ergattern, die er kannte und die dort beschäftigt war.

»Da«, sagte Harold, als Sams Scheinwerfer auf einen kinnlosen, verwelkten Mann fiel, der im Bademantel vor einem zweistöckigen Wohnhaus wartete. Die Glastür war so oft eingeschlagen worden, daß die Scheiben durch Sperrholz und Pappe ersetzt worden waren.

Sam ließ sich beim Einparken Zeit, so daß Harold bereits die schmale Straße überquert hatte, bis Sam seine Taschenlampe und die Zigaretten eingesteckt und den Wagen abgeschlossen hatte, damit nicht jemand auf die Idee kam, die Sitzpolster aufzuschlitzen oder das Gewehr aus der Halterung zu klauen.

»Ich hab' einen Schuß gehört«, sagte der alte Mann. Seine Augen waren so sanft-braun wie die eines Hundes.

»Wohnen Sie hier?«

»Ja.«

»Sind Sie der Hausmeister?«

»Nein, aber ich habe Zweitschlüssel. Ich helfe Charlie Bates manchmal aus. Er ist der Hausmeister.«

»Warum brauchen wir überhaupt einen Schlüssel?« wollte Harold wissen.

»Der Schuß kam von da oben.«

Daraufhin deutete der Mann im Bademantel mit einem knochigen gelben Finger zum Vorderfenster im ersten Stock hinauf, wo ein grauer Musselinvorhang vor dem schwarzen Loch eines offenen Fensters flatterte, obwohl es eine kühle und wolkige Nacht war.

»Geben Sie uns den Zweitschlüssel; wir sehen mal nach«, forderte Sam Niles den alten Mann auf und fragte sich später, ob er in diesem Augenblick bereits etwas geahnt hatte.

Anscheinend hatte er das. Er konnte sich nämlich verschwommen daran erinnern, daß er gehofft hatte, eine Rampart-Streife würde Schuldgefühle bekommen, daß Wilshire sich um ihre Aufträge kümmern mußte, und vielleicht die Ninth Street heruntergejagt kommen würde, um sie abzulösen.

Die Stufen knarrten, als sie die Treppe zum ersten Stock hinaufstiegen. Im Innern des Hauses stank es überall nach dem verschimmelten Treppengeländer und Urin. Die beiden Polizisten stellten sich zu beiden Seiten der Tür auf, und Sam klopfte.

Die Blätter des absterbenden Baums vor dem Fenster, des letzten im ganzen Block, raschelten im Wind, der durch den schmalen Korridor nach oben zog. Dafür, daß in dem Haus fünfundachtzig Leute wohnten, war es überraschend still. Sam griff nach oben zur Decke und schraubte die einzige Glühbirne an ihrem Ende des Korridors heraus. »Besser, wir bleiben im Dunkeln.«

»Vielleicht ist es irgendein Besoffener, der ein bißchen mit seiner Kanone rumspielt«, meinte Harold, und dann zogen beide ihre Dienstwaffen.

Als Sam ein zweites Mal klopfte, hallte das Geräusch in dem leeren Korridor wider, auf dessen Boden kein Teppich lag. Die Holzbretter waren lediglich mit einer dicken Schmutzschicht überzogen; um die zu entfernen, hätte man den Boden sicher um ein paar Zentimeter abschleifen müssen. Vom Fenstersims aus beobachtete sie mit einer Gleichgültigkeit, wie sie sonst auch Sam Niles an den Tag legte, eine senffarbene Katze.

Der Wind sorgte für ordentlichen Zug im Haus, und er war kalt, aber Sam war, wie er sich später erinnerte, schweißüberströmt. Er konnte sogar das Salz schmecken, das von seinem Schnurrbart auf seine Oberlippe tropfte. Und dann hörten sie es.

Zuerst dachte Sam Niles, es wäre der Wind. Aber dann sah er den Ausdruck in Harolds Gesicht, als dieser in dem dunklen Flur an eine vom Mondlicht erhellte Stelle trat. Instinktiv spürte er, daß auch Harold das Geräusch gehört hatte und daß es nicht vom Wind herrührte.

Und dann hörten sie es von neuem. Der ›Stöhnende Mann‹ sagte:

»Mmmmmmmmmmm. Mmmmmmmmmmm. Mmmmmmmmmmmmuuuuuuuuuuuhhhhhh.«

Sam schwitzte jetzt noch stärker. Und auch Harolds blasses, schmales Gesicht glänzte im Mondlicht, als er sich, die Waffe in seiner Linken, gegen die Wand drückte. Langsam drehte Sam Niles den Schlüssel im Schloß, um dann mit der Zehenspitze die Tür aufzustoßen und an die Wand zurückzuspringen.

»Mmmmmmmmmm«, begrüßte sie der ›Stöhnende Mann‹. »Aaaaaaahhhh. Mmmmuuuuuuuuuuuhhhhhhhh.«

»Herr im Himmel, verdammtes Arschloch, blöde Sau!« fluchte Sam Niles völlig zusammenhanglos. Er tat das öfter, wenn er Angst hatte.

Das Stöhnen klang wie das Muhen einer Kuh. Es kam von drinnen. Aus dem Dunkel.

Schließlich bewegte sich Sam Niles. Er ließ sich auf die Knie nieder und kroch, Taschenlampe in der Linken, Revolver in der Rechten, in die kleine Wohnung. Bereit, die Taschenlampe anzuknipsen, und auch bereit zu schießen, kroch er auf das Schlafzimmer zu, das direkt hinter der Küche lag.

Sam Niles roch Blut. Und er spürte, wie seine Haut am Brustkasten und am Rücken und am Hals leicht zu zucken begann, als der ›Stöhnende Mann‹ wieder anfing. Diesmal jedoch wesentlich lauter und jammernd:

»Mmmmmmmmmmm. Mmmuuuuuuuuuuhhhhhhhh. Aaaaaaaaahhhhhhhh!«

Und dann ließ Harold Bloomguard, der auf Zehenspitzen hinter Sam durch die Küche geschlichen kam, versehentlich seine Taschenlampe fallen, so daß sie durch den Aufprall auf dem Boden anging. Sam Niles sprang fluchend auf und stürzte auf die Tür zu. Der Lauf seiner Waffe folgte dem Strahl seiner Taschenlampe durch das dunkel. Und dann sah er den ›Stöhnenden Mann‹.

Er saß in seinem Bett, mit dem Rücken gegen die Wand gelehnt. Bis auf seine Unterhose war er nackt. Alle paar Sekunden fuhr der

Wind in die schmutzigen, ausgefransten Vorhänge, so daß das Mondlicht über seinen kalkweißen Körper schwappte, der sonst nur im Lichtkegel der Taschenlampe lag. Er hielt eine 9 Millimeter-Luger in seiner linken Hand. Er hatte die Waffe zum ersten und letzten Mal benutzt, indem er sie sich gegen das weiche Fleisch zwischen Kehlkopf und Kieferknochen unter seinem Kinn gepreßt und abgedrückt hatte.

Die Schädeldecke des ›Stöhnenden Mannes‹ war über das Bett und den Fußboden vor dem Bett verteilt. Die Wand, gegen die er lehnte, war von Gehirnteilchen und Blutspritzern übersät. Sein Gesicht war größtenteils noch intakt; es war im Mondlicht lediglich von kleinen roten Rinnsalen durchzogen, und seine Augen waren blutüberströmt. Das Unglaublichste an dem Ganzen war nicht einmal, daß der ›Stöhnende Mann‹ noch Geräusche von sich geben konnte, sondern daß er die Pistole, mit der er sich getötet hatte, noch fest mit einer Faust seiner über der Brust verschränkten Arme umklammerte. Er bewegte sie im selben Rhythmus wie das Stöhnen hin und her.

»O Gott, nein, nein, nein«, stöhnte Sam Niles, während Harold Bloomguards Unterkiefer fast auf den Fußboden klappte, als er den ›Stöhnenden Mann‹ anstarrte, dessen Hand mit der Waffe mit dem Klatschen der Vorhänge im Wind hin und her schwankte, hin und her, während er stöhnte:

»Mmmmmmmmm. Mmmuuuuuuhhhhhhh. Aaaaaaaahhhhhhhhh.«

Und Sam Niles wußte, daß er *nie* getan hätte, was der verängstigte Harold Bloomguard als nächstes tat. Er trat nämlich langsam auf das Bett zu – die Schädelknochenteilchen knirschten unter seinen Ledersohlen – und blieb vor dem ›Stöhnenden Mann‹ stehen, in dessen Hand immer noch die Luger hin und her schwankte.

Sam Niles würde für immer den Geruch des Blutes riechen können und den Wind hören, das Knattern der Vorhänge, das Knirschen von Harolds Sohlen auf den Knochenteilchen und das Klappern von Harolds Zähnen, während seine Hand sich zitternd auf die Luger zubewegte, die der ›Stöhnende Mann‹ vor seiner Brust hielt, während er stöhnte:

»Mmmmmmmmmmm. Mmmuuuuuuuuhhhhhhh. Mmmmmmmmmuuuuuuuuutterr!«

Und dann sprach Harold Bloomguard zum ›Stöhnenden

Mann‹. Er sagte: »Ist ja schon gut; ist ja schon gut. Schön still sein jetzt. Ich bin ja schon da. Ist ja schon gut.«

Harold Bloomguard ergriff das Handgelenk des ›Stöhnenden Mannes‹, worauf das Stöhnen sofort aufhörte. Die Faust entspannte sich, und die Pistole fiel aufs Bett. Die blutigen Augen schlossen sich und quollen dabei von Blut über. Ohne ein weiteres Geräusch von sich zu geben, starb der ›Stöhnende Mann‹.

Lange blieben die beiden Polizisten reglos stehen, bis Harold sein Zittern wieder unter Kontrolle brachte und sagte: »Er hat nach seiner Mutter gerufen. Warum rufen so viele nach ihrer Mutter?«

»Er war doch tot!« platzte Sam Niles heraus. »Er war doch schon lange, bevor wir gekommen sind, tot!«

»Er wollte nur von einem menschlichen Wesen berührt werden«, sagte Harold Bloomguard. »Ich hatte solche Angst. Solche Angst!«

Sam Niles wandte sich ab und ließ Harold Bloomguard im Dunkel allein mit dem ›Stöhnenden Mann‹ zurück; er mußte einen Kriminalbeamten verständigen, damit dieser den Fall übernahm. Er wechselte für den Rest des Abends kein einziges Wort mehr mit Harold Bloomguard und beraumte eine Singstunde an, als sie sich nach Dienstschluß umkleideten. Es war eine kühle Nacht für eine Singstunde, so daß nur die Hälfte der Chorknaben daran teilnahm. Aber zumindest kam Carolina Moon.

11

Sergeant Dominic Scuzzi

Mit klopfendem Herzen trat Harold Bloomguard am ersten Abend seiner zwei Wochen bei der Sitte durch die offene Tür zum Bereitschaftsraum der Sittenpolizei. Harold erschien fünfundzwanzig Minuten zu früh zum Dienst. Er trug einen altmodischen, grauen Anzug, weißes Hemd, blaue Krawatte und dazu passende Lederschuhe.

Der Bereitschaftsraum war bei Harolds Ankunft zwar aufgesperrt, aber leer. Er sah ganz anders aus als der Bereitschaftsraum der Kriminaler. Er war wesentlich kleiner, aber zugleich stand wesentlich mehr darin herum. An einer Wand hingen drei große Stadtpläne, die mit verschiedenfarbigen Stecknadeln förmlich übersät waren. Entlang bestimmter Straßen häuften sich vor allem grüne Nadeln; das wies auf beliebte Prostituiertenreviere hin.

Andere Straßen waren sporadisch mit Nadeln gekennzeichnet, die vermutliche Buchmacherstellen anzeigten – in den südlichen, hauptsächlich von Schwarzen bewohnten Vierteln Zahlstellen, im nördlichen Teil, wo mehr Weiße angesiedelt waren, telefonische Annahmestellen. Außerdem waren Bars und sonstige Etablissements markiert, in denen Straßenbuchmacher und Agenten verkehrten.

Über die Tür war folgendes Motto gepinselt: »Was du hier sagst, was du hier siehst, was du hier hörst; laß es hier, wenn du hier weggehst.«

Diesen Wahlspruch las Harold Bloomguard mit leuchtenden Augen. Er schüttelte sich sein dünnes, rötliches Haar aus der Stirn und lächelte verklärt. Einen verträumten Augenblick lang schlürfte er in Bombay, Macao oder Port Said genußvoll einen exotischen Drink: weiße Leinenanzüge, von Menschen wimmelnde, enge Gassen, der Duft unzähliger Gewürze, herrliche tropische Früchte, dunkelhäutige, üppige Frauen, ein Anflug von Gefahr. Ein Hauch von Geheimagentendasein schwebte im Raum.

In ebendiesem Augenblick trat ein unrasierter, dunkelhäutiger, übergewichtiger Mann ein. Er war um die fünfzig und trug ein kurzärmeliges Hemd. Er betrachtete Harold von Kopf bis Fuß und brummte: »Sie sehen ja nicht gerade aus, als ob Sie genug Mumm zum Rumprügeln oder Rumficken hätten. Sind Sie einer von den Neuen?«

»Ich bin... ich bin... sind *Sie* Polizist?«

»Ich bin ein Sergeant; ich bin für die Nachtschicht zuständig.« Der Mann schlurfte an einen Schreibtisch und kramte in einem Stapel Papiere herum, bis er eine Zigarre fand. Dann rülpste er erst dreimal, bevor er Harold Bloomguard seine Hand entgegenstreckte und sich vorstellte: »Ich bin Dom Scuzzi. Sagen Sie ruhig Scuz zu mir. Sind Sie Slate, Niles oder Bloomguard?«

»Bloomguard... Sergeant.«

»Ich hab' doch gesagt, Sie sollen mich Scuz nennen. Wir halten hier bei der Sitte nicht viel von Förmlichkeiten. Zumindest nicht, seit wir diesen Idioten von Lieutenant Cotton-Balls Klingham losgeworden sind. Ich werde nie begreifen, wie so ein Typ zur Sitte kommt. Cotton-Balls. Hundertprozentig steril, wie schon auf der Verpackung steht. Alles an ihm war steril, und vor allem seine Unterhaltung.«

Sergeant Scuzzi machte eine Pause, die lange genug war, um an seiner Zigarre zu saugen und ein paarmal zu rülpsen, bevor er fortfuhr: »Jedenfalls sind wir ihn losgeworden. Wie, das kann ich Ihnen allerdings nicht sagen. Aber ich bin dafür einem von Ihren Streifenpolizisten wohl bis an mein Lebensende zu Dank verpflichtet. Die Idee dazu stammte von Spermwhale Whalen. Wie lange sind Sie schon in der Wilshire?«

»Fast zwei Jahre. Wissen Sie, Serge... Scuz, ich hab' Sie schon öfter mal gesehen, aber...«

»Was, aber?«

»Wissen Sie, ich dachte immer, Sie wären vielleicht ein...«

»Ein Hausmeister vielleicht?«

»Ja, so etwas in der Art.«

»Machen Sie sich nichts draus. Mein Vater war Hausmeister. Hat mit seiner Besenschieberei neun Kinder großgezogen. Er hat kaum ein Wort Englisch gesprochen. Mir macht es jedenfalls nichts aus, wenn die Leute mich für 'nen Hausmeister halten. Sehen die anderen zwei Neuen auch so gut aus wie Sie?«

»Wie meinen Sie das?«

»Sie sehen gut aus. Ich meine, wirklich gut. Wie groß sind Sie?«

»Eins dreiundsiebzig.«

»Und Sie wiegen so knapp siebzig Kilo?«

»Ja, ungefähr.«

»Wie zum Teufel haben Sie's dann geschafft, zur Polizei zu kommen?«

»Ich hab' mich ein bißchen größer gemacht und Bananen und so Zeugs gegessen.«

»Sie sehen tatsächlich gut aus. Hier.« Scuz zog die Schublade seines Schreibtisches heraus, legte seine Füße auf den Tisch, lehnte sich zurück, sog an seiner Zigarre und forderte Harold auf: »Probieren Sie das mal an.«

Harold nahm die Hornbille, hielt sie an seine Augen und sagte: »Das ist ja reines Fensterglas.«

»Klar. Damit sehen Sie noch weniger wie ein Polizist aus, wenn das überhaupt noch möglich ist. Die Nutten werden nur so auf Sie fliegen, kann ich Ihnen sagen. Gut, daß Sie heute abend 'nen Anzug anhaben. Sie sind genau der Anzug-mit-Krawatte-Typ. Erzählen Sie, Sie wären Steuerprüfer. Hier.«

Scuz griff neuerlich in die Schublade und brachte nach kurzem Stöbern ein Päckchen Visitenkarten zum Vorschein. Die Aufschrift lautete: ›Krump, Krump und Leekly, vereidigte Steuerprüfer.«

»Wenn eine von den Mädels Lunte riecht, daß Sie vielleicht von der Polizei sein könnten, dann schieben Sie ihr unauffällig eine von diesen Karten hin. Sagen Sie ihr, das wäre Ihre private Geschäftsnummer, unter der sie Sie während der Bürostunden erreichen könnte. Wenn sie dann anruft, kriegt sie allerdings uns an die Leitung. Wir haben hier während der Tagschicht ein Mädchen, das ganz gut mit solchen Anrufen umgehen kann. Wenn eines von den Liebesmädchen also nicht gleich heute abend mit Ihnen kommt, dann kommt sie morgen abend mit, nachdem sie bei unserer Spezialistin Erkundigungen über Sie eingezogen hat.«

»Ich weiß über die Arbeit bei der Sitte überhaupt nichts, Scuz.« Harold entspannte sich allmählich in seinem Sessel vor dem unrasierten Sergeant, der in sein Hemd griff und sich seinen Bauch kratzte, der fast so umfangreich war wie der Spermwhale Whalens. Dabei sog er mit geschlossenen Augen und einem genüßlichen Gesichtsausdruck an seiner Zigarre.

»Na, machen Sie sich deswegen mal keine allzu großen Sorgen. Wie heißen Sie übrigens mit Vornamen?«

»Harold.«

»Also gut, Harold, machen Sie sich mal weiter keine Sorgen. Ich lasse nicht zu, daß meinen Leuten was passiert, und schon gar nicht einem ausgeliehenen Beamten wie Ihnen, den ich dem Lieutenant von der Streifenpolizei in ein paar Wochen im selben Zustand zurückschicken möchte, wie ich ihn bekommen habe. Für die Arbeit mit den Nutten müssen Sie nicht viel wissen. Sie bieten Ihnen Sex für Geld an. Kapiert? So einfach ist das. Sex, Geld. Waren Sie beim Militär?«

»Bei den Marines.«

»Übersee?«

»Ja, Vietnam.«

»Gut«, nickte Scuz. Er kaute an seiner Zigarre, lehnte sich in seinem Stuhl zurück und verschränkte die Hände hinter dem Kopf. »Die Mädels in Übersee haben es da ja leicht. Fickie – fickie, fünf Dollar. Die sagen nichts weiter als das, was seit fünftausend Jahren, ob Krieg oder Frieden, jede Nutte gesagt hat. Sex, Geld. Inzwischen haben die Mädels aber herausgekriegt, daß es so etwas wie 'ne Sittenpolizei gibt, die ihnen das Handwerk legen will. Aus diesem Grund ist es ihnen lieber, wenn sie nur noch fickie-fickie zu sagen brauchen, und *Sie* dann den Preis nennen. Oder sie nennen einen Preis und lassen *Sie* fickie-fickie sagen. Kapiert?«

»Ich denke schon.«

»Das Ganze ist nur ein Spiel, aber ich möchte nicht, daß Sie meineidig werden, nur um so eine kleine Nutte einzulochen. Lassen Sie sich also auf nichts ein. Sorgen Sie dafür, daß sie die ganze Litanei herunterbetet: Fickie-fickie, fünf Dollar. Natürlich kostet es heute nicht mehr fünf Dollar, sondern zwanzig. Und fickie-fickie sagen sie in der Regel auch nicht mehr. Eher fallen so Wörter wie französisch oder halbe – halbe oder Gemeinschaftsnummer und dieses ganze Zeug, das sich diese schwarzberobten Wichser einfallen lassen, um nur ja auf dem neuesten Stand der Dinge zu bleiben, was sexuelle Anspielungen betrifft. Sobald so ein Mädel also eines von diesen Wörtern in den Mund nimmt und dabei von Geld spricht. Paff! Ab mit ihr ins Loch. Dann haben Sie sie am Kragen. Kapiert?«

»Ich hoffe schon«, erwiderte Harold.

»Sie brauchen sie nur auszutricksen. Natürlich gibt es auch Typen, die sagen, Scheiße, sie sagt fickie-fickie und mit dem Preis druckst sie dann rum, aber ich hol' einfach meinen Ausweis raus und loch' sie ein. Dazu kann nur sagen: nein. Keine krummen Touren.«

»Fickie-fickie, fünf Dollar«, nickte Harold brav.

»Ganz richtig. Ich wußte ja, daß Sie ein heller Junge sind!« lobte Scuz und schob seine Zigarre vom linken in den rechten Mundwinkel. »Es kann nämlich auch sein, daß ein Mädel mal versucht, Sie hereinzulegen.«

»Und wie zum Beispiel?«

»Indem sie zum Beispiel sagt: ›Ich finde, du siehst wie 'n Bulle aus. Wenn du keiner bist, dann wickel dir doch 'nen Zwanzig-Dollar-Schein um den Pimmel und wink mir damit zu.‹ Mit mir hat das zumindest mal eine versucht.«

»Und was haben Sie dann gemacht?«

»Ich hatte nur 'nen Zehner dabei.« Scuz schloß die Augen und hüllte sich in eine Wolke von Zigarrenrauch, die Harold Bloomguard halb erstickte. »Aber machen Sie sich wegen solchen ausgefuchsten Ludern keine Gedanken; so etwas kommt nicht allzu häufig vor. Die meisten sagen einfach nur...«

»Fickie-fickie, fünf Dollar.«

»Ich mag Sie, mein Junge.« Scuz hieb sich auf die Schenkel. »Möchten Sie 'ne Zigarre?«

»Nein danke, Scuz.« Harold dachte schon daran, den Sergeant zu den Singstunden einzuladen, als Sam Niles und Baxter Slate durch die Tür kamen.

Scuz schlug die Augen auf, starrte durch die Rauchwolke, die ihn einhüllte, und schüttelte mißbilligend seinen Kopf über die zwei langen Kerle, deren Haar ein gutes Stück über die Ohren reichte, aber doch noch nicht lang genug war, um ihnen eine Rüge von seiten des Reviercaptain einzutragen. Baxter trug Jeans und Jeansjacke und darunter ein rotes Samthemd. Sam Niles hatte sich ebenfalls mit Jeans, einem Rüschenhemd und einer Hirschlederweste darüber ausstaffiert. Sein ordentlicher brauner Schnurrbart hing seitlich nicht weit genug über die Mundwinkel herab, um besagten Reviercaptain in Rage zu bringen, und auch seine Koteletten befanden sich gerade an der Grenze des Zulässigen. Die Stahlrandbrille trug nichts dazu bei, diesen Eindruck abzuschwächen.

»Scheiße!« platzte Scuz heraus und fächelte sich den Rauch vom Gesicht. »Ihr seht genau aus wie zwei gesunde, kräftige sechsundzwanzigjährige Kerls, was ihr ja auch seid. Ihr seht genau aus wie zwei junge Bullen. Wieso könnt ihr nicht ein bißchen krank und schwächlich aussehen wie der da?« Dabei deutete Scuz auf Harold Bloomguard, der schleunigst beschloß, Scuz lieber doch nicht zu den Singstunden einzuladen.

»Das ist 'n Sergeant«, teilte Harold Bloomguard Sam und Baxter mit, falls sie es nicht glauben sollten.

»Ihr könnt mich ruhig Scuz nennen«, schaltete sich Scuz ein.

»Wieso, was stimmt denn mit uns nicht?« fragte Sam Niles.

»Ihr könnt ja nichts dafür«, beruhigte sie Scuz. »Es würde nicht mal was nützen, wenn ich euch richtig heiß ausstaffieren würde. Euch beiden sieht man den Polizisten schon kilometerweit an. Aber macht nichts; ihr könnt ja in der Falle arbeiten.«

»In der Falle?« fragte Baxter Slate.

»Tunten«, erklärte Scuz und ließ seine Füße vom Schreibtisch auf den Boden gleiten. Dann fiel ihm ein, daß er den zwei Neuankömmlingen die Hand noch nicht gereicht hatte, und streckte ihnen eine haarige Pfote entgegen. »Wie heißt ihr mit Vornamen?«

»Sam, Sam Niles.«

»Baxter Slate.«

»Also gut, Jungs; schön, daß ihr für uns arbeitet. Hoffentlich gefallen euch die zwei Wochen bei uns. Heute und vielleicht auch morgen nacht könnt ihr ja mit dem regulären Team auf Tuntenjagd gehen, und am Wochenende dürft ihr euch dann in 'ner Bar am Wilshire Boulevard vergnügen. Wir haben da 'ne Anzeige reinbekommen, daß im Hinterzimmer mächtig was los ist, wenn sie vorne dichtgemacht haben. Das müssen wir mal überprüfen. Vielleicht gebe ich euch sogar ein bißchen Geld mit. Aber geht sorgsam damit um. Wir nennen das Geheimdienstgeld. Was Geld anbelangt, nagen wir hier wirklich am Hungertuch. Möchte sehen, was die anderen Abteilungen machen würden, wenn sie denen auch so wenig Geld bewilligen würden. Das Geld ist natürlich nur zum Vorzeigen. Gebt so wenig wie möglich davon aus, und den Rest bringt ihr schön wieder zurück, ja? Wenn ihr es verliert oder wenn es euch irgend so ein Gauner abluchst, dann kann ich mich wie so 'n Japsen-General erschießen. Und ihr wollt doch hoffentlich nicht zulassen, daß sich euer guter alter Sergeant in sein Schwert stürzt, oder?«

»Aber nein, Sergeant«, erwiderte Sam Niles.

»Scuz.«

»Scuz.«

»Und Sie, Baxter?«

»Nein, ganz bestimmt nicht, Scuz.«

»Also gut, Jungs. Wenn dann also eure Partner erscheinen und euch die nötigen Instruktionen erteilen, dann paßt schön auf, was die euch erzählen. Sie können euch das alles nämlich besser erklären als ich. Nur ein paar Dinge solltet ihr immer im Auge behalten. Eines davon ist, daß wir hier nur mit geringfügigen Vergehen zu tun haben, und meiner Ansicht nach ist es die Sache nicht wert, daß einer von euch wegen so etwas verletzt wird. Seht also zu, daß keinem von euch was zustößt. Verstanden?«

Und obwohl Harold Bloomguard nervös schluckte, nickten alle drei Männer Scuz zu. »Und noch etwas. Tut mir leid, daß ich euch so beschissene Jobs geben muß, aber wenn jemand bei uns Anzeige erstattet, müssen wir der Sache nachgehen, ob wir wollen oder nicht. Mir wäre es auch lieber, ich könnte euch für angenehmere Aufgaben einteilen – zum Beispiel Spielhöllen, Callgirls, Wettbüros und schicke Bars mit exotischen Drinks; aber mit so etwas befassen wir uns nur in den seltensten Fällen. Paßt also gut auf euch auf, damit euch nichts passiert. Das ist das oberste Gebot. Wenn einem von euch was zustößt, breche ich ihm zusätzlich 'nen Arm – eigenhändig!«

Im Laufe der nächsten Viertelstunde trudelten noch sechs reguläre Beamte im Bereitschaftsraum ein und begrüßten Scuz, der das Zimmer weiterhin mit seiner billigen Zigarre einräucherte. Die Regulären stellten sich den Neulingen vor und machten sich dann an ihren Papierkram.

Sie sahen aus wie Hollywoodversionen von Tripolis-Freibeutern, türkischen Briganten oder Wikingern. Einer, ein Schwarzer, sah aus wie ein sudanesischer Karawanenführer. Alle waren jung, trugen auffällige Schnurrbärte und waren ausnahmslos mit einem Haarwuchs gesegnet, daß man damit eine Matratze hätte füllen können. Sie trugen ausgefallene modische Kleidung wie die meisten jungen Leute. Darunter waren sie jedoch sorgfältig gewaschen und eingesprüht und gepudert. Sie wirkten so bizarr und theatralisch, daß sie einfach Polizisten sein *mußten*. Nur Dominic Scuzzi hätte die Leute von der Straße täuschen können.

»Das hier ist Harold Bloomguard«, stellte Scuz den kleinen Polizisten seinen Männern vor. »Seht euch den Burschen mal an. Das ist es, was ich euch die ganze Zeit schon zu erklären versuche, wie ihr aussehen sollt. Bei dem käme doch niemand auf die Idee, daß er von der Polizei sein könnte, oder?«

»Da haben Sie allerdings recht«, bestätigte der Wikinger.

»Wieso nehmt ihr euch also nicht ein Beispiel an ihm? Warum müßt ihr immer aussehen, als ginget ihr für Attila, den Hunnenkönig, auf Streife?«

»Jetzt hören Sie aber mal Scuz«, warf der türkische Brigant ein. »So habe ich schon mit zwölf nicht mehr ausgesehen.« Das daraufhin ausbrechende Gelächter ließ Harold Bloomguard sichtlich erröten.

Die drei Neuzugänge erhielten weitere Anweisungen, und eine Stunde später gingen sie zu ihren Wagen nach draußen.

»Eines hätte ich fast vergessen«, erinnerte sich Sergeant Scuzzi plötzlich, als seine Leute schon aus der Tür wollten. Er setzte sich wieder und steckte sich eine frische Zigarre an. »Das gilt für die drei Neuen. Wenn ihr in irgendwelchen Hinterhöfen herumschleicht, dann paßt *immer* auf die Hundescheiße auf, und vor allem auch darauf, wie groß die Haufen sind. Habt ihr mich verstanden?«

Dann hievte Scuz seine Tennisschuhe wieder auf den Schreibtisch, lehnte sich zurück und paffte vor sich hin, während eine hartnäckige Fliege, die sich unbedingt auf dem Kopf des Sergeants von der Sitte niederlassen wollte, schließlich doch frustriert das Weite suchte, um nicht an Rauchvergiftung einzugehen.

Kurz vor Einbruch der Dunkelheit standen also die drei Neuen auf dem Parkplatz. Die anderen hatten ihnen ein paar kleinere, handlichere Taschenlampen geliehen, da ihre Taschenlampen für die Arbeit bei der Sitte eindeutig zu unhandlich und auffällig waren. Sie warteten darauf, daß jedes der drei Teams einen von ihnen auswählen würde, mußten jedoch zu ihrer Verwirrung feststellen, daß diese nicht die geringsten Anstalten in dieser Richtung machten.

Den Grund hierfür sollte ihnen jedoch dann Pete Zoony erklären, ein schlaksiger Polizist mit einer staubfreien Krausfrisur und einem Fu-Manchu-Schnurrbart. »Nichts für ungut, Jungs. Aber wir nehmen euch gar nicht erst mit, weil nämlich gleich Scuz angerast kommen wird. Er hat einfach keine ruhige Minute, wenn ein paar Neue da sind. Er glaubt, ihr würdet gekillt werden, wenn er euch nicht persönlich einweist. Morgen abend könnt ihr dann ja mit uns kommen; dann können wir uns näher kennenlernen. Aha, da kommt er ja schon.«

Und als sich die drei Chorknaben umdrehten, sahen sie Scuz durch die Tür schlurfen. Er trat ständig auf die ausgefransten Enden seiner Schnürsenkel und kratzte sich an seinen Eiern, über denen seine Gabardinehose schon halb durchsichtig war, so abgewetzt wirkte der Stoff. Dann schlug er seine kleine Taschenlampe auf seinen behaarten Handrücken, paffte eine dicke Rauchwolke in die Abendluft und schlurfte über den Parkplatz; er konnte gerade noch rechtzeitig zur Seite springen, um nicht von einem Streifenwagen überfahren zu werden.

Der Fahrer des besagten Schwarzweißen war Roscoe Rules, und er sagte zu Wasmeinstdu-Dean: »Diese Hausmeister, die sie heutzutage anstellen, sehen aus wie Ziegenscheiße! Ich würde diesem Arschloch ja sagen, er soll sich mal ein bißchen ordentlicher anziehen, wenn er seine Stelle behalten will!«

Als Scuz schließlich die drei Chorknaben und seine regulären Teams erreichte, die grinsend in ihren Wagen saßen, sagte er zu Pete Zoony: »Ich hoffe, es macht euch nichts aus, Pete, wenn heute abend ich mich um die Neuen kümmere? Es ist ja nur für heute abend. Außerdem habe ich sowieso nichts zu tun, außer diesem Bericht für diesen Halbirren von Captain. Anscheinend wollen mir heute abend wieder mal gar keine guten Lügengeschichten einfallen, mit denen ich das Ganze ein bißchen ausfüllen könnte.«

»Nee, macht uns nichts aus, Scuz«, meinte Pete Zoony. »Sag uns nur, wo du mit ihnen hin willst, damit wir nicht alle am gleichen Ort auftauchen.«

»Wir haben da doch diesen Drei-Achtzehner über dieses Scheißhaus in diesem riesigen Kaufhaus.«

»Ja.«

»Und ich werde diesen schnuckeligen kleinen Burschen mal an den Nutten auf der Western ausprobieren. Sieht er nicht großartig aus?« Und Scuz legte seinen kräftigen Arm um den schnuckeligen kleinen Burschen und drückte ihn.

Fünf Minuten später fuhr Sergeant Scuzzi auf der La Brea in Richtung Norden, und zwar in einem viertürigen, fünf Jahre alten Plymouth, der aufs Haar wie ein Polizeiwagen aussah und die Chorknaben sichtlich enttäuschte.

Sam Niles saß zusammen mit Baxter Slate hinten. Harold, auf dem Beifahrersitz, machte eines seiner schönsten Zungenröllchen, so daß die Speichelbläschen nur so auf das Armaturenbrett klatschten. Gleichzeitig schabte er mit einem kleinen Taschenmesser an dem erdbeerfarbenen Ausschlag in seinem Nacken. Und Sam Niles gelangte zu dem Schluß, daß Harold und Scuz die idealen Partner gewesen wären.

»Nicht gerade unauffällig, diese Kiste. Was meint ihr, Jungs?« bemerkte Scuz, während sie über eine Reihe von Schlaglöchern holperten.

»Das würde ich auch sagen«, stimmte Baxter Slate ein. Ungläubig, aber nicht ohne ein gewisses Maß an Sympathie, sah er Scuz ab und zu von schräg hinten an.

»Ich kann euch sagen, meine Abteilung wird ganz schön kurzgehalten. Ihr würdet mir kaum glauben, wenn ich euch erzählen würde, mit wie wenig Geld wir auskommen müssen. Es passiert auch nicht selten, daß ich aus meiner Tasche noch was dazulegen muß. Die bilden sich tatsächlich ein, wir könnten in 'ne Bar reingehen und dort dann drei Stunden lang über einem Drink hocken. Verdammte Scheiße, die riechen den Polizisten auf fünf Meilen Entfernung, wenn die sehen, wie wir rumknausern.«

»Wo soll's denn jetzt eigentlich hingehen, Scuz?« erkundigte sich Harold, der ausgiebig schwitzte, da die Sonne noch nicht untergegangen war und die Luft für Los Angeles sehr schwül war. Außerdem war er ziemlich aufgeregt.

»Also zuerst werde ich euch heute abend zu 'ner Falle bringen. Und dafür muß ich mich entschuldigen, was ich an sich nicht mag, weil ich finde, ein Polizist sollte sich nicht zu entschuldigen brauchen, daß er seine Arbeit tut. Aber ich muß euch doch sagen – und erzählt bitte nicht eurem Lieutenant, wenn ihr wieder auf Streife geht, Scuz hätte euch das gesagt –, na ja, jedenfalls finde ich, daß wir von der Sitte letztlich nichts anderes machen als so 'ne Art Öffentlichkeitsarbeit. Wißt ihr, wir können sagen, wir schützen die Moral der Stadt, und zum Beweis dafür können wir unsere Statistiken vorweisen; Tatsache ist aber, daß wir eigentlich herzlich wenig ausrichten. Wozu machen wir den ganzen Scheiß also eigentlich, könntet ihr völlig zu Recht fragen. Und ich würde euch darauf antworten, das ist eben Teil des beschissenen Spiels. Jede größere Firma hat ihre Public-Relations-Abteilung, in der der nötige Süßquark produziert wird. Das trifft auf General Motors zu, auf U. S. Steel, auf AT & T und natürlich auf das Weiße Haus und die Stadtverwaltung. Wir machen eben den Leuten, die für unsere Gehälter aufkommen, weis, daß wir die Moral der Bürger vor diesem degenerierten Gesocks schützen, das nun mal sein Geld dafür ausgeben will, zu spielen, zu wetten und mit jemandem, mit dem sie nicht verheiratet sind, außerhalb des eigenen Schlafzimmers zu ficken. Man arbeitet nur achtzehn Monate bei der Sitte, und dann ist man seine Illusionen los. Meiner Ansicht nach bringt es zwar zumindest mal 'ne kleine Abwechslung mit sich, aber letztlich habe ich keinerlei Illusionen mehr, ich könnte bei der Sitte vielleicht meinen Teil dazu beitragen, ein paar Maden wegzuräumen. Woher soll ich schließlich überhaupt wissen, daß ich nicht selbst so 'ne Made bin, wenn man die ganze Sache aus einem gewissen Abstand betrachtet?«

Die Chorknaben warfen einander vielsagende Blicke zu, ohne Scuz zu widersprechen.

»Na ja, das ist es ungefähr, was ich über meine Arbeit bei der Sitte denke. Und ihr werdet jetzt also ein paar Wochen für mich arbeiten. Und da ihr 'ne Arbeit tut, die sowieso niemandem nützt, möchte ich auf keinen Fall, daß euch was passiert, versteht ihr? Nehmen wir mal an, ihr lauft so 'ner Einen-Meter-achtzig-Tunte mit einem Fünfzig-Zentimeter-Bizeps über den Weg, und der Kerl ist dann auch noch ein Fußfetischist. Und er kauft in der Schuhabteilung von diesem Kaufhaus, von dem ich eben gesprochen habe, ein Paar schwarze Satinschuhe, und dann geht er damit ins Scheißhaus rauf und zieht 'ne Sprühdose mit Sahne raus, und die leert er dann über die Schuhe. Und dann steht er da und leckt die Sahne wieder ab. Was wollt ihr da schon machen, wenn ihr praktisch wie hinter einem durchsichtigen Spiegel stehen würdet und diesen Kerl auf dem Klo beobachten könntet. Wie wolltet ihr da die öffentliche Moral schützen?«

»Wie bitte?« entfuhr es Harold Bloomguard.

»Ich habe gefragt, was ihr mit diesem Verrückten anfangen würdet?«

»Keine Ahnung, Scuz«, meine Harold und pustete ein Spuckebläschen in die Luft, während Sam Niles an seinem Schnurrbart herumspielte und angewidert den Kopf schüttelte. Baxter Slates Grinsen wurde breiter und breiter, je sympathischer Scuz ihm wurde.

»Harold, mein Junge«, fuhr Scuz fort. »Zuallererst, ich habe Ihnen doch einen Hinweis gegeben. Ich habe gesagt, dieser Irre hätte 'nen Fünfzig-Zentimeter-Bizeps!«

»Ach so, jetzt kapiere ich!« Harolds Gesicht leuchtete auf. »Ich tu' so, als hätte ich nichts gesehen, und lasse den Burschen laufen.«

»Genau!« strahlte Scuz, während er mit kaum dreißig Stundenkilometern dahinfuhr, so daß Sam Niles langsam nervös wurde. »Selbstverständlich kann hier nicht von einem Vergehen die Rede sein. Es kommt eben hin und wieder vor, daß so ein Typ was daran findet, von schwarzen Satinschuhen Schlagsahne abzuschlecken. Mir wär's nur lieber, wenn die Jungs das bei sich zu Hause täten, damit uns deshalb nicht ständig jemand ruft. Aber diesen Kerlen macht das nun mal in der Öffentlichkeit mehr Spaß. Außerdem gibt es, soviel ich weiß, kein Gesetz dagegen; also könnt ihr nur hoffen, daß er sich möglichst schnell mit Schlagsahne vollstopft und abhaut, bevor jemand auf der Wache anruft, weil die den Fall natürlich uns zuschieben. Noch so 'n kleiner hypothetischer Fall?«

»Klar, Scuz«, grinste Baxter Slate und nahm eine Zigarette von dem lethargischen Sam Niles an, der sich bereits zu wundern begann, wie er sich jemals hatte wünschen können, bei der Sitte eingesetzt zu werden.

»Also, ihr seid jetzt in der Falle und schaut durch den Wandschirm, und dann kommt so ein Typ aufs Klo, zieht seine Jeans runter, und in seiner Unterhose hat er 'ne Zahnbürste und 'ne Feder stecken. Und seinen kleinen Herrn hat er kräftig mit alten Fetzen und Gummibändern umwickelt, daß er ordentlich groß aussieht unter seiner Hose. Dann setzt er sich auf den Pott und langt ins Klowasser unter sich, und nachdem er seinen Pimmel ausgepackt hat, fängt er an, ihn mit kaltem Wasser zu bespritzen. Und dann bürstet er ihn mit der Zahnbürste ab. Als nächstes zieht er die Feder raus und kitzelt sich damit an den Eiern, und wenn er das alles getan hat, kann er endlich pinkeln. Er macht das im Sitzen. Und dann geht er wieder. Irgendeine Gesetzwidrigkeit?«

»Nein«, antwortete Baxter Slate.

»Gut, aber was ist, wenn die einzelnen Toiletten keine Türen haben, weil der Geschäftsführer von diesem Kaufhaus verhindern will, daß sich auf seinem Scheißhaus die ganzen Schwulen treffen und ihre Schwänze durch die Löcher in den Wänden stecken. Da haben wir unseren Sackkitzler also, keine Tür, nur die Seitenwände der Toilette um ihn herum, und jeder kann da reingehen und ihn sehen, auch kleine Kinder.«

»Tja...« Baxter zögerte.

»Und um die Sache noch ein bißchen komplizierter zu machen, Jungs. Sagen wir mal, die Beschwerde kommt von einer Frau, die in der Nähe dieses Kaufhauses wohnt, und ihre Kinder benutzen auf dem Heimweg von der Schule immer diese Toilette. Und sie sagt, ihre Kinder hätten von verschiedenen Kerlen eindeutige Angebote bekommen und ob ihre Kleinen denn überhaupt keine Rechte hätten?«

»Tja...« zögerte Baxter weiter.

»Ist doch klar, daß es diese Typen erst richtig geil macht, wenn sie es auf öffentlichen Klos treiben, weil es verboten und Sünde ist und zugleich Spaß macht, und diese ganze Analfixierung und was weiß ich noch alles. Und das ist eben zu Hause im stillen Kämmerlein nicht das gleiche. Sonst würden sie ja auch gar nicht dorthin kommen. Aber darum geht es letztlich nicht, denn ihr könnt dieser Frau ja schlecht sagen, ihre Kinder müßten sich eben damit abfinden, daß ihnen so ein Kerl unzweideutige Anträge macht oder vor ihren Augen im Scheißhaus so 'nem anderen Typen einen runterholt, oder, Harold?«

»Ich würde schon sagen, Scuz.«

»Finden Sie auch, Baxter?«

»Ich denke schon. Scheint so, als müßte es in diesem Fall 'ne andere Lösung geben.«

»So scheint es«, nickte Scuz. »Nur gibt es keine. Zumindest nicht für uns. Wir haben eine Anzeige reinbekommen und müssen etwas unternehmen. Und das heißt, wir müssen auf jeden Fall irgend so einen Kerl einlochen. Dann können wir sagen, wir haben bezüglich ihrer Anzeige was getan, wenn die Frau das nächste Mal wieder anruft und sich beschwert, daß irgend so ein Kerl ihren Sohn betatscht hat. Wißt ihr, Jungs, es gibt eben Millionen und Millionen Probleme auf der Welt, für die es keine Lösung gibt, und wir von der Polizei können uns hauptsächlich mit solchen rumschlagen.«

»Und was machen Sie dann mit diesem Typen, der die Kinder in Frieden läßt und nur seine Nummer mit der Zahnbürste und der Feder bringt?« wollte Sam Niles wissen, der sich immer gelangweilt gab, ob er es nun war oder nicht.

»Ich schieße auf ihn«, antwortete Scuz.

»Wie bitte?« platzte Harold heraus.

»Ja, ich schieße auf ihn. Damit.« Bei diesen Worten zog Scuz aus der Tasche seiner weiten Gabardinehose eine Wasserpistole aus rosa Plastik. »Damit beschieße ich ihn durch das Loch in der Wand, durch das ich ihn beobachte. Erst blickt er nicht durch, und dann kriegt er Schiß, sobald er merkt, woher der Wasserstrahl kommt. Aber ich mache ihm nicht noch mehr Angst, indem ich ihm drohe oder ihn gar festzunehmen versuche. Das würde nur bewirken, daß er um so lieber wieder zurückkommt. Wie ihr wißt, sind ja vor allem Schuld und Bestrafung und dieser ganze Kleinkinderkram schuld daran, daß er so was in der Öffentlichkeit treiben muß. Also bespritze ich ihn nur mit meiner Wasserpistole. Es dauert nicht lange, und er weiß überhaupt nicht mehr, was er von dem Ganzen halten soll; wer oder was hinter dieser Wand ist. Manchmal brüllt er dann so was wie: ›Wer sind Sie? Sind Sie 'n Kaufhausdetektiv oder 'n Bulle? Wer schießt da auf mich?‹«

»Und was sagen Sie dann?« wollte Harold wissen.

»Nichts. Ich beschieße ihn nur weiter. Das ist demütigend. Es erniedrigt ihn auf eine Weise, die er nicht ertragen kann. Wißt ihr, er möchte sich zwar vermutlich mit diesem Zeug, das er auf einem öffentlichen Scheißhaus macht, auch herabsetzen, aber die Erniedrigung, die er durch mich erfährt, ist ihm einfach zuviel. Mit meiner Wasserpistole gebe ich ihm nämlich so ungefähr zu verstehen, daß seine kleine Nummer nicht mehr wert ist als ein paar Wassertropfen. Und *das* kann er nicht ertragen. Ich habe schon Kerle gesehen, die sind in Tränen ausgebrochen und abgehauen, ohne je wieder zurückzukommen. Zumindest nicht in diese Toilette, und das ist letztlich alles, was ich für den Augenblick erreichen kann. Erscheint euch das einigermaßen logisch?«

»Kann schon sein«, erwiderte Baxter Slate, während sich Scuz eine neue Zigarre ansteckte und in den Wilshire Boulevard einbog.

»Wißt ihr, ich möchte mit diesen Kerlen in keine Schlägerei verwickelt werden. Ich möchte denen nichts tun, und vor allem möchte ich nicht, daß die mir oder einem meiner Leute was tun. Deshalb verbringe ich die meiste Zeit eigentlich damit, mir zu überlegen, wie ich die Bürger, die Anzeige erstatten, zufriedenstellen kann und gleichzeitig meine Leute davor bewahre, daß ihnen was zustößt. Ich weiß zwar, daß die meisten Kontrollbeamten von der Sitte in diesem Punkt nicht unbedingt meiner Meinung sind, aber ich finde es trotzdem 'ne ganz gute Methode, 'ne Abteilung bei der Sitte zu leiten.«

»Das finde ich allerdings auch«, grinste Baxter Slate und kurbelte das Fenster herunter, um etwas Rauch entweichen zu lassen.

»Der Grund, weshalb wir heute in diesem Kaufhaus vorbeischauen müssen, ist, daß die bis neun Uhr offen haben. Und so 'n Schwuler hat dort vor ein paar Wochen auf dem Klo einen Typen angemacht und ihm zehn Dollar angeboten, wenn er ihm einen runterholen darf. Der hat sich auch darauf eingelassen, nur hat der Schwule dann kein Geld gehabt. Und um sich ein paar ordentliche

Dellen in seiner Rübe zu ersparen, hat er sich bereit erklärt, dem anderen seine Kreditkarte zur Verfügung zu stellen, daß er sich für zehn Dollar was kaufen kann. Der hat sich dann allerdings 'nen Anzug für hundert Dollar gekauft und hat dem Schwulen gesagt, wenn er den Scheck nicht unterschreibt, würde er mit seinen Stiefeln auf seiner Rübe ein bißchen Tango üben. Also kommt dieser Schwule zu uns und erstattet gegen seinen Cowboy Anzeige. Und ich sage zu den Jungs auf der Wache, dabei handelt es sich doch um Erpressung, vielleicht auch um Kreditkartenbetrug; das geht uns nichts an; das ist euer Bier. Aber unser Captain meint: ›Ich finde, Sie besorgen sich besser einen Drei-Achtzehner, Sergeant, und lassen Ihre Leute eine Verhaftung vornehmen!‹ Wißt ihr, er sagt nämlich immer Sergeant zu mir, wenn er schlecht gelaunt ist, was er im übrigen meistens ist. Jedenfalls müssen wir uns heute abend auf die Lauer legen in diesem Scheißhaus, und ich kann nur hoffen, daß wir heute abend Erfolg haben, damit ich diese Anzeige zu den Akten legen kann. Ich bin nicht gerade erpicht darauf, meine Leute in diesem Scheißgestank herumsitzen zu lassen.«

Wenige Minuten später holperte der klapprige Dienstwagen auf den Parkplatz hinter dem großen Kaufhaus am Wilshire Boulevard, wo die Kunden mit ihren Einkaufstüten hin und her hetzten, sich um die Parkplätze stritten und sich gegenseitig ihre Einkäufe aus den Autos stahlen. Über Los Angeles brach eine schwüle Sommernacht herein.

Als Scuz die drei Chorknaben in die Abstellkammer führen wollte, die sich an die Toilette im ersten Stock anschloß, fiel Baxter Slate ein Mann auf, der auf dem Boden des Korridors saß, der an der Toilette vorbeiführte. Neben ihm lag ein Stapel Zeitungen. Seine Beine waren wie mit Scharnieren versehene Stöckel unter ihm zusammengeklappt. Seine rechte Hand war eine regelrechte Klaue, seine linke war noch schlimmer. Wie ein verstümmeltes Insekt kratzte er an der Wand, unfähig, sich aufzurichten. Es war ein vierzigjähriger Zeitungsverkäufer, der mehrmals täglich seinen Standplatz verlassen mußte, um die Toilette des Kaufhauses aufzusuchen. Er litt an den Folgen eines Gehirnschlags, aber in der Regel schaffte er es ohne weiteres zur Toilette und zurück zu seinem Stuhl, wobei er unterwegs manchmal sogar ein paar Zeitungen verkaufte. An diesem Abend litt er an einer leichten Erkältung, die ihn in dem Maß schwächte, wie eine Lungenentzündung einen normalen, ansonsten gesunden Menschen entkräftet hätte.

Scuz drehte sich um und sah, wie zwei der Chorknaben den Mann beobachteten. Sam Niles wollte an sich dem Zeitungsverkäufer beim Aufstehen behilflich sein, wodurch er allerdings die Aufmerksamkeit der anderen Polizisten auf sich gelenkt hätte, die dann sicher gedacht hätten, er wäre so ein Barmherziger Samariter. Baxter Slate wollte dem Mann ebenfalls helfen, hatte aber Angst, der Zeitungsverkäufer würde diese Geste als aufdringlich empfinden und ihn mit einem bitteren Knurren zurückweisen. Also taten die beiden so, als sähen sie den Mann nicht, und wandten verlegen ihre Augen ab. Und beide hatten sie ein schlechtes Gewissen, weil sie sich nicht imstande sahen zu helfen.

In diesem Augenblick sah Harold Bloomguard den Mann. Er dachte nicht lange nach, sondern sagte nur: »Oh.« Und dann ging er auf den Zeitungsverkäufer zu, nahm ihn am Arm und half ihm, aufzustehen.

Darauf wandte sich Scuz um, nachdem er gemerkt hatte, daß die anderen hinter ihm langsamer gingen, und sah Harold und den Mann. Auch er überlegte nicht lange, sondern trat an Sam und Baxter vorbei auf den Mann zu, der mit Harolds Hilfe schon fast wieder auf seinen Beinen stand.

»Sind Sie gestolpert, hm?« Scuz beugte sich über den Zeitungsverkäufer, zog ihn mit der einen Hand hoch, als wöge er nichts, und hob mit der anderen den Packen Zeitungen vom Boden auf. »Die Böden in dem Laden hier sind ja auch verdammt rutschig. Hier ist schon öfter mal einer zu Boden gegangen.«

Fast trug er den Mann zu seiner Bank in der Nähe des Hinterausgangs und setzte ihn hin. Der Zeitungsverkäufer schwitzte und keuchte, unfähig zu sprechen, während Scuz die Zeitungen neben ihn legte.

»Haben Sie 'ne Spätausgabe?« fragte Scuz. Dann fischte er eine Münze aus seiner Hosentasche, legte sie dem Mann in den Schoß und nahm schließlich eine Zeitung von dem Packen. Er faltete sie zusammen und steckte sie in die weite Tasche seiner Gabardinehose. »Alles in Ordnung, Chef? Soll ich Sie vielleicht irgendwohin bringen?«

Der Mann lächelte mühsam und schüttelte den Kopf, worauf sich Scuz mit einem Nicken verabschiedete: »Also, bis später.« Im nächsten Augenblick schlurfte er neben Harold Bloomguard, die zwei anderen Chorknaben hinter ihm, weiter den Korridor hinunter.

Als Scuz an einem alten Mann vorbeikam, der neben dem Lift auf einer Bank saß und einfach nur so die Leute beobachtete, nahm er die Zeitung wieder aus der Tasche und legte sie neben den alten Mann. »Was halten Sie davon, guter Mann? Ist 'ne Spätausgabe, aber ich habe leider keine Zeit, sie zu lesen.«

»Oh, vielen Dank«, erwiderte der Rentner, während Scuz die Tür des Abstellraums öffnete und die Chorknaben zu ihrem Logenplatz führte.

Zwei Männer fanden vor der von der anderen Seite getarnten Öffnung, die etwa dreißig auf sechzig Zentimeter maß, Platz. Man konnte durch sie die Toilette überblicken, wo Ladendiebe ihre Beute unter ihren Kleidern versteckten und wo Männer in aller Öffentlichkeit masturbierten oder es sich gegenseitig besorgten.

Sie waren noch keine zehn Minuten in der Falle, als ein Mann in gestreiftem Hemd und zweireihigem blauem Blazer hereinkam, nervös in jedes Toilettenabteil blickte und schließlich, als er sich allein glaubte, seinen Penis herauszog und damit ein großes S über den Boden der Toilette pinkelte.

»Der Kerl hat einen Schuß verdient«, flüsterte Scuz hinter dem Guckloch. »Mal sehen, ob ich auch nicht vergessen habe, sie zu füllen! Nee, es ist Wasser drin. Gut.« Und er hielt seine Wasserpistole gegen das Guckloch und feuerte zwei Salven auf den Mann ab.

Der Mann sah zur Decke hoch, ob dort vielleicht ein Rohr leckte. Da er jedoch keines entdeckte, machte er einfach weiter. Als Scuz zwei weitere Salven auf ihn abfeuerte, entfuhr ihm ein überraschter Schrei, und er sah noch einmal in jedes einzelne Toilettenabteil. Als Scuz daraufhin noch einmal schoß, rannte der Mann kreischend aus der Toilette.

»Das war weiter kein Problem«, meinte Scuz und machte Sam Niles vor dem Guckloch Platz »Der Grund, weshalb ich ihn laufengelassen habe, ist ganz einfach der, daß der Kerl sowieso nur in der Gegend herumpinkelt. Pißt auf den Boden und verdünnisiert sich. Solange er dabei allein ist, kann so ein Kerl ja praktisch alles machen, ohne daß man ihn dafür belangen kann. Man muß sich die Kerle schnappen, die ihre Nummer abziehen, wenn jemand anderer dabei ist. Dann können wir ihn verhaften, womit die Sache erledigt wäre. Und wir können dann wieder aus diesem miesen Scheißhaus abhauen und uns sagen, wir wären heldenhaft für Moral und Anstand eingetreten. Bis uns die nächste Anzeige ins Haus flattert. Toller Job, was, Jungs?«

»Allerdings«, murmelte Baxter Slate, während Sam Niles eine angewiderte Grimasse schnitt und sich nach einer Zigarette sehnte.

»Wißt ihr was, Jungs«, fuhr Scuz fort. »Ich lasse euch zwei hier und nehme Harold mit rüber zur Western Avenue. Mal sehen, ob wir uns nicht 'ne Nutte schnappen können. Allerdings möchte ich euch zwei Anfänger nicht ganz allein hier rumsitzen haben; ich werde euch eines meiner Teams herschicken, daß die euch ein bißchen Gesellschaft leisten. Wartet ihr also mal hier, bis die anderen kommen. Und verhaftet währenddessen niemanden, wenn nicht gerade jemand vor euren Augen ermordet wird, verstanden?«

»Mhm«, nickte Sam Niles.

Scuz öffnete die Tür, die nach draußen führte, ließ erst Harold hinausgehen und wandte sich dann noch einmal um: »Wenn es euch langweilig wird, könnt ihr ja zur Abwechslung wetten, ob der nächste Typ ein Helm ist oder ein Ameisenbär.«

»Was soll denn das bedeuten?« wollte Baxter Slate wissen.

»Beschnitten oder nicht beschnitten«, erklärte Scuz, während er sich eine Zigarre zwischen die Zähne schob. Dann warf er Sam Niles seine rosa Wasserpistole zu und sagte: »Vorsicht! Das Ding ist geladen.«

Der erste Mann, der in die Toilette kam, trat ans Pissoir und entleerte seine Blase. Die zwei Chorknaben sahen einander an und fragten sich, wie sie eigentlich hierher gekommen waren. Es war ein Ameisenbär.

Der zweite Mann war ebenfalls ein Ameisenbär. Nummer drei, vier und fünf waren jedoch Helme. Der sechste war ein Ameisenbär und kostete Baxter Slate fünfundzwanzig Cents. Der siebente war wieder ein Helm und verhalf Baxter wieder zu seinem Geld. Was der achte Mann war, war den beiden egal. Der neunte war ein Ameisenbär, entpuppte sich dann aber als Helm; er setzte sich nämlich auf die Kloschüssel und spielte an sich herum, nachdem er zuvor seiner Fantasie mit einem Foto von Raquel Welch in einer Illustrierten etwas auf die Sprünge geholfen hatte. Als sein Blick dann auf ein Bild von Warren Beatty fiel, schien ihn das nicht weniger zu stimulieren.

Sam Niles verpaßte ihm vier Schüsse aus der Wasserpistole, woraufhin der Mann fluchend aus der Toilette rannte und sich die naßgespritzten Seiten der Illustrierten an seinem Hemd abwischte.

»Zwei Wochen lang halte ich das nicht aus«, stöhnte Baxter Slate.

Sam Niles bot ihm darauf eine Zigarette an, öffnete die Tür, damit etwas frische Luft in den engen Raum kam, und nickte.

Währenddessen erteilte Sergeant Dominic Scuzzi auf dem Parkplatz eines Supermarktes in der Nähe von Pico und Western einem extrem aufgeregten Harold Bloomguard die letzten Anweisungen.

»Ich werde also hier auf diesem Parkplatz sein«, erklärte Scuz, während Harold nickte und zwanghaft seine Spuckebläschen produzierte. Nachdem er dann die Gläser seiner Fensterglasbrille zum drittenmal geputzt hatte, machte er sich bereit, in einen eigenen Wagen zu steigen, einen drei Jahre alten Dodge Charger, den sie sich auf dem Parkplatz der Wache geholt hatten, nachdem sie Sam und Baxter in dem Kaufhaus zurückgelassen hatten.

»Ich möchte nicht, daß Sie sich zu weit von hier entfernen, Harold, haben Sie mich verstanden? Fahren Sie nur einen Block oder so die Western runter und auf der Pico höchstens ein paar Blocks in Richtung Osten. Sehen Sie zu, daß Sie ein Mädel in Ihren Wagen kriegen, daß sie Ihnen ein Angebot macht, und dann sacken Sie sie ein und bringen sie hierher. Und zwar schnell. Falls das Miststück versuchen sollte, aus dem Wagen zu springen, dann lassen Sie sie ruhig. Sie kommen trotzdem hierher, und dann fahren wir ihr nach und lesen sie von der Straße auf. Entfernen Sie sich aber auf keinen Fall mehr als ein paar Blocks von hier, ja?«

»Sind Sie nervös, Harold?«

»Nee, nur ein bißchen«, log er.

»Haben Sie 'nen Kamm?«

»Ja.«

»Kämmen Sie sich das Haar etwas aus der Stirn. Ihr jungen Burschen müßt ja immer aussehen wie 'n Rocksänger. Kämmen Sie sich's zurück. Zeigen Sie Ihre hohe Stirn. Damit sehen Sie sogar noch spießiger aus.«

Scuz richtete Harold den Rückspiegel, worauf dieser sein rötliches Haar scheitelte und nach hinten kämmte.

»Noch besser wär's natürlich, wenn Sie sich ein bißchen Pomade reinklatschen würden«, meinte Scuz und setzte Harold seine Brille auf, als dieser mit dem Kämmen fertig war.

»Wie sehe ich aus?«

»Eines kann ich Ihnen sagen, Harold. Bei Ihnen kommt keiner auf die Idee, daß Sie von der Polizei sein könnten. Aber wirklich keiner.«

»Na, dann mache ich mich auf den Weg, oder?«

»Okay, fahren Sie auf die Pico nach Osten, dann nach Süden zur Oxford, und dann wieder zurück zur Western. Ich möchte auf jeden Fall, daß Sie in meiner Nähe bleiben.«

Während Harold den Charger anließ, steckte Scuz sich eine neue Zigarre an und schlug nach einem Schwarm Mücken, der sich eben auf ihn stürzen wollte.

Und während nun Harold Bloomguard seine Jungfernfahrt in das Reich von Zucht und Ordnung antrat, tat sich auch auf dem Beobachtungsposten in besagtem Kaufhaus einiges, wo zwei angewiderte Chorknaben gelangweilt in einem dunklen, muffigen Raum herumsaßen und den Geruch menschlicher Ausscheidungen einatmeten.

Zuerst schlenderte Pete Zoony, der Sittenpolizist mit dem Kraushaar und dem Fu-Manchu-Schnurrbart in die Toilette und grinste zu dem Guckloch in der Wand hoch. »Macht euch gar nicht erst die Mühe, eine Wette abzuschließen. Ich bin Jude.«

»Wie lange müssen wir denn noch hierbleiben?« erkundigte sich Sam Niles. Seine Stimme dröhnte durch das Guckloch und hallte von den Fliesen des Klos wider.

»Scuz hat uns über Funk verständigt«, sagte Pete Zonny, während er im Spiegel seine Zähne betrachtete. »Er hat meinem Partner gesagt, mich hierher zu bringen, damit ich euch ein bißchen Gesellschaft leiste. Mehr als eine Stunde sollen wir auf keinen Fall mehr hierbleiben, hat er gemeint. Langsam wird es Zeit, daß wir diese Anzeige abschließen. Schade, daß wir nicht so 'nen Wagen haben wie die von der Central, mit dem sie die ganzen Besoffenen aufsammeln. Dann könnten wir uns einfach zwei Säufer rauftragen lassen und sie im selben Abteil ihren Rausch ausschlafen lassen. Und dann bräuchten wir nur noch den Geschäftsführer zu holen, damit er Zeuge der Orgie wird, die wir entdeckt haben. Damit wäre der Fall dann erledigt.«

»Na ja, seit wir hier sind, ist jedenfalls nichts passiert«, erklärte Baxter Slate. »Vielleicht kommen die Schwulen gar nicht mehr hierher.«

»Schon möglich. Ich glaube, ich verdrück' mich mal ein bißchen nach draußen und seh' nach, ob sich ein paar neue Weiber rumtreiben, die ich noch nicht kenne. Wenn ihr mal auf 'ne kleine Pause rauskommt, dann seht euch mal das Paar Titten an, das hinter der Theke steht, wo sie die Duftwässerchen verkaufen; direkt gegenüber von der Abteilung für Kinderkleider. Ich hab' gehört, ein Polizist von der North Hollywood schiebt hin und wieder 'ne Nummer mit ihr. Wirklich sehenswert! Also dann, bis später.«

Und damit war Pete Zoony auch schon durch die Tür, um nach willigen jungen Verkäuferinnen Ausschau zu halten. Zufällig fiel sein Blick jedoch auf zwei uniformierte Polizisten, die das Detektivbüro des Kaufhauses betraten. Aus purer Neugier schlenderte er auf das Büro zu und schnappte sich einen der drei Sicherheitsbeamten der Nachtschicht, als dieser gerade durch die Tür nach draußen kam.

»Na, was gibt's?« wandte sich Pete Zoony an den in Zivil gekleideten Mann, der alle Männer von der Sitte kannte, die hin und wieder die Toilette überwachten.

»Ein Ladendiebstahl. Nichts Besonderes. Das zweite Mal, daß wir die Frau erwischt haben. Diesmal werden wir sie allerdings einlochen. Vielleicht überlegt sie es sich dann das nächste Mal besser. Aber wahrscheinlich klaut sie dann eben anstatt bei uns bei Sears.«

Pete Zoony nickte und beschloß, sich nach dem Mädchen umzusehen, das zwar mit einem North-Hollywood-Polizisten ins Bett ging, aber Zoonys hartnäckigem Werben kein Gehör schenkte.

Dann kam einer der uniformierten Polizisten aus dem Sicherheitsbüro und strebte auf die Toilette zu. Da Pete Zoony in der Regel für die Tagesschicht eingeteilt war, kannten ihn nicht allzu viele Streifenpolizisten der Nachtschicht. Ihm sollte jedoch nun ein bedauerlicher Irrtum unterlaufen, als er nämlich beschloß, sich einen kleinen Scherz zu erlauben, um die zwei Neuen ein bißchen zu unterhalten. Er folgte dem uniformierten Polizisten in die Toilette.

»Roscoe Rules!« flüsterten Sam und Baxter gleichzeitig, als die Tür zur Toilette aufging.

Und dann konnten sie nur mit Mühe ein Kichern unterdrücken, als Roscoe, ein Helm, sich am Pissoir erleichterte und danach, einen Stevie-Wonder-Song auf den Lippen, ans Waschbecken trat.

Er nahm vorsichtig seine Mütze ab und strich sein schütteres Haar zurück, so daß es gerade so weit über seine Ohren fiel, daß der Lieutenant nichts dagegen hätte einwenden können. Dann quetschte er an einem wäßrigen Pickel auf seiner Nase herum, rückte seine Krawatte zurecht und grinste zufrieden sein Spiegelbild an, während Sam und Baxter sich gegenseitig in die Rippen stießen und sich vor Lachen kaum mehr halten konnten. Schließlich trat ihr Chorknabenkollege vom Spiegel zurück, setzte sich die

Mütze wieder auf und warf sich in Positur, Beine gespreizt, Fäuste in die Hüften gestemmt. Roscoe Rules schien auch mit seiner Gesamterscheinung sichtlich zufrieden. Und während Sam Niles in dem verzweifelten Versuch, nicht lauthals zu lachen, fast von ihrer Beobachtungsplattform gefallen wäre, flog die Tür neuerlich auf, und herein kam Pete Zoony.

»Sam! Sam!« flüsterte Baxter und zerrte seinen Freund an das Guckloch zurück, während Pete an Roscoe Rules vorbeitänzelte und sang: »Du machst mich ganz verrückt, mein Schnuckelchen!«

Er trat ans Pissoir, lugte schamhaft über seine Schulter auf den fassungslosen Polizisten zurück und tat so, als ließe er Wasser, während er dem Chorknaben schöne Augen machte.

»Ich will doch verdammt sein!« polterte Roscoe Rules los.

»Aber das will ich doch nicht hoffen!« quietschte Pete Zoony, während er seine Hose zuknöpfte und durch die Toilette aufs Waschbecken zuschoß, wo er seine Finger mit ein paar Tropfen Wasser befeuchtete und seine Wangen tätschelte.

Dann tupfte er sie mit einem Papiertaschentuch ab und sang dabei: »Shubidiiieee, shubiduuuuhhhh...«

»Sie haben ja ganz schön Mut, wissen Sie das?« knurrte Roscoe Rules, während Pete Zoony hin und wieder nach ihm schielte und kicherte.

»Wieso? Wie meinen Sie das, Officer?« lispelte Pete.

»Sie... Sie kommen hier rein und führen sich auf, als... als wäre ich eine Zivilperson!«

»Was kümmert es mich, was Sie sind. Sie sind zumindest verdammt süß; das ist alles, was mich interessiert«, erwiderte Pete Zoony und machte sich vor dem Spiegel zurecht, während die Chorknaben am Guckloch vor Tränen in den Augen kaum mehr etwas sehen konnten.

»Jetzt langt's aber! Wir können Sie es wagen, so mit einem Polizeibeamten zu sprechen! Weisen Sie sich gefälligst mal aus!« legte Roscoe los.

»Ach du meine Güte, regen Sie sich doch nicht gleich so auf«, lispelte Pete Zoony. »Und das alles nur, weil Ihnen jemand ein Kompliment machen will.«

»Los, weisen Sie sich schon aus«, forderte Roscoe Rules, und Pete Zoony wollte schon sein Dienstabzeichen aus der Gesäßtasche seiner Hose ziehen, als er in Unkenntnis der Person von Roscoe Rules einen Fehler machte.

»Also gut, ich zeige Ihnen meinen Führerschein, aber Sie müssen mir versprechen, mich nicht nach meiner Telefonnummer zu fragen. So gut kenne ich Sie nämlich nun wirklich noch nicht.«

»Halt bloß das Maul, du miese, aufdringliche Tunte!« brüllte Roscoe Rules los.

»Na gut!« erwiderte Pete Zoony gekränkt, der inzwischen so in seiner Rolle aufging, daß er das Flackern in Roscoe Rules' Augen völlig übersah. »Aber über eine Person, die körperbehindert ist, würden Sie sich nicht lustig machen, hm?«

»Du Schwein!« kreischte Roscoe.

Pete Zoony schürzte die Lippen zu einem kleinen Kuß und säuselte: »Sie sind einfach süß, wenn Sie so wütend sind! Sie kleiner blauer Bösewicht!«

In diesem Augenblick wich Roscoe Rules zurück und schlug Pete Zoony mit dem Handrücken auf seinen Schnurrbart. Dabei erwischte er ihn voll am Kinn, so daß Zoony auf dem glatten Boden ausrutschte und rücklings gegen einen metallenen Abfalleimer krachte.

Die zwei Chorknaben in der Falle schrien auf: »Nicht, Roscoe!« Und im nächsten Augenblick rannten sie auch schon auf den Korridor nach draußen und in Richtung Toilette.

Sie kamen gerade noch rechtzeitig, um Pete Zoony zurückzuhalten, der sich fluchend von dem rutschigen Boden aufzurappeln versuchte, während Roscoe Rules verdutzt an den Wänden und zur Decke hochsah, da er sich sicher war, von irgendwoher gespenstische Stimmen seinen Namen rufen gehört zu haben.

»Niles! Slate!« entfuhr es Roscoe, als seine Kollegen auf Pete Zoony hechteten, um ihn davon abzuhalten, etwas zu tun, was sie alle in Schwierigkeiten gebracht hätte.

»Du Arschficker!« schrie Pete Zoony außer sich; er hatte nur den einen Gedanken im Kopf – es Roscoe heimzuzahlen.

»Ich ein Arschficker? Ich? Du hast wirklich ganz schön Mut, du miese Tunte!« zischte Roscoe Rules.

Es dauerte ganze fünf Minuten, um Pete Zoony wieder zu beruhigen und Roscoe über den Streich aufzuklären, der sich allerdings als Bumerang erwiesen hatte. Schließlich rang sich Pete Zoony ein etwas gezwungenes Lächeln ab und sagte: »Also, nichts für ungut, Rules.« Und bei diesen Worten ließ er einen saftigen Schwinger los, der Roscoe in ein Toilettenabteil segeln ließ, worauf sich die beiden Chorknaben nun zur Abwechslung auf Roscoe stürzten, der womöglich Pete Zoony erschossen hätte, wenn Sam Niles ihn nicht in den Polizeigriff genommen hätte.

Die Kloüberwachungsaktion wurde für diesen Abend abgeblasen. Sam Niles ließ Roscoe nicht aus dem Polizeigriff, bis Baxter Slate Pete Zoony aus der Toilette und auf den Parkplatz hinter dem Kaufhaus gebracht hatte. Dort fanden sie eine Telefonzelle und riefen Petes Partner an, er solle sie abholen, damit sie sich mit Scuz und Harold Bloomguard treffen könnten.

Als später an jenem Abend Spermwhale Whalen während der Singstunde von dem Vorfall erfuhr, meinte er kopfschüttelnd: »Roscoe Rules kriegt doch ständig eine in die Fresse. Am besten sollte er gleich mit 'nem Gesichtsschutz herumlaufen.«

»Na, ein richtig lauschiger Abend heute abend. Wie für uns zwei gemacht!« rief ein aufgeregter Harold Bloomguard der ersten Prostituierten zu, die er nach zwanzig Minuten entdeckte.

»Was?« fragte die Schwarze leicht verwirrt und trat vorsichtig auf den Charger zu, der im Parkverbot unter einer Straßenlaterne stand.

Sie trug eine pfefferminzgrüne Hose, die bis zu den Knöcheln hauteng saß, wo sie sich dann allerdings plötzlich weitete und über grüne Stiefel fiel. Ihr Bauch war frei, und oben trug sie ein grünes Top. Harold war sich sicher, sie schon mehrere Male gesehen zu haben, aber Scuz hatte ihm zuvor versichert, daß die Mädchen in der Regel einen uniformierten Polizisten nicht wiedererkannten, wenn er Zivil trug. Für die Prostituierten, wie im übrigen für die meisten Leute, ist ein Streifenpolizist kaum mehr als ein Dienstabzeichen und eine blaue Uniform.

»Hallo, hallo!« säuselte Harold Bloomguard und schaltete die Scheinwerfer aus. Sein Herz sank ihm sichtlich in die Hose, als sich das Mädchen seinem Wagen näherte. Sie ging in derselben Richtung, in der der Verkehr floß, damit potentielle Kunden nicht kehrtmachen mußten, womit sie möglicherweise nur eine Funkstreife auf sich aufmerksam gemacht hätten.

»Hallo, Süßer, das ist aber ein schöner Abend heute«, lächelte das Mädchen, als sie feststellte, wie ›gut‹ Harold aussah.

Aber genau in diesem Augenblick leuchtete sie von hinten ein Wagen an. Als er neben dem Charger hielt, stellte sich heraus, daß es sich dabei um einen Schwarzweißen handelte, der Harold offensichtlich einen Strafzettel wegen Falschparkens verpassen wollte und damit seinen Beitrag zur Bekämpfung der Prostitution zu leisten gedachte. Es waren Spencer van Moot und Pater Willie.

»Guten Abend«, begann Spencer mechanisch, während die Funkstreife neben dem Charger zum Stehen kam. »Könnte ich...«

Und als nächstes stellte Spencer fest, daß er in das angespannte, bebrillte Gesicht von Harold Bloomguard starrte, von dem er wußte, daß er vorübergehend an die Sitte ausgeliehen worden war.

»Ja, Herr Wachtmeister?« Harold Bloomguard blinzelte ihm zu.

Daraufhin sagte Pater Willie, der etwas schneller schaltete als sein Partner, laut genug, daß es auch das Mädchen hören konnte: »Wir müssen los! Ein Notruf!« Und schon fuhr er weiter.

»Sie stehen im Parkverbot!« brüllte Spencer van Moot noch aus dem offenen Fenster zurück, während Pater Willie sich in den Verkehr einordnete. »Ich will Sie hier auf keinen Fall mehr sehen, wenn wir zurückkommen!«

»Mach dir nichts draus, Süßer«, beruhigte das Mädchen Harold, als die Funkstreife verschwunden war. »Die wollen uns nur die Kundschaft ein bißchen verscheuchen. Die haben ja nichts zu tun, als den Leuten Schwierigkeiten zu machen.«

»Und wenn man sie dann mal tatsächlich braucht, sind sie nicht da«, fügte Harold hinzu.

»Genau.«

Dann sah das Mädchen plötzlich auf, als hinter Harold ein weißer Lincoln hielt. Der hochgewachsene, sonnengebräunte Mann am Steuer winkte dem Mädchen zu. Nachdem sie ihn kurz prüfend betrachtet hatte, öffnete sie Harolds Tür und stieg ein.

»Dieser Kerl sieht mir zu sehr nach Bulle aus«, bemerkte sie. »Manchmal leihen sie sich so 'nen richtigen großen, schicken Wagen aus und denken, damit könnten sie uns reinlegen.«

»Ein Bulle?« wimmerte Harold Bloomguard, der sich nun als Schauspieler versuchte, als die attraktive süß duftende Prostituierte neben ihm saß. Aus der Nähe wirkte sie wesentlich weniger exotisch und bedrohlich.

»Kein Grund zur Unruhe, Süßer. Die tun dir schon nichts.«

»Ein Bulle?« wiederholte Harold Bloomguard. In Erinnerung dessen, was Scuz ihm auf der Fahrt zu seinem Einsatzort eingeschärft hatte, beschränkte Harold sich auf kurze, markante Sätze.

Die Nutte tat so, als zöge sie im Rückspiegel ihren Lippenstift nach, aber in Wirklichkeit hielt sie nach einem Wagen von der Sitte Ausschau.

»Jetzt beruhige dich erst mal, Süßer. Mach dir wegen der Polente keine Sorgen. Die zwei da eben mit dem Strafzettel? Ich habe einen Freund, der sie schmiert. Er schmiert alle Streifenpolizisten hier in der Gegend für mich, und die von der Sitte auch. Er wird uns also nicht daran hindern, uns einen netten Abend zu machen. Du brauchst dir also wirklich keine Sorgen zu machen.«

»Einen netten Abend?« Harold wollte ein eindeutiges Wort für eine stichhaltige Anklage. Seine Hände krampften sich schweißnaß um das Lenkrad.

»Einen netten Abend eben. Weißt du, mit ein bißchen Liebe. Halb und halb oder französisch. Was du gern möchtest.«

»O ja, ich möchte schon gern!« Harold bog in die Oxford ein und hoffte, sie würde bald den Preis nennen. In seiner Aufregung konnte er nicht einmal ihre vollen Brüste gebührend begutachten, während sie sich ihre Lippen nachzog und sich vergewisserte, daß ihnen kein Wagen der Sitte folgte.

»Hast du fünfundzwanzig Dollar dabei, Süßer?«

»Klar.«

»Das ist zur Zeit der Tarif. Und für das, was du dafür kriegst, ist das wirklich billig.«

In der Fourteenth Street sagte das Mädchen dann, Harold solle links abbiegen, aber Harold bog rechts ab.

»Hey!« meinte sie argwöhnisch, und Harold trat das Gaspedal durch, raste einen halben Block nach Norden, kurvte mit quietschenden Reifen über die Gegenfahrbahn und holperte auf den Parkplatz des Supermarkts. Währenddessen hopste die Nutte verzweifelt auf ihrem Sitz hin und her und schimpfte: »Verdammte Scheiße!« Und dann sah Harold im hinteren Teil des Parkplatzes Scuz in seinem Wagen sitzen. Erst jetzt fühlte er sich seiner Sache sicher.

Er nahm die Brille ab, die triumphierende Demaskierung eines Verkleideten, und verkündete: »Sie sind verhaftet!«

»Scheiße«, wußte das Mädchen darauf nur zu erwidern.

Darauf setzte Harold seine Brille wieder auf, kam schliddernd neben Scuz zum Halt und verkündete, nachdem er die Brille wieder abgenommen hatte, ein zweites Mal: »Sie sind verhaftet, meine Dame!«

»Das haben Sie schon mal gesagt. Ich habe schließlich Ohren, Sie Blödmann«, knurrte das Mädchen.

Scuz schlurfte um den Charger und öffnete dem Mädchen die

Tür, als Harold einfiel, er sollte ihr vielleicht seinen Dienstausweis zeigen.

»Das ist nicht mehr nötig, Harold. Sie weiß inzwischen, wer Sie sind. Ich werde hier auf Bonnie aufpassen. Wir sind alte Freunde. Und Sie fahren jezt noch mal los, ob Sie vielleicht noch eine schnappen können.«

Finster stöckelte das Mädchen auf die hintere Tür des Dienstwagens von Scuz zu und sagte: »Wo haben Sie denn diesen kleinen Satan her, Sergeant? Der sieht ja überhaupt nicht wie ein Polizist aus?«

»Sehen Sie, Harold?« grinste Scuz und paffte zufrieden seine Zigarre.

»Sie sind doch noch so jung«, wandte Harold sich an das Mädchen, als sie über den Rücksitz von Scuz' Wagen rutschte. In diesem Moment fielen ihm zum erstenmal ihre schlanken, braunen Beine, ihr wohlgeformter Mund und ihre hübsche, natürliche Frisur auf.

»Sie ist sogar um einiges jünger als Sie, Harold«, warf Scuz ein, während er die hintere Tür zuwarf und sich dann wieder hinters Steuer klemmte, wo er den Rauch seiner Zigarre aus dem offenen Fenster blasen konnte, um seine Gefangene nicht zu ersticken. »Sehen Sie, ob Sie noch eines von den Mädchen schnappen können, Harold.«

»Sie sind so jung und hübsch«, ließ der betrübte Chorknabe nicht locker. »Wie sind Sie denn dazu gekommen, sich auf diese Weise Ihr Geld zu verdienen?«

»O nein!« flehte das Mädchen mit einem vielsagenden Blick auf Scuz und ließ sich in ihren Sitz zurückplumpsen.

»Harold, fahren Sie jetzt endlich los, und sehen Sie zu, daß Sie noch eine erwischen«, schlug Scuz vor. »Bonnie kann hier inzwischen ihre müden Beine ein wenig ausruhen.«

Harold Bloomguard wurde allmählich schon schwindlig im Kopf von dem ständigen Um-den-Block-Fahren und Nach-noch-einer-Nutte-Suchen, damit Sergeant Dominic Scuzzi für diesen Psychopathen von Captain einen Bericht schreiben konnte, in dem von guten Erfolgen berichtet wurde; währenddessen wurde einer genervten jungen Nutte namens Bonnie Benso von der durch Dominic Scuzzis Zehn-Cent-Zigarre verpesteten Luft immer übler.

Zum gleichen Zeitpunkt saßen Sam Niles und Baxter Slate weiter nördlich an der Western Avenue in einer gemütlichen Bar, wo zwar die Chancen für eine Verhaftung sehr gering waren, die Aussichten auf ein paar Drinks auf Kosten des Hauses aber um so besser standen.

Pete saß zusammen mit Baxter und Sam in einer Nische und nippte an einem Scotch on the Rocks. Mit den Eiswürfeln kühlte er sich die Abschürfung, die von Roscoe Rules' Schlag herrührte.

Nach einer Weile sagte Pete: »Macht es euch was aus, wenn mein Partner und ich kurz verschwinden? Wir wollen eben mal 'nen Auftragsdienst für ein paar Callgirls überprüfen. Mehr als zwei Typen würden dabei allerdings verdächtig aussehen. Ich bin in etwa einer Stunde wieder zurück. Wir werden uns über Funk mit Scuz in Verbindung setzen und ihm sagen, wo ihr seid. Und dann kann er euch abholen, oder wir. Inzwischen trinkt, was ihr wollt; geht alles auf Kosten des Hauses.«

»Machen wir, Pete«, nickte Baxter.

Während Baxter und Sam sich betranken und über Gott und die Welt faselten, und während Baxter insgeheim an den ganz gewöhnlichen Typen dachte, den er erschossen hatte, und an den mißhandelten Jungen, den er hatte sterben lassen, machte Harold Bloomguard schließlich doch noch eine weitere Nutte ausfindig.

Als er das letzte Mal vorbeigekommen war, hatte der Cadillac Eldorado noch nicht an dieser Stelle gestanden. Dessen war sich Harold sicher. Dann sah er das weiße Mädchen aus der Bar kommen und auf den Wagen zuschlendern. Harold versuchte auf die zweite Fahrspur überzuwechseln, aber der Fahrer hinter ihm fing an, auf die Hupe zu drücken und ihn anzublinken. Harold fuhr zwei Blocks weiter, wendete und kam wieder zurück. Das weiße Mädchen war weg. Statt ihrer öffnete nun allerdings gerade eine Schwarze die Tür des silbernen Eldorado, um sich jedoch nach kurzem Nachdenken wieder umzudrehen und in die Bar zurückzugehen.

Harold wollte zu Scuz zurückfahren, um den Sergeant zu fragen, ob er in die Bar gehen sollte. Dann dachte er jedoch kurz nach und gelangte zu dem Schluß, daß er sich die Mühe sparen konnte, da er bereits wußte, wie Scuz' Antwort lauten würde. Dann aber malte er sich in Gedanken aus, wie er gleich in seiner ersten Nacht bei der Sitte zwei Verhaftungen machen würde, und parkte seinen Wagen. Nachdem er seine Waffe, die Handschellen und den Dienstausweis unter dem Sitz verstaut hatte, schloß er den Wagen ab, wischte sich an seinem Taschentuch seine feuchten Hände ab und betrat die Bar.

Wie sich auf den ersten Blick herausstellte, war der Laden nicht für weiße Kundschaft gedacht. Hinter dem Tresen wurden enorme Mengen harter Sachen ausgeschenkt, und der Barkeeper mochte es nicht, wegen irgendwelcher exotischer Drinks behelligt zu werden. Mit einer Lautstärke, die, zumindest was Harolds Ohren betraf, einige Phon über der Schmerzgrenze lag, röhrte Tina Turner aus der Musikbox. Entlang einer Seitenwand stand ein Billardtisch, um den mehrere Männer standen und den Raum mit Tabakqualm füllten. Außerdem gab es ein Hinterzimmer, in dem gespielt wurde, so daß dort neben zahlreicher Kundschaft auch der eine oder andere Beamte von der Sitte auftauchte.

Aber die Bar strahlte Leben aus, und Harolds Erregung war nicht nur von Angst bestimmt, obwohl er feststellte, daß er – bis auf das weiße Mädchen – das einzige Bleichgesicht war. Er sah sich die Messingblonde in dem offenen, roten Satinmantel genauer an; sie saß auf einem Barhocker und preßte ihren Acht-Monate-Bauch gegen die Theke.

Es waren Ehrgeiz und Neugier, aber vor allem sein jugendlicher Leichtsinn, die Harold Bloomguard veranlaßten, an einen der leeren Hocker vor dem Tresen zu treten, während die Schwarzen am Billardtisch ihr Spiel unterbrachen, herumliegendes Geld in ihren Taschen verschwinden ließen und erst wieder weitermachten, als sie sich sicher waren, daß Harold ein Freier war und kein Bulle.

Das schwarze Mädchen, das fast in den Eldorado gestiegen wäre, saß neben der Weißen und begutachtete, wie übrigens auch der Barkeeper, Harold mit prüfenden Blicken, bis sie zu der Überzeugung gelangte, daß er nicht von der Sitte war.

Dann wandte sie sich mit einem Lächeln an den bebrillten Mann: »Warum setzen Sie sich denn nicht ein bißchen zu uns?« Sie setzte sich einen Stuhl weiter nach rechts, so daß Harold zwischen den beiden Mädchen Platz nehmen konnte.

»Warum nicht? Ist doch völlig unwichtig für mich, wo ich sitze«, erwiderte Harold mit einem Bloomguardismus, den die beiden weder zu verstehen noch zu schätzen schienen.

»Was darf's denn sein, Chef?« erkundigte sich der Barkeeper, ein ergrauender Schwarzer mit einer Baßstimme, die Tina Turner problemlos übertönte.

»Einen Martini Bombay, voll, sehr trocken, mit 'nem Schuß, bitte.«

Der Barkeeper lehnte sich auf die Theke und starrte Harold wortlos an, während die zwei Mädchen näherrückten. Schließlich brummte der Barkeeper: »Ich habe schon 'ne anstrengende Nacht hinter mir. Könnten Sie nicht vielleicht was Einfacheres trinken?«

»Gib ihm schon, was er will«, schaltete sich das schwarze Mädchen ein. Sie war größer und schwerer als Harold, war aber aufgrund ihrer ansehnlichen Proportionen keineswegs unattraktiv.

»Ich mache ihm doch nichts vor«, erklärte der Barkeeper. »Ich habe keinen Bombay mehr.«

»J&B mit Wasser?« schlug Harold Bloomguard daraufhin vor, wobei er völlig richtig davon ausging, daß der Mann hinter dem Tresen mit dieser Bestellung keine Schwierigkeiten haben würde, wenn man bedachte, wie viele schwarze Ganoven nach J&B Scotch fragten, bevor sie einen Schnapsladen ausräumten.

»Das ist schon besser«, lobte der Barkeeper. »Geben Sie den Damen auch einen aus?«

»Allerdings«, nickte Harold Bloomguard, wobei er unwillkürlich an Roscoe Rules denkten mußte, der es schrecklich tuntig fand, wenn Harold ›allerdings‹ sagte.

Nachdem die drei ihre Drinks vor sich stehen hatten, legte die Blonde mit dem Acht-Monate-Bauch Harold die Hand auf den Oberschenkel und fragte: »Haben Sie Feuer?«

Harold nahm ein Heftchen Zünder vom Tresen und mußte feststellen, daß er das Streichholz nicht anbekam. Er war mit den Nerven schon völlig am Ende, als ihm die Blonde die Streichhölzer aus der Hand nahm und sich die Zigarette selbst ansteckte.

Der Chorknabe fürchtete, seine Aufgeregtheit könnte ihn verraten, obwohl sie in Wirklichkeit genau den gegenteiligen Effekt hatte, da die meisten unerfahrenen Freier genauso ängstlich sind wie Harold Bloomguard.

»Ich heiße übrigens Sabrina«, stellte sich das farbige Mädchen vor, das einen sinnlich schimmernden Mund hatte.

»Und ich bin Tammy«, sagte die schwangere Blonde. Sie hatte sehr schlechte Zähne, die sie sich ziehen lassen wollte, sobald die Geburt vorüber war, sie das Kleine zur Adoption freigegeben hatte und sie wieder auf den Strich gehen konnte, um das Geld für den Zahnarzt anzuschaffen.

»Mein Name ist Harold Leekly. Ich bin vereidigter Steuerprüfer.«

»Niemand hat Sie gefragt, was Sie sind«, entgegnete Sabrina. »Warum haben Sie das gesagt? Sind Sie vielleicht von der Polizei?«

»Von der Polizei?« platzte Harold heraus. »Ha ha! Von der Polizei!?!«

Der Barkeeper mischte sich in ihre Unterhaltung ein: »Wenn dieser Heini von der Polizei ist, bin ich Astronaut.«

Daraufhin legte die Blonde wieder ihre Hand auf Harolds Schenkel und ließ sie langsam höher gleiten. Als Harold merkte, daß ihm Sabrina den Arm um die Taille gelegt hatte, fing sein Bein zu zittern an. Die beiden Mädchen lächelten und tatschten ihn scheinbar zärtlich und behutsam ab, um sich zu vergewissern, daß er wirklich nicht von der Polizei war. Als dann Sabrina ihre Hand auf Harolds rechtes Bein legte, das bis dahin noch ruhig geblieben war, begann es, noch mehr zu zittern als das andere.

»Sie zittern ja wie ein Farbmischer«, bemerkte Sabrina. »Aber wir gehen ja gleich. Dann fahren wir wo hin, wo Sie sich ein bißchen entspannen können.«

»Wo sollen wir hin?« erkundigte sich Harold und hoffte, ein Schluck Scotch könnte ihn vielleicht etwas beruhigen.

»Was hältst du von unserer Wohnung, Süßer«, lächelte Tammy vertraulich und zeigte dabei ihre verrotteten Fänge.

»Das macht acht Dollar, Chef«, verkündete der Barkeeper, als die Mädchen ihre Zigaretten in ihre Handtaschen packten.

»Für die drei kleinen Drinks?« fragte Harold. Als sich jedoch der Barkeeper hinter dem Tresen drohend aufrichtete und auf Harold herabstarrte, beeilte sich der Chorknabe hinzuzufügen: »Aber ja, allerdings, die Drinks waren wirklich vorzüglich, doch!«

Harold gab fünfzig Cents Trinkgeld, die mit einem verächtlichen Grunzen entgegengenommen wurden, und folgte den Mädchen nach draußen, wobei er an Scuz' Warnung dachte, auf keinen Fall mit einer Prostituierten auf ihr Zimmer zu gehen, da dies mit erheblichen Risiken verbunden war. Er wünschte, die Mädchen hätten ihr Angebot bereits gemacht, aber da dies nicht der Fall war, entschloß er sich, ein wenig nachzuhelfen.

»Übrigens, was habt ihr eigentlich zu bieten, wenn wir dort hinfahren, wo ihr hin wollt?«

»Wieso hast du es denn so eilig, du schnuckeliger, blauäugiger kleiner Lauser«, lächelte Sabrina, während sie die Schlüssel für den Cadillac aus ihrer roten Lederhandtasche fischte.

»Kann ich bei euch mitfahren?« fragte Harold, während er bereits verzweifelt nachdachte, welche Ausrede er bringen könnte, damit er das nicht mußte.

»Nee, fahr in deinem Wagen hinterher«, antwortete Sabrina.

»Gut«, nickte Harold erleichtert. »Aber ich möchte jetzt endlich mal wissen, was ihr beiden eigentlich im Sinn habt. Woher soll ich sonst wissen, ob mir das überhaupt gefällt?«

»Oh, es wird dir sicher gefallen«, vertröstete ihn Sabrina, und mit diesen Worten trat sie im hellen Lichtschein der Straßenbeleuchtung, so daß sie für die vorbeifahrenden Wagen deutlich zu sehen waren, auf Harold zu und massierte ihm kurz die Genitalien.

»Juuuiiii«, wußte Harold Bloomguard darauf nur zu erwidern und wich verlegen zurück. »Juuuiiiii.«

»Ich wollte dir nur erklären, was dich bei uns erwartet«, erklärte Sabrina, während Harold in ein paar Schritten Entfernung von ihr stehenblieb und sich errötend umsah, ob jemand Zeuge dieser Szene geworden war.

Er war sich klar, daß er eben ›angemacht‹ worden war, wie die Leute von der Sitte das nannten. Und Scuz hatte etwas erwähnt, daß das als Vergehen eingestuft wurde. Aber Harold konnte sich nicht mehr erinnern, ob das nur auf Schwule zutraf oder auch auf Prostituierte. Und er wußte auch nicht, ob dadurch die Nennung eines Preises hinfällig wurde.

Während er sich noch den nächsten Schritt überlegte, tippelte Tammy auf ihn zu, packte ihn am Arm und drängte: »Los, fahren wir endlich, Schnuckelchen.« Und dann gab auch sie ihm eine Probe der Freuden, die seiner harrten.

»Juuuuiiiii«, tat Harold seine Begeisterung neuerlich kund.

»Jetzt mach schon endlich, Mann!« schimpfte Sabrina, leicht aufgebracht. »Wir haben Besseres zu tun, als den ganzen Abend hier herumzustehen und dir zuzuhören, wie du juuuuiiiii machst. Fahr hinter uns her zu der Stelle, wo es ziemlich dunkel ist. Dort können wir uns dann über den Preis unterhalten.«

»Über den Preis«, echote Harold, dankbar, daß Sabrina sein Problem gelöst hatte.

Er rannte über den Pico Boulevard, stieg in seinen Wagen, und nachdem er bei einer Tankstelle gewendet hatte, folgte er den beiden Mädchen in ihrem Cadillac. Nach einer Weile bogen sie nach rechts in die Oxford ab, wo es sehr dunkel war, da sich hier hauptsächlich Wohnhäuser befanden. Der Cadillac parkte an der erstbesten Stelle auf der rechten Straßenseite. Harold schob sich wie sein Partner Sam Niles die Fensterglasbrille die Nase hoch und fand zwanzig Meter weiter eine Parklücke.

Dann griff Harold vorsichtig unter seinen Sitz. Den Revolver und die Handschellen steckte er sich am Rücken unter den Gürtel, das Dienstabzeichen schob er in seine Gesäßtasche. Als er daraufhin rasch auf den Cadillac zuging, wo die zwei Prostituierten im Dunklen warteten, bemühte er sich, eine gute Laune an den Tag zu legen, die nicht unbedingt dem Aufruhr in seinem Innern entsprach.

Harold neigte sich zu dem offenen Fenster auf der Beifahrerseite herab, aus dem ihm Tammys fürchterliche Zähne entgegenlächelten, und sagte: »Also gut, Mädels, bevor wir uns ans Vergnügen machen, sollten wir uns vielleicht noch über den Preis einig werden. Wieviel...«

»Steig ein«, unterbrach ihn Sabrina.

»Erst, wenn...«

»Steig schon endlich ein«, wiederholte Sabrina und stieß die Tür des Cadillac auf.

»Sollten wir nicht...«

»Übers Geschäft reden wir erst, wenn du im Wagen sitzt«, beharrte Sabrina. »Wir möchten dich hier zwischen uns haben, wo wir deinen heißen kleinen Körper spüren können. Vielleicht bringen wir dich dann dazu, uns den einen oder anderen Dollar mehr für unsere Arbeit zu löhnen.«

»Rutsch mal über mich rüber«, sagte Tammy, während Sabrina den Knopf drückte, mit dem sich die weißen Ledersitze verstellen ließen.

Als Harold sich dann über Tammys enormen Bauch hinweghievte, hatte er Bedenken, daß sie den Revolver spüren könnte, aber das war nicht der Fall. Und er dachte, wie traurig es doch war, daß eine schwangere Frau so etwas tun mußte, und während er sich noch diesem Gefühl des Bedauerns hingab, griff sie ihm zwischen die Beine, um ihm ein neuerliches Juuuiiiii zu entlocken.

»Au!« schrie sie plötzlich auf und zog ihre Hand zurück, auf die Harold sich gesetzt hatte. »Um ein Haar hättest du mir den Arm gebrochen.«

»Entschuldigung«, stotterte Harold.

Dann kamen ihm langsam Bedenken, ob es richtig gewesen war, zu den beiden in den Wagen zu steigen. Aber er war so voller Hoffnung, zwei Fliegen mit einer Klappe zu schlagen, daß er einfach nicht mehr zurückkonnte.

»Hast du fünfzig Dollar, Süßer?« fragte Sabrina ohne Umschweife.

»Klar.«
»Dann laß mal sehen.«
»Später, wenn wir sind, wo ihr hin wollt.«
»Wir wollen nirgendwohin. Wir machen es hier, wo wir sind.«
»Hier?«

Dann fiel Harold ein, daß er eindeutig angemacht und um Geld angegangen worden war, ohne daß jedoch von einer sexuellen Handlung die Rede gewesen wäre, und er überlegte gerade, ob eine Verhaftung auch ohne dies legal wäre, als ihm Tammy neuerlich an die Hose ging.

»Moment mal, Moment mal.« Harold packte sie am Handgelenk und versuchte angestrengt, sich einen der Sätze ins Gedächtnis zurückzuführen, die nicht als Falle ausgelegt werden würden.

»Weshalb sitzt du denn so da und spuckst durch die Gegend?« wollte Sabrina wissen.

Mit den beiden kräftig gebauten Frauen um sich, fand Harold die Luft in dem Cadillac langsam zum Schneiden. Und dann fiel Harold einer dieser Ausdrücke ein. »Ich bin auf der Suche nach ein bißchen *Unterhaltung*!« platzte er schließlich heraus.

»Na, was machen wir denn die ganze Zeit?« meinte Tammy und ging Harold neuerlich ordentlich an die Hose, wobei sie diesmal etwas fester zudrückte, weil sie es langsam satt hatte, diesem kleinen Spießer schönzutun.

»Was ist denn mit dir los?« fragte Sabrina, während sie sich gegen die Tür zurücklehnte und ihr Kleid über ihre Schenkel hochzog.

»Ich würde einfach nur gern wissen, was ihr eigentlich zu bieten habt.« Harolds Stimme klang inzwischen belegt, und er bekam Angst, daß er am Ende doch mit leeren Händen dastehen würde.

»Das versuchen wir dir doch schon die ganze Zeit zu zeigen!« meinte Sabrina ärgerlich. »Oder willst du lieber nur darüber reden?«

»Reden? Worüber?« stellte sich Harold Bloomguard dumm.

»Ficken! Französisch! Oder was, zum Teufel, sonst?« platzte Sabrina heraus.

»Fickie – fickie, fünf Dollar, vielen Dank«, flüsterte Harold zu sich selbst, bereit, zur Verhaftung überzugehen.

»Was?«

»Sabrina!« Tammy öffnete den Reißverschluß von Harolds

Hose und ließ ihre Hand hineingleiten. »Der ist schlaff wie zweimal aufgewärmte Spaghetti. Der will nicht vögeln. Das muß irgend so ein Irrer sein. Wahrscheinlich will er mit seinen Schuhen auf uns herumprügeln oder so was!«

»Nee, keine Angst, das will ich nicht.« Harold zog ihre Hand aus seinem Hosenschlitz und versuchte, den Reißverschluß wieder hochzuziehen, aber der verfing sich im Hemdzipfel seines weißen Hemds, das zehn Zentimeter aus seinem Hosenlatz hervorspitzte.

»Was soll das Ganze eigentlich?« wollte Sabrina wissen.

»Ja!« stimmte Tammy ihr zu.

»Nichts«, entgegnete Harold Bloomguard, während er sich mit seinem Reißverschluß abmühte.

»Dann fummel doch an meiner Möse rum, wenn du nicht pervers bist!« befahl Sabrina, ergriff Harolds Hand und plazierte sie zwischen ihre Schenkel.

»Steigen wir lieber in meinen Wagen, und fahren wir an ein romantisches Plätzchen«, schlug Harold Bloomguard vor und nahm seine feuchtkalte Hand von Sabrinas warmem, weichem Schenkel.

»Scheiße«, fluchte Sabrina.

»Schlappschwanz«, fiel Tammy ein.

»Du bist pervers«, klagte Sabrina an.

»Bin ich nicht!« entgegnete Harold.

»Klar bist du pervers!« schrie Sabrina.

»Und wie!« Langsam wurde auch Harold gereizt.

Dann befreite er sich aus Sabrinas Griff, kletterte über Tammys Bauch, öffnete die Wagentür und stieg aus.

»Du perverse Sau!« kreischte Sabrina, die dachte, ihr ginge ein Fünfzig-Dollar-Stich durch die Lappen.

»Ich bin nicht pervers!« brüllte Harold zurück und griff in seine Gesäßtasche, um seinen Dienstausweis hervorzuholen. »Ich bin von der Polizei!«

Und während die beiden Frauen einen Augenblick fassungslos einfach nur dasaßen, griff Harold ins Wageninnere, packte ihre Handtaschen und zog den Zündschlüssel ab.

»Hey!« kam Sabrina schließlich wieder zu sich. Aber es war bereits zu spät.

»Ich habe Ihre Schlüssel, und ich habe Ihre Handtaschen. Sie werden jetzt schön mit mir kommen«, befahl Harold Bloomguard und riß sich seine Hornbrille von der Nase, um ihnen den wirklichen Mann unter der Verkleidung zu präsentieren. »Und versuchen Sie bloß keine dummen Tricks!«

»Das ist doch wirklich das Letzte«, wandte sich Sabrina an Tammy, die den Tränen nahe war. »Die bei der Polizei müssen ja wirklich Personalprobleme haben, wenn sie inzwischen schon so kleine Wanzen nehmen!«

»Aussteigen!« befahl die kleine Wanze und brachte ihre Handschellen zum Vorschein. Scuz hatte ihm eingeschärft, bei Verhaftungen, die die Sitte machte, von den Handschellen *immer* Gebrauch zu machen, wenn es sich um mehr als eine Person handelte.

»Wir kommen ja mit Ihnen, aber Sie werden doch wohl einer schwangeren Frau nicht diese Dinger da anlegen wollen?« meinte Sabrina, als die drei neben dem Cadillac auf dem Gehsteig standen.

Harold Bloomguard dachte kurz nach und entschied, die Sache nicht weiter auf die Spitze zu treiben, nachdem sich die beiden so anständig benahmen. Er steckte die Handschellen wieder an seinen Gürtel zurück. »Also gut, aber machen Sie keine Dummheiten.«

Während sie nun im Dunkel auf Harolds Wagen zugingen, überkam Harold wieder einmal diese Traurigkeit.

»Sie sind doch beide noch so jung«, meinte Harold. »Ich möchte wetten, Sie sind beide noch nicht über fünfundzwanzig.«

Als die bedauernswerten Straßenmädchen keine Antwort gaben, fuhr Harold fort: »Sind Sie schon mal verhaftet worden?«

»So ungefähr dreißigmal«, gab Sabrina bereitwillig Auskunft.

»Und ich an die vierzigmal«, fiel Tammy ein.

»Oh«, wußte Harold darauf nur zu sagen. Und dann versuchte er, sie etwas aufzuheitern: »Mir bleibt leider keine andere Qual, als Sie zu verhaften.« Und dann fügte er hinzu: »Es tut mir leid, für Sie und für das Baby und überhaupt.«

»Wieso?« fuhr ihn Tammy an, während sie sich mit einem Taschentuch die Tränen abtupfte. »Von Ihnen ist das Kleine doch nicht. Sie haben ja nicht mal einen hochgekriegt, als ich an Ihrem Schwanz rumgespielt habe.«

»Das liegt keineswegs daran, daß ich Sie beide etwa unattraktiv finde«, tröstete sie Harold. »Es ist nur, daß ich bei...«

Und dann fing Sabrina an, zu stöhnen, und das Stöhnen wurde zu einem Heulen und schließlich zu einem fürchterlichen Kreischen.

»HHHHHIIIIIIIIIIIIILFE!«

Sabrina ergriff Tammys Hand, und dann legte auch die Blonde los:

»HHHHHHIIIIIIIIIIILFE! Wir werden vergewaltigt!«

»Lassen Sie diesen Blödsinn!« befahl Harold Bloomguard, aber sie hörten nicht auf ihn. Harold sah sich nach den umliegenden Häusern im Dunkeln um und sagte: »Sie wissen, daß Sie sich damit einer Verhaftung widersetzen.«

»HHHHHHHIIIIIIIIIIIILFE! Wir werden vergewaltigt!« brüllten die zwei Prostituierten daraufhin gemeinsam weiter, und dann begannen sie, Hand in Hand in Richtung Oxford loszulaufen. Lichter gingen an. Türen öffneten sich. Eine Frau streckte den Kopf aus einem Fenster.

»Ich bin von der Polizei«, gab ihr Harold Bloomguard zu verstehen, worauf sie das Fenster schloß.

Dann warf sich Harold die zwei Handtaschen über die Schulter und rannte hinter den zwei Frauen her. Er machte sich nicht sonderlich Sorgen, da er sie leicht einholen konnte. Er fragte sich nur, was sie als nächstes tun würden, und wünschte gleichzeitig, er wäre nicht so vermessen gewesen, gleich zwei schnappen zu wollen.

Dann passierte etwas Seltsames. Die zwei Prostituierten hielten ihren Vorsprung, als sie in die Fourteenth Street einbogen und auf die andere Straßenseite überwechselten. Sie riefen immer noch um Hilfe. Inzwischen machte sich Harolds Herz bemerkbar, aber er legte trotzdem einen kleinen Zwischenspurt ein, um sie einzuho len. Als Tammy sich umwandte und ihn näher kommen sah, schoß sie auf die Veranda des nächsten Hauses zu.

»Hilfe! Hilfe!« schrie Tammy und hämmerte mit der einen Hand auf die Tür ein, während sie sich mit der anderen den Bauch hielt.

Ein etwa fünfundsechzigjähriger weißer Mann öffnete die Tür. Er zog seine Hose hoch und fummelte an seinem Bademantel herum.

»Was ist denn los?« fragte er und schaltete das Licht an.

»Helfen Sie uns!« flehte Sabrina, die völlig außer Atem neben Tammy auf der Veranda stand.

Harold versperrte den Aufgang zur Veranda und hielt sein Dienstabzeichen hoch, so daß der Mann es sehen konnte. »Ich bin von der Polizei!« keuchte er. »Rufen Sie bitte die Polizei und geben Sie Ihre Adresse an!«

»Glauben Sie ihm nicht!« redete Tammy auf den Mann ein und stützte sich auf das Geländer der Veranda. »Bitte, helfen Sie mir. Ich bekomme doch ein Kind!«

»Ich fordere Sie auf, sofort die Polizei zu verständigen!« drängte Harold Bloomguard.

»Aber Sie haben doch gerade gesagt, Sie sind die Polizei«, meinte der alte Mann und sah von einem zum anderen, während er sich sein stoppeliges Kinn kratzte.

»Ich fordere Sie dazu auf!« versuchte es Harold Bloomguard mit mehr Nachdruck.

»Jetzt aber erst mal langsam, junger Freund; das hier ist immer noch mein Haus!« schaltete der Mann auf stur.

»Fred, komm wieder rein und laß diese Irren!« ertönte aus dem Innern eine schrille Stimme.

In diesem Augenblick ergriff Sabrina Tammys Hand, und die beiden Mädchen drängten sich an Harold vorbei, um den Gehsteig entlang wieder zurückzulaufen, woher sie gekommen waren.

»Ich fordere Sie hiermit auf, Hilfe für mich anzufordern, Fred!« brüllte Harold Bloomguard über seine Schulter zurück, als er sich umwandte und den Mädchen hinterherrannte.

»Sind Sie nun von der Polizei oder nicht? Bleiben Sie doch noch ein wenig hier, damit ich mitbekomme, was hier nun eigentlich gespielt wird!« antwortete der enttäuschte alte Mann. Harold Bloomguard mußte sich jetzt aber auf die zwei Straßenmädchen konzentrieren, die inzwischen ein Haus passiert hatten, in dem fünf junge Schwarze in der Küche Karten gespielt hatten und nun durch den Aufruhr auf der Straße ins Freie gelockt wurden.

Die jungen Kerle lachten, als die Mädchen an ihnen vorbeihasteten. Der größte von ihnen versperrte den Gehsteig, leerte die Flasche in seiner Hand in einem Zug und schlug dann damit spielerisch gegen seine Handfläche. Harold Bloomguard blieb stehen.

»Weswegen rennen Sie denn den kleinen Mädchen da nach, hm?« wollte der junge Bursche wissen.

Harold Bloomguard hechelte und keuchte und gab nicht klein bei. Er griff nach seinem Dienstabzeichen und stieß hervor: »Ich bin von der Polizei. Lassen Sie mich vorbei.«

Als darauf die anderen in Lachen ausbrachen, sagte der Lange: »Das ist doch gar kein richtiges Abzeichen. Woher soll ich wissen, wer Sie wirklich sind? Ich würde sagen, Sie verziehen sich lieber mal, mein Freund, und lassen die Mädels in Frieden.«

Plötzlich überkam Harold Bloomguard maßlose Wut. »Na gut, du Arschloch, dann bin ich eben *nicht* von der Polizei.« Und damit zog er seine Kanone und richtete sie auf den Mund des jungen Schwarzen. »Ich bin ein Sexualverbrecher! Und was willst du jetzt gegen mich unternehmen, du Klugscheißer!«

»Jetzt glaube ich langsam tatsächlich, daß Sie von der Polizei sind«, grinste der junge Bursche, ließ die Flasche fallen und trat beiseite, so daß Harold seine Verfolgungsjagd wieder aufnehmen konnte, wobei er von nun an von dem wilden Gejohle und Gepfeife der jungen Schwarzen begleitet wurde.

Die Mädchen rannten inzwischen den Pico Boulevard hinunter und versuchten, die Western Avenue zu erreichen. Ihre Handtaschen immer noch über seine Schulter geschwungen, in seiner Rechten den Revolver, der Hemdzipfel immer noch aus dem Hosenlatz hervorstehend, mußte Harold jetzt schon einen Zahn zulegen, wenn er die Mädchen noch einholen wollte.

Sabrina rannte auf die Straße hinaus und stürzte verzweifelt auf einen Wagen zu, der angesichts der beiden aufgelösten Mädchen seine Fahrt verlangsamt hatte. Sie riß die Tür auf und redete auf den Fahrer ein, als Harold sie erreichte. Er packte sie am Haar und riß sie rücklings zu Boden, als er ausglitt und in die Knie ging.

Zwei Frauen, die in einem grünen Oldsmobile vorbeifuhren, fingen an, hysterisch zu kreischen, und ihr Wagen kam unter lautem Quietschen zu einem abrupten Halt, während Harold mit seinem Revolver und den Handtaschen zu kämpfen hatte.

»Ich bin von der Polizei!« brüllte Harold ihnen zu und dachte dabei, daß es wohl so ziemlich das einzige war, was die Leute von der Sitte taten – nämlich den Leuten zu sagen, daß sie von der Polizei waren.

Während Sabrina sich wieder aufrappelte, stand Tammy schwankend und nach Atem ringend am Straßenrand und starrte erschöpft ins Leere. Dann rannte Sabrina auf Tammy zu, packte sie am Ärmel ihres Mantels, und die beiden hetzten weiter die Straße hinunter.

Harold folgte ihnen; die Passanten waren verschwommene Gestalten und Gesichter, die an ihm vorbeiflogen. Und er hörte alle möglichen unzusammenhängenden Geräusche, während er sich den Schweiß aus den Augen wischte. Schließlich erreichte er an der verkehrsreichen Kreuzung die beiden Mädchen.

Sabrina wirbelte herum und schlug verzweifelt auf Harold ein. Sie verfehlte ihn jedoch, und ihre Hand krachte gegen die Bretterwand eines Zeitungskiosks. Mit einem lauten Aufschrei drehte sie sich wieder um, aber Harold erwischte sie wieder am Haar. Aber Sabrina riß sich los, und Harold wurde plötzlich ganz heiß, als sie auf die Straße stürzte und dann auf allen Vieren zehn Meter auf die Mitte der Kreuzung hinauskroch, wo sie auf dem Bauch liegenblieb; ihr Kleid war dabei ihren nackten Hintern hinaufgerutscht.

Daraufhin humpelte auch Tammy mit dem Mut der Verzweiflung auf die Fahrbahn. Sie schlenkerte mit den Armen, der Mantel war ihr halb von den Schultern geglitten, und ihr Bauch wölbte sich gefährlich vor. Noch drei, vier Meter von ihrer Freundin entfernt glitt sie aus und sank in die Knie. Dann beugte sie sich, fast wie in Zeitlupe, vor, bis ihr Bauch den Asphalt berührte. Harold kniete auf dem Gehsteig und beobachtete sie mehrere Sekunden lang keuchend, wie sie auf der enormen Kugel ein prekäres Gleichgewicht hielt, bis sie sich schließlich langsam und vorsichtig auf die Seite rollen ließ und wie ein harpuniertes Walroß in die Luft reckte. Tammy blockierte zwei Fahrspuren, Sabrina eineinhalb.

Die Luft, die er einatmete, stach immer noch wie ein Rasiermesser in seine Lungen, als Harold die kreischende und um sich schlagende Sabrina schwer atmend über die Straße zerrte, bis ihr Fuß neben Tammys Hand zum Liegen kam. Letztere war einer Ohnmacht nahe und lag mit geschlossenen Augen, die Zunge leicht zwischen den Lippen hervorstehend, keuchend auf dem Boden.

Schließlich konnte Harold seinen Revolver wieder in den Gürtel zurückstecken, und er kettete mit den Handschellen Tammys Handgelenk an Sabrinas Fuß, ohne daß eine von den beiden irgendwelchen Widerstand geleistet hätte. Und dann saß er im grellen Licht der Scheinwerfer der um ihn herum zum Stehen gekommenen Autos auf der Straße, während die Fahrer wütend durcheinander schrien und hupten und sich alles mögliche vorstellten, was hier vor sich ging, nur nicht das, was wirklich passiert war.

Schließlich hörte er ein Martinshorn und verhielt sich instinktiv wie ein Polizist, der eine verstopfte Kreuzung freizukriegen versucht. Er winkte mit den Handtaschen auf die Autofahrer ein, die verschreckt von ihren Wagen fortrannten und sie fahrerlos zurückließen, so daß das Chaos nur noch schlimmer wurde.

Sie kamen aus allen Richtungen und überzogen den Straßenbelag mit einem Gummifilm von Reifenprofilen: Funkstreifen, Motorradstreifen, Zivileinheiten. Es waren in der Zentrale fünf verschiedene Notrufe eingegangen. Nachbarn beschwerten sich über einen Mann mit einer Schußwaffe, eine kreischende Frau, über einen Handtaschenraub, über einen Mann, der gegen zwei Frauen tätlich wurde und über einen Verrückten, der sich zur Schau stellte. Obwohl sofort darauf Code vier durchgegeben wurde, daß die Verdächtigen in Gewahrsam genommen worden waren, kamen nach wie vor Polizisten an den Schauplatz des Geschehens. Ihre Blaulichter tauchten den Pico Boulevard in schummriges Violett, während sich das Verkehrschaos langsam wieder auflöste.

Sergeant Yanov forderte zwar seine Einheiten eigens noch einmal auf, wie gewohnt ihrem Dienst nachzugehen, aber sie ließen sich durch nichts abhalten. Denn Polizisten sind nun einmal von Natur aus und aufgrund ihrer Ausbildung neugierig und aufdringlich. Insgesamt reagierten schließlich einundzwanzig Einheiten auf den ursprünglichen Notruf, und so hatte sich eine richtige kleine Versammlung gebildet, nachdem Harold, Sabrina und Tammy schon weggebracht worden waren. Beamte und Bürger stellten sich gegenseitig unzählige Fragen, die niemand beantworten konnte.

Die Straßenmädchen wurden im Unfallkrankenhaus verarztet; sie hatten leichte Prellungen und Abschürfungen. Harold stellte zu seiner Verwunderung fest, daß er eine fünfzehn Zentimeter lange Schnittwunde hatte, die von seinem linken Ohrläppchen über den Kieferknochen zu seiner Kehle verlief. Sie war nicht tief und mußte lediglich desinfiziert werden.

»Wahrscheinlich hat mich Sabrina mit ihren langen Fingernägeln gekratzt«, erzählte Harold Scuz, nachdem die Mädchen eingesperrt waren und sie auf der Wache den komplizierten Verhaftungsbericht verfaßten. »Ich habe immer gedacht, Sie wären ein heller Bursche, Harold«, grunzte Scuz. »Ich habe Ihnen doch gesagt, das sind völlig geringfügige Vergehen. Diese Fälle, mit denen wir von der Sitte uns rumschlagen, sind doch nicht der Rede wert. Wer hat Ihnen denn gesagt, sich gleich so reinzusteigern und sich sogar eine Verletzung zuzuziehen?«

»Tut mir leid, Scuz, ich habe nur... ich wollte einfach in diesem Spiel gewinnen.«

»Eigentlich sollte ich Ihnen mal ordentlich in den Arsch treten. Sich dabei auch noch 'ne Verletzung zuzuziehen!«

»Das ist doch nichts. Nur ein Kratzer am Hals.«

»Diese Sache hätte Sie das Leben kosten können! Und wofür? Für ein Spiel? Ich habe Sie um nichts weiter gebeten, als aufzupassen, daß Sie sich nicht verletzen. Ist das zu viel verlangt?«

»Tut mir leid, Scuz.«

»Es gibt einige Sergeants von der Sitte in dieser Stadt, die Ihnen auf die Schulter klopfen würden und Ihnen eine Empfehlung in Ihren Personalbogen setzen ließen, weil Sie diese zwei Straßenmädchen gestellt haben. Aber zu denen gehöre ich nicht! Für diese zwei kleinen Flittchen sein Leben zu riskieren! Ich habe Sie wirklich für etwas schlauer gehalten!«

Und dann schlurfte Sergeant Scuzzi durch sein Büro, wobei er immer wieder auf die Enden seiner Schnürsenkel trat. Harold saß mit den anderen zwei Neuzugängen still da. Sam Niles und Baxter Slate konnten in ihrem Suff kaum mehr gerade sitzen, nachdem sie in dieser Bar bei freien Getränken drei Stunden auf Scuz und Harold Bloomguard gewartet hatten, die jedoch währenddessen Wichtigeres zu tun gehabt hatten.

»Schmeißen Sie mich jetzt raus?« fragte Harold kleinlaut.

»Eigentlich sollte ich euch alle drei zum Teufel jagen. Sie wären um ein Haar ums Leben gekommen und diese zwei sauberen Herren haben sich randvoll mit Bourbon vollaufen lassen.«

»Ich habe aber doch Scotch getrunken, Scuz«, berichtigte Sam Niles, der seinen Kopf zwischen den Händen hält.

»Halten Sie bloß das Maul, Niles!« knurrte Scuz und steckte sich seine Zigarre wieder an, die inzwischen so zerkaut war, daß der Tabak in Fetzen runterhing und die einzelnen Brösel über seine Lippen und sein Kinn verteilt waren.

»Also gut, ihr drei seid in Zukunft etwas vorsichtiger, ja? Sie brauchen auf jeden Fall jemanden, der auf Sie aufpaßt, Bloomguard. Ich werde Sie persönlich beaufsichtigen. Sorgen Sie dafür, daß Sie die paar Wochen hier bei uns lebend überstehen. Und Sie Slate, und das gilt auch für Niles, Sie halten sich künftig, was Ihren Alkoholkonsum betrifft, etwas im Zaum, haben Sie mich verstanden?«

»Jawohl, Sergeant«, erwiderte Baxter Slate. Er saß stocksteif auf seinem Stuhl und versuchte, auf diese Weise Sergeant Scuzzi zu überzeugen, daß er stocknüchtern war.

»Sie sind ja schlimmer als kleine Kinder«, schimpfte Scuz weiter und schüttelte den Kopf, während die drei Chorknaben betreten die Köpfe einzogen. »Und noch etwas, Slate und Niles, ich würde gern wissen, woher Pete Zoony diese Abschürfung im Gesicht hat. Er hat doch mit euch beiden auf diesem Scheißhaus den Schwulen aufgelauert, oder nicht?«

»Ja, Sergeant«, antwortete Baxter Slate brav.

»Nennen Sie mich nicht immer Sergeant.«

»Ja, Scuz«, verbesserte sich Baxter Slate, der inzwischen Mühe hatte, nicht auf den Tisch vor ihm zu kotzen.

»Eine Menge nebuloser Angelegenheiten«, polterte Scuz weiter. »Also gut, Sie drei können jetzt nach Hause gehen und sich ausschlafen. Ich möchte, daß Sie morgen abend fit sind. Wir heben vielleicht einen Pokerring aus. Und ich werde persönlich dabei sein, um mich zu vergewissern, daß ihr auch keine Dummheiten macht!«

Dann gingen die drei Chorknaben. Draußen auf dem Parkplatz übergab sich Baxter endlich, woraufhin er sich wesentlich besser fühlte. Auch Sam stellte fest, daß seine Kopfschmerzen allmählich verflogen. Harold strahlte übers ganze Gesicht, weil er in seiner ersten Nacht bei der Sitte bereits drei Prostituierte geschnappt hatte. Eigentlich wollten sie noch zur Singstunde gehen, fanden es dann aber doch besser, Scuz' Rat zu befolgen. Schließlich konnten sie es aber doch nicht lassen, kurz im Park vorbeizuschauen, ob nicht vielleicht noch ein paar Chorknaben da waren.

»Fahr über den Pico und die Western«, verlangte Harold, als Baxter in seinem Volkswagen in Richtung Park losfuhr. Er war keineswegs so nüchtern, wie er dachte.

»Wieso?«

»Ich will euch nur kurz zeigen, wie weit ich gerannt bin«, meinte Harold.

»Wen soll das denn interessieren?« brummte Sam Niles, der es bereits bereute, noch zur Singstunde mitgekommen zu sein.

»Jetzt stellt euch nicht so an. Ich will's euch doch nur kurz zeigen«, bettelte Harold, worauf Baxter verständnisvoll lächelte und nickte: »Klar, Harold.«

Als sie die Kreuzung erreichten, bestand Harold darauf, daß sie den Block umfuhren. Und er erzählte dem interessierten Baxter Slate und dem desinteressierten Sam Niles, wie die wilde Jagd ihren Anfang genommen hatte. Er zeigte ihnen Freds Haus und die Stelle, wo er den jungen Schwarzen mit dem Revolver bedroht hatte.

»Es ist schon ein Jammer, wenn man für die Sitte arbeitet«, meinte Harold. »Diese Mädchen waren noch so jung. Alle Mädchen, die ich heute nacht geschnappt habe, waren noch ganz jung.«

»Ihr Job erfordert eben die Zuversicht und Zielstrebigkeit der Jugend«, bemerkte Baxter Slate spöttisch. In der angenehm frischen Nachtluft begann er langsam, sich wieder besser zu fühlen.

»Kann schon sein«, erwiderte Harold. »Kann schon sein.«

»Genau wie in unserem Job«, fügte Baxter hinzu.

»Wenn wir wirklich noch zur Singstunde wollen, dann fahren wir jetzt endlich«, drängte Sam Niles. Er saß etwas verquer auf dem Rücksitz des Käfers, um seine langen Beine irgendwie unterzubringen, und konnte seiner Zigarette nicht den rechten Genuß abgewinnen, da sein Körper nach mehr Sauerstoff verlangte, als er bekam.

»Genau hier an dieser Stelle hat sie auf mich eingeschlagen und mich gekratzt«, erzählte Harold, während Baxter vor der roten Ampel hielt, um nach rechts abzubiegen.

Aber Harold forderte ihn auf: »Wart einen Augenblick, Baxter. Fahr doch mal eben an den Straßenrand, ja?«

»Was ist denn jetzt schon wieder, Harold?« stöhnte Sam Niles gereizt. Er nahm seine Brille ab und rieb sich die Augen.

Aber kaum war der Käfer zum Stehen gekommen, war Harold auch schon aus dem Wagen gesprungen, bückte sich und hob einen Gegenstand vom Boden auf.

»Was zum Teufel machst du denn da?« wollte Sam wissen.

»Schaut!« Harold Bloomguard kam wieder zum Wagen zurück. Er hielt ein Klappmesser in seiner Hand: zehn Zentimeter Stahl mit einem geschuppten Griff. Eine Frauenwaffe, gut abgezogen. Die Spitze war abgebrochen, und Harold spürte sein Herz plötzlich lauter klopfen, als er auf den Zeitungskiosk zuschritt. Mit der abgebrochenen Klinge puhlte er das winzige Stahldreieck aus der Bretterwand, in der es in Halshöhe steckte. Und die Messerspitze war tief ins Holz gedrungen.

»Was machst du denn da, Harold?« fragte Sam Niles gereizt und mußte sich zu seiner Überraschung von Harold anfahren lassen: »Halt's Maul, Sam!«

Schließlich löste sich das häßliche Stückchen Metall aus dem Holz und fiel in Harolds aufgehaltene Hand, wo er es sich kurz ansah. Harold Bloomguard hielt das Messer gegen den Randstein und ließ die Klinge nach Polizistenmanier mit einem Stoß seines Absatzes zurückschnappen.

Baxter Slate begriff als erster. »Besteht irgendeine Möglichkeit, Fingerabdrücke festzustellen, Harold?«

»Der Griff hat eine rauhe, unregelmäßige Oberfläche«, entgegnete Harold. »Darauf halten sich keine Abdrücke. Auf keinen Fall.«

Sam Niles wollte Harold schon fragen, ob ihm die Straßenmädchen immer noch leid täten. Aber dann wandte Harold sich zu Baxter um, und Sam konnte den müden und bitteren Ausdruck in Harolds Gesicht sehen.

Als sie gegen vier Uhr im Park ankamen, trieben sich dort noch ein paar unverwüstliche Chorknaben herum. Carolina Moon war jedoch schon nach Hause gegangen, und Ora Lee Tingle konnte an diesem Abend überhaupt nicht kommen. Harold fand, daß die Luft für einen Spätjuliabend ungewöhnlich kühl war. Und sie vertagten die Sitzung, als Francis Tanaguchi erklärte, die Singstunde dieses Abends wäre ein Schlag ins Wasser gewesen.

12

Alexander Blaney

Alexander Blaney war zwar kein Chorknabe, aber er hatte einiges von den Singstunden mitbekommen. Er kannte mit der Zeit sogar einige Chorknaben beim Namen, da er oft in etwa fünfzig Metern Entfernung allein im Dunkeln auf dem Rasen des MacArthur Parks saß und den aufgedrehten Stimmen lauschte, die an seine Ohren drangen.

Alexander Blaney wünschte sich oft, die Chorknaben, oder zumindest ein paar von ihnen, kennenzulernen. Natürlich war er sich darüber im klaren, daß es sich dabei um Polizisten handelte. Er versuchte sich vorzustellen, wie Pater Willie wohl aussah und dieser andere, der Dean hieß und dauernd flennte, wenn er betrunken war. Und vor allem hätte er gern die Bekanntschaft Harold Bloomguards gemacht, der sich so nachhaltig für die Enten im MacArthur Park einsetzte. Allerdings gab es auch einen Chorknaben, den er nicht kennenlernen wollte – unter gar keinen Umständen. Roscoe Rules' Bekanntschaft wollte er nicht machen, da aus jedem seiner Worte Aggressivität und Brutalität sprachen. Er wußte nicht, was es bedeutete, wenn Roscoe Rules einem die Milz punktierte, aber er wollte das auch gar nicht unbedingt herausfinden.

Alexander Blaney war nur drei Blocks vom MacArthur Park entfernt aufgewachsen und für die Beamten der Jugendstreife der Rampart Station kein Unbekannter. Die Chorknaben von der Wilshire-Station wußten jedoch nichts von seiner Existenz. Alexander war ein gutaussehender Junge, der sogar Baxter Slate in den Schatten stellte. Er hatte dunkle Locken und strahlend blaue Augen, und obwohl er einen Meter achtzig groß war, wog er nur knapp sechzig Kilo, da er kaum etwas aß.

Die Jugendbeamten von der Rampart Division kannten Alexander Blaney, da er, seit er vierzehn war, immer wieder mit der Beschwerde zu ihnen kam, er würde im MacArthur Park, wo er zeit seines Lebens gespielt hatte, ständig von irgendwelchen Männern belästigt. Alexander, ein Einzelkind, hatte in der Regel allein gespielt. Da in der Gegend um die Alvarado Street hauptsächlich Weiße sowie einige Kubaner und Indianer wohnten, galt das Viertel nicht als Ghetto. Seine Eltern wußten nichts von den Männern, die Jahre hinter Gittern verbracht hatten und sich jetzt im MacArthur Park herumtrieben und jungen Burschen das Leben schwermachten, die nur halb so gutaussehend und verletzlich waren wie Alexander Blaney.

Damit soll nicht gesagt sein, daß die Umgebung, in der er lebte, Alexander Blaney zu dem machte, was er war. Niemand, nicht einmal Alexander Blaney selbst, wußte, was ihn zu dem machte, was er war. Was er *nicht* wurde, war der strahlende junge Eroberer gleichen Namens, über den sein Vater in seinen Jugendtagen so viel gelesen hatte, als er noch davon geträumt hatte, mehr zu werden als ein halbinvalider Liftführer. Obwohl der junge Bursche im Gegensatz zu seinem Vorbild keinen Geschmack an Kriegsruhm und Schlachtengetümmel fand, ähnelte er dem großen griechischen Eroberer dennoch, was seine sexuellen Vorlieben betraf. Denn mit achtzehneinhalb Jahren war Alexander Blaney eine Bilderbuchtunte, wie man sie sich schöner nicht hätte träumen können.

Während Alexander Blaney sich also an sein Schwulsein gewöhnte und auch niemanden über diese Tatsache hinwegzutäuschen vermochte, gelangte Harold Bloomguard gegen Ende seiner zwei Wochen bei der Sitte nach einem reichlich alkoholisierten Abend zu demselben Schluß.

»Was?« entfuhr es Sam Niles, als sie eines Nachts in einem Wagen von der Sitte ein paar Prostituierten auflauerten. Zuvor hatten sie jeder sechs Glas Bier getrunken.

»Ich habe Angst, daß ich homosexuell werde, Sam«, sagte der bierselige Chorknabe. »Und das macht mir ganz schön Panik. Wenn ich mich nicht erschieße, dann ende ich vielleicht bei meiner Mutter in der Klapsmühle!«

»Warum ausgerechnet immer ich? Warum immer ich?« stöhnte Sam Niles. Er sank in seinem Sitz zusammen und schob seine Brille hoch, so daß er zu einem Himmel aufblicken konnte, an den er nicht glaubte, und zu einem Gott, von dem er wußte, daß es ihn nicht gab. »Also gut, dann kämpfen wir uns eben auch da durch. Wann hast du festgestellt, daß du schwul bist?«

»Erst in der Woche, als wir in den Fallen auf der Lauer gelegen sind. Weißt du, ich habe angefangen, darüber nachzudenken, ob man das Ganze, wenn man es ständig sieht, nicht irgendwann einmal akzeptiert und sich damit identifiziert und dann... na ja, jedenfalls habe ich mir mal überlegt, ob ich vielleicht 'nen Blauadrigen kriegen könnte, wenn ich das ständig anschaue, und wenn das so wäre, dann würde das bedeuten, daß ich homosexuell werde. Und dann müßte ich mich umbringen.«

»Und hast du 'nen Blauadrigen gekriegt?«

»Natürlich nicht, aber vielleicht sind das nur meine Hemmungen, die das verhindert haben. Verstehst du, was ich meine?«

»Klar«, nickte Sam und steckte sich eine Zigarette an. »Und was hast du als nächstes vor? Wirst du dich auf Duck Island selbst abknallen?«

»Ich weiß nicht«, rülpste Harold. »Du weißt ja, daß unsere Familie etwas zum Wahnsinn neigt. Wahrscheinlich werde ich doch bei Mama in der Klapsmühle enden.«

»Weißt du was, Harold? Ich glaube, deine Gegenwart könnte unter Umständen wirksamer sein als 'ne Elektroschocktherapie. Deine Mutter wird sich vielleicht selbst heilen, nur um von dir wegzukommen.«

»Komm mir bitte nicht dumm daher, Sam. Du bist der einzige wirkliche Freund, den ich habe. Ich bin ein kranker Mann.«

»Du bist schon krank gewesen, als du damals in Nam zu meinem Trupp gekommen bist! Ich möchte wetten, daß du schon dein ganzes Leben lang krank gewesen bist. Aber irgendwie überlebst du doch, indem du mir ständig mit deinen verrückten, bescheuerten, neurotischen Ängsten die Hucke vollquasselst. UND ICH WILL DAVON EINFACH NICHTS MEHR HÖREN! Ich kann dir sagen, am Ende bin *ich* derjenige, der mit deiner Mutter in der Klinik nackt 'nen Steptanz aufführt!«

»Sam, du kannst mir deine Probleme doch jederzeit erzählen. Mich würden deine Ängste brennend interessieren und...«

»Ich möchte nicht, daß du mein Beichtvater wirst. Ich brauche keinen Beichtvater, Harold.«

»Aber jeder sollte doch jemanden haben, dem er seine Probleme erzählen kann, Sam, und du bist mein bester...«

»Halt, Harold, sprich nicht weiter«, unterbrach ihn Sam und versuchte, sich wieder zu fassen. »Bitte, sag nicht, ich wäre dein bester Irgendwas. Wir sind nun schon lange zusammen, das stimmt. Ja, das stimmt allerdings.«

»Tut mir leid, Sam, ich werde dich in Zukunft nicht mehr mit meinem Kram belästigen«, sagte Harold kleinlaut.

»Red doch keinen Quatsch. In spätestens zwei Tagen wirst du mir erzählen, du hättest festgestellt, du wärst ein Sadist und ich müsse gut auf dich aufpassen, falls du anfangen solltest, anderen Leuten mit einem Bleistift die Augen auszustechen.«

»Entschuldige, Sam, aber ich wollte dir wirklich nie zur Last fallen.«

Für eine Weile saßen die beiden schweigend da, bis Sam fragte: »Harold, hast du Dienstagnacht bei der Singstunde Carolina Moon gevögelt?«

»So in etwa, aber nur, weil ich blau war. Und der erste.«

»Dann kann ich dir nur sagen, daß jeder, der geil genug ist, um mit dieser fetten Kuh 'ne Nummer zu schieben, ganz sicher nicht schwul ist.«

»Weißt du, daran habe ich nie gedacht!« strahlte Harold Bloomguard. »Daran habe ich nie gedacht! Vielen Dank, Sam. Du hast doch immer eine Lösung für mich parat. Wenn es dich nicht gäbe...«

Als ihm im Alter von vierzehn Jahren die brutal aussehenden Männer mit ihren käsigen Gefängnisvisagen, die ihn in den Toiletten im Park anstarrten, zum erstenmal auffielen, konnte Alexander Blaney noch nicht ahnen, daß er mit achtzehneinhalb Jahren als aktenkundiger Homosexueller verhaftet werden würde. Er sollte jedoch bald merken, daß der MacArthur Park mehr war als ein Ort, wo man auf dem Rasen Boccia oder Fußball spielte und an schönen Tagen ein Picknick veranstaltete, um dann mit den Überresten die Enten zu füttern.

Alexander verstand allmählich die verstohlenen Blicke, das herausfordernde Lächeln der Männer, die sich nachts an bestimmten Stellen trafen und sich dann paarweise in die Büsche schlugen. Und er begriff den Sinn der Treffen in den öffentlichen Toiletten, wo die Männer manchmal von getarnten Polizisten verhaftet wurden. Dabei kam es vor den Augen des Jungen nicht selten zu blutigen Schlägereien.

Alexander las gerade in der Nähe einer Toilette ein Buch, als er plötzlich durch den Lärm im Innern aufgeschreckt wurde. Und dann krachte ein riesiger Ex-Häftling, den sie Hippo nannten, durch die Tür, und hinter ihm her kam ein fluchender, stämmiger

Polizist, der eine gespaltene Lippe hatte und wie ein Verrückter mit seinem Knüppel auf Hippo eindrosch.

Und dies war keineswegs das einzige, was Alexander Blaney in dieser Toilette zu Gesicht bekommen hatte. Einmal sah er einen jungen Mann gegen das Pissoir masturbieren. Alexander beobachtete ihn fasziniert, bis der junge Mann zur Seite trat und gegen die schmutzige Fliesenwand zwischen Pissoir und Klos ejakulierte, woraufhin sich ein alter Mann mit einer Haut wie Zwiebelschalen und Armen wie Bleistiften von seiner Klobrille erhob, mit seinen Fingern das Sperma von der Wand wischte und dann daran leckte. Dabei lächelte er Alexander Blaney an, so daß dem Jungen übel wurde.

Etwa zu dieser Zeit begannen Alexander Blaneys Besuche auf dem Rampart-Revier. Er kam mindestens einmal im Monat auf die Wache, um irgendeine bizarre sexuelle Handlung zu melden, die sich im MacArthur Park zugetragen hatte. In einem Fall behauptete er, einen großen Mann mit heruntergelassener Hose auf dem Klo sitzen gesehen zu haben, der sich seinen Penis in seinen Afterausgang stopfte. Und dann war da dieser Hermaphrodit, der Alexander Blaney im Gras liegend fand, als er gerade Madrigale auf seine Musiklehrerin komponierte. Alexander war damals fünfzehn, und der Hermaphrodit mit der unübersehbaren Oberweite zeigte dem Jungen seinen unterentwickelten Penis. Dabei behauptete er, auf Frauen und nicht auf Männer zu stehen, da ihm seit seiner Geburt männliche Hormone gespritzt worden wären. Das sollte sich jedoch bei hereinbrechender Dunkelheit als Lüge erweisen, da er versuchte, Alexander zu vergewaltigen.

Auf der Wache nahm man die Geschichten des Jungen nicht allzu ernst, bis er mit sechzehn schließlich wieder einmal vor dem Sergeanten der Jugendabteilung erschien und behauptete, ein gutaussehender junger Mann hätte ihn in die Büsche gezerrt und gezwungen, oral mit ihm zu verkehren, und dann hatte er dieselbe Handlung an ihm, Alexander Blaney, vorgenommen. Als der Junge mit seinem Bericht fertig war, fragte ihn der Sergeant: »War das das erste Mal, Alexander?«

Und Alexander Blaney begann zu weinen und sagte ja und verlangte, daß die Polizei den jungen Mann verhafte; aber er wußte seinen Namen nicht. Der Sergeant kaufte Alexander ein Eis, als er ihn zum Ausgang brachte und sagte ihm, er würde mit seinen Eltern sprechen.

Als der Junge weg war, sagte der Sergeant: »Tja, jetzt ist Alexander also endlich aus dem Ei geschlüpft. Aber jetzt werden wir ihn hier nicht mehr zu sehen bekommen.«

Und der Sergeant sollte recht behalten. Alexander Blaney war auf den Geschmack gekommen und wurde auch prompt von einem Klassenkameraden blutig geschlagen, mit dem er bis dahin eng befreundet gewesen war, dem er aber dann eines Tages dummerweise einen Antrag machte.

Alexander, der sowieso schon immer ein sensibler, nervöser junger Bursche gewesen war, wurde nun noch dünner. Außerdem litt er an Schlaflosigkeit und verbrachte viele tränenreiche Abende mit seiner Mutter und seinem Vater, wobei er immer wieder jammerte: »Aber ich weiß wirklich nicht, warum ich schwul bin. Ich bin es einfach.«

Seine Mutter weinte, und sein Vater flehte ihn an, nicht zu sein, was zu sein er nun einmal nicht umhin konnte. Schließlich wurde Alexander nach zahlreichen homosexuellen Begegnungen, die hauptsächlich im MacArthur Park stattfanden und den Jungen erschreckten, erregten, demütigten und verwirrten, von einem Beamten der Rampart-Division verhaftet.

Der Polizist erinnerte Alexander Blaney etwas an den ersten jungen Mann, den er damals noch bei der Polizei angezeigt hatte, weil er ihn gegen seinen Willen in die Büsche gezerrt hatte. Der Polizist war groß und gepflegt, und Alexander, der nicht wußte, daß der Mann von der Sitte war, konnte kaum das Zittern seiner Stimme unter Kontrolle halten, als sich ihre Blicke trafen. Sie saßen nicht weit voneinander entfernt im Gras. Alexander Blaney fütterte die Enten mit Popcorn. Er kannte einige davon so gut, daß er sie voneinander unterscheiden konnte.

Der Polizist war nicht sonderlich scharf darauf, Schwule einzusacken, und war deshalb darauf erpicht, daß Alexander Blaney sein Angebot möglichst rasch machte, damit er ihn verhaften und dann in eine seiner Lieblingsbars gehen konnte, wo er für den Rest des Tages Billard spielen wollte.

Als deshalb Alexander schüchtern anfing: »Man trifft ja nicht allzuviele Leute hier«, antwortete der Polizist kurz angebunden: »Willst du nun was, oder nicht?«

Und Alexander, durch die Direktheit des jungen Mannes etwas aus der Fassung gebracht, wollte schon fast sagen: »Nein, ich will nichts.« Aber andererseits lag ihm viel an diesem jungen

Mann, der einen so anständigen und gepflegten Eindruck machte.

Also antwortete Alexander: »Wir könnten uns ja gemeinsam einen Film ansehen, damit wir uns näher kennenlernen.«

Der Mann von der Sitte seufzte ungeduldig und wollte wissen: »Ich will nur wissen, ob du lutschst oder nicht.«

Alexander war zum Heulen zumute, weil dieser Mann keinen Deut besser sein würde als die meisten anderen. Aber er antwortete mit aufgesetzter Arroganz: »Ja, ich mache das. Wenn das alles ist, was du willst. Ich schätze schon, daß ich das machen kann.«

Daraufhin pfiff der Polizist seinem Partner, der sich hinter ein paar Bäumen versteckt hatte, und zeigte Alexander Blaney sein Dienstabzeichen. Als Alexander schluchzend seinen Kopf senkte, wandte er sich angewidert ab.

Später schrieb der Beamte in seinen Bericht: »Der Angeklagte erklärte: ›Ich werde dich lutschen oder tun, was du sonst willst. Ich schätze schon, daß ich das machen kann.‹«

Alexander wurde eines geringfügigen Vergehens für schuldig befunden und verurteilt, womit er vorbestraft war. Was ihn jedoch wirklich getroffen hatte, und was er nicht vergessen konnte, war die Tatsache, daß es dem Polizisten, der ihn verhaftet hatte, völlig gleichgültig zu sein schien, was mit ihm geschah. Hätte der Beamte Homosexuelle gehaßt und ihn verprügelt, hätte Alexander das erträglicher gefunden. Aber so war er in den Augen dieses Polizisten einfach ein Nichts. Vor Gericht schien ihn der Beamte nicht zu erkennen, und als der Staatsanwalt ihn fragte, ob er gegen eine Herabsetzung des Strafmaßes etwas einzuwenden häte, zuckte er nur teinahmslos mit den Schultern.

Die zwei Wochen bei der Sitte endeten für die drei Chorknaben mit einem kleinen Mißerfolg. Ein Callgirl, dem sie auflauerten, biß nämlich nicht auf den Köder an, welcher die Form eines Anrufs von seiten Baxter Slates hatte, der sich dabei als ein gewisser Gaylord Bottomley ausgab. Nach Angaben eines Spitzels gehörte dieser Name einem einflußreichen Kredithai, der dem exotischen Callgirl eine Reihe von Freunden vorgestellt hatte.

Der Spitzel war ein zuverlässiger, bezahlter Informant, der für Pete Zoony arbeitete. Im Gegensatz zu den Polizisten im Film hüten Polizisten im wirklichen Leben ihre Informanten wie ihren eigenen Augapfel, und so war auch Pete Zoony sorgfältig darauf bedacht, die Anonymität seines Informanten zu wahren. Spitzel mußten nicht nur bestochen und umschmeichelt werden; sie mußten auch gedeckt werden. Und so kam es nicht selten vor, daß manche Polizisten die Identität ihres Informanten sogar vor ihrem Partner geheimhielten.

Petes Informant erzählte ihnen von einer gewissen Gina Summers, die in einem sündteuren Apartment in der Nähe des Wilshire Boulevard wohnte. Angeblich war sie darauf spezialisiert, genau das erwünschte Maß einfallsreicher Bestrafung an ihre gut situierten, aber geilen Kunden zu erteilen, die ihr für ihre einzigartigen Dienste zwischen fünfzig und fünfhundert Dollar zahlten.

Sam und Baxter hatten mehrere Male einen oder zwei Männer in die Wohnung gehen sehen, und natürlich war ihnen auch die üppige Brünette verschiedentlich zu Gesicht gekommen. Bislang war es noch keinem gelungen, sie aufs Kreuz zu legen. Der Informant hatte unter anderem behauptet, daß die energische Dame in ihrem Schlafzimmerschrank ein regelrechtes Horrorkabinett hatte, mit alten Daumenschrauben, Brandeisen, Peitschen und ähnlichen Sammlerstücken. Die meisten fanden jedoch angeblich kaum Verwendung. In der Regel ließen sich die Kunden durch weniger peinvolle Maßnahmen zufriedenstellen, wie zum Beispiel durch eine Urindusche. Und auch eine ganz gewöhnliche Tracht Prügel mit einem Ledergürtel war für manchen schon das höchste der Gefühle.

Da das Mädchen in einer ganz speziellen Sparte ihres Gewerbes arbeitete, wollten die Leute von der Sitte sie natürlich nur zu gern schnappen. Aber trotz stundenlangen Wacheschiebens hatten sie keinen Erfolg.

An einem schwülen Augustabend beobachtete Baxter Slate die resolute Dame durch seinen Feldstecher, wie sie sich im sechsten Stock des Wohnblocks vor dem offenen Fenster entkleidete; er bemerkte zu Sam: »Wenn dieses Miststück nicht brünett wäre, würde sie mich ganz verdammt an 'ne Nackttänzerin erinnern, die ich mal gekannt habe.«

»Tatsächlich?« meinte Sam, dem die zwei Wochen bei der Sitte gründlich zum Hals heraushingen. »Hat die wirklich auch so gut ausgesehen?«

»Ich könnte nicht behaupten, daß sie genau gleich aussehen. Aber im Herzen sind sich die beiden sicher sehr nahe verwandt.«

Sam Niles machte sich nicht die Mühe, hinsichtlich dieser Bemerkung weiter in Baxter zu dringen. Er war nur froh, daß dies ihr letzter Abend bei der Sitte war und daß die für später geplante Singstunde ein denkwürdiges Ereignis werden sollte.

Die Singstunde, mit der die Rückkehr dreier Chorknaben von ihrem zweiwöchigen Dienst bei der Sitte gefeiert werden sollte, war gerade dazu bestimmt, in die Annalen der Polizeigeschichte einzugehen. Schließlich hatte Roscoe Rules sich selbst übertroffen, indem er an einem einzigen Abend in den verschiedenen Schnapsläden der Wilshire-Division fünfzehn Flaschen Schnaps zusammenschnorrte.

»Ich kann Ihnen sagen, der Captain gibt 'ne *Riesen*party«, teilte er den Zauderern unter den Ladeninhabern mit, wenn sie Roscoe, der sich mit seinen schwarzen Handschuhen drohend vor ihnen aufgepflanzt hatte, nur eine einzige Flasche über die Theke schoben.

Und was Roscoe nicht mit Drohungen erreichte, das besorgte Spencer van Moot auf seine unvergleichliche Art. Die Geschäftsleute, bei denen er seine günstigen Einkäufe machte, sagten alle, sie könnten es kaum erwarten, bis er bei der Polizei aufhöre und selbst einen Großhandel aufmachte, damit seine merkantilen Fähigkeiten ihnen allen zugute kämen.

Deshalb gab es genügend Schnaps, Wein und Bier, um für jeden einen Vollrausch zu garantieren, und es fehlte auch nicht an allen möglichen Leckereien wie Barbecue-Fleisch in Folie, Salami, Roastbeef und Truthahn, ganz zu schweigen von Kartoffelsalat, Bohnensalat, Brötchen und verschiedenen Saucen und anderen Zutaten.

Seltsamerweise kam Alexander Blaney trotz der Erniedrigung, die seine Verhaftung für ihn bedeutet hatte, oder vielleicht auch gerade deswegen und aufgrund des überwältigenden Schuldgefühls, das sie in ihm hervorgerufen hatte, immer wieder in den MacArthur Park zurück, um von nun an homosexuellen Kontakt regelrecht zu suchen. Seit er von der Existenz der Sittenpolizei, der Gerichte und der unpersönlichen Vergeltung durch das Gesetz wußte, übte das Ganze nur noch stärkeren Reiz auf ihn aus.

Und so gab es für Alexander Blaney - achtzehneinhalb Jahre alt und voller ehrlicher Zuneigung für Polizisten, ein Überrest seiner zahlreichen Besuche im Rampart-Revier, und durch seine Verhaftung durch einen Rampart-Beamten keineswegs beeinträchtigt – nichts Schöneres, als nachts im Schutz der kühlen Dunkelheit am Ententeich zu sitzen, die Enten zu füttern, den Späßen der Chorknaben zu lauschen und sich zu fragen, ob Calvin Potts der einzige Schwarze unter ihnen war und ob Francis Tanaguchi auch so komisch aussah, wie er daherredete. Und außerdem hoffte er, daß Wasmeinstdu-Dean nie so werden würde wie sein Partner Roscoe Rules.

Er hatte immer sorgsam darauf geachtet, daß die Chorknaben ihn nicht zu Gesicht bekamen, aber an diesem Abend, an dem noch Schüsse die Stille durchbrechen sollten, zeigte er sich Ora Lee Tingle und Carolina Moon. Von ihrem gelben Buick, den sie immer in der Park View Street parkten, wenn sie von der Arbeit kamen, trotteten die zwei pummeligen Bedienungen über den Rasen.

Alexander war ganz still im Gras gelegen, hatte dem Zirpen der Grillen gelauscht und nach Jupiter Ausschau gehalten, dem einzigen Stern, den man bei starkem Smog über Los Angeles sehen konnte. Alexander hielt immer nach ihm Ausschau, seit er gehört hatte, wie ein Polizist namens Baxter den anderen gegenüber erklärte, es wäre irgendwie ermutigend, daß zumindest ein Stern den Smog über der Stadt zu durchdringen vermochte. Und ohne diesen einen Stern hätte Baxter den Himmel unerträglich einsam gefunden.

Als sich ihm nun die munter schwatzenden Mädchen näherten, fürchtete Alexander, er könnte sie erschrecken, wenn er so allein im Gras saß, so daß er ihnen, als sie noch etwa zehn Meter von ihm entfernt waren, freundlich zurief: »Schöner Abend heute, nicht?«

»Ja, wirklich schön«, antwortete Carolina Moon und ging etwas langsamer, bis sie den schlanken, harmlos aussehenden Jungen neben drei Enten im Gras liegen sah.

»Was treibst du denn hier um diese Zeit noch im Dunkeln, Kleiner?« wollte Ora Lee Tingle wissen, während Alexander zu ihrer umfangreichen Oberweite, ihren ausladenden Hüften und ihrem auftoupierten, blonden Haar aufblickte und sich dachte, daß sie genauso aussah, wie er sie sich vorgestellt hatte.

»Ich füttere nur die Enten«, entgegnete Alexander.

»Dann paß mal lieber auf dich auf, Kleiner«, warnte Carolina. »Hier treiben sich einige Triebverbrecher rum.«

»Allerdings«, kicherte Ora Lee Tingle. »Und wir treffen uns gerade mit ein paar.«

Als sie dann im Dunkeln verschwanden, hörte Alexander Carolina noch sagen: »Klar, die Enten füttern.«

In dieser Nacht waren alle zehn Chorknaben anwesend, und es gab keinen, der nicht schon eine Stunde nach Beginn der Singstunde betrunken gewesen wäre. Sie trugen die übliche Kleidung für diesen Anlaß: Safarijacken, Sweatshirts, Tank Tops, LPC-Baseball- und Baskettballtrikots, alte Jeans und Turnschuhe. Jedenfalls trugen sie nichts, um das es schade gewesen wäre, wenn jemand, falls es einmal hoch herging, in den Ententeich geworfen wurde oder von selbst hineinfiel. Und alle Chorknaben waren ausnahmslos entzückt, als Ora Lee Tingle und Carolina Moon gegen ein Uhr über das Gras auf sie zugehopst kamen. Die beiden Mädchen trugen immer noch ihre Netzstrümpfe und die kurzen Röcke, die ihnen kaum über ihre rot gerüschten Höschen reichten. Oben trugen sie einfache Blusen mit Spitzeneinsätzen, die ihre enormen Brüste besonders zur Geltung brachten und dafür sorgten, daß die Kunden der Bar, in der sie arbeiteten, aus dem Häuschen gerieten und ihre Drinks trotz der stolzen Preise nur so in sich hineinschütteten.

»Stellt euch vor! Der Boß hat uns heute früher gehenlassen!« verkündete Carolina, und die beiden üppigen Damen stürzten sich buchstäblich in die Festivität, indem sie sich auf ihren Liebling, Francis Tanaguchi, warfen und den schmächtigen Chorknaben unter hundertvierzig Kilo willigem jungen Fleisch begruben, so daß dieser begeistert kreischte: »Ihr müßt einfach in meinem Pornostreifen mitspielen, Mädels! Und jetzt macht mal schön die Beine breit und zeigt, was ihr könnt!«

Damit hatte die Singstunde offiziell begonnen. Wie üblich mußten sie erst einmal ihrem Ärger Luft schaffen. Den Anfang machte Spermwhale, der über Lieutenant Finque schimpfte, da dieser Lard Logan, dem Nachtschichtbeamten an der Aufnahme, wegen ungebührlichen Betragens eine fünftägige Suspendierung aufgebrummt hatte.

»Dieser Eunuch!« knurrte Spermwhale. »Schleicht ständig nur herum wie ein mieser Spion und hat dann Lard wegen ein paar Äußerungen gegenüber Anrufern hingehängt, die seiner Ansicht nach ungebührlich waren. Ich kann's gar nicht erwarten, bis ich meine zwanzig Jahre herum habe, damit ich diesem Kastraten endlich mal ordentlich die Meinung sagen kann.«

»Und was ist dann mit dem guten Lard passiert?« wollte Roscoe strahlend wissen, da Spermwhale hauptsächlich zu ihm sprach.

»Zuerst kommt also diese bescheuerte Tante rein und verlangt, den Captain zu sprechen. Natürlich versucht Lard, sie abzuwimmeln. Schließlich erzählt ihm also die gute Frau ihr Problem, daß nämlich ihre sechzehnjährige Tochter beim Schwimmen im Bad der L. A. High-School angepufft worden sei. Und ihr kleines Mädchen wäre doch noch eine Jungfrau, und außerdem hätte sie gelesen, daß Spermatozoen schwimmen könnten, und sie wollte also, daß die vom Labor den Spermagehalt des Wassers ermitteln, damit sie die Schule verklagen kann. Und Lard hat nichts weiter getan, als ihr geduldig zuzuhören und dann zu sagen: ›Also wenn das vom Wasser gekommen sein soll, dann muß das aber verdammt hartes Wasser gewesen sein.‹ Und zack! Schon würgt ihm der Lieutenant einen rein.«

»Aber dafür kann er ihm doch nicht fünf Tage aufbrummen«, bemerkte Roscoe.

»Natürlich nicht, aber dann hat ihm der Lieutenant noch einen Satz aus einer Diebstahlsanzeige anhängen können, die so eine stinkreiche Alte gemacht hat, der sie ihre zwei Perserkatzen geklaut haben. Lard hat nämlich nur so zum Spaß in das Formular geschrieben: ›Der Tatverdächtige handelt mit heißen Miezen.‹«

»Dieser Lieutenant ist doch wirklich das letzte Arschloch!« grunzte Roscoe verächtlich.

»Das Kreuz hat ihm dann aber schließlich seine Presseverlautbarung gebrochen. Hast du eigentlich von dieser Geschichte gehört, Sam?«

»Ich habe überhaupt nichts gehört«, gähnte Sam Niles, den das Gerede über Lieutenant Finque langweilte.

»Erinnerst du dich noch an diese Schlampe, die auf der Toilette im Sears ihr Baby zur Welt gebracht hat?«

»Was war mit ihr?«

»Sie hat die Nabelschnur einfach mit den Fingernägeln durchgetrennt und dann den kleinen Frosch in den Mülleimer gepackt, wo ihn der Hausmeister am nächsten Morgen gefunden hat. Und die Detektive konnten nicht beweisen, daß das Baby je einen Atemzug gemacht hatte, und sie hat den halben Gerichtssaal vollgeheult, und so konnten sie ihr keinen Totschlag oder sonstwas anhängen. Na ja, jedenfalls kommt dann so 'n Typ von diesen Recht-auf-Leben-Gruppen auf die Wache, um die Detektive zu interviewen, was sie von dem Ganzen hielten. Die haben den Burschen natürlich zu dem Mann an der Aufnahme abgeschoben, der in diesem Fall wieder einmal der gute Lard war. Und Lard legte dann auch gleich ordentlich los: ›Wenn Sie mich fragen, dann hätte diese Fürsorgeschlampe in dritter Generation auf der Stelle sterilisiert werden sollen, sobald sie vierzehn geworden ist, damit sie nicht rumrennt und in jedem Scheißhaus der Stadt 'nen Wurf hinterläßt. Letztlich hat sie ja dem Steuerzahler nur 'nen Gefallen erwiesen. Das einzige, was man ihr meiner Meinung nach anhängen sollte, ist 'ne Anzeige wegen Umweltverschmutzung.‹

»Und was ist dann passiert?« wollte Roscoe wissen. »Wahrscheinlich hat der katholische Bischof Lard persönlich dem Captain gemeldet.«

»Genauso war es; und zwar noch am selben Tag.«

»In dieser Welt muß man nur lernen, nie die Wahrheit zu sagen. Aber ein paar Leute lernen das offensichtlich nie«, bemerkte Roscoe. »Ich habe mal zwei Tage aufgebrummt bekommen, als ich dieser Alten in Watts die Mitteilung machen mußte. Ihr Alter ist bei 'ner Messerstecherei in 'nem Billardsalon hopsgegangen. Ich habe also an ihre Tür geklopft, und als sie dann aufgemacht hat, habe ich gefragt: ›Sind Sie die Witwe Brown?‹ Worauf sie gemeint hat: ›Ich bin keine Witwe.‹ Woraufhin ich wiederum gesagt habe: ›Na, das wollen wir mal sehen, ob sie 'ne Witwe sind.‹«

»Hey, Spermwhale«, meldete sich Pater Willie zu Wort. »Stimmt es eigentlich, daß sich deine Nachbarn mal über dich beschwert haben und dir der Captain zwei Tage aufgebrummt hat, weil du dich geweigert hast, deinen Rasen zu mähen?«

Als Spermwhale darauf etwas Unverständliches vor sich hin brummte, warf Wasmeinstdu-Dean ein: »Ich habe gehört, dein Rasen war schon über einen Meter hoch, bevor du deiner dritten Frau davongelaufen bist.«

Roscoe Rules, der sich gerade ein Bier nahm, fand, daß es nun langsam an der Zeit sei, ein bißchen über die Kopfjäger der Abteilung für interne Belange herzuziehen, die sie alle zutiefst verabscheuten.

»Da fällt mir gerade ein; als ich noch für Central gearbeitet habe, gerieten so Gerüchte in Umlauf, ich und mein Partner, wir würden die Säufer ausnehmen«, fing Roscoe an. »Stellt euch das mal vor! Die Penner und Suffköpfe ausnehmen? Wie viele von diesen Bierleichen haben denn schon mehr als 'nen Dollar fuffzig in der Tasche stecken? Und so hat sich also einer von diesen Kopfjägern mal kurz im Dreck gewälzt – er dachte wohl, das würde langen, um wie ein Säufer auszusehen –, und dann hat er sich irgendwo in der Fifth/Ecke Stanford in Positur gelegt und so getan, als wäre er völlig hinüber. Und natürlich hat er seine Brieftasche richtig schön einladend aus seiner Tasche herausschauen lassen. Wir fahren also an ihm vorbei und wollen ihn schon mitnehmen, als ihn mein Partner erkennt. Die beiden waren nämlich früher mal bei der Verkehrsstreife zusammengewesen. Er blinzelt mir also zu und gibt mir zu verstehen, daß der Typ 'n Kopfjäger ist. Also laden wir den Burschen ein und behandeln ihn wie jeden anderen Säufer. Und dann fahren wir die East Fifth Street runter und suchen die Hinterhöfe ab, bis wir auf drei richtig schön stinkende alte Scheißer treffen. Weißt du, denen die Haut schon halb abgefault ist von all der Pisse und Kotze. Und dann sammeln wir noch zusätzlich ein bißchen Hundescheiße ein und stopfen ihnen damit die Taschen voll, und dann werfen wir sie zu dem Kopfjäger hinten in den Wagen rein. Aber bevor wir dann ins Central Jail sind, um sie abzuliefern, sind wir erst noch eineinhalb Stunden weiter durch die Gegend gefahren. Und jetzt wißt ihr, was ich von den Kopfjägern halte!!«

»Weißt du, Roscoe, vielleicht habe ich tatsächlich einen falschen Eindruck von dir gehabt«, meinte Spermwhale. »Langsam wirst du mir ja noch richtig sympathisch.«

Und während rauchige Wolken am Mond vorbeizogen und sich die Schatten vertieften und eine leichte Sommerbrise das Wasser des Ententeichs kräuselte, ließen sich die Chorknaben im Gras nieder, um zu essen und zu trinken und sich zu entspannen. Baxter Slate sah zum Himmel empor und stellte zu seiner Erleichterung fest, daß an diesem Abend das Licht des großen Sterns den Smog ganz klar durchdrang.

Spermwhales seltenes Lob hatte Roscoe dazu ermutigt, sich als Geschichtenerzähler zu versuchen. Er kratzte sich am Kopf und schielte nach den zwei dicken Mädchen, die immer noch mit Francis Tanaguchi zugange waren und ihn gerade wie einen Shogun in einem Geishahaus mit Roastbeef fütterten.

Roscoe fing also an: »Die Säuferstreife zu fahren, hat mir wirklich Spaß gemacht. Das war aber so ziemlich das einzige, was mir in der Central gefallen hat. Die Nacht werde ich nie vergessen, in der wir diesen schwulen Säufer aufgeladen haben. Ich drehe mich mal um, und sehe durch das Gitter, wie er sich über so 'nen jungen Burschen hermacht, der sich völlig zugesoffen hatte. Ich habe also angehalten, und ich und mein Partner steigen aus und machen hinten die Tür auf, und wißt ihr was? Der Kerl hat einfach nicht aufgehört. Später hat er gesagt, das wäre nach einem Jahr das erste Mal gewesen, und er hätte einfach nicht aufhören können. Ich hab' dann meinen Knüppel genommen und ihm jedesmal einen über die Rübe gezogen, wenn er wieder zugestoßen hat. Ich kann euch sagen, seine Birne war matschig wie ein überreifer Pfirsich, als ich endlich damit aufgehört habe. Meine Fresse, das waren noch Zeiten damals!«

Darauf meldete sich Baxter Slate zu Wort: »Weißt du was, Roscoe. Für die nächste Singstunde kaufen wir ein Dutzend Kaninchen. Dann besorgen wir ein Stück Draht und setzen uns hier alle schön im Kreis und sehen dir dann die ganze Nacht zu, wie du die Hasen garrotierst.«

Und Roscoe, der schon sehr früh betrunken war, erwiderte: »Du weißt ja, Slate, daß ich dich noch nie gemocht habe.«

Jetzt schaltete sich Spermwhale Whalen ein: »Wir wissen ja alle, daß du Stil hast, Roscoe; den Stil einer Hyäne.«

Da Roscoe Rules vor Spermwhale Whalen eine Heidenangst hatte, erwiderte er nur schmollend: »Na gut. Wenn das so ist, dann könnt ihr ja sehen, ob ich noch mal zur Singstunde komme. Wie würde es euch denn gefallen, wenn ihr in Zukunft euren Schnaps kaufen müßtet, anstatt daß ich ihn so mitbringe, hm?«

»Halt, nicht so schnell.« Calvin Potts sprang von seiner Decke auf. »Nur nichts überstürzen, Roscoe!«

Und auch Spermwhale beeilte sich hinzuzufügen: »Ganz richtig; ich habe doch nur Spaß gemacht, Roscoe.«

»Du bist doch ein prima Kerl, Roscoe«, tätschelte Sam Niles Roscoe die Wange, während dieser die Sympathiebekundungen mit einem großzügigen Lächeln entgegennahm.

Wasmeinstdu-Dean, der vom Bourbon noch nicht ganz hinüber war, versuchte indessen, Pater Willie zu trösten, der wieder einmal nach Keine-Eier-Hadley schmachtete. Der Pater hatte sie an diesem Abend auf dem Weg zu einer Verabredung mit einem Neurochirurgen an der Wache vorbeifahren sehen.

Pater Willie hatte ihr hoffnungsvoll zugewinkt, aber Keine-Eier-Hadley, die inzwischen während der Tagschicht in der Central Station arbeitete, hatte als Antwort darauf nur eine Obszönität zwischen den Lippen hervorgestoßen und Pater Willie den erhobenen Mittelfinger entgegengestreckt.

»Mein Gott, sie ist so schön, Dean!« schwärmte Pater Willie. »Ich schwöre dir, ich würde ihretwegen glatt meine Frau verlassen.«

»Ich weiß, wie das ist, Padre«, stimmte ihm Wasmeinstdu-Dean zu. »Du würdest sogar die Erdnüsse aus ihrer Scheiße fressen. Ich weiß, wie das ist.«

»Sie ist *so* schön!«

»Ganz im Vertrauen, Father, wie hat eigentlich ihre Muschi ausgesehen?«

»Dean, sie war einfach vollkommen«, verkündete Pater Willie begeistert, ohne sich wirklich erinnern zu können.

»Wow! Sogar ihr Arschloch?«

»Eine Perle«, schwärmte der Chorknabenkaplan und nahm einen ordentlichen Schluck Scotch.

»Stell dir das mal vor!!« meinte Wasmeinstdu-Dean, sichtlich beeindruckt. »Ein Arschloch wie 'ne Perle!«

Und während in der Singstunde die Stimmung wuchs, saß auf der anderen Seite des Teichs ein schlanker Junge im Gras und fütterte aus einem Beutel mit altem Brot, den er mitgebracht hatte, die Enten. Alexander Blaney spürte, daß dies eine denkwürdige Singstunde werden würde, daß schon um zwei Uhr früh sechs Chorknaben sinnlos betrunken waren und die restlichen vier ihnen in kaum etwas nachstanden.

Und daher drang auch hin und wieder der Lärm eines wütenden Streits über das stille Wasser des Ententeichs.

»Du hast doch nicht den geringsten Beweis dafür, daß ich es war, der die Drachenlady diesmal dich hat anrufen lassen«, verteidigte sich Francis Tanaguchi, der seinen Kopf in Carolinas Schoß und seine Füße in den von Ora Lee gebettet hatte.

»Ich habe keine Beweise dafür, aber ich *weiß*, daß du es warst«, schimpfte Pater Willie, dem die Erinnerung an Keine-Eier-Hadleys erhobenen Mittelfinger zu einem seiner seltenen Wutausbrüche verhalf.

»Aber bevor du jemanden beschuldigst, solltest du zumindest Beweise haben«, wies ihn Francis zurecht, wobei seine schmalen Augen im Mondlicht wild glitzerten.

»Du klingst ja genauso wie diese Arschlöcher von der Straße«, schaltete sich Calvin Potts ein. »Beweise. Beweise. Scheiße!«

»Und du klingst wie Roscoe Rules, als er mich erwürgen wollte, weil ihn die Drachenlady angerufen hatte. Du bist mir ein sauberer Partner!«

»Ich glaube jedenfalls, daß diese Anrufe auf dein Konto gehen, wenn du's genau wissen willst. Und ich würde nur zu gern mal die Drachenlady kennenlernen, um das zu beweisen«, forderte Calvin Potts seinen Partner heraus. Doch dann ließ er sich wieder ins Gras zurücksinken, nuckelte an seinem Scotch und träumte von der Drachenlady, die in seinen Gedanken auffallende Ähnlichkeit mit diesem Miststück von Martha Twogood Potts hatte.

»Das war nicht gerade nett, was du eben gesagt hast, Spencer! Ich hab's genau gehört!« brüllte Carolina Moon plötzlich zu Spencer van Moot hinüber, der sich mit Harold Bloomguard unterhielt.

»Ich hab' doch gar nicht über dich gesprochen.«

»Natürlich hast du das. Ich habe genau gehört, wie du ›fett‹ gesagt hast.«

»Der Arsch meiner Frau ist mindestens doppelt so breit wie deiner. Was regst du dich groß auf? Ich hab' nicht von dir gesprochen.«

»Was hat er gesagt?« wollte Ora Lee wissen, die aus Francis Tanaguchis Tennisschuh Champagner trank.

»Er hat gesagt, er möchte es mal mit einer treiben, indem er ihr 'nen Picknickschinken in die sanitären Anlagen schiebt und dann den Knochen rauszieht; das hat er gesagt!«

»Ich schwöre, daß ich nicht über dich gesprochen habe, Carolina! Wir haben uns wirklich gerade über meine Frau unterhalten!« flehte Spencer, der schon fürchtete, Carolina könnte ihn aus Rache übergehen, wenn sie später noch gewisse Gelüste überkommen sollten. »Warum reagieren heute abend nur alle so empfindlich?«

»Ach, jetzt hör doch endlich auf mit dem Geseiere«, fiel ihm Francis ins Wort, um sich dann wieder Carolina zuzuwenden: »Was würdest du denn von japanischem Essen halten?«

»Du schnuckeliger kleiner Scheißkerl!« kicherte Carolina und hämmerte Francis mit ihrer Faust auf den Kopf. »Ist das wie chinesisches Essen?«

»Besser«, erwiderte Francis mit einem anzüglichen Grinsen.

»Mmmmm, dieses chinesische Essen«, kicherte Ora Lee. »Weißt du, eine halbe Stunde später...«

»Ständig hat sie was an mir auszusetzen«, schmollte Spencer. »Dabei mag ich sie so sehr, daß ich in der gleichen Nacht mit ihr 'ne Nummer geschoben habe, in der meine erste Frau unser letztes Kind gekriegt hat.«

»Ihr *beide* habt doch in dieser Nacht ein Baby gekriegt«, bemerkte Harold Bloomguard.

»Hey, Kleiner!« brüllte Roscoe Rules zu Harold Bloomguard herüber. »Du bist doch der kleinste von uns. Schlichte doch du mal diesen Streit. Glaubst du, es ist unmoralisch, eine Liliputanerin zu bumsen?«

»Von unmoralisch war nicht die Rede«, protestierte Pater Willie. »Ich habe lediglich gesagt, ich fände das leicht pervers.«

»Na, ich hab's jedenfalls nicht bereut«, prahlte Roscoe mit einem Seitenhieb auf Carolina Moon. »Sie war jedenfalls wesentlich besser als so manche große Mädchen, deren Namen ich hier nicht erwähnen möchte.«

»Roscoe würde doch sogar mit der Morgenröte vögeln.« Pater Willie zuckte mit den Achseln und kroch näher an Carolina Moon heran, die es langsam satt hatte, mit Francis' bloßen Füßen zu spielen, während er spanische Lieder sang.

»Du bist doch zweisprachig, Francis, oder nicht?« fragte Carolina Moon.

»Soll das vielleicht heißen, er steht drauf, Mädels *und* Jungs zu schlecken?« schaltete sich Spermwhale in die Unterhaltung ein.

»Ich fürchte, das mit meiner Ehe klappt einfach nicht«, klagte Pater Willie Carolina Moon sein Leid. Sie hatte plötzlich *seinen* Kopf im Schoß.

»Warum sagst du so etwas?« wollte Carolina wissen.

»Meine Frau hält einfach nichts von Sex. Sie verteilt lieber den Wachturm, als...«

»Hat sie dich eigentlich beim Nachhausekommen mal erwischt, daß du ein bißchen nach Vagina gerochen hast, Padre?« kicherte Calvin Potts, während er sich Klarheit zu verschaffen versuchte, ab welchem Punkt Carolina Moon aufregender werden würde als die Flasche Johnnie Walker, die er langsam, aber sicher leerte.

»Wo denkst du hin«, errötete Pater Willie entsetzt, während Carolina Moon ihn unter der Decke neckisch grapschte.

»Du solltest froh sein, daß sie nicht ist wie dieses Flittchen, mit dem ich verheiratet war«, grollte Calvin. »Jedesmal, wenn ich nach Hause kam, mußte ich nachsehen, ob die Klobrille oben oder unten war.«

»Warum läßt du dir keine Haartransplantation machen, Spermy?« fragte Ora Lee Tingle, als sie an dem dicken Polizisten vorbeiwatschelte, der, auf die Ellbogen gestützt, im Gras lag. Sie schwang ihren enormen Hintern gegen seine Schläfen und sagte: »Am besten wäre dafür Schamhaar geeignet. Das richtet sich auf, wenn ein Mädchen vorbeikommt.«

Und dann kreischte Ora Lee laut auf, als Spermwhale sich zur Seite rollte und nach ihr griff. Sie entkam ihm jedoch, indem sie über Wasmeinstdu-Dean sprang und auf Sam Niles fiel. Dabei klatschte eine ihrer gigantischen Brüste gegen seinen Kopf und katapultierte Sams Brille in die Büsche.

»Wo ist meine Brille? Wo ist meine Brille?« brüllte Sam und kroch auf der Suche nach ihr um Calvin Potts herum, der inzwischen zu der Anschauung gelangt war, daß er im Moment noch den Johnnie Walker Carolina Moon vorzog.

»Wahrscheinlich hat Calvin deine Brille geklaut«, meldete sich Spencer van Moot zu Wort. »Du weißt doch, daß du hier nichts rumliegen lassen darfst.«

»Wenn dein Alter statt zwei Dollar drei gehabt hätte, wärst du jetzt auch schwarz, mein Lieber«, konterte Calvin Potts, während Sam Niles seine Brille wiederfand und an seinem Hemdzipfel abputzte.

»Wo ist denn Roscoe hin?« fragte Pater Willie, der zwischen den im Gras liegenden Chorknaben hin und her stolperte. »Roscoe! Wo bist du? Roscoe!«

»Hey, Roscoe! Roscoe!« fiel auch Francis ein.

»Roscoe!« brüllten gleich mehrere Chorknaben los, denen es völlig egal war, wo sich Roscoe herumtrieb.

»Roscoe, bist du vielleicht da drinnen?« brüllte Spermwhale Whalen und öffnete den Reißverschluß seiner Hose, um sich nach vorn zu beugen und dort nachzusehen. Währenddessen grapschte Carolina Moon nach ihm.

»Noch ist es nicht soweit, mein Engel«, meinte Spermwhale, zog seinen Reißverschluß wieder hoch und küßte das Mädchen in einer wabbligen, fleischigen Umarmung.

»Ich zahle euch beiden *jeden* Preis, wenn ihr für mich 'nen Pornofilm dreht!« kreischte Francis Tanaguchi.

»Du siehst ja richtig wie ein kleiner, blauäugiger Junge vom Land aus«, bewunderte Calvin Potts Wasmeinstdu-Dean, der gegen einen Baum gelehnt dasaß und an einem Sparerib nagte, das Gesicht über und über mit Barbecuesauce bekleckert.

»Was meinst du? Was meinst du?« wollte Wasmeinstdu-Dean wissen, woraufhin sich alle Chorknaben mit wissendem Blick ansahen und insgeheim einig waren, daß Wasmeinstdu-Dean für den heutigen Abend genug hatte.

»Wirst du Carolina heute abend wieder 'ne Rolle Sandpapier reinschieben, Calvin?« flüsterte Francis.

»Nicht, wenn ich als erster drankomme. Dafür bin ich aber noch nicht besoffen genug«, entgegnete Calvin Potts.

»Ich komme mir vor wie so 'n Bauingenieur«, schaltete sich Spencer van Moot in die Unterhaltung der beiden ein. »Ich werde heute noch 'ne Leitung verlegen, fünfzehnzentimeterweise.«

»Hast du echt gerade einen sausen lassen?« wandte sich Pater Willie plötzlich an Sam Niles.

»Nee, hätte ich denn einen fahren lassen sollen?« brummte Sam Niles genervt.

»Kann ich dich also nicht von Carolina losreißen, hm?« sagte Ora Lee Tingle zu Spermwhale Whalen, nachdem sie eine Zwei-Dollar-Wette gewonnen hatte, indem sie eine halbe Flasche Champagner leertrank, ohne ein einziges Mal abzusetzen.

»Ich habe nur gesagt, du kannst mich *jetzt* nicht loseisen«, korrigierte sie Spermwhale und zwickte sie zum Spaß in ihren fleischigen Schenkel, daß dabei ihr Netzstrumpf riß.

»Na ja, es ist wirklich einfacher... wie ging das gleich noch mal? Padre! Pater Willie!«, brüllte Ora Lee los. »Wie heißt das gleich noch mal? In der Bibel, das mit dem Kamel und dem Nadelöhr?«

»Ich weiß nicht mehr; irgendwas mit 'nem buckligen Sünder, oder so«, antwortete Pater Willie, dessen Trunkenheit inzwischen ein Stadium erreicht hatte, in dem ihn sein unkontrolliertes, sündiges Verhalten zwar noch anwiderte, obgleich er bereits dem Punkt nahe war, an dem er alle Hemmungen fallen lassen würde.

»Mütter, Brüder und andere, schenkt mir euer Gehör«, begann Harold Bloomguard plötzlich und rappelte sich mühsam auf. »Habt ihr eigentlich schon gehört, daß Calvin und Francis heute abend um ein Haar einen Typen umgelegt hätten?«

»Nein, was war da?« fragte Baxter Slate, während die anderen Chorknaben gespannt auf diese neue Räuber-und-Gendarm-Geschichte warteten.

»Nichts Großartiges«, fing Calvin an. »Bei so 'nem Familienkrach hätte so 'n Typ fast auf Francis angelegt, als er versucht hat, ihm Handschellen anzulegen, weil dieser Kerl seiner Alten die Birne schon halb zu Matsch geprügelt hat.«

»Aber es war nichts weiter«, schaltete sich Francis ein. »Er war nur besoffen und hat nach etwas gegriffen, was ich für 'ne Kanone gehalten habe. War aber nur seine Brieftasche. Ich habe ihm lediglich mit meiner Taschenlampe auf den Arm geschlagen.«

»Aber ich hätte diesen Heini um ein Haar über den Haufen geschossen«, fuhr Calvin fort. »Wie der an seine Tasche gefaßt hat, habe ich echt gedacht, er hätte da 'ne Knarre drin. Es hätte nicht viel gefehlt, und ich hätte dem Kerl 'n Loch in der Stirn verpaßt.«

»Sei froh, daß du's nicht getan hast«, bemerkte Baxter lakonisch.

»Könntest du damit leben, aus Versehen jemanden erschossen zu haben?« wollte Pater Willie wissen.

»Ich hätte diesen Kerl abknallen und dann mit seiner geilen Alten zusammenleben können«, meinte Calvin Potts.

»Ich sag' dir, Niles, wir müssen das Präsidium endlich dazu bringen, daß die uns anständige Munition geben«, begann Roscoe. »Weißt du, Hochgeschwindigkeitsschockwellen sind wie Schallknalls, und sie bringen Venen und Arterien zum Platzen. Aber sie stoppen nicht wie die Hohlspitzen und die Stumpfnasen. Ein Kupfermantel hält das Blei zusammen. Und die Zentrifugalkraft bricht das Blei auf. Für Zielgenauigkeit brauchst du also nur ein zugespitztes Geschoß. Verstehst du, was ich meine?«

»Ja, ich verstehe«, seufzte Sam.

Und Roscoe fuhr fort: »Habe ich dir je erzählt, was ich gemacht habe, wenn einer von diesen Wichsern aus den Jugendbanden achtzehn wurde? Ich hab' jedem 'ne Xeroxkopie der Seite aus dem LAPD-Handbuch geschickt, wo davon die Rede ist, daß man auf Erwachsene schießen darf. Zusammen mit diesem Text habe ich noch 'n Dumdumgeschoß und 'ne Glückwunschkarte ins Kuvert gelegt. Und auf die Karte habe ich geschrieben: ›Du bist jetzt vor dem Gesetz ein Erwachsener. Alles Gute zum achtzehnten Geburtstag, du Arschloch.‹«

»Das ist ungefähr so interessant wie eine Nacht in der Ausnüchterungszelle«, bemerkte Sam Niles, der rauchend im Gras lag und zu dem großen Stern hochsah, während der Bourbon sich in seinem Körper ausbreitete.

»Schau mal her, Ora Lee«, lockte Calvin Potts, der allmählich zu der Überzeugung gelangte, daß die beiden fetten Mädchen doch gar nicht so übel waren. Ganz im Gegenteil, je nachdem von wo aus man sie betrachtete, sah Ora Lee sogar richtig toll aus.

»Was schau mal her?« wollte Ora Lee wissen. »Ihr seid doch gar nicht an uns beiden interessiert heute abend. Ihr sitzt hier doch nur rum wie diese Tunten, die sich auf der anderen Seite des Teichs immer rumtreiben.«

»Aber du weißt ja, wir sind beide mündige Erwachsene!« juchzte Francis Tanaguchi und gab seinem Partner Calvin Potts einen Kuß, worauf dieser ihn wütend von sich stieß.

»... und ich überlege mir schon die ganze Zeit, ob ich mir nicht diesen jungen Falken kaufen soll«, erzählte Roscoe Rules Harold

Bloomguard. »Weißt du, ich lebe auf dem Land draußen, unter lauter anständigen Leuten. Da hätte ich sogar ausreichend Platz für einen Adler. Ich könnte ihn abrichten, auf Befehl zu töten. Scheiße, wie viele Leute gibt es schon, die einen Jagdfalken haben?«

»Der letzte Typ, von dem ich weiß, war Wilhelm der Eroberer«, warf Baxter Slate ein.

»Das wäre wirklich toll!« sinnierte Roscoe. »Einen eigenen Killervogel!«

»Du könntest ihn aus der bloßen Hand mit rohem Fleisch füttern«, meinte Baxter Slate.

»Klar!« nickte Roscoe.

»Und um Geld zu sparen, könntest du ihn abrichten, über den Kindergarten zu fliegen und die Kleinen zu schlagen«, schlug Baxter Slate weiter vor.

»Du weißt ja, daß ich dich noch nie ausstehen konnte, Slate«, grunzte Roscoe Rules bitter und verstummte.

»Roscoes Stahlplatte muß mal ein bißchen aufpoliert werden«, spöttelte Spencer.

»Willst du damit etwa sagen, daß Roscoe Rules in die Klapsmühle gehört?« erkundigte sich Harold Bloomguard, dem die Vorstellung, jemand anderer könnte gemeinsam eines Tages dort mit ihm landen, sichtlich Befriedigung verschaffte.

»Was willst du damit sagen? Was willst du damit sagen?« sprudelte Wasmeinstdu-Dean hervor. Er saß immer noch gegen denselben Baum gelehnt, ein Haufen Knochen in seinem Schoß, eine halbleere Flasche Bourbon gegen die Brust gepreßt.

»Ich finde das ungerecht«, protestierte Pater Willie, der gerade mit Spencer van Moot ein rechtliches Problem diskutierte. »In diesen ungesetzlichen Sexfällen *kann* ein dreizehnjähriger Junge im Gegensatz zu den früheren Vergewaltigungsstatuten, als das noch nicht ging, eingelocht werden. Wem macht das Ganze schließlich mehr Spaß; dem Ohr, das gekratzt wird, oder dem kratzenden Finger?«

»Wenn sie es ins Ohr machen, dann verdienen diese perversen Schweine gar nichts anderes, als eingelocht zu werden!« rief Carolina Moon dazwischen, während sie Spermwhale Whalen zu Boden warf und mit Küssen bedeckte.

»Ich würde alles darum geben, diese Szene auf Zelluloid bannen zu können!« kreischte Francis Tanaguchi.

»Du weißt ganz genau, daß sie vor anderen Leuten absolut nichts machen würde. Sie knutschen doch nur rum«, meinte Ora Lee Tingle, während Spermwhale jeden Quadratzentimeter von Carolinas üppigem Körper genüßlich durchknetete.

»Überhaupt würde ich gern wissen, weshalb ein Japse keine Kamera hat?« bemerkte Roscoe argwöhnisch. »Vielleicht ist Francis in Wirklichkeit ein Chinese. Und ein Kommunist noch dazu.«

»Ich bin Mexikaner, und du kannst dich selbst am Arsch kratzen«, konterte Francis Tanaguchi.

»Ich werde dir gleich die Soutane vom Leib reißen, Padre«, kicherte Ora Lee, als Pater Willie nach ihr grapschte.

»Wenn hier jemandem etwas vom Leib gerissen wird, dann mir, Spermy!« juchzte Carolina, als Spermwhale sie für einen Moment zu Atem kommen ließ.

In diesem Augenblick stolperte Harold Bloomguard ein paar Schritte ins Dunkel davon, um sich zu übergeben. Unter dem johlenden Beifall der versammelten Mannschaft trottete er daraufhin geknickt zum Ententeich und wusch sich mit dem schmutzigen Wasser das Gesicht.

»... und dieser Kerl pocht also auf seine Rechte, als ich ihn verhafte«, erzählte Roscoe Rules Wasmeinstdu-Dean, der nicht die entfernteste Ahnung hatte, wovon Roscoe eigentlich sprach. »Worauf ich sage: ›Du kannst deine Rechte schon haben, du Arschloch, und 'ne anständige Linke noch dazu! Peng! Pow! Klatsch!‹«

Während nun Spencer van Moot in der Regel nur Pater Willie etwas vorjammerte, wenn er nüchtern war, klagte er in seinem Suff inzwischen jedem Chorknaben, der es hören wollte, sein Leid.

»Die miese, verkommene Schlampe, die nebenan wohnt...«

»Paß lieber auf, was du sagst«, drohte Spermwhale Whalen, der in ein paar Metern Entfernung im Dunkel leidenschaftlich mit Carolina Moon herumknutschte, während Francis Tanaguchi grinsend neben ihm auf dem Boden kniete.

»Tut mir leid, Spermwhale, tut mir leid, Mädels«, rülpste Spencer und nahm rasch ein paar Schluck Bier. »Jedenfalls, dieses Miststück trägt immer diese kurzen Shorts, und dann kommt sie ständig in den Garten, wenn ich gerade auf allen vieren rumkrieche, um am Zaun den Rasen zu schneiden. Nach drei Monaten knie ich also schließlich wieder mal da, und als ich aufschaue, was glaubt ihr, was ich da plötzlich vor Augen habe? Ihr Mäuschen! Und mir geht natürlich das Messer in der Hose auf!«

»Hast du 'nen Blauadrigen gekriegt?« wollte Pater Willie wissen.

»Einen gottverdammten Diamantenschneider hab' ich gekriegt!« verkündete Spencer van Moot, und Ora Lee Tingle kicherte: »Oh, das ist aber geil, Spencer!« Und im nächsten Augenblick stürzte sie auch schon rücklings ins Gras, da Francis Tanaguchi sich auf sie warf und sie mit Küssen überhäufte.

»Warum trägst du eigentlich immer diese tuntigen schicken Klamotten, Spencer?« wollte Roscoe wissen, dessen gute Laune plötzlich wieder umschlug. »Und wieso läßt du dir in deinem Alter noch diese Küß-mich-Frisuren verpassen?«

»Laßt mich doch erst mal meine Geschichte zu Ende erzählen, verdammt noch mal.«

»Spencer ist so modebewußt, daß er Unterhosen mit Bügelfalten trägt«, bemerkte Harold Bloomguard, der sich nur noch mit Hilfe eines Weidenasts auf den Beinen halten konnte.

»Wieso sollen wir in ein Motel?« fragte Ora Lee Roscoe, der ihr etwas ins Ohr flüsterte. »Du bringst es doch auch in 'ner Klokabine für zehn Cent, du alter Geizkragen, du.«

»Na ja«, fuhr Spencer in seiner Erzählung fort, »meine Nachbarin sieht also meinen Diamantenschneider und rennt ins Haus zurück. Und ich sage, rennt. Und das alles, nachdem sie so ungefähr alles gemacht hat, außer mich damit auch noch an der Nase zu kitzeln. Sie rennt also ins Haus und ruft meine Frau an, um ihr zu sagen, ich würde ihr im Garten ständig hinterherstarren und hätte dabei 'nen Steifen.«

»Wahrscheinlich auch so 'ne Scheißemanze«, grunzte Roscoe Rules. »Diese miesen Fotzen heutzutage sind doch alle gleich. Dabei wollen sie doch alle bloß mal 'ne ordentliche Ladung verpaßt kriegen.«

»Dann bist aber du sicher nicht der Richtige, Roscoe, du mieser Chauvi!« forderte ihn Carolina Moon heraus, als sie gerade wieder einmal Gelegenheit fand, Luft zu holen. Spermwhale Whalen sah sich um und stellte fest, daß er alles doppelt sah. Daraufhin wurde ihm schwindlig, und er stolperte mühsam in die Büsche davon, um Wasser zu lassen.

»Wer hat denn dich um deine Meinung gefragt? Bist du vielleicht auch so 'ne Emanze?« konterte Roscoe Rules.

»Ich *weiß*, daß du in dieser Hinsicht nicht gerade viel zu bieten hast«, beharrte Carolina und nahm einen Schluck von Calvins Flasche. »Wenn du mit 'nem Steifen gegen 'ne Wand rennst, brichst du dir nur die Nase.«

Zum Glück kam Spermwhale Whalen rechtzeitig zurück, um zu verhindern, daß diese nette kleine Unterhaltung ausartete. Er blieb drohend über Roscoe Rules stehen und brachte den fiesesten aller Chorknaben allein durch seine körperliche Präsenz zum Schweigen. Und den Rest gab er Roscoe dann noch, als er ihn anschnauzte: »Weshalb läßt du die Damen nicht in Ruhe? Wenn du mit deinem verkniffenen Mund so rumhockst, siehst du ja selbst aus wie 'n punktierter Arsch.«

»Ja, das macht dich häßlich, Roscoe«, stimmte Ora Lee ihm zu. »Wenn du besoffen bist, siehst du noch häßlicher aus als sonst.«

»Das brauche ich mir nicht gefallen zu lassen«, zischte Roscoe Rules erbost und rappelte sich auf, um in Richtung Ententeich loszustolpern, wo er eine Ente zu finden hoffte, der er einen ordentlichen Pferdekuß verpassen konnte.

»Er sieht dann so häßlich aus, daß man meinen könnte, er sei aus dem Buckel von Quasimodo geschnitzt worden«, bemerkte Spencer van Moot.

»Hey, renn nicht weg, Roscoe!« brüllte ihm Carolina hinterher. »Bei jeder Singstunde brauchen sie 'nen Sopran!«

»Jetzt treib's nicht auf die Spitze«, flüsterte Spermwhale dem pummeligen Mädchen ins Ohr und verhalf ihr dann mit ein paar Küssen auf den Hals zu einem heftigen Anfall von Leidenschaft. Sie nahmen ihre endlose Knutscherei wieder auf und rollten über den Boden, daß die Erde unter dem Ohr von Francis Tanaguchi erzitterte, der sich nichts sehnlicher wünschte, als daß sich diese beiden Urtiere endlich einmal vor seinen Augen paaren würden.

In diesem Augenblick wanderte ein Schwuler mit Sandalen, langem Haar und Bart mit neugierigen Blicken an der bizarren Gruppe vorbei.

Die Chorknaben bewunderten seine biblische Erscheinung, und Sam Niles bemerkte: »Glaubt ihr, er wird uns mit in den Himmel nehmen?«

»Ich würde auch gern mal die Sonnenseiten des Lebens genießen«, meinte Pater Willie, der sich den Kopf zerbrach, wie er endlich Carolina Moon von Spermwhale Whalen weglocken könnte.

»Ich kann nur sagen, daß ich zu Hause wie ein Hund behandelt werde«, jammerte Spencer van Moot, wieder auf sein Lieblingsthema zurückkommend.

»Jedes Mal, wenn sie es einem heimzahlen wollen, dann verweigern sie sich einfach im Bett«, stimmte Pater Willie zu, wobei ihn plötzlich eine schreckliche Vision von einer pummeligen Zeugin Jehovas überkam, die ihn sah, wie er betrunken mit Ora Lee Tingles Schenkel spielte.

»Na ja, was soll's?« zuckte Spencer van Moot mit den Achseln. »Die drei Dinge, die in der Welt am meisten überschätzt werden, sind die eigene Küche, die eigene Möse und das FBI.«

»Weißt du eigentlich, Spermy, daß du in deiner Nase mehr Haare hast als auf deinem Kopf«, ertönte Carolinas Stimme aus dem Dunkel, wo sie sich mit Spermwhale und Francis Tanaguchi herumwälzte.

»Welch ein Dialog! Welch ein Dialog! Ich könnte einen Star aus dir machen, Mädchen!« schwärmte Francis. »Antworte ihr irgendwas, Spermwhale! Sag was Romantisches!«

»Na gut. Ich bete dich an, mein Schatz«, himmelte Spermwhale das stöhnende Mädchen an. »Dein Arsch ist so elastisch wie ein aufblasbares Floß.«

»Und ich liebe *dich*, Ora Lee«, platzte Francis Tanaguchi plötzlich heraus und rannte auf die andere Bedienung zu, um ihr mit den Fingern durch ihre auftoupierte Frisur zu fahren, was angesichts der halben Dose Haarfestiger, die ihrer Frisur Halt verlieh, gar nicht so einfach war.

»Ach, du bist doch nur besoffen, du süßer kleiner Scheißbolzen.«

»Nein, das stimmt nicht! Ich liebe dich! Ja, ich liebe dich!« verkündete Francis im Brustton der Überzeugung. »Wenn du dir 'ne Hysterektomie machen ließest und die Zähne ziehen und dazu noch einen Schnapsladen hättest, dann schwöre ich, ich würde dich auf der Stelle heiraten!«

»Vielen Dank, Kleiner«, stieß die Bedienung Francis angewidert von sich. »Du hast diese Liebesszene ja wirklich abgewickelt wie ein echter Profi – Prophylaktiker, meine ich eher.«

In diesem Augenblick stieß der bärtige Gnom mit dem asketischen Gesicht, dem schulterlangen Haar und den Sandalen unten am Teich auf Roscoe Rules, der gerade versuchte, eine Ente aus dem Wasser zu locken, um ihr einen Stein auf den Kopf hauen und sie ersäufen zu können.

»Hallo«, grüßte ihn der Ersatzchristus.

»Herr im Himmel«, entfuhr es Roscoe Rules, wobei diese Titulierung gar nicht so unangebracht war.

»Gehören Sie zu den anderen dort drüben?« fragte der Bärtige und beugte sich zum Wasser hinab, um mit seinen Händen etwas davon zu schöpfen.

»Ja. Wer zum Teufel sind Sie denn – Johannes der Täufer?«

Ohne auf diese Bemerkung einzugehen, sagte der junge Mann: »Schlafen Sie eigentlich mit diesen Frauen tatsächlich hier im Park?«

»Nee, in der Möse«, erwiderte Roscoe. »Und jetzt verpiß dich mal lieber, Johannes, bevor ich deinen Scheißkopf Salome präsentiere.«

Indessen pflasterte Pater Willie gerade seinen Weg zur Hölle. Er hatte sich nämlich Hemd und Schuhe ausgezogen und Ora Lee gefragt, ob sie was gegen einen kleinen Spaziergang durch den Park mit ihm hätte. Harold Bloomguard komponierte währenddessen ein Lied mit dem Titel »Ich hab' mein Herz in Titty City verloren.«

»Zieh lieber dein Hemd wieder an, Padre«, riet ihm sein Partner Spencer van Moot. »Ich muß allmählich wirklich aufhören, dich ständig mit diesen Weinbrandkirchen vollzustopfen. Langsam siehst du aus wie ein Basketball.«

»Wie geht's deiner *como se llama* gerade, Ora Lee?« erkundigte sich Francis, während er ihr gerade einen Finger unter ihr Rüschenhöschen zu schieben versuchte, was Ora Lee allerdings mit einem kräftigen Griff an seine Hoden beantwortete, der Francis vor Schmerz laut aufschreien ließ.

»Na, wie findest du's, als Sexualobjekt behandelt zu werden, hm?« grinste das Mädchen.

»Siehst du, du bist gar kein richtiger Mexikaner!« brüllte der hemdlose Pater Willie, der, offensichtlich auf der Suche nach Zorres, durch die Gegend stolperte. »Du bist nicht mal ein Japse! Ein richtiger Mexikaner wie General Zapata würde so einen kleinen Schmerz erdulden, ohne auch nur mit der Wimper zu zucken.«

»Möchte mal sehen, was du machen würdest, wenn dir diese Elchkuh die Eier zerquetschen würde?« stöhnte der außer Gefecht gesetzte Chorknabe und hielt sich den Unterleib.

»Wer ist hier eine Elchkuh?« funkelte Ora Lee Tingle Francis an. »Sag so was noch mal, und ich hau' dir dermaßen die Hucke voll, daß du denkst, du wärst mitten in 'nen Bandenkrieg geraten!«

»Carolina nimmt noch ein bißchen zu«, bemerkte Baxter Slate. Er saß neben Sam Niles, mit dem er sich gemeinsam bewußtlos zu trinken versuchte.

»Vielleicht ist sie auch nur schwanger«, meinte Sam.

»Was willst du damit sagen, Sam? Was willst du damit sagen?« jammerte Wasmeinstdu-Dean, um jedoch sofort wieder zu verstummen, als Baxter ihm eine Flasche Bourbon reichte.

»Falls sie schwanger ist, dann nehme ich sie, sobald ihre Milchdrüsen zu arbeiten anfangen«, meinte Spencer van Moot. »Bei dieser Inflation kann ich doch mit meinem Gehalt unmöglich meine ganze Familie durchbringen.«

»Das ist doch nur, weil du dein ganzes Geld für dieses modische Fummelzeug ausgibst, in dem du immer rumrennst! Und das in deinem Alter!« Die Stimme aus dem Dunkel gehörte Roscoe Rules, der es satt hatte zu warten, bis ihn jemand aufforderte, doch zu den anderen zurückzukommen.

Jetzt entfernte sich Francis Tanaguchi torkelnd von der Gruppe, und sie konnten ihn hören, wie er sich in einiger Entfernung übergab.

Und während die Party allmählich in ihr Endstadium eintrat, schlief Alexander Blaney, keine dreißig Meter entfernt, neben zwei Enten im Gras, während zu Hause seine Mutter still in ihre Kissen weinte und sich vorstellte, wie ihr Sohn gerade in der grausamen Umarmung eines tätowierten Matrosen in irgendeiner billigen Absteige im Hafen lag.

Gegen Ende dieser denkwürdigen Singstunde passierten nun ein paar gewöhnliche und ein paar ungewöhnliche Dinge.

Zu den gewöhnlichen gehörte es, daß Wasmeinstdu-Dean in einen Heulanfall nach dem anderen ausbrauch und jedes Mal, wenn jemand das Wort an ihn richtete, verzweifelt losschluchzte: »Was willst du damit sagen? Was willst du damit sagen?«

Ungewöhnlich war dagegen, daß Spermwhale seinen Diamantenschneider und die Kontrolle über seine sämtlichen Muskeln verlor. Er konnte nur noch gegen einen Baum gelehnt dasitzen und knurrte jeden böse an, der ihm nahe kam. Spermwhale, der größte, kräftigste und furchtloseste Chorknabe, war so betrunken, daß er so hilflos war wie die kleinen Enten ohne Wasser.

Zu den gewöhnlichen Vorkommnissen zählte außerdem, daß Roscoe Rules so fies wie ein tollwütiger Hund wurde, und da Sam Niles betrunken und Spermwhale Whalen völlig hilflos waren, schien im Augenblick niemand anwesend zu sein, der den jungen Polizisten hätte beruhigen können. Er stolperte voller eifersüchtiger Anschuldigungen gegen Carolina und Ora Lee durchs Gras, die offensichtlich nicht geneigt waren, an diesem Abend irgendwelchen Gelüsten zu willfahren, und schon gar nicht denen eines Fieslings wie Roscoe.

»Ihr Schweineficker!« polterte Roscoe Rules los. »Ihr rührt doch keinen an, der nicht oink, oink macht! 'nen anständigen Menschen seht ihr doch gar nicht erst mal an!«

Sam Niles, der sich stöhnend auf dem Bauch wälzte, sah auf und fuhr Roscoe an: »Wenn du dich nicht vorsiehst, wird das noch die Nacht, in der ich dich in den Lippengriff nehme und dir dein blödes Maul für immer schließe.«

»Na, komm schon und versuch's, Niles«, forderte ihn Roscoe heraus. »Du würdest doch nicht mal zusammen mit deinem Freund Slate mit mir fertig werden. Glaub ja nicht, ich wüßte nicht, daß ihr zwei Kiffer hin und wieder zur Enteninsel rübergeht und dort Hasch raucht. Ihr zwei könnt keinem was vormachen, bildet euch das bloß nicht ein!«

»Wer hat hier Hasch?« wollte Harold Bloomguard wissen. »Laß lieber das Gerede über Hasch, Harold«, warnte Pater Willie, während er versuchte, mit ein paar Schlägen ins Gesicht Spermwhales Lebensgeister wieder zu wecken, damit dieser Roscoe Rules wieder auf den Erdboden zurückhole.

»Du weißt ja, was ich dir gesagt habe, was passiert, falls einer von euch hier mal Hasch anschleppen sollte, Harold!« knurrte der außer Gefecht gesetzte Spermwhale. »Ich bin jetzt neunzehneinhalb Jahre bei der Polizei, hast du verstanden. Falls du hier mal Hasch anschleppen solltest und ich deshalb meine Pension verliere, obwohl ich nur noch ein halbes Jahr gehabt hätte, dann werde ich mir ein Kilo Hasch besorgen. Und das werde ich dir dann in den Arsch schieben und deinen Kopf in den Dreck stecken, und dann sollen sich diese Scheißenten mal ordentlich antörnen, indem sie die Körnchen aus deiner Scheiße picken! HAST DU MICH VERSTANDEN?«

»Ich hab' doch nur Spaß gemacht, Spermwhale«, schluckte Harold.

»Ich weiß jedenfalls, daß Slate und Niles, diese degenerierten Wichser, Hasch rauchen«, beharrte Roscoe Rules.

Und damit hatte Roscoe nicht einmal so unrecht. Baxter und Sam gingen tatsächlich hin und wieder auf die Enteninsel hinüber, um dort einer illegalen Droge zu frönen. Allerdings rauchten sie bei diesen Gelegenheiten kein Hasch. Baxter war mit einer Krankenschwester befreundet, die sich regelmäßig mit Pillen auf Trab brachte und auch Baxter hin und wieder von ihren Vorräten etwas zukommen ließ. Und so waren es kleine gelbe und rote Kapseln, die Baxter und Sam unten am Ententeich mit ihrem Schnaps hinunterspülten, wobei beide von den Risiken wußten, die damit verbunden waren, wenn man diese Pillen in alkoholisiertem Zustand nahm. Aber Baxter Slate schien die Barbiturate sogar *nur* dann einnehmen zu wollen, wenn er bereits reichlich getrunken hatte.

Roscoe ging jetzt auf Pater Willie zu, der gerade Ora Lee Tingle erzählte, wie hübsch sie wäre, während dem rundlichen Mädchen bereits der Kopf auf die Schulter sank.

Roscoe schniefte: »Mensch, Padre, diese Sau ohne Pariser zu fikken, ist ja, wie Rugby ohne Helm zu spielen. Ich hoffe nur, daß du den entsprechenden Schutz dabei hast.«

»Aber ich mag sie doch!« protestierte Pater Willie und rappelte sich kampflustig auf. »Besser als Frank Buck ist sie immer noch. Sag mir bloß nichts gegen Ora Lee.«

»Setz dich hin, du besoffenes Arschloch.« Roscoe Rules stieß den Padre wieder zu Boden, so daß dieser erschrocken aufschrie. »Hau bloß ab, Roscoe! Untersteh dich bloß, du blöder Streithammel!«

»Hey, Tanaguchi!« fuhr der eifersüchtige Roscoe jetzt Francis an, als er sah, wie dieser Carolinas ausladende Pobacken streichelte. »Ich hab' gehört, daß dieser griechische Barkeeper, mit dem Carolina mal zusammen war, sie immer von hinten gepackt hat.«

»Sonntags nie!« konterte Carolina, worauf Francis' ausgelassenes Kichern Roscoe nur noch mehr aufbrachte.

»Ihre Kiste ist doch so riesig, daß sie nicht mal deine Hand spüren würde, wenn du nicht gerade 'ne Armbanduhr dran hast«, stichelte Roscoe weiter.

»Das wirst gerade du wissen, Roscoe!« Carolina stieß Francis von sich, setzte sich auf und zog sich ihre Kleider wieder zurecht. »Und du wirst das auch nicht so schnell erfahren, weil mir nämlich Pater Willie erzählt hat, daß du einen Tripper hast!«

»Das habe ich nicht gesagt«, erhob Pater Willie Einspruch. »Ich hab' nur erzählt, wie wir damals im Daniel Freeman Hospital waren und du mit diesem Arzt über deine Beschwerden da unten gesprochen hast. Und er hat dann gefragt: ›Haben Sie Ausfluß, Officer?‹ Worauf du geantwortet hast: ›Ja, Euer Ehren.‹ Und dann bist du rot geworden, als der Doktor und ich lachen mußten. Meine Fresse, war das vielleicht komisch!«

Der Pater kugelte sich vor Lachen auf dem Boden, bis Roscoe sich drohend über ihm aufpflanzte und ihn anfuhr: »Padre, ich dachte, ich hätte dir ausdrücklich gesagt, diese Geschichte niemandem weiterzuerzählen.«

Das ernüchterte Pater Willie auf der Stelle und er entschuldigte sich: »Tut mir leid, Roscoe; das habe ich ganz vergessen. Aber es tut mir wirklich leid.«

»Eigentlich sollte ich dir dafür die Lichter einschlagen«, drohte Roscoe und seine Augen funkelten wie die einer Kobra.

»Es tut mir doch leid, Roscoe.«

»Ich sollte dir auf der Stelle die Milz punktieren.«

»Hört euch nur wieder dieses miese Arschloch an!« knurrte Spermwhale Whalen Roscoe an. Er versuchte sich an dem Baumstamm aufzurichten, damit er dem Padre zu Hilfe kommen konnte. Der aber schniefte nur: »Es tut mir doch leid, Roscoe. Wirklich.«

Damit zog nun auch er sich Spermwhales Haß zu, der ihn böse anknurrte: »Seht euch nur dieses miese Arschloch an!«

Carolina Moon hockte inzwischen neben der Kiste mit den Flaschen und stellte fest, daß kein Scotch mehr da war. Und da sie Angst hatte, Roscoe Rules würde nun die ganze Singstunde versauen, brach sie in große, betrunkene Tränen aus.

Spermwhale warf ihr einen kurzen Blick zu und bedachte auch sie mit einem: »Seht euch nun auch noch diese Fotze an!«

»Vielen Dank, Spermy«, schniefte Carolina. »Zumindest einer, der etwas für mich übrig hat.«

Plötzlich schaltete sich Wasmeinstdu-Dean ein: »Was soll das alles, Roscoe? Was soll das alles?«

»Ihr könnt alle miteinander verrecken«, fluchte Roscoe Rules. »Ihr seid doch alle nur ein Haufen mieser Säcke!«

Der Oberfiesling unter den Chorknaben packte eine Flasche Bourbon, im übrigen die letzte, und stakste in die Dunkelheit davon, um darüber nachzudenken, was er jedem einzelnen von ihnen am liebsten antun würde. Und während er so überlegte, nukkelte er an seinem Bourbon und fummelte gleichzeitig geistesabwesend an seinem Penis herum.

»Gebt mir 'nen Schluck Scotch«, bat Ora Lee Tingle, als ihr Kopf mit einem Mal wieder fester auf ihrem Hals saß.

»Es gibt keinen mehr«, erklärte ihr Carolina, die inzwischen zu weinen aufgehört hatte und sich wieder besser fühlte, da Roscoe verschwunden war.

»Dann will ich 'ne Flasche Bier«, verlangte Ora Lee Tingle, während Francis Tanaguchi zum Ententeich hinunterrannte und seinen Kopf in das kühle Wasser hielt, um nicht das Ende der Singstunde zu verpassen, indem er wie sein Partner Calvin Potts einschlief, der neben einem von Ora Lees massigen Schenkeln friedlich schnarchte.

»Wäre schön, wenn wir jetzt 'ne Stereoanlage hierhätten«, meinte Spencer van Moot, der, wie eine Mumie in seine Decke gewickelt, so daß nur noch der Kopf herausschaute, im Gras lag. »Ich bin schon ein paar Jährchen älter als ihr. Ich würde jetzt gern ein paar alte Schlager hören.«

»Ich bin sogar älter als der Herr im Himmel persönlich«, grunzte Spermwhale unter seinem Baum hervor. Inzwischen konnte er zumindest wieder seine Finger und Zehen bewegen.

»Ich bin schon ganz schön alt«, ließ sich Spencer durch Spermwhales Zwischenruf nicht beirren. »Und ich habe gewisse Dinge noch selbst erlebt, die ihr nur aus Filmen kennt. Wie zum Beispiel die Big-Bands. Als ich jung war, gab es die noch massenweise. Das waren vielleicht Zeiten. Meine Fresse, ich habe die High-School 1952 absolviert. Stellt euch das mal vor.«

»1952 habe ich schon Kulis abgeschlachtet«, brummte Spermwhale dazwischen. »Das soll jetzt nichts gegen dich sein, Francis, versteh mich nicht falsch. Und das war mein *zweiter* Krieg.«

»Wenn wir jetzt 'ne Anlage hätten, könnten wir auf dem Rasen tanzen«, schwärmte Spencer, seinen Erinnerungen nachhängend.

»Manchmal kannst du ja richtig reizend sein, Spencer«, krächzte Ora Lee Tingle, während sie auf Spencer zukroch und sich auf den in seine Decke eingewickelten Chorknaben legte, so daß dieser verzweifelt nach Luft schnappte.

»Ich hab' 'nen tragbaren Kassettenrecorder«, bot Harold Bloomguard an. »Allerdings sind die Lautsprecher nichts Besonderes.«

Spencer van Moot stieg inzwischen unter Ora Lees Last sein Mageninhalt im Hals hoch, so daß diese plötzlich überraschend schnell aufsprang. »Mein Bulle kocht über«, schrie sie und brach in ein hysterisches Gelächter aus.

In diesem Augenblick kam Roscoe Rules wieder zurückgestolpert. Die Flasche Bourbon in seiner Hand war noch zu zwei Dritteln voll. »Soll ich dir mal sagen, was du bist, du dicktittige Fotze. Du bist doch nur 'n Polizeigroupie! Eine Bullenlutscherin!«

Dann machte Roscoe wieder kehrt und taumelte zum Ententeich

zurück, wo Spencer van Moot gerade seine vollgekotzte Decke zu waschen versuchte. Roscoe blieb nur für einen kurzen Moment neben Baxter Slates Decke stehen und bückte sich rasch nach dessen Wagenschlüsseln, und als er sich vergewissert hatte, daß ihn niemand beobachtete, schleuderte er sie in den Teich hinaus.

Und dann zeigte Carolina Moon, was sie alles konnte. In Sekundenschnelle überwältigte sie Francis Tanaguchi, indem sie ihm einen Polizeigriff anlegte, den ihr Spermwhale beigebracht hatte, falls ihr einmal ein Gast in der Bar, in der sie arbeitete, dumm kommen sollte. Unter dem Beifall der restlichen Chorknaben zwang Carolina dann den stöhnenden Japaner, sich nach vorn zu beugen, bis sein Kopf den Boden berührte und ihm sein LAPD-Basketballtrikot übers Gesicht rutschte. Als nächstes packte sie ihn an den weiten Aufschlägen seiner verwaschenen weißen Jeans und zerrte seine Beine in die Höhe.

»Weiter so, Carolina! Weiter so!« feuerte Pater Willie Wright sie an.

Und während nun das üppige Mädchen den Kopf des fassungslosen Chorknaben gegen ihren gut gepolsterten Bauch preßte, fiel aus Francis' Hosentaschen neben ein paar Münzen, Schlüsseln und einem Kamm auch eine Packung Kondome. Der Anblick der letzteren veranlaßte Carolina Moon, Francis auf der Stelle loszulassen, so daß er schmerzhaft zu Boden krachte.

»Gummis!« stieß eine schwitzende Carolina ungläubig hervor. »Gummis! Hast du das gesehen, Ora Lee, dieser Mickerling schleppt Gummis mit sich rum!«

»Buuuuh! Buuuuh! Nieder mit diesem Pseudo-Pancho Villa!« schmetterte Pater Willie los.

»So denkst du also von uns!« erboste sich Carolina Moon. »Das ist es also, was du von uns denkst! Wir sollten dir die Dinger doch glatt über den Kopf ziehen, du mieser kleiner Scheißjapse!«

»Black Jack Pershing hätte es diesen tuntigen Mexikanern wie Francis schon gezeigt!« brüllte Roscoe Rules aus seinem Exil im Dunkeln.

»Ich werde nicht vergessen, wie ich Carolina Moon zum erstenmal gesehen habe«, schwärmte Spencer van Moot romantisch, als er, nach Kotze und abgestandenem Wasser stinkend, vom Ententeich zurückgestolpert kam und Carolina mit seinem Duft in die Flucht schlug.

»Sie war damals noch jünger und einfach entzückend«, rülpste

Spencer feucht, so daß es schon alle mit der Angst zu tun bekamen. »Das war noch vor eurer Zeit, Jungs, und ich war damals noch ein junger Bulle, und dieses Prachtmädel mit Titten wie Volleybällen kommt auf meinen Streifenwagen zu, als wir gerade in diesem Drive-in an der La Brea Pause machten, und sie schaut mir direkt in die Augen und sagt: ›So was, dabei hätte ich gedacht, ich hätte schon jedem Beamten der Wilshire einen geblasen.‹ Und von diesem Augenblick an war mir die gute Carolina einfach ans Herz gewachsen.«

Mit einem schüchternen Lächeln erwiderte Carolina: »Spence, Schätzchen, du bist einfach lieb. Aber wieso gehst du jetzt nicht lieber zu deiner Frau und deinen Kleinen nach Hause. Ich finde, du bist schon längst überreif.«

Spencer warf seine Decke wie eine Toga um sich, leerte eine Dose warmes Bier, die er irgendwo im Gras aufgespürt hatte, und ließ neuerlich einen beängstigenden Rülpser los. Seine Augen schimmerten feucht, und sein schmaler, blonder Schnurrbart zuckte leicht, als er in tiefen Zügen die kühle Nachtluft einsog, zu dem großen Stern in dem smogbedeckten Himmel aufblickte und sich nach seiner verlorenen Jugend zurücksehnte.

»Verdammte Scheiße, Spencer stinkt ja wie die Pest«, beschwerte sich Calvin Potts. »Wir sollten vielleicht lieber schon mal den Leichenbeschauer holen.«

»Wirklich eindrucksvoll, Spencer. Du siehst aus wie Mark Aurel«, bemerkte Baxter mit einem Grinsen. Nachdem er eine Stunde im Gras gedöst hatte, wirkte er nun wieder bemerkenswert frisch. »Du sehnst dich nach den Zeiten zurück, als wir uns noch nicht vorstellen konnten, daß wir irgend etwas nicht schaffen würden. Als wir noch nicht glaubten, wir würden je sterben! Als wir noch *jung* waren.«

»Ich hab' dich schon gehört, Slate«, ertönte eine schwerfällige Stimme aus dem Dunkel. »Fang also bloß nicht wieder mit diesem tuntigen Gesabber an. Und bilde dir bloß nicht ein, du könntest dich mit Niles davonstehlen, um Hasch zu rauchen. Ich paß' schon auf dich auf!«

»Aber wer paßt auf die Aufpasser auf, Roscoe?« brüllte Baxter zurück.

»Wer hat das gesagt?« schrie Roscoe, der mit einem Male die einzelnen Stimmen nicht mehr auseinanderhalten konnte.

»Juvenal«, erwiderte Baxter grinsend.

»Was?« schnappte Roscoe, zusehends verwirrt.

»Jetzt ist es Zeit zu trinken! Das stammt von Horaz, Roscoe«, brüllte Baxter wieder zurück.

»Horaz! Horaz!« lallte Roscoe. »Ich habe bisher noch keinen Polizisten kennengelernt, der so heißt. Das ist sicher wieder einer von deinen schwulen Freunden, was?«

Und mit seiner Flasche Bourbon – inzwischen zu drei Vierteln leer – fand Roscoe es nun an der Zeit, Baxter Slate seine tuntigen Lichter ein für allemal einzudreschen. Aber er mußte feststellen, daß seine Beine den Dienst versagten, und er fiel auf den Bauch, um ein paarmal schwer zu keuchen und dann sofort in tiefen Schlaf zu verfallen.

»Ja, das waren noch Zeiten, Spencer«, ließ sich nun Carolina Moon von Spencers Nostalgie anstecken. »Damals waren wir noch zwei ganz schön wilde Fohlen, Ora Lee und ich. Weißt du noch, wie wir damals gesagt haben, wir täten mehr für das Wohl der Polizeibeamten als die gesamte Los Angeles Police Relief Association?« wandte Carolina sich an ihre etwas ältere Freundin, die jedoch inzwischen laut schnarchend im Gras lag.

Achselzuckend fuhr Carolina fort: »Und als sie dann auf alle Polizeiautos den Slogan ›Wir schützen und dienen‹ klebten, haben wir uns auch so 'n Ding auf unseren Pontiac geklebt. Und das völlig zu Recht. Ora Lee und ich haben uns nämlich mal ausgerechnet, daß wir sicher mehr Polizisten geblasen haben als die gesamte Polizistenfrauen-Vereinigung.«

»Unmöglich!« erhob Harold Bloomguard Einspruch.

»Aber es stimmt«, entgegnete Carolina. »Es gibt in dieser Stadt siebentausend Polizisten, oder nicht? Und ich möchte wetten, daß darunter keine fünfhundert sind, die diesem Verein angehören. Oder habe ich etwa nicht recht, Spencer?«

»Doch, doch«, bestätigte ihr Spencer, dem allmählich der Geruch seiner Toga selbst etwas unangenehm wurde.

»Die meisten von denen sind doch richtige Damen, oder etwa nicht, Spencer? Die haben also im Höchstfall ein, zwei Polizisten mal geblasen?« fuhr Carolina mit ihrem Rechenexempel fort.

»Nee, auf keinen Fall mehr«, nickte Spencer van Moot.

»Meine Frau hat das nicht ein einziges Mal gemacht«, warf Pater Willie Wright ein. »Was mit zu meinen Problemen beiträgt.«

»Seht ihr.« Carolina wandte sich an die versammelte Gemeinde. »Das heißt also, daß sie insgesamt auf höchstens achthundert kommen könnten. Meine Güte, und Ora Lee und ich haben ja allein in dem Sommer, in dem wir immer in der Nähe der Seventy-seventh-Station rumgehangen haben, mehr geschafft!«

»Da unten arbeiten allerdings auch wirklich 'ne Menge Typen«, pflichtete ihr Spencer bei.

Und so kamen sie schließlich überein, daß die zwei Mädchen auf jeden Fall der gesamten Polizistenfrauen-Vereinigung den Rang abgelaufen hatten. Während sich die Mädchen nun zu überlegen begannen, ob sie ihren Erfolgen in dieser Nacht nicht noch ein paar weitere hinzufügen sollten, kam Francis Tanaguchi vom Ententeich zurückgestolpert.

»Kommt und seht mal, was ich gemacht habe!« kicherte der Witzbold unter den Chorknaben.

»Was meinst du? Was meinst du?« wollte Wasmeinstdu-Dean wissen.

»Aber doch nicht ausgerechnet jetzt«, flehte Spencer van Moot mit einem begehrlichen Seitenblick auf Carolina Moon.

»Jetzt sofort!« drängte Francis Tanaguchi und schüttelte alle Chorknaben wach.

»Was soll das alles? Was soll das alles?« wimmerte Wasmeinstdu-Dean.

Carolina rappelte sich auf und stolperte hinter Francis her. Und auch alle anderen Chorknaben, einschließlich Spermwhales, gingen oder krochen auf den Ententeich zu, wo Roscoe Rules, auf dem Rücken liegend, friedlich schnarchte, während aus seinem Hosenschlitz eine große, weiße Ente hervorlugte.

»Meine Fresse!« entfuhr es Baxter Slate.

»Wie hast du das denn geschafft, Francis?« wollte Sam Niles wissen, der für einen Moment dermaßen beeindruckt war, daß er seine notorische Langeweile vergaß.

»Das ist ja wirklich 'n Ding!« murmelte Spermwhale Whalen anerkennend, als er es schließlich doch noch geschafft hatte, wie ein Riesenbaby auf seinen zwei Beinen zu stehen.

»Ich habe einfach 'ne Brotkrumenspur vom Wasser zu Roscoes Hosenschlitz gelegt«, kicherte Francis Tanaguchi. »Dann habe ich ihn aufgeknöpft und ihm ein paar hineingelegt.«

»Wenn er dich dabei erwischt hätte, hätte er sicher gesagt, das wäre ganz schön tuntig, so etwas zu machen«, bemerkte Pater Willie.

»Seht euch das mal an! Diese Ente bearbeitet Roscoe wirklich nicht schlecht«, erklärte Carolina Moon bewundernd, während sich die dicke weiße Ente zielstrebig zwischen Roscoes Beine vorarbeitete und nach den Brotkrumen suchte.

»Roscoe hätte sich wohl nie träumen lassen, daß er mal 'ne Ente vögelt«, meinte Spencer van Moot.

»Wach schon auf, Roscoe, du miese Fotze«, knurrte Spermwhale und warf eine leere Bierdose nach Roscoe. Das erschreckte natürlich die Ente, so daß sie aufgeregt zu flattern begann.

»Halt, nicht werfen! Du könntest die Ente treffen!« warnte Harold Bloomguard.

»Seht mal!« kreischte Calvin Potts. »Dieses Mistvieh kriegt seinen Schnabel nicht aus Roscoes Hose.«

Fasziniert beobachteten die Chorknaben, wie die Ente, deren Kopf sich im Schlitz von Roscoes Unterhose verheddert hatte, laut quakend wie wild mit den Flügeln um sich schlug. Und plötzlich wachte der fieseste aller Chorknaben, der Enten schon immer gehaßt und verabscheut hatte, auf, nur um eines dieser Geschöpfe seinen Unterleib bearbeiten zu sehen.

»Aaaaaaahhhhh!« brüllte Roscoe wie am Spieß, so daß davon sogar Alexander Blaney aufwachte, der auf der anderen Seite des Teichs friedlich im Gras geschlafen hatte.

Und dann rappelte sich der hoffnungslos betrunkene Chorknabe auf und begann, wie ein Verrückter im Kreis zu rennen. Dabei schrie er wie am Spieß und zerrte an der Ente, die in ihrer Panik ebenfalls aus vollem Hals quakte.

»Tut bloß der Ente nichts zuleide!« schrie Harold Bloomguard, während ein paar Chorknaben hinter Roscoe herstürzten, der in blindem Entsetzen auf den Ententeich zurannte und kopfüber hineinfiel.

»Er wird das arme Tier ersäufen!« jammerte Harold Bloomguard, während Pater Willie und Francis ins Wasser hinauswateten, um den Vogel zu retten.

Roscoe schlug wie wild um sich und erstickte fast in dem schlammigen Wasser. Schließlich schrie er in seiner Verzweiflung nach Spencer, der sich jedoch seine Achtzig-Dollar-Schuhe nicht naßmachen wollte.

Schließlich bekamen sie Roscoe zu fassen und zogen ihn aus dem Teich, und in diesem Augenblick verbiß sich die Ente in ihrer Verzweiflung mit aller Kraft in Roscoes linken Hoden. Roscoe brüllte vor Schmerz laut auf, riß sich los und rannte auf die Decken zu, wo er seine Schußwaffe, seine Brieftasche und seine Schlüssel deponiert hatte. Dabei fiel er über Ora Lee Tingle, die aufwachte und schläfrig den tropfnassen Mann anblinzelte, der vor ihr stand und zwischen dessen Beinen ein größerer, weißer Gegenstand wie wild um sich schlug. Das veranlaßte sie zu der Bemerkung: »Ich weiß zwar nicht, wer du bist, Schätzchen, aber trotzdem willkommen zur Singstunde!«

»Er wird ihr den Hals umdrehen!« schrie Harold Bloomguard, der mit ein paar anderen dem in Panik geratenen Roscoe Rules nachrannte, dem die Ente wie ein großes Pendel zwischen den Beinen hin- und herschwang.

Harold faßte in einem Hechtsprung Roscoes Knöchel, woraufhin mehrere Chorknaben ihm die Hose herunterzogen und die Ente aus seiner Unterhose befreiten. Dann entstand jedoch neuerlicher Aufruhr, als Roscoe Rules, bis auf Socken und Schuhe von der Hüfte abwärts völlig nackt, mit einem lauten Aufschrei auf seinen Revolver zustürzte. Aber dem kamen die anderen zuvor, indem sie sich vereint auf ihn warfen und unter sich begruben. Sam Niles brachte mit einem Hechtsprung Roscoes Knarre in Sicherheit und Pater Willie brüllte: »Handschellen! Hat jemand Handschellen dabei?«

»Ja, ich«, meldete sich Baxter Slate und rannte zu seinem Waffengürtel, der in seine Decke gewickelt war.

»Dort hinüber! Dort hinüber zu dem Baum!« kommandierte Spermwhale Whalen, als sie Roscoe Rules, der wie wild um sich trat und wie ein tollwütiger Hund nach den anderen Chorknaben schnappte, unter die große Ulme schleppten.

»Legt seine Arme um den Baum!« ordnete Spermwhale an, und dann umarmte Roscoe auch schon den Baumstamm, und die anderen ketteten seine Handgelenke zusammen.

»Ich bringe euch alle um!« kreischte Roscoe völlig außer sich. »Alle!«

»Mich nicht umbringen, Roscoe, ich bin doch dein Kumpel«, rülpste Pater Willie, aber der halbnackte Polizist trat nur mit seinem klatschnassen Schuh nach ihm.

»Hat dir die Ente weh getan, Roscoe?« fragte Carolina Moon tröstend.

»Ich bringe euch alle um, ihr Säcke!« heulte Roscoe, während er vor dem Baum kniete. Die Rinde rieb rauh gegen seine mitgenommenen Genitalien.

»Laßt ihn einfach für ein paar Minuten allein«, schlug Spermwhale Whalen vor. »Laßt ihn erst mal.«

»Diesmal ist er, glaube ich, wirklich sauer auf uns«, meinte Pater Willie, als sie zu den Decken zurückgingen, um die letzten Tropfen aus den leeren Flaschen zu nuckeln.

»Ich finde, wir sollten es uns zur Regel machen, daß bei den Singstunden keiner eine Waffe dabeihat«, gab Harold Bloomguard zu bedenken.

Während nun der an die Ulme gekettete Roscoe tobte und wütete, kehrten die Chorknaben an ihre Plätze zurück, da Carolina Moon ankündigte, sie würde sich mit ihrer Decke in die Büsche schlagen und eine Nummer schieben.

»Ich komme als erster dran!« rief Harold Bloomguard aufgeregt.

»Und dann ich!« meldete sich Spencer van Moot an.

»Wann ich drankomme, kann ich mir schon denken«, schmollte Pater Willie.

Aber Carolina Moon legte sich Spermwhale Whalens mächtigen Arm um die Schulter und stützte den riesigen Brocken von Mann auf dem Weg zu ihrem Nest, während Calvin Potts ihnen verärgert nachrief: »Paß nur auf, Spermwhale, daß du nicht in Liegestützposition abkratzst. In deinem Alter solltest du lieber mal etwas langsamer treten.«

Inzwischen war es vier Uhr früh. Alexander Blaney war nach Hause gegangen und versuchte eben, seiner nörgelnden Mutter klarzumachen, daß er völlig allein im MacArthur Park geschlafen und sich keineswegs mit einem tätowierten Seemann herumgetrieben hatte.

Im Park hatte sich indessen Ora Lee Tingle dazu entschlossen, Carolina Moons Beispiel zu folgen und öffentlich ihren Auserwählten bekannt zu geben.

»Ich möchte Wasmeinstdu-Dean«, verkündete sie.

»Wieso ausgerechnet den?« winselte Spencer van Moot. »Der kriegt doch nicht mal mehr mit, was wir hier reden.«

»Ihn oder keinen«, erklärte Ora Lee Tingle mit Bestimmtheit.

»Was willst du damit sagen? Was willst du damit sagen?« fragte Wasmeinstdu-Dean blöde, während die anderen Chorknaben ausgiebig fluchten und nervös im Kreis herumgingen.

»Ich werde jetzt jedenfalls meine Decke nehmen und mich damit in die Büsche schlagen, und wenn mir dabei jemand Gesellschaft leistet, dann Wasmeinstdu-Dean«, verkündete Ora Lee.

Daraufhin setzten sich die Chorknaben wieder und begannen, Wasmeinstdu-Dean an den Wangen zu tätscheln und seine Handgelenke und Knöchel zu massieren, während er sie nur mit einem besoffenen, treuherzigen, idiotischen Lächeln geistesabwesend anstarrte, das sie erschaudern ließ.

Und dies vor allem, nachdem Spermwhale Whalen aus den Büschen trat und verkündete: »Für heute abend wird's wohl bei Nummer eins bleiben.«

»Was meinst du? Was meinst du?« fragte Pater Willie, nicht Wasmeinstdu-Dean.

»Carolina ist hinüber. So alt bin ich wohl doch noch nicht, Jungs; was meint ihr? Am Ende überlebe ich euch junges Gemüse noch alle.«

»Na ja, ob hinüber oder nicht; ich bin jedenfalls als nächster dran«, winselte Spencer van Moot.

»Nein, das bist du nicht«, funkelte ihn Spermwhale Whalen bedrohlich an. »Wir sind doch keine Tiere, die sich an einem wehrlosen Mädchen vergreifen!«

Darauf erhob sich großes Heulen und Zähneknirschen im MacArthur Park, als verschiedene Chorknaben vergeblich auf Spermwhale Whalen einredeten, der jedoch für sie alle aufgrund seines Alters, seiner langen Jahre bei der Polizei, seiner Courage und seiner Fähigkeit, sie zu Matsch zu prügeln, eine unumstößliche Autorität darstellte.

»Was ist denn mit Ora Lee los? Sie ist doch wohl noch bei Bewußtsein, oder nicht?« warf Spermwhale ein.

»Ja, aber sie möchte als ersten Wasmeinstdu-Dean oder gar keinen«, jammerte Pater Willie, der langsam klang wie sein Partner Spencer van Moot.

»Ach so.« Spermwhale schüttelte traurig den Kopf, als er den sabbelnd im Gras sitzenden Chorknaben betrachtete, dem sein rotes Haar von Harold Bloomguard völlig zerzaust wurde, da dieser immer noch wie ein Verrückter seine Hand- und Fußgelenke massierte.

Dann setzte sich Francis Tanaguchi neben Wasmeinstdu-Dean und malte ihm in den leuchtendsten Farben aus, welch ungeheuren Dinge Ora Lee Tingle mit ihm anstellen würde, woraufhin Pater Willie aufgebracht losbrüllte: »Genau das hat mir die Drachenlady damals, in jener Nacht, versprochen, als sie mich angerufen hat, und woraufhin mir dann meine Frau ein blaues Auge verpaßt hat!

Jetzt *weiß* ich endlich, für wen diese feine Dame arbeitet, du gottloser, heidnischer kleiner Wichser, du!«

Und für einen Moment vergaß plötzlich jeder Ora Lee und sah statt dessen völlig verdutzt Pater Willie an, da er sich zum zweitenmal in seinem Leben einer absolut vulgären Sprechweise bedient hatte.

»Ich kann ja auch nichts dafür«, fuhr Pater Willie belämmert fort. »Jedenfalls hat mir noch nie jemand so übel mitgespielt wie damals.«

»Laßt mich mal versuchen«, erbot sich Calvin Potts. »Nachdem Dean kein normales Englisch mehr versteht, sollten wir vielleicht am besten so mit ihm reden wie mit diesen Nutten in Vietnam. Die konnten doch kein Wort Englisch, und irgendwie haben wir es doch immer geschafft, uns mit ihnen zu verständigen.«

Mehrere Chorknaben hießen diesen Vorschlag gut, so daß sich also Calvin vor den friedlichen Rotschopf kniete, dessen Gesicht von den Augenbrauen bis zum Kinn mit getrockneter Barbecuesauce verschmiert war, und probierte es mit Pidgin-Englisch. »Ora Lee wollen Bumm-Bumm. Sie viel gut. Ganze Zeit Bumm-Bumm. Viel gut. Du verstehen?«

Und Wasmeinstdu-Dean klatschte vergnügt in die Hände und kicherte.

»Meine Fresse, der blöde Kerl freut sich doch nur, daß sich jemand mit ihm abgibt«, schimpfte Spencer van Moot. »Das führt doch zu nichts. Dean ist doch kein Schlitzauge. Mit deinem Pidgin-Englisch kommst du auch nicht weiter.«

»Na, hast du vielleicht eine bessere Idee?« konterte Calvin.

»Ja, allerdings«, erwiderte Spender. »Ich hab' mir die Sache durch den Kopf gehen lassen. Er sitzt doch im Moment da, und seine Verfassung entspricht in etwa der eines Dreijährigen.«

»Ja, so in etwa«, stimmte ihm Harold Bloomguard zu.

»Also gut«, fuhr Spencer fort. »Es hätte wohl wenig Sinn, einem Dreijährigen zu erzählen, er sollte sich mal eben in die Büsche schlagen, um 'ne Nummer zu schieben, oder? Mit einem Dreijährigen muß man sprechen wie mit einem Dreijährigen.«

Spencer van Moot drängte Calvin Potts beiseite und hockte sich vor Wasmeinstdu-Dean auf den Boden. »Spencer hat eine tolle Überraschung für Deanie«, begann Spencer verzweifelt. »Ora Lee liebt Deanie. Ora Lee wird Deanie nehmen und wie einen Riiiiieeesenballon aufblasen!« Und Spencer van Moot zeichnete vor

Wasmeinstdu-Deans wäßrigen Augen einen riesigen, wurstförmigen Ballon in die Luft, während der dreijährige Polizist mit überkreuzten Beinen in seinem bekleckerten Bugs-Bunny-T-Shirt im Gras saß und, wie ein Baby vor Vergnügen quietschend, in die Hände klatschte.

»Ach du meine Güte«, bemerkte Harold Bloomguard grimmig, »der wird ja von Minute zu Minute jünger.«

»In ein paar Minuten wird er noch anfangen, zu drülen«, warf Pater Willie ein.

»Er muß unbedingt ein Bäuerchen machen«, warf Francis Tanaguchi ein.

»Das werden wir gleich haben. Weg da!« dröhnte Spermwhale Whalen, während er nach vorn gestolpert kam und sich neben den hoffnungslos betrunkenen Rotschopf ins Gras setzte, der inzwischen, das Gehirn mehr oder weniger Sülze, untätig seine Hände im Schoß verschränkt hielt.

»Gebt mir 'ne Dose Bier«, verlangte Spermwhale; Baxter Slate warf ihm eine zu. Unter den Blicken der anderen Chorknaben riß Spermwhale sie auf, tränkte ein Papiertaschentuch mit Bier und setzte sich vor Dean, um ihm die Barbecuesauce aus dem Gesicht zu waschen und die Haare aus der Stirn zu streichen; Wasmeinstdu-Dean ließ sich das auch widerstandslos gefallen.

Als der junge Mann schließlich wieder einigermaßen sauber war, wandte sich Spermwhale an ihn: »Jetzt hör mal gut zu, Deany. Hör mir gut zu, Kleiner. Ich bin's, dein Da Da. Spermwhale. Du erkennst mich doch, oder?«

Und Wasmeinstdu-Dean leckte sich glücklich die Lippen und schrie: »Bier! Bier!«

»Nein, nein«, schüttelte Spermwhale den Kopf. »Erst hörst du mir zu. Dann kannst du dein Bier haben. Verstanden?«

Wasmeinstdu-Dean sah kurz in die Runde und begann dann wie über einen obszönen Witz zu kichern.

»Also gut, Deany, mein Junge, wir sind ja nun schon 'ne ganze Weile Kumpel, und ich weiß, daß du Vertrauen zu dem alten Spermwhale hast. Hör mir also jetzt gut zu. Die Sache, die der Alkohol mit dir anstellt, daß du mehr oder weniger den Verstand einer Karotte hast, das ist doch auf keinen Fall gut für dich. Du mußt die Wirkung des Alkohols in den Griff kriegen. Ich mache das schon seit Jahren so. Weißt du noch, wie ich den Luftangriff auf Palm Springs geflogen habe, sturzbesoffen?«

Und Wasmeinstdu-Dean erfüllte ihre Herzen mit neuer Hoffnung, da er sie alle annickte.

»So ist es brav!« lobte ihn Spermwhale. »Du erinnerst dich also! Siehst du, ich weiß doch, daß du kapierst, was hier vor sich geht. Und jetzt konzentrier dich mal schön, ja? Und nun zu dem, was heute nacht hier passiert ist. Der gute alte Spermwhale hat die gute alte Carolina wieder einmal so hergevögelt, daß sie vor Erschöpfung glatt eingeschlafen ist. Das heißt, daß im Augenblick nur Ora Lee Tingle zur Verfügung steht. Aber nun stell dir mal vor. Sie will unbedingt mit dir als erstem eine Nummer schieben. Und das bedeutet, daß du jetzt schön hinter diese Büsche dort drüben gehst und Ora Lee zeigst, was für ein toller Kerl du bist. Und dann kommen vielleicht noch ein paar andere Kumpels zum Zug. Na, was hältst du davon?«

Aber Wasmeinstdu-Dean neigte nur seinen Kopf zur Seite und runzelte verständnislos seine Stirn, so daß die anderen neuerlich Furcht beschlich.

»Dann laß es mich dir einfacher erklären«, machte Spermwhale unbeirrt weiter. »Du brauchst nur da rüber und mit Ora Lee eine Nummer zu schieben; das ist alles. Also, du stehst jetzt schön auf und beweist den Jungs hier, daß du mehr als nur ein wurmiger Rettich bist. Du hörst jetzt schön auf den guten alten Spermwhale und gehst da rüber und vögelst Ora Lee die Socken von den Füßen. Klar?«

Der Kreis erwartungsvoller Gesichter schimmerte schweißüberströmt im Mondschein, und niemand wagte zu atmen, als der grienende Rotschopf nach Worten rang. Sie kamen und wichen wieder aus seinem Bewußtsein, und hin und wieder ergaben sie sogar einen Zusammenhang.

Schließlich sah er Spermwhale Whalen voll in die Augen und hob seine Hand zu den rosigen Backen des ältesten Chorknaben, um in völligem Ernst zu fragen: »Was meinst du, Spermwhale? Sag mir einfach, was du *meinst*?«

Und dann hämmerten acht Chorknaben – minus Roscoe Rules, der an einen Baum gekettet war, und Wasmeinstdu-Dean, der verwirrt in die Luft grinste – mit den Fäusten auf ihre eigenen Köpfe ein, kämpften mit Phantomen im Dunkeln, zeigten das Weiße ihrer Augen oder stöhnten herzerbärmlich.

Plötzlich sprang Spermwhale auf, packte Wasmeinstdu-Dean an seinem Gürtel und seinem Hemd und hob ihn einen Meter in die

Höhe, was Harold Bloomguard einen entsetzten Schrei entlockte: »Tu ihm nicht weh, Spermwhale!«

Und Baxter Slate schrie dazwischen: »Er kann doch nichts dafür, Spermwhale!«

Spencer van Moot brüllte: »Bring dieses Arschloch um!«

Und Wasmeinstdu-Dean brach in heftige Tränen aus und heulte: »Warum hacken schon wieder alle auf mir rum? Ich kapier' das einfach nicht! Ich kapier's nicht!«

Spermwhale Whalen trug den wimmernden Chorknaben in Richtung Büsche, wo Ora Lee Tingle ihre Decke ausgebreitet hatte, und warf den Rotschopf auf das dösende Mädchen. »Da!« bellte Spermwhale. »Du stupider, matschbirniger Trottel! Das ist es, WAS ICH MEINE!«

»Oh, hallo, Dean, mein Schatz«, murmelte Ora Lee im Erwachen und zog Dean an sich.

Der wimmernde Chorknabe wischte sich die Augen an seinem T-Shirt ab und blickte sich schniefend nach Spermwhale und den anderen um, um sich schließlich wieder dem Mädchen unter ihm zuzuwenden, das verführerisch mit der Zunge über ihre Lippen fuhr.

»Ach so!« platzte Wasmeinstdu-Dean heraus. »Ach so! Wieso habt ihr das nicht gleich gesagt? Jetzt kapiere ich.«

Und die Chorknaben seufzten einstimmig vor Erleichterung auf und stolperten zurück zu ihren Decken.

Währenddessen kam ein einundfünfzigjähriger, von Schlafstörungen geplagter Friseur, der in einem Hotel in der Alvarado Street wohnte, zu einem sehr frühen Morgenspaziergang durch die kühle, erfrischende Dunkelheit des MacArthur Park geschlendert und fand einen von der Hüfte abwärts nackten Mann vor, welcher, seine Arme um den Baumstamm geschlungen, vor einer Ulme saß. Der Name des Friseurs war Luther Quigly, und dies war der stimulierendste erotische Anblick, den er je gesehen hatte. Es war, als wären seine wildesten sexuellen Fantasien Wirklichkeit geworden.

»Mein Gott! Mein Gott!« flüsterte Luther Quigly.

»Wer ist da?« wollte Roscoe wissen.

»Oh!« entfuhr es Luther Quigly. »Oh!« Und der zierliche Friseur mit dem schütteren Haar lehnte sich an einen Eukalyptusbaum und hoffte, daß sein Herz sich wieder etwas beruhigen würde.

»Wer sind Sie?« fragte Roscoe, dessen Schultern und Rücken inzwischen schrecklich schmerzten.

»Das hängt ganz von Ihnen ab, wer Sie wollen, daß ich bin«, erwiderte Luther Quigly.

»Hören Sie, verdammt noch mal, gehen Sie rüber zum Ententeich. Dort liegen ein paar besoffene Kerle rum. Sehen Sie zu, daß Sie mir einen von denen hierher schaffen!«

»Wozu brauchen wir denn noch jemand anderen?« keuchte Luther Quigly. »Drei wären doch schon eine kleine Volksversammlung!«

»Verdammt noch mal, ich brauche aber jemanden. Ich bin an diesen Baum gekettet.«

»Gekettet!« juchzte Luther Quigly auf. Welch eine exquisite erotische Fantasie! Das konnte doch nicht wahr sein! Ein Mann, bis auf Hemd und Schuhe völlig nackt und an einen Baum *gekettet*!

»Allmächtiger!« seufzte Luther Quigly, und seine Knie zitterten immer mehr.

Roscoe wetzte um den Baum, wobei er den Stamm immer zwischen sich und dem Friseur hielt. »Bleib mir bloß vom Leib, du schwule Sau! Ich bring' dich um, wenn du mich anrührst. Hilf mir lieber. Ich punktier' dir sonst die Nieren! Und zermatsch' dir die Milz! SPERMWHALE!«

Dann hörte Luther Quigly rasch sich nähernde Schritte. Er sprang auf und rannte in Richtung Seventh Street davon, um nicht eher stehenzubleiben, als bis er zitternd in seinem Zimmer saß und überlegte, ob das Ganze nicht vielleicht doch nur Einbildung gewesen war. Schließlich gelangte er zu dem Schluß, daß es so gewesen war, und rief später seinen Therapeuten.

Die Chorknaben entschuldigten sich ausgiebig, als sie Roscoe Rules die Handschellen abnahmen und ihm seine feuchte Unterwäsche und Hose brachten.

»Wir haben dich wirklich völlig vergessen, Roscoe«, meinte Harold Bloomguard.

»Tut mir ehrlich leid, Kumpel«, brummte Spermwhale Whalen.

»Vergib uns, Roscoe, vergib uns«, flehte Pater Willie.

»Schuld war nur dieser Trottel von Dean«, schimpfte Spencer van Moot. »Wir waren so mit ihm beschäftigt, daß wir dich ganz vergessen haben, Roscoe.«

»Fehlt dir auch nichts, Mann?« erkundigte sich Calvin Potts. »Was ist mit deinen Handgelenken?«

Roscoe ließ sich nicht das Geringste anmerken, als er in seine Unterhose schlüpfte und seine Hose auswrang, um dann in die nassen Hosenbeine zu steigen und langsam zu seiner Decke zurückzugehen.

»Roscoe, warte doch mal 'nen Augenblick«, rief ihm Spermwhale nach, der als erster Verdacht schöpfte. Er versuchte, Roscoe zu überholen, während dieser schnurstracks auf seine Sachen zustrebte.

Aber es war bereits zu spät. Roscoe legte plötzlich einen irren Dreißig-Meter-Sprint ein, während Spermwhale brüllte: »DIE KNARRE!«

Wenige Augenblicke später rannte Roscoe mit seiner Magnum wieder auf die Chorknaben zu, die in alle Richtungen auseinanderstoben und verzweifelt Deckung suchten. Ringsum versagten Schließmuskeln und Blasen ihren Dienst, und Francis Tanaguchi glaubte bereits, der Tod wäre ihm gewiß, als drei Explosionen die Chorknaben fast betäubten, die am nächsten standen.

Harold Bloomguard blickte als erster wieder auf und sah Roscoe Rules wie von Sinnen in den Ententeich waten, wo er auf die ahnungslosen Enten losballerte, die, ihre Schnäbel unter die Flügel gesteckt, bis vor kurzem friedlich auf dem Wasser getrieben hatten, aber nun laut quakend und hektisch um sich schlagend um ihr Leben zu schwimmen oder zu fliegen versuchten, während laut gellende Schüsse zwischen ihnen aufblitzten. Nachdem Roscoe dann jedoch dreimal ein leeres Magazin abzufeuern versucht hatte, erwischte er schließlich eine unglückliche Ente am Kragen und versuchte, ihr mit dem Kolben seiner Magnum die Lichter einzuschlagen und sie an Land zu schleppen, um ihr die Leber zu punktieren.

»Haltet ihn auf!« kreischte Francis Tanaguchi.

»Nehmt ihm die Knarre weg!« brüllte Spermwhale Whalen.

»Rettet die Ente!« flehte Harold Bloomguard, während sich fünf Chorknaben auf Roscoe stürzten, ihm die Waffe entrissen und seinen Kopf zwanzig Sekunden lang unter Wasser tauchten.

Dann zerrten sie ihn und die Ente ans Ufer, wobei Roscoe brüllte: »Laßt mich los! Laßt mich los! Ich bring' diese Ente um! Das soll mir dieses Scheißvieh büßen!«

Und während sie den Hals der Ente aus Roscoes Händen wanden, ließ dieser eine Rechte und eine Linke los; erstere traf den Schnabel der zischenden Ente, zweitere das Auge von Spermwhale Whalen. Darauf wurde noch ein dritter Schlag ausgeteilt, diesmal allerdings von Spermwhale, und dieses Geschoß sollte Roscoe ein für allemal die Tollwut austreiben.

Die Singstunde nahm ein abruptes Ende, indem alle zu ihren Autos rannten und wegfuhren, falls jemand die Schüsse gehört hatte und die Polizei verständigte. Zu seinem Leidwesen konnte Roscoe Rules jedoch nicht verschwinden, da er feststellen mußte, daß es seine eigenen Schlüssel gewesen waren, die er in den Teich geworfen hatte. Noch bis Tagesanbruch mußte er in dem zähen Schlamm herumwaten und -wühlen.

Der endgültige Schlußstrich wurde schließlich von Ora Lee Tingle gezogen, als sie um fünf Uhr früh zusammen mit Carolina Moon halb bekleidet über den Rasen in Richtung Park View Street trottete.

Sie wandte sich noch einmal um und schrie: »Das war wirklich eine tolle Singstunde, Jungs! Und mach dir keine Sorgen, Roscoe, wir werden dich in Zukunft nicht mehr Entenficker nennen!«

13

Catullus

Es dauerte zwei Wochen, bis zum erstenmal nach dieser denkwürdigen Singstunde wieder davon die Rede war, in den MacArthur Park zu gehen. Roscoes Schießerei unter den Enten hatte sie doch alle etwas beunruhigt, und so hatten am nächsten Tag zehn Chorknaben und zwei Bedienungen die Zeitungen nach irgendeiner Meldung durchgesehen, ob im Park irgendwelche Personen durch Schüsse verletzt worden waren. Zum Glück stießen sie jedoch auf nichts dergleichen. Also kamen sie langsam wieder in Stimmung für eine Singstunde. Sie wurde für einen Donnerstagabend in den letzten Augusttagen einberufen. Harold Bloomguard wollte auf jeden Fall dafür sorgen, daß alle Teilnehmer ihre Schußwaffen in ihren Autos ließen.

»Es geht auf keinen Fall, daß noch einmal auf die armen Enten geschossen wird«, äußerte Harold den anderen gegenüber.

»Und wie wär's damit, auf Schwule zu ballern?« schlug Roscoe Rules vor.

»Ob du's glaubst oder nicht, aber ich finde es richtig schön, nach zwei Wochen bei der Sitte wieder in 'nem Streifenwagen zu sitzen«, sagte Sam Niles in der Dienstagnacht davor zu Harold Bloomguard.

»Mir sind diese stinkenden Klos langsam auch ganz schön zum Hals herausgehangen«, stimmte Harold ihm zu und pustete ein Spuckebläschen auf das Lenkrad.

Sam sank in seinem Sitz zusammen und beobachtete träge den Verkehr, der um diese nächtliche Stunde nicht sehr dicht war. Als Harold zwecks eines kleinen Schauplatzwechsels in Richtung Miracle Mile fuhr, hatte er nichts dagegen einzuwenden.

»Kannst du dich noch an die Nutte erinnern, die hier gewohnt hat?« fragte Sam, als sie an einem frisch gestrichenen Wohnblock vorbeifuhren.

»Ja, manchmal war es bei der Sitte ja auch ganz amüsant«, nickte Harold.

Und dann sagte Sam Niles etwas, was er noch zutiefst bereuen sollte: »Einfach so, fahr doch mal bei Gina Summers' Wohnung vorbei, direkt am Wilshire.«

»Wessen Wohnung?«

»Ach, diese Sadonutte, die ihre eigene Folterkammer hat und immer diese ganz speziellen Nummern bringt.«

»Ach ja«, meinte Harold. »Ich hab' die Alte ja nie gesehen. Aber ich kann mich noch erinnern, wie du und Baxter von ihr erzählt habt.«

»Willst du zusehen, wie sie sich heute abend am Fenster auszieht?« schlug Sam Niles vor. »Dann kannst du sie mal sehen. Titten hat die – wie Avocados.«

»Sehr gut!« stimmte Harold zu.

Als Harold vor dem Haus, in dem Gina Summers wohnte, an den Straßenrand fuhr und die Lichter ausschaltete, murmelte Sam Niles: »Ja, sie ist zu Hause. Siehst du dort oben in der Eckwohnung im sechsten Stock das Licht? Warten wir einfach mal 'ne Weile. Mal sehen, ob sie nicht gleich nackt vorm Fenster vorbeistolziert.«

»Zeit haben wir ja zur Genüge«, erwiderte Harold, seine Blicke auf das erleuchtete Fenster geheftet.

Nachdem sie jedoch fünf Minuten so gesessen hatten, wurde Harold ungeduldig und sagte: »Na?«

»Heute abend gibt's wohl nichts zu sehen. Fahren wir lieber wieder«, schlug Sam vor.

In eben diesem Augenblick trat Gina Summers, ein langes Stück Leder um den Hals geschlungen, ans Fenster. Sie knöpfte ihre Bluse auf und stand, das Lederband über die Schulter geworfen, bis zur Taille nackt da, als sie die Jalousien herunterließ.

»Nicht schlecht!« entfuhr es Harold Bloomguard.

»Harold, das war doch der Gürtel eines Mannes?« fragte Sam Niles seinen Partner.

»Es war ein langer, breiter Ledergürtel. Vielleicht benützt sie ihn auch als Peitsche!«

»Verdammt. Sie hat gerade einen Freier in der Wohnung.«

»Na und?«

»Na und? Weißt du denn nicht, daß Scuz Baxter und mich hier vier Nächte lang auf der Lauer hat liegen lassen, um diesem Luder endlich etwas anhängen zu können? Aber wir hatten nie auch nur annähernd Erfolg. Aber jetzt hat sie einen Freier in ihrer Wohnung. Und ihre Peitsche hat sie auch!«

»Na schön, aber wir arbeiten doch nicht mehr für die Sitte.«

»Polizeiarbeit ist doch Polizeiarbeit, oder nicht? Außerdem wird Scuz sich halb einen abbrechen, wenn zwei Uniformierte Gina Summers einsacken, obwohl seine Leute von der Sitte schon die ganze Zeit versuchen, sie zu schnappen.«

»Ach, laß doch, Sam«, winkte Harold ab. »Letztlich handelt es sich doch bei dem Ganzen nur um ein geringfügiges Vergehen, wie Scuz es immer ausgedrückt hat. Und außerdem, wie sollen wir uns in Uniform hier unauffällig auf die Lauer legen.«

»Probieren können wir's ja mal. Vielleicht bekommst du dann auch ihren nackten Arsch zu sehen, Harold.«

»Das ist was anderes. Los, gehen wir«, nickte Harold Bloomguard, worauf die beiden ihre Mützen und Taschenlampen nahmen und den Streifenwagen abschlossen.

»Aber wie wollen wir ihr überhaupt was anhängen?« wollte Harold wissen.

Sie überquerten die Straße, traten durch die unverschlossene Tür ins Innere des Hauses und stiegen die teppichbelegte Treppe, zwei Stufen auf einmal nehmend, zum vierten Stock hinauf.

»Wir müssen eben in der Lage sein, das Angebot und die Aktion zu hören«, meinte Sam.

»Das ist doch unmöglich«, entgegnete Harold, während sie die Treppe hinaufkeuchten.

»Ich habe gute Ohren.«

»Scuz hat uns doch hundertmal eingeschärft, wegen so einer popligen Verhaftung für die Sitte keinen Meineid zu riskieren.«

»Mach dir deswegen mal keine Sorgen. Hast du denn nicht die Feuerleiter gesehen, die an ihrem Fenster vorbeiführt? Baxter und ich hatten uns schon die ganze Zeit ausgemalt, daß wir auf dieser Feuerleiter hochklettern würden, sobald wir einen Freier in ihrer Wohnung sehen. Sie ist nur einen knappen Meter von ihrem Schlafzimmer entfernt. Ich bin mir ganz sicher, daß ich von dort alles hören könnte, was in dem Zimmer geschieht.«

»Na gut.« Harold zuckte mit den Achseln. Schließlich erreichten sie den fünften Stock und blieben kurz stehen, um Atem zu schöpfen.

Harold sehnte sich nach dem Lift. Aber er wußte, weshalb Sam etwas dagegen hatte, auf so engem Raum eingesperrt zu sein.

Schließlich erreichten sie den sechsten Stock, und während Harold Bloomguard sich Gedanken darüber machte, was es bedeutete, in Uniform Aufträge zu erledigen, die eigentlich in den Aufgabenbereich der Sittenpolizei fielen, kletterte Sam Niles auf die Feuerleiter hinaus, wo er sich im Dunkeln auf den Bodenrost kauerte und Atem schöpfte. Und dann hörte Sam das Lachen einer Frau und eine gedämpfte Männerstimme in Gina Summers' Schlafzimmer.

Er nahm Mütze und Brille ab, wischte sich mit seinem wollenen blauen Hemdsärmel den Schweiß von der Stirn und putzte mit seinem Taschentuch seine Brille.

Er lauschte. Die Stimmen waren leise, aber nach einigen Minuten hörte er eine Frauenstimme sagen: »Ist es das, was du willst?«

Und dann das Klatschen von Leder und das schmerzliche Aufstöhnen eines Mannes.

»Das ist noch lange nicht alles, Schätzchen. Ich kann noch viel mehr«, ertönte die Frauenstimme erneut, gefolgt von einem neuerlichen Klatschen und Aufstöhnen; und dann noch einmal.

Dann wurde die Frauenstimme rauher und gutturaler. »Fühlst du dich jetzt nicht, als würdest du mir gehören, Süßer? Das tust du doch, du Dreckskerl! Du nichtsnutziger Hundesohn! Du gehörst jetzt ganz Gina! Du bist kein Mensch. Du bist ein Tier! Ginas Tier!«

Dann folgten drei weitere Klatscher und ein unablässiges Stöhnen. Sam Niles war ganz aufgeregt und winkte Harold heftig zu, zu ihm auf die Feuerleiter hinauszuklettern.

»Ich kann's sogar noch besser.« Das Lachen der Frau klang wie ein Bellen. »Ich kann dir richtig weh tun, wenn du mich läßt, mein Süßer. Ohne Aufpreis. Für die vereinbarte Summe.«

Und der Mann wimmerte und stöhnte. Darauf folgte ein dreimaliges scharfes, lautes Klatschen. Dann Stille.

Harold Bloomguard zwängte sich durch das Fenster und kauerte sich neben seinen Partner.

»Wir haben sie«, flüsterte Sam aufgeregt. »Verdammt noch mal, wir haben sie. Ich habe alles gehört. Das Geldangebot. Und was sie gemacht hat.«

Sam kroch durch das Fenster in den Flur zurück, wo er sich in eine Nische drückte. Harold folgte ihm.

»Ich habe gehört, wie sie gesagt hat, sie würde keinen Aufpreis verlangen«, flüsterte Sam weiter. »Und ich habe den Akt gehört. Wir können sie jetzt völlig legal festnehmen!«

»Was für einen Akt? Haben sie gevögelt?«

»Nee. Sie peitscht den Kerl aus!«

»Nicht schlecht«, stieß Harold Bloomguard zwischen den Zähnen hervor. »So eine Verhaftung ist mir ganz sicher bis jetzt noch nicht geglückt. Sex, Geld. Wir haben sie wegen Prostitution. Und ihn auch. Halt, gilt Auspeitschen eigentlich als sexueller Akt?«

»Ich würde schon sagen«, meinte Sam Niles, wobei er sich seine Mütze aufsetzte und seine Brille wieder auf die Nase schob. »Oder etwa nicht?«

»Ich weiß nicht so recht. Ich jedenfalls habe von so was bis jetzt noch nicht einmal geträumt«, meinte Harold Bloomguard, der sich jedoch sicher war, daß er das tun würde, sobald er später in dieser Nacht zu Hause in seinem Bett liegen würde.

»Los, machen wir schon. Wir haben sie«, drängte Sam. »Wir warten einfach, bis der Kerl rauskommt...«

»Können wir nicht einfach klopfen. Ich habe keine Lust, die ganze Nacht hier herumzustehen. Außerdem habe ich den ganzen Tag noch nichts gegessen.«

»Also gut, fangen wir an. Inzwischen sind die beiden vermutlich sowieso fertig. Außer der Kerl hat vor, sich von ihr zu Tode prügeln zu lassen.«

Während Harold sich mit dem Rücken an die Wand lehnte, klopfte Sam Niles an die Tür. Da keine Reaktion erfolgte, klopfte er ein zweites Mal und sagte: »Miß Summers!«

Daraufhin hörten sie aufgeregte Schritte und eine Frauenstimme, die in inzwischen sanftem, aber leidenschaftlichem Ton fragte: »Wer ist da?«

»Der Hausmeister, Miß Summers. Eine Gasleitung auf dieser Etage hat eine undichte Stelle, Ma'am. Wir evakuieren das ganze Haus.«

Die Tür ging ein paar Zentimeter auf, und bevor Gina Summers sie wieder zuknallen konnte, hatte Sam Niles sie mit seinen breiten Schultern bereits aufgedrückt, so daß das nackte Mädchen gegen die Wand zurückgeschleudert wurde. »Hey, was soll das?« protestierte sie, während die beiden Polizisten an ihr vorbei in die Wohnung stürmten.

»Gehen Sie eben mal mit meinem Partner da rein, während ich mich mit Ihrem Freund unterhalte«, forderte Sam Niles sie auf und raste den Flur entlang, um den anderen Beteiligten an diesem Akt der Prostitution zu verhaften.

Und dann stand er im Schlafzimmer dem Freier, der gerade in seine Hose schlüpfte, von Angesicht zu Angesicht gegenüber. Er zitterte am ganzen schweißüberströmten Körper, das Gesicht kreidebleich.

»Baxter!« stieß Sam Niles entsetzt hervor und erstarrte mitten in der Bewegung, während Baxter Slate, sein bis zur Taille nackter Körper glänzend von Schweiß, vor ihm stand.

Als nächstes hörte Sam, wie Gina Summers Harold Bloomguard drohte, ihn wegen einer unrechtmäßigen Verhaftung zu belangen, während Harold besänftigend nickte und auf ihre nackten Brüste schielte.

Sam Niles schloß die Schlafzimmertür, woraufhin Baxter Slate ans Fenster trat, hinaussah und nur mit Mühe ein Schluchzen unterdrücken konnte. Sam Niles starrte auf die häßlichen, blutigen Striemen auf Baxters Rücken, die bereits anzuschwellen begannen, und fragte seinen Kollegen: »Warum hast du das getan, Baxter?«

Dann setzte sich Sam in einen Sessel. Er konnte es einfach nicht glauben. Er nahm seine Mütze ab, fuhr sich mit der Hand durchs Haar und sah seinen Freund an, der sich mit seinem Hemd das blasse, verschwitzte Gesicht abtrocknete und unablässig aus dem Fenster starrte.

»Warum?« stöhnte Sam Niles, ohne seine Blicke von Baxters wundem Rücken abwenden zu können.

»Was ist denn, Sam?« rief Harold Bloomguard von draußen. Gina Summers verlangte inzwischen, ihren Anwalt zu sprechen.

Sie machte jedoch keinerlei Anstalten, ans Telefon zu gehen oder an den Wandschrank zu treten, wo zusammen mit ihren Kleidern ihre Peitschen und Stiefel und die exotische Unterwäsche untergebracht waren. Harold Bloomguard erklärte ihr weiterhin geduldig die Umstände der Verhaftung, während sie, die Hände in die Hüften gestemmt, nackt vor ihm stand.

»Ich dachte, wir würden gar nicht mehr für die Sitte arbeiten, Sam«, begann Baxter schließlich mit einem hilflosen Grinsen, das nicht annähernd an ein Baxter-Slate-Lächeln heranreichte. Er trat ans Bett und setzte sich, seinen wunden Rücken immer noch seinem Freund zugewandt.

»Warum?« konnte Sam Niles nur stupide wiederholen. »Warum?«

»Ich weiß es auch nicht, Sam.«

»Weiß sie denn, daß du von der Polizei bist?«

»Nein, natürlich nicht.«

Seufzend steckte sich Sam Niles eine Zigarette an und wandte sich von Baxter Slates gepeinigtem Rücken ab. »Ich werde ihr sagen, es wäre ein Versehen gewesen. Sie wird verdammt froh sein, nicht eingelocht zu werden, so daß sie mir keine Fragen stellen wird.«

»Und Harold?«

»Ich werde Harold erzählen, der Freier wäre ein Deputy vom Sheriff-Büro gewesen, den ich lieber laufenlassen habe. Das mit Harold werde ich schon regeln. Und du erzählst dieser Scheißnutte, du hättest mich mit fünfzig Dollar geschmiert. Auf diese Weise werden alle glücklich und zufrieden sein.«

Als Sam aufstand und sich zur Tür wandte, rief ihm Baxter Slate verzweifelt nach: »Sam!«

»Was ist, Baxter?« Sam drehte sich nicht nach seinem Freund um.

»Es... es ist nur, daß ich Angst hatte, meinen eigenen Wagen hier zu parken. Ich bin vom Pico mit dem Taxi hierher gekommen. Ich habe ihr mein letztes Geld gegeben. Na ja...« Und er versuchte noch einmal ein etwas schräges Grinsen, das so wenig mit Baxter Slates gewohntem Lächeln zu tun hatte, daß Sam Niles am liebsten auf der Stelle davongerannt wäre. »Könntest du vielleicht Harold auf der Wache rauslassen und dir irgendeine Ausrede einfallen lassen, weshalb du hierher zurückkommen mußt? Ich bin zu schwach, um zu gehen, Sam. Könntest du mich nicht nach Hause fahren?«

Sam griff in seine Hosentaschen, wo er sieben Dollar und etwas Kleingeld fand. »Hier!« sagte er und warf das Geld aufs Bett. »Nimm dir ein Taxi!«

»Könntest... könntest du nicht vielleicht... es würde mir nichts ausmachen zu warten, wenn du mich vielleicht doch nach Hause bringen könntest, Sam. Ich könnte vor dem Haus warten... Dafür wäre ich dir wirklich sehr dankbar... Vielleicht könnten wir uns ja auch treffen, wenn du Dienstschluß hast, und uns ein bißchen unterhalten... Ich würde gern mit dir über das Ganze sprechen...«

»Verdammt noch mal, Baxter, ich hab' dir mein letztes Geld fürs Taxi gegeben! Was willst du denn noch mehr von mir?«

»Nichts, Sam. Nichts. Vielen Dank für das Geld«, winkte Baxter Slate ab.

Und als Sam Niles die Schlafzimmertür aufriß, hörte er Baxter Slate murmeln: »Es ist nichts Böses, Sam. Ich habe nicht genug Würde für das Böse.«

Sam stapfte den Flur entlang ins Wohnzimmer, wo Gina Summers Harold Bloomguard um den Bart strich und ihn zu überzeugen versuchte, daß sein Partner unmöglich gehört haben konnte, was er zu hören geglaubt hatte, und wieso sie überhaupt die ganze Angelegenheit nicht einfach auf sich beruhen ließen?

»Komm, gehen wir, Harold«, brummte Sam.

»Gehen?«

»Ja, wir gehen. Es handelt sich um ein Mißverständnis.«

»Ein Mißverständnis?«

»Verdammt, jetzt komm schon und frag nicht so blöd! Ein Mißverständnis!«

Während Sam bereits zur Wohnungstür ging, gefolgt von seinem verdutzten Partner, machte Gina Summers den Fehler, zu sagen: »Das hätte ich Ihnen doch gleich sagen können. Sie können von Glück reden, wenn ich Sie deswegen nicht anzeige. Sie können wirklich von Glück reden...«

Sie traute ihren Augen kaum, wie schnell Sam Niles herumwirbelte, sie am Hals packte und ihr mit seiner kräftigen Rechten die Halsschlagader zuquetschte. Nackt wie sie war, klammerte sich Gina Summers mit beiden Händen verzweifelt an sein Handgelenk und starrte, nach Luft schnappend, in Sam Niles' reglose, graue Augen, die durch die Gläser seiner Stahlrandbrille leicht vergrößert wirkten.

»Wenn ich *je* hören sollte, daß Sie wegen irgend etwas Anzeige erstatten«, zischte er sie kaum hörbar an, »dann werde ich hierher zurückkommen. Und falls Sie nicht hier sind, werde ich sein, wo Sie sind, meine Liebe. Sie stehen wohl drauf, Schmerzen zuzufügen? Na ja, vielleicht wissen Sie noch gar nicht, was es heißt, Schmerz zu *spüren*. Und das werde ich Ihnen beibringen. Haben Sie mich verstanden?«

Und während Gina Summers artig nickte und sich, nach Luft schnappend, an sein Handgelenk klammerte, ließ Sam Niles ihre Kehle los, so daß sie keuchend in die Knie sank. Die zwei Polizisten schossen schneller zur Tür hinaus, als sie hereingekommen waren.

Sam Niles segelte förmlich die Treppen hinunter und ließ Harold Bloomguard ein halbes Stockwerk hinter sich. Er haßte Harold Bloomguard wie nie zuvor. Wie er auch Baxter Slate haßte. Sie waren Schwächlinge. Sie waren verweichlichte Heuler. Sie waren krank, kaputt, abstoßend.

Sam Niles überkam ein leichtes Schwindelgefühl, als er die Stufen hinunterhastete und, sich am Geländer festhaltend, auf den einzelnen Treppenabsätzen um die Kurven schwang. Er haßte sie. Sie litten. Sie wollten etwas. Wie der ›Stöhnende Mann‹, als er auf seinem Bett saß, der auch noch im Tod litt und etwas wollte. Hände, die sich nach ihm ausstreckten. Nie ließen sie einen allein. Sie machten nicht einmal vor dem Tod Halt. Bis sie jemand berührte. Er verachtete sie alle. Er haßte sie, wie er seine schwachen, kaputten, widerlichen Eltern gehaßt hatte. Sam Niles hatte noch nie jemanden gebraucht. Mit Ausnahme einer Minute, sechzig Sekunden seines Lebens.

Er blieb auf dem letzten Treppenabsatz stehen und wartete auf den schnaufenden kleinen Mann, der ihn dieses eine Mal gesehen hatte, als auch er jemanden brauchte. Und er hatte Angst, daß er, falls Harold *je* diesen Augenblick in der erstickenden Dunkelheit dieser Höhle erwähnt hätte, jetzt, auf der Stelle, seinen Revolver gezogen und ihn mitten auf dieser Treppe erschossen hätte. Aber Harold hatte nie darüber gesprochen. Nicht einmal mit Sam. Sam hoffte, daß Harold die ganze Geschichte in seiner eigenen schrecklichen Angst einfach vergessen hatte. Manchmal war Sam Niles sogar schon zu der Überzeugung gelangt, daß das alles nie geschehen war.

»Was hast du's denn so eilig, Sam?« keuchte Harold noch ganz außer Atem. Nicht im Traum wäre er auf die Idee gekommen, seinem Partner vorzuschlagen, den Lift zu nehmen, da er Sam wesentlich besser verstand, als dieser es sich je hätte träumen können. »Was soll denn dieses Gehetze?«

»Ach nichts«, entgegnete Sam böse. »Wer hetzt denn hier?«

Fünf Minuten später, im Wagen, brüllte Sam Niles dann: »Verdammt, der Kerl war ein Deputy Sheriff, den ich vom Gericht kenne! Du kennst den Kerl nicht. Sein Name ist also völlig unwichtig. Jedenfalls wollte ich ihm noch mal 'ne Chance geben. Er hat mir erzählt, er hätte Frau und Kinder, und er wolle auch einen Psychiater aufsuchen. Ich habe eine Entscheidung gefällt, und von jetzt ab will ich kein Wort mehr darüber verlieren!«

Und obwohl es auch nie dazu kam, kratzte sich Harold Bloomguard nicht nur in jener Nacht mit seinem Taschenmesser am Hals und ließ Speichelbläschen von seiner Zunge tröpfeln, sondern auch am nächsten Nachmittag, als sich Baxter Slate plötzlich krank meldete; er hätte Grippe. Harold hörte, wie Sam Niles Baxters Partner, Spermwhale Whalen, ausquetschte, ob er wüßte, was mit Baxter los sei. Harold konnte sehen, daß Sam beunruhigt schien, als Spermwhale ihm keine näheren Auskünfte geben konnte.

Als Baxter Slate am Donnerstag, für den die Singstunde angesetzt war, nicht zum Dienst erschien und Sam Niles völlig überdreht und hektisch wirkte, als er in seine Uniform schlüpfte, legte sich Harold einen funkelnagelneuen Ausschlag am Hals zu und begann gleichzeitig, Verdacht zu schöpfen, daß Gina Summers' Freier keineswegs ein Deputy Sheriff gewesen war.

Im Versammlungsraum waren die Chorknaben an besagtem Donnerstagnachmittag recht guter Dinge, da Sergeant Nick Yanov den Appell allein abhielt. Aber Nick Yanov trat mit grimmiger Miene in den Raum und schien die Witze gar nicht zu hören, die von den Männern in der ersten Reihe an ihn gerichtet wurden. Obwohl seine Kiefer durch seinen enormen Bartwuchs, dem er erst vier Stunden zuvor zu Leibe gerückt war, so dunkel und entschlossen wie eh und je wirkten, schimmerten seine Stirn und seine baltischen Backenknochen in auffälligem Weiß. Auch um die Augen herum war er ungewöhnlich blaß. Seine Hände zitterten, als er sich eine Zigarette ansteckte. Die Männer verstummten. Irgend etwas stimmte ganz und gar nicht mit Nick Yanov.

Er sog ausgiebig an seiner Zigarette und verkündete: »Baxter Slate ist tot. Sie haben ihn eben in seiner Wohnung gefunden. Er hat sich erschossen. Spermwhale, Sie fahren heute einen Meldewagen. Ihre Einheit ist Sieben-U-Eins. Wollen Sie vielleicht gleich nach draußen gehen und sich Ihren Wagen holen?«

Für einen Augenblick war es totenstill im Raum. Niemand rührte sich oder sprach ein Wort, während Nick Yanov auf Spermwhale wartete. Sogar das Summen der elektrischen Wanduhr konnte man hören. Schließlich sagte Spermwhale: »Sind Sie auch *sicher*, Sergeant?«

»Gehen Sie runter und holen Sie Ihren Wagen, Spermwhale«, sagte Nick Yanov ruhig. Aber so zittrig Spermwhale auch aussah, als er seine Sachen nahm und zur Tür ging – Harold Bloomguard zitterte noch mehr, als er zu Sam Niles hinüberblickte, der einen heftigen Schweißausbruch hatte und Mühe hatte, genügend Luft zu bekommen, obwohl er sich seinen Hemdkragen aufgerissen hatte.

Als nächstes sprang Sam auf und schoß hinter Spermwhale durch die Tür nach draußen. Harold Bloomguard erhob sich ebenfalls, um sich jedoch nach kurzem Überlegen wieder zu setzen.

Nick Yanov verlas die Aufträge und hob die Versammlung auf, ohne ein weiteres Wort zu verlieren.

Draußen auf dem Parkplatz wurden dann die verschiedensten Spekulationen und Gerüchte bezüglich Baxters Selbstmord laut, und verschiedene Polizisten der Nachtschicht verbrachten einen endlos sich hinziehenden Abend voller Anspannung, an dem sie ihre Aufträge erledigten, durch die Gegend fuhren, schweigend rauchten und sich Mühe gaben, möglichst nicht an diese endgültigste aller Polizistenkrankheiten zu denken. Trotzdem grübelten sie vor sich hin, wie man sie sich holt und wie man sich dagegen schützen könnte.

Keiner der Chorknaben zeigte an diesem Abend bei der Arbeit sonderlich großen Eifer. Es war, als übte die Monotonie der Routine einen irgendwie tröstlichen und beruhigenden Effekt auf sie aus. Die einzige ungewöhnliche Aktion eines Nachtschichtstreifenwagens war, daß 7-A-29 zur West Los Angeles Police Station fuhr, in die Gegend, in der Baxter Slate gewohnt hatte, da er Westwood Village, die kulturellen Aktivitäten der UCLA, das Kino, in dem sie immer ausländische Filme zeigten, und das kleine, unaufdringliche französische Restaurant mit den großartigen Weinen mochte.

»Ich hätte gern mit jemandem vom Morddezernat gesprochen; mit dem Mann, der den Selbstmord von Officer Slate untersucht«, sagte Sam Niles zu dem einsamen Detektiv im Bereitschaftsraum.

»Die sind alle nach Hause, Officer. Könnten Sie vielleicht morgen wieder vorbeikommen?«

Der Untersuchungsbeamte war nicht viel älter als Sam, und wie Sam hatte er einen Schnurrbart. Seine Anzugjacke war über einen Stuhl geworfen. Er trug ein Schulterhalfter, der recht unbequem wirkte.

»Ich würde mir gern mal den Bericht über den Fall Baxter Slate ansehen«, beharrte Sam Niles.

»Ich darf an die Selbstmordfälle nicht ran. Kommen Sie doch morgen wieder. Sie können dann ja mit...«

»Bitte«, bestand Sam Niles. »Ich möchte doch nur den Bericht sehen. Bitte.«

Der Detektiv wollte schon ablehnen, aber dann sah er Harold Bloomguard an, der sich umdrehte und aus dem Büro ging; und er sah Sam Niles an, der stehenblieb. Mit einem Blick auf Sams Gesicht fragte er: »War er ein Freund von Ihnen?«

»Bitte lassen Sie mich den Bericht sehen. Ich muß ihn einfach sehen. Ich weiß auch nicht, warum.«

»Also gut, dann nehmen Sie doch mal kurz Platz«, forderte ihn der Untersuchungsbeamte auf und trat an eine Schublade mit der Aufschrift ›Selbstmorde – 1974‹. Er zog einen braunen Umschlag heraus, nahm die Fotos heraus, die Sam Niles auf keinen Fall sehen wollte, und reichte ihm die Akte.

Sam las den Bericht, in dem die Hausbesitzerin als die Person aufgeführt wurde, welche die Leiche entdeckt hatte. Die Person, welche den Schuß gehört hatte, war eine Nachbarin, eine gewisse Mrs. Flynn. Er las, daß Baxters Mutter, die in Hawaii lebte, bislang noch nicht verständigt worden war. Die nächste Verwandte, die inzwischen von seinem Tod wußte, war seine Schwester, die in San Diego verheiratet war. Der gefleckte kleine Hund, um den Baxter sich gekümmert hatte, seit er ihn vor der Wilshire-Station auf der Straße aufgelesen hatte, war in ein Tierheim gebracht worden, wo er sein Herrchen nicht lange überleben würde. Ansonsten vermittelte ihm der Bericht keine weiteren Informationen, außer, daß Baxter um elf Uhr vormittags an jenem herrlichen, sonnigen, smoglosen Tag einen Schuß in seinen Mund abgefeuert hatte.

Die Akte enthielt außerdem einen Zettel für den Milchmann, auf dem er gebeten hatte, zwei Flaschen Milch zu bringen. Die Handschrift wirkte krakelig und zögernd, nicht die energisch geschwungenen Linien, wie man sie sonst von Baxter Slate gewohnt war. Es verhielt sich damit ähnlich wie mit dieser entsetzlichen Grimasse endgültiger Erniedrigung in Gina Summers' Wohnung, die nichts mehr mit dem vertrauten Baxter-Slate-Grinsen zu tun gehabt hatte.

In dem Bericht stand, daß auf dem Tisch, an dem die Leiche gefunden wurde, mehrere Bücher lagen. Baxter Slate hatte sich noch einmal seinen Klassikern zugewandt. Verzweifelt. Wirr. Zusammenhanglos. Der zuständige Beamte hatte verschiedene Seiten aus den Büchern herausgerissen. Vielleicht hatte er gehofft, die mit zitternder Schrift an den Rand geschriebenen Bemerkungen könnten etwas Klarheit über die Motive verschaffen.

Eine unterstrichene Pasage aus Sokrates lautete: ›Einem guten Menschen kann nichts Böses widerfahren, weder im Leben noch nach dem Tod.‹

Eine Stelle aus Euripides: ›Wenn gute Menschen sterben, vergeht ihre Güte nicht, sondern lebt weiter, auch wenn sie längst nicht mehr unter uns weilen. Was die schlechten betrifft, so stirbt alles, was sie besessen haben, und wird mit ihnen begraben.‹

Auch aus Cicero hatte Baxter eine Stelle angestrichen; es war die einzige, in der nicht unmittelbar von Gut und Böse und vom Tod die Rede war. Sie entlockte Sam Niles ein lautes Stöhnen, das den Detektiv aufschrecken ließ. Sie lautete: ›Derjenige raubt der Freundschaft ihre größte Zier, der ihr die Achtung entzieht.‹

Sam nahm seine Brille ab und putzte sie, bevor er die letzte Seite las. Sie war von vertrocknetem Blut bedeckt. Sams Hände zitterten so sehr, daß der Detektiv sich ernsthaft Sorgen machte. Sam las die Stelle schließlich und verließ den Raum, ohne dem Detektiv für seine Hilfe zu danken. Die unterstrichene Passage lautete: ›Was ist, Catullus? Weshalb eilst du nicht, zu sterben?‹

14

Der ›Stöhnende Mann‹

An jenem Tag, an dem Baxter Slate starb, sehnten sich die Chorknaben nach Dienstschluß mehr denn je zuvor nach einer Singstunde. Als Pater Willie ganz ruhig fragte: »Werden wir denn nach wie vor unsere Singstunden abhalten?« erwiderte Spencer van Moot wütend: »*Natürlich* machen wir mit den Singstunden weiter. Verdammt noch mal, was ist denn mit dir los?«

Noch nie hatten sich die Chorknaben im MacArthur Park so exzessiv betrunken. Sie knurrten sich gegenseitig an und soffen düster in sich hinein, und zwar alle – bis auf Roscoe, der den Auftrag erhalten hatte, fünf überzählige Säufer von der Wilshire Station ins Central Jail zu bringen, und bis ein Uhr früh noch nicht im Park aufgetaucht war.

Bevor sie die Abwesenheit Roscoes noch mit zu großer Dankbarkeit zur Kenntnis nahmen, erschien plötzlich aus dem Nichts ein blauer Laster, der ohne Licht über den Rasen des MacArthur Parks rumpelte und in den tiefsten Schatten unter den Bäumen holpernd stehenblieb.

»Ich habe schon gehofft, mich problemlos besaufen zu können«, seufzte Calvin Potts, als Roscoe Rules, immer noch in Uniform, aus dem Gefangenentransporter sprang und über den Rasen auf sie zugetrottet kam.

»Hey!« brüllte ihnen Roscoe *gut gelaunt* entgegen, was bereits genügte, um alle Anwesenden so richtig wütend auf ihn zu machen. »Ich war eigentlich auf dem Weg zur Wache, aber das muß ich euch doch gleich erzählen!«

»Was erzählen, Roscoe?« brummte Spermwhale. Er lag auf seiner Decke, eine Dose Bier auf seinem mächtigen Bauch, und starrte zu dem mondlosen, smogbedeckten Sommerhimmel hoch, in dem diesmal nicht einmal Baxter Slates heller Stern zu sehen war.

»Nachdem ich die Besoffenen abgeliefert hatte, habe ich im Central Jail einen Kerl getroffen, den ich kenne. Er ist in der Innenstadt bei der Mordkommission. Und stellt euch vor, was die festgestellt haben, als sie in der Gerichtsmedizin Baxter Slates Leiche untersucht haben? Peitschenstriemen! Am ganzen Rücken! Alles voller Striemen! Sie glauben, daß er irgendwie pervers war. Ich habe ja immer gesagt, daß der Kerl ein bißchen komisch ist, aber Striemen! Von einer Peitsche!«

»Was? Was hast du gesagt?« fuhr Sam Niles auf, der im Dunkel auf dem kühlen Rasen saß. Er zerschnitt sich die Hände an einer Bierdose, die er in der Mitte auseinanderriß.

»Na ja, besonders viel habe ich ja nie von ihm gehalten«, fuhr Roscoe fort. »Aber gleich so was! Striemen auf dem Rücken! Die Untersuchungsbeamten glauben, daß er irgend so ein Verrückter oder Perverser war. Ihr wißt ja selbst, wie tuntig er immer dahergeredet hat...«

Und dann sollte sich Roscoe Rules sogar noch mehr wundern als Gina Summers, wie schnell Sam Niles sich bewegen konnte. Roscoe wurde zweimal von Sams Fäusten getroffen, bevor er rücklings zu Boden stürzte. Sam zerrte ihn an seinem Uniformhemd wieder hoch und schlug diesmal so hart zu, daß Sams Brille weiter durch die Luft flog als der Splitter von Roscoes Zahn.

Spermwhale Whalen überwältigte Sam, und verschiedene andere hielten Roscoe zurück, der es sich auf keinen Fall nehmen lassen wollte, Sam die Milz zu punktieren, obwohl Spermwhale ihn mit aller Gewalt festhielt. Der Park erschallte vom Geschrei der Chorknaben und vom Gequake und Geschnatter der Enten, und vier nächtliche Parkstreicher kamen auf diesen Krach hin angelaufen.

Betrunken stolperte Pater Willie auf Roscoe Rules zu, der eben in die Büsche plumpste, als einer der Schwulen sagte: »Das ist ja ein Polizist! Was ist denn hier passiert?«

»Treten Sie zurück; er braucht Platz zum Atmen«, ordnete Pater Willie an. »Ich werde mich schon um ihn kümmern.«

»Sind Sie Arzt?« fragte der zweite Schwule.

»Ich bin Priester«, erklärte Pater Willie, während Spermwhale die neugierigen Schwulen verscheuchte.

»Leute wie du haben ihn umgebracht!« brüllte Sam Niles, während Spermwhale auf ihm hockte und ihn mit seinem enormen Gewicht zu Boden drückte. »Jetzt beruhig dich doch erst mal wieder. Beruhig dich, Sam.«

»Ich bring' dich um, du Sack!« kreischte Roscoe, der inzwischen wieder zu neuem Leben erwacht war; drei Chorknaben hielten ihn fest und nahmen ihm seine Waffe ab.

»Halt endlich dein blödes Maul, Roscoe!« bellte Spermwhale, während Sam Niles zum erstenmal seit dem Erlebnis in jener Höhle in Vietnam wieder zu weinen begann. Spermwhale, der dies als einziger sah, flüsterte sanft: »Jetzt hör mal, Sam; Roscoe ist zwar ein Arschloch, aber er hat Baxter nicht umgebracht.«

»Ich punktier' dir die Nieren und zermatsch dir die Milz, Niles!« kreischte Roscoe Rules und schlug wie verrückt um sich.

Nachdem sich Spermwhale nun sicher war, daß er Sam Niles loslassen konnte, tat er dies auch. Spermwhale erhob sich vom Boden und trat auf das Gliederknäuel im Gras zu, das Roscoe darstellte, um sich direkt an diesen zu wenden: »Jetzt hör mal gut zu, Roscoe. Falls du dich nicht auf der Stelle zusammenreißt und Ruhe gibst, werde ich ein bißchen nachhelfen!«

Und er hielt eine mächtige, rohe Faust hoch, an die Roscoe Rules sich nur zu gut erinnern konnte.

Danach ging es nur noch darum, daß alle Roscoes Uniform vom Staub befreiten und sich, mit Ausnahme von Sam Niles, entschuldigten, der zum Ententeich hinuntertrottete, um sich an seinem Ufer ins Gras niederzulassen, sein Bier zu trinken und zu versuchen, möglichst nicht an Baxter Slate zu denken.

Roscoe Rules rieb sich sein angeschwollenes Kinn und befühlte mit der Zunge den kaputten Zahn, während sich alle für Sam Niles bei ihm entschuldigten, ihm auf die Schultern klopften und ausnehmend nett zu ihm waren, was er sonst absolut nicht gewöhnt war. Und Roscoe sagte: »Mein Dienst wäre sowieso schon längst um. Ich trink' mal eben nur noch schnell ein Bier, bevor ich zur Wache zurückfahre.«

Während also der Betrunkenentransporter unter den Bäumen des MacArthur Parks stand, saß Roscoe Rules in seiner Uniform im Gras und trank sein Bier, aus dem allerdings drei wurden, während Sam Niles ohne Rücksicht auf seine brennende Kehle Scotch in sich hineinschüttete. Unerbittlich suchte er den Zustand totalen Vergessens, den der Alkohol Wasmeinstdu-Dean Pratt immer bescherte.

Um zwei Uhr früh trat Harold Bloomguard leise hinter seinen vor sich hin brütenden Partner und schreckte ihn mit den Worten auf: »Komm, Sam, laß uns über die ganze Sache reden.«

»Es gibt nichts zu reden, Harold. Laß mich in Frieden.«

»Wir müssen aber reden.«

»Du kannst mich mal. Hast du vielleicht wieder irgendwelche neuen Probleme? Irgendeine neue Neurose? Steck dir doch deine Knarre ins Maul. Wie Baxter. Aber laß mich in Frieden.«

»Ich will dir nichts erzählen, Sam. Ich würde dir gern zuhören. Erzähl doch. Von Baxter. Ganz gleich, was dir gerade so durch den Kopf geht.«

Aber Sam Niles rappelte sich fluchend auf seine Knie, schob sich seine Brille zurecht, hob seine blutende Faust in die Höhe und legte los: »Ich brauche dich nicht. Ich hab' dich noch *nie* gebraucht. Und auch sonst niemanden. Laß mich in Frieden. Hau ab!«

Mit einem stillen Nicken trottete Harold Bloomguard zurück zu seiner Decke und den anderen und trank schweigend weiter.

Um halb drei sagte Spencer van Moot: »Hey, Roscoe, laß bloß die Finger vom Schnaps. Du sitzt hier in Uniform, falls du das inzwischen vergessen haben solltest. Und dieses komische Vehikel dort drüben ist ein Polizeiauto.«

»Dann verhafte mich doch wegen Trunkenheit am Steuer«, kicherte Roscoe. Der Schmerz in seinem Kinn war inzwischen fast völlig betäubt. »Außerdem kommen vielleicht gleich noch Ora Lee und Carolina vorbei, und die beiden haben noch nie gesehen, wie gut ich in Uniform aussehe.«

»Wenn der Kerl nur zur Enteninsel rüberwaten würde, bis seine Mütze auf dem Wasser schwimmt«, murrte Calvin Potts.

Die Chorknaben tranken schweigend und dachten über Baxter Slate nach; sie spürten die Nähe des Todes und warfen verstohlene Blicke auf Roscoes Revolver, wobei sie daran dachten, wie nahe und vertraut eine solche Waffe doch den Männern stets war, die sich diese Polizistenkrankheit zugezogen hatten. Sie überlegten, ob diese Nähe und Vertrautheit der Waffe etwas mit ihr selbst zu tun hatte oder eher mit der Natur ihrer Arbeit, welche Baxter immer als emotional höchst gefährlich bezeichnet hatte. Oder war es alles mögliche andere zusammen. Und da sie keine Antwort auf diese Frage wußten, tranken sie. Und tranken.

Es war eine äußerst triste Singstunde. Jeder Versuch eines Witzes schlug fehl. Oft blickte Harold zum Ententeich hinunter, wo Sam sich bewußtlos zu trinken versuchte, ohne dies zu schaffen. Wasmeinstdu-Dean brach in einen seiner gewohnten Heulkrämpfe aus, ohne daß ihn diesmal jemand dafür getadelt hätte. Spermwhale führte ihn von den anderen fort, setzte ihn auf seine Decke und gab ihm eine Flasche Bourbon.

»Spermwhale! Spermwhale!« jammerte Dean. »Baxter ist tot! Baxter ist tot!«

»Ich weiß, Kleiner. Ich weiß.« Und Spermwhale Whalen ließ Dean allein auf seiner Decke zurück, wo er unter einem sehr schwarzen Himmel im Gras saß und sich an seine Flasche klammerte.

Sie waren regelrecht dankbar dafür, daß Ora Lee und Carolina an diesem Abend nicht erschienen. Später, als der Mond hinter einer Dunstschicht verschwand, wandte sich Spermwhale an Roscoe Rules, der inzwischen schon ganz schön voll war. »Ich würde sagen, du fährst deine Kiste jetzt mal lieber auf die Wache zurück, Roscoe. Sonst schaffst du es am Ende überhaupt nicht mehr.«

»Seid ihr noch hier, wenn ich zurückkomme?«

»Ich gehe jetzt heim«, verkündete Francis Tanaguchi kläglich.

»Gebt mir mal den Scotch rüber«, brummte Calvin Potts und stützte sich auf seinen Ellbogen auf.

»Ich geh' auch nach Hause«, erklärte Pater Willie, der still unter den Bäumen saß.

Dann stand Spencer van Moot auf und versuchte zum Teich hinunterzugehen, fiel aber voll aufs Gesicht.

»Meine Fresse!« grunzte Spermwhale, als sich drei Chorknaben mühselig aufrappelten und ihren stöhnenden Kameraden aufzurichten versuchten.

»Er kann unmöglich nach Hause fahren«, stellte Pater Willie fest.

»Dann fährt ihn eben einer von uns heim«, schlug Spermwhale vor. »Padre, warum fährst du nicht seinen Wagen auf den Revierparkplatz, und einer von uns bringt ihn nach Hause?«

Aber dann reagierte der Körper von Spencer van Moot völlig logisch auf den Mißbrauch, der mit ihm getrieben worden war. Spencer setzte sich auf und erbrach unter den Flüchen der anderen Chorknaben in heftigen Wallungen seinen gesamten Mageninhalt.

Und diese normale körperliche Reaktion sollte das Schicksal eines menschlichen Wesens im MacArthur Park besiegeln.

»Scheiße, der ist ja von oben bis unten voll mit Kotze!« stellte Francis Tanaguchi fest.

»Das ist ja widerlich!« stöhnte Harold Bloomguard.

»In meinen Wagen kommt der Kerl jedenfalls nicht«, brummte Calvin Potts, der seltsamerweise nicht betrunken wurde, solange er an den Selbstmord von Baxter Slate dachte.

»Ist ja schon gut«, meinte Spermwhale. »Legen wir ihn eben hinten in den Transporter rein. Roscoe, du fährst damit auf den Parkplatz der Wache zurück. Padre, du fährst mit seinem Wagen dorthin, und in dem laßt ihr ihn dann ein paar Stunden seinen Rausch ausschlafen. Ich werde um sechs oder so aufstehen und zum Revier fahren, damit er sich noch ein bißchen waschen und saubermachen kann, bevor ihn jemand anders sieht.«

»Kann er denn nicht gleich im Transporter schlafen?« schlug Roscoe vor.

»Quatsch!« grunzte Spermwhale. »Dann würde ihn morgen früh irgend so ein Sergeant finden, und ihr könnt euch wohl vorstellen, was das bedeuten würde. Also tut, was ich gesagt habe.«

»Na gut, aber wer soll ihn jetzt in den Transporter schaffen? Ich rühre den Kerl jedenfalls nicht an!«

»Verdammte Scheiße, dann geh schon weg«, fluchte Spermwhale. Er packte den halb bewußtlosen Spencer van Moot an den Füßen, schleifte ihn über den Rasen und drehte ihn dabei abwechselnd auf Bauch und Rücken, damit zumindest ein Teil des Erbrochenen abgestreift wurde. Dann packten er und Calvin Potts ihn an Handgelenken und Knöcheln und hievten ihn auf den Transporter, um schließlich selbst hineinzuklettern und ihn auf die Bank zu heben.

»Legt ihn lieber wieder auf den Boden«, schlug Pater Willie vor. »Bei Roscoes Fahrerei fällt er doch wieder runter.«

Während nun also Spencer van Moot versorgt wurde und Sam Niles feststellen mußte, daß er zu betrunken war, um aufzustehen, und vergeblich nach Jupiter, Baxter Slates Stern, suchte, schlenderte von der anderen Seite des Teichs her ein achtzehnjähriger Bursche auf Sam zu. Er warf den Enten Brotkrumen zu und faßte hoffnungsfrohe Pläne für sein künftiges Leben, wie er beruflich vorankommen und für seine Eltern sorgen würde.

Als Alexander Blaney sich der torkelnden Gestalt am Teich näherte, blieb er im Schatten der Bäume stehen. Er sah, daß es ein Betrunkener war, und er hörte die Stimmen unter den Bäumen, und er sah den blauen Polizeitransporter, der zwischen dem Betrunkenen und den anderen im Gras stand. Er wußte, daß es wieder diese Polizisten waren, und er überlegte, ob er dem Betrunkenen helfen oder ihn in Ruhe lassen sollte. Immerhin hätte der Betrunkene der Polizist sein können, den sie Roscoe nannten, der ständig über Schwule schimpfte und ihm vielleicht nur die Milz punktieren würde, was auch immer das bedeuten mochte.

Schließlich konnte sich Sam Niles, der Alexander Blaney nicht sah, doch so weit auf den Beinen halten, um zu den anderen zurückzuwanken. Aber er sollte nur bis zu dem blauen Transporter kommen. Dessen beide Hintertüren standen offen, und er sah ein paar Füße und eine Gestalt auf dem Boden.

»Bist du das Harold?« murmelte Sam, während er sich in das miefende Innere des Transporters beugte und die schnarchende Gestalt am Ärmel zupfte.

»Bist du das, Dean?« fragte Sam Niles weiter, als er in den Transporter kletterte und neben Spencer van Moot niedersank.

»Bist du das, Padre?« versuchte er es von neuem. Er wollte die schlafende Gestalt auf die Bank hieven, aber dabei überkam ihn ein Schwindelanfall, und er setzte sich auf die gegenüberliegende Bank. Sam Niles wurde schrecklich übel, und er mußte sich auf die Bank legen, während sich in seinem Kopf alles zu drehen begann. Binnen weniger Sekunden war er eingedöst.

Dies alles hatte Alexander Blaney beobachtet. Er sah, daß der Polizist im Innern des Transporters bestens aufgehoben war, worauf er sich näher zu den anderen Chorknaben ins Gras setzte, als er das je zuvor getan hatte. Er lauschte ihren Stimmen, die an diesem Abend alles andere als laut und aufgedreht waren. Sie waren eher leise und verbittert.

Als Alexander Blaney wenig später einen uniformierten Polizisten und einen anderen Mann auf den Wagen zukommen sah, zog er sich in den Schatten unter den Bäumen zurück.

»Hey, sieh dir das mal an, Padre«, sagte Roscoe, als er vor der offenen Tür des Transporters stand.

»Sam!« platzte Pater Willie heraus.

»Spencer hat einen Besoffenen gefunden, der ihm Gesellschaft leistet. Dieser miese Sack. Wahrscheinlich hat er Hasch geraucht, und davon ist er jetzt hinüber. Genau wie sein sauberer Freund, Baxter Slate.«

»Baxter ist tot«, erinnerte Pater Willie Roscoe und fand, daß dieser auf keinen Fall noch so nüchtern war, daß er hätte fahren können.

»Ich habe ihn genauso gemocht wie jeden x-beliebigen anderen«, polterte Roscoe weiter. »Nur seine perversen Touren konnte ich nicht ausstehen.«

»Was wollen wir mit Sam machen?«

»Ich würde sagen, wir nehmen ihn auch mit«, schlug Roscoe vor.

»Demnach wird also irgend jemand zwei Autos zur Wache fahren müssen.«

»Sehen wir lieber zu, daß wir wegkommen, bevor die anderen Idioten wieder hier auftauchen«, knurrte Roscoe und stieß Spencers Füße ins Innere des Wagens, um dann die Türen krachend zuzuwerfen.

Danach urinierte Roscoe ins Gras, und Alexander Blaney hörte ihn lachen, als er sich wieder zu den anderen gesellte.

Als die beiden verschwunden waren, hörte Alexander Blaney aus dem Transporter einen unterdrückten Schrei.

Es war weniger das Schlagen der Tür und das Einschnappen des Schlosses gewesen, als der Körper, den er neben sich auf dem Boden spürte, der Sam Niles seine Augen weit aufreißen ließ. Es war völlig dunkel. Es gab kein Licht. Er wußte nicht, wo er war. Für einen kurzen Augenblick wußte er nicht einmal, *wer* er war. Und dann fühlte er den Körper. Als er daraufhin im Dunkel auf die Beine sprang, schlug er sich am Metalldach des Transporters den Kopf an. Mit einem lauten Aufschrei wandte er sich nach rechts und zerbrach sich an der Seitenwand seine Brille. Schließlich krallte er sich an den unnachgiebigen Wänden fest.

Er trat auf den Körper, seine vom Alkohol geschwächten Beine gaben unter ihm nach, und er stürzte auf den Körper. Er schrie erneut auf.

»Harold! Harold!« brüllte Sam. Und er roch Fischsoße und Knoblauch und preßte sein Gesicht gegen die glitschige Wand und erwartete die Schrecken des Flammenwerfers.

Und dann heulte und brüllte er los: »Harold! Harold!« Aber anstatt zu sagen: »Ist ja schon gut. Ist ja schon gut. Sei schön still, ich bin ja bei dir. Du bist nicht allein«, sagte der Körper neben ihm nichts. Er war nämlich tot. Es war Baxter Slate!

Während Roscoe Spermwhale Whalen lachend meldete, daß er Sam Niles schlafend im Wagen vorgefunden hatte, flehte Sam Niles: »Baxter! Baxter! Baxter!«

Aber der Körper neben ihm gab keine Antwort. Zumindest nicht in einer menschlichen Zunge. Er sagte nur: »Mmmmmmmmmmmmmmmmm. Mmmuuuuuuuuuuuhh.«

Die Schädelplatte von Baxters Kopf hatte sich abgelöst und knirschte unter Sam Niles' Schuhen, als er gegen die Tür des Wagens zurückwich, sein Kopf wegen des niedrigen Dachs gebeugt, sein Gesicht von der zerbrochenen Brille blutend. Er kreischte. Er konnte nicht mehr atmen.

Aber die einzige Person, die diese entsetzten Schreie hören konnte, war ein junger Bursche namens Alexander Blaney, der genug Mut aufbrachte, auf die Rückseite des Transporters zuzueilen und dem kreischenden Polizisten die Tür zu öffnen.

Währenddessen sagte im Kreis der Chorknaben Harold Bloomguard: »Was habt ihr gemacht?«

»Wir haben ihn in den Transporter gelegt«, erklärte Roscoe.

»Habt ihr die Tür zugemacht?«

»Ja, wieso?«

»Sam kann es nicht ertragen, irgendwo eingeschlossen zu sein. Ich geh' mal besser nachsehen!«

Aber bevor er den Transporter erreichte, stand Alexander Blaney bereits an der Hintertür des Wagens und versuchte, den rostigen Riegel zu lösen, während Sam Niles im Innern sein blutiges Gesicht in seinen Händen barg, wie eine Frau kreischte und hoffnungslos der Leiche zu entkommen versuchte, die Baxter Slate war. Und der ›Stöhnende Mann‹. Der zu atmen versuchte.

Dann griff Sam nach der M-1, die jedoch nicht da war. Instinktiv faßte er als nächstes nach seinem Gürtel, wo seine private 38er Smith and Wesson steckte; die war an Ort und Stelle. Die donnernden Explosionen begannen genau in dem Augenblick, als die rechte Tür aufging. Die ersten beiden Geschosse verfehlten Alexander Blaney um mindestens dreißig Zentimeter. Das dritte fuhr genau in seine Kehle. Auch das vierte und fünfte hätten ihn getroffen, wäre er nicht zu Boden gestürzt, um sich, vergeblich nach Luft schnappend, an die Kehle zu fassen. Spencer van Moot kroch durch die Tür ins Freie. Er hielt sich die Ohren zu und schrie noch lauter als Sam Niles.

Und dann spürte Sam Niles, wie Harold Bloomguard ihn aus dem Transporter zog, ins Gras setzte und in die Arme nahm. Roscoe Rules stand über dem zuckenden Körper von Alexander Blaney und sagte: »Es ist ein Schwuler! Er hat einen Schwulen abgeknallt!«

Und dann fand sich Roscoe so schnell auf seinem Arsch wieder, daß er nicht einmal überrascht zu sein schien. Spermwhale Whalen, der ihn zur Seite gestoßen hatte, kniete auf dem Boden und griff in Alexander Blaneys Mund, um die angeschwollene Zunge herauszuziehen.

Und dann saß Spermwhale im Gras und hielt den jungen Burschen wie ein Baby, wobei er ihm einen heißen Löwenatem in den Mund blies und hin und wieder auf den schmalen Brustkorb des Jungen klopfte und ihm gut zuredete: »Komm schon, mein Junge! Komm schon! Schön atmen!«

Alexander Blaney hatte sehr schnell aufgegeben. Als sich ihm der Tod anbot, nahm ihn der einsame Junge sofort an. Trotzdem versuchte Spermwhale immer noch beharrlich, Alexander seinen eigenen, unbeugsamen Lebenswillen aufzuzwingen. Das meiste davon fuhr in die Brust des Jungen; ein Teil schäumte auch durch das Loch in seiner Kehle wieder nach draußen.

Erst nach fünf Minuten sah Spermwhale Whalen auf, Gesicht und Arme und Hände von Blut verschmiert, sein fast kahler Schädel schimmerte feucht, und seine weißen Augen glänzten im Mondlicht. Wäre der träge Mond schon aufgegangen, als Sam Niles sich in die Finsternis verkrallte, hätte er vielleicht durch das Fenster des Transporters geschienen und hätte den betrunkenen Chorknaben wieder zur Besinnung gebracht.

Als Spermwhale schließlich aufstand und den reglosen Körper im Gras liegen ließ, begannen mehrere Chorknaben, im Kreis zu gehen und unzusammenhängend vor sich hin zu reden. Ein Dutzend Pläne wurden gefaßt, während Spermwhale Whalen das Blut – im Mondschein schimmerte es schwarz – von Alexander Blaneys Körper und von seinem eigenen Gesicht und seinen Armen und Händen wischte.

Aber schließlich war es ein seltsamer und strenger und entschlossener Harold Bloomguard, der neben Sam Niles stand, dessen blutendes Gesicht auf den Boden geneigt war. Sam zitterte am ganzen Körper, während er schweigend rauchte und es den anderen überließ, für ihn etwas zu planen und zu unternehmen.

»Ich bringe Sam zu den Wilshire-Leuten«, verkündete Harold ruhig. »Ich werde sagen, daß wir uns etwas Schnaps gekauft haben und auf dem Weg zu meiner Wohnung waren, um uns über einem Glas zusammenzusetzen. Und dann haben wir uns aber entschlossen, vorher noch im Park ein Bier zu trinken. Bei dieser Gelegenheit haben wir uns dann schon leicht einen angesäuselt. Sam hat seine Waffe fallenlassen. Als er sie vom Boden aufheben wollte, ist er auf sein Gesicht gefallen, und dabei ist seine Brille kaputt gegangen.«

»Ich werde gleich die Glassplitter aus dem Transporter fegen!« fiel ihm Roscoe hektisch ins Wort. »Falls sie...«

»Halt's Maul!« unterbrach ihn Spermwhale barsch. »Erzähl weiter, Harold.«

»Das ist eigentlich schon alles. Er ist hingefallen, und dabei muß er den Abzug gedrückt haben, und dieser Junge kam gerade vorbei, und... das ist eigentlich schon alles.«

»Aber diese Scheißknarre wurde doch fünfmal abgefeuert«, gab Calvin Potts zu bedenken.

»Ich werde vier Patronen ersetzen«, schlug Harold vor. »Die Waffe war sowieso nicht geputzt. Sie ist mehrmals benutzt worden, seit Sam sie das letzte Mal gesäubert hat.«

»Ich weiß nicht, Harold«, warf Spencer ein.

»Ihr könnt ja inzwischen schon mal nach Hause gehen«, meinte Harold. »Die Sache geht nur mich und Sam was an. Sam kann seinen Job sowieso an den Nagel hängen. Und ich bleibe ohnehin nicht bei der Polizei, so daß ich nichts zu verlieren habe.«

»Ich weiß nicht recht, Harold«, meldete sich Pater Willie zu Wort. »Vielleicht sollten wir...«

»Es hat keinen Sinn, wenn diese Suppe sonst noch jemand mit auszulöffeln versucht«, beharrte Harold stur. »Spermwhale, bei dir geht es immerhin um *fast* zwanzig Jahre. Für dich ist es einfach viel zu spät, um dich noch einmal in so eine Sache hineinziehen zu lassen.«

Spermwhale Whalen seufzte, und die anderen warteten auf seine Reaktion. Er trat auf Sam Niles zu und legte ihm, ohne ihn anzusehen, seine Hand auf die Schulter. Dann trat er müde auf seine Decke zu, um seine Sachen zusammenzupacken. Die Singstunde war beendet.

Nach zehn Minuten donnerte Roscoe Rules mit dem blauen Transporter den Venice Boulevard in Richtung Wache hinunter.

Nach fünfzehn Minuten wurden nach verschiedenen heftigen Auseinandersetzungen hastige Pläne gefaßt, ob sie lügen sollten. Und schließlich sollte Harold Bloomguard vier frische Patronen in Sams Revolver schieben.

Nach dreißig Minuten saßen Sam Niles und Harold Bloomguard im Vernehmungsraum im Wilshire-Revier, während sich ein Team der Mordkommission sowie Captain Drobeck und ein Team von Beamten der Abteilung für interne Angelegenheiten auf den Weg machten.

Da in den Mord ein Polizist verwickelt war, handelte es sich bei den Männern der Mordkommission, die an diesem Abend in der Wilshire-Station erschienen, um Fremde. Das Team setzte sich zusammen aus einem älteren Mann mit einer Brille, der noch kurzsichtiger war als Sam Niles. Sein wesentlich jüngerer Kollege trug sein Haar um einiges länger, als es in der Wilshire-Station zulässig gewesen wäre.

Harold Bloomguard hatte Sam Niles das meiste Blut von seinen Augen getupft, bevor sie getrennt wurden. Als die Detektive in das Verhörzimmer kamen, war Sams rechtes Auges angeschwollen und im Augenwinkel leicht zerschnitten. Kurzsichtig blinzelte er die Untersuchungsbeamten an, die vor ihm Platz nahmen.

»Sie haben also Ihre Brille verloren, Sam, hm?« fragte ihn der ältere Detektiv.

»Ja.«

»Wollen Sie nicht am besten jetzt sofort alles erzählen, wie es passiert ist?«

»Ja. Wir sind in den Park, wie Harold schon gesagt hat. Wir haben dort etwas B-B-B-B-Bier getrunken. W-W-W-W-Wir...«

»Zigarette, Sam?«

»D-D-D-Danke.« Sam Niles nahm von dem Detektiv eine Zigarette entgegen.

»Die Leute von der Abteilung für interne Angelegenheiten werden auch gleich hier sein«, erklärte der jüngere Detektiv. »Erzählen Sie die ganze Geschichte also lieber gleich jetzt, bevor die Kopfjäger hier anrücken.«

»Klar«, nickte Sam Niles und starrte die beiden Detektive ausdruckslos an. »A-A-A-Also, ich h-h-h-habe meine Waffe fallen gelassen und d-d-d-d-dann...«

»Und dann haben Sie sie aufgehoben?«

»Ja.« Sam nickte und sah von einem der beiden Beamten zum anderen. Er saß jetzt völlig ruhig auf seinem Stuhl, schwitzte nicht, zitterte nicht und sah völlig normal aus, nur eher ernst als teilnahmslos. Lediglich das Stottern war ungewöhnlich.

»Hat sich dabei ein Schuß gelöst, Sam?« fragte der jüngere Detektiv ungeduldig, während sich der ältere in seinem Stuhl zurücklehnte und den Chorknaben prüfend betrachtete.

»J-j-j-j...«

»Gut, das genügt für den Augenblick«, erklärte der ältere Beamte.

Als die zwei Untersuchungsbeamten gerade den Raum verlassen wollten, machte Sam Niles seine letzte Aussage über die Schießerei im MacArthur Park. Er stotterte: »Der ganze K-k-k-k-k-opf war weggeschossen. Und überall B-b-b-b-b-blut!«

»Von wem?« wollte der junge Detektiv wissen, als sie sich noch einmal umdrehten.

»Der... der... der ›Stöhnende Mann‹!« brach es aus Sam Niles heraus. »Er hat gesagt: ›Mmmmmmmmmmmmmmmmmmmm. Mmmuuuuuuuuuuuuuh.‹«

»Wer?« hakte der jüngere Detektiv nach.

»Baxter! Er hat gesagt: ›MMmmmmmmmmmmmmmmmmm. Mmmuuuuuuuuuhhhhhhhhhh! Ich konnte ihn nicht anfassen! Er war einfach zu... abstoßend! Wie hätte ich seine Hand nehmen sollen? Wie hätte ich das?«

»Von wem?« fragte der jüngere Detektiv.

»Von Baxter Slate!« schluchzte Sam Niles.

»Ach du meine Güte«, seufzte der jüngere Detektiv.

»Also gut, Sam«, redete der ältere Detektiv begütigend auf ihn ein. »Jetzt beruhigen Sie sich erst mal und rauchen Ihre Zigarette zu Ende. Und dann werden wir Sie gleich schlafen lassen.«

Nach Verlassen des Verhörraums ging der ältere Polizist direkt zu Sergeant Yanov und sagte: »Lassen Sie diesen Burschen sofort mit einer Funkstreife ins General Hospital bringen, damit er dort auf der Stelle in die Psychiatrische eingeliefert wird.«

»Aber die Kopfjäger sind doch schon unterwegs hierher«, hielt ihm Nick Yanov entgegen.

»Das ist *mein* Fall, und ich übernehme die Verantwortung für diese Entscheidung«, erwiderte der alte Polizist. »Dieser Bursche ist nicht in der Verfassung, von irgend jemandem verhört zu werden, und schon gar nicht von den Kopfjägern.«

»Im Krankenhaus werden sie allerdings nicht an ihn rankommen«, meinte Nick Yanov mit einem grimmigen Lächeln. »Das wird ihnen gar nicht gefallen.«

»Wie schade«, brummte der alte Detektiv und fällte auf diese Weise eine Entscheidung, die ihm eine Suspendierung eintragen und ihn zehn Tage Gehalt kosten würde.

Als die Funkstreife an der Aufnahme der Psychiatrie eintraf, wurde Sam Niles' Zustand von einem jungen Assistenzarzt als katatonisch bezeichnet.

15

Dr. Emil Moody

»Niles und Bloomguard!« sagte Lieutenant Elliott ›Hardass‹ Grimsley, ehemals Nachtschichtleiter der Wilshire-Station, inzwischen bei der Abteilung für interne Angelegenheiten, als er an jenem Morgen von seinen Ermittlungsbeamten zu Hause angerufen wurde. Seine Männer hatten in Harold Bloomguards Darstellung des Falls keine Lücke finden können, noch hatten sie Zugang zu Sam Niles in der psychiatrischen Abteilung des General Hospital, wobei ihnen Sam Niles inzwischen nicht einmal mehr seinen Namen hätte sagen können.

»Ich kann mich an die beiden noch erinnern«, brummte Lieutenant Grimsley in den Hörer. »Unruhestifter. Freunde dieses Radauburschen Spermwhale Whalen. Hören Sie, mir ist zu Ohren gekommen, daß sie mit verschiedenen anderen Beamten der Nachtschicht hin und wieder zu Singstunden gegangen sind. In den MacArthur Park vielleicht? Sollten sie sich dort immer getroffen haben? Fahren Sie zu Whalen nach Hause. Holen Sie dieses fette Schwein aus dem Bett und bringen Sie ihn zu uns ins Büro. Und dann nehmen Sie diesen Burschen mal ordentlich in die Mangel.«

Um neun Uhr saßen die zwei Kopfjäger mit Spermwhale Whalen in einem Verhörraum im fünften Stock des Polizeigebäudes. Sie beobachteten die stoppligen roten Backen, den gewaltigen Bauch und die wilden, kleinen Augen, die von Verachtung und Aufsässigkeit sprühten.

»Sie glauben doch wohl nicht im Ernst, wir nehmen Ihnen ab, daß Sie nichts von dieser Schießerei wissen?« bemerkte der eine der beiden Kopfjäger in beißendem Tonfall. »Wir verfügen über zuverlässige Informationen, daß Sie dabei waren.«

Spermwhale sah die beiden jungen Sergeants in Zivil an und erwiderte: »Wenn Sie so viel wissen, weshalb fragen Sie dann mich diesen ganzen Blödsinn?«

»Jetzt hören Sie mal gut zu, Whalen.« Der andere Sergeant

beugte sich über den Tisch. »Nicht weit von der Leiche haben wir mehrere leere Schnapsflaschen gefunden. Leider haben Sie an diesem Abend nicht genug aufgeräumt. Außerdem sind wir auf die Reifenspuren eines Lasters gestoßen, von denen Abdrücke angefertigt worden sind. Einer von Ihnen hatte seinen Wagen in der Nähe geparkt.«

»Ich habe Ihnen doch schon gesagt, daß ich gestern nacht sofort nach Dienstschluß nach Hause bin. Ich weiß nicht, was das Ganze eigentlich soll, und abgesehen davon finde ich es eine Unverschämtheit, daß Sie mich hierhergeschafft haben.«

Der Sergeant, welcher den Bösen spielte, stand angewidert auf und stürmte aus dem Raum, so daß sein Partner nun den Guten heraushängen lassen konnte, worauf Spermwhale allerdings nicht hereinfiel.

»Hat er irgend etwas gesagt?« fragte Lieutenant Grimsley, der draußen auf dem Flur zusammen mit Commander Hector Moss und Deputy Chief Adrian Lynch wartete. Letzterer hatte mit seiner leidenschaftlichen Sekretärin Theda Gunther eine heiße Nacht in irgendeinem Motel hinter sich, weshalb sein Toupet wieder einmal etwas verrutscht war.

»Whalen ist ein guter Schauspieler, Lieutenant«, meinte der Sergeant. »Es sei denn, er sagt die Wahrheit. Vielleicht lügt Bloomguard ja wirklich nicht. Vielleicht stimmt diese verrückte Geschichte tatsächlich.«

»Quatsch!« unterbrach ihn Lieutenant Grimsley. »Ich weiß, daß Bloomguard lügt. Diese Bierdosen und Flaschen...«

»Wir können nicht beweisen, daß sie von ihnen sind«, hielt ihm der Sergeant entgegen.

»Und was ist mit dem BH, den Sie gefunden haben?« fragte Lieutenant Grimsley.

»Er sah so aus, als hätte er schon ein paar Tage dort herumgelegen. Er war mit Blättern und allem möglichen Abfall bedeckt.«

»Was für eine Größe war es?«

»Riesig. Vierundvierzig, mit D-Schalen.«

»Gibt es irgendwelche Polizeigroupies mit so großen Titten?« überlegte Lieutenant Grimsley laut, wobei er den liebestollen Deputy Chief mit einem unbewußten Seitenblick bedachte.

»Was sehen Sie mich denn so an, Lieutenant?«

»Oh, entschuldigen Sie bitte vielmals, Sir«, stotterte ›Hardass‹ Grimsley.

»Warum versuchen *Sie* es denn nicht mal mit diesem Burschen, Lieutenant?« schlug Commander Moss vor, und Lieutenant Grimsley lächelte nervös, während er sich bereits die Szene vorstellte, in der Spermwhale Whalen von der Schwarzen aus Philadelphia erzählen würde, mit der er Grimsley erwischt hatte, als er noch Nachtschichtleiter der Wilshire-Station gewesen war.

»Ich mische mich nicht gern in die Ermittlungen meiner Leute ein«, entgegnete Lieutenant Grimsley und hoffte, Spermwhale Whalen würde ihn nicht zu Gesicht bekommen und ihm zuzwinkern und das Haar zerzausen.

»Ich habe mir erlaubt, mir in Ihrem Büro seine Personalakte durchzusehen, Lieutenant«, meldete sich Chief Lynch zu Wort. »Hätten Sie was dagegen, wenn ich einen kleinen Versuch wagen würde?«

»Aber keineswegs, Sir; selbstverständlich«, entgegnete Lieutenant Grimsley, enorm erleichtert. »Schließlich sind Sie ja auch ein alter IAD-Mann.«

Chief Lynch war tatsächlich ein alter Kopfjäger vom IAD, zumal allgemein bekannt war, daß eine gewisse Zeit bei der Abteilung für interne Angelegenheiten das beste Sprungbrett für eine spätere Beförderung darstellte. Die Kopfjäger hatten insgesamt die besten Beförderungschancen, während zum Beispiel die Tätigkeit auf einer normalen Polizeiwache mehr oder weniger eine Sackgasse darstellte.

Seine drei Jahre als Kopfjäger waren die angenehmste Zeit in Chief Lynchs gesamter Laufbahn gewesen. Er wußte nämlich sehr gut, wie es in einem Polizisten aussah. Er wußte zum Beispiel auch, daß Lügendetektoren wegen ihrer enormen, berufsbedingten Schuldgefühle bei ihnen hervorragende Ergebnisse erbrachten, wohingegen sie bei soziopathischen Kriminellen ohne Schuldgefühle praktisch nutzlos waren. Außerdem wußte er, daß alle Menschen vor irgend etwas Angst haben, und er konnte sich unschwer vorstellen, wovor ein zweiundfünfzig Jahre alter Streifenpolizist wie Spermwhale Whalen vermutlich am meisten Angst hatte.

Jedenfalls saß Deputy Chief Lynch fünf Minuten später, kaffeetrinkend, Spermwhale Whalen gegenüber, ohne diesem etwas anzubieten. Chief Lynch lächelte: »Machen Sie sich keine Sorgen, Whalen; ich werde Sie nicht lange behelligen.«

»Das ist auch gut so, Chief; ich habe nämlich nichts zu sagen und weiß auch nicht, was das Ganze soll.«

»Sie lügen!« fuhr ihn Chief Lynch unvermittelt an, und Spermwhales kleine Augen verengten sich. Die buschigen Augenbrauen senkten sich gefährlich, und die Z-förmige Narbe hob sich sehr weiß von seiner roten Nase ab. Unwillkürlich sah Chief Lynch mit einem ängstlichen Blick zur Tür und wünschte in diesem Moment, er hätte einen der Kopfjäger bei sich im Verhörraum gehabt.

»Ich will einem altgedienten Hasen wie Ihnen nichts vormachen, Whalen«, fuhr Chief Lynch in freundlicherem Ton fort. »Selbstverständlich werden wir Ihre Aussage auf Band aufnehmen. Ich schenke Ihnen also von vorneherein reinen Wein ein.«

»Das ist ja wunderbar«, brummte Spermwhale, »weil ich nämlich sowieso nichts...«

»Sie haben ja eine ganz schön umfangreiche Akte«, unterbrach ihn Chief Lynch. »Sie sind nicht gerade selten wegen Aufmüpfigkeit aufgefallen. Mir ist jetzt natürlich auch klar, weshalb Sie zwanzig Jahre lang bei der uniformierten Streife geblieben sind.«

»Ich arbeite gern bei der uniformierten Streife«, erwiderte Spermwhale. Er saß reglos auf seinem Stuhl, seine Hände auf seinen Knien, und wünschte sich nichts sehnlicher als eine Tasse Kaffee. Sein Mund war trocken wie Asche.

»Habe ich eben nicht zwanzig Jahre gesagt? Wohl noch nicht ganz. Sie haben doch erst neunzehneinhalb Jahre, oder nicht? Abzüglich ein paar Suspendierungen, die Sie noch abdienen werden müssen. Meine Güte, Sie waren diesen zwanzig Jahren schon so nahe. Und jetzt ist alles umsonst.«

»Jetzt hören Sie aber mal, Chef...«

»*Sie* hören jetzt zu, Whalen«, fuhr Chief Lynch ihn an. »Und zwar gut. Vielleicht hat Niles diesen Schwulen abgeknallt, weil er ein bißchen üben wollte, wie man schnell zieht. Oder vielleicht hat er auch nur auf Bierflaschen geschossen. Wie es passiert ist, weiß ich nicht, und eigentlich will ich es auch gar nicht wissen. Aber ich werde die Wahrheit herausfinden, und zwar von jedem einzelnen Mann, der dabei war. Sie erzählen jetzt gefälligst, wie das alles war, oder ich werde zumindest Niles wegen versehentlichen Totschlags belangen lassen, und ich kann Ihnen garantieren, daß bei diesem Prozeß auch Sie wegen Beihilfe vor Gericht stehen werden. Haben Sie vielleicht schon einmal etwas davon gehört, daß es auch strafbar ist, eine strafbare Tat nachträglich zu decken?«

»Hören Sie, Chef...«

»*Sie* hören jetzt zu, Whalen, das habe ich Ihnen bereits gesagt«, unterbrach ihn Chief Lynch, der langsam in Fahrt kam und sich über den Tisch beugte, so daß Spermwhale in seinem Atem den leichten Zitronengeschmack von Theda Gunthers Seife riechen konnte. »Sie sind jetzt zweiundfünfzig. Zweiundfünfzig. Überlegen Sie sich das mal. Sehen Sie sich doch an. Sie sind ein alternder, fetter Mann ohne Ausbildung. Wollen Sie sich noch mal noch einem Job umsehen? Was sollten Sie denn tun? Flugzeuge fliegen? Auf keinen Fall. Sie werden nicht mal einen Job kriegen, Scheißhäuser zu putzen, nachdem Sie bei der Polizei *gefeuert* worden sind. Wovon wollen Sie dann leben? Ich möchte wetten, daß Sie nach Ihren sechs Monaten im *Gefängnis*, und nachdem Sie Ihre Stelle verloren haben, und ohne irgendwelchen Anspruch auf eine Pension noch als Penner auf der Straße landen werden. Ich möchte wetten, daß Sie betteln müssen oder für ein paar Säufer sonst noch alles machen, um ab und zu ein paar Dollars zu ergattern, Whalen? Wollen Sie, daß ich Ihnen das alles erzähle? Glauben Sie vielleicht, das könnte Ihnen nicht passieren?«

Und dann versuchte es Chief Lynch mit der alten Inquisitorenmethode von Lüge und Halblüge, um Wahrheit und Halbwahrheit herauszubekommen. »Wir haben da auf einer Bourbonflasche im Park einen sehr interessanten Fingerabdruck gefunden. Sie haben fünf Minuten Zeit, sich alles noch einmal gut zu überlegen, Wahlen. Ich werde jetzt diesen Raum verlassen. Und Sie erzählen uns entweder die ganze Geschichte über diesen Mord, oder Sie werden vor den Untersuchungsausschuß und später vor Gericht gestellt. Und dann wird es auf jeden Fall zu spät sein, um uns auf einen Handel einzulassen. Neunzehneinhalb Jahre, hm? Fast hätten Sie Ihre Pension geschafft.«

Spermwhale Whalen starrte auf einen leeren Stuhl. Für drei Minuten machte er keine einzige Bewegung. Nie in seinem Leben hatte er sich einsamer gefühlt. Er lauschte den gedämpften Stimmen draußen auf dem Flur. Er horchte auf sein Herz und das leise Summen des Tonbandgeräts. Schweißperlen standen auf seiner Oberlippe. Dann hörte er ein leichtes Klopfen an der Tür. Und nun stellte der tapferste und stärkste Chorknabe fest, der Veteran dreier Kriege, der einzige Polizist in Los Angeles, der während seines Dienst bei der Polizei gleichzeitig aktiv Kampfeinsätze geflogen hatte, Inhaber eines Silver Star, zweier Purple Hearts und sechs Air Medals, der keinen Menschen fürchtete, und nicht einmal den Tod von einer anderen Hand als der seinen; nun stellte der tapferste und stärkste und *älteste* Chorknabe fest, daß er Angst vor dem Leben hatte. Vor dem entsetzlichen Leben, das ihm Chief Lynch beschrieben hatte. Und er hatte sogar entsetzliche Angst vor diesem Leben. Er fühlte sich von seiner Angst übermannt. Seine Kehle schnürte sich zusammen, und seine Kopfhaut kribbelte vor Angst. Das Tonbandgerät war unerträglich. Dieses leise Summen. Seine mächtige rote Pranke glitt fast vom Türgriff, als er die Tür öffnete. Zögernd trat er auf den Korridor hinaus, wo fünf Männer warteten.

Deputy Chief Lynch sah in Spermwhales kleine Augen. Dann rückte er sein Toupet zurecht, wobei sich hinter den Ohren sein eigenes schütteres Haar hervorkringelte. Mit einem zuversichtlichen Lächeln betrat er den Raum. Spermwhale hielt ihm die Tür auf.

Bis elf Uhr vormittags an jenem Tag saßen acht Chorknaben in ebenso vielen verschiedenen Büros im fünften Stock des Parker Center. Um vier Uhr nachmittags saß Sergeant Nick Xanov, der die Geschichte inzwischen von Captain Drobeck erfahren hatte, der sie wiederum von Commander Moss hatte, an seinem Telefon und sprach mit Lieutenant Rudy Ortiz, der schon wiederholte Male angeklagte Polizisten vor einem Untersuchungsausschuß verteidigt hatte.

Nick Yanov tobte ins Telefon, daß dem Verteidiger die Ohren schmerzten. »Diese gottverdammten Idioten haben sich eine Geschichte zurechtgelegt und sich bis auf Whalen auch daran gehalten. Aber Whalen hat alles über sich und die anderen erzählt!«

»Ach du meine Güte!« entgegnete Lieutenant Ortiz. »Was hätten sie den anderen denn schon anhaben können, als ihnen einen Rüffel zu erteilen, weil sie sich im Park besoffen haben. Sie hätten einfach die Untersuchungsbeamten holen und ihnen gleich an Ort und Stelle den Tatverlauf schildern sollen. Mit Ausnahme dieses Heini, der in Uniform war, wäre doch Niles der einzige gewesen, der wirklich in ernsthafte Schwierigkeiten hätte kommen können.«

»Ich weiß. Ich weiß. Diese Idioten!« schimpfte Nick Yanov. »Jetzt haben sie sie *alle*. Sie haben Beweismaterial zurückgehalten, die mit der Untersuchung des Falls betrauten Beamten belogen und sich des Ungehorsams im Dienst schuldig gemacht.«

»Wenn diese jungen Spritzer nur gefeuert werden, können sie noch von Glück reden«, meinte Lieutenant Ortiz. »Wenn sie Pech haben, werden sie sogar vor Gericht gestellt.«

»Ich weiß. Können Sie ihnen nicht irgendwie helfen?« flehte Nick Yanov.

Um fünf Uhr saß Deputy Chief Lynch an seinem Telefon und plauderte gut gelaunt mit Assistant Chief Buster Llewellyn.

»Genau, Buster, am liebsten wäre es mir, wir könnten sie feuern. Und am besten auch noch gleich eine Weile hinter Gitter bringen. Allerdings würde das zu viel Aufsehen erregen. Aber zumindest haben wir die Lage nun unter Kontrolle.«

»Gott sei Dank war das Opfer nur irgend so ein Schwuler. Stellen Sie sich vor, es wäre irgendeine anständige, normale Person gewesen«, gab Assistant Chief Buster Llewellyn zu bedenken, während er an seinem Kaffee nippte und sich zum hundertstenmal hinsichtlich der Herkunft dieses eigenartigen Flecken auf seiner Schreibtischauflage den Kopf zerbrach.

»Aber um diese Zeit würde sich doch kein anständiger Mensch im MacArthur Park aufhalten. Nachts treibt sich doch außer Tunten dort kein Mensch herum. Und dann natürlich noch diese Gruppe von Polizisten.«

»Haben Sie schon mit der Mutter des Opfers gesprochen, Adrian?«

»Sogar persönlich«, lächelte Chief Lynch. »Sie war ganz schön erschüttert. Aber wissen Sie, sein Vater war, glaube ich, sogar ein bißchen erleichtert.«

»Was wollte der arme Kerl schließlich noch mehr«, nickte Chief Llewellyn. »Früher oder später wäre ihm sowieso von irgendeinem Schwulen der Bauch aufgeschlitzt worden, wenn er nicht vorher schon an Syphilis gestorben wäre.«

»Und so haben wir uns also in bestem Einvernehmen getrennt. Mr. und Mrs. Blaney wissen, daß sich im Park ein paar Polizisten aufgehalten haben, und einem ist die Pistole losgegangen, als er sie fallen gelassen hat. Der Schuldige hat nach dem Unfall durchgedreht und sitzt inzwischen in der Klapsmühle, damit er wieder einigermaßen zurechtgebogen wird. Der Presse haben wir in etwa dieselbe Geschichte angedreht; nur mußte ich in diesem Fall noch das Zugeständnis machen, daß die Polizisten ein paar Bier intus hatten. Und daß insgesamt neun Beamte in den Fall verwickelt waren, daß anfänglich ein paar Fakten zurückgehalten wurden und daß sich das Ganze dann aber trotzdem als ein reiner Unglücksfall herausgestellt hat.«

»Nur gut, daß der Schuldige gleich danach durchgedreht hat.«

»Eigentlich hat er das schon vorher, Buster. Als sie ihn in den Transporter gesperrt haben.«

»Davon weiß aber niemand?«

»Es ist doch nicht nötig, alle Einzelheiten an die Öffentlichkeit dringen zu lassen. Zumal das ja nichts an den Tatsachen ändert. Jedenfalls ist der Fall völlig klar.«

»Was werden wir ihnen denn aufbrummen?«

»Das Höchstmaß. Feuern können wir sie allerdings nicht, wenn wir nicht Gefahr laufen wollen, daß Gerüchte über diese Singstunden in Umlauf kommen. Ich hätte natürlich nichts dagegen, wenn wir sie mit der Androhung eines strafrechtlichen Verfahrens dazu bringen könnten, freiwillig aus dem Dienst zu scheiden.«

»Glauben Sie denn, sie werden das tun?«

»Schon möglich. Zumindest hat einer von ihnen dies bereits getan. Bloomguard. Soviel ich gehört habe, ist Niles ganz schön durcheinander, und falls sich sein Zustand nicht rapide bessern sollte, wären es schon zwei. Ganz zu schweigen von Officer Slate, der die Nacht zuvor Selbstmord begangen hat. Wie man mir gesagt hat, hat auch er dazugehört. Aber anständigerweise hat er sich selbst eine Kugel durch den Kopf gejagt, bevor es zu diesem Vorfall im Park kam.«

»Das sind eben diese jungen Polizisten, die wir heutzutage einstellen müssen«, meinte Assistant Chief Llewellyn. »Um die Moral in unserem Land ist es einfach schlecht bestellt. Man sieht das ja an diesen jungen Polizisten. Stellen Sie sich nur einmal vor, die Fakten zurückzuhalten und einen solchen Vorfall vertuschen zu wollen!«

»Ja, wirklich erschütternd. Um Ehrlichkeit und Moral ist es heutzutage wirklich schlecht bestellt.«

»Sie haben jedenfalls gute Arbeit geleistet, Adrian. Man sollte Ihnen dafür ein Lob aussprechen. Aber in den Zeitungen wurden Sie ja kaum hervorgehoben, und das Fernsehen hat gar nichts gebracht.«

»Vielen Dank, Buster«, erwiderte Deputy Chief Lynch, wobei er insgeheim hoffte, daß dies erst der Anfang der Anerkennung sei, die ihm für seine Leistung gezollt werden würde.

Dr. Emil Moody, der Polizeipsychologe, hatte es gründlich satt, immer nur als Eheberater zu fungieren. Und er hatte es auch gründlich über, diese monatliche Kolumne in der Polizeizeitschrift zu schreiben. Nur selten hatte er Gelegenheit gefunden, psychotische Beamte wie Sam Niles zu untersuchen. Die Polizeidirektion und die Stadtverwaltung schlugen zwar reichlich Kapital aus der Tatsache, daß immer wieder ein Polizist erstochen, erschlagen oder erschossen wurde, aber gleichzeitig weigerten sie sich zuzugeben, daß etwas so wenig Spektakuläres, aber *Teures* wie psychische Störungen den üblichen Polizistenleiden wie Herzbeschwerden, Tuberkulose und Bruchleiden hinzugefügt werden sollte.

Mangels Informationen für ein detailliertes psychologisches Gutachten erstellte Dr. Emil Moody aus Übungszwecken für sich selbst eine kleine Studie. Er stellt fest, daß im Gegensatz zu Polizisten früherer Generationen diese nicht aus der Arbeiterklasse kamen oder von Einwanderern abstammten. Bloomguard, Slate, Pratt, Potts, Wright, Tanaguchi und van Moot hatten eine solide mittelständische Erziehung genossen. Whalen und Rules kamen aus der Arbeiterklasse, und nur ein einziger, Sam Niles, hatte eine Kindheit voller Entbehrungen hinter sich und war von seinen Eltern immer vernachlässigt worden.

Nur drei waren verheiratet: van Moot, Wright und Rules. Drei waren geschieden: Potts, Whalen und Niles, wobei Whalen dreimal geschieden und van Moot in zweiter Ehe verheiratet war.

Van Moot war Veteran des Korea-Krieges. Niles, Bloomguard, Rules und Potts hatten in Vietnam gedient. Tanaguchi hatte zwar seinen Militärdienst abgeleistet, war aber nicht im Krieg gewesen. Slate, Wright und Pratt waren nicht beim Militär gewesen. Whalen hatte – kaum zu glauben, aber wahr – am Zweiten Weltkrieg ebenso teilgenommen wie an den Kriegen in Korea und Vietnam.

Neun hatten das College besucht, und die meisten hatten sich auch um einen Abschluß bemüht. Drei von ihnen hatten bereits ein Bakkalaureat: Bloomguard in Betriebswirtschaft, Niles in Politischen Wissenschaften, Slate in Klassischer Literatur. Die meisten bemühten sich um einen Abschluß in Polizeikunde oder Rechtswissenschaften. Whalen hatte nie ein College besucht.

Mit Ausnahme von Herbert Whalen, zweiundfünfzig und Spencer van Moot, vierzig, handelte es sich ausnahmslos um junge Männer, alle offensichtlich bester Gesundheit.

Kurz gesagt, diese Zusammenfassung besagte so gut wie gar nichts. Dr. Moody schrieb sie, las sie noch einmal durch und warf sie dann in seinen Papierkorb. Er hatte gehofft, aufgrund seiner Untersuchungen die Behauptung aufstellen zu können, daß Polizisten eine effektive Präventivbehandlung gegen berufsbedingte psychische Störungen zustand.

Sehr gern hätte er sich mit Officer Niles' bestem Freund, Officer

Bloomguard, in Verbindung gesetzt, der am Morgen nach dem Vorfall seinen Dienst quittiert hatte. Und er hätte sich gern mit den Ärzten im General Hospital unterhalten, wo Niles behandelt wurde. Und vor allem hätte er gern Niles selbst gesehen. Er wurde den Verdacht nicht los, daß mehr hinter diesem Vorfall steckte, als die Direktion wußte. Er argwöhnte, daß der Selbstmord von Officer Baxter Slate in irgendeiner Weise mit dem tödlichen Vorfall im Park zu tun hatte.

Aber Dr. Moody ging wieder dazu über, eine harmlose Kolumne für die harmlose Polizeizeitschrift zu verfassen. Die Polizeidirektion hatte etwas für Leute übrig, die sich anzupassen wußten. Und er hatte einen geruhsamen und angenehmen Job, den er nur ungern verloren hätte.

Gerade als Chief Lynch dachte, alles würde völlig reibungslos ablaufen, schaltete Spencer van Moot auf stur. Da er während der Schießerei bewußtlos gewesen war, fand er eine sechsmonatige Suspendierung etwas unangemessen. Deshalb erklärte er sich vor dem Untersuchungsausschuß für nicht schuldig. Pater Willie Wright folgte seinem Beispiel, als er hörte, daß Spencer sich nicht schuldig bekannt hatte – und als er sich eingehender ausmalte, was ein halbes Jahr ohne Gehalt für ihn bedeuten würde.

Einige behaupteten, sie hätten in einem Fall, in dem es um eine mögliche Entlassung ging, die Untersuchungsausschüsse noch nie so rasch arbeiten sehen. Die Zeugen wurden in zwei Stunden verhört. Spermwhale Whalen war für den Vertreter der Direktion der Kronzeuge. Er wirkte grau und zitterte, als er gegen seine Kameraden aussagte. Seit dem Vorfall hatte er zwanzig Pfund abgenommen. Er wirkte mit einem Mal weich. Und alt.

Theoretisch handelt es sich bei den Verhandlungen der Untersuchungsausschüsse um unvoreingenommene Vernehmungen vor höhergestellten Beamten vom Rang eines Captain aufwärts. Aber wie in jedem hierarchischen System, besonders in einem, das nach militärischen Gesichtspunkten aufgebaut ist, wußten die Captains sehr wohl über die Wünsche von Assistant Chief Buster Llewellyn Bescheid, der nur dem Großen Häuptling und Gott persönlich Rechenschaft schuldig war. Und so kannten sie auch die Wünsche von Deputy Chief Adrian Lynch, der nur auf Assistant Chief Llewellyn und Theda Gunther ansprach, welche sich durch die Art, wie er mit Spermwhale Whalen umgesprungen war und dann diese entsetzliche Orgie im Park aufgedeckt hatte, dermaßen beeindruckt und erregt zeigte, daß sie es eines Nachmittags in seinem Büro mit ihm trieb, wobei sie diesmal *seiner* Schreibtischauflage einen Fleck verpaßte und sein Toupet in Fetzen riß. Sein Haarteil sah danach aus, als wäre ein ganzer Schwarm Motten darüber hergefallen. Es saß wie ein totes Eichhörnchen auf seinem Kopf. Als es Zeit war, zu seiner Frau nach Hause zu fahren, mußte er das Polizeigebäude deshalb mit einer Golfkappe verlassen.

Spencer wurde für schuldig befunden, Ermittlungsbeamte belogen und Beweismaterial zurückgehalten zu haben. Sein Verteidiger, Lieutenant Rudy Ortiz, bat um Milde. Sergeant Nick Yanov bezeugte Spencers guten Charakter und seine dienstlichen Leistungen. Aber es galt, ein Exempel zu statuieren. Diesen Singstunden mußte auf jeden Fall ein Riegel vorgeschoben werden. Spencer van Moot wurde in Rekordzeit gefeuert. Sechzehn Jahre gingen wie nichts in Rauch auf.

Lieutenant Rudy Ortiz beschuldigte den Untersuchungsausschuß, die Abteilung für interne Angelegenheiten und die Polizeidirektion wütend der Rücksichtslosigkeit und Unnachgiebigkeit. Er gab dabei zu, daß er eine Weile für zivile Aufsichtsausschüsse gewesen war; nicht um die Bürger vor übereifrigen Polizisten zu schützen – dafür gab es andere rechtliche Maßnahmen –, sondern um die Polizisten vor übereifrigen Verfechtern disziplinarischer Maßnahmen innerhalb der eigenen Reihen zu schützen. Er sprach sich aus gegen den Einsatz von Lügendetektoren und ihre Heranziehung als Beweismaterial, die Übernahme von Informationen, deren Stichhaltigkeit durch nichts überprüfbar war, die Entscheidungswillkür der Ermittlungsbeamten hinsichtlich Wahrheit und Unwahrheit und die willkürlichen Durchsuchungen der betreffenden Person, ihres Schließfachs, ihres Privatwagens und sogar ihrer Wohnung, und das alles unter der Androhung eines Verfahrens wegen Unbotmäßigkeit, eines Vergehens, das mit Entlassung geahndet werden konnte.

Lieutenant Rudy Ortiz durfte also seine kleine Rede über polizeiinterne Ermittlungen und die Rechte der Polizisten halten. Und das tat auch Asisstant Chief Adrian Lynch. Im privaten Kreis erklärte er, dieser Pomadenheini Ortiz könnte es nur dann zum Captain bringen, wenn er in die mexikanische Armee eintreten würde.

Pater Willies Untersuchungsausschuß arbeitete sogar noch schneller. Im Gegensatz zu Spencer, der den Raum zwar zitternd, aber doch trotzig verließ, brach Pater Willie beim Urteilsspruch in Schluchzen aus.

Nachdem Spencer und Pater Willie gefeuert worden waren, ließen die anderen Chorknaben in ihrem Widerstand nach. Sie alle gaben vor ihrem jeweiligen Untersuchungsausschuß ihre Schuld zu und nahmen dankbar die sechsmonatige Suspendierung zur Kenntnis. Als Belohnung für seine Mithilfe bei der Aufklärung des Falls erhielt Spermwhale Whalen sogar nur dreißig Tage Suspendierung.

Sam Niles befand sich nach wie vor in psychiatrischer Behandlung und wurde von der Direktion in aller Stille entlassen. Da er weniger als fünf Jahre bei der Polizei gewesen war, mußte ihm die Stadt keine Rente für die Behinderung zahlen, die nach Auffassung der Stadtverwaltung nicht durch seine polizeiliche Arbeit hervorgerufen worden war. Sam Niles wurde erst ins Veterans Hospital eingeliefert, von wo aus er dann ins Camarillo State Hospital kam.

Harold Bloomguard wurde gebeten, seine Besuche einzustellen, da diese den Patienten zu beunruhigen schienen.

Epilog

Es war ein wenig unheimlich, in dieser feuchten und kalten Winternacht im Februar im MacArthur Park zu stehen. Sergeant Nick Yanov sah sich die Stelle an, die aufzusuchen er sich nie zuvor die Mühe gemacht hatte. Diesmal galt es jedoch, die Neugierde seines neuen Chefs, Lieutenant Willard Woodcocks, zu befriedigen, eines vor kurzem beförderten, einunddreißigjährigen Schlaubergers, von dem es hieß, daß ihm eine glänzende Karriere bevorstand.

»Hier ist es also passiert?« bemerkte Lieutenant Woodcock. Seine funkelnagelneue Mütze mit dem goldenen Lieutenantabzeichen war ihm eine Spur zu groß. Aufgrund seines frischen Haarschnitts rutschte sie ihm leicht über die Ohren.

»Ja, genau hier, soweit ich informiert bin«, nickte Sergeant Nick Yanov, die Hände in den Taschen seiner blauen Jacke, eine Zigarette von seinen Lippen baumelnd, die sich weiß gegen sein dunkles, stoppliges Kinn abhob.

»Das ist jetzt etwa sechs Monate her, oder?«

»Ja, so ungefähr.«

»Sie werden also in den nächsten Tagen wieder den Dienst antreten. Ich finde, wir sollten uns deshalb etwas überlegen.«

»Etwas überlegen?«

»Ja. Wir können nicht zulassen, daß diese Kerle sich wieder zusammentun.«

»Viele sind sowieso nicht mehr übrig, um sich zusammenzutun«, hielt Nick Yanov dem entgegen, um dann seine Fäuste tiefer in seine Taschen zu schieben und den Kragen der alten Jacke hochzustellen, von deren Ärmel sich der zerschlissene Sergeantwinkel bereits zu lösen begann.

»Aber immerhin genug, um uns Scherereien zu machen.«

»Slate ist tot. Niles verstümmelt sich im Krankenhaus ab und zu selbst. Bloomguard hat seinen Dienst quittiert...«

»Was treibt eigentlich dieser Dicke jetzt, der damals als Zeuge des Präsidiums aufgetreten ist.«

»Whalen, der ist jetzt in Pension. Letzten Monat hat er seine zwanzig Jahre endlich hinter sich gebracht. Soviel ich gehört habe, schicken sie seine Schecks an irgendeine Adresse in einem abgelegenen, kleinen Nest in Utah. Wright wurde gefeuert. Van Moot ebenfalls. Damit bleiben nur noch vier, Lieutenant: Rules, Dean Pratt, Tanaguchi und Potts. Und ich nehme an, daß sie nach einem halben Jahr ohne Gehalt schön brav kuschen werden.«

»Ich finde trotzdem, daß es nicht gut war, sie nicht zu versetzen. Lieber hätte man diese Burschen nach ihrer sechsmonatigen Suspendierung in alle Winde verstreuen sollen.«

»Aber auf diese Weise kann das Präsidium demonstrieren, daß disziplinäre Maßnahmen ihre Wirkung auf Unruhestifter keineswegs verfehlen. Sie werden völlig zahme und harmlose Ex-Unruhestifter sein, meinen Sie nicht auch?«

»Ja, dieser Gedanke steckt vermutlich dahinter«, nickte Lieutenant Woodcock.

»Nur waren sie gar keine Unruhestifter.«

»Wie meinen Sie das?« Der Lieutenant sah den Sergeant prüfend an. Nicks Yanovs halb gerauchte Zigarette klebte an seinen Lippen, ohne daß er sie ein einziges Mal aus dem Mund genommen hätte.

Nick Yanov starrte auf die schlafenden Enten in dem friedlichen Teich und sagte: »Sie waren nichts weiter als ganz gewöhnliche Polizisten, ganz normale junge Kerle. Vielleicht nur ein wenig einsamer als andere. Vielleicht haben sie sich immer dann zusammengetan, wenn sie sich besonders einsam gefühlt haben. Oder wenn sie besonders Angst gehabt haben.«

»*Ganz normal*! Wie können Sie so etwas sagen, Yanov? Ich habe gehört, daß sie sich aufgeführt haben wie die Tiere. Sie haben sogar Frauen zu ihren Orgien angeschleppt. Einer von ihnen war möglicherweise drogenabhängig und pervers. Der Mann, der sich erschossen hat. Wie hieß er doch gleich wieder?«

»Baxter Slate. Ich habe ihn gemocht.«

»Mein Gott, Yanov, aus dieser Geschichte sollte doch jeder Polizist etwas lernen!«

»Was haben *Sie* denn daraus gelernt, Lieutenant?«

Lieutenant Woodcock beobachtete den breitschultrigen Sergeant, der seine Augen nicht einen Augenblick von dem schimmernden Wasser abwandte. Der Lieutenant nahm sich vor, seinen Außendienstsergeant künftig gut im Auge zu behalten, den Vorfall Captain Drobeck zu melden und unter Umständen den freien Tag zu streichen, den Nick Yanov beantragt hatte. Schließlich antwortete der Lieutenant: »Degenerierte Selbstmörder. Betrunkene Mörder. Hurenböcke. Möglicherweise Rauschgiftsüchtige. Sergeant, diese Männer würden doch versuchen, eine achtzigjährige Nonne zu verführen. Oder ihr den Arm brechen.«

»Vielleicht«, erwiderte Nick Yanov und ließ den Rauch durch seine Nase entweichen. »Aber sie würden ihr zumindest nicht ihre Handtasche stehlen.«

»Sollen das die Kriterien für einen Polizisten sein, Yanov? Reicht das schon aus, um ein guter Polizist zu sein?«

»Keine Ahnung, Lieutenant. Ich weiß nicht, was einen guten Polizisten ausmacht. Oder überhaupt einen guten Irgendetwas.«

»Fahren wir wieder zum Revier zurück«, brummte der Schichtkommandant verdrießlich. »Ganz schön kalt hier draußen.«

Für einen Augenblick stand Sergeant Nick Yanov allein auf dem feuchten Rasen und drückte mit seinem Gewicht seine Fußabdrücke in die aufgeweichte schwarze Erde. Das Gras roch frisch und feucht, und die Bäume duckten sich im Dunkel wie gigantische Wachteln. Der Ententeich schimmerte wie silberner und schwarzer Saphir. Die Baumkronen raschelten im kalten Nachtwind.

Nick Yanov sah auf zu der brütenden Finsternis, zu dem verschwommenen, halb verdeckten Mond. Nicht ein Stern war zu sehen. Nicht einmal der große Stern durchdrang den nachtschwarzen Himmel. Nick Yanov stand an der Stelle, wo sie ihre Decken auf das Gras gebreitet hatten, nahe genug am Wasser, um sich wie in der freien Natur zu fühlen; hier, mitten im gefräßigen Bauch der gewalttätigen Stadt. Er spürte den leichten Nieselregen auf seinem Gesicht; dennoch wollte er in dieser Einsamkeit verweilen, während abgestorbene Blätter wie Fetzen von altem braunem Pergament um seine Füße raschelten.

Dann schnippte er seine Zigarette auf den Teich hinaus, hörte ihr kurzes Zischen und beobachtete, wie sie auf der Wasseroberfläche dahintrieb. Es tat ihm unmittelbar darauf leid, daß er das getan hatte. Aber es schwammen noch andere Abfälle auf dem stillen Wasser des Teichs; und unter den Büschen lag aller möglicher Müll, wenn man im Schein des Monds näher hinsah.

Aber er wollte nicht näher hinsehen. Er wollte sich lieber vorstellen, daß im Park alles heil und in Ordnung und sauber sei; hier, in der stillen Bucht mit den Enten, die friedlich auf dem eisigen Wasser schlummerten. Wo sich die Chorknaben in der Entenscheiße orgiastisch besoffen hatten.

Ein guter Polizist

1

Der Batuschka

Eine Explosion von Chrysanthemen, Kerzenlicht, orientalischen Teppichen und byzantinischen Augen. Leichte Wölkchen von Weihrauch, aufsteigend zwischen zwei A-Cappella-Chören, von Singstimmen gen Himmel getragen.

Der Mann in dem gummierten, gelben Regenmantel schwankte leicht, als er seine kräftigen Arme diesen Weihrauchschwaden entgegenreckte, welche die Muttergottes einhüllten. Ihre Augen waren mild.

Andere Augenpaare waren tadelnd, streng. Byzantinische Augen. Ein Kaleidoskop von Ikonen in den unterschiedlichsten Größen: Heilige, Weise, Madonnen. Die Gesichter auf den Ikonen um ihn herum starrten mit großen, dunklen, unbeugsamen Augen.

Hin und wieder stieß der Mann in dem gelben Regenmantel die stämmige Frau neben sich an, während er unstet schwankte.

Schließlich zischte sie ihn an: »Sopa!«

Er entschuldigte sich: »Es tut mir leid.«

Darauf erschallten wieder die beiden Chöre mit ihrer tragischen, zeitlosen, slawischen Anrufung: »Ehre sei dir, Gott, in der Höhe ... erbarme dich unser.«

Der Mann in dem gelben Regenmantel war überwältigt von dem anhaltenden Pathos in diesen russischen Stimmen, von den Weihrauchwolken, die er dankbar einsog, von der niedrigen, vergoldeten Decke und den Scharen von Gläubigen, die Schulter an Schulter standen. Er blickte immerzu auf das seltsame Gewirr von Ikonen und die gewaltige Tafel der Ikonostase. Große, traurige, dunkle Augen. Die Ikone der Gottesmutter mit dem Kind von aprikosen-, creme- und lachsfarbenen Nelken eingefaßt. Der *Batuschka* hob den *Pomasok*, um das Zeichen des Kreuzes auf die Stirn des ersten in einer langen Schlange von wartenden Gläubigen zu pinseln.

Die Reihe führte eine elgante, schlanke Frau an. Ihr grauer Mantel war regennaß. Er bauschte sich unterhalb der gegürteten Taille, und die Ärmelstulpen und der Saum aus Pelz paßten zu ihrem Hut. Sie trug graue Kalbslederstiefel. Der Mann im gelben Regenmantel war von ihrer Schönheit überwältigt, als der *Batuschka* ein Kreuz aus geweihtem Öl auf ihre Stirn strich. Sie hätte einer Oper von Glinka oder Borodin entsprungen sein können: eine Jungfrau, die in den Wäldern von einem Pferdeschlitten gefallen war. Der Mann im gelben Regenmantel konnte sich glitzernde Schneeflocken auf dem Pelz ihres Kragens vorstellen.

Aber es war gar kein Pelz, zumindest kein echter. Und sie war auch keine Russin und schon gar keine Jungfrau. Sie war in dritter Generation anglo-irischer Abstammung und lebte gegenwärtig mit einem Ukrainer der zweiten Generation zusammen. Das russische Weihnachten feierten sie nur deshalb in der Kirche mit, um nicht den Unmut seiner Großtante zu erregen, die ihnen für einen Jaguar X-J-12 vierzehntausend Dollar leihen wollte. Den Wagen hatte sie etwa genauso nötig wie diese knappen Stiefel, welche nur die Blutzirkulation in den Beinen hemmten.

Eigentlich faßte der Raum nur dreihundert Personen. Zu diesem Abendgottesdienst hatten sich in der bescheidenen Kathedrale jedoch vierhundert Seelen versammelt. Dennoch wußten nur wenige Bewohner von Los Angeles, daß dieser Donnerstag, der 6. Januar, der russische Heilige Abend war. Ein wesentlich heiligerer Tag stand für den Sonntag bevor. Und über diesen Tag wußten sie *alle* Bescheid. Sie würden ihn dieses Jahr im nahe gelegenen Pasadena feiern! Super Bowl XI.

Die Stimmen: »Ehre sei dir... erbarme dich unser.«

Der Mann im gelben Regenmantel fühlte ein säuerliches Aufstoßen in seiner Kehle, schluckte es wieder hinunter, rülpste und stieß wieder die Frau neben sich an.

Dieses Mal wollte sie ganz sicher gehen, daß er sie auch verstand. Überdeutlich fauchte sie ihn an: »Arschloch!« Um das Gesagte noch zu unterstreichen, rammte sie ihm einen massiven Ellbogen in die Rippen.

»Uh!« schnappte der Mann im Regenmantel nach Luft, wobei ihm sein zimtfarbenes, nasses Haar weit über die Augen ins Gesicht fiel.

»Geh schon nach Hause!« flüsterte sie. »Alte Rauschkugel! Geh doch nach Hause!« Dazu versetzte sie ihm einen neuerlichen Stoß in den Bauch.

»Uh!« rülpste er. »Es tut mir wirklich leid.«

Dann drehte er sich um und drängte sich, die Hände auf den Bauch gepreßt, durch die dichtgedrängte Menge der Gläubigen auf den Ausgang zu, um das überfüllte Gotteshaus zu verlassen.

Er hatte eben die Tür erreicht, als ihn jemand am Hosenbein zupfte.

»Hier«, flüsterte ein kleiner Junge und reichte dem Mann ein Paar blitzender Handschellen, von denen eine lose Verriegelung herabbaumelte.

»Es tut mir wirklich leid«, sagte der Mann in dem gelben Regenmantel. Dann nahm er die Handschellen und steckte sie sich unter seinen Gürtel.

Einen Moment noch Kerzenlicht, Weihrauch und Farbenpracht. Im nächsten Dunkelheit, Kälte, Feuchtigkeit. Und dann nichts als diese schwarze und kalte und regnerische Nacht.

»Herr, erbarme dich unser.«

Der Mann im gelben Regenmantel schaffte es nicht, die Handschellen an der Innenseite seines Gürtels einzuhaken. Er merkte nicht, daß die Gürtelschnalle seitlich verrutscht war. Während er an seinem Gürtel herumtastete und -zerrte, glitten ihm die Handschellen in seine Unterhose. Der Stahl war kalt, und er stöhnte auf, als der offene Verschluß über sein Geschlechtsteil glitt.

Der Mann im gelben Regenmantel lehnte sich im Schatten an die Wand der Kathedrale und dachte abgekämpft über das Problem nach. Wenn er sich beruhigte und logisch vorging, muße es doch ein leichtes sein, die Handschellen freizubekommen. Aber er fröstelte im Regen. Er spähte tiefer in die Schatten und holte unbeholfen die Flasche Stolitschnaja aus der Tasche seines Regenmantels. Schwankend hob er sie hoch, und binnen weniger Sekunden wärmte ihn die seidige Flüssigkeit des russischen Wodkas bis in die Zehen.

Endlich hörte er zu frösteln auf. Er konnte wieder denken. Er fühlte sich nur ein wenig schwindlig, und er mußte sich setzen. Er plumpste schwer auf die Eingangstreppe der Kathedrale nieder – genau auf den gezahnten Rand der Handschelle, der auf seine Hoden drückte.

Ein buckliger und verwelkter Türsteher im Innern der Kathedrale dachte für einen Augenblick, einen Mann schreien zu hören. Nicht möglich – er zuckte mit den Achseln.

Jetzt hatte der Mann in dem gelben Regenmantel die Gürtelschnalle völlig aus den Augen verloren. Sie war ihm zusammen mit

Holster und Munitionsmagazin auf den Rücken gerutscht. Der Hosenschlitz seiner schlabbrigen, alten Popelinehose war gut zwanzig Zentimeter zur Seite gezerrt. Verzweifelt hantierte er an seinem Gürtel herum. Schließlich zog er ihn nach oben, was natürlich die falsche Richtung war. Je stärker er zog, desto stärker drückte sich der Stahlverschluß in seinen schmerzgepeinigten Hodensack. Er konnte den Hosenschlitz nicht finden. Auch er war verschwunden. Er dachte bereits, er hätte seine Hose verkehrt herum angezogen.

Der bucklige und verwelkte Türsteher im Innern der Kathedrale neigte seinen Kopf zur Seite und sah zu der Ikone des Heiligen Isaak hoch. Diesmal war er sich sicher, einen Mann schreien gehört zu haben.

Drei Frauen hatten sich zum Weihnachtsgottesdienst verspätet. Eine von ihnen war dreiundsiebzig Jahre alt – eine monarchistische Immigrantin, die nie aufgehört hatte, sich über den sittlichen Verfall und die Unmoral Amerikas zu beklagen, und die davon träumte, einst in russischer Erde bestattet zu werden. Sie bekreuzigte sich und legte die Arme um ihre beiden Töchter, als sie plötzlich entsetzt aufschrie. Da, am alten Klostergarten, abgeschlossen von der zwiebelförmigen Kuppel der Russisch-Orthodoxen Kathedrale der Jungfrau und Gottesmutter Maria, tobte im Schatten der goldenen Kuppel ein heulender Derwisch umher, ein Phantom mit regennassem, zerzaustem Haar. Sein gelber Regenmantel war weit ausgebreitet. Seine durchnäßte Hose war auf seine Knöchel herabgerutscht. Und während seine beiden Hände sein Geschlechtsteil hielten, tanzte er unter geisterhaftem Stöhnen einen einsamen, verrückten Walzer durch den Regen.

Nun dachte der bucklige und verwelkte Türsteher, über dem herzerweichenden slawischen Chor eine Frau kreischen gehört zu haben. Er neigte neuerlich seinen Kopf zur Seite und schickte dem Hl. Isaak ein kurzes Stoßgebet empor, welches die Beschwerden fortgeschrittenen Alters zum Inhalt hatte.

Der Mann in dem gelben Regenmantel war erschöpft von seinem aussichtslosen Kampf. Seine Handschellen lagen auf dem Pflaster und mit ihnen sein 38er Smith-and-Wesson-Revolver, sein Schlüsselbund und ein schmutziges Taschentuch. Und nun saß er mit bloßem Hintern in einer Regenpfütze und stellte, während er sich seine Unterhose wieder über die Knie hochzerrte, zu seiner Verwunderung fest, daß er seine Hose doch nicht verkehrt herum angehabt hatte.

Fünf Minuten später hatte er seine sämtlichen Gerätschaften, zusammen mit der Flasche Stolitschnaja, in den Taschen seines Regenmantels verstaut. Da er den Reißverschluß nun endgültig losgerissen hatte, baumelte er lose zwischen seinen Beinen herab. Dankbar stolperte er in die Kirche zurück.

»Erbarme dich unser... Allmächtiger Gott... Erbarme dich unser.«

Warm und zufrieden zwischen den dicht gedrängten Gläubigen stehend, beobachtete er einen schlanken, hoch aufgerichteten Mann von mindestens achtzig Jahren in einem fadenscheinigen, olivfarbenen Mantel, der vor dem Bildnis der Jungfrau mit dem Kind auf beide Knie sank. Der alte Mann verbeugte sich in frommer Ehrfurcht und stand, ohne daß ihn jemand stützte oder begleitete, vor dem vom Kerzenlicht beschienenen *Batuschka*. Der alte Mann neigte sich zu dem Kreuz in der Hand des Priesters hinab und küßte das goldene Relief des Gekreuzigten.

Der *Batuschka* lächelte. Der alte Mann gehörte zu den ersten Einwanderern – ein Maurer aus Rostow, der in den letzten Jahren seine Kenntnisse und seine Arbeitskraft in den Dienst der Kirche gestellt hatte. Der Mann im gelben Regenmantel kannte den Maurer nicht. Statt dessen sah er nun einen strammen, alten weißrussischen Soldaten, möglicherweise ein Kosakenoberst, der mit einem Ernst und einer Würde vor dem Diakon stand, um den Leib Christi zu empfangen, als stünde er kurz vor dem Besteigen eines Zuges an die Front vor dem Zaren persönlich.

Dem Mann in dem gelben Regenmantel wurde das alles zu viel. Er konnte das feuchte, betrunkene Schluchzen nicht unterdrücken. Es brach aus ihm hervor wie das Bellen eines Seehunds. Der Kommunikant vor ihm schreckte auf. Er drehte sich um und blickte in das gerötete, tränenüberströmte Gesicht, eingerahmt von wirren und zerzausten Strähnen zimtfarbenen Haares.

»Es tut mir schrecklich leid«, antwortete der Mann in dem gelben Regenmantel auf das sprachlose Staunen seines Vordermannes.

Nun kniete der Mann in dem gelben Regenmantel selbst vor der heiligen Ikone. Verzweifelt preßte er seine Lippen aufeinander, aber vergeblich. Ein übermächtiges Schluchzen überkam seinen Körper, und er bellte von neuem los. Der *Batuschka* sah abrupt auf.

Zwei Ministranten, die dem Diakon assistierten, flüsterten sich kichernd gegenseitig etwas ins Ohr. Zwei Kommunikanten mußten dem Mann im gelben Regenmantel auf die Beine helfen. Er drehte sich um und grinste seine Wohltäter blöde an: »Es tut mir wirklich leid.«

»Gehen Sie schon weiter«, flüsterte der Mann hinter ihm. »Gehen Sie schon. Sie sind der nächste.«

Der Mann im gelben Regenmantel schwankte vor den bärtigen *Batuschka,* der ein Gesicht machte, als wollte er dem Betrunkenen lieber eine Ohrfeige versetzen als ihm seinen Segen verabreichen.

Und dann überkam es den Mann in dem gelben Regenmantel. Es wurde ihm einfach alles zu viel – die slawischen Gesänge, die alles umhüllenden Wolken aus Weihrauch, die Myriaden von Kerzen, die in allen Regenbogenfarben aufleuchtenden Nelken und Chrysanthemen, der stramme, alte Soldat-Maurer, die allgegenwärtigen Ikonen und diese leidenden und zugleich tadelnden byzantinischen Augen. Demütig kauerte er vor dem Priester nieder. Und dann kam es wie eine Woge über ihn. Seine massigen Schultern begannen zu zucken, und er senkte seinen Kopf und ließ die Tränen strömen. Er weinte.

Sein Regenmantel stand offen, und mit jedem Schauder seiner Schultern hampelte der Reißverschluß seiner Hose zwischen seinen Knien hin und her – eine kaputte und abgetakelte alte Puppe, die freudlos an einem einzigen Faden baumelte.

Angesichts der Heiligkeit der Stätte und des Tages eigentlich eine unerhörte Beleidigung, und doch zeigte sich der Priester gerührt.

»Es ist gut, mein Sohn«, sprach er leise und fuhr sanft mit seinem Stab über die Stirn des Weinenden.

Der Mann im gelben Regenmantel spürte, wie das warme Öl zwischen seinen Augen herabtropfte, und ergriff die Hand des Priesters. »Vater, es tut mir schrecklich leid. Es tut mir *wirklich* schrecklich leid, *Batuschka.*«

»Es ist gut, mein Sohn. *S Rosdeniem Christowym.*«

Als er den alten Weihnachtsgruß hörte, küßte er die Hand des *Batuschka.* Dann drängte er sich am Kommunionkorb vorbei und schwankte, kaum fähig zu atmen, auf die Tür zu.

Voller Abscheu schüttelte der bucklige und verwelkte Türsteher den Kopf und öffnete dem Betrunkenen in dem gelben Regenmantel die Tür. Der gummierte Regenmantel war alt – ein schmutziges Kanarienvogelgelb mit einem blauen Kragen. Neugierig betrachtete der Türsteher den Regenmantel. Es war einer von diesen langen, schockfarbenen Umhängen, wie sie von Straßenarbeitern getragen wurden. Der Türsteher sah näher hin. Über der Brust des

Regenmantels war ein ovales Abzeichen angebracht. Und was für ein Abzeichen!

»Sie sind doch nicht etwa Polizist!« zischte der Türsteher.

»Doch. Es tut mir schrecklich leid«, rülpste der Mann in dem gelben Regenmantel. Dann taumelte er in die Nacht hinaus.

Das letzte, was er noch hörte, bevor der Regen sein Gesicht peitschte, war der immerwährende slawische Hymnus: »Erbarme dich unser... Allmächtiger Gott... *Erbarme* dich unser.«

2

La Buena Vida

Victorias duftender, warmer Atem roch ganz leicht nach der Pâté, die sie am Abend gemeinsam verspeist hatten. Madeline Dills Whitfield lag noch wach und lauschte auf den Regen. Sie fuhr mit einem lackierten Fingernagel über das Satinbettuch und rückte näher an Victoria heran, ohne sie zu wecken. Vickie gab in ihrem beneidenswert tiefen Schlaf leichte Geräusche von sich, während Madeline darauf wartete, daß die drei Dalmanes und die vier Gläser Chivas Regal die erhoffte Erlösung brachten.

Inzwischen berührten sich ihre Lippen fast. Vickies Zunge fuhr kurz feucht zwischen ihren Zähnen hervor, und Madeline sehnte sich danach, die unglaubliche Wölbung ihres Halses zu liebkosen. Es war ein wunderbarer Hals, der jetzt ganz schwach nach Bellodgia duftete – ein Hals, der all ihren Bewegungen Vornehmheit verlieh.

Vornehmheit. Madeline erinnerte sich an den letzten Montagnachmittag, als sie und Vickie über das Gelände des Huntington Sheraton spaziert waren, diese einst so opulente, alte Witwe von einem Hotel. Dieser Überrest aus den Tagen, da Pasadena noch das kulturelle und gesellschaftliche Zentrum der gesamten Region um Los Angeles gewesen war. Als der alte Henry Huntington mit den gewaltigen Augenbrauen in Homburg und Frack im eigenen Eisenbahnwaggon von seinem Wohnsitz in San Marino nach Los Angeles gefahren war. Auf einer privaten Bahnstrecke, welche ihm Mexikaner und Chinesen bis vor die Haustür gelegt hatten.

Es tat weh, den alten Prachtbau so schäbig, heruntergekommen und durch ein groteskes Vordach aus grauem Beton entstellt zu sehen, das an den Eingang des Hotels angestückelt worden war. Hier, wo Madelines Mutter 1923 auf einem Debütantinnenball in die Gesellschaft eingeführt worden war. Und es schmerzte noch mehr, als sie mit Vickie am Glockenturm vorbei auf den Ship Room des Hotels zuging, wo sich die ›alte‹ Gesellschaft von Pasadena praktisch über fünfunddreißig Jahre hinweg unverändert beim Tanz vergnügt hatte.

Bevor sie gestorben war, hatte Madelines Mutter noch gesagt, sie sei froh, daß ihr Mann nicht mehr mitansehen hatte müssen, wie Fremde seine teure alte Lady gekauft hatten. Das alte Pasadena fürchtete, die Investoren aus dem Fernen Osten könnten es dem Erdboden gleichmachen, um dann dort Kirschbäme und profitable Wohnanlagen erstehen zu lassen.

Instinktiv waren Madeline und Vickie in der Eingangshalle für einen Augenblick stehengeblieben. Madeline hatte sich dann der knarzenden Fußgängerbrücke zugewandt, die den alten Bau mit dem unansehnlichen neuen Flügel verband und von der aus man auf den Swimming-pool hinuntersehen konnte, wo gerade eine asiatische Kellnerin Cocktails servierte. Madeline wollte einen Scotch mit Wasser, aber sie hielt vor dem Steg inne und sah zu dem von derben, alten Balken gestützten Dach empor. Die Wandgemälde an den Giebeln ließen ein ländliches, frühes Kalifornien entstehen, wie es nie gewesen war: Mexikaner, Indianer, Amerikaner, Padre, Landarbeiter, Großgrundbesitzer – alle Brüder in einer lieblichen Landschaft von Weingärten und Hainen.

Dann das allzu vertraute Pochen in ihrer Brust. Ein plötzlicher Hitzeansturm in ihren Schläfen. Der Preis dafür, sich der Nostalgie hinzugeben, sich auf diesen Bildersteg zu wagen und dort zu verweilen. Wo sie als Mädchen so oft gestanden war und sich Dinge gewünscht hatte, an deren Verwirklichung zu zweifeln sie nicht den geringsten Anlaß gesehen hatte. Dann wandte sie sich dem Süden Pasadenas zu und betrachtete die Schichten violetter und azurner Abgase, die von Westen über das San Gabriel Valley gezogen kamen und diese Region vielleicht zu dem Gebiet Südkaliforniens machten, in dem die Luft beinahe tödlich war.

Aber es war nicht nur der Smog, der Old Pasadena umbrachte. Es war die *la buena vida* der Vergangenheit, gekoppelt mit der Einfachheit der alten Gesellschaftsordnung. Wenn weiße Domestiken sich weigerten, für die angebotenen Löhne zu arbeiten, waren da andere, die an ihre Stelle treten würden. Die Schwarzen wurden in großen Scharen nach Pasadena gelockt. Es gefiel ihnen hier, und ihre Zahl nahm ständig zu. Und als schließlich immer mehr kamen, ging es ihnen hier zwar nicht mehr so gut, aber ihre Zahl stieg trotzdem weiterhin an. Bis altansässige Bewohner Pasadenas der vierten Generation eines Tages zu ihrer Bestürzung feststellen mußten, daß fünfundzwanzig Prozent der Schulkinder in ihrem Bezirk von schwarzer oder brauner Hautfarbe waren. Und innerhalb weiterer zehn Jahre mußten sie sich mit der Tatsache abfinden, daß fünfunddreißig Prozent der Kinder an ihren öffentlichen Schulen schwarz oder braun waren. Und eines Tages war diese Entwicklung gar so weit fortgeschritten, daß die Fünfzig-Prozent-Grenze überschritten war. Und dann setzte die Flucht der Weißen ein.

Ein Tausend-Quadratmeter-Landsitz mit Gästehaus, Tennisplatz, Swimming-pool und zwei Morgen Grünland mit hundertjährigen, knorrigen Eichen brachte nur ein Fünftel des Preises, der dafür ›auf der anderen Seite‹ oder ›im Westen drüben‹ gezahlt worden wäre, wo sich die *noveau riche* angesiedelt hatten – Beverly Hills, Holmby Hills, Bel-Air, Brentwood. Seitdem fühlte sich Old Pasadena dem Belagerungszustand und folglich auch einer Panik nahe. Einige Bewohner waren alt genug und hatten bereits erwachsene Kinder, so daß sie keine Angst mehr um sie zu haben brauchten, wenn sie im Bus durch die Ghettos zur Schule fuhren. Andere nahmen schnellstens von ihrer demokratischen Einstellung Abstand, was sich daran zeigte, daß die Privatschulen einen enormen Zulauf verzeichnen konnten. Wieder andere zogen lediglich ein paar Blocks weiter in die winzige Schlafstadt-Gemeinde von San Marino, welche ihr eigenes Schulsystem hatte, innerhalb dessen die Farbe Weiß bis zum Grad der Ausschließlichkeit vorherrschend war.

Madeline Whitfield brauchte diesen Drink inzwischen sehr. Sie und Vickie gingen rasch von der Brücke und stiegen zum Swimming-pool hinunter. Und dann hörte sie es. Der Mann war unmißverständlich ein Tourist aus Minnesota, der wegen der Super Bowl gekommen war. Wer sonst würde, die weißen Beine aus bunt bedruckten Hawaii-Shorts ragend, die Füße rotbesockt und in schwarz-weißen Slippern steckend, so penetrant nach Kokosnußöl riechen? Dazu der haarige Bauch von Öl in der Sonne glänzend, die, wie jeder Bewohner Kaliforniens wußte, leider nicht heiß genug war um diesen wabbeligen Fremden zu verbrennen. Aber vielleicht boten ihm der Swimming-pool und die Sonne nur eine willkommene Gelegenheit, sich bereits um ein Uhr nachmittags zu betrinken. Als bräuchte man dafür in Pasadena während der Rose-Bowl- und Super-Bowl-Woche einen Anlaß.

Die Stimme des Mannes war bourbonschwer. Er sagte: »Dieses Luder hat ja Beine wie ein Hengst!«

Und Madeline Dills Whitfield, die vor drei Jahren die inaktive Mitgliedschaft in der Pasadena Junior League hatte akzeptieren müssen, weil sie zu alt geworden war... Madeline Dills Whitfield, lediglich zwanzig Pfund über ihrem Idealgewicht, nie sonderlich hübsch, aber auch ganz bestimmt kein Heimchen am Herd... Vier Jahre geschieden, kinderlos, zwei Jahre Analyse, drei Jahre Patientin eines Dermatologen. (Ich *weiß*, daß dieser Fettansatz, den man in mittleren Jahren bekommt, nur überschüssiges Gewebe ist, Herr Doktor, aber *weshalb* muß ich auch noch einen Schnurrbart bekommen!)... Madeline Dills Whitfield, die getreulich in den hochmodischen Geschäften von Beverly Hills mehr ausgab, als sie sich eigentlich leisten konnte – wie zum Beispiel bei Giorgio's, wo es neben einem Billardtisch auch noch ständig eine kleine Bar gab, an der den Kunden gratis Getränke angeboten wurden – in Geschäften, in denen sich Pasadenas Matronen ausnahmslos Kleider kauften, deren Markennamen zwar durchaus exklusiv, deren Schnitt jedoch kaum mehr als gewöhnlich war... Madeline Dills Whitfield, die es für nötig befand, sich ihre Nägel bei Ménage à Trois machen zu lassen (ebenfalls drüben ›auf der anderen Seite‹ in Lotusland – dreizehn Dollar, Trinkgeld inklusive, für eine Juliette; fünfundvierzig, damit das Haar natürlicher wirkte; und fünfundsechzig, damit man aussah, als wäre man eben aufgestanden – und bei all dem merkte man sich lieber die Nummer seines Mercedes, denn im Schlüsselregal des Parkwächters hängen nur Mercedes-Schlüssel, meine Dame.)... Madeline Dills Whitfield, die schon fünf Jahre kein männliches Geschlechtsteil mehr gesehen hatte und sich gerade jetzt, mit dreiundvierzig Jahren, auf dem sexuellen Höhepunkt fühlte... Madeline Dills Whitfield setzte ein Lächeln auf wie eine Messerklinge.

Dieses Lächeln sah man sonst selten auf den Gesichtern von Pasadena Junior Leaguers, es sei denn, sie wurden im Annandale Country Club mit Bombay Martinis in Stimmung gebracht. Ein solches Lächeln hätte unter glücklich Verheirateten zweifellos als provozierend gegolten, und im ausschließlich Frauen vorbehaltenen Town Club hätte es sicher die totale gesellschaftliche Ächtung nach sich gezogen. Mein Gott, sie sah bereits mit Schrecken dem Tag entgegen, da sie alt genug sein würde, daß sie bei derlei Aktivitäten mitmachen *wollte*. Madeline Dills Whitfield setzte also ein Lächeln auf, das sie bei Mason Whitfield nur für jene seltenen Gelegenheiten aufgespart hatte, da er in den letzten, schrecklichen

Jahren ihrer Ehe einmal das Bedürfnis hatte, mit ihr ins Bett zu gehen.

Ein Lächeln, das ein Versprechen beinhaltete, das sofort, voll bewußt und unwiderruflich gegeben worden war – diesem Minnesota-Heini auf der Stelle seine Badehose über die Beine herunterzuziehen.

Ein Lächeln, das der behaarte Fremde nicht einmal *sah*. Seine Bewunderung galt nämlich Vickie. Er starrte nur *Vickie* an.

Der ölige Fremde wandte sich wieder seinem Freund zu und sagte: »Sieh dir mal ihre Beinmuskulatur an. Sie bewegt sich echt wie ein Hengst, findest du nicht?«

Und dann verspürte Madeline ein Gefühl der Einsamkeit – und *wirklicher* Angst. Ein Gefühl, das sie in den ersten Monaten nach ihrer Trennung von Mason halb erstickt aus dem Schlaf hatte schrecken lassen. Die übelste Art von Angst, entstanden aus der Einsamkeit, die nur erträglich wurde, wenn Vickie bei ihr war.

Vickie. Madeline saß mit Vickie am Swimming-pool und trank drei doppelte Chivas mit Wasser. Dabei bekam sie ihre Angst unter Kontrolle und beobachtete voller Entrüstung den behaarten Fremden. Sie war nicht beleidigt; sie war *stolz*. Vickie gehörte *ihr*, und Madeline liebte sie abgöttisch.

Es regnete unaufhörlich. Sie fragte sich, ob sie die ganze Nacht wach liegen würde. Vermutlich ja, wenn sie sich weiter auf diese quälenden Gedanken versteifte. Während sie jedoch im Dunkeln lag und Vickies elegant geschnittenes Profil betrachtete, mußte sie sich doch eingestehen, daß sie ein beträchtliches Stück ihres nicht unbeträchtlichen Vermögens dafür gegeben hätte, wenn der ölige Mann in seinem Suff zu ihr gesagt hätte: »Du Luder, du hast ja Beine wie ein *Hengst*!«

Irritiert fragte sich Madeline, ob in der Geschichte des alten Huntington Hotels je ein zu inaktiver Mitgliedschaft verurteilter weiblicher Junior Leaguer am Bildersteg gesessen und sich danach gesehnt hatte, daß ein Mann nach ihren Schenkeln starrte und sie mit einem vulgären und antiquierten erotischen Klischee anzumachen versuchte – indem er sie mit einem *männlichen* Pferd verglich.

Victoria bewegte sich im Schlaf. Madeline berührte sie liebevoll und riskierte, sie zu wecken, indem sie sich näher an sie kuschelte, bis ihre Lippen Vickies Ohr berührten.

»Schlaf, meine Liebe, schlaf«, wisperte Madeline. Sie streichelte sanft diesen gekrümmten Hals und wiederholte: »Schlaf, mein Liebling.«

Aber Vickie schlug ihre Augen auf – vollkommene Ovale, in momentaner Verwirrung aufblinzelnd. Madeline küßte jedes Auge und schwelgte dabei in ihrem Glanz – feucht schimmernde, schokoladenfarbene Iris, das Weiße wie Lapislazuli im Mondlicht.

»Schlaf, meine Liebe, schlaf.«

Vickie seufzte und drehte sich gerade so weit zur Seite, daß Madeline sehen konnte, wie tief diese Augen saßen, wie sie von Brauen aus silbrigem Weiß beschattet wurden. Madeline wollte ihr Gesicht berühren und dieses entzücke Ohr küssen.

Wie viele von Schlaflosigkeit Geplagte spielte auch Madeline aus einem Hang zum Masochismus heraus nachts mit ihren Teufeln. Das heutige Tennisturnier im Valley Hunt Club.

Das ist der älteste Club in der Gegend um Los Angeles. Wo die Damen immer noch, ganz wie es sich gehört, zusammensitzen und sich über künftige Partys Sorgen machen. Wo sich das alte Pasadena immer noch krampfhaft bemüht, seine verrottenden Wurzeln neu zu beleben, indem es auf überspannten und überholten Debütantinnen-Bällen die Familenblüten präsentiert.

Madeline hatte also als Vertreterin des Valley Hunt Clubs so getan, als wohnte sie aufmerksam einem lustlosen Tennisturnier des College bei, während ihr einziges Interesse den drei doppelten Scotch mit Wasser galt, die sie sich an diesem Nachmittag einverleibt hatte. Sie hatte auch entsprechend lang gewartet, bis sie ihr viertes Glas bestellte. Der Grund hierfür war Edna Lofton, eine aufdringliche Hexe, die Madeline schon seit ihren Kappa-Haus-Tagen an der University of Southern California kannte, als Edna eine schleimscheißerische und wichtigtuerische Schlange gewesen war.

Edna Lofton, ein weiterer ›inaktiver‹ Junior Leaguer und zusammen mit Madeline ebenfalls im Junior Philharmonic und bei den Huntington Library Docents tätig, versäumte selten eine Gelegenheit, wissend zu Madeline herüberzugrinsen, wenn diese sich an einem dieser Nachmittage im Club mehr als drei oder vier Cocktails bestellte.

Wie andere, ›jüngere‹ Mitglieder des Valley Hunt Club war auch Edna von Yves-St.-Laurent-Sonnenbrillen zum letzten Schrei ›von der anderen Seite‹ übergewechselt: überdimensionale Sonnenbrillen, in deren unteren Teil die unterschiedlichsten Embleme graviert waren. Im Falle Ednas war dies ein kleiner, weißer Tennisschläger.

Eine Spinne wäre passender gewesen, dachte Madeline. Auch sie hatte sich in der Optique Boutique in Beverly Hills so eine Brille gekauft. Auch ihr hätte ein Tennisracket ganz gut gefallen, aber da ihr Edna zuvorgekommen war, entschied sie sich für eine weiße Blume. Madeline fand, daß die Brille schick war und ihr gut stand; lediglich den weißen Fleck empfand sie als störend, wenn sie auf etwas sah, das sich unterhalb der Augenhöhe befand. Wesentlich mehr störte sie dagegen das Preisschild.

Eines Tages – sie machte gerade einen Einkaufsbummel durch die Lake Avenue in Pasadena – war ihr Blick auf etwas gefallen, das sich beträchtlich unterhalb der Augenhöhe befand – ein barfüßiges, schwarzes Mädchen im Alter von etwa sieben Jahren. Das Kind hielt auf seinem Skateboard an. »Madam?« Es leckte an einem giftgrünen Lolly und starrte auf Madelines Neunzig-Dollar-Brille.

»Ja, was ist denn?« Madeline lächelte.

Das Mädchen hörte auf, an seinem Eis zu lecken, und sagte: »Ich hab' mich nur gewundert, warum Sie sich nicht diese Vogelscheiße von Ihrer komischen Brille gewischt haben?«

Am nächsten Sonntag hatte Yolanda, Madelines mexikanische Haushälterin, die Brille dann voller Stolz bei einem Picknick im Elysian Park getragen.

Edna schob ihre Sonnenbrille mit dem kleinen Tennisracket auf der Linse hoch und lächelte süßlich: »Nimm dich ein bißchen zusammen, Madeline; wir werden nachher noch ein paar Doppel spielen, und vielleicht brauchen wir dich als vierte.«

Madeline versuchte ein freches Grinsen. Sie streckte Edna die Zunge heraus, aber mit all ihrem Kummer und ihrer Angst und dem Chivas Regal, der ihr Gesicht leicht erröten ließ, wollte es nicht so recht klappen.

»Steck deine Zunge mal lieber wieder rein, meine Liebe«, schnurrte Edna. »Du siehst aus, als würdest du an einem Galgen baumeln.«

Der zweite Satz war nicht minder langweilig als der erste. Die meisten Zuschauer waren natürlich U. S. C.-Fans. Das alte Pasadena – soweit wenigstens noch die Finanzen stimmten – schickte seine Kinder nur in den seltensten Fällen auf staatlich subventionierte Institutionen wie U. C. L. A. Es war Madeline unmöglich, sich zu konzentrieren. Sie mußte sich ständig Ednas rachsüchtigen Blick in ihrem Rücken vorstellen.

Madeline hatte ein weißes Tennisröckchen an. Sie haßte es. Sie trug sich mit dem Gedanken, sich Tennishosen zuzulegen, hatte aber zugleich Angst, im Club auf Ablehnung zu stoßen, wenn sie in etwas anderem als einem Rock spielte. Eigentlich hatte sie überhaupt keine Lust mehr zu spielen. Sie hatte dieses Spiel schon immer gehaßt, aber wenn sie sich körperlich überhaupt nicht mehr betätigte, würde sie vermutlich in Kürze wie ein Medizinball aussehen. (Woher kommt nur diese ständige Gewichtszunahme, Herr Doktor? *So* viel trinke ich nun auch wieder nicht. Und ich kann Ihnen schwören, daß ich seit der Trennung von meinem Mann keine einzige vollständige Mahlzeit mehr gegessen habe!)

Mason Whitfield. Stanford-Absolvent des Jahres 48. Infanterieoffizier in Korea. Ausgezeichnet für die Abfassung eines Berichts bei eisiger Kälte in einem Zelt bei Seoul, nachdem der Kompanieschreiber mit Syphilis ins Lazarett eingeliefert worden war. Er hatte sechs Stunden ohne Handschuhe bei Minusgraden an der Schreibmaschine gesessen. Mit einem Bronze Star und einem Purple Heart dekoriert, war Mason dann wieder nach Pasadena zurückgekehrt.

Wie schon sein Vater vor ihm hatte Mason daraufhin in Harvard Jura studiert und war in eine Anwaltskanzlei in Los Angeles eingetreten. Eine von diesen riesigen Kanzleien, in denen sich die Anwälte aus verschiedenen Abteilungen schon gar nicht mehr kannten. Dort arbeitete er zehn Jahre, ohne auch nur ein einziges Mal seinen Fuß in einen Gerichtssaal zu setzen. Er machte eine hübsche Stange Geld – ein fast perfekter Old-Pasadena-Sprößling. Es ging ihm und Madeline gut, und sie kamen vorwärts. Aber sie vermehrten sich nicht. Er hatte einen Makel, oder vielleicht auch zwei.

Madeline spürte Ednas Augen in ihrem Rücken und schob verlegen einen Wulst ihres Zellulitisgewebes unter das Tennisröckchen, das in ihr Fleisch schnitt. Madeline wußte, daß Edna immer noch diese üble Geschichte über Mason Whitfield zum besten gab, wie er in angetrunkenem Zustand zu dem Barkeeper im Hunt Club gesagt hatte: »Möchten Sie mal wissen, warum ich meine Frau verlassen habe? Null Sex-Appeal. Deswegen. Ich bin gerade von einem herrlichen Urlaub in Acapulco zurück. Und soll ich Ihnen mal sagen, was ich an meinem Sekretär am liebsten mag? Sein Schnurrbart kratzt mich nicht so an den Eiern wie der von Madeline.«

Der Name des Sekretärs war Herbert.

Madeline war sich sicher, daß das Ganze erstunken und erlogen war, da Mason bereits nach einem Jahr Herbert wieder gefeuert hatte und eine Witwe aus San Marino heiratete, die keinen Schnurrbart hatte.

»Mrs. Whitfield? Sie werden sich vermutlich nicht an mich erinnern? Wir haben uns doch beim Essen getroffen, im Cal Tech Atheneum?«

Madeline blickte ausdruckslos auf. Sie spürte den Chivas stärker als üblich.

»Erinnern Sie sich noch? Ich war dort mit Dr. Harry Gray.«

Er war ein kleiner Mann mit schütterem Haar in schmutzigen Turnschuhen und einem schlecht sitzenden Trainingsanzug. Bei ihm klang jeder Satz wie eine Frage.

»Ach ja«, log Madeline. »Natürlich, Sie sind...«

»Irwin Berg? Erinnern Sie sich noch?«

»Aber ja. Dr. Berg! Natürlich!«

Jetzt fiel es ihr wieder ein. Sie hatte die Freude gehabt, sich während einer Dinner-Party am Cal Tech mit ihm zu unterhalten; die Veranstaltung hatte dem Zweck gedient, um Spenden für die finanzielle Unterstützung ausländischer Studenten zu bitten. Er war angeblich ein außergewöhnlicher Astrophysiker und galt als aussichtsloser Kandidat für den Nobelpreis.

»Darf ich Sie zu einem Drink einladen?« Seine runde Stahlrandbrille war beschlagen und auf seine schwitzende Nase heruntergerutscht.

»Oh, das fände ich großartig.« Madeline fühlte sich allmählich wieder besser. Der letzte Scotch hatte seine Wirkung nicht verfehlt. Sie neigte sich etwas näher zu Dr. Berg und flüsterte: »Der Barkeeper könnte Ihnen wahrscheinlich sowieso nicht herausgeben. Und da ich Mitglied bin und Sie Gast, möchte ich, daß die Drinks auf meine Rechnung gehen.«

Damit nahm Madeline den kleinen Wissenschaftler am Arm und ging mit ihm in den Hunt Room, wo Edna Lofton, ihren muskulösen, trägen Hintern gegen das Mahagony gepreßt, gerade eine Virgin Mary bestellte.

Edna lachte brüllend über einen von Wendell Hargroves schrecklichen Witzen. Hargrove war Börsenmakler in dritter Generation und ein hervorragender Tennisspieler. Letzteres war das einzige, was seinen fünfzigjährigen Körper angesichts der enormen Mengen Alkohol, die er in sich hineinkippte, einigermaßen in Schuß hielt.

»Stell dir vor, wir werden dich jetzt doch nicht für unser gemischtes Doppel brauchen, Madeline«, lächelte Edna Lofton. »Marie spielt heute wieder. Du kannst also ruhig weitermachen.«

»Womit weitermachen?« schaltete sich Wendell Hargrove ein.

»Mit ihren doppelten Scotchs.« Edna lachte und fügte dann hinzu: »Eigentlich könnte ich auch einen vertragen.«

Aber der Schaden war bereits angerichtet. Madeline errötete schmerzlich berührt. Edna betrachtete neugierig Madelines Begleiter und streckte ihm ihre Hand entgegen: »Hallo, ich bin Edna Lofton.«

»Oh? Angenehm. Ich bin Irwin Berg.«

Madeline stellte vor. »Dr. Berg ist ein Gast von... Wessen Gast sind Sie doch gleich wieder?«

»Mr. und Mrs. Bates. Ich habe sie im Atheneum kennengelernt. Sie sehen sich das Match an.«

»Sind Sie Arzt?« erkundigte sich Hargrove mit schwerer Zunge, und für Madeline stand völlig außer Zweifel, daß er wohl heute nicht mehr Tennis spielen würde.

»Dr. Berg lehrt am Cal Tech. Er ist Astrophysiker«, schaltete Madeline sich erklärend in das Gespräch ein. Dabei warf sie dem Barkeeper einen verstohlenen Blick zu. Der nickte und griff diskret nach dem Chivas Regal.

»Tatsächlich?« staunte Edna. »Man lernt ja im Hunt Club nicht gerade alle Tage einen Astrophysiker kennen.«

Später an jenem Abend stand Madeline, frisch geduscht und in einem schlichten, dunklen Hosenanzug, allein am Desserttisch. Sie hatte sich entschieden, zugunsten von etwas Strudel und Schokoladencreme auf die Vorspeise zu verzichten, als Edna Lofton von ihrem Platz aufstand und durch den Speisesaal auf sie zukam.

»Ist Dr. Goldberg bei dir, Madeline?« fragte sie, während sie Madeline in Richtung auf den leeren Salon bugsierte.

»Dr. Berg? Nein, er ist nicht dabei. Wieso?«

»Ich finde, er ist wirklich ein netter kleiner Kerl«, zwinkerte ihr Edna mit ihren künstlichen Wimpern zu.

»Kann schon sein«, entgegnete Madeline vorsichtig.

»Du mußt deine Trümpfe nur richtig ausspielen, Mad, dann lädt er dich vielleicht auf eine von diesen *tollen* Wissenschaftlerpartys im Atheneum ein. Da gibt es sicher eine ganze Menge *reifer* Gastprofessoren, die sich nur allzu glücklich schätzen würden, eine der wenigen in Frage kommenden alleinstehenden Damen unter ihre Fittiche zu nehmen!«

»Edna...« wollte Madeline eben stotternd einwenden, aber es war bereits zu spät. Edna Lofton hatte sich umgewandt und eilte bereits wieder zu ihren Gästen im Speisesaal zurück.

Madeline Dills Whitfield war allein in dem leeren Salon stehen geblieben und hatte abwesend das Landschaftsgemälde betrachtet, das dort schon, seit sie sich erinnern konnte, hing, obwohl es ihr schien, als sähe sie es diesmal zum erstenmal. Plötzlich sehnte sie sich nach den Bildern mit den Jägern und der Hundemeute. In der *Bar*.

Eine *alleinstehende* Dame. Als wäre das Madelines Schuld gewesen. Als hätte sie es darauf angelegt, eine alleinstehende Dame zu werden. Sie hatte noch *niemanden* kennengelernt, der eine alleinstehende Dame hatte werden wollen. Madeline Dills hatte nicht einmal von ihren Eltern getrennt gelebt, sah man einmal von der Zeit ab, die sie um U. S. C., zehn Meilen von Pasadena entfernt, verbracht hatte. Sie hatte nie an einem anderen Ort gelebt, außer den sechs Monaten in Europa zusammen mit ihren Eltern, nachdem ihr Vater seinen Anteil an der orthopädischen Klinik verkauft und sich einen langen Urlaub gegönnt hatte. Sie hatte ihr ganzes Leben lang nicht einmal einen Gedanken an die Vorstellung verschwendet, einmal eine alleinstehende Dame sein zu wollen.

Sie war die Tochter von Dr. Corey Dills und die Frau von Mason Whitfield. Bereitwillig hatte sie sowohl ihren Vornamen wie ihren Mädchennamen aufgegeben.

Es hatte immer geheißen: »Mrs. Mason Whitfield gibt sich die Ehre, am Mittwochnachmittag zum Tee einzuladen...«

Madeline Dills, Tochter von Dr. Corey Dills und Mrs. Corey Dills. Edna Lofton, Tochter von Mr. Bradford Lofton und Mrs. Bradford Lofton. Sie hatte *beide* Namen aufgegeben. Androgyn. *Mr.* Mason Whitfield und *Mrs.* Mason Whitfield. Hermaphroditisch!

Der Platzhirsch hatte das Sagen. Das war ihr Erbe, und sie hatte es akzeptiert. Dies war möglicherweise auch der Grund, weshalb sie, während die Scheidung im Gange war, kein großes Theater gemacht hatte. Ihre Kapitalrücklage war wesentlich umfangreicher als die seine. *Sie* zahlte *ihn* für seinen Anteil an ihrem Heim und ihrer Einrichtung aus, welches beides als Gemeinschaftseigentum angeschafft worden war. Keine Unterhaltszahlungen. Sie brauchte oder wollte kein Geld von ihm. Ihre Mutter war damals noch gesund und munter gewesen. Madeline machte kein Theater, und Mason wußte das durchaus anzuerkennen. Er sagte, sie wäre eine wirkliche Dame.

Und nun lebte die neue Mrs. Mason Whitfield in San Marino. Er war nicht so anständig gewesen, seine Mitgliedschaft beim Annandale Country Club aufzulösen. Wie adressiert man also eine Einladung? Mrs. Madeline Dills Whitfield? Plötzlich wieder den eigenen Namen zu tragen, war – peinlich. Ebenso peinlich, wie *alleinstehende* Damen auf einer Dinner-Party zu haben. Wo setzt man sie hin? Und die Clubs, in denen alleinstehende Damen eigentlich nichts zu suchen hatten? Es war nicht peinlich, es war *schrecklich.*

Gott sei Dank, war da noch Marian Milfords homosexueller Bruder Lance. Er war ein guter Tänzer, hatte tadellose Manieren und stellte seit zehn Jahren einen willkommenen Ausweg aus jeglichen Dinnerproblemen dar, mit denen sich die Gesellschaft Old Pasadenas konfrontiert sah, indem er die Hälfte der Witwen und Geschiedenen der Stadt zu gesellschaftlichen und karitativen Anlässen begleitete. Dank der Kontinuität und Traditionsbewußtheit der höheren Gesellschaft Pasadenas und San Marinos hielt sich in diesen beiden Gemeinden die Scheidungsrate innerhalb extrem niedriger Grenzen. Und dann war dies natürlich auch noch auf Eltern zurückzuführen, die jeglicher Freizügigkeit, wie sie ›auf der anderen Seite, im Westen‹ im Schwange war, dadurch vorbeugten, daß sie ihre Testamente und Trusts so gestalteten, daß eine Tochter, die am lockeren Leben Gefallen zu finden begann, recht bald am Hungertuch nagte.

Die Schlaftabletten und der Chivas taten endlich ihre Wirkung. Madeline war gerade daran, in den Schlaf hinüberzugleiten, als Victoria sich im Bett aufsetzte.

»Bitte nicht! Vickie!« stöhnte Madeline. »Bitte nicht ausgerechnet jetzt. Ich bin todmüde.«

Aber Vickie gähnte, streckte sich genüßlich und stieg aus dem Bett. Madeline stöhnte, erhob sich, noch leicht betäubt, und stand nackt im Mondlicht, um allmählich erst wieder zum Leben zu erwachen, nachdem sie die Tür geöffnet hatte, um die kalte Januarluft ins Zimmer strömen zu lassen.

Plötzlich wünschte sie, es könnte sie jemand, irgend jemand – Mann oder Frau – durch den Regen und die weißen Eichen und die

Fichten sehen. Vielleicht jemand weiter oben in San Rafael, in einem Haus in den Hügeln, ein Gärtner, ein Hausmädchen, irgend jemand. Sie fühlte sich leicht schwindelig, und doch stand sie herausfordernd nackt unter einem neugierig äugenden Mond, überzeugt, daß, wenn jemand sie durch die Wand aus Kamelien hätte sehen können, dieser Jemand durch ihren nackten Körper erregt worden wäre.

Dann blickte sie ins Tal hinab und sah, daß der Regen den Smog von der Rose Bowl hinweggefegt hatte. Es würde ein häßlicher Karneval werden, wenn am Sonntag in Pasadena die Super Bowl XI stattfinden würde. Aber sie und Vickie würden dann am anderen Ende der Stadt sein und die Beverly Hills Winter Show gewinnen. Sie und Vickie würden aufblühen: beachtet, berühmt, *gefeiert*.

Vickie warf Madeline einen kurzen Blick zu, wandte sich dann ab und tapste zu einem Oleanderstrauch hinüber. Sie kauerte sich neben einen Haufen abgefallener Rosenblätter und entleerte ihre Blase. Dann schüttelte sie sich, hüpfte über den Rasen und durch die Tür aufs Bett.

Die Schlaftabletten und der Whisky hatten Madelines Beine in Gelatine verwandelt. Sie schloß die Tür und warf sich auf das Bett, ohne den frischen Erdkrumen und Grasresten auf dem Satinlaken große Beachtung zu schenken.

»Du bist wirklich unmöglich, Vickie«, schimpfte sie. »Unmöglich!« Dann streichelte sie ein paarmal Vickies Hals, bis ihre Hand schlaff herabsank.

Madeline hatte in dieser Nacht einen wunderschönen Traum. Vickie schnitt bei der Prämiierung als Beste ab und errang problemlos die entscheidenden fünfzehn Punkte, die ihr noch zum Sieg fehlten. Und dann ging sie auch noch aus dem Wettbewerb im Madison Square Garden als erste hervor. Sie wurde unangefochtener Champion – der schönste Zwergschnauzer in ganz Amerika.

Für einen Moment knurrte Vickie unbehaglich. Sie wand und drehte sich kurz, bis ihr ein kurzer Furz auskam. Und ein zweiter. Danach seufzte sie zufrieden und leckte Madelines Gesicht. Und dann kuschelte sie sich wieder zurecht, um leicht schnarchend ebenso tief weiterzuschlafen wie ihr betäubtes Frauchen.

3

Der Terrierking

Die natürliche Wimperntusche um die Augen des Dandie Dinmont war die schwärzeste, die er je gesehen hatte.

»Sehen Sie sich diese Riesendinger an«, bewunderte er ihre Rundheit. Dann wandte er sich dem Mädchen zu, warf einen Blick auf ihre Brüste und grinste. »Ihre Dinger sind auch nicht ohne.«

Das Mädchen tat auf naiv und antwortete: »Nicht so hübsch wie die des Dandie, Mr. Skinner.«

Philo Skinner wandte sein kritisches Auge wieder dem Dandie Dinmont zu und verblüffte das Mädchen mit der Geschwindigkeit, mit der er das gerade Rasiermesser vor dem Gesicht des Terriers zückte. Während der letzten sechs Jahre hatte er im Madison Square Garden, bei der Chicago International und in Beverly Hills große Gewinne eingeheimst. Mit einem Lakeland, einem Kerry blue und einem Dandie. Das Mädchen wußte, daß Philo Skinner wirklich etwas von Hunden verstand. Die Frage war, ob es ihr gelingen würde, seine Temperamentsausbrüche wie den vorher zu ertragen, als sie am Ohrleder eines Bedlington Terriers ein Haarbüschel von 2,7 Zentimetern hatte stehen lassen (er hatte es nachgemessen) und ob sie sich daran gewöhnte, daß er nie rechtzeitig zahlte und seine Schecks grundsätzlich ein paar ›Schreibfehler‹ aufwiesen (Fehler übrigens, die den zu zahlenden Betrag ausnahmslos *geringer* ausfallen ließen), und ob sie sich schließlich gegen seine sporadischen sexuellen Avancen zur Wehr würde setzen können. Ja, Philo Skinner war ein echter Meister seines Fachs. Und sie würde einiges von ihm lernen können.

»Lassen Sie sich nie von mir dabei erwischen, daß Sie *das* versuchen sollten.« Philo Skinner hielt den Dandie mit den langen Fingern seiner linken Hand fest unter dem Kiefer, während er dem Tier mit dem Rasiermesser in seiner Rechten von oben nach unten über die Schnauze Strich. Des Dandies weißer Haarschopf stellte sich auf, durch das Gegen-den-Strich-Bürsten elektrisiert.

»Dabei würde ich sowieso vor Angst sterben«, antwortete das Mädchen. »Diese Rasiermesser sind mir wirklich nicht ganz geheuer.«

»Tja, unvorsichtige Menschen können sogar mit einem ganz normalen Abziehmesser schrecklichen Schaden anrichten. Tun Sie mir hier einem Tier etwas zuleide – und Sie finden Ihre kleine Muschi vor der Tür auf der Straße wieder.«

Er ließ absichtlich seinen Blick auf besagtes Körperteil hinabgleiten, das sich durch den Spalt in ihrem weißen Kittel entzückend abzeichnete, während sie sich über den Tisch beugte.

»Ich werde wirklich immer aufpassen, Mr. Skinner«, erwiderte sie brav.

»Benutzen Sie nie das Messer, wenn Sie unter den Augen arbeiten.« Er wandte sich wieder dem geduldigen, kleinen Terrier zu. »Rollen Sie Zeigefinger und Daumen so zusammen, wie das Haar wächst. Sehen Sie? Wie alt sind Sie übrigens, Pattie Mae?«

»Ich bin neunzehn, Mr. Skinner«, antwortete das Mädchen, in Betrachtung seiner flinken, tabakgelben Finger versunken.

Mit peinlicher Akribie schnitt er die Augenpartie zu. Er war so geschickt und flink, daß der Hund währenddessen fast döste.

»Wie alt denken Sie denn, daß *ich* bin, Pattie Mae?« Er ließ das Kinn des Hundes los und streichelte das kleine Tier hinter den Ohren.

Scheiße! Sie haßte es, wenn diese alten Kerle mit diesem Blödsinn anfingen. Für sie war es ein Ding der Unmöglichkeit, jemandes Alter zu schätzen, der über dreißig war, und dann noch so ein alter Knacker wie Mr. Skinner. Sein schwarz gefärbtes Haar war schon überall dünn und schütter. Und um seinen Mund und seine Augen war er ganz faltig. Und diese idiotischen Goldketten um seinen Hals und diese Dacron-Freizeitanzüge konnten auch niemanden mehr täuschen. Scheiße! Seine Nylonhemden standen immer bis zum Bauchnabel hinunter offen, so daß sie all die grauen Haare über seinem knochigen, alten Brustkorb sehen konnte! Er konnte so viele Elton-John-Bänder spielen wie er wollte; er war und blieb eben doch nur ein alter Knacker.

»Ich würde sagen, so um die vierzig rum, Mr. Skinner«, log sie.

»Im Schätzen bist du aber nicht sonderlich gut, Pattie Mae«, grinste er, daß seine von den täglichen drei Packungen Camel vergilbten Zähne zum Vorschein kamen. »Ich bin schon zweiundfünfzig.«

»Tatsächlich!« heuchelte das Mädchen Erstaunen. »Ich hätte nie gedacht...«

»Wissen Sie, Pattie Mae, Hundetrimmer sind wie Jockeys. Ein Eigentümer kann bei einem wirklichen Wettbewerb seinen Hund genausowenig vorführen wie ein Pferdebesitzer sein Pferd reiten kann. Ich bin ein Jockey, und ich verstehe mich aufs *Reiten*, Baby. Aufs *Reiten* verstehe ich mich wirklich.«

»Mhmm«, gab das Mädchen nur von sich. Sie war von seinen geschickten Fingern wie hypnotisiert.

»Ich bin froh, daß Sie bei mir angefangen haben. Ich kann Ihnen wirklich eine Mnege beibringen. Sie haben Talent. Und man braucht für *kleine* Hunde wesentlich mehr Talent. Sie mögen doch Terrier, oder nicht?«

»Ja, Mr. Skinner, und wie.«

Philo Skinner war immer noch am Schneiden. Die Finger rollend, knetend, pflückend, schneidend. Der Hund seufzte genüßlich. »Seien Sie froh, daß Sie nichts mit Pudeln zu tun haben. Diese Pudeltrimmer sind ja fast alle schwul. Jedenfalls nichts für so ein junges Ding wie Sie. Es ist sowieso schwierig genug, sich ein bißchen zu vergnügen, wenn man mit Hunden zu tun hat. Eine Menge Trimmer sind nämlich schwul.«

»Mhmm«, stimmte das Mädchen bei und saugte an einem abgebrochenen Fingernagel.

»Sie werden bei den Ausstellungstourneen bei den echten Männern unter diesem Volk sicher recht schnell sehr beliebt werden. Da gibt es nur noch eine Frau in diesem Geschäft. Sie heißt Wilma. Sie kann sich vor Angeboten kaum retten. Sie ist zwar nicht gerade die Schönste, aber wenn man den ganzen Tag nichts als lauter Hunde sieht...«

»Mhmm«, brummte das Mädchen, ohne auf den Witz einzugehen. »Sie verstehen Ihr Geschäft wirklich, Mr. Skinner!«

»Möchten Sie die Ohren machen?« Er nahm sanft ihren Arm und schob sie vor sich an den Arbeitstisch.

»Ich werd's mal versuchen, Mr. Skinner«, sagte sie etwas kurz angebunden. Sie fragte sich im stillen, ob wohl heute die Nacht der Nächte sein sollte. Die anderen Mädchen hatten ihr erzählt, daß er seinen Großangriff in der Regel startete, wenn man einmal etwa einen Monat bei ihm gearbeitet hatte. Sie hatte inzwischen drei Wochen für Skinner gearbeitet.

Philo Skinner stand jetzt hinter dem Mädchen und bewunderte

die exotischen Orchideen-Flicken auf ihren Jeans, die sich über ihren Pobacken spannten. Keines von diesen jungen Dingern trug heute noch Unterhosen, dachte er. Nicht eine einzige! Und ein Bad nahmen sie offensichtlich auch nicht allzu oft. Diese hier hatte zumindest Staub und Fussel in ihrem krausen, braunen Haar, und ihre schmutzigen Fingernägel waren bis aufs Fleisch heruntergekaut. Aber verdammt nochmal, sie hatte Titten wie Mangos!

»Schneiden Sie genau zweieinhalb Zentimeter von oben bis genau zweieinhalb Zentimeter von unten. Verstehen Sie?«

»Jawohl, Chef«, erwiderte sie unsicher, als sie spürte, wie er sich von hinten an sie preßte, indem er so tat, als wollte er ihre Hand an das Haarbüschel am Ohr des Terriers führen.

»Die Ohren dürfen nicht geschnitten werden«, erklärte er ihr, und sie roch seinen Tabakatem in ihrem Gesicht. »Das sieht unnatürlich aus. Man muß sie so schneiden, daß es ganz natürlich aussieht.«

Er rückte ihr noch näher und lehnte sich auf ihr Bein. Meine Güte!.Der alte Hirsch hatte einen Steifen!

»So ist es richtig, Pattie Mae«, flüsterte er, während er sich an ihr rieb. »Runter mit dem ganzen Zeug, Pattie Mae. *Runter* damit!«

Die Tür ging auf, und Philo Skinner zuckte zurück. Eine blinzelnde Frau in einem Arbeitskittel zerrte einen widerstrebenden Airedale durch die Tür. Skinner war sichtlich bemüht, seine Vorderfront von ihr abzuwenden.

»Pattie Mae, was zum Teufel haben Sie denn hier noch zu suchen?« erkundigte sie sich mit einem argwöhnischen Blick auf Skinner. Der rückte seinen weißen Kittel zurecht, um die vielsagende Wölbung zu verbergen, und begann, sich an dem Käfigtrockner zu schaffen zu machen.

»Muß man denn gleich so ein verdammter Elektriker sein, um das Zeug hier in Schuß zu halten«, brummte Philo Skinner. »Wer hat dieses Ding hier übrigens zum letztenmal benutzt, Mavis?«

»Ich weiß nicht.« Sie blinzelte immer noch zwischen Philo und seinem neuen Lehrmädchen hin und her. »Pattie Mae, wieso arbeiten Sie um diese Zeit noch?«

»Ach, wissen Sie, äh, Mr. Skinner hat gemeint, er bräuchte noch...«

»Mavis, du weißt doch sehr wohl, daß wir diesen Dandie noch fertigkriegen müssen. Verdammt noch mal, Pilkington ist momentan einer unserer besten Kunden. Und ich brauche die nächsten paar Tage etwas Spielraum, um mich voll und ganz auf die Beverly Hills Show konzentrieren zu können. Herr im Himmel, draußen gießt es ja ganz schön!«

Philo Skinner war eminent dankbar für den Donnerstagabendregen. Er bot eine willkommene Entschuldigung, sich dem Fenster zuzuwenden und seine Schwellung langsam abklingen zu lassen. »Ganz schön kalt heute nacht bei diesem Regen«, schimpfte er dankbar.

»Da ich einmal davon ausgehe, daß Mr. Skinner nicht beabsichtigt, Ihnen Überstunden zu bezahlen, würde ich sagen, Sie gehen jetzt besser mal nach Hause.«

»Jawohl, Mrs. Skinner. Ich bringe nur noch den Dandie ins Bettchen.« Das Mädchen zog seinen Arbeitskittel kurz zur Seite, so daß ihr T-Shirt zum Vorschein kam, auf das über ihren vollen, BH-losen Brüsten gedruckt war: ›Ich liebe junge Hunde und alle kuschligen Sachen.‹

Verdammt, dachte Philo Skinner. Kuschlige Sachen. Verdammt. Und dann sah er Mavis an, die einundfünfzig war und auf die sechzig zuging. Eine Haut wie brutzelnder Pfannkuchenteig. Die Augenpartie bereits zweimal geliftet. Das Haar gefärbt in einer Tönung, die an Hundescheiße erinnerte, und dazu genügend Spray, um ein ganzes Rudel von diesen gottverdammten Terriern zu versorgen. Ich liebe junge Hunde und alle kuschligen Sachen. Mein Gott! Und dann trug es ihn weg – eine alles überwältigende Leere und Sehnsucht.

Nachdem das Mädchen mit dem Dandie Dinmont zur Tür hinausgehuscht war, begann Mavis Skinner mit ihrer Standpauke: »Also gut, Philo, ich will nur hoffen, daß die hier ein bißchen länger bleibt als die anderen. Glaubst du, du könntest sie vielleicht einmal nicht vergraulen wie all die anderen?«

Philo Skinner steckte sich die sechsunddreißigste Zigarette dieses Kalendertages an und starrte in die regnerische Nacht hinaus. Leere, Verlust. Sehnsucht nach... nach einer Chance. Nur einer gottverdammten *Chance*. Mehr wollte er ja gar nicht.

»Sollte sich jemals als gewiß herausstellen, was ich schon die ganze Zeit über glaube, Philo, dann Sayonara, mein Lieber. Ich bin nicht Betsy oder dieses andere Luder, mit dem du mal verheiratet warst. Mir kannst du mit dieser ganzen Kacke nicht kommen.«

Philo Skinner hörte nicht ein einziges Wort. Er sog gierig an seiner Camel, blies den Rauch durch die Nase aus und dann wieder in seine gepeinigten Lungen hinab. Und dabei starrte er in den Regen hinaus. Voller Sehnsucht.

»Bis jetzt war das mit dir bestimmt kein Zuckerlecken, Philo. Ich meine, die zwei Jahre mit dir waren anstrengender als die fünfundzwanzig mit Milton, das kannst du mir glauben. Und ich tue wirklich mein bestes, das weißt du sehr wohl. Aber du brauchst nicht denken, du könntest ab und zu mal ein bißchen neben dran herumvögeln. Nicht mit mir. Du hast es doch auf diese Kleine da abgesehen, oder etwa nicht?«

Und wenn Philo Skinner sich später in seinem Leben an diesen Moment zurückerinnern würde, stellte sich ihm immer wieder die Frage, was ihn eigentlich genau dazu gebracht hatte. War es die Mitleid heischende, zweiundfünfzigjährige Erektion, die unverrichteter Dinge wieder abgeschlafft war? War es Mavis' Zunge, scharf wie ein Rasiermesser? Diese Zunge, die das wenige, was ihm noch geblieben war, gekappt hatte, wie man die Lenden eines Schnauzers beschnitt? War es, daß er weinen hatte wollen, weil Pattie Mae erst neunzehn Jahre alt war? Diese Frage würde er sich immer stellen.

»Philo, ist es nicht so?«

Aber er war bereits durch die Tür des Arbeitszimmers hinaus und unterwegs zum Zwinger; das Herz pochend; Hände, Füße und Achselhöhlen naß von Schweiß. Philo schaltete das Licht an und stand inmitten des langen Betonschlauchs, welcher das Gebäude in zwei Abschnitte teilte. Auf jeder Seite des kahlen Betongangs befanden sich dreißig vom Boden bis zur Decke reichende Hundezwinger. Jeder einzelne maß 1,2 auf 2,5 Meter und war mit fließendem Wasser, einem leicht zu säubernden Futternapf und einem warmen, weichen Bett auf dem Boden ausgestattet. Außerdem war jeder Zwinger mit einer Gummiklapptür versehen, durch welche die Tiere Zugang zu einer größeren Fläche im Freien hatten, welche mit Kies bedeckt war. Hier hatten die Hunde ihren Auslauf. Diese Auslaufflächen im Freien waren völlig – auch von oben – mit Drahtgitter abgesichert; allerdings nicht wegen der Hunde, sondern wegen etwaiger Diebe. Um den Skinnerschen Zwinger vor umherstreunenden Hundeentführern zu schützen, gab es außerdem noch starke Sicherheitsscheinwerfer und eine Alarmanlage.

Das Licht, das Philo eingeschaltet hatte, weckte einige der nervösen Tiere, die zu winseln anfingen, als Philo auf den Zwinger mit Rutherfords Hündin zuging.

»Na, mein Liebling«, begrüßte er den Zwergschnauzer. Der Hund schlug seine Augen auf, wedelte ein paarmal mit seinem Stummelschwanz und schlief dann auf seiner Schaumgummimatratze wieder ein.

Nein, Rutherfords Zwergschnauzer eignete sich dafür nicht. Er war viel zu heiser, und die Beine ließen auch einiges zu wünschen übrig. Aber er wußte einen Hund, der genau richtig war.

»Verdammt!« flüsterte Philo. Dann trat er seine Zigarette auf dem Betonboden des Zwingers aus und ging in den Arbeitsraum zurück.

Philo kam in dieser Nacht um dieselbe Stunde nach Hause, als Madeline Dills Whitfield mit Hilfe des Chivas Regal und vierer Schlaftabletten endlich in den lang ersehnten Schlaf hinüberglitt und als der betrunkene Mann in dem gelben Regenmantel, tropfnaß und die Augen gerötet von all dem Wodka, dem Weihrauch und den Erinnerungen an andere russische Heilige Abende, durch die Tür seines möblierten Apartments taumelte.

Philo rief einen Mann an, der ein elegantes Bekleidungsgeschäft am Wilshire Boulevard besaß. Und der auch einige andere – profitablere – Geschäfte abwickelte.

»Hallo, Arnold?« flüsterte Philo ins Telefon.

»Wer ist am Apparat?« antwortete eine gereizte Stimme.

»Philo Skinner.«

»Warum zum Teufel rufst du mich schon wieder zu Hause an? Ich habe dir doch gesagt, du solltest meine Privatnummer vergessen. Soll ich mir vielleicht deinetwegen noch eine neue Telefonnummer zulegen?«

»Arnold, diese Sache ist wirklich wichtig.«

»Ich habe dir doch bereits gesagt, Philo, daß das Ganze allmählich meine Möglichkeiten übersteigt. Du bist schon fast achttausend schuldig. Du hättest es nie so weit kommen lassen sollen. Aber du wolltest es ja nicht anders. Also zahl jetzt auch gefälligst. Und schließlich hast du ja auch noch zwei Wochen Zeit. Und jetzt gute Nacht.«

»Arnold, warte doch noch einen Moment!« bettelte Philo. »Ich möchte dich doch schon früher zahlen. Ich möchte Montag morgen zahlen.«

»Das ist etwas anderes«, brummte die Stimme; sie klang inzwischen etwas freundlicher.

»Ich werde dir alles zurückzahlen, Arnold. Am Montag. Aber du mußt für mich in der Super Bowl auf Minnesota setzen.«

»Gute Nacht, Philo.«

»Verdammt! Jetzt warte doch mal.« Philos Stimme nahm einen weinerlichen Tonfall an. »Ich war doch immer ein guter Kunde, Arnold. Das mußt du doch zugeben. Ich war ein Freund!«

»Philo, du kannst die acht Riesen nicht zahlen. Darüber werden ein paar Leute alles andere als erfreut sein, und jetzt willst du dich noch tiefer in den Dreck hineinreiten?«

»Erinnerst du dich nicht, Arnold, ich habe dir doch von Mavis' Besitz erzählt. Von diesem Wohnhaus in Covina. Kannst du dich daran denn nicht mehr erinnern? Also, wir haben es jetzt verkauft. Das bringt uns ganze fünfundachtzigtausend ein! Hast du gehört, fünfundachtzigtausend! Wir kriegen das Geld in zehn Tagen! Und selbst wenn Minnesota am Sonntag verliert und meine Schulden noch höher sind, kann ich dir in zehn Tagen *alles* zurückzahlen!«

Nach kurzem Schweigen sagte die Stimme am anderen Ende der Leitung schließlich: »Komm morgen mal bei mir vorbei. Und zwar mit den ganzen Papieren, damit ich auch sehen kann, daß euch dieses Haus tatsächlich gehört. Und wenn ich das nicht schwarz auf weiß zu sehen bekomme, kannst du die ganze Sache vergessen, Philo.«

»Arnold, ich bitte dich! Mavis darf doch von dem Ganzen nichts wissen. Verdammt nochmal, sie hat das Haus doch praktisch von ihrem ersten Mann. Ich kann doch nicht riskieren, daß Mavis von meinen Schulden erfährt. Du *mußt* mir einfach vertrauen! Arnold, bitte!«

Neuerliches Schweigen, bis sich die Stimme schließlich wieder meldete: »Wie hoch willst du denn setzen?«

»Wieviel geht denn so spät noch?«

»Sechstausend.«

»Gut, dann trag mich für siebentausend ein.«

»Du bist total übergeschnappt, Philo. Gute Nacht.«

»Halt! Warte doch! Du stehst doch dafür nicht gerade, oder?«

»Jetzt hör mal gut zu, Philo. Minnesota wird *verlieren*. Im Vertrauen gesagt, die Chancen, daß Oakland gewinnt, stehen mindestens zehn zu eins.«

»Na und? Ich werde in zehn Tagen fünfundachtzigtausend haben.«

Schweigen, und dann: »Na gut. Und wenn du falsch getippt

hast, stehst du hier mit fünfzehntausend in der Kreide. Und das übersteigt einfach meine Möglichkeiten, Philo. Wenn du mir das Geld nicht zurückzahlst, stehe ich dumm da.«

In dieser Nacht, während eine geplagte Frau in einem Haus in Pasadena dank einiger Schlaftabletten und einiger Gläser Whisky und ein geplagter Mann in einem möblierten Apartment in Hollywood dank einer Flasche russischen Wodkas schlief, schlief Philo Skinner, stocknüchtern und völlig überdreht, überhaupt nicht.

Minnesota würde *gewinnen*. Gewinnen, verdammt nochmal! Und dann war alles wieder paletti. Er würde es nicht tun müssen. Vielleicht würde er über das Ganze dann nur noch lachen können. Im stillen. Aber wenn Minnesota verlor. Wenn sie verloren... Und dann, die Erleuchtung: Er *wußte*, Minnesota würde verlieren. Er *wollte*, daß Minnesota verlor. Und er setzte auf sie.

Wenn Minnesota gewann, waren damit nur seine Schulden gedeckt. An seinem erbärmlichen Leben würde sich damit nichts grundsätzlich ändern. Aber wenn Minnesota verlor... wenn sie *verloren*, würde er es tun *müssen*. Und es würde klappen. Und er würde fünfundachtzigtausend Dollar haben. Noch siebzigtausend, nachdem er seine Spielschulden bezahlt hatte. Siebzigtausend Dollar – steuerfrei! Aber nicht von einem Hausverkauf.

Es gab gar kein Haus. Außer seinem Geschäft besaß Philo Skinner nichts, und mit seinem Zwinger steckte er hoffnungslos in den roten Zahlen. Sein Haus würde ihm *vielleicht* fünftausend einbringen, wenn die zweite Hypothek abbezahlt war. Und sein vier Jahre alter El Dorado war das Geld nicht mehr wert, das er für den Wagen noch schuldig war.

Dieser Ausweg war ihm in dieser Nacht eingefallen, im Arbeitsraum, als Mavis ihn zusammengestaucht hatte, ihn fertiggemacht hatte, ihm den letzten Rest Selbstachtung geraubt hatte. Aber wie die meisten Neophyten brauchte auch Philo Skinner einen entsprechenden Anstoß, um ein schweres Verbrechen zu begehen.

Angst. Er rauchte und schwitzte über seine ganzen einsachtzig. Er lauschte auf Mavis' Schnarchen und auf das Trommeln des Regens und verspürte voller Dankbarkeit das Angstgefühl, das ihn überkam. Genau das war es, was er brauchte. Er verstärkte dieses Gefühl sogar noch. Er versuchte sich auszumalen, was sie mit ihm anstellen würden, wenn Minnesota verlor. *Wenn* Minnesota verlor. Wenn er Arnold anrief und ihm sagte, daß er gar kein Apartmenthaus besaß, daß alles nur erlogen war.

Irgend jemand würde nachts, wenn er allein war, in den Zwinger kommen. Natürlich nicht Arnold persönlich. Er versuchte, sich den Mann vorzustellen. Vielleicht würden es auch zwei sein. Einer von ihnen möglicherweise ein gigantischer Nigger. Philo Skinner hatte sich vor Schwarzen schon immer gefürchtet. Und der andere vielleicht irgend so ein schleimiger, kleiner Fiesling, wie Arnold ein paar kannte. Er würde natürlich versuchen, davonzulaufen, aber sie würden ihn in einer Ecke des Zwingers stellen. Die Hunde würden wie verrückt auf die erbarmungslosen Eindringlinge einbellen. Sie würden Philos Trimmscheren finden. Der Kaffer würde den Weißen kastrieren wollen. Der Jude würde allerdings vorschlagen, ihn so weit ganz zu lassen, damit er das Geld noch beschaffen konnte. Mit einem Lächeln würde der Jude sagen: »Beschneiden wir doch dieses Arschloch!« Oder vielleicht...

Genug. Die Seite des Betts, wo Philo Skinner lag, war bereits durchgeweicht. Über kurz oder lang würde er aufstehen müssen, um sich einen frischen Schlafanzug anzuziehen. Seine Zähne und Kieferknochen schmerzten von dem ständigen Mahlen. Diese Art von Schweiß rührte nicht von körperlicher Anstrengung her. Dieser Schweiß roch ganz anders. Jetzt hatte er die ausreichende Energie, um das zu tun, was er tun *wollte*. Philo Skinner spürte nun, was so viele Gesetzesbrecher verspüren und oft auch zugeben, wenn auch nicht vor dem Richter und den Geschworenen. Das Ganze törnte ihn richtig an. Er war *high*! Philo Skinner trank kaum etwas und verabscheute auch Drogen. Gras und Kiff rauchte er nur, um auf die jungen Frauen Eindruck zu machen, die er auf seinen nächtlichen Streifzügen durch die Bars der Stadt kennenlernte. Doch jetzt, als er dem Geräusch des Regens in der Nacht lauschte, *flog* er.

Zweiundfünfzig Jahre lang hatte er jedes einzelne gottverdammte Gesetz, das es gab, getreulich befolgt, ob es nun einen Sinn hatte oder nicht. Aber dieses eine Mal würde er über die Stränge schlagen. Und dabei würde er niemandem einen Schaden zufügen. Zumindest keinen allzu großen. Und auch nicht für lange. Er hatte sich noch nie so voller Leben gefühlt.

Bevor er sich einen frischen Pyjama anzog, steckte sich Philo Skinner noch die vierundsiebzigste Zigarette eines sehr langen Tages an. Lächelnd lag er im Dunkeln auf dem Bett. Er setzte siebentausend Dollar auf die Minnesota Vikings. Und sie würden verlieren. Und dann würde er es tun *müssen*. Und er würde reich sein. Und frei! Er kannte einen ehemaligen Hundetrimmer, der die mexikanische Staatsbürgerschaft angenommen hatte und sich als Teilhaber eines mexikanischen Hotels ein schönes Leben machte. Puerto Vallarta. Margaritas bei Sonnenuntergang. Weiße Zähne. Braune Körper. *Alle* willig. Siebzigtausend steuerfreie amerikanische Dollar. Adios, Mavis. Adios, Hundchen.

Er dachte an den bulligen Quarterback der Minnesota Vikings. Ich hoffe, sie brechen dir deinen verdammten Arm, Frank Tarkenton.

4

Das Kaninchen

Walnikow schlief in seinem gelben Regenmantel. Er schlief, quer über der Tagesdecke liegend, einen Schuh an, den anderen ausgezogen. Er schlief auf dem Rücken, den Kopf zur Seite geneigt, das Gesicht von rosiger Farbe. Die Augen aus Abscheu vor den säuerlichen, kotzeschwangeren Rülpsern eng zusammengekniffen.

Walnikow schnarchte und pfiff und träumte, wie üblich, von dem Kaninchen. Er schrie im Schlaf auf und erwachte, als der Jäger dem Kaninchen die Kehle durchschnitt, ihm den Kiefer brach und anfing, ihm die Haut über die Ohren zu ziehen. Er hatte das Geräusch des reißenden Gewebes und das Knacken der Kieferknochen unter den starken Händen des Jägers noch im Ohr.

»Herrgott!« brach es schluchzend aus Walnikow hervor, und er wachte auf.

Es wäre schwer zu sagen gewesen, welcher Körperteil am meisten schmerzte. Sein Kopf fühlte sich an wie ein riesiger eiternder Schwamm. Sein Rücken schien nur noch aus rostigen Scharnieren zu bestehen. Sobald er sich aufzurichten versuchte, quietschten sie wie eine ewig nicht mehr geölte Tür.

Er hätte fast losgeschrien, als er schließlich stand. Zumindest wußte er jetzt, was am meisten wehtat – der eiternde Schwamm. Sein Kopf fühlte sich matschig an. Erbarmen, Herr! Stöhnend sank er auf das Bett zurück. Dann sagte Mischa: »*Gawno.*«

»Mischa, bitte«, flehte Walnikow. »O Gott, mein Kopf!«

Aber Mischa wiederholte nur: »*Gawno, gawno, gawno.*«

Mischa wußte nur ein russiches Wort, und das bedeutete *Scheiße*. Es war im übrigen das einzige *menschliche* Wort, das er sprechen konnte.

Mit einem blitzenden Auge zu ihm hinüberstarrend, sah Walnikow, daß Mischa auf Grischas Kopf stand. Mischa zwitscherte und trillerte und sang für seinen Herrn, der sich die Ohren zuhielt und schrie: »Bitte, Mischa, bitte! Mir tut jetzt jeder Ton weh.«

Aber Mischa warf nur seinen herrlichen smaragdenen Kopf zur Seite und sagte: »*Gawno.*«

Scheiße.

In diesem Augenblick wurde Walnikow bewußt, daß er unter dem schweren Regenmantel schweißdurchnäßt war. Der Traum von dem Kaninchen ließ ihn immer in Angstschweiß ausbrechen.

Mischa brüllte: »*Gawno.*« Das klang wie eine Herausforderung, und durch den dichten Nebel seines Wodkarausches konnte Walnikow zu seiner Verwunderung sehen, daß Mischa eben auf Grischas Kopf geschissen hatte. Als ob er tatsächlich verstanden hätte, was das Wort bedeutete! Na ja, war ja auch durchaus möglich. Wer hätte schon sagen können, was ein Vogel oder ein Mensch verstand.

Es war nicht die Scheiße, es war das geräuschvolle ›Gawno‹, das Grischa verärgerte. Das kleine Nagetier stürzte sich auf Mischa, der schnatternd zu dem Trapez im oberen Teil des zwei Meter hohen Käfigs hinaufflatterte. Darauf trottete der kleine Nager mißgelaunt über den Boden des großen Käfigs, bis er endlich ein geeignetes Plätzchen fand, an dem er sich wieder zur Ruhe niederließ. Sein Kopf war voller *Gawno.*

Das möblierte Junggesellenapartment in der Franklin Avenue wurde von einer Wäscheleine durchkreuzt, die von der Spitze des riesigen Käfigs zu einem Nagel lief, der in den Türstock der Badezimmertür geschlagen war. Drei Garnituren Unterwäsche und zwei Paar Socken hingen auf diese Weise im Raum – besser, als in der endlosen Schlange von Frauen vor dem Gemeinschaftsmünztrockner des Apartmenthauses anzustehen.

Auf dem Tisch, auf den Plastikstühlen, auf der Spüle und in der Spüle standen benutzte Gläser, schmutzige Teller und leere Wodkaflaschen herum.

Noch höher als das Geschirr und die Gläser und Flaschen türmten sich jedoch die zahllosen Schallplatten auf, die mit und ohne Hülle über den ganzen Raum verstreut waren. Die Platten lagen auf dem Küchentisch, auf den Stühlen und auf der Spüle. Zwei befanden sich sogar *in* der Spüle, was ihn an diesem Morgen verwunderte. Zumindest hatten sie keinen Schaden durch das Wasser genommen, da er nur Geschirr spülte, wenn er gar keines mehr hatte.

Abgesehen von der umfangreichen Schallplattensammlung wies das winzige, vollgestopfte Apartment noch einen großen Luxus auf – einen Micro-Seike-Plattenspieler und zwei Epicure-Boxen, von denen jede tausend Dollar wert war und die das ganze Apartmenthaus zum Erzittern brachten.

Walnikow stand da und zog den Regenmantel und seine nassen Klamotten aus. Er zwang sich, ins Bad zu gehen, und duschte sich eiskalt. Dabei hatte er im ersten Augenblick ganz vergessen, daß er seine Unterwäsche und einen Socken noch anhatte.

Nach der Rasur blutete sein breites, rotes Gesicht an drei Stellen. Unfähig, sein Glas Tee auch mit beiden Händen zu halten, verschüttete er beim Trinken etwas Flüssigkeit auf seine blaue Krawatte. Dann schüttete er das Hamsterfutter in Mischas Schale und das Vogelfutter in Grischas Trog. Er war schon halb zur Tür hinaus, als ihm bewußt wurde, daß er möglicherweise etwas falsch gemacht hatte. Er ging noch einmal zurück, um sich zu überzeugen, daß seine Vermutung richtig war.

Er stöhnte und scheuchte Mischa vom Napf des Hamsters fort. »Bitte, Mischa, iß dein eigenes Futter.«

Seine Stimme donnerte in seinen Ohren, durch den flammenden Matsch, der sich sein Gehirn nannte, durch das entzündete Gewebe.

»Ach ja, macht nichts«, gab er schließlich auf. »Friß ruhig Grischas Futter. Und du kriegst heute Mischas Fressen, Grischa.«

Dann watschelte er, mit einem Blick auf die Uhr und merklich schwankend, wieder in Richtung Tür, bis ihm einfiel, daß ein südrussischer Hamster wohl kaum hoch genug würde springen können, um an den Futternapf eines Sittichs, zwei Meter über seinem Kopf, zu gelangen.

Walnikow tauschte also mühevoll das Futter aus. Mais und Gerste für den Hamster, Körner für den Sittich. Dann gab er den kleinen Kreaturen noch Wasser und sah sie kurz an.

»Wißt ihr beide es wenigstens zu würdigen«, stöhnte er, »was für eine Mühe ich mir euretwegen mache?«

Mischa antwortete ihm. Der Sittich schwang, Walnikow den Rücken zugekehrt, auf seinem Trapez. Der smaragdfarbene Vogel ließ sich absichtlich nach vorn fallen, so daß er, die dünne Stange der Schaukel immer noch in seinen Klauen, mit dem Kopf nach unten hing und Walnikow direkt in die feuchten, brennenden Augen starrte. Und Mischa sagte: *»Gawno.«*

Fünfzehn Minuten später hatte Walnikow seinen Wagen geparkt

und kämpfte sich unter Schmerzen auf die Eingangstür der Hollywood Police Station zu.

An Freitagen war der Aktenberg, was die Einbrüche in Geschäfte betraf, nie sonderlich hoch. Dagegen würde Walnikow am Montag, nachdem die Einbrecher am Wochenende Hochsaison gehabt hatten, vor lauter Einbruchsmeldungen auf seinem Schreibtisch kein freies Fleckchen mehr zum Arbeiten finden. Aber der heutige Tag würde recht problemlos verlaufen – bis auf das gnadenlose Hämmern in seinem Schädel.

Zwei jüngere Detektive vom Morddezernat, die allgemein Frick und Frack hießen, machten sich gerade einen Spaß daraus, Irma Thebes, der rührigen, kleinen Detektivin, die auf Sexualverbrechen spezialisiert war, ein paar Schauergeschichten zu erzählen.

»Irma«, grinste Frick, »sieh dir mal diesen Selbstmordbericht an.«

Irma schnitt eine Grimasse und tat, als wäre sie nicht interessiert, las aber das Schreiben dann doch wie immer voller Hingabe.

»Mann schnitt sich beide Pulsadern auf, drehte dann den Gashahn auf und schlug sich dann mit einem Beil dreimal auf den Kopf. Beim drittenmal gelang es ihm schließlich, seine Schädeldecke zu zertrümmern.«

»Das ist doch gar nichts«, schaltete sich Frack ein und beugte sich über seinen Schreibtisch. »Letzten Monat hatte ich eine Alte, die sich beide Pulsadern aufgeschnitten hatte. Dann hat sie DDT getrunken, und dann – jetzt hört euch das mal an – hat sie versucht, sich mit einem Nylonstrumpf zu erdrosseln. Sie hat dabei einen Kochlöffel benutzt, um den Strumpf fester zudrehen zu können!«

»Schrecklich, das ist ja schrecklich«, entsetzte sich Irma, in Wirklichkeit nach mehr lechzend.

Ihr nie lächelnder Lieutenant, Holzlippe Mockett, unterbrach ihre Unterhaltung jedoch: »Was ist eigentlich mit diesem Mord auf der La Brea? Irgendwas Neues?«

»Nee, das Opfer will nicht reden«, erwiderte Frick, um das Spiel für Irma Thebes noch auf die Spitze zu treiben.

»Meine Fresse, heute sind wohl wieder mal die Amateure dran?« knurrte Holzlippe Mockett. »Kommt ihr denn irgendwie voran?« Und mit einem Blick auf Irma. »Ich meine in dem *Mordfall*.«

»Leider nicht, Lieutenant«, erstattete der junge Detektiv Meldung. »Aber dieser Typ war ein militanter Schwarzer und ehemaliger Ganove. Ich würde fast sagen, der Kerl, der das getan hat, sollte eine Auszeichnung für ökologisches Verhalten kriegen.«

Dudley Knebel, für Raubüberfalle zuständig, schaltete sich ein: »Habt ihr irgendwelche Verdächtigen? Ich habe da einen an der Hand, der jeden identifiziert, den ich ihm vorführe. Ihm gehört die Burritobude drüben an der Western.«

»*Der* Heini!« fiel ein Einbruchsdetektiv ein, den sie Montezuma Montez nannten. »Der und seine Frau, Hamhocks Hilda, die identifizieren dir sogar deinen *Partner*, wenn du ihnen nur Gelegenheit dazu gibst.«

»Hey, stimmt das eigentlich, wie Hamhocks Hilda ihre Hamburger machen soll?« wollte Frick wissen.

»Offensichtlich ja«, bestätigte ihm Montezuma Montez mit einem Grinsen. »Captain Hooker hat es mit eigenen Augen gesehen.«

»Was soll da stimmen?« erkundigte sich Holzlippe Mockett nervös.

»Na ja, sie ist eigentlich immer sauer auf die Polizei«, erklärte Frick. »Sie wird nämlich so im Durchschnitt zwei- bis dreimal im Monat ausgeraubt. Und nie erwischen wir jemanden. Wenn du dir also bei ihr 'nen Hamburger bestellst, dann nimmt sie das Fleisch und knetet es genau hier oben zwischen ihren Beinen, genau hier oben an ihrem fettigen, alten Topfreiniger.«

»So ein Quatsch! Das könnt ihr mal jemand anderem erzählen«, erhob Holzlippe Mockett Einspruch. Er hatte nämlich erst am Tag zuvor zwei Hamburger von Hamhocks Hilda verdrückt.

»Ich schwör's Ihnen, Lieutenant«, beharrte Frack. »Als ich damals ihren Alten verhaftet habe, weil er ihr mit einem Fleischklopfer auf den Pelz gerückt ist, hat er mir erzählt, wir sollten bei ihr immer aufpassen, immer das Hackfleisch genau ansehen, ob da nicht ein paar kleine, schwarze Härchen rausstehen.«

»Na ja, so schlimm ist das ja nun auch wieder nicht«, meldete sich nun Clarence Cromwell, einer der zwei schwarzen Detektive, zu Wort. »Sie *brät* das Zeug ja noch, oder nicht? Das Ganze ist nur halb so wild, solange er ihr nicht *genau*, bevor sie Ihnen den Hamburger gemacht hat, die alte Orgel gestimmt hat, Lieutenant.«

Holzlippe Mockett ließ etwas Zeit verstreichen, bevor er aus dem Büro eilte, um sich bei Captain Hooker zu erkundigen, ob ihm seine Leute wieder einmal einen Bären aufgebunden hatten.

In diesem Augenblick dröhnte eine Stimme durch die einen Spalt breit offene Tür des Verhörraums. Nate Farmer, der andere schwarze Detektiv, den man gegen seinen Willen von Autodiebstahl zu Sexualverbrechen versetzt hatte, befragte gerade das Opfer einer Vergewaltigung, dessen Geschichte etwas suspekt klang.

Sie war ebenfalls schwarz. Und das gleiche galt auch für den angeblichen Täter. Die Schwarzen beraubten, vergewaltigten und ermordeten andere Schwarze genau wie jeden anderen. Und dasselbe galt für die Weißen. Kriminelle machen bei der Wahl ihrer Opfer keinen großen Unterschied.

Seine Stimme donnerte durch den Raum: »So, du hast ihn also jetzt schon sechs Monate drübergelassen, und es hat dir Spaß gemacht, und jetzt merkst du plötzlich, daß dein kleiner Bauch von Tag zu Tag größer wird, und dann wirst du plötzlich wieder minderjährig – erst siebzehn –, und dann erzählt dir dein Sozialarbeiter noch, daß der Staat für dein Kleines aufkommt, wenn du deinen Freund wegen Vergewaltigung hinter Gitter bringst! Also, das kannst du wirklich mal jemandem anderen erzählen!«

»Das letzte Opfer einer Vergewaltigung, mit dem ich zu tun hatte, war, wie sich dann herausstellte, ein Callgirl, das schon zweiundzwanzigmal verhaftet worden war«, warf Irma Thebes ein.

»Sie hat wohl auch erst gemerkt, daß sie vergewaltigt worden war, als der Scheck ausblieb, wie?« witzelte Frick.

Ein elfjähriger Kubanerjunge saß mit großen Augen im Bereitschaftsraum und lauschte dem tobenden schwarzen Detektiv. Der Junge war ein bekannter Fahrraddieb. In Anlehnung an einen Autolackierer, der jeden Wagen für 49,95 Dollar neu spritzte, hieß er bei allen nur Earl Scheib Lopez. Earl Scheib Lopez brüstete sich, für einen und einen Vierteldollar in *zehn* Minuten jedes gestohlene Fahrrad neu zu streichen, und dann würde ihm noch genügend schnüffelbarer Lack übrigbleiben, um mindestens drei seiner Kumpel damit vollzudröhnen.

Earl Lopez hatte die Taschen seiner Jeans immer mit Münzen vollgestopft und spielte gerade mit Fuzzy Spinks, für Autodiebstahl zuständig, Blackjack. Fuzzy konnte den kleinen Banditen ganz gut leiden, seit er ihn (für die bescheidene Summe von fünfzig Dollar) auf eine kubanische Gang aufmerksam gemacht hatte, die sich auf Ferraris spezialisiert hatte, worauf Fuzzys Aussichten auf den Posten eines Inspektors erheblich gestiegen waren. Earl Scheib

Lopez investierte die fünfzig Dollar in zwei Kartons mit Aerosol-Farbspray, und während der nächsten zwei Wochen wurden in Hollywood an die dreihundert Fahrräder als gestohlen gemeldet.

Seine letzte Verhaftung hatte er einem regelrechten Bravourstück zu verdanken. Wer weiß, was den kleinen Ganoven plötzlich überkommen hatte, als er in einem Kaufhaus in der Stadt auf ein ausgestelltes Fahrrad sprang, darauf zwischen fünf kreischenden Verkäufern hindurchradelte, die Rolltreppe hinunterfuhr und es auf die Straße hinaus schaffte. Zwanzig Minuten später hatte er sich mit seiner Beute nach Hollywood abgesetzt. Die Leute von der Zentrale hatten jedoch keinerlei Schwierigkeiten, den tollkühnen Fahrraddieb zu stellen. In diesem Fall war Earl Scheib Lopez leider seinem eigenen Renommee zum Opfer gefallen.

Im Moment spielte er jedoch gerade friedlich Blackjack mit Fuzzy Spinks, der so lange als Babysitter fungierte, bis Earl Scheib Lopez von seiner Großmutter abgeholt wurde, die es allmählich leid wurde, wegen ihres Enkels ständig mit dem Bus auf Polizeiwachen und Gerichte zu fahren. Eines Tages, nachdem ihr Enkel zum drittenmal innerhalb eines Monats verhaftet worden war, unternahm sie eine innerstädtische Busreise, die etwas aus der Reihe tanzte. Sie führte sie zum ›Glashaus‹, dem Büro des Polizeichefs im Parker Center in der Innenstadt. Zwei Stunden lang wartete die alte Frau geduldig, bis sie schließlich zum Adjutanten des Polizeichefs vorgelassen wurde, um diesem dann durch einen Dolmetscher in aller Höflichkeit und gestochenem Spanisch zu verstehen zu geben, daß sie gekommen war, um die erforderlichen amerikanischen Dokumente zu unterzeichnen, Earl Scheib Lopez in die Gaskammer zu bringen.

Fuzzy merkte sehr wohl, wie der kleine Gauner ängstlich auf den furchteinflößenden schwarzen Detektiv lauschte, der auf sein ›Vergewaltigungsopfer‹ einbrüllte.

»Na, hast du auch schon mal 'ne Vergewaltigung versucht, Earl?« fragte Fuzzy und beobachtete den Jungen über den Rand seiner Brille, wobei ihn jedoch vor allem Earls Karten interessierten, da er mit fünfunddreißig Cents im Rückstand lag.

»Nee!« schüttelte Earl den Kopf und blieb bei vierzehn, während Fuzzy ausstieg.

»Ich würde dir auch nicht raten, das mal zu versuchen. Die Detektive hier können so 'ner Alten voll ins Getriebe sehen und die ganzen Rillen und Vertiefungen abchecken. Genau wie beim Lauf einer Kanone. Verstehst du?«

»Ja?« antwortete Earl Scheib Lopez, mit einemmal sichtlich beeindruckt.

»Und wenn die dann mit *deinem* übereinstimmen, kriegst du mindestens zwanzig Jahre. Kapiert?«

»Jawohl, *Sir*!« nickte Earl Scheib Lopez folgsam und deckte einen Karokönig auf.

»Na, steigst du aus?« fragte der alte Polizist hoffnungsvoll, da er sechzehn brauchte und nur noch neunzig Cents hatte.

»Verdammte Scheiße!« Max Haffenkamp, für Einbrüche zuständig, knallte den Hörer auf die Gabel. »Hollywood ist nur noch ein einziges Ghetto. Die Leute sagen schon nicht mal mehr Hallo zu einem, wenn sie denken, man ist ein Polizist.«

»Dann erzähl doch einfach, du hättest ihren monatlichen Wohlfahrtsscheck gefunden«, schlug Clarence Cromwell vor. »*Dann* werden sie schon mit euch Weißen reden.«

»Hoffentlich veranstalten die Jungs aus der Unterwelt heute mal wieder ein kleines Gemetzel«, stöhnte Frick. »Ich könnte ein paar Überstunden vertragen. Die nächste Rate für meinen Wagen ist nämlich fällig.«

»Schau mal, wie ich abgenommen habe, Irma«, zog Frack mit einem Seitenblick auf seine Kollegin den Bauch ein. »Bauchmuskeln wie ein Waschbrett. Du könntest jederzeit deine Spitzenunterwäsche darauf waschen. Ist das kein Angebot?«

In diesem Augenblick stürmte das Vergewaltigungsopfer schreiend aus dem Verhörraum. »Na gut, wenn Sie diesen Scheißkerl nicht einbuchten, dann gehe ich eben zum FBI. Ich halte doch für diesen Dreckskerl nicht den Kopf hin. Und dich, du Nigger!«, sie deutete mit einem knochigen Finger auf Nate Farmer, »dich zeige ich wegen persönlicher Beleidigung an!«

Dieses Gezeter wurde durch eine Stimme aus einem Lautsprecher unterbrochen. Sie wurde über Funk aus dem Polizeihubschrauber übertragen.

»Hier spricht Air Six«, meldete sich die Stimme. »Habt ihr irgend etwas für uns?«

Und dann legten, wie üblich, drei oder vier ehemalige Beamte von der Sitte mit ihren Vorschlägen los:

»Ja, bombardiert doch die Kiffer auf dem Sunset.«

»Beschießt die Zuhälter am Hollywood Boulevard.«

»Napalm auf die Früchtchen in der Selma Avenue.«

Und so weiter.

Plötzlich schleuderte Frick seine Verhaftungsberichte Frack entgegen. »Vergewaltigung und Mord! Vergewaltigung und Mord! Allmählich hängt mir das ganz schön zum Hals raus.«

»Tja«, schnaubte Clarence Cromwell. »Die ganzen Morde und Vergewaltigungen gehen alle nur auf deine Rechnung, mein Lieber. Du schlägst die Zeit tot und vögelst dabei die halbe Stadt.«

Sämtliche Unterhaltungen, Frotzeleien und Verzweiflungsanfälle wurden plötzlich unterbrochen. Es wurde atemlos still.

Dora Simpson, die unten im Aktenarchiv arbeitete, wackelte in den Bereitschaftsraum, plazierte ein paar Berichte auf Holzlippe Mocketts Schreibtisch und tippelte wieder nach draußen.

»Mit *den* Lungen muß das Mädchen doch *Tage* unter Wasser bleiben können«, seufte Fuzzy Spinks.

Dora Simpson war zehn Jahre lang bei der Polizei von Los Angeles angestellt gewesen, ohne daß sie jemandem groß aufgefallen wäre, bis sie eines Tages von der Northeast Station in die Hollywood Station versetzt wurde. Darauf hatte sie nämlich begonnen, einen pensionierten Schönheitschirurgen mit einem Pygmalion-Komplex aufzusuchen.

Dr. Henry Sprackle trug von ihrem Nasensteg einen Zentimeter und von ihrer Nasenspitze zwei ab, und in ihre erschlaffenden Brüste und Pobacken setzte er fast ein *Pfund* Schaumgummi ein. Außerdem knapste er ihr die lose Haut unter ihrem Kinn und ihren Augen ab und entfernte mindestens fünf Zentimeter Bauchspeck.

Schließlich ließ er noch ihre elegant geschwungene Hornbrille in den Mülleimer wandern und verpaßte Dora stattdessen gefärbte Kontaktlinsen. Nachdem er sie dann noch bei Elizabeth Arden mit einer Farrah-Fawcett-Frisur versehen hatte lassen, war sie *fast* perfekt. Aber der gute Doktor nahm sie noch zu Frederick's of Hollywood mit, wo er ihr zehn Garnituren schwarzer Unterwäsche ohne Zwickel kaufte. Und jetzt *war* sie perfekt.

Dora Simpson war also wiedergeboren worden, obwohl dabei kein Baptistenprediger seine Hand im Spiel hatte. Aus dem ehemaligen häßlichen Entlein war nun der Gegenstand so manchen feuchten Traums der Hollywood Station geworden. Ja, inzwischen erstreckte sich ihr Ruf schon über die gesamte Polizei von Los Angeles. Man hörte sogar sagen, daß der stellvertretende Polizeichef Digby Bates, der berüchtigteste Schweinigel unter all den hohen

Tieren, dem Regionskommandanten *vier* zusätzliche Streifenbeamte zugesagt hatte, falls er Dora Simpson für die Versetzung freigäbe.

Frick und Frack waren verrückt nach ihr. Die zwei jungen Polizisten hatten nun schon sechs Jahre zusammen gearbeitet, sowohl auf Streife wie als Detektive, und sie hatten schon so lange dieselben Revier-Groupies umgelegt, daß sich allmählich auch schon ihre erotischen Fantasien einander anzugleichen begannen. In letzter Zeit drehten sich dabei die meisten um Dora Simpson, da sie die gute Dora für ein anthropogenes Geschöpf hielten. Sie war kein menschliches Wesen. Sie war im Labor von Dr. Henry Sprackle geschaffen worden.

Dieses ganze Zeug, mit dem sie so knackig ausgepolstert war! Und stell dir vor, nach ihren Operationsnarben zu suchen! Ob sie wohl etwas von dem tun würde, was ihr Herr und Meister ihr gesagt hatte? Es war höchst dekadent und pervers. Frick meinte, sobald das mit seiner zweiten Scheidung geregelt wäre, würde er ihr einen Antrag machen. Frack dagegen sagte, *er* würde sich zu diesem Zweck an Dr. Sprackle wenden, da Dora Simpson als anthropogenes Wesen keine eigenen Entscheidungen zu fällen berechtigt sei.

Jedenfalls bot sie ausreichend Gesprächsstoff auf dem Revier. Jedermann nannte sie Ersatzteile-Simpson.

»Sieht ja ganz so aus, als ob du zu 'ner Beerdigung gehen würdest, und wenn mich nicht alles täuscht, sogar zu deiner eigenen«, begrüßte Clarence Cromwell Walnikow, als sich dieser mit seiner zweiten Tasse Tee zwischen dem Gewirr aus Schreibtischen und kaffeetrinkenden Detektiven hindurchtastete.

Die Stimmen. Der Lärm. Die schmerzhafte Kakophonie von zwei Dutzend Detektiven, die alle voll mit den beiden wesentlichen Arbeitsgeräten ihres Berufs zugange waren – mit dem Bleistift und dem Telefon.

»Viel zu tun, Clarence?« erkundigte sich Walnikow.

»Eigentlich nicht«, brummte Clarence Cromwell. Breitschultrig und mit einem Gesicht wie blankpoliertes altes Leder, war er schon fünfundzwanzig Jahre bei der Polizei. Er hatte allerdings schon einmal bessere Tage gesehen und ›downtown‹ gearbeitet.

Clarence war damals zum Verhängnis geworden, daß er eine etwas leichtlebige Freundin gedeckt hatte, die ein paar unsaubere

Schecks unter die Leute gebracht hatte. Er wurde wieder dorthin versetzt, wo er angefangen hatte – nach Hollywood. (»So etwas wie eine Strafvesetzung gibt es bei der Polizei von Los Angeles nicht. Das werden Sie doch sicher verstehen, Sergeant Cromwell. Es handelt sich hierbei lediglich um eine administrative Maßnahme.«) Aber letztlich war das immer noch besser als das Revier in der Siebenundsiebzigsten Straße, das für Watts zuständig war. Im Vergleich dazu war das Leben der Hollywood-Detektive ein richtiges Zuckerlecken.

Aber trotzdem ging es mit dem guten Clarence Cromwell abwärts. Er hatte einen gewaltigen Schnurrbart und eine Afro-Frisur mittleren Ausmaßes und trug italienische Anzüge. Er näherte sich widerstrebend dem Mittelalter und trank zu viel, allerdings nicht annähernd so extrem wie Walnikow. Er hatte immer noch zwei Schulterholster umgeschnallt, die zwar die Polizei-Groupies enorm aufregend fanden, ansonsten aber kaum mehr als Ballast darstellten. Als Clarence noch downtown bei Raubüberfall Mord gearbeitet hatte, hatten seine zwei Magnum-Colts innerhalb jener sechs glücklichen, aber kurzen Jahre immerhin vier Banditen das Lebenslicht ausgeblasen.

Am Abend nach seinem letzten Duell hatte sich in einer Bar ein Chinatown-Groupie an den immer noch zitternden Detektiv herangemacht und ihm an die Eier gegriffen. »Laß mich doch mal deine *andere* Magnum sehen, Clarence. Mensch, du siehst aus, wie Sidney Poitier immer gern aussehen möchte.«

Na ja, das war einmal.

»Fehlt dir auch nichts?« erkundigte sich Clarence Cromwell, als sein Blick auf Walnikows zitternde Hände fiel.

»Nein, nein, Clarence, schon alles in Ordnung«, lächelte Walnikow und vergaß dabei ganz, was eigentlich in den Einbruchsmeldungen gestanden war.

»Na, irgend jemanden eingebuchtet heute, Wal?«

Walnikow sah Clarence Cromwell an und zuckte nur traurig mit den Achseln. Clarence Cromwell steckte sich eine Zigarette an und blickte erneut auf Walnikows Hände.

Clarence Cromwell kannte das. Walnikow war einer der wenigen Detektive – vielleicht insgesamt vier oder fünf an der Zahl, mit denen Clarence Cromwell etwas am Hut haben wollte. Ein Grund hierfür war, daß er Walnikow noch aus seinen besseren Tagen bei Raubüberfall Mord kannte. Und zweitens war Walnikow ein alter

Haudegen, der schon über zwanzig Dienstjahre auf dem Buckel hatte, die meisten davon im Detektivbüro. Wenn Clarence Cromwell nämlich etwas mehr haßte als die Polizeiobrigkeit, dann waren es RE-kruten.

Angewidert sah Clarence Cromwell um sich. Verdammte RE-kruten! Man brauchte nur die gesamte Belegschaft der Abteilung Einbruch zusammenzählen, und es würden keine drei ganzen Portionen herauskommen. Außer ihm und Walnikow nichts als ein Haufen bescheuerter kleiner Jungs. Wie dieser andere junge Schwarze, Nate Farmer, der ständig am Brüllen war. Als wäre er so eine Art schwarzer Kojak. Und diese beiden Laffen Frick und Frack. Die an nichts anderes dachten als an ihren Pimmel. Mord-Detektive, meine Güte!

Halt! Nicht Detektive – ›Inspektoren‹. Jetzt hießen sie alle ›Inspektoren‹. Zumindest stand das auf ihren Visitenkarten. War doch wirklich schön zu wissen, daß sich die da oben auch ihre Gedanken machten und zu dem Entschluß gelangt waren, die Herren Detektive hätten eine neue Berufsbezeichnung verdient. Und dann machten sie ja auch noch ›Team-Dienst‹. Allerdings wußte kein Schwein, was das nun eigentlich sein sollte. Vier ›Teams‹ von ›Inspektoren‹, die in den ihnen zugeteilten Bezirken Dienst taten. Teams, meine Fresse. Das ist hier kein Fußballspiel, Chef. Der Polizeidienst bringt eine ganze Menge Entscheidungen mit sich, die man da draußen auf den Straßen ganz *allein* fällen muß. Aber die Schreibtischhengste mußten sich natürlich alle paar Jahre ein paar neue, gängige Begriffe ausdenken, um auch ihr Budget ein wenig rechtfertigen zu können. ›Team-Dienst‹. Letztlich lief das Ganze jedoch nur darauf hinaus, daß es immer mehr Chefs für immer weniger Untergebene gab. Auf manchen Revieren waren sie früher mit einem Captain ausgekommen. Inzwischen brauchten sie *drei*. Ganz zu schweigen von dem Schwarm von Lieutenants, die alle etwa zu ebensoviel nützlich waren wie Holzlippe Mocketts Eier. Und Clarence wußte, daß letztere schon seit Jahren nicht mehr in Gebrauch gewesen waren.

Clarence blätterte Walnikows Berichte kurz durch und sagte: »Niemand eingebuchtet. Also dann geh mal lieber wieder nach Hause, ich erledige das schon für dich. Scheiße, du bist so voll von diesem russischen Kartoffelsaft, daß du aussiehst wie eine Kröte.«

»Das ist wirklich nett von dir, Clarence.« Walnikow versuchte zu lächeln, gab es aber schleunigst wieder auf. Selbst zu lächeln tat höllisch weh. »Aber mir fehlt absolut nichts.«

Clarence Cromwell ließ sich jedoch nicht täuschen. Und es war nicht nur der Kater. Walnikow ging es absolut nicht gut. Er war nur noch ein schwacher Abglanz des Mannes, der damals vor fünfzehn Jahren downtown als Detektiv bei der Mordkommission gearbeitet hatte. Jener Mann war zwar still und schüchtern gewesen, aber immer hellwach und auf Draht. Der Typ neben ihm dagegen war ein menschliches Wrack. Er tat Clarence Cromwell leid, wenn er auch nichts Genaueres über ihn wußte.

Clarence sah sich in dem Gewimmel um, das sie umgab. Wie in einer verdammten Papierfabrik. Nichts als Papier, das von hierhin nach dorthin gereicht wurde. Meine Kanone und meinen Wagen können Sie mir nehmen, aber *bitte* nicht meinen Bleistift. Niemandem fiel jedoch auf, wie auffallend schlecht Walnikow an diesem Tag aussah. »Hast du einen Kamm, Wal?«

»Einen Kamm?« Walnikow sah Clarence an, als verstünde er die Bedeutung dieses Worts nicht, als wären mit einemmal alle seine Englischkenntnisse wie weggeblasen. »Ja, Wal, einen *Kamm.*«

Clarence überlegte, ob Walnikow vielleicht Drogen nahm. Nein, dachte er, ein Schnapsbruder wie Wal würde bestimmt nicht kiffen.

»Hier hast du einen Kamm, Wal. Ich bin im Griffith Park mal auf einem alten Gaul geritten, der hatte ordentlichere Haare als du. Also kämm dich wenigstens mal, ja? Du siehst ja wirklich aus wie 'n Blutspender von der Skid Row. Wieviel zahlen sie denn heute für 'nen halben Liter Blut? Zehn für positiv? Zwölf für negativ?«

»Wie bitte?« sagte Walnikow.

»Mensch Meier, Wal! Hol dir aus meinem Schrank mal eine saubere Krawatte. Deine sieht ja aus, als hättest du sie in Wodka gewaschen. Also, jetzt reiß dich aber wirklich mal ein bißchen zusammen, Mann!«

Aber es war bereits zu spät. Als Clarence Cromwell aufsah, streifte sein Blick den von Captain Hooker, der in Richtung seines Büros nickte.

»Daß du immer noch hier bist, hast du nur einem zu verdanken«, flüsterte Clarence Cromwell Wal zu, bevor er aufstand, »mir.« Damit war er auch schon zu Hookers Büro unterwegs.

Walnikow saß nur da und starrte ausdruckslos auf seine Berichte. Er zitterte und dachte, die Stimmen des slawischen Chors hören zu können. In weiter Ferne. In dem eisigen Sibirien seiner Gedanken.

Natalie Zimmerman tobte. Mit weit ausladenden Schritten ging sie in Captain Hookers Büro auf und ab. Die mächtigen Schritte ließen ihren wollenen Rock sich über ihren langen Beinen spannen.

Gar nicht so übel, Nats Fahrgestell, dachte Clarence Cromwell, als er sich setzte. Gar nicht so schlecht.

»Ich tue meine Arbeit, Captain!« Ihre Stimme zitterte leicht.

»Das weiß ich sehr wohl, Natalie. Sie bekommen ja auch immer ausgezeichnete Bewertungen, stimmt's?«

»Wissen Sie, Captain, ich arbeite auf die Beförderung zum Inspektor hin.«

»Ich bin mir sicher, daß Sie das auch schaffen werden.«

»Nicht, wenn ich mit diesem – mit Walnikow zusammenarbeiten muß. Wenn Sie mich zu seinem Partner machen, dann werde ich genauso miese Arbeit leisten wie er!« Sie hörte endlich auf, wie eine Verrückte hin und her zu rennen und ließ sich auf den Stuhl neben Clarence Cromwell plumpsen. Mit einer heftigen Handbewegung strich sie sich eine Strähne ihres rehbraunen Haars aus der Stirn.

Anerkennend betrachtete Clarence Cromwell Natalie Zimmermans überkreuzte Beine und fand, daß das vielleicht gar keine so schlechte Idee war. Vielleicht war es das, was Walnikow brauchte.

»Es ist ja auch nicht auf Dauer, Natalie«, versuchte Captain Hooker sie zu beschwichtigen. Er war einer von diesen richtig gelehrt aussehenden Kerlen in dreifach geknöpften Anzügen, welche in Clarence Cromwell immer wieder die Frage aufwarfen, wie solche Leute eigentlich zur Polizei kamen. Hooker hatte keine Hüften und mußte Hosenträger tragen, um seine Hose und seinen Waffengürtel hochzuhalten.

»Haben Sie ihn heute wieder gesehen, Captain?« flehte Natalie und hob dabei ihre überdimensionale Brille etwas an, um sich die Nase reiben zu können. »Dieser Idiot ist doch völlig besoffen, um es einmal beim Wort zu nennen.«

»Er ist nicht besoffen«, schaltete sich Clarence ein. »Er hat nur einen Kater. Er braucht nur ein bißchen Tee, dann kommt er schon wieder auf den Damm.«

»Warum ausgerechnet ich. Weshalb ich?« befragte Natalie die widerspenstige Haarsträhne, die ihr wie üblich ins Gesicht hing. Sie trug ihr Kraushaar ungewöhnlich lang.

Captain Hooker betrachtete sie prüfend und nickte dann mit der Herablassung eines Schuldirektors. »Sie sind die beste Detektivin, die ich habe«, murmelte er betont leise. Ihm war offensichtlich einiges daran gelegen, daß Natalie ihre Lautstärke etwas herunterschraubte.

»Großartig. Wo Sie ja sowieso nur zwei haben. Nehmen Sie doch Clarence hier. Warum kann er nicht mit ihm zusammenarbeiten? Die beiden sind doch alte Freunde.«

»Na ja, äh, ich, äh, muß mich doch schließlich um mein Team kümmern«, redete sich Clarence heraus, während er im stillen dachte: ohne mich, meine Liebe. Mir genügen bereits meine eigenen Probleme mit dem Alkohol. Ich und Wal? Scheiße! Säubert schon mal die Ausnüchterungszelle, damit dort Platz für die Jungs von der Einbruchsabteilung wird.

»Ich kenne Walnikow nun schon zwanzig Jahre«, setzte Captain Hooker geduldig an. »Er war damals erst zwei Jahre bei der Polizei, und er hat seitdem immer gute Arbeit geleistet. Und er hat sich auch immer tadellos benommen, wenn ich das noch hinzufügen darf.«

»Na ja, dann ist dieser angeblich so angenehme und nette Herr also schon zweiundzwanzig Jahre im Dienst. Wieso läßt er sich dann nicht pensionieren und...«

»Walnikow ist nach wie vor ein guter Polizist«, wies Captain Hooker Natalie zurecht, wobei er beschwichtigend seine Hand hob, um einem weiteren Temperamentsausbruch von ihrer Seite vorzubeugen. Natalie Zimmerman ertappte jedoch gerade Clarence Cromwell dabei, wie er einen prüfenden Blick über ihre Brüste gleiten ließ.

Clarence sah unschuldig auf. Der alte Schleimscheißer! Es war ein offenes Geheimnis, daß Hooker alles tat, was Cromwell wollte. Hooker tat nichts weiter, als seine Zeit abzusitzen. Noch drei Monate und er hatte seine dreißig Jahre im Kasten, und dann wartete auf ihn ein geruhsamer Lehrauftrag am kriminologischen Institut der Cal State University. Jeder wußte das. Genauso wie jeder wußte, daß praktisch Clarence Cromwell diese verfluchte Detektiv-Abteilung leitete. Und das aus keinem anderen Grund, weil ihm sein Kautions-Leibeigener und Kumpel No-Show Weems praktisch unbegrenzt seine 53-Fuß-Jacht mit Zwillingsdieselmotoren zur Verfügung gestellt hatte – einem Idioten wie Cromwell, der nicht einmal ein Tretauto hätte lenken können! – und Hipless Hooker ausgerechnet der fanatischste Hochseefischer war, den man sich vorstellen konnte. Und da Mrs. Hooker schon in der Badewanne seekrank wurde, konnte Hipless Hooker sich mit Clarence Cromwell praktisch jedes verdammte Wochenende unbeaufsichtigt auf dieses Scheißboot verdrücken, und das vermutlich auch noch in Begleitung einiger dieser Saufkumpaninnen, die Cromwell um sich geschart hatte. Dieser alte Gauner! Starrte er ihr doch schon wieder auf die Titten!

Es stimmte, daß Clarence Cromwell über eine 300000-Dollar-Motorjacht verfügen konnte. Es stimmte auch, daß Captain Hooker Cromwell angefordert hatte, als dieser aus der Raub-und-Mord-Abteilung gefeuert wurde, weil er von diesem tollen Boot gehört hatte. Hipless Hooker hatte sich möglicherweise gefragt, weshalb sich ein so gut betuchter Kautionsbürge wie No-Show Weems Clarence Cromwell gegenüber so generös zeigen sollte, aber er war dann wohl zu dem Schluß gelangt, einem geschenkten Gaul besser nicht ins Maul zu schauen. Und damit hatte er vollkommen recht.

No-Show Weems war ein ständig schwitzender, dicker Mann, der, über ganz Los Angeles County verstreut, eine Reihe von florierenden Bürgschaftsagenturen besaß.

Er hatte allerdings den gravierenden Fehler begangen, die Kaution für die Moroni Brothers zu stellen. Diese zwei Bankräuber aus San Pedro hatten im Zuge ihres letzten Überfalls einen Bankwächter erschossen. Sie wurden in Erwartung ihres Prozesses gegen eine Kaution von zweihunderttausend Dollar auf freien Fuß gesetzt. Der Staatsanwalt hatte gegen eine Herabsetzung der Kaution plädiert, aber der Oberste Richter hatte seine Lektion aus dem Religionsunterricht seiner Kindheit keineswegs vergessen und hatte, auch schon vor seiner Verkalkung, beharrlich die Anschauung vertreten, daß es keine schlechten Menschen gäbe. No-Show Weems wäre in diesem Punkt sicherlich anderer Meinung gewesen und hätte zur Erhärtung seines Standpunkts vielleicht gerade das Beispiel der Moroni Brothers herangezogen. Was von den beiden Burschen zu halten war, hatte er sogar schon gewußt, noch bevor Sal Moroni eine sizilianische Köchin aus dem Fenster eines italienischen Restaurants geworfen hatte, weil sie seine Scallopini zu weich gekocht hatte.

Die alte Köchin hatte ihm, mit einem nagelneuen Hüftgelenk wieder aus dem Krankenhaus entlassen, Rache geschworen und entschied sich, die alte sizilianische Tradition der Blutrache wieder zu neuem Leben erstehen zu lassen. In ihrer Heimat war ihr zwar nie etwas dergleichen untergekommen, aber da in fast jedem amerikanischen Film davon die Rede war, hinkte Lucretia Pantuzzi, achtundsechzig Jahre alt, mitten in der Nacht an die Tür der Moronis und schob ihnen eine Portion gut angefaulter Fische in den Briefkastenschlitz. Wohl bekomm's, du Dreckskerl! Mit besten Grüßen, Ihre Lucretia Pantuzzi.

Als der verkalkte Richter dann die Kaution herabsetzte, tat No-Show Weems den Sprung ins kalte Wasser und stellte sie, da die Moroni Brothers einen erfolgreichen Fischer zum Onkel hatten, der sich für die Zahlung der Kaution verbürgte, falls das lustige Brüderpaar das Weite suchen sollte. Zwei Wochen später fiel der alte Fischer dann jedoch vom Heck seines Boots und ertrank zusammen mit sechs Tümmlern in seinen eigenen Thunfischnetzen. Eine Umweltschützergruppe, die sich der Erhaltung der Tümmler verschrieben hatte, sah darin den gegebenen Anlaß, sich für eine Verbesserung der Lebensqualität von Tümmlern stark zu machen. Der Betrieb des alten Fischers ging Konkurs, und das noch vorhandene Kapital wurde im Zuge der darauf folgenden rechtlichen Auseinandersetzung festgefroren.

Inzwischen hatten es die Moroni Brothers jedoch satt, immer nur stinkende Fische mit der Morgenpost zu bekommen. Dies ging sogar so weit, daß sich die beiden Bankräuber nicht einmal für die monatlichen Schecks von der Wohlfahrt die Hände schmutzig machen wollten. Und außerdem wurde ihnen die ganze Warterei mit der Zeit einfach auch langweilig. Also raubten sie ein Kreditinstitut aus und zogen mit den wandernden Grauwalen nach Süden. Und zwar hinunter bis nach Cabo San Lucas, an der Spitze der Baja-Halbinsel im Staate Mexiko.

Eines Tages genossen nun Sal und Tony Moroni die Sonne Mexikos, tranken Tequila und beobachteten zwei betrunkene Nutten, die sich vergnügt von den Wellen treiben ließen. Da tauchte am Horizont eine weiße Motorjacht auf. Das gecharterte Boot fuhr näher an den Strand, ging schließlich in einigem Abstand hinter der Brandungslinie vor Anker und ließ ein Schlauchboot zu Wasser. Das Schlauchboot war mit einem starken Außenbordmotor ausgerüstet, und der Typ in dem Boot schoß mit einem Affenzahn auf den Strand zu.

Als er näher kam, konnten die Brüder erkennen, daß er eine rote

Strickmütze aufhatte, die ihm fast über die Augen fiel. Außerdem hatte er sich um die untere Gesichtshälfte einen roten Schal gewickelt. So ein blödes Arschloch. Am Strand hatte es mindestens fünfunddreißig Grad. Er kam noch näher. Seine Hände und Arme waren dunkel. Es war ein Nigger. Dieser blöde Kaffer kam mit einer roten Strickmütze und einem Schal vom kühlen Ozean an den heißen Strand. Er sah dermaßen dämlich aus, daß sich die Nutten den Moronis anschlossen und in lautes Gelächter ausbrachen. Dann schaltete er den Motor aus und ließ das Boot von der Brandung an den Strand treiben. Der blöde Nigger kam wohl an Land, um für seinen Boß auf der Jacht ein paar Flaschen Tequila zu kaufen. Er würdigte zwar die nackten Nutten keines einzigen Blicks, aber das machte nichts. Er sah so komisch aus mit seinem vermummten Gesicht, daß sie sich halb krumm lachten.

Um so bitterlicher weinten sie allerdings wenig später, als die Moroni Brothers, die Augen verbunden und mit zwei Handschellen aneinander gekettet, mit vorgehaltener Pistole von diesem komischen Nigger in seinem Schlauchboot entführt wurden.

Sie mußten ihre Augenbinden die ganze Zeit anbehalten, auch noch, nachdem sie das Schlauchboot verlassen hatten. Sie konnten weder die Jacht, noch den Skipper, noch ihren schwarzen Entführer identifizieren. Wenn sie während der zwei Tage währenden Reise essen oder auf die Toilette gehen mußten, wurden ihnen zwar die Handschellen abgenommen, aber nicht ihre Augenbinden. Sie wußten deshalb auch nichts weiter zu erzählen, als daß er ihnen, wenn sie sich einmal zu beschweren begannen, diese zwei riesigen Magnums an die Ohren drückte und sie fragte, ob sie den Film *Der weiße Hai* gesehen hätten.

Die Polizei erhielt einen anonymen Anruf, worauf sie die beiden Flüchtlinge – ohne Handschellen, Knebel und Augenbinden – im Kofferraum eines besitzerlosen Schrottwagens auf einem Parkplatz in der Nähe des Los Angeles County Jail fanden.

Die Leute vom A. C. L. U. meinten, falls man den Ausführungen der Moronis Glauben schenken dürfte, wären ihre staatsbürgerlichen Rechte grob verletzt worden. Das mexikanische Konsulat sprach von einem internationalen Akt der Piraterie – falls die Geschichte wahr war. Die Abteilung für Banküberfälle der Polizei von Los Angeles schließlich äußerte sich dahingehend, das Ganze wäre absoluter Blödsinn und einfach nur ein Märchen, das sich die Moroni Brothers ausgedacht hätten, wobei die beiden sowieso nie sonderlich hell auf der Birne gewesen seien.

Jedenfalls gab es eigentlich niemanden, der diese verrückte Geschichte *wirklich* geglaubt hätte. Die Moroni Brothers wurden deswegen im Knast sogar so aufgezogen, daß sie schließlich aufhörten, ihre Geschichte von dem Roten Freibeuter mit der schwarzen Hautfarbe zu erzählen. Im Lauf der Zeit begann selbst Sal Moroni zu zweifeln, ob sich die Geschichte je wirklich ereignet hatte, und Tony hatte einige Mühe, seinem Bruder den Kopf wieder zurechtzurücken.

Und ein paar Monate später kaufte sich dann No-Show Weems eine 53-Fuß-Jacht, die ziemlich genauso aussah wie das Ding, das die Moronis damals am Horizont hatten aufkreuzen sehen, und Clarence Cromwell durfte dieses Juwel von einem Boot so oft benutzen, wie ihm danach war.

Natalie Zimmerman wußte zwar zum Teil über die Geschichte mit der Motorjacht Bescheid, aber eben nur zum Teil. Captain Hooker wußte nur so viel, wie ihm lieb war.

»Natalie«, lächelte Hooker salbungsvoll, »Clarence wird Ihnen mal ausführlich erzählen, was für ein hervorragender Poizist Walnikow in all den Jahren war, in denen die beiden zusammengearbeitet haben.«

»Ich war bei der Abteilung für Raubüberfälle, speziell Banken«, fing Clarence an und verschränkte dabei melodramatisch die Arme über seinen beiden Magnums. »Wal war bei der Mordkommission. Mit Ausnahme von vielleicht ein oder zwei Kerlen gab es keinen, der ihm damals das Wasser hätte reichen können. Er ist nicht immer...«

»Ein Säufer gewesen«, sprach Natalie den Satz für Clarence zu Ende, um sich dann hastig an Hooker zu wenden. »Captain, ich habe mich bisher nie in die Lage versetzt gesehen, über einen Kollegen herzuziehen, wie ich das eben getan habe, und ich finde das auch absolut nicht in Ordnung, aber...«

»Vielleicht sollte eben niemand zu lange bei der Mordkommission arbeiten«, schlug Captain Hooker vor.

»Genau«, pflichtete ihm Clarence bei. »Ich kenne da so einen alten Kerl von der Mordabteilung, der fing an, sich vor den Augen einer Verkäuferin in einem dieser großen Kaufhäuser einen runterzu... äh, ich meine, zu masturbieren. Darauf mußten sie den alten Wichser pensionieren.«

»Um zu Ihnen zurückzukommen, Natalie«, schaltete sich Hooker hastig wieder ein, »als Walnikow vor einem Monat hierher versetzt wurde, war das aufgrund eines – Problems. Er hatte da so eine Art Auseinandersetzung mit einem Doktor oder irgend etwas in der Art, und...«

»Mit einem Pathologen«, warf Clarence erklärend ein.

»Ja, mit einem Pathologen. Während einer Autopsie.«

»Aber es war absolut nichts«, versicherte Clarence seiner Kollegin. »Nur ein kleines Mißverständnis. Die Detektive von der Mordkommission schieben immer einen ganz schönen Haß auf diese Heinis aus dem Leichenschauhaus. Anscheinend sind diese Idioten nie in der Lage, einem ausreichend Beweismaterial in die Hand zu drücken, um so einen Mordfall anständig durchzuziehen.«

»Ein Mißverständnis?« lächelte Natalie hämisch. »Von der Art, wie sie auch in einem Saloon manchmal vorkommen?«

Verdammt, diese komische Zicke hatte wohl überall ihre neugierige Nase drin stecken, dachte Clarence Cromwell.

»Er neigte zum Trinken«, gab Hooker zu. »Und nach dieser Auseinandersetzung, oder was es auch immer gewesen sein mag, fand sein Vorgesetzter, er wäre seit einiger Zeit etwas... na ja, eigenartig. Geistesabwesend. Seine Berichte sind ein wenig schlampig und unvollständig. Ein wenig... äh, unzusammenhängend.«

»Er war aber immer schon ein ruhiger, schüchterner Kerl«, fügte Clarence hinzu.

»Jedenfalls dachte sein Captain, ein kleiner Ortswechsel würde ihm vielleicht nicht schaden, und dann hat Clarence vorgeschlagen, ihn hierher nach Hollywood zu holen, und ich habe mich einverstanden erklärt.«

Gut gemacht, Clarence, dachte Natalie mit einem wissenden Lächeln.

»Er hat sich vor ein paar Jahren scheiden lassen, und das hat ihn offensichtlich sehr mitgenommen. So etwas läßt einen Mann natürlich schon hin und wieder zur Flasche greifen und...«

»Ich habe schon *zwei* Scheidungen hinter mir, Captain«, unterbrach ihn Natalie Zimmerman und fing wieder an, in Hookers Büro auf und ab zu gehen. »Jetzt hören Sie mir bitte einmal zu, Sir. Ich bin neununddreißig Jahre alt. Ich bin seit achtzehn Jahren bei der Polizei. Und man wird wohl kaum von mir erwarten können, daß ich...«

»Tatsächlich? So alt sind Sie schon, Nat?« unterbrach sie Clarence.

»Daß ich mich hier um einen Alkoholiker kümmere.«

»Niemand hat gesagt, daß Walnikow Alkoholiker ist«, entrüstete sich Hooker. »Wir haben hier im Detektivbüro keine Alkoholiker!« Dabei mußte selbst Clarence Cromwell unwillkürlich grinsen.

»Jetzt hören Sie doch mal, Captain«, versuchte es Natalie von neuem. »Ich habe hier immer gute Arbeit geleistet. Ich hab' mich ganz schön auf den Hintern gesetzt, um meinen Collegeabschluß zu schaffen und...«

»Auf ihren Hintern«, äffte sie Clarence nach, um besagtes Körperteil mit einem leisen Kichern zu begutachten.

»Also, ich finde das wirklich nicht fair!« fauchte Natalie Clarence Cromwell an, den das Ganze offensichtlich kalt zu lassen schien. Der Captain wurde allmählich nervös und wünschte, Clarence würde die Sache in die Hand nehmen, damit er einkaufen gehen und sich eine neue Seemannsmütze kaufen konnte. »Jedenfalls, sollten wir... äh, finde *ich*, könnte Walnikow vielleicht eher wieder einigermaßen mit sich zurechtkommen, wenn er nicht immer so viel allein ist. Er braucht einen Partner. Aber einen Partner, der ihm nicht jede Entscheidung abnimmt. Er tendiert nämlich ganz offensichtlich dazu, sich etwas gehen... nun ja, er neigt eben zur Passivität. Er braucht eine *Frau* als Partner.«

»Aha!« stöhnte Natalie Zimmerman geschlagen und schielte zu der widerspenstigen Locke auf ihrer Stirn hoch.

Jetzt hatte sie begriffen. Und *dagegen* wußte Natalie Zimmerman nichts einzuwenden. Um gegen diese Art von Logik anzukämpfen, war sie schon zu lange bei der Polizei.

Natalie hatte schon alles durchgemacht, all den erniedrigenden Chauvinismus in einem Macho-Job, in dem es bis vor kurzem keine Frau weiter gebracht hatte als bis zum Sergeant. Und nun beförderten sie seit einigen Jahren großzügig *eine* Frau zum Lieutenant. In einem Job, in dem sie die Frauen im Lincoln Heights Gefängnis anfangen ließen, bis diese absolut unangenehme Aufgabe das Sheriff-Büro übernommen hatte. Als Natalie Kelso mit einundzwanzig zur Polizei gegangen war, war sie freilich noch so naiv gewesen zu glauben, sie würde genau dieselbe Arbeit zu verrichten haben wie ein richtiger Polizist.

Das Lincoln Heights Gefängnis. Knietief in der Farbe für die Fingerabdrücke, in Kotze, Tränen und Blut. Erinnerungen. Man wußte nicht, was Gestank war, solange man nicht den Fußgeruch in diesen Arrestzellen erlebt hatte.

»Also gut, Officer, bringen Sie Ihren nächsten Häftling rein. Kleiner Diebstahl, wie? Was ist sie denn, eine betrunkene Diebin oder eine stehlende Trinkerin? Haben Sie sie schon durchsucht? Kann ich sie nur noch mal an den gefährlichen Stellen abtasten?« Mean Minnie von der Main Street. Nichts machte ihr mehr Spaß, als eine junge Gefängniswärterin zu ärgern, indem sie sich ein vertrocknetes, Scheißekügelchen aus ihren Jockeyunterhosen – Jockeyunterhosen! – fischte und es der Anfängerin ins Haar schnippte, wenn diese gerade nicht hinsah.

»Also hören Sie mal, Ma'am! Officer! Sie haben mich ohne Geld und Zigaretten in die Zelle gesteckt.«

»Seien Sie froh, meine Liebe, daß Sie keine haben. In der Zelle würden sie Sie schon deswegen umbringen.«

»Ma'am! Officer! Ich hab' ne Filzlaus an mir entdeckt, als ich hier reingekommen bin, und sie ist gerade gestorben.«

»Na, dann haben Sie ja Glück gehabt.«

»Aber da sind tausend andere zur Beerdigung gekommen!«

»Ma'am! Officer! In meinem Bett schlafen zwanzig Leute.«

»Wie ist das denn möglich?«

»Mein Bett ist auf dem Fußboden.«

»Aber der fünfte Stock ist *belegt* heute! Wir haben keine Betten mehr! Herr im Himmel! Was soll *ich* denn machen? Sie zu mir nach Hause mitnehmen? Meine Güte!«

Eine junge Gefängniswärterin. Noch grün genug hinter den Ohren, um einer schwangeren, betrunkenen Indianerin von der East Fifth Street die Hand zu schütteln. Die Frau hatte sich mit derselben Hand gerade geschneuzt. Geben Sie *nie* jemandem die Hand. Berühren Sie nie jemanden, außer es ist unbedingt nötig. *Und lassen Sie sich vor allem nie von ihnen berühren.*

Jetzt versahen die Frauen zusammen mit den Männern Streifendienst. Natürlich trugen sie dabei auch Männeruniformen. Eine gemeine Geste von seiten der Obrigkeit, um sie zumindest so weit zu erniedrigen, nachdem die Gerichte endlich die Gleichberechtigung der Frau durchgesetzt hatten. Jetzt verrichteten sie also Streifendienst – die Amazonen, das heißt diejenigen, die so groß und stark waren wie Männer, als ob Kraft und Größe etwas bedeutet hätten. In den Ermittlungsabteilungen betraute man die Frauen hauptsächlich mit Jugenddelikten und dem berüchtigten Papierkram, seit jeher Domäne der Weiblichkeit. Bestenfalls hatten die weiblichen Detektive noch mit Kindern und Opfern einer Vergewaltigung zu tun. Nein, gegen diese Logik von seiten Hipless Hookers wußte sie absolut nichts mehr einzuwenden. Sollte Walnikow jemals noch ein forsch auftretender Polizist werden, dann ganz bestimmt mit einer Frau als Partner. So war das ja auch bei all diesen *anderen* chauvinistischen Arschlöchern gewesen, selbst bei diesem jungen Spund, einer Leihgabe von der Streifenpolizei, den sie vor drei Monaten ausgebildet hatte. Und dabei war sie schon fast alt genug, um die Mutter dieses Bubis sein zu können.

»So schlimm wird das gar nicht werden, mit Walnikow zu arbeiten.« Clarence bemühte sich sichtlich, der Sache auch ein paar positive Seiten für Natalie abzugewinnen. Irgendeinen Vorzug mußte doch auch Walnikow haben. »Sehen Sie«, fiel Clarence endlich ein, »er ist wirklich clever. Er kann Russisch!«

»Großartig«, blickte Natalie zu ihrem rehbraunen Haarschopf auf. »Vielleicht kommen wir ein paar kommunistischen Spionen auf die Spur, und dann wird er mir sicher von enormem Nutzen sein.«

Fünf Minuten später saß Walnikow in dem Stuhl neben Clarence Cromwell. Die Tür war zu, und Walnikow war so verwirrt, daß er dachte, er müßte nun mit Natalie Zimmerman für die Abteilung Jugenddelikte arbeiten.

»Aber mir gefällt es in der Einbruchabteilung, Captain«, bettelte Walnikow und bemühte sich, seine wäßrigen blauen Augen auf seinen Vorgesetzten gerichtet zu halten.

»Jetzt hören Sie doch erst einmal zu, was ich Ihnen sagen will, Wal«, redete Hooker geduldig auf ihn ein. »Ich möchte, daß Zimmerman zusammen mit Ihnen in der Abteilung Einbruch arbeitet. Für Sie allein ist die ganze Arbeit einfach zu viel. Sie brauchen unbedingt einen Partner.«

»Ach so«, wußte Walnikow, Lippen und Kehle ausgebrannt, nur zu erwidern. »Würden Sie mich bitte einen Moment entschuldigen, Captain? Ich brauche unbedingt was zu trinken.«

»Nur zu, Wal«, forderte ihn Hooker auf, während Natalie Zimmerman ihre Haarsträhne anfeixte.

Bevor Walnikow wieder zurück war, erkundigte sie sich noch: »Eine Frage noch: War er eigentlich besoffen oder nicht, als er dieses *Problem* mit diesem Pathologen hatte?«

»Was soll ich dazu schon sagen.« Hooker zuckte mit den Achseln. »Ich weiß nicht einmal über die genaueren Details Bescheid. Er hat den Doktor beleidigt und erhielt eine Anzeige. Vielleicht hatte er zu besagtem Zeitpunkt eine Fahne. Wahrscheinlich hat er einfach eine Versetzung nötig gehabt, würde ich sagen.«

»Und *wir* sollen ihn jetzt wieder einrenken, oder wie sehe ich das?«

Walnikow kam in Hookers Büro zurückgeschlurft. Sein zimtfarbenes Haar war naß und strähnig an seinen Kopf geklatscht, als hätte er einen halbherzigen Versuch unternommen, sich zu kämmen. Statt seiner schmutzigen blauen Krawatte hatte er inzwischen eine grüne von Clarence Cromwell umgebunden. Sie hing ihm zehn Zentimeter zu tief auf den Bauch hinunter und war zwei Zentimeter seitlich verrutscht, so daß man seinen Kragenknopf sehen konnte. Er saß kerzengerade auf seinem Stuhl und gab sich alle Mühe, seine wäßrigen Augen unter Kontrolle zu bekommen.

»Na, hast du dir ja noch meine Krawatte umgebunden«, lobte ihn Clarence.

»Nein, nein, das war Irma Thebes, die mir dabei geholfen hat«, berichtigte ihn Walnikow geistesabwesend.

Dann starrte er mit ausdruckslosen Augen Hooker an, der lachte, da er dachte, Walnikow hätte absichtlich einen Witz gerissen.

Natalie Zimmerman war diesbezüglich jedoch anderer Ansicht. »Meine Güte!« stöhnte sie ihre Haarlocke an.

Im Bereitschaftsraum hatte inzwischen Nate Farmer Fuzzy Spinks bei der Blackjack-Partie mit Earl Scheib Lopez abgelöst.

Der schwarze Detektiv funkelte den Elfjährigen an, der vor Zittern kaum seine Karten halten konnte.

»Du denkst wohl, du hast schlechte Karten, was Earl?« flüsterte der Detektiv. »Aber deine sind nicht schlecht, Earl. *Meine* sind hundsmiserabel! Steigst du aus oder bleibst du?«

»I... I... Ich... b-b-b-bleibe«, stotterte Earl Scheib Lopez. Dabei hatte er einen König und einen Buben in Aussicht. Dann besann er sich jedoch plötzlich eines Besseren. »Ich st-st-st-steige aus«, gab er auf, noch bevor Nate Farmer ihm seine Karte gegeben hatte.

Der hünenhafte Schwarze hatte Fuzzy Spinks' gesamtes Geld zurückgewonnen und Earl bereits drei Dollar abgeknöpft, während Earls Großmutter am Schreibtisch der anderen Detektivin für Jugenddelikte, Irma Thebes, saß und in gestochenem Spanisch Montezuma geduldig zu überzeugen versuchte, daß Earl *auf jeden Fall* alt genug wäre, um in San Quentin in die Gaskammer gesteckt zu werden.

5

Die Große Kloake

Madeline Whitfield erwachte am nächsten Morgen, ohne zu wissen oder sich auch nur darum zu kümmern, daß an diesem Tag russisches Weihnachten war. Genauso wenig kümmerte es sie, daß in zwei Tagen in Sichtweite ihres Hauses, nur ein Stück den Hügel hinunter, am Fuß der San Gabriel Mountains, ein Footballspiel stattfinden würde. Noch ahnte sie, daß der sehnsüchtigste und zugleich verzweifeltste Traum ihres Lebens durch den Arm eines linkshändigen Quarterbacks total zerstört werden sollte.

Für Madeline Whitfield war dieser Tag nur von Bedeutung, weil es ein Freitag war. Und das wiederum hieß, daß es noch zwei Tage bis Sonntag waren. Und Sonntag war gleichbedeutend mit der Winter-Austellung des Jahres 1977, die vom weithin anerkannten Kennel Club von Beverly Hills in der Los Angeles Memorial Sports Arena veranstaltet wurde.

Diese Ausstellung war zwar in ihrer Bedeutung nicht ganz mit der Sommer-Show zu vergleichen, und schon gar nicht mit der Chicago International oder dem absoluten Höhepunkt unter den Veranstaltungen dieser Art, der Westminster Kennel Club Show im Madison Square Garden. Aber dennoch war es ein wichtiger Wettbewerb, der insbesondere für Madeline von entscheidender Bedeutung war. Es gab dort ganze fünf Punkte zu erringen, und mit ihren bisherigen zwölf Punkten benötigte Vickie nur noch drei weitere Punkte, um in den Rang eines Champions aufzusteigen.

Madeline hatte mit Chester Biggs, Vickies Betreuer, ausgedehnte Diskussionen geführt, ob sie Vickie nun auf der Winter Show zeigen sollte oder nicht. Wofür sollten sie sich entscheiden: für den Spatz in der Hand oder die Taube auf dem Dach, welche letztere die Gestalt eines Siegs bei der Ausstellung im Februar in New York angenommen hätte? Und dies war eine Entscheidung, die bereits Wochen im voraus hatte gefällt werden müssen. Vickie hatte noch nie verloren, und Madeline war außer sich vor Angst. Schließlich hatte

Chester die Entscheidung dann davon abhängig gemacht, wer vermutlich als Vorsitzender der Jury fungieren würde. Und er hatte richtig getippt. Der Vorsitzende war ein gewitzter alter Hase, der sich nicht durch diskret angebotene Vergünstigungen oder teure Geschenke beeindrucken ließ. Ein Mann, der etwas von seinem Metier verstand, der Vickie nicht zur Last legen würde, daß ihr Fell zum Zeitpunkt des Wettbewerbs nicht absolut auf dem Höhepunkt war, und der diesen Umstand angesichts der Tatsache, daß Vickie auf die Ausstellung im Madison Square Garden und damit auf den totalen Triumph vorbereitet wurde, mit Nachsicht zur Kenntnis nehmen würde.

Madeline hatte sich trotz heftigster Proteste von seiten des Betreuers nicht davon abbringen lassen, Vickie während der letzten, entscheidenden Tage vor dem Wettbewerb bei sich zu Hause zu behalten.

»Mrs. Whitfield, Sie müssen Vickie *mir* lassen«, hatte Chester Biggs gedrängt. »Kein Besitzer behält seinen Hund bei sich zu Hause, wenn er einen großen Wettbewerb gewinnen will.«

»Aber Chester, es ist einfach unmöglich für mich, mich von Vikkie zu trennen. Sie hat noch keine einzige Nacht ohne mich verbracht, seit ich sie habe.«

»Mrs. Whitfield, was wollen Sie eigentlich? Einen ganz normalen Schoßhund oder einen *Champion*? Ihr Hund ist die schönste Zwergschnauzerhündin, die ich je gesehen habe. Sie kann alles gewinnen, verstehen Sie? Ich meine damit nicht nur Klassenbeste oder Beste der Terrier-Gruppe. Ich meine den Gesamtsieg im Wettbewerb!«

»Tut mir leid, Chester«, beharrte Madeline. »Sie müssen... nun ja, es ist wohl einfach schwer zu erklären, wieviel Vickie mir bedeutet. Sie ist wie ein Kind für mich, wie dumm das vielleicht auch klingen mag.«

»Das verstehe ich vollkommen, Mrs. Whitfield, ich bin nun doch schon eine ganze Zeit in diesem Geschäft tätig. Ich weiß, welche Gefühle Sie für Ihre Vickie hegen. Sie dürfen sich glücklich schätzen, ein Tier von der seltenen Schönheit einer Victoria Regina of Pasadena zu besitzen.« Er berührte ihre Hand mit einer verständnisvollen Geste, als er dies sagte, wobei ihm in Wirklichkeit zum Kotzen zumute war, wenn er an diesen idiotischen Namen dachte. »Und Sie sind doch eine großzügige Frau, die auch andere Hundeliebhaber an der Schönheit Ihres Lieblings teilhaben lassen möchte, wie das auch Norton Simon und Armand Hammer tun. Vickie wird nie so schön sein, wie sie sein könnte; sie wird nie ihre wahre Vollkommenheit zur Geltung bringen können, wenn Sie sie mir diese letzten Tage nicht zur Pflege überlassen. Das sind Sie allen Hundeliebhabern schuldig, und auch Vickie, sich selbst und...«

Aber umsonst. Victoria Regina of Pasadena sollte sogar die letzte Samstagnacht vor dem großen Wettbewerb zwischen den Satinbetttüchern ihres Frauchens schlafen. Chester Biggs blieb angesichts dessen nichts anderes übrig, als das Whitfieldsche Heim aufzusuchen, um dort dieses herrliche, kleine Biest auf den Wettkampf vorzubereiten. Selbst wenn es ihm nicht gelungen war, ihr starrsinniges Frauchen zur Vernunft zu bringen, wollte er doch immer noch sein Bestes versuchen, die Zwergschnauzerhündin zum Sieg zu führen und damit seinem Hundezwinger ein Renommee zu verschaffen, so daß er ihn auch seinem etwas blöden Schwager überlassen konnte, damit er, Chester Biggs, ins Immobiliengeschäft einsteigen konnte, wo er eigentlich hingehörte.

Ähnliches hatte Chester Biggs während der zwölf Monate, seit denen er als Vickies Betreuer fungierte, bereits des öfteren geäußert. Ähnliches hatte er am Abend vor der Santa Barbara Show im letzten Sommer gesagt. Und ähnliches sagte er auch jetzt in der Bar seines Hotels, wo er mit drei anderen Hundebetreuern an der Theke stand und sich mit ihnen über Hundebesitzer unterhielt, wie die Trainer von Rennpferden über die Pferdebesitzer reden. Hauptgesprächsthema war in diesem Zusammenhang meistens, wie gut betucht die einzelnen Eigentümer waren, welche Prämien sie für einen Sieg zahlten und wie hoch die Durchschnittstarife standen, wenn ein Eigentümer *wirklich* reich war und man ihm fünf Punkte ergatterte.

Die meisten Betreuer bekamen in der Regel kaum mehr als fünfunddreißig bis vierzig Dollar pro Tag und Hund – und das selbst, wenn es sich um eine so schwierig zu handhabende Rasse wie Schäferhunde handelte. Dazu vielleicht noch eine Gewinnprämie von hundert Dollar. Man mußte schon einen eigenen Zwinger haben, um in diesem Beruf überleben zu können. Einfach nur ein paar Hunde reicher Klienten zu betreuen und vorzuzeigen reichte nicht zum Leben aus, es sei denn, man arbeitete zufällig für jemanden wie diesen verrückten Perser, der seinem New Yorker Betreuer eine Prämie von zehntausend Dollar zahlte, als er seinen Ungarischen Hirtenhund zum Sieg geführt hatte.

Es gab allerdings auch noch einige, wie zum Beispiel Buck Hickman, die andere Mittel und Wege gefunden hatten, in den Genuß reicher Prämien zu gelangen. Hickman hatte eine Beverly-Hills-Kundin geheiratet, und nun stellte *er* aus und suchte sich seine eigenen Betreuer aus, um dann im blauen Blazer, seine silbrigen Haare befeuchtet und rückwärts gekämmt und wie seine Hunde mit Haarfestiger eingesprüht und die Winterbräune eines reichen Mannes zur Schau stellend, auf den Ausstellungen zu erscheinen. Dies war ein Traum, den insgeheim viele Betreuer träumten, die für reiche und einsame Damen arbeiteten. Frauen, die völlig in ihre Hunde vernarrt waren und sie mehr als die eigenen Kinder verhätschelten und es sich zum Teil bis zu 40000 Dollar im Jahr kosten ließen, ihre Lieblinge auf Ausstellungen vorzuführen. Einigermaßen junge und gefügige Hundebetreuer hatten auch durchaus berechtigten Anlaß zur Hoffnung. Es gab immer eine Chance, zumal unter den Hundebesitzern die Zahl der Frauen etwa viermal so hoch war wie die der Männer.

Als Chester Biggs in jener Nacht in dieser Bar in Santa Barbara an der Bar stand und über die Möglichkeiten dieser großartigen Zwergschnauzerhündin sprach, die eben im Bett mit ihrer einsamen, frustrierten Besitzerin aus Pasadena schlief, befand sich in dieser Bar ein Betreuer, der seinen Ausführungen mehr als nur beiläufige Aufmerksamkeit schenkte, und dies vor allem, nachdem er gehört hatte, daß die Besitzerin reich und alleinstehend war. Momentan wandte er sich jedoch wieder dringlicheren Problemen zu, die da waren: eine Bedienung davon zu überzeugen, daß selbst in einem so verschlafenen Nest wie Santa Barbara etwas los sein könnte, wenn sie sich nach der Arbeit mit ihm treffen würde.

Sie hätte ihm fast voll ins Gesicht gelacht, da sich bereits seine grauen Haarwurzeln sehen ließen und er pro Runde lediglich mickrige fünfzig Cents Trinkgeld gab. »Ein andermal, mein Herr«, wimmelte sie ihn schließlich endgültig ab.

Indessen saß Philo Skinner mit einer weiteren Erektion da, der nichts weiter beschieden sein sollte, als unverrichteter Dinge zu verwelken. Und wie viele würden ihm in seinem Alter noch verbleiben?

Madeline war von dem Scotch und den Dalmanes leicht verkatert. Sie hatte früher bereits üble Erfahrungen mit Scotch und Librium oder Scotch und Valium gemacht. Angesichts dessen schienen ein paar Gläser Scotch und ein paar Dalmanes immer noch die beste Methode, etwas Schlaf zu finden.

Um acht Uhr war Victoria dann jedenfalls durchaus fit. Sie machte sich in der Küche zu schaffen und kommandierte Yolanda, ihre Haushälterin, herum, die früher direkt im Haus gewohnt hatte, inzwischen aber nur noch von Montag bis Freitag zur Arbeit kam.

»Vickie«, rief Yolanda mit einem breiten Grinsen, das ihre goldenen Tijuana-Kronen zum Vorschein brachte – ein Statussymbol, das jedoch leider für die Beamten der Einwanderungsbehörde ebenso ein untrügliches Kennzeichen illegaler Immigranten war wie das lange Haar, die abgetragenen Kleider und das verschüchterte Auftreten.

Vickie sprang bellend an ihren Beinen hoch und bettelte nach den Leberstückchen, die ihr Yolanda aus dem Kühlschrank holen würde.

»Morgen, Yolanda«, murmelte Madeline und schirmte ihre Augen gegen die Morgensonne ab, als sie in die Küche schlurfte und sich am Tisch auf einen Stuhl niederplumpsen ließ, ohne sich durch Vickies glückliches und schrilles Kläffen stören zu lassen.

»Wollen Sie nur Kaffee heute, Madam?«

»Ja bitte, Yolanda. Und vielleicht ein bißchen Orangensaft.«

»Jawohl, Madam.« Das stämmige junge Mädchen nickte. Sie gab Vickie erst noch ein Stück gekochte Leber und summte zu der spanischen Musik im Radio – zu laut zwar für Madeline, aber sie gab sich doch Mühe, sich nicht dadurch stören zu lassen, während sie sich auf die *Los Angeles Times* zu konzentrieren versuchte.

Madeline zeigte sich beunruhigt über die Aussage eines der führenden Innenarchitekten der Stadt, derzufolge ihm Korb- und Rattanmöbel sowie tropische Zimmerpflanzen zum Hals heraushingen. Madeline sah sich in ihrer Küche um. Da standen weiße Korbstühle und eine Rattanbank, üppig umrahmt von prächtigen Hängefarnen, und das Ganze hatte sie sich vor sechs Monaten für teures Geld zugelegt, als sie in der *Los Angeles Times* eine von eben jenem Innenarchitekten entworfene Küche gesehen hatte. So war es doch immer. Jedesmal, wenn sie sich schließlich aufraffen konnte, das Geld hatte oder den Mut fand, sich einer neuen modischen Richtung anzuschließen – ganz gleich, ob dies nun

Kleidung, Einrichtung oder Frisur betraf –, konnte sie damit rechnen, daß diese spätestens binnen eines Monats bereits wieder überholt sein würde.

Mein Gott, wenn Yolanda nur das Radio etwas leiser stellen würde. Im Moment waren die ständigen Werbeeinlagen in diesem spanischen Maschinengewehr-Stakkato unerträglich. Und bei Gott, sie wünschte, es sich immer noch leisten zu können, Yolanda im Haus wohnen zu lassen, damit sie sich um den Haushalt kümmerte, wie es sich gehörte. Wie es gewesen war, als Mason noch hier gelebt hatte, bevor sie noch drei der Räume im ersten Stock und das Gästehaus hatte stillegen müssen, um Gas zu sparen und die enormen Unterhaltskosten in Grenzen zu halten. Es gab nicht wenige Old-Pasadena-Sprößlinge, die von ihrem bescheidenen Erbe in herrschaftlichen Häusern lebten – im Stil von Großkaufhäusern wie Sears möbliert. Herrliche Fliesen, vor fünfzig Jahren von spanischen, portugiesischen und mexikanischen Handwerkern bemalt, glasiert und gebrannt, waren nun Seite an Seite mit Kunststoffküchenanrichten für fünfzig Dollar zu sehen. Manches Tausend-Quadratmeter-Haus im Kolonial- oder Tudor-Stil verfügte nicht mehr über ausreichend Mobiliar, um damit eine Dreizimmerwohnung einzurichten. Die Bewohner nahmen mit einer leckenden Toilette vorlieb, verzichteten aber nicht auf ihre kostspieligen Clubmitgliedschaften, die ja letztlich ihre Identität ausmachten.

Noch ein Jahr, und ihr Treuhandfonds würde aufgebraucht sein. Wie immer, wenn sie daran dachte, rumorte es in Madelines Magen. *Ein* Jahr noch. Wer hätte so etwas für möglich gehalten, als sie noch Mrs. Mason Whitfield gewesen war? Und nicht einmal nach der Scheidung. Ihre Mutter hatte immer gesagt, Madelines Vater hätte ihr Geld so angelegt, daß sie sich ihr ganzes Leben keine finanziellen Sorgen zu machen brauchte. Und dies war natürlich in ›weiser‹ Voraussicht geschehen, um sein einziges Kind gegen jegliche Eventualitäten abzusichern. Madeline hatte sich diesen Fonds immer in anthropomorpher Gestalt vorgestellt: erst als Schutzengel und später als gütigen Onkel, der immer für sie da war. Nur hatte ihr Vater bei dem Ganzen nicht an etwas so Unvorhersehbares wie einen Brustkrebs gedacht, der sich in seiner Witwe ausbreitete und sie schließlich zusammen mit ihrem Besitz, ihrer Krankenversicherung *und* dem Vermögen hinwegraffte, das eigentlich Madeline Whitfields Unterhalt auf ewig hätte gewährleisten sollen.

Die Arzt- und Krankenhauskosten waren wirklich unglaublich

gewesen. Und das war genau das richtige Wort. Solange man nicht selbst an Krebs erkrankt war und mitbekam, was das alles nach sich zog – Chemotherapie, Radiotherapie, *vier* Jahre Krankenhausaufenthalt, ambulante Pflege und so weiter –, machte man sich keine Vorstellung von den damit verbundenen Kosten.

Es war rechtlich sehr schwierig – und von daher auch teuer –, an das Geld des Fonds heranzukommen. Also galt es erst, Rechtsanwälte zu zahlen, um die Ärzte zahlen zu können. Madeline hatte oft voller Bitterkeit gedacht, daß ein Arzt wie Dr. Corey Dills eigentlich hätte wissen müssen, wie unberechenbar so manche Krankheit sein konnte und wie sich selbst der gesündeste Treuhandfonds allmählich auflösen konnte, wie das bei den Knochen von Madelines Mutter der Fall gewesen war.

Als es schließlich dem Ende zuging, hatte Madelines Anwalt ihr geraten, sich zugunsten ihrer Mutter an die *Wohlfahrt* zu wenden. Ein Wort, das innerhalb der gehobenen Gesellschaft Pasadenas einen Beigeschmack hatte wie die Worte *links* oder *sozialistisch*. Dieser Vorschlag war so undenkbar, daß schon allein der Gedanke daran die alte Frau schneller ins Grab gebracht hätte als ihre Krankheit. Und auch im Falle Madelines hatte diese Vorstellung zur Folge, daß sie sich mit Scotch und Sedativen vollpumpte wie nie zuvor in ihrem Leben. Sie zahlte bis zum bitteren Ende weiter für ein Privatzimmer und die bestmögliche ärztliche Versorgung. Zum Glück segnete die alte Frau noch vor dem dahinwelkenden Fonds das Zeitliche, obgleich auch letzterer bereits vom Tod gezeichnet war. *Ein* Jahr noch.

Madeline hatte ein paar erniedrigende Versuche unternommen, das Unvermeidliche abzuwenden. Nie würde sie vergessen, wie sie sich zaghaft dem Schreibtisch der Personalchefin eines Damenbekleidungsgeschäfts in der Lake Avenue genähert hatte.

»Kann ich Ihnen irgendwie behilflich sein?« hatte sich die etwas zu sehr herausstaffierte Dame mit den grünen Lidschatten erkundigt.

»Ja, ich... äh, ich habe gehört, Sie haben eine Stelle frei. Ich würde mich dafür interessieren.«

»Für eine Stelle?«

»Ja, als Verkäuferin. Ich habe in letzter Zeit nicht sonderlich viel zu tun und ich... ich hätte aber gerne eine Beschäftigung.«

»Möchten Sie sich für eine Teilzeitstelle als Verkäuferin bewerben?«

»Ja. Oder auch ganztags. Je nachdem. Wissen Sie, ich habe seit kurzem eine Menge Zeit und ... ja, eigentlich ganztags.«

Die Frau überflog kurz Madelines Bewerbungsbogen und blickte dann neugierig auf.

»Sie leben im Distrikt San Rafael?«

»Ja.«

»Wirklich hübsch dort oben«, lächelte sie anerkennend. »Einige unserer besten Kunden wohnen in den herrlichen Villen dort oben.«

»Ja«, antwortete Madeline nervös.

»Wie ich sehe, haben Sie einen Magister in Geschichte, gnädige Frau«, fuhr die aufgetakelte Frau fort. »Und Ihre persönlichen Empfehlungen. Darunter sind ja einige recht prominente Persönlichkeiten!«

»Ja, glauben Sie denn, ich könnte ...«

»Sagen Sie, Mrs. Whitfield, haben Sie so etwas denn schon je in Ihrem Leben gemacht? Ich meine, in einem Geschäft gearbeitet? Hier steht nämlich absolut nichts hinsichtlich Ihrer beruflichen Erfahrungen.«

»Nein, als Verkäuferin habe ich bisher noch nicht gearbeitet, aber ich traue mir das durchaus zu«, entgegnete Madeline mit errötendem Gesicht.

»In welchen Berufen haben Sie denn bisher gearbeitet, gnädige Frau?«

»Nun ja, wissen Sie, ich war verheiratet und ... nun ja, ich war die letzten zwanzig Jahre immer schrecklich beschäftigt. Der Haushalt macht ja immer eine Menge Arbeit, und dann natürlich diese ganzen gesellschaftlichen Verpflichtungen.«

»Natürlich. Aber sagen Sie, Mrs. Whitfield, haben Sie denn überhaupt je ... gearbeitet? Ich meine, in einem Beruf.«

»In einem Beruf eigentlich nicht, aber ...«

»Dann muß ich Ihnen leider sagen, gnädige Frau, daß wir es uns hier zur Grundregel gemacht haben, grundsätzlich nur Damen mit Berufserfahrung anzustellen. Außerdem frage ich mich, ob Sie Ihre überschüssige Zeit nicht mit irgendeiner anderen Beschäftigung ausfüllen können. Ich kann mir nicht vorstellen, daß für eine Dame mit Ihrem gesellschaftlichen Hintergrund eine Stelle als Verkäuferin das richtige ist. Ich kann mir zwar sehr gut vorstellen, wie es ist, zu viel Zeit zur Verfügung zu haben. Als meine Kinder erwachsen wurden ...«

»Ja, damit haben Sie vielleicht durchaus recht«, stimmte ihr Madeline mit heiserer Stimme zu. »Man wird so ruhelos. Ja. Vielleicht sollte ich mich etwas mehr für das Junior Philharmonic engagieren.«

»Ja, etwas in der Art würde auch ich Ihnen empfehlen«, erwiderte die Frau.

»Ja, ich glaube auch. Vielen Dank.« Damit stolperte Madeline aus dem Büro, ohne noch an ihren sorgfältig getippten Bewerbungsbogen zu denken.

Madeline sah auf die Uhr. Sie mußte sich zusammenreißen. In fünfundvierzig Minuten würde Chester kommen, um mit Vickie zu arbeiten, und der heutigen Sitzung wollte Madeline nicht beiwohnen. Sie konnte die Spannung kaum mehr ertragen.

Es war nicht gut, seine Träume und Fantasien ungezügelt in Richtung New York und Madison Square Garden fliegen zu lassen, sich der Vorstellung hinzugeben, Besitzerin eines nationalen Champion zu werden.

Der höchst exklusive Beverly Hills Kennel Club hatte nur dreiundzwanzig Mitglieder. Nun ja, dieses Frühjahr würden es vierundzwanzig werden. Wie hätten sie schließlich umhin gekonnt, ihr die Mitgliedschaft anzubieten? Wie würde ihr überhaupt jemand in der Hundewelt noch etwas abschlagen können, wenn ... Westminster! Madison Square Garden! Mein Gott!

Madeline verbrannte sich ihre Lippen an dem Kaffee und entschloß sich, sich erst einmal anzukleiden und dann ihre Anspannung etwas abzubauen, indem sie einen kleinen Schaufensterbummel in der West Side unternahm und sich ein paar Boutiquen und Geschäfte wie zum Beispiel Theodore's ansah. Nicht etwa, daß sie jung oder mutig oder schlank genug gewesen wäre, um dort einzukaufen. Oder auch *reich* genug, da man damit rechnen mußte, daß die dort gekauften Sachen nach einer Saison bereits wieder aus der Mode waren. Aber es machte Spaß, die Horden von Voyeuren zu beobachten, welche die heiratsfähigen jungen Verkäuferinnen beglotzten, die unter ihren durchsichtigen Baumwollhosen und T-Shirts weder BH noch Höschen trugen.

In Old Pasadena gab es dergleichen nicht. Hier kaufte man nur ›vernünftige‹ Sachen, bequeme Slipper mit flachen Absätzen, die farblich zu wollenen Hosen und Strickjacken paßten. Röcke im Schottenmuster würden nie aus der Mode kommen und dasselbe galt für gestrickte Jacken und Pullover mit V-Ausschnitt über cremefarbenen Blusen. Vernünftig.

Aber während die Voyeure Läden wie Theodore's aufsuchten, um die knackigen Verkäuferinnen zu begaffen, begaben sich die meisten Pasadena Junior Leaguers kaum aus anderen Gründen dorthin: Sie warfen in hoffnungslos überteuerten West-Side-Restaurants ihr Geld zum Fenster hinaus, um dort die *Filmstars* zu sehen. »Gestern abend bin ich im Ma Maison direkt neben Barbara Streisand gesessen...«

Obwohl das alte Pasadena für den freizügigen Lebensstil ›auf der anderen Seite, im Westen‹ nichts als Verachtung übrig hatte – der Star-Kult, die ›A‹-Tische bei Chasen's, die Partys upstairs im Bistro; obwohl sie nie unter ihnen leben wollten – unter den Berühmtheiten, den Juden, den *nouveau riche* –, waren sie doch unersättlich in ihrer Gier, die Berühmtheiten zu beobachten. Eine Pasadena-Matrone, die auf sich hielt, würde um nichts in der Welt auch nur in Richtung der Nische im Palm Restaurant blicken, in der Jack Nicholson saß, aber ihr Puls wäre sicher am Rasen. Und hätte in der Polo Lounge Warren Beatty zu einer Junior Leaguerin aus Old Pasadena gesagt: »Entschuldigung, Sie haben Ihre Serviette fallen gelassen«, hätte sie ihn mit einem Gesichtsausdruck totalen *Nicht*-Erkennens angesehen und erwidert: »Vielen Dank.« Und dann hätte sie mit disziplinierten Kiefern, die nichts anderes wollten als *zittern*, weiter in aller Gründlichkeit ihren Neil-McCarthy-Salat zermahlen.

Ein Maître d' des Huntington Sheraton Hotel äußerte einmal etwas verstimmt, das alte Pasadena würde von sieben Uhr abends bis Mitternacht essen und trinken und tanzen und dann *murren*, wenn die Rechnung pro Person höher als zwölf Dollar ausfiel, obgleich sie für einen ›A‹-Tisch in Matteo's auf der anderen Seite, ohne mit der Wimper zu zucken, Trinkgelder von dieser Höhe gaben. Ein Restaurantbesitzer, hieß es, hätte sich am alten Pasadena gesundstoßen können, wenn er nur am Samstagabend einen Bus voller Filmgrößen ankarrte.

Als Madeline Dills Whitfield an diesem Nachmittag durch Beverly Hills fuhr, kam sie am Brown Derby vorbei. Genüßlich gab sie sich ihren Träumen hin. Sie und Vickie würden im Sign of the Dove in New York fotografiert werden. (Ließen sie dort eigentlich Hunde rein? Na ja, wie hätten sie einem Champion den Zutritt verweigern können, der eben im Madison Square Garden den Sieg davongetragen hatte?) Sie wurden bei diesem Lunch von einem Mann begleitet. Er war ein bekannter Aussteller in Long Island. Ihrer jeweiligen Stimmung entsprechend, wechselte jedoch seine Gestalt. Im Moment sah er aus wie Paul Newman. Madeline würde zusammen mit Vickie im *Time*-Magazin abgebildet sein, und die *Los Angeles Times* würde einen Artikel über den Hund aus Pasadena bringen, der New York erobert hatte. Madeline Dills Whitfield würde... nun ja... *berühmt* sein.

In Pasadena trugen einem Familie, Geld und selbst Macht selten mehr ein als ein Bild irgendwo im Gesellschaftsteil. Zur Berühmtheit reichten all diese Faktoren nicht aus. Aber Madeline Dills Whitfield würde in Pasadena bald so berühmt sein wie ein Filmstar.

Sie war so mit ihren Träumen beschäftigt, daß sie gar nicht nach Berühmtheiten Ausschau hielt, als sie die Vine Street entlangfuhr. Abgesehen davon hielten sich zu diesem Zeitpunkt im Derby sowieso keine Filmstars auf. Wenn sie sich aber dennoch umgesehen hätte, wäre ihr vielleicht ein auf jugendlich herausgeputzter Hundebetreuer in mittleren Jahren aufgefallen, den sie schon auf mehreren Ausstellungen gesehen hatte. Er stand an der Ecke Hollywood/Vine und dachte an einen Massagesalon am Sunset Strip.

Er beobachtete den Eingang des Brown Derby. Er war gerade dabei, an einem sehr hohen religiösen Feiertag ein Verbrechen zu begehen. Allerdings wußten im Brown Derby nur zwei Ober und in dem Massagesalon am Sunset Strip niemand, daß an diesem Tag ein sehr hohes Fest war, nämlich russisches Weihnachten.

Wie in so vielen ›großen Augenblicken‹ in Philos Leben lief jedoch das Ganze doch wieder nur auf eine nutzlos verwelkte Erektion hinaus. Als alter Spieler warf Philo Skinner eine Münze in die Luft. Bei Kopf fahre ich zu diesem Massagesalon am Strip und stopfe meine letzten fünfzig Dollar einer minderjährigen, pickligen Ausreißerin mit unterentwickelten Titten in den Rachen, damit sie's mir besorgt. Zahl, ich schnappe mir den Schnauzer aus dem Rolls-Royce und werde *reich*. Das Blut schoß in seine Kehle, in seine Schläfen, in seinen eingefallenen Brustkasten. Er sog an der neunundzwanzigsten Zigarette des Tages und schnippte den Vierteldollar hoch.

Kopf. Später vielleicht Enttäuschung, Frustration, Bedauern; aber im Augenblick nichts als – Erleichterung. Er hatte letzte Nacht keine fünf Minuten geschlafen. Plötzlich war er stockgeil.

Er wurde jedoch von keiner pickligen Ausreißerin erwartet. Die Frau in dem Massagesalon blickte mit Sicherheit auf eine fünfundzwanzigjährige Berufserfahrung zurück und ließ sich durch Philos schicken Freizeitanzug und die falsche Goldkette, die auf seine knochige Brust herabbaumelte, nicht beeindrucken.

»Wie ich bereits gesagt habe, Schätzchen«, klärte sie Philo in nüchternem Geschäftston auf, »ich kann dir die Standard-Massage geben, die Spezial-Massage oder die Super-Massage des Tages. Die Preise stehen auf der Liste.«

»Jetzt hör mal zu, meine Süße«, säuselte Philo. »Ich habe da ein Gemälde von General Grant in meiner Gesäßtasche, aber das werde ich nicht einfach so hergeben, wenn du mir nicht erklärst, was ich dafür als Gegenleistung zu erwarten habe.«

»Du kannst die Standard-Massage, die Spezial...«

»Was hast du denn?«

»Nichts, Inspektor.«

»Inspektor?«

»Du hörst dich an wie 'n Bulle.«

»Wie ein Bulle?«

»Ja, der letzte Kerl von der Sitte, den sie mir auf den Hals gehetzt haben, sah genauso aus wie du. Man kann sich heutzutage nicht mehr darauf verlassen, daß die Bullen junge, gesund aussehende Kerle sind. Die graben immer wieder noch so ein paar alte Saftsäcke aus, färben ihnen die Haare ein bißchen...«

»Du miese Fotze!«

»Los, verschwinde schon aus meinem Geschäft, du Drecksack!«

»Du hast sie wohl nicht alle, du alte Vogelscheuche!«

»Los, raus hier!« wies sie ihm energisch die Tür. »Bevor ich noch einen *jungen* Bullen im blauen Anzug rufe. Ich lasse mich von euch Arschlöchern von der Sitte nicht mehr aufs Kreuz legen.«

Philo Skinner war völlig außer sich, als er schlaff wie eine zwei Monate alte Zucchini auf den Sunset Boulevard hinausstapfte. Ihm auf den Kopf zuzusagen, daß er sich die Haare gefärbt hatte. Sie hätte sich mal lieber ihre ansehen sollen! Diese alte Hexe nahm sich ja wirklich einiges heraus!

Und nun war es Wut – mehr als Angst und auch mehr als dieser Reiz des Verbotenen –, die das auslösende Moment darstellte. Ein Amateur stand kurz davor, den ersten, unwiderruflichen Schritt in die Kriminalität zu tun.

Millie Muldoon Gharoujian aß jeden Freitag im Brown Derby zu Mittag. So wie sie jeden Donnerstag im Scandia und mittwochs im La Strada dinierte. Millie Muldoon Gharoujian war ein Gewohnheitstier. Auf diese Weise kam sie angesichts ihrer drittklassigen Erziehung und ihres Intelligenzquotienten von 90 besser mit ihrem Leben zurecht. In ihrer Jugend hatte sie eine Figur und eine Frisur wie Jean Harlow gehabt, welchen beiden Faktoren sie es zu verdanken hatte, daß sie aus der Uniform einer Bedienung in einer Restaurantkette in das Bett eines armenischen Schrotthändlers überwechselte, der nach seinem zweiten Herzinfarkt getreulich den Großen Schrottplatz aufsuchte und Millie damit in eine ganze Reihe von Ehen mit insgesamt vier jungen Burschen entließ, mit denen sie sich hoch oben in Trousdale Estates, von wo man auf die Lichter von Bagdad hinuntersehen konnte, ein vergnügliches Leben machte. Neben ihren knackigen Jungs hatte sie unter anderem auch vorübergehend jeweils einen zahmen Ozelot, einen Gepard, eine Boa constrictor und einen jungen Alligator namens Archie besessen, wobei letzterer jedoch versehentlich einmal in der Toilette hinuntergespült wurde. Daneben hatte sie auch noch einige nicht ganz so exotische Tiere, wie eine Siamkatze, einen ganz gewöhnlichen Pudel und eine Zwergschnauzerhündin mit schrecklichem Stammbaum, deren größtes Vergnügen darin bestand, an Archie, dem Alligator, herumzuknabbern, dem diese Behandlung schließlich so zuwider wurde, daß er auf besagte Weise durch die Toilette seinen Abgang machte.

Das Hundchen hieß übrigens Tutu und war später auch mit Erfolg auf verschiedenen Ausstellungen vertreten. Tutu gewann zwei erste Preise innerhalb ihrer Rasse. Dann bekam ihr Frauchen diese Hundeausstellungen allerdings satt, da die meisten der jungen Burschen, die sich dort herumtrieben, Schlappschwänze waren. Außerdem ging Millie auch allmählich Tutus Betreuer auf den Geist, der herumscharwenzelte, als wäre *er* läufig. Millie Muldoon Gharoujian konnte einen Mitgiftjäger hundert Meilen gegen den Wind riechen. Außerdem war der Betreuer mindestens fünfzig, also etwa zwanzig Jahre zu alt für sie. Millie zählte sechsundsiebzig Lenze.

Ein lahmarschiger Polizist namens Leonard Leggett wurde schließlich, wie es das Leben so wollte, zum Werkzeug der neuerlichen Zusammenführung von Archie und Tutu. Denn als sich Archie, von den reißenden Fluten in Millies neuen sanitären Anlagen hinweggetragen – während einer von Millies Jungs sich auf dem runden Wasserbett gerade mit ihren *alten* sanitären Anlagen beschäftigte –, aus dem Staub gemacht hatte und aus den Tiefen der Kanalisationsanlage schließlich auch wieder ins Freie entkommen war, begann für den kleinen Alligator eine Odyssee von unbeschreiblichen Ausmaßen, während deren er sich von Käfern, Grashüpfern und Pommes frites ernährte, die – zu seinem Glück – wie Schwärme von toten Heuschrecken die Straßen Hollywoods säumten. Schließlich ließ sich Archie von seinen Instinkten zu den Kloaken von Los Angeles leiten, wo er in dem herrlich kühlen Schlamm unter den Straßen glücklich zur Ruhe kam. Dort gab es genügend Schmackhaftes für ein ganzes Bataillon von Alligatoren: Pastrami-Sandwiches, kaum abgenagte Knochen, die allgegenwärtigen, matschigen Pommes frites und tonnenweise halb verzehrte Big Macs und Kentucky Colonel Rippchen. Und dazu noch Unmengen von jagdbarem Wild – Ratten, Schlangen, Schildkröten, junge Hunde und Katzen, menschliche Fötusse und ein paar ausgewachsene Babys. Einiges davon noch am Leben, das meiste jedoch tot – das Strandgut von Los Angeles. In dieser Stadt bekamen die Menschen die Dinge ihrer Umgebung sehr schnell satt, und dann hieß es Adios, nur kurz einmal die Klospülung betätigt.

Aber Archie langweilte dieser Frieden und diese Ruhe auf die Dauer. Möglicherweise erinnerte er sich in dem Dämmer seines Reptiliengehirns an die schlimmen Tage, in denen er unter diesem Zwergschnauzer zu leiden gehabt hatte, und er entwickelte sich in seinem Kloakenreich zu einem wahren Tyrannen. Binnen kurzem maß er von der Nasen- bis zur Schwanzspitze eineinhalb Meter, wobei er immer noch wuchs und das Kanalisationssystem durchstreifte, um das junge Leben eines jeden unglücklichen Hamsters oder einer winzigen Maus, die auf einem Eisstiel direkt in Archies aufgerissenes Maul geschwommen kam, zwischen seinen fürchterlichen Zähnen zu beenden. Eines Tages machte er dann allerdings den Fehler, sich an dem Bein von Tyrone McGee, einem Kanalisationsarbeiter aus Watts, zu vergreifen, und dieser Tyrone McGee hatte es bis hier oben hin satt, sein ganzes Leben lang wie der letzte Dreck behandelt zu werden, und so wollte er sich von so einem dahergelaufenen Alligator so etwas nicht gefallen lassen – und schon gar nicht in *seiner* Kloake.

Tyrone McGee tat genau das, was er immer getan hatte, wenn ihm jemand dumm gekommen war. Er holte seinen großen Bruder.

Der große Bruder war in diesem Fall Leonard Leggett, der lahmarschige Polizist, der dem blutenden Kanalisationsarbeiter widerstrebend in das Dunkel der Kloake hinunter folgte, um dort, zitternd wie die Maus auf dem Eisstiel, Archie mit drei Schüssen aus seiner Ithaca-Flinte in die Große Kloake zu entsenden und Tyrone McGee Gelegenheit zu bieten, sich hämisch grinsend mit einem ›See you later, alligator‹ von dem bauchoben im Dreck schwimmenden Monster zu verabschieden.

Eben dieser lahmarschige Polizist sollte nun eine unbedeutende bürokratische Entscheidung treffen, welche jedoch auf das Leben von vier Menschen erheblichen Einfluß ausübte. Diese waren Madeline Whitfield, Philo Skinner, Natalie Zimmerman und A. M. Walnikow.

Millies Ex-Hundebetreuer, von der Wut auf dieses Massagesalon-Flittchen angestachelt, pirschte sich dreimal an den Rolls-Royce heran. Allerdings kam jedesmal ein Parkwächter angelaufen, so daß Philo Skinner unverrichteter Dinge den Rückzug antreten mußte.

Und so, wie das Schicksal oft durch lächerliche Zufälle bestimmt wird, wurde Tutu nicht aus dem Wagen gestohlen. Wäre dem so gewesen, hätte es sich dabei, unter rein bürokratischen Gesichtspunkten, um Einbruch in ein Auto gehandelt, so daß der Fall in den Zuständigkeitsbereich der Abteilung für Autodiebstähle der Hollywood Station gefallen wäre. (Bekanntermaßen sollen sich nicht selten ganze Schwadronen von Polizisten, bekanntlich der Wahrung des öffentlchen Wohls verpflichtet, in hitzige Wortgefechte verstrickt haben, die nichts weiter als die Frage zum Gegenstand hatten, wer sich nun mit einem Fall zu befassen hätte, der keine weiteren Bemühungen nach sich zog, als einen einzigen Anruf zu tätigen und eine Notiz zu den Akten zu legen, deren Inhalt lautete: »Keine Verdächtigen. Ermittlungen werden fortgeetzt.«) Der Parkwächter beteuerte Officer Leonard Leggett unter tausend Eiden, daß er niemanden auch nur auf fünfzig Meter an den Rolls-Royce herangelassen hätte, woraus der lahmarschige Polizist folgerichtig schloß, daß der Hund auf eigene Faust aus dem Wagen entkommen sein mußte. Fälschlicherweise schloß er jedoch auch, daß der Hund entlaufen war, und da entlaufene Hunde nicht gemeldet werden müssen, wollte Leonard Leggett sich eben wieder auf den Weg machen, um weiterhin lethargisch seine Pflicht zu tun. Nur kam in diesem Moment Millie Muldoon Gharoujian mit zwei jungen Burschen, die ihre Enkel hätten sein können, aus dem Brown Derby getänzelt. Und mit wesentlich mehr Interesse für die beiden jungen Kerle als für die Tatsache, daß ihr Schnauzer verschwunden war, sagte sie zu Leonard Leggett: »Wissen Sie, mein Guter, ich habe in diesen Köter mehr Geld investiert, als Sie in den letzten fünf Jahren verdient haben. Also schreiben Sie mir gefälligst mal eine polizeiliche Bestätigung, damit ich wenigstens *etwas* von diesem Geld von meiner Versicherung zurückbekomme.«

Also kritzelte Leonard Leggett, der lahmarschige Polizist, widerstrebend eine flüchtige Diebstahlsmeldung mit der Eintragung ›Keine Verdächtigen‹ herunter, um Millie ein wenig zu besänftigen. Und da nun Diebstähle, die sich in kommerziellen Einrichtungen wie zum Beispiel einem Restaurant ereignen, in den Zuständigkeitsbereich der Abteilung für Geschäftseinbrüche fallen, in der Walnikow und Natalie Zimmerman arbeiteten... Schicksal.

Der kleine Terrier hatte Philo Skinner gleich während seines ersten Annäherungsversuchs an den Rolls-Royce entdeckt. Philo lugte eben über die Kühlerhaube eines roten Mark V, als Tutu ihn sah. Sie hatte ihren früheren Betreuer seit Monaten nicht mehr gesehen und führte sich vor Freude wie eine Verrückte auf. Tutu hatte Philo immer schon abgöttisch geliebt.

»Tutu! Hallo Tutu!« flüsterte Philo, während er in seinem schweißfleckigen, weißen Freizeitanzug auf dem Asphalt kauerte.

Dann mußte er jedoch den Rückzug antreten, da er einen Parkwächter auf sich zukommen sah.

Wenige Augenblicke später schlich sich Philo, schweißdurchnäßt, das gefärbte, schwarze Haar an den Kopf geklatscht und nichts als Haut und Knochen, neuerlich an. Ihm wurde von der heißen Nachmittagssonne fast schwindlig, als er zusammengekauert hinter einem grauen Mercedes 450 SL auf der Lauer lag.

In diesem Moment kam jedoch gerade ein anderer Parkwächter mit wehendem, langem, blondem Haar über den Parkplatz getippelt, so daß Philo neuerlich fliehen mußte, wobei sein falsches Goldmedaillon beim Laufen so heftig gegen seine knochige Brust schlug, daß die Haut leicht wundgescheuert wurde.

Beim dritten Versuch war er jedoch fest entschlossen, sein Vorhaben diesmal erfolgreich zum Abschluß zu bringen. Er schwitzte, die Knie schmerzten vom ständigen Herumkauern, und die Augen schmerzten; wie ein Indianer im Film hatte er immer wieder vorsichtig über die blitzenden Kühlerhauben von Jaguars und Cadillacs gelugt. Und seine armen, geplagten Lungen pfiffen vor Anstrengung.

»Tutu! Komm doch, Tutu!« lockte er keuchend. »Komm schön zu Philo.«

Der kleine Hund war inzwischen völlig aus dem Häuschen. Er kläffte, knurrte, winselte. Verzweifelt sprang er zum Rand des offenen Wagenfensters hoch, preßte sich gegen das Glas und schaffte es auch, Kopf und Schultern ins Freie zu recken, um dann freilich kratzend und um sich schlagend wieder ins Wageninnere zurückzuplumpsen.

Und dann erspechtete Philo Skinner noch einen von diesen rastlos in ihren Tennisschuhen über den Parkplatz streifenden Burschen und trat zum letztenmal schmerzhaft hechelnd und ruhmlos den Rückzug an. Er wußte, daß er am Ende war.

Fünf Minuten später saß Philo Skinner ächzend und nach Luft japsend an der Ecke Hollywood/Vine am Straßenrand und wischte sich mit dem Ärmel seines ruinierten Kunststoff-Jackets den Schweiß von der Stirn. Ihm war zum Heulen zumute. Er dachte bereits allen Ernstes daran, von seiner kriminellen Karriere wieder Abstand zu nehmen, bevor sie überhaupt ihren Anfang genommen hatte, als er plötzlich ein schrilles, ekstatisches Bellen hörte, das wie Musik in seinen Ohren klang.

Der kleine Zwergschnauzer sprang ihm auf den Rücken und leckte, voller Freude kläffend, an ihm herum.

»Tutu!« rief Philo.

Philo Skinner drückte den Terrier an seine schwer atmende Brust, so daß ein paar abgehetzte Los-Angeles-Verkehrsteilnehmer dachten, wieder einmal so einen ausgeflippen Hollywood-Spinner vor sich zu haben, als sie einen Mann am Randstein sitzen sahen, der gerade einen kleinen Hund leidenschaftlich auf den Mund küßte.

6

Sibirien

»Äh, möchten Sie fahren, Natalie?« fragte Walnikow, als sie endlich mit ihrem Papierkram fertig waren und sich daran machten, die verschiedenen Einbruchsopfer aufzusuchen.

»Hooker hat mir nicht einmal eine Chance gegeben, meine ausstehenden Sex-Fälle abzuschließen«, grollte Natalie, als sie die Beifahrertür des schäbigen, braunen Polizeiautos, eines Plymouth, öffnete. »Er hat *meine* Sex-Fälle einfach jemandem anderen übergeben.«

»Wir hatten mal 'nen wirklich schlimmen Sex-Fall«, fing Walnikow zu erzählen an, während er sich hinters Steuer zwängte. »Das war im Frühjahr 1953. Kurz vor Kriegsende. Die Roten schleusten zwei Huren mit irgend so einer Geschlechtskrankheit bei uns ein. Die haben fast die gesamte Kompanie lahmgelegt. Angeblich soll ja jetzt so 'ne neue Art von Geschlechtskrankheit rumgehen.«

Natalie steckte sich eine Zigarette an und schnitt auf Walnikows schwachen Witz hin lediglich eine Grimasse. Aber er sah mit seinen roten, wäßrigen Augen nichts von dem. Absolut nichts. Meinte er das eigentlich alles wirklich so, oder machte er sich insgeheim nur über sie lustig?

Das war so eine Sache mit Walnikow. Nichts schien zusammenzustimmen. Er hatte sich während der kurzen Zeit, seit der er in der Hollywood Station arbeitete, mit niemandem angefreundet. Sein alter Kumpel, Clarence Cromwell, meinte, er wäre zur Zeit einfach nur woanders mit seinen Gedanken. Man unterhielt sich mit ihm, und er antwortete auch, aber man konnte nie wissen, was für eine Art von Antwort man von ihm erhalten würde. Angeblich war er blau, sternhagelvoll, sturzbesoffen. Schon mittags? Sie war sich nicht sicher, ob dies alles eine Folge des Alkohols war. Abgesehen von der Tatsache, daß Walnikow bestimmt der komischste Vogel der gesamten Polizei von Los Angeles sein mußte, war sie sich hinsichtlich seiner Person in überhaupt nichts sicher.

»Wie viele Besuche müssen wir denn machen?« quengelte Natalie, als sie es sich auf dem abgewetzten Beifahrersitz des Dienstwagens bequem machte.

»Ach, nur ein paar«, antwortete Walnikow freundlich. Seine Krawatte hing immer noch schief, und sein zimtfarbenes Haar stand nach seinem erbärmlichen Kämmversuch von vorhin bereits wieder in allen Richtungen vom Kopf ab.

»Daß es so kommen würde, hätte ich auch nie gedacht«, seufzte sie und dachte an ihren neuen Aufgabenbereich. »Vielleicht wird das heute ja noch ein richtig interessanter Tag, hm? Vielleicht können wir sogar irgend so einen gestohlenen Schreibmaschinentisch seinem rechtmäßigen Besitzer zurückbringen. Geschäftseinbrüche. Wir, die glorreichen Umzugsunternehmer.«

»Ich habe ein Jahr lang für ein Umzugsunternehmen gearbeitet, als ich aus der Marine entlassen wurde«, wußte darauf Walnikow zu erzählen. Er wischte sich blinzelnd die wäßrigen Augen am Ärmel seines Jackets. »Damals waren eine Menge Korea-Veteranen auf Arbeitssuche. Ich konnte wirklich von Glück reden, als ich bei der Polizei eine Stelle fand. Ich habe einen Bruder, der brauchte nach dem Zweiten Weltkrieg acht Monate, bis er endlich eine Arbeit fand. Der hatte nicht so viel Glück.«

Natalie hielt es für das beste, den gegenseitigen Austausch der Lebensläufe kurz und schmerzlos hinter sich zu bringen. Eigentlich hätte sich Walnikows Lebensgeschichte mit drei Fragen erledigen lassen müssen. Und dann konnte sie die ihre erzählen: zwei Scheidungen und eine Tochter, die auf dem College war. Die Arbeit bei der Polizei, weil es der bestbezahlte Job war, den sie bekommen konnte, und weil er ihr sogar einigermaßen Spaß machte, obwohl die lieben Vorgesetzten wirklich ihr Bestes taten, um den Polizistinnen das Leben beruflich wie privat – letzteres durch ständige unzweideutige Anträge – schwerzumachen. Und so weiter, und so fort.

Sie rauchte ihre Zigarette nicht, sie *seufzte* sie. Wütend seufzte sie den Rauch ein, um ihn trübselig wieder auszuseufzen, dabei ständig ihr Pech beklagend. Warum ausgerechnet ich? fragte sie ihre widerspenstige Haarsträhne.

»Ich bin geschieden. Ich habe gehört, Sie auch. Sie leben wohl auch allein, wie?«

»Nein, nein«, erwiderte Walnikow. Er bewegte sich zermürbend langsam durch den Mittagsverkehr Hollywoods. »Ich lebe mit Mischa und Grischa zusammen.«

»Sind das Ihre Kinder?«

»Nein. Mein Sohn wohnt nicht mehr bei mir. Er ist zu seiner Mutter in Chatsworth gezogen.«

»Das ist natürlich schlimm. Wie alt?«

»Vierundvierzig.«

Herr im Himmel! Sie sah zu Walnikow hinüber, wie immer unsicher, ob er sich nun über sie lustig machte oder nicht. Aber er fuhr nur, mit seinen traurigen, geduldigen Augen blinzelnd, ziellos dahin.

»Mein Vater war von all dem Luxus hier in Hollywood sehr beeindruckt, obwohl ihm das Ganze als Einwanderer zugleich auch nicht ganz geheuer war.«

»Lebt Ihr Vater noch?« fragte Natalie, wenn es sie auch nicht im geringsten interessierte.

»Nein, mein Vater starb, bevor mein älterer Bruder geboren wurde.«

»Wie bitte?«

»Ich habe gesagt, der Verkehr hier in Hollywood hat ihn immer ein wenig verängstigt, aber die meisten russischen Kirchen sind hier in Hollywood.«

Mein Gott! Das Hirn dieses Kerls muß ja nur noch Sülze sein! Zusammengeschrumpft! Eingestampft! Aber er hatte keine Alkoholfahne. Vielleicht war es Rauschgift. Herr im Himmel! Der Schnapsbruder ist in Wirklichkeit ein Giftler.

Natalie drückte ihre Zigarette aus und versuchte, sich probeweise einmal deutlicher und eindeutig auszudrücken. »Ich wollte nicht wissen, Walnikow, wie alt... Ihr Vater kann doch unmöglich gestorben sein, bevor... Ach, lassen wir das lieber. Ich habe Sie gerade eben nicht gefragt, wie alt *Sie* sind. Wir haben über... Sie haben doch gesagt, Sie leben mit Mischa und noch irgend jemandem zusammen... Ich dachte, das wären Ihre Kinder.«

»Ach so!« Er lächelte. »Nein, nein, Sie haben mich gefragt, ob ich allein lebe. Und dann habe ich gesagt, daß ich mit Mischa und Grischa lebe. Das war, glaube ich, der Punkt, wo Sie ein bißchen durcheinandergekommen sind.«

»Ja, ich bin durcheinandergekommen.«

In diesem Moment bog Walnikow an der Gramercy rechts ab und fing an, eine Melodie zu summen, die Natalie nicht kannte. Er fuhr mit etwa zehn Stundenkilometern. Er sprach nicht. Er summte nur in einem heiseren Bariton.

»Walnikow?«

»Ja.«

Sie hatte sich nun ganz ihm zugewandt, wobei sie in einer gespannten Aufmerksamkeit zu ihm sprach, als stünde ihr leibhaftiger Mörder mit einem Beil vor ihr, um im nächsten Augenblick auf sie einzuschlagen.

»Wie alt sind Mischa und Grischa? Nein, warten Sie. Wer sind Mischa und Grischa? Diese Leute, mit denen Sie zusammenwohnen.«

»Ach so. Wollen Sie nicht, daß ich Ihnen erst die erste Frage beantworte?«

»Die erste Frage? Ja, gut. Beantworten Sie erst die erste Frage.«

Walnikow ergriff das längere Ende von Clarence Cromwells Krawatte und wischte sich damit sorgfältig die Augen. Die Straße war nur noch verschwommen zu sehen gewesen.

»Entschuldigung«, sagte er, als er damit fertig war. »Also, warten Sie, Grischa ist acht Monate alt. Dessen bin ich mir ganz sicher, weil ich ihn noch als Baby bekommen habe. Ich habe ihn mit einem Augentropfer gefüttert. Er hat immer so gequiekt...«

»Walnikow...«

»Und Mischa... bei Mischa bin ich mir nicht sicher. Er ist jedenfalls sicher älter, weil er schon voll ausgewachsen war, als ich ihn bekam. Also, bei ihm könnte ich es nicht mit Gewißheit sagen.«

»Walnikow«, setzte Natalie von neuem an. Für sie stand inzwischen völlig außer Zweifel, daß er noch vom Abend zuvor angeschlagen war, und sie überlegte bereits, ob sie ihn aufs Revier zurückfahren lassen sollte, damit sie dort eine Blutprobe bei ihm machten. Sie würden sie nicht zwingen können, mit ihm zusammenzuarbeiten, wenn sie nachweisen konnte, daß er im Dienst betrunken war. »Walnikow, ich habe Sie gefragt... Sie haben doch gesagt, Sie haben einen Sohn.«

»Ja, natürlich. Er heißt Nick.«

»Und wie alt ist Nick?« Jetzt wollte Natalie es wissen.

»Nick ist zwanzig. Ich habe ihn allerdings schon eine ganze Weile nicht mehr gesehen.«

»Warum?«

»Ich glaube, er hat nicht sonderlich viel für mich übrig. Und seine Mutter mag mich auch nicht.«

»Walnikow?«

»Ja?«

»Mögen Sie denn Mischa und Grischa?«

»Natürlich! *Die* beiden können mich gut leiden. Ich glaube aber, daß mich Grischa mehr mag. Mischa weiß nur ein Wort, obwohl ich versucht habe, ihm mehr Wörter beizubringen. Dieses eine Wort hat er gelernt, als ich mir eines Abends am Herd die Finger verbrannt habe. Ich habe ›Gawno!‹ geschrien. Das heißt Scheiße. Aber wie sehr ich mich auch bemüht habe, ihm ein paar andere Worte beizubringen, er muß natürlich seinen Dickschädel durchsetzen und sich genau so ein Wort aussuchen. Fast wie bei einem Kind.«

»Aha. Er spricht also, ist aber kein Kind. Habe ich Sie da richtig verstanden?«

»Natürlich nicht«, erwiderte Walnikow mit verwirrtem Gesichtsausdruck. »Mischa ist ein Sittich. Ein grüner.«

»Ach ja.« Natalies Gedanken überstürzten sich. Sie wünschte nichts sehnlicher, als daß dieser Tag rasch zu Ende ging, damit sie in Hipless Hookers Büro stürzen und ihm so viel von diesem ganzen Blödsinn erzählen konnte, wie sie sich nur würde merken können. Er nahm Rauschgift. Sicher war er gerade voll. Vielleicht nahm er Speed. Oder Koks. Großartig!

»Und Grischa ist...«

»Grischa ist einfach wundervoll«, lächelte Walnikow.

»Moment mal, Moment mal.« Natalie hob kurz ihre Brille an, um sich die Nase zu massieren. »Ich meine, was... für... eine Art von... *Lebewesen* ist denn Grischa?«

»Oh, er ist ein Hamster«, klärte Walnikow sie auf. »Habe ich Ihnen das noch nicht gesagt?«

»Nein, das haben Sie nicht. Nein, das haben Sie wirklich nicht gesagt!« und nach kurzer Pause fügte sie hinzu. »Ein Hamster also!«

»Ja, eine spezielle Art, die in Südrußland beheimatet ist. Ich stamme aus Nordrußland. Beziehungsweise, mein Vater und meine Mutter kamen von dort her.«

Inzwischen war Natalie über ihre Schlußfolgerungen richtig in Begeisterung geraten. Walnikow hatte seit seiner Versetzung in die Hollywood Station keinen Partner gehabt. Er hatte sich immer allein mit seinen Einbruchsfällen befaßt. Demnach bestand sehr gut die Möglichkeit, daß außer ihr niemand wußte, daß Walnikow Drogen nahm. Dieses zusammenhanglose Gefasel. Dieser bedröhmelte Irre konnte ja nicht eine Frage und Antwort aneinanderreihen. Sie würden ihn an die Wand stellen, von oben bis unten abtasten und seine Taschen durchsuchen. Würden dabei ein paar Aufputschpillen zum Vorschein kommen? Oder ein Brocken Haschisch? Das war es! Er war mit Hasch-Öl vollgesaugt! Irgendwo hörte er nur noch seine eigenen Fragen. Doch wer hätte sagen können, von woher?

Sibirien. Die Fragen des heutigen Tages kamen aus einer kältestarrenden Öde, dem Sibirien seiner Gedanken. Das war wirklich ein schrecklicher Tag. Natürlich war ihm am Abend zuvor bewußt gewesen, daß er, wenn er fast einen Liter Wodka in sich hineinschüttete, am nächsten Tag Schwierigkeiten haben würde, einen Satz an den anderen zu reihen und zu verstehen, was die anderen zu ihm sagten. Man würde etwas zu ihm sagen, und er würde die Worte auch hören, aber an solchen schlimmen Tagen war es fast unmöglich, in dem verschwommen sich um ihn herum abzeichnenden Chaos ein klares Bild vor Augen zu bekommen. Da waren kleine Lichtflecken, schimmernde Punkte, wie sie durch das plötzliche Aufleuchten eines Elektronenblitzes entstehen. Wie wenn sie eine Leiche fotografieren. Und dann würde sich aus all diesen Lichtpunkten allmählich ein Bild herauskristallisieren. Und er bekam es auch fast zu fassen, und wenn er es dann sogar schaffte, dann erschien alles plötzlich wieder in seinem gewohnten Zusammenhang. Aber dann würde jemand wieder etwas zu ihm sagen, wie das eben Natalie tat, und das helle, klar umrissene Bild verschwand wieder vor seinen Augen. Das große Mysterium würde ihm nicht enthüllt werden. Zumindest nicht heute. Stolitschnaja. Zu viel Wodka. Aber es war auch sonst fast genauso schlimm.

Sie redete wieder mit ihm.

»Es tut mir schrecklich leid.« Auf Walnikows Lippen breite sich wieder dieses geduldige, triefäugige, leere Lächeln aus. »Was haben Sie eben gesagt?«

Sie hatte ihre Brille abgesetzt. Ohne ihre Brille war sie richtig hübsch, dachte er. Sie war auch mit Brille hübsch, dachte er. Vielleicht war es ganz gut, wieder einen Partner zu haben. Er konnte sich schon nicht mehr erinnern, wie lange das zurücklag. Im Moment hätte er jedenfalls nicht sagen können, ob das nun einen Monat oder ein Jahr her war.

»Ich habe gefragt«, setzte sie langsam von neuem an, »ob Sie *sicher* sind, daß Mischa und Grischa Männchen sind. Sie sprechen immer in der männlichen Geschlechtsform von ihnen.«

Also das, dachte sie, war jetzt die schwierigste Frage, die sie ihm an diesem Vormittag gestellt hatte. Mal sehen, wie er damit fertig wurde.

Walnikow runzelte die Stirn. Dann biß er einen Moment auf seiner Lippe herum und kratzte sich am Hinterkopf, wo sein gelocktes, zimtfarbenes Haar über den abgewetzten Kragen seines weißen Hemds fiel. Als er sich auch noch unter den Achseln kratzte, konnte Natalie unter seine Jacke sehen. Herr im Himmel! Seine Brusttasche war geflickt. Aber nicht mit Nadel und Faden, sondern mit Büroklammern.

»Ich bin mir sicher, daß Grischa ein Männchen ist«, antwortete er schließlich. »Dagegen bin ich mir bei Mischa nicht sicher.« Er blickte Natalie mit ernsten, blauen Augen an und dachte dabei: Wenn man genau hinsieht, kann man zwar den Pimmel eines Hamsters sehen, aber nicht den eines Sittichs. Aber das konnte er ihr gegenüber natürlich nicht sagen.

»Aha«, erwiderte Natalie.

»Also gut«, sagte Walnikow gut gelaunt. »Sollen wir mal bei unserem ersten Einbruchsopfer vorsprechen?«

Natalie Zimmerman schien es ein schier endloser Arbeitstag. Nie war ihr Hollywood schäbiger und heruntergekommener erschienen. Selbst die Innenstadt – die ›Kloake‹, wie sie die Polizisten nannten – war ihr nie so übel vorgekommen. Sie war längst zu der Überzeugung gelangt, daß Hollywood ein Slum war. Zumindest Teile davon. Die Leute, die noch von einem Goldenen Zeitalter der Welt des Films träumten, wären schockiert gewesen. Massagesalon-›Bedienstete‹, die in Türeingängen und Fenstern ihre Waren feilboten. Schmutzige Buchläden. Saubere Buchläden. Mehr schmutzige Buchläden. Zeitschriftenstände, meistens schmutzig. Auf und ab flanierende Homosexuelle jeglicher Provenienz. Lederschwule, mit Ketten und allem möglichen Klimperkram behängt. Schwarze Zuhälter. Lustlose Huren aller Hautfarben. Alle möglichen Gauner und Ganoven; Taschendiebe, Möchte-gern-Gangster, Dealer. Gehen Sie nachts nicht auf dem Hollywood Boulevard spazieren und erwarten, dort Robert Redford zu begegnen. Ein Hoch auf Hollywood!

Geschäftseinbrüche. Ihr war diese Abteilung zuwider. Ein reiner Public-Relations-Job. Dafür hätten sie lieber die Rogers and Cowan Agency oder eines der einschlägigen Unternehmen engagieren sollen. »Unbekannte Täter brachen mit Hilfe eines Schraubenziehers in das Geschäft der Anzeige erstattenden Person ein. Fehlendes Eigentum: IBM-Selectric-Schreibmaschinen.« Die Dinger gehen weg wie die warmen Semmeln. Jeder ›ehrbare‹ Geschäftsmann würde für so ein Ding zweihundert auf den Tisch blättern, ohne lange irgendwelche Fragen zu stellen. Ein paar Bögen Briefmarken – das gleiche. Leicht zu verscheuern. Natürlich gegen einen kleinen Preisnachlaß, aber was machte das schon. Dann fehlt natürlich das ganze Kleingeld, das im Büro herumlag. Und vielleicht noch eine Rechenmaschine, wenn der Täter groß und kräftig war. Diese verdammten IBMs sind ganz schön schwer. Die gleiche Scheiße, immer und immer wieder. Wozu das Isolierband? Der Einbrecher hat es wohl liegen gelassen. Damit befestigt er das Fenster, wenn er es einschlägt, um an den Griff zu kommen. Kein fallendes Glas. Paß auf Einbrecher auf, die mit Isolierband durch die Gegend laufen, Schätzchen. Damit können sie dir auch den Mund und die Augen verkleben, um sich dann an *deiner* Selectric zu schaffen zu machen. (Weshalb dem Opfer noch Angst machen? Weil sie das Pech hatte, daß bei ihr eingebrochen wurde. Deshalb.) In dieser Stadt hat es letztes Jahr sechsundsechzigtausend Einbrüche gegeben, meine Dame. Autodiebstähle nicht miteingerechnet. Und Raubüberfälle nicht miteingerechnet. Und ein halbes Dutzend anderer Arten von Diebstählen nicht miteingerechnet. Einzig und allein Einbrüche. Wie viele Detektive bearbeiten Einbruchsfälle? Na ja, in der ganzen Stadt vielleicht zweihundert. Wie steht's mit Ihren Mathematikkenntnissen? Sechnsundsechzigtausend, geteilt durch zweihundert, ergibt? Ganz zu schweigen von den anderen Diebstählen, mit denen sich dieselben Detektive zu befassen haben. Und die Verhafteten, um die sie sich kümmern müssen. Und die langen Tage im Gerichtssaal. Das Verbrechen *aufklären*! Ihr gestohlenes Eigentum *wiederbeschaffen*? Na, wie waren Sie in Mathematik, gnädige Frau?

Ein trübseliger, endlos sich hinziehender Trauermarsch. Das waren Geschäftseinbrüche mit Walnikow. Unbekannte Täter. Wer hat je einen Einbrecher gesehen? Das war wie ein Kampf gegen Gespenster. Und Walnikow. Selbst ein Gespenst.

Tankstellen. Irgend so ein Typ zahlt nicht für sein Benzin; haut einfach ab und erleichtert den Besitzer um acht Dollar. Wer bekommt eigentlich diese Verbrechensberichte? Geschäftseinbrüche. Das Problem ist nur, daß es *immer* einen Verdächtigen gibt. Die Bestohlenen haben sich seine Autonummer gemerkt. Die Autonummer wird überprüft, der Verdächtige angerufen. Wo waren Sie Dienstagabend, zehn Uhr mit Ihrem Wagen? Ihr Sohn Harvey?

Aha. Und wie alt ist dieser picklige, koksschnupfende, haschischrauchende Hundesohn? Siebzehn? Ja, er hat an Seymours Shell-Tankstelle nicht fürs Benzin bezahlt. Ja, ganz genau, Harvey-Bubi, ist einfach abgehauen, ohne zu zahlen. (Mein Gott, wie sie diese zugereisten New Yorker haßte.) Nein, eine Verwechslung ist völlig ausgeschlossen. Sie haben sich seine Autonummer gemerkt. Ja, regeln Sie das am besten möglichst bald mit Seymour, damit wir den Fall abschließen können. Nein, diesmal werden wir Harvey noch nicht verhaften. Herzlichen Dank.

Ein Schuldeneintreibungsbüro. Ein Umzugsunternehmen. Und dazu ein Haufen Papierkram. Geschäftseinbrüche. Meine Güte. Wie aufregend! Und das war erst der erste Tage. Warum ausgerechnet *ich*?

Aber Walnikow schien das alles nicht zu berühren. Gelassen ging er mit jedem einzelnen Opfer jedes einzelnen, belanglosen Falls, den sie zu behandeln hatten, das immer gleiche Frage-und-Antwort-Spiel durch. Natalie hätte Gift und Galle spucken können. Und dies vor allem, als sie bereits seit eineinhalb Stunden Mittagspause hätten machen sollen und Walnikow sich zwanzig Minuten auf die fünfundsechzigjährige Inhaberin eines Gebrauchtwarenladens in der Western Avenue einließ. Während der letzten fünf Wochen war dreimal bei ihr eingebrochen worden. Jedesmal wenn sie etwas Brauchbares anzubieten gehabt hatte, hatte man ihr kurz einmal die Schaufensterscheibe eingeschlagen. Und dann ab mit dem Zeug.

»So kann es nicht weitergehen, Sergeant«, jammerte die Philippino-Frau. »Ich verdiene ja nicht einmal genug, um für meine Ausgaben aufzukommen. Glauben Sie, es gäbe vielleicht bei der Polizei eine Stelle für mich?« Ihr Gesicht erhellte sich plötzlich. »Vielleicht als Verkehrslotsin für Schulkinder. Dafür bin ich doch noch nicht zu alt, oder?«

»Nein, ich glaube nicht. Es gibt ja eine Menge alter Leute bei uns«, erwiderte Walnikow. »Ich kann mich ja mal erkundigen. Und dann lasse ich Ihnen ein Bewerbungsformular zuschicken.«

Natalie lehnte, zu Tode gelangweilt an einer Zigarette saugend, an einem wackligen Kleiderregal, als sie den Wassertopf pfeifen hörte. Sie wollte den Topf von der kleinen Heizplatte nehmen, als sie daneben auf der Anrichte einen Teller mit einer Gabel und einem Stück Fleisch sah, das aussah wie Corned-beef. Hinter der elektrischen Heizplatte stand eine halbvolle Büchse mit Hundefutter.

Als die alte Frau plötzlich Natalie dabei bemerkte, wie sie auf die Büchse starrte, stürzte sie hinter die Theke, schob alles hastig zusammen und bedeckte es mit einem Handtuch.

»Mein Hund... mein Hund ist gerade draußen... ich... äh...«

»Ja, natürlich, Mrs. de la Cruz«, pflichtete ihr Walnikow mit seinem müden Kopfnicken bei. »Ich habe Sergeant Zimmerman heute morgen bereits erzählt, daß alle Geschäftsinhaber hier einen Wachhund haben sollten. Erinnern Sie sich noch, Natalie?«

Und in all ihrer Frustration mußte sich Natalie nun auch noch eingestehen, daß diese alte Schnapsnase in dieser Situation ausnahmsweise einmal schneller geschaltet hatte als sie.

»Ich wäre Ihnen sehr dankbar, wenn Sie mir so ein Anmeldeformular zuschicken könnten, Sergeant«, wandte sich die alte Frau wieder an Walnikow. Man hörte ihr Gebiß leise klappern. »Ich könnte mir ja die Haare färben und mich für fünfundfünfzig ausgeben, falls es eine bestimmte Altersgrenze gibt.«

»Ich werde mich da schon mal für Sie erkundigen, Mrs. de la Cruz«, sagte Walnikow und tätschelte dabei ihre Hand.

»Ich war mal Schauspielerin«, wandte sich die alte Frau an Natalie. »Ich kann jede japanische und chinesische Rolle spielen. Das Problem ist nur, daß es für Chinesen und Japaner keine guten Rollen mehr gibt. Außerdem habe ich meine SAG-Karte verloren. Mit den japanischen Rollen ist es also nichts mehr.«

Als sie ›Chinesen‹ gesagt hatte, wurde Walnikow an etwas erinnert. Da waren sie wieder. Die aufflammenden Blitzlichter. Das Bild hatte sich fast herauskristallisiert. Ein chinesischer Arzt. Das Leichenschauhaus? Er hörte Unterhaltungsfetzen. Chinesische... japanische... japanische Rollen. Sony? Panasonic? War etwas mit ihrem Fernsehapparat?

»Wir sollten vielleicht allmählich aufbrechen, Walnikow.« Natalie packte ihren Partner am Arm, während Mrs. de la Cruz den verwirrten Detektiv fragend ansah.

»Werden Sie auch bestimmt nicht vergessen, mich anzurufen, Sergeant?«

»Nein, Madam, ganz bestimmt nicht«, sagte Walnikow über seine Schulter zurück. »Ich glaube, Sie wären ein großartiger Verkehrslotse.«

»Ich kriege allmählich Hunger. Wie wär's mit einem kleinen Happen?« schlug Natalie vor, als sie wieder im Wagen saßen. Sie merkte, daß von diesem endlosen ersten Tag fast noch zweihundert Minuten übrig waren.

»Einverstanden«, lächelte Walnikow. »Wo möchten Sie denn gerne hin?«

»Tja, ich würde ja an sich gern in Sergios Le Club gehen, aber vermutlich haben sie dort heute wieder mal so eine Harry-Dingsbums-Solidaritäts-Veranstaltung«, schnaubte sie. »Jeder schuldgeplagte Liberale von Hollywood wird natürlich da sein. Und das sind sie ja fast alle. Oder wir könnten auch...«

»Wer ist denn Harry Dingsbums?«

»Der Typ, der in *Deep Throat* mitgespielt hat. Lesen Sie denn nicht mal den Unterhaltungsteil in der Zeitung?«

»Nein.«

»Die Leute von Hollywood gehen für unsere Bürgerrechte und die schöpferische Freiheit aller Künstler auf die Barrikaden. Wissen Sie, damit Linda Lovelace es mit Harry treiben kann und Harry mit Linda, und damit Big Brother endlich aufhört, uns zu unterdrükken, und King Kong endlich Godzilla zur Schnecke machen kann? Lesen Sie denn überhaupt keine Zeitung?«

»Deep Throat war doch der Kerl, der in den Watergate-Skandal verwickelt war, oder nicht?«

»Haben Sie schon mal 'nen Pornofilm gesehen, Walnikow?«

»Nein, ich war schon nicht mehr im Kino, seit ich... ach ja, wann ist eigentlich *Nicholas und Alexandra* rausgekommen?«

»Das liegt schon einige Jahre zurück.«

»Dann war ich schon einige Jahre nicht mehr im Kino.«

»Was treiben Sie dann eigentlich so in Ihrer Freizeit?«

»Ich höre viel Musik, und ab und zu sehe ich mir ein Basketballspiel an.«

»Jetzt fahren Sie mal los, Walnikow, damit wir endlich was zu essen kriegen.«

»Ach so, ja, Entschuldigung.« Er drückte den Anlasser, bediente den Blinker, gab zusätzlich mit dem Arm ein Zeichen und ordnete sich dann, den Kopf mit verrenktem Hals zum Fenster hinausrekkend, mit fünf Stundenkilometern in den Verkehr ein, während Natalie verzweifelt die Augen gen Himmel wandte. Daraufhin schaltete er plötzlich die Warnblinkanlage ein, gab neuerlich ein Zeichen mit dem Arm und wechselte auf die Innenfahrbahn zurück, wo er anhielt. »Haben Sie sich eigentlich schon entschlossen, wo Sie essen möchten?«

»Na ja, da wir vermutlich im Chasen's keinen ›A‹-Tisch mehr bekommen werden und mein Lieblings-Maître d' nicht mehr im Rangoon Racquet Club ist und da wir außerdem nur noch sechs Tage bis zum Zahltag haben und ich vielleicht gerade noch lausige drei Dollar in meiner Börse habe, würde ich vorschlagen, wir genehmigen uns eine Pizza.«

Aber er war bereits wieder dabei, abzudriften. Die funkelnden Lichter blitzten auf. Er trottete über die weglose Steppe. Eine schreckliche Öde. Das Bild war formlos, aus zahllosen bunten Punkten zusammengesetzt. Er sah... ein Kaninchen im Schnee.

»Würden Sie bitte noch einmal sagen, was Sie eben gesagt haben?« murmelte er.

»Eine Pizza. Holen wir uns eine Pizza.« Sie konnte ihre Augen nicht mehr von ihm abwenden. Sie konnte es nicht mehr erwarten, mit Captain Hooker zu sprechen. Sie war sich inzwischen sicher, daß es nicht Speed war. Und auch keine Barbiturate. Seine Pupillen waren weder geweitet noch kontrahiert. Nein, er mußte irgendeine unbekannte Droge genommen haben, die sie nicht kannte. Irgendein Stoff, der keinerlei Auswirkung auf die Pupillengröße hatte.

Zehn Minuten später hatten sie ihren Wagen unter einer Platane in der Nähe des Observatoriums geparkt und aßen schweigend ihre Pizzas. Sie beobachtete ihn immer noch. Jedenfalls war er von jemandem erzogen worden, der über Tischmanieren verfügt hatte. Selten sah man einen Mann so gesittet essen, und das auch noch eine Pizza. Er kaute die kleinen Bissen gründlich und betupfte sich auch dann mit einer Papierserviette die Lippen, wenn gar keine Speisereste an ihnen hingen. Er war ganz Aufmerksamkeit und fragte sie, ob sie noch etwas mehr Zucker oder Milch für ihren Kaffee wollte. Ob ihr die Pizza schmeckte. Ist heute nicht sogar trotz des Smogs ein herrlicher Tag? Und dann: »Waren Sie lange verheiratet, Natalie?«

»Wann? Das erste- oder das zweitemal?«

»Ach so.« Er zuckte mit den Achseln. »Sagen wir mal: das zweitemal.«

»Was soll das denn? Ein kleines Kräftemessen, wer's länger ausgehalten hat?«

»Ich war sechzehn Jahre verheiratet.« Walnikow lächelte. Er hatte mit dem Sprechen gewartet, bis er hinuntergeschluckt hatte.

»Aha. Sie haben gewonnen.«

»Wie bitte?«

»Ach nichts.« Natalie machte eine wegwischende Geste. »Ich war das erstemal drei Jahre und das zweitemal zwei Jahre verheiratet. Meine Tochter ist aus erster Ehe. Mein zweiter Mann wollte nicht, daß ich bei der Polizei arbeite. Er wollte, daß ich die Stelle aufgab. Aber ich habe mich nicht unterkriegen lassen. Ich bin bei der Polizei geblieben. Ich habe eine einundzwanzigjährige Tochter, die aufs College geht, aber ich habe weder einen Wellensittich noch einen nordrussischen Hamster.«

»Aus Nordrußland stamme *ich*, beziehungsweise meine Eltern«, verbesserte er sie höflich. »Grischa ist ein südrussischer Hamster. Möchten Sie noch etwas Milch für Ihren Kaffee?«

»Nein, danke.«

»Möchten Sie ins Kino gehen?«

»Was?«

»Ich dachte, Sie gehen gern ins Kino. Deshalb habe ich Sie gefragt, ob Sie gern ins Kino gehen möchten?«

»Jetzt?«

»Natürlich nicht.« Walnikow nippte lächelnd an seinem Tee.

War das nicht zum Schreien? Da saß dieser Brocken von einem Mann mit seiner breiten, slawischen Stirn und schlürfte seinen Tee, als wäre er die Tochter des Zaren persönlich. Heiliger Hammer!

»Und was für einen Film hätten Sie denn gern angesehen?«

»Ach, das ist mir gleich. Einen, der Ihnen gefällt.« Er zuckte mit den Achseln. »Ich weiß ja auch nicht, was zur Zeit so läuft. Sie haben vorhin *Deep Throat* erwähnt.«

»*Deep Throat!* Sie wollen also, daß ich mit Ihnen in einen Pornofilm gehe?«

»Ach so, ich dachte, den hätten Sie gern gesehen. Sie wollen also doch nicht in *Deep Throat*?«

»Nein, ganz bestimmt nicht. Ich habe diesen Film nämlich schon gesehen. Zweimal sogar. Ich hatte mich jedesmal mit so einem geilen Polizisten verabredet, der dann nicht locker ließ, bis ich mich mitschleppen ließ. Meine Güte, jetzt fehlt nur noch die Zigarette, die lässig von der Unterlippe baumelt.«

»Wie bitte?«

»Das typische Macho-Gehabe. Eine Einladung zu 'ner Tasse Kaffee, eine Zigarette im Mundwinkel und einen Steifen. Ich dachte schon, Sie wären etwas eigenartig, aber anscheinend sind Sie doch völlig normal.«

»Wie bitte?« Walnikow hatte wieder einmal den Faden verloren.

Er hatte nicht die geringste Ahnung, was im Moment gerade los war, weshalb sie so aufgebracht war und weshalb ihre Stimme lauter wurde.

»Sie arbeiten nun schon einen Monat in dieser Abteilung«, zischte sie. »Wir haben uns vor dem heutigen Tag kaum einmal guten Morgen gesagt. Und seit, äh, ungefähr vier Stunden sind wir nun Partner. Und Sie bilden sich ein, Sie könnten mich eben mal für so ein ›kleines Mittagsschläfchen‹ mit in einen Porno-Film schwatzen.«

»Habe ich irgend etwas Falsches gesagt?«

»Also, alles was recht ist!« Wütend steckte sie den Pappbecher in die Einkaufstüte. »Machen wir uns lieber wieder an die Arbeit. Schließlich gibt es noch einiges zu tun.«

Walnikow trank seinen Tee leer, aber sein Lunch war ihm verdorben. Er war sich sicher, sie beleidigt zu haben, obwohl er nicht wußte, wodurch. Das beunruhigte ihn, aber er hatte keine Ahnung, was er nun sagen sollte, um alles wieder einzurenken. Die blitzenden Lichtpunkte vor seinen Augen gerieten ins Schwimmen. Er tat das einizige, was ihm noch einfiel. Er fing wieder von vorne an. »Hätten Sie Lust, ins Kino zu gehen, Natalie?«

Sie wirbelte auf ihrem Sitz herum. Ihre Augen verengten sich unter ihrer überdimensionalen Brille. Böse strich sie sich mit einer heftigen Bewegung eine Strähne ihres gekrausten, rehbraunen Haars aus dem Gesicht.

»Meinen Sie jetzt gleich?«

»Nein, nein. Wir sind doch jetzt im Dienst. Ich dachte, vielleicht heute abend. Oder morgen abend. Oder einfach irgendwann. Das ist eigentlich egal. Ich war schon ewig nicht mehr im Kino. Ich kann mich nicht einmal mehr erinnern, wann ich das letztemal im Kino war.«

»Daran können Sie sich also nicht mehr erinnern.«

»Nein.«

»Es ist schon einige Jahre har. Seit Sie *Nicholas und Alexandra* gesehen haben.«

»Sehen Sie, ich hab's also nicht so eilig. Vielleicht nächsten Monat mal?«

Verdammte Scheiße. Sie sah zum Fenster hinaus und beobachtete die Fußgänger, die im Smog vorbeiglitten. Sie steckte sich eine Zigarette an. »Wollen Sie mich in einen Porno-Film mitnehmen, Walnikow? Ich meine, in irgend so einen schmutzigen Film? Ist es das, was sie wollen?«

»Nein, eigentlich möchte ich mir lieber keinen Porno-Film ansehen«, antwortete er und fuhr sich mit seinem abgewetzten Jackenärmel über die tränenden Augen. »Aber wenn Sie solche Filme mögen, würde ich natürlich mitkommen. Ich dachte einfach nur, Sie sind vielleicht ein bißchen allein, und da haben Sie mir leid getan.«

»Was bilden Sie sich überhaupt ein!« kreischte Natalie nun wutentbrannt los, daß Walnikow auf die Bremsen stieg und um ein Haar von einem hinter ihnen fahrenden Kombi gerammt worden wäre. »Wie können Sie es *wagen*, so etwas zu mir zu sagen! Wo Sie mich doch überhaupt nicht kennen!«

»Habe ich denn etwas Unrechtes gesagt?«

»Etwas Unrechtes! Ich tue Ihnen leid! Und dann wollen Sie mich in so einen Porno-Film schleppen!«

»Nein, das habe ich nicht gemeint. Ich war noch nie in meinem Leben in so einem Film. Ich dachte nur, Ihnen gefiele so etwas vielleicht. Sie haben doch vorhin erzählt, daß Sie zwei Polizisten in so einen Film mitgenommen hätten, und da dachte ich, Ihnen gefielen solche Filme. Na ja, und wenn ich Ihnen damit eine Freude hätte machen können, dachte ich eben...«

Natalie war einem Schreikrampf nahe, als sich über Funk die Zentrale meldete.

»Gehen Sie dran, Natalie«, forderte er sie auf, wobei er sich wunderte, weshalb sie so aus dem Häuschen war.

»Was... was...«

»Die rufen uns gerade über Funk«, wiederholte er. »Gehen Sie doch bitte ran.«

»Sechs-W-zweihundertzweiunddreißig Roger«, murmelte Natalie in das Mikrofon. Diesmal machte *sie* einen etwas konfusen Eindruck.

»Wir sollen nach dem Burschen von der Sitte an der Western, Ecke Romaine sehen. Ich frage mich nur, weshalb sie dazu uns vom Einbruch brauchen. Na ja, solche unvorhergesehenen Ereignisse machen unsere Arbeit immer etwas interessanter, was?« Er sah sie lächelnd und blinzelnd an. Sein zimtfarbenes Haar flog ihm von dem Windstoß rückwärts aus dem Gesicht, als er plötzlich den Dienstwagen ›beschleunigte‹. Sie fuhren jetzt mit zwanzig Stundenkilometern.

Der Beamte von der Sitte war etwa fünfundzwanzig. Er trug sein kastanienbraunes Haar in einem riesigen Afro, den er sich einmal im Monat bei einem Friseur am Sunset machen ließ, wo er Polizeirabatt bekam. Auf seinem nackten Oberkörper trug er nichts außer einer Lederweste und fünf Perlenschnüren, die um seinen Hals geschlungen waren. Er kannte zwar Natalie, aber nicht Walnikow.

»Sind Sie von der Einbruchsabteilung?« Er beugte sich vom Straßenrand zum Fenster herein.

»Was gibt's?« fragte Natalie.

»Ich habe da vielleicht was für Sie. Vor etwa drei Wochen haben sie hier in eine Pfandleihe eingebrochen. Ich glaube, irgendwo auf der Melrose.«

»Auf der Western Avenue«, korrigierte ihn Walnikow.

»Ja, stimmt, es war auf der Western«, nickte der Beamte von der Sitte. »Sie haben ein paar Gewehre mitgehen lassen, eines davon ein doppelläufiges Modell, Handarbeit, mit Silbereinlegearbeiten...«

»Perlmutt«, verbesserte ihn Walnikow von neuem.

»Perlmutt?«

»Ja.«

»Haben Sie den Fall behandelt?« fragte der junge Polizist.

»Nein, ich kann mich nur an den Bericht erinnern.«

»Und Sie sind sich sicher, daß es Perlmutt war?«

»Ja.« Walnikow wischte sich die Augen.

»Na ja, dann hat das hier wohl nichts mit der Sache zu tun.« Der junge Polizist hielt eine mit Silber eingelegte, doppelläufige, großkalibrige Flinte hoch. Das Walnußholz des Kolbens war in Jahren liebevoller Pflege blank poliert. »Ich werd's weitergeben. Vielleicht können die Leute von der Raubüberfall-Abteilung was damit anfangen. Ich dachte nur, das Ding hier könnte von diesem Einbruch in der Pfandleihe kommen. Das ist alles.«

»Was ist hier eigentlich los?« erkundigte sich Natalie. Vor ihnen stand ein Krankenwagen, um den sich eine Menge Schaulustiger versammelt hatte. Eben wurden sieben Männer in die schwarzweißen Polizeiautos verfrachtet. »Haben Sie hier jemanden erschossen?«

»Nein, aber vielleicht wünscht er sich, sie hätten es«, meinte der Polizist von der Sitte.

»Haben sie den Täter erwischt?«

»Ja, *er* ist der Täter.« Der junge Polizist deutete auf den mit einer Decke zugedeckten Mann, der von einem Sanitäter verbunden wurde, während zwei Polizisten die Tragbahre, auf der er lag, in den Krankenwagen schoben. »Hielt sich wohl für Jesse James. Er wollte ein paar Spieler ausnehmen, die sich in diesem Haus da jeden Mittwoch treffen. Wir sind schon den ganzen Morgen nebenan auf der Lauer gelegen, und da kommt doch glatt unser Freund Jesse James anstolziert, als wir die Brüder gerade hops gehen lassen wollen. Er springt auf den Tisch und feuert mit der Knarre hier in die Decke, damit die Spieler auch ja auf ihn aufmerksam werden. Ich war ganz allein im Raum nebenan. Ich kann Ihnen sagen, ich hätte vor Angst fast in die Hosen gemacht. Während ich noch über Funk Verstärkung anfordern will, flippt dieser Heini total aus, will den Brüdern da drinnen einen Schrecken einjagen. Ihm hat es wohl noch nicht genügt, daß diese Spieler auf den Knien vor ihm rutschten und um ihr Leben bettelten. Also hat er noch mal losgeballert, um sie ein bißchen auf Trab zu bringen.«

»Aber das ist doch nur eine doppelläufige Flinte«, bemerkte Natalie.

»Ja, und einer nach dem anderen haben das auch die Spieler gemerkt. Sie meinen, unser guter Jessie James hätte zum Schluß nur noch ›au!‹ gesagt. Kann sehr gut möglich sein, daß das seine letzten Worte sein werden, mit denen er in die Geschichte eingeht. Die haben den Burschen ganz schön fertiggemacht; sein Kopf sieht aus, als hinge er nur noch an einem Faden an seinen Schultern. Tja, mal richtig herzerfrischend zu sehen, wie die Gerechtigkeit doch noch manchmal siegt. Dabei kommt man ja fast wieder auf die Idee, Gott könnte doch nicht so ganz tot sein.«

Als sie dann auf der Weiterfahrt in der Vine Street hinter einem kleinen Auffahrunfall anhalten mußten, fragte Natalie: »Können Sie sich eigentlich an diesen Einbruch in dieser Pfandleihe in der Western Avenue wirklich erinnern?«

»Natürlich«, erwiderte Walnikow.

»Aber Sie lesen doch sicher Hunderte von Einbruchsmeldungen.«

»Sicher.«

»Und was war an diesem so ungewöhnlich?«

»Nichts.« Er zuckte mit den Achseln. Zumindest von seinen Augen schien nun der Wodkanebel allmählich zu weichen.

»Und wie können Sie sich dann so genau daran erinnern?«

»An Verbrechensdetails kann ich mich immer erinnern. Warum, weiß ich zwar nicht, aber ich bin jetzt schon so lange Detektiv, daß ich mir diesen ganzen Kram eben einfach merken kann.«

Erinnerungen. Zweiundzwanzig Jahre bei der Polizei. Fünfzehn davon als Detektiv bei der Mordkommission. Mord. Das erste Team. Die Uni. Erschossen, erstochen, vergewaltigt, schwer verletzt. Foltermord, Erpressungsmord, Entführungsmord, Sexualmord. Innerfamiliäre Morde: Ehemänner, Ehefrauen, Mütter, Väter. Wer hat da behauptet, ein Vater würde nie sein eigen Fleisch und Blut morden? Walnikow hätte ihn eines besseren belehren können. Aber als Mörderinnen kleiner Kinder waren Mütter einfallsreicher. Unmengen von Kindsmorden. Wer hat es getan, warum, wie? Die Stinkerschwadron. Leichen. Die Gesichter von Leichen: verdutzte Leichen, zwinkernde Leichen, traurige Leichen, lachende Leichen, schreiende Leichen. Es ließ sich unmöglich voraussagen, mit welchem Gesichtsausdruck eine Leiche in die Ewigkeit eintrat. Manchmal waren da auch nur Stücke von Leichen, Scheiben von Leichen. Manchmal nur Köpfe. Erinnerst du dich noch an Homer von Hollenbeck?

Sergeant Ambrose Schultz war der Witzbold der Stinkerschwadron. Er war immer zu einem kleinen Scherz aufgelegt. Seit zwei Monaten hatten sie in der Hollenbeck-Abteilung schon versucht, einen Mordfall mit einer kopflosen Leiche aufzuklären. Schließlich wurden sie durch einen Hinweis auf eine Frau aufmerksam gemacht, die ihren untreuen Freund namens Homer vergiftet und seiner Leiche dann *mit einer Schaufel* den Kopf abgehackt hatte, was zwar mindestens eine Stunde gedauert haben mußte, aber sie wurde auf diese Weise schließlich doch noch ihre Aggressionen los. Dann konservierte sie den Kopf ihres Geliebten in einem Topf mit Formaldehyd. (Warum, hatten sie sich gefragt, wobei sich die Frage nach dem Wer und Wie in der Regel wesentlich öfter klären ließ als die nach dem Warum. Wer hätte sagen können, warum? Warum geschah überhaupt irgend etwas?)

Nachdem sie nun also Homers Kopf entdeckt hatten, lag dieser für ein paar Tage im Bereitschaftsraum herum. Da die Konservierungsflüssigkeit in der Zwischenzeit ausgeflossen war, war Homers Kopf in Verwesung übergegangen; er wurde schwarz und quoll auf.

Homer trat mit dem Gesicht eines Gorilla in die Ewigkeit ein.

Eines Tages hatte nun Ambrose Schultz zufällig gemerkt, daß eine der Sekretärinnen, Lupe Rodriguez, gerade ihren wöchentlichen Gang in die Panadería hinter sich hatte, wo sie vier Pfund köstlicher, mit der Steinmühle gemahlener Maistortillas gekauft hatte, die in Boyle Heights von mexikanischen Frauen über gemauerten Feuergruben noch von Hand gebacken wurden. Ambrose entfernte nun, als Lupe einmal auf der Toilette war, die Tortillas aus ihrer Tüte und steckte statt dessen Homers Kopf hinein. Lupe Rodriguez, eine unverbesserliche Naschkatze, die sich ständig mit neuen Abmagerungskuren plagte, war gerade dabei, einen aufreizenden Fallbericht zu lesen, als sie in den Sack griff, um sich etwas zum Knabbern daraus hervorzuholen. Komisch. Die Tortillas fühlten sich durchweicht an. Und *haarig?* Ihre Schreie sollen angeblich bis ins Chefbüro hinauf zu hören gewesen sein. Jedenfalls war das Ambrose Schultz' Ulk des Jahres.

Dann ermittelte Ambrose eines Tages in einem Mordfall unter Homosexuellen. Rodney, der verrückte Überlebende des Dramas, hatte seinen Geliebten Claude erwürgt und ihm dann den Penis abgesäbelt. Darauf bewahrte Rodney das gekappte Anhängsel seines Geliebten in einem Goldfischglas auf dem Kaminsims auf, um es seinen Freunden anläßlich einer Dinner-Party zu präsentieren, die er gab, nachdem Claude verschwunden war. Die Party wurde jedoch kein großer Erfolg, da der erste Gast, der sich näher für diesen seltsamen Fisch interessierte, schreiend zum Telefon stürzte. Rodney konnte das allerdings nicht recht verstehen, da er doch für die Wachteleier und die anderen Leckereien ein kleines Vermögen ausgegeben hatte. Später erklärte er Detektiven der Mordkommission gegenüber, er hätte sich unmöglich von diesem edlen Körperteil Claudes trennen können, und außerdem hätte er es geschmacklos gefunden, den Penis in einem Einmachglas aufzubewahren, während er ein Goldfischglas für genau richtig fand. Auf diese Weise würden seine Freunde und Bekannten wenigstens etwas zu reden haben. Jedenfalls ging besagtes Goldfischglas samt Inhalt in den Besitz von Ambrose Schultz über, worauf sich die arme Lupe Rodriguez in die Personalabteilung versetzen ließ. Erinnerungen.

»Ich sagte, wir müssen immer noch verschiedene Einbruchsopfer aufsuchen.«

»Wie bitte? Ich habe Sie nicht recht verstanden, Natalie?«

»Ich habe mit Ihnen geredet.«

»Entschuldigung.« Er lächelte freundlich. »Ich glaube, wir müssen noch mit ein paar Leuten sprechen.«

Und so ging es dann noch den Rest des Tages weiter. Nicht ganz.

Um sechs Uhr abends – sie hätte längst Feierabend haben sollen, zu Hause in der Badewanne sitzen, einen Gin Tonic schlürfen und Engelbert Humperdincks herzerweichendem Gesang lauschen sollen – kauerte sie nämlich auf dem fadenscheinigen Teppichboden eines schäbigen Apartmentkorridors und gab sich alle Mühe, ihren Schließmuskel und ihre Blase unter Kontrolle zu halten. (Und ausgerechnet heute habe ich auch noch kein Höschen an!) Zum erstenmal in ihrer Polizeilaufbahn wäre sie um ein Haar erschossen worden. Und es war ausschließlich ihre Schuld gewesen. Nicht Walnikows. *Ihre.*

Der Funkspruch kam um vier Uhr zwanzig. Zuerst das aufgeregte Piepen des Funkgeräts, und dann eine schrille, blecherne Stimme: »Alle Einheiten in der Umgebung und 6-A-39! Beamte brauchen Hilfe, Lexington, Ecke Vermont! Es sind Schüsse gefallen! *Beamte unter Beschuß!*«

Und dann, stehe der Himmel jedem Fußgänger oder Autofahrer bei, der sich innerhalb zwanzig Meter Nähe eines Polizeiautos befand. Volle Pappbecher mit Kaffee, die auf die Straße klatschten. Dösende Polizisten, die es plötzlich in Habachtstellung aufriß. Sicherheitsgurte, die einklickten und sich surrend spannten. Aufheulende Motoren, knirschende Getriebe. Hundert Meter verbrannten Gummis auf Hollywoods Asphalt geschmiert. Und nur allzu oft zwei Streifenwagen (der eine, vorschriftsmäßig, die Sirene eingeschaltet, der andere, begierig, als erster am Tatort einzutreffen, *ebenfalls* die Sirene eingeschaltet), die an einer unübersichtlichen Kreuzung zusammenstoßen und nie an ihren Bestimmungsort gelangen.

6-W-232 war vermutlich die einzige Hollywood-Einheit auf den Straßen, die weiterhin ihre ursprüngliche Fahrtrichtung beibehielt. Natalie tobte.

»Haben Sie denn diesen Notruf eben nicht gehört, Walnikow?«

»Natürlich habe ich ihn gehört.«

»Und wollen Sie denn nicht hinfahren?«

»Eigentlich nicht. Wir sind jetzt fast zwei Kilometer von der Stelle entfernt, und wie Sie selbst sehen, ist der Verkehr hier ganz schön dicht. Außerdem werden genügend andere zur Stelle sein.«

»Das ist doch die Höhe!« spuckte Natalie. »Sind Sie nun Polizeibeamter oder nicht?«

»Wollen Sie, daß ich hinfahre? Wenn Sie...«

»*Allerdings* will ich das. Mein Gott!«

»Also gut«, erwiderte Walnikow achselzuckend, um Natalie zuliebe dann sogar noch etwas kräftiger aufs Gas zu drücken. Sie beschleunigten auf ganze dreißig Stundenkilometer. Natalie war außer sich.

»Jetzt stellen Sie mal Ihren verdammten Fuß ein bißchen aufs Gaspedal!« brüllte sie.

»Schon gut, Natalie. Beruhigen Sie sich erst mal.«

Walnikow überprüfte vorsichtig seine Umgebung, packte dann das Lenkrad fester und beschleunigte auf fünfzig Stundenkilometer. Natalie gurgelte nur noch und verdrehte die Augen.

Erstaunlicherweise waren bei ihrer Ankunft erst vier Streifenwagen und ein weiterer Zivilwagen am Schauplatz des Geschehens eingetroffen. Trotzdem war jedoch einiges los. Die Streifenwagen waren am Straßenrand geparkt, ihre Türen auf die Straßenseite zu weit geöffnet. Dadurch war die enge Straße für den abendlichen Stoßverkehr, der sich bereits über vier Häuserblocks hinweg gestaut hatte, gesperrt. In den Vorgärten und auf den Balkons der Wohnhäuser standen überall Menschen. Manche waren hinter ein paar Palmen in Deckung gegangen. Keiner wollte sich die Gelegenheit entgehen lassen, mitzuerleben, wie die Polizei jemanden erschoß. Oder erschossen wurde.

Ein junger Polizist, mit rotem Gesicht und ohne Mütze, kauerte hinter seinem Streifenwagen und brüllte ins Mikrofon. Als er damit fertig war, warf er das Mikrofon in den Wagen zurück.

»Runter! Gehen Sie schon in Deckung!« schrie er Natalie zu, als sie aus dem Wagen sprang und auf den schwarzweißen Streifenwagen zurannte, in der einen Hand den Revolver, mit der anderen ihren Rock über die Knie haltend.

»Was ist passiert?« schrie Natalie, die Augen blitzend.

Walnikow war noch damit beschäftigt, sich aus seinem Sicherheitsgurt zu befreien. Nie zuvor hatte er ihn sich so eng geschnallt. Dazu hatte ihn Natalie gebracht.

»Der Täter hat sich verbarrikadiert!« brüllte der junge Uniformierte. »Im oberen Stockwerk, nach hinten raus. Er hat damit gedroht, seine Frau umzubringen, und als sie dann aus dem Haus gerannt kam, hat er angefangen, ihr hinterherzuballern! Sie hat gesagt, er hätte ein Kleinkalibergewehr und drei Handwaffen im Haus!«

»Haben Sie die Leute vom SWAT verständigt?« brüllte Natalie zurück. Obwohl sie nur dreißig Zentimeter voneinander entfernt waren, schrien sie sich gegenseitig ins Gesicht.

»Ja!« brüllte der junge Polizist und besprühte sie dabei ausgiebig mit Speichel.

»Ist ein Sergeant am Tatort?« spuckte Natalie zurück.

»Nein!« schrie er.

»Walnikow!« brüllte Natalie über ihre Schulter zurück. Walnikow hatte sich inzwischen befreit und kam auf sie zu. »Walnikow, übernehmen Sie die Einsatzleitung!«

»Sind Sie ein Sergeant?« Der junge Uniformierte bespuckte ihn noch ausgiebiger als Natalie.

Walnikow schien sein Taschentuch nicht finden zu können, aber ihm war eingefallen, daß es bereits von wodkaschwangerem Schleim getränkt war. Und da er Natalie sein schmutziges Taschentuch nicht zumuten wollte, wischte er sich das Gesicht diskret an seinem Jackenärmel ab.

»Sind Sie ein Sergeant!« brüllte der junge Uniformierte noch einmal.

»Ja«, erwiderte Walnikow und wünschte insgeheim, sie würden endlich mit diesem Geschrei aufhören. Dann gelangte er zu dem Schluß, es wäre vielleicht besser, sich sein Dienstabzeichen anzustecken, bevor ihn noch so ein junger, unerfahrener Polizist über den Haufen schoß.

»Was soll ich tun, Sergeant?« kreischte der junge Uniformierte fast.

»Tja«, fing Walnikow so taktvoll wie möglich an, »ich dachte, ob Sie nicht vielleicht endlich mal damit aufhören könnten, mir ins Gesicht zu spucken? Und Natalie, ich glaube, Sie sollten mal Ihre Brille etwas putzen. Wir befinden uns hier in einer etwas gefährlichen Situation, und angesichts dessen wäre es vielleicht besser, wenn Sie klar und deutlich sehen könnten.«

»Die Leute vom SWAT sind bereits unterwegs, Sergeant!« brüllte der junge Polizist mit unverminderter Lautstärke. »Ich habe ein paar Detektive und den Revierleiter angefordert. Ich habe auch einen Krankenwagen angefordert, falls es Verletzte geben sollte! Ich habe...«

Walnikow wandte sich ab, so daß nun seine linke Backe mit Spucke bombardiert wurde, und dann tat er etwas, das Natalie höchst außergewöhnlich fand. Er legte einfach seine Hand über den Mund des jungen Polizisten. Eine breite, kräftige Hand. So hielt er dem jungen Kerl eine Weile den Mund zu.

»Also bitte, mein Sohn«, sagte Walnikow dann ruhig. »Ich kann dich vor lauter Schreien schon gar nicht mehr verstehen. Und wenn ich dich jetzt wieder sprechen lasse, dann möchte ich, daß du zu flüstern versuchst. Und jetzt flüstere mir mal schön zu, wo dieser Kerl, der sich verbarrikadiert hat, eigentlich ist.«

Natalie beobachtete, wie die hervortretenden Augen des jungen Uniformierten allmählich zur Ruhe kamen. Sein Gesicht lief allerdings rot an, da er Schwierigkeiten hatte, durch die Nase zu atmen. Er packte Walnikow am Handgelenk und nickte, worauf dieser ihn losließ.

»Danke, Sergeant. Das habe ich, glaube ich, nötig gehabt«, sagte er als erstes.

»Herr im Himmel!« stöhnte Natalie ihre Haarsträhne an.

»Kommen Sie mit, Sergeant!« forderte der junge Polizist Walnikow auf, und bevor dieser ihn noch neuerlich packen konnte, rannte er bereits geduckt über den Rasen auf die offene Eingangstür des Wohnhauses zu, wo ein anderer Polizist, den Finger am Sicherungshebel seines Gewehrs, kauerte.

»Tut mir leid, daß wir da hineingezogen worden sind, Natalie«, entschuldigte sich Walnikow mit einem tadelnden Unterton, als er dem Uniformierten über den Rasen auf die unheilvolle Türöffnung zu folgte. Dann plötzlich das Geräusch zerbrechenden Glases, das jeden, auch Walnikow, sich bäuchlings auf das Pflaster vor dem Eingang fallen ließ.

»Dieser Dreckskerl hält jede Minute mal seine Kanone zum Fenster raus«, sagte ein dürrer, ausgemergelter Polizist mit einem Gewehr. »Seine Frau meint, er hätte 'ne halbautomatische Waffe und...«

»Wo sind die anderen Polizisten?« erkundigte sich Walnikow.

»Oben, im ersten Stock«, entgegnete der dürre Polizist.

Der junge Beamte, der so laut gebrüllt hatte, kauerte hinter Walnikow auf dem Boden und schielte, seine Dienstwaffe im Anschlag, zu dem eingeschlagenen Fenster hoch. Klugerweise zeigte der Lauf des Revolvers genau auf Natalies Schläfe.

Als Natalie zufällig in diese Richtung blickte, starrte ihr das runde Mündungsloch einer Vier-Inch-Smith-and-Wesson entgegen. Wenn ein Sonnenstrahl gerade im richtigen Winkel in den Lauf fiel, konnte sie sogar die einzelnen Furchen und Rillen erkennen.

»Mein Gott, nein!« flehte sie, worauf Walnikow kurz entschlossen den Lauf der Waffe zur Seite schob. Der junge Polizist hatte von all dem nichts gemerkt.

Und dann war plötzlich die Hölle los. WUMM! WUMM! WUMM! Ein heftiger Luftstoß. Fensterscheiben zerbrachen. Ein Reifen explodierte.

»Wer schießt denn hier?«

»Verdammt!«

»Dieser Scheißkerl hat ja eine Haubitze!«

So weit, stellte Walnikow fest, war noch nichts Ungewöhnliches passiert. Es war eine typische Situation, wenn ein Straftäter sich verbarrikadierte. Genau die Art von Vorfall, wie er vielleicht im hinteren Teil der Morgenzeitung mit einer kleinen Meldung gewürdigt wurde, wenn nicht gerade ein Polizist dabei ums Leben kam. Dann war natürlich nur die Titelseite gut genug. Aber bis jetzt hatte sich noch absolut nichts Ungewöhnliches ereignet. Eben nur eine verfahrene Situation.

Ein stinknormales Familiendrama. Wahrscheinlich hatte er seine Frau erwischt, wie sie ihn mit einem anderen betrog. Oder sie war ihm auf die Schliche gekommen. Vielleicht waren ihm auch die Rühreier zu wenig gebraten. Ich liebe dich. Ich hasse dich. Ich liebe dich so sehr, daß ich dich umbringen werde. Und er probiert es auch tatsächlich. Aber er schafft es nicht. Dann werde ich mich eben selbst umbringen. Aber zuerst werde ich noch die ganze verdammte Nachbarschaft über den Haufen knallen.

Letztlich sehnte sich dieser schießwütige Revolverheld nach nichts anderem wie eine ›inaktive‹ Junior Leaguerin in ihrer Villa in Pasadena – nach Aufmerksamkeit, Anerkennung, *Berühmtheit*. Sich diesen Wunsch zu erfüllen, gab es für ihn nur eine Möglichkeit: Indem er eine Szene nachspielte, die er schon in mindestens tausend Filmen gesehen hatte. Er würde, die Waffe im Anschlag, nach draußen kommen. Paßt auf, ihr Scheißbullen! Jetzt wird's euch Stanley Kravitz zeigen!

All das schoß zusammenhanglos durch Walnikows Kopf. In der Regel war er erst angefordert worden, wenn Stanley Kravitz tot auf dem Boden lag, nachdem er sich, des Spiels müde, seine eigene Waffe in den Mund gesteckt und mit dem großen Zeh abgedrückt hatte. Walnikow hatte festgestellt, daß es äußerst schwierig ist, mit dem großen Zeh den Abzug eines Gewehrs zu drücken. Manche hatten nicht richtig gezielt und sich lediglich die eine Schädelhälfte weggeschossen, so daß sie überlebten. Mit Hilfe intravenöser Ernährung sogar für immer. Was wollte man sich da noch über zu wenig gebratene Rühreier beschweren, wenn man inzwischen selbst so aussah. Manchmal, wie diesesmal, war Walnikow auch am Tatort eingetroffen, *bevor* Stanley Kravitz seinen großen Zeh an den Abzug gelegt hatte. Aber dann würde irgend so ein junger Polizist mit Augen wie Luftballone Stanley einen Volltreffer in den Zehnerring verpassen und Stanley damit besser bedienen, als er das selbst gekonnt hätte.

Bevor Walnikow nun die Treppe zum Obergeschoß hinaufrannte, wo fünf Polizisten mit Gewehren und Revolvern dreiundzwanzig Schüsse auf Stanley Kravitz' Wohnungstür abgefeuert hatten, bevor er versucht hatte, fünf andere Polizisten mit Augen wie Wagenräder zu beruhigen, wandte sich Walnikow Natalie zu und sagte traurig: »Warum wollten Sie unbedingt hierher kommen, Natalie? Ich wäre wirklich froh, wenn Sie nicht darauf bestanden hätten.«

Und dann eröffnete Stanley Kravitz (dessen wirklicher Name William Allen Livingston war) den zweiten Akt des Dramas, indem er mit einer M-14 alle, die sich im Innern des Gebäudes befanden, für zwei Stunden auf dem Boden festnagelte. Und die Dunkelheit brach herein.

Ein Kommandoposten wurde aufgestellt. Der SWAT-Laster kam mit Scheinwerfern. Deputy Chief Digby Bates schwebte wohl behütet in einem Hubschrauber über dem Wohnhaus, seine Zähne entschlossen aufeinandergebissen, das Gesicht gegen das Glas gedrückt, und dabei hoffend, die Fotografen da unten hätten ausreichend Licht und genügend starke Teleobjektive an ihren Nikons.

Zehn Minuten nach Einbruch der Dunkelheit bekam William Allen Livingston den aufdringlich lauten Polizeihubschrauber dermaßen über, daß er sich aus dem Fenster lehnte, um zu dem lästigen Brummer hochzuballern. Er schoß ein Loch von fünfzehn Zentimetern Durchmesser in die gewölbte Sichtscheibe des Helikopters, das Digby Bates mit einem Schlag sämtliche Fotografen und Teleobjektive vergessen ließ. Er schrie den Piloten, nicht ohne ihn ebenfalls ausgiebig einzuspeicheln, mit überschnappender Stimme an: »Los, bloß weg hier!«

Und dann verlor die Polizei endgültig die Kontrolle über die Situation. Auf eine Salve von seiten des Belagerten krachten plötzlich zwanzig Gewehre los, welche die Seite des Wohnhauses, auf der Livingston sich verbarrikadiert hatte, halb in Schutt und Asche legten. Die im Innern des Hauses festgehaltenen Beamten hörten Livingston nun zum erstenmal sprechen. Er setzte zum vierten Akt an, und zwar genauso, wie er es in zahllosen Samstagabend-Vorstellungen gelernt hatte. Er sagte: »Ich komme jetzt raus! Mit der Waffe in der Hand!«

Aber bevor Livingston seine Waffe auch nur zücken konnte, kreischte ein hysterischer junger Polizist im Treppenhaus los: »Die Lichter!« Und fünf Uniformierte feuerten ihre Revolver auf die zwei Wandlampen ab, die nun, nachdem die Sonne untergegangen war, den schmalen Gang erleuchteten.

Für einen Moment dachte Walnikow, er wäre ertaubt. Natalie hielt sich die Ohren. Die Uniformierten feuerten achtzehn Schüsse auf die zwei Lampen ab. Im Film hätte einer genügt. Im wirklichen Leben, wenn einem das Adrenalin den Arm in Lakritze verwandelte, langten nicht einmal achtzehn Schüsse. Sie waren über und über mit Staub und herabbröckelndem Putz bedeckt. Sie konnten wegen des Staubs und des Pulverdampfs kaum atmen. Sie hatten die Birnen total verfehlt. Nur das Glas einer Lampe hatte ein Loch.

Die Uniformierten waren gerade am Laden, als Walnikow zum erstenmal seine Stimme erhob. Er schrie: »Aufhören! Das ist ja nicht zum Aushalten!«

»Die Lichter, Sergeant!« blubberte ein junger Polizist.

»Er kann uns ja voll sehen!« fügte ein langer, dünner hinzu.

»Er kommt gleich raus!« prophezeite ein dicker.

Und dann blieb Natalie die Luft weg, da Walnikow aufstand und, seine Waffe im Anschlag, den Gang hinunter auf die durchlöcherte Wohnungstür William Allen Livingstons zuging, der Walnikow unter dem Namen Stanley Kravitz, Leiche in spe, bekannt war.

Die Tür sorgfältig im Auge behaltend, so nah wie möglich an die Wand gedrückt und vom Staub und Putz der zerschossenen Wände bedeckt, tat Walnikow etwas, woran niemand gedacht hatte.

Er schraubte die Glühbirnen aus der Fassung.

Plötzlich war der Gang in völlige Dunkelheit getaucht. Ein Polizist hatte eine Taschenlampe bei sich. Er richtete ihren Strahl auf die Tür, als Walnikow wieder an seinen alten Platz zurückkehrte.

Um nur ja kein Klischee auszulassen, brüllte William Allen Livingston nun los: »Ich komme jetzt raus, ihr Scheißbullen, und ein paar von euch werden dran glauben müssen. Darauf könnt ihr euch gefaßt machen!«

»He, warte noch einen Moment! Warte doch noch!« schrie Walnikow zurück. »Laß uns doch erst mal über die ganze Sache reden.

Laß mich zu dir reinkommen. Ich möchte mit dir reden. Ich bin sicher, daß wir uns...«

Als die Tür aufflog, warf Walnikow seinen breiten Körper vor Natalie Zimmerman. William Allen Livingston verlor mehrere hundert Gramm Urin und Kot, als eine Salve aus verschiedenen 38ern und ooer Elefantenbüchsen in seinen Körper einschlug. Ging man allerdings davon aus, daß er insgesamt von siebenundzwanzig Bleigeschossen getroffen wurde, mußte sein Körpergewicht um einiges zugenommen haben. Später stellten die Detektive von der Mordkommission fest, daß die Waffe, die er im Tod in der Hand gehalten hatte, nicht geladen gewesen war. Offensichtlich hatte er sich entschlossen, doch niemanden mit sich ins Verderben zu reißen. Zumindest ein Wunsch wurde ihm erfüllt. Obwohl er keinen Polizisten erschossen und sich auch sonst höchstens für Seite dreizehn qualifiziert hatte, war die Belagerung doch so grandios gewesen, daß darüber am nächsten Morgen auf der zweiten Seite berichtet wurde.

Diese letzte Salve war ein ganz schönes Flammeninferno gewesen. Ein kontinuierliches, gewaltiges Krachen, das Natalie noch die ganze Zeit über nicht losließ. Auch dann noch nicht, als Walnikow sie, die Arme um sie gelegt, über die Hintertreppe durch die Scharen von Polizisten und Reportern geleitete, an dem Kommandoposten vorbei, wo Deputy Chief Digby Bates sich in einem Kampfanzug bereits eine Erklärung ausdachte, wohlweislich darauf bedacht, den Fernsehteams auf der anderen Straßenseite seine Schokoladenseite entgegenzustrecken. Zum Glück war ihr Wagen nicht von der Menge lachender, witzelnder und jubelnder Schaulustiger eingekeilt, für die das Ganze offensichtlich nichts anderes als ein Mordsspaß war.

Neben dem Detektivwagen stand in zweiter Reihe ein Eismann, der gefrorene Bananen verkaufte. Er überfuhr zwei Rotlichter, als er im Radio von der Belagerung hörte. Ein ähnlich gutes Geschäft hatte er vor kurzem gemacht, als ein junger Rocksänger sich acht Stockwerke von der Penthouse-Suite einer Plattenfirma gestürzt hatte, die seine Songs nicht veröffentlichen wollte. Damals hatte der Eismann allerdings das Glück gehabt, bereits am Schauplatz des Geschehens anwesend zu sein, so daß er nur noch durch die Menge geschlendert war und in zehn Minuten zweiunddreißig Dollar an dem Eis verdient hatte, das er all den Gaffern verkaufte, deren Kehlen vom ständigen ›Spring doch, du Feigling!‹-Schreien schon ganz ausgetrocknet waren.

Walnikow wartete, bis der Eismann einen Dreifach-Deal mit einem Mann mit zwei Kindern getätigt hatte. Ein Kind saß auf Daddys Schultern, um besser sehen zu können, wie die Leiche abtransportiert wurde.

Natalie stieg in den Wagen, steckte sich eine Zigarette an und rauchte sie zitternd. Sie bekam ihre Beine nicht unter Kontrolle. Und ebensowenig ihr Kinn.

Schließlich sagte Walnikow: »Fahren Sie mal mit Ihrem Wagen da weg. Ich möchte hier raus.«

»Leck mich am Arsch«, meinte der Eismann nur. Er konnte nicht ahnen, daß Walnikow ein Polizist war. »Ich verkaufe hier mein Eis.«

Darauf zog Walnikow nur seinen Revolver aus dem Schulterhalfter und richtete ihn auf den verdutzten Eisverkäufer, der in der einen Hand ein Eis, in der anderen sein Wechselgeld hielt.

»Wenn Sie jetzt nicht auf der Stelle hier wegfahren, dann kriegen Sie von mir ein kleines Loch genoggert«, knurrte Walnikow.

Während der Eismann seinen Wagen polternd in eine Einfahrt rangierte und den Uniformierten zubrüllte, er hätte *noch* einen Verrückten mit einer Knarre gesehen, fuhr Walnikow Natalie Zimmerman bereits zur Hollywood Station zurück.

Nach einer Weile fragte sie: »Wo fahren wir eigentlich hin, Walnikow?«

»Wir haben Feierabend«, antwortete er. »War ein ganz schön langer und anstrengender Tag heute.«

»Wir müssen wieder zurück! Wir waren doch Zeugen! Wir müssen unsere Aussagen zu Protokoll geben!«

Walnikow schüttelte nur den Kopf und sagte: »Da waren so viele Polizisten, daß sich kein Mensch an uns erinnern wird. Was sollten wir außerdem schon groß erzählen? Wir haben keine Schüsse abgefeuert. Unsere Geschichte ist in keiner Weise von Bedeutung. Ein Mann hat Selbstmord begangen. Ein Dutzend Polizeibeamte waren Zeuge und haben ihm noch ein wenig dabei geholfen.«

»Aber...«

»Natürlich findet vielleicht jemand heraus, daß wir auch in den Fall verwickelt waren. Man wird uns vielleicht ein paar Fragen stellen. Wir waren an dem Selbstmord dieses Kerls nicht beteiligt. Warum sollten wir also dort die ganze Nacht herumsitzen, während die sich ständig gegenseitig verhören, Zeichnungen anfertigen und Fotos machen und was weiß ich noch alles. Also, ich für meine Person bin einfach zu müde, um diesen ganzen Blödsinn mitzumachen, und deshalb fahre ich lieber gleich nach Hause.«

Es war eine sehr dunkle Nacht in Hollywood. Für einen Freitag war der Verkehr nicht sonderlich dicht. Hollywood Boulevard und Sunset Boulevard waren natürlich dank der Touristen ein wahres Chaos, aber Walnikow kannte zum Glück ein paar Schleichwege über wenig befahrene Nebenstraßen. Wie immer kroch er mit zwanzig Stundenkilometern dahin.

Nach einer längeren Pause sagte Natalie plötzlich: »Walnikow.«

»Ja.«

»Es tut mir leid, daß ich Ihnen vorhin so auf den Pelz gerückt bin, daß wir dorthin gefahren sind.«

»Mir auf den Pelz gerückt?«

»Na ja... wir haben... ich habe ja nicht... äh... Sie haben...«

»Möchten Sie mal mit ins Kino gehen, Natalie? Natürlich nicht heute abend. Vielleicht nächste Woche mal? Oder in zwei Wochen? Vielleicht gibt es ja irgendeinen neuen Film, den Sie gern sehen möchten. Ich war ja schon nicht mehr im Kino, seit... ich weiß gar nicht mehr, wie lange das schon her ist.«

»Mehrere Jahre«, half sie seinem Gedächtnis nach, wobei sie durch das Rauchen allmählich ihre zitternden Knie unter Kontrolle brachte. »Seit *Nicholas und Alexandra* rausgekommen ist.«

Dann hatten sie die Wilcox erreicht und näherten sich der Wache. Natalie wußte, daß die Leute von der Tagesschicht mit Ausnahme der Mord-Crew, die wegen des Ablebens von William Allen Livingston noch Überstunden machte, bereits nach Hause gegangen sein würden. Hipless Hooker traf sicherlich schon die nötigen Vorbereitungen für seinen morgigen Ausflug mit Sindbad Cromwell. Aber selbst wenn Captain Hooker noch da gewesen wäre, hätte sie ihm ihre Beschwerden jetzt nicht vortragen können. Nicht heute abend.

Natürlich würde sie unmöglich mit einem Drogensüchtigen weiter zusammenarbeiten können. Aber zugleich mußte sie immer wieder daran denken, wie er sie durch all diesen Horror und dieses Chaos geführt hatte, als ihre Beine noch zitterten wie... Und sie konnte nicht vergessen, wie sein breiter Körper sie gegen diese gewaltige Explosion abgeschirmt hatte. Er hatte sich einfach auf sie geworfen. Und diesem Umstand nie auch nur mit einem Wort Erwähnung getragen. Sie hätte wetten können, daß dieser zugekiffte Irre selbst gar nicht einmal mehr wußte, daß er das getan hatte. Aber sie wußte es.

An diesem Abend würde sie das alles Captain Hooker nicht mehr erzählen können. Sie würde sich das Ganze das Wochenende über erst einmal durch den Kopf gehen lassen müssen. Sie mußte dem Captain schonend und überlegt beibringen, daß Walnikow unmöglich weiter wie bisher seinen Dienst tun konnte. Daß sie ihn vielleicht einer Durchsuchung unterziehen sollten. Einer schrecklichen, erniedrigenden, entwürdigenden Durchsuchung. Damit sie diese seltsame Droge finden würden, aufgrund deren er sich so eigenartig benahm, so... so...

»Ich denke, ich werde jetzt erst mal nach Hause fahren und mir ein anständiges Weihnachtsessen machen«, verabschiedete sich Walnikow gut gelaunt, als sie vor der Polizeiwache parkten. »Würden Sie mich bitte abmelden, Natalie?«

Genau. *So*... verrückt.

»Aber Walnikow, wir haben heute bereits den siebten Januar!« Verrückt! Genau, das war es! Verrückt!

»Meine Mutter hat immer besonders leckere Süßigkeiten an Weihnachten gemacht.« Mit diesem Satz schlurfte Walnikow lächelnd in die Dunkelheit davon.

Fröhliche Weihnachten, dachte sie. Am siebten Januar. Verrückt.

7

Die tragische Muse

Am Samstag, dem 8. Januar, tat Madeline Whitfield etwas, das sie bisher noch nie getan hatte. Sie suchte an einem überfüllten Wochenendtag die Huntington Library auf. Sie mußte etwas unternehmen. Es war ihr einfach unmöglich, untätig zu Haus herumzusitzen, während Chester letzte Hand an Vickie legte. Sie war am Freitag auf der anderen Seite gewesen, wo sie einen kleinen Schaufensterbummel gemacht hatte. Nach Beverly Hills konnte sie also nicht schon wieder fahren. Da im Country Club nicht Damentag war, konnte sie auch nicht Golf spielen. Sie hatte einige alte Freunde, die sie hätte besuchen können, aber die meisten ihrer Kinder waren an den Wochenenden von der Schule zu Hause, und das war immer etwas – peinlich. Für eine alleinstehende Frau war immer alles peinlich. So wenig verlockend diese Vorstellung auch erscheinen mochte, spielte sie dennoch mit dem Gedanken, zum Valley Hunt Club hinauszufahren und dort ein paar gemischte Doppel zu spielen. Aber nein, lieber nicht. An Samstagen hatten dort immer die Männer das Sagen. Eine alleinstehende Frau. Wie peinlich.

Oder sie konnte in den Hunt Room gehen und *trinken*. Aber sie entschied sich schließlich für die Huntington Library. Wenn sie doch nur für immer neununddreißig hätte bleiben können. Wenn die Junior League nur das Höchstalter ihrer *aktiven* Mitglieder heraufsetzen würde. Dort hatte es immer etwas gegeben, womit sie sich hatte beschäftigen können. Dutzende von Wohltätigkeitsveranstaltungen zugunsten förderungswürdiger Bestrebungen, angefangen von Familienplanung bis zur Rehabilitation von Alkoholikern.

Das Bibliotheksgebäude war übervölkert; nicht nur von den üblichen Touristenscharen und Wochenendbesuchern, sondern auch von zwei Bussen voller Kinder. Madeline fand erst drei Häuserblocks weiter einen Parkplatz und mußte das ganze Stück zu Fuß zurückgehen.

Zumindest hatte die Junior League ihren ›Inaktiven‹ noch die Führungen in der Huntington Library gelassen. Madeline liebte es, Schüler der Oberstufe durch die Kunstgalerie zu führen, um ihnen die herrliche Sammlung von französischen und englischen Meisterwerken des siebzehnten und achtzehnten Jahrhunderts vorzuführen. Es machte ihr sogar Spaß, dasselbe mit kleineren Kindern zu machen. Zwar kam dies nur äußerst selten vor, aber manchmal wurden doch auch Kinder aus den Ghettos zugelassen, um zum erstenmal mit den idyllischen, engelhaften Kinderporträts aus einer anderen Zeit in Berührung zu kommen. *Die Beckford Kinder* von Romney. *Die junge Wahrsagerin* von Reynolds. Kinder, welche diese englischen Maler in völlig anachronistischer Kleidung und Pose dargestellt hatten, um den extravaganten, manieristischen Stil der italienischen Maler des siebzehnten Jahrhunderts zu kopieren.

Die Jungen und Mädchen aus den Ghettos sahen sich diese unbezahlbaren Kunstschätze an und folgten Madeline durch das herrschaftliche Haus von Henry und Arabella Huntington, vorbei an Houdons großartiger Bronze der *Diana*, welche die Kleinen immer etwas enttäuschte, da die nackte Frau kaum besser gebaut war als die Schrulle, welche die Führung abhielt. Und was sollte dieser ganze Quatsch eigentlich, wenn die Fut dieser Statue ganz anders aussah als all die anderen Futen, die sie bisher gesehen hatten. Und vorbei an der *Venus* von Giovanni Bologna (dieselben Beanstandungen: Arsch in Ordnung, aber keine Fut). Und schließlich durch die Hauptgalerie, wo Madeline, mit vor Ehrfurcht zitternder Stimme, der ausgelassenen Kinderschar das berühmteste und kostbarste Gemälde der Bibliothek zeigen würde, Gainsboroughs *Blue Boy*.

»Wenn das mal kein arschwackelnder Schwuler ist«, bemerkte ein junger Basketball-Star mit einer grün-gelben Mütze.

Und dann zu Madeline Whitfields Lieblingsbild, der bedeutendsten Arbeit Reynolds' und einer unvergänglichen Huldigung an Englands führende Bühnenschauspielerin« *Mrs. Siddons als Tragische Muse*. Madeline würde den Kindern in aller Ausführlichkeit erklären, wie Reynolds durch die Kraft seines Pinsels zum innersten Wesen dieser großen Schauspielerin vorgedrungen war und es sichtbar gemacht hatte. Madeline würde ihnen ihr Dreiviertelprofil zuwenden, wenn sie ihnen die Würde und den natürlichen Adel in diesem berühmten Gesicht vor Augen führte. Mrs. Siddons, die traurigen Augen ins Unendliche schweifend und die Lippen leicht geschürzt, und – ja, Kinder, ein paar Leute haben sogar schon gesagt, daß ich, wenn ich mich so drehe, nun ja (hier errötete Madeline immer), eine *gewisse* Ähnlichkeit mit dieser Dame habe.

»Schon möglich«, nickte die Bohnenstange mit der grün-gelben Mütze beiläufig. »Mich erinnert die ein bißchen an die fette, aufgeschwemmte Alte im Spielsalon.«

Aber heute würde es hier für Madeline keine Führungen geben.

Nur ein gemütlicher Spaziergang durch die Anlage, wo einst Henry und Arabella Huntington so prächtig gelebt hatten. Nur um den Tag verstreichen zu lassen. Nur um nicht an den morgigen Tag denken zu müssen, wenn Vickie ein *Champion* werden würde.

Zuerst spazierte Madeline durch den Kakteengarten, dessen 2500 verschiedene Arten sie immer wieder in Erstaunen versetzten, obwohl sie sicher schon tausendmal an diesem Ort gewesen war. Stachlige Kakteen, stachellose Kakteen, Riesenkakteen, kriechende Kakteen. Kakteen, die nachts blühten. *Oser-Echinopsis*, mit Nachtblüten wie Trompeten. *Lebender Fels*, eine stachellose Sorte, deren Schutz ihre perfekte Tarnung darstellt. *Milchfässer*, *Kuhhörner*, die zerklüfteten *Wüstenfächer*, das wuchtige *Goldfaß*, so alt wie Madeline. Und die herrlichen Yaccas, über sechs Meter hoch.

Es gab keine natürliche Landschaft auf Erden, die so eigenartig wie diese gewesen wäre. Eine außerirdische Landschaft. Als Kind hatte sie sich diesen Garten immer als etwas vorgestellt, das auf dem Mond lag.

Heute war ihr dies jedoch *zu sehr* einer anderen Welt zugehörig. Selbst den Japanischen Garten betrat sie heute nicht, um nur nichts Exotisches, Fremdes an sich herantreten zu lassen. Heute wollte sie sich wohl fühlen. Dazugehören. Sie strebte auf den Shakespeare-Garten zu. Madeline brauchte den Trost elisabethanischer Blumen und den Wald aus Azaleen und Kamelien, der die Nordseite umgab.

Hier fühlte sie sich sicher. Hier hatte sie als Kind auf den einzelnen Wegen Verstecken gespielt und hin und wieder auch gegen die Vorschriften verstoßen, indem sie sich eine rosa Kamelie gepflückt und ins Haar gesteckt hatte. In jenen Tagen hatte sie noch spritzend durch den italienischen Brunnen rennen gedurft, und an jedem Tag des Jahres war ganz deutlich Mount Baldy zu sehen gewesen. So wollte sie sich immer am liebsten an das alte Pasadena erinnern: ein Kind, das im Gras Räder schlug, umgeben von Azaleen und Kamelien, und die Bergspitzen schneebedeckt und smogfrei und ebenso zuversichterweckend wie das alte Pasadena selbst. Vor dem Niedergang.

Heute gab es keinen Platz mehr, um sich zu setzen. Jede Bank war von Touristen belegt. Aber es gab einen Ausweg: Wenige Touristen machten sich die Mühe, den nördlichen Teil der Anlage, hinter den Orangen- und Avocadohainen, aufzusuchen. Dort gab es nicht viel zu sehen. Nur das Mausoleum, das letzte Zeichen, das Henry und Arabella Huntington gesetzt hatten.

Außer ihr hielten sich in diesem Teil nur noch fünf japanische Touristen auf, die ausgiebig fotografierten. Sie setzte sich auf die kühle Marmorbank. Er war immer kühl, der Marmor des Mausoleums, selbst im Sommer. Sie wartete, bis die Touristen gegangen waren, stieg dann die wenigen Stufen hinauf und stellte sich das verkniffene, finstere Gesicht Arabella Huntingtons vor, wie sie, ganz in Schwarz gekleidet, unter einem schwarzen Hut hervor, mit einem Dutzend blitzender Haarnadeln verankert, durch ihre Brille in die Welt hinausstarrte. Madeline stellte sich vor, wie Arabella durch diese herrlichen Anlagen spazierte. Es hieß von ihr, daß sie nie einen Gärtner oder Diener sehen wollte, wenn sie sich in all dieser Pracht bewegte, als wäre es ihr dadurch leichter gefallen zu glauben, all diese Schönheit um sie herum sei ausschließlich das Werk Gottes. Wann haben die Armen dann wohl gearbeitet? Während sie schlief? Und da liegst du nun, Arabella. Und scherst du dich darum, ob Victoria Regina of Pasadena am morgigen Tag in den Rang eines Champion erhoben wird?

Dann setzte sich Madeline auf die Stufen des Mausoleums und wischte sich die Augen, weil diese Ghettokinder nicht eine Spur von Schönheit in Lawrences *Pinckie* sehen konnten. Nicht eine Spur. Und was hätten sie wohl gesagt, wenn sie gewußt hätten, daß sie in der kommenden Nacht, ob nun mit oder ohne sechzig Milligramm Beruhigungsmittel, kein Auge würde zudrücken können, und das alles nur wegen einer Ehrung, die einen *Hund* betraf. Vielleicht verstanden das diese Kinder sogar eher als den Gainsborough oder Reynolds oder Romney oder die anderen Gemälde, die sie ihnen gezeigt hatte.

Sie meinten, daß Constables *Salisbury Cathedral* oder *Blick auf den Stour* einfach nur so Bildchen waren, die irgendein alter, toter, weißer Heini gemalt hatte, damit die Welt einmal so aussah, wie er es sich wünschte. Aber jeder wußte, daß sie nie so ausgesehen hatte.

Würden diese Ghettokinder ihren Traum von Vickie deshalb weniger verstehen können als Constables Traum? Oder den Turners? Oder den Arabella Huntingtons?

Mach dich nicht über meinen Traum lustig, Arabella, und ich werde auch nicht über deinen lachen.

Am Samstag, dem achten Januar, verbrachte Philo Skinner in seinem Zwinger einen hektischen, heimlichen Tag damit, Tutu zu trimmen und sie verzweifelt an einem einzigen Nachmittag auf den großen Wettkampf vorzubereiten. Dabei mußte er jedesmal, wenn das Telefon klingelte, auf die Toilette rennen. Nein, Mavis, ich werde *nicht* früh nach Hause kommen. Nein, verdammt noch mal, hier ist keine von den Kleinen. Du kannst jede einzelne von ihnen anrufen. Ruf doch bei Pattie Mae zu Hause an, wenn du denkst, ich hätte sie hier. Ruf jede einzelne Kleine an, die je für uns gearbeitet hat. Ruf meinetwegen den Polizeichef persönlich an... Halt, nein, ruf keinen Menschen an! Mein Gott! Ich bin hier ganz allein und erledige den ausstehenden Papierkram! Und putze diesen Scheißzwinger, weil wir uns für Samstag keine Aushilfe leisten können, und... Nein, bitte bleib zu Hause, ich brauche keine Hilfe. Heute abend komme ich ja nach Hause. Was soll ich denn machen? Mit dir ins Bett gehen, damit du siehst, daß ich am Nachmittag mit niemandem hier rumgevögelt habe? Ja, ganz richtig, zweimal am Tag würde ich es wohl kaum schaffen! Peng! sauste der Hörer auf die Gabel. Er brauchte ein Alka-Seltzer. Dieses Mistvieh! Eine Zunge wie ein Rasiermesser. Philo Skinner steckte sich die neunundvierzigste Zigarette dieses Tages an und begann zu husten.

In Puerto Vallarta soll es noch Kopfsteinpflasterstraßen geben. Und man kann eine blumenbewachsene Brücke sehen, über die Richard nachts zu Liz geschlichen kam, als er noch mit einer anderen Frau verheiratet war. Ein Gringo soll dort unten mit zweihundert Dollar im Monat wie ein Sultan mit einem ganzen Harem voller Nutten leben können.

»Wie viele Monate kann ich dann mit siebzigtausend Dollar wie ein Sultan leben, Tutu?«

Der kleine Hund wedelte jedesmal, wenn er zu ihm sprach, mit dem Schwanz und winselte leise.

»Eines sage ich dir, Tutu«, redete Philo weiter, während er ihre Beine trimmte. »Schön still halten, mein kleiner Liebling. So ist es schön. Eines sage ich dir, mein Kleines. Jedenfalls kann ein

Mensch nicht lange genug *leben*, um siebzigtausend steuerfreie, amerikanische grüne Scheinchen ausgeben zu können. So lange ist das.«

Darauf legte er die Schere weg und hielt Tutus Gesicht zwischen seinen tabakgelben Fingern. »Ich würde dich mitnehmen, wenn ich könnte, das weißt du doch, hm?«

Ein übler Hustenanfall ließ ihn im nächsten Moment zum Waschbecken rennen, um einen dicken Schleimbrocken hochzuwürgen. Selbst wenn er nur kurz von der Seite der kleinen Schnauzerhündin wich, fing sie sofort betrübt zu winseln an. Tutu war das einzige Lebewesen auf dieser Welt, das Philo Skinner *liebte*.

Am Samstag, dem achten Januar, betrank sich Walnikow sinnlos mit Stolitschnaja-Wodka. Und saß den größten Teil des Tages und der Nacht vor seiner Stereoanlage und lauschte Fjodor Tschaljapin, der den Abschied aus *Boris Godunow* sang. Als er bereits zu betrunken war, um die Worte noch verstehen zu können, legte er eine Platte des Osipow-Balalaika-Orchesters auf. Als er auch davon genug bekam, tat er das, was er immer tat, bevor er endgültig umkippte. Er hörte sich herzerweichende russische Zigeunerlieder an.

Dann fiel er in tiefen, alkoholschwangeren Schlaf und träumte von dem Kaninchen, das durch den Schnee hoppelte. Er wußte, daß es vor dem Jäger kein Entrinnen gab. Er wußte, daß der Jäger das Kaninchen töten würde, ihm die Kehle durchschneiden, die Kiefer brechen und das Fell über die Ohren ziehen würde, und daß ein leicht zischendes Geräusch entstehen würde, wenn die kräftigen Hände des Jägers die Haut vom Fleisch zogen. Und wie immer schluchzte er, während er träumte.

8
Die Kathedrale

Am Sonntag morgen des neunten Januar unterschied sich die Los Angeles Memorial Sports Arena in vielerlei Hinsicht kaum von der russisch-orthodoxen Kathedrale. Dreißig Männer krochen über den Boden der Arena, um tausend Quadratmeter leuchtend roten Teppichs auszubreiten und durch gelbe Bänder verbundene Pfosten aufzustellen. Dazu bunte Sträuße aus Chrysanthemen, Nelken und Gladiolen. Nur der Weihrauch fehlte bei dieser Zeremonie, was man von den Ikonen nicht hätte sagen können – sie waren zu *Tausenden* anwesend.

Die Ikonen trugen die Gesichter von Alaska-Schlittenhunden, Belgischen Schäferhunden, Welsh-Terriern, Dackeln, Beagles, Samojeden, Chow-Chows, Möpsen und Pekinesen.

Zusätzlich zu den Ikonen gab es Medaillen und Medaillons mit den Gesichtern von Spitzen, Dobermännern, Boxern und Basenjis. Neben den Ikonen und Medaillons waren auch weltlichere Objekte zu sehen, wie zum Beispiel Brieföffner mit den Konterfeis von Vizslas und Cocker Spaniels; Gemälde, Poster und Tafelbilder von Bluthunden, Waschbärhunden, Akitas und Bullenbeißern; T-Shirts, Plakate, im Dunkeln leuchtende Schlüsselanhänger, Tassen und Teller mit den Bildnissen von Collies, Pudeln und Bernhardinern.

Die Andenkenhändler waren also bereit. Ein Händler hatte sogar die Geschmacklosigkeit begangen, pinkfarbene Rosenkränze anzubieten, von denen er auch bereits mehrere verkauft hatte, bis ihm die Veranstalter auf die Schliche kamen und die Lizenz entzogen. An diesem Tag gab es zwei fromme Hundebesitzer, die einen solchen Rosenkranz erstanden hatten und nun das in bonbonfarbenes Plastik gegossene Bildnis eines italienischen Windspiels durch ihre Finger gleiten ließen.

Hier, in der Kathedrale der Hundewelt der Westküste, vor Anbruch der Dämmerung, allein unter Tausenden anderer Gläubiger, war ein Mann unendlich mehr aufgeregt und nervös als irgendein anderer Hundebesitzer oder ein Spieler der Oakland Raiders oder der Minnesota Vikings. Philo Skinner hatte bereits dreizehn Zigaretten gepafft, wobei er an diesem Tag mit einer Gesamtzahl von einhundertundfünf noch einen neuen Rekord aufstellen sollte.

Philo war einer der ersten gewesen, die in diesen kühlen Morgenstunden vor Tagesanbruch am Schauplatz des Geschehens eingetroffen waren. Aber bereits zehn Minuten nach seiner Ankunft wurden die Wohnwagen, Kombis und Campingautos von einer langen Schlange von Scheinwerferlichtern gefolgt, die von der Westseite des Stadions bis zur Santa Barbara Avenue reichten. Einige der Hundebetreuer in den Lastern unterhielten sich lebhaft über Sprechfunk, andere saßen in ihren Autos, lasen zum Kaffee die *Sunday Times* und bereiteten sich auf einen Tag vor, der für einige hundert Menschen und gut zweitausend Tiere sehr lang und anstrengend werden würde.

Als die Kombis, Camper und Wohnwagen dann dröhnend in das weite Rund der riesigen Halle zu rollen begannen, ließ sich Philo Skinner nur noch von seinen Instinkten leiten. Völlig gewohnheitsmäßig schaltete er das Licht an seinem Wagen aus und fuhr langsam zu seinem Lieblingsplatz an der Seite der Sports Arena, wo die Terrier gezeigt wurden. Seine Hände waren so glitschig, daß er die Übungskäfige aus Stahldraht auf den Betonboden fallen ließ. Ein Betreuer neben ihm bot ihm seine Hilfe an, aber Philo winkte ihm ab, steckte sich eine Zigarette an, setzte sich in einen Regisseurstuhl aus grüner Leinwand und beobachtete die anströmenden Massen. Da waren ganze Bataillone von verschlafenen Aufsehern, die ausschließlich damit beschäftigt waren, Berge von Hundescheiße abzutragen. Aber wo, zum Teufel, waren die Lebensmittelverkäufer? Philo hätte dringend eine Tasse Kaffee nötig gehabt. Er fror. Einige der Preisrichter kamen bereits an. Er hatte nie verstanden, weshalb sie eigentlich schon so früh auftauchten. Auch die zahllosen Fotografen, die den ganzen Tag für die Hundefachzeitschriften Bilder schießen würden, fehlten nicht. Die Hundebesitzer zahlten dafür, daß ihre Hunde fotografiert wurden, und sie zahlten auch dafür, daß diese Aufnahmen dann in die Zeitung kamen.

Überall waren Betreuer und Gehilfen zu sehen. Um ihn herum schepperten Tische und Käfige gegen den Beton. Dann erhob sich plötzlich wieder ein mächtiges Dröhnen. Die Laster verließen, nachdem sie die Tiere abgeliefert hatten, wieder das Stadion.

Etwas war heute jedoch anders als sonst: Fast alle hatten sich anläßlich der Super Bowl XI tragbare Fernsehgeräte mitgenommen – ein Umstand, auf den Philo gesetzt hatte, wenn sein Plan optimal klappen sollte.

Die Aussteller waren vielleicht wegen einer Art religiösen Rituals an diesem Ort; nicht so jedoch die Betreuer. Viele von ihnen wollten sich auf keinen Fall diese *andere* Zeremonie entgehen lassen, die auf der anderen Seite der Stadt stattfand. Jedenfalls gab es da nicht einen jungen, gesunden, kraftstrotzenden Burschen aus Minnesota oder Oakland, der ebenso aufgeregt, angespannt und erwartungsvoll gewesen wäre wie der staksige Asthmatiker mit dem schwarzgefärbten Haar, der sich mit einer dreiköpfigen Fischgrätjacke, einer grauen Wollhose und einer Krawatte das für eine solche Veranstaltung gemäße Aussehen zu verleihen suchte. Mit Ausnahme der weißen Slipper blieb die wirkliche Philo-Skinner-Kluft darunter verborgen – die rote Seidenunterwäsche.

Mein Gott, warum hatte er sich nur kein anderes Hemd mitgenommen? Philo Skinner, die Augen von der ganzen Aufregung gerötet und leicht geschwollen, die Lungen rasselnd und pfeifend, strömte einen Geruch aus, der sich selbst mit einer ganzen Dose Körperspray nicht hätte überdecken lassen. Philo Skinner hatte schon zur Genüge seinen Schweiß und den Schweiß anderer Menschen gerochen, aber der Geruch, den er nun absonderte, war etwas anderes – der Schweiß der *Angst*.

Irgendwie schien Philo, wie er so halb betäubt in seinem Regisseurstuhl saß, aufnahmefähiger für das hektische Getriebe um ihn herum, als er dies je gewesen war. Er war teilnahmslos und seltsam abgestumpft, und doch nahmen seine übermüdeten Augen die Umgebung mit ungewohnter Schärfe wahr. Der Betreuer zwei Plätze weiter hatte einen Yorkshire, dessen Fell an ein paar Stellen gefärbt war. Was hätte dieser Bursche wohl erwidert, wenn Philo wie beiläufig bei ihm vorbeigeschlendert wäre und ihm ins Ohr geflüstert hätte: »Na, Kumpel, rück doch mal fünfzig Dollar raus, oder soll ich dem Preisrichter sagen, er soll mal seinen Finger ein bißchen ablecken und dem Vieh da über die Haare fahren. So eine Schweinerei! Du glaubst doch nicht wirklich, du könntest hier mit einem gefärbten Yorkie antanzen? Woanders kannst du das ja vielleicht probieren, aber nicht, wenn Philo Skinner dabei ist. Nicht heute, Freundchen! Philo Skinner kennt sich schließlich in diesem Geschäft aus. Meinst du, er macht das umsonst schon dreißig Jahre?«

Noch besser, laß den Yorkie-Betreuer erst in den Ring treten, und flüstere ihm *dann* erst ins Ohr. »Na, soll ich noch mal den Großzügigen spielen und den Mund halten? Aber mit deinen lausigen fünfzig Dollar ist es da nicht getan. Das wird dich schon mindestens einen Hunderter kosten, du mieser, kleiner, stinkender Haufen Hundescheiße! Dachtest wohl, ich würde das nicht merken, daß du bei dem Hundchen ein bißchen mit Farbe nachgeholfen hast. Ich verstehe was von diesem Geschäft. Ich bin Philo Skinner, der Terrier-King.«

Drei Plätze weiter saß ein Besitzer bei seinem Betreuer und blätterte hektisch durch den Wettbewerbskatalog, womit er in seiner Aufregung und Verzweiflung, wie sie Philo kaum einmal an einem Pferdebesitzer in Santa Anita gesehen hatte, nur den Hund, seinen Betreuer und die Preisrichter behinderte. Und dabei gab es hier für die Hundebesitzer keinen Pfennig Geld zu gewinnen, dafür aber um so stattlichere Summen *auszugeben*.

»Hallo, Mr. Skinner!« rief ihm Pattie Mae zu, während sie halsbrecherisch auf ihn zustöckelte. Herr im Himmel! Sie trug eine bereits etwas fadenscheinige Baumwollbluse, keinen BH und einen verblichenen Wickelrock, der es kaum um ihren fabelhaft runden Arsch schaffte, unbehost zweifellos. Und Plattform-Clogs mit Lederriemen um die Knöchel! Mindestens zwanzig Zentimeter hoch! Dabei hatte er ihr ausdrücklich eingeschärft, für ihre erste Ausstellung keine Jeans zu tragen, etwas *Konservatives* anzuziehen. Meine Güte, und dann hatte sie auch noch ein *Gänseblümchen* in ihrem ungewaschenen Haar stecken.

»Das ist aber aufregend, Mr. Skinner!« sagte sie, noch ganz außer Atem.

»Fahren Sie den Kombi auf den Parkplatz raus, Pattie Mae, und dann kommen Sie wieder hierher. Ich habe alles abgeladen.«

»Wo soll ich den Wagen hinbringen, Mr. ...«

»Fahren Sie diese Scheißkiste schon raus hier und parken Sie irgendwo! Dann schließen Sie ab und kommen schleunigst wieder hierher zurück.«

»Ja, Mr. Skinner«, erwiderte sie mit einem Blick auf seine geweiteten Augen kleinlaut. Möglicherweise konnte sie ihn bereits riechen.

Durch die Angst und Anspannung war Philo Skinner immer noch wie gelähmt. Er zündete sich eine neue Zigarette an. Die Betreuer in seiner Umgebung waren bereits ausnahmslos voll in Aktion. Zusammen mit ihren Gehilfen arbeiteten sie in fieberhafter Eile an den Trimmtischen. Die Hunde wurden mit Cholesterol eingecremt, wobei die mit weißem Fell noch mit Stärke behandelt wurden. Um ihn herum ein einziges Schneiden, Kämmen, Bürsten, untermalt vom Sirren der Haartrockner, dem Summen der elektrischen Haarschneidemaschinen und dem Zischen von Haarspray. (Eigentlich verpönt, aber doch von allen straffrei verwendet.) Das unaufhörliche Klicken der Scheren. Die Hunde wurden für die Elf-Uhr-Show fertig gemacht.

Dann konnte er langsam die Hundescheiße riechen. Auch die Tiere waren nervös, so daß sie hauptsächlich Flüssiges von sich gaben. Wie wohl seine eigene im Moment riechen würde? Zum Glück hatte er schon eineinhalb Tage nichts mehr gegessen.

Dies würde seine letzte Hunde-Ausstellung werden. Spielte vielleicht auch dieser Umstand eine Rolle? Die letzte Fühlungnahme mit einem Leben, dem er durchaus etwas abzugewinnen gewußt hatte. Um die Wahrheit zu sagen, er liebte Hunde. Er hatte diese Tiere immer schon geliebt, sogar als kleiner Knirps in einem Waisenhaus in Tucson, wo es zur Zeit der Wirtschaftskrise dreimal täglich Bohnen gegeben hatte. Und selbst die streunenden Hunde, die er damals heimlich fütterte, bekamen Bohnen.

Von Hundescheiße zum Duft von Rosen – weiß und rot und gelb wie Dotterblumen. Die Santa-Barbara-Hunde-Ausstellung mochte er am meisten. Die Blumen, das Gras und die freundliche Atmosphäre. Sie erinnerte ihn an bestimmte Filme, die er gesehen hatte. Zum Beispiel die Rennen in Ascot aus *My Fair Lady*. Er träumte oft davon, eine reiche Hundebesitzerin zu heiraten und ihre Terrier auf der Santa-Barbara-Show vorzuführen. Dabei würde er einen dunkelblauen Blazer und eine weiße Hose tragen und seinen Kaffee aus einer Mokkatasse aus feinstem Porzellan schlürfen. »Mr. Skinner?«

»Wie – ach ja.«

»Sollten wir nicht allmählich – äh – anfangen, Mr. Skinner? Ich meine, wir haben nicht mehr allzuviel Zeit.«

Mein Gott. Wenigstens die Haare hätte sie sich doch waschen können!

»Na gut.« Er trat seine Zigarette aus. »Machen wir uns also an die Arbeit, Patie Mae, und heimsen ein paar Punkte ein.«

Madeline Whitfields Blick fiel kurz auf den hageren Hundebetreuer mit den irren Augen, der endlos auf ein nervöses junges

Mädchen einredete, das gerade einen Kerry blue trimmte. Ihr Blick ruhte jedoch nicht weiter auf dem seltsamen Paar, als sie durch das Stadion schlenderte, um ihre Spannung etwas abzubauen. Viele Hundebesitzer bekamen ihre Tiere nur bei den großen Ausstellungen, wie diese eine war, zu Gesicht. Sie gaben zwar Tausende von Dollars für ihre Lieblinge aus, sahen sie aber praktisch nie, da die Siegeschancen wesentlich höher waren, wenn die Hunde die ganze Zeit bei ihren Betreuern blieben.

Zu dieser Sorte Hundebesitzer gehörte Madeline Whitfield natürlich nicht. Nicht, daß sie deswegen weniger auf den Sieg versessen gewesen wäre – im Augenblick suchte sie übrigens gerade ihren Lieblingsfotografen, dem sie jeden Preis zu zahlen bereit gewesen wäre, wenn Vickies Foto in einer der hundert Hundezeitschriften erschien –, vielmehr konnte sie sich einfach nicht mit dem Gedanken anfreunden, Hunde in einem Zwinger untergebracht zu wissen. Das erinnerte sie zu sehr an Waisenkinder.

Vickie erfuhr all die Liebe und Pflege, wie sie einem richtigen Kind gebührt hätte, und von daher sahen sich auch ihre Siegeschancen nicht beeinträchtigt. Madeline wollte den Beweis erbringen, daß mütterliche Fürsorge und Liebe durchaus die harte Disziplin eines im Zwinger betreuten Champions ersetzen konnten.

Pattie Mae hatte inzwischen den verschreckten Whippet auf dem Trimmtisch. Von der Seite sah sein Schwanz, den er zwischen den Beinen zum Bauch vor eingezogen hatte, wie ein zweiter Penis aus. Das Tier war so zart, daß seine Beine wie Finger wirkten. Die Schlinge um seinen zitternden Hals, an einem Metallarm an der Seite des Trimmtisches befestigt, war vermutlich das einzige, was den kleinen Hund davon abhielt, von dem stählernen Tisch zu springen und durch die Halle und den offenen Eingang nach draußen ins Freie zu rennen – ein Bedürfnis, das Philo Skinner durchaus verstehen konnte. Durch die Angst, die vollends von ihm Besitz ergriffen hatte, wurde seine Stimme, die in dem Lärm um ihn herum fast unterging, zusehends höher und schriller.

»Ein buschiger Hund, Pattie Mae, das ist ein buschiger Hund.«

»Ja, Mr. Skinner. Ich stärke ihm die Vorderläufe und...«

»Buschig! Genau wie seine verdammte Besitzerin. Ich hätte nie zusagen sollen, heute dieses Vieh hierherzubringen. Ich hätte mich auf meine Terrier beschränken sollen. Vom Training her ist der arme Kerl mindestens sechs Monate im Rückstand. Sehen Sie nur, wie er sich zusammenkauert. So ein Wahnsinn! Bringen Sie den

Hund in seinen Käfig zurück. Das Vieh ist ja völlig wirr im Kopf. Sehen Sie sich nur seine Augen an, Pattie Mae! Sehen Sie sich diese Augen an!«

Aber das Mädchen mußte immer nur Philo Skinners Augen ansehen. Sie unterschieden sich in nichts von denen des Whippet: rund, geweitet, stechend. So ein Mist. Der alte Knacker hatte genausoviel Schiß wie dieser arme kleine Hund. Und er roch vielleicht. Das darf ja nicht wahr sein! Er *roch!*

Um acht Uhr hatten sie in Ring Nummer eins bereits mit der Beurteilung der Bassets begonnen. Aufgeregt hatten sich die kurzbeinigen Hunde und ihre Betreuer hintereinander aufgereiht, als Philo Skinner eilig in Richtung Toilette an ihnen vorbeihetzte. Plötzlich hatte er ein Gefühl gehabt, als hätte man ihm einen Einlauf verpaßt. Er war sich keineswegs sicher, es bis aufs Klo zu schaffen. Als er merkte, daß er die falsche Richtung eingeschlagen hatte, machte er kehrt und galoppierte staksig auf die Herrentoilette auf der Westseite der Halle zu, die er gerade noch rechtzeitig erreichte, um einen erbärmlichen kleinen Bollen von sich zu geben. Mehr hatte er nicht in sich.

»Laß mich diesen Tag überstehen!« entrichtete Philo dem Gott der Spieler und Hundebetreuer ein Stoßgebet. Ich war mein ganzes Leben lang gut zu Tieren! Für irgend etwas muß das doch gut sein! Mein Gott, wenn man sich um so viele hilflose und ungeliebte Hunde gekümmert hat wie ich, dann muß man doch wenigstens *einmal* im Leben eine Chance bekommen. Eine Chance wenigstens! Darum betete Philo an jenem Sonntag morgen in dieser Hundekirche.

Er war so verwirrt und durcheinander, daß er, als er aus der Toilette kam, voll gegen einen Trimmtisch rannte und einem überdimensionalen Pudel, der gerade auf europäisch getrimmt wurde, Auge in Auge gegenüberstand. Mit seiner enormen Löwenmähne und den geschorenen Hinterläufen glich er ein wenig einem gähnenden Pavian. Philo versuchte, wieder seine Fassung zurückzugewinnen, als ihm der Pudel mitten ins Gesicht kläffte, womit es um Philo auch schon geschehen war. Mit Mühe und Not schaffte er es gerade noch zurück in die Toilette, um ein weiteres Kügelchen zwischen seinen entzündeten, vor Schmerz aufheulenden Hämorrhoiden hervorzupressen.

Als Philo schließlich wieder an seinen Arbeitsplatz zurückgekehrt war, war Pattie Mae bereits voll zugange. Das Gänseblümchen war aus ihrem Haar gefallen, und die Vorderseite ihrer durchsichtigen Baumwollbluse war über und über mit Hundehaar bedeckt. Aber sie war Feuer und Flamme. Schließlich war dies auch ihre erste Ausstellung.

»Mr. Skinner!« rief sie Philo entgegen, als dieser blaß und mit geröteten Augen an den Trimmtisch trat.

»Ja, was gibt's?«

»Nichts.« Pattie Mae betupfte gerade den Bart eines drühlenden Dandie Dinmont mit Kreide. »Ich habe da nur eben ein paar Betreuern zugehört. Wußten Sie eigentlich, daß drei von den letzten fünf Beverly-Hills-Winterausstellungen von einem Terrier gewonnen wurden?«

»Na und?« Philo starrte den Dandie an, als sähe er ihn in diesem Augenblick zum erstenmal.

»Na ja, ich meine, das zeigt doch nur, wie beliebt Terrier bei den Preisrichtern und überhaupt bei den Leuten sind. Ich bin richtig froh, daß ich jetzt in einem Zwinger arbeite, wo die meisten Hunde Terrier sind, und...«

»Wir haben noch eine Menge Zeit, Pattie Mae«, unterbrach sie Philo. »Die Dandies kommen noch 'ne ganze Weile nicht dran.«

»In welchem Ring werden sie denn vorgeführt?«

»Nummer acht.«

Wirklich erstaunlich, dachte er, wie er selbst jetzt sämtliche Daten, die er für seinen Beruf wissen mußte, parat hatte und herunterrasseln konnte. Obwohl er sich im Augenblick kaum an seine eigene Telefonnummer erinnern konnte, wußte er doch ganz genau, in welchem Ring die jeweils verschiedenen Terriersorten zu welcher Zeit vorgeführt werden würden. Also mit Hunden kannte er sich aus, das mußte man ihm lassen. Ganz entfernt fragte er sich für einen Moment, ob er seine Arbeit wohl vermissen würde. Er sah den Whippet in der Ecke des Trainingsverschlags kauern. Er verspürte den zwanghaften Drang zu reden.

»Ich muß den Hund zustopfen, Pattie Mae. Ich muß das Vieh tatsächlich zustopfen, wenn ich diesen kleinen Scheißer wirklich vorführen will.«

»Wie?«

»Ich werde ihm mit einem Streichholz den Arsch zustopfen!«

»Ach so. Und wofür soll das gut sein?«

»Mein Gott, Pattie Mae, sehen Sie sich diesen Kerl doch an.

Der scheißt mir doch glatt mitten in den Ring, während ich ihn vorführe.«

»Aber wie wollen Sie ihm mit einem Streichholz...«

»Würden Sie denn nicht gern ein Streichholz loswerden, das in Ihrem Arsch steckt, Pattie Mae? Also manchmal denke ich wirklich, Sie haben sie nicht alle.«

Philos verbale Züchtigung seines Lehrmädchens wurde jedoch durch eine keuchende Hundebesitzerin aus Palo Alto unterbrochen, die von einem Trimmtisch zum nächsten hastete, der Ausdruck in ihren Augen noch irrer und wirrer als in denen Philo Skinners. Die Dame war über sechzig, wog zwei Zentner, hatte einen Zobelpelz um ihren fleckigen Hals geschlungen und trug einen blütenverzierten Hut auf dem Kopf, der ihr beim Laufen auf die Nase heruntergerutscht war. Ihre Stimme war nur noch ein schrilles Kreischen, als sie vor Pattie Mae schließlich zum Stillstand gelangte und das Mädchen verzweifelt am Arm packte. Sie trug ein Bichon-Weibchen im Arm, unter dessen buschigem, weißem Schwanz Philo Skinners Kennerauge sofort den winzigen roten Fleck Menstruationsblutes entdeckte, wohingegen Pattie Mae nicht die geringste Ahnung hatte, was das Ganze eigentlich sollte, als die nach Atem ringende Frau losheulte: »Sie müssen mir unbedingt helfen, Schätzchen! Haben Sie ein Tampax? Irgend jemand? HAT IRGEND JEMAND HIER EIN TAMPAX!«

Aber bevor das verdutzte Mädchen noch etwas antworten konnte, war das Frauchen der Bichon-Hündin bereits auf und davon, um anderswo nach der Lösung ihres Problems zu suchen.

»Meine Güte«, meinte Pattie Mae, zu Philo Skinner gewandt, »eine Dame in ihrem Alter? Hat sie denn immer noch...«

»Machen Sie sich deswegen mal keine Gedanken, Pattie Mae; das ist wirklich nicht nötig. Machen wir lieber mit dem Kerry blue weiter.« Philo konnte darauf nur noch den Kopf schütteln.

Und so, ihren buschigen Unterleib der Kuppel der Kathedralen-Arena zugewandt, wurde die Bichon-Hündin durch die Menge geschaukelt. Von einem Frauchen, das sie kaum kannte und binnen kurzem zu beißen beabsichtigte. Ein kleines Tier, ursprünglich auf Teneriffa beheimatet, bei Hof sehr beliebt, und eine Rasse, der insgesamt ein recht glückliches Leben beschieden gewesen war, hinter kleinen Holzkugeln herjagend und zum Plaisier der Königsfamilie auf den Vorderpfoten stehend, nur um dann grob auf die Straße hinausgeworfen zu werden und zusammen mit den Köpfen der Kurtisanen die von Blut triefenden Abflußrinnen hinunterzuschwimmen. Aber der Bichon hatte all das überdauert. Dreihundert Jahre Durchhaltevermögen und Entschlossenheit, und jetzt nichts weiter als die Suche nach einem Tampax.

Philo Skinner geriet ins Nachdenken. Würde sich das alles eigentlich lohnen, da unten in Puerto Vallarta? Auf weißem Sand, unter weißer Sonne, in weißen Leinenanzügen? Mit braunhäutigen Mädchen mit blitzend weißen Zähnen?

Mit Philos gelben Fingern und schwarzen Lungen. Er hustete einen beunruhigend umfangreichen Schleimklumpen hoch und spuckte ihn in sein Taschentuch. Pattie Mae mußte bei diesem Anblick fast kotzen. Meine Fresse! Sie machen mich ganz krank, Mr. Skinner. Und Sie bilden sich ein, Sie könnten mich vielleicht rumkriegen. Lieber ließe ich da noch ein ganzes Rudel Dobermänner drüber! Meine Güte!

Dann ertönte über das Lautsprechersystem eine weibliche Stimme, die im Laufe des Tages zunehmend an penetranter Vertrautheit gewinnen würde: »Aufseher, Ring vier. Aufseher, Ring sechs. Aufseher...«

Bringt eure Schäufelchen und Besen, Jungs. Die Köter decken diesen roten Teppich mit einem richtigen Meer von Scheiße zu. »Aufseher, Ring zehn. Aufseher...«

Dann brach eine Gruppe von Schaulustigen plötzlich in lautes Geschrei aus, und zwei Personen gingen zu Boden. Ein Bullenbeißer hatte mit einemmal, von seinem Geschlechtstrieb übermannt, die Umzäunung seines Geheges übersprungen, um eine winzige Norwich-Terrier-Hündin unter sich zu begraben. Durch seinen Übereifer schoß die gewaltige rosa Erektion des Bullenbeißers jedoch um gute zwanzig Zentimeter über ihr Ziel hinaus. Zwei Betreuer versuchten die Norwich-Hündin zu befreien, die jedoch ihrerseits ihr Bestes tat, ihr Hinterteil in die Höhe zu recken, damit der Bullenbeißer sich besser an ihr zu schaffen machen konnte. Wenn die kleine Norwich-Hündin sich auf eine Kiste hätte stellen können, hätte das Ganze sicher geklappt.

»Los, zieht schon den Bullenbeißer weg!« brüllte ein Betreuer.

»Das ist nicht mein Bullenbeißer«, schrie einer der Gehilfen zurück, »das ist *Ihre* verdammte Norwich!«

»Wenn dieses Untier meiner kleinen Hündin etwas antut...!« drohte der Besitzer.

Eine matronenhafte Hundebesitzerin kam gerade mit einem weißen Spielzeugpudel vorbeigeschlendert, als der lüsterne Bullenbeißer von der aufreizenden kleinen Norwich-Hündin gezerrt wurde. In seiner Frustration sprang er nun die nichtsahnende Frau an und fing an, ihr Bein zu bearbeiten, während sie hysterisch loskreischte und ihren flauschigen Pudel wie einen Fußball in die Luft warf.

»Jetzt nimm doch endlich einmal einer diesen verdammten Bullenbeißer an die Leine!« brüllte eine Stimme.

»Haltet den Pudel!« riefen andere Umstehende.

»Setzt ihm das Knie auf die Brust«, riet eine Stimme von der Tribüne herunter.

»Bei meinem Mann hilft das immer«, bestätigte eine andere.

Inzwischen beobachtete bereits die gesamte Westtribüne mit wachsendem Interesse und zunehmender Heiterkeit, wie die verwirrte Menge dem nach Sex gierenden Bullenbeißer Herr zu werden versuchte. Die arme Frau saß hilflos auf dem Boden und wehrte inmitten einer Schar von Hundebetreuern verzweifelt das sabbernde Untier ab.

»Setzen Sie ihm aber auf keinen Fall *beide* Knie auf die Brust, Gnädigste«, spöttelte ein Würstchenverkäufer. »Oder ihr nächstes Baby sieht aus wie J. Edgar Hoover.«

Schließlich kapitulierte der erschöpfte Bullenbeißer doch noch vor seinem Herrn, der ihn darauf aus der Arena trug. Dem 150-Pfund-Champion rollten die Augen und hing die Zunge heraus, als er von seinem schwitzenden und keuchenden Betreuer davongeschleppt wurde. Der heutige Wettbewerb war für ihn jedenfalls vorüber. Sein rosafarbener Penis, der schlaff über seinen Bauch hing, entlockte Philo Skinner ein mitfühlendes Kopfschütteln.

»Ich weiß, wie dir zumute ist«, gluckste er.

»Ist es hier eigentlich immer so aufregend, Mr. Skinner?« wollte Pattie Mae wissen, während sie gerade den Kerry fönte. Philo sah auf seine Uhr und steckte sich an dem heruntergerauchten Stummel seiner Zigarette die nächste an.

»Spitzen Sie die Brustbehaarung zu, wie ich es Ihnen gezeigt habe, Pattie Mae. Verdammt noch mal! Sie wollen doch einem Kerry blue keinen Rock verpassen, oder?«

»Jawohl, Mr. Skinner.«

Um zehn Uhr wurde Philo Skinner bewußt, daß er sich allmählich zusammenreißen und konzentrieren mußte, wenn er in einer halben Stunde seinen ersten Hund vorführen wollte.

Um halb elf sagte Pattie Mae mit vor Begeisterung ganz großen Augen: »Wollen Sie den Kerry mit einem Spielzeug locken, Mr. Skinner? Oder mit einem Ball oder etwas Leber?«

»Mit einem Stück Leber«, antwortete Philo und drückte eine Zigarette aus. »Bei diesem Kerry hier klappt es mit einem Stück Leber immer am besten. Moment, ich hätte fast vergessen... Sehen Sie mal seine Zähne nach. Diese blöde Kuh kann es ja nicht lassen, jedesmal, wenn sie sich eine von diesen Schokoladekirschen in ihr fettes Maul stopft, auch dem armen Vieh eine zu geben.«

»Jawohl, Mr. Skinner«, antwortete Pattie Mae brav und holte den Zahnreiniger. Dabei beobachtete sie immer wieder ihren Arbeitgeber, wie er sich die schweißnassen Hände an einem Taschentuch abwischte. Unglaublich! Als wäre das auch seine erste Ausstellung!

Philo führte den Kerry wie ein Schlafwandler vor. Er hatte immer schon behauptet, so etwas auch im Schlaf zu können, und nun erbrachte er den endgültigen Beweis.

»Man sollte doch die überschüssige Leine immer zusammenlegen, oder nicht, Mr. Skinner?« fragte Pattie Mae, während Philo seine Krawatte zurechtrückte, den Kerry an der Leber riechen ließ und sich in die Reihe der wartenden Kandidaten vor dem Ring einordnete.

»Was?« Die Stimmen und Geräusche der Hundeausstellung dröhnten in Philo Skinners Ohren. Er wischte sich neuerlich Stirn und Hände ab.

»Ich habe gesagt, man sollte die überschüssige Leine immer zusammen...«

»Ach so. Ja, ja, natürlich. Die Leine in der linken Hand zusammenlegen. Richtig.«

»Übrigens, Mr. Skinner. Ich wundere mich schon die ganze Zeit. Wo kommt eigentlich dieser Schnauzer her? Ist das ein neuer Hund?«

»Was?«

»Diese Schnauzerhündin.«

»Schnauzerhündin?«

»*Die* da!« Ungeduldig deutete das Mädchen auf Tutu, die verdrossen in ihrem Käfig lag und hoffnungsvoll die große Liebe ihres Lebens anblickte – Philo Skinner.

»Ach so, *dieser* Schnauzer. Ja, ich habe eine neue Klientin. Hat mich überredet – ihren Hund heute vorzuführen. Aber er ist dafür einfach noch nicht geeignet. Nein, das wäre noch zu früh.«

»Ich finde, das ist ein Prachtexemplar von einem Hund, Mr. Skinner. Einer der schönsten, die ich je gesehen habe. Was soll denn damit nicht stimmen? Ist sie denn nicht in Form? Ich meine, ihr Fell ist doch perfekt und...«

»Sie ist einfach noch nicht so weit«, wich Philo aus. Dann steckte er sich seine letzte Zigarette an, bevor er den Ring betrat. Verdammt noch mal, diese Kleine! Er mußte ihr noch eine plausible Geschichte auftischen. Dummerweise hatte er gar nicht daran gedacht, daß er an diesem Tag ja nicht allein sein würde. Es war alles so seltsam, wie in einem Traum. Dieses Verbrechen. Als gäbe es nur ihn und den Schnauzer und das Ziel!

»Wissen Sie, Pattie Mae«, fing Philo schließlich bedächtig an. »Manchmal muß man an einem Tag fünfzehn Hunde vorführen. Dabei kommt es gelegentlich zu Überschneidungen, da man ja nicht in zwei Ringen gleichzeitig anwesend sein kann. Man könnte es also ohne weiteres versäumen, in einem der Ringe zu erscheinen, und diese Klientin, eine reiche Frau, würde dann auf dieser verdammten Tribüne sitzen und in ihr Taschentuch weinen und mir möglicherweise mit dem Gericht drohen oder etwas in der Richtung. Und weil das heute meine letzte... Weil das heute Ihre erste Ausstellung ist, Pattie Mae, zeige ich nicht so viele Hunde, und deshalb führe ich auch diese Schnauzerhündin vor. Wissen Sie, ich tue damit nur jemandem einen Gefallen. Der Hund gehört nämlich... Los, es ist Zeit in den Ring zu gehen.«

»Ja, Mr. Skinner«, erwiderte das Mädchen ruhig und sah in Philos angstgeweitete Augen. »Ist da noch irgend etwas, was ich tun kann?«

»Vergessen Sie eines nie, Pattie Mae, Sie sind über die Leine mit Ihren Fingern mit dem Hund in Kontakt. Sie müssen mit den Fingern gut sein!« Das sagte er in einem Ton, als ginge er fort, um nie wieder zurückzukehren. »Sie müssen mit den Fingern gut sein!«

Für einen Augenblick geriet Philo fast in Panik. Er konnte das riesige, gelbe Schild mit der roten Ringnummer nicht finden. Es befand sich direkt vor seiner Nase. Fast wäre er über einen Kerry blue gestolpert. Direkt vor ihm stand eine lange Schlange von Kerry blues, und doch konnte er für einen Moment den Ring nicht finden! Er mußte eine kurze Pause machen und dabei gegen die Etikette verstoßen. Er brauchte unmittelbar, bevor er an der Reihe war, noch eine letzte Zigarette.

Ein Betreuer, den er nie zuvor gesehen hatte, drehte sich zu ihm um und tadelte ihn in herablassendem Ton: »Mein Hund muß von dem Rauch immer niesen. Würden Sie bitte Ihre Zigarette ausmachen!«

Philo Skinner hatte sich sein ganzes Leben lang kein einzigesmal auf eine Schlägerei eingelassen. Philo Skinner war zudem gegenwärtig so von Asthma und im Anfangsstadium befindlichen Emphysemen geplagt, daß selbst Pattie Mae mit ihm fertig geworden wäre. Zu seiner eigenen Verwunderung trat er nun jedoch ganz nahe auf den durchaus gut gebauten Betreuer zu, so daß sein Gesicht ganz nahe an dem seines Gegenüber war, als er ihn anfauchte: »Jetzt hör mal gut zu, Freundchen, wenn deinem Hund der Zigarettenrauch nicht bekommt, dann steig doch auf Zigarren um und gib diesem Miststück den Laufpaß!«

Damit drückte Philo sich an dem rot angelaufenen Betreuer vorbei und war im Ring. Weg da, du Flasche! So ein Wichser! Als erste betreten die *Besten* den Ring. Die Grünschnäbel kommen dann ganz hinten mal. Los, mach schon Platz für Philo Skinner, den Terrier-King!

Und dann überließ er sich nur noch seinem Instinkt. Kaum, daß er den Applaus der Leute um den Terrier-Ring hörte. Er konzentrierte sich voll und ganz auf den Kerry. Das Vieh war nicht aggressiv genug. Wenn es nur ein bißchen geknurrt hätte. Na ja, der Hund wurde eben auch alt. Aber er hatte noch eine schöne stahlblaue Farbe. Wo, zum Teufel, war eigentlich Pattie Mae? Laß bloß deine Finger von Tutu, du verdammter, blöder, kleiner Hippieschnuckel. Verdammte Scheiße, er ließ den Kerry nicht einmal seinen eigenen Tritt finden, als sie gegen den Uhrzeigersinn um den Ring marschierten. So eine Scheiße! Er ließ den Hund zu schnell gehen. Ein neuerliches Gebet zu der stahlverstrebten Decke der Hunde-Kathedrale emporgesandt. Mit einem flehenden Blick nach oben dachte Philo bei sich: Laß mich diesen Tag mit heiler Haut überstehen, und ich werde nie mehr in meinem Leben auf etwas wetten! Höchstens vielleicht auf Jai alai, wenn sie da unten in Puerto Vallarta so etwas haben. Wurden eigentlich auf Stierkämpfe auch Wetten abgeschlossen?

Pattie Mae bewunderte inzwischen fasziniert den Zwergschnauzer, der winselte und bettelte, aus dem Käfig und in den Trainingsverschlag gelassen zu werden. Tutu knurrte und wedelte mit dem Schwanz und sprang so wild in ihrem Käfig herum, daß sie sich den Kopf anschlug.

»Du armes Ding!« Mitleidig öffnete Pattie Mae die Käfigtür. »Armes Ding! Du tust dir ja weh.« Und damit nahm Pattie Mae Tutu in ihre Arme und drückte sie gegen ihr Gesicht. »Du bist der hübscheste Schnauzer, den ich je gesehen habe.«

Darauf setzte sie Tutu in ein Trainingsabteil und gab ihr ein Stück Leber, das Tutu dankbar hinunterschlang.

Die Zuschauermassen in der Mitte der gigantischen Halle fingen allmählich an, in Richtung der Getränke- und Würstchenbuden zu strömen, als die Mittagszeit näher rückte. Philo Skinner war gerade zur Einzelvorführung im Ring – ›geradeaus quer durch den Ring und wieder zurück‹. Er führte den Hund an seiner rechten Seite, um seine leichte Neigung, seitlich abzuschmieren, auszugleichen. Dann brachte er mit einem kaum merkbaren Ziehen an der Leine den Kopf des Kerry von seiner auswärts tendierenden Bewegungsrichtung wieder nach innen. Selbst in einem Zustand der Auflösung und Panik war Philo Skinner noch ein Meister seines Fachs.

Als der Preisrichter hinter dem Kerry einhertrottete, langte Philo, der nie etwas übertrieb, nach unten und ließ seine Hand vorsichtig, ganz vorsichtig, über das Hinterteil des Hundes gleiten, da dieser Kerry von hinten sehr gut aussah. Ihm fiel auf, daß die Betreuerin links von ihm nach dem Preisrichter schielte. So eine dumme Kuh, dachte er. So etwas kann man doch nicht machen. Starren Sie nie einen Preisrichter an – auch nicht, wenn Sie Titten wie Scheinwerfer haben.

Unauffällig köderte Philo den Hund nun mit einem Stück Leber, worauf dieser eine edle Haltung einnahm. Verdammt noch mal, er bekam sich doch tatsächlich wieder in den Griff und würde den Ring als *Sieger* verlassen.

Philo hörte jedoch die plötzlichen Beifallsstürme kaum, als sein Kerry als Gewinner ausgerufen wurde und damit dem Traum seines Besitzers vom Sieg in seiner Gruppe ein Stück näher rückte, was wiederum für Philo mit einer Sonderprämie von zweihundert Dollar verbunden gewesen wäre.

Sieger der Gruppe. Zweihundert Eier. Die kannst du dir in deinen Arsch stecken. Philo Skinner wird diese lumpigen zweihundert jedenfalls nicht mehr brauchen.

Als er zu den Trainingsverschlägen zurückkam, hüpfte Pattie Mae wie eine Verrückte auf ihren Clogs auf und ab.

»Toll, Mr. Skinner! Das haben Sie wirklich großartig gemacht!«

»Ja, klar«, murmelte Philo, kaum auf ihre hüpfenden jungen Brüste achtend und auf den Ausdruck in ihrem Gesicht, der besagte: Sie riechen nicht einmal mehr so übel, Sie alter Fuchs, Sie!

Und dann fiel sein Blick auf den leeren Käfig: »WO ZUM TEUFEL IST DIE SCHNAUZERHÜNDIN?«

Pattie Mae hätte sich fast auf ihren runden Po gesetzt, so schnell wirbelte sie auf ihren Zwanzig-Zentimeter-Clogs herum.

»Dort, Mr. Skinner! Ich habe sie in eine Trainingsbox gegeben. Sie wurde so wepsig, und ich dachte einfach... Dort, Mr. Skinner! Dort drüben ist sie!«

Und dann spürte Philo Skinner, wie sich mit einemmal wieder seine sämtlichen Muskeln entspannten, als er zu Tutu hinüberging, die winselnd hin und her sprang. Er langte zu dem kleinen Hund hinunter und kraulte ihn unter dem Kinn, während dieser begeistert winselte und mit dem Schwanz wedelte.

»Tutu«, seufzte Philo erleichtert, »Tutu, mein Schatz!«

Darauf wandte er sich wieder Pattie Mae zu, die inzwischen vollends durcheinander war. »Nehmen Sie eine Papiertüte, Pattie Mae, und dann gehen Sie zu meinem Kombi nach draußen und holen mir die Flasche Bourbon, die in der Schublade unter der Kochplatte ist. Los, machen Sie schon!«

»Jawohl, Mr. Skinner«, antwortete sie und klapperte auch schon durch die Halle davon. Dieser Mann hat echt einen Schuß! Komplett verrückt!

»Tutu«, säuselte Philo indes. »Wir werden es schon schaffen. Irgendwie werden wir beide es schon schaffen.«

Philo Skinner hatte etwas gelernt, das alle Verbrechensneulinge lernen müssen: Es ist verdammt hart, sein erstes Ding (und auch sein einunddreißigstes) zu drehen, ohne sich etwas Mut zu machen. Als Pattie Mae wieder zurückkam, suchte Philo mit der Papiertüte die Toilette auf, setzte sich auf die Kloschüssel, um einen weiteren, ebenso schmerzhaften wie erlösenden Bollen hervorzuquetschen, und putzte schneller einen Viertelliter Bourbon hinunter, als er das jemals in seinem Leben mit alkoholischen Getränken getan hatte.

Danach stellten sich die Dinge Philo Skinner gleich in einem wesentlich rosigeren Licht dar. Als erstes schlich er sich gleich einmal von hinten an Pattie Mae heran und biß sie in den Hals.

»Mr. Skinner!«

»Na, wie geht's denn unserer heißen, kleinen Zwinger-Mieze?«

»Mr. Skinner!«

»Gehen Sie zur Figueroa rüber und holen Sie mir noch 'ne Flasche Jim Beam.«

»Aber ich bin doch noch nicht alt genug, um alkoholische Getränke kaufen zu dürfen, Mr. Skinner. Und vor allem sollten Sie jetzt auch nichts trinken – oder?«

»Nicht alt genug... nicht alt genug«, stöhnte Philo. »Haben Sie eigentlich eine Ahnung, Pattie Mae, wie lang es schon her ist, daß ich für irgend etwas nicht *alt* genug war? Ich bin nicht *alt* genug für die Rente und nicht *alt* genug, um auf die Eintrittskarte zur Rennbahn Seniorenermäßigung zu bekommen; und ich bin auch nicht *alt* genug, um meine Augen vor der Tatsache zu verschließen, daß Sie keinen BH tragen und vermutlich auch kein Höschen und daß wir beide morgen zu Abendessen gehen könnten. Und was würden Sie davon halten, wenn wir in ein Restaurant gingen, wo wir dann für den Abend einen Hunderter hinblättern können? Hm? Einen Hunderter?«

»Ich weiß nicht, Mr. Skinner – äh, möchten Sie vielleicht einen Kaffee? Ich hol' Ihnen gleich mal etwas Kaffee, ja?«

»Zu jung, um Whisky zu kaufen! Stell sich das mal einer vor!«

»Wollen Sie jetzt einen Kaffee, oder nicht?«

»Wie wär's mit ein bißchen Gras?« Er kam sich vor wie eine Boje. Auf, ab, auf, ab. Das Verbrechen war wie ein Lift. Ihr flachbäuchigen jungen Dinger mit euren ungewaschenen Haaren und euren Mordstitten, die ihr euch auch noch Blumen ins Haar steckt, ihr raucht doch alle Gras. »Herr im Himmel, Pattie Mae, irgendwas, um ein bißchen anzutörnen! Machen Sie mir doch einen Joint. Ich rauche ihn dann auf dem Scheißhaus.«

»Aber ich habe nichts dabei, Mr. Skinner. Wo sollte ich es denn haben?« Nervös sah sich das Mädchen nach dem einsamen Polizisten um, der hin und wieder durch die Menge streifte.

»Jedenfalls nicht im BH, so viel ist sicher«, lallte Philo. »Und auch nicht im Höschen. Also geh schon zu deinem Wagen raus und hol mir 'nen Joint. Nein, am besten gleich zwei.«

»Ich weiß nicht, Mr. Skinner. Was ist denn plötzlich nur mit Ihnen los, ich...«

»Los, mach schon, Pattie Mae. Geh zu deinem Wagen raus und sieh unter dem Armaturenbrett nach, oder wo ihr kleinen Grashüpfer das Zeug sonst versteckt, und bring mir was zu rauchen! Hast du gehört?«

»Ja, ist ja schon gut, Mr. Skinner.« Das würde mit Sicherheit ihre letzte Ausstellung mit diesem beknackten alten Kerl sein. Gleich morgen würde sie sich schon mal bei den anderen Zwingern umsehen. Der Terrier-King, meine Fresse! Das Hirn dieses alten Trottels bestand wohl nur noch aus Matsche.

Philo Skinner gelangte zu dem Schluß, daß er noch eine halbe Stunde Zeit hatte, bevor er mit dem nächsten Hund im Ring erscheinen mußte. Vielleicht sogar noch etwas mehr, da sich die Ausstellung in die Länge zog. Die Hände in den Taschen, eine Zigarette von seinen tabakkrümeligen Lippen baumelnd, wandelte Philo schwankend durch die Halle, wobei er jeder Betreuerin, Besitzerin oder Trimmerin unter fünfzig lüstern grinsend zuwinkte und -zwinkerte. Plötzlich war er in einer jovialen, *hilfsbereiten* Stimmung.

Eine dralle Besitzerin und eine zierliche Betreuerin waren an einem Trimmtisch in der Nähe der Tribüne gerade mit einem Malteser Terrier beschäftigt. Philo stand, die Hände in den Hosentaschen, nur da und schüttelte den Kopf.

Der Malteser wurde in Öl und Papiertücher eingewickelt, die mit Gummischnüren befestigt wurden, damit sein langes Haar nicht auf dem Boden schleifte und brach. Allerding war nicht das Fell des Maltesers das Problem. Das waren seine Eier. Eines fehlte.

»Wie meinen Sie das?« wollte die aufgebrachte Besitzerin wissen, ihre Diamantohrringe hin und her baumelnd. »Wie soll das möglich sein? Ich meine, wie soll der Hund einen Hoden verloren haben?«

»So etwas passiert immer wieder, Mrs. Dilfaunt«, erklärte ihr die Betreuerin gequält, während zwei andere Hundetrimmer an einem Paar gelangweilter Spaniels arbeiteten, die das alles schon zur Genüge kannten, um sich deshalb noch *ihre* Hoden zu kratzen.

»Passiert immer wieder? Daß man einen Hoden verliert?«

»Sie sind ein Neuling auf solchen Ausstellungen, Mrs. Dilfaunt«, bemühte sich die Betreuerin zu erklären. »Ihr Hund ist momentan monorchid.«

»Monorchid?«

»Ja. Er ist aufgeregt, nervös. Es ist seine erste Ausstellung. Er hat einfach nur einen Hodensack eingezogen, nichts weiter. Wir müssen ihm helfen, das Ding wieder auszufahren. Die Preisrichter werden dort unten hinlangen und nachfühlen, und dann müssen dort *zwei* sein.«

»Mein Gott!« kreischte die Besitzerin. »Da zahle ich also tausend Dollar für einen Hund mit nur einem Hoden.«

»Mir ging es früher genauso, wenn ich besonders aufgeregt war«, hörte sie plötzlich eine Stimme in ihr Ohr säuseln. Als nächstes roch sie ein Gemisch aus kaltem Schweiß und Tabakatem und starrte in die verschwommenen, trunkenen Augen eines hageren Fremden mit blauschwarzem Haar. »Sie brauchen nur meine Schwanzspitze zu kitzeln, und schon kommt *mein* Säckchen zum Vorschein!«

»Aufseher!« kreischte die Frau, während Philo sich gemächlich durch die Menge davondrückte und dabei vor sich hin kicherte.

Als Pattie Mae zurückkam, steckte sie ihre Hand heimlich in Philos Jackentasche und flüsterte noch ganz außer Atem: »Der eine ist Kolumbia-Gold, der andere Maui Wow-ee.«

»Maui Wow-ee!« brüllte Philo los, so daß der ängstliche Whippet gleich sein drittes Geschäft verrichtete.

Und während in der Los Angeles Memorial Sports Arena Scharen von Gläubigen kamen und gingen, begannen noch größere Massen – wenn auch nicht unbedingt gläubiger – allmählich die unzureichenden Zufahrtsstraßen zur Rose Bowl in Pasadena zu verstopfen. Es war ein strahlender, frischer Football-Tag, wie er perfekter nicht hätte sein können. Und wenn Philo Skinner bis vor kurzem auch zehnmal nervöser gewesen war als die gesamte Angriffslinie der Minnesota Vikings, fühlte er sich doch im Moment ganz gut. Philo überließ die Hunde der Obhut Pattie Maes und schlenderte zwischen den außerhalb der Halle gelegenen Ringen umher, um sich die Hunde näher anzusehen. Er hatte zwei Joints in seiner Tasche.

Er gesellte sich zu einer Gruppe von nägelkauenden Apportierhundbesitzern, um ein kleines Experiment zu versuchen. Absichtlich steckte er sich mit dem heruntergerauchten Stummel seiner Camel einen Joint an. Dann stellte er sich, die Hände in den Hosentaschen, mitten unter sie und rauchte, vor sich hin kichernd, den Joint bis auf einen winzigen Stummel herunter. Einmal tippte er einem Mann in einer Wildlederjacke auf die Schulter und sagte: »Ihr Betreuer stellt den Hund auf ein kleines Rasenstück. Er sollte ihn aber nicht so schräg stehen lassen. Der Hund hat sowieso eine leicht abfallende Rückenlinie, und das wird, wenn der Hund leicht abschüssig steht, nur noch verstärkt.«

Der Mann in der Wildlederjacke wandte sich Philo zu, sah ihm direkt in die Augen und sagte: »Dieser Hund ist *vollkommen*, mein Herr.« Darauf wirbelte er wieder herum, um mit dem Rest der Nägelkauer die Preisrichter bei ihrer Arbeit zu beobachten. Philo grinste. Der Kolumbia-Gold-Joint hing ihm lässig vom Mundwinkel. Aber niemand merkte etwas. Verdammt, es machte richtig *Spaß*, ein Gesetzesbrecher zu sein.

Seinen Maui Wow-ee paffte Philo, während er die Deutschen Schäferhunde begutachtete. Noch nie hatte er eine Hundeausstellung so komisch gefunden. Eine Preisrichterin, die mindestens so groß war wie Philo, aber wesentlich kräftiger gebaut, heizte den älteren Betreuern ordentlich ein. Es sah ganz so aus, als machte ihr das Ganze ebensoviel Spaß wie Philo. Sie ließ sich einfach nicht zufriedenstellen. Immer wieder hetzten sie um den Ring, so daß die Zungen der Betreuer bald länger waren als die ihrer Schäfer. Philo konnte sich nicht mehr beherrschen. »Bravo, altes Mädel!« brüllte er. »Laß die Burschen mal ein bißchen ins Schwitzen kommen.«

Und dann merkte es zum erstenmal jemand. Ein Halbwüchsiger drehte sich plötzlich in der Menge um, blickte den ausgemergelten Betreuer an und sagte: »Hey, der Typ raucht ja Gras!«

Aber es war bereits zu spät. Unser frischgebackener Outlaw schlängelte sich bereits wieder, den Joint in seiner gewölbten Handfläche versteckt, kichernd durch die Menge davon.

Als Philo sich wieder seinem Platz näherte, sah er eine dicht gedrängte Gruppe von Trimmern und Betreuern, die neben einer heulenden Dänischen Dogge auf dem Boden knieten.

»Das ist *Ihre* Schuld«, schimpfte die Besitzerin.

»Das ist *nicht* meine Schuld, Mrs. von Geldt. *Sie* hatten den Hund die ganze Woche bei sich.«

»Es ist *meine* Schuld«, winselte ein junger Trimmer. »Ich hätte es merken müssen.«

»Ich werde mich nach einem anderen Zwinger umsehen«, drohte die Besitzerin.

»Das ändert doch jetzt nichts mehr. Geben Sie mir doch wenigstens eine Chance...«

»Gibt es hier irgendwo einen Arzt«, kreischte die Besitzerin.

Einer plötzlichen Laune folgend, trat Philo auf die Gruppe zu und stellte sich vor: »Ich bin Doktor Skinner; was kann ich für Sie...«

Bevor er jedoch noch zu Ende sprechen konnte, erkannte er den älteren Betreuer, der neben dem anderen kniete.

»Hallo, Philo«, begrüßte ihn der ältere Betreuer, der innerhalb der Hundewelt ein weithin bekannter alter Hase war, womit Philo natürlich der Spaß verdorben war. »Zusammengepreßte Analdrüsen.«

Und dann faltete Philo Skinner, bis oben hin voll mit Bourbon und Marihuana und auf alles andere scharf, als im Arsch einer Dänischen Dogge herumzufummeln, sein schlaksiges Gestell zusammen und kauerte neben dem riesigen Hund zu Boden. Er konnte einfach kein Tier leiden sehen.

»Ich dachte erst, er hätte Würmer, wie er immer auf seinem Hinterteil herumgerutscht ist«, winselte die Besitzerin.

»Ich glaube, es ist erst heute passiert«, meinte der alte Betreuer. »Seine Augen machen noch einen recht guten Eindruck.«

»Ja«, nickte Philo und machte sich, ohne jemand um sein Einverständnis zu fragen und selbst wie ein Hundearsch stinkend, am After der Dogge zu schaffen. Vorsichtig, ganz vorsichtig tastete er sich mit Daumen und Zeigefinger vor, bis er sich sicher war, hinter die Drüsen vorgedrungen zu sein. Der Hund bellte los, als Philo zudrückte und seine Hand wieder zurückzog, so daß das Sekret wieder durch den Anus fließen konnte. Das Zeug stank schlimmer als Philo Skinners Achselhöhlen.

»Waschen Sie ihn gründlich, dann kommt er wieder ganz in Ordnung«, meinte Philo.

»Geschickte Finger, Philo«, grinste der alte Betreuer, »immer noch die geschickten Finger.«

Aber Philo war bereits wieder aufgestanden und hechtete zur Seite, als finge er einen Kenny-Stabler-Paß. »*Lange* Finger!« rief Philo übermütig. »Pfoten wie Fred Biletnikoff!«

Nachdem er seinen Touchdown erzielt und sich seine tollen Hände gewaschen hatte, kehrte er wieder zu der aufgeregten Gruppe zurück, die den After der Dänischen Dogge säuberte und trockenfrottierte. Die erleichterte Besitzerin, die eine Nelke im Haar trug, hatte ihm den Rücken zugewandt. Ein Hauch von Schweiß und Tabakgeruch streifte ihre Nase, als auch schon eine Stimme loskrächzte: »Falls Sie mal mit *Ihren* Analdrüsen Probleme haben sollten, Gnädigste...«

Und im nächsten Augenblick war er auch schon auf und davon. Das war vielleicht ein Tag heute. Bei Gott, die Welt der Hundeausstellungen würde Philo Skinner mit Sicherheit vermissen!

»Mr. Skinner«, empfing ihn Pattie Mae kopfschüttelnd, als er wankend an seinen Arbeitsplatz zurückkehrte. »Sie haben wohl das Gold geraucht.«

»Weißt du, Pattie Mae, um einmal die Wahrheit zu sagen: Ich habe bisher eigentlich nie Gras gemocht. Aber vielleicht ändert sich das in Zukunft ein wenig.« Und mit einem herzhaften Klaps auf ihren Hintern fügte er hinzu: »Ich wußte doch, daß du kein Höschen anhast!«

»Mr. Skinner, ich weiß nicht, wie Sie den Dandie vorführen wollen.«

Er sah sich die Hunde in den Trainingsgehegen an. Sie hatte sie hervorragend getrimmt. Philo Skinner war sich im klaren, daß er kaum bessere Arbeit hätte leisten können.

»Du hast es wirklich in den Händen, meine Kleine«, lobte er sie ganz ernsthaft, »das muß man dir wirklich lassen, und Philo Skinner ist nicht gerade der Mann, der ständig mit Komplimenten um sich wirft.«

Darauf setzte er sich in den Regisseurstuhl, rauchte eine Zigarette und lauschte dem summenden Getriebe der Menge und der nie verstummenden Stimme über das Lautsprechersystem: »Aufseher, Ring neun. Aufseher, Ring vier. Aufseher, ...«

Endlos. Es war endlos. Die Welt war ein einziger Haufen Scheiße. Da waren diejenigen, die sie fallen ließen, und diejenigen, die sie wegputzten. Philo Skinner hatte jedenfalls allmählich genügend Scheiße weggeschaufelt, und jetzt war es langsam Zeit, daß jemand anderer drankam. Plötzlich wurde er sehr deprimiert und hätte am liebsten zu weinen begonnen. Diese ganze Scheißwelt. Nichts als ein riesiger Berg Scheiße.

In diesem Augenblick hörte er eine andere Menschenmenge applaudieren. Verdutzt sah er zu dem Betreuer neben sich hinüber, der gerade an seinem Fernsehgerät herumdrehte. Herr im Himmel, für eine Weile hatte er es ganz vergessen. Dieses verdammte Gras brachte einem doch das Hirn ganz schön zum Kochen. Jeden Augenblick würde die Super Bowl beginnen! Philo Skinner schlug das Herz bis zum Hals. Er steckte sich seine einundsechzigste Zigarette an.

Dank eines unglücklichen Zufalls mußten in Ring acht die Dandies genau fünf Minuten vor dem Anstoß zur Super Bowl XI vorgeführt werden. Philo Skinner stand da wie ein Scheintoter und lugte zwischen den Haaren eines Englischen Schäferhunds auf einem Trimmtisch hindurch, um den Bildschirm des kleinen Fernsehers beobachten zu können.

»Mr. Skinner.« Pattie Mae zupfte ihn am Arm. »Mr. Skinner, es ist Zeit. Sie müssen den Dandie jetzt vorführen.«

»Später«, murmelte er nur, seine Augen wie gebannt auf den Bildschirm geheftet.

»Mr. Skinner! Es ist höchste Zeit!«

Darauf wandte er seine von den Drogen geweiteten Augen dem aufgeregten Mädchen zu und sagte: »Was soll's, Pattie Mae. Wieso nicht gleich. Führ du den Dandie vor.«

»Ich? *Ich* soll den Dandie vorführen?«

»Ja, du.«

»Ich?«

»Jetzt mach nicht so ein Theater. Du warst doch schon auf genügend Ausstellungen.«

»Ja, als Zuschauer.«

»Jetzt stell dich nicht so an und führ schon den Dandie vor!« Philo schwankte unter dem Einfluß des Bourbon und des Marihuana hin und her. »Führ den Köter schon vor, oder mach meinetwegen mit dem Vieh, was du willst. Ist mir völlig egal, was du mit dem Köter machst. Nur laß mich in Frieden.«

»Mr. Skinner, ich gehe morgen. Ich werde nicht mehr für Sie arbeiten.«

»Das ist echt witzig. Meine Herren, ist das witzig«, krächzte Philo und brach dann in einen Lachanfall aus, der mindestens zehn Gramm schwarzen Schleim zutage förderte. Pattie Mae wurde fast übel, als Philo ihn wieder in sein Taschentuch spuckte. »Ich werde morgen auch nicht mehr für mich arbeiten.«

»Wie bitte?«

»Schon gut, schon gut. Los, und jetzt führ diesen Scheiß-Dandie vor. Das ist eine gute Übung für dich.«

Bis zu diesem Zeitpunkt war Mrs. Dexter Berryberry mit dem Verlauf der Ausstellung vollauf zufrieden gewesen. Und nun kam der große Augenblick, auf den sie schon die ganze Zeit gewartet hatte. Sie hatte für sieben Mitglieder ihres Bridge-Clubs Eintrittskarten besorgt. Die standen nun aufgeregt schnatternd auf der Tribüne und warteten, daß der Beryberry-Dandie vorgeführt wurde. Doch mit einemmal breitete sich Besorgnis in Mrs. Berryberrys Miene aus. Wo, zum Teufel, steckte Philo Skinner? Sie zählte einen, zwei, *acht* Dandies. Und der vierte sah aus wie ihre Pretty Pennie, aber wer, zum Teufel, war diese Kleine mit diesen Mordstitten, die ihre Pretty Pennie an der Leine führte?

Mrs. Dexter Berryberry war nicht mehr zugegen, als ihr Bridge-Club höflichen Applaus für Pretty Pennie of Hancock Park spendete. Wie von der Tarantel gestochen schoß sie die Aufgangstreppe zur Tribüne hinunter und suchte in der Menge nach diesem miesen, hinterhältigen Dreckskerl von Philo Skinner. Außer in den kleinen Grüppchen von Sportbegeisterten, die sich um die verschiedenen Fernsehgeräte drängten, sah sie überall nach.

Währenddessen sorgte in Ring Nummer acht Pattie Mae für einiges Aufsehen. Vielleicht nicht unbedingt bei allen Anwesenden, aber doch mit Sicherheit bei Landon McWhorter, dem sechzigjährigen Preisrichter, dem fast die Augen aus den Höhlen traten, als das schmuddelige Mädchen in den Ring gehopst kam. Während er die anderen Betreuer ausnahmslos nur eine Runde drehen ließ, kam die arme Pattie Mae, die auf ihren Zwanzig-Zentimeter-Clogs durch die Gegend joggte, kaum mehr zur Ruhe. Das Grinsen des alten Landon wurde mit jedem Hopser von Philos Lehrmädchen breiter, worauf er Pattie Mae noch ein L gehen ließ, und als auch das noch nicht genug war, ein T. Er hetzte sie dermaßen herum, daß sich ihr Wickelrock schon allmählich aufzuwickeln begann.

Im Gegensatz zu den meisten Preisrichtern blieb er nicht an Ort und Stelle stehen, wenn sie sich von ihm wegbewegte, sondern heftete sich ihr auf die Fersen, wobei er hektisch auf seinem Schreibbrett herumkritzelte. Was dabei herauskam, las sich etwa folgendermaßen: ›Bruststück flach und muskulös. Sprunggelenk ausgeprägt und gut geformt. Kniegelenk herrlich!‹ Und der Hund war auch nicht schlecht.

Mrs. Dexter Berryberry sollte Philo Skinner nie zu Gesicht bekommen, wie er vor einem dieser tragbaren Fernseher auf dem Boden hockte und seine achtundsechzigste Zigarette rauchte. Als sie wieder zu ihrem Platz auf der Tribüne zurückkehrte, war ihr Bridge-Club geschlossen aufgestanden, um ihr zu ihrem Sieg zu gratulieren. Sie nahm die Huldigung gnädig entgegen, wobei sie sich gleichzeitig im Geiste eine Notiz machte, Philo eine Sonderprämie dafür auszuzahlen, daß er ein kleines Täubchen aufgetrieben hatte, dessen Brüste groß genug waren, den alten Landon McWhorter wieder zu neuem Leben erwachen zu lassen.

Um 13.20 Uhr, zu Beginn des ersten Viertels der Super Bowl XI, gelangte Philo Skinner – er wurde allmählich wieder etwas nüchterner – zu dem Schluß, daß er genug von dem Ganzen hatte. Er begann, seine Sympathien den Minnesota Vikings zu schenken! Er wollte nur noch seine Spielschulden begleichen. Er war ein Hundebetreuer, und dazu noch ein Meister seines Fachs. Bei eingehenderer Betrachtung der möglichen Alternativen hatte er gar nicht einmal so ein schlechtes Leben. Er schwor sich, nie wieder auf ein Pferd oder ein Football-Spiel zu setzen, wenn es die Vikings schaffen sollten. Leb wohl, Puerto Vallarta! Mit seinem Pech wäre er wahrscheinlich sowieso schon nach seinem ersten Kopfsalat an Montezumas Rache gestorben. Oder er hätte sich in irgendeinem mexikanischen Puff einen Tripper geholt, so daß ein Schwarm von Streptokokken sein Blut verseucht und sein Gehirn zerfressen und... Also, strengt euch mal ein bißchen an, ihr Vikings!

Aber um 13.26 Uhr erzielte Earl Mann für die Oakland Raiders ein Tor.

»Mr. Skinner, wir haben *gewonnen!*« kreischte Pattie Mae und warf sich Philo an den Hals. Zum erstenmal bekam er von ihr einen Kuß auf die Backe. »Wir haben *gewonnen*, Mr. Skinner! Der Dandie hat gewonnen!«

»Großartig, meine Kleine, wirklich toll«, lobte sie Philo. »Wie wär's, wenn du gleich noch den Bullterrier fertig machen würdest? Er ist als nächster dran.«

»Aber sicher, Mr. Skinner. Ich bin ja so aufgeregt. Am Ende gewinnen wir noch die Rassengruppe. Und das bei meiner ersten Ausstellung!«

»Was hältst du davon, Schätzchen. Willst du nicht auch noch den Bullterrier vorführen?«

»Ob ich das möchte? Und *ob* ich das möchte.«

Und weg war sie. Sie rannte auf den Trimmtisch zu, um dem Hund mit einem bißchen Stärke noch den letzten Schliff zu verpassen.

Um 13.42 Uhr erzielten die Oakland Raiders auf einen Paß von Kenny Stabler ein weiteres Tor.

»Mein Gott«, stöhnte Philo Skinner. Zu seinen Füßen hatte sich inzwischen ein erheblicher Haufen von Zigarettenstummeln angesammelt.

»Aufseher, Ring zehn. Aufseher, Ring fünfzehn, Aufseher...«

Es lief alles ganz schön beschissen. Er würde von der rechten Bahn abweichen müssen. Und zwar so sicher, wie auf diesen Schaufeln Scheiße lag. Es war Philo Skinners Schicksal. Es gab nichts, was er daran hätte ändern können. Ihm blieb keine Wahl. Das Schicksal hatte es so gewollt. Und Philo Skinner hatte nicht mehr Schwierigkeiten, diese deterministische Philosophie hinzunehmen, wie Tausende von Kriminellen vor ihm. Sein Geschenk lag in Fortunas Händen – oder besser in den Händen dieses bärtigen, linkshändigen Quarterback.

Acht Minuten später stand es 17:0 für Oakland, und Philo Skinner nickte grimmig. Es war völlig sinnlos, noch länger zu warten. Die Entscheidung war längst gefallen.

»Aufseher, Ring fünfzehn. Aufseher, Ring acht. Aufseher...«

Mit dem Staffordshire Bullterrier ging es Pattie Mae weniger gut. Die Preisrichterin, eine sechsundvierzigjährige Schreckschraube, deren Titten dreimal so groß waren wie die von Pattie Mae, zeigte sich nicht im geringsten beeindruckt.

»Die hat uns nicht die geringste Chance gegegeben«, schluchzte Pattie Mae, während Philo Skinner mit vor Anspannung weißen Lippen in seinem Regisseurstuhl saß, Kaffee trank und sich innerlich auf die Dinge, die da kommen sollten, vorbereitete.

»Da kann man nichts machen. Das kann jedem mal passieren.«

»Ich hab' mich so bemüht, aber sie hat uns nicht ein einzigesmal angesehen, Mr. Skinner.«

»Schon gut, Pattie Mae, mach dir deswegen mal keine Sorgen«, tröstete sie Philo Skinner.

»In Nummer sieben können jeden Augenblick die Schnauzer drankommen, Mr. Skinner.«

»Die Schnauzer?«

»Ja, die Schnauzer.« Fragend blickte das Mädchen Philo an, der sich gerade mit einem Papiertaschentuch die Augen wischte. Dann deutete sie auf Tutu im Trainingskäfig.

»Ach so, die sind ein bißchen spät dran. Mach den Hund fertig, ich werde dir noch ein bißchen etwas über Zwergschnauzer erzählen. Und mach dir vor allem wegen vorhin keine Sorgen mehr.«

»Ich werd's versuchen«, schniefte sie.

Jetzt war er wider ganz der alte Philo Skinner, der Terrier-King. Von dem Gras und dem Whisky war er zwar immer noch leicht benommen, aber immerhin bekam er jetzt die Dinge wieder in den Griff. Es gab kein Zurück mehr. Gegen diesen Dreckskerl Kenny Stabler mit seinen verfluchten Pässen war offensichtlich kein Kraut gewachsen. War das Philo Skinners Schuld? War es *seine* Schuld, daß Jim Marshall und Alan Page die Angriffsreihe von Oakland nicht durchbrechen und diesen Scheißtypen mit seinen Koteletten nicht festnageln konnten? Herr im Himmel, die Vikings waren einfach zu alt. Zu *alt!* Diese ganze Scheißwelt war zu alt! War *das* Philo Skinners Schuld?

»Also gut, Pattie Mae, ich werde dir jetzt noch ein bißchen über Schnauzer erzählen, während wir den Hund hier fertig machen.«

»Großartig, Mr. Skinner«, schniefte das Mädchen, das allmählich seiner Enttäuschung wieder Herr wurde. »Übrigens, wem gehört das Tier eigentlich?«

»Was meinst du?« erwiderte er rasch.

»Ich meine, wem gehört der Hund eigentlich? Wie kommt es, daß wir ihn heute vorführen sollen? Er ist doch keiner von unseren Hunden, oder? Wie heißt er denn überhaupt? Und ist er im Ausstellungskatalog aufgeführt?«

»Meine Güte, Pattie Mae, du hast aber viele Fragen«, meinte Philo und steckte sich eine Zigarette an. Allmählich bekam er seine Hände wieder unter Kontrolle. »Ist das nicht ein herrlicher Hund? Ein richtiger kleiner Tiger. Schnauzer sollten nie süß ein. Aggressiv und immer am Knurren, so gehört es sich für einen Spitzenhund. Und weißt du auch warum?«

»Warum, Mr. Skinner?«

»Früher wurden Schnauzer mal als Rattenhunde verwendet. Richtig zähe, kleine Viecher. Über die konnte ein ganzes Bataillon Ratten herfallen, und am Schluß hatten sie doch keine Chance gegen so einen kleinen Teufelskerl. Hast du dich jemals gefragt, weshalb sich diese Viecher eigentlich so kurz scheren lassen? Wir rupfen sie ja wie ein Hühnchen, und es macht ihnen nichts das geringste aus. Die Nervenenden reichen bei diesen Hunden nämlich nicht bis an die Hautoberfläche. Das ist auch der Grund, weshalb man die doppelfelligen Hunde nicht so trimmen kann. Trimm mal das Fell *und* die flauschige Wolle darunter. Probier das mal mit einem Pudel oder Afghanen. Probier das nur mal!«

Philos Hände arbeiteten so rasch und flink wie die eines Berufsspielers beim Kartenausteilen. Er schnitt, trimmte, kämmte. Pattie Mae vergaß fast, daß er nicht eine einzige ihrer Fragen beantwortet hatte.

»Manchmal kriegen diese Schnauzer kein gescheites Fell zusammen«, bemerkte Philo, als er eine fast mikroskopisch kleine Wimper entdeckte, die aus dem Dreieck der zerzausten Augenbrauen hervorragte. »Manchmal wächst ihnen einfach kein anständiges Fell, und dann bleibt einem nichts anderes übrig, als sie, so gut es geht, zurechtzustutzen und bis zum nächstenmal zu warten.«

Tutu zuckte nicht mit einer Wimper als Philos Schere vor ihren herrlichen braunen Augen vorbeifuhr. Tutu vertraute Philo vorbehaltlos.

»Sieh dir mal diese Brauen an, Pattie Mae«, sagte Philo in ehrlicher Bewunderung für den Kopf des kleinen Schnauzers. »Fast wie richtiges Silber. Das wäre doch etwas für deine Aussteuertruhe, Pattie Mae. Hast du überhaupt eine Aussteuertruhe?«

»Was ist denn eine Aussteuertruhe, Mr. Skinner?«

Meine Güte. Diese Dinger sind alle noch so jung. *Jung!*

»Diese verdammten Kerry blues machen den Schnauzern bei den Wettbewerben ganz schön zu schaffen«, bemerkte Philo, während seine Blicke zu dem Ring schweiften, wo er diesen Schnauzer *nicht* vorführen würde. »Manche Leute mögen Kerry blues lieber, aber mir geht einfach nichts über einen Schnauzer. Mit den Tieren kann man wirklich arbeiten, das kannst du mir glauben. Das sind nicht so verwöhnte Schoßhündchen. Die folgen. Aber man muß erst einmal lernen, wie man mit der Leine umgeht, damit diese kleinen Tiger *folgen*. Wie ein kleines Dressurpferd. Sieh dir einmal diese herrliche Hündin an!«

»Das ist der schönste Schnauzer, den ich je gesehen habe, Mr. Skinner.«

Der zweitschönste, dachte Philo. Der *zweit*schönste. Den schönsten wirst du später noch sehen. Etwa zu dem Zeitpunkt, da Fran Tarkenton in der Kabine auf seinem fetten Arsch sitzen und sich fragen würde, wie das alles eigentlich gekommen war. Du wirst den *schönsten* vor dir haben und ihn sogar berühren, ohne es freilich zu merken! Philo ging es inzwischen wieder wesentlich besser, so daß er sogar einen Blick in den Ausschnitt von Pattie Maes Bluse riskierte, als diese sich über den Rücken des Schnauzers beugte, um ihm die Hinterbeine zu kämmen.

»Der Hund hat wirklich herrliche Beine, schnurgerade«, bemerkte das Mädchen voller Bewunderung für die kräftigen, silbrig schimmernden Hinterbeine, die so getrimmt waren, daß die kleinen schwarzen Krallen kaum zu sehen waren. »Ich mag die Schnauzer auch lieber. Die haben einfach...«

»Mehr Charakter«, sprach Philo Skinner für sie weiter. »Du magst wohl Hunde mit Charakter und Männer mit Charakter. Keine Schlappschwänze, was, Pattie Mae. Richtige Männer. Na, Pattie Mae?«

»Sicher, Mr. Skinner«, seufzte das Mädchen mit einem genervten Blick auf Philo Skinner. Ein Meter siebenundachtzig, fünfundsechzig Kilo in voller Kleidung. Haare wie ein verwahrloster Otterhund, gefärbt wie bei einem Kerry blue, eine Brust wie ein Cocker Spaniel, Beine wie ein Whippet und Triefaugen wie ein Beagle. Und das alles roch im Moment wie eines von diesen Fässern mit Scheiße, welche die Aufseher in der Arena aufsammelten. Ein *richtiger* Mann, Mr. Skinner. Meine Fresse!

»Aufseher, Ring Nummer eins. Aufseher, Ring Nummer vierzehn. Aufseher...« Inzwischen war die Stimme bereits am Singen. »Aufseher, Ring Nummer neun.« Es hätte fast in Latein sein können. »Aufseher, Ring Nummer zwölf.« Heil dir, Boxer, voll der Scheiße. Alter und Scheiße! Philo wollte weinen. Eine Kirche, bis zur Kuppel voll Scheiße! Eine Hundekathedrale voll Hundescheiße!

»Wem, haben Sie gesagt, gehört dieser Schnauzer gleich wieder, Mr. Skinner? Wie heißt er? Woher...?«

»Hier«, sagte Philo und drückte dem Mädchen rasch die Schere in die Hand. »An einem der Hinterbeine ist ein Haar, das einen Millimeter zu lang ist. Sieh mal zu, ob du es findest, und dann schneid es ab. Adlerauge Skinner hat es gesehen.«

Und als sie die Schere nahm, ließ er seine Hand gegen ihre linke Brust fallen, so daß seine Knöchel über ihre Brustwarze glitten.

Herr im Himmel, der und Adlerauge, dachte sie. Dieser muffelnde alte Knacker!

Allmählich durfte er sich wirklich etwas einfallen lassen. Sie hatte ihm bereits genügend auf den Zahn gefühlt, um mißtrauisch zu werden. »Dieser Hund, er, äh, weißt du, ich habe da eine Kundin. Öl. Eine Menge Öl. Sie ist nach Tulsa gezogen, um näher bei ihren verdammten Bohrtürmen zu sein. Habe ich dir je gesagt, wie ein cleverer Betreuer einem reichen Kunden ohne große Schwierigkeiten zu einem Champion verhelfen kann?«

»Nein«, antwortete sie, während sie die Hinterbeine des Schnauzers Zentimeter für Zentimeter nach dem etwas zu langen Haar absuchte, auf das er sie aufmerksam gemacht hatte. Wo war dieses blöde Ding nur?

»Weißt du, Pattie Mae, ich kann einen Hund nehmen und mir ein paar Wettbewerbe in Iowa oder Oklahoma aussuchen, wie ich einmal in Oregon für eine Kundin einen Lakeland Terrier vorgeführt habe. Wir haben in fünf Tagen fünf Wettbewerbe mitgemacht, und ich habe alle fünfzehn Punkte eingeheimst und Mammi einen stolzen Sieger präsentiert. Wir sind in einem Lear Jet nach Hause geflogen! In Mammis eigenem kleinen Privatflugzeug! Weil Daddy so ein knausriger alter Knacker war, steckte sie mir von ihrem eigenen Bankkonto so ganz beiläufig auch noch tausend Dollar zu. Vielleicht sollte ich hinzufügen, daß sie mir auch noch etwas anderes zuzustecken versuchte.« Damit verpaßte Philo Pattie Mae einen weiteren Klaps auf den Hintern.

Sie hat tatsächlich kein Höschen an, dachte Philo mit einem Seufzer.

Abartiges Arschloch! dachte Pattie Mae mit einem Seufzer.

»Ach ja, Pattie Mae«, fuhr Philo fort, »diese Alte, die nach Oklahoma gezogen ist, rief mich also an und fragte mich, ob ich ihren Schnauzer vorführen könnte. Sie hatte ihn bei einer Schwägerin in Malibu. Da sie eine alte Kundin von mir ist, erklärte ich mich einverstanden und fuhr nach Malibu raus, um den Hund abzuholen, und hier ist er jetzt.«

Philo Skinner machte eine Pause, steckte sich eine Zigarette an und trat etwas vom Trimmtisch zurück. Er hielt Tutus Kinn hoch und sagte: »Weißt du was? Ich glaube immer noch nicht, daß man den Hund schon vorführen kann. Sein Fell ist einfach noch nicht ganz in Ordnung. Ich will den Hund heute noch auf keinen Fall vorführen.«

»Mr. Skinner! Ich bin zwar kein Experte, aber...«

»Vergiß das nicht!« schnauzte Philo sie an.

»Ja, aber ich finde trotzdem, daß das der schönste Zwergschnauzer ist, den ich je gesehen habe! Meiner Ansicht nach ist sein Fell absolut in Ordnung, Mr. Skinner.«

»Für dich, Pattie Mae, für *dich*. Hast du eigentlich dieses Haar an den Hinterbeinen gefunden?«

»Noch nicht«, erwiderte sie und beugte sich tiefer zu dem geduldigen Hund hinab, um ihn an der Vorderpfote zu packen. Tutu hechelte und sah zu Philo auf. Voller Bewunderung.

»Noch nicht«, schnaubte Philo. »Und du denkst, du wüßtest, wann man einen Schnauzer vorführen kann? Gib mal die Schere her!«

Und damit entriß Philo der Hand des Mädchens die Schere und schnippte vom linken Hinterbein ein nichtexistentes Haar ab. »*Deshalb* gehst du bei mir in die Lehre. Um zu lernen. Um vom Terrier-King der Westküste zu lernen. Dieser Schnauzer ist noch *nicht* fertig, und es ist absolut im Interesse meiner Kundin, wenn ich den

Hund noch nicht vorführe. Mein Gott, es gibt noch tausend andere Hundeausstellungen, bei denen dieser Schnauzer hier mitmachen kann und die er auch gewinnen kann. *Wenn* er soweit ist.«

»Sie müssen das natürlich am besten wissen, Mr. Skinner.«

»Das kannst du mir allerdings glauben, Kleine«, pflichtete ihr Philo Skinner bei. Er streckte seine Hand nach dem Mädchen aus und kitzelte sie kurz unter dem Kinn, um seine Hand neuerlich herabfallen und über ihre Brust streifen zu lassen. »Du hast deine Sache heute wirklich gut gemacht. Wer weiß? Vielleicht gewinnst du mit dem Kerl sogar noch die Terriergruppe.«

Etwa zum selben Zeitpunkt, da die Zwergschnauzer an jenem Nachmittag in den Ring trotteten, war auch das Schicksal der Minnesota Vikings besiegelt. Pattie Mae stand am Ring direkt neben Philo Skinner, der eine Zwergschnauzerhündin namens Victoria Regina von Pasadena keinen Moment aus den Augen ließ.

»Sieh dir nur diesen Hund einmal an!« stieß Philo Pattie Mae an, deren Füße allmählich ganz schön schmerzten und die nichts sehnlicher wünschte, als endlich nach Hause gehen zu können.

»Ein herrliches Tier!« meinte er. »Gerade Beine. Der Schwanz nicht zu niedrig. Ein herrlicher Hals. Ich möchte wetten, der Hund hat bis zur Nase 34 Zentimeter. Gegen den hätte unser Schnauzer keine Chance gehabt. Das ist ein echter Champion.«

»Kann schon sein«, antwortete das Mädchen, wobei es tunlichst Philos Tabakatem aus dem Weg ging.

»Ich habe noch nie einen schöneren Zwergschnauzer gesehen«, sinnierte Philo. »Schau nur, wie diese zwei ersten Schnauzer paddeln. Allmächtiger, Schnauzer sollten doch wirklich nicht daherpaddeln wie ein bescheuerter Pudel.«

Dann plötzlich Tumult. Jemand schrie nach dem Stock. Hundewettbewerbe sind ein Sport für feine Leute.

»Seht euch diesen Dreckskerl an! Den Stock!«

»So eine Unverschämtheit!«

»Was bildet der sich überhaupt ein!«

»Dem gehört wirklich ein kräftiger Tritt in seinen verschimmelten Arsch. Das ist ja wirklich die Höhe.«

»Den Stock!«

»Was ist denn los, Mr. Skinner?« wollte Pattie Mae wissen.

Die Leute von den umliegenden Trimmtischen stürzten laut lärmend auf den Ring zu. Die Hunde blieben jedoch gelassen sitzen oder versuchten, inmitten all dieses Aufruhrs zu schlafen. Einige nuckelten an ihren Hoden, andere leckten an ihrem Geschlechtsteil oder schnappten nach imaginären Flohbissen. Das Jucken war jedoch auf die Nervosität der menschlichen Wesen zurückzuführen, die auf die Hunde einen ähnlichen Effekt ausübte wie Brennesseln.

Auf der Santa Barbara Avenue war schwach das Geräusch einer Sirene zu hören. Die Polizei jagte einen Betrunkenen aus Minnesota in einem Hertz-Mietwagen. Überzeugt, daß seine Vikings im Los Angeles Coliseum die Scheiße aus diesen Arschlöchern aus Oakland herausprügelten, kurvte er um das Stadion herum. Allerdings hatte er damit das richtige Stadion und den tatsächlichen Spielstand um ganze zwanzig Kilometer und achtzehn Punkte verfehlt. Die Sirenen brachten die Hunde zum Heulen, obwohl Pattie Mae dachte, die Tiere hätten sich den lauthals nach dem Stock schreienden Menschen angeschlossen. Jedermann fiel in den Gesang ein.

»Er hat nach dem Stock gerufen! Dieser Scheißkerl!«

Selbst Pattie Mae fing zu brüllen an: »Er hat nach dem Stock gerufen, Mr. Skinner!« Sie wurde von der allgemeinen Hysterie mitgerissen. »Dieser miese Dreckskerl hat nach dem Stock gerufen!«

»Weißt du überhaupt, was der Stock ist, Pattie Mae?« fragte Philo.

»Nein.«

»Also dann beruhig dich um Himmels willen erst einmal, damit ich es dir erklären kann.«

Bei dem Lärm war es allerdings gar nicht so einfach, sich zu unterhalten.

Die Leute schrien wie wild durcheinander, die Sirenen heulten, und auch einige der Hunde im Ring fingen an, unruhig zu werden. Insbesondere traf das auf ihre Eingeweide zu.

»Aufseher, Ring Nummer eins. Aufseher, Ring Nummer vier. Sind noch Aufseher beim Mittagessen? Alle Aufseher in die Ringe!«

»Was ist denn nun der Stock, Mr. Skinner?« fragte Pattie Mae, als die Tiere und Menschen allmählich wieder zur Ruhe kamen.

»Siehst du den dritten Mann dort im Ring? Der mit dem rotgefärbten Haar?«

Ja, gefärbtes Haar, dachte Pattie Mae.

»Dieser Typ mit den gefärbten Haaren ist ein Anästhesist aus Laguna Beach. Ein alter Fuchs, dem man nichts vormachen kann. Er hat wegen des Schnauzers, den Billie Jefferson vorführt, nach dem Stock gerufen. Siehst du den Hund? Den dritten rechts vom Preisrichter? Na ja, er könnte vielleicht ganz knapp unter dreißig Zentimeter sein, und dieser Typ, das kannst du mir glauben, hat das absolute Gespür dafür, wenn ein Schnauzer kleiner als dreißig Zentimeter ist. Ich kenne niemanden, der so oft wie er nach dem Stock gerufen hat. Früher haben sie sie unter einem Tor durchgehen lassen wie beim Crocket. Der arme Billie. Der Hund hat sicher keine dreißig Zentimeter. Er wird sicher disqualifiziert werden, und Billie weiß das. Der arme Teufel. Er ist schon länger als ich in diesem Geschäft. Da hilft er nun ein bißchen nach, um seine Schäfchen ins Trockene zu bringen, und dann kommt so ein reicher Doktor aus Laguna daher und ruft nach dem Stock. Der arme Teufel. Ich möchte wetten, Billie würde am liebsten diesen Scheißdoktor unter das Tor stellen und mit seiner miesen, gefärbten Scheißbirne Crocket spielen. Der arme Billie. In unserem Geschäft sind die Brötchen ja wirklich nicht sehr leicht verdient, Pattie Mae.«

»Aber wenn man Hunde gern mag, Mr. Skinner...«

»Hunde gern mag«, wiederholte Philo und blickte sehnsüchtig nach Ring Nummer sieben. Seine *letzte* Hundeausstellung. »Ja, ich habe sie immer gemocht. Das kann man wirklich sagen. So lange ich denken kann. Sogar als ich noch ein windiger, hungriger kleiner Kerl war, der selbst nicht genügend zu essen hatte, habe ich doch immer noch irgend so einem verdammten Hund etwas abgegeben. Heute bin ich ein windiger, hungriger alter Mann und... ach, was soll das Ganze.«

In diesem Augenblick sah Pattie Mae diesen alten Knacker zum erstenmal mit etwas anderem als Mißtrauen oder Ekel an. »So windig sind Sie gar nicht, Mr. Skinner«, tröstete ihn das Mädchen. »Sie rauchen nur zu viel. Und vor allem würde ich an Ihrer Stelle von dem Columbia Gold die Finger lassen. Sonst verlieren Sie noch ein paar Ihrer Kunden.«

Der kleine Schnauzer maß genau 29,8 Zentimeter bis zu den Augenbrauen und wurde disqualifiziert. Der Gehilfe des Betreuers schwor sich, diesem Anästhesisten mit einem Rasiermesser das Herz herauszuschneiden. Aber ohne Narkose. Dieses fiese Schwein.

Dann wandte sich Philo Skinner, einen seltsamen Blick in den Augen, der Pattie Mae etwas beunruhigte, dem Mädchen zu und sagte: »Hast du eigentlich eine Ahnung, wozu sich manche Leute hinreißen lassen, um einen Wettbewerb zu gewinnen? Im Madison Square Garden haben sie einmal einem Scottie Augenbrauen und Schnurrhaare gestutzt.«

»Tatsächlich? Das ist ja wirklich die Höhe!« Pattie Mae schnitt eine Grimasse.

»Und einen Collie haben sie sogar vergiftet. Vergiftet!«

»Das ist ja entsetzlich!« entfuhr es Pattie Mae. Es tat ihr schon weh, wenn sie nur hörte, daß jemand seinen Hund nicht *bürstete*. Sie selbst saß oft stundenlang über ihrem eigenen Manchester Terrier, um ihn wie eine Schimpansenmutter nach Flöhen und Zecken abzusuchen.

»Ich würde nie einem Hund etwas zuleide tun«, verkündete Philo Skinner. »Um nichts in der Welt. Eher würde ich einen Mann umbringen, als einem Hund weh zu tun. Kannst du das verstehen?«

Er begann wieder zu schwitzen und zu riechen. Mit einem Blick auf die triefenden Beagleaugen ihres Chefs antwortete das Mädchen brav: »Ja, Mr. Skinner.«

Der Zeitpunkt der Entscheidung rückte näher. Madeline Whitfields Schnauzerhündin würde sicher den ersten Preis in der Terriergruppe gewinnen. Aber ebenso sicher würde sie nicht den Gesamtwettbewerb gewinnen, da Philo Skinner anderes vorhatte.

Madeline Whitfield war völlig außer sich, als Vickies Sieg feststand. Sie tanzte auf den Sitzen der Tribüne herum und klopfte Bekannten und wildfremden Menschen unterschiedslos auf Arme und Schultern. Sie nahm Glückwünsche entgegen, schüttelte unzählige Hände und tupfte sich die Tränen von den Augen.

»Holt den Fotografen!« rief Madeline. »Hol doch jemand den Fotografen!«

Madeline Dills Whitfield war sich absolut sicher, daß dies ihr großer Tag war. Victoria Regina von Pasadena war jetzt ein Champion. Und dabei würde es nicht bleiben; sie würde auch den Gesamtsieg im Wettbewerb erringen. Sollten sie *das* einmal am nächsten Morgen zu ihrem Frühstücksmüsli in der *Los Angeles Times* lesen. Sollten sie doch sehen, wer die Winterausstellung 1977 gewonnen hatte! Madeline Whitfield konnte die Freudentränen nicht zurückhalten. Je mehr man ihr gratulierte, desto stärker flossen sie. Na, Beverly Hills Kennel Club, seid ihr bereit, die Zahl eurer Mitglieder auf vierundzwanzig zu erhöhen? Nein? Na gut, dann wartet eben noch ein paar Wochen. Wartet, bis Victoria Regina von Pasadena

Westminster gewinnt! Wartet, bis sie Madison Square Garden gewonnen hat! Und dann kannst du mich mal, Junior League! In ihrem ganzen Leben war sie noch nie so glücklich gewesen. Die letzten dreiundvierzig Jahre waren nur Vorbereitung auf dieses Ziel hin. So hatte es ihr Schicksal gewollt. All das Leiden, all die Opfer, nichts davon war umsonst gewesen. Sie stand kurz davor, eine Berühmtheit zu werden!

In dreißig Minuten würde sie jedoch eine der bedauernswertesten Frauen von Los Angeles sein. Sie würde unendlich bedauernswerter sein als Fran Tarkenton, der in diesem Augenblick gerade im Fernsehen zu sehen war, wie er auf seinem Helm an der Seitenlinie saß und sich wunderte, wie, zum Teufel, das alles eigentlich gekommen war.

Eine Ausstellerin, die gerade an Philo Skinners Trimmtisch vorbeikam, sagte zu einem Begleiter: »Unsere Hündin ist gerade läufig. Sie macht keinen besonders guten Eindruck.«

Philo Skinner, der die Frau noch nie zuvor gesehen hatte, rief ihr nach: »Ja, Sie wirken auch ein bißchen nervös. Haben Sie in letzter Zeit mal in Ihrer Unterhose nachgesehen?«

So war er nun einmal. Verängstigt. Frech. Und vorlaut. Fühlten sich Kriminelle tatsächlich so? Dies waren die Richtlinien, an denen sich bisher sein Leben orientiert hatte, und nun bedeuteten sie absolut nichts mehr. Am liebsten hätte er sein Brooks-Brothers-Jacket und seine Krawatte ausgezogen und gebrüllt: »Aufseher! Aufseher! Zu Philo Skinner!« Er wollte das ganze Zeug in die dampfenden Fässer mit Hundescheiße werfen. So mußte es sein, wenn man einen Safe sprengte, einen Diamanten stahl oder eine Postkutsche ausraubte! Obwohl er es nicht wußte, wurde er von derselben megalomanen Kraft vorangetrieben wie ein elfjähriger Fahrraddieb namens Earl Scheib Lopez. Er war ein gottverdammter Großkotz!

Er trat auf die Trainingsboxen zu und nahm Tutu heraus, die seine Hände und sein Gesicht leckte, als er sie zu ihrem Käfig trug. Er steckte sie hinein und tat zum erstenmal in seinem Leben etwas, das einem Tier großes Unbehagen bereitete – einem Tier, das er liebte – einem Tier, das es ihm ermöglichen würde, den Rest seiner Tage so zu verbringen, wie er es sich immer vorgestellt hatte.

»Pattie Mae, geh doch mal schnell zu den Verkaufsständen rüber und hol mir einen Kaffee. Schwarz.«

»Jawohl, Mr. Skinner.« Und weg war sie.

Er nahm die Spritze aus der Innentasche seines Fischgrätenmuster-Jacketts. Zur Sicherheit nahm er sie noch aus dem Lederetui und drückte ein paar Tropfen heraus.

Philo spürte immer noch die Nachwirkungen des Bourbon und des Marihuana. Er drückte die kleine Schnauzerhündin an sein Gesicht und küßte ihre Schnurrhaare. Tutu war außer sich vor Freude, daß sie Philos Gesicht lecken durfte. Sie knurrte und leckte und nuckelte und gab Philo zu verstehen, wie sehr sie ihn liebte.

»Wenn du wüßtest, wie gern ich dich mitnehmen würde, meine Kleine«, flüsterte Philo.

Philo Skinner blickte sich um. Die meisten der Anwesenden waren um den Ring gedrängt. Ein paar Betreuer waren an den Trimmtischen zurückgeblieben, um die Tiere zu beaufsichtigen, die sich nicht in den Trainingsboxen befanden. Kein Mensch achtete auf Philo Skinner.

»Wir beide könnten da unten in Mexiko am Strand herumtollen«, flüsterte Philo weiter. »Wenn es irgendwie möglich wäre, würde ich dich mitnehmen. Ich weiß ganz genau, daß du diese fette, alte Kuh, die jetzt dein Frauchen wird, nicht magst, aber sie kümmert sich wenigstens um dich. Wenn du wüßtest, wie leid es mir tut, Tutu...«

Und damit stach er ihr die Nadel in die Schulter.

Tutu japste und sah Philo ungläubig an. Das Beruhigungsmittel wirkte sofort. Genau, wie es in den Hundebüchern stand. Die Augen der kleinen Hündin spiegelten erst Schmerz, dann Verwunderung wider. Sie sah Philo Skinner wie einen Fremden an. Das ging so weit, daß sie in ihrer Verwirrung den Mann anknurrte, den sie abgöttisch liebte. Dann begann sie zu keuchen, die Augen fielen ihr zu, und sie bekamen einen glasigen Ausdruck.

»Mach dir keine Sorgen, mein kleiner Schatz«, flüsterte Philo, als er sich seinen Weg durch die Menge bahnte. »Nicht lange, und es ist alles wieder vorbei, mein Schatz. Es tut Philo wirklich leid.« Er mußte sich richtig zum Gehen zwingen. Und zwar strebte er auf den Arbeitsplatz von Hundebetreuer Chester Biggs zu.

Philo Skinner hatte seine Hand unter das Kinn der kleinen Schnauzerhündin gelegt, um ihren Kopf aufrecht zu halten. Er streichelte das halb bewußtlose Tier unter dem Kinn, heftete seine Augen auf sein Ziel und hoffte, daß er richtig vermutet hatte und daß Chester Biggs, der sich mit Philo Skinner schon oft über Sport unterhalten hatte, vor dem Fernseher hängen würde...

Und so war es auch! Chester Biggs stand zwanzig Meter von seinen Trainingsboxen entfernt und wohnte der Deklassierung der Minnesota Vikings bei. Sein Gesicht strahlte nur so vor Schadenfreude über die Erniedrigung der Mannschaft aus Minnesota durch das kalifornische Team. Aber bei den Trainingsboxen saß einer seiner Gehilfen, um, in einem Sexheft lesend, über die elf Hunde zu wachen, die Chester Biggs an diesem Tag vorzuführen hatte.

Chester, du solltest dich lieber am Riemen reißen. Immerhin könnte deine Schnauzerhündin den Gesamtsieg erringen. Wenn das mein Hund wäre, würde ich ohne ihn nicht einmal auf die Toilette gehen. Du bist ein dummes Arschloch, Chester Biggs, das es gar nicht anders verdient, als hereingelegt zu werden! Es ist ja nicht das erstemal, daß ein Hund gestohlen wird. Sogar in Madison Square Garden ist das schon vorgekommen. Aber von dem hier wirst du nichts merken, Chester. Absolut nichts!

Der Gehilfe, ein pickliger, erdbeerblonder, sechzehnjähriger Jüngling mit einer halben Erektion, starrte ungläubig auf den enormen Schamhaarwuschel des Mädchens in dem Magazin. Er hatte noch nie einen in Wirklichkeit gesehen. Waren sie wirklich *so* haarig?

Nie sollte er den schwitzenden, ängstlich um sich blickenden Mann mit dem schlaffen Schnauzer unter seinem Arm bemerken, der sich zwischen den Trainingsboxen und Käfigen von Chester Biggs herumtrieb. Und ganz bestimmt nicht sah er, wie der Mann auf den Käfig von Victoria Regina von Pasadena zutrat und für nicht länger als fünfzehn Sekunden dem Jungen seinen Rücken zukehrte. Und ebensowenig bemerkte er, daß Mr. Biggs' siegreiche Schnauzerhündin nun mit heraushängender Zunge, die glasigen Augen halb geschlossen, schwer atmend in ihrem Käfig lag. Der Gehilfe konnte einfach seine Augen nicht von diesem Haarbüschel abwenden, das wie das Körnchen eines Bedlington Terriers gefärbt und zurechtgekämmt war.

Philo Skinner, dieser Ganove. Von diesem Augenblick an galt es Puerto Vallarta – oder ab in den Knast. Er hatte ein Gefühl, als stünde er auf Rollschuhen. Ständig stieß er Leute an, als er sich taumelnd seinen Weg durch die Menge zurück zu seinem Standplatz bahnte. Er versuchte, seinem Gang kontrollierte Grazie zu verleihen, wenn nicht sogar Unauffälligkeit. Bemühten Verbrecher sich nicht immer, unauffällig zu erscheinen? Statt dessen verfiel er in einen unkontrollierten Galopp. Philo Skinner galoppierte, nichts als Ellbogen und Knie, durch die Menge. Die Schnauzerhündin in seinem Arm wurde zunehmend nervöser.

»Ist ja schon gut, mein Kleines, ist ja schon gut«, flüsterte Philo und streichelte Vickie unter dem Kinn.

In diesem Moment rannte er gegen einen Betreuer, der gerade mit einem Pudel an der Leine in die andere Richtung ging.

»Passen Sie doch auf!« schimpfte der schwitzende Betreuer.

Philo dachte schon, sein Schicksal wäre besiegelt. Der Betreuer des Pudels kennt den Schnauzer! Wirf den kleinen Hund diesem Idioten mit einem schrillen Kreischen einfach ins Gesicht und lauf, was die Beine hergeben! Und dann schleunigst mit den dreihundert Dollar auf deinem Konto über die Grenze in Tijuana, bevor dieser Nigger und der Jude mit der Trimmschere kommen, um dich zu beschneiden! Gütiger Gott!

Aber der Pudelbetreuer erkannte nicht einmal Philo, geschweige denn den Hund. Wie hätte er auch? Diese verdammten Schnauzer sahen doch alle gleich aus. Jetzt reiß dich zusammen, um Himmels willen. Du bist Philo Skinner, der Terrier-King!

Wamm! Er stieß eine Betreuerin namens Rosi Lutz an, die ihr Haar zu Philos Glück wie ein Sealyham Terrier trug und weder Philo noch Vickie sehen konnte. Aber trotzdem geriet Philo Skinner in Panik. Er rutschte auf dem glatten Boden nur noch herum. Er konnte nicht Fuß fassen. Herr im Himmel, er kam nicht mehr vorwärts! Wie in einem Alptraum! Hat irgend jemand einen Rollschuhschlüssel? Dann endlich merkte er, daß er auf einem enormen Haufen ziemlich dünnflüssiger Hundescheiße herumrutschte, dessen Urheber, ein gigantischer Bernhardiner, gerade von seinem Frauchen gerügt wurde. »Böser Cyril! Du kannst doch Mami nicht so blamieren!«

Als Philo Skinner schließlich wieder Fuß fassen konnte, warf er alle Vorsichtsmaßnahmen über Bord. Er versuchte nicht mehr länger, möglichst unauffällig zu erscheinen, sondern schoß einfach durch die Menge, während Vickie erbittert knurrte. Bis Philo seinen Arbeitsplatz erreichte, hatte der kleine Hund eine zentimetergroße Wunde in Philo Skinners linke Hand gebissen, ohne daß der auch nur das geringste gemerkt hätte.

»Was ist denn los, Mr. Skinner?« begrüßte ihn Pattie Mae mit einem besorgten Blick auf sein leichenblasses Gesicht. »Mein Gott, der Schnauzer beißt Sie ja in die Hand!«

Nun sah Philo an sich hinunter, wo Vickie seine knochige Hand mit einer Erbitterung bearbeitete, wie ihre Vorfahren sich wohl früher in den bayerischen Bergen über die Ratten hergemacht hatten. Das war zwar eine Hundeausstellung, und sie war vielleicht auch gewohnt, sich von allen möglichen Fremden begrabschen und Schnurrhaare, Flanken, Vagina, Anus und selbst die Zähne befühlen zu lassen, aber sie war zugleich auch ein außerordentlich intelligenter und mutiger kleiner Hund, der intuitiv spürte, daß dieser Fremde nichts Gutes mit ihr vorhatte. Sie konnte seine Angst riechen, und sie würde sich auf keinen Fall von jemandem, der so roch, etwas gefallen lassen.

Nun fiel Philo zum erstenmal ihr erbostes Knurren auf. Und dann sah er das Blut sein Handgelenk hinunterlaufen. Und erst in diesem Augenblick kam Philo Skinner wieder zu sich. *Schmerz.*

Mit einem Aufschrei warf Philo Vickie einen Meter hoch in die Luft, worauf diese in den Armen von Pattie Mae landete, welche sie fing wie einen Paß von Kenny Stabler.

Vickie heulte inzwischen aus Leibeskräften los, während Philo auf seinen immer noch glitschigen Sohlen herumrutschte, sich am Handgelenk hielt und mit seinem Getue die Aufmerksamkeit von nicht weniger als fünfzig oder sechzig Umstehenden auf sich zog.

»Diesen Mann hat ein Hund gebissen!« schrie einer.

»Hilfe, er ist verletzt!« rief ein Betreuer.

»Wo ist das verletzte Tier?« Ein schmächtiger Mann in einem Anzug drängte sich durch die Menge der Schaulustigen.

»Hierher, Herr Doktor!« sagte jemand.

»Ach so, das ist ja ein Mann. Ich bin nämlich Tierarzt.«

»Tja«, brummte Philo Skinner und wickelte sich ein schmutziges Taschentuch um die verletzte Hand, während der Tierarzt wieder ging.

Er hoffte, die Bullen würden so nett sein, ihm die Handschellen vorne anzulegen, wie sie es in diesen alten Filmen immer taten, und nicht hinter dem Rücken, wie er es im wirklichen Leben in den Straßen Hollywoods gesehen hatte. In Gedanken überlegte er sich bereits, was er zu seiner Verteidigung vorbringen wollte: Ich weiß einfach nicht, was da in mich gefahren ist, Herr Inspektor. Ich würde mich gerne schuldig bekennen und... äh... für ein Jahr oder so ins Gefängnis gehen, weil ich nämlich fünfzehntausend schuldig bin, und da ist dieser herzlose Jude und ein Nigger mit einem Messer.

Er sah sich um. Keine Bullen zu sehen. Nicht einmal sonderlich viele Leute standen noch herum. Die meisten interessierte das Ganze schon nicht mehr. Außerdem war der Biß ja auch nicht sonderlich schlimm gewesen. Dieser dürre Kerl hätte wegen dieses bißchen Blut an seiner Hand nicht gleich so ein Theater zu machen brauchen. Wozu also die ganze Aufregung? Die Leute wandten sich wieder den verschiedenen Ringen zu, in denen die Hunde vorgeführt wurden, oder lauschten den Kabineninterviews der siegreichen Raiders aus Oakland.

»Alles in Ordnung, Philo?« fragte der andere Betreuer.

»Ja.«

»Laß dir lieber eine Tetanusspritze geben. Man kann nie wissen.«

»Ja, danke«, sagte Philo Skinner, während der Betreuer wieder an seinen Arbeitsplatz zurückging.

Pattie Mae rümpfte die Nase, ging Schritt für Schritt zurück, bis sie gegen den metallenen Trimmtisch stieß.

Dann roch es auch Philo. Seine Schuhe stanken wie die Pest.

Vickie winselte und zitterte in Pattie Maes Armen. Das Mädchen streichelte den kleinen Hund und redete auf ihn ein: »Ist doch gut, mein Schatz. Ist ja schon gut.«

Philo Skinner, seines Zeichens frisch gebackener Krimineller, wünschte plötzlich nichts sehnlicher, als ein kleiner Hund zu sein und von einem Blumenkind gegen die BH-lose Brust gedrückt zu werden und gesagt zu bekommen, daß alles in Ordnung wäre. Er stellte sich vor, wie Chester Biggs bereits mit einem Lynchmob hinter sich die Halle durchstreifte. Philo war schweißgebadet und voller Blut und Hundescheiße. Seine Hand pochte nicht weniger heftig als sein Kopf. Der Whisky, den er in sich hineingekippt hatte, stieg ihm in die Kehle hoch und ließ seinen riesigen Adamsapfel nervös zucken, als er die Flüssigkeit wieder hinunterschluckte. Der kleine Schnauzer starrte ihn mit Angst und Wut in den Augen an. In diesem Augenblick gab es nur eines, das Philo Skinner tun konnte: Er steckte sich die zweiundsiebzigste Zigarette dieses Tages an. Er stand da und rauchte. Verbindet mir bitte die Augen nicht. Und vergrabt mich tief in der Erde, wo kein Hund hinkommt. Ich bin Philo Skinner, der Terrier-King.

Er hatte seine Zigarette halb geraucht, als Pattie Mae sagte: »Was hat der Schnauzer nur auf einmal, Mr. Skinner? Er benimmt sich so komisch. Als ob er uns gar nicht kennen würde. Heute morgen ist er noch vor Freude in seinem Käfig hin und her gesprungen, wenn Sie nur in seine Nähe kamen. Was hat der Hund denn nur plötzlich, Mr. Skinner? Warum ist er so hektisch?«

»Hektisch«, sagte Philo nur gedankenverloren, während er rauchend ins Unendliche starrte und sich fragte, ob Häftlinge sich wohl Tiere halten durften. Der Vogelmann von Alcatraz. Vielleicht würden sie auch über ihn einen Film drehen, seine Zelle voller Terrier. So übel wäre das gar nicht gewesen. Ein paar Jahre, wenn er sich schuldig bekannte. Bis dann hatten ihn vielleicht auch seine Gläubiger vergessen. Ja, und vielleicht würde er sogar etwas an dem Film verdienen und ihnen das Geld zurückzahlen können. Und dann würde er entlassen werden und wieder von vorne anfangen. Der Hundemann von San Quentin...

»Mr. Skinner, Sie sind ja ganz blaß. Sie werden noch ohnmächtig von dem Schock! Setzen Sie sich lieber. Soll ich vielleicht einen Arzt holen? Setzen Sie sich doch, Mr. Skinner.«

Gehorsam stelzte Philo Skinner auf seinen Regisseurstuhl zu und rauchte die Zigarette zu Ende, bis seine schwieligen Finger angesengt wurden. Pattie Mae steckte Vickie in Tutus Käfig und sagte: »Für heute sind wir ja fertig, Mr. Skinner. Glauben Sie nicht, wir sollten zusammenpacken und nach Hause fahren? Ehrlich, ich bin so kaputt, daß ich nicht mal bis zum Ende hierbleiben möchte. Ich hätte nie gedacht, daß mir das passieren könnte, aber ich bin einfach fix und fertig. Das war ja auch wirklich ein verrückter Tag heute!«

»Ein verrückter Tag.«

»Sollen wir nach Hause fahren, Mr. Skinner?«

»Nach Hause fahren.«

»Ja, sollen wir? Wollen Sie, daß ich den Kombi hole?«

Philo Skinner ließ seine Blicke über die sich verlaufende Menge schweifen. Die Verlierer machten sich bereits zum Gehen fertig. Die meisten würden natürlich bis zur Schlußentscheidung bleiben, aber viele der Betreuer, die daran nicht mehr teilnehmen würden, packten bereits ihre Käfige und Arbeitstische zusammen.

»Mr. Skinner, was ist denn mit Ihnen nur los? Also, entweder Sie haben einen Schock von diesem Biß bekommen, oder es ist das Columbia Gold. Und um die Wahrheit zu sagen, ich finde, daß Sie sich wie ein absoluter Idiot aufführen, und mir hängt das allmählich zum Hals heraus! Sie können mich ruhig rausschmeißen, aber ich gehe jetzt nach Hause! Also, zum letztenmal: Möchten Sie jetzt, daß ich den Kombi hole und Ihnen beim Aufladen helfe?«

»Hol mir den Kombi und hilf mir aufladen«, echote Philo, worauf Pattie Mae auch schon in Richtung Parkplatz davonschoß.

Als sie die Hunde in den Kombi packten, wurde Vickie sichtlich nervös. Sie begann zu winseln, und dann bellte sie. Es war ein kehliges, verängstigtes Bellen, das jedoch rasch in den Bauch hinunterwanderte und wütend wurde.

»Still. Sei doch still!« versuchte Pattie Mae den Hund zu beruhigen, während sie den Trimmtisch, die Käfige und die Tiere verlud. »Jetzt sei endlich still.« Und dann: »Wie heißt dieser Schnauzer eigentlich, Mr. Skinner? Obwohl ich Sie mindestens zehnmal danach gefragt habe, haben Sie es mir immer noch nicht gesagt!«

»Wie er heißt? Ach so, Vic... Tu...« Allmächtiger, fast hätte er vergessen, daß er Tutu ja auch geraubt hatte. Tutu auch. Gütiger Gott! »Der Schnauzer heißt Fred.«

»Fred. Eine Hündin, die Fred heißt?«

»Woher, zum Teufel, soll ich wissen, warum sie diese Hündin ausgerechnet Fred genannt haben?« Philo wachte allmählich wieder aus seiner Starre auf. »Vermutlich ist es die Abkürzung für Frederike. Meine Güte, ich kenne eine Menge Mädchen, die Freddie heißen. Ich kenne auch einen Kerl, der Shirley heißt. Er arbeitet mit Pudeln. Zumindest nennen wir ihn Shirley; diese alte Schwuchtel. Verdammt noch mal, ist es denn meine Schuld, daß der Hund Fred heißt? Sehen wir lieber zu, daß wir hier rauskommen. Ich habe schon genügend Hundeausstellungen gesehen. Also los jetzt!«

Eine Viertelstunde später verabschiedete er sich auf dem Parkplatz von Pattie Mae.

»Du warst wirklich großartig heute«, lobte er sie, als sie aus dem Kombi sprang und auf ihren Volkswagen zutippelte. »Hier hast du eine kleine Anerkennung von Philo. Ich hoffe, du hast das mit dem Kündigen nicht so ernst gemeint. Überleg dir das Ganze lieber noch einmal.«

Bis dahin würde er längst im Süden sein, und sie konnte den Skinnerschen Zwinger haben, sie und Mavis. Und vielleicht würde er es sogar noch schaffen, sie herumzukriegen, bevor er seinen Abgang machte.

Sie bedachte den Fünf-Dollar-Schein mit einem verächtlichen Blick. »Das reicht ja nicht einmal für das Gras, das Sie geraucht haben«, murrte sie. »Vielen Dank.«

»Warte doch noch einen Moment, Pattie Mae«, winselte Philo. »Ich bin momentan nicht flüssig. Warte doch auf deinen nächsten

Scheck. Der wird sicher eine kleine Sonderprämie vom Chef enthalten. Ganz bestimmt. Du mußt nur bis nächste Woche warten. Aber vorher werde ich dich noch morgen abend anrufen, wegen des Abendessens, das ich dir versprochen habe.«

»Ja, bis dann«, verabschiedete sie sich und ging auf ihren altersschwachen Volkswagen zu.

»Warte nur, bis du nächste Woche deinen Scheck bekommst!« rief ihr Philo nach.

Ja, warte nur bis nächste Woche, dachte er. Ich werde dir so eine Scheißpostkarte mit einem Hund darauf schicken. Mit einem Chihuahua! Puerto Vallarta, Philo Skinner kommt!

Aber Philo Skinner mußte noch etwas erledigen, bevor das Verbrechen perfekt war – den Brief. Er holte ihn aus dem Handschuhfach und sah ihn sich noch einmal an. Er konnte wirklich stolz auf sich sein. Aus Zeitungen ausgeschnittene Wortfetzen, auf normales Papier geklebt – genau wie im Kino. Das einzige Problem war, daß er in der Zeitung nicht die entsprechenden Namen gefunden hatte. Er war bis drei Uhr nachts aufgesessen und hatte Dutzende von Zigaretten gequalmt, um nach Worten mit der Silbe *Whit* zu suchen. Diese verdammte L. A. *Times* hätte ruhig mehr mit einem Whit drucken können. Mit dem *field* hatte er dagegen keinerlei Schwierigkeiten. Dann suchte er in einer Familienzeitschrift vergeblich nach dem Wort *Hund,* bis er auf die Idee kam, daß er auch einzelne Buchstaben zusammensetzen konnte.

Philo hatte beim Zusammenstellen des Briefes Gummihandschuhe getragen und kam, nachdem er *Mrs. Whithfield* geschrieben hatte, auch ganz gut voran; nur rauchte er eine Zigarette wie üblich zu weit herunter, so daß seine Hand Feuer fing, da die Handschuhe noch von Alkohol getränkt waren, als er einen Lakeland Terrier mit einer Zecke behandelt hatte. Zu Philo Skinners Glück stand eine Schale mit Seifenwasser direkt neben ihm, so daß der brennende Handschuh kaum seine Finger versengte. Wenigstens einmal hatte sich Mavis' unterentwickelter Ordnungssinn als nützlich erwiesen.

Als der Brief schließlich fertig war, lautete er folgendermaßen:

Mrs. Whitfield,
inzwischen wissen Sie bereits, daß Sie nicht Ihren Hund haben. Behalten Sie den Hund, den Sie jetzt haben, bis Sie weiteres von mir hören. Ich werde mich telefonisch mit Ihnen in Verbindung setzen. Ich werde Ihre Telefonnummer erfragen, indem ich mor-

gen in Biggs' Zwinger anrufen werde und mich als Ihr Freund Richard ausgebe. Sorgen Sie dafür, daß man dort Richard Ihre Telefonnummer gibt. Wenn Sie Biggs oder der Polizei mehr als das sagen, werden Sie Ihren Hund nicht lebend wiedersehen.

Philo Skinner hatte sich aus Verehrung für Richard Burton, den er in Puerto Vallarta, so gut es ging, als ergrauter Lebemann zu imitieren gedachte, für den Namen Richard entschieden. Wäre das vielleicht nichts gewesen, wenn er sich auch noch in Richard Burtons Villa eingemietet hätte?

Alles ging bestens, bis er unter die Nachzügler von der Super Bowl geriet, die immer noch die viel zu engen Straßen um die Rose Bowl von Pasadena verstopften. Philo verfiel fast wieder in seinen früheren Starrezustand, als ihn in Arroyo ein Verkehrspolizist an den Straßenrand winkte.

Ein Polizist! Ich werde freiwillig mitkommen, Herr Inspektor! Ich hätte doch wissen müssen, daß sich das Verbrechen nicht lohnt!

»Können Sie nicht außen herum fahren? Wo wollen Sie denn hin? Nach Linda Vista?«

»Wie bitte?«

»Können Sie nicht außen herum fahren, habe ich gesagt. Wollen Sie nach Linda Vista?«

»Linda Vista?«

»Dann fahren Sie doch außen herum! Können Sie denn nicht sehen, daß bis zur Bowl alles verstopft ist? Fahren Sie also außen herum!«

Und Philo fuhr also außen herum und suchte nach der Adresse aus dem Katalog der Hundeausstellung. Er beschrieb einen Halbkreis von fünfzehn Kilometern, bis er schließlich auf dem Ventura Freeway landete. Er bog ab, fuhr wieder zurück, verirrte sich in Glendale und fand sich schließlich neuerlich auf dem Freeway wieder. Er sah die Adresse noch einmal nach und zog dabei seinen Stadtplan von Pasadena zu Rate. Trotzdem fuhr er noch drei weitere Male zu früh vom Freeway ab, bis er die Villa fand.

Etwa hundert Meter weiter die Straße hinunter parkte Philo unter ein paar Fichten. Dann schlich er, nachdem er in beide Richtungen gespäht hatte, an der Wand entlang und an einem dichten Gewirr von Oleanderbüschen vorbei, wobei er alle paar Augenblicke stehenblieb, um nach Stimmen oder Tritten zu lauschen. Nichts als Vögel und Rasensprenger, die ausgedehnte Grünflächen besprühten. Nichts als Eichen, Fichten und Eukalyptusbäume. Dann stand er vor dem eisernen Eingangstor. Philo blieb noch einmal kurz stehen, sah sich vorsichtig um und galoppierte dann keuchend auf die Eingangstüre zu, wo er den Brief halb unter den Türspalt schob. Er hechelte die Auffahrt wieder zurück, blieb aber nach fünfzig Metern stehen, mußte husten, würgte einen Brocken schwarzen Schleims hoch und trottete noch einmal zurück. Er nahm den Brief noch einmal und wischte ihn mit einem ängstlichen Blick über seine Schultern unter seinen verschwitzten Achselhöhlen ab, um Fingerabdrücke zu beseitigen.

Zwei Minuten später keuchte er auf den geparkten Kombi zu, aus dem Vickies Heulen zu vernehmen war, als näherte er sich dem Ziel eines Marathonlaufs. Der kleine Hund wußte, wo er war. Sein Heulen zerriß Philo Skinner fast das Herz.

»Bitte, sei still«, flehte er. »In ein paar Tagen wirst du ja wieder zu Hause sein. Also halt bitte die Klappe. Philo tut dir doch nichts.«

Madeline schwatzte lachend mit ihren Freunden und den zahlreichen Gratulanten, während sie zugleich voller Spannung der Endphase des Wettbewerbs entgegenfieberte.

»Mrs. Whitfield.« Chester Biggs' Gesicht war aschfahl.

»Ja, Chester.«

»Kommen Sie mal. Vickie hat etwas.«

Madeline Whitfields Alptraum nahm seinen Anfang, als sie sich ihre Strumpfhose zerriß, als sie die Stufen der Tribüne hinunterstolperte. Sie konnte sich nicht mehr erinnern, wie sie hinter Chester Biggs herrannte, sich durch die Menge drängte, gegen die verschiedenen Verkaufsstände stieß und fast eine Fotografin umrannte, die im Auftrag einer stolzen Besitzerin, die jeden Preis dafür gezahlt hätte, ihr eigenes Bild – der Hund war dabei völlig uninteressant – in einer Hundezeitschrift veröffentlicht zu sehen, gerade einen Spitz fotografierte. Jeder ist sich selbst der Nächste.

Der kleine Schnauzer sah aus, als würde er jeden Augenblick sterben. Völlig außer sich nahm Madeline den Hund gegen den Rat eines Tierarztes, den Biggs aufgetrieben hatte, vom Trimmtisch auf.

»Vickie, Vickie! Meine kleine Vickie!«

»Ich glaube, der Hund steht unter Drogeneinfluß«, meinte der Tierarzt. Er legte seine Hand auf Madeline Whitfields Arm, als sie das kleine Tier schluchzend gegen ihr Gesicht preßte: »Vickie, meine Vickie!«

»Gnädige Frau, vermutlich hat irgend jemand Ihren Hund betäubt.«

»Das ist doch unmöglich!« entrüstete sich Chester Biggs. »Wie soll jemand Vickie betäubt haben? Ich war doch hier. Ich war doch die ganze Zeit...« Er warf seinem Gehilfen, aus dessen Gesäßtasche das Sexheft hervorlugte, einen vielsagenden Blick zu. »Das ist doch unmöglich!« wiederholte er und dachte dabei bereits an den Prozeß, der ihm möglicherweise drohte. Ich werde diesen pickligen Hundesohn umbringen! fluchte Chester Biggs im stillen.

Die Augen des Schnauzers waren glasig. Mühsam rang das Tier nach Atem. Seine Zunge hing bedenklich weit heraus. Madeline erkannte ihren Liebling kaum wieder.

»Immerhin geht es dem Hund jetzt schon wieder besser als vor fünf Minuten«, warf der Tierarzt ein. »Er wird schon wieder werden.«

Der Zwingergehilfe trat bereits den Rückzug vor Chester Biggs an, der auffällig an eine Bulldogge erinnerte, als er auf das geile Jüngelchen mit dem Magazin zutrat und sagte: »Komm doch mal her, Kleiner, ich möchte mit dir *reden*.«

Fünfzehn Minuten später brachte Chester Biggs den Schnauzer in aller Eile zu Madelines Tierarzt in San Marino, der zu Hause angerufen worden war und bereits in seiner Praxis wartete, um sich des Hundes anzunehmen. Während er über den Pasadena Freeway jagte, schoß Chester Biggs plötzlich ein Gedanke durch den Kopf. Der Schnauzer sah doch etwas anders aus. Es war fast, als wären seine Beine... Na ja, das lag möglicherweise an seinem Zustand. Winselnd wand sich das Tier auf dem Boden seines Käfigs.

Der Tierarzt schickte Madeline Whitfield nach Hause, nicht ohne ihr zu raten, sich an ihren Hausarzt zu wenden, damit er ihr Beruhigungsmittel verschrieb. Da sie unmöglich hätte selbst fahren können, brachte sie Chester Biggs' pickliger Gehilfe nach Hause. Er fuhr Madelines Cadillac Fleetwood wie einen Leichenwagen und sprach kein Wort.

Der Junge überlegte bereits, ob er nicht am besten den nächsten Bus nehmen und sich über die Grenze aus dem Staub machen sollte. Schließlich war das alles nicht seine Schuld gewesen. Es waren diese einladenden Pelzchen der Miezen in diesem Magazin gewesen. Aber bevor sich der picklige Jüngling aus dem Staub machte, fiel sein Blick auf das Kuvert, das vor der Tür auf dem Treppenabsatz lag. Darauf stand in dick gedruckten Lettern: ›Dringend.‹

»Mrs. Whitfield«, sagte er, als Madeline sich an ihrem Schlüsselbund zu schaffen machte und ihn fallen ließ.

»Danke. Vielen Dank. Oh, Entschuldigung.« Sie wollte die Schlüssel eben wieder fallen lassen.

»Mrs. Whitfield, dieser Brief muß wohl für Sie sein. Auf dem Umschlag steht, daß er dringend ist.«

»Dringend.«

»Mrs. Whitfield, geben Sie mir die Schlüssel. Ich werde schon aufsperren.«

Drei Minuten später schlich der picklige Junge vorsichtig die Straße hinunter, um jedesmal in die Büsche zu hechten, wenn ein Wagen vorbeikam, in dem sein mordgieriger Arbeitgeber Chester Biggs hätte sitzen können.

Madeline brauchte drei Minuten, um den Brief zu öffnen. Sie war einer Ohnmacht nahe. Es gab zwar in diesem Teil des Hauses eine ganze Reihe von Sitzgelegenheiten der unterschiedlichsten Art, aber Madeline schien trotzdem keinen Platz finden zu können, wo sie sich hätte setzen können. Schließlich ließ sie sich auf dem Küchentisch nieder. Sie hielt den Umschlag in ihrer Hand, war aber völlig unfähig zu entscheiden, was sie nun tun sollte. Wäre da nicht Philo Skinners kriminelle Ausbildung durch die Samstagabend-Vorstellungen gewesen, sie hätte den Umschlag vielleicht nicht einmal geöffnet. Aber die bizarren Druckbuchstaben veranlaßten sie schließlich doch, das Kuvert aufzureißen. Sie mußte das Blatt Papier erst auf dem Küchentisch glätten. Zwei der H's hatten sich gelöst und lagen nun verkehrt herum auf dem Tisch. Zufällig stammten beide H's von dem Wort *Hund*. Der erste Satz lautete nun: ›Inzwischen wissen Sie bereits, daß Sie nicht Ihren und haben. Behalten Sie den und, den Sie jetzt haben, bis Sie weiteres von mir hören.‹

Madeline fing an, stoßweise zu schluchzen. Sie konnte nicht verstehen, weshalb ihr jemand so einen Blödsinn schrieb.

Bis das Wort *Bigg's Zwinger* in ihre Augen stach. Sie hörte zu schluchzen auf und begann noch einmal von vorne mit dem Lesen. Sie kreischte nur noch und öffnete die Türe nicht, als Chester Biggs kam. Es schien, als drückte er eine Viertelstunde lang auf die Klingel. Kurz darauf klingelte das Telefon.

»Mrs. Whitfield!«

»Ja?«

»Chester am Apparat, Mrs. Whitfield. Ich habe ja fast eine halbe Stunde an Ihrer Tür geklingelt, aber Sie haben nicht aufgemacht.«

»Nein.«

»Mrs. Whitfield, ich muß Sie unbedingt sprechen.«

»Wie geht es Vickie?« Madeline erschien Chester Biggs merkwürdig ruhig, als sie das sagte.

»Es tut mir schrecklich leid, Mrs. Whitfield. Sie ist tot. Vickie ist eben gestorben.«

Nach kurzem Schweigen fuhr Chester fort: »Ich würde gerne bei Ihnen vorbeikommen, Mrs. Whitfield. Und zwar jetzt gleich. Fehlt Ihnen auch nichts? Möchten Sie, daß...«

»Nein, Chester«, wimmelte sie ihn ab, während sie gleichzeitig mit starrem Blick Wort für Wort Philos Brief las.

»Es wäre auf jeden Fall besser, wenn ich bei Ihnen vorbeikomme, Mrs. Whitfield. Ich...«

»Nein, Chester, ich möchte alleine sein. Und machen Sie sich meinetwegen keine Sorgen«, versuchte sie ihn zu beruhigen, während sie sich ihre tropfende Nase putzte und den häßlichen Brief sorgfältig wieder in den häßlichen Umschlag zurücksteckte.

»Der Arzt meint, es war ein Beruhigungsmittel. Irgend jemand wollte nicht, daß Vickie gewann. Irgend so ein Schweinehund war so auf den Sieg versessen, daß er... Vielleicht war es Gift, keine Ahnung. Der Tierarzt wird eine Autopsie vornehmen und Proben an ein Labor schicken. Ich finde, wir sollten die Polizei verständigen.«

»Nein!« schrie Madeline in den Hörer, daß Chester Biggs fast das Trommelfell platzte. Als er sich von seinem Schock wieder einigermaßen erholt hatte, wollte er wissen: »Warum nicht, Mrs. Whitfield?«

»Vickie gehört mir. *Hat* mir gehört. Das geht Sie nichts an, Chester. Ich möchte mit der Polizei nichts zu tun haben. Wenn jemand so sehr gewinnen wollte, daß er Vickie betäubte oder vergiftete oder was auch immer, dann läßt sich daran jetzt nichts mehr ändern. Sie ist ja nicht der erste Hund, der bei einer Hundeausstellung vergiftet worden wäre, und ich sehe keinen Sinn dahinter, mir jetzt noch eine zusätzliche Belastung aufzuhalsen, indem ich mir die Polizei ins Haus hole.«

»Natürlich, ganz wie Sie wollen, Mrs. Whitfield. Aber überschlafen Sie das Ganze lieber noch einmal.«

»Ja, das werde ich tun.«

»Vielleicht denken Sie morgen anders darüber.«

»Ja, vielleicht, aber rufen Sie auf keinen Fall die Polizei.«

»Ist gut, Mrs. Whitfield. Ach ja, und überschlafen Sie das Ganze noch einmal.

»Chester.«

»Ja?«

»Eines noch. Auf der Ausstellung hat mich jemand angesprochen, der – der ein Bild von Vickie für eine Zeitschrift wollte. Er heißt – Richard und noch irgend etwas. Ich habe vergessen, ihm meine Telefonnummer zu geben, aber er weiß, daß Sie Vickies Betreuer sind. Möglicherweise wird er Sie morgen anrufen. Geben Sie – geben Sie ihm meine Telefonnummer.« Und dann brach sie in lautes Schluchzen aus. Von diesem Augenblick an wußte Chester überhaupt nicht mehr, was er von dem Ganzen halten sollte.

»In Ordnung, Mrs. Whitfield. Ich... Also dann, gute Nacht, Mrs. Whitfield. Es tut mir wirklich leid. Der Doktor wird Vickie bei sich behalten, bis Sie sich morgen entschieden haben, was Sie – ob Sie Vickie bestatten lassen wollen oder ob Sie wollen, daß er die ganze Sache in die Hand nimmt. Also dann, gute Nacht, Mrs. Whitfield.«

»Einen Moment noch!«

»Ja, was ist, Mrs. Whitfield?«

»Ich möchte keine Autopsie. Bringen Sie Vickie auf der Stelle hierher.«

»Aber Mrs. Whitfield, das geht doch nicht. Vickie ist tot. Vickie...«

»Ich möchte sie bei mir haben, Chester. Bringen Sie sie hierher. Ich werde selbst ein Tierbestattungsunternehmen verständigen, damit die sich dann der Sache annehmen. Würden Sie Vickie also bitte zu mir bringen. Jetzt gleich.«

Es war schon fast Mitternacht, als Madeline Whitfield schließlich den erforderlichen Mut aufbrachte, in den Pappkarton zu sehen, den ihr Chester Biggs auf den Tisch im Eßzimmer gestellt hatte.

Der kleine Körper, der in ein weißes Handtuch gewickelt war, war keineswegs so starr und kalt, wie sie angenommen hatte, als sie ihn berührte. Und sie konnte auch fast auf den ersten Blick erkennen, daß der tote Schnauzer nicht Victoria war.

Tutus Herz und Atemorgane waren durch das Beruhigungsmittel zum Erlahmen gebracht worden. Nach Luft japsend, war der kleine Hund einen schmerzhaften Tod gestorben. Seine Augen waren nach unten verdreht, und sein Unterkiefer hatte sich im Todeskampf nach vorne geschoben. Mit den Schnurrhaaren und den Wimpern, feucht an den kleinen Kopf geklatscht, und dem vorspringenden Unterkiefer sah der Hund fast so aus wie ein kleiner Bullenbeißer.

9

Der schwarze Peter

Der Montagmorgen war sehr schlimm für Walnikow, schlimmer noch für Captain Hooker, da er, wie Walnikow, verheerende Kopfschmerzen hatte. Aber während Walnikows Kopfschmerzen von einem üblen Wodkakater herrührten, waren die Captain Hookers auf Probleme mit seinen Truppen zurückzuführen. Und diese Probleme waren es vermutlich auch, die Walnikows Laufbahn bei der Polizei vor einem abrupten Ende bewahrten.

Als Walnikow in den Bereitschaftsraum geschlurft kam, saß Captain Hooker mit Clarence Cromwell in seinem Büro und starrte ungläubig auf Montezuma Montez und Rocco Bambarella. Seit bei einem Überfall auf eine Tankstelle der Räuber acht Schüsse auf Rocco abgefeuert hatte, von denen keiner traf, hieß er Bullets Bambarella. Dafür waren Rocco Bambarellas Umrisse mit Neun-Millimeter-Schußlöchern in die Wand gezeichnet, vor der er gestanden hatte. Es war nur seine lange Leitung gewesen, die ihm das Leben gerettet hatte. Jeder andere Mensch mit normaler Reaktion wäre nach links oder rechts gesprungen und auf der Stelle getötet worden. Rocco Bambarella, der nicht schlechter schoß als irgend jemand sonst in so einer Situation, schoß ebenfalls sein Magazin leer, und obwohl sämtliche sechs Geschosse ihr Ziel verfehlten, überlebte er doch, indem er eine volle Büchse mit 20-W-Motorenöl nach dem Räuber schleuderte und diesen damit außer Gefecht setzte. Diese Großtat trug wesentlich zu Roccos Ruf bei und verhalf ihm vor allem, was für einen Polizisten von wesentlich größerer Bedeutung ist, zu einem Macho-Spitznamen. Er wurde fortan nur noch Bullets Bambarella genannt.

Walnikow brachte ein mühsames Lächeln zustande und sagte: »Guten Morgen, Natalie. Hatten Sie ein schönes Wochenende?«

»Morgen«, erwiderte sie kurz angebunden und senkte nervös ihre Augen.

Walnikow befand sich jedoch nicht in einem Zustand, um auf

solche körpersprachlichen Zeichen zu reagieren. Er trottete an seinen Schreibtisch und setzte sich, um den dicken Stapel von Wochenendeinbruchsberichten durchzusehen.

Natalie konnte sie lauthals diskutieren hören, vor allem Bullets, der gerade tönte: »Jetzt hören Sie mal, Captain Hooker, mir ist das scheißegal, ob dieser Chinese Montezuma hier anzeigt...«

»Mich!« unterbrach ihn der Chicano-Polizist. »Warum eigentlich mich? Ich war doch gar nicht dabei!«

»Du warst nicht dabei?« brauste Bullets Bambarella auf.

»Jetzt reiß dich mal zusammen, Bullets!« fuhr Clarence Cromwell genervt dazwischen. »Er war wirklich nicht dabei. Du warst dort mit zwei Uniformierten, aber ein Detektiv war nicht dabei.«

»Aber von ihm stammt doch der Tip!« warf Bullets ein. »Montezuma, du hast mir doch die Information von deinem Informanten zugesteckt...«

»Von *meinem* Informanten! Es war ein anonymer Anruf.«

»Du willst doch nur deinen Informanten decken!« schoß Bullets zurück.

»Bitte, bitte!« flehte Captain Hooker, dessen Kopf schrecklich schmerzte. Dann sah er zu dem alternden schwarzen Detektiv auf, der unmittelbar rechts neben ihm stand. »Clarence, Sie sind doch Bullets' Vorgesetzter. Könnten Sie sich vielleicht der Sache annehmen, damit wir nicht schon wieder einen Prozeß auf den Hals bekommen? Der Kommandant meint, er hätte noch nie von einer Detektivabteilung gehört, gegen die so oft gerichtlich vorgegangen wurde.«

»Das hat man von diesen verrückten jungen Kerlen«, schnaubte Clarence. »Nichts als Scherereien. Ich habe dir doch gesagt, Bullets, wenn ihr den großen Supermacker markieren wollt, du und Montezuma und diese ganzen anderen jungen Hitzköpfe, dann macht doch in der U-Bahn Dienst oder geht auf Streife. Aber verschont uns bitte hier in der Detektivabteilung!«

»Meine Fresse, Clarence, versetz dich doch mal in meine Lage«, winselte Bullets, da sie alle wußten, daß Captain Hooker das Wochenende wieder einmal auf Clarences Jacht verbracht und den Kapitän gespielt hatte, während er hier im Büro inoffiziell lediglich als Bootsmann fungierte. »Weißt du, Clarence«, fuhr Bullets fort, »ich dachte, ich könnte mich auf Montezumas Tip verlassen. Er meinte, dieser Chinese hätte hinten in seinem Restaurant eine Druckerei für falsche Schecks.«

»Falsche Schecks in einem chinesischen Restaurant«, echote Captain Hooker gedankenversunken und fuhr sich mit seinen feingliedrigen Fingern durch sein dünnes, graues Haar. »In Deputy Chief Lichtenwalters *Lieblings*restaurant.«

»Na ja, jedenfalls wollte ich der Sache nachgehen«, sprach Bullets weiter, wobei er hinsichtlich seines letzten Intelligenzbeweises zunehmend unsicherer wurde. »Und ich habe also Verstärkung angefordert.«

»Verstärkung«, wiederholte Captain Hooker vage.

»Wir legten uns also im Hinterhof bei der Küche auf die Lauer. Dort, wo sie immer diese schleimigen Entenhäute zur Tür hinauswerfen. Butch Janowski, der sich hinter einer Mülltonne versteckt hatte, bekam so ein Ding direkt auf die Mütze.« Bei dem Gedanken an die glitschige Entenhaut auf Butch Janowskis Rübe mußte Bullets unwillkürlich lachen. Bis er merkte, daß niemand sonst auch nur lächelte. »Und dann haben wir also gewartet und unsere Ohren aufgesperrt«, fuhr er nüchtern fort.

»Sie arbeiten doch nicht in der Falschgeldabteilung«, erinnerte Captain Hooker Bullets, der allmählich ins Schwitzen geriet.

»Ich weiß, Captain, aber ich dachte, meine Fresse, der Chinamann würde da in seiner Küche heiße Schecks drucken. Und das Ganze sah mir auch nach einer Mordssache aus. Also habe ich schön die Ohren aufgesperrt, und was habe ich gehört? Klick, klick, klick.«

»Klick, klick, klick!« wiederholte Captain Hooker gequält.

»Genau!« stimmte Bullets zu. »Wissen Sie, ich dachte, das wäre eine Druckerpresse, in der sie gerade ein paar falsche Schecks druckten. Klick, klick, klick. Und dann, peng!«

»Peng«, nickte Captain Hooker.

»Und dann bin ich eben in Aktion getreten und – ich habe die Türe eingetreten, die dann auch prompt auf diesen Tellerwäscher gefallen ist, worauf der Bursche einen Kopfsprung in die Spüle macht, und dabei sind dann ein paar – na ja, *mehrere* Teller zu Bruch gegangen. Und dann flogen plötzlich Frühlingsrollen und Glücksplätzchen durch die Gegend, und was weiß ich noch alles, und äh, dieser alte Chinese, dem der Laden gehört, fängt plötzlich zu brüllen an und faßt sich an die Brust, als bekäme er einen Anfall...«

»Oder einen Herzinfarkt«, ergänzte Captain Hooker.

»Ja, aber einen Herzinfarkt hat er nicht bekommen, Chef«, rechtfertigte sich Bullets. »Eher würde ich sagen, einen Anfall.«

»Und eben hat sein Anwalt angerufen«, sagte Captain Hooker ruhig, dabei mehr denn je wie ein blasser, viktorianischer Schulmeister aussehend. »Und sein Anwalt meint, zwei Millionen Dollar.«

»Zwei Millionen?« wiederholte Bullets blöde. »Was soll das heißen?«

»Das heißt, er verklagt die Stadt auf zwei Millionen Dollar«, erklärte Captain Hooker geduldig, worauf er plötzlich alle Anwesenden aus ihrer Lethargie riß, indem er aufsprang und Bullets mit zornfunkelnden Augen anbrüllte: »WEIL SIE DIESEN ALTEN CHINESEN BUCHSTÄBLICH ZU TODE ERSCHRECKT HABEN!«

»Jetzt beruhigen Sie sich erst mal wieder, Captain.« Clarence Cromwell drückte Captain Hooker sanft wieder in seinen Stuhl zurück und klopfte ihm begütigend auf die Schultern. »Regen Sie sich doch nicht so auf, Chef. So schlimm ist das alles doch auch wieder nicht.«

»Aber meine Pensionierung ist doch nur noch eine Frage von Wochen!« heulte Captain Hooker. »Sie wissen doch ganz genau, Clarence, wie ich unter so etwas leide!«

»Ist ja schon gut, Chef, beruhigen Sie sich nur mal«, redete Clarence auf Hooker ein und massierte ihm die Schultern, was sich zumindest auf seine Kopfschmerzen positiv auswirkte. Dann wandte sich Clarence an Bullets: »Wie ich gehört habe, waren die alten Seidenunterhosen, die dieser Chinese anhatte, tatsächlich voller Scheiße, Bullets. Das hat jedenfalls Butch Janowski gesagt.«

»Und ob. Bis zu seinen Knien hinunter«, verkündete Bullets stolz – bis sein Blick wieder auf Captain Hookers beunruhigendes Starren fiel.

»Dann erzähl doch mal, Bullets«, erkundigte sich Clarence Cromwell. »Woher kam denn dann dieses Klick-Geräusch, wenn nicht von einer Druckerpresse?«

»Es war gerade Mittagspause«, antwortete der muskulöse junge Detektiv einfältig.

»Mittagspause.«

»Diese Chinesen waren gerade beim Essen und klapperten mit ihren Stäbchen in ihren Reisschalen herum. Tja, und das klang *haargenau* wie eine Druckerpresse, in der sie falsche Schecks...«

»Ich würde mich lieber mal aus dem Staub machen, Bullets«, warnte ihn Clarence Cromwell. Der starre Blick in Captain Hookers Augen beunruhigte ihn zusehends.

»Geht das dann in Ordnung?« winselte Bullets.

»Geht erst mal wieder an die Arbeit, Jungs«, entließ sie Clarence Cromwell mit einem heimlichen Zwinkern, das Bullets einen Seufzer der Erleichterung entlockte. Er stürmte aus dem Büro.

Als Natalie Zimmerman Bullets Bambarella so aus Hookers Büro kommen sah, wobei ihm Montezuma Montez einen vielsagenden Blick zuwarf, dachte sie, nun wäre sie an der Reihe.

Bullets Bambarella sagte plötzlich eisig: »Ich habe gehört, du hättest dich neulich beim Hanteln großgetan, du könntest das ganze Revier hier hochstemmen.«

»Das hast du also gehört, wie?« erwiderte Montezuma nicht weniger eisig.

»Ich habe gewettet, du würdest nicht einmal dein eigenes Gewicht hochbekommen«, stichelte Bullets.

»Und hast du deine fünf Dollar gekriegt?« erkundigte sich Montezuma Montez und lenkte damit die Aufmerksamkeit aller Anwesenden auf sich, die für derartiges Mackergehabe etwas übrig hatten.

»Ich habe *zehn* Dollar gekriegt, was heißt, daß *ich* mein Gewicht hochgekriegt habe«, prahlte Bullets.

»Bei all den Makkaroni, die du verdrückst? Da sollte ich ja fast auf fünfzehn erhöhen«, grinste Montezuma Dudley Knebel von der Abteilung für Raubüberfälle zu.

»Und was ist mit den Tortillas, die du dir immer hineinschiebst? Da sollte ich ja auf *zwanzig* erhöhen«, grinste Bullets Bambarella Walnikow zu, dessen Kater so schlimm war, daß er nicht im geringsten verstand, wovon die beiden jungen Detektive eigentlich redeten.

Während also der halbe Bereitschaftsraum sich von seinen Sitzen erhob und den beiden Streithammeln in die Kabine folgte, betrat Natalie Zimmerman Hipless Hookers Büro, um ihm mitzuteilen, was sie am Freitag entdeckt hatte.

Über der Frage, ob sie ihm davon nun erzählen sollte oder nicht hatte sie die ganze letzte Nacht kein Auge zugekriegt. Schließlich war sie aber doch zu dem Entschluß gelangt, daß sie auf keinen Fall schweigen durfte. Selbst wenn Walnikow nicht ihr Partner gewesen wäre, hätte sie Meldung erstatten müssen. Selbst wenn ihm jemand anderer zugeteilt wurde und sie wieder erlöst werden sollte. Er hatte nämlich ein Dienstabzeichen. Und er hatte eine Waffe. Er war Sergeant bei der Polizei von Los Angeles. Und er war verrückt.

»Sie sind jetzt dran, Natalie«, empfing sie Clarence Cromwell.

Das durfte doch nicht wahr sein! Clarence Cromwell massierte doch tatsächlich Hookers Hals, als sie das Büro betrat.

»Was haben Sie denn heute auf dem Herzen, Natalie?« stöhnte Captain Hooker. Und als Natalie Hipless Hooker sah, der sich unter den Händen Clarence Cromwells entspannte, wurde ihr mit einem Schlag bewußt, daß sie keine Chance haben würde. Sie versuchte es trotzdem. »Könnte ich Sie in einer Privatangelegenheit sprechen?«

»Muß das sein, Natalie?« stöhnte Captain Hooker, ohne seine Augen zu öffnen. »Sie werden mir doch nicht auch schon wieder mit einem Problem kommen? Wissen Sie eigentlich, wie wenig Zeit noch bis zu meiner Pensionierung bleibt und wie viele Probleme es bis dahin noch zu lösen gibt? Ein bißchen mehr nach links, Clarence.«

»Es ist wegen Walnikow, Captain«, fing Natalie an, wobei sie auf Clarence Cromwell starrte. »Ihr kleines Experiment, ihn mit einer weiblichen Beamtin arbeiten zu lassen, wird wohl nicht vom Erfolg gekrönt werden. Im Gegenteil...«

»Mensch, Natalie!« schnitt Clarence ihr das Wort ab und hörte mit dem Massieren auf, worauf Hipples Hooker die Augen aufschlug, an seinem Kaffee schlürfte und davon träumte, auf Clarences Jacht in den Avalon Harbor einzufahren und fette Seebrassen und Barracudas zu angeln. Die Channel Island. Der lichte Pazifik. Vielleicht auch ein Schwertfisch. Seine Frau Hunderte von Meilen entfernt in Van Nuys. Auf dem Festland gefangen!

»Ich habe es ja versucht, Captain«, setzte Natalie an, »aber das Ganze haut einfach unmöglich hin, und außerdem muß ich Ihnen etwas Wichtiges mitteilen. Wegen Walnikow.«

»Aha, und was wäre das?« erkundigte sich Hooker, während er sich an den Papieren auf seinem Schreibtisch zu schaffen machte.

»Er ist verrückt«, sagte sie einfach.

»Ja, und was sonst noch?« entgegnete Captain Hooker abwesend.

»Was sonst noch?«

»Um Himmels willen, wo ist das Problem?« erkundigte sich Captain Hooker schließlich mit Nachdruck.

»Das habe ich Ihnen doch gesagt. Er ist verrückt. Plemplem. Meschugge. Haben Sie mich verstanden? Ich meine nicht, ein bißchen komisch oder eigenartig. Ich will damit sagen, daß er geistesgestört ist. Ein Fall für den Psychiater. Absolut neben der Kappe. Ein Kandidat für eine Pension, und zum Abschied vielleicht noch einen kleinen Orden oder irgendeine andere Auszeichnung. Und dann stecken Sie ihn am besten in so eine weiße Jacke, deren Ärmel sich hinten zusammenbinden lassen.«

»Das ist doch wirklich das Blödeste, was ich Sie je habe sagen hören, Natalie«, brummte Clarence Cromwell, der nun vor Hookers Schreibtisch trat und sich so darauf setzte, daß der Captain völlig hinter seiner massigen Gestalt verschwand. Natalie bekam auf diese Weise eindrucksvoll demonstriert, wer in diesem Büro das Sagen hatte.

»Sie kennen Walnikow gar nicht richtig, Clarence!«

»Was soll das denn nun wieder? Ich habe schließlich jahrelang mit ihm zusammengearbeitet und...«

»Sie wissen absolut nicht, wie er *jetzt* ist. Ich sage Ihnen doch, daß er sie nicht mehr alle beisammen hat. *Wirklich.*«

Captain Hooker versuchte zwar, der Unterhaltung zu folgen, fand aber auf seinem Schreibtisch plötzlich ein Dokument, das aufs höchste sein Mißfallen erregte. »Bambarella!« brüllte er los, ohne daran zu denken, daß die Tür des Büros geschlossen war. Clarence Cromwell wäre fast vom Schreibtisch gefallen.

»Was ist denn Captain?«

»Bullets ist mit einem unserer Wagen hundert gefahren.«

»Aber Chef«, beruhigte ihn Clarence. »Die Geschwindigkeitsbegrenzung liegt doch bei neunzig. Das sind nur zehn drüber. Also hundert sind nun doch wirklich nicht schlimm.«

»In einer Tiefgarage?«

»Entschuldigen Sie mal, Captain«, schaltete sich Natalie Zimmerman ein. »Sie wollten mich doch in der Sache Walnikow anhören.«

»Natalie, bitte!« stöhnte Captain Hooker. »Kommen Sie endlich zur Sache.«

»Sie haben doch erst einen Tag mit ihm gearbeitet«, warf Clarence Cromwell ein. »Er mag ja ein bißchen seltsam sein, aber gleich verrückt? Was hat er denn Verrücktes getan?«

»Das ist gar nicht so einfach, Clarence. Das sind immer mehrere...«

»Nur *ein* Beispiel«, drängte Clarence. »Mehr verlange ich gar nicht.«

»Ein Beispiel?«

»Genau, *ein* Beispiel.«

»Na gut, er hat zum Beispiel gesagt, als er am Freitag nach Hause ging, er würde sich ein Weihnachtsessen kochen. Ich hoffe, Sie sind sich darüber im klaren, daß wir heute den zehnten Januar schreiben.«

Das gab Clarence Cromwell einen Augenblick zu denken, bis er plötzlich zu kichern anfing. »Das darf doch nicht wahr sein! Ist das wirklich alles? Warten Sie doch mal einen Augenblick, Natalie. Ich möchte mich nur schnell vergewissern.«

Zu Natalies Erleichterung schoß Clarence Cromwell aus dem Büro. Endlich war ihre Chance gekommen, mit Hooker unter vier Augen zu sprechen, falls sie es zumindest schaffen sollte, ihn beim Lesen der Berichte auf seinem Schreibtisch zu unterbrechen.

»Captain, da waren eine Menge Dinge. Alles mögliche. Im einzelnen ist das schwer zu erklären, aber man braucht sie nur alle zusammenzunehmen, und heraus kommt dabei nur eines: verrückt!«

»Ja«, pflichtete er ihr bei und blickte sogar für den Bruchteil einer Sekunde auf. »Ich weiß, daß Walnikow etwas eigenartig ist. Deswegen haben wir Sie beide ja zusammengesteckt. Meinen Sie denn nicht, Natalie, daß Sie noch etwas länger mit ihm zusammenarbeiten könnten... Gütiger Gott, hören Sie sich das mal an! Bambarella wird von einem Parkwächter angehalten, während er in der Tiefgarage eines Apartmenthauses hinter so einer Blondine in einem Cabrio herjagt, und der Parkwächter sieht sein Schulterhalfter und meint, ob er ein Polizist ist, worauf Bambarella nichts Besseres zu sagen weiß als, Zitat Anfang, nein, du Arschloch, ich bin von der Cosa nostra! Zitat Ende. Herr im Himmel! Von der Cosa nostra!«

»Captain, jetzt hören Sie doch endlich einmal...«

Aber es war bereits zu spät. Sein Kopf schmerzte einfach zu sehr. Und Clarence Cromwell kam mit triumphierender Miene wieder in den Raum geschossen. Er knallte die Tür hinter sich zu und verkündete siegessicher: »Wissen Sie, was letzten Freitag war, Natalie?«

»Der siebente Januar. Was soll das denn nun wieder?«

»Ja, für *Sie* war es nur der siebente Januar! Aber für ihn war Weihnachten. Russisches Weihnachten! Na, was sagen Sie jetzt?«

»Na also«, meinte Captain Hooker mit einem schwachen Lächeln; immerhin war eben eine potentielle Krisensituation bereinigt worden. »Wenn es weiter nichts ist, warum gehen Sie dann nicht einfach wieder an Ihre Arbeit, Natalie, und...«

»Mir ist völlig egal, ob letzten Freitag russisches Weihnachten war. Das war ja nicht das einzige.«

»Ja, also wissen Sie, Natalie, für eine Beamtin Ihres Alters und Ihrer Erfahrung ist das doch wirklich etwas kindisch. Ich würde... Guter Gott, habe ich Kopfschmerzen. Clarence!«

»Ich hol' Ihnen ein paar Aspirin, Captain«, sagte Clarence mit einem wütenden Seitenblick auf Natalie Zimmerman, die auf ihre widerspenstige Haarlocke starrte und ihre überdimensionale Brille zurechtrückte. »Ich bringe Ihnen ein paar Aspirin, Captain, und Natalie geht wieder an die Arbeit. Und zwar *mit* ihrem Partner Walnikow.«

»Genau, genau«, nickte Captain Hooker. »Ich weiß zwar, daß Sie sich nicht gern mit Einbrüchen befassen und Walnikow nicht mögen, aber versuchen Sie es trotzdem – zumindest eine Weile. Und falls da irgendwelche Anzeichen von, äh, ungewöhnlichem Verhalten sein sollten, erstatten Sie Meldung, dann werden wir weitersehen. Aber sehen Sie zu, daß Sie sich erst mit ein paar Fällen befassen, Natalie. Russisches Weihnachten. Gütiger Gott! Und machen Sie bitte in Zukunft keine voreiligen Anschuldigungen! Ich habe bereits *genügend* Scherereien.«

Clarence Cromwell fing wieder an, Hookers Hals zu massieren, und starrte Natalie Zimmerman aus dem Büro hinaus.

Als Natalie den Bereitschaftsraum betrat, saß Walnikow hinter seinem Schreibtisch und schlürfte seine dritte Tasse Tee. Warum mußte der Kerl Tee trinken? Warum konnte er nicht wie jeder andere hier auf der Wache Kaffee trinken? Frustriert ließ sie sich auf den Stuhl neben ihm plumpsen und stierte auf den Teebeutel auf der Untertasse. Dann sah sie Walnikow an. Seine Augen waren rot und wäßrig. Er trug dieselbe Krawatte, die ihm Clarence Cromwell letzten Freitag geliehen hatte. Seinen Anzug hatte er jedoch gewechselt. Dieser war grau, sah aber genauso aus wie der andere. Er sah immer gleich aus. Wäßrige, blutunterlaufene Augen. Schon am Morgen ein schwacher Alkoholgeruch. Das Haar in allen Richtungen davonstehend, an manchen Stellen naß an den Kopf geklatscht, an anderen büschelweise in zimtfarbenen Strähnen abstehend. Er lächelte freundlich, dieses blöde, geduldige Lächeln. Natalie konnte im Moment nur an eines denken. »Würde es Ihnen etwas ausmachen, Ihre Jacke aufzumachen, Walnikow?«

»Wie bitte, Natalie?«

»Ich sagte, würden Sie bitte Ihre Jacke aufknöpfen und aufhalten?«

»Natürlich.« Er zuckte mit den Achseln. »Falls Sie Angst haben, ich könnte meinen Revolver vergessen haben, dann machen Sie sich deswegen mal keine Sorgen. In solchen Dingen bin ich immer sehr vorsichtig.«

Sie streckte ihren Arm aus und klappte seine Jacke auf. Wie sie vermutet hatte, war auch die Innentasche dieses Anzugs nicht mit Nadel und Faden ausgebessert, sondern mit Büroklammern.

»Dachte ich mir's doch.«

»Was?«

»Daß Sie alle Ihre Näharbeiten mit dem Bürohefter hier machen.«

»Ich werde es schon noch nähen. Ich hatte das wirklich vor.«

»Ist doch auch völlig egal«, seufzte sie. »Höchstens, wenn Sie am Flughafen durch die Kontrolle müßten, würden Sie vielleicht Schwierigkeiten bekommen mit all dem Metall, mit dem Sie Ihre Sachen zusammengeflickt haben.«

»Sollen wir denn irgendwohin fliegen?« fragte der Detektiv, mit seinen wäßrigen Augen verwirrt blinzelnd. »Irgendein Sonderauftrag?«

Ich werde gleich fliegen, du Blödmann, dachte Natalie Zimmerman. Ich werde gleich über Hookers Kopf hinweg zum Bezirkskommandanten fliegen, wenn es sein muß. Und du wirst dann von deinem Posten fliegen. Gleich darauf verspürte sie jedoch einen heftigen Gewissensbiß, als sie daran dachte, wie er sie mit seinem massigen Körper gegen mögliche Querschläger abgeschirmt hatte, als sie William Allen Livingstone den Garaus machten. Verdammt noch mal, aber er ist trotzdem verrückt!

»Ich habe schon alle Ihre Berichte erledigt, Natalie«, lächelte Walnikow in der etwas verspäteten Erkenntnis, daß das mit dem Flugzeug ein Witz gewesen war. »Ich habe gesehen, daß Sie mit dem Captain etwas zu besprechen hatten. Deshalb habe ich gleich alles für Sie erledigt. Wenn Sie wollen, können wir gleich losfahren. Wir haben nur einen Täter im Gefängnis.«

»Sehen wir uns den Burschen mal an, und bringen wir die Sache hinter uns«, seufzte sie.

»Also gut, an die Arbeit«, lächelte er.

Mach du dich mal an *deine* Arbeit. Ich werde mich mit etwas anderem befassen, dachte sie. Und von diesem Augenblick an – Walnikow stand kurz vor der Aufklärung seines bedeutendsten Falles – gelangte Natalie Zimmerman zu dem Schluß, daß *ihr* Fall, der einzige Fall, der sie im Augenblick interessierte, der Fall Sergeant A. M. Walnikow war. Sie stellte ihre eigenen Nachforschungen an. Und sie würde ihnen unwiderlegbare Beweise vorlegen. Dieser Detektiv war keineswegs nur ein bißchen exzentrisch oder ›seltsam‹. Dieser Detektiv war *verrückt.*

Gerade bevor sie nach draußen gingen, kam Clarence Cromwell lachend aus Hookers Büro und reichte Natalie Zimmerman eine Einbruchsmeldung. »Hier ist noch eine, Nat. Eben reingekommen. Irgend jemand hat aus einem Laden in unserem Revier dreiundachtzig Pfund Fledermausguano gestohlen.«

»Was soll daran so komisch sein?«

»Der Captain hat gemeint: Gibt es in Hollywood tatsächlich so ein großes Düngergeschäft, Clarence? Das waren immerhin dreiundachtzig Pfund. Nee, Captain, sage ich, das ist keine große Firma oder so etwas. Das war wieder einmal nur so eine Deckadresse von einem Betrugsunternehmen!«

Clarence mußte sich gegen die Türe lehnen, um nicht umzukippen. Selbst Hooker hielt sich vor Lachen den Bauch. Nachdem sie ihre Fahrt zur Channel Island für nächstes Wochenende geplant hatten, war ihre Stimmung wieder wesentlich besser.

Walnikow begriff nicht, worum es ging, bis Clarence sich ihm zuwandte und herausplatzte: »Fledermausguano! Betrugsunternehmen! Hast du es jetzt kapiert?«

Und dann verstand Walnikow endlich, und während Natalie Zimmerman auf ihre widerspenstige Haarlocke einredete, kicherte er höflich.

Der Mann, den sie im Central Jail aufsuchten, war Bernie Mitchell, besser bekannt als ›Itchy Mitch‹. Dieser Name rührte daher, daß er jedesmal, wenn er wegen irgendeiner Schurkerei geschnappt wurde, was – so hieß es zumindest – nur in Monaten mit einem ›r‹ vorkam, das Nesselfieber bekam. Itchy Mitch wanderte recht häufig in den Knast, aber da er nur Autos stahl, bekam er selten mehr als ein paar Monate aufgebrummt. Im übrigen hatte sich Itchy Mitch nur aus dem Grund entschlossen, auf Einbruch umzusteigen, da er Angst hatte, irgendein Richter könnte allmählich genug von seiner Autoknackerei bekommen und ihn in ein Staatsgefängnis stecken. Er hatte sich sagen lassen, daß man wegen Einbruchs, ähnlich wie auch bei Autodiebstahl, nur in den seltensten Fällen in ein Staatsgefängnis kam, es sei denn, man hatte bereits eine Menge ähnlicher Vergehen auf dem Kerbholz. Und da Itchy Mitch noch nie wegen Einbruchs geschnappt worden war, rechnete er sich aus, er könnte sich zumindest vier- bis fünfmal schnappen lassen, ohne daß einem Richter die Galle überlief.

Natalie brauchte ihn nur über den Tisch im Gefängnisverhörraum hinweg anzusehen, und es begann sie bereits zu jucken. Mitch war einen Meter fündundachtzig groß und wog weniger als Natalie, die für ihre einsdreiundsiebzig ein recht passables Gewicht hatte. Er hatte einen Kranz langen, braunen Haares, während die Schädeldecke bereits halb kahl war. Das Nesselfieber hatte Arme, Hals und Schädel befallen. Er hatte sich, um sich besser kratzen zu können, sein schmutziges weißes Hemd aufgerissen. Und während er nun an dem Tisch Walnikow und Natalie gegenübersaß und ständig von einem zum anderen sah, waren seine Hände ununterbrochen in Bewegung.

Itchy Mitch kratzte seinen Hals, seinen eingefallenen Brustkasten, seinen Rücken, so weit seine Arme reichten, seine Achselhöhlen und seine Beine. Liebend gern hätte er sich auch am Sack gekratzt, was er jedoch mit Rücksicht auf Natalie unterließ. Dann begann er wieder von vorne: den Hals, die Brust, die Achselhöhlen...

»Ich hätte mich nie mit dieser Alten einlassen sollen, Sergeant«, winselte Itchy Mitch, nachdem sie ihn – vielleicht zum dreiundachtzigstenmal in seinem Leben – auf seine staatsbürgerlichen Rechte aufmerksam gemacht hatten.

»Auf was für eine Alte?« fragte Natalie mechanisch, ohne sich wirklich dafür zu interessieren. Wenn Walnikow seinen Fall hatte, an dem er arbeitete, hatte sie den ihren.

»Es sind immer die Weiber, Sergeant, die einen anständigen Mann in Schwierigkeiten bringen. Immer die Weiber.« Itchy Mitch kratzte sich ausgiebig.

»Sollten wir uns nicht lieber über das Kaufhaus unterhalten, in dem Sie verhaftet wurden?« versuchte Walnikow zum Thema zu kommen.

»Ich hätte doch bei meinen Gebrauchtwagen bleiben sollen, Sergeant«, sinnierte Itchy Mitch, während er gerade seine Fußgelenke bearbeitete. »Wirklich ein toller Job. Bis mir dann eines Tages diese Kuh in die Augen sticht. Und dann habe ich zugeschlagen.«

»Eine Kuh?« fragte Natalie und kratzte sich ebenfalls.

»Wissen Sie, so eine Scheißkiste, die wir für einen Buick in Zahlung genommen haben. Ich denke mir, wer würde das schon merken? Ofen und Orgel kaputt, und außerdem noch falsche weiße Schuhe.«

»Ich verstehe Sie wirklich nicht ganz, Mitch«, meinte Walnikow, der sich inzwischen ebenfalls kratzte.

»Was?«

»Ofen und Orgel? Weiße Schuhe?«

»Ach so, Sergeant, Heizung, Radio und Weißwandreifen!«

»Das wußte ich nicht, Mitch, ich hatte nie mit Autodiebstahl zu tun«, entschuldigte sich Walnikow.

»Bin ich also mit der Kiste nach Arizona, wo ich aber nie angekommen bin. Ich hatte wieder mal den schwarzen Peter erwischt. Mein ganzes Leben lang erwische ich immer nur den schwarzen Peter. Warum ausgerechnet ich?« quengelte er, wobei Walnikow die Art, wie er die Augen zur Decke hob, an Natalie erinnerte. »Warum ausgerechnet ich?«

»Was ist mit dem Kaufhaus, Mitch?« drängelte Natalie.

»War ich also unterwegs, um diese Kiste nach Arizona zu bringen, und dann denke ich, läßt du das Ding mal durch 'ne Waschanlage laufen. Ich hatte nämlich meine Freundin dabei, und da wollte ich sie nicht in so 'nem dreckigen Schlitten herumkutschieren. Stellen Sie sich das mal vor! Saddie ist so 'ne Schlampe, daß ich erst mal sie in die Badewanne hätte stecken sollen, anstatt mir wegen des bißchen Drecks auf diesen falschen Weißwandreifen Gedanken zu machen. Kommt da also so 'n Typ auf mich zu, so einsneunzig oder um den Dreh rum, mit 'nem Mordsschnauzer, der ihm über die Mundwinkel runterhing. Wer ist das denn, sage ich noch – Dschingis Khan? Und er sagt es mir dann auch gleich, wer wer ist. 'n Bulle! So 'n Scheißdetektiv, der hauptsächlich Autodiebstähle macht. Legt er mir also den Arm auf die Schulter, und schon ist die Scheiße perfekt, und mein Boß wollte natürlich nicht glauben, daß ich nur so 'ne kleine Probefahrt machen wollte. Wirklich 'n feiner Kerl, mein Boß. Diese Kuh war, wenn es hoch kommt, vielleicht ihre fünfhundert Eier wert!«

»Könnten Sie mir – äh – vielleicht sagen, was das mit diesem Einbruch zu tun hat?« erkundigte sich Walnikow.

»Wie? Verstehen Sie denn nicht?« Mitch war nach wie vor mit Kratzen beschäftigt.

»Nein, das verstehe ich nicht.« Walnikow kratzte sich ebenfalls.

»Ich brauchte doch etwas Geld, Sergeant, um die Strafe für diesen Autodiebstahl zu zahlen. Was hätte ich denn tun sollen? Und dann werde ich gleich bei meinem ersten Bruch in diesem Kaufhaus geschnappt. Das zeigt doch nur, daß ich in diesem Geschäft kein Profi bin. So 'n Kaufhaus räumt doch jeder andere mit links aus, meine Fresse! Kommen Einbrecher eigentlich auch ins Staatsgefängnis?«

»Nicht sehr häufig, Mitch«, beruhigte ihn Walnikow, während er sich seine letzten Notizen zu Itchy Mitchs Geständnis machte.

»Das ist ja immerhin mal schon 'n schwacher Trost«, wandte sich Mitch an Natalie, die es unter dem Träger ihres Büstenhalters fürchterlich juckte.

Als sie Itchy Mitch dann zu dem Gefängniswärter zurückeskortierten, drehte er sich kratzend noch einmal zu ihnen um und sagte: »Eines noch, Sergeant, Sie haben ja auch schon einiges gesehen auf dieser Welt. Könnten Sie mir vielleicht eine Frage beantworten?«

»Mal sehen«, antwortete Walnikow, der sich gerade seinen Hemdkragen aufknöpfte und seine Krawatte löste, um an eine schrecklich juckende Stelle am Schlüsselbein zu kommen.

»Warum kriegen manche Leute *immer* den schwarzen Peter?«

Im Gegensatz zu letztem Freitag, der recht gewalttätig verlaufen war, erschien Natalie Zimmerman dieser Montag ebenso typisch wie langweilig. Das heißt, sie verbrachten neunzig Prozent ihrer Zeit damit, wie brave Bürokraten Berichte zu verfassen. So dauerte es zum Beispiel allein vier Stunden, bis sie die Formalitäten für Itchy Mitchs Einbruchsfall erledigt hatten. Einen recht beträchtlichen Teil dieser Zeit verbrachten sie zusammen mit zwanzig anderen Detektiven im Wartezimmer des Staatsanwalts in der Innenstadt. Walnikow verstand sich aufs Warten. Ganz anders Natalie. Sie las die Zeitung von vorne bis hinten durch. Sie las jede blöde Illustrierte, die herumlag, und selbst die Sportzeitschriften und Sexhefte, die einer dieser Dreckskerle in seiner Aktentasche dabeihatte. Sie schritt auf dem Gang auf und ab, rauchte und unterhielt sich mit einer anderen Polizistin von der Hollenbeck-Abteilung.

Jedesmal, wenn sie wieder ins Wartezimmer sah, saß Walnikow wie ein dösender Grizzly einfach nur da. Von Zeit zu Zeit schlug er seine Augen auf, um einen Detektiv, der gerade etwas zu ihm sagte, mit einem freundlichen Kopfnicken und einem ›Guten Morgen‹ zu bedenken und dann wieder in seinen Winterschlaf zu verfallen.

Als es im Wartezimmer allmählich leerer wurde und schließlich außer ihnen nur noch zwei andere Detektive anwesend waren, die beide in ihren Stühlen vor sich hin dösten, begann Walnikow im Schlaf zu wimmern. Natalie sah von ihrer Zeitung auf. Walnikow schwitzte. Schließlich wurde sein Wimmern so laut, daß er einen der beiden anderen Detektive aufweckte, worauf dieser erst Walnikow und dann Natalie einen fragenden Blick zuwarf und dann mit den Achseln zuckte. Als nächstes begann Walnikow zu *schluchzen.*

Es war das Kaninchen. Das verwundete Kaninchen, das sich im Schnee wand. Der Schnee, das Land, sich ins Endlose erstrekkend. Sibirien. Die sehnigen Hände des Jägers durchschnitten die Kehle des Kaninchens, und dann weidete er es mit zwei Schlitzern seines Hirschfängers aus, der in dem frostigen Sonnenlicht aufblitzte. Der Körper des Kaninchens zuckte noch, als ihm der Jäger die Eingeweide herauszog, die Kieferknochen brach und das Fell über die Ohren zog. Laut zischte das reißende Gewebe unter den kräftigen Händen des Jägers.

»Walnikow!« Sie schüttelte ihn.

»Das Kaninchen!«

»Was?«

»Natalie.«

»Ja, Sie haben geschlafen. Sie hatten wohl einen Alptraum oder so etwas.«

»Ja?« Die beiden anderen Detektive, die Walnikow nicht kannte, saßen inzwischen kerzengerade auf ihren Stühlen und starrten ihn an.

»Ja, Sie haben... Na ja, Sie haben geweint.«

»Das ist doch nicht möglich«, schüttelte Walnikow den Kopf und griff mit zitternden Händen nach seinem Taschentuch. »Ausgeschlossen.«

Er wischte sich damit über sein Gesicht und nahm dankbar die Tatsache zur Kenntnis, daß die Sekretärin nun sie aufrief. »Walnikow und Zimmerman, kommen Sie bitte zu Mr. Holman.«

Als sie wieder in ihrem Wagen saßen und nach Hollywood zurückfuhren, merkte Walnikow, daß gerade Mittagszeit war.

»Wo würden Sie denn heute gerne essen, Natalie?« fragte er mit einem Lächeln.

»Das ist mir egal«, erwiderte sie.

Die Fahrt über waren sie beide sehr still. Dieses Schluchzen. Er war verrückt und durfte auf keinen Fall mehr frei herumlaufen. Aber bei Gott, wie er im Schlaf geschluchzt hatte. »Wo Sie wollen, Walnikow. Ich überlasse das ganz Ihnen.«

»Wirklich?« Er lächelte. So nett war sie noch nie zu ihm gewesen, seit sie zusammen waren. Wie lange war das eigentlich schon her? Er mußte kurz überlegen. Eine Woche? Dann fiel ihm ein, daß ihm die Zeit nur deshalb so lang erschienen war, weil Freitag ihr erster gemeinsamer Tag gewesen war und das Wochenende dazwischen lag. Das Wochenende. Er hatte dieses Wochenende eine Menge getrunken. Stolitschnaja. Er mußte wirklich aufpassen, sonst dachten manche Leute noch, er wäre Alkoholiker.

»Wo wollen Sie denn jetzt hin?« fragte Natalie, als er plötzlich, stadtauswärts fahrend, vom Hollywood Freeway abbog und wieder in Richtung Stadtmitte zurückfuhr.

»Sie haben gesagt, es wäre Ihnen gleich, wo wir heute essen«, lächelte Walnikow. »Wenn es Ihnen nichts ausmacht, bringe ich Sie heute einmal ein bißchen woanders hin.«

»Woanders?«

»Vielleicht gefällt es Ihnen.« Walnikows Miene nahm einen leicht sorgenvollen Ausdruck an. »Aber erwarten Sie sich nicht zu viel. Nichts Großartiges. Nur einfach etwas, das ich mir manchmal genehmige.«

»Schon gut, Walnikow, schon gut«, seufzte Natalie. »So lange es nur kein McDonald's ist. Diese Big Macs kann ich allmählich wirklich nicht mehr sehen.«

»Charlie Lightfoot«, murmelte Walnikow. Sie sagten immer, der alte Charlie Lightfoot wäre morgens ausnahmslos so übel gelaunt gewesen, daß das einzige auf der ganzen Welt, das er nicht haßte, ein Egg McMuffin war. Charlie Lightfoot.

»Wer ist denn Charlie Lightfoot?« wollte Natalie wissen.

»Warum haben Sie das eben gesagt, Natalie?« Walnikow sah sie verdutzt an.

»Warum soll ich was gesagt haben?«

»Ich habe eben an Charlie Lightfoot gedacht, und im selben Augenblick haben Sie seinen Namen gesagt! Das ist doch höchst ungewöhnlich! Wie bei einem Medium...«

»Sie haben doch selbst seinen Namen genannt, Walnikow!«
»Nein, ich habe nur an Charlie Lightfoot *gedacht* und...«
»Und dabei Charlie Lightfoot gemurmelt. Meine Güte!«
»Habe ich das wirklich getan?«
In diesem Augenblick breitete sich echte Beunruhigung auf seinem Gesicht aus. Als hätte man ihn aus seinem Traum aufgeweckt. So ein Bulle von einem Mann wie er. Völlig verängstigt.
Sie brauchte unbedingt Beweise. Sowohl zu seinem Besten wie zu dem der Polizei. Es ging dabei keineswegs mehr nur um sie selbst. »Ich murmle manchmal auch einfach so vor mich hin, wenn ich angestrengt über etwas nachdenke«, beruhigte sie ihn. »Das ist keineswegs ungewöhnlich.«

»Aber ich habe doch gar nicht angestrengt nachgedacht«, warf er ein, als er in die Spring Street einbog. »Ich mußte nur eben an Charlie Lightfoot denken. Wir haben in der Mordkommission jahrelang zusammengearbeitet.«

»Hat es Ihnen dort gefallen, Walnikow?« fragte sie ihn und bot ihm eine Zigarette an, während er mit der gewohnten Vorsicht im dichten Innenstadtverkehr dahinfuhr und in den smoggefilterten Sonnenschein hinausblinzelte.

»Ich rauche nur ganz wenig«, entgegnete er. Dann fiel ihm wieder ihre Frage ein, und er sagte: »Ja, die Arbeit bei der Mordkommission hat mir gefallen. Das kann man schon sagen. Wissen Sie, jeder denkt, es wäre etwas Besonderes, wenn man bei der Mordkommission im Zentrum ist. Das ist mit 'ner Menge Prestige verbunden. Und es hat mir auch ganz gut gefallen. Charlie Lightfoot war der beste Partner, den ich je hatte.« Und dann fügte er hinzu: »Natürlich werden auch wir uns gut verstehen, Natalie, dessen bin ich mir ganz sicher.«

»Warum hat man – haben Sie sich entschlossen, sich nach Hollywood versetzen zu lassen?« fragte sie plötzlich.

»Na ja, ich... ich...« Diese Frage gefiel ihm gar nicht. Das war etwas, was ihn in letzter Zeit beunruhigte. Wenn ihm eine Frage nicht paßte, wenn sie ihm ungelegen kam, verlor er plötzlich die Kontrolle über die Situation. Er war sich nicht einmal sicher, was sie gesagt hatte. Da war plötzlich wieder dieses verschwommene Bild. All diese flimmernden Gestalten, wie bei einem Déjà-vu-Erlebnis. Etwas – etwas war da! Wenn es nur zwischen den flimmernden Punkten der Blitzlichter Gestalt annähme. Wenn er es nur einmal richtig sehen könnte. Und dann fing es wie immer an zu verblassen. Komm doch zurück! Diesmal hätte ich dich fast gehabt!

Charlie Lightfoot. Er war ein guter Partner gewesen. Der beste. Ein stiller Mensch wie Walnikow. Wie Walnikow hatte auch er jahrelang in einer unglücklichen Ehe gelebt. Allerdings mit einer Frau, die ihn haßte, anstatt mit einer, die trank und spielte. Und er hatte ein Kind, das sich zunehmend von ihm entfernte. Seltsam, wie sie heranwachsen und allmählich immer mehr jeden Respekt vor ihren Vätern verlieren. Der uralte Generationskonflikt. Ein guter Partner. Das war vielleicht überhaupt das schwierigste Problem bei der Polizeiarbeit. Finde erst einmal diesen Partner. Mit dem du auskommst. Und dann sieh zu, daß er dir bleibt. Speziell wenn es ein Detektiv von der Mordkommission ist.

Er hatte ihre Frage hinsichtlich seiner Versetzung noch nicht beantwortet. Natalie hatte sich ihm zugewandt und starrte ihn an. Sie wußte, daß er völlig den Faden verloren hatte. Sie spürte, daß er ganz woanders war. Er fuhr einfach nur dahin. »Treffen Sie sich noch manchmal mit Charlie Lightfoot?« fragte Natalie ruhig. Wie sollte man über so etwas einen Bericht schreiben? Was sollte sie dem Captain erzählen? Mußte Walnikow erst komplett durchdrehen, bevor sie ihr glauben würden?

Er fuhr ziellos dahin. Er hatte jedes Richtungsgefühl verloren. Sein ganzes Leben lang hatte er in dieser Stadt gewohnt, und nun kannte er sich nicht mehr aus.

»Erzählen Sie mir doch etwas mehr über Charlie Lightfoot«, tastete sie sich vorsichtig weiter.

Als er an der Fifth Street in Richtung Osten fuhr, glotzte er auf das Straßenschild, als käme er hier zum erstenmal vorbei. Dann fing er zu erzählen an: »Für sein Alter hatte Charlie wirklich etwas auf dem Kasten. Er war sechsundzwanzig Jahre bei der Mordkommission, als er alles hinschmiß und nach Arizona ging. Dort hat er sich dann einen Wohnwagen gekauft. Charlie war wirklich ein Detektiv, das kann man wohl sagen.«

»Wie war er denn, Walnikow? Erzählen Sie mir doch von ihm. Was war denn an ihm, das Sie so bewundert haben?«

»Bewundert?« Walnikow machte einen abwesenden und verwirrten Eindruck, als wäre er von seinem Traum erwacht.

Natalie fiel auf, daß er zu schwitzen begann. Das durfte sie nicht vergessen, wenn sie den Kommandanten aufsuchte und wenn sie dem Polizeipsychologen seine Symptome beschreiben würde.

»Charlie kam mit allem besser zurecht als irgend jemand sonst, den ich kenne«, sprach Walnikow weiter. »Auch besser als ich. Haben Sie eigentlich eine Ahnung, wie viele Meldungen da täglich eingehen? Sowohl von den Uniformierten, wie auch von den Zivilstreifen. Sie können sich keine Vorstellung machen, wie viele Morde die melden, die gar keine sind.«

»Ja, tatsächlich? Sind das wirklich so viele?«

»Das kann man wohl sagen. Da findet zum Beispiel ein Typ von der Sitte, während sie gerade eine Nutte überwachen, einen Lexikonvertreter tot in seinem Hotelzimmer. Er liegt auf dem Rücken quer über dem Bett. Sein Kopf hängt zum Boden runter, und darunter ist ein Riesenbluthaufen zu sehen. Der Teppich konnte das ganze Schlamassel gar nicht aufsaugen.«

»Ein Riesenbluthaufen«, wiederholte Natalie leise.

An der Wall Street fuhr Walnikow dann nach Süden und knöpfte seinen Hemdkragen auf.

*Ein Blut*haufen *also. Es gerinnt, und man bräuchte eine Schaufel, um es wegzumachen. Da wächst ein karmesinroter Stalaktit von seiner Nase zu der Schaufel voll Blut unter seinem Kopf. Der Mann von der Sitte ist ganz außer sich vor Aufregung. Er hat ein Mordopfer entdeckt. Sollen wir die Presse benachrichtigen, Sergeant? Die Fingerabdruckspezialisten? Den Captain?*

Nein. Keine Presse. Keine Fingerabdruckspezialisten. Kein Captain. Kein Mord.

Kein Mord? Aber Sergeant. Das Blut! Man hat ihn erschlagen! Oder erschossen! Ich habe ihn bis jetzt nicht angerührt. Da muß bestimmt irgendwo eine Schußwunde sein!

Keine Schußwunde. Kein Schuß. Kein Mord. Und dann fand Charlie Lightfoot die leere Ampulle unter dem Bett. Wahrscheinlich hatte er den Doktor um ein Medikament für seine Nerven gebeten. Das Rezept war einen Tag alt. Seine Nerven würden ihm jetzt keine Schwierigkeiten mehr machen. Er hatte – sehen wir mal kurz nach – vierzig Tabletten geschluckt. Das waren fast zweihundert Milligramm, nicht wahr? Und womit hat er das Zeug hinuntergespült? Ach ja. Da haben wir es schon, Charlie. Das Glas ist unter dem Kopfkissen.

Aber das Blut! Sergeant, das Blut...

...kommt aus seiner Nase. Sehen Sie den roten Stalaktiten? Sehen Sie ihn im Lichtkegel der Taschenlampe schimmern und schwitzen? Da. Er ist von seiner Nase bis zu der Schaufel voll wachsigen Bluts auf dem Boden geronnen. Er ist zurückgefallen, als er das Bewußtsein verlor. Sein Kopf be-

rührt gerade noch den Boden. Das Blut beginnt in seinen Kopf zu steigen. Er ist zwar ein Weißer, aber sein Gesicht wird langsam schwarz. Das Blut kann nirgendwo hin. Es staut sich immer mehr in seinem Kopf an. Schließlich tut es das, was es tun muß; es bricht durch seine Nase aus.

Aber Sergeant! Sein Gesicht ist doch ganz dunkel angelaufen und geschwollen. Ich habe ihn mit dem Bauch nach oben gefunden. Er sieht aus wie ein ... wie ...

Der Lexikonvertreter ging mit dem Gesicht einer Schildkröte in die Ewigkeit ein.

Sind Sie sicher, Sergeant, daß es kein Mord war? Dieser Bluthaufen?

Nein, mein Guter, das ist nichts anderes als das Gesetz der Schwerkraft.

»Sie haben von einem Bluthaufen gesprochen«, meldete sich Natalie wieder zu Wort.

Er hatte zwei Minuten nichts gesagt, obgleich er dachte, er hätte das mit dem Bluthaufen erklärt. Deshalb ging er dazu über, weiter über Charlie Lightfoot zu erzählen.

»Ja, wissen Sie, Charlie hatte für so etwas echt einen Riecher. Das erleichtert einem die Arbeit ungemein. Diese Uniformierten rufen einen oft aus den verrücktesten Gründen. Selbst die alten Hasen. Die haben einfach keine Ahnung. Aber Charlie weiß echt Bescheid. Wußte Bescheid.«

»Worüber?« fragte Natalie.

Charlie wußte Bescheid. Wie viele bringen sich selbst um. Mein Gott, wie viele!

Das erste, wonach man sieht; hat das Opfer Selbstmord begangen?

Selbstmord? Das soll wohl ein Witz sein, Sergeant? Wir haben da drin eine alte Frau in ihrem Kleiderschrank gefunden. Sie haben ihr die Unterhose auf die Knöchel herabgezogen! Man hat sie vergewaltigt und ermordet! Sollen wir die Fingerabdruckspezialisten verständigen? Die Presse? Den Captain?

Nein, ich sage Ihnen doch, es ist ein Selbstmord.

Ein Selbstmord! Jetzt hören Sie aber mal, ich bin schon zwölf Jahre bei der Polizei!

Hast du es schon gefunden, Charlie?

Ja, hier. Sie hat eine ganze Flasche Drano getrunken. Die hat ihr den Darm tüchtig durchgeräumt, das kann man wohl sagen.

Aber sehen Sie doch, sie ist vergewaltigt worden. Jemand hat sie vergewaltigt. Ein ...

Jetzt beruhigen Sie sich mal, sie hat nur Durchfall gekriegt. Sie hätte wohl auch nie gedacht, wie schnell einem dieses Zeug den Darm durch-

räumt. Natürlich wollte sie sich nicht den Darm durchräumen; die wollte sich schon selbst die Toilette runterspülen. Und zwar gründlich. Und wie Sie sehen, ist ihr das ja auch geglückt. Aber vorher sind ihre Eingeweide noch ein bißchen in Bewegung gekommen. Und sie ist fünfundsechzig. Und fünfundsechzigjährige Damen machen nicht gerne in die Hosen, auch wenn sie sich selber schon die Toilette runterspülen wollen. Sie ist also noch aufs Klo gerannt, hat es aber nicht mehr geschafft. Dabei ist sie seitlich in diesen Wandschrank gefallen, und das Blut und die Galle, die Sie da sehen, kommen aus ihrem Rektum. Es hat sie also niemand vergewaltigt, und umgebracht auch nicht.

Aber Sergeant Lightfoot. Sergeant Walnikow. Ich hätte schwören können. Ihr Gesicht! Ich hätte schwören können, daß sie vergewaltigt und erwürgt wurde. Ihre Backen sind doch aufgeblasen wie bei einem... bei einem...

Die alte Frau mit dem durchgeräumten Darm war mit dem Gesicht eines Ballonfisches in die Ewigkeit eingegangen.

»Wo fahren wir eigentlich hin, Walnikow?« fragte Natalie nervös.

»Charlie Lightfoot konnte einen von den Kerlen von der Fingerabdruckabteilung nicht ausstehen«, erzählte Walnikow weiter, als er in die East Sixth Street einbog und an den Grüppchen von Pennern und Säufern vorbeifuhr. Es war eine ziellose Tour durch die Skid Row. Vorbei am Slavenmarkt, wo acht armselige Gestalten auf einer Bank an einer Bushaltestelle saßen. Sie warteten jedoch nicht auf einen Bus, sondern sprachen verschiedene Autofahrer an, die vor ihnen hielten. Möchten Sie einen Sklaven, Mister? Keine Schwulitäten. Nur einen Tag ehrliche Arbeit. Wenn's sein muß, auch nur einen halben Tag. Ich mähe Ihren Rasen, streiche Ihr Büro oder bringe Ihren Müll weg. Aber Schwulitäten mache ich keine. Und auch nichts mit Peitschen. Dafür bin ich nicht zu haben. Ich mache nur ehrliche Arbeit. Fünfzehn Dollar? Na ja, ich weiß nicht. Vielleicht noch zwei Flaschen Bourbon? Also gut, abgemacht!

»Was für einen Typen von der Fingerabdruckabteilung?« drang Natalie in ihn.

»Diesen Polizisten. Wir nannten ihn immer Goremore. Er nahm den Leichen immer für uns die Fingerabdrücke ab, und besonders gern tat er das, wenn er irgendeinen Vorwand fand, den Bolzenschneider zu verwenden.«

»Den Bolzenschneider?«

»Goremore liebte es, ihnen die Finger abzuschneiden. Die hat er dann in Plastiktüten gepackt, um dann in seinem Büro davon die Fingerabdrücke zu machen. Er war richtig scharf darauf, ins Leichenschauhaus zu gehen und diese Finger abzuschneiden. Er behauptete sogar immer, er würde seiner Frau zum Geburtstag eine dreifache Halskette aus lauter Fingern schenken. Ein paar Leute, ein paar Typen aus dem Leichenschauhaus, mochten offensichtlich Goremores makabren Humor. Am vierten Juli haben sie einmal einem Toten eine winzige amerikanische Flagge an einem Zahnstocher in den Penis gesteckt. Davon hat Goremore ein Foto gemacht, und ich möchte wetten, daß er das heute noch in seiner Brieftasche mit sich herumträgt.«

»Walnikow...«

»Charlie war wirklich ein guter Detektiv. Einmal hat er einen Kerl geschnappt, der immer Gummihandschuhe trug, wenn er sich an kleinen Kindern verging. Das einzige, woran wir uns in diesem Fall halten konnten, war ein Gummihandschuh von seinem vierten Mord. Als wir den Kerl dann schließlich geschnappt haben, hatte er ein Schulbuch bei sich, das dem kleinen Mädchen gehört hatte. Es war in Blindenschrift für die zweite Klasse. Ich werde seinen Titel nie vergessen. Es lautete *Glückliche Zeiten*. Das war einfach zu viel für Charlie: ein Buch in Blindenschrift mit dem Titel *Glückliche Zeiten*.«

»Walnikow, ich dachte, Sie...«

»Charlie kam schließlich auf die Idee, die Handschuhe umzudrehen, und sie haben dann auch tatsächlich auf der Innenseite der Gummihandschuhe ein Stück von einem Fingerabdruck entdeckt, so daß der Kerl überführt werden konnte.«

Walnikow war inzwischen ins Schwitzen geraten und fuhr dieselbe Straße wieder zurück. Nichts als Bars, Schnapsläden, heruntergekommene Hotels, Blutbanken und Missionen. Das Treibgut, das es noch nicht ganz mit Archie, dem Alligator, in die Große Kloake geschafft hatte.

»Wo wollen Sie denn eigentlich hin, Walnikow? Wissen Sie überhaupt, wohin Sie fahren?«

Er hielt an einem Rotlicht, wischte sich an seinem Jackenärmel sein Gesicht ab und sagte: »Natürlich, zum Mittagessen.«

Natalie war klar, daß er keine Ahnung hatte, daß sie eben eine halbe Stunde ziellos durch die Gegend gefahren waren. »Sehen Sie Charlie Lighfoot noch ab und zu?«

»Wie? Das habe ich Ihnen doch vorhin schon gesagt.«

»Mir gesagt?«

»Charlie ist tot. Er ist sechs Monate nach seiner Pensionierung gestorben. Das habe ich Ihnen doch erzählt, oder nicht? Am Colorado River, sagt man. Es war ein Jagdunfall, sagt man. Aber Charlie war eigentlich Angler. Man nimmt an, daß er auf einem umgestürzten Baumstamm saß. Man nimmt an, daß er sein Gewehr gereinigt hat. Dabei ist wohl etwas schiefgegangen. Eine Ladung Schrott mitten ins Gesicht. Ein Jagdunfall, nimmt man an.«

Charlie Lightfood ist mit dem Gesicht eines Schwamms in die Ewigkeit eingegangen.

»Ich glaube, mir ist heute der Appetit vergangen, Walnikow. Fahren wir lieber wieder nach Hollywood zurück.«

»Wirklich? Na gut, wenn Sie meinen.« Und dann saß er vor dieser Kreuzung in seinem Wagen und blickte verzweifelt um sich. Sie spürte, daß er für einen Augenblick nicht mehr weiter wußte. Dann wischte er sich neuerlich über das Gesicht und schlug freundlich vor: »Gehen wir doch Mittag essen, Natalie. Ich habe eine Überraschung für Sie.« Dabei lächelte er dieses breite, blöde, aufrichtige Lächeln, das ihr binnen dieser zwei Tage schon richtig vertraut geworden war.

»Ich glaube, ich möchte aber lieber auf die Wache zurückfahren, Walnikow.«

»Auf die Wache? Wir waren doch noch bei keinem einzigen Einbruchsopfer.«

»Fahren Sie mich bitte auf die Wache zurück, Walnikow.«

»Wenn Sie meinen«, erwiderte er.

Jetzt reichte es ihr. Sie hatte einen Entschluß gefaßt. Sie hatte zwar keinen handfesten Beweis, daß ihr Partner verrückt war, aber sie war sich sicher, daß dies für jeden, der sich eine Stunde mit ihm unterhielt, eindeutig zu sehen sein mußte. Das Maß war voll. Der Würfel war gefallen. Nur war er doch noch nicht gefallen. Wie so oft im Leben hatte das Schicksal andere Pläne. In diesem Fall war das Schicksal in ein paar Luxuswohnwagen in die Skid Row gekarrt worden. Die Wohnwagen beherbergten zwei extrem verwöhnte Filmstars mit einem ausgeprägten Macker-Gehabe, die zwei Detektive auf den Spuren einer Nutte darstellten, die in der Skid Row von Los Angeles untergetaucht war. Jedesmal, wenn der Regisseur eine Szene probte, fingen die Scharen von Pennern, die am Randstein saßen und an ihren Weinflaschen nuckelten, zu johlen und zu pfeifen an: »Quatsch! Das ist doch alles Quatsch! Die echten Bullen machen das ganz anders. Alles Quatsch!«

Schließlich kam einem Regieassistenten eine Idee. Er kaufte im nächsten Schnapsladen zehn Flaschen Burgunder, um sie unter die durstige Menge zu verteilen, worauf diese der verfälschten Darstellung ihrer Realität bereitwillig ihren Segen erteilte.

Walnikow und Natalie waren bei dem Versuch, sich durch das Gewirr von Studiolastern, Wagen, Kombis und Bussen einen Weg zu bahnen, auf der Kreuzung steckengeblieben, als plötzlich etwas ihre Aufmerksamkeit fesselte. Ein junger Bursche, vielleicht vierzehn Jahre alt, mit teuren Nietenjeans und einem T-Shirt, dessen Brust und Rücken der berühmte Schriftzug einer berühmten Filmgesellschaft zierte, stiefelte zwischen einer Gruppe von halb bewußtlosen Säufern auf einem unbebauten Grundstück umher.

»Warum ist dieser Bengel eigentlich nicht in der Schule?« meinte Natalie.

Der Bengel war aus genau dem Grund nicht in der Schule, weil sein Produzentenvater für dieses Semester keine mehr hatte finden können, die ihn aufgenommen hätte. Also war der geplagte Vater auf die Idee gekommen, Elliott jr. anzustellen, damit er für ein paar Wochen bei der Entstehung seines jüngsten Zelluloid-Epos mitwirkte. Und um sich den Bengel vom Leib zu halten, hatte ihm der Regisseur fünfzig Dollar versprochen, wenn er dafür sorgte, daß der Drehort besonders authentisch wirkte.

Das Bürschchen leistete ganze Arbeit. Im Handumdrehen hatte er Säufer, Müll und Nutten über das leere Grundstück verteilt. Natürlich hatte er jeder der Elendsgestalten eine doppelte Ration Schnaps versprochen, was dem Aufnahmeleiter natürlich ein beträchtliches Loch in sein Budget riß. Aber das würde er sowieso erst später merken. Und was sollte es auch schon. Wie sein Vater hatte auch Elliott jr. einen Hang zum Realismus.

»Wie diese Penner hier auf den Straßen herumhängen«, murmelte Natalie angewidert.

»Wo sollten sie denn schon anders hin?« entgegnete Walnikow. »Nach Beverly Hills? Sie haben ja nichts, wo sie hingehen könnten.«

Natalie warf ihm einen kurzen Blick zu, da ihr zum erstenmal, seit sie ihn kannte, ein leicht schneidender Ton in seiner Stimme aufgefallen war. Dann folgten ihre Augen seinen Blicken, die auf Elliott jr. gerichtet waren. Der junge Bursche hatte gerade einen weiteren Beitrag zur Authentizität der Szenerie geleistet, indem er an die Seitenmauer eines heruntergekommenen Hotels sprühte: ›Santa Claus fickt Rudolf, das rotnäsige Rentier.‹

»Wie nett«, meinte Natalie. »Am liebsten würde ich diesem Rotzlöffel seinen verdammten Kopf einsprühen.«

»Das finde ich auch«, pflichtete ihr Walnikow bei und riß den Wagen so plötzlich herum, daß Natalie gegen das Armaturenbrett geschleudert wurde. Als nächstes fuhr er an den Straßenrand, stieg auf die Bremse und war aus dem Wagen, noch bevor Natalie nach ihrer überdimensionalen Brille greifen konnte.

Bis Natalie dann auf das leere Grundstück gerannt war, hatte Walnikow bereits mit einer Hand Elliott jr. am Kragen und die Sprühdose in der anderen. Zu Natalie Zimmermans Verwunderung, zum Unbehagen von Elliott jr. und zur Freude von drei Säufern, die noch nicht ganz bewußtlos waren, richtete Walnikow die Sprühdose auf Elliotts Fünfzehn-Dollar-Frisur und ließ ihn nicht eher los, bis die Sprühdose mit Silberfarbe nur noch schwach spuckte und spotzte.

Natalie am Steuer, waren sie bereits drei Häuserblocks weiter, bevor Elliott jr., frisch eingesprüht und nach seinem Vater jammernd, den Garderobenlaster erreichte. Für zwei Wochen würde Elliott jr. in Beverly Hills der einzige Vierzehnjährige mit grauem Haar sein.

»Wow!« rief Natalie Zimmerman mit hochrotem Kopf, als sie die Spring Street hinunterrasten.

»Nicht wenden, Natalie«, sagte Walnikow. »Fahren Sie einfach weiter.«

»Wow, Walnikow!« rief sie. »Ich hoffe nur, daß sich niemand unsere Autonummer gemerkt hat. Glauben Sie, dieser kleine Rotzlöffel hat gemerkt, daß Sie von der Polizei sind?«

»Ich glaube nicht.« Walnikow zuckte mit den Achseln.

Ihre Brille war verrutscht, und ihre rehbraune Locke hing ihr auf die Nase herunter. Sie brachte beides wieder an seinen richtigen Platz zurück und sagte: »Wissen Sie eigentlich, was Sie da eben getan haben?«

»Ich habe ihm seinen Kopf eingesprüht«, antwortete Walnikow.

»Sie – ich – ich habe eben meine Fantasie ausgelebt! Sind Sie sich eigentlich im klaren, Walnikow, wie selten so etwas im Leben eines Menschen vorkommt? Ich hatte einen Traum. Ich habe Ihnen davon erzählt und dann haben *Sie* ihn mich ausleben lassen!«

»Warum nicht?« entgegnete Walnikow trocken.

»Wow!«

»Natalie, wollen Sie immer noch zur Wache zurück? Oder sollten wir erst noch ein paar Besuche erledigen? Was meinen Sie?«

Sie sah ihn kurz an und sagte dann: »Gehen wir erst mal wieder an die Arbeit. Ich glaube, daß ich jetzt doch nicht mehr so dringend zurück will.«

Kurz darauf fuhren sie wieder auf dem Hollywood Freeway. Gelegentlich warf Walnikow den einen oder anderen verstohlenen Blick auf Natalie Zimmermans Beine. Sie sah verdammt gut aus, dachte er. Selbst mit ihrer komischen Brille und ihrer verrückten Frisur war sie eine attraktive Frau. Walnikow fragte sich, ob sie jetzt wohl mit ihm ins Kino gehen würde, nachdem er diesem jungen Burschen die Haare silbern eingesprüht hatte.

Während Walnikow gerade dabei war, all seinen Mut zusammenzunehmen, um Natalie Zimmerman neuerlich ins Kino einzuladen, saß Madeline Dills Whitfield in ihrem Wohnzimmer neben dem Telefon und trank am hellichten Tag Scotch mit Wasser.

Die Leute vom Tierbestattungsinstitut waren bereits gekommen und hatten Tutu weggeschafft.

»Wir haben mit dem größten Bedauern von Ihrer lieben Victoria gehört«, kondolierte der Bestattungsunternehmer, dessen Haar sich merklich lichtete.

»Ja, und sehen Sie bitte zu, daß es eine angemessene Bestattung wird. Die Rechnung können Sie an mich schicken.«

»Aber Mrs. Whitfield, Ihr Betreuer, Mr. Biggs, meinte, Sie möchten den Sarg vielleicht selbst aussuchen und...«

»Etwas in mittlerer Preisklasse«, ordnete Madeline an, ohne dabei den doppelten Scotch zu verbergen. »Etwas in mittlerer Preisklasse, wie gesagt.«

»Wir haben einige sehr schöne Särge, die auch nicht zu teuer sind und...«

»Ja, das ist genau richtig. Ja.«

»Was die Bestattung betrifft, legen Sie dabei auf irgendwelche...«

»Nein. Ich möchte keine Feier. Begraben Sie Victoria einfach.«

»Aber die Grabstätte, Mrs. Whitfield. Sie sollten doch die Grabstätte aussuchen, und außerdem müssen wir die Leiche von Victoria Regina doch noch...«

»Ich will, daß Sie sie sofort bestatten! Haben Sie mich verstanden? Und zwar heute noch. Wählen Sie selbst eine Grabstätte aus. Und einen nicht zu teuren Sarg. Und jetzt schaffen Sie sie fort und erledigen Sie alles, wie ich Ihnen gesagt habe.«

»Jawohl, Mrs. Whitfield, selbstverständlich. Ganz wie Sie wünschen. Ich werde umgehend alles Nötige in die Wege leiten. Und was die Rechnung betrifft, möchten Sie...«

»Schicken Sie die Rechnung an diese Adresse. Und jetzt bitte, es geht mir gar nicht gut.«

»Unser herzlichstes Beileid, Mrs. Whitfield, und seien Sie unbesorgt, daß Victoria Regina...«

»Ja, ja, ja.«

Und nun saß sie neben dem Telefon und wartete. Schließlich rief sie im Zwinger von Chester Biggs an.

»Chester?«

»Ja, Mrs. Whitfield?«

»Hat dieser – dieser Mann angerufen? Dieser Mann, von dem ich gestern gesprochen habe? Richard?«

»Einen Augenblick bitte, Mrs. Whitfield.«

Endloses Warten und dann: »Mrs. Whitfield, meine Frau meint, ein Mann hätte angerufen und sie hätte ihm Ihre Nummer gegeben, wie Sie gesagt haben.«

»Wie lange ist das etwa her?«

»Eine Stunde, Mrs. Whitfield.«

»Danke, Chester. Vielen Dank und Wiedersehen.«

Eine Stunde schon! Warum hatte er nicht angerufen? Warum? Wollte er sie quälen? War das der Grund? Sind Leute, die so etwas tun, nicht nur gewöhnliche Verbrecher, sondern auch Sadisten? Macht es ihnen Spaß, ihre Opfer zu quälen? Würde er Vickie aus perverser Lust foltern? Wurde Vickie gepeitscht? Oder mit Zigaretten verbrannt? Mein Gott!

Madeline Whitfield verschüttete das Glas Scotch auf dem Teppich und beugte sich weinend über die Lehne eines alten Ohrensessels.

In diesem Augenblick nahm Victoria Regina von Pasadena gerade aus den tabakgelben Fingern von Philo Skinner, der schon zwei Stunden versucht hatte, sie zu füttern, widerstrebend einen Bissen gekochten Pferdefleisches zu sich.

»So ist es brav, mein kleiner Liebling«, redete Philo auf sie ein.

»Philo tut dir doch nichts. Philo liebt dich. Philo liebt alle kleinen Terrier, und vor allem, wenn sie so hübsch sind wie du.«

Er befand sich am Ende des fünfzig Meter langen Ganges, der den Zwinger in zwei Hälften unterteilte. Der letzte der zweiunddreißig Käfige, die sich an den Wänden des langen, flachen Baus entlangzogen, war für Vickie reserviert worden, die seit der Entwöhnung von ihrer Mutter die erste Nacht ihres Lebens außerhalb des Schlafzimmers ihres Frauchens verbrachte.

»Philo liebt dich, meine Süße«, schmeichelte er der kleinen Schnauzerhündin und lockte sie mit einem Stück gekochter Leber. Vorsichtig näherte sie sich ihm, als er vor dem Käfig kauerte und das Fleisch durch das Drahtgitter steckte.

»Das ist aber fein«, lobte Philo, als Vickie ihr zweites Stück Fleisch annahm, wenn sie auch wegen des Geruchs von Philos Tabakfingern die Nase rümpfte. »So ist es schön. Hier ist noch einmal so ein feines Happie, und dann wird Philo dein Frauchen anrufen, und dein Frauchen wird Philo fünfundachtzig Riesen geben, und dann wird dich Philo nach Hause schicken. Na, was sagst du denn dazu, mein kleiner Liebling?«

Nachdem Philo sich überzeugt hatte, daß Vickie anständig fraß, ging er ins Büro, um einen Anruf zu machen. Es war ihm nicht leichtgefallen, sich an diesem Tag Mavis vom Leib zu halten.

»Philo, ich weiß zwar, daß wir dem Bankrott nahe sind, aber ich verstehe trotzdem nicht, warum du dieser Pattie Mae heute freigeben mußtest. Schließlich haben wir immer noch fünfundzwanzig Hunde in unseren sechzig Käfigen. Das weißt du doch.«

»Nur fünfundzwanzig Hunde«, seufzte Philo und gab sich alle Mühe, nicht zu lachen. »So schlecht ist das Geschäft noch nie gegangen. Ich will einfach nur ein paar Dollar einsparen, meine Liebe.«

»*Du* und Geld sparen?«

»Wir stehen ganz schön schlecht da, meine Liebe, und mit fünfundzwanzig Hunden werde ich spielend allein fertig.«

»Das ist doch sonst nicht deine Art, Philo«, argwöhnte sie. »Daß du dich mal richtig um die Arbeit reißt. Hast du denn irgend etwas vor? Kommt Pattie Mae vielleicht am Nachmittag noch vorbei, und du willst nur nicht, daß ich auch da bin?«

»Also Mavis, ich bitte dich!« winselte Philo und steckte sich an seinem Stummel eine neue Zigarette an. »Ich habe im Augenblick wirklich etwas anderes zu tun, als hinter dieser Pattie Mae herzusein, verdammt noch mal!« Und zumindest *das* stimmte auch wirklich.

»Na gut, aber wenn ich dich je erwischen sollte, Philo, dann ist es aus. Hast du das verstanden? Hörst du mir eigentlich zu, Philo?«

Dieses ewige Genörgle. Konnte sie denn nie damit aufhören? Na ja, zwei Tage noch. Mittwoch müßte eigentlich ausreichen. Und mit dem Donnerstagflug würde er dann gerade noch rechtzeitig nach Puerto Vallarta kommen, um sich zum Sonnenuntergang einen Marguerita zu genehmigen.

Um zwei Uhr fünfzig bekam sie den Anruf. Er sprach leise, und wie im Kino war seine Stimme gedämpft.

»Richard am Apparat.« Burton natürlich, verstanden? Er war so aufgeregt, daß er am liebsten hysterisch drauflos gekichert hätte.

»Ja? Ja?«

»Haben Sie auch niemandem etwas gesagt? Auch nicht der Polizei?«

»Niemandem, das schwöre ich Ihnen.« Madeline, die ziemlich betrunken war, wurde schlagartig wieder nüchtern.

»Ich will fünfundachtzigtausend Dollar.«

Die Summe war so hoch, daß sie sich sicher war, er hätte eine Null weniger genannt. Da sie erwartet hatte, daß er mehr als fünftausend verlangen würde, war sie nicht sonderlich überrascht. »Ja, ja«, antwortete sie beflissen. »Ich kann das Geld bis morgen beschaffen. Vielleicht sogar bis heute abend, wenn ich...«

»Jetzt sind Sie erst einmal still und hören mir zu«, wies sie Philo nervös zurecht. Er hatte eine Papierserviette um den Hörer gewickelt. Er rief von einer Bar an, die zwei Blocks die Straße hinunter von seinem Zwinger lag. Obwohl er praktisch der einzige Gast war, machte er doch bei jedem Geräusch, das der Barkeeper machte, einen Luftsprung.

»Also gut, ich höre«, sagte sie.

»Ich will das Geld in Zehnern und Zwanzigern und nicht mehr als zwei Päckchen Fünfziger.«

»Wie geht es Vickie? Fehlt ihr auch nichts?«

»Jetzt hören Sie mir erst mal zu, verdammt noch mal, wenn Sie Ihre Vickie je wiedersehen wollen.«

Als Madeline daraufhin zu weinen begann, wurde Philo Skinner klar, daß er anders vorgehen mußte. »Verdammt noch mal, jetzt beruhigen Sie sich doch. Hören Sie zu und reißen Sie sich zusammen.

Ihrem Hund geht es gut. Es ist alles in Ordnung. Also lassen Sie um Himmels willen dieses Geheule!«

»Ja... ich bin... ich... ja... bitte... tun Sie ihr nichts. *Bitte!*«

»Ihr etwas tun! Jetzt hören Sie aber mal, ich bin doch nicht irgendein dahergelaufener Krimineller! Was haben Sie denn nur? Ich habe in meinem ganzen Leben noch keinem Hund etwas zuleide getan. Jetzt reißen Sie sich doch zusammen.«

»Ja... Entschuldigung. Also gut. Ich werde die fünftausendachthundert besorgen, und wo soll ich sie dann hinbringen?«

Darauf trat kurzes Schweigen ein, bis Philo Skinner sagte: »Fünfundachtzigtausend habe ich gesagt, gnädige Frau. *Fünfundachtzigtausend!*«

»Mein Gott!« entfuhr es ihr. »Das ist doch unmöglich. *Fünfundachtzigtausend?* Ich habe keine fünfundachtzigtausend Dollar! Ich wüßte auch gar nicht, woher ich fünfundachtzigtausend Dollar nehmen sollte. Ich bitte Sie...«

»Sie lügen!« kreischte Philo los, bekam sich aber sofort wieder unter Kontrolle und öffnete die Tür der Telefonzelle, um nach dem Barkeeper zu schielen. »Sie lügen«, flüsterte er. »Ich weiß doch Bescheid über Sie. Sie haben doch Geld, verdammt noch mal. Erzählen Sie mir also bloß nicht solchen Blödsinn, wenn Sie Ihren verdammten Schnauzer jemals lebend wiedersehen wollen.«

»Ich bitte Sie, bitte...« Sie begann neuerlich zu weinen. »Mein Gott, ich bitte Sie... ich flehe Sie an...«

Philo Skinner fing in der Zelle zu schwitzen an. Er wagte zwar nicht, die Tür zu öffnen, steckte sich aber eine Zigarette an. Allmählich erstickte er sich selbst. Bis Madeline endlich wieder zu schluchzen aufhörte und in der Lage war zu sprechen, schmerzten seine Augen von dem vielen Rauch.

»Also jetzt hören Sie mal. Ich weiß sehr wohl, daß Sie nicht am Hungertuch nagen. Ich habe doch Ihr Haus gesehen. Ich weiß, daß Sie reich sind. Reich! Diese fünfundachtzigtausend treiben Sie doch im Handumdrehen auf. Wenn Ihnen also das Leben Ihres Hundes lieb ist, dann tun Sie gefälligst, was ich Ihnen sage.«

»Jetzt hören Sie mir doch erst einmal zu«, flehte Madeline. »Ich würde Ihnen alles geben. Das schwöre ich Ihnen. Alles! Aber Sie müssen mir glauben. Ich habe keine fünfundachtzigtausend Dollar. Dieses... dieses riesige Haus... der obere Stock ist ja gar nicht eingerichtet. Ich habe die Zimmer abgeschlossen. Letztes Jahr habe ich eine Hypothek aufgenommen. Ich lebe von einem kleinen Treuhandfond. Bitte, verstehen Sie doch...«

»Sie verdammte Nobelschlampe!« kreischte Philo. »Was bilden Sie sich eigentlich ein? Bis morgen mittag will ich das Geld sehen. Sonst muß Ihr Hund dran glauben. Ich rufe Sie heute abend um sechs Uhr an. Hoffentlich haben Sie sich bis dahin etwas einfallen lassen. Haben Sie mich verstanden?«

»Ja!« winselte Madeline. »Ja!«

»Und noch etwas. Passen Sie gut auf diesen kleinen Schnauzer auf, den Sie jetzt haben. Lassen Sie vor allem Ihren Betreuer nicht in seine Nähe, damit er nicht merkt, daß der Hund nicht Ihre Victoria ist. Wenn ich heute abend anrufe, werde ich Ihnen alles Weitere sagen, was Sie mit dem Hund zu tun haben.«

Bevor Madeline ihm noch sagen konnte, daß der Schnauzer tot war, hatte er bereits aufgelegt.

Selbst als er bereits wieder im Zwinger zurück war, zitterte Philo Skinner noch vor Wut und Frustration. Diese Schlampe. Diese miese, verlogene, knausrige, *reiche* Schlampe. Versuchte die doch glatt, Philo Skinner hereinzulegen. Diese reichen alten Hexen waren alle gleich – knausrig. Fünfundzwanzig Jahre lang hatte Skinner ihre verdammten Hunde gehätschelt, und sie waren alle gleich gewesen. Nur um einen einzigen Hund auf den verschiedenen Ausstellungen vorzustellen, zahlten sie, ohne mit der Wimper zu zucken, zwanzigtausend Dollar, wobei jedoch für den Betreuer immer nur ein paar Hunderter abfielen. Na ja, so billig würde diese alte Nutte diesmal nicht davonkommen.

Philo Skinner setzte sich und probte in Gedanken bereits seinen nächsten Anruf. Stell sich das einmal einer vor, Philo Skinner, den Terrier-King, aufs Kreuz legen zu wollen!

Madeline war völlig fertig, als der Erpresser aufgehängt hatte. Es dauerte eine geschlagene Stunde, bis sie endlich von dem Sofa hochkam, auf dem sie, abwechselnd weinend und trinkend, lag.

Sie schenkte sich keinen zweiten Drink ein. Statt dessen begann sie nachzudenken. Zu ihrer Überraschung fing sie an, einen Plan zu entwerfen. Obwohl sie vor Angst fast außer sich war, begann sie doch, einen Plan zu schmieden, wie sie dem Erpresser das Handwerk legen könnte. Dabei stieß sie auf ungeahnte Energien. Daß sie das Geld zahlen würde, kam überhaupt nicht in Frage. Von ihrer letzten Jahresaufstellung wußte sie, daß sich ihr Vermögen auf etwa vierzigtausend Dollar belief. Darin waren aber schon eingeschlossen: der Wert ihrer Lebensversicherung, eine Zweitfond-Urkunde, der Wert der wenigen ihr noch verbliebenen Antiquitäten, ihr Wagen, der Wert des Hauses abzüglich der Hypothek, und das wenige, was ihr Treuhandfond noch abwarf. Bis jetzt hatte sie immer noch davon geträumt, daß ein Mann sie nach Vickies Sieg im Madison Square Garden aus dieser mißlichen Lage retten würde, vielleicht ein Witwer mit einem stattlichen Vermögen. Sie würden sich im *The Sign of the Dove* treffen, einem der vornehmsten Restaurants New Yorks...

Es würde Wochen dauern, all dies in bare Münze unzuwandeln. Sie würde das dem Erpresser erklären, wenn er wieder anrief. Das mußte er doch verstehen. Vielleicht konnte sie sich neuntausend leihen. Wenn sie Glück hatte, unter Umständen auch zehntausend. Da war Ariel Wentworth. Ihr Mann war Aufsichtsratsvorsitzender bei... Was für eine Bank war das doch gleich wieder? Vielleicht konnte ihr Ariel zu einem Kredit verhelfen, zu einem sehr schnellen Kredit von zehntausend Dollar.

Eine andere Möglichkeit war die Polizei. Sie war versucht, sie anzurufen. Dreimal war sie bereits zum Telefon gegangen, um sich jedoch jedesmal wieder auf ihren ursprünglichen Plan zu besinnen. Den Kredit. Sie wollte eben Ariel anrufen. Nein, erst mußte sie mit dem Mann sprechen, der Vickie in seiner Gewalt hatte, um ihm alles zu erklären. Und er würde es auch verstehen. Dieser Mann war doch kein Monster. Er hatte sein ganzes Leben lang keinem Tier etwas zuleide getan. Sie konnte sich erinnern, daß er das gesagt hatte. Sonst hatte sie alles vergessen, aber *daran* konnte sie sich noch erinnern. Von nun an trank sie nichts mehr. Sie saß im Wohnzimmer und wartete, bis es sechs Uhr wurde. Sie wartete auf den Sonnenuntergang, auf den *Anruf.*

Für Natalie Zimmerman bedeutete der Rest des Tages die übliche Einbruchsermittlungsarbeit, im Grunde genommen also reine Public Relations. Ein paar Sympathiebekundungen für die Betroffenen, die nicht wirklich daran glaubten, von dem gestohlenen Gut je etwas wiederzusehen. Ein paar gut gemeinte Ratschläge, um künftigen Einbrüchen vorzubeugen. Eine Tagebuchnummer, um den Verlust steuerlich absetzen zu können oder ihn der Versicherung melden zu können. War schon jemand von der Fingerabdrucksabteilung dagewesen? Er hat gesagt, er hätte keine Abdrücke gefunden? Ja, sie hinterlassen selten Abdrücke, selbst wenn sie *keine*

Handschuhe tragen. Leider ist es außerordentlich schwierig, einen guten Abdruck zu bekommen, wenn es sich nicht gerade um eine harte, glatte saubere Oberfläche handelt. Ich weiß natürlich, daß sie im Kino sogar an Taschentüchern Fingerabdrücke feststellen. Ja, und ich weiß auch, daß im Kino ein Detektiv einen Mann überführt hat, der eine Frau vergewaltigt hatte, indem er einen Fingerabdruck auf... Was? Auf der Brust der Frau? Das ist doch absurd!

Ein Tag, wie er für die Detektive der Einbruchsabteilung nicht typischer hätte sein können. Sie suchten sechs Einbruchsopfer auf, ohne einen einzigen Anhaltspunkt zu bekommen.

»Keine Anhaltspunkte für unsere Anhaltspunkteliste«, feixte Natalie Zimmerman, nachdem sie mit dem vierten Einbruchsopfer fertig waren.

»Sollen wir jetzt irgendwo essen gehen?« erkundigte sich Walnikow.

»Ich habe keinen Hunger«, erwiderte sie. Wie hätte sie jetzt Hunger haben können? Wie konnte sie Clarence Cromwell nur lange genug von Captain Hooker fernhalten, um diesem über die Ereignisse dieses Tages Bericht zu erstatten? Walnikow hatte eine Meise. Meschugge. Dann lassen Sie ihn doch mal von seinen alten Mordfällen erzählen, Captain, wenn Sie mir nicht glauben. Sehen Sir nur einmal, wie er ist, wenn er *darüber* zu erzählen beginnt.

Aber was war, wenn er nicht immer so reagierte, wie er das heute getan hatte? Ein Buch in Blindenschrift. Charlie Lightfoot. Dieses Schluchzen, als er von einem Kaninchen geträumt hatte. Was war, wenn er Hooker täuschen konnte, der seine Aufmerksamkeit auf nichts anderes länger als drei Minuten lenken konnte als auf Cromwells verdammtes Boot? Was war, wenn er nicht immer ausklinkte, wenn man ihn an seine alten Tage erinnerte?

»Walnikow?«

»Ja?«

»Halten wir einfach irgendwo; ganz gleich wo. Nur für eine Tasse Kaffee und einen Krapfen oder so was.«

»Wie wär's mit einem Delikatessenshop auf der Fairfax? Ich hätte Lust auf einen Zwiebeltoast«, schlug Walnikow vor. Seine Augen wurden allmählich wieder klarer, und ihr Weiß war nicht länger mehr von roten Äderchen durchzogen.

»Einverstanden«, stimmte Natalie zu, um dann hinzuzufügen: »Walnikow, können Sie sich noch erinnern, worüber wir heute morgen gesprochen haben?«

»Was war das, Natalie?« Er lächelte.

Sie zögerte einen Augenblick, holte dann aber tief Atem und biß in den sauren Apfel. »Wir haben uns über Charlie Lightfoot unterhalten. Über Ihre Arbeit bei der Mordkommission. Über Leichen und tote Kinder.«

Leichen. Im Leichenschauhaus gab es Unmengen von Leichen. Überall Leichen. In den Autopsiesälen. In den Kühlräumen. Auf den Gängen. Ein Zettel an den Zehen befestigt. Nichts als grobe Körperumrisse unter Leintüchern.

Das da ist eine Frau. Silikon. Sieh dir mal ihre Titten an. Wie zwei Everests. Ruhe sanft, Schätzchen. Wofür war dieses ganze Silikon letztlich gut? Und der da. Unter dem Leintuch und steif wie ein Fisch. Dem steht er ja mehr als uns in voller Blüte, was Walnikow? Und da. Die Leiche ist höchstens einen Meter zwanzig groß. Ein Junge oder ein Mädchen? Ist das die, über die sie uns aus West L. A. einen Bericht rübergeschickt haben? Du weißt schon, dieses kleine Mädchen. Ihre Mutter hat gefixt. Weißt du, welche ich meine? Die Kleine, die Mammi immer an den Dealer ausgeliehen hat. Weißt du, wen ich meine? Die Kleine, die mit diesem Dealer schon mit sechs Jahren ins Bett ging, und als der Kerl dann genug von ihr hatte, guckte die saubere Mutter ganz schön dumm aus der Wäsche. Sie haben auch Fotos von ihr gemacht, wie sie von den Kunden dieses Dealers gevögelt wurde. Ihre Mutter hat dem kleinen Ding ihre leere Spritze (Kein Heroin heute, du kleines Miststück. Das ist alles nur deine Schuld. Es könnte mir jetzt viel besser gehen, wenn du nur gewollt hättest.) immer unter die Zehennägel und durch die Trommelfelle gestochen. Weißt du, wen ich meine?

Die toten Körper im Leichenschauhaus. Ein Krankenwärter, der eine Klasse von Schwesternschülerinnen durch die Räume führt und sich an ihrem Schrecken ergötzt. Goremore ist wieder einmal da und schneidet den Leichen die Finger ab.

Ein bißchen zittrig in den Knien, was Mädels? Legt euch lieber nicht auf diese Tische, meine Süßen, wenn ihr euch ein bißchen ausruhen wollt.

Natürlich bringt er sie auch zu einer Autopsie, mit der sie gerade anfangen. Eine, von der er weiß. Dieser Kerl genießt seine Arbeit richtig. Es macht ihm richtig Spaß, die Schwesternschülerinnen herumzuführen. Seht euch den mal an. Ein Lumpensammler, den die Polizei gefunden hat, nachdem er bereits drei Wochen tot in einem Güterwaggon gelegen hatte.

Goremore winkt ihnen zu. Kommt doch her, Mädels. Schaut mal, was ich hier habe. Einen Schwarzen mit einem weißen Gesicht.

Sein Gesicht! Sein Gesicht bewegt sich!

Nein, es bewegt sich nicht, Mädels. Es ist nur über und über von Maden bedeckt. Was sich bewegt, sind die Maden, Mädels. Die können sich jetzt mal richtig sattfressen.

Haltet dieses Mädchen! Verdammte Scheiße, Goremore, sie ist auf den Kopf gefallen, du blöder Socken! Worauf Goremore nur sagt: Leck mich doch; ich mache doch hier keine Führungen. Und in diesem Augenblick stürzen sich die Maden auf das Kinn, um zu sehen, ob seine Kehle aufgeschlitzt ist, und dabei löst sich der Unterkiefer. Ein halbes Pfund Maden segelt in einem Haufen durch die Luft und landet klatschend auf dem gekachelten Fußboden. Eine zweite Schwesternschülerin geht neben den Maden zu Boden, die sie neugierig beäugen. Aber sie treten in ihrem dumpfen Madengehirnen den Rückzug an und verknäueln sich wieder miteinander, so daß sie wieder einen einzigen wimmelnden, sich windenden Madenhaufen bilden. Selbst Maden brauchten anscheinend Maden. Der Schwarze mit dem weißen Gesicht ging also mit gar keinem Gesicht in die Ewigkeit ein.

Und dann, aufpassen, Walnikow, hier sind wir wieder. Die flimmernden Lichtblitze. Es ist das Leichenschauhaus. Da. Diesmal wird es nicht so schnell wieder verschwinden. Déjà vu. Ein Bild *entsteht*. Fast hat er es! Es ist ein Pathologe und ein...

»Walnikow.«

O nein, es ist das *Kaninchen*! Er stapft durch den Schnee!

»Walnikow. Walnikow!«

»Was?«

»Walnikow, die Ampel steht jetzt schon zum zweitenmal auf Grün. Hören Sie denn das Hupen nicht?«

»Was?«

In diesem Augenblick bekam Natalie Zimmerman es mit der Angst zu tun. »Ist schon gut, Walnikow. Erzählen Sie mir lieber nichts von Charlie Lightfoot. Keine Morde. Keine Leichen. Ist schon gut, Walnikow, ist schon gut!«

»Was?« Ohne auf die erbosten Autofahrer hinter ihm zu achten, fuhr Walnikow endlich los.

»Was haben Sie gesagt, Natalie?«

»Ich habe gesagt, Sie sollen mir über Einbrüche erzählen, Walnikow«, plapperte sie drauflos. »Erzählen Sie mir etwas, über Einbrüche. Ich habe auf diesem Gebiet so wenig Erfahrung.«

Das Bild war weg. Wieder einmal. Walnikow schwitzte und zitterte.

»Über Einbrüche soll ich Ihnen was erzählen? Ja, wissen Sie, Natalie, ich arbeite auch noch nicht lange in dieser Sparte; ich bin ein alter Morddetektiv...«

»Von Morden will ich jetzt aber nichts wissen, Walnikow«, wehrte Natalie Zimmerman ab, die Augen hinter ihrer riesigen Brille schreckgeweitet. »Erzählen Sie mir lieber über Einbrüche. Was wissen Sie alles über Einbrüche? Ich möchte mich einarbeiten.«

»Ach so«, seufzte Walnikow und wischte sich den Schweiß von der Stirn. »Na ja, ich habe zum Beispiel festgestellt, daß ein geschickter Einbrecher durch jede Öffnung kommt, wenn sie groß genug ist, daß sein Kopf hindurchgeht. Das ist doch ganz interessant, oder nicht?«

»Das ist allerdings wirklich interessant. Sehr interessant sogar. Ich würde sagen, wir holen uns jetzt etwas zu essen, Walnikow. Dann sind wir für heute sowieso schon fast fertig.«

»Gut«, lächelte Walnikow. Sein Zittern hatte fast aufgehört.

Wenn sie nur ein Tonbandgerät gehabt hätte. Es würde sicher schwer sein, Hooker die Sache zu erklären. Wie wollte man so etwas auch jemandem erklären, der es nicht selbst miterlebte. Aber wenn er sich nicht einsichtig zeigte, würde sie zum Bezirkskommandanten gehen. Genau das würde sie tun, verdammt noch mal!

Selbst um diese Zeit herrschte in dem Delikatessenladen Hochbetrieb. Es war einer der ältesten in Los Angeles.

Einer der Angestellten kannte Walnikow. Er hatte die Whiskystimme und die verquollenen Augen eines altgedienten Alkoholikers. Gleich und gleich gesellt sich gern, dachte Natalie, als er und Walnikow sich herzlich begrüßten.

»Hallo, Sergeant«, strahlte der alte Mann mit einem breiten, zahnlückigen Grinsen.

Was fanden all diese alten Leute nur an Walnikow? Wie alt war er doch gleich wieder? Doch erst vierundvierzig. Warum behandelten ihn alte Menschen, als wäre er ihresgleichen?«

»He, Solly«, streckte Walnikow dem Mann seine Rechte entgegen, während dieser sich noch seine faltigen Hände an seiner Schürze abtrocknete.

»Ich weiß gar nicht, wie lange ich Sie schon nicht mehr gesehen habe, Sergeant«, sagte der Mann hinter dem Ladentisch. Sein glattes weißes Haar war nach hinten gekämmt. »Das mit Sergeant Lightfoot finde ich ja wirklich schrecklich. Ich habe erst vor kurzem davon erfahren.«

»Ja«, erwiderte Walnikow. »Das ist meine neue Partnerin. Ich bin jetzt in Hollyood.«

»Sie arbeiten jetzt mit einer Frau?« meinte der Verkäufer. »Und hübsch ist sie auch noch. Da können Sie ja wirklich von Glück reden, Sergeant.«

In diesem Augenblick kam ein fünfzigjähriger Gehilfe mit einem Tablett voller Sandwiches aus der Küche. Er hatte dunkle Haut, eine platte Nase und glänzendes schwarzes Haar, an das selbst Philo Skinner mit seinem Färbemittel nicht herankam. Er war klein und gedrungen und hatte breite Hüften, keinen Hintern und dürre Beine. Er stammte aus den Urwäldern von Sinaloa in der Nähe von Mazatlan und war allgemein unter dem Namen Indio bekannt.

Walnikow begrüßte ihn mit einem Lächeln. »Hallo, Indio!«

»*Sargento*«, grinste der Indianer, so daß seine blitzende Tijuana-Goldbrücke zum Vorschein kam.

»Ich habe jetzt richtig Lust auf einen Zwiebeltoast, Solly. Was hätten Sie gerne, Natalie?«

»Auch einen Zwiebeltoast, bitte«, sagte sie.

»Sofort, Sergeant«, grinste der alte Mann. »Mit Cream Cheese?«

»Klar.«

»Kabeljau oder Hering?«

»Für mich Kabeljau, Solly.«

»Ach ja, stimmt. Es war Sergeant Lightfoot, der immer Hering bestellte.«

»Ja, das war Lightfoot«, wiederholte Walnikow.

Dann versuchte er, Natalie Feuer zu geben. »Was halten Sie von dem Geruch hier, Natalie?«

»Es riecht gut hier«, antwortete sie.

»Ich bin drüben in Russian Flats aufgewachsen«, fing Walnikow zu erzählen an. »Das ist nicht weit von Boyle Heights. Dort gab es damals hauptsächlich Russen, Juden und Mexikaner. Ich kannte Sollys Bruder. Er hatte früher in der Brooklyn Avenue eine Bierbar.«

»Ja?« sagte Natalie Zimmerman.

»Wissen Sie eigentlich, warum die alten Russen und Juden in Boyle Heights so gut miteinander auskammen?«

»Nein.«

»Weil die Russen, zum Beispiel auch meine Eltern, sich noch erinnern konnten, wie es war, als sie vor den Bolschewiken flohen. Wie ihnen die Juden zu essen gegeben haben. Nicht, daß die Juden Zaristen gewesen wären, aber sie wußten, daß einige von den Weißrussen in das Wunderland Amerika wollten. Als ich ein kleiner Junge war, dachten die jüdischen Kinder in Boyle Heights, Borscht wäre *ihr* Essen. Können Sie sich so etwas vorstellen?«

»Tatsächlich?« tat Natalie Zimmerman interessiert, während sie ihren Kaffee trank und in Gedanken ihre Rede vor Captain Hooker aufsetzte. Sehen Sie, Captain, wenn Sie absolut nicht hören wollen, dann ist da immer noch der Bezirkskommandant. Ich möchte Ihnen zwar nicht in den Rücken fallen, aber...

In diesem Augenblick brachte Solly Walnikow seinen Tee. In einem Glas, nach russischer Art. Er hatte die alten Zeiten nicht vergessen.

»Ich vermisse Sergeant Lightfoot sehr«, sagte Solly. »Erinnern Sie sich noch an meinen Enkel? Dessentwegen ich mir immer solche Sorgen gemacht habe, wissen Sie noch?«

»Ja«, nickte Walnikow.

»Er hat inzwischen einen tollen Job. Er ist Kesselflicker.«

»Kesselflicker?« runzelte Natalie Zimmerman die Stirn.

»Ja, Kesselflicker«, nickte Solly. »Wissen Sie, er repariert Kessel.«

»Aha?«

»Er hat sich schwer gebessert, nachdem Sie und Sergeant Lightfoot ihn verhaftet haben«, meinte Solly. »Entschuldigen Sie mich bitte. Ich muß wieder in die Küche zurück. Wir haben nämlich heute nur einen Tellerwäscher.«

»Aber selbstverständlich, Solly«, nickte Walnikow.

In diesem Augenblick meldete sich ein anderer Kunde an der Theke zu Wort: »Mein Toast ist zu wenig gebräunt. Nehmen Sie ihn zurück.« Er hatte sich an Indio gewandt, der am Tonfall merkte, was der Mann wollte. Obwohl der Mann älter war als Indio, trug er ein regenbogenfarbenes T-Shirt, eine Safarijacke und eine sorfältig mit Farbe besprühte Hose. Damit war er der neuesten Mode zwar fünf Jahre hinterher, was ihn aber nicht daran hindern sollte, sich enorm schick zu finden. »Nehmen Sie diesen Toast zurück. Er ist nicht braun genug.«

Indio nahm den Teller und strebte auf die Küche zu.

Der Mann wandte sich nun an seine zweiundzwanzigjährige Begleiterin: »Das ist das Problem bei diesen Schmalzköpfen. Was soll man auch schon anderes erwarten, wenn man sie in einem solchen Laden arbeiten läßt?«

Natalie hörte das und ignorierte es. Indio verstand es nicht. Walnikow machte einen aufgebrachten Eindruck. Wenige Minuten später brachte Indio den Toast zurück und stellte den Teller vor den alternden Hippie auf die Theke.

»Er ist immer noch nicht richtig getoastet«, nörgelte dieser weiter. »Was soll das eigentlich? Sie sprechen doch nicht mal Englisch, oder? Ich frage mich wirklich, was *Sie* in so einem Laden zu suchen haben.?«

Walnikow stellte sein Glas Tee ab und trat auf den Mann mit der Safarijacke zu. »Was soll denn mit diesem Toast nicht stimmen? Haben Sie vielleicht einen Farbstreifen dabei, mit dem Sie die richtige Bräune kontrollieren?«

Der Mann sah zu dem massigen Detektiv mit den blitzenden wäßrigen Augen auf und flüsterte seiner kleinen Begleiterin, die gerade in einer Nummer von *Variety* blätterte, etwas Unverständliches zu. Insgesamt erweckte sie den Eindruck, als fragte sie sich, wie sie eigentlich dazu gekommen war, sich mit diesem Heini einzulassen.

Als Indio schüchtern das schmutzige Geschirr abtrug und dabei an Walnikow vorbeikam, ergriff der Detektiv den Indianer am Arm. »Solly«, wandte er sich an den alten Mann, der sämtliche Sprachen von Boyle Heights beherrschte: Englisch, Jiddisch und Spanisch. »Sagen Sie Indio von mir, daß Cortez, als er in die Neue Welt kam, vom Aztekenkaiser eine goldene Fingerschüssel vorgesetzt bekam, aus welcher dieser ignorante weiße Mann dann *getrunken* hat. Sagen Sie ihm das bitte.«

Natalie Zimmermans Kopf war fieberhaft am Arbeiten, als sie zur Hollywood Station zurückfuhren. Ich habe da etwas Wichtiges für Sie, Captain... etwas höchst Bedeutsames... etwas... Captain, könnte ich Sie bitte unter vier Augen sprechen. Es handelt sich um eine streng vertrauliche Sache. Ich werde zum Bezirkskommandanten gehen, wenn Sie mich nicht anhören, Captain... Setzen Sie sich doch. Ich weiß, daß Sie in wenigen Wochen in den Ruhestand treten, aber das ist eine Angelegenheit, vor der Sie nicht einfach die Augen verschließen können. Captain, Sergeant Walnikow ist vollkommen verrückt!

Nur wurden in diesem Augenblick Natalie Zimmermans Pläne durch niemanden anderen vereitelt als Bullets Bambarella, der nichts weiter tat, als ganz er selbst zu sein. Und zwar hatte er gerade mit einem sehr wütenden und sehr berühmten Filmstar zu tun, der auf die Wache gekommen war, um sich über die Verhaftung seines siebzehnjährigen Neffen in einer Drogensache zu beschweren.

»Die Detektive für unsere Kleinen sind nicht da«, brummte Bullets Bambarella und sah kaum von seinem *Playboy* auf, den er zur Tarnung in eine Ausgabe des Polizeihandbuchs gesteckt hatte, welches er angeblich zu Weiterbildungszwecken studierte.

»Dann hätte ich eben gerne den Boß gesehen, wer auch immer das ist.« Der berühmte Filmstar ließ sich nicht abwimmeln. Er hatte dunkles, gelocktes Haar und natürlich ein makelloses Gebiß. Auf die Brusttasche seines rot-weißen Hemdanzugs waren seine Initialen gestickt. Seine ausgestellten Hosenbeine waren kalkweiß paspeliert. Dazu trug er Känguruhstiefel mit zwölf Zentimeter hohen Absätzen. Kurz gesagt – für den Sunset Boulevard war er konservativ gekleidet.

Der halbwüchsige Bursche in seiner Begleitung hatte blitzend echte Zähne und trug zu seinem Safarihemd eine ausgewaschene Worker-Jeans, die hundertdreißig Dollar kostete und daher in Bagdad momentan das beliebteste Jeans-Modell war. Am anderen Arm des Stars hing, um das Trio komplett zu machen, eine knackige Mieze mit einem roten Kopftuch über ihrem dunkelblonden Haar. Nervös fummelte sie an ihrer Sonnenbrille herum, die sie sich natürlich nach oben übers Haar geschoben hatte.

»Also, an wen soll ich mich nun wegen dieser blöden Verhaftung wenden?« wollte der Filmstar von Bullets wissen. »Mein Neffe hatte ein bißchen Koks. Das war alles.«

»An mich können Sie sich wenden«, seufzte Bullets Bambarella und klappte sein Buch zu.

»Mein Neffe wurde vor ungefähr zwei Stunden verhaftet und...«

»Ja, das haben Sie bereits gesagt«, gähnte Bullets. »Und ich habe Ihnen gesagt, daß die zuständigen Detektive im Moment nicht hier sind. Und Ihr Neffe ist auch nicht da. Also gibt es vermutlich nicht allzuviel, was ich für Sie tun könnte.«

»Jetzt hören Sie mal gut zu«, knurrte der berühmte Filmstar. »Mein Neffe wurde verhaftet, weil er dieses Zeug für jemanden anderen aufbewahrt hat. Eigentlich sollte sich mein Manager um diese Angelegenheit kümmern, und wenn dieser Kerl nicht bald hier auftaucht... Margo, nimm meinen Wagen und versuch, diesen Blödmann aufzutreiben.«

Bullets beobachtete die knackige Mieze und den Filmstar bei einem flüchtigen Abschiedskuß. Dann wackelte sie davon, um zum Sunset Strip zu fahren und den Blödmann zu suchen.

»Ich habe einen Onkel, der mit dem Oberstaatsanwalt und dem Polizeichef befreundet ist«, drohte der Filmstar.

»Ich habe einen Onkel, der Notar ist«, erwiderte Bullets Bambarella. »Wie wäre es also, wenn Sie mich jetzt in Ruhe lassen würden. Kommen Sie doch später wieder. Ihr Neffe ist nicht da.«

»Wissen Sie eigentlich, wen Sie vor sich haben?« meldete sich der jugendliche Begleiter mit blitzenden Zähnen zu Wort.

»Nein«, brummte Bullets Bambarella, der allmählich genauso sauer wurde wie der berühmte Filmstar.

»Das ist doch nicht zu fassen«, wandte sich der junge Bursche an den Filmstar. »Hast du das gehört? Hast du das gehört?« Und dann zu Bullets: »Waren Sie eigentlich schon mal im Kino?«

»Nichts sagen«, unterbrach ihn Bullets. »Er ist *Schauspieler.* Das hätte ich mir doch eigentlich gleich denken können.«

»Ich habe nicht die Absicht, noch länger mit Ihnen hier meine Zeit zu vergeuden. Holen Sie mir Ihren Chef her«, knurrte der Filmstar.

»Er ist nicht hier«, sagte Bullets.

»Und wo ist der Herr?«

»Captain Hooker kauft sich gerade einen Südwester«, grunzte Bullets.

»Ist er eigentlich Captain bei der Polizei oder zur See?« stichelte der Filmstar. Sein jugendlicher Begleiter stieß kichernd gegen seine Seite.

»Sind Sie auch Schauspieler?« fragte Bullets den jungen Mann.

»Allerdings ist er das«, bestätigte ihm der Filmstar.

Bullets begutachtete die schmalen Hüften des jungen Burschen, dessen Hand immer noch auf dem Arm des Filmstars ruhte. Der Junge hatte einen großen Kopf und ein kleines, feingeschnittenes Gesicht. »Klar, jetzt weiß ich, wer Sie sind«, dröhnte Bullets los. »Sie sind einer von Charlies Angels, oder nicht?«

Das brachte den Teenager sichtlich auf hundertachtzig, und er sah aus, als würde er jeden Augenblick über Bullets Bambarella herfallen. »Sie Dreckskerl!« zischte er. »Sie blöder Ignorant! Ich will Ihre Dienstnummer!«

Bullets ballte seine mächtige Faust und schoß zurück: »Na, wie wär's? Soll ich mal eben einen Charakterdarsteller aus Ihnen machen?«

»Sie miese Ratte!« kreischte der junge Mann, daß Clarence Cromwell vom Nachbarbüro herbeieilte.

»Verdammt noch mal, Bullets, was ist denn hier los?« wollte Clarence wissen.

»So eine Unverschämtheit!« quietschte der junge Bursche, während der Filmstar begütigend auf ihn einredete: »Jetzt beruhige dich doch, Buddy. Laß diesen Idioten doch. Schließlich...«

»Was sind das für Leute?« wandte sich Clarence an Bullets.

»Keine Ahnung. Sie behaupten, sie wären Filmschauspieler. Mir sehen sie eher wie ein paar schwule Friseure aus.«

»Seine Dienstnummer, seine Dienstnummer!« spuckte der junge Mann.

»Beruhigen Sie sich erst einmal!« griff Clarence Cromwell beschwichtigend ein, nachdem er den Schauspieler schließlich doch noch erkannt hatte. »Und du auch, Bullets!«

Aber es war bereits zu spät. Bullets war nicht mehr zu bremsen, und er tat gerade das, was er am besten konnte – einen Aufstand zu versuchen.

»He, Clarence, mir ist gerade etwas eingefallen«, kicherte Bullets. Dann deutete er auf den Filmstar und sagte: »Wir sollten diesen Mann wegen Einbruchs einbuchten. Sieh dir doch mal das Alter seines Spielgefährten an. Das ist doch unbefugter Zutritt.«

Captain Hooker kam gerade noch rechtzeitig auf die Wache zurück, um die zwei Schauspieler an der Rezeption toben zu sehen, während Clarence Cromwell sein Bestes tat, um jedermann zu beruhigen. Er hatte einen anstrengenden Tag hinter sich und verfiel in Panik, da er den Schauspieler sofort erkannte. Und unmittelbar darauf setzten bei dem Gedanken an die Scherereien, die das nach sich ziehen würde, seine Kopfschmerzen ein. Mein Gott, war er nicht für einen Academy Award nominiert worden?

Als nun also Natalie Zimmerman ankam und schnurstracks in Richtung von Hookers Büro schoß, sah sie niemanden außer Bullets Bambarella, der dumpf vor sich hinbrütend auf Clarence Cromwell wartete. Und als Clarence schließlich in das Büro seines Captain gestürmt kam und seinen Zeigefinger auf Bullets Bambarella richtete, stand für Natalie fest, daß sie diesen Tag wieder einmal vergessen konnte. Durch die offene Tür konnte sie Bullets sagen hören: »Aber Clarence, manchen Leuten kann man es doch nie recht machen! Diese zwei Torten kamen hier einfach rein und fingen an, an mir rumzunörgeln!«

»HALT DIE KLAPPE, BULLETS!« brüllte Clarence los, während die anderen sich still fertig machten, um nach Hause zu gehen. Unter ihnen war auch Natalie Zimmerman, die ihre Gedanken wieder einmal nur ihrer widerspenstigen Haarlocke mitteilen konnte.

Und Sergeant Walnikows Polizeikarriere war wieder einmal für einen weiteren Tag gerettet.

Der Anruf kam spät – gegen 18.45 Uhr. Madeline Whitfield hatte sieben Tassen Kaffee getrunken und seit dem frühen Nachmittag keinen Tropfen Scotch angerührt. Sie war selbst über ihre Kräftereserven verblüfft, und sie fühlte sich stocknüchtern.

»Hier ist Richard«, meldete sich die Stimme. Philo Skinner sprach wieder durch ein Papiertaschentuch. Diesmal rief er jedoch von einer Tankstelle an, die etwa drei Häuserblocks von seinem Zwinger entfernt lag.

»Ja. Ja! Wie geht es Vickie?«

»Bestens. Wann bekomme ich das Geld?«

»Bitte, Sie müssen etwas Geduld haben. Wissen Sie, ich...«

»Wann bekomme ich das Geld?«

»Ich bitte Sie. Ich habe den ganzen Nachmittag nachgedacht, wie ich Ihnen den Sachverhalt erklären könnte. Es bleibt mir leider nichts anderes übrig, als Ihnen die nackte Wahrheit zu sagen. Eine Menge von diesen Leuten, die in diesen vornehmen Villen wohnen, haben kaum genügend...«

»Wann kriege ich das Geld, Sie alte Schwätzerin!« kreischte Philo in den Hörer, bekam sich aber sofort wieder unter Kontrolle, um sich vorsichtig nach allen Seiten umzublicken, als könnte er von den in den frühen Abendstunden vorbeigleitenden Wagen gehört werden.

Madeline war entschlossen, sich auf keinen Fall aus der Ruhe bringen zu lassen, wie sehr sie der Mann auch einschüchtern sollte. »Wenn Sie vielleicht zu mir kommen und sich unter vier Augen mit mir unterhalten wollten, könnte ich Ihnen alles erklären. Ich könnte Ihnen die entsprechenden Unterlagen zeigen, damit Sie sich selbst von meiner mißlichen finanziellen Lage überzeugen können. Dann würden Sie vielleicht besser verstehen. Fünfundachtzigtausend Dollar! Das ist einfach...«

»Sie verdammte Schlampe!« Philo Skinner war inzwischen völlig außer sich, was für Madeline ziemlich unverständlich war. »Sie wollen Ihren Hund doch mit heiler Haut wieder? Mit heiler Haut und lebendig? Sie... Sie... kommen Sie mir bloß nicht auf diese Tour. Sie lügen doch wie gedruckt.«

Madeline war nahe daran, zusammenzubrechen. Woher kamen plötzlich diese Kraftreserven? Sonst reichte schon ein einziges Wort von Edna Lofton im Valley Hunt Club aus, um sie in ein dreitägiges Besäufnis zu stürzen, und dennoch war sie in eben diesem Augenblick – Vickies Leben stand auf dem Spiel – in der Lage, mit diesem Verrückten, diesem Verbrecher zu verhandeln. Madeline hatte mit einemmal so etwas wie *Persönlichkeit*. Madeline Whitfield war im Begriff, so etwas wie Selbstachtung zu verspüren.

»Jetzt hören Sie mir doch bitte erst einmal zu«, begann Madeline wieder. »Ich bin mir... ich bin mir sicher, daß ich etwas Geld für Sie auftreiben kann. Ich kann mir bestimmt zehntausend Dollar leihen. Sie müssen mir einfach glauben, daß ich höchstens fünftausend Dollar sofort auftreiben kann. Zehntausend kann ich mir borgen. Das wären immerhin schon fünfzehntausend Dollar. Die könnte ich bis morgen beschaffen. Bis morgen nachmittag die Banken schließen, könnten Sie das Geld haben. Ich könnte...«

»Also, jetzt hören Sie mal *mir* zu.« Philo hatte das Papiertaschentuch fallen lassen und krächzte unverstellt in den Hörer. »Ich gebe Ihnen bis morgen, drei Uhr Nachmittag, Zeit. Wenn die Banken schließen, werde ich Sie anrufen. Und Sie werden mir dann sagen, wo ich die fünfundachtzigtausend abholen kann...«

»Bitte! Sie müssen mir glauben...«

»Halten Sie den Mund!« kreischte Philo. »Halten Sie, verdammt noch mal, Ihren Mund!«

Als nun Stille eintrat, verfiel Philo in einen Hustenanfall. Madeline konnte hören, wie der Erpresser einen Schleimklumpen ausspuckte. Dann kam er hechelnd wieder an den Apparat und sagte: »Falls Sie morgen nicht mit guten Nachrichten aufwarten, werde ich Ihrem Liebling eine Zehe abschneiden und Ihnen mit der Post schicken.« Das hatte Philo in einem Film gesehen. »Jedesmal eine Zehe.«

»Bitte nicht!« Madeline war einer Ohnmacht nahe. Aber nur fast. Sie setzte sich, um ihre Fassung wiederzuerlangen, und schlug dann in sachlichem Ton vor: »Ich werde tun, was ich tun kann. Ich werde versuchen, meinen Besitz so rasch wie möglich zu liquidieren. Morgen sehen wir dann weiter.«

»Wenn Sie auch nur daran *denken* sollten, die Polizei zu verständigen...«

»Das werde ich ganz bestimmt nicht tun. Darauf gebe ich Ihnen mein Wort. Aber bitte, tun Sie Vickie nichts zuleide.«

Philo war mit den Nerven vollkommen herunter, als er wieder in den Zwinger zurückkehrte. Die Tiere hätten schon längst gefüttert werden sollen. Als er deshalb die Tür zu dem Raum mit den langen Reihen von Käfigen öffnete, gellte ihm aufgeregtes Kläffen entgegen.

Mein Gott. Nur fünfundzwanzig Hunde. War es da seine Schuld, wenn er zum Verbrecher werden mußte? Nicht einmal bei der Einkommensteuer hatte er bislang geschwindelt. Na ja, ein ganz kleines bißchen vielleicht. Aber er war mit Sicherheit kein Verbrecher. Was blieb einem denn schon anderes übrig? Nein, seine Schuld war das bestimmt nicht.

Dann richtete Philo Skinner das Fressen für die Hunde her. Diese Viecher aßen doch tatsächlich besser als er in letzter Zeit. Diese verdammte reiche Schlampe. Wohnt in einer Villa über der Rose Bowl. Der Angestelltentrakt war vermutlich größer als das Haus, in dem Philo mit allen seinen Brüdern und Schwestern gelebt hatte, als er noch ein kleiner Junge gewesen war. Ich habe das Geld nicht. Diese miese Fotze! Leute wie diese Frau machten Philo Skinner zu dem, was er war. Philo Skinner war ein anständiger Mensch, der sein ganzes Leben lang keinem Tier etwas zuleide getan hatte.

Dann fiel ihm plötzlich ein, daß er in seiner Aufregung ganz vergessen hatte, dieser reichen Fotze wegen Tutu Anweisungen zu geben. Ob es wohl eine Möglichkeit gab, Tutu für sich zu behalten. Nein, das wäre dumm gewesen. Das konnte er auf keinen Fall riskieren. Fünfundachtzigtausend Dollar zu übergeben, war kein sonderlich großes Problem. Aber einen Schnauzer? Tutu würde wieder zu dieser geilen, gewöhnlichen Schlampe von Millie Muldoon Gharoujian zurückkommen. Schade, Tutu. Wie gerne wäre er, um einige Jahre jünger, mit Tutu an seiner Seite über den Strand von Puerto Vallarta getollt.

Als Philo Skinner in dieser Nacht endlich Schlaf fand, hatte er einen Traum. In diesem Traum schlich Philo Skinner unter einem subtropischen Mond auf Zehenspitzen über eine blumengeschmückte Regenbogenbrücke. Und in diesem Traum sah Philo Skinner *genau* aus wie Richard Burton.

10

Der Fiedler

Am Dienstagmorgen kam Hipless Hooker sehr spät zum Dienst. Er wußte, daß sicher wieder irgendwelche Beschwerden auf seinem Schreibtisch seiner harren würden. Er hatte sich mit seiner Frau unterhalten, die zwar Boote haßte, aber Filme dafür um so mehr *liebte*, und dabei herausgefunden, daß der berühmte Filmstar, der sich am Abend zuvor mit Bullets Bambarella angelegt hatte, nicht, wie er befürchtet hatte, für einen Academy Award nominiert war. Zumindest *ein* Trost. Möglicherweise konnte ihm ein Schauspieler, der keine Aussichten auf den Oscar hatte, doch nicht ganz so viele Schwierigkeiten machen wie einer, der dafür in Frage kam. Hooker probierte es mit einem Glas Milch, was aber nichts half. Er war sich sicher, daß der Star bereits mit seinem Anwalt auf ihn warten würde, und das war auch der Grund, weshalb er zu spät kam.

Hooker ging, ohne nach links oder rechts zu blicken, schnurstracks auf sein Büro zu und hoffte, niemand würde auf ihn aufmerksam werden. Natalie Zimmerman sprang jedoch sofort von ihrem Sitz auf und schoß quer durch den Bereitschaftsraum. Trotzdem kam ihr Clarence Cromwell zuvor. Er schaffte es vor ihr in Hookers Büro und knallte Natalie vor ihrer Nase die Tür zu.

»Hat dieser Filmstar gestern abend die Presse benachrichtigt, Clarence?« erkundigte sich Hooker und schnitt eine Grimasse, als Clarence ihm eine Tasse Kaffee entgegenhielt.

»Heute keinen Kaffee, Captain?«

»Meine Verdauung spielt komplett verrückt«, stöhnte Hooker.

»Ich habe mich um beide Schauspieler gekümmert«, grinste Clarence. »Ich habe sie zu einem Kaffee eingeladen und ihnen versichert, Bullets persönlich durch die ganze Wache zu prügeln. Und als sie dann gegangen sind, waren sie so angetan von mir, daß sie mir zwei Eintrittskarten für eine Sondervorstellung ihres neuen Films in der Director's Guild gegeben haben!«

»Das ist ja großartig, Clarence!« jubelte Hooker.

»Hätten Sie einen Augenblick Zeit, Captain?« Natalie streckte ihren Kopf, die Locke weit über ihre mächtige Brille hereinhängend, durch die Tür.

»Was ist denn los, Natalie?« brummte Clarence übel gelaunt.

»Ich muß einfach mit Ihnen über Walnikow sprechen, Captain!«

Als daraufhin sowohl Clarence Cromwell wie Hipless Hooker einstimmig zu stöhnen begannen, stand Natalie hilflos im Raum. »Oooooohhhhh.«

»Captain...« Sie kam jedoch nicht zu Wort. Also stand Natalie Zimmerman nur da und schielte zu ihrer Locke hoch, bis die beiden Männer schließlich ihr Geheul aufgaben und Clarence Cromwell wieder in normalem Tonfall sagte: »Sie haben doch gesagt, Natalie, Sie würden eine Zeitlang mit Walnikow arbeiten und zumindest versuchen, mit ihm auszukommen.«

»Sie können mir wirklich glauben, Clarence, daß ich es versucht...«

In diesem Augenblick brach Hooker neuerlich in ein Stöhnen aus. Diesmal lagen dem allerdings nicht nur *psychische* Qualen zugrunde. Er spürte ein Brennen in seinem Bauch, das bis zu seiner Kehle emporstieg.

»Nennen Sie zwei Tage vielleicht eine Zeitlang, verdammt noch mal?« schimpfte Clarence.

»Oooooohhhhh!« stöhnte Hooker.

Sie hörten beide zu sprechen auf und starrten ihren leidgeplagten Vorgesetzten verdutzt an.

»Was haben Sie denn?« erkundigte sich Clarence.

»Mein Magen!« wimmerte Hooker. »Auuuuuuu!«

»Alles nur halb so schlimm, Captain. Machen Sie sich mal keine Sorgen«, versuchte Clarence zu trösten. »Bringen Sie mir doch bitte die Ersatzschlüssel, Natalie. Dann bringe ich den Chef ins Krankenhaus. Was ist es denn, Captain? Ein Geschwür?«

»Ich weiß nicht!« winselte Hooker. »Jedenfalls tut es schrecklich weeeeeeh!«

Es sollte sogar noch mehr weh tun, als sich herausstellte, daß Bullets Bambarella derjenige war, der Captain Hooker nach draußen half und ihn schon halb zu dem Wagen trug, in dem Clarence Cromwell bereits wartete. »Bitte, Bullets«, flehte Hooker, »machen Sie mir keine neuen Scherereien, solange ich weg bin!«

»Natürlich nicht!« bekräftigte ihm Bullets. Wie konnte Hooker so etwas auch nur von ihm denken!

»Ich verlasse mich auf Sie«, schärfte ihm Hooker ein. »Ab jetzt keine Scherereien mehr. Darauf verlasse ich mich!«

»Sie können sich voll und ganz auf mich verlassen, Captain«, versprach Bullets Bambarella. Er war gerührt.

»Auuuuuu!« stöhnte Hooker, als Bullets ihn schließlich in Clarences Wagen hievte und sie in Richtung Krankenhaus davonfuhren.

Wie Philo Skinner glaubte auch Natalie Zimmerman nicht an einen Gott, der nicht in die Geschicke der Menschen eingreift. Sie war zu der Überzeugung gelangt, daß das Schicksal in der Sache Walnikow sich gegen sie verschworen hatte. Das Schicksal hatte seine Fittiche schützend über Sergeant A. M. Walnikow ausgebreitet. Irgend etwas ging da nicht mit rechten Dingen vor.

»Es sieht gut aus, Natalie«, empfing Walnikow sie mit einem Lächeln, als sie an seinen Schreibtisch trat. »Heute haben wir nicht sonderlich viel zu tun.«

Sie sah ihn an. Seine Augen waren wie immer wäßrig. Und wie immer sonderte er einen leichten Alkoholgeruch ab. Er trug einen neuen Anzug, die Etiketten von der Reinigung – wie immer – in die Innentasche geheftet. Wenn die Jacke aufstand, war außerdem, wie immer, seine gekonnte Reparaturarbeit mit dem Bürohefter zu bewundern. Er trug eine blaue Krawatte mit weißen Tupfen, und sein weißes Hemd war mehr oder weniger gebügelt. Wie die anderen zwar etwas abgewetzt, aber immerhin gebügelt. Er sah also aus unerfindlichen Gründen besser aus denn je.

Die unerfindlichen Gründe waren im übrigen Natalie. Walnikow hatte sie keinen Moment aus den Augen gelassen, als sie durch den hektischen und überfüllten Bereitschaftsraum geschossen war. Er hatte sie beobachtet, wie sie rauchend vor Hookers Büro auf und ab geschritten war, bis sie schließlich eingelassen worden war. Und er beobachtete sie, wie sie langsam wieder zu ihrem Schreibtisch zurückging und auf die gewohnte Weise ihre Haarlocke anstarrte. Walnikow fand sie trotz ihrer komischen Frisur und trotz dieser riesigen, blöden Brille hübsch.

Am Abend zuvor hatte Walnikow absichtlich seinen Wodkakonsum eingeschränkt und infolgedessen auch besser geschlafen. Er hätte nicht einmal sagen können, ob er überhaupt von dem Kaninchen geträumt hatte, wenn er auch stillschweigend einmal davon ausging. Die Laken waren jedenfalls schweißdurchnäßt gewesen. Trotzdem fühlte er sich richtig gut an diesem Tag. Er schlürfte seinen Tee und lächelte Natalie an.

»Ich brauche erst noch mal eine Tasse Kaffee, um in Fahrt zu kommen«, seufzte Natalie, als sie sich neben ihm auf ihren Stuhl plumpsen ließ.

»Warten Sie, ich hole Ihnen eine«, erbot sich Walnikow und griff nach ihrer Tasse.

»Na gut«, erwiderte Natalie. »Vielen Dank.«

»Gern geschehen«, meinte Walnikow und wischte sich die Augen. Das war das erstemal, daß sie ihn etwas für sich hatte tun lassen. Er fragte sich, ob das wohl auf seine getüpfelte Krawatte und das neue Rasierwasser zurückzuführen war. Sogar gekämmt hatte er sich heute. Und er fand, daß er ganz passabel aussah.

Natalie fand dagegen, daß er fürchterlich aussah. Bemitleidenswert. Warum machte er es ihr eigentlich nicht leichter und flippte vor jemand anderem auch mal aus? Wie zum Beispiel jetzt, vor dreißig Zeugen? Warum legte er sich nicht einfach mit der Sekretärin an, weil der Kaffee zu bitter war, oder etwas in der Art? Aber wie hätte das gehen sollen? Er trank ja Tee. Ein Polizist, der Tee trinkt?

»Hört euch das einmal an!« verkündete Lieutenant Holzlippe Mockett lauthals. Er wurde jedoch mit Ausnahme Walnikows, der Vorgesetzten immer den gebührenden Respekt erwies, von der gesamten versammelten Mannschaft ignoriert. Walnikow stellte die Kaffeetasse vor Natalie ab und wandte sich dann Mockett zu.

»Sergeant Ballew wurde vier Tage vom Dienst suspendiert, weil er aus Unachtsamkeit einen Schuß abgefeuert hat.«

»In diesem Alter schießen sie alle aus Unachtsamkeit«, bemerkte Fuzzy Spinks von Autodiebstahl, der älter als Sergeant Ballew war und deshalb wußte, wovon er sprach.

»Sergeant Ballew feuerte aus seiner Ithaca versehentlich eine Salve ab, und sie ging mitten durch den Wagen von Deputy Chief Digby Bates.«

»Tatsächlich?« interessierte sich Dudley Knebel von Raubüberfällen plötzlich, da er den Deputy Chief nicht ausstehen konnte. »Hat Bates denn auch wenigstens dringesessen?«

»Natürlich nicht!« entrüstete sich Holzlippe Mockett. »Ballew hat doch auch nur vier Tage gekriegt.«

»Nur vier Tage«, warf Dudley Knebel ein. »Für eine lausige Gewehrsalve ist das meiner Ansicht nach 'ne ganze Menge.«

»Und wenn Bates nun doch in dem Wagen gesessen hätte...«, sinnierte Max Haffenkamp.

»Dann hätte ich Ballew vier Tage aus meiner eigenen Tasche bezahlt«, wieherte Dudley Knebel los.

»Ihr nehmt das alles einfach nicht richtig ernst«, empörte sich Holzlippe Mockett.

»Der gute Ballew«, grinste Fuzzy Spinks. »Letztes Jahr haben sie ihm zehn Tage aufgebrummt, weil er sich einen angesoffen und im Dienst seine Freundin genagelt hat.«

»Im Dienst!« entfuhr es Holzlippe Mockett. »*Entlassen* hätte man ihn dafür sollen! Und er hat tatsächlich nur zehn Tage gekriegt?«

»Na ja, wenn man bedenkt, daß der ganze Fall nur auf Indizien beruhte, war es sowieso ganz schön hart«, warf Fuzzy ein. »Eigentlich haben sie ihn ja auf dem Heimweg wegen Trunkenheit am Steuer geschnappt.«

»Dann war er doch gar nicht im Dienst«, meinte Mockett.

»Natürlich nicht«, pflichtete ihm Fuzzy Spinks bei. »Aber das Ganze war eine Viertelstunde nach Dienstschluß, und da er eins Komma fünfundzwanzig Promille hatte, haben sie es einfach angenommen.«

»Und das mit seiner Freundin, haben sie das auch einfach nur angenommen?« zischte Holzlippe Mockett, wie Natalie Zimmerman es nicht besser gekonnt hätte.

»Auch das beruhte nur auf Indizien«, kicherte Fuzzy voller Sympathie für den armen Sergeant Ballew. »Bevor sie ihn wegen Trunkenheit am Steuer eingelocht haben, ist er am Sunset, Ecke Gower, gegen einen Telegrafenmasten gefahren. Und als ihm diese Heuler im Krankenhaus dann seine Sachen ausgezogen haben, haben sie einen Pariser gefunden.«

»Einen Pariser!« platzte Nate Farmer von der Abteilung Sexualverbrechen heraus. »Das beweist doch noch gar nichts.«

»Er hatte ihn aber noch übergestülpt!« berichtigte ihn Fuzzy Spinks.

»Das hat aber immer noch nichts zu besagen«, grunzte Nate Farmer. »Wahrscheinlich haben sie das Ding noch nach den Fingerabdrücken seiner Freundin abgesucht, wie?«

»Zuzutrauen wäre es diesen Idioten durchaus«, meldete sich Montezuma Montez zu Wort.

Holzlippe fühlte sich wieder einmal eindeutig überfordert und gab schließlich auf. Sollten die anderen denken, was sie wollten.

»Ich habe gehört, du spielst Golf«, wandte sich Bullets plötzlich an Montezuma Montez.

»Na ja, ein bißchen«, erwiderte dieser, ohne aufzublicken.

»Ein richtiger Idiotensport«, stichelte Bullets. »Ich habe in meinem ganzen Leben noch kein einziges Mal Golf gespielt.«

»Du bist dafür wohl auch ein bißchen zu unbeholfen, was?« schoß Montezuma Montez zurück und legte seinen Stift weg.

»Golf kann doch jeder alte Knacker noch spielen, auch wenn er sich nur noch mit zwei Krücken fortbewegen kann.«

»Was wetten wir denn, daß du einen Golfball keine fünfzig Meter weit schlagen kannst«, konterte Montezuma Montez.

»Fünfzig Meter«, witzelte Bullets. Jetzt *hatte* er diesen Mexikali. »Hast du gehört, Fuzzy? Er hat gesagt, ich könnte einen Golfball keine fünfzig Meter schlagen!«

»Wenn du noch nie Golf gespielt hast, dann ist es für mich absolut klar, daß du keine fünfzig Meter schaffst, Bullets«, schaltete sich Fuzzy Spinks ein. »Jedenfalls nicht mit einem Schlag.«

Und dann segelten die Geldscheine nur so durch den Bereitschaftsraum. Bullets nahm die Wetten entgegen. Holzlippe Mokkett jammerte zwar etwas von wegen spielen auf einer Polizeiwache, aber alle schrien wie wild durcheinander, bis sich Bullets' Wetteingänge schließlich auf dreißig Dollar beliefen. Fünf Minuten später jagten ein paar Dienstwagen mit quietschenden Reifen in Richtung Los Angeles Country Club davon, wo Inspektor Nate Farmer allerdings kaum hätte Mitglied werden können. Aber wenigstens konnte er Bullets die Möglichkeit verschaffen, dort einen Ball zu schlagen, da sein Cousin auf diesem Golfplatz als Caddy arbeitete.

Während nun die halbe Detektivmannschaft der Hollywood Station im Los Angeles Country Club versammelt war, um Zeuge zu werden, wie Bullets Bambarella sich selbst zum Narren machte, indem er seinen Golfschläger schwang, als wolle er damit Baseball spielen, und dabei das seit langem größte Stück des geheiligten Rasens in die Luft wirbelte, und während die restlichen Detektive, darunter Walnikow und Natalie Zimmerman, ihrer üblichen Ermittlungsarbeit nachgingen, stellte eine ›inaktive‹ Pasadena Junior Leaguerin auf eigene Faust detektivische Nachforschungen an. Und zu ihrer Überraschung kam sie dabei auch recht gut voran.

Madeline Whitfield hatte zwar die ganze Nacht kein Auge zugedrückt, aber über ihrem Morgenkaffee hatte sie sich doch geschworen, so lange keinen Tropfen Alkohol mehr zu sich zu nehmen, bis Vickie wieder zu ihr zurückgekehrt war. Und sie war keineswegs gewillt, nur einfach untätig dazusitzen und zu warten, bis dieser Mann wieder anrief.

Sie las die Verlustanzeigen in der *Times* durch und stellte dabei fest, daß zwei Schnauzer als vermißt gemeldet wurden. Der erste gehörte zu einer Redondo-Beach-Telefonnummer. Der zweite war in San Gabriel abhanden gekommen, das immerhin nahe genug an Pasadena lag, daß Madeline hoffen konnte, daß es sich dabei möglicherweise um die vermeintliche tote Vickie handelte. Vielleicht bekam sie auf diese Weise irgendeinen Anhaltspunkt, der sie weiterbrachte. Madeline Whitfield ging ans Telefon und bereitete sich schon darauf vor, sich umfangreiche Notizen zu machen. Allerdings hatte der erste Schnauzer nicht einmal gestutzte Ohren gehabt. Und der zweite war schwanger gewesen. Madeline Whitfield dachte schon, sie wäre mit ihrem Enthaltsamkeitsgelübde vielleicht etwas zu voreilig gewesen. Sie spielte bereits mit dem Gedanken an einen doppelten Scotch, als ihr eine neue Idee kam. Sie rief bei der Polizei von Pasadena beim Los Angeles County Sheriff's Office und beim Los Angeles Police Department an und erkundigte sich nach verlorenen oder gestohlenen Schnauzern.

»Wir führen leider keine Aufzeichnungen über vermißte Hunde«, klärte sie der Mann am Telefon des Los Angeles Police Department mit einer Lethargie auf, die der von Officer Leonard Leggett in nichts nachstand.

»Ja, natürlich, ich verstehe«, entschuldigte sich Madeline Whitfield. »Aber vielleicht ist jemandem ein Schnauzer *gestohlen* worden. Wissen Sie, das ist ein sehr wertvoller Hund. Möglicherweise ein Champion, auf jeden Fall ausstellungsreif. Haben Sie nicht vielleicht eine Meldung, daß ein solcher Hund *gestohlen* worden ist?«

»Einen Augenblick bitte«, antwortete der lethargische Beamte mürrisch, um ihr, als er wieder an den Apparat zurückkam, mitzuteilen: »Wir haben tatsächlich eine Meldung über einen gestohlenen Schnauzer.«

»Ja?«

»In Hollywood. Am achten Januar wurde auf der dortigen Polizeiwache der Diebstahl eines Schnauzers gemeldet.«

»Ja, ja!« Madeline war ganz aufgeregt.

»Hätten Sie gern die Nummer des Protokolls?«

Um elf Uhr bekam dann Holzlippe Mockett einen Anruf.
»Mein Name ist Madeline Whitfield.«
»Ja«, erwiderte Holzlippe Mockett kurz angebunden, während er insgeheim hoffte, Captain Hooker würde baldmöglichst wieder aus dem Krankenhaus zurückkommen. Angesichts der Tatsache, daß ihm Clarence Cromwell dort das Händchen hielt und der Rest der Mannschaft sich auf so einem verfluchten Golfplatz herumtrieb, um Bullets Bambarellas Golfkünste zu bewundern, fühlte Mockett sich eindeutig überfordert. Bisher hatte er eine Kanne Kaffee kochen und zwei Anrufe entgegennehmen müssen.
»Ich hätte gern über einen gestohlenen Schnauzer ein paar Erkundigungen eingezogen«, sagte die Frauenstimme. »Ich habe die Protokollnummer.«
»Wo ist der Hund gestohlen worden, gnädige Frau?« Diese Art von Arbeit war für einen Lieutenant einfach entwürdigend. Ja, entwürdigend!
»In der Vine Street, vor dem Brown Derby.«
»Aha«, seufzte Holzlippe Mockett. »Ich sehe mal nach.«
Er fand die Diebstahlsmeldung in einer Akte von Walnikow und Natalie Zimmerman. »Ja, und was hätten Sie nun gern gewußt?« Als Entschädigung für all diese Mühsal versprach Holzlippe Mokkett sich insgeheim bereits eine extra lange Mittagspause.
»Ich hätte gern mit dem Beamten gesprochen, der diesen Fall bearbeitet«, sagte Madeline. »Ist er im Augenblick gerade da?«
»Nein. Sein Name ist Sergeant Walnikow. Er wird erst am späten Nachmittag wieder zurückkommen.«
»Ich hätte gern mit ihm gesprochen, wenn das überhaupt möglich ist. Die Angelegenheit ist sehr wichtig.«
»Wo wohnen Sie denn?«
»In Pasadena.«
»In Pasadena! Entschuldigen Sie, gnädige Frau, aber das liegt außerhalb unseres Zuständigkeitsbereichs. Lassen Sie mir Ihre Telefonnummer hier. Ich werde dafür sorgen, daß Sergeant Walnikow sich dann telefonisch mit Ihnen in Verbindung setzt.«
»Könnten Sie ihm bitte sagen, er soll mich so bald wie möglich anrufen? Ich bin den ganzen Tag zu Hause, und ich erwarte seinen Anruf *dringend.*«
»Wie Sie wünschen, gnädige Frau«, seufzte Mockett. »Geben Sie mir bitte Ihre Nummer.«
Zehn Minuten später sagte Walnikow zu Natalie, wähend sie ge-

rade auf dem Hollywood Boulevard fuhren: »Haben Sie das gehört, Natalie?«

»Was soll ich gehört haben?« Sie heckte in Gedanken gerade einen aberwitzigen Plan aus, direkt zu Deputy Chief Digby Bates zu gehen, wenn man ihr keine andere Wahl ließ. Mein Gott, was sollte werden, wenn Hipless Hooker im Krankenhaus bleiben mußte? Sie würde Clarence Cromwell auf jeden Fall übergehen *müssen*.

»Eben ist ein Funkspruch reingekommen, wir sollen die Wache anrufen.« Walnikow fuhr zur nächsten Telefonzelle auf dem Sunset Boulevard.

Wenige Minuten später hatte Walnikow dann Holzlippe an der Strippe, der sich allmählich wieder etwas zu beruhigen begann, da inzwischen drei Teams von Detektiven zurückgekehrt waren und sich königlich über das ganze Geld freuten, das sie von Bullets Bambarella gewonnen hatten.

»Irgend so eine Alte aus Pasadena hat mir ihre Telefonnummer dagelassen«, meinte der Lieutenant. »Sie weiß anscheinend etwas über einen Fall, den Sie bearbeiten. Einen Hundediebstahl vor dem Brown Derby.«

»Ach so«, erwiderte Walnikow. »Ich dachte, der Hund wäre möglicherweise einfach nur entlaufen. Dem Bericht nach handelt es sich um einen ziemlich wertvollen Hund, und...«

»Ja, genau, das ist er«, nickte Holzlippe Mockett. »Rufen Sie doch bei der Frau mal an, ja? Halten Sie sie jedenfalls mir vom Leib. Ich habe im Augenblick genug zu tun.«

Den Rest konnte Walnikow leider nicht mehr verstehen, da Bullets Bambarella Montezuma Montez durch den ganzen Bereitschaftsraum zubrüllte:

»Du willst Tennis spielen können? Daß ich nicht lache.«

»Bitte, Bambarella«, wimmerte Lieutenant Mockett. »Ich kann ja mein eigenes Wort nicht hören. Haben Sie alles verstanden, Walnikow? Rufen Sie diesen verrückten Hund wegen dieser verdammten Alten an!«

»Das ergibt aber nicht sonderlich viel Sinn, Lieutenant«, warf Walnikow vorsichtig ein.

»Denken Sie, hier ergibt irgend etwas viel Sinn?« heulte Lieutenant Mockett. »Was würden Sie davon halten, hier die ganze Arbeit zu machen, weil Captain Hooker wegen eines bißchen Bauchwehs ins Krankenhaus muß? Na?«

»Ist ja schon gut, Lieutenant«, lenkte Walnikow begütigend ein. »Ich werde sie anrufen. Und regen Sie sich mal nicht zu sehr auf.«

Als Walnikow zum Wagen zurückkehrte, sah er, wie Natalie hastig ein paar Notizen auf einen Block kritzelte. Beobachtungen. Über ihn.

»Natalie«, sprach er sie an, worauf sie so erschreckt zusammenzuckte, daß ihre widerspenstige Haarlocke zu ihrem Scheitel hochwippte und wieder zurückfiel.

»Ja?«

»Ein komischer Auftrag war das eben. Wir sollen eine Frau in Pasadena anrufen, und zwar wegen des Hundes, der vor dem Brown Derby gestohlen wurde.«

»Was für ein Hund?«

»Diese Diebstahlsmeldung. Können Sie sich nicht mehr erinnern? Sie ist gestern früh reingekommen.«

»Meine Güte, Walnikow. Sie haben noch die Zeit, die Diebstahlsmeldungen zu lesen? Ich denke, Sie kriegen so viele Einbruchsmeldungen, daß Sie sie schon wiegen müssen, weil Sie mit dem Zählen nicht mehr nachkommen. Und dann nehmen Sie sich noch die Zeit, die Diebstahlsmeldungen zu lesen?«

»Ich lese *alle* eingehenden Meldungen.« Walnikow zuckte mit den Achseln.

»Und Sie können sich auch an alle erinnern?«

»Das ist nun eben mal so. Die Dinge, die meine Arbeit betreffen, kann ich mir einfach merken. Sie... Mir geht das Zeug einfach nicht mehr aus dem Kopf. Wissen Sie, was ich meine?«

»Sicher. Aber jetzt zurück zu unserem großen Fall. Da hat also jemand einen Hund gestohlen?«

Walnikow zuckte neuerlich mit den Achseln. »Ich werde die Frau jetzt gleich mal anrufen. Dann werden wir ja weitersehen.«

Und während Natalie Zimmerman hastig weiterzukritzeln begann und dabei alle paar Sekunden einhielt, um sich ihre Haarlocke von ihrer Brille zu blasen, kramte Walnikow in seinen Taschen nach ein paar Münzen, um einen Anruf zu machen, der sein künftiges Leben entscheidend beeinflussen sollte.

»Hallo, ist hier Mrs. Whitfield?« meldete er sich.

Für einem Moment stand Madeline das Herz still. Nein, das war er nicht. Richards Stimme war wesentlich höher. »Ja«, sagte sie. »Madeline Whitfield am Apparat.«

»Hier spricht Sergeant Walnikow, gnädige Frau. Vom Los Angeles Police Department. Sie haben nach mir verlangt?«

»Ach ja, natürlich. Ich lebe in Pasadena, Sergeant. Und ich habe – ich habe einen kleinen Schnauzer gefunden. Das arme Ding war im Sterben. Und kurz nachdem ich es gefunden hatte, ist es dann auch tatsächlich gestorben. Ich – äh, ich habe in der *Times* nachgesehen und bei verschiedenen Polizeistationen angerufen, und in diesem Zusammenhang hat man mir gesagt, daß Sie in einem Fall ermitteln, in dem ein Schnauzer gestohlen wurde.«

»Das stimmt.« Walnikow zögerte einen Moment. »Wir haben uns mit der betroffenen Person bis jetzt allerdings noch nicht in Verbindung gesetzt. Um Ihnen die Wahrheit zu sagen: Ich dachte eigentlich, der Hund wäre weggelaufen oder sonst irgendwie verlorengegangen. So ist das ja meistens, und...«

»Können Sie mir Näheres über den Schnauzer sagen, Sergeant?« unterbrach ihn Madeline Whitfield. »Ich weiß, daß es ein Weibchen war. Ist der Hund in Ihrem Bericht näher beschrieben?«

»Nein, eigentlich nicht, gnädige Frau. Und um einmal ganz ehrlich zu sein, weiß ich nicht einmal, wie ein Schnauzer aussieht.«

»Steht in der Meldung irgend etwas, daß der Hund ausstellungsreif war? Vielleicht sogar ein Champion?«

»Ja«, bestätigte ihr Walnikow. »In dem Bericht stand, daß der Hund sehr wertvoll ist und bereits auf zahlreichen Ausstellungen vorgeführt wurde.«

Und dann wurde es für einen Augenblick still in der Leitung, während Madeline sich bemühte, unbeteiligt zu klingen. »Ja, ein Hund, der schon mehrere Ausstellungen mitgemacht hat. Das würde durchaus zu dem armen Tier passen, das mir zugelaufen ist. Sagen Sie, Sergeant, wer ist denn... Entschuldigung, wer war denn der Besitzer des Hundes?«

»Ich sehe mal nach, Madam. Der Bericht ist im Wagen. Es ist eine Frau aus Trousdale Estates. Das liegt in Beverly Hills.«

»Könnten Sie mir vielleicht ihren Namen und ihre Telefonnummer geben, Sergeant? Ich hätte ihr gern ein paar Fragen gestellt.«

»Es ist besser, wenn ich dafür sorge, daß die Dame sich mit Ihnen in Verbindung setzt«, schlug Walnikow vor. »Wir sind leider nicht berechtigt, irgendwelche Auskünfte über Adresse oder Telefonnummer geschädigter Personen zu geben. Das werden Sie doch sicher verstehen. Hatte der Hund denn kein Halsband?«

»Nein«, antwortete Madeline. »Aber vielleicht könnte die Besitzerin den Hund beschreiben. Ich kenne mich nämlich gerade mit dieser Rasse sehr gut aus, weil ich selbst einen Zwergschnauzer habe.«

»Na gut, Madam, ich werde dafür sorgen, daß die Besitzerin Sie noch heute nachmittag anruft. Ich werde gegen vier Uhr wieder auf der Polizeistation sein und dann...«

»Nein!« entfuhr es Madeline. Sie bekam sich jedoch sofort wieder unter Kontrolle und fuhr dann ruhig fort: »Nein, Sergeant. Ich bitte Sie. Könnten Sie diese Dame nicht jetzt sofort anrufen, damit sie sich mit mir in Verbindung setzt. Es ist sehr dringend. Ich – ich habe selbst einen Hund und weiß deshalb, wie so etwas ist. Bitte.«

»Gut, ich rufe sie sofort an«, gab Walnikow nach.

»Vielen Dank, Sergeant.«

»Bitte.«

Walnikow war inzwischen fast das Kleingeld ausgegangen, aber schließlich bekam er doch noch genügend Münzen für den zweiten Anruf zusammen. Das Telefon klingelte siebenmal. Er wollte schon wieder einhängen, als sich ein junger Mann meldete. »Ja?«

»Hier spricht Sergeant Walnikow vom Los Angeles Police Department.«

»Ja?«

»Ich ermittle im Augenblick gerade wegen eines gestohlenen Hundes. Bin ich hier mit dem Haus von Millie M. Gharoujian verbunden?«

»Einen Augenblick bitte.« Darauf trat einen Moment Stille ein, bis eine gedämpfte Stimme sagte: »Für dich, Millie. Es ist jemand von der Polizei wegen Tutu.«

»Hallo«, hauchte eine rauchige Stimme in den Hörer.

»Hier spricht Sergeant Walnikow vom Los Angeles...«

»Schon gut, Sergeant«, schnitt ihm Millie das Wort ab. »Haben Sie Tutu gefunden?«

»Na ja, eine Dame in Pasadena glaubt, ihr sei vielleicht Ihr Hund zugelaufen, Madam. Zu meinem Bedauern muß ich Ihnen jedoch mitteilen, daß das Tier gestorben ist und...«

»Wirklich? Und es war meine Tutu?«

»Das weiß ich nicht, Madam. Die Dame hat mir ihre Adresse und Telefonnummer hinterlassen, falls Sie sich mit ihr in Verbindung setzen wollen.«

»Jetzt hören Sie mal, mein Freund. Wie heißen Sie?«

»Walnikow, gnädige Frau.«

»Ja. Hören Sie, ich bin sechsundsiebzig Jahre alt.«

»Jawohl, Madam.«

»Ja, und Sie haben mich gerade bei meinem besten... Wissen Sie, ich hatte hier eben eine Menge Spaß, und Sie haben mich dabei gestört. Zahle ich eigentlich *dafür* meine Steuern?«

»Nein, Madam.«

»Wunderbar. Und jetzt hören Sie mir gut zu. Mein Hund wurde letzte Woche gestohlen, oder vielleicht ist er auch einfach weggelaufen. Es war ein drei Jahre altes Schnauzerweibchen, das mich sicher zwanzigtausend Dollar gekostet hat, bis ich mir eines Tages gesagt habe: Millie, warum wirfst du eigentlich für diesen kleinen Köter dein ganzes Geld zum Fenster hinaus? Haben Sie mich verstanden?«

»Jawohl, Madam.«

»Also sehen Sie. Ich habe meine Versicherung bereits verständigt. Wenn der Hund tot ist, was soll ich daran noch ändern, Sergeant?«

»Ich weiß nicht, Madam«, erwiderte Walnikow betreten. »Können Sie Ihren Hund vielleicht beschreiben? Diese Dame schien sich schrecklich Sorgen zu machen und...«

»Herr im Himmel!« kreischte Millie Muldoon Gharoujian. »Ich habe hier zwei junge Burschen bei mir, die aussehen, als hätte sie Michelangelo geschaffen, und Sie verlangen von mir, ich sollte mir wegen eines *Hundes* Gedanken machen!«

»Ihr Hund hatte demnach keinerlei besondere Kennzeichen?« beharrte Walnikow.

»Doch. Tutu hatte am linken Hinterfuß eine weiße Kralle«, gab Millie mürrisch Auskunft. »Mein ehemaliger Hundebetreuer, ein gewisser Philo Skinner, hat sie vor Ausstellungen immer schwarz überpinselt. Und jetzt bitte, Sergeant, ich weiß zwar Ihren Eifer zu würdigen, aber können Sie mich jetzt wieder mit diesen beiden Jungs allein lassen? Haben Sie denn gar keinen Respekt vor älteren Menschen?«

»Selbstverständlich, gnädige Frau«, verabschiedete sich Walnikow. »Selbstverständlich.«

»Das hat aber lange gedauert«, nörgelte Natalie Zimmerman, als Walnikow zum Wagen zurückkehrte.

»Würde es Ihnen etwas ausmachen, wenn wir auf die Wache zurückfahren? Ich muß diese Dame aus Pasadena noch einmal anrufen, und mir ist das Kleingeld ausgegangen.«

Während Walnikow also von der Hollywood Station aus Madeline Whitfield anrief, ließ Natalie Zimmerman sich in der Zwischenzeit mit dem Krankenhaus verbinden. Dort teilte man ihr mit, daß Captain Hooker unter akuten Blähungen litt. Sergeant Cromwell war bei ihm, und es ging ihm gut. Darauf meldete Natalie Zimmerman ein Gespräch mit dem Bezirkskommandanten an, der allerdings gerade beim Mittagessen war. Als sie schließlich wieder an ihren Schreibtisch zurückkehrte, unterhielt sich Walnikow noch mit Madeline Whitfield.

»Ganz richtig«, sprach Walnikow in den Hörer. »Der Hund hatte am linken Hinterfuß eine weiße Kralle. Was für eine Farbe haben sie normalerweise? Schwarz? Ja. Haben Sie vielleicht bemerkt, ob der Hund eine weiße Kralle hatte? Ihnen ist nichts aufgefallen. Schade. Wo ist der Hund denn jetzt? Wo? In einem Tierbestattungsinstitut. Ja, ich weiß, wo das ist. Verbrennt man sie dort, oder werden sie bestattet, oder was macht man mit den toten Tieren? Sie werden *einbalsamiert*? Hunde? Tatsächlich? Na ja, die Dame, welcher der gestohlene Schnauzer gehört, scheint sich nicht allzu große Sorgen zu machen, ob das nun ihr Hund war oder nicht. Ganz genau. Sie hat keinerlei Interesse gezeigt, und ich glaube nicht, daß sie sich mit Ihnen in Verbindung setzen wird. Das kann ich auch nicht verstehen. Ja, ich habe auch Tiere. Einen Wellensittich und einen Hamster. Ja, einen Hamster. Einen südrussischen Hamster. Ich weiß im Augenblick leider nicht, was ich noch mehr für Sie tun könnte. Ja, schon gut, Madam. Ja. Wiedersehen.«

Nachdem er den Hörer aufgelegt hatte, fiel sein Blick auf eine total frustrierte Natalie Zimmerman.

»Möchten Sie vielleicht jetzt zum Essen gehen?« fragte er sie. »Ich habe eine kleine Überraschung für Sie. Ein ganz ungewöhnliches Lokal.«

»Was soll's schon«, feixte sie ihre Locke an. »Fahren wir, Walnikow. Wahrscheinlich bekomme ich eine Fleischvergiftung. Warum muß ich eigentlich *immer* den Schwarzen Peter bekommen?«

Walnikow fuhr über den Pico Boulevard, eine Gegend, die Natalie nicht sonderlich gut kannte. In Vermont war er dann nach Westen abgebogen. Kubanische Läden säumten die Straße. Da war Rosarios Boutique. Nicht wie die Boutiquen in Beverly Hills. Der Laden war im Höchstfall drei Meter breit. Der teuerste Gegenstand kostete 13,95 Dollar, und Rosario nahm auch keine Kreditkarten. Sie fuhren an einem Schnapsladen vorbei, in dessen Schaufenster ein riesiges Plakat mit folgender Aufschrift hing: SILOX SUPER-X, ÜBER NACHT FREI VON UNGEZIEFER. MIT ERFOLGSGARANTIE! Ein paar Meter weiter wurde *Consulto Espiritual* angeboten; für den Fall, man wollte über die Geheimnisse der Vergangenheit und der Zukunft Bescheid wissen. Für die Gegenwart hatten Spiritisten ja noch nie sonderlich viel übriggehabt.

Dann Billigläden und Baracken aus Holz, die längst abgerissen sein sollten. Unbebaute Grundstücke. Schließlich ein weiterer kubanischer Spiritist, der, man höre und staune, neben Kräutern und allen möglichen Wunderheilmitteln auch Religion in seinem Programm hatte. Auf dem Schild stand einfach geschrieben: *Martas Religion.* Natalie Zimmerman fand, daß das wenigstens ehrlich war.

Dann vorbei an einem riesigen Wandgemälde mit dunklen lateinamerikanischen Gesichtern unter mexikanischen Sombreros, mit Augen wie russische Ikonen; und darunter stand in großen Lettern: TIERRA Y LIBERTAD! Angesichts dieser Aufschrift fragte sich Walnikow immer wieder, ob dieses *Tierra y libertad* nun der Traum der Kubaner war, die hier wohnten, oder der auf dem Bild dargestellten Mexikaner. Aber das war letztlich egal. Alle Lateinamerikaner träumten, ungeachtet ihres Heimatlandes, von *Tierra y libertad,* wobei sie davon, nicht unähnlich den Russen, im Lauf der Geschichte herzlich wenig zu sehen bekommen hatten.

Und dann, zwischen Mariposa und Normandie, die Importläden, die ihre Waren in Griechisch, Arabisch, Armenisch, Persisch, Türkisch, Italienisch und Russisch anpriesen. Diese Geschäfte befanden sich in strategisch günstiger Lage im Umkreis der St. Sophia, der gewaltigen Kathedrale der Griechisch-Orthodoxen von Los Angeles. Unter all den Lebensmittelgeschäften gab es auch einen internationalen Plattenladen mit einem reichhaltigen und bunt gemischten Angebot.

Als Walnikow schließlich an den Randstein fuhr und parkte, konnte Natalie die exotischen Klänge und Gerüche wahrnehmen.

»Hier kaufe ich mir meine Platten«, deutete Walnikow auf den Plattenladen, aus dem wehmütige Balalaikaklänge drangen. Walnikow strahlte. Normalerweise spielten sie hier nämlich Buzuki-Musik, da die Griechen eindeutig in der Überzahl waren.

»Soll das ein Restaurant sein?« fragte Natalie, als Walnikow sie in das kleinste der zahlreichen Geschäfte führte. Aus dem Innern drang ihnen der kräftige Geruch von grünen und schwarzen Oliven entgegen, von Ziegenkäsesorten aus fünf verschiedenen Ländern, von Ölen und Weinen, Gebäck und Brot, Fleisch und Gewürzen aus allen Mittelmeerländern. Und zusätzlich gab es in diesem Laden auch noch einige Spezialitäten, Weine und Wodka aus nördlicheren Gefilden.

»Andrej Michailowitsch!« dröhnte ein Mann hinter dem Ladentisch hervor. Er trug eine Schürze mit Fleischflecken und einen Kittel, der ihn für diejenigen, die sich in solchen Dingen auskannten, als Molokan kennzeichneten.

»Iosif!« grinste Walnikow, und dann kam ein hünenhafter Mann aus dem Hinterzimmer. Er trug einen blauen Pullover und sprach akzentfreies Englisch. Er wog an die zwei Zentner zwanzig und ragte zu stattlichen einsfünfundachtzig auf. Sein Haar war fast weiß, aber er hatte dieselbe breite slawische Stirn wie Walnikow und dasselbe offene Grinsen, das Natalie eher kindlich als einfältig vorkam.

Er sagte: »Wo warst du denn die letzten drei Wochen, du kleiner Scheißer?« Und damit packte er Walnikow, drückte ihn an sich und küßte ihn laut schmatzend auf den Mund. In dieser innigen Umarmung verschlungen, hopsten sie ein paar Sekunden hin und her. Tanzbären.

Dann schlug er Walnikow klatschend auf die Schulter, streckte seinen enormen Arm nach Natalie Zimmerman aus, zog sie an sich, daß sie bereits um ihr Leben zu bangen begann und küßte auch *sie* mit einem lauten Schmatz auf den Mund. »Einen wunderschönen guten Tag, mein schöner Engel«, strahlte er sie an. »Sie riechen mir ja ganz nach Polizei. Aber ich finde das einen höchst aufregenden Geruch.«

»Du alter Gauner«, kicherte Walnikow.

Der gewaltige Mann ließ Natalie Zimmerman los und sagte: »Da wir nun also Bekanntschaft gemacht haben, wie wäre es mit einer tüchtigen Portion Borscht?«

»Das ist übrigens mein Bruder Alex«, stellte Walnikow den Hünen vor, während Natalie noch vollauf damit beschäftigt war, dafür zu sorgen, daß ihr Revolver nicht aus ihrer Handtasche fiel, ihre überdimensionale Brille nicht von ihrer Nase rutschte und ihr Büstenhalter nicht über ihre Brustwarzen glitt. Mit solcher Geschwindigkeit und Heftigkeit war Walnikow der Ältere über sie hergefallen. Der Schlachter schüttelte sich vor Lachen, während er einen Lammknochen durchtrennte, als wäre er ein Stück Salami.

»Meine Mitarbeiterin, Natalie Zimmerman«, stellte Walnikow Natalie seinem Bruder vor.

»Ahaaa!« erwiderte der ältere Walnikow. »Wußte ich's doch, daß sie von der Polizei ist. Aber eine Waffe trägt sie nicht an ihrem Körper; das kann ich dir sagen.«

Dieser Ausspruch stürzte den Schlachter in einen weiteren Lachanfall.

»Wir können nicht bleiben, Alex«, fing Walnikow an. »Wir haben heute noch bei keinem einzigen Einbruchsopfer vorgesprochen und...«

»Quatsch! Du kommst vielleicht einmal im Monat hier vorbei, und deine Neffen und Nichten siehst du praktisch sowieso nie, und dann kannst du nicht bleiben. So ein Blödsinn!«

»Wie wär's dann vielleicht mit einem Schluck Tee, Alex?« schlug Walnikow verlegen vor, als wäre der gigantische Mann sein Vater gewesen, was auch durchaus möglich gewesen wäre, dachte Natalie Zimmerman. Er war wesentlich älter als Walnikow.

»Ja, einen Schluck Tee *mit* einem bißchen zu essen!« nickte Alex Walnikow.

»Ehrlich, wir müssen gleich wieder weg«, erhob Walnikow Einspruch. »Wie wär's, wenn du uns was einpacken würdest? Zum Mitnehmen. Wir haben nur ein paar Minuten Zeit.«

»Weißt du, du bist mir vielleicht einer, Kleiner«, rügte Alex Walnikow seinen Bruder kopfschüttelnd und klappte den Fleischbehälter auf, während Natalie verstohlen ihren Büstenhalter wieder zurechtrückte. Der Schlachter tat so, als merkte er von alldem nichts. »Du bist mir vielleicht eine Marke, Junge. Eine Stunde wirst du doch mal Zeit haben. In einem ganzen Jahr!«

»Na ja, ich nehme mir ja auch immer vor, vorbeizukommen«, entschuldigte sich Walnikow. »Aber du weißt ja, wie beschäftigt wir von der Polizei immer sind...«

»Ja, ja, sicher. Spar dir das für die Idioten auf, die keine Ahnung haben. Mir brauchst du ja nun wirklich nicht so einen Blödsinn zu erzählen.« Dann wandte er sich mit zusammengekniffenen Augen – sie waren ebenso blau wie die von Walnikow – Natalie zu und sagte: »Jetzt haben Sie Walnikow, den Schüchternen, kennengelernt. Das bin ich.«

»Ich bin – überwältigt«, entgegnete Natalie, während der Schlachter eine weitere Lammkeule durchtrennte.

»Nicht einmal am Donnerstagabend bist du gekommen«, tadelte

Alex Walnikow seinen Bruder. »Wir dachten, du würdest zumindest zum Gottesdienst kommen.«

»Ich war ja auch in der Kirche, Alex«, rechtfertigte sich Walnikow, der unter dieser Standpauke tatsächlich seine Augen zu Boden senkte. »Ich war in der Kathedrale. Deshalb habt ihr mich nicht gesehen. Wie sollte ich Weihnachten nicht in die Kirche gehen?«

»Bleibt ihr dann also zum Mittagessen?«

»Auf einen Tee, Alex«, wehrte Walnikow ab. »Aber wenn es dir nicht allzuviel ausmacht, könntest du uns ja etwas zum Mitnehmen einpacken.«

»Wenn es mir nichts *ausmacht*«, äffte ihn der ältere Walnikow nach. »Hör dir das mal an. Wenn es mir nichts *ausmacht*.«

Walnikow wurden weitere Vorwürfe erspart, als eine alte Frau mit dünnen Beinen in den Laden gehumpelt kam. Sie sah erst den Schlachter und dann Alex Walnikow an. Und dann erkannte sie den Detektiv.

»Sergeant Walnikow!« rief sie.

»Guten Tag, Mrs. Rosenfeldt«, begrüßte Walnikow die alte Frau und fuhr sich mit der Hand durch sein zerzaustes, zimtfarbenes Haar.

»Ich habe mich schon die ganze Zeit gefragt, wann Sie wohl mal wieder hier im Laden Ihres Bruders auftauchen würden. Erst kürzlich haben wir noch von Ihnen gesprochen, nicht wahr, Alex?«

»Das tun wir jeden Tag, Mrs. Rosenfeldt«, nickte der ältere Walnikow.

»Ich sagte doch, wie sehr wir hier in der Gegend einen tüchtigen Polizisten wie Alex' Bruder bräuchten. Habe ich das nicht gesagt, Alex?«

»Allerdings, Mrs. Rosenfeldt«, stimmte ihr Alex bei. »Und zwar jeden Tag.«

»Kommen Sie doch mal her, Sergeant. Ich muß Ihnen unbedingt erzählen, was sie neuerdings im Schilde führen. Kommen Sie doch her.«

»Jawohl, Mrs. Rosenfeldt.« Gehorsam trat Walnikow an dem beilschwingenden Schlachter vorbei auf die alte Frau zu.

»Sergeant Walnikow.« Sie zog den Detektiv zu sich herab und flüsterte ihm ins Ohr. Sie war zahnlos, und roch nach Fisch. »Es ist Myer.«

Zwischen durch:

„Wir haben nur ein paar Minuten Zeit!" – Ja, so ist es oft im Leben eines vielbeschäftigten Polizisten – und nicht nur eines Polizisten: Die Zeit reicht bei weitem nicht immer für ein ausgiebiges Essen und einen gemütlichen Plausch.

Wie gut, wenn man dann wenigstens weiß, was es für die eilige Zwischenmahlzeit in der so kurz bemessenen Pause alles gibt: Eine Menge leckerer <u>*und*</u> *praktischer Anregungen! Um sie zu verwirklichen braucht man nur heißes Wasser, 5 Minuten Geduld und…*

Zwischendurch:

Maggi
5 Minuten Terrine

Die kleine, warme Mahlzeit in der Eßterrine. Nur Deckel auf, Heißwasser drauf, umrühren, kurz ziehen lassen und genießen.
Die 5 Minuten Terrine gibt's in vielen leckeren Sorten – guten Appetit!

»Ihr Mann«, wisperte Walnikow.

»Ja, es geht schon wieder los. Ich habe ihn in diesem Altersheim in Boyle Heights besucht. Sie wissen doch, wo das ist?«

»Aber sicher, Mrs. Rosenfeldt«, nickte Walnikow geduldig und blinzelte mit seinen wäßrigen Augen.

»Er hat sich dort mit so einem Flittchen zusammengetan. Ida Schwartz heißt sie. Man möchte es ja nicht für möglich halten, daß sie selbst dort vom Sex noch nicht genug haben. Es ist wirklich eine Schande. Natürlich ist Myer eben nur ein Mann. Ihm kann ich das nicht zum Vorwurf machen. Aber diese Ida Schwartz? Also ich finde, diese Frau gehört nach San Quentin.«

»Ja, natürlich«, pflichtete ihr Walnikow bei. »Wie alt ist Mrs. Schwartz denn jetzt? Achtzig?«

»Sie ist dreiundachtzig, diese dreckige Hure!« schimpfte Mrs. Rosenfeldt. »Myer kann man das ja nicht zum Vorwurf machen. Schließlich ist er ja nur ein Mann. Und es gibt einfach nur ein gewisses Maß an Versuchung, dem ein Mann widerstehen kann.«

»Ganz richtig, Mrs. Rosenfeldt«, nickte Walnikow ernst. Seine triefenden, blauen Augen waren traurig. Earl Scheib Lopez, elf Jahre alt, und Ida Schwartz, dreiundachtzig Jahre alt, zusammen in einer Zelle in San Quentin.

»Was meinen Sie, Sergeant Walnikow? Was soll man bei so etwas machen?« fragte die alte Frau.

»Es ist sehr schwierig, jemanden in ein Staatsgefängnis bringen zu lassen«, erklärte ihr Walnikow. »Und es gilt vor allem dann ...«

»Wenn jemand Ehebruch begeht!« fiel ihm Mrs. Rosenfeldt heftig ins Wort.

»Ja, genau. Vor allem, wenn jemand Ehebruch begangen hat. Das gilt nämlich nicht als Verbrechen, wissen Sie.«

»Wohin soll das alles nur noch führen, Sergeant?« jammerte die alte Frau.

»So schlimm ist es nun auch wieder nicht, Mrs. Rosenfeldt«, versuchte Walnikow die alte Frau zu trösten und geleitete sie zu einem der drei Klappstühle, die im Laden eigens wegen der älteren Kunden aufgestellt waren. »Setzen Sie sich erst einmal. Dann wird Ihnen mein Bruder eine gute Tasse Tee machen.«

»Einen Tee. Ja, das wäre jetzt genau das Richtige, Sergeant«, bedankte sich Mrs. Rosenfeldt mit einem zahnlosen Lächeln. Ein feucht schimmernder Stern glitt von ihren wimpernlosen Augen und bahnte sich seinen Weg über ihre gefurchten Wangen.

»Habe ich Ihnen eigentlich je von dem Samowar erzählt, den wir in meiner Kindheit hatten, Mrs. Rosenfeldt?« Walnikow setzte sich auf einen Stuhl neben die zerbrechliche, alte Frau. »Wissen Sie, meine Eltern haben diesen Samowar zusammen mit einer Ikone des Heiligen Sergius und einem Bild von Nikolaus dem Zweiten durch ganz Sibirien bis nach Wladiwostok mitgeschleppt. Das ist immerhin ein Viertel des Erdumfangs, Mrs. Rosenfeldt!«

»Stellen Sie sich das einmal vor«, nickte Mrs. Rosenfeldt und vergaß dabei völlig diesen Dreckskerl Myer mit seiner schamlosen Metze, dieser Ida Schwartz.

»Schließlich haben sie dann auch das Meer erreicht. Können Sie sich vorstellen, wie das damals war? All die Weißen, mit ihren Familien auf der Flucht? Und schließlich sind sie dann durch die Hilfe anderer Offiziere und vor allem eines Adligen, mit dem sich mein Vater auf der Flucht angefreundet hatte, über den immensen Pazifik entkommen...«

»Auf einem kanadischen Schiff!« fiel sie triumphierend ein.

»Ganz genau.« Walnikow lächelte mit traurigen Augen, deren feuchter Schimmer jedoch nicht auf etwaige Tränen zurückzuführen war, sondern auf seinen reichlichen Stolitschnaja-Genuß. Seinem gestrigen Quantum nach zu schließen, würden sie sich seinen Berechnungen zufolge etwa gegen zwei Uhr allmählich klären.

»Und in Seattle sind sie dann gelandet!« erinnerte ihn Mrs. Rosenfeldt.

»Ja, ganz richtig«, nickte Walnikow.

»Stimmt das alles tatsächlich?« fragte Natalie Zimmerman Alex Walnikow, während Mrs. Rosenfeldt Walnikow die Geschichte seiner Odyssee zu erzählen begann, als hätte sie diese selbst miterlebt.

»Natürlich«, grinste Alex Walnikow. »Außer der Ikone und dem Samowar und dem Bild von Nikolaus Romanow hatten sie nur noch eines dabei. Und das war *ich.* Als wir 1922 von Wladiwostok losfuhren, war ich gerade zwei Jahre alt. Und als dieses Baby dann während der Wirtschaftskrise geboren wurde, war ich bereits ein waschechter, kaugummikauender Los-Angeles-Teenager. Mrs. Rosenfeldt hat die ganze Geschichte sicher schon an die hundertmal gehört. Deshalb kennt sie sie vermutlich auch schon besser als wir selbst. Auf diese Weise wird sie zumindest ein wenig von ihren sexuellen Problemen mit Myer abgelenkt, der übrigens schon seit fünf Jahren tot ist.«

»Wollen Sie damit sagen, daß sie sich noch immer nicht mit der Tatsache abfinden kann, daß er tot ist?«

»Wie soll man das sagen?« Alex Walnikow zuckte mit den Achseln. »Manchmal scheint sie sich darüber völlig im klaren zu sein, und dann gibt es wieder Zeiten...«

»Kommt sie eigentlich jeden Tag hierher?«

»So ziemlich. Und jedesmal, wenn sie meinen Bruder sieht, fängt sie damit an, ihm zu erzählen, daß Ida Schwartz verhaftet werden sollte. Vermutlich ist inzwischen auch Ida Schwartz längst tot. Aber uns macht das nichts weiter aus. Josif ist sogar immer schon richtig gespannt, was sie für neue Geschichten zu erzählen weiß.«

Der Schlachter hörte seinen Namen und grinste. Ihm fehlte ein Vorderzahn. Zack! sauste sein Beil nieder.

»Das Ganze ist so eine Art endloses Melodram«, fuhr Alex Walnikow fort. »Mein Bruder kann einfach mit alten Leuten umgehen. Sehen Sie sich die beiden doch an. Jetzt erzählt sie ihm von seiner eigenen Familie, die sie nie auch nur im entferntesten kennengelernt hat. Wie wär's mit einem Schluck Tee?« Er servierte den Tee in einem Glas. »So ist es in Rußland üblich«, erklärte er.

»Schmeckt gut«, lobte Natalie Zimmerman und nippte vorsichtig an dem heißen Glas.

Der hünenhafte Mann senkte seine Stimme und sagte: »Wie lange arbeiten Sie schon mit meinem Bruder zusammen?«

»Nicht lange.«

»Was glauben Sie?«

»Wie meinen Sie das?«

»Mein Bruder trinkt die ganze Zeit. Das hat er früher nie getan. Selbst nach seiner Scheidung nicht. Selbst nach seiner Scheidung hat er nichts getrunken. Aber jetzt ist er ein echter Säufer. Reden die Kollegen schon über ihn?«

»Nein, das glaube ich nicht«, erwiderte Natalie Zimmerman und stellte ihr Glas auf dem Ladentisch ab. »Eine Menge der älteren Detektive schauen ab und zu mal zu tief ins Glas. Soweit ich weiß, gilt er jedenfalls nicht als Trinker.«

»Vor ein paar Monaten hat sich mein Bruder plötzlich so seltsam verändert.« Inzwischen flüsterte Alex Walnikow nur noch. »Er hatte damals einen Partner, Charlie Lightfoot.«

»Ja, ich weiß.« Natalie nickte.

»Und seit der Zeit, da Charlie gestorben ist, fing er plötzlich an, sich etwas – eigenartig zu benehmen. Irgendwie geistesabwesend. Als wäre er mit seinen Gedanken ständig woanders. Und dann fing er mit dem Saufen an. Er läßt sich überhaupt nicht mehr blicken! Ich bin nicht seine einzige Verwandtschaft. Wir haben noch zwei Cousins; der eine lebt in San Pedro, der andere in Sylmar. Aber bei keinem läßt er sich mal sehen. Wissen Sie, wir haben immer sehr zusammengehalten, und ich mache mir echt Sorgen wegen meines Bruders. Ich habe zwar vier Kinder, die einem problemlos eine schlaflose Nacht nach der anderen bereiten, aber momentan mache ich mir die meisten Sorgen wegen meines Bruders.«

»Ich glaube gar nicht, daß er so viel trinkt«, log Natalie Zimmerman, unfähig, in die mitfühlenden, blauen Augen von Walnikow dem Älteren zu sehen. Nein, so viel trinkt er gar nicht. Er ist nur ein vierzehnkarätiger Alkoholiker – und ein einundzwanzigkarätiger Verrückter. Und *ich* bin es, die das Schicksal dazu ausersehen hat, diesen Clown vom Dienst suspendieren zu lassen.

»Komm schon, dein Tee wird kalt«, rief Alex Walnikow seinem Bruder zu, worauf dieser aufstand, Mrs. Rosenfeldt die Hand tätschelte und wieder zu ihnen trat.

»Ist das nicht schrecklich?« meinte Natalie Zimmerman mit einem Blick auf die alte Frau, die nun dem Schlachter über diesen Hurenbock Myer erzählte. Das war es, was Ehebrecher verdienten. Ein Hackebeil. Zack!

»Ach, uns macht das Traurigsein nichts aus«, grinste Alex Walnikow. »Haben Sie schon mal ein russisches Theaterstück gesehen? Wir sind erst glücklich, wenn wir traurig sind.« Er wandte sich seinem Bruder zu. »Hast du's dir doch anders überlegt? Bleibst du doch noch auf einen Teller Borscht?«

Walnikow lächelte verlegen und nippte an seinem Tee, worauf sein Bruder mit einem Seufzer Natalie Zimmerman die schwere Papiertüte mit ihrem Mittagessen reichte.

»Hat mich gefreut, Sie kennenzulernen«, verabschiedete sich Alex Walnikow, wobei er sich diesmal mit einem freundschaftlichen Schlag auf Natalies Arm begnügte und nicht wieder ihren Büstenhalter in Unordnung brachte.

»Bis dann, Josif«, wandte Walnikow sich an den Schlachter, der inzwischen von Mrs. Rosenfeldts Schauergeschichten über die verwerflichen Vorgänge im Jüdischen Altersheim völlig gefangen war.

»Bis zum nächstenmal, Andrej Michailowitsch!« rief ihm der Schlachter nach und schwenkte dazu sein Beil durch die Luft.

Als Natalie am Ausgang stehenblieb und ihre Geldbörse zückte, um an der Kasse zu zahlen, wandte Walnikow sich zu ihr um.

»Also, das lassen Sie jetzt aber wirklich mal bleiben«, winkte ihr der ältere Walnikow ab, und an seinen Bruder gewandt: »Komm doch mal zum Abendessen. Und zwar bald. Ich weiß schon gar nicht mehr, wie lange es her ist, daß wir beide uns mal länger als fünf Minuten unterhalten haben.«

»Wiedersehen, Alex. Und danke für die Sachen.« Walnikow legte einen Arm um seinen Bruder. Dann tanzten die Bären wieder für einen Augenblick, und der ältere Walnikow küßte seinen Bruder auf den Mund. »Paß gut auf dich auf, Andruschka. Hast du gehört?«

»Als sie wieder im Auto saßen, fuhr Walnikow in Richtung Innenstadt los. »Jetzt kommt das Beste«, wandte er sich an Natalie Zimmerman, die gerade damit beschäftigt war, zusammenzurechnen, wie oft ihr bereits der Schwarze Peter geblieben war.

Zu ihrer Überraschung hielt er vor dem Music Center. »Kommen Sie«, forderte er sie mit seinem typischen Grinsen auf. Nachdem Besuch bei seinem Bruder war sie sich nun sicher: Es war kindlich. An Alex Walnikow sah dieses breite Grinsen lange nicht so einfältig aus.

Heute, an ihrem letzten Tag, würde sie alles mitmachen. Was hätte sie auch sonst tun sollen, bevor – bevor sie neuerlich Hipless Hooker aufsuchte.

Er parkte in der Hope Street und ging mit ihr die Treppe zwischen dem Dorothy Chandler Pavillon und dem Mark Taper Forum hinauf. Die paar Leute, die noch zugegen waren, kamen hauptsächlich aus dem Restaurant auf der Höhe der Grand Avenue. Verschiedene Touristen fotografierten die drei neoklassizistischen Bauten, die den Music-Center-Komplex bilden, und die gigantische moderne Skulptur, die den Titel *Frieden auf Erden* trägt. Für manche war dieses Bildwerk ein Totem, nein, eine *Pyramide* von Körpern – Tieren und Menschen –, die sich wie in einer Hollywood-Orgie übereinandertürmten.

Walnikow führte Natalie vorbei am Mark Taper Forum mit seinem stillen Wasserbecken. Es war ein windiger Tag, so daß man von Bunker Hill aus die schneebedeckten Spitzen der San Gabriel Berge sehen konnte. Auf der anderen Seite der Avenue war der Landesgerichtshof und ein Relief eines hoffnungsvollen Ritters in Rüstung zu sehen, der die Magna Charta in seiner Hand schwang.

Walnikow winkte Natalie auf eine kleine Menschengruppe zu – Touristen, Angestellte, Pensionäre, Studenten –, die sich um einen jungen Mann mit einem üppigen, schwarzen Vollbart in einer dunkelblauen Matrosenjacke geschart hatten, der gerade ›midnight in Moscow‹ spielte.

»Sie nennen ihn Horst«, flüsterte Walnikow, als sie sich auf den Stufen niederließen. »Er ist ein ausgezeichneter Musiker. Er kommt fast jeden Nachmittag hierher, um zu spielen. Ich habe gehört, er studiert Medizin.«

Vor dem bärtigen, jungen Geiger lag ein alter Zylinder umgedreht auf dem Boden. Er enthielt zwar ein paar Dollarscheine und Münzen, aber insgesamt hatte sich das heutige Konzert als nicht sonderlich einträglich erwiesen. Horst Vanderhoof wollte sich bereits auf den Heimweg machen, als er plötzlich merkte, daß sich der kleine Zuhörerkreis um zwei Personen erweitert hatte.

»Charlie und ich haben ihm hier ab und zu zugehört und dabei zu Mittag gegessen. Charlie hat sich nämlich eine Weile für Musik interessiert.«

Walnikow packte eine gewaltige Portion heißer Krautwickel aus und breitete Pappteller, Plastikbesteck und Papierservietten vor Natalie auf den Betonstufen aus, als wäre er ein Ober in einem vornehmen Restaurant.

»Hat Ihr Bruder eigentlich auch einen Party-Service?« fragte Natalie.

»Und ob«, lächelte Walnikow. »Damit macht er ein riesiges Geschäft. Er beliefert russische Hochzeiten und Feste. Wir finden ja immer einen Grund zum Feiern. Wenn es nicht Puschkins Geburtstag ist, dann eben Tolstois. Oder das Gründungsjubiläum des Bolschoi-Balletts. Oder der Jahrestag, an dem irgend jemands Cousin amerikanischer Staatsbürger wurde. Oder jemand hat die Gesellenprüfung als Friseur bestanden. Was Sie sich nur denken können.«

»Krautwickel«, sagte Natalie Zimmerman mit einem Kopfschütteln. »Ich hatte eine polnische Großmutter; die hat oft Krautwickel gemacht.«

»Ach ja, sind Sie polnischer Abstammung?« erkundigte sich Walnikow, während er Schwarzbrot und Butter auspackte.

»Ich hatte eine Großmutter aus Polen und einen Urgroßvater, glaube ich, aus Deutschland. Aber was soll das schon. Ich bin doch Amerikanerin. Was ist das denn?«

Walnikow hatte einen Pappteller mit goldgelbem Gebäck in der Hand und sagte: »Piroschki. Sie sind sehr leicht und mit Käse oder Fleisch gefüllt. Mein Bruder macht in der Regel beide Sorten. Und das hier sind kleine Obstkuchen.«

»Sieht gut aus«, lobte Natalie, während Walnikow die verschiedenen russischen Leckereien vor ihr ausbreitete.

»Dieses Schwarzbrot wird Ihnen sicher schmecken, Natalie. Weißbrot hat meine Mutter immer nur an Weihnachten und Ostern gemacht. Irgendwann werde ich einmal ein paar Plastikbehälter mitnehmen, damit wir uns Borscht holen können. Mein Bruder macht den besten Borscht, den Sie sich vorstellen können. Das Geheimnis ist, das Fleisch schon vorher zu kochen. Und *Duscha* gibt man erst ganz zum Schluß dazu. Das bedeutet übrigens Seele. Ach ja, und das hier ist Lammfleisch, mariniert und gegrillt. Das gibt es nicht jeden Tag. Wir haben Glück gehabt.«

»Das riecht ja wirklich großartig«, schwelgte Natalie Zimmerman.

In diesem Augenblick merkte Walnikow, daß die Musik aufgehört hatte. Horst packte seine Geige ein und leerte das Geld aus dem Zylinder. Die meisten Zuhörer waren bereits weitergegangen.

»Halt, halt!« rief Walnikow. Er stellte seinen Teller ab und rannte die Treppe zu dem Wasserbecken hinauf.

Dann sah Natalie Zimmerman, wie er in seine Tasche griff und Horst etwas Geld gab. Der junge Bursche nickte, nahm seinen Zylinder wieder ab, stellte den Geigenkasten auf den Boden und öffnete ihn.

Als Walnikow wieder zu Natalie zurückkam, sagte er: »Das schönste ist, bei Musik zu essen.«

Und dann kam das *pièce de résistance*. Walnikow nahm eine Flasche mit bulgarischem Wein aus der Tüte. Alex hate sie bereits entkorkt und provisorisch wieder verschlossen.

»Wein auch? Das ist ja nicht zu glauben!« staunte Natalie, als Walnikow kichernd in zwei Plastikbecher ausschenkte.

»Es gibt einen russischen Trinkspruch, der lautet: ›Wenn wir schon sterben müssen, dann wenigstens mit Musik.‹« Und dann legte Horst los. Er spielte Rimskij-Korsakow.

Und dann sagte Walnikow schüchtern: »Ja, das wäre also die Überraschung. Gefällt es Ihnen?«

Natalie Zimmerman verbannte all die schrecklichen Gedanken aus ihrem Kopf und konzentrierte sich ganz auf das herrliche Essen und das klare Wasserbecken, auf den blauen Himmel und die Berge in der Ferne. Und sie sagte: »Das ist das schönste Mittagessen, das ich je gehabt habe.«

»Na sdarowje!« prostete ihr Walnikow mit seinem Pappbecher mit einem glücklichen Lächeln zu.

Mein Gott, er hatte wirklich Tischmanieren. Dieses arme, kaputte Schwein. Und dann wurde ihr zum erstenmal bewußt, daß sie ihn noch nie beim Vornamen genannt hatte. Sie *wußte* seinen Vornamen nicht einmal! Sergeant A. M. Walnikow. Wal.

»Der Schlachter hat Sie doch Andrej und noch was genannt.«

»Andrej Michailowitsch«, antwortete er, nicht ohne zuvor hinunterzuschlucken und sich mit der Papierserviette die Lippen abzutupfen.

»Aber wie hat Ihr Bruder zu Ihnen gesagt, als Sie sich zum Abschied geküßt haben?«

»Das ist schon komisch oder nicht? Sich so zu küssen? Mein Bruder hat noch viele der alten Bräuche und Gewohnheiten beibehalten. Im Innersten seines Herzens ist er immer noch ein *émigré*. Er spart darauf, sich eines Tages einen langen Urlaub in Leningrad leisten zu können. Vielleicht schafft er es sogar schon dieses Jahr. Das Geschäft geht im Augenblick ziemlich gut.«

»Aber wie hat er Sie genannt?«

»Andruschka«, sagte Walnikow leise. »So hat mich meine Mutter immer genannt.«

»Das ist ein hübscher Name«, meinte Natalie und beobachtete dabei Horst, den Fiedler, der sich nach einigen Anfangsschwierigkeiten an Tschaikowski emporrankte.

»Finden Sie wirklich?«

»Sicher. Wie würde man denn in Russisch für Natalie sagen?«

Walnikow stellte seinen Becher ab und lauschte einen Augenblick der Musik. »In Russisch würde man Natalia sagen.«

»Natalia«, wiederholte sie. »Mir hat Natalie nie gefallen.«

»Wie wär's mit Natascha?« schlug er vor und blickte tief in ihre Augen. »Das klingt liebevoller. Wie Andruschka.«

»Natascha«, wiederholte sie und schob sich ihre Brille auf die Nase zurück. »Das gefällt mir schon besser.«

»Natascha«, flüsterte er noch einmal, um sich dann auf seine Scheibe Schwarzbrot zu konzentrieren, die er eben mit Butter bestrich. Sein russisches Herz schlug jedoch mit Sicherheit fünfzehn Schläge pro Minute schneller.

Während also Natalie Zimmerman und Walnikow dieses denkwürdige Mittagessen einnahmen, führten Madeline Whitfield und Philo Skinner ein denkwürdiges Telefongespräch.

»Richard am Apparat«, flüsterte Philo in den Hörer. Er befand sich in der drückenden Nachmittagshitze in einer Telefonzelle vor einem Motel, das fünf Blocks von seinem Geschäft lag, und erstickte beinahe in seinem eigenen Rauch. Es war das Motel, in dem er sich mit Pattie Mae zu treffen geträumt hatte, bevor sie ihm nach der Ausstellung am Sonntag gekündigt hatte. Diese miese, kleine Fotze!

»Ja, ich habe auf Ihren Anruf gewartet«, meldete sich Madeline. Sie gab sich alle Mühe, ihre Stimme kühl und geschäftsmäßig klingen zu lassen.

»Wann bekomme ich jetzt das Geld?« krächzte Philo.

»Jetzt reißen Sie sich bitte einmal zusammen, Richard, und lassen mich gefälligst ausreden«, begann Madeline. Sie hatte alles dutzende Male geprobt und wollte sich weder durch die Drohungen noch durch die Obszönitäten des Anrufers einschüchtern lassen.

»Dann machen Sie aber schnell.«

»Ich habe den ganzen Tag mit meinem Anwalt und meiner Bank telefoniert, und ...«

»Sie haben doch nicht etwa jemandem von dieser Sache erzählt?«

»Nein, nein. Natürlich nicht«, beeilte sich Madeline einzuwerfen. »Nur, daß ich Geld brauche. Ich habe nur gesagt, ich bräuchte im Augenblick so viel Geld wie möglich, und zwar dringend. Ich hab' sogar eine ehemalige Klassenkameradin angerufen, deren Mann in leitender Position bei einer Bank ist.«

»Und was wollen Sie damit eigentlich sagen?« knurrte Philo.

»Ich kann bis morgen mittag zwölftausend Dollar auftreiben.« Trotz aller guten Vorsätze versagte Madeline beim Nennen der Summe die Stimme.

»Was haben Sie da eben gesagt? WAS HABEN SIE DA EBEN GESAGT?« Philo begannen mit einemmal wieder seine Schleimbrokken zu schaffen zu machen.

Madeline wartete, bis er zu husten aufhörte. Völlig außer Atem keuchte er schließlich in den Hörer: »Jetzt... jetzt...« und dann stieß er atemlos hervor: »Sie miese Fotze!«

»Richard, bitte!« flehte Madeline.

»Sie... Sie miese Fotze. Zwölftausend!«

»Jetzt hören Sie mir doch endlich einmal zu«, redete Madeline auf ihn ein. »Das ist nicht nur alles, was ich besitze. Zum Teil ist es sogar geliehenes Geld. Ich bin auf der Suche nach einer *Arbeit*. Ich habe noch nie in meinem Leben gearbeitet. Ich habe keinerlei berufliche Qualifikationen, aber ich bin auf der Suche nach einem Job. Und auf dem Haus ist eine Hypothek, und ich habe kein Geld mehr. Meine Mutter war vier Jahre lang krank, bevor sie gestorben ist. Haben Sie eigentlich eine Ahnung, welche Summen so etwas verschlingt. Haben Sie eine Ahnung, wie hoch diese Krankenhausrechnungen sind? Bitte, Richard. Bitte!«

Er hörte keinen vollständigen Satz von dem, was sie sagte. Zwölftausend. Damit konnte er nicht einmal seine Spielschulden bei Arnold zurückzahlen. Es gab kein Entrinnen vor dem Juden und dem Nigger. Er hatte Arnold das Geld bis Donnerstag versprochen, plus dreihundert Dollar extra, daß er ihm so lange Aufschub gewährt hatte. *Zwölf*tausend?

»Zwölftausend«, wiederholte Philo apathisch. Und dann spürte er plötzlich, wie es in seinem Innern zu kochen begann. Philo Skinner hatte fast sein ganzes Leben lang vor irgend etwas Angst gehabt. Und auch jetzt überkam ihn bei dem Gedanken, was die Buchmacher mit ihm anstellen würden, schreckliche Angst, die jedoch einer unbändigen Wut Platz machte. Zwölftausend!

»Ich schneide Ihrem Hund auf der Stelle eine Zehe ab. Bleiben Sie am Apparat, Sie miese Fotze, damit Sie ihn auch winseln hören können!«

»Neieieiein!« Es war Madeline Whitfield, die winselte.

»Wollen Sie ihn winseln hören, Sie Fotze!« brüllte Philo in den Hörer. »Sie miese, verlogene, *reiche* Fotze!«

»Könnten wir uns nicht unter vier Augen unterhalten, Richard«, plapperte Madeline los. »Ich schwöre Ihnen, daß ich nicht die Polizei rufen werde. Ich treffe mich mit Ihnen, wo Sie wollen. Ich werde alles tun, was Sie verlangen. Aber bitte, tun Sie Vickie nichts.«

»Na, wie wird sie denn bei der nächsten Ausstellung abschneiden, Sie Fotze!«

»Bitte, bitte, bitte. Ich werde mehr Geld auftreiben. Ich schwöre es! Lassen Sie mir noch einen Tag Zeit. Nur noch einen Tag.«

»Ich habe Ihnen gesagt, daß ich fünfundachtzigtausend will, Sie... Sie...«

»Ich werde sogar mehr auftreiben. Ich kann mehr auftreiben. Wenn... wenn Sie mir nur meine Vickie wieder zurückbringen. Ich kann... ich kann Ihnen jeden Monat fünfhundert Dollar überweisen, bis ich alles bezahlt habe. Ich werde mir eine...«, Madeline brach in ein Schluchzen aus, »...eine Arbeit besorgen. Aber bitte haben Sie Geduld.«

»Das ist doch nicht zu fassen!« Philo ließ das Papiertaschentuch fallen, das er um den Hörer gewickelt hatte. »Das ist doch nicht zu fassen!« So etwas hatte er noch in keinem Film gesehen. Sie wollte, daß er ihren Hund zurückgab, um das Lösegeld dann in Raten abzustottern. »Ich werde Ihrem Hund leider eine Zehe abschneiden müssen«, krächzte Philo heiser, bevor ihn ein neuerlicher Hustenanfall die Tür der Telefonzelle aufreißen und würgend auf den Parkplatz des Motels hinausspucken ließ.

Im selben Moment riß die Eigentümerin besagten Motels, Bessie Callahan, eine Frau in Philos Alter mit einem mürrischen, roten Gesicht und schlechten Zähnen, die Drahtmaschentür des Büros auf und brüllte: »Hey, Sie da, rotzen Sie ihre Heringe verdammt noch mal woanders hin und nicht auf meinen Grund und Boden!«

»Du hast mir gerade noch gefehlt, du miese, alte Fotze«, fauchte Philo zurück, woraus ein weiterer Hustenanfall und ein weiterer Hering auf ihrem Asphalt resultierte.

»Was haben Sie da eben gesagt, Sie räudiger Kojote?« schoß Bessie Callahan zurück. »Wenn mein Mann hier wäre, könnten Sie was erleben, Sie Drecksack!«

Und dann, vor Schmerz gepeinigt und mühsam nach Atem ringend, dazu voller Frustration, Wut und Ärger, ließ Philo Skinner den Hörer los, um die Telefonzelle zu verlassen und zum erstenmal in seinem Leben jemanden zum Kampf herauszufordern. »Komm doch raus aus deinem Loch, du fette Fotze«, hechelte Philo. »Komm doch raus da, damit ich dir deine feiste Fresse polieren kann, du fette Fotze!«

»Arschloch!« schrie Bessie Callahan. »Sie mickriges Arschloch! Wie können Sie es wagen, mit einer Dame so zu reden!«

Und während ein zitternder Philo Skinner allmählich wieder die Kontrolle über sich zurückgewann und sich die siebenundvierzigste Zigarette des Tages ansteckte und wieder ans Telefon ging, um dort eine dem Überschnappen nahe Madeline Whitfield vorzufinden, die dachte, er hätte inzwischen bereits Vickies Zehe abgeschnitten, hatte Bessie Callahan eine kleine Überraschung für Philo Skinner bereit.

»Jetzt reißen Sie sich doch mal zusammen«, schnaubte er Madeline Whitfield an. »Reißen Sie sich, verdammt noch mal, zusammen, und hören Sie mir endlich zu!«

»Bitte... mein Herr... bitte, tun Sie es nicht!« flehte Madeline.

»Ich rufe Sie um sechs Uhr noch einmal an«, keuchte Philo Skinner. »Aber sehen Sie zu, daß Sie dann etwas bessere Nachrichten für mich haben. Ich werde Ihrem Hund nichts zuleide tun, bis ich Sie wieder anrufe. Haben Sie mich verstanden? Ich werde ihm keine Zehe abschneiden. Zumindest jetzt noch nicht.«

»Danke... vielen Dank... wie soll ich Ihnen nur danken«, schluchzte Madeline haltlos.

»Ich werde um sechs Uhr wieder anrufen. Vergessen Sie das nicht! Um sechs U...« Er sollte den Satz jedoch nie zu Ende sprechen. Er dachte, er hörte das Geräusch fließenden Wassers. Und dann schwang die Tür der Telefonzelle auf, und Philo Skinner war am Ertrinken! Er hatte nicht einmal mehr Zeit zu schreien. Zusammen mit einer gehörigen Portion Wasser verschluckte er auch noch seine Zigarette. Er rang japsend nach Atem, bekam aber nur Wasser in seine Lungen. Er riß seine Arme schützend hoch und fiel in der Zelle zu Boden. Er ertrank.

Wie der Kanalisationsarbeiter Tyrone McGee hatte sich auch Bessie Callahan in ihrem bisherigen Leben einiges gefallen lassen müssen, wenn auch nicht von Alligatoren. Und schon gar nicht von räudigen Kojoten, die ihr Telefon benutzten und auf ihren Parkplatz rotzten. Zuerst hatte sie eigentlich nur beabsichtigt, mit dem Feuerlöschschlauch des Motels die häßlichen Schleimbrocken wegzuwaschen, die Philo auf den Asphalt ihres Parkplatzes gespuckt hatte, aber je mehr sie sich dann überlegte, wie dieser Dreckskerl ihr damit gedroht hatte, ihr die Fresse zu polieren, und sie eine fette Fotze genannt hatte – und am Telefon hatte er brüllend ständig auch noch eine andere Frau eine Fotze geschimpft –, desto mehr gelangte sie zu dem Entschluß, daß sie ihm das auf keinen Fall durchgehen lassen konnte. Wie wäre es mit einem bißchen Wasser für dein dreckiges Maul, du miese Chauvinistensau!

Ihre blaßblauen Augen vor Aufregung weit vortretend, hatte Bessie Philo bereits hilflos vor sich auf dem Boden der Telefonzelle liegen, als ihr endlich bewußt wurde, was sie eigentlich tat. Trotzdem richtete sie den Schlauch weiterhin auf sein Gesicht. Philo wälzte sich auf den Bauch, um Luft holen zu können. Schließlich war er auch in der Lage zu schreien, aber Bessie hatte noch immer nicht genug. Es dauerte noch eine ganze Weile, bis sie schließlich den kräftigen Wasserstrahl abstellte und, den Schlauch hinter sich herziehend, zu ihrem Büro zurückwatschelte.

»Das ... das werden Sie mir büßen«, krächzte ihr Philo hinterher und hustete all das Wasser aus seinen Lungen hoch. Dabei blieb ihm die durchgeweichte Zigarette in seiner Kehle stecken. Er schluckte sie wieder hinunter, was jedoch zur Folge hatte, daß sie zusammen mit seinem ganzen Frühstück wieder hochkam. Jetzt hatte Bessie noch etwas, das sie mit ihrem Schlauch wegwaschen konnte.

»Ich werde die Polizei rufen, Sie Dreckskerl!« kreischte Bessie durch die verschlossene Drahtmaschentür. »Was bilden Sie sich eigentlich ein! Mit mir können Sie so etwas nicht machen. Ich hole die Polizei!«

»Die Polizei«, keuchte Philo. »Die Polizei.« Er versuchte aufzustehen, sank aber, neuerlich kotzend, wieder auf die Knie. Der zweite seiner drei Polyester-Freizeitanzüge – dieser war kobaltblau – war klitschnaß. Philos Schuhe schmatzten geräuschvoll, als er sich schließlich, gegen die Wand der Telefonzelle gestützt, langsam aufrichtete.

»Da kommen sie schon!« log Bessie. »Ich kann die Sirenen schon hören. Jetzt werden wir ja mal sehen, was die Polizei mit Kerlen macht, die sich Damen gegenüber nicht zu benehmen wissen!«

»Die Polizei«, murmelte Philo Skinner. Und im nächsten Augenblick schoß er auch schon in triefendem Galopp auf seinen El Dorado zu, der in der Nähe geparkt war.

Philo Skinner war bereits zwei Häuserblocks weiter, als er merkte, daß in seinem Rückspiegel gar keine Blaulichter zu sehen waren. Er fuhr an den Straßenrand und beugte sich zum Fenster hinaus. Seine geplagten Lungen waren noch halb voll Wasser. Er lehnte sich in die Ledersitze seines Cadillac zurück und drückte gegen seinen hageren Brustkorb, um seiner Atmung etwas nachzuhelfen. Dann beugte er sich auf der Beifahrerseite zur Tür hinaus und hoffte, das Wasser würde ihm aus dem Mund tröpfeln.

Ein alter Rentner schob gerade einen Einkaufswagen voller Lebensmittel nach Hause, als er einen halb ertrunkenen Mann sich aus seinem El Dorado beugen sah. Der Rentner ließ seinen Einkaufswagen stehen, schlurfte auf Philo zu und sah neugierig zu ihm hinab. Der Cadillac war völlig trocken, aber der Fahrer war tropfnaß.

»Sieht ganz so aus, als wären Sie selbst durch die Waschanlage gelaufen, junger Mann«, bemerkte der alte Mann. »Aber Sie sollten Ihren *Wagen* waschen, nicht sich selbst!«

»Aaaaaaauuuuuu«, stöhnte Philo Skinner und hörte sich dabei an wie Hipless Hooker mit enormen Bauchschmerzen.

»Was haben Sie denn, mein Junge?« erkundigte sich der Rentner.

»Aaaaaaaaaauuuuuuuuuuu«, erwiderte Philo.

»Tja, ich muß leider gehen, junger Mann«, verabschiedete sich der alte Mann. »An Ihrer Stelle würde ich mir das nächste Mal, wenn Sie durch die Waschanlage fahren, einen Rettungsring mitnehmen.«

Und während Philo Skinner sich gerade wünschte, die Kraft zu haben, seinen Cadillac anzulassen und diesen vorwitzigen Tattergreis über den Haufen zu fahren, stellte Mavis Skinner auf eigene Faust ein paar Nachforschungen an.

In letzter Zeit hatte sich Philo immer so eigenartig benommen. Sie hätte wetten können, daß er sich mit irgendeinem kleinen Mäuschen im Zwinger herumtrieb. Vielleicht bestellte er sich Pattie Mae dort immer hin. Womöglich erwies er ihr mit dem wenigen Geld, das der Zwinger einbrachte, auch noch irgendwelche kostspieligen Gefälligkeiten. Mavis Skinner war jedenfalls keineswegs gewillt, irgendwelche kleinen Mäuschen in ihrer Umgebung zu dulden. Und deshalb entschloß sie sich, Philo unangemeldet einen kleinen Besuch abzustatten.

Zu ihrer Enttäuschung war sein Wagen nicht da. Sie schloß das Büro auf, und es waren auch keine kleinen Mäuschen da. Mit Ausnahme des penetranten Gestanks, der aus dem Raum drang, in dem die Hunde untergebracht waren, fiel ihr nichts Ungewöhnliches auf. Die Käfige hatte Philo also jedenfalls nicht gesäubert, wie er behauptet hatte. Dieses faule Arschloch!

In diesem Augenblick hielt ein Kombi auf dem Parkplatz vor dem Zwinger. Einen imposanten Schäferhund an der Leine, stiegen ein Mann und eine Frau aus. Den Hund hinter sich herziehend, betraten sie das Büro. Das Tier hatte die Ohren zurückgelegt und den Schwanz eingezogen. Über seinem rechten Auge war eine große, L-förmige Narbe zu sehen. Eine weitere Narbe verlief in Form einer blauen Linie von seinem Auge zu seinen Lefzen. Der riesige Hund hatte wachsame, bernsteinfarbene Augen. Und Mavis konnte ihn absolut nicht ausstehen.

»Ja?« trat sie dem lächelnden Paar entgegen, das gekleidet war, als befände es sich gerade in Hawaii auf Urlaub.

»Wir hätten Ihnen gerne unseren Walter für zwei Wochen dagelassen«, sagte der Mann. »Wir machen eine Kreuzfahrt in der Karibik. Die ganze Familie.« Diese Vorstellung ließ ihn noch breiter lächeln.

»Nun ja«, warf Mavis mit einem Blick auf das furchteinflößende Tier ein, »wir sind hier eigentlich auf Terrier spezialisiert.«

»Sie nehmen nur Terrier auf?«

»Nein, wir nehmen selbstverständlich alle Rassen auf, aber um Ihnen die Wahrheit zu sagen, Ihr Hund sieht mir recht aggressiv aus.«

Darauf verging der Frau das Lächeln. »Aber Walter ist doch rehabilitiert«, wies sie Mavis mit schriller Stimme zurecht.

»Rehabilitiert?«

»Er *war* einmal ein Wachhund, aber das ist nun schon Jahre her. Jetzt ist er ein richtiger Familienhund. Unsere Kinder reiten auf ihm wie auf einem Pony; sie zwicken ihn in die Nase, knuffen ihn...«

»Jedenfalls ist der Hund mißhandelt worden.« Mavis deutete auf die Narben. »Ich weiß wirklich nicht...«

»Sie können mir wirklich glauben«, versuchte der Mann, Mavis' Zweifel auszuräumen, und ließ Walters Leine los. »Der Hund ist absolut zahm. Wir haben vier Tiere aus dem Tierasyl. Walter ist unser ganzer Stolz. Wir haben ihn mit Liebe gezähmt, und er ist wirklich zahm wie ein Schoßhund.«

Aber Walter war nicht immer zahm wie ein Schoßhund gewesen, und um das zu wissen, brauchte Mavis ihn nur anzusehen. Walter war vor fünf Jahren auf eine gerichtliche Verfügung hin mit dreizehn anderen halb wahnsinnigen Monstren konfisziert worden, die alle einem weiteren halb wahnsinnigen Untier gehörten, das einen Wachhund-Service sein eigen nannte und seine Hunde mit einem Ein-Meter-Stück ganz normalen Gartenschlauchs ›trainierte‹, das mit kleinen Bleiklumpen gefüllt war. Walter hatte eine ebenso kurze wie unglückliche Karriere als Wachhund auf Großbaustellen hinter sich, als er auf den Gerichtsbeschluß hin in ein Tierheim eingeliefert wurde. Und von dort kam er schließlich zu seinen jetzigen ›Pflegeeltern‹, die sich mit aller Entschlossenheit vorgenommen hatten, ein zähnefletschendes Monster in einen zahmen Schoßhund zu verwandeln. Und es war ihnen auch tatsächlich gelungen. Walter war inzwischen sieben Jahre alt, und dies war das erste Mal, daß er von seinen Pflegeeltern getrennt wurde. Dies war auch das erste Mal, daß er seit seiner unheilvollen Phase als Wachhund wieder in einen Käfig gesperrt werden sollte. Mavis war Walter egal, aber gegen Käfige hatte er eindeutig etwas. Und zwar eine ganze Menge. Die schlechten, alten Zeiten.

»Wir würden natürlich auch selbstverständlich eine Zusatzprämie zahlen, wenn Sie Walter nehmen könnten«, lockte der Mann. »Obwohl Walter ganz bestimmt keine Schwierigkeiten machen wird.«

»Eine Zusatzprämie«, echote Mavis. Ein Zauberwort, das seine Wirkung selten verfehlte.

Also wurde Walter vorübergehend ein neues Heim zugewiesen. Und dieser Umstand sollte entscheidenden Einfluß auf Philo Skinners Zukunft ausüben. Schicksal.

Als Horst mit einem sehr mittelmäßigen ›Tanz der Komödianten‹ fertig war, räusperte er sich geräuschvoll, worauf Walnikow in seine Tasche griff.

»Warten Sie«, hielt ihn Natalie zurück. »Will er mehr Geld?«

»Ist schon gut«, wehrte Walnikow sie ab. »Er hat es verdient.«

Aber sie legte ihre Hand auf seinen Arm und sagte: »Wir haben genug Musik gehört. Geben Sie nicht Ihr ganzes Geld aus.« Und dann wandte sie sich an den Fiedler. »Vielen Dank, junger Mann. Das war großartig.«

Der bärtige Bursche zuckte mit den Achseln und machte sich daran, sein Instrument wegzupacken.

»Spielt er eigentlich auch mal umsonst?« erkundigte sich Natalie und verschlang gerade ihren vierten Krautwickel. Zusammen mit der Butter und den Krautwickeln war das Schwarzbrot fantastisch.

»Nein, eigentlich nicht; aber was soll's?«

»Ein Medizinstudent also? Ein Chirurg in spe, wie? Die Rechnung kommt immer schon vor der Operation, in dem Stil? Na ja, Musik hin oder her; es war jedenfalls ein denkwürdiges Mittagessen.«

»Freut mich, daß es Ihnen gefallen hat, Natalie«, lächelte Walnikow und machte sich daran, die Reste ihres Mahls zusammenzupacken. »Wissen Sie eigentlich, daß schon fast Feierabend ist. Die Zeit ist heute ganz schön schnell vergangen!«

Als sie dann auf die Wache zurückfuhren, fühlte sich Natalie nur noch um so elender. Mein Gott, sie *mußte* es tun! Nichts gegen Sie, Walnikow. Sie sind ein netter Mensch. Aber Sie sind einfach nicht ganz richtig im Kopf. Drehen Sie sich doch bitte um und lassen sich von Natalie Zimmerman mit einem Hackbeil den Schädel spalten. Zack! Lassen Sie es Ihren *Partner* doch tun. Es ist nur zum Besten der Polizei, Captain. Walnikow ist verrückt, und das wird für jeden außer Zweifel stehen, der einmal mehr als eine Stunde mit ihm zusammen verbracht hat. Aber Sie sehen ja, Captain, daß sich kein Mensch länger mit diesem armen Teufel abgibt. Er ist ein Einzelgänger. Nicht einmal sein Bruder kommt mit ihm klar. Er windet sich natürlich immer wieder heraus, aber wenn Sie ihn einmal in die Enge drängen, ihn vor Ihrem Schreibtisch sitzen haben und ihm von einem Doktor ein paar Fragen stellen lassen, dann werden Sie schon sehen. Er steht kurz vor einem Nervenzusammenbruch. Nein, eigentlich hat er schon einen Zusammenbruch hinter sich. Er ist... ich weiß nicht... er schleppt sich eben so dahin, Captain.

Manchmal versteht er es, einen zu täuschen. Weil er rücksichtsvoll und zuvorkommend ist. Ja, das stimmt durchaus, er ist ein Gentleman, und nein, ich kann wirklich nicht behaupten, daß viele meiner bisherigen Partner Gentlemen gewesen wären, und... mein Gott! Sie mußte an Walnikow denken, wie er mit alten Menschen umging. Nein, sie konnte unmöglich erzählen, wie er diesen Rotzlöffel silbern eingesprüht hatte, weil – und das stand außer Zweifel – weil ihr das *gefallen* hatte. Genau das war es. Manchmal steckt ein Verrückter andere mit seiner Verrücktheit an, wenn sie nur lange genug mit ihm zu tun gehabt haben. Man wird auf diese Weise selbst ein wenig verrückt. Genau das war es!

»Genau, das ist der springende Punkt!« sprach Natalie ihre Gedanken aus. Verdammt! Da haben wir es schon. Jetzt hatte er sie schon dazu gebracht, daß sie Selbstgespräche führte.

»Was ist der springende Punkt, Natalie?« fragte Walnikow freundlich, während er die Fountain Avenue hinunter in den Sonnenuntergang hineinfuhr.

»Wer weiß«, murmelte sie betreten. »Was der springende Punkt ist? Haben Sie das je herausgefunden, Walnikow?« Inzwischen war Natalie Zimmerman zum Weinen zumute, weil sie es nicht tun wollte und doch wußte, daß sie es tun mußte. »Was der springende

Punkt ist, Walnikow? All diese Dinge, von denen Sie erzählt haben; all die Mörder, hinter denen Sie und Charlie Lightfoot her waren. All diese ermordeten Kinder. Ein Buch in Blindenschrift. Hat es da irgendeinen *springenden Punkt* gegeben, Walnikow?«

»Es gibt keinen springenden Punkt, Natalie«, erwiderte Walnikow darauf gelassen. Er hielt mit beiden Händen das Lenkrad und steuerte wie immer mit zwanzig Stundenkilometern durch den Verkehr. »Es gibt keinen springenden Punkt, und genau das ist der springende Punkt.«

»Was ist der springende Punkt?«

»Daß es keinen springenden Punkt gibt, Natalie. Das ist der springende Punkt.«

»Also, jetzt machen Sie aber einen Punkt, Walnikow. Fahren wir lieber mal nach Hause.«

»In Ordnung, Natalie; wir sind bereits zu Hause.« Und damit lenkte er den Wagen auf den Polizeiparkplatz an der Fountain, Ecke Wilcox.

Walnikow war gerade so weit, Natalie neuerlich zu fragen, ob sie mit ihm ins Kino gehen wollte, als ein Mann in einer Kordjacke mit Lederflicken an den Ellbogen auf sie zukam.

Er war größer und jünger als Walnikow. Er sah aus wie eine in die Jahre gekommene Sportskanone, vielleicht auch ein College-Footballtrainer. Er trug ein blaues Hemd mit einer strengen Krawatte, und er hatte eine Menge Zähne.

»Jack!« begrüßte ihn Natalie. »Was machst du denn hier?«

»Du wolltest doch dieses Musical im Shubert sehen. Und wer, glaubst du, hat wohl ein paar Karten in der ersten Reihe? Aber wir müssen uns mit dem Abendessen beeilen. Also fahren wir am besten gleich los.«

Er umarmte sie und küßte sie auf die Wange.

»Captain Packerton, darf ich Ihnen meinen Mitarbeiter vorstellen, Sergeant Walnikow«, stotterte Natalie leicht verlegen. »Captain Packerton... äh... ist der Leiter der West Valley Station.«

»Freut mich, Captain«, erwiderte Walnikow mit einem sehr traurigen Lächeln.

»Walnikow«, nickte Packerton und streckte ihm nachlässig seine Hand entgegen. »Los, gehen wir, Natalie. Abmelden kann dich ja dein Partner.«

»Ich muß erst noch mit Captain Hooker sprechen, Jack. Ich kann nicht gleich weg.«

»Und ob du das kannst, Natalie«, entgegnete Captain Packerton bestimmt, um sie diesmal ohne Umschweife an sich zu ziehen. »Ich habe bereits mit deinem Lieutenant gesprochen. Er weiß, daß du eine wichtige Verabredung hast. Balnikow wird sicher gern deinen Papierkram erledigen, oder nicht, Balnikow?«

»Jawohl, Captain, selbstverständlich.« Und damit packte Walnikow die Papiere und Heftordner zusammen, die ihm aus seiner billigen Kunstlederaktentasche gefallen waren. Dann kehrte ihnen der untersetzte Detektiv den Rücken zu und trottete auf den Eingang der Polizeistation zu. Der Schlitz seines alten Jacketts war eingerissen, so daß seine Handschellen darunter zum Vorschein kamen. Der fadenscheinige Anzug sah jetzt aus, als hätte er ihn eben aus der Waschmaschine genommen.

»Jack, ich muß unbedingt mit Captain Hooker sprechen. Es ist dringend.«

»Ja? Was ist denn los?«

»Darüber kann ich jetzt nicht sprechen. Ein persönliches Problem.«

»Ja? Aber es wird sowieso nicht gehen. Er ist zusammen mit einem schwarzen Detektiv fort; seinen Namen habe ich vergessen.«

»Clarence Cromwell.«

»Ja, genau. Irgend etwas mit einer besonders günstigen Angelausrüstung in einem Sportgeschäft.«

»Verdammter Mist!«

»Sprich doch morgen mit ihm. Und jetzt gehen wir lieber abendessen, damit wir nicht zu spät ins Theater kommen. Und dann können wir ja vielleicht zu *dir* gehen«, schlug er grinsend vor.

Er bugsierte sie auf seinen Wagen zu, der vor dem Polizeigebäude in der Fountain Avenue geparkt war. Dabei kamen sie an Walnikow vorbei, der traurig dahinschlurfte und daran dachte, sich eine Flasche Stolitschnaja und einen Hamburger zu kaufen und sich dann den Rest des Abends ein paar Platten anzuhören. Wie alle anderen Abende auch. Vielleicht würde er sich die Todesszene aus *Boris Godunow*, gesungen von Tschaljapin, anhören.

»Bis dann, Balinkow«, grüßte ihn Captain Packerton, als sie an ihm vorbeihuschten. Er hatte seinen Arm um Natalies Hüfte gelegt, und sie hatte Mühe, mit ihm Schritt zu halten.

Sie drehte sich um und sah Walnikow an, der sein einfältiges Kinderlächeln lächelte und mit seiner Kunstlederaktentasche winkte. Er blickte zu Boden, als er die Wache betrat.

»Da war ein Anruf für Sie, Wal«, teilte ihm Max Haffenkamp mit, als er sich schwer auf den Stuhl hinter seinem Schreibtisch plumpsen ließ. Der leere Stuhl daneben gehörte Natalie Zimmerman.

»Danke, Max.« Walnikow warf einen kurzen Blick auf die Nummer, die ihm irgendwie bekannt vorkam. Natürlich. Es war diese Nummer in Pasadena, die er vor ein paar Stunden angerufen hatte.

»Diese Alte klang, als würde sie jeden Augenblick zu flennen anfangen«, instruierte ihn Max Haffenkamp weiter.

»Flennen«, murmelte Walnikow gedankenverloren. Ein bißchen Wodka heute abend. Ein bißchen Musik. Der Tod von *Boris Godunow*. Natalie schien die Musik heute wirklich gefallen zu haben. Sie hatte offensichtlich ein gutes Musikverständnis. Sie war intelligent und ein netter Mensch, das mußte man ihr lassen. Sie und Captain Packerton waren ein nettes Paar. Wahrscheinlich würden sie über kurz oder lang heiraten. Stolitschnaja.

»Sie hat gemeint, die Sache wäre sehr dringend, Wal«, riß ihn Max Haffenkamp aus seinen Träumen.

»Natürlich«, erwiderte Walnikow. »Ich werde sie sofort anrufen.« Er verwählte sich zweimal. Er mußte einfach immer wieder daran denken, wie Natalie aussah, wenn sie lächelte. Und sie hatte während der drei Tage, seit sie Partner waren, erst zweimal gelächelt. Sie lächelte nicht gerade viel, aber wenn sie es dann einmal tat...

»Hallo?« meldete sich eine aufgeregte Stimme.

»Hier spricht Sergeant Walnikow, Madam.«

»Sergeant!«

»Ja.«

»Ich muß Sie sofort sprechen!«

»Sofort?«

»Sergeant, es ist schrecklich. Meine Lage ist entsetzlich. Ich habe Ihnen nicht die Wahrheit gesagt. Oh, mein Gott!«

»Was ist denn passiert?«

»Sergeant, Sie müssen sofort hierher kommen. Ich habe Sie belogen. Am Sonntag wurde mir mein Schnauzer, meine Vickie, bei der Hundeausstellung gestohlen. Und dann hat mich ein Mann angerufen. Er verlangt eine Menge Geld, wenn ich Vickie wieder zurückbekommen will. Bitte, kommen Sie doch!«

»Wieviel will er denn?«

»Fünfundachtzigtausend Dollar!« schluchzte sie.

»Für einen *Hund?*«

»Ja«, wimmerte sie. »Es ist schrecklich. Ich meine, ich habe nicht so viel. Aber wenn ich das Geld hätte, würde ich es ihm geben.«

»Sie würden ihm fünfundachtzigtausend *Dollar* geben?«

»Ja! Ja! Natürlich! Aber ich habe nicht so viel Geld. Ich...«

»Einen Augenblick, bitte.« Walnikow suchte die Diebstahlsmeldung aus dem Brown Derby unter seinen Akten heraus. Irgend etwas paßte da doch nicht zusammen. »Entschuldigen Sie, Madam«, meldete er sich wieder. »Ich habe da eine Diebstahlanzeige von einem Restaurant in Hollywood. Aber Sie haben doch eben gesagt, Ihr Hund wäre auf einer Ausstellung gestohlen worden?«

»Ja.«

»Wo war diese Ausstellung?«

»In der Sports Arena!«

»Aber das fällt in den Zuständigkeitsbereich der Southwest Division, Madam.«

»Davon verstehe ich nichts«, schluchzte sie. »Aber bitte, helfen Sie mir doch!«

»Also gut«, beruhigte sie Walnikow. »Ich werde dafür sorgen, daß man Ihnen hilft, aber erst muß ich wissen, wen ich verständigen muß. Ihr Hund wurde also in Southwest Los Angeles gestohlen. Und dieser Mann erpreßt Sie telefonisch in Ihrem Haus?«

»Vielleicht sollte man das FBI verständigen, Sergeant.«

»Ja, die befassen sich dort zwar mit Entführungen, Madam, aber ich glaube nicht, daß sie sich auch mit Dackeln beschäftigen.«

»Schnauzer«, verbesserte ihn Madeline Whitfield.

»Auch nicht mit Schnauzern, Madam«, erklärte Walnikow geduldig.

»ICH BRAUCHE HILFE!« schluchzte Madeline.

»Ich rufe Sie sofort zurück, Mrs. Whitfield«, verabschiedete sich Walnikow. »Beruhigen Sie sich erst einmal wieder; ich rufe Sie sofort zurück.«

Als Walnikow sein Bestes tat, Madeline Whitfields kompliziertes Problem Holzlippe Mockett darzulegen, begann der Lieutenant, bereits ähnlich Captain Hooker, Bauchschmerzen zu bekommen.

»Könnten Sie vielleicht noch einmal von vorne anfangen, Walnikow?« bat Mockett, dessen Bauchschmerzen sich sichtlich verschlimmerten. »Am besten bei dem Hundediebstahl im Brown Derby.«

Und Walnikow kam seinem Wunsch auch nach. Als er mit seiner Geschichte schließlich fertig war, konnte Lieutenant Mockett seine lange Erfahrung im öffentlichen Dienst wieder einmal voll zur Geltung bringen. Er brauchte das faule Ei nur weiterzureichen.

»Das ist doch gar kein Problem. Die Sache geht uns ja überhaupt nichts an!« frohlockte Lieutenant Mockett, und seine Holzlippen verzerrten sich zu so etwas wie einem triumphierenden Lächeln.

»Mir ist durchaus klar, Lieutenant, daß der Hund in der Sports Arena gestohlen wurde«, warf Walnikow vorsichtig ein.

»Das betrifft die Southwest Division. Sollen sich also die darum kümmern«, beeilte Lieutenant Mockett sich, zu sagen.

»Aber die Erpressung hat in Pasadena stattgefunden. Zumindest wurden in Pasadena die Anrufe entgegengenommen.«

»Dann soll sich doch die Polizei von Pasadena um die Sache kümmern«, schlug Lieutenant Mockett rasch vor.

»Nur sollte sich doch eigentlich die Behörde eines Falls annehmen, in deren Zuständigkeitsbereich das Verbrechen seinen Ausgang genommen hat«, beharrte Walnikow.

»Also die Detektive von der Southwest Division. Das fällt doch eindeutig in ihren Zuständigkeitsbereich!« schrie Lieutenant Mokkett inzwischen schon fast. »Der Hund wurde doch aus der Sports Arena entführt!«

»Jawohl, Sir«, antwortete Walnikow mit einem geduldigen Blinzeln. »Aber diese Dame scheint offensichtlich der Ansicht zu sein, daß der Hund, den man gegen den ihren ausgetauscht hat, eindeutig das Zeug zu einem Champion hatte. Und so ein Hund wurde in ganz Los Angeles nur in einem Fall gestohlen gemeldet, und das ist der Hund, der im Brown Derby abhanden gekommen ist. Mrs. Whitfield hat da also möglicherweise bereits eine Spur. Vielleicht hat der Erpresser als ersten Schritt seines Plans Mrs. Gharoujians Schnauzer gestohlen. Wenn dem tatsächlich so sein sollte, fiele es uns hier in Hollywood zu, in dieser Sache zu ermitteln. Und was den Hundediebstahl im Brown Derby betrifft, ist das meine Sache.«

Lieutenant Mocketts psychosomatische Bauchschmerzen verschlimmerten sich weiter, so daß er erst einmal eine Minute schwieg. Schließlich ergriff er wieder das Wort: »Sie wollen diesen Fall also wirklich übernehmen, Walnikow? Eine Hundeentführung? Haben Sie denn nicht schon genug zu tun?«

»Nun ja, ein wenig bin ich in die Sache ja schon verwickelt und – na ja, die arme Frau macht einen richtig verzweifelten Eindruck.«

»Eine Hundeentführung. Und Sie wollen diesen Fall auch noch übernehmen«, schüttelte Lieutenant Mockett den Kopf. Er konnte absolut nicht verstehen, wie jemand auf die Idee kommen konnte, sich etwas aufhalsen zu lassen, wozu er nicht im geringsten verpflichtet war. »Sie müssen echt eine Meise haben, Walnikow.«

Zumindest eine Person stimmte in dieser Hinsicht also mit Natalie Zimmerman überein, die allerdings leider nicht zugegen war, um dies mitzubekommen.

»Ach ja, Lieutenant, wissen Sie, ich habe heute abend sowieso nichts zu tun.«

»Keine Überstunden, Walnikow«, warnte ihn Holzlippe Mokkett. »Wir haben strikte Anweisungen von oben, daß keine Überstunden bezahlt werden. Also keine Überstunden. Das kommt nicht in Frage.«

»Ich werde schon keine Überstunden in Anspruch nehmen, Lieutenant«, versprach Walnikow.

»Sie wollen keine Überstunden in Anspruch nehmen?« wiederholte Holzlippe Mockett entsetzt. »Dann haben Sie wirklich eine Meise, Walnikow!«

»Wie Sie meinen, Sir«, antwortete Walnikow ungerührt. »Wenn Sie also nichts dagegen haben, fahre ich jetzt nach Pasadena, damit ich da bin, wenn der Erpresser wieder anruft.«

»Ich kann mich nicht so ganz des Gefühls erwehren, daß wir von dieser Sache lieber unsere Finger lassen sollten. Es ist immer besser, sich auf nichts einzulassen, es sei denn, es ist absolut klar, daß kein Weg an der Sache vorbeiführt. Ich hätte nur gern die Gewißheit, daß der tote Hund auch tatsächlich der ist, der in Hollywood gestohlen wurde.«

»Wissen Sie was, Lieutenant. Das werde ich schon irgendwie herausbekommen. Und falls sich herausstellen sollte, daß der tote Hund nicht Mrs. Gharoujian gehört hat, gebe ich den Fall an die Detektive von Southwest weiter.«

»Also gut«, nickte Lieutenant Mockett und hielt sich seinen geplagten Bauch. »Haben Sie vielleicht ein Alka-Seltzer? Hat *irgend jemand* ein Alka-Seltzer? Auuuuu!«

Dies war das erste Mal, daß Walnikow während der Hauptverkehrszeit über den Pasadena Freeway fuhr. Es war der älteste Freeway in Los Angeles, was auch durchaus spürbar war, da er den Anforderungen des Verkehrs von 1977 absolut nicht mehr gewachsen war. Ein stehengebliebener Wagen konnte oft kilometerlange Staus zur Folge haben. Walnikow vertrieb sich die Zeit in dem zähflüssigen Verkehr damit, ringsum von anderen Wagen umgeben und von Auspuffgasen beweihräuchert, über den vergangenen Tag nachzudenken.

Es war in letzter Zeit eindeutig sein schönster Tag gewesen. Als er noch mit Charlie Lightfoot gearbeitet hatte, hatte es auch manchmal solche Tage gegeben. Aber heute – heute war der schönste Tag seit Jahren gewesen. Er dachte an Natalies braune Augen, wie sie ihn durch ihre riesige Brille angelächelt hatten, als sie von dem Rotwein getrunken hatte. Ob sie heute abend wohl wieder Wein trank? Französischen Wein aus einem richtigen Glas und nicht aus einem Plastikbecher? Die beiden waren ein nettes Paar, daran bestand kein Zweifel. *Na sdarowje*, Natalie. Aber schließlich konnte es doch nicht schaden, zu träumen. So zu tun. Es schien ihm, als hätte er sein ganzes Leben lang allein gelebt. Plötzlich wollte er anhalten und sich eine Flasche Wodka kaufen. Allerdings führten nur bessere Geschäfte russischen Wodka, und amerikanischen Wodka vertrug sein Magen nicht. Dann dachte er jedoch an Madeline Whitfield. Das hatte sie nicht verdient. Sie befand sich in einer schrecklichen Lage und hatte es verdient, von einem Polizisten Hilfe zu erhalten, der einen klaren Kopf hatte. Den Wodka konnte er sich für später aufsparen.

Er sah auf seinem Stadtplan nach, worauf er das Haus ohne Schwierigkeiten fand. Es war schöner als die alten spanischen Häuser im Bezirk Los Feliz. Besonders die vielen alten Eichen hatten es Walnikow angetan. Die Bäume waren ausnahmslos über ein Jahrhundert alt. Und überall standen Kamelien. Und Eukalyptus, Fichten und Azaleen. Die Auffahrt zum Haus beschrieb einen Halbkreis. Wie es wohl sein würde, in einem Haus wie diesem zu wohnen? Walnikow war sich sicher, daß ihm ein livrierter Butler die Tür öffnen würde. Er war richtig aufgeregt. Die Große Gatsby.

Die Tür wurde jedoch von Madeline Whitfield geöffnet. Sie hatte ihr Make-up erneuert und ihr Haar frisch gekämmt und nichts getrunken, und sie sah schrecklich aus. Ihre Augen waren verquollen und ganz wund vom Weinen. Sie trug eine weiße Bluse und einen wollenen Schottenrock. Auf der Bluse waren mehrere Kaffeeflecken zu sehen. Man konnte sich unschwer vorstellen, daß diese Hände Mühe hatten, irgndeinen Gegenstand zu halten.

»Ich bin Sergeant Walnikow«, stellte der Detektiv sich vor. Er schätzte die Frau ungefähr auf sein Alter. Sie war ein bißchen zu dick, sah aber sonst nicht übel aus, wenn man von dem relativ deutlich sichtbaren Flaum auf ihrer Oberlippe absah.

»Er wollte um sechs Uhr noch einmal anrufen, Sergeant.« Madeline Whitfield konnte sich nur mit größter Mühe unter Kontrolle halten. »Normalerweise ist er sehr pünktlich. Hätten Sie inzwischen vielleicht gerne eine Tasse Kaffee?«

»Nein, danke, Madam.« Walnikow stand inzwischen in dem geräumigen Foyer.

»Oder vielleicht einen Tee?«

»Oh, gegen einen Tee hätte ich nichts einzuwenden. Vielen Dank.«

»Ich habe Ihnen zu danken, Sergeant. Bitte setzen Sie sich doch, und entschuldigen Sie mich bitte einen Augenblick.«

»Ich hoffe nur, daß wir Ihnen helfen können«, murmelte Walnikow. Seine Blicke wanderten über den herrlichen Steinfußboden, der sicher schon fünfzig Jahre alt war, als den Handwerkern ihre Arbeit noch etwas bedeutet hatte. Und an der Balkendecke fiel ihm etwas auf, was er noch nie zuvor gesehen hatte: Die Zwischenbretter waren in orientalischen Mustern und mit mexikanischen Farben bemalt. Noch in keinem Wohnhaus hatte er eine so schöne Decke gesehen. Und das Ganze war mit nichts anderem als Leinöl eingelassen. Da war ein zurückversetzter Wohnraum aus der Zeit, als die südkalifornische Architektur in Pasadena und Beverly Hills ihre Blütezeit gehabt hatte. Die Fenster waren zu klein, wie es damals Mode war. Aber sie waren bleiverglast und hatten Rahmen aus Mahagony. 1927 hatte man noch größeren Wert auf Abgeschiedenheit gelegt als auf eine gute Aussicht. Auf der Talseite waren die Fenster im Lauf der Jahre sowieso vergrößert worden, und man hatte einen herrlichen Panoramablick auf die Rose Bowl und das Vista del Royal Hotel, das in der untergehenden Sonne lila und mattgolden schimmerte. Und im Vordergrund die berüchtigte Selbstmörderbrücke, von der sich schon so manche gemarterte Seele vor dem Hintergrund der bezaubernden San Gabriel Berge in den Tod gestürzt hatte. Und überall leuchtete zwischen den von Fichten und Kamelien bestandenen Hügeln das strahlende Weiß der zahlreichen alten Herrschaftshäuser hervor.

Als Madeline Whitfield zurückkam, war ihr Gesicht noch feucht, wo sie sich ihre geschwollenen Augen mit einem feuchten Tuch abgetupft hatte. Sie trug ein Tablett mit einem silbernen Teeservice, das ihre Großmutter zur Hochzeit bekommen hatte. Dies war eines von den wenigen Familienstücken, die ihr noch geblieben waren.

»Hier herein, bitte«, forderte sie Walnikow auf und stellte das Tablett auf dem Tisch in der Bibliothek ab. Es war eine sehr maskuline, schwere und düstere Bibliothek, die nur spärlich möbliert war. Sie war sich im klaren, welchen Eindruck dieser Raum auf den Detektiv machen mußte. »Ein herrliches altes Haus, nicht wahr?«

»Allerdings«, nickte Walnikow. Er wünschte, Natalie wäre hiergewesen, damit auch sie diese Pracht hätte sehen können.

»Ich habe keine Angestellten, nur ein Mädchen, das mir zweimal wöchentlich halbtags hilft.«

Kein livrierter Butler? Kein Dienstmädchen? Kein Gärtner?

Sie konnte seine Gedanken lesen und lächelte: »Ich bin am Ende, Sergeant. Noch nicht ganz, aber fast. Und ich könnte diesen Unmenschen unmöglich bezahlen, selbst wenn ich wollte. Und ich *will* ihn bezahlen. Aber ich kann es nicht. Deshalb habe ich auch keine andere Wahl, als die Polizei um Hilfe zu bitten.«

»Es tut mir leid, daß Sie finanziell so schlecht stehen, und es tut mir natürlich auch leid, daß Sie in diese schreckliche Situation geraten sind. Aber ich bin doch froh, daß Sie die Polizei verständigt haben. Ich trinke meinen Tee ohne alles, danke.«

»Sie glauben gar nicht, hinter wie vielen dieser elegant geschwungenen Auffahrten und Eichentüren es ähnlich aussieht, Sergeant«, erzählte Madeline weiter. »Nichts vom Glanz althergebrachten Reichtums. Nur Leute wie ich, die sich eben noch so über Wasser halten.«

»Tatsächlich, Madam?« erwiderte Walnikow und trank geräuschlos seinen Tee.

Die Dämmerung brach rasch herein. Es war bereits zwanzig Minuten nach sechs Uhr. »Würde es Ihnen etwas ausmachen, wenn ich das Licht noch nicht anmache?« fragte Madeline. »Ich habe schreckliche Kopfschmerzen, und die Dunkelheit hilft mir dabei manchmal.«

»Aber selbstverständlich habe ich nichts dagegen, Mrs. Whitfield. Mir geht es da ähnlich.«

»Was soll ich denn eigentlich sagen, wenn er wieder anruft?«

»Wenn ich das nur wüßte, Mrs. Whitfield. Das hängt ganz vom Erpresser ab. Lassen Sie ihn einfach nur reden. Die Hauptsache ist, daß wir beide gleichzeitig den Hörer abnehmen und Sie ihn mindestens noch einmal einen Tag hinhalten können.«

»Soll ich ihm eigentlich erzählen, daß der Schnauzer tot ist?«

»Nein. Ich glaube, besser nicht.«

»Warum?«

»Es geht nicht darum, daß wir *ihm* irgendwelche Informationen geben. Lieber soll er *uns* Informationen geben.«

»Soll ich ihm die fünfundachtzigtausend für morgen versprechen?«

»Ich glaube nicht«, riet ihr Walnikow. »Sagen Sie ihm nur, daß für morgen die Aussichten besser stehen. Daß Sie das Geld bald bekommen werden. Wir brauchen etwas Zeit, um etwas unternehmen zu können.«

»Natürlich. Ich habe mir schon die ganze Zeit den Kopf zerbrochen. Ich denke schon, daß ich noch ein paar tausend mehr auftreiben kann. Ich denke, daß ich bis morgen nachmittag siebzehntausend habe.«

»Ich fände es aber besser, wenn Sie gar nichts zahlen würden, Mrs. Whitfield, obwohl ich diese Entscheidung natürlich letztendlich Ihnen überlassen muß.«

»Vickie ist wie ein Kind für mich, Sergeant. Sehen Sie sich doch um hier. Ich lebe völlig allein in diesem Haus. Ich habe nur Vickie.«

»Sie leben allein hier. Ja. Ich kann verstehen, wie Ihnen zumute ist. Ja, das kann ich, glaube ich, wirklich.«

»Ich begreife einfach nicht, wie das alles dieser Frau, der ihr Hund aus dem Restaurant gestohlen wurde, so völlig gleichgültig sein kann. Hat sie denn eine große Familie?«

»Das bezweifle ich«, erwiderte Walnikow und nippte an seinem Tee. »Sie sagte, sie wäre sechsundsiebzig.«

»Und sie macht sich wegen ihres herrlichen Schnauzers keine Sorgen? Hat sie denn noch andere Haustiere?«

»Man könnte es vielleicht so nennen, ja«, entgegnete Walnikow errötend.

»Erst war Vickie für mich auch nur ein Haustier. Ich habe mich einsam gefühlt. Und dann haben mir verschiedene Leute, die sich mit so etwas auskennen, gesagt, was für ein außergewöhnlicher Hund sie ist. Und dadurch habe ich begonnen, sie auf Ausstellungen vorzuführen. Für mich war das eine völlig neue Welt. Die Wettbewerbe. Die Partys. Die Preise. Einmal war sogar ein Foto von uns in der *Times*. Wissen Sie, Vickie hat mein Leben enorm bereichert.«

»Ich verstehe, Madam.«

»Und sie ist wirklich wie mein ... ich weiß, das klingt komisch ...

wie mein Kind. Dieser Mann hat gesagt, er... er würde ihr eine Zehe abschneiden. Vielleicht ist er im Moment gerade dabei.«

»Das glaube ich nicht, Madam«, beruhigte sie nun Walnikow.

»Am Telefon klang er aber ganz so, als meinte er es ernst«, fing Madeline zu schluchzen an. »Er klang so böse. Ich weiß nicht. Ich habe so eine schreckliche Vorahnung von diesem Mann, wie er Vikkie auf einem Tisch festhält. Mit einem Messer!«

Ein Messer. Walnikow war plötzlich mit seinen Gedanken ganz woanders. Er ließ sich einfach treiben. Da war es! Ein kleiner Schnauzer. Die großen, kräftigen Hände des Jägers. Nein! Der *Erpresser* mit einem Messer. Er machte sich gerade daran, den kleinen Hund auszunehmen. Das Bild war im Dunkel deutlich erkennbar. Nur das Mondlicht erhellte die Szenerie ganz schwach, und fast konnte er den Arzt in dem blutigen Kittel erkennen, der dem Kaninchen die Kehle durchschnitt. Fast hatte er es! Dann eine Stimme. Walnikows eigene Stimme hatte geschrien, und das Kaninchen hoppelte durch den Schnee davon und entkam.

Zitternd saß der Detektiv auf dem damastbespannten Lehnsessel im Dunkel. Er hatte etwas Tee auf seine Hose verschüttet, was er jedoch nicht merkte. Auch Madeline Whitfield merkte es nicht. Sie lag über das Sofa gebreitet und schluchzte so heftig, daß sie kaum mehr Luft bekam. Dieses mitleiderweckende Schluchzen holte Walnikow aus Sibirien wieder in die Gegenwart zurück.

»Tun Sie sich keinen Zwang an, Mrs. Whitfield«, sprach er begütigend auf sie ein, nachdem sein eigenes Entsetzen nachgelassen hatte. »Weinen Sie sich ruhig aus. Das tut Ihnen gut.«

Madeline Whitfield weinte lange. Jedesmal, wenn sie aufzuhören versuchte, brach sie erneut in Tränen aus. Walnikow saß still in dem dämmrigen Dunkel in seinem einsamen Lehnsessel, umgeben von ledergebundenen Büchern und matt schimmerndem altem Holz. Er betrachtete die auf dem Sofa weinende Frau. Es war lange her, daß er solch leidvolle Geräusche vernommen hatte. Walnikow saß in der brütenden Finsternis und schwor sich, ihren kleinen Hund aufzutreiben. Nichts sollte ihn daran hindern.

Philo Skinner war nicht pünktlich. Er hatte bis sechs Uhr fünfzehn immer noch nicht angerufen. Er war nach Hause gefahren und hatte sich umgezogen. Ohne einen Grund hierfür angeben zu können, hatte er das ausgeprägte Bedürfnis, anständig gekleidet zu sein, während er sein Verbrechen beging. Selbst wenn ihn niemand sah, wollte er doch nicht wie der letzte Penner aussehen. Er wollte nie wieder wie ein Penner aussehen. Als er deshalb den durchnäßten Freizeitanzug auszog, warf er ihn sofort in den Abfalleimer. Als nächstes ging er in den Zwinger zurück, um die Hunde zu füttern. Es wurde immer schwieriger, Mavis vom Zwinger fernzuhalten. Spätestens am nächsten Tag würde sie sicher darauf bestehen, herzukommen; und dann sah sie vielleicht das kleine Schnauzerweibchen. Er mußte unbedingt das Geld bekommen, damit er den Hund noch heute abend loswurde. Und dann fiel es ihm plötzlich ein: Er hatte dieser reichen Schlampe ja gar nicht gesagt, was sie mit Tutu tun sollte. Na ja, wahrscheinlich ging es Tutu in dieser Villa in Pasadena wesentlich besser, als es ihr bei dieser nymphomanischen alten Hexe von Millie Muldoon Gharoujian je gegangen war.

Er fragte sich, ob die gute alte Millie immer noch ihre Macker und diese Kobra – oder war es ein Mungo? – hatte. Zu der Zeit, da sich Millie noch für Hundeausstellungen interessiert hatte, war er einmal etwas zu früh bei ihr aufgetaucht. Die Tür war offengestanden, und da lagen sie – ein Gewirr aus Körpern, die auf Millies Wasserbett genüßlich vor sich hin schnarchten. Das Gewirr setzte sich zusammen aus Millie, zwei oder drei jungen Burschen, einem Leoparden und – Philo traute kaum seinen Augen – so einem gottverdammten kleinen Alligator! Diese perverse, alte Fotze!

Walnikow wartete an dem Apparat in der Bibliothek. Madeline hatte sich im Wohnzimmer postiert. Sie hatte inzwischen doch das Licht eingeschaltet, und obwohl sie sichtlich zitterte, hatte sie sich doch unter Kontrolle. Nach dem zweiten Läuten nickte Walnikow, und sie nahmen gleichzeitig den Hörer ab. »Hallo.«

»Richard am Apparat.« Diesmal machte er sich nicht mehr die Mühe, ein Papiertaschentuch um den Hörer zu wickeln. Er telefonierte von der Bar aus, in der er auch das erstemal angerufen hatte. Philo wurde immer frecher – und verzweifelter.

»Ja?« meldete sich Madeline.

»Haben Sie das Geld?«

»Noch nicht alles.«

»Wieviel haben Sie?«

»Morgen werde ich mehr haben.«

»Wieviel haben Sie?«

»Morgen werde ich siebzehn... nein«, log sie, »morgen werde ich zwanzigtausend haben.«

»Sie miese Fotze!« kreischte Philo. »Sie schulden mir fünfundachtzigtausend. Sie stinkende, miese Fotze!«

»Richard, bitte, warten Sie!« In Walnikows Anwesenheit fiel ihr alles wesentlich leichter. Sie hatte nicht mehr so viel Angst vor dem Erpresser.

»Nichts da mit Richard, Sie Fotze«, knurrte Philo. »Mit mir können Sie das nicht machen. Nicht, wenn Sie Ihren Hund lebend wiedersehen wollen. Ich habe es satt, mich von Ihnen an der Nase herumführen zu lassen. Ich war schon die ganze Zeit viel zu gutmütig mit Ihnen, das ist das Problem. Also nichts mehr von wegen diesem stinkfreundlichen Getue.«

»Bitte, Richard, zwanzigtausend Dollar sind eine Menge Geld. So viel kann ich bis morgen beschaffen. Das ist doch wirklich eine Menge Geld, Richard.«

Für einen Moment wurde es still in der Leitung. Zwanzigtausend. Aber er schuldete Arnold ja bereits 15200 Dollar, und morgen würden es noch einmal hundert mehr sein. Puerto Vallarta auf Lebzeiten, und das mit fünftausend Dollar? Sagte sie tatsächlich die Wahrheit? Aber wie hätte das sein können? Bei dieser Villa, in der sie wohnte? Sie mußte das Geld doch haben, diese Fotze!

»Ich hole jetzt Ihren Hund«, drohte er schließlich. »Und in fünf Minuten rufe ich Sie noch einmal an. Und dann schneide ich Ihrer Vickie eine Zehe ab, während Sie zuhören können, wie sie jault. Was halten Sie davon?«

Madeline fiel fast der Hörer aus der Hand. Fast wäre sie zu Boden gesunken. Aber statt dessen sah sie zu Walnikow hinüber, der nur langsam den Kopf schüttelte. Der untersetzte Detektiv stand da wie ein Fels, das zimtfarbene Haar zerzaust, die Krawatte schief. Ein vornüber geneigter Mann, der vielleicht sein ganzes Leben lang nicht aufrecht gestanden hatte. Aber er hatte ein breites, erdiges, zuversichtliches Gesicht. Und er richtete sie auf, indem er nur langsam seinen Kopf schüttelte und ihr damit zu verstehen gab, sie sollte nicht nachgeben. Und sie gab nicht nach.

»Damit werden Sie nicht weit kommen, Richard«, konterte sie. Dabei klang ihre Stimme so fest und beherrscht, daß sie selbst überrascht war. »Wenn Sie Vickie etwas tun, wird sie bei einem Wettbewerb keine Chance mehr haben. Und das ist das einzige, was mich interessiert. Wissen Sie, ich bin nur daran interessiert, sie auf Ausstellungen zu zeigen und zu gewinnen. Aber mit einer fehlenden Zehe hat sie für mich absolut keinen Wert mehr. Tun Sie ihr irgend etwas an, und sie ist absolut nichts mehr wert.« Es kostete sie ihre letzten Kraftreserven, dieses Spiel bis zum Ende durchzuhalten. Sie hatte die Augen geschlossen. Als sie sie wieder aufschlug, nickte ihr Walnikow zu. Er schien stolz auf sie zu sein.

Philo war völlig außer sich. Er fing so laut zu brüllen an, daß der Barkeeper hinter dem Tresen hervorkam und gegen die Tür der Telefonzelle klopfte: »Reißen Sie sich gefälligst ein bißchen zusammen! Wir haben auch ein paar Damen als Gäste! Also halten Sie gefälligst Ihre Zunge in Zaum, ja!«

Und Philo wollte schon fast auf den Barkeeper losgehen, als ihm gerade noch rechtzeitig einfiel, wie es ihm vor kurzem ergangen war, als er sich in einer Telefonzelle nicht zu benehmen gewußt hatte. Also biß er sich auf die Lippe und hielt den Mund. Als er schließlich wieder an den Apparat kam, sagte er: »Morgen abend um dieselbe Zeit haben Sie fünfunddreißigtausend für mich. *Fünfunddreißigtausend!* Haben Sie mich verstanden? Und das ist mein letztes Angebot. Ich rufe Sie morgen abend um sechs Uhr an, und dann will ich von Ihnen hören, daß Sie das Geld haben, oder Ihr Hund wird dranglauben müssen. Ich habe zwar noch nie einem Tier etwas zuleide getan, aber ich verspreche Ihnen, daß ich bei Ihrer Hündin zum erstenmal eine Ausnahme machen werde, wenn Sie nicht bis morgen abend mit der Knete anrücken.«

»Also gut, Richard, ich werde das Geld besorgen. Wiedersehen.« Damit hängte sie auf, ging in die Bibliothek zurück, warf sich dort auf die Couch und weinte.

Walnikow saß ruhig da und ließ sie weinen. Ab und zu blinzelte er geduldig.

Nach einiger Zeit stotterte sie schließlich los. »Ich... ich habe ver... versucht, einen... Job zu bekommen. Ich habe noch nie... gearbeitet. Dieses Haus... dieses... in einem Jahr spätestens werde ich ausziehen müssen. Mein Treuhand... mein Treuhandfonds... reicht gerade noch so lange. Aber ich kriege es nicht zusammen! Ich würde ihm alles geben. Aber ich kriege es nicht zusammen. Ich mußte gerichtliche Maßnahmen ergreifen, um... um für meine Mutter... an das Geld heranzukommen... für die Krankenhauskosten. Für ihr Begräbnis. Ich kriege es...«

»Ist doch schon gut, Mrs. Whitfield«, versuchte Walnikow sie mit einem tiefen Seufzer zu trösten. Seine Augen waren rot und traurig. »Beruhigen Sie sich erst einmal wieder.«

»Wie bekommt man denn einen Job, Sergeant? Können … können Sie mir das nicht sagen? Wo … was soll ich … was …«

»Ist doch schon gut, Mrs. Whitfield«, redete Walnikow leise auf sie ein.

Dann schaltete er das Licht aus, schlurfte wieder zur Couch zurück und setzte sich. Er klopfte ihr sanft auf den Rücken. Ist doch schon gut, Mrs. Whitfield, ist doch schon gut.

Erst spürte sie seine Hand gar nicht, obwohl es eine kräftige Hand war. Und als ihr dann bewußt wurde, was mit ihr geschah, setzte sie sich auf, ohne jedoch ihre Tränen stoppen zu können.

Dann legte Walnikow seinen Arm um sie, was sie leicht erschreckte. Sie konnte jedoch trotzdem nicht zu weinen aufhören. Als nächstes legte Walnikow beide Arme um sie, so daß sie an seiner Brust weinte. Er klopfte ihr weiterhin relativ kräftig auf den Rücken, als wollte er sie zum Aufstoßen bringen. Als ihre Anspannung allmählich nachließ, wurde auch sein Klopfen sanfter. Er hielt sie, wiegte sie und tätschelte ihr immer sanfter den Rücken, bis sie schließlich wieder zu Atem kam.

Dann legte sie Walnikow beide Arme um den Hals und saß leise weinend im Dunkel. Walnikow wirkte fast genauso betrübt wie sie. Ist doch schon gut, Mrs. Whitfield. Ist doch schon gut.

Und dann begann Walnikow instinktiv, Madeline Whitfield auf ihre salzige Wange zu küssen. Ist doch schon gut, ist doch schon gut. Und sie klammerte sich fester an seinen Hals und ließ ihn gewähren.

Natürlich konnte Walnikow nicht wissen, daß diese Frau fünf Jahre keinen männlichen Körper mehr gespürt hatte. Er selbst war sich nur vage bewußt, daß er seit Thanksgiving keine Frau mehr gespürt hatte, als er sich in einer Bar in Chinatown betrunken an eine Sekretärin von der Polizei-Akademie herangemacht hatte. Madeline wandte ihr tränenüberströmtes Gesicht dem Detektiv zu und küßte ihn auf den Mund. Walnikow erwiderte ihre Zärtlichkeiten. Und dann tasteten sie im Dunkel auf dem Damastsofa herum, und sie flüsterte: »Sergeant, Sergeant!« Und Walnikow erwiderte: »Mrs. Whitfield, Mrs. Whitfield!«

»Sergeant! Ach, Sergeant!« wiederholte sie schluchzend.

»Mrs. Whitfield«, flüsterte er. »Ich werde Ihren Hund finden. Das schwöre ich Ihnen!«

»Sergeant!« Madelines Stimme zitterte, und sie löste seinen Gürtel.

Als Walnikow eine Stunde später ging, war er voller Mitleid für diese Frau. Zum erstenmal seit Tagen schlief sie ruhig und fest in ihrem Bett. Er drehte sich in der Tür noch einmal um, um ihren nackten Körper zu betrachten. Sie war eine schöne Frau. Er wünschte ihr, daß sie jemanden fand, der sein Leben mit ihr teilte. Sie brauchte jemanden, um den sie sich kümmern konnte. Sie brauchte eine sinnvolle Beschäftigung.

Walnikow fuhr nach Hause und erneuerte, bevor er schlafen ging, seinen Schwur, den Hund dieser einsamen Frau zu finden. Dann schlief er ein und träumte von dem Kaninchen.

11

Der Hundeliebhaber

Walnikow fühlte sich sehr eigenartig, als er am Mittwoch morgen aufwachte. Erst wußte er nicht, was es war. Er stand auf, kochte Tee, fütterte Mischa und Grischa und säuberte ihren Käfig. Er holte die Zeitung und setzte sich, um sie zu lesen. Dann sah er sich in seiner Junggesellenwohnung um. Nichts hatte sich verändert. Da war immer noch dieselbe Wäscheleine, die von Mischas und Grischas Käfig zu dem Nagel über der Tür führte. Immer noch baumelten ein paar Socken und Unterhosen davon herab. In der Spüle war immer noch der Stapel schmutzigen Geschirrs, von dem er jeweils einen Teller wusch, wenn er gerade hungrig war. Da waren immer noch die Platten und Plattenhüllen, die über die ganze Wohnung verstreut herumlagen. Aber irgend etwas war verändert. Und dann dämmerte es ihm. Da war weder auf dem Küchentisch noch auf dem walnußfurnierten Couchtisch eine leere Flasche Stolitschnaja. Und dieser Umstand half ihm auch auf die Sprünge, was an diesem Morgen so anders war als sonst: Er hatte keinen Kater!

Er hatte gearbeitet und Madeline Whitfield bis Mitternacht Gesellschaft geleistet. Dann war er nach Hause gekommen und war zu Bett gegangen. Er hatte kein einziges Glas Wodka getrunken. Enorm! Er stand auf, ging ins Bad und zog zwei Handtücher von dem Metallbügel, der neben dem Spiegelschränkchen über dem Waschbecken angebracht war. Er begutachtete seine Augen. Sie waren zwar leicht gerötet, aber *trocken*. Er sah gut aus. Er fühlte sich gut. Das feierte er mit einer Portion Rühreier mit Roggentoast. Er trank drei Tassen Tee und ein Glas Orangensaft. Dann duschte er und bügelte ein sauberes Hemd. Sorgfältig band er sich seine Krawatte, so daß der Kragenknopf nicht zu sehen war. Er machte sich etwas Haarwasser auf den Kopf und kämmte sich, sorgfältig darauf bedacht, einen geraden Scheitel hinzukriegen.

Er fühlte sich wie ein neuer Mensch, als er außer Haus ging. Er konnte es gar nicht erwarten, Natalie alles zu erzählen. Sie würden einen *Verbrecher* fangen.

Als Walnikow auf der Polizeistation ankam, spitzte sich dort die Lage gerade bedenklich zu. Bullets Bambarella hatte während der letzten zwei Tage aufgrund seiner Wetten mit Montezuma Montez ein halbes Monatsgehalt verloren. Abgesehen davon hatte er eine nicht sonderlich erfreuliche Nacht mit einem Polizeigroupie aus der Innenstadt hinter sich.

Bullets hatte gerade Clarence Cromwell am Schreibtisch der Einbruchsabteilung in die Enge getrieben, als sich Walnikow eine Tasse Tee holte. Bullets erzählte gerade: »... ich nehme diese Alte also mit nach Hause. Kennst du die eigentlich, Clarence?«

»Ja, sicher. Sie arbeitet im Büro des D.A.«, seufzte Clarence. Alle diese jungen Spritzer hatten Schwierigkeiten mit den Frauen, und wer sollte sich dann all das Leid anhören? Clarence Cromwell natürlich, wer den sonst. »Hör mal, Bullets, sehe ich aus wie so 'ne Art Frau Herta der Hollywood Division, oder was soll das Ganze eigentlich!«

»Aber laß mich doch erst einmal ausreden, Clarence! Die hat sie nicht alle. Das ist vielleicht eine Torte, das kann ich dir sagen. Spielt die doch dauernd an ihrer Klit rum, während ich auf ihr rumschnuppere. Kannst du dir das vorstellen? Und dann – das ist noch nicht alles – fängt sie auch noch an, an ihren eigenen Riesentitten rumzulutschen! Sage ich also zu ihr: ›Hey, wozu brauchst du eigentlich mich noch?‹ Und darauf sie: ›Wenn ich mir's so recht überlege, du Armleuchter, eigentlich überhaupt nicht.‹«

»Tja, das ist natürlich höchst interessant, Bullets. Ich meine, es gibt natürlich nichts, das ich lieber täte, als mich über dein Liebesleben zu unterhalten, aber...«

»Und dann habe ich es einfach getan!«

Plötzlich zuckte der verärgerte schwarze Detektiv sichtlich zusammen und fragte mit einemmal wirklich interessiert: »Was hast du getan?«

»Ach, eigentlich nichts. Ich bin einfach nur ausgeflippt. Ich hab' sie in den Swimming-pool geworfen, sonst nichts.«

»Gütiger Gott! Einen Moment hast du mir wirklich einen ganz schönen Schreck eingejagt. Du weißt ja, daß ich dich inzwischen unmöglich wieder decken kann, wenn du irgend etwas ausfrißt. Ist dir das eigentlich klar, Bullets?«

»Ich weiß, Clarence. Ich wollte dir nur erzählen, wie es war.«

»So schlimm kann sie doch gar nicht gewesen sein, wenn du sie nur in den Swimming-pool geworfen hast.«

»Oh, vielen Dank für dein Verständnis, Clarence«, zischte Bullets leise zurück.

»In Hollywood laufen ja sowieso nur blöde Schicksen rum«, schaltete sich Montezuma Montez in die Unterhaltung der beiden ein. »Drüben in Ost-L.A. nimmst du dir so eine kleine Mexikanerin, und dann kaufst du dir ein paar Flaschen Bier und machst dir in irgendeinem Autokino einen richtig altmodischen, gemütlichen Abend. Hier in Hollywood kannst du erst einmal dreißig Eier für irgend so ein lausiges Abendessen auf den Tisch blättern, damit sie dich überhaupt mal ansieht, und dann darfst du dir in irgendeinem Kostümverleih 'ne Werwolfmaske ausleihen und die Nacht damit verbringen, sich mit lebenden kleinen Kätzchen gegenseitig einen über die Rübe zu ziehen. Ich würde mich liebend gern wieder zu Hollenbeck versetzen lassen.«

Aber Bullets war streitlustiger denn je. »Ja, das sieht dir ähnlich«, knurrte er Montezuma an. »Bei diesen mexikanischen Schicksen brauchst du nur das falsche Loch zu erwischen, und schon holst du dir ein paar anständige Blasen auf deinem Pimmel – bei den Chili-Mengen, die die immer verdrücken. Da sind mir die Hollywood-Weiber doch noch zehnmal lieber.«

»Ach ja?« schoß Montezuma zurück. »Dann laß dir doch mal von dieser *Hollywood-Dame* erzählen, die ich vor ein paar Tagen aufgerissen habe. Sie hat gemeint, sie wäre aus Venice. Aber nicht Venice in Kalifornien. Venice, Venedig, in *Italien*. Und dann saß ihr kleiner, zweijähriger Spumoni-Lutscher im *Auto*, als ich sie vom Tennisspielen abgeholt habe.«

»Das ist doch eine ganz primitive Lüge«, schoß Bullets Bambarella zurück, bis es Clarence Cromwell schließlich zu dumm wurde: »Jetzt haltet endlich die Klappe, ihr zwei!«

»Es *muß* doch eine Lüge sein, Clarence«, warf Bullets ein. »Oder kannst du dir vorstellen, ein Mexikaner kann Tennis spielen?«

»Besser als jeder lausige Itaker immer noch, den ich bis jetzt gesehen habe«, verteidigte sich Montezuma Montez.

Darauf wandte Bullets sich wieder Montezuma zu. »Ich habe in meinem Leben noch kein einziges Mal Tennis gespielt, aber gegen dich würde ich immer noch gewinnen.«

»Dich schlage ich doch mit links«, konterte Montezuma Montez.

»Angenommen, du Saftsack!« triumphierte Bullets, während Montezuma plötzlich vierzig gepumpte Dollar vor sich auf dem Schreibtisch liegen sah und bereits dachte, er wäre diesmal zu weit gegangen.

Und dann segelten die Geldscheine nur so durch den Bereitschaftsraum, während der Lieutenant vergeblich etwas winselte, von wegen das Abschließen von Wetten im Dienst sei verboten. Als nächstes schossen vier Dienstwagen voller Detektive auf den Sportplatz der Hollywood High School davon, um ein bizarres Tennismatch zwischen zwei bulligen Detektiven in Anzug und Krawatte und Socken zu inszenieren, wobei der eine der beiden Kontrahenten auch noch mit dem falschen Arm spielte.

Natalie Zimmerman, die an diesem Tag einen neuen, an der Seite plissierten Rock und eine dazu passende Strickjacke trug, kam fünf Minuten zu spät zum Dienst und wurde von der stampfenden Meute, die gerade wegen besagten Tennismatchs aus der Polizeistation stürmte, um ein Haar niedergewalzt.

Zu Natalies Erleichterung hatte sich auch Hipless Hooker verspätet. Heute würde sie sich nicht unterkriegen lassen. Sie würde ihm sogar an seine gottverdammte Gurgel gehen, wenn er sie dazu zwang. Und vor allem würde sie ihn in sein Büro schleppen und sofort einen Stuhl unter die Türklinke klemmen, um sich Clarence Cromwell vom Leibe zu halten. Und dann würden sie sich über Walnikow unterhalten.

Sie war aus keinem anderen Grund zu spät gekommen, als daß sie die Nacht zuvor nur drei Stunden geschlafen hatte, nachdem Captain Jack Packerton alle zwei Stunden über sie hergefallen war, um ihr zu beweisen, daß er mit seinen vierzig Jahren noch keineswegs zum alten Eisen gehörte. Am liebsten hätte sie ihm gesagt, sie hätte ein für allemal genug von diesen gemeinsamen Abenden, beziehungsweise Nächten, solange er sich nicht eingestand, daß er nun eben einmal in die mittleren Jahre kam. Und natürlich hatte er die ganze Zeit nicht gewußt, daß Natalie Zimmerman durchaus von ähnlichen Ängsten geplagt wurde, daß sie nämlich die letzten *fünf* Male keinen Orgasmus bekommen hatte.

Was soll das Ganze eigentlich, Jack? Ziehen wir doch einfach zusammen. Ich bin zweimal geschieden, und weshalb sollte ich jetzt... Zusammenziehen? Natalie, du hast vielleicht vergessen, daß ich Captain bin! Hast du denn nicht Deputy Chief Digby Bates' letztes Rundschreiben hinsichtlich der moralischen Aufrüstung gelesen? Bist du dir überhaupt bewußt, welche Folgen es für einen Captain haben könnte, wenn sich herausstellt, daß er in wilder Ehe lebt? Herr im Himmel, lieber riskiere ich eine weitere Scheidung, als dem ins Auge zu sehen. Bist du dir eigentlich bewußt, daß ich durchaus berechtigte Aussichten auf den Posten eines Deputy Chief habe? Was hast du also mit meiner Karriere vor? Zusammenziehen? Ohne kirchliche Sanktionierung? ICH MÖCHTE DEPUTY CHIEF WERDEN!

Und sie wollte nichts weiter sein als eine Inspektorin, Rangstufe III, die sich nicht allein fühlte und ab und zu vielleicht auch zu dem einen oder anderen Orgasmus kam. Momentan war sie noch Inspektorin, Rangstufe II, und hatte schon einige Zeit keinen Orgasmus mehr gehabt. Außerdem hatte sie einen Verrückten als Partner, und momentan bestand noch keine Aussicht auf Besserung ihrer Lage.

Das alles erzählte sie stillschweigend ihrer widerspenstigen Haarlocke, als Walnikow eine Tasse Kaffee vor sie stellte. Aus irgendeinem Grund wirkte er heute richtig adrett. Wer hatte da etwas von ihrem sprichwörtlichen Glück gesagt. Genau an dem Tag, den sie dazu ausersehen hatte, ihm endgültig das Handwerk zu legen, kam Walnikow richtig geschniegelt – er hatte sich sogar gekämmt – zum Dienst. Aber letztlich war es doch völlig egal, ob er nun wie ein Verrückter aussah oder nicht. Wenn man nur seine wunden Punkte antippte, konnte er niemanden mehr täuschen. Erzählen Sie doch von Ihrem Traum, Walnikow. Ist das Bugs Bunny? Oder der Osterhase? Erzählen Sie doch von diesem Kaninchen, das Sie immer zum Weinen bringt. Mein Gott, er lächelte wieder dieses entwaffnende kindliche Lächeln.

»Heute haben wir einen richtigen Fall zu bearbeiten, Natalie«, erzählte er ihr aufgekratzt. »Möchten Sie etwas Sahne oder Zucker?«

»Nein.«

»Ich habe eben Clarence alles erzählt.«

Als er seinen Namen hörte, kam Clarence Cromwell zu ihnen herüber und setzte sich auf Walnikows Schreibtisch. »Mockett hätte gerne gewußt, ob du dir für gestern abend Überstunden eintragen lassen willst?«

»Nein«, erwiderte Walnikow.

»Na gut, das wird ihn sicher freuen. Ich werde dafür sorgen, daß für heute und vielleicht auch morgen Max Haffenkamp deine Arbeit übernimmt. Vielleicht komme ich sogar selbst mit und helfe ihm. Aber mehr ist auf keinen Fall drin. Schließlich können wir aus dieser Erpressung kein Riesending machen.«

»Was für eine Erpressung?« merkte Natalie plötzlich auf.

»Ich werde Ihnen gleich alles Nähere darüber erzählen«, erbot sich Walnikow. »Es geht dabei um eine ganz schöne Stange Geld. Fünfundachtzigtausend Dollar.«

»Ja, aber für einen Hund, Wal. Vergiß das nicht. Alles nur wegen so eines gottverdammten, verhätschelten kleinen Schoßhündchens.«

»Ich bin dir sehr dankbar, daß du mir meine regulären Fälle abnimmst, Clarence«, wandte Walnikow sich wieder dem schwarzen Detektiv zu. Zu ihrem Entsetzen mußte Natalie feststellen, daß heute selbst seine blauen Augen kein bißchen trüb waren.

»Zuerst mußt du aber auf jeden Fall sicherstellen, daß der tote Hund tatsächlich der aus dem Brown Derby ist«, schärfte Clarence Walnikow ein. »Das hat Mockett ausdrücklich verlangt. Schau also mal in diesem Tierbestattungsinstitut vorbei, ob sie dort den Hund noch irgendwo herumliegen haben. Und dann sorg dafür, daß diese Alte aus Trousdale... wie heißt sie doch gleich wieder?«

»Millie Gharoujian.«

»Ja, sieh zu, daß sie oder sonst irgend jemand den toten Hund identifiziert. Und wenn es nicht der aus dem Brown Derby ist, dann übergib den Fall auf der Stelle der Southwest Division oder der Polizei von Pasadena. Ausdrücklicher Befehl von Mockett. Übrigens der erste, den er diesen Monat gegeben hat. Das heißt ja direkt, daß wir ihn uns ein bißchen bei Laune halten müssen.«

»In Ordnung, Clarence, und noch mal vielen Dank«, nickte Walnikow, und dann an Natalie gewandt: »Los, gehen wir!«

»Halt, einen Augenblick noch.« Sie wischte sich mit einer heftigen Handbewegung ihre Locke aus der Stirn. »Wo ist der Captain, Clarence? Ich muß ihn unbedingt sprechen, und ich werde mich nicht von der Stelle rühren, bis ich das nicht getan habe!«

»Verdammt noch mal, Natalie!« schimpfte Clarence und stemmte im Aufstehen die Fäuste in die Hüften. Die beiden Magnums baumelten impotent zu beiden Seiten seines mächtigen Brustkastens herab.

»Was verdammt noch mal?« knurrte sie zurück. Ein schwarzer General Patton!

»Ist es immer noch wegen dieser selben Sache, wegen der Sie uns schon seit drei Tagen in den Ohren liegen?«

»Allerdings. Genau deswegen.« Dabei sah sie unwillkürlich Walnikow an, der sich, zu höflich, um ihre Unterhaltung zu belauschen, mit dem riesigen Stapel von Einbruchsmeldungen auf seinem Schreibtisch beschäftigte.

»Können Sie sich denn nicht wenigstens noch ein paar Tage Zeit lassen, Natalie«, schnaubte Clarence. »Sie haben da eben einen Erpressungsfall, und jetzt wollen Sie schon wieder...«

Er wurde unterbrochen, da Natalie plötzlich aufsprang. Der Grund hierfür war Hipless Hooker, der durch die Tür geschossen kam und quer durch den Bereitschaftsraum hetzte. Er hielt sich seinen Bauch und wurde von einer jungen Frau in einem gelben Hosenanzug und einem Gips um den Hals verfolgt, deren Gang an einen Roboter erinnerte.

»Clarence!« heulte Hooker, aber Natalie Zimmerman schaffte es vor Clarence in das Büro des Captains.

»Ich muß endlich einmal mit Ihnen sprechen, Captain!« forderte Natalie forsch.

»Nicht jetzt, Natalie«, wehrte Hooker ab. »Clarence, diese Dame hat an der Rezeption auf mich gewartet, als ich hereinkam. Sie behauptet, gestern abend mit Bullets Bambarella verabredet gewesen zu sein. Sie arbeitet bei der Staatsanwaltschaft, und sie will uns auf eine halbe Million Dollar verklagen!«

»Gehen wir doch erst mal nach drinnen und beruhigen uns«, schlug Clarence vor und lächelte die Frau mit dem Gips um den Hals galant an.

»Bullets hat mir bereits alles erzählt, Miß«, redete Clarence begütigend auf sie ein, »aber ich wußte nicht, daß er Sie verletzt hat. Er sagte nur, er hätte Sie in einen Swimming-pool gestoßen.«

»Das hat er allerdings!« platzte Hooker heraus. »Aber ihre Wohnung liegt im zweiten Stock!«

»Ich habe diesen Dreckskerl mausetot an der Leine«, zischte die junge Frau. »Und Bullets wird mir nicht ungeschoren davonkommen, das kann ich Ihnen versprechen.«

»Aaaaaaaauuuuuuu, mein Bauch«, stöhnte Hooker plötzlich los.

»Und außerdem hatte ich eine teure Armbanduhr um und habe meine Kontaktlinsen getragen«, beschwerte sich das Mädchen weiter und nahm vorsichtig Platz.

»Na ja, ich denke, irgendwie wird sich das Ganze schon bereinigen lassen«, brummte Clarence und schloß vor Natalies Nase die

Tür zu Hookers Büro. »Sie müssen wissen, daß Bullets sehr viel an Ihnen gelegen ist. Das hat er mir selbst gesagt.«

Allmählich kam das alles Natalie wie ein Traum vor. Das Schicksal und Bullets Bambarella hatten sich offensichtlich zusammengetan, um Walnikow vor dem sicheren Untergang zu bewahren. Und nun fuhren sie also nach Trousdale Estates hinauf, von wo aus man ganz Hollywood und Beverly Hills überblicken konnte. Natalie Zimmerman fing bereits an zu glauben, sie würde diesen Mann neben ihr, der gerade wieder einmal volle zwanzig Stundenkilometer fuhr, nie mehr loswerden.

»Schön ist es hier oben über dem Smog, nicht?« stellte er mit einem freundlichen Lächeln fest, während Natalie rauchend neben ihm saß und über Sex ohne Orgasmus nachdachte. Und über den Schwarzen Peter.

»Ja, herrlich.«

»Mrs. Gharoujian muß sehr reich sein.«

»Allmächtiger!« platzte Natalie heraus, als sie durch den Anblick von Millie Muldoon Gharoujians gegenwärtiger Bleibe aus ihren Träumen gerissen wurde. Der Prachtbau lag am Ende einer Sackgasse an einem Hügelabhang, von wo aus man ganz Bagdad überblicken konnte. In der Auffahrt stand ein Rolls-Royce Silver Shadow geparkt. Der Chauffeur trug eine schwarze Mütze und saß im Wagen. Er war neunzehn Jahre alt und hatte schulterlanges, blondes Haar, das fröhlich unter seiner Mütze hervorwucherte. Er stieg aus dem Wagen, als Walnikow vor dem Tor hielt.

Der Detektiv reckte seine Dienstmarke aus dem Fenster, worauf der Chauffeur nickte und das Tor öffnete. Im Zentrum des Halbkreises, den die Auffahrt beschrieb, befand sich ein Granitbrunnen. In seiner Mitte stand eine Gipsskulptur eines David. Mit einer Erektion. Aus der Erektion ergoß sich ein Wasserstrahl. Im Becken selbst räkelte sich eine Boa constrictor. Sie rieb ihre Schuppen an dem harten Granit und bräunte sich in der Sonne. Millie Muldoon Gharoujian heißt Sie willkommen.

Als Natalie auf den Klingelknopf drückte, ertönte im Innern ein Motiv aus ›Roll Out the Barrel‹. Darauf wurde die Tür geöffnet – von einem Hausboy mit einer Siebzig-Zentimeter-Taille und einem halben Meter Armumfang. Der Hausboy war schätzungsweise achtzehn Jahre alt und ein aussichtsreicher Bewerber auf den Titel des Mr. California.

»Mrs. Gharoujian erwartet Sie bereits«, ließ er sie ein. Er führte sie in den Wohnraum, von dem man auf den freitragenden, kleeblattförmigen Swimming-pool hinausblickte.

Das Wohnzimmer war weiß. Siebzig Quadratmeter, angefüllt mit weißen Sofas. Natalies Absätze versanken richtig in dem weißen Teppichboden. Der Kamin aus weißem Bruchsteinmauerwerk. In einer Ecke ein weißer Stutzflügel, der einem normalen mechanischen Klavier in nichts nachstand, wenn Millie nur nicht zu müde war, in die weißen Emaillepedale zu treten.

An den weiß getünchten Wänden des Wohnraums hingen vergoldete antike Spiegel und Aktgemälde von Männern und Frauen. Über dem Kamin prangte ein riesiges Bildnis einer lasziv zurückgelehnten Millie Gharoujian, als sie noch dreißig war und aussah wie Jean Harlow. Das Gemälde stammte aus dem Jahre 1932.

Und dann öffnete sich die Ostwand, die aus einem einzigen Spiegel zu bestehen schien. Und durch die verspiegelte Tür trat Millie Gharoujian. Sie hatte während der letzten fünfundzwanzig Jahre fünfmal ihr Gesicht liften lassen und sah in dem riesigen Seidenkimono, der kaum ihre Brüste bedeckte, die ihr wie zwei Punching-Säcke herunterhingen, nicht einen Tag älter als zweiundsiebzig aus. Sie schwitzte, hatte einen roten Kopf und war sichtlich gereizt.

»Ich habe Ihnen doch bereits am Telefon gesagt, Sergeant, daß ich den Verlust meines Schnauzers bereits der Versicherung gemeldet habe. Was mich betrifft, ist der Fall also erledigt. Ich weiß Ihren Eifer durchaus zu schätzen, und ich finde auch, daß Sie Ihre Sache als Polizist gut machen, aber warum verschonen Sie dabei um Himmels willen nicht mich? Ich habe da eben einen Besuch, der selbst...«

»Ja, ja, natürlich, Mrs. Gharoujian!« fiel ihr Walnikow aufgeregt ins Wort, da er auf jeden Fall vermeiden wollte, daß Natalie eine ausführliche Schilderung von ein paar Penissen mitanhören mußte, die Michelangelo alle Ehre gemacht hätten. »Aber könnten Sie nicht vielleicht doch kurz mit uns kommen, Mrs. Gharoujian. Das Tierbestattungsinstitut liegt nur zwanzig Minuten von hier, und wir würden Sie ja auch sofort wieder nach Hause bringen, wenn Sie uns gesagt haben, ob es sich bei dem toten Hund um Ihre Tutu handelt oder nicht. Und...«

»Mit Ihnen kommen? Jetzt? Das soll wohl ein Witz sein, Sergeant! Wenn Sie wüßten, wer dort drinnen auf meinem Wasserbett auf mich wartet.«

»Ach so, natürlich, ich verstehe, Madam«, beeilte Walnikow sich zu bemerken, während Natalie sich unauffällig ein paar Schritte zur Seite bewegte, um sehen zu können, was Millie auf ihrem Wasserbett Schönes hatte.

»Sie sind ja wirklich eine ganz harte Nuß, Sergeant«, seufzte Millie. Dann nahm sie sich eine Zigarette und steckte sie in eine rubinbesetzte Spitze. »Sind Sie verheiratet, Sergeant?«

»Nein, Madam«, erwiderte Walnikow.

»Hmmmm«, meinte Millie. »Na ja, dann vielleicht ein andermal. Im Augenblick habe ich leider keine Zeit.«

»Ist vielleicht sonst noch jemand hier...«

»Sonst noch jemand hier! Das soll wohl ein Witz sein! Ich habe hier zwei Burschen drinnen, die...«

»Natürlich, Madam, aber ich meinte nur, ob vielleicht sonst noch jemand hier ist, der mit uns kommen könnte, um den toten Schnauzer zu identifizieren«, erklärte ihr Walnikow hastig. »Auf diese Weise blieben sowohl uns wie Ihnen eine Menge Unannehmlichkeiten erspart.«

»Hey, Twinkles!« brüllte Millie plötzlich durch den Raum, worauf der Hausboy mit einem Plastikshaker voller Bananen-Daiquiris aus der Küche kam.

»Was ist, Millie?«

Sie tätschelte seinen Hintern und seufzte: »Wenn du nur Japaner wärst, mein Süßer. Aber vielleicht läßt sich an deinen Augen etwas machen. Hör zu, fahr doch mal eben mit diesen beiden Leutchen von der Polizei mit, ja? Laß dich von Buttons im Rolls fahren. Sieh dir diesen toten Hund an, den sie identifiziert haben wollen, und sag ihnen, ob es Tutu ist oder nicht. Und dann komm auf der Stelle wieder hierher zurück. Diese zwei Jungs im Schlafzimmer sind schon etwas am Abschlaffen.« Und dann an Walnikow gewandt: »Die Jugend Amerikas ist auch nicht mehr das, was sie einmal war, Sergeant. Dieser Ausschuß, der die Untersuchungen hinsichtlich der Volksgesundheit leitet, sollte mal mich zu Rate ziehen. Ich könnte denen wirklich was erzählen.«

»Jawohl, Madam, und vielen Dank«, verabschiedete sich Walnikow, um zusammen mit Natalie Twinkles aus dem Haus zu folgen. Auf dem Weg zur Haustür fiel ihr Blick in Millies Boudoir, wo ein haariges Wesen auf dem Boden lag. Es war ziemlich groß und lebte!

»Da drinnen ist eine Ziege, Walnikow!« stupste Natalie Walnikow an, als sie über die Einfahrt auf ihren Wagen zugingen.

»Das ist ein junges Lama«, verbesserte sie Twinkles. »Millie hält sich das Vieh als Haustier, und mir steht es allmählich bis hier oben, jeden Tag diese verdammte Lamascheiße wegzuräumen, das können Sie mir glauben.« Twinkles streifte seine Livree ab, und dabei kam ein Oberkörper zum Vorschein, der buchstäblich die Schulternähte seines gestärkten, weißen Hemds sprengte. Er krempelte sich die Ärmel über seine muskelstrotzenden Arme hoch, an denen die Adern bleistiftdick hervortraten. »Wir fahren im Rolls hinterher«, sagte er. »Und wenn es wirklich Tutu ist, werde ich sie auf jeden Fall erkennen.«

Als sie im Tierbestattungsinstitut ankamen, fand dort gerade eine Trauerfeier statt. Drei Frauen und zwei Männer verabschiedeten sich haltlos schluchzend von einem Waschbären, der in einem winzigen Walnußsarg aufgebahrt lag. Die schwarz gefältelte, rehbraune Satinauskleidung paßte genau zu dem gestreiften Schwanz und der Augenmaske des toten Tieres. Der Sarg verfügte über einen zweigeteilten Deckel, dessen untere Hälfte geschlossen war, so daß lediglich Kopf und Oberkörper des Verstorbenen zu sehen waren. Über die Lautsprecheranlage ertönte leise Musik – eine Streicherversion von ›Ich hatt' einen Kameraden‹. Das verblichene Tier hatte noch nie besser ausgesehen. Sein Fell war mit Lanolin eingerieben worden. Die schwarze Waschbärenmaske war mit Schuhcreme nachgezogen worden. Die kleinen Waschbärenpfoten hatte man ihm wie im Gebet über der Brust verschränkt; um zu verhindern, daß sie ihre Position veränderten, hatte man sie mit einer langen Schusterahle kunstvoll an seiner Brust festgenäht. In dieser frommen Haltung sah der Waschbär alles andere als tot aus. Fast hätte man glauben können, er spielte den Anwesenden lediglich einen Streich und hätte sich nur tot gestellt.

Sie wurden von einem kahlen Mann in einem feierlichen grauen Anzug mit einer weißen Nelke im Knopfloch begrüßt.

»Womit kann ich Ihnen dienen?« erkundigte er sich.

»Sind Sie Mr. Limpwood?«

»Nein, Mr. Limpwood wohnt eben einer Trauerfeier bei.«

»Ich habe vor kurzem mit ihm telefoniert. Ich bin Sergeant Walnikow vom Los Angeles Police Department.«

»Ja, natürlich. Er hat mir gesagt, ich sollte sie auf den Friedhof bringen. Er wird gleich zu Ihrer Verfügung stehen. Wissen Sie, er ist eben noch bei einem privaten Begräbnis für die nächsten Angehörigen.«

Als Walnikow und Natalie ins Freie traten, sahen sie Mr. Limpwood, der gerade einem geknickten Paar Trost zusprach. Vergeblich bemühte er sich jedoch, die aufgestellten Rücken der nächsten Angehörigen – einer Familie von Siamkatzen – zu streicheln. Und dann schritt er munter über den gepflasterten Weg, der zwischen Grabsteinen und Granitskulpturen in allen Formen und Größen hindurchführte, auf denen Abschiedsworte standen wie: ›Unsere geliebte Herzogin, nie werden wir sie vergessen!‹ oder: ›Leb wohl, Glücklicher Oliver! Auf ein Wiedersehen im Ewigen Jenseits!‹

Er war ähnlich gekleidet wie sein Kollege, war jedoch wesentlich kleiner und noch kahler. Auch er trug eine weiße Nelke im Knopfloch. »Womit kann ich Ihnen dienen?«

Walnikow zeigte seine Dienstmarke, deren Anblick Mr. Limpwood sichtlich enttäuschte. Dies war die beste Woche, seit er in diesem Geschäft tätig war. Vierzehn Hunde, zehn Katzen, ein Schimpanse, zwei Ozelots, ein Piranha aus Pomona – nicht alle Irren wohnten in Hollywood – und ein Waschbär. Außerdem ging ein Gerücht um, daß sie einen arabischen Wallach bekommen sollten, was sie natürlich in einige Aufregung versetzte. (Um diesen Schatz unter die Erde zu bringen, würden sie mindestens elf Grabstätten brauchen. Elf! Ganz zu schweigen natürlich von den Einbalsamierungskosten!) Aber diese Leute hier waren ja nur von der Polizei und keine Kunden.

»Ach, wissen Sie, Sergeant, ich wollte Sie heute morgen noch anrufen, aber Sie waren bereits weg. Es tut mir schrecklich leid, aber die Verstorbene ist bereits gestern abend bestattet worden. Ich dachte erst, wir hätten die Beerdigung erst für heute vormittag angesetzt, aber wie Sie wissen, waren da keine Hinterbliebenen, nur unsere liebe Mrs. Whitfield, die freundlicherweise alles Nötige für das Begräbnis angeordnet hat, gepriesen sei ihr gutes Herz.«

»Wo liegt der Hund begraben? Graben wir ihn schnell aus«, schlug Walnikow vor.

»Ihn ausgraben? Sergeant! Eine Leiche exhumieren? So etwas hat man noch nie von mir verlangt...«

»Wenn ich recht informiert bin, trifft das doch nur auf menschliche Leichen zu«, entgegnete Walnikow. »Ist es das frische Grab da drüben? Wo die Schaufel steckt?«

»Ja, aber ich weiß wirklich nicht! Nicht, daß das irgendwelche rechtliche Folgen für mich hat, Sergeant!«

»Wir können leider auf keinen Fall weitermachen, solange wir uns den Hund nicht angesehen haben«, beharrte Walnikow.

»Millie wollte, daß ich sofort wieder zurückkomme, und wenn sie so etwas sagt, dann meint sie es auch so«, schaltete sich plötzlich Twinkles in die Unterhaltung ein, und Walnikow bezweifelte das nicht im geringsten. Darauf schritt der hünenhafte Kerl auf das halb gefüllte Grab zu, streifte sein weißes Hemd ab, so daß ein Bodyshirt aus schwarzer Seide zum Vorschein kam, das Millie ihm gekauft hatte, und fing an, wie ein Radbagger loszuschaufeln. Er hatte das kleine Grab in fünfzehn Minuten freigelegt.

»Also, ich übernehme keine Verantwortung«, wimmerte Mr. Limpwood. »Ich will mit dem Ganzen nichts zu tun haben.« Und damit machte er sich hastig aus dem Staub, während Twinkles die Sargkiste mit einer Hand aus dem lockeren Erdreich zog. (Es war ein billiger Fichtensarg und kein Walnußsarg, für den Madeline eigentlich bezahlt hatte.)

Problemlos brach der junge Bursche mit dem Schaufelblatt die Kiste auf und verzog dann das Gesicht. »Also ...« stieß er leicht verwirrt hervor, »also, ich glaube nicht, daß das ein Schnauzer ist!«

»Doch, doch. Das ist schon ein Schnauzer«, nickte Walnikow mit wenig Anerkennung für Mr. Limpwoods Können. (Spare an allen Ecken und Enden, wenn es keine Hinterbliebenen gibt, lautete wohl seine Devise.)

Offensichtlich war der junge Hüne mit dem Tod, ganz gleich in welcher Form, noch nicht vertraut. »Tutu war so ein schöner Hund!« klagte er enttäuscht. »Also ich weiß wirklich nicht!«

»Mrs. Gharoujian hat irgend etwas gesagt, daß ihr Hund an seinem Hinterfuß eine weiße Kralle gehabt hätte. Können Sie sich daran erinnern?«

»Sehen tote Dinge immer so ...«

»Ja, das tun sie allerdings«, bestätigte ihm Walnikow. »Und jetzt sehen Sie sich mal den Hinterfuß an. Sie brauchen ja nur kurz in die Kiste da reinfassen.«

»Nein, das kann ich unmöglich«, weigerte sich der junge Bursche. Sein Gesicht wurde merklich blasser. »Ist Tutus Körper schon starr?«

»Sicher ist die Totenstarre schon eingetreten. Dann sehe *ich* eben mal nach.« Damit griff Walnikow in den Sarg. »Ja. Der Hund *hat* eine weißliche Kralle. Es ist also offenbar tatsächlich Mrs. Gharoujians Tutu.«

»Aber das Gesicht!« schluchzte der junge Mann plötzlich los. Er setzte sich neben dem Grab auf den Boden und ließ seinen Kopf hängen. »Ich habe Tutu richtig gemocht.« Seine Augen füllten sich mit Tränen. »Millie hat sich nie um sie gekümmert.«

»Hören Sie mal«, sagte Walnikow leise und kauerte sich neben dem weinenden Muskelprotz nieder, »wer könnte denn diesen Schnauzer aufgrund seiner besonderen Kennzeichen positiv identifizieren? Wer hat den Hund denn am besten gekannt?«

»Wissen Sie, bei Millie gehen so viele Typen aus und ein«, erwiderte der junge Mann. »Und jeder hat ein bißchen mit Tutu gespielt. Aber das waren so viele.«

»Mrs. Gharoujian hat ihren ehemaligen Hundebetreuer erwähnt. Denken Sie, er könnte den Hund vielleicht identifizieren?«

»Schon möglich«, nickte der junge Bursche und warf noch einmal einen vorsichtigen Blick auf das verzerrte Bulldoggengesicht des toten Tiers. »Das kann doch unmöglich Tutu sein! Entstellt der Tod wirklich so?«

»Manchmal schon«, erwiderte Walnikow. »Wie war denn der Name des Hundebetreuers?«

»Philo Skinner«, antwortete der junge Kraftprotz und blickte geknickt in das offene Grab. »Sie hat die Hundeausstellungen plötzlich satt bekommen. Irgendwann bekommt Millie ja alles einmal satt. Vielleicht ist dieser Hund tatsächlich Tutu. Aber ich könnte es unmöglich mit Sicherheit sagen. Ich hatte keine Ahnung, daß das so schrecklich aussieht. Mein Gott, das ist ja entsetzlich!«

»Ist schon gut, mein Junge«, tätschelte Walnikow dem Burschen die muskulöse Schulter. »Jedenfalls vielen Dank für Ihre Hilfe.«

»Vielleicht ist es *tatsächlich* Tutu«, flüsterte Twinkles und warf einen letzten verstohlenen Blick auf die verzerrte Bulldoggenschnauze in dem billigen Fichtensarg.

Tutu ging mit dem Gesicht von J. Edgar Hoover in die Ewigkeit ein.

Als sie zu dem wartenden Rolls zurückkamen, sagte Natalie Zimmerman zu dem Chauffeur: »Lassen Sie Twinkles erst noch ein bißchen Zeit, Buttons. Er muß erst seine Fassung wiedergewinnen. Er wird gleich kommen.«

»Ich habe es nicht eilig, zurückzufahren«, zuckte der junge Blondschopf mit den Achseln. »Überhaupt nicht.«

Kein Wunder, dachte Natalie Zimmerman, während sie und Walnikow gerade Mr. Limpwood zuwinkten, der eben seinen Anwalt anrief, um sich zu vergewissern, daß man ihn nicht gerichtlich belangen konnte, weil er zugelassen hatte, daß ein toter Schnauzer exhumiert wurde. Sein Anwalt war jedoch gerade nicht da, so daß er sich Walnikows Dienstausweis zeigen ließ und in der Hollywood Station anrief, um sich dort bestätigen zu lassen, daß es sich hierbei tatsächlich um eine offizielle polizeiliche Ermittlungsaktion handelte.

Sein Anruf wurde von Bullets Bambarella entgegengenommen, der – total pleite – gerade von seinem Tennismatch zurückgekommen war.

»Guten Morgen. Inspektor Bambarella am Apparat. Womit kann ich Ihnen helfen?« leierte Bullets die stereotype Grußformel lustlos herunter, um dann nur mit halbem Ohr hinzuhören, was der Anrufer zu sagen hatte. Er fühlte sich alles andere als wohl in seiner Haut. Er warf einen kurzen Blick auf die Tür zum Büro des Captain. Gott sei Dank war diese Emmi mit dem Gips um den Hals endlich abgezogen. Ihm war klar, daß Clarence Cromwells Zorn wegen dieser Sache noch früh genug über ihn hereinbrechen würde. Meine Fresse, Clarence, was soll ich denn tun? Diese Alte vielleicht heiraten, oder was hast du dir eigentlich gedacht?

Und dann hörte Bullets plötzlich etwas, das ihm die Augen ein beträchtliches Stück aus den Höhlen trieb. »Einen Augenblick nur, bitte, Mr. Limpwood!« brüllte Bullets in den Hörer und drückte auf den Durchstellknopf an seinem Apparat. Da hatte jemand eine ganze Menge mehr Scherereien am Hals als er! Bullets rannte zur Tür von Hookers Büro, klopfte und riß sie, ohne auf eine Antwort zu warten, auch schon im nächsten Augenblick auf.

»Ich kann mich nicht erinnern, bereits nach dir gerufen zu haben, Bullets«, begrüßte ihn Clarence Cromwell mit einem mörderischen Gesichtsausdruck.

»Aber das ist wichtig, Clarence!« winselte Bullets aufgeregt. »Captain! Da ist ein Kerl am Telefon. Von einem Friedhof! Stellen Sie sich vor, was Walnikow getan hat! Er hat ein Grab ausgehoben! Irgend so einen Toten namens Schnauzler! Und der Bestattungsunternehmer möchte auf der Stelle mit Ihnen sprechen!«

Die in diesem Augenblick anwesenden Detektive bestätigten ausnahmslos, daß Captain Hooker mit dem Stöhnen, in das er auf diese Nachricht hin ausbrach, einen neuen polizeiinternen Rekord aufstellte. Er bekam immerhin so heftige Blähungen, daß er mit einem Krankenwagen ins Krankenhaus gebracht werden mußte. Bullets Bambarella, der seinen Vorgesetzten getreulich zu dem wartenden Krankenwagen begleitete, tröstete ihn mit den Worten: »Meine Güte, Captain, wenn Sie sich nur ein wenig entspannen könnten und richtig losfurzen würden, ginge es Ihnen sicher gleich besser.«

»Aaaaaaaaaauuuuuuuuu«, stöhnte Hipless Hooker.

Als Clarence Cromwell später an diesem Nachmittag im Krankenhaus anrief und Hooker mitteilen ließ, daß von dieser Exhumierung lediglich ein toter Hund betroffen gewesen war, trug dies jedoch nicht im geringsten zu einer Besserung von Hookers Zustand bei. Die Medikamente, die man ihm gegeben hatte, hielten ihn für den Nachmittag so mit Rülpsen und Furzen beschäftigt, daß er für diesen Tag nicht mehr zum Dienst zurückkehren konnte.

Und dies wiederum bedeutete, daß Walnikow ein weiterer Tag bei der Polizei sicher war.

»Was wollen Sie jetzt eigentlich tun, Walnikow?« erkundigte sich Natalie, als sie auf dem Freeway wieder in Richtung Pasadena zurückfuhren.

»Ich würde sagen, wir legen unserem weiteren Vorgehen die stillschweigende Annahme zugrunde, daß der tote Hund tatsächlich Tutu ist.«

»Und in welcher Hinsicht soll uns das weiterbringen?«

»Daß wir für diesen Fall weiter verantwortlich sind«, erwiderte Walnikow. »Es ist *unsere* Erpressung. Als erstes sollten wir auf jeden Fall dasein, wenn der Kerl um drei Uhr wieder anruft. Was denken Sie?«

»Ich weiß nicht recht, was ich von dem Ganzen halten soll«, seufzte Natalie. »Vielleicht sollten wir den Fall doch lieber der Polizei von Pasadena übergeben.«

»Ich fühle mich aber in dieser Sache irgendwie... äh... verantwortlich«, entgegnete Walnikow. »Ich würde Mrs. Whitfield gern helfen.«

»Aber es geht doch hier nur um einen Hund, Walnikow.«

»Der Erpresser spricht aber immer von einer Hündin«, sinnierte Walnikow.

»Von Mrs. Whitfield?«

»Nein, von dem Schnauzer. Er sagt meistens Hündin und nicht Hund, wie Sie das eben getan haben.«

»Na und?«

»Das heißt, daß der Mann etwas von Hunden versteht. Er bedient sich der korrekten Terminologie, wenn er von Vickie spricht. Und er wußte auch, daß er sie mit Tutu lange genug würde täuschen können, um sich mit Vickie aus dem Staub machen zu können, bevor jemand etwas merkte. Der Mann muß ein Hundeliebhaber sein.«

»Na und?«

»Nichts und. Das könnte doch vielleicht schon ein Anhaltspunkt sein. Ich weiß auch nicht. Und noch etwas. Er hat gesagt: ›Ich habe in meinem ganzen Leben noch keinem Tier etwas zuleide getan.‹ Das schien sehr wichtig für ihn zu sein.«

»Und?«

»Ich finde, wir sollten ihn auf keinen Fall wissen lassen, daß Tutu tot ist. Nur wenn wir absolut nicht mehr weiter wissen, können wir ihm sagen, daß er Tutu umgebracht hat. Dann werden wir ja sehen, wie er darauf reagiert.«

»Glauben Sie, es war einer von Millies Gespielen?«

»Ja, das vermute ich«, nickte Walnikow. »Wenn sich diese Frau doch nur wenigstens für eine Viertelstunde voll und ganz zu unserer Verfügung stellen würde.«

»Wo denken Sie hin, Walnikow? Sie haben wohl ganz all diese jungen Kraftmeier, Erdferkel und Leguane vergessen, die in ihrem Bett ihrer harren.«

»Wenn wir sie nur irgendwie zum Nachdenken bringen könnten. Ich möchte wetten, daß es da mindestens drei oder vier so junge Burschen gibt, die ständig bei ihr aus und ein gingen, als sie sich noch für Hundeausstellungen interessierte. Und ich möchte wetten, daß es einer von diesen Kerlen war.«

»Diese Frau ist doch der reinste Hühnerhabicht!« zischte Natalie. »Diese jungen Burschen wandern doch in Stundenabständen durch ihren Zoo. Eine Woche Sunset Strip, die nächste Haight-Ashbury.«

»Nur daß unser Mann aus der Stadt ist. Das einzige, was mir nicht so recht in den Kram paßt, ist die Stimme. Diese Stimme, selbst wenn der Erpresser ein guter Schauspieler sein sollte, das war nicht die Stimme eines jungen Burschen. Und Millie steht auf ganz junge Burschen.«

»Sie glauben also, es waren zwei.«

»Oder mehr«, nickte Walnikow. »Zwei waren dafür vermutlich

sowieso nötig. Millies ehemaliger Freund stiehlt Tutu aus dem Restaurant. Einer oder vielleicht beide bringen den Hund auf die Ausstellung und vertauschen die beiden Schnauzer. Und dann ruft der andere, der ältere Mann, Mrs. Whitfield an.«

»Ein Hundeliebhaber«, seufzte Natalie. So weit hatten ihre langen, mühevollen Jahre bei der Polizei also geführt.

»Ja, ein Hundeliebhaber«, wiederholte Walnikow. »Genau. Kein gewöhnlicher Dieb. Und schon gar kein Einbrecher. Ihre Adresse ist sicher in den Hundeausstellungskatalogen aufgeführt. Sie herauszubekommen hätte also nicht weiter schwierig sein dürfen. Es muß jemand gewesen sein, der sich wesentlich *wohler* dabei gefühlt hat, inmitten Tausender von Besuchern einer Hundeausstellung einen Diebstahl zu begehen, als durch ihre Hintertür in ihren Garten zu schleichen. Das war kein gewöhnlicher Dieb. Sonst hätte er den Hund nämlich *hier* gestohlen!« Und damit hielt Walnikow vor dem Eisentor, von dem aus man die gepflasterte Auffahrt zu Madeline Whitfields fünfzig Jahre alter Villa im mediterranen Stil überblicken konnte.

»Wow!« tat Natalie ihre Bewunderung kund. »Jetzt ist mir klar, weshalb der Erpresser ausgerechnet auf diese Mrs. Whitfield gekommen ist.«

»Allerdings hat er sich trotzdem genau die Falsche ausgesucht«, berichtigte Walnikow. »Die gute Frau ist nämlich so gut wie pleite.«

»Entschuldigen Sie mal, wie wollen Sie pleite sein und zugleich so ein Haus haben, Walnikow? Und dazu noch für einen Wettbewerbshund das Geld zum Fenster hinauswerfen?«

»Genau das ist es, was auch der Erpresser nicht begreifen kann«, meinte Walnikow. »Das ist eine lange Geschichte.«

Madeline Whitfield erwartete sie bereits auf der Eingangstreppe, als sie aus ihrem Wagen stiegen. Sie betrachtete Natalie neugierig, während sie Walnikow wie einen alten Bekannten anlächelte.

»Das ist meine Partnerin, Sergeant Zimmerman«, machte Walnikow die beiden Damen bekannt. »Mrs. Whitfield.«

»Kommen Sie doch herein. Ich bin ja so froh, daß Sie schon etwas früher gekommen sind. Das dauernde Warten ist ganz schön zermürbend.«

»Wir sind inzwischen ziemlich sicher, daß der tote Hund Mrs. Gharoujian gehört hat«, sagte Walnikow. »Ich wünschte allerdings, daß wir absolute Gewißheit hätten.«

»Bringt Sie das irgendwie weiter?« erkundigte sich Madeline, und Natalie Zimmerman, eine durchaus erfahrene Detektivin, stellte fest, daß Madeline Whitfield den ganzen Weg bis in den Wohnraum Walnikows Arm hielt. Außerdem gurrte sie wie eine Taube und drückte seinen Arm, als sie vorschlug: »Ich werde Ihnen etwas Tee bringen, Sergeant.«

Natalie schlenderte durch den Raum und bewunderte die Aussicht auf die Rose Bowl. »Wie lange sind Sie denn gestern abend eigentlich hiergewesen?«

»Wie bitte?«

»Ich habe gefragt, wie lange Sie gestern abend eigentlich hiergewesen sind?«

»Äh, ach so, der Erpresser hat kurz nach sechs angerufen.«

»Und sie wohnt ganz allein in diesem riesigen Haus?«

»Ja, ganz allein«, nickte Walnikow, und Natalie Zimmerman entging keineswegs, daß er errötete.

»Wenn sie zwanzig Pfund abnehmen würde und sich mal rasieren...« stichelte Natalie.

»Sie ist eine durchaus sympathische Frau«, fiehl ihr Walnikow eine Idee zu rasch ins Wort. »Sie ist sehr liebevoll – zu ihrer Vickie. Sie ist gebildet. Sie hat eine Ahnung von Musik. Sie sollten mal ihre Plattensammlung sehen, Natalie.«

»Wirklich?« höhnte Natalie. »Ich dachte, Sie hätten mit einem Erpresser zu tun gehabt.«

»Ich – äh, ich habe mir mit Mrs. Whitfield ein paar Platten angehört.«

»Na, und war sie gut? Die Musik, meine ich natürlich.«

»Außerdem ist sie clever. Immerhin war sie die erste, die herausgefunden hat, daß der tote Hund Mrs. Gharoujian gehört hat.«

»Was wir aber noch keineswegs mit Sicherheit wissen«, erinnerte ihn Natalie.

Als Madeline zurückkam, fragte sie: »Wie hätten Sie Ihren Tee denn gern, Sergeant Zimmerman?«

»Tja«, erwiderte Natalie gereizt, »eigentlich wäre mir eine Tasse Kaffee lieber gewesen. Wissen Sie, die meisten *gewöhnlichen* Polizisten trinken nämlich Kaffee.«

»Natürlich, wenn Sie sich nur einen Augenblick gedulden wollen.« Damit schenkte sie Walnikow ein, und während sie ihm seine Tasse reichte, trafen sich ihre Augen. Bevor sie wieder in die Küche verschwand, berührte sie noch mit einem schüchternen Lächeln seinen Arm.

»Verdammte Scheiße!« stöhnte Natalie ihre Locke an.

»Wie bitte, Natalie?« fragte Walnikow.

»Oh, nichts. Gar nichts«, feixte Natalie. »*Mich* geht das alles ja nichts an.«

»Was?«

»Nichts, verdammt noch mal!«

»Verzeihung«, entschuldigte sich Walnikow, und nachdem er an seiner Tasse genippt hatte: »Dieser Tee ist aber sehr gut.«

»Natürlich ist der Tee gut. Sie hat ihn vermutlich direkt aus Bombay importieren lassen. Von der Plantage irgendeines Maharadscha, verdammt noch mal!«

»Verzeihung«, wiederholte Walnikow ein zweitesmal. Warum fühlte er sich eigentlich dauernd bemüßigt, sich bei ihr zu entschuldigen?

»Haben Sie sie eigentlich auch schon gefragt, ob sie mit Ihnen ins Kino will?« stichelte Natalie.

»Wieso... nein, natürlich nicht.«

»Warum sehen Sie sich denn mit ihr nicht *Deep Throat* an?«

»Ich habe Ihnen doch schon gesagt, daß ich keine Pornofilme mag, Natalie«, rechtfertigte sich Walnikow. »Aber wenn Sie natürlich einen Begleiter brauchen und diesen Film noch einmal sehen wollen, würde ich mich natürlich gern...«

Walnikows Vorschlag und Natalies daraus resultierender Wutausbruch wurden durch Madelines Rückkehr unterbrochen. Sie stellte den Kaffee ab und fragte nervös: »Was soll ich ihm eigentlich sagen? Soll ich ihm erzählen, daß ich das Geld habe?«

»Ja, ich finde es ist allmählich an der Zeit, ihm das zu sagen«, schlug Walnikow vor, während Natalie, unfähig, ihren Ärger zu unterdrücken, Madeline Whitfield mit eisigen Blicken bedachte.

»Ich *habe* ja auch etwas Geld für ihn, Sergeant. Und wie wir gestern abend besprochen haben, ist das auch meine Entschuldigung. Ich habe mich heute entschlossen, ihm alles zu geben, wenn er verspricht, Vickie unverletzt herauszugeben. Ich habe inzwischen zwanzigtausend Dollar aufgetrieben.«

»Das ist doch heller Wahnsinn!« platzte Natalie Zimmerman heraus.

»Natalie, bitte!« wies sie Walnikow zurecht. »Natalie hat das nicht so gemeint, Mrs. Whitfield.«

Jetzt fing er auch noch an, sich bei dieser teigigen alten Kuh für die Manieren seiner *Partnerin* zu entschuldigen! *Er!* Ein notorischer

Irrer und Schluckspecht entschuldigte sich bei dieser verrückten Pasadena-Torte mit ihrem blöden Hund für Natalies Benehmen! Natalies Gefühle wanderten zwischen rasender Wut und Verachtung hin und her. Und zwar für alle beide.

»Ich kann durchaus verstehen, daß mein Verhalten für Sie nicht recht einsichtig ist«, wandte Madeline sich behutsam an Natalie Zimmerman.

Jetzt spielen Sie mir bloß nicht die Verständnisvolle, Madame Whitfield! Nicht mit mir, Natalie Kelso Zimmerman! Oder Sie kriegen Ihre Lippe unter Ihrem komischen Schnurrbart ein bißchen eingedellt.

»Ich kann grundsätzlich nicht verstehen, wie man Kidnappern und Erpressern gegenüber überhaupt je nachgeben kann«, fauchte Natalie. »Und zwar aus ganz einfachen und handfesten beruflichen Gründen, die *Sie* wohl nicht verstehen würden, Mrs. Whitfield. Und ich kann mir nicht vorstellen, daß es viele Leute gibt – ganz gleich, ob Polizisten oder ganz normale Bürger –, die begreifen würden, wie man für einen *Hund* zwanzigtausend Dollar Lösegeld zahlen kann.«

»Sergeant Walnikow versteht das schon«, entgegnete Madeline und bedachte ihn dabei wieder mit einem von *diesen* Blicken, was Natalie wieder einmal nur in eine insgeheime Zwiesprache mit ihrer widerspenstigen Locke trieb.

»Ja, ich kann Sie verstehen, Mrs. Whitfield«, bestätigte Walnikow und tätschelte ihre Hand. Ist ja schon gut. Kopf hoch, Mrs. Whitfield. Ist ja schon gut.

Natalie Zimmerman hätte am liebsten einfach losgeheult. Oder sich mitten auf den Teppich übergeben. Ein Irrer, der bei der Polizei absolut nichts zu suchen hatte, und eine Frau, vielleicht noch um einige Grade verrückter, die bereit war, für so ein verhätscheltes Schoßhündchen zwanzigtausend Dollar auf den Tisch zu blättern, und da saßen diese beiden nun händchenhaltend und lauschig nebeneinander und sahen verächtlich auf sie herab – *sie*, die als einzige das alles nicht verstand. *Sie*, den einzigen normalen Menschen in diesem ganzen verdammten Haus. Was habe ich hier eigentlich zu suchen? Warum passiert das alles immer nur mir? Der Schwarze Peter!

»Wäre jetzt nur noch zu überlegen«, fuhr Walnikow fort, »wie wir die Sache mit der Geldübergabe regeln. Ich wäre sehr froh, wenn Sie das uns überlassen würden. Am besten sagen Sie dem Erpresser, daß er das Geld morgen haben kann. Sie sagen ihm, wieviel Sie haben und daß Sie morgen nachmittag für die Übergabe bereit sind. Danach werden wir uns der Sache annehmen. Wir verfügen über Hubschrauber und Überwachungsspezialisten, die sich mit solchen Fällen auskennen und...«

»Ich weiß nicht recht«, unterbrach ihn Madeline mit leiser Stimme. »Ich glaube, ich möchte das lieber nicht riskieren. Ich möchte natürlich, daß Sie diesen Mann fangen, aber...«

»Ich habe mir überlegt«, entgegnete Walnikow, »daß ich die Operation durchaus in Ihrem Sinne koordinieren könnte, wenn Sie mir Ihr persönliches Vertrauen schenken würden. Ich verspreche Ihnen – falls Sie nicht an meiner Erfahrung auf diesem Gebiet zweifeln –, daß ich nichts zulassen werde, was den Erpresser stutzig machen und Vickie gefährden könnte. Ich werde auf keinen Fall etwas unternehmen, das Vickie zum Nachteil gereichen könnte. Wenn meine Vermutung richtig ist, können wir ihn schnappen – werden wir ihn schnappen. Wenn nicht, ist schlimmstenfalls das Geld weg. Was meinen Sie? Wollen Sie mir vertrauen?«

Sie drückte – diesmal mit beiden Händen – neuerlich seinen Arm und flüsterte: »Sie wissen doch, daß ich das tue.«

»Das darf doch nicht wahr sein«, stöhnte Natalie durchaus hörbar.

»Ich gebe Ihnen mein Wort, daß ich Ihnen Vickie wieder zurückbringen werde. Ich verspreche es Ihnen«, sagte Walnikow.

Daraufhin kamen Madeline trotz aller ihrer Anstrengungen wieder einmal die Tränen. Walnikow redete jedoch tröstend auf sie ein: »Hier, trinken Sie doch noch etwas Tee. Ist ja schon gut, Mrs. Whitfield. So ist es brav. Ist ja schon gut.«

»Das ist doch ein Hund.«

»Was haben Sie gemeint, Natalie?« fragte Walnikow.

»Das ist doch ein Hund«, wiederholte Natalie Zimmerman für niemanden und für jeden. »Das ist doch ein Hund, um den es hier geht.«

»Es geht hier um Erpressung«, korrigierte sie Walnikow, »und Erpressung ist bekanntlich ein Verbrechen.«

»Aber Sie beide reden doch dauernd über diesen *Hund*«, beharrte Natalie Zimmerman auf ihrem Standpunkt. »Von einer Erpressung war bei Ihnen beiden doch *nie* die Rede. Sie reden immer nur von diesem Hund. Ich werde mich doch nicht in ein brennendes Haus wagen, um ein Goldfischglas zu retten. Und ich bin absolut nicht gewillt, hier so sitzen zu bleiben und mich von Ihnen – mich von Ihnen dazu bringen zu lassen, am Ende noch zu vergessen, daß sich alles hier nur um einen *Hund* dreht. Einen Hund! Haben Sie mich gehört?«

Aber niemand hörte sie. Madeline Whitfield wurde von ihren Tränen überwältigt und weinte haltlos an Walnikows Schulter, während dieser ihr tröstend übers Haar strich. »Ist ja schon gut. Ich verstehe das ja. Sie können mir wirklich glauben, daß ich das verstehe. Ist ja schon gut.«

Zur gleichen Zeit stand Natalie Zimmerman auf und trat ins Freie hinaus. Rauchend ging sie auf der Einfahrt auf und ab und betrachtete die rotgoldene Sonne, die über dem alten Hotel und der malerischen Selbstmörderbrücke unterging.

Natalie verspürte einen Anflug von Scham und dann ein heftiges Gefühl der Reue, als ihre Wut allmählich verflog. Mein Gott, was war nur mit ihr los? Hatten es diese beiden Irren doch tatsächlich geschafft, daß *sie* sich schämte, weil sie nicht wie diese beiden war. Seit sie zusammen mit Walnikow arbeitete, schien alles auf den Kopf gestellt. Vor Walnikow hatte sie gewußt, wer sie war und was sie wollte. Und was hatte sie in dieser kurzen Zeit nicht alles zu Gesicht bekommen? Einen Mann, den sie gründlich durchsiebt hatten; einen Jungen, dem der Kopf silbern eingesprüht wurde; und einen exhumierten toten Hund, der neben einem Koala-Bären, oder einem Jak, oder weiß der Teufel, welchem Vieh, begraben war. Und jedesmal, wenn sie jemandem etwas davon erzählen wollte, hatte irgendein anderer Geistesgestörter gerade wieder etwas ausgefressen, so daß sich kein Mensch bemüßigt fühlte, ihr zuzuhören. *Niemand* wollte sich anhören, was sie zu sagen hatte. Im Augenblick erbot Walnikow sich gerade, sich um die Übergabe eines Lösegelds von zwanzigtausend Dollar zu kümmern. Für einen *Hund*. Erkläre *das* einmal bei deinem nächsten Prüfungsgespräch den Herren im Beförderungsausschuß, Natalie. Jawohl, dieses Vorgehen schien mir angesichts der Situation durchaus angebracht. Weshalb wir dem Erpresser so ohne weiteres zwanzigtausend Dollar gegeben haben? Weil wir keine fünfundachtzigtausend hatten, deswegen. Wenn wir die fünfundachtzigtausend Dollar gehabt hätten, die er verlangt hat, hätten wir ihm selbstverständlich fünfundachtzigtausend gegeben. Weil Walnikow und Mrs. Whitfield sich gegenseitig so gut *verstehen* konnten, deswegen.

Natalie putzte auf dem Fußabstreifer ihre Schuhe ab, hustete und machte sonst noch alle möglichen diskreten Geräusche, bevor sie wieder ins Haus ging. Nur für den Fall, daß diese beiden Irren ihre Anspannung gerade gemeinsam auf dem Fußboden abreagierten. Wie Schnauzer. Wie sie es vermutlich auch am Abend zuvor getan hatten. Natürlich kann ich Sie verstehen, Mrs. Whitfield. Natürlich.

Als sie das Wohnzimmer betrat, hatte Walnikow seine Jacke ausgezogen und seine Krawatte gelockert. Ganz schön intim. Wirklich ganz schön intim. Instinktiv zog sie sich wieder in die Eingangshalle zurück und lauschte.

Walnikow sagte gerade: »Ich habe mir die Sache gründlich durch den Kopf gehen lassen und bin zu der Überzeugung gelangt, daß so etwas einen Menschen auch durchaus stärken kann.«

»Wenn ich sie nur zurückbekomme, Sergeant. Wenn ich sie ...«

»Das werden Sie, Mrs. Whitfield. Das verspreche ich Ihnen.« Walnikow ergriff ihre Hand. »Und wegen der anderen Sache. Wegen des Hauses, das Sie aufgeben müssen, und wegen einer Stelle – ist Ihnen denn nicht klar, daß Sie mit Ihrer Vorbildung die Zulassung als Lehrerin in einem Jahr ohne weiteres bekommen könnten?«

»Als Lehrerin?«

»Ja, genau. Bei Ihrer Bildung und Intelligenz und bei Ihrem Einfühlungsvermögen wäre das überhaupt kein Problem. Sie gäben sicher eine ausgezeichnete Lehrerin ab, Mrs. Whitfield. Dessen bin ich mir ganz gewiß.«

»Es stimmt. Die Arbeit mit den Kindern in der Huntington Library hat mir eigentlich schon immer Spaß gemacht«, sinnierte Madeline.

»Das wäre doch *die* Lösung. Sie wären sicher eine ausgezeichnete Lehrerin«, redete Walnikow ihr gut zu und nahm ihre Hand in seine beiden Hände.

»Ja, das wäre vielleicht wirklich eine Möglichkeit.« Madelines Gesicht leuchtete merklich auf. »Ja, wirklich! Aber – was denken Sie? Glauben Sie, ich könnte hier in dieser Gegend bleiben? Wie wäre es wohl, wenn ich – wenn ich mir eine kleine Wohnung nehmen würde?«

»Also, wenn Sie mich fragen, Mrs. Whitfield«, entgegnete Walnikow ruhig, »ich finde, daß Sie auf jeden Fall hier bleiben sollten. Was Sie mir erzählt haben, ist Old Pasadena kein Ort, es ist eine Lebensform. *Ihre* Lebensform. Ich als Russe kann das vielleicht ganz gut nachvollziehen. Hier spielt die Tradition eine große Rolle. Manieren. Umgangsformen. Anstand. Disziplin. Wo sonst finden Sie in Kalifornien heute noch so etwas? Für jemanden wie Sie ist ein Leben, wie es hier in Old Pasadena noch praktiziert wird, genau das Richtige. Meiner Mutter hätte es hier sicher gefallen. Und von mir kann ich mir das durchaus auch vorstellen.«

»Falls ich Sie gerade störe, kann ich jederzeit wieder nach draußen gehen«, sagte Natalie zu ihrer Locke, was die beiden erschreckt auffahren ließ. Ganz schön intim. Wirklich ganz schön intim.

»Kommen Sie doch herein, Natalie«, forderte Walnikow sie auf. »Er kann jeden Augenblick anrufen.«

»Das Mithören können Sie ja übernehmen«, nörgelte Natalie und ließ sich auf der Couch nieder. Sie war entschlossen, auf jeden Fall Überstunden zu beantragen.

»Ich finde, wir sollten beide mithören«, schlug Walnikow vor. »Im Schlafzimmer ist auch noch ein Apparat.«

Aha! Sieh dir einmal diesen Dreckskerl an. Woher wußte er wohl, daß es im Schlafzimmer ein Telefon gab? Und dann wieder ein plötzlicher Anfall von Reue. Weshalb ließ sie sich von dieser Liaison zweier Irrer so sehr aufbringen? Ganz einfach. Walnikow steckte alle an. Man brauchte sich nur eine Weile in seiner Nähe aufzuhalten, um ebenso verrückt zu werden wie er selbst. Zum Teufel mit diesem ganzen Blödsinn. Jetzt würden sie zumindest keine Gewissensbisse mehr plagen, wenn sie ihre Beschwerde über diesen Irren einreichte. Nicht die geringsten. Tut mir leid, Walnikow, aber das ist ganz einfach eine Überlebensfrage. Und zwar für Natalie Zimmerman!

»Na gut, dann höre ich eben über den Apparat im Schlafzimmer mit«, murrte Natalie. »Oder wollen vielleicht *Sie* lieber ins Schlafzimmer, Walnikow?«

In eben diesem Augenblick ging Philo Skinner in *seinem* Schlafzimmer ans Telefon. Er schloß seine Hand um den Hörer und flüsterte verzweifelt hinein: »Arnold! Ich habe dir doch gesagt, du sollst mich nicht zu Hause anrufen!«

»Genau *das* habe ich auch dir gesagt, Philo«, antwortete die Stimme am anderen Ende der Leitung. »Und zwar letzte Woche, als du mich zu Hause angerufen hast und mich dazu überredet hast, für dich auf die Vikings zu setzen. Und heute haben wir bereits Mittwoch, und ich habe von meinen fünfzehn Mille immer noch nichts gesehen.«

»Ich habe dir doch gesagt, daß ich das Geld erst am Donnerstag bekomme, verdammt noch mal!« krächzte Philo. »Und ich habe mich doch auch bereit erklärt, dir für jeden Tag zusätzlich einen Hunderter zu zahlen. Was willst du denn eigentlich noch? Mein Blut vielleicht?« Meine Vorhaut willst du, du verdammter Blutsauger.

»Ich will deine *Eier*, Philo, wenn du nicht zahlst«, knurrte Arnold zurück.

Philo hatte also recht gehabt! Der Nigger mit dem Messer!

»Wie kommst du eigentlich dazu, so mit mir zu reden«, winselte Philo.

»Weil heute Mittwoch ist. Und morgen Donnerstag. Und weil ich mich blöderweise darauf eingelassen habe, immer wieder den Kopf für dich hinzuhalten. Deswegen.«

»Ich werde ja morgen zahlen. Verdammt noch mal, Arnold, ich dachte, wir wären Freunde.«

»*Geschäftsfreunde*, Philo«, verbesserte ihn die Stimme. »Geschäftsfreunde. Morgen nachmittag wirst du von einem Mann Besuch bekommen. Der wird dann alles weitere mit dir regeln.«

»Nicht hier bei mir zu Hause, Arnold! Nicht hier!«

»Dann eben im Geschäft«, erwiderte die Stimme. »Morgen nachmittag.«

»Aber erst nach zwei Uhr«, winselte Philo. »Und sieh zu, daß Mavis nicht mehr da ist. Also erst nach zwei, ja?«

»Gut. Ich hoffe, daß wir uns morgen nachmittag einig werden, Philo. So oder so.«

»Ja, natürlich, Arnold. Klar!«

»Dann gute Nacht, Philo.«

Beim Rasieren schnitt sich Philo zweimal. Schließlich gab er auf und wischte sich den Schaum von den Stoppeln auf seinem Kinn. Und obwohl er sich mit einer halben Packung Babypuder einstäubte, konnte er den Schweiß nicht stoppen, der ihm von seinem knochigen Oberkörper rann. Philo zog seinen dritten Freizeitanzug und ein tailliertes Hemd mit einem Blütenmuster an. Er hängte sich seine Goldkettchen um den Hals, strich sein blauschwarzes Haar glatt und wollte eben außer Haus gehen.

Aber Mavis verkündete: »Ich glaube, ich werde morgen mit ins Geschäft kommen, Philo. Allmählich habe ich es wirklich satt, mir den ganzen Tag diesen Mist im Fernsehen anzusehen. Vielleicht werde ich mich ein bißchen um die Buchführung kümmern.«

»Mein Gott, Mavis!« versuchte Philo Skinner, sie abzuwimmeln. »Was soll bei lausigen fünfundzwanzig Hunden schon groß an Bürokram anfallen? Ich habe dir doch gesagt, daß ich, wie die Dinge momentan stehen, nicht einmal für ein Lehrmädchen genug Arbeit habe. Verdammt noch mal, im Augenblick habe ja nicht einmal ich genügend zu tun. Was willst du da noch im Geschäft herumhängen und dich verrückt machen?«

»Ich will dir nur ein bißchen Gesellschaft leisten, Philo. Du bist in letzter Zeit so komisch. Ich weiß, daß du dir wegen des Geschäfts Sorgen machst, aber es wird schon hinhauen. Solche Zeiten gibt es in jedem Geschäft mal.«

»Ja, natürlich. Ich hole mir nur eben ein paar Schachteln Zigaretten.«

»Seit wann machst du dich so fein, wenn du Zigaretten holen gehst?«

»Meine Güte, Mavis. Bloß weil ich ein Leben führe wie der letzte Penner, brauche ich noch lange nicht so herumzulaufen. Also laß mich gefälligst in Ruhe, Mavis!«

»Du warst die letzten paar Tage wirklich komisch, Philo.« Mavis stellte den Fernsehapparat mit der Fernbedienung leiser. »Wenn ich dir nicht trauen würde, müßte ich fast denken, du hättest irgendein Techtelmechtel mit so einem kleinen Mäuschen.«

Und dann verlor Philo die Beherrschung. »Natürlich! Ich gehe jetzt Zigaretten holen. In zwanzig Minuten bin ich wieder zurück. Am besten kontrollierst du mich mit einer Stoppuhr, ob ich auch rechtzeitig wieder zurück bin. Du und ich, wir sind nun schon sechs Jahre verheiratet. Und dann sag mir doch, ob ich außer Haus gehen, fünf oder zehn Minuten irgendwohin fahren, irgend so ein Mädchen in ein Motel mitnehmen und dann wieder hierher zurückfahren kann? Und das alles in zwanzig Minuten. Du meinst doch nicht, daß das möglich wäre, du blöde Kuh!«

»Nein, vermutlich nicht«, erwiderte Mavis zuckersüß. »Du brächtest ja nicht mal in einem halben Tag einen Steifen zusammen. Wenn ich mich recht erinnere, habe ich dergleichen sowieso schon mindestens drei Monate nicht mehr vor Augen bekommen!«

Besten Dank, Mavis, dachte Philo, als er mit quietschenden Reifen losjagte. Letztlich läuft alles auf eine Erektion hinaus. Daran werde ich in Puerto Vallarta denken, wenn ich mich dumm und dämlich vögle, du miese Fotze.

Der Anruf kam verspätet. Es war 18.25 Uhr.

»Hallo.«

»Richard am Apparat. Ich brauche das Geld heute nacht. Nehmen Sie einen Stift und ein Stück Papier zur Hand. Ich werde Ihnen jetzt sagen, wie...«

»Heute nacht kann ich Ihnen das Geld noch nicht geben. Ich bekomme es erst morgen.«

»Was!«

Madeline beeilte sich zu sagen: »Morgen nachmittag werde ich das Geld haben. Bis dahin werde ich es auftreiben, aber es werden nur zwanzigtausend sein. Ich möchte Sie nicht belügen, aber mehr konnte ich nicht auftreiben. Ich werde Ihnen das Geld aushändigen, wo Sie wollen.«

Zwanzigtausend Dollar. Philo war wie gelähmt. Zwanzigtausend Dollar. Das reichte gerade aus, um seine Schulden bei Arnold zurückzuzahlen, und dann blieben ihm noch lausige fünftausend. Das würde nicht einmal ausreichen, um die Raten für seinen El Dorado zu bezahlen. Fünftausend würden auch nicht ausreichen, um seine Geschäftsschulden zurückzuzahlen. Und sie würden auch nicht für seine Steuerschulden ausreichen. (Nicht, daß er beabsichtigt hätte, auch nur etwas davon zu bezahlen, sobald er das Lösegeld bekam.) Fünf Mille! Wie lange würde er mit fünf Mille in Puerto Vallarta leben können? Er war wie gelähmt.

Zu seinem Glück hatte Philo für diesen Anruf eine abgelegene Telefonzelle in der Nähe einer Tankstelle ausgesucht, die mittwochs bereits früher schloß, da er nun zu kreischen anfing: »SIE MIESE FOTZE! SO EINFACH KOMMEN SIE MIR NICHT DAVON! WAS BILDEN SIE SICH ÜBERHAUPT EIN! SO KÖNNEN SIE MIT MIR NICHT UMSPRINGEN! NICHT MIT MIR! WARTEN SIE NUR! ICH WERDE IN ZEHN MINUTEN GLEICH NOCH MAL ZURÜCKRUFEN!«

Und dann raste Philo Skinner völlig außer sich in seinem El Dorado los, daß im Dunkel die Funken nur so davonsprühten. Ohne Rücksicht auf Schlaglöcher und Unebenheiten im Straßenbelag jagte Philo über verwinkelte Seitenstraßen zum Zwinger. Er brachte den Cadillac zu einem kreischenden Halt, stieg aus, rannte mit klimpernden Schlüsseln auf den Eingang zu und stürzte im nächsten Augenblick auch schon hechelnd und mit pfeifender Lunge durch den Arbeitsraum in den Zwinger, wo ihn fünfundzwanzig Hunde, entsprechend ihrer Verfassung, mit freudigem, wütendem oder ängstlichem Gebell begrüßten.

Als Philo die Tür des letzten Käfigs öffnete, wäre Vickie ihm fast entwischt. Sie stürzte auf die Klapptür zu, welche auf die kiesbedeckte Auslauffläche hinausführte, die inzwischen jedoch übel verdreckt war, da Philo Skinner zu sehr mit seinen kriminellen Aktivitäten beschäftigt war, um noch die Zeit und Muße zu finden, all die Hundescheiße wegzuräumen.

Jedenfalls erwischte er Vickie gerade noch, bevor sie sich durch die Klapptür quetschen konnte. Sie knurrte zwar, biß Philo aber nicht, da sie sich während der letzten Tage an den Geruch seiner Tabakfinger offensichtlich gewöhnt hatte. Dann rannte Philo in das kleine Büro neben seinem Arbeitsraum und griff, alle Vorsichtsmaßregeln außer acht lassend, zu seinem eigenen Telefon.

Walnikow wußte, daß der Erpresser infolge seines letzten Anrufs bei Madeline zu irgendeiner Verzweiflungstat getrieben würde. Aber ebenso wußte er auch, daß sie nichts anderes tun konnten, als zu warten.

»Läßt sich nicht vielleicht feststellen, woher der nächste Anruf kommen wird, Sergeant?« fragte Madeline besorgt. »Er wird sicher etwas Schreckliches tun!«

»Das geht leider nur im Kino so einfach«, schüttelte Walnikow langsam den Kopf. »Um festzustellen, woher ein Anruf kommt, muß man eine Menge komplizierter Vorbereitungen treffen, die einige Zeit in Anspruch nehmen. Uns wird also nichts anderes übrigbleiben, als zu warten.«

Sie mußten jedoch nicht lange warten. Madeline nahm beim ersten Klingeln ab. »Ja.«

»Also gut, Sie miese Fotze«, zischte Philo in den Hörer »Jetzt hören Sie mal gut zu.« Und damit hielt Philo Vickies Kopf an die Sprechmuschel und zwickte sie in das empfindliche Fleisch um ihre Vagina.

Der kleine Schnauzer japste und begann zu winseln.

»Das ist Ihre Vickie, hören Sie? Erkennen Sie ihre Stimme, Sie miese Fotze?« Er mußte den Hörer beiseite legen und eine Weile husten, bis er schließlich einen beachtlichen Schleimbrocken zutage förderte und geräuschvoll in den Abfallkorb spuckte.

Madeline mußte all ihre Kraft aufbringen, um nicht zu schreien, und es war nur Walnikows ermutigender, steter Blick und sein aufmunterndes Nicken, die sie schließlich doch Herr ihrer Impulse werden ließen.

»Ich... bitte..., ich weiß doch gar nicht, wie sich Vickie übers Telefon anhört.«

Das veranlaßte Natalie Zimmerman, den Hörer ihres Apparats auf das Bett zu legen und nach unten in den Salon zu gehen, da sie sich inzwischen absolut sicher war, daß sie der einzige vernünftige Mensch war, den es in ganz Los Angeles noch gab. Jetzt sprachen sie mit dem entführten Hund.

»Hören Sie doch, Sie miese Fotze, ob Sie Ihre Vickie nicht vielleicht doch erkennen!« Und damit zwickte Philo den kleinen Hund wesentlich brutaler als zuvor, so daß er laut zu kläffen und zu heulen anfing.

»Ich nehme Sie beim Wort!« rief Madeline entsetzt aus. »Ich glaube Ihnen! Ich glaube Ihnen, daß es Vickie ist! Bitte, tun Sie ihr nichts!« Und diesmal konnte Walnikow sie nicht zurückhalten. Sie brach in lautes Schluchzen aus, hielt aber den Hörer immer noch in der Hand. Und sie hörte weiter zu und bemühte sich zu antworten.

»SIE HABEN MICH BELOGEN!« kreischte Philo hysterisch. »Zwanzigtausend! Das langt doch nicht. Damit komme ich doch nirgendwo hin. Ich werde es jezt tun. Ich kann Ihnen schwören, daß ich mein ganzes Leben lang keinem Tier etwas zuleide getan habe, aber ich werde Ihren Hund jetzt töten. JETZT!«

Madeline schrie: »Halt! Warten Sie! Sie haben schon einmal getötet. Tun Sie es nicht noch einmal. Den kleinen Schnauzer, den Sie betäubt haben. Er ist tot. Tun Sie nicht auch noch einem zweiten Tier etwas an!«

Darauf verschlug es Philo den Atem, so daß er eine Weile nur mit pfeifenden Lungen in den Hörer hustete. Und Walnikow lauschte.

»Sie lügen!« schrie Philo schließlich mit überschnappender Stimme ins Telefon.

»Absolut nicht«, erwiderte Madeline, wieder etwas gelassener. »Die Dosis, die Sie dem Hund gespritzt haben, war zu stark. Er ist daran gestorben. Und ich konnte nichts dagegen tun.«

»Tot?« murmelte Philo. Tutu war tot? Das einzige Geschöpf auf dieser Welt, das Philo Skinner liebte?

Walnikow war perplex. Er winkte Natalie zu sich ans Telefon. Wange an Wange standen sie und lauschten. Der Erpresser weinte!

»Das sind doch nichts als Lügen«, schluchzte Philo. »Das stimmt doch alles gar nicht. Sie lügen doch wie gedruckt. Sie haben mir doch die ganze Zeit nichts als Lügen erzählt.«

»Bitte...«, flehte Madeline. »Bitte!«

Philo Skinner knallte den Hörer auf den Schreibtisch und rannte, den wimmernden Schnauzer immer noch im Arm, weinend in den Arbeitsraum, wo er Vickie auf dem Metalltisch festschnallte. Der kleine Hund spürte die drohende Gefahr und begann wie wild zu knurren. Als Philo Vickie mit einer Hand losließ, nutzte sie die Gelegenheit, um sich in seine andere Hand zu verbeißen. Aber Philo spürte keinen Schmerz, nur Wut. Er griff nach seinen Instrumenten auf der Ablage, während Vickie erbittert seine Hand bearbeitete. Er versuchte, das Trimmesser zu fassen zu bekommen. Aber er konnte es nicht erreichen. Schließlich hatte er plötzlich ein Rasiermesser in der Hand. Vickie knurrte nun in echter Panik los, und Philo Skinner äffte die berühmt-berüchtigten Kidnapper der jüngsten Vergangenheit nach. Philo Skinner war kein Mann mit eigenen Ideen.

Mit seiner blutigen Hand drückte er Vickies Kopf auf den Metalltisch und sägte durch das knorpelige Fleisch ihres rechten Ohres. Das knorpelige Gewebe gab dabei ein knackendes Geräusch von sich. Unwillkürlich ließ Vickie Philos Hand los, so daß ihr sein Blut in den Rachen floß, während sie vor unerträglichem Schmerz laut aufheulte. Philo hörte nicht eher zu sägen auf, als bis das Rasiermesser quietschend über die Stahloberfläche des Tisches fuhr. Und dann sah er entsetzt auf das glockenförmige Schnauzerohr hinab, das in einer Blutlache vor ihm lag.

Philo schleuderte Vickie vom Tisch, so daß sie auf dem gefliesten Fußboden landete. Immer noch heulend, versuchte sie sich mühsam aufzurichten, um dann taumelnd wieder seitlich zu Boden zu fallen. Dabei versuchte sie instinktiv, sich den fürchterlichen Schmerz auf dem glatten Fliesenboden wegzureiben, so daß sie eine blutige Spur hinter sich herzog, als sie wie ein Fisch auf ihrem Kopf über den Fußboden zappelte. Als sie schließlich in einer Ecke des Raums nicht mehr weiter konnte, rammte sie ihren Kopf, in dem vergeblichen Versuch zu entkommen, mehrere Male gegen die Wand. Darauf brach sie in ein derart lautes und schrilles Heulen aus, daß Philo sich seine verletzte Hand über sein linkes Ohr hielt, als er den Hörer wieder aufnahm. Dann rappelte sie sich wieder auf und begrub ihr abgeschnittenes Ohr unter sich, als schämte sie sich seiner.

Philo Skinner keuchte und schluchzte und schnappte nach Luft. »Ich... ich habe es getan, Sie blödes Weibsstück!« brachte er schließlich mühsam hervor. »Ich... Sie... haben mich dazu gebracht!«

»Vickie ist tot. Sie haben Vickie umgebracht«, sagte Madeline, obgleich sie wußte, daß das nicht stimmte, da sie im Hintergrund einen Hund heulen hörte.

»Ich habe ihr Ohr abgeschnitten!« schluchzte Philo Skinner. »Sie haben mich dazu gezwungen! Das ist alles nur Ihre Schuld!«

»Bitte, schonen Sie ihr Leben!« bettelte Madeline, so daß selbst Natalie Zimmerman beeindruckt war. Madeline Whitfield war aufgestanden und wischte sich ihre Augen. Allmählich bekam sie sich wieder unter Kontrolle, während der Erpresser zunehmend die Fassung verlor.

»Schonen Sie ihr Leben, Richard«, wiederholte Madeline. »Ich werde Ihnen die zwanzigtausend Dollar morgen bringen. Oder heute nacht. Wohin Sie wollen. Und es ist mir auch völlig gleichgültig, wann. Ich werde sie für Vickies Leben zahlen. Wohin soll ich Ihnen das Geld bringen, Richard?«

Philo war unfähig zu denken. Seine Hand schmerzte wie verrückt. Für einen Augenblick befürchtete er fast, eine Sehne wäre verletzt, aber er konnte sämtliche Finger problemlos bewegen. Da Vickie immer noch jämmerlich kläffte und heulte, knallte Philo die Bürotür zu. Vickie war jedoch immer noch zu hören.

»Nein, nicht heute nacht«, meldete er sich schließlich wieder. »Morgen. Ich werde Sie morgen früh anrufen. Um elf Uhr. Dann werde ich Ihnen Genaueres sagen. Und sehen Sie zu, daß Sie das Geld auch haben.«

»Jawohl, Richard«, nickte Madeline den Hörer an. »Ja, ich werde dasein. Ich habe das Geld. Ich werde alles tun, was Sie sagen. Ja.«

Als Philo schließlich eingehängt hatte, setzte sich Madeline. Sie starrte erst Walnikow an, und dann Natalie. Und dann das Telefon.

Walnikow sagte: »Wir werden morgen gegen neun Uhr mit ein paar weiteren Beamten bei Ihnen vorbeikommen. Morgen wird er das Geld wollen. Vermutlich ist er zu dem Schluß gelangt, daß zwanzigtausend immer noch besser sind als nichts. Jedenfalls werden wir Sie genauestens informieren, was wir zu unternehmen gedenken, und dann ist es Ihrer Entscheidung überlassen, ob Sie sich von uns überwachen lassen wollen, wenn Sie das Lösegeld übergeben. Ich verspreche Ihnen, daß das ganz Ihnen überlassen sein wird.« Als er damit fertig war, trat Walnikow vor Madeline und kniete vor ihr nieder. »Haben Sie mich verstanden, Mrs. Whitfield?«

»Jawohl, Sergeant«, antwortete sie leise.

»Ich werde morgen bei Ihnen sein. Haben Sie also keine Angst.«

»Ich habe keine Angst«, sagte Madeline abwesend.

»Das weiß ich.« Walnikow tätschelte ihre Hand. »Sie sind eine sehr tapfere Frau. Haben Sie mich gehört?«

»Mrs. Whitfield«, schaltete sich nun auch Natalie in die Unterhaltung ein. »Wenn das, was wir eben gehört haben... ich meine, wenn er wirklich getan hat, was er gesagt hat, dann ist Ihr Hund doch – verstümmelt. Er hat auf Ausstellungen nicht mehr die geringste Chance. Ich bitte Sie, Mrs. Whitfield! Sie werden doch jetzt die zwanzigtausend nicht immer noch zahlen wollen?«

»Und ob ich zahlen werde«, erwiderte Madeline und sah Natalie unverwandt an. »Ich würde ihm sogar achtzigtausend geben, wenn ich so viel Geld hätte. Ich würde jeden Preis zahlen. Jetzt mehr denn je.«

»Jetzt mehr denn je«, echote Natalie.

»Das werden Sie wohl nicht verstehen«, seufzte darauf Madeline.

»Doch, das verstehe ich sehr wohl, Mrs. Whitfield«, entgegnete Walnikow. Er tätschelte Madelines Hand und stand auf. »Ich kann das sehr wohl verstehen. Gute Nacht, Mrs. Whitfield.«

Wie Madeline Whitfield mußte auch Philo Skinner erst eine Weile einfach dasitzen und vor sich hin starren, nachdem er den Hörer eingehängt hatte. Der zunehmende Schmerz in seiner Hand ließ ihn jedoch relativ rasch wieder zu sich kommen. Er legte die Jacke seines Freizeitanzugs ab. Heute nacht würde nun auch sein *letzter* Freizeitanzug in der Mülltonne landen. Vickie hatte inzwischen zu heulen aufgehört. Als Philo die Tür zum Arbeitsraum öffnete, wimmerte sie in einer Ecke leise vor sich hin.

Danach rannte Philo Skinner ans Waschbecken und fing an, mit Papierhandtüchern Tisch und Boden zu säubern. Da war einfach zu viel Blut. Er trat an den Wandschrank und holte Putzlumpen und Eimer. Schon im nächsten Augenblick fing er jedoch zu fluchen an, da er sah, daß er mit seinem eigenen Blut eine Spur zum Wandschrank und wieder zurück gezogen hatte. Alles schön der Reihe nach, Philo! Also ging er an das Waschbecken zurück, krempelte sich die Ärmel hoch und wusch sich das Blut von den Händen. Diesesmal hatte ihn Vickie wirklich ganz ordentlich erwischt. Aber mit einem ordentlichen Verband würde die Wunde binnen kurzem verheilt sein. Keinen Arzt. Keine Erklärungen. Diese Verletzung sah doch zu sehr nach einem Hundebiß aus. Als er sich ein Desinfektionsmittel über die Wunde goß, schrie er vor Schmerzen laut auf. Seine Stimme ließ Vickie etwas lauter winseln. Dann legte sich Philo eine Mullbinde an. Das würde vorerst reichen.

In zehn Minuten war alles wieder sauber. Mit Ausnahme des Tisches. An den Tisch hatte er sich wegen des Ohrs noch nicht herangewagt. Aber darum kam er jetzt nicht mehr herum. Ihm war leicht schwindlig. Einen alptraumhaften Augenblick lang bildete er sich sogar ein, es bewegte sich! Als hätten es die zerfetzten, blutenden Nervenenden zum Zucken gebracht. Er konnte seinen Anblick schon kaum ertragen, aber er mußte es tun. Er nahm ein Papierhandtuch. Dann noch eines. Und schließlich noch drei weitere. Dies erschien ihm als ausreichender Schutz für seine Finger, und er griff nach dem Ohr, das ihm jedoch entglitt und auf den Tisch zurückklatschte, daß ein paar Blutstropfen davonspritzten.

»Oh«, stöhnte Philo. »Oh.«

Dann startete er einen zweiten Versuch. Er hielt das Ohr weit von sich gestreckt, als wäre es eine giftige Schlange. Er stürzte auf die Toilette und warf das Ohr in die Kloschüssel. Dann zog er die Spülung und knüllte die Papierhandtücher zusammen. Das Ohr wollte jedoch nicht in die Kloaken von Los Angeles hinab.

Entsetzt starrte Philo auf das Ohr, das gemächlich im Wasser schaukelte. Dann begann es, langsam zu sinken, um jedoch schon im nächsten Moment wieder an die Oberfläche geschossen zu kommen.

»Uuuuh!« stöhnte Philo und hielt sich seine verletzte Hand an den Mund. »Ouuuuh!«

Er rannte in den Arbeitsraum zurück. Er spritzte etwas Wasser auf den blutüberströmten Trimmtisch und wusch ihn sauber. Er wartete, bis sich der Behälter der Klospülung wieder füllte. Dann lief er wieder auf die Toilette und zog die Spülung, ohne in die Kloschüssel zu sehen. Er wankte in den Arbeitsraum zurück und steckte sich eine Zigarette an. Ein-, zwei-, dreimal wusch er sich am Waschbecken die Hände. Er stellte das Wasser so heiß, daß er die Temperatur gerade noch ertragen konnte.

Plötzlich verspürte er ein leichtes Kitzeln, das etwa in Höhe des

Haaransatzes um seinen ganzen Kopf verlief. Es wollte nicht aufhören. Stöhnend drückte Philo die Zigarette im Aschenbecher aus. Sein Gesicht fing an zu brennen. Er ging auf die Toilette zurück. Das Ohr schwamm immer noch im Wasser.

Mit einem Schreckensschrei trat Philo einen Schritt zurück und stieß gegen die Tür, so daß er um ein Haar zu Boden gefallen wäre. Immer und immer wieder zog er die Spülung. Über die Kloschüssel gebeugt, beobachtete er das Ohr.

Er sah zu, wie es in die Tiefe gezogen wurde und verschwand, während das Spülwasser laut schmatzend in die Tiefen der Kanalisation hinuntergesogen wurde. Und dann schoß es plötzlich wieder an die Oberfläche.

Und dann schwamm es wie eine tote Fledermaus auf dem Wasser.

»Ooouuuuh«, stöhnte Philo und brach in Tränen aus. Ihm wurde übel. Er ging ans Waschbecken zurück und nahm sich zehn Papierhandtücher. Damit rannte er wieder in die Toilette. Er fischte das Ohr aus der Kloschüssel. Er hielt es voller Entsetzen mit ausgestreckten Armen, so weit es nur ging, von seinem Körper weg. Er spürte, wie eine Fledermaus sein Rückgrat hochkroch und sich an seinem Nacken festkrallte.

Er hetzte aus dem Zwinger und schoß schnurstracks auf die Straße hinaus. Ein Wagen kam mit laut quietschenden Bremsen abrupt zum Stehen, als Philos Gestalt im Lichtkegel seiner Scheinwerfer auftauchte. Der Fahrer ließ einen kräftigen Fluch los und fuhr weiter. Erschaudernd rannte Philo auf das Abflußloch am Straßenrand zu und warf Vickies Ohr in die schwarze Tiefe hinab.

Philo hatte seine Arme um seinen Körper geschlungen und bibberte, als er wieder in den Zwinger trat. Er konnte nicht aufhören zu zittern, aber es galt noch, eine Aufgabe zu erledigen. Er mußte noch etwas absolut Unerträgliches tun. Ängstlich blickte Philo auf das blutige Bündel in der Ecke. Bis jetzt war Philo nicht imstande gewesen, dorthin zu sehen. Er hatte es tunlichst vermieden, seinen Blick in diese Ecke zu werfen, aber nun mußte er es tun.

Er dachte, Vickie würde ihn sicher beißen, wenn er nach ihr griff. Aber er hatte sich getäuscht. Der schreckliche Schmerz, den ihr dieses Rasiermesser zugefügt hatte, hatte ihr allen Mut geraubt. Vickie winselte nur mitleiderregend, als Philo sie in seine Arme nahm. Sein blütengemustertes Hemd bekam Flecken von ihrem Blut. Winselnd leckte sie Philos Tabakfinger.

Als Philo Skinner Vickies Kopf verband, jammerte er mehr als der kleine Hund. Philo brachte Vickie in ihren Käfig zurück und gab ihr mehr gekochte Leber, als sie würde fressen können, wenn sie nicht sowieso schon der Geruch von etwas Eßbarem dazu brachte, sich zu übergeben. Außerdem goß er ihr etwas warme Milch in ihr Schälchen, selbst auf die Gefahr hin, daß ihr von dem Geruch der Milch übel wurde. Immer noch mit ihr weinend, legte Philo sie sanft auf ihr Lager und versuchte verzweifelt, ihr zusammen mit etwas Rinderhack eine Kodein-Tablette einzugeben. Als jedoch das Fleisch an ihre Schnurrhaare kam, fing sie an zu erbrechen. Und dann überkam es auch Philo. Er stürzte auf den Gang hinaus, warf die Käfigtür ins Schloß und übergab sich auf den Betonboden. Darauf fingen alle fünfundzwanzig Hunde, ihrer jeweiligen Verfassung entsprechend, vor Freude, Aufregung oder Angst zu bellen an. Und ihr Betreuer kroch auf allen vieren auf dem Boden und kotzte. Ihm war hundeübel.

12

Charlie Lightfoot

Als sie sich auf die Heimfahrt zur Hollywood Station machten, war es acht Uhr.

»Morgen früh werden wir noch einiges zu tun haben, bevor er wieder anruft«, meinte Walnikow.

Natalie saß schweigend neben ihm. Sie rauchte und blickte auf die Scheinwerferlichter auf dem Freeway hinaus.

»Ich glaube, es wäre sinnlos, festzustellen, woher der Anruf kommt, selbst wenn es möglich wäre«, fuhr Walnikow fort. »Für ihn ist morgen Zahltag, und er wird sicher vorsichtig sein. Ich glaube, wir sollten am besten mit drei Überwachungsteams anrükken. Wenn die aus der Innenstadt nicht mitmachen, werden wohl oder übel unsere eigenen Leute dafür herhalten müssen. Außerdem werden wir einen Hubschrauber brauchen, und einen von unseren Leuten als Scharfschützen.«

Sie zuckte kommentarlos mit den Achseln, worauf Walnikow weitersprach: »Ich hoffe nur, daß er sich für die Lösegeldübergabe nichts gar zu Ausgefallenes einfallen läßt. Ich möchte den Kerl unbedingt schnappen; aber natürlich dürfen wir Vickie nicht in Gefahr bringen.«

»Walnikow...«

»Ich möchte diesen Kerl *wirklich* schnappen.«

»Walnikow.«

»Ja?«

»Vickie ist ein Hund.«

»Sicher.«

»Ich muß mir das nur immer wieder vorsagen, bevor ich noch ganz verrückt werde.«

»Wissen Sie, Natalie, ich bin mir inzwischen sicher, daß der tote Schnauzer Tutu ist. Und das ist momentan unser einziger Anhaltspunkt. Ich würde sagen, wir rufen morgen, nachdem die einzelnen Überwachungsteams postiert sind, diesen Hundebetreuer an. Wie heißt er doch gleich wieder? Skinner? Wenn er Tutu wirklich so gut gekannt hat, werde ich ihn bitten, in das Tierbestattungsinstitut zu kommen und den Hund zu identifizieren. Und danach werde ich mit ihm – für den Fall, daß er damit einverstanden ist – zu Mrs. Gharoujian fahren, und vielleicht haben die beiden dann ja eine Idee, wem von Mrs. Gharoujians gegenwärtigen oder früheren Gästen so etwas zuzutrauen wäre. Sie wissen ja selbst, daß Mrs. Gharoujian sich nicht um Tutu gekümmert hat. Also muß sich einer ihrer Jungs mit dem Hund näher abgegeben haben. Vielleicht kannte sich sogar einer von ihnen mit diesem ganzen Wettbewerbskram aus. Möglicherweise kann uns Skinner einen Hinweis geben, wer das gewesen sein könnte.«

Philo Skinner kam spät nach Hause. Er trug statt des Hemds und der Jacke, womit er außer Haus gegangen war, einen Arbeitskittel aus dem Zwinger. Zu seiner Erleichterung machte sich Mavis gerade im Schlafzimmer für ihr abendliches Bad fertig, als er durch den Hintereingang ins Haus schlich. Philo nahm eine Windjacke aus dem Schrank im Vorraum.

»Bist du das, Philo?« schrie Mavis durchs Haus. »Zwanzig Minuten, wie? Wo warst du denn die ganze Zeit, Philo?«

Er zog den Reißverschluß der Windjacke hoch und strebte wieder auf die Tür zu. Der Verband hatte die Wunde doch nicht so gut verschlossen, wie er gehofft hatte. Der Mull auf seinem Handrücken begann sich allmählich rot zu färben. Geräuschvoll hantierte Philo in der Küche herum, bis er endlich die Flasche kanadischen Bourbon fand, den er für seine Weihnachtsgäste gekauft hatte. Die Flasche war noch fast voll. Trinken gehörte nicht zu Philo Skinners Lastern. Als er die Küchentür zuknallte, schrie Mavis: »Philo? Bist du das, Philo? Du willst mir doch nicht etwa im Ernst erzählen, du hättest nicht mit so einem kleinen Mädchen rumgemacht! Philo!«

Sie öffnete die Vordertür gerade noch rechtzeitig, um den Cadillac auf die Straße hinausschießen zu sehen. An der nächsten Kreuzung riß Philo den Wagen reifenquietschend rechts herum, um an den Ort zu fahren, den er ebenso haßte wie liebte. Den einzigen Ort, an den er gehörte – den Skinner-Zwinger, Heimat des Terrier-Kings.

»Wollen wir nicht noch irgendwo gemeinsam zu Abend essen,

Natalie, bevor wir auf die Wache zurückfahren?« schlug Walnikow plötzlich vor.

»Abendessen?«

»Ja. Sie werden doch sicher hungrig sein. Warum wollen Sie sich nicht von mir zum Abendessen einladen lassen? Und Sie können auch entscheiden, wo.«

»Ich kann mir mein Abendessen schon selbst kaufen«, erwiderte sie patzig, um dann noch hinzuzufügen. »Schon komisch. Eigentlich hatte ich überhaupt keinen Hunger. Ich habe vierundzwanzig Stunden nichts gegessen und habe absolut keinen Hunger.«

Walnikow fuhr eine Weile schweigend weiter, bis er schließlich sagte: »War das Abendessen gestern mit dem Captain nett?«

»Ja«, antwortete sie und blickte ihn scharf an. »Und hatten Sie ein nettes Abendessen mit Mrs. Whitfield?«

»Wir haben nichts gegessen«, erwiderte Walnikow und warf Natalie einen überraschten Blick zu, während er auf den Hollywood Freeway fuhr und sich in die Kriechspur einordnete.

»Dazu hatten Sie wohl keine Zeit, wie?«

»Keine Zeit?«

»Schon gut. Vergessen Sie's.«

Darauf trat wieder Stille ein, bis er wieder zu sprechen anfing. »Ich kenne ein russisches Restaurant am Sunset Strip.«

»Am Strip«, runzelte sie die Stirn. »Haben sie dort wenigstens eine Lizenz für Unterhaltungsprogramme?«

»Eine Lizenz für Unterhaltungsprogramme?«

»Sicher. Wegen der Show, die diese ganzen Freaks dort abziehen.«

»Nein, nein. Es liegt auf dem Hügel *über* dem Strip. Von den Leuten vom Strip kommt dort niemand hin. Ein richtig gutbürgerliches Lokal. Was halten Sie davon, Natalie? Haben Sie keine Lust auf einen kleinen Happen? Sie haben dort ausgezeichneten Borscht. Ich glaube, mir ist heute abend einfach nicht nach Alleinsein.«

»Mrs. Whitfield wird es wohl ähnlich gehen«, stichelte Natalie.

»Ja.«

»Es ist doch nur ein Hund, Walnikow. Vergessen Sie das doch nicht. Es ist doch nur ein Hund.«

»Ja, ich weiß.«

»Tut sie Ihnen leid.«

»Ja, sehr.«

»Tun Ihnen einsame Menschen überhaupt leid?«

»Ja.«

»Sie glauben also auch, *ich* wäre einsam, ja? Wollen Sie mich deshalb zum Abendessen ausführen, weil ich einsam bin?«

»Nein.«

»Dann also, weil *Sie* sich einsam fühlen?«

»Ja.«

»Also gut, Walnikow. Das wollte ich nur wissen. Dann genehmigen wir uns also einen Borscht. Und ich kann allein für mich bezahlen.«

»Wunderbar!« jubelte er mit einem breiten Grinsen und fuhr zum erstenmal sechzig Stundenkilometer.

»Ich habe eine Tochter, Walnikow«, begann Natalie zu erzählen. »Meine Tochter geht ans Colorado State, und was ich so mitbekomme, geht es ihr keineswegs schlecht. Sie macht dort eine Ausbildung als Skilehrerin, und zwar dank Mamis monatlicher Schecks. Aber ich *habe* eine Tochter, und sie hängt sehr an mir.«

»Das freut mich für Sie, Natalie«, antwortete Walnikow. »Ich habe einen Sohn, aber er mag mich, glaube ich, überhaupt nicht. Er schlägt alle meine Einladungen ab und...«

»Ich habe auch einen Freund, Jack Packerton. Wahrscheinlich wird er eines Tages zum Deputy Chief befördert.«

»Ja, das kann ich mir vorstellen.«

»Was ich damit sagen will, ist nur: Ich kriege Menschen und Hunde nicht durcheinander. Ich habe weder einen Schnauzer noch einen Wellensittich oder einen Hamster. Und ich möchte auch nicht, daß Sie mich und Mrs. Whitfield miteinander verwechseln. In *keiner* Hinsicht. Haben Sie mich verstanden?«

»Natürlich«, erwiderte Walnikow. Er schien seine Partnerin nicht einmal verstehen zu können, wenn er keinen Kater hatte.

»Ich bin absolut nicht so wie Sie und Mrs. Whitfield, Walnikow.«

»Wie ich und Mrs. Whitfield?«

»Ach, vergessen Sie das.« Sie wischte sich das Haar von ihrer Brille. »Ich verstehe mich selbst nicht mehr. Wahrscheinlich habe ich letzte Nacht einfach zu wenig geschlafen.« (Ganz zu schweigen von den Orgasmen, die sie nicht bekommen hatte!) »Vermutlich weiß ich selbst nicht einmal, was ich alles so daherrede. Oder warum. Dieser verrückte Fall macht mir wirklich Kopfschmerzen.

»Nach einer ordentlichen Portion Borscht wird es Ihnen sicher wieder besser gehen«, tröstete sie Walnikow mit einem Lächeln. »Das hat meine Mutter auch immer gesagt.«

»Nach einer ordentlichen Portion Borscht«, seufzte Natalie.

An der Highland Avenue bog Walnikow vom Freeway ab und fuhr den Strip hinunter. Schließlich parkte er in einer steilen, kleinen Seitenstraße vor dem Restaurant, wobei er wohlweislich die Handbremse zog und das Lenkrad bis zum Anschlag einschlug. Wenn einem bei dieser Steigung der Wagen ins Rollen geriet, würde er erst wieder zum Stehen kommen, nachdem er drei Kokaindealer, zwei Zuhälter und einen Kürbiskerne kauenden Hare-Krischna-Jünger zerquetscht hatte.

Zu Walnikows Enttäuschung war an diesem Abend der Besitzer nicht im Lokal. Dieser Tage war die Gelegenheit, wo er noch mit jemandem Russisch sprechen konnte, recht spärlich gesät, und die armenische Bedienung sprach nicht ein einziges Wort der Sprache ihrer Eltern. An diesem kühlen Mittwochabend war in dem Restaurant nicht sonderlich viel los. Sie nahmen am Fenster Platz, von wo sie einen herrlichen Ausblick auf die Kaskade von gigantischen Leuchtreklamen auf dem Strip hatten. In einem Rausch von Farben und grellem Neonlicht wurden berühmte Rockstars angekündigt, von denen Walnikow noch nie gehört hatte.

»Wissen Sie, Natalie«, lächelte Walnikow, nachdem sie Platz genommen hatten, »ich habe schon zwei Tage lang keinen Wodka mehr angerührt.«

»Das muß ja ein Rekord sein«, erwiderte sie. »Darauf, finde ich, sollten Sie sich heute abend einen leisten.«

»Na, und wie steht's mit Ihnen?«

»Haben Sie Gin Tonic?« wandte Natalie sich an die junge Bedienung.

»Haben Sie jemals einen russischen Wodka probiert?« fragte sie Walnikow.

»Was ist der Unterschied zwischen russischem und amerikanischem?« zuckte Natalie mit den Achseln.

»Dazwischen liegen Welten«, klärte Walnikow sie auf. »Wollen Sie nicht vielleicht doch einen russischen probieren? Nur einen?«

Er sah sie mit diesen ernsten, nein *traurigen* Augen und seinem schüchternen, jungenhaften Lächeln an, worauf sie zustimmte: »Gut, ich werde mal einen russischen probieren. Aber nur einen.« Kaum hatte sie das gesagt, hatte sie sich schon wieder eines anderen besonnen, aber die müde Bedienung war bereits gegangen.

»Ich freue mich ja so, daß Sie mitgekommen sind, Natalie«,

meinte Walnikow. »Ich kann Ihnen gar nicht sagen, wie ich mich darüber freue.«

Das Mädchen kam auf der Stelle mit den zwei Doppelten zurück. Mit strahlendem Gesicht hob Walnikow sein Glas: »*Na wasche sdarowje!* Zu Ihrem Wohl, Natalie.« Er kippte das ganze Glas mit einem Zug hinunter und schloß selig die Augen.

Natalie war alles andere als zimperlich. Sie vermutete, das Zeug würde genau wie amerikanischer Wodka schmecken, der in ihren Augen genauso schmeckte, wie sie sich Benzin vorstellte, wenn man es trank. Na, und wenn schon! Sollte er sich doch kaputt lachen, wenn sie rückwärts von ihrem Stuhl kippte.

»Prost«, hob sie ihm also tapfer ihr Glas entgegen und leerte es ebenfalls auf einen Zug. Die Hitze floß durch sie hindurch, aber es folgte nicht dieser unangenehme Geschmack vom Magen herauf. »Der ist ja herrlich mild!« gab sie spontan ihre Begeisterung kund. Und es stimmte tatsächlich. »Wirklich ganz anders als der Wodka, den ich bisher immer getrunken habe.«

»Es ist eben russischer«, kicherte Walnikow. »Sagen Sie doch selbst: Liegen da nicht Welten dazwischen? Das ist eben Ost und West. Das ist Igor Strawinsky und Bob Dylan. Das ist eben – russisch. Möchten Sie noch einen?«

»Na, was soll's schon«, meinte darauf Natalie Zimmerman.

»Na, was soll's schon«, wiederholte sie nach dem zweiten Glas.

»Na, was soll's schon«, kicherte sie nach dem dritten. Und dann begann ihre Nase zu kitzeln, und ihre Finger wurden langsam taub.

»*Na sdarowje*«, hatte sie sich vor dem dritten noch in Russisch versucht.

»Vielleicht sollten Sie ihn schlürfen«, schlug Walnikow vor. »Manche Leute geben auch Pfeffer hinein.«

»Er ist so wunderbar mild!« lobte Natalie. »*Na sdarowje!*« Ihr ganzes Gesicht glühte und wurde rot. Ihre widerspenstige Locke baumelte herunter.

»Möchten Sie jetzt etwas Borscht, Natalie?« fragte Walnikow.

»Ach was, wer wollte jetzt schon Borscht. *Na sdarowje!* Mir gefällt es hier. Vielleicht komme ich auch mal mit Jack hierher.«

»Ja, es ist angenehm und gemütlich hier«, stimmte ihr Walnikow zu. »Manchmal spielt auch ein Zigeuner auf der Geige. Dann gefällt es mir am allerbesten.«

Natalie Zimmerman bestand auf einem vierten Glas. Sie mußte sich hinsichtlich der Tatsache, daß der Borscht an diesem Abend besonders gut war, voll und ganz auf Walnikows Urteilsvermögen verlassen. Sie ließ ihn etwas saure Sahne hineinrühren und bemerkte, daß er sich von seiner Konsistenz sehr angenehm anfühlte. Auch das Schwarzbrot und die Butter waren großartig, obwohl sie sich auch hierbei auf Walnikows Meinung berufen mußte, da alles, was sie wirklich schmecken konnte, der Wodka war. Und auch den Wodka schmeckte sie eigentlich nicht. Sie erfuhr ihn.

»Ich finde nicht, daß Sie noch einen trinken sollten«, warnte sie Walnikow. »Fünf doppelte Wodkas! Das ist eine ganze Menge, wenn Sie nicht daran gewöhnt sind.«

»Dann werde ich mir eben selbst einen bestellen müssen«, beharrte Natalie und schleuderte ihre Locke aus dem Gesicht.

»Noch zwei«, bestellte Walnikow bei der Bedienung. »Trinken Sie eigentlich immer so viel?«

»Ob *ich* immer... ob *ich* immer so viel... wissen Sie eigentlich, daß Sie mich an den Rand des Wahnsinns treiben, Walnikow?«

»Wirklich? Tue ich das?«

»Ich trinke so gut wie nie etwas!«

»Oh!«

»Ich trinke nur in Gesellschaft, um kein Spielverderber zu sein.«

»Aha.«

»Und ich *hasse* Pornofilme.«

»Ja, natürlich«, nickte Walnikow und tupfte sich mit seiner Serviette die Lippen ab.

»Und ich habe noch nie einen Mann mit so verdammt tadellosen Tischmanieren gesehen wie Sie. Warum schlürfen Sie eigentlich Ihre Supe nicht auch, wie Jack das tut?«

»Verzeihung, Natalie«, stotterte Walnikow und sah sich im Raum um, ob sie mit ihrem Geschrei nicht die anderen Gäste störte.

»Verzeihung, Natalie. Das sieht Ihnen ähnlich. *Verzeihung*. Wenn Sie nicht gleich mit Ihrem besorgten Getue aufhören, werden Sie mich auch noch langweilen.«

»Ver... Natalie, wollen Sie vielleicht noch eine Scheibe Brot?«

»Ich hätte lieber noch etwas Wodka.«

»Also lieber nicht. Davon würde ich Ihnen dringend abraten.«

»Ich bin, verdammt noch mal, neununddreißig Jahre alt. Da werde ich doch wohl noch selbst wissen, wieviel ich trinken darf, oder vielleicht nicht?«

»Wollen Sie vielleicht noch etwas Butter auf Ihr Brot, Natalie? Dieser Pumpernickel ist ganz hervorragend, finden Sie nicht auch? Er ist so...«

»Russisch«, fiel sie ihm ins Wort.

»Ja«, stimmte er ihr zu. »Versuchen Sie doch bitte, noch etwas mehr davon zu essen. Es ist noch so viel da.«

Als die Kellnerin schließlich die Rechnung brachte, war Natalie Zimmerman wieder etwas nüchterner. Zumindest hatte sie aufgehört zu schreien.

»War das Gebäck nicht hervorragend?« bemerkte Walnikow, während er für die Bedienung ein Fünfzehn-Prozent-Trinkgeld abzählte. Natalie war zu betrunken, um Einspruch zu erheben, als er für sie mitbezahlte.

»Selbstverständlich«, antwortete sie und steckte sich eine Zigarette an. Das Streichholz fing erst beim drittenmal Feuer. Walnikow hatte es aufgegeben, ihr Feuer zu geben, nachdem sie ihm klargemacht hatte, daß kein Polizist einem anderen Polizisten Feuer geben sollte, verdammt noch mal!

»Wollen Sie noch etwas Tee, bevor wir gehen?« fragte Walnikow. Er brauchte etwas mehr als fünf doppelte Wodkas, wenn er auch wirklich etwas spüren wollte. Vielleicht die doppelte Menge, und dann – Vergessen. Die unendliche Öde. Sibirien.

»Noch etwas Tee«, wiederholte Natalie, während sie rauchend sein Gesicht betrachtete. Und dann sagte sie plötzlich unvermittelt: »Es ist doch nur so ein gottverdammter Köter, Walnikow.«

»Ich weiß«, erwiderte er gelassen.

»Na ja, es ist ja auch *Ihr* Fall. Ich begleite Sie nur so nebenbei.«

»Nein, wir sind Partner«, widersprach er.

»Doch, es ist *Ihr* Fall. Ich befasse mich auf eigene Faust mit einem Fall«, lallte sie. Sie sprach die Worte undeutlich aus, und ihre Stimme wurde wieder lauter.

»Und was ist das für ein Fall?«

»Der Fall Sergeant A. M. Walnikow.« Mit einem Seufzen blies sie den Rauch aus. »Das ist *mein* Fall.«

»Das verstehe ich nicht.«

»Das macht nichts«, erwiderte sie. »Erzählen Sie mir über Ihre Kindheit.«

»Meine Kindheit?«

»Ja, erzählen Sie mir davon. Ich habe Ihnen doch auch über meine erzählt, oder nicht? Ich wurde schon in meiner Kindheit verheiratet. An so einen Drecksack. Dann bekam ich ein Baby. Und dann habe ich dem Drecksack Adieu gesagt und bin zur Polizei gegangen, um für meine Becky aufkommen zu können. Dann habe ich einen anderen Drecksack geheiratet, der nicht wußte, daß er Polizisten haßte, bis er mich geheiratet hatte. Und dann habe ich auch diesem Drecksack Lebewohl gesagt. Ich glaube, ich habe meiner Tochter wirklich eine gute Erziehung gegeben.«

»Ich bin mir sicher, daß sie ein nettes Mädchen ist.« Walnikow nippte an seinem Tee.

»Zumindest glaube ich, daß sie sich nicht hereinlegen lassen wird wie ihre Mutter. Ich kann mir nicht vorstellen, daß sie ihre Ski lange genug abschnallen würde, um mit irgend so einem Kerl ins Bett zu hüpfen. Geht es eigentlich auf Skiern auch? Mein Gott, wie mir das Mädchen manchmal fehlt. Fahren Sie eigentlich Ski?«

»Nein. Ich habe keinerlei besondere Begabung«, grinste Walnikow. »Meine Mutter hat zwar ihr Geld für meine Klavierstunden zum Fenster hinausgeworfen, aber ich hatte dafür einfach kein Talent.«

»Sie haben sehr wohl Talent«, korrigierte ihn Natalie, die Ellbogen auf dem Tisch, das Kinn in beide Hände gestützt, ihre riesige Brille auf die Nase heruntergerutscht.

»Was für ein Talent?«

»Sie können Verbrecher schnappen«, sagte sie. »Ich möchte wetten, daß Sie eine ganze Menge von Halunken geschnappt haben, als Sie noch bei der Mordkommission gearbeitet haben.«

»Ich muß Ihnen ein Geheimnis verraten, Natalie. Meine Mutter hat mich zwar in die Klavierstunde geschickt, aber wissen Sie, was sie sich wirklich für mich erträumt hat?«

»Nein, was?«

»Sie wollte, daß ich ein Ballettstar werde.«

Diesmal drehten sich die anderen Gäste tatsächlich nach dieser betrunkenen Frau mit der Kraushaarfrisur und der Eulenbrille um, die prustend loslachte und fast vom Stuhl gefallen wäre.

»Ein... ein... Ballettänzer!« platzte sie heraus. »Sie! Yogi-Bär in Ballettschuhen!«

Als sie sich allmählich wieder beruhigte, meinte Walnikow: »Meine Mutter konnte diesen Mangel an Kultur in Amerika nie verstehen. Bis zu dem Tag, an dem sie starb, konnte sie nicht begreifen, wie man die Ergebnisse der Baseball-Liga wichtiger finden konnte als das Ballett. Aber leider war ich nie – zierlich genug. Und mein großer Bruder wog auch bereits mit dreizehn Jahren zwei Zentner, so daß man ihn also auch vergessen konnte.«

»Haben Sie eigentlich von Ihrer Mutter so essen gelernt?« erkundigte sich Natalie.

»Wie meinen Sie das?«

»Ich möchte wetten, daß sie auf Tischmanieren enormen Wert gelegt hat oder nicht?«

»Meine Mutter, die konnte vielleicht tanzen!« erklärte Walnikow stolz. »Hätten Sie etwas dagegen, Natalie, wenn ich mir noch einen Stolitschnaja bestelle?«

»Nur, wenn ich auch noch einen bekomme.« Natalie hatte immer noch ihr Kinn in beide Hände gestützt und starrte in Walnikows blaue Augen, die langsam wäßrig wurden.

»Zwei«, sagte er und hielt der Kellnerin sein Wodkaglas hoch.

»Ich wollte nur, meine Mutter hätte die Moisejew-Tanzgruppe sehen können. Sie konnte all die verschiedenen Nationaltänze – die georgischen, die ukrainischen und die von der Krim. Und vergessen Sie nicht, daß sie nie in einem Land namens UdSSR gelebt hat. Meine Eltern sind geflohen, bevor die Weißen endgültig am Ende waren.«

»Sie waren aus Leningrad?« fragte Natalie.

»Ja, für sie hieß es allerdings immer nur Petrograd«, nickte Walnikow. »Wissen Sie, daß die ganze Stadt voller Baumwollpflanzen ist? Und im Spätsommer schweben dann Billionen von Samen durch die Luft! Sie sind außergewöhnlich fein und seidig. Die ganze Luft ist voll davon. Und das feine Gewebe häuft sich wie Schneeverwehungen vor den Häusern an. Können Sie sich vorstellen, wie es ist, wenn es unter der heißen Augustsonne zu schneien beginnt. Was für eine Stadt!«

»Sind Sie je dort gewesen?«

»Nein, aber eines Tages werde ich hinfahren. Wenn ich genügend gespart habe. Meine ehemalige Frau hat wieder geheiratet. Für meinen Sohn muß ich zwar offiziell schon zwei Jahre nicht mehr aufkommen, aber ich schicke trotzdem immer noch Geld. Und da Nick es mir nicht zurückschickt, nehme ich an, daß er es brauchen kann. Aber eines Tages werde ich genügend gespart haben, und dann werde ich hinfahren.«

»Das klingt ja ganz so, als ob man sich dort ein übles Emphysem holen könnte – mit all dem Flaum, der durch die Luft fliegt«, meinte Natalie und bedachte die Bedienung, die eben ihre zwei Wodkas brachte, mit einem breiten Lächeln.

»Schon möglich«, entgegnete Walnikow. »Aber Natalie, stellen Sie sich das einmal vor – das Paris des Nordens! Eine Stadt mit Straßen voller seidiger Schneeverwehungen! Und das mitten im August.«

»Ja, das ist sicher fantastisch«, lächelte sie zustimmend. Und das war das wärmste Lächeln, das sie ihm je geschenkt hatte. Es brachte sein Herz schneller zum Klopfen. »*Na sdarowje!* Ach, ist der mild!«

»O ja«, fiel er in ihren Lobgesang ein, als die Wodkawärme ihn zu durchströmen begann.

Sie betrachtete sein einfältiges, jungenhaftes Grinsen und sagte schließlich: »Warum haben Sie eigentlich gesagt, Ihr Vater wäre gestorben, bevor Ihr Bruder geboren wurde? Sie wissen doch selbst, daß das unmöglich stimmen kann?«

»Das habe ich doch auch nie behauptet.«

»Doch, das haben Sie sehr wohl. Und zwar am ersten Tag, an dem wir zusammengearbeitet haben. Sie waren... na ja. Jedenfalls sagen Sie hin und wieder recht eigenartige Sachen.«

»Habe ich das wirklich gesagt?«

»Wenn Sie Wodka getrunken haben, sind Sie dann am nächsten Tag öfter mal etwas – konfus?«

»Ich glaube nicht, nein.«

»Wann ist Ihr Vater denn gestorben?«

»1941. Ich war damals noch keine acht Jahre alt.«

»Was hat er denn hier in Amerika gemacht?«

»Alles mögliche«, zuckte Walnikow mit den Achseln. »Er hat nie richtig Englisch gelernt. Er war Soldat gewesen – ein junger Hauptmann in der zaristischen Armee.«

»Aha«, nickte Natalie. Sie spürte, wie sie mit dem Sprechen zunehmend Schwierigkeiten bekam. »Wollten Sie damit vielleicht sagen, sein Lebensmut wäre gebrochen oder sein altes *Wesen* wäre gestorben, bevor Ihr Bruder geboren wurde? Ist das vielleicht im Zuge der Revolution geschehen, als er mitansehen mußte, wie seine ganze Welt zusammenbrach?«

»Ich weiß nicht. Ich kann mich nicht erinnern, so etwas gesagt zu haben.«

»Ist Ihnen schon einmal aufgefallen, daß Sie etwas abwesend sind? Daß Sie sich nicht konzentrieren können? Daß Sie Schwierigkeiten haben, eine Frage zu verstehen oder zu beantworten?« Natalies Ellbogen glitt vom Tisch, so daß sie mit ihrem Gesicht um ein Haar voll in ihrem Teller gelandet wäre.

»Ich glaube, Sie haben jetzt wirklich genug Wodka«, bemerkte Walnikow.

»Sie haben *Ihren* Fall, den Sie zu lösen haben, und ich meinen«, gab sie herausfordernd zurück. »Kommen Sie, gehen wir zu mir.«

»Zu *Ihnen?*«

»Nein, wenn ich es mir genau überlege, dann kann ich gar nicht zu mir, ich meine, meinen Fall lösen. Also befassen wir uns lieber mit Ihrem Fall, ich meine, mit Ihrer Wohnung. Also gehen wir in Ihre Wohnung.«

»In meine Wohnung.«

»Haben Sie russischen Wodka bei sich zu Hause?«

»Ja, aber ich glaube nicht, daß Sie noch mehr davon trinken sollten.«

»Na gut, aber ich möchte in *Ihre* Wohnung. Sie werden doch wohl einer Dame keinen Wunsch abschlagen?«

Als Walnikow dann mit wodkatrüben Augen den Hügel zum Strip hinunterfuhr, richtete er sein ganzes Augenmerk darauf, niemanden von dem Rosinen und Nüsse mampfenden Jungvolk zu überfahren. Sein Blick fiel auf ein Blumenkind in einer Latzhose und Gummistiefeln. Das Blumenkind tat, was Blumenkinder am Strip so oft tun – es verkaufte Blumen. Kleine Sträuße aus Vergißmeinnicht und Veilchen.

Walnikow lenkte den Wagen an den Straßenrand und stieg aus. Als er wieder zurückkam, hatte er einen Strauß Veilchen in der Hand.

»Wenn Sie schon nicht zulassen wollen, daß ich Ihnen Feuer gebe, dann nehmen Sie wenigstens das«, bat er. »Ich will damit nicht chauvinistisch sein, oder so. Ehrlich. Das ist einfach nur die *Liebe* der Russen, Blumen zu schenken.«

»Walnikow«, entgegnete Natalie mit einem Kopfschütteln und preßte die Veilchen an ihr Gesicht, »Sie sind ein sehr, sehr verrückter Mensch, wissen Sie das? Sie würden wahrscheinlch wirklich in ein brennendes Haus rennen, um ein Goldfischglas herauszuholen.«

Als sie schließlich vor Walnikows möbliertem Apartment in der Franklin Avenue parkten, fiel ihm plötzlich ein, wie seine Junggesellenwohnung eigentlich aussah. Das Bett war natürlich nicht gemacht. Die Unterwäsche und die Socken hingen immer noch von der zwischen Käfig und Tür gespannten Leine. Der Stapel von schmutzigem Geschirr in der Küche. Mein Gott! Waren wenigstens die Toilette und das Waschbecken sauber?

»Äh, können Sie vielleicht noch eben einen Augenblick hier sitzen bleiben, Natalie, damit ich bei mir oben noch ein bißchen aufräumen kann?«

»Wohnen Sie weit oben?« fragte sie. Bei dem Gedanken, eine Treppe hinaufsteigen zu müssen, war ihr momentan nicht ganz wohl. In ihren Fingern hatte sie inzwischen zwar wieder ein Gefühl, aber ihre Zehen waren nach wie vor taub.

»Nummer zwölf, ganz am Ende der Treppe und dann links. Wenn Sie mir zwei Minuten Zeit lassen würden, ja?«

»Zwei Minuten«, wiederholte Natalie und rieb sich ihre Nase, aus der ebenfalls jedes Gefühl entwichen war. Stolitschnaja. Sibirien. Vergessen.

Auch Walnikows Gang zeugte nicht unbedingt von vollendeter Eleganz, als er die Treppe hinaufwankte. Er hatte einige Schwierigkeiten, das Türschloß zu finden. Schließlich schaffte er es aber doch, die Tür aufzusperren, worauf er hastig durch die Wohnung hetzte und Geschirr und Unterwäsche wegräumte. Das schmutzige Geschirr packte er in den Kühlschrank, während Unterwäsche und Socken im Bratrohr des Küchenherds landeten. Er sammelte Dutzende von Platten vom Boden auf und stapelte sie auf dem altersschwachen, schäbigen Couchtisch. Er strich hastig die zerknüllten Laken glatt, zog die Tagesdecke über das Bett, stopfte das Kopfkissen darunter und plazierte ein paar Tageskissen darauf, um dem Raum eine gemütlichere Atmosphäre zu verleihen. Dann sah er, daß zwei der Kissen Tomatensuppenflecken hatten. Er warf sie auf den Boden und beförderte sie mit einem Tritt ebenfalls unter das Bett. Dann hörte er, wie sich Natalie etwas mühsam die Treppe heraufkämpfte. Er schoß ins Bad und inspizierte Toilette, Dusche und Waschbecken. In Ordnung. Nur das Waschbecken war über und über mit Zahnpasta verschmiert. Er riß ein Badetuch vom Halter, wischte damit kurz das Waschbecken aus und rannte in die Küche, wo er das Handtuch zu dem schmutzigen Geschirr in den Kühlschrank steckte. Als sie schließlich an die Tür klopfte, war er völlig außer Atem.

Plötzlich überkam ihn für eine Sekunde neuerlich Panik, und er stürzte auf seinen riesigen Käfig zu. Gott sei Dank! Er sah ganz ordentlich aus.

»*Gawno*«, begrüßte Mischa seinen Herrn, dessen Gedanken sich in diesem Augenblick auch tatsächlich um *Gawno* auf dem Boden des Käfigs drehten.

Walnikow riß die Tür auf und hielt ihr die Drahtmaschentür auf. »Willkommen in meiner Wohnung, Natalie«, keuchte er. »Leider bekomme ich ja nicht allzu oft Besuch hier. Aber trotzdem willkommen!«

Natalie schwankte seitlich, als sie den Raum durchquerte und sich auf dem einzigen gepolsterten Stuhl niederließ. Dabei zerbrach sie eine Platte fein säuberlich in drei Teile.

»Oh, Verzeihung!« entschuldigte sich Walnikow, als sie erschreckt wieder aufsprang. Er nahm die zerbrochene Platte und sagte: »Mussorgsky. Die habe ich sowieso nicht besonders gemocht.«

»Die Couch da sieht aber ein bißchen holprig aus«, bemerkte sie.

»Das ist mein Bett«, berichtigte sie Walnikow. »Ich kann es ja ein bißchen glattstreichen.«

»Wieso?« erwiderte Natalie argwöhnisch und verfehlte wieder einmal mit dem Streichholz ihre Zigarette. »Glauben Sie vielleicht, ich werde mich auf Ihr Bett legen?«

»Nein!« entfuhr es Walnikow.

Und gleichzeitig stand Natalie auf und setzte sich auf sein Bett. »Holprig«, beschwerte sie sich.

»Ich kann es ja glattstreichen«, erklärte er sich rasch bereit.

»Aber nicht mit *mir* drin, mein Freund.«

»Natürlich nicht!«

»Um Himmels willen, Walnikow, setzen Sie sich doch endlich!«

»Möchten Sie etwas Tee?«

»Nein, ich hätte gern etwas Wodka. Russischen Wodka.«

»Und wie wär's mit einem Schluck Tee?«

»Na, dann lassen Sie es eben! Ich werde meinen Wodka schon auch woanders kriegen.«

»Na gut, wenn Sie unbedingt meinen.« Damit verschwand Walnikow in der Küche.

»Wie wär's mit etwas Zigeunermusik?« schlug Natalie vor und verstreute die Asche von ihrer Zigarette über den abgetretenen Teppich. »Hoppla!«

»Gesang oder Geige?« schrie Walnikow aus der Küche zurück.

»Beides! Und beeilen Sie sich ein bißchen!« kommandierte Natalie.

Während sie die Asche von seinem Bett wischte, schenkte Walnikow den Wodka ein und wählte die Platten aus. Zuerst Balalaika. Warum nicht? Und dann etwas Volksmusik. Heitere Musik. Und dann – Zigeunerweisen.

Als die erste Platte lief, fühlte sich Walnikow mit einemmal richtig ausgelassen und gelöst. Er konnte sich nicht erinnern, jemals so viel Spaß gehabt zu haben! Mit einem halb leeren Glas Wodka in der Hand stand er mitten im Raum.

Ein russischer Bariton fiel in ein lebhaftes Lied ein. »Es heißt ›Kogda Ja Pjan‹«, erklärte er. Und dann begann er zu Natalies Überraschung einen Tanz für sie, wobei er ihr den Text übersetzte, während er durch den Raum hopste und wirbelte.

Zuerst der russische Bariton und dann Walnikows Übersetzung: »Ich werde trinken und trinken... und ich bin immer betrunken... und da ist nichts, vor dem ich mich fürchte...«

»Singen Sie es doch auch!« forderte Natalie ihn auf und klatschte mit der Musik, während Walnikow tanzte.

Der Russe und Walnikow sangen: »Da ist nichts, vor dem ich mich fürchte!«

»Singen Sie doch auch, Walnikow!« verlangte Natalie. Sie verschüttete ihren Wodka, schenkte sich aber neuen nach.

Walnikow tanzte inzwischen mit dem Wodkaglas zwischen seinen Zähnen, bis er neben Natalie aufs Bett plumpste.

Er zog seine Jacke aus und legte den Waffengürtel ab. Revolver und Gürtel flogen in hohem Bogen auf den nächsten Stuhl.

»Einen Augenblick, Walnikow«, warnte ihn Natalie Zimmerman. »Behalten Sie den Rest der Kleider *an!*«

Aber Walnikow hörte sie gar nicht. Er war bereits wieder auf den Beinen. Er riß sich die Krawatte vom Hals und krempelte die Ärmel seines weißen Hemds hoch. Wie viele stämmige Männer konnte Walnikow gut tanzen. Jetzt bewegte er sich zu der lebhaften Musik von ›Kak U Duba Starowo‹.

»Tanzen Sie, Walnikow!« kicherte Natalie und klatschte im Takt der Musik. Als das Lied zu Ende war, fiel er neuerlich aufs Bett.

»Das war großartig!« applaudierte Natalie. »Einfach toll!«

»Finden Sie wirklich?«

»Sie sind ein fantastischer Tänzer.«

Dann begann eine Zigeunerin zu singen, mit einer Stimme wie ein Mann. Walnikow setzte plötzlich eine ernste Miene auf und schenkte ihnen beiden neuen Stolitschnaja ein. Zigeuner. Gott steh' uns bei. Zigeuner.

»Was ist, Walnikow?« fragte Natalie.

»Ich weiß nicht. Die Zigeuner machen mich einfach traurig.«

»Aber wieso?«

»Vielleicht, weil ich es soll.«

»Sie sind ein lausiger Amerikaner, Walnikow.«

»Hören Sie sich das an!«

Ein Zigeunerbariton begann ›Starinje Wals‹, den Alten Walzer, zu singen.

»Das ist der schönste Walzer, den ich je gehört habe«, sagte Natalie Zimmerman.

»Können Sie Walzer tanzen?« fragte Walnikow.

»Ja.«

Er trat an den Plattenspieler und setzte den Tonarm noch einmal auf den Beginn von ›Starinje Wals‹. Der Zigeuner begann zu singen. Walnikow verbeugte sich und breitete seine Arme aus. Natalie Zimmerman stand leicht schwankend vor ihm und lehnte sich an ihn. Er führte sehr gekonnt. Vorsichtig bugsierte er sie zwischen all den über seine winzige Wohnung verstreuten Gegenständen hindurch, während der Zigeuner sang.

»Der Schneesturm heult vor dem Fenster«, übersetzte Walnikow den Text. »Und kein Ton ist von dem Walzer zu hören.«

»Walnikow!« Natalie löste sich von ihm und setzte sich wieder auf das Bett. »Was ist nur mit mir los?«

»Und ich war jung«, übersetzte er weiter den Gesang des Zigeuners.

»Walnikow!«

»Und ich *liebte* dich so sehr!« übersetzte er immer noch.

»Haben Sie noch etwas Wodka? Ich hätte gern noch einen Schluck Wodka!«

»Selbstverständlich«, erwiderte er höflich und verschwand in die Küche.

»Geht es dort ins Bad, Walnikow?« rief Natalie ihm nach, während er in der Küche nachschenkte.

»Sie können es unmöglich verfehlen«, rief er zurück. »Es ist auf der linken Seite.«

Sie wusch sich mit kaltem Wasser das Gesicht, trocknete sich ab, schminkte sich die Lippen frisch und betrachtete im Spiegel prüfend ihre Augen. Mein Gott, was ist nur mit mir los? Walnikow ist doch ein Irrer. Aber was ist nur mit *mir?* Als sie wieder in den Wohnraum trat, sang gerade eine Zigeunerin, als zerspränge ihr das Herz. Walnikow tanzte dazu betrunken durch das Zimmer.

»Sie sind wirklich komisch, Walnikow«, sagte Natalie, während er sich schwankend zu der Musik bewegte. Sie war fast genauso groß wie er. »Richten Sie sich doch einmal gerade auf.«

»Wieso sollte ich gerade stehen?« erwiderte er und tanzte weiter wankend und mit geschlossenen Augen zu der Musik.

»Wenn Sie sich nur einmal gerade aufrichten würden, wären Sie bestimmt eins achtzig groß«, redete Natalie weiter auf ihn ein. »Und Sie wiegen doch bestimmt zwei Zentner. Da sollten Sie auf jeden Fall größer sein.«

»Mir ist völlig egal, ob ich eins achtzig groß bin«, antwortete Walnikow. Er hatte inzwischen eine Kauerstellung eingenommen und versuchte ein paar Prisiadka-Schritte, die ihn jedoch des öfteren auf seinem Hintern landen ließen.

»Walnikow!« kreischte Natalie. »Das ist doch verrückt!«

»Die Nachtigallen sangen in den Brombeerbüschen!« begann Walnikow wieder zu übersetzen.

»Was?« Sie goß ihm sein Glas halb voll mit Wodka, als er sich tanzend aufrichtete.

»Ich habe gesagt, die Nachtigallen sangen in den Brombeerbüschen«, wiederholte Walnikow. »Wer als ein Russe könnte solche Zeilen schreiben?«

Und während ein Zigeunerbariton sang, fragte Natalie lächelnd: »Ist das der Text dieses Lieds?«

»Die Blätter der Pappeln raschelten«, übersetzte Walnikow. »In den belaubten Wäldern grüßten junge Mädchen die Reiter mit einem Lied.«

»Singt er das gerade?« wollte Natalie wissen.

Walnikow nickte und tanzte mit geschlossenen Augen weiter.

Als der Zigeuner zu singen aufhörte, öffnete er seine Augen. Walnikow legte noch einmal den Alten Walzer auf. Sie stand vor ihm und winkte ihn mit ihren Armen zu sich. Er legte seinen Arm um sie, und dann tanzten sie los, wohlweislich den Käfig und den Couchtisch vermeidend.

»Sagen Sie mir doch, was der Text bedeutet«, flüsterte sie.

»In einer Frühlingsnacht sang eine unbekannte Stimme diese wunderbare Melodie.« Walnikow redete, während der Zigeuner sang.

»Das ist ein *herrlicher* Walzer«, flüsterte Natalie, während sie langsam durch das kleine Apartment wirbelten.

»*Gawno!*« krächzte Mischa und beobachtete die Tänzer.

»Und ich war so jung«, übersetzte Walnikow. »Und ich liebte dich so sehr!«

»Ich bin ganz schön sauer auf Sie, Walnikow, daß sie's gestern abend mit Mrs. Whitfield getrieben haben«, flüsterte Natalie im Tanzen.

»Wirklich?« Er fühlte sich übermütig, schwindlig.

»Ja, ich bin ganz schön sauer.«

»Wieso, Natalie?«

»Weil Sie Polizeibeamter sind«, fuhr sie ihn an. »Das wirft doch auf die ganze Polizei ein schlechtes Licht, verdammt noch mal. Im Dienst zu vögeln!«

»Tut mir leid, Natalie«, erwiderte er. »Aber für mich war das eine sehr ungewöhnliche Nacht.«

»Ich verzeihe Ihnen ja auch«, flüsterte Natalie in Walnikows Ohr, während der Zigeuner sang. »Was hat dieser Zigeuner über die Nachtigallen gesungen, Walnikow?«

»Daß die Nachtigallen in den Brombeerbüschen singen«, murmelte Walnikow ganz nahe an ihrer Wange.

»Recht haben sie«, stimmte Natalie Zimmerman zu und blies sich ihre widerspenstige Locke aus dem Gesicht. Und dann küßte sie plötzlich Walnikows glühendheißes Ohrläppchen.

Er war völlig außer sich. Nie hätte er das auch nur zu träumen gewagt. »Natalie!« schluchzte er.

Und dann jubelte sie: »Andruschka!«

»Was? *Was* hast du gesagt?«

»Andruschka!« Sie küßte ihn und biß ihn ins Ohr.

Der Klang ihrer Stimme, als sie ihn so nannte, rührte ihn fast zu Tränen. »Natascha!« schluchzte er.

Er war der zärtlichste und selbstloseste Liebhaber, den sie je gehabt hatte. Endlos küßte er jede einzelne Stelle ihres Körpers. Ebenso endlos liebkoste er sie überall und immer. Er flüsterte ihr russische und englische Wortfetzen ins Ohr. Sie wußte nicht, ob es seine Worte waren oder die des Zigeuners, der durch das alles zu ihnen sang. Natalie hatte *vier* Orgasmen, nur einen weniger, als sie die ganze Woche lang mit Captain Jack Packerton *nicht* gehabt hatte.

Alle paar Augenblicke rief sie: »Andruschka!«

»Natascha!« antwortete er ihr. »Oh, meine Natascha!«

»Andruschka!«

Zu etwa demselben Zeitpunkt, da Natalie Zimmerman gerade ihren vierten Orgasmus bekam, saß Philo Skinner, der schon drei Monate keinen mehr gehabt hatte, in dem kleinen Büro neben dem Arbeitsraum und trank im Schein einer Schreibtischlampe kanadischen Bourbon, kritzelte auf einem Notizblock herum und starrte auf das Telefon.

Der Whisky half ihm schließlich dabei, nicht mehr daran denken zu müssen, was er eben getan hatte. Er fragte sich, ob sie wohl würde schlafen können, aber er brachte es nicht über sich, zurück in den Zwinger zu gehen und nach ihr zu sehen. Er hatte einen Entschluß gefaßt.

Er hatte schon längst eine mexikanische Touristenkarte. Es gab täglich, drei Uhr nachmittags, einen Flug mit der Mexicana Airlines, der ihn über ein subtropisches Paradies, über weiße Strände und über den warmen Pazifik tragen würde, wie er es sich immer erträumt hatte. Er würde zwar keine siebzigtausend Dollar haben, wie er sich erträumt hatte, aber er würde auch keine fünftausend haben.

Er würde *zwanzigtausend* haben. Er würde Arnold hereinlegen und sich mit dem ganzen Geld aus dem Staub machen. Er lächelte grimmig und hoffte, die anderen Buchmacher würden *Arnold* an die Eier gehen. Sollten der Jude und der Nigger morgen ruhig kommen, um nach Philo zu sehen. Um diese Zeit würde er bereits hoch über dem Golf von Kalifornien schweben. Und Margueritas trinken.

Natürlich würde er nie wieder in sein Heimatland zurückkehren können. Das stimmte ihn traurig. Aber andererseits, nie war eine lange Zeit. Vielleicht würde Arnold, dieser Blutsauger, eines Tages das Zeitliche segnen. Vielleicht konnte Philo Skinner eines Tages ja doch wieder zurück.

Er würde diese zwanzig Mille nehmen und sie in zwei Jahren verzehnfachen. In einem Land wie Mexiko gab es ja noch reichen Boden für Investitionen aller Art, und er würde es denen schon zeigen. Binnen kurzem würde wahrscheinlich halb Puerto Vallarta Philo Skinner gehören.

Und während Philo dann seinen Pappbecher leerte und eine neue Ladung Bourbon nachgoß, kam ihm ein erschreckender Gedanke. Was war, wenn sie es sich doch anders überlegte? Wenn sie plötzlich doch zu dem Schluß gelangte, daß ihr an einem einohrigen Hund nichts gelegen war? Wenn all dieses Getue, von wegen

Vickie wäre wie ein Kind für sie, eben nur Getue war? Wenn sie auch nur so eine popularitätsgeile Fotze war wie die meisten anderen auch, die sich einen feuchten Schnauzerdreck um ihre Hunde kümmerten, solange sie Philo nicht zum Sieg führte? Zwanzigtausend für ein verstümmeltes Tier? Warum hatte er ihr nur gesagt, daß er dem Schnauzer ein Ohr abgeschnitten hatte? *Warum* hatte er ihm überhaupt ein Ohr abgeschnitten? Er hatte sein ganzes Leben lang keinem Tier etwas zuleide getan!

Bevor er noch bewußt eine Entscheidung gefällt hatte, nahm Philo bereits den Hörer in die Hand und wählte die Nummer, die er inzwischen so gut kannte.

Sie lag im Mondlicht wach auf ihren Satinlaken, die tränennaß waren. Sie spürte instinktiv, wer am anderen Ende der Leitung war. Ihre Unterhaltung war diesmal von grimmiger Knappheit. Sie waren beide erschöpft.

»Hallo.«

»Richard am Apparat.«

»Ich weiß.«

»Falls Sie schon im Bett liegen – ziehen Sie sich etwas an! Und holen Sie das Geld.«

»Ja.«

»Wie groß ist das Bündel?«

»Nicht besonders groß.« Sie war selbst überrascht, was für ein kleines Päckchen zwanzigtausend Dollar waren.

»Paßt es in eine Einkaufstüte?«

»Ja, ohne weiteres.«

»Gut, dann geben Sie das Geld in eine Einkaufstüte. Halt, nein, haben Sie einen Plastikmüllbeutel?«

»Ja, ich glaube schon.«

»Gut, dann geben Sie es in eine Plastiktüte. Verpacken Sie es ordentlich und wickeln Sie Klebstreifen um das Päckchen, daß es schön kompakt ist.«

»Ja.«

»Fahren Sie ... warten Sie ... fahren Sie zum Ostende der Selbstmörderbrücke. Und fahren Sie langsam.«

»Ja.«

»Wenn Sie das Ostende der Brücke erreichen, werfen Sie das Päckchen auf der Beifahrerseite aus dem Wagen. Vorsichtig, daß es auf die Straße fällt.«

»Ja.«

»Um diese Zeit sollte auf der Brücke eigentlich kein Wagen zu sehen sein. Die meisten Leute aus dieser Gegend benutzen doch den Freeway und nicht die Selbstmörderbrücke, oder nicht?«

»Ja. Es ist nicht anzunehmen, daß um diese Zeit jemand über die Brücke fährt.«

»Wenn das trotzdem der Fall sein sollte, werfen Sie das Geld nicht aus dem Wagen. Fahren Sie wieder nach Hause und warten Sie auf meinen Anruf. Haben Sie mich verstanden?«

»Ja. Und wann werden Sie Vickie nach Hause bringen?«

»Ich werde Vickie nicht nach Hause bringen. Ich werde Sie morgen mittag anrufen. Ich werde Vickie an einen sicheren Ort in der Nähe Ihres Hauses bringen. Vielleicht in eine Kirche oder in ein öffentliches Gebäude. Dort werde ich sie anbinden, dann rufe ich Sie an und sage Ihnen, wo sie ist.«

»Wie geht es ihr?« Nur mit Mühe konnte Madeline ein Schluchzen unterdrücken, als sie an den entsetzlichen letzten Anruf dachte.

»Es geht ihr gut«, erwiderte Philo kurz angebunden. »Das alles war nicht meine Schuld. Ich habe in meinem ganzen Leben noch keinem Tier etwas zuleide getan. Das war *Ihre* Schuld.«

»Ja. Ich werde alles tun, wie Sie gesagt haben. Soll ich jetzt schon losfahren?«

»Warten Sie genau dreißig Minuten. Und in dreißig Minuten fahren Sie dann in östlicher Richtung über die Selbstmörderbrücke. Und ich würde Ihnen raten, sich dabei nicht von der Polizei begleiten zu lassen.«

»Nein, natürlich nicht.«

Und dann log Philo und sagte: »Für den Fall, daß Sie doch die Polizei verständigt haben sollten, habe ich meinem Partner Anweisungen gegeben, dem Schnauzer den Kopf abzuschneiden.

»Oh, mein Gott«, schluchzte Madeline.

Und dann sagte Philo die Wahrheit: »Wissen Sie, warum ich mich ausgerechnet für die Selbstmörderbrücke entschieden habe?«

»Nein.«

»Weil ich mich von der Brücke stürzen werde, wenn Sie mit der Polizei kommen.«

»Ich werde nicht mit der Polizei kommen. Das schwöre ich Ihnen.«

»Sonst werde ich sterben, und Ihre Vickie.«

»Ja, ich verstehe.«

»Diese Sache ist absolut nicht so gelaufen, wie ich es mir vorgestellt habe. Sie können sich wohl denken, daß ich nicht so dumm bin. Ich bin in einer verzweifelten Lage. Glauben Sie mir!«

»Ich glaube Ihnen«, erwiderte Madeline.

»Also bringen wir es hinter uns. In dreißig Minuten. Wir müssen einander vertrauen. Ich bekomme das Geld, Sie bekommen Vickie. Oder ich springe. Und ich hätte gern, Mrs. Whitfield, daß Ihnen klar ist, daß mir das im Augenblick – so oder so – ziemlich egal ist.«

In der Küche brannte Licht. Ansonsten war die chaotische Wohnung dunkel. Nur mit einem Laken bedeckt, lagen sie in Walnikows Bett. Ihr Gesicht ruhte auf seinem mächtigen, haarigen Brustkorb. Sie lauschte dem Pochen seines Herzens. Inzwischen schlug sein Herz schwer und langsam. Er hörte nicht auf, sie zu liebkosen. Ihren Kopf, ihre Schultern, ihren Hals, ihre Arme. Natalie Zimmerman schnurrte wie eine Katze. Mischa und Grischa wurden von dem Geräusch richtig nervös.

»Andruschka?«

»Ja, Natascha?«

»Es war eine herrliche Nacht.«

»Die schönste in meinem ganzen Leben«, bestätigte er.

»Andruschka?«

»Ja?«

»Nichts. Ich liebe nur den Klang deines Namens.«

Für eine Weile schwiegen sie, bis er sagte: »Natascha?«

»Ja?«

»Nichts. Ich liebe Natascha einfach.«

Plötzlich beunruhigte sie etwas. Sie sagte: »Wie meinst du das? Den Namen? Liebst du den *Namen?*«

Er blieb still. Also redete sie einfach weiter: »Ist das eine verrückte Nacht. Wir sind betrunken und amüsieren uns köstlich und... das ist einfach nur eine verrückte Nacht, die auf einen verrückten Tag und den verrücktesten Fall meines Lebens folgt und... na ja, du meinst also, du liebst den *Namen* Natascha.«

Sein neuerliches Schweigen beunruhigte sie nur noch mehr. Es erinnerte sie wieder daran, an welchem Fall *sie* eigentlich arbeitete. Seine Verrücktheit zu melden, stand inzwischen natürlich außer Frage. Inzwischen ging es nicht mehr darum, daß sie nicht mehr für die Einbruchsabteilung arbeiten wollte. Inzwischen wollte sie eine sofortige Versetzung von der Hollywood Station beantragen. Sie wollte auf keinen Fall miterleben, wenn jemand *anderer* die Wahrheit über Walnikow herausfand. Aber psychische Störungen waren ja bekanntlich nicht unheilbar. Das waren doch, um Himmels willen, keine irreversiblen Leiden! Und wenn sie auch unbedingt von ihm wegkommen mußte, stand für sie doch völlig außer Frage, wie sehr sie ihn mochte. Man mußte einfach jemanden mögen, der in Los Angeles geboren und aufgewachsen war, zweiundzwanzig Jahre bei der Polizei gearbeitet hatte und so simpel und altmodisch war wie er. Und so verrückt. Und das, überlegte sie, war es vermutlich gewesen, was diese orgiastischen Ausbrüche hervorgerufen hatte. Irgendeine perverse Ader in ihrem tiefsten Innern, deren sie sich nicht bewußt war. Mit einem Irren ins Bett zu gehen.

»Und du meinst also, das wäre die schönste Nacht deines Lebens gewesen«, fuhr sie schließlich fort.

»Ja«, erwiderte er, wobei er sie immer noch liebkoste und streichelte, während er einer Zigeunergeige lauschte und an die Decke starrte.

»Erzähl mir doch mehr über dein ganzes Leben«, bat sie ihn.

»Wie sollte ich dir von meinem ganzen Leben erzählen?« kicherte er.

»Dann erzähl mir, wie du aufgewachsen bist.«

»Über Boyle Heights? Na ja, das war russisch und jüdisch und mexikanisch – und alt. Das ist ein sehr altes Viertel. Inzwischen leben dort natürlich fast ausschließlich Mexikaner.«

»Hast du eine glückliche Kindheit gehabt?« Sie stützte sich auf einem Ellbogen auf und sah in seine Augen, die im Dunkel feucht schimmerten.

»Natürlich hatte ich eine glückliche Kindheit. Nach dem Tod meines Vaters wurde es zwar ein bißchen schwierig für uns, aber Alex war ja wesentlich älter als ich, und er hat uns wirklich gut durchgebracht.«

»Bist du auch in die Kirche gegangen?«

»Natürlich sind wir immer in die Kirche gegangen«, lächelte Walnikow. »Die Kirche war praktisch der Mittelpunkt unseres ganzen Lebens. Dort war unser *Batuschka*. Dort war unser Professor. Wir sind zum Gottesdienst, zur Sonntagsschule und zur russischen Schule immer nur in die Kirche gegangen. Wir alle mußten von unserem Professor lernen, unsere Muttersprache zu lesen und zu schreiben.«

»Russisch?«

»Sicher. Für meine Mutter war Russisch sowieso die einzige Sprache, die es gab. Meine Eltern waren Monarchisten, weißt du. Sie haben wirklich geglaubt, sie würden eines Tages wieder in die Heimat zurückkehren. Sie alle haben davon geträumt, daß zumindest ihre Gebeine eines Tages in russischer Erde bestattet würden, wenn die Bolschewiken die Macht wieder verloren hätten. Du kannst dir sicher nicht vorstellen, wie weltfremd diese Immigranten waren. Was für Träume sie hatten. Wie mystisch sie veranlagt waren.«

»Aber ihr Kinder wart glücklich?«

»Natürlich waren wir glücklich. Nach dem Zweiten Weltkrieg wurde es zwar etwas schwierig, als es nicht mehr gerade von Vorteil war, ein Russe zu sein. Als ich die High School absolvierte, war es eigentlich sogar das Letzte. Wir haben in Korea gekämpft, und wir wurden oft als Kommunisten und Rote beschimpft. Die neuen Einwanderer von der zweiten Immigrationswelle hatten es sogar noch schlechter. Sie waren ja wirklich Sowjets, und sie bekamen das auch von allen Seiten zu spüren. Wenn man da nicht in die Kirche gegangen ist, haben einen sogar die alten Russen einen Bolschewiken genannt. Und die Amerikaner kannten den Unterschied sowieso nicht. Für die waren wir alle Bolschewiken, obwohl in jedem Haushalt der ersten Einwanderungswelle ein Bild von Nikolaus Romanow hing, das kaum weniger verehrt wurde wie eine Ikone. Ja, so war das. Zar Nikolaus, dann die Jungfrau Maria und dann *Christos*.«

»Hast du eigentlich auch russisch gedacht?«

»Nur bis zur fünften Klasse, oder so. Dann fing ich an, in Englisch zu denken. Darauf wurde mein Russisch ziemlich schlecht. Aber meine Mutter hat noch lange genug gelebt, um Chruschtschow im Fernsehen zu hören, und von da ab hat sie dann immer gesagt, ihr Andruschka könnte immer noch besser Russisch als dieser ignorante Ukrainer. Sie hat immer gesagt, daß man es von Moskau bis Malibu hören konnte, wenn dieser Bauer einen Furz ließ.« Dieser Gedanke brachte Walnikow unwillkürlich zum Lachen, daß ihm die Tränen kamen.

Plötzlich stand Natalie Zimmerman auf und ging nackt in die Küche, wo er sie etwas einschenken hörte. Erst dachte er, es wäre vielleicht Wasser, aber dann kam sie mit einem Trinkglas voll Wodka zurück.

»Da«, sagte sie und streckte es ihm entgegen.

»Ich will nichts mehr.«

»Bitte, trink noch etwas. Ich würde noch gern mit dir reden.«

»Aber ich brauche keinen Wodka, um mich mit dir zu unterhalten.«

»Vielleicht doch.«

»Aber ich möchte meinen Alkoholkonsum einschränken.«

»Damit kannst du morgen anfangen. Trink heute nacht noch einmal für mich. Ich werde dir helfen.«

Walnikow zog sich auf dem Bett hoch und ließ sich von Natalie ein Kissen in den Rücken stopfen. Dann schlüpfte sie wieder unter die Decke und kuschelte sich an ihn.

»Trink«, forderte sie ihn auf. Und er trank.

»Ich hätte gern, daß du mir noch mehr über deinen alten Partner erzählst.«

»Über Charlie Lightfoot?«

»Ja. Wieso war er so ein guter Morddetektiv?«

Walnikow trank nun, ohne daß ihn Natalie dazu auffordern mußte. »Gut? Ja, er war gut. Er hat einfach alles durchschaut.«

»Ja?«

»Wie bei dieser alten Schwarzen, die sie bereits verwesend in ihrem Bett fanden. Die Nachbarn hatten angerufen, um sich über den Gestank zu beschweren, der aus ihrer kleinen Hütte kam.« Walnikow hörte wieder auf zu trinken. »Und der Beamte, den sie dann dort hinschickten, stellte fest, daß die Scheibe eines Seitenfensters zerbrochen war. Und dann entdeckte er, daß auch aus der Hintertür eine Scheibe herausgebrochen war. Und als nächstes entdeckte er auf der hinteren Veranda ein abgebranntes Streichholz. Und ein weiteres in der Küche. Und noch eines im Gang. Und eines ...« Er trank mehr Wodka. Ah. Wie sagte Natalie immer? Mild. Ja. »Und noch eines und noch eines. Die abgebrannten Streichhölzer führten durch das ganze Haus und in ihr Schlafzimmer, wo die Spur schließlich aufhörte. Und da lag sie. Charlie hatte sich das Foto aus dem Labor aufgehoben. Weißt du, die Streifenbeamten hatten nämlich das Labor und die Fingerabdruckabteilung und das Fotolabor und ihren Chef verständigt. Ihr Haar war ganz weiß und elektrisch geladen. Es stand ihr elektrisiert in allen Richtungen vom Kopf ab. Sie war bereits so stark verwest, daß ihre Augen nur noch silberne Höhlen waren. Ihre Lippen waren fast völlig verfault, so daß ihre Zähne bis herauf zu der Stelle zu sehen waren, wo eigentlich das Zahnfleisch hätte beginnen sollen, nur daß da keines mehr war. Charlie sah nur einmal kurz hin und sagte: Kein Mord. Kein Mord! schrien die anderen. Kein Mord? In das Haus wurde doch eingebrochen. Ein Einbrecher ist in das Haus eingedrungen und hat die Frau im Bett ermordet. Ich wette, daß sie gleich irgendwo eine Wunde von einem Messerstich entdecken! schrien die Streifenbeamten aufgeregt durcheinander. Vielleicht wurde sie auch erwürgt. Na ja, die machten alle ein Mordstheater wegen dieser Geschichte.«

»Und war es denn dann ein Mord?« wollte Natalie wissen, während Walnikow an seinem Glas nippte.

»Kein Mord«, erzählte Walnikow weiter. »Charlie holte alle die Uniformierten zusammen und führte ihnen vor, wie es passiert war. Der Einbrecher schlich sich nachts an das Haus heran und brach die Scheibe in der Hintertür heraus. Die Scherben lagen auf der Innenseite. Er sieht sich also im Haus um, indem er ein Streichholz nach dem anderen abbrennt. Er lacht sich schon ins Fäustchen bei all der fetten Beute, die er machen wird. Er überlegt sich bereits, wie er das ganze Zeug am besten wegkarren soll. Aus dem Schlafzimmer stinkt es ein bißchen. Vielleicht hat der Bursche auch eine Erkältung, daß er gar nichts riecht. Jedenfalls deutet die Streichholzspur darauf hin, daß er dort zuletzt nachsieht. Möglicherweise pfeift er sogar gut gelaunt vor sich hin. Sie hat einen Fernseher, ein gutes Transistorradio und ein bißchen Geld in der Küchenschublade. Gerade genug, um sich ein bißchen Dope kaufen zu können. Schließlich zündet er am Fuß des Betts das letzte Streichholz an. Und er sieht die Leiche, die ich dir eben beschrieben habe. Die Scherben des Schlafzimmerfensters lagen auf der Außenseite. Er schreit entsetzt auf und hechtet, Kopf voraus, durchs Fenster. Und dann läuft er, was er laufen kann...« Das Bett geriet von Walnikows Lachen ins Wackeln. »Sie war neunzig Jahre alt und war eines natürlichen Todes gestorben, wie die Autopsie ergab. Aber dieser Kerl hat wahrscheinlich immer noch nicht aufgehört zu laufen...«

Unglaublicherweise hatte Walnikow inzwischen fast das ganze Glas geleert. *Er* würde sicher keines natürlichen Todes sterben, dachte sie. Jedenfalls nicht, wenn er weiter so viel trank. Und sie unternahm ja im Augenblick auch nicht gerade etwas dagegen.

»Warum hat sich Charlie Lightfoot eigentlich erschossen?« fragte sie plötzlich.

Walnikow schüttete den Rest hinunter. »Es hieß, es wäre ein Jagdunfall gewesen.«

»Aber Charlie Lightfoot war doch gar kein Jäger«, erinnerte sie ihn.

Darauf meinte Walnikow: »Er hätte sich nie pensionieren lassen sollen. Er hatte doch zumindest seine Arbeit.«

»Mochte er seine Arbeit?«

»Er war alt. Er war verdammt alt für sein Alter. Er dachte, die ganze Welt flösse in eine riesige Klärgrube ab. Die Große Kloake nannte er es immer. Ab in die Große Kloake, sagte Charlie Lightfoot immer, wenn er eine Leiche sah. Er war Atheist. Und für Charlie Lightfoot waren Menschen nichts anderes als ... als etwas, das früher oder später in die Große Kloake hinuntergespült wurde.«

»Ihr wart doch befreundet, und er hat dich doch gemocht, oder nicht?«

»Ja, klar«, nickte Walnikow. »Nur gegen Ende zu nicht mehr. Da mochte er niemanden mehr, und das galt ganz besonders für ihn selbst. Ich glaube, damals habe ich angefangen, auch im Dienst zu trinken. Ich war einundzwanzig Jahre bei der Polizei und hatte selbst als Detektiv nie im Dienst getrunken. Selbst wenn die ganzen Kollegen zum Mittagessen ihre Martinis oder Bourbons kippten, habe ich nicht im Dienst getrunken. Wir beide haben damals ganz schön zu saufen angefangen. Im Dienst und nach Dientschluß.« Walnikow seufzte. »Als Charlie dann kündigte und sich in die Berge absetzte, war mir klar, daß das nie gutgehen konnte. Wir hatten uns damals beide schon angewöhnt, auch während des Tages zu saufen. Und ich kann dir sagen, daß es keinem von uns beiden je so schlecht gegangen war wie zu dieser Zeit.«

»Wie meinst du das?«

»*Fünf* Kindsmorde in einem Monat! Niemand hat jemals so viele auf einmal gehabt. Und dabei sollten wir eigentlich nur ein paar Kollegen bei ihren ungelösten Fällen helfen.«

»Und habt ihr den Mörder geschnappt?«

»Den Mörder?« stieß Walnikow plötzlich heftig hervor. »Das war nicht einer. Das waren mehrere. Lauter einzelne Morde, die nichts miteinander zu tun hatten. Fünf in einer Reihe, alle unter zehn Jahre alt. Drei von ihren Müttern, eines vom Vater und eines von Vater und Mutter *zusammen*. Und das waren keine simplen Mordfälle. Die Detektive, die ursprünglich an diesen Fällen arbeiteten, hätten die alten Narben eigentlich sehen müssen, die bereits auf frühere Mißhandlungen hindeuteten. Ja, damals hatten wir gleich fünf hintereinander. Das war einfach zu *viel*.«

Er ließ das Wasserglas zu Boden fallen. Aber er verschüttete nichts. Es war leer. »Warte, ich hol' dir noch was.« Natalie Zimmerman stand auf und huschte in die Küche. Laß dir doch von Natalie helfen. Sicher. Überlaß das Quälen Natalie. Mein Gott, Walnikow verstand es wirklich, einen dazu zu bringen, sich selbst zu hassen. Er hatte so etwas an sich. Sie goß das Wasserglas halb mit russischem Wodka voll. Eine Dosis Vergessen, Walnikow. Und vergiß nicht, deiner Leber zum Abschied noch etwas Nettes zu sagen. Mit den besten Grüßen von deiner guten, alten Partnerin, Natalie Zimmerman. Laß dir ruhig von deiner Partnerin den Kopf zu *Piroschki* verarbeiten.

Als sie ihm den Wodka reichte, zitterten seine Hände. Er hielt das Glas beim Trinken mit beiden Händen. Er schwitzte, und seine Zähne klapperten. Sie breitete eine zweite Decke über ihn und kroch dann selbst darunter.

»Warum hast du eigentlich diesen Streit mit diesem Doktor angefangen?«

»Mit was für einem Doktor?«

»Sie haben dich doch aus der Mordkommission gefeuert. Und nach Hollywood versetzt, oder nicht? War es wegen deiner Sauferei? Es gab da doch ein Problem. Bei einer Autopsie.«

»Ein Doktor«, murmelte er. Und da war es plötzlich wieder! Die funkelnden Lichtpunkte nahmen plötzlich die Gestalt... eines Arztes an! Es war ein japanischer Arzt. Nein, ein weißer Arzt. *Zwei* Ärzte.

»Was ist, Walnikow?« drang sie in ihn.

Er trank Wodka. Die klare Flüssigkeit lief ihm über sein Kinn auf das gekrauste, zimtfarbene Haar auf seiner Brust hinab. »Manchmal bekomme ich das Bild zu fassen«, sagte er und starrte in das Dunkel vor sich, wo sich das Bild herauskristallisierte. Sibirien. Und wieder Schnee. Jetzt ist das Bild wieder... weg.«

»Kommt es eigentlich jeden Tag?« Natalie hatte sich inzwischen aufgesetzt. Ihre weiße Haut leuchtete im Dunkel.

»Jeden Tag«, wiederholte Walnikow. »Wenn ich es nur einmal richtig zu fassen bekäme. Es ist wie... eine Art Déjà vu.«

»Déjà vu«, hakte Natalie nach.

»Ja, eine Art Déjà vu. Aber ein sehr... intensives Déjà-vu-Erlebnis. Ich... ich weiß, daß ich... wenn ich es nur deutlich erkennen könnte und genau sehen...«

»Wann kommt es denn meistens? Nachts? In einem Traum?«

Und schon war es wieder weg. Die funkelnden Lichtpunkte verschwammen und verloren jede erkennbare Form.

»Träumst du öfter von einem Kaninchen?«

Jetzt kam es wieder zurück. Da! Mein Gott! Das Kaninchen hoppelte durch den Schnee.

»Das Kaninchen!«

»Träumst du von einem Kaninchen?«

»Ja!« schrie er.

»Beruhige dich erst mal wieder. Trink noch einen Schluck Wodka.«

Walnikow leerte den gesamten Inhalt des Wasserglases. Sie kannte niemanden, der so viel trinken konnte, ohne bewußtlos zu werden.

»Was war bei der letzten Autopsie, an die du dich erinnern kannst? Das muß doch die gewesen sein, wegen der du in Schwierigkeiten geraten bist.«

»Die letzte Autopsie?« echote er und betrachtete die Lichtpunkte, die immer schwächer wurden. Die Phantome zogen sich wieder ins Dunkel zurück.

»Wie viele Autopsien hast du in etwa mitgemacht?«

Er sah sie an und sagte: »Ach, das waren vermutlich Hunderte. Ich weiß nicht.«

»Und die letzte. Wer war der Tote?«

»Die letzte«, murmelte er vor sich hin.

War das die mit diesem hübschen, jungen Mädchen, das an einer Überdosis Barbiturate gestorben war? Ja. Nein.

Na, was hältst du davon, Walnikow? Diese Kleine da und ihre Freunde haben eine nette, kleine Pillenschlucker-Party und sie... sieh dir das mal an... sie stirbt an einer Überdosis. Schau her.

Der Mann stößt die Tranchierschere in ihren makellosen, jungen Bauch. Die Stahlspitze gibt eim Eindringen ein quietschendes Geräusch von sich.

Stell dir das mal vor. Die Lebertemperatur deutet darauf hin, daß sie schon die ganze Zeit tot war, als sich die Jungs gestern nacht über sie hergemacht haben. Stell dir so etwas einmal vor. Sie haben eine Leiche gevögelt! Und weißt du, was einer von diesen Pillenboys gemeint hat, als sie ihn daraufhin angesprochen haben? Die war doch immer schon ein totes Stück Arsch. Wie hätte ich da einen Unterschied merken sollen? Das hat dieser Rotzlöffel gesagt. Ist das nicht zum Schreien?

Ein Schreien.

Der kleine Junge hat immer geschrien, Sergeant.

Und warum haben Sie dann, verdammt noch mal, nicht die Polizei gerufen.

Aber ich wollte doch da nicht hineingezogen werden.

Hineingezogen! Wie lange haben Sie diese Schreie in der Nacht denn schon gehört? Wie lange?

Drei Wochen, antwortete die Nachbarin ängstlich.

Drei Wochen! Drei Wochen! Also, wenn es eine Hölle gibt, dann werden sie darin braten, meine Dame! Wenn es eine Hölle gibt!

Es gibt keine Hölle, meint Charlie Lightfoot. Und es gibt auch keinen Himmel. Es gibt nur die Große Kloake.

Tutu war dort. Charlie Lightfoot war dort. Das Kaninchen war dort.

»Das Kaninchen!« schrie Walnikow auf. Er war eingeschlafen, und Natalie Zimmerman, die zu dem Entschluß gelangt war, daß es vielleicht etwas zu gefährlich werden konnte, Dr. Jung zu spielen, fand es inzwischen besser, ihn zu lassen.

Schweißnaß saß Walnikow im Bett auf und schrie: »Das Kaninchen!«

»Was macht das Kaninchen denn?«

»Der Jäger nimmt es aus«, weinte Walnikow. »Mit einem riesigen Messer. Mit einem Hirschfänger mit einem Knochengriff!«

»Versuch, dich zu erinnern, was der Jäger dann getan hat?«

Und dann kam es. Zum erstenmal in den Monaten, seit ihn diese Vorstellung quälte, kam es langsam. Das Bild kristallisierte sich unter den schimmernden Lichtpunkten und dem Flimmern an der Decke heraus. »Er nimmt es aus wie einen Fisch! Er langt ihm in die Kehle, die er aufgeschlitzt hat. Es ist, als hielte er einen Fisch an den Kiemen. Er greift ihm einfach hinein, und der kleine Fischkörper zuckt hoch. Er reißt den kleinen Körper mit seinen starken Händen hoch.«

»Den Fisch? Den Fisch?« drang Natalie in ihn.

»Das Kaninchen!« schluchzte Walnikow. »Der Hals ist schlaff, und der kleine Kopf ist zurückgeworfen, weil er es unter der Kehle gepackt hat. *In* der Kehle. Er hat es an den Kiefern. Seine mächtige Hand ist eindeutig drinnen. Der kleine Kopf ist zurückgeworfen – auf den…«

»Auf was?«

»Auf den hölzernen Sockel. Das Licht…«

»Was ist das für ein Licht?«

»Sonnenlicht!« schluchzte Walnikow. »Und Schnee. Der Doktor muß das Kaninchen im Schnee gefangen haben!«

»Und was weiter?«

»Es verändert sich. Das Bild verändert sich, aber ich kann es immer noch erkennen. Ich... ich mußte immer auf die kleinen Arme und Hände sehen, um nicht zu vergessen, daß es immer noch ein Kaninchen ist. Weil das Gesicht von den Schlägen ganz geschwollen und deformiert war...«

»Ja? Ja?«

»Und dann fängt er an, es zu häuten. Er zieht ihm die Haut über die Ohren. Das Gesicht kommt von innen nach außen, das kleine, geschwollene, entstellte Gesicht. Das Haar ist noch ganz fein, weil es so jung ist. Und das Haar kommt auch von innen nach außen!« schluchzte Walnikow.

»Ja«, ermunterte ihn Natalie. »Und was dann?«

»Ich muß ständig auf die Arme und Hände sehen, um... um nicht zu vergessen, daß es ein Kaninchen ist! Ich denke, es muß ein Fisch sein, so brutal springt er damit um.«

»Der Jäger?«

»Ja. Er sagt, sein After steht noch auf. Obwohl es schon tot ist!« Inzwischen schluchzte Walnikow haltlos.

»Ja. Erzähl weiter.«

»Ich weiß, was das zu besagen hat. Ich habe schon Hunderte, *Hunderte* untersucht. Eben hatte ich noch vier andere. Das sind einfach zu *viele!*«

»Was bedeutet das? Der After steht auf?«

»Sodomie nach Eintritt des Todes«, weinte Walnikow. »Ich dachte, es wäre nur die Mutter gewesen! Ich habe dem Vater *geglaubt*, weil er so betroffen schien. Er sagte, er wäre nicht zu Hause gewesen. Er weinte so viel, daß ich ihm glaubte. Aber sie fanden Sperma im Anus. Und die Nachbarn wollten nicht in die Sache hineingezogen werden. Es hat in der Nacht geschrien. Fünf hintereinander. Das sind zu *viele!*«

»War Charlie Lightfoot dabei?«

»Wie?«

»Ich meine, in dem Traum. Ist Charlie Lightfoot dabei, wenn das... Kaninchen gehäutet wird?«

»Nein, Charlie war schon tot. Charlie war schon einen Monat lang tot.«

»Hast du im Traum den Jäger angegriffen?«

»Ich wollte«, nickte Walnikow. »Ja, ich wollte. Ich wollte ihn mit seinem eigenen Messer umbringen, mit diesem Metzgermesser mit dem Knochengriff. Unter der Zunge waren kleine Körnchen. Er meinte, das wäre vielleicht eine toxische Substanz. Er hatte ein Abstrichhölzchen neben sich liegen. Er hätte fürs Labor nur einen Abstrich zu machen gebraucht. Aber er... er nahm einfach dieses widerliche Messer und schnitt die Zunge heraus! Ich hätte ihn am liebsten auf der Stelle umgebracht.« Walnikow brach in lautes Schluchzen aus.

»Und was ist dann passiert?« bohrte Natalie nach. Inzwischen weinte auch sie.

»Er schrie: ›Sind Sie verrückt? Was ist denn los mit Ihnen?‹ Und ich habe gesagt: ›Sie hätten doch auch das Hölzchen nehmen können! Sie hätten es nicht so brutal zu behandeln gebraucht. Das war doch absolut nicht nötig. Hat es nicht schon genügend abbekommen? Ist es nicht schon genug gequält worden? Langt denn der offene Anus noch nicht! Sehen Sie sich den Kleinen doch an! Sie haben sein Gesicht wie einen Gummihandschuh von innen nach außen gekehrt! Sein Gesicht sieht jetzt aus wie ein umgedrehter Chirurgenhandschuh!‹«

Das kleine Kaninchen ging mit dem Gesicht eines Gummihandschuhs in die Ewigkeit ein.

»Und dann hat er gesagt: ›Ich dachte schon, Sie sehen besoffen aus! Ich kann ja richtig Ihre Fahne riechen!‹ Und ich: ›Am liebsten würde ich Ihnen die Fresse einschlagen.‹ Und er: ›Sie sind ja betrunken. Ich werde Sie melden müssen.‹ Und ich... ich habe mich dann umgesehen. Ich war ja schon Hunderte Male dort gewesen. Hunderte. Ich sah einen Pfleger, der gerade einem japsenden Doktor bei einer anderen half. Sie schenkten uns keinerlei Beachtung. Mit einem Messer mit ebenso einem Knochengriff schnitten sie durch gelbes Fett. Mit einer Motorsäge schnitten sie einen Kopf ab. Der Helfer zog die Eingeweide heraus und plazierte sie in einem riesigen Haufen auf den Knien. Da war ein riesiges Gehirn, das mit einer blauen Schnur verschnürt war. Es war so groß, daß ich mir einfach nicht vorstellen konnte, daß es in einen Schädel passen könnte. Dann legte der Gehilfe ein Stück Fleisch in einen Behälter. Und dabei lutschte er an einem Bonbon.«

»Hast du den Arzt geschlagen?«

»Nein.« Walnikow konnte gar nicht mehr zu seufzen aufhören. »Ich habe schließlich nur festgestellt, daß... daß Charlie Lightfoot recht hatte. Ich bin nicht mehr in die Kirche gegangen. Es ist nichts weiter als eine Große Kloake, und am Ende läuft alles nur auf einen ausgenommenen Fisch hinaus. Oder ein...«

»Ein Kaninchen«, sprach Natalie den Satz für ihn zu Ende.

»Ja, oder ein...«

»Einen Schnauzer«, fiel ihm Natalie ins Wort.

»Ich habe einfach nur gemerkt, daß da nichts weiter ist als die Große Kloake. Alles andere ist...«

»Es kommt nur darauf an, was man daraus macht«, versuchte Natalie ihn zu trösten. »Was *wir* daraus machen.« Sie hielt ihn in ihren Armen. Er war naßgeschwitzt und kalt und zitterte.

»Ich möchte nicht wie Charlie Lightfoot sein«, flüsterte Walnikow und vergrub sein Gesicht zwischen ihren nackten Brüsten.

Natalie wiegte ihn sanft und sagte: »Du bist doch auch nicht wie Charlie Lightfoot. Du bist überhaupt nicht so wie Charlie Lightfoot.«

»Ich habe Angst«, flüsterte er.

»Pssst.« Sie küßte seine Stirn. »Du bist doch gar nicht wie Charlie Lightfoot. Psst, Andruschka, sei still«, redete sie leise auf ihn ein. »Jetzt schlaf schön und träum... von diesen russischen Nachtigallen, die in den Brombeerbüschen singen.«

Sie wiegte ihn und wurde dabei von seinem Schweiß bedeckt. Sie zog das klamme Laken weg und zog die warmen Decken über sie. Er war durch den Wodka und die Tränen so erschöpft, daß er, kaum hatte sich sein Gesicht an ihren warmen Körper gepreßt, das Bewußtsein verlor. Natalie wiegte ihn weiter und streichelte seinen brennenden Leib, bis auch sie einschlief.

13

Die Selbstmörderbrücke

Walnikow träumte nicht von Nachtigallen, die in Brombeerbüschen sangen. Und er träumte auch nicht von einem Kaninchen. Er träumte, er tanzte mit Natalie Zimmerman Walzer. Und zwar im Bereitschaftsraum der Hollywood Station. Hipless Hooker jaulte etwas von wegen Bauchschmerzen, und Clarence Cromwell meinte, sie wären verrückt, aber das kümmerte ihn nicht weiter. Sie tanzten zur Musik des ›Starinje Wals‹.

Und während Walnikow seine Fantasie träumte, *lebte* Philo Skinner die seine. Er wartete am Westende der Selbstmörderbrücke im Dunkel in seinem El Dorado. Er hatte Angst, eine Polizeistreife könnte vorbeikommen, aber zugleich hoffte er, der El Dorado würde auf die Beamten einen beruhigenden Effekt ausüben, falls sie anfangen sollten, dumme Fragen zu stellen. Ich warte auf eine Freundin, Herr Wachtmeister. Stecken Sie da bitte Ihre Nase nicht allzu tief herein. Sie wissen ja, wie das ist. Sie ist verheiratet. Da geht es eben leider nur mitten in der Nacht. Man muß die Feste feiern, wie sie fallen. Wenn ihr Alter schläft. Ha-ha!

Madeline Whitfield Fleetwood tauchte ganz planmäßig auf. Das Herz schlug ihm bis zum Hals hinauf. Ohne ihn zu sehen, fuhr sie an seinem El Dorado vorbei. Sie befand sich bereits auf der Selbstmörderbrücke. In der Ferne leuchteten die Scheinwerfer eines Wagens auf, der jedoch offensichtlich den Weg über den Freeway einschlug. Madeline überquerte die Brücke und näherte sich dem geisterhaften alten Hotel. Als sie das Ende der Brücke erreichte, leuchteten ihren roten Bremslichter auf. Philo ließ den Wagen an, die Scheinwerfer immer noch ausgeschaltet. Madelines Bremslichter erloschen wieder, und ihr Fleetwood bewegte sich in Richtung Orange Grove Avenue weiter, die vor zwei Wochen während eines Umzugs anläßlich der Rose Bowl noch mit blumengeschmückten Festwagen verstopft gewesen war. Und dann war sie verschwunden.

Philo Skinner fuhr in seinem angetrunkenen Zustand mit der Rücksichtslosigkeit eines Verrückten über die Brücke. Als er ihr Ende erreichte, wurde er für einen Moment von Panik ergriffen. Es war nicht da. Doch, es *war* da! Es lag im Rinnstein. Er stieg auf die Bremse und sprang aus dem Cadillac. Er trat etwas schrägt auf und stürzte zu Boden, so daß er sich das Knie seiner Hose aufriß. Er packte das Bündel. Es war klein. Paßten zwanzigtausend Dollar tatsächlich in so ein kleines Päckchen? Er rannte zu seinem Wagen zurück. Dann legte er den ersten Gang ein und schoß in Richtung Orange Grove Avenue davon.

Auf dem Freeway bekam Philo einen Hustenanfall. Seine Augen tränten und trübten sich, während er an einem riesigen Schleimbrocken herumwürgte. Verzweifelt tastete er nach den Knöpfen, um die Fenster herunterzukurbeln, bis schließlich jedes Fenster im Wagen offenstand. Einen Augenblick merkte er nicht, daß er kaum noch Luft bekam. Und als er es schließlich merkte, schaffte er es endlich, den Schleimbrocken aus seiner Lunge hochzubefördern. Er spuckte ihn aus dem Fenster. Der Fahrtwind schmetterte ihn klatschend wieder gegen die Seite seines El Dorado. Er bemühte sich, ganz bewußt auszuatmen. Seine Lungen pfiffen und ächzten zwar, aber er bekam zumindest wieder Luft. Er riß im Fahren die Plastikumhüllung auf. Dann schaltete er das Licht im Wageninnern ein und sah sich die immer von neuem reizvollen Bildnisse von Ulysses S. Grant und Benjamin Franklin an. Hunderte von Porträts.

Er sollte die ganze Nacht im Zwinger damit verbringen, sie zu betasten und immer und immer wieder liebevoll durch seine Finger gleiten zu lassen. Philo Skinner gab Laute von sich, die ebensogut ein Lachen wie ein Weinen hätten sein können. Ihm war übel, und er war erschöpft, aber jetzt wollte er anfangen zu leben. Er versteckte das Geld in einem Schrank und schlief zusammengerollt auf dem Arbeitstisch. Er träumte von einem weißen Sandstrand und einem kleinen Hund, der in der Brandung mit ihm scherzte. Der Hund sah natürlich aus wie Tutu.

14

Der Killer

Bei Morgengrauen wurde Natalie durch Mischa geweckt, der gerade seiner grundlegenden Meinung über die Welt im allgemeinen Ausdruck gab. »*Gawno*«, krächzte der kleine Sittich. »*Gawno. Gawno.*«

Dann hörte sie, wie die Dusche abgestellt wurde, und im nächsten Augenblick versuchte Walnikow – er hatte einen alten Flanell-Bademantel übergeworfen –, auf Zehenspitzen in die Küche zu schleichen. Sie setzte sich im Bett auf.

»Oh, Verzeihung. Habe ich dich aufgeweckt?« Er trocknete sich die Haare. »Ich wollte schon das Frühstück fertig machen, bevor du aufstehen mußt.«

»Wie spät ist es denn?« fragte sie und schob ein mit Klebstreifen repariertes Rollo zur Seite, um einen Blick nach draußen zu werfen.

»Halb sechs.«

»Halb sechs!«

»Wir müssen heute früh anfangen. Ich habe bereits Clarence Cromwell bei sich zu Hause angerufen. Wir werden uns um sieben im Büro mit ihm treffen, damit wir alles Nötige vorbereiten können. Er wird sich um den Hubschrauber und die Überwachungswagen kümmern. Ich hoffe zwar, daß wir niemanden von unseren Leuten brauchen werden, aber falls doch, glaube ich, daß Fuzzy Spinks für so etwas der geeignete Mann wäre. Was denkst du?«

Denken? Denken? Wer hätte über die letzten paar Tage etwas Vernünftiges denken können? Mein Gott, sie mußte die Fähigkeit zu denken wohl vollkommen verloren haben, sonst wäre sie nicht hier in diesem Bett aufgewacht! Zusammen mit einem bemitleidenswerten, armen, geplagten Irren und einem Vogel, der ständig in einer fremden Sprache Scheiße schrie und so einer gottverdammten russischen Ratte, die nichts Besseres zu tun hatte, als diesen Vogel davon abzuhalten, sich auf ihren Kopf zu setzen. Was für eine Nacht! Was für eine Woche! *Sie* würde diejenige sein, die pensionsreif war. Schickt die gute, alte Natalie Zimmerman mal auf Kur und dann sechs Monate ins Camarillo State Hospital, damit sie dort ein Psychiater ständig unter seine Obhut nehmen kann.

»Wie möchtest du deine Eier?« erkundigte sich Walnikow mit einem Lächeln. »Ich kann ziemlich gut kochen.«

»Bitte, Walnikow«, sagte sie, als sie sich aufsetzte und ein Laken um sich wickelte. »Bitte, tu das nicht!«

»Was soll ich nicht tun, Natascha?«

»Koch nichts für mich! Tu überhaupt nichts für mich! Und vor allem nenne mich nicht Natascha!«

»Entschuldigung.«

»Und vor allem sollst du dich nicht entschuldigen. Ich sollte mich bei *dir* entschuldigen.«

»Bei mir?«

»Ist schon gut. Ich hätte jetzt gern geduscht und mich angezogen. Und dann können wir ja einen Kaffee trinken.«

»Möchtest du keinen Tee?« fragte er. »In einem Glas?«

»Nein, ich möchte einen Kaffee. In einer Tasse.«

»Ja, natürlich, ich werde dir einen machen.« Walnikows gute Laune war sichtlich verflogen, und er schlurfte in die Küche, um nach dem Kaffeetopf zu suchen. Er hoffte, daß er Kaffee zu Hause hatte. Und er hoffte, er würde es schaffen, Natalie Zimmerman zu verstehen.

Zwanzig Minuten später saßen sie beide angezogen an dem winzigen Küchentisch. Er trank aus einem Glas Tee. Sie trank aus einer Tasse Kaffee. Ost und West.

Sein Haar war sorgfältig gescheitelt und gekämmt, aber vom Hinterkopf stand ihm trotzdem noch ein zimtfarbenes Büschel ab. Sie beobachtete ihn, wie er seinen Tee trank. Völlig geräuschlos, wie es ihm seine Mutter beigebracht hatte.

»Hast du eigentlich einen Kater?« brach sie schließlich das Schweigen.

»Ein bißchen.« Seine traurigen blauen Augen waren wäßrig und gerötet. Seine Krawatte saß schief. Und außerdem stand ihm inzwischen ein zweites Haarbüschel vom Kopf ab. Er sah lächerlich aus.

»Walnikow.«

»Ja, Natasch… Natalie?«

»Hast du eigentlich je daran gedacht, dich pensionieren zu lassen? Immerhin bist du ja jetzt schon zweiundzwanzig Jahre bei der Polizei. Du könntest dich jetzt schon mit deinem halben Gehalt pensionieren lassen. Du bist doch noch jung. Du könntest sicher einen – leichteren Job finden, um für den Rest aufzukommen. Hast du noch nie daran gedacht, dich pensionieren zu lassen?«

»Manchmal schon«, erwiderte er. »Ab und zu habe ich schon daran gedacht, aber ich bin immerhin schon vierundvierzig, und was sollte ich sonst schon tun. Ich habe doch immer nur bei der Polizei gearbeitet.«

»Ich bin mir sicher, daß du im Geschäft deines Bruders arbeiten könntest. Dein Bruder hält doch große Stücke auf dich.«

»Aber ich möchte nicht für Alex arbeiten«, grinste Walnikow. »Er ist zu sehr wie ein Vater für mich. Außerdem würde ich ihm nur ständig in die Quere kommen. Ich habe doch von so einem Geschäft nicht die geringste Ahnung. Aber ich habe schon öfter an etwas anderes gedacht.«

»Ja?«

»Na ja, ich kenne mich doch ein bißchen mit Musik aus. Nicht so sehr mit Pop und Rock, aber weißt du, es gibt nur ganz wenige Läden, die Importplatten führen. Zumindest nicht in einer guten Lage. Ich kann mir vorstellen, wenn man in einer guten Gegend, wie hier in Hollywood, einen Laden mit ausländischen Platten eröff...«

»Hier in Hollywood? Unter all den Verrückten?«

»Na ja, sicher ist es nicht mehr gerade der tollste Ort, um hier zu leben, aber wenn man hier einen Plattenladen aufmachen würde? Für Russen, Armenier, Griechen, Perser, Araber und so weiter; ich meine, die stehen doch alle noch auf Hollywood. Für sie ist das immer noch das Amerika ihrer Träume in Reinkultur. Das Land der unbegrenzten Möglichkeiten in seiner konzentriertesten Form.«

»Hast du denn genügend Geld, um so einen Laden aufzumachen?«

»Ich habe ein paar tausend gespart«, nickte er und schenkte Natalie Kaffee nach. Er war froh, daß sie offensichtlich nicht mehr wütend war. Vielleicht war sie immer so, wenn sie gerade aufwachte, dachte er. »Und mein Bruder würde mir natürlich auch etwas leihen. Und von einer Bank bekäme ich sicher auch einen Kredit. Schließlich müßte ich ja nicht gleich ganz groß einsteigen, und zum Leben hätte ich ja noch meine Pension.«

»Und willst du das tatsächlich machen?«

»Tja, bis jetzt gab es eigentlich keinen Grund, mich in dieser Hinsicht irgendwie zu entscheiden.«

»Wieso bis jetzt? Das verstehe ich nicht.«

»Ja«, erwiderte er mit blinzelnden Augen. Er wischte sie sich mit seiner Serviette ab. »Entschuldigung, aber wenn ich zu viel Wodka getrunken habe, ist das immer so.«

»Das habe ich bereits gemerkt«, nickte Natalie, um dann fortzufahren. »Sag mal, Walnikow, hast du schon jemals das Gefühl gehabt, immer den Schwarzen Peter zu bekommen?«

»Den Schwarzen Peter?«

»Ja, erinnerst du dich nicht mehr an Itchy Mitch?« Sie kratzte sich unwillkürlich unter dem Träger ihres Büstenhalters. »Der Schwarze Peter.«

»Nein, ich glaube nicht, daß ich jemals so ein Gefühl gehabt habe.«

»Du stellst wohl keine allzu hohen Erwartungen an das Leben, wie?«

»Ich weiß nicht, Natasch... Natalie.«

»Warum hat dich eigentlich deine Frau verlassen?«

»Ach, sie meinte, ich würde sie zu Tode langweilen. Sie meinte... du hast da ja auch schon mal gesagt... ich wäre eben ein bißchen der Zeit hinterher.«

»So habe ich das nicht gemeint, Walnikow.«

»Das macht doch nichts. Es stimmt doch auch.«

»Nicht so. Nicht so, wie sie das gemeint hat.«

»Na ja, sie ging immer sehr gern aus. Und ich fand, wir sollten mehr zusammen mit unserem Sohn zu Hause bleiben. Und abgesehen davon hätte ich es mir auch gar nicht leisten können, sie zum Mittagessen in die Polo Lounge und zum Dinner zu Chasen's auszuführen und...«

»Und deinen Sohn siehst du überhaupt nicht mehr?«

»Nein«, seufzte er und stand auf, um heißes Wasser für seinen Tee zu holen. »Ich weiß nicht, vielleicht habe ich ihn auch gelangweilt. Er hatte bereits eine Menge Dreck am Stecken. Bevor er noch vierzehn war, hatten sie ihn schon dreimal wegen Potrauchens festgenommen. Und zweimal haben sie ihn wieder laufengelassen, weil sein Vater bei der Polizei war. Schließlich hat er gesagt, er haßte Polizisten. *Alle*. Na ja, ich weiß auch nicht.«

»Wie alt ist er denn jetzt?«

»Zwanzig. Genau zwanzig.«

»Dann ist er ja noch jung«, gab ihm Natalie zu bedenken. »Kinder ändern sich ja manchmal, wenn sie älter werden.«

»Ja«, seufzte Walnikow, »sie ändern sich.«

»Erzähl doch mal!« drang Natalie weiter in ihn. Sie steckte sich eine Zigarette an. »Als dich deine Frau und dein Sohn verlassen haben, als Charlie Lightfoot gestorben ist, als du in diesen Mordfällen ermittelt hast, als das mit dem Trinken ganz schlimm war und als du diese Alpträume hattest, hast du dir da niemals gesagt: Warum muß ausgerechnet ich *immer* den Schwarzen Peter bekommen? Hast du dir das nie gedacht?«

»Ich glaube nicht«, antwortete er.

»Warum?«

»Warum?«

»Ja, ich möchte wissen, warum?«

»Ich weiß nicht«, zuckte er mit den Achseln. »Meine Mutter hat immer gesagt... weißt du, meine Mutter und mein Vater, die Leute der ersten Einwanderungswelle, sie sind nicht wegen des sorgenfreien und guten Lebens nach Amerika gekommen. Im Gegenteil, für sie war Amerika das *Ende* des guten und sorgenfreien Lebens. Meine Mutter hat bis zu dem Tag, an dem sie gestorben ist, nicht aufgehört, über ihr Heim in Petrograd zu sprechen. Das ist wahrscheinlich der Grund, weshalb ich so – altmodisch zu sein scheine. Obwohl ich in Los Angeles geboren und aufgewachsen bin, habe ich so viel über die Leiden von Mutter Rußland und die allgemeine Mühsal des Lebens gehört und... Na ja, und da habe ich wohl vermutlich nie zu hohe Erwartungen gehabt. Ich weiß auch nicht.« Walnikow nippte an seinem Tee und tupfte sich imaginäre Flüssigkeit von seinen Lippen. »Vielleicht hat sich mein Vater... ich habe ihn natürlich nicht sonderlich gut gekannt; aber vielleicht hat er sich manchmal gefragt, bevor er gestorben ist oder als er hier in Los Angeles während der Wirtschaftskrise – er hatte ja diese fremde Sprache nie richtig gelernt – versucht hat, Arbeit zu bekommen, vielleicht hat er sich dann manchmal gefragt, weshalb er immer den Schwarzen Peter bekam. Ich könnte sogar wetten, daß er das getan hat. Ich könnte wetten, daß er sich sicher öfter gesagt hat, als seine ganze Welt zusammengebrochen war: Michail Iwanowitsch, warum mußt ausgerechnet du immer den Schwarzen Peter bekommen?«

»Walnikow.«

»Ja, Natalie.«

»Ich werde meine Versetzung beantragen.«

»Von der Einbruchsabteilung?«

»Nein, von der Hollywood Station.«

»Ja? Wegen der Sache...«

»Weißt du, Walnikow, ich weiß einfach nicht, was gestern nacht passiert ist. Ich blicke überhaupt nicht mehr durch. Du mußt mir ein bißchen helfen. Ich meine, ich renne hier in der Gegend herum und suche nach einem einohrigen Hund, als wäre Patty Hearst entführt worden. Und dann lasse ich mich auch noch mit einem anderen Namen rufen.«

»Natascha«, lächelte er.

»Ich hab' dir doch gesagt, du sollst mich nicht so nennen. Wir sind hier nicht in so einem verdammten Tschechow-Stück.«

»Entschuldigung.«

»Hast du nicht das Gefühl, Walnikow, daß dir das alles ein bißchen zu viel geworden ist? Diese schrecklichen Träume?«

»Heute nacht habe ich gar nicht von dem Kaninchen geträumt.« Er wollte ihr erzählen, wovon er geträumt hatte.

»Ja, aber allem Anschein nach hast du doch eine Art – Nervenzusammenbruch durchgemacht. Dir *muß* doch klarsein, daß du schon eine ganze Weile nicht mehr wirklich du selbst bist. So weit ich informiert bin, muß es dir doch schon ein paar Monate so gehen. Ich denke da zum Beispiel an den Vorfall im Leichenschauhaus. Als du diesen Doktor bedroht hast. Ich meine, du hast doch ein paar *Probleme*, die dir ganz schön zu schaffen machen.«

»Ja, sicher. Aber ich habe das Gefühl, daß das jetzt wesentlich besser werden wird.«

»Ach, erzähl mir doch nicht so was, Walnikow. Gestern nacht war gestern nacht! Ich begreife absolut nicht, was da eigentlich alles passiert ist. Wenn unser – *Gespräch* von gestern abend etwas genützt hat, dann freut mich das natürlich sehr. Das tut es wirklich. Weißt du, was ich für nächsten Monat vorhabe? Jack Packerton und ich werden nach Honolulu fliegen. Und dann werden wir nach Kauai fahren und uns in Hanalei Bay einen Bungalow mieten. Dort soll es wirklich paradiesisch sein.«

»Paradiesisch«, murmelte Walnikow.

»Jack wird bald zum Deputy Chief befördert.«

»Ja, das hast du bereits erwähnt.«

»Na ja, ich will damit einfach nur sagen, daß bei mir alles in festen Bahnen verläuft. In meinem Leben hat alles seine Ordnung, wohingegen das deine das reine Chaos ist. Weißt du, was ich meine?«

»Ich schätze schon.«

»Verdammt noch mal, Jack liegt mir schon seit einem halben Jahr wegen einer Heirat in den Ohren. Ich möchte ja eigentlich nur mit ihm zusammenleben, aber ihm ist bei dem Gedanken nicht so ganz wohl. Deputy Chief Digby Bates sieht es nämlich nicht so gern, wenn Beamte in wilder Ehe zusammenleben. Hast du dieses Rundschreiben zur moralischen Aufrüstung der Truppe gelesen, das dieser Jesus-Freak losgelassen hat?«

»Nein«, erwiderte Walnikow.

»Na ja, so denke zumindest ich über die Sache. Ich habe keine Lust, mir ständig den Schwarzen Peter zuschieben zu lassen.«

»Tja«, seufzte Walnikow und tupfte sich den Mund ab. »Ich glaube, wir sollten besser gehen. Sonst fängt Clarence Cromwell noch an, sich zu wundern, wo wir wohl stecken.«

»Ja, machen wir uns an die Arbeit«, murmelte Natalie Zimmerman. Sie fühlte sich elend.

Bevor sie gingen, fütterte Walnikow noch Mischa und Grischa und gab ihnen Wasser. Dann schnallte er sich seinen Waffengürtel um und zog die Jacke an, deren Tasche mit Büroklammern geflickt war. Natalie konnte ihn schwer seufzen hören, während sie die beiden kleinen Tiere in dem Käfig betrachtete.

»Was hältst du davon?« fragte sie den Wellensittich, wobei sie bereits wußte, wie er antworten würde.

Er ließ sich auch prompt vornüber fallen und krächzte sie, mit dem Kopf nach unten an seiner Schaukel baumelnd, heiser an: »*Gawno.*«

Clarence Cromwell war bereits bei seiner zweiten Tasse Kaffee, als sie schließlich ankamen.

»Schön, daß ihr doch noch gekommen seid«, brummte er, »nachdem ihr mich schon in aller Herrgottsfrühe aus dem Bett geholt habt!« In diesem Augenblick fiel ihm auf, daß Natalie dasselbe anhatte wie am Tag zuvor. Das tat sie doch sonst nie. Und ihre Locke war nicht ganz so widerspenstig wie sonst. Und sie kam *mit* Walnikow. Clarence wäre nicht zwanzig Jahre Detektiv gewesen, wenn ihm daran nicht etwas spanisch vorgekommen wäre.

Und so entging Natalie sein Grinsen auch keineswegs. Dieser alte Schnüffler!

»Kriegen wir den Hubschrauber?« fragte Walnikow und holte seinen Papierkram aus seinem Fach, während Natalie einen Kaffee holen ging.

»Ja«, nickte Clarence. »Und das mit den Überwachungsteams geht auch in Ordnung. Das wird vielleicht ein Ding werden. Ich hoffe nur, dieser Hundeentführer taucht auch tatsächlich auf.«

»Erpresser«, verbesserte ihn Walnikow.

»Ja, natürlich. Ich hoffe wirklich, er läßt sich blicken.«

Dann klingelte das Telefon, und Cromwell nahm den Hörer ab. »Ja«, sprach er in den Hörer, und dann an Walnikow gewandt: »Für dich.«

»Walnikow«, meldete sich dieser und nahm den Hörer seines Apparats ab.

»Sergeant, hier spricht Madeline Whitfield«, fing Madeline zaghaft an.

»Mrs. Whitfield! Was ist los? Hat er angerufen?«

»Ja, er hat angerufen. Gestern nacht. Gegen zwei Uhr. Ich... Sergeant, es tut mir schrecklich leid. Ich habe ihm das Geld schon gebracht. Er hat mir gesagt, ich sollte es auf der Brücke in der Nähe meines Hauses auf die Straße werfen. Und das habe ich dann auch getan. Vermutlich hat er es dann dort abgeholt. Ich bin bei Tagesanbruch noch einmal an die Stelle gefahren, und da war es weg. Ich habe die ganze Nacht kein Auge zugedrückt. Ich schätze, daß er das Geld hat. Ich...«

»Haben Sie Vickie schon?« erkundigte sich Walnikow und zog damit schlagartig Natalies Aufmerksamkeit auf sich. Er deckte mit der Hand die Sprechmuschel zu und flüsterte ihr zu: »Sie hat ihm gestern nacht das Geld gebracht.«

»Nein«, antwortete sie, den Tränen nah. »Er sagte, er würde mich heute anrufen. Er hat mir versprochen, sie heute freizulassen. Ich muß nur warten. Es tut mir ja so leid, Sergeant. Nun ja... ich wollte... ich weiß, daß ich vermutlich alles falsch gemacht habe. Ich *wollte* es ja so tun, wie Sie vorgeschlagen haben. Aber... wissen Sie, Vickie ist eben alles, was ich habe. Ach...«

»Nicht weinen, Mrs. Whitfield«, tröstete sie Walnikow. »Ich kann das ja verstehen. Ich mache Ihnen absolut keinen Vorwurf. Ich kann das doch verstehen. Jetzt weinen Sie nicht. Ist ja schon gut. Sie werden sehen, es wird noch alles gut werden, das verspreche ich Ihnen. Ich werde heute den ganzen Tag von der Station aus zu erreichen sein. Sie brauchen also nur hier anzurufen, sobald Sie wieder von ihm hören. Ja. Und nicht weinen. Ich verspreche Ihnen, daß alles gut werden wird.«

Als er schließlich aufhängte, nahm Clarence einen Schluck von seinem Kaffee und sagte: »Dann kann ich also den Hubschrauber und die Überwachungsteams wieder abbestellen.«

»Sie hat doch Vickie noch nicht«, dachte Walnikow laut. »Warum habe ich daran eigentlich nicht gedacht? Warum habe ich nicht damit gerechnet, daß er während der Nacht anrufen könnte?«

»Weil dieser Kerl nichts macht, was irgendwie vorhersehbar wäre«, schaltete sich Natalie ein. »Er ist sprunghaft und chaotisch und verrückt. Deswegen wird man aus dem Kerl nicht schlau. Mach dir deswegen also keine Gedanken. Das war nicht deine Schuld. Du hast alles getan, was in deiner Macht stand.«

Walnikow war inzwischen aufgestanden. »Es ist schon fast acht Uhr. Ich werde mich trotzdem mal mit Mrs. Gharoujians Hundebetreuer in Verbindung setzen. Mit diesem Skinner. Ich werde mich mit ihm mal über all diese Burschen unterhalten, die bei Mrs. Gharoujian ein und aus gingen, als er mit Tutu noch an den Wettbewerben teilnahm. Er ist im Augenblick unsere einzige Hoffnung. Jedenfalls dürfte er mit Sicherheit ein paar Namen für uns haben.«

»Walnikow, was soll das denn jetzt noch?« fiel ihm Natalie ins Wort. »Die Sache ist doch schon längst gelaufen. Sie hat sich dafür entschieden, das Geld zu zahlen. Das ist doch ihre Sache, und er wird vermutlich den Hund herausgeben, wie er versprochen hat. Oder vielleicht ist der Hund ja schon längst tot. Und in beiden Fällen ist da nichts, was wir noch...«

»Ich werde auf jeden Fall mal mit diesem Skinner sprechen«, unterbrach er sie, während er bereits im Telefonbuch blätterte.

»Na gut, aber denn setz dich erst mal noch in Ruhe ein bißchen hin«, forderte ihn Clarence Cromwell auf. »Dieser Skinner ist doch sicher noch gar nicht im Geschäft. Zumindest, wenn er sich an die regulären Öffnungszeiten hält. Setz dich hin und trink deinen Tee und beruhig dich erst mal wieder. Das ist ja schließlich nicht die Entführung von Patty Hearst.«

Was Natalie Zimmerman zu der Bemerkung verleitete: »Das ist vielleicht das erstemal, daß ich voll mit etwas einverstanden bin, das Sie gesagt haben, Clarence.«

Während die anderen Detektive allmählich zum Dienst eintrudelten und Natalie Zimmerman ihren Papierkram erledigte, trank Walnikow Tee, machte sich geheime Aufzeichnungen und kritzelte Bilder von einem Schnauzer und einem Vogel auf ein Blatt Papier.

Natalie schielte neugierig zu ihm hinüber und erkannte auch den

Hund. »Was soll das andere denn sein, dein Wellensittich?« erkundigte sie sich.

Fast hätte er ihr geantwortet, es wäre eine russische Nachtigall in einem Brombeerbusch, aber statt dessen sah er nur mit seinen betrübten, wäßrigen Augen auf und erwiderte: »Ja, das andere ist mein Wellensittich.«

Captain Hooker erschien ziemlich früh. Er hatte eine Papiertüte im Arm. Sie enthielt drei Flaschen Maalox. Er hoffte, damit seinen Magen wenigstens für ein paar Tage unter Kontrolle bekommen zu können. Aber er hatte sich getäuscht.

Zuerst leistete sich Bullets Bambarella zu seinem Morgenkaffee in der Regel immer einen Twinkie. Da er dafür an diesem Tag jedoch nicht genügend Geld hatte, war er sichtlich gereizt. Bis zum Zahltag blieben ihm noch genau zwei Dollar und fünfzig Cent, und das wiederum hatte er nur diesem schmierigen Mexikaner, Montezuma Montez, zu verdanken, gegen den er eine Wette nach der anderen verlor. Bullets suchte Streit, daran bestand kein Zweifel.

»Könntest du mir vielleicht zehn Dollar leihen, Clarence?« wandte er sich flüsternd an den schwarzen Detektiv.

»Wofür? Ist dir schon wieder mal 'ne Wette eingefallen, die du gegen Montezuma verlieren könntest?« schnaubte Clarence.

»Hör mal, Clarence, hast du je von einem guten mexikanischen Schwergewichtler gehört? So was gibt es doch nicht. Vielleicht können wir zur Academy rauffahren und uns ein paar Boxhandschuhe ausleihen und...«

»Ich dulde nicht, daß irgend jemand von meinen Leuten boxt«, schaltete sich Holzlippe Mockett ein, der ihre Unterhaltung mitverfolgt hatte. »Dabei könnte sich ohne weiteres jemand verletzen.«

»Ich würde ganz leicht mit ihm fertig werden, Clarence«, drängte Bullets. »Du könntest dir 'ne hübsche Stange Geld verdienen, wenn du auf mich setzt.«

Als Bullets sich schließlich wieder an seinen Schreibtisch davongetrollt hatte, stöhnte Clarence: »Meine Fresse! Diese jungen Burschen bringen mich noch ins Grab. Das ist ja wirklich nicht auszuhalten. Man braucht sie sich ja nur anzusehen, wie sie in Chinatown herumstenzen. Und dabei lassen sie ihre verdammten Knarren schön weit raushängen, daß nur ja alle Mädels mitbekommen, daß sie bei der Polizei sind. Scheieieiße. Und dazu trinken sie dann wahrscheinlich ihren Hawaii-Punsch noch on the rocks. Wirklich, diese Vögel bringen mich echt noch ins Grab.«

In diesem Augenblick sagte Frick zu Frack: »Wer riecht hier eigentlich so gut? Bist das du oder Irma?« Und damit biß er die kichernde Beamtin in die Schulter.

»Ich«, erwiderte Frack. »Und ich weiß auch nicht, wie ich es abstellen sollte.«

Und dann unterbrach sie Bullets mit einer wichtigen Ankündigung: »Italienisches Essen ist das beste Essen der Welt, Italiener sind echte Gourmets, während Mexikaner Pferdefleisch-Tacos essen.«

»Verdammt noch mal, Bullets«, polterte Clarence. »Hast du mit deinem ganzen Geld auch noch den Verstand verloren?«

»Ich habe nur eben gehört, daß Montezuma für die Detektiv-Party nächstes Wochenende Enchiladas macht«, redete Bullets weiter.

»Na und, was geht das dich an?« erboste sich Montezuma Montez. Und mit einemmal wurde es auffällig still im Bereitschaftsraum.

»Ich will auf keinen Fall, daß meine Leute boxen«, winselte Holzlippe Mockett Clarence Cromwell an.

»Also, ich gehe jedenfalls auf keine Party, auf der es Pferdefleisch-Enchiladas gibt«, stichelte Bullets mit einem Seitenblick auf Montezuma Montez weiter.

Frick und Frack grinsten jetzt zwischen Bullets und Montezuma hin und her. Insgeheim wurden bereits die ersten Wetten abgeschlossen. »Die werden sich schlagen, Clarence!« winselte Holzlippe Mockett. »Sie dürfen das nicht zulassen!«

Und dann sagte Bullets: »Italiener sind echte Gourmets. Die verstehen was von Essen. Du hast wahrscheinlich noch nie etwas von Parmesan-Auberginen gehört.«

»Und ob ich das kenne«, gab Montezuma zurück.

»Dann probier mal meine Auberginen und deine Enchiladas, und dann sag mir, ob deine Enchiladas nicht wie Pferdescheiße schmecken.«

»Ich bin durchaus ein Feinschmecker, wenn ich das mal einfach so sagen darf«, schaltete sich Dudley Knebel ein. »Ich hätte beides gern mal probiert.«

»Und ich auch«, fiel Irma Thebes ein.

»Glaubst du, du wärst ein unparteiischer Schiedsrichter, Dudley?« forderte ihn Bullets heraus.

»Absolut«, gab Dudley zurück.

»Ich auch«, bemerkte Irma.

»Ich würde mir das durchaus auch zutrauen«, meldete sich Nate Farmer zu Wort. »Aber ich bin dafür, daß jeder sein Urteil anonym aufschreibt, damit nachher niemand beleidigt ist.«

»Und ich werde das Ganze dann auswerten«, erbot sich Max Haffencamp, »und feststellen, für welches Gericht sich die Juroren entschieden haben.«

»Einverstanden«, nickte Bullets. »Clarence, würdest du mir zwanzig Dollar leihen?«

»Fünf davon übernehme ich«, meldete sich Frick zu Wort.

»Ich ebenfalls«, fiel Frack ein.

»Wer hätte gerne *dreißig* Dollar?« fragte Bullets. »Zahlbar am nächsten Zahltag?«

»Angenommen!« schrie Montezuma durch den Raum.

»Na, wunderbar!« bemerkte Clarence Cromwell voll tiefster Verachtung. »Wenigstens brauchen Sie sich keine Sorgen mehr zu machen, daß die beiden sich prügeln werden, Lieutenant. Sie haben sich mit so einem verdammten Kochwettbewerb begnügt!«

Captain Hooker kam aus seinem Büro und strebte auf den Kocher zu. Er wollt sich etwas heißes Wasser auf sein Kakaopulver schütten.

»Alles in Ordnung, Clarence?« erkundigte er sich, während er in seiner Tasse rührte.

»Alles bestens«, beruhigte ihn Clarence.

Dudley Knebel meldete sich zu Wort. »Übrigens, Captain. Wissen Sie, dieser Laden, den sie diesen Monat schon dreimal ausgeraubt haben? Unten am Boulevard. Der Chef hat angerufen und angeordnet, daß wir uns dort am Donnerstag auf die Lauer legen. Offensichtlich hat er diesen Tip von seinem Computer.«

»Na, wenn sich wenigstens auch dieser Scheißcomputer auf die Lauer legen würde...« brummte Clarence Cromwell.

»Clarence wird sich um alles Nötige kümmern«, ordnete Hipless Hooker an. Er hatte ja für so etwas keine Zeit. Er mußte sich ein neues Paar Überschuhe kaufen, wie sie wirkliche Jachtskipper trugen.

»Ja, ja, Captain, aber der Chef meint«, beharrte Dudley Knebel, »wir sollten einen als Verkäufer getarnten Beamten hinter den Ladentisch stellen. Die letzten drei Verkäufer haben sie nämlich über den Haufen geschossen, und deshalb dachte er, daß vielleicht ein Polizist diesen Posten einnehmen sollte.«

»Großartige Idee«, grunzte Clarence Cromwell. »Laß anstatt eines Verkäufers einen Polizisten über den Haufen schießen.«

»Ist ja schon gut«, drängelte Hipless Hooker. »Soll sich eben jemand als Verkäufer maskieren. Ab und zu ist die Arbeit der Polizei eben mit gewissen Risiken verbunden.«

»Jawohl, Sir«, antwortete Knebel. »Aber die Ganoven sind dort inzwischen schon dreimal aufgetaucht. Die kennen doch allmählich alle Verkäufer. Der Chef meinte, wir sollten jemanden reinstellen, der dem ältesten Verkäufer ähnelt, damit der arme Teufel dann woanders im Laden arbeiten kann.«

»Ja und? Können Sie denn niemanden finden, der diesem alten Verkäufer gleicht?«

»Doch, Sir«, nickte Knebel. »Der Chef meinte, Sie sähen genau wie dieser Verkäufer aus.«

An diesem Morgen mußte Captain Hooker mit schrecklichen Bauchschmerzen nach Hause. Und Walnikow blieb damit wieder einmal einen weiteren Tag sein Posten sicher. Walnikows Schicksal ruhte in anderen Händen.

Um neun Uhr fünfzehn vollendete Walnikow gerade die achte Zeichnung einer Nachtigall in einem Brombeerbusch. Inzwischen war Natalie auch klar, daß er keine Wellensittiche zeichnete.

Walnikow sprang auf und sagte: »Clarence, ich fahre jetzt zu diesem Zwinger und spreche mal mit Mr. Skinner. Ich halte es einfach nicht mehr aus, noch länger hier herumzusitzen. Falls Mrs. Whitfield anruft, verständigt mich doch über Funk oder versucht, mich im Zwinger zu erreichen. Ich habe die Nummer auf meinen Notizblock geschrieben.« Und dann sagte er leise zu Natalie, ohne sie anzusehen: »Würde es dir etwas ausmachen, heute morgen hierzubleiben und unseren Papierkram zu erledigen? Ich werde dich wohl jetzt – nicht brauchen.«

»Nein, es macht mir nichts aus«, erwiderte sie, ebenfalls ohne ihn anzusehen. Und all diese abgewandten Blicke entgingen natürlich Clarence Cromwell keineswegs, der nur den Kopf schüttelte und leise vor sich hin schimpfte: »Verdammte Scheiße! Kann denn in dieser verdammten Scheißwelt für niemanden mal was hinhauen!«

»Was?« fragte Holzlippe Mockett nach.

»Nichts«, brummte Clarence Cromwell. »Nichts, verdammte Scheiße!«

Philo Skinner hatte schon eineinhalb Tage nicht mehr geschlafen. Noch hatte er sich rasiert. Er trug eine alte Jeans und einen gestreiften Rollkragenpullover. Seine neue, imitierte Goldkette hatte er sich über den Pullover gehängt. Er hatte sich die neuen Sachen an diesem Morgen gekauft, als die Läden aufmachten. Er hatte sich einen alten Koffer, in dem er normalerweise die verschiedenen Puder und Wässerchen für seine Hunde aufbewahrte, mit neuen Kleidern vollgestopft. Er würde nicht mehr nach Hause gehen. Sogar einen Fön packte er ein. Das Ding hatte zwar schon Tausenden von Hunden das Fell gefönt, war aber noch nie an menschlichem Haar zur Anwendung gelangt. Sonst konnte er nichts finden, was er noch gern mitgenommen hätte. Er war sich sicher, daß er sich in einem vornehmen Hotel in Puerto Vallarta wesentlich billiger mit allem Nötigen versorgen konnte als hier. Durch die Peso-Abwertung würden seine zwanzigtausend Dollar eine Menge hermachen. Eine ganze Menge sogar! Er blickte in den Spiegel, was seine Lebensgeister für einen Moment etwas sinken ließ. Er sah schrecklich aus – die Augen verquollen und eingesunken, die Wangen voller grauer Stoppeln und eingefallen. Die Hände blaß und schuppig. Die Anspannung der letzten Tage hatte durchaus ihren Tribut vom Terrier-King gefordert.

Er hatte schon mit dem Gedanken gespielt, mit dem El Dorado in Tijuana über die Grenze zu fahren und ihn an irgendeinen mexikanischen Ganoven zu verkaufen. Er nahm von dieser Idee jedoch rasch wieder Abstand, da er gehört hatte, daß dort unten in letzter Zeit schon einige Gringos ausgeraubt und ermordet worden waren. Bei seinem sprichwörtlichen Glück würden die ihm schon auf den ersten Blick ansehen, daß er zwanzig Riesen dabeihatte, und ihm dann die Kehle durchschneiden.

Er konnte nicht aufhören zu zittern – mehr vor Erschöpfung als vor Aufregung. Mavis hatte gestern gesagt, sie wollte diesen Nachmittag im Geschäft vorbeisehen. Sollte sie ruhig kommen. Er hätte ihr gern eine Nachricht hinterlassen, aber leider fiel ihm nichts ein, was sarkastisch genug gewesen wäre. Er hatte den El Dorado hinter dem Zwinger geparkt, wo er nicht zu sehen war. Heute konnte er keinen neuen Kunden brauchen.

Blieb nur noch eines zu tun. Philo mußte den Schnauzer irgendwo absetzen und dann Madeline Whitfield verständigen. Dann würde er zum Flughafen fahren. Den Wagen würden sie sicher schon in ein paar Tagen gefunden haben. Vielleicht würden sie sogar feststellen können, daß er nach Puerto Vallarta geflogen war. Na und? Ein Typ mit einer Menge Schulden ist eben abgehauen. Das passiert öfter mal. Sie würden keinerlei Verbindung mit der Hundeentführung herstellen können, so daß sich die Polizei einen Dreck um ihn kümmern würde. Und Mavis würde sicher schnell irgendeinen anderen Idioten finden, der sich im Geschäft für sie abrackerte. Natürlich konnte Arnold spitzkriegen, daß Philo einen Flug nach Puerto Vallarta gebucht hatte. Na, und wenn schon? Puerto Vallarta war weit. Und Arnold war auch nur ein kleiner Fisch. Der Jude und der Nigger würden es kaum wagen, an der mexikanischen Goldküste den großen Macker zu markieren. Dort unten machten sie mit Ganoven kurzen Prozeß. Sollte Arnold es doch versuchen. Philo würde ihm die *Federales* auf den Hals hetzen. Schaufel dir dein Grab, rauch noch eine Zigarette, und dann Adios, Arnold, du mieser Blutsauger.

Plötzlich hörte Philo eine Wagentür schlagen. Die Tür von Walnikows Dienstwagen machte Philo Skinners Traum ein Ende. Philo sah nach draußen, aber ihm fiel kein Detektiv auf. Er sah nur einen untersetzten Mann mit zerzaustem, zimtfarbenem Haar und einem schlurfenden Gang, der direkt auf die Eingangstür zuging.

Er war sich sofort im klaren, wer dieser stämmige Fremde war! Das war der Nigger und der Jude in einer Person! Das war Arnolds Scherge. Arnold, dieser miese Blutsauger, hatte ihn hereingelegt. Er hatte gesagt, der Mann würde am *Nachmittag* kommen, nicht schon am Vormittag! Philo lugte durch die Jalousie, während der Mann näher kam.

Dieser Gorilla würde sicher nicht mit sich reden lassen! Das taten sie doch im Kino *nie*. Er würde sich einfach daran machen, den ganzen Laden auf den Kopf zu stellen, um nach dem Geld zu suchen. Und dabei würde er sicher die Flugtasche mit den zwanzig Mille finden. *Nachdem* er Philos Kehle aufgeschlitzt hatte!

Dann versuchte Philo, sich erst einmal zu beruhigen. Vielleicht war es nur ein Kunde. Wahrscheinlich nur irgend so ein Heini, der wollte, daß Philo sich ein paar Wochen seines Scheiß-Setters annahm. Nichts weiter. Inzwischen stand der Mann an der Tür. Er klopfte. Philo lugte durch die Jalousie, ob seine Jacke nicht irgendwo in Achselhöhe eine vielsagende Ausbuchtung aufwies. Das Jackett saß ziemlich knapp über seinem mächtigen Oberkörper. Es war keine Ausbuchtung zu sehen. Philo bildete sich alles nur ein. Mein Gott! Er mußte sich wirklich zusammenreißen. In ein paar Stunden würde er im Flugzeug sitzen. Dann klopfte der Mann von neuem. Philo lugte immer noch nach draußen. Hau schon ab, du Arschloch! Nimm deinen Scheiß-Setter und... In diesem Augenblick suchte der Mann in der Innentasche seiner Jacke nach einem Notizbuch. Philo konnte sie sehen. Sie hing an seinem Gürtel. Eine Pistole! Es war einer von Arnolds Schergen! Nur würde er Philo nicht die Kehle aufschlitzen! Er würde ihn über den Haufen knallen!

Philo Skinner schleuderte den metallenen Arbeitstisch durch den ganzen Raum, als er ins Büro rannte und dagegen stieß. Der Tisch krachte auf den gefliesten Boden und schmetterte scheppernd eine ganze Batterie Flaschen gegen die Wand. Philo packte den Koffer und die Flugtasche mit dem Geld. Er glitt auf dem Shampoo, das den ganzen Fußboden bedeckte, aus und riß sich im Fallen die Hände wund.

Walnikow hörte den Aufruhr und rüttelte an der Tür. Sie war abgesperrt. Er hörte die Hunde bellen und heulen, und er hörte, daß jemand durch den Zwinger rannte. Er dachte, er hätte eben einen Einbrecher auf frischer Tat ertappt. Irgend jemand räumte gerade Mr. Skinners Geschäft aus! Dann hörte er ein neuerliches Krachen, als Philo Skinner gegen die stahlverstärkte Hintertür rannte, die von beiden Seiten *doppelt* abgesperrt war. Sicher ist sicher, Philo. Es gibt eine Menge Diebe auf dieser Welt. Und du hast eben einen gefangen, Mavis. Besten Dank für *alles!* Du miese Fotze!

»Du miese Fotze!« kreischte Philo, worauf fünfundzwanzig Hunde wie verrückt loslegten. Ein Welsh Terrier begann zu kläffen. Eine Dänische Dogge fing an zu bellen. Ein Schlittenhund heulte los wie ein Wolf. Immer mehr Stimmen fielen in den Chor ein. Selbst wenn sich Mavis im Arbeitsraum aufgehalten hätte, hätte sie Philos hysterische Beschimpfungen nicht hören können.

Auch Walnikow konnte das nicht. Er hörte nur, daß der Einbrecher fliehen wollte, aber nicht ins Freie kam. Vielleicht waren es mehr als ein Einbrecher. Er zog seinen Revolver und trat neben dem Schloß gegen die Tür. Das Holz splitterte zwar, aber die Tür ging nicht auf. Er trat einen Schritt zurück und trat noch einmal mit aller Kraft zu, so daß die Tür aus den Angeln flog und krachend auf dem umgestürzten Arbeitstisch landete. Das laute Krachen und Splittern ließ Philo und die Hunde nur noch lauter aufheulen.

Philo ließ den Koffer fallen, klammerte sich aber um so fester an die Flugtasche. Verzweifelt rannte er zum Arbeitsraum zurück. Es gab im ganzen Zwinger nur eine potentielle Waffe, und diese befand sich dreißig Meter weiter den Gang hinunter, der zwischen den Käfigen mit den wie wild kläffenden Hunden entlangführte.

Philo Skinner hielt sich in dem krampfhaften Bemühen, einen Hustenanfall zurückzuhalten, die Brust. Er spürte, wie sich ein faustgroßer Schleimbrocken in seiner Lunge löste und in seine Kehle hochstieg. Aber er durfte auf keinen Fall einen Laut von sich geben. Arnolds Killer schlich gerade durch den Arbeitsraum. Philo konnte seine ruhigen Schritte auf dem zerbrochenen Glas hören. Philo hielt den Atem an, so gut es ging. Trotz des Lärms, den die Tiere machten, erschien ihm das Pfeifen seiner Lungen ohrenbetäubend. Philo nahm einen kleinen Feuerlöscher von der Wand und zog sich in den Schatten einer kleinen Nische neben der Seitentür zurück, die auf den eingezäunten Gang um die Auslauffläche im Freien hinausführte. Fast hätte Philo einen Putzeimer und einen Mop umgestoßen. Der Brocken schwarzen Schleims stieg höher und höher; er erstickte ihn fast. Bitte! Nur noch ein paar Sekunden!

Und dann öffnete Walnikow vorsichtig die Tür zum Zwinger. Die Hunde in den ersten Käfigen sahen den Fremden mit der Waffe. Ein Dobermann biß, völlig außer sich, auf die Kette der Türverriegelung seines Käfigs ein. Philo preßte sich gegen eine Betonwand, sah die Kanone von Arnolds Killer und dachte, er würde ersticken, bevor noch die Geschosse seine gemarterten Lungen durchschlugen.

Am hinteren Ende des Zwingers, wo Philo seinen Koffer hatte fallen lassen, erblickte Walnikow einen T-förmigen Gang. Walnikow ging auf den Koffer zu, als Philos Überlebensinstinkte plötzlich die Oberhand gewannen. Aus dem rechten Augenwinkel konnte Walnikow gerade noch erkennen, wie sich etwas bewegte. Er wirbelte herum, aber nicht schnell genug. Der Feuerlöscher traf ihn genau über dem rechten Auge auf seine breite Stirn. Philo hatte mit aller Kraft zugeschlagen. Das genügte. Schwer stürzte Walnikow gegen den ersten Käfig zurück und glitt dann zu Boden. Zwar entfiel ihm sein Revolver, aber er ließ sich instinktiv darauf gleiten.

Philo Skinner wurde erst einmal durch den Brocken giftigen Schleims in seiner Kehle gestoppt. Er fing an, zu würgen und zu husten und wieder zu würgen. Er lehnte sich gegen die Wand und spuckte ihn aus. Ein Schleimbrocken wie ein schwarzer Golfball klatschte auf den Betonboden. Walnikow stöhnte und wand sich auf dem Boden wie ein junger gestrandeter Wal.

Beide Männer waren sich der Gefährlichkeit der Situation voll bewußt, und beide bemühten sich angestrengt, als erster Herr der Lage zu werden. Schließlich schaffte es Philo, etwas lebensrettenden Sauerstoff in seine ächzenden Lungen zu pumpen. Er holte mehrmals tief Atem und stürzte sich dann auf den Feuerlöscher. Er nahm das Gerät vom Boden auf und hob es über seinen Kopf. Walnikow konnte gerade noch rechtzeitig seinen linken Arm heben. Der Feuerlöscher krachte auf seinen Unterarm, daß Walnikow vor Schmerzen laut aufschrie.

Die Hunde, die instinktiv spürten, daß sich in ihrer Mitte ein Kampf auf Leben und Tod abspielte, rannten inzwischen winselnd und schäumend in ihren Käfigen im Kreis. Der Dobermann war völlig von Sinnen. Seine schaumweißen Lefzen und sein Zahnfleisch bluteten inzwischen von seinen Attacken gegen die Kette der Türverriegelung seines Käfigs. Ohne zu wissen, warum, wollte auch der Dobermann an dem Morden teilnehmen. Er war zwar kein Wachhund, aber wenn er dieses Blut roch und diese zwei Männer unmittelbar vor ihm verzweifelt um sich schlagen sah, wollte er ohne weiteren Grund nichts anderes als morden.

Philo keuchte und schluckte und hob den Feuerlöscher erneut. Walnikow hielt zwar seinen verwundeten Arm hoch, aber der Feuerlöscher krachte gegen seinen Arm *und* seinen Kopf, und zwar in der Nähe der Schläfe. Seine Haarbüschel waren auf der Stelle blutverschmiert, als seine Blutgefäße platzten. Blut rann ihm über Gesicht und Hals herab. Er bellte wie die Dänische Dogge und rollte sich auf den Bauch über seinen Revolver. Als Philo erneut zum Angriff ansetzte, griff er unter sich nach der Waffe. Diesmal verfehlte Philo Walnikows Kopf, aber der Feuerlöscher krachte gegen Walnikows rechte Schulter, so daß seine Hände für einen Augenblick gelähmt waren. Er konnte den Revolver nicht packen.

Inzwischen hatte Philo sich auf Arnolds gedungenen Killer gestürzt. Er konnte den massigen Mann zwar nicht bewegen, trommelte aber mit seinen knochigen Fäusten schwach auf den breiten Kopf ein. Er prügelte auf den wuchtigen Schädel des Killers ein und winselte und zerrte an seinem blutigen Haar, aber er brachte diesen Kerl, der mehr wog als ein Bernhardiner, nicht vom Fleck. Dann griff Philo unter Walnikow, unter seinen Bauch. Walnikows halb gelähmte Finger und Philos tabakgelbe Finger kämpften verzweifelt um den Revolver.

Philo winselte lauter als irgendein Hund im Zwinger. Und dann begann er zu knurren wie der Dobermann. Er vergrub seine fleckigen Zähne in Walnikows Schulter, aber das muskulöse Fleisch war zu hart. Darauf biß Philo Walnikow in den blutigen Hals, kam aber nicht an die Waffe heran.

Schließlich ließ sich Philo auf den Bauch gleiten und schob beide Hände unter den Detektiv, so daß er unter Aufbietung aller seiner Kräfte endlich dessen massigen Körper bewegen konnte. Philo griff unter seinen Bauch, um sich auch schon im nächsten Augenblick wieder rückwärts davonzuhechten und über den Boden des Gangs zu rollen, bis ihn die Tür des Arbeitsraums stoppte. Die Waffe war in seiner Hand.

So lagen Walnikow und Philo nun für einen Moment bäuchlings auf dem Boden und starrten sich über einen guten Meter Entfernung hinweg an. Die Hunde beschrieben in ihren Käfigen geifernde Kreise. Ein Sealyham Terrierweibchen lag auf dem Rücken und strampelte mit den Beinen. Es übertraf in seiner Raserei selbst den Dobermann.

Walnikow schüttelte wie ein verwundeter Stier den Kopf und begann mit Nachlassen des anfänglichen Schocks vor Schmerzen immer lauter zu stöhnen. Er dachte, er müßte sterben. Er beobachtete die Augen des Einbrechers.

Philo wußte, daß er den Killer verletzt hatte. Dennoch war dieser selbst in seinem verletzten Zustand immer noch eindeutig stärker als Philo. Philo Skinner hätte sich nicht im Traum einfallen lassen, daß er vielleicht einen Menschen würde töten müssen. Er hielt den Revolver auf das blutige Gesicht des Killers gerichtet. Er war sich nicht recht sicher, ob man diesen Revolver spannen mußte, aber er ging davon aus, daß das nicht nötig war. Er versuchte, den Mut und die Kraft aufzubringen, zu tun, was er tun mußte. Aber er hatte doch in seinem ganzen Leben keinem einzigen Tier etwas zuleide getan. Wie sollte er nun einen Menschen töten?

»Drehen... drehen... Sie sich um.« Philo hörte zu husten auf und spuckte auf den Boden, ohne dabei jedoch seine Augen von Arnolds Killer abzuwenden. »Kriechen Sie auf dem Bauch. Rückwärts... ja, rückwärts! Los! Kriechen Sie schon zurück, oder ich lege Sie um!«

Eine Sekunde lang zögerte Walnikow. Und dann – seine Anzugjacke war an drei Stellen zerrissen – begann er, sich bäuchlings langsam rückwärts zurückzuschleppen.

»Los!« befahl Philo. »Zurück! Weiter! Weiter!«

Walnikow schleppte sich Stück für Stück zurück, ohne den Einbrecher aus den Augen zu lassen. Er wischte sich das Blut aus dem Gesicht.

Als Walnikow schließlich neben einem leeren Verschlag auf der Westseite des Zwingers zu liegen kam, sagte Philo: »Stopp.« Erst jetzt richtete sich Philo Skinner mühsam auf und ging vorsichtig an den Käfigen zu seiner Rechten vorbei, sorgfältig darauf bedacht, dem Dobermann aus dem Weg zu gehen, der verzweifelt versuchte, seine Schnauze durch das Drahtmaschengitter zu stecken und Philos mageren Oberschenkel zwischen die Zähne zu bekommen.

Philo kam über Walnikow zu stehen und forderte ihn auf: »Legen Sie Ihr Gesicht auf den Boden.« Das tat Walnikow und wartete bereits auf die Kugel, die ihm den Schädel zerschmettern würde. Eigentlich wollte er sich rasch nach rechts rollen, um zumindest noch um sein Leben gekämpft zu haben, aber der Schmerz hatte ihn zu sehr geschwächt. So war es vor allem der Schmerz, der ihn gehorchen ließ, obwohl er sich sicher war, daß dies das Ende war. Er überlegte, was er mit in die Ewigkeit hätte nehmen können. Dabei fielen ihm Nachtigallen ein, die in einem Brombeerbusch sangen.

Aber Philo hechelte nur: »Keine Bewegung, oder ich lege Sie um.« Und dann hörte er, wie Philo an einem Schlüsselbund herumfummelte. Er schloß die Tür des leeren Käfigs auf und öffnete sie. »Jetzt kriechen Sie auf dem Bauch da rein«, keuchte Philo. »Bleiben Sie auf dem Bauch liegen. Sollten Sie versuchen, aufzustehen, sind Sie ein toter Mann.«

Noch immer hatte Walnikow kein einziges Wort gesprochen. Er begann, in den Käfig zu kriechen. Dabei stieß er einen großen Futternapf zur Seite. Er kroch an einem Haufen Hundescheiße vorbei. Einem sehr *großen* Haufen. Und dann hörte er ein tiefes Knurren, das direkt hinter der Klapptür, die auf die Auslauffläche im Freien hinausführte, ertönte.

Philo, der im Eingang des Käfigs stand, konnte dieses Knurren, das Walnikow vom Boden aus sehr wohl vernehmen konnte, nicht hören. In diesem Inferno aus Hundegebell, Gewinsel, Gejaule und Geheul konnte Philo überhaupt nichts hören.

Und dann konnte es sich Philo Skinner, der während seiner unglücklichen Kindheit von jedem halbwegs kräftigen Kerlchen verprügelt worden war, Philo Skinner, mit dem die Kameraden in seiner Abteilung bei der Armee, bevor er wegen Asthma entlassen wurde, gemacht hatten, was sie wollten, Philo Skinner, der eben zum erstenmal in seinem ganzen Leben ein anderes menschliches Wesen in einer körperlichen Auseinandersetzung besiegt hatte, in diesem Augenblick konnte Philo Skinner es sich nicht verkneifen, in lautes Triumphgeschrei auszubrechen. Und dabei stand er wie ein wilder Hund über seiner wehrlosen Beute.

»Sagen Sie Ihrem Boß«, krächzte Philo siegessicher, »sagen Sie diesem Blutsauger, daß Philo Skinner sich mit einem Adios verabschiedet. Sagen Sie ihm, das nächstemal soll er es lieber selbst versuchen, wenn er was von Philo Skinner will!«

Philo schwelgte dermaßen in seinem Triumphgefühl, daß ihm das absolut ungut blitzende, elfenbeinfarbene Auge völlig entging, das durch den schmalen Spalt in der Klapptür an der Hinterseite des Käfigs sichtbar wurde. Walnikow dagegen sah dieses bedrohliche Auge. Walnikow konnte auch das Knurren hören, das sich unmittelbar über dem Betonboden anhörte wie ein mittleres Erdbeben oder ein Zyklon am Horizont.

Walter, der deutsche Schäferhund, war alles andere als glücklich über die Trennung von seinen Adoptiveltern. Walter gefiel es auch in diesem Käfig nicht, in dem er zum erstenmal seit Beendigung seiner Laufbahn als Wachhund wieder eingesperrt worden war. Nicht einmal das leckere Pferdefleisch und die Leber, womit ihn Mavis am Tag zuvor gefüttert hatte, schmeckten ihm. Aber am allerwenigsten mochte Walter *Knarren*.

Walter war von seinem früheren Herrn sogar ausdrücklich so abgerichtet worden, daß er jede Waffe haßte. Und daß er jeden zu Hackfleisch verarbeitete, der es *wagen* sollte, eine Waffe gegen ihn zu richten. Überhaupt hatte Walters ehemaliger Besitzer seinen Hundchen mit seinem bleigefüllten Stück Gartenschlauch alle möglichen speziellen Tricks beigebracht. Und aufgrund dieser Tricks waren seine Wachhunde bei seinen Kunden sehr beliebt. Deshalb trug Walters ehemaliger Besitzer, der seine Arbeit ebenso liebte, wie seine Hunde die ihre haßten, auch immer spezielle Kleidung, wenn er seine Tiere vorführte. Unter anderem hatte er auch eine Schürze aus Stahldraht, an deren Außenseite er einen mit Schaumgummi überzogenen Unterleibsschützer befestigt hatte, wie ihn Boxer verwenden. Und an diesem Ding biß sich so ein Hund in seiner Raserei natürlich nur zu gern fest.

Die potentiellen Kunden lachten sich ausnahmslos kaputt, wenn sie sahen, daß *diese* Hunde nicht so blöd waren und sich wie die meisten Wachhunde mit einem Arm abspeisen ließen. Walter und seine dreizehn unglückseligen Gefährten waren so abgerichtet worden, einen Sprung nach dem gepolsterten Arm ihres Herrn vorzutäuschen und sich dann aber schnurstracks auf den Unterleibsschützer zu stürzen und ihn abzureißen. Einer von Walters Kollegen klinkte durch dieses ›Training‹ einmal derart aus, daß er versuchte, diesen Unterleibsschützer zu *fressen*. Jedenfalls lachten sich die Kunden bei diesen Vorführungen immer halb tot. Diese Hunde griffen einen Einbrecher genau an der richtigen Stelle an.

Philo Skinner war immer noch zu sehr in seinem Triumphgefühl befangen, um irgend etwas wahrzunehmen. Er war so sehr damit beschäftigt, sich am Anblick des vor ihm auf dem Boden liegenden Killers zu weiden, daß ihm der riesige Haufen in der ›leeren‹ Zelle nicht auffiel. Und er sah auch nicht das bernsteinfarbene Auge des Zyklons. Noch sollte er das Fauchen hören.

Das Fauchen.

Walnikow hielt seine Arme schützend über sein Gesicht, als der Zyklon über ihn hinwegtobte. Der schwarzbraun gemusterte Wirbelsturm schmetterte Philo gegen den Stahlpfeiler, der die zwei Meter hohe Tür des Käfigs stützte. Daß Philos Kopf laut krachend dagegen schlug, kümmerte ihn herzlich wenig. Was ihn vielmehr in weitaus größerem Maße beunruhigte, war die Tatsache, daß dieser Zyklon ihn gegen das Drahtmaschengitter des Käfigs drückte und sich daranmachte, seinen Unterleib zu Hackfleisch zu verarbeiten.

Walnikow richtete sich mühsam auf und kroch auf allen vieren von dem wie wild um sich schnappenden, tobenden Tier weg, während das Gekläff der übrigen Hunde im Zwinger um mehrere Phon anstieg, so daß Philo Skinners entsetzte Schreie völlig untergingen. Der Hund war beim ersten Versuch abgeglitten und hatte es nun auf das extrem empfindliche Stück Fleisch an der oberen Innenseite von Philo Skinners Schenkel abgesehen. Der Schäferhund senkte gerade seine Zähne in diese empfindliche Stelle, als die ersten zwei Explosionen durch seine Flanken zuckten. Der Hund riß seinen Kopf herum und schnappte wie ein Hai nach seinem eigenen Fleisch, die bernsteinfarbenen Augen von derselben Überraschung geweitet, wie sie auch Walnikow im ersten Moment über den alles überwältigenden Schmerz gezeigt hatte. Philo stand mit dem Rücken gegen die eine Seite des Käfigs, Walnikow gegen die andere. Beide beobachteten den wild um sich schlagenden Hund, bis Philo die Waffe gegen ihn richtete und eine heftige Explosion seine Schulter durchzuckte, so daß der Hund mit zappelnden Beinen auf den Rücken fiel.

Philo Skinner blickte auf das Blut hinab, das sich in seiner Leistengegend ausbreitete, und fing wie eine Frau an zu kreischen. Walnikow bekam allmählich die vollen Auswirkungen der Schläge zu spüren; ihm wurde schwindlig und sehr übel. Er kroch auf dem Bauch über den Boden, während ihm übler und übler wurde. Zu seiner Verwunderung sah er noch, wie sich der Hund neuerlich zum Sprung zusammengekauert hatte. Und das letzte, was Walnikow von Walter lebend noch zu Gesicht bekam, war der Blick in seinen Augen. Ein Blick voller tödlichen Hasses und äußerster Verzweiflung, als er unter einer letzten, schmerzgepeinigten Aufbietung aller Kräfte auf den vor Entsetzen wie erstarrten Philo Skinner lossprang.

Philo hustete und spuckte, als er dem rasenden Tier seinen Arm entgegenstreckte und ihm drei Schüsse in die Brust jagte, wobei diesmal die widerhallenden Explosionen das Lärmen der anderen Hunde übertönten.

Walnikow schluckte den gewaltsam nach einem Ausgang drängenden Mageninhalt wieder hinunter und kniete auf allen vieren auf dem Betonboden, während der hysterisch kreischende Hundebetreuer versuchte, den Hundekörper von sich abzuschütteln. Walnikow wußte nicht, daß Philo das Magazin bereits leergeschossen hatte, als er nach dem Revolver hechtete, während Philo mit dem toten Hund kämpfte.

Auch Philo wußte nicht, daß er bereits alle sechs Schuß abgefeuert hatte, so daß die Waffe dreimal impotent in Walnikows Gesicht klickte, als dieser sich auf Philo stürzte. Und dann kugelten sich die beiden inmitten von Blut und Kot auf dem Boden. Zwei verwundete, geschwächte, verzweifelte Männer mit einem Hund zwischen sich. Zwei Körper, die in Zeitlupe um sich schlugen, stießen, traten und rempelten. Walter lag tot zwischen ihnen eingeklemmt – ein Schäferhundsandwich.

Philo hieb mit dem Revolver auf Walnikow ein und traf ihn an der Schulter. Walnikow schaffte es jedoch, sich zu befreien, so daß Philo mit dem nächsten Schlag nur den toten Hund traf. Winselnd und schluchzend warf Philo nun den Revolver nach Walnikow und traf ihn auf der Brust. Dann ging Philo in die Knie und kroch auf allen vieren auf die offene Tür zu. Er klammerte sich an dem Metallpfosten fest, zog sich daran hoch und war bereits einen Schritt aus dem Käfig, als Walnikow seine mächtigen Arme um seine Beine schlang und nicht mehr losließ.

»Du Scheißkerl!« kreischte Philo. »Laß mich los!«

Die Hunde antworteten mit ohrenbetäubendem Gebell.

Langsam zog sich Walnikow auf die Knie hoch. Er mußte sich alle Mühe geben, nicht zu erbrechen, während er sich an Philos Beine klammerte.

Philo hielt sich am Türpfosten fest und schrie: »DU SCHEISS-KERL!« Und gleichzeitig schlossen sich Walnikows starke Arme mit ihren fast einem Zentner mehr Gewicht daran um Philos blutige Hüften und zerrten ihn in den Käfig zurück.

»SCHEISS...« schluchzte Philo und klammerte sich im Fallen an die Käfigtür, so daß diese krachend zuschlug, als die beiden verwundeten und geschwächten Männer neben Walter zu Boden stürzten.

Philo starrte die verschlossene Tür an und begann zu weinen. Walnikow starrte die verschlossene Tür an und übergab sich. Walter starrte die verschlossene Tür mit totenstarren Augen an.

Als Walnikows Magen endlich leer war, spielte ihm seine Gehirnerschütterung plötzlich übel mit. Sein Kopf fing an, von einer Seite auf die andere zu fallen. Es war ein Gefühl, als wäre an seinem Kopf Ballast angebracht oder als hätte sein dicker Hals plötzlich alle Kraft verloren. Er konnte den Kopf nicht mehr gerade halten.

Philo Skinner beobachtete ihn und stand auf. Die Tür vor ihm reichte bis zur Decke. Er überlegte, ob er durch die Klapptür nach draußen kriechen sollte, aber die Auslauffläche war ringsum von einem knapp drei Meter hohen Drahtzaun umgeben, der sich außerdem am oberen Ende noch nach innen neigte. Im Skinnerschen Zwinger wurde alles für die Sicherheit der hier untergebrachten Tiere getan. Dank Mavis.

Es gab nur eine Möglichkeit. Die Seitenabzäunungen jedes Käfigs reichten nur knapp einen halben Meter unter die drei Meter hohe Decke. Aber zwischen Philo und dem Gang zur Freiheit lagen ganze elf Käfige. Elf Käfige voller Terrier. In der anderen Richtung waren es sieben – voller großer Hunde wie Walter. Philo Skinner, der Terrier-King, entschied sich für den längeren Weg.

Noch bevor er das obere Ende der ersten Drahtumzäunung erreichte, keuchte Philo rang bereits schwer nach Atem. Er war völlig von Schweiß und Blut durchnäßt. Er holte gerade so viel Luft, daß er nicht husten mußte, und hievte sein dürres Gestell mühsam auf die andere Seite hinüber, wo er erst eine Weile strampelnd herunterhing, bis er sich fallen ließ und auf den Knien landete. Er sah auf seinen Unterleib hinunter. Er verspürte zwar heftige Schmerzen, aber zumindest war der Blutfleck auf seiner Hose nicht größer geworden. Gütiger Gott, sandte Philo ein Stoßgebet zum Himmel empor, laß mich noch einen Schwanz haben, wenn ich nachsehe. In Puerto Vallarta werde ich doch einen *brauchen*. Bitte, hab Erbarmen!

Während Philo die nächste Umzäunung hochkletterte, konzentrierte Walnikow sich darauf, nicht das Bewußtsein zu verlieren. Er lag Gesicht an Gesicht mit dem Schäferhund auf dem Betonboden und versuchte, an etwas anderes zu denken. Er war am ganzen Körper naß und wußte, daß er noch eine Weile still liegen mußte, wenn er verhindern wollte, das Bewußtsein zu verlieren. Er starrte in die toten Augen von Walter. Mut allein hatte nicht genügt. Drei Kugeln hatten nicht ausgereicht, gegen diesen Mut der Verzweiflung und diese Raserei anzukommen. Dazu hatte es schon sechs bedurft. Walters Totenmaske war zu einem Ausdruck gefroren – woran erinnerte er ihn nur? Das Zähnefletschen war einem Ausdruck absoluter Einsamkeit und Hoffnungslosigkeit gewichen. Wahrscheinlich hatte er gespürt, daß am Ende doch alles vergeblich sein würde. Jedenfalls fand Walnikow diesen Gesichtsausdruck absolut unerträglich.

Walter war mit dem einsamen, hoffnungslosen Gesicht von Charlie Lightfoot in die Ewigkeit eingegangen.

Dann versuchte Walnikow, sich aufzusetzen. Er ging dabei langsam und vorsichtig vor. Er zog sich an dem Drahtmaschengitter hoch. Dann sah er zu dem strampelnden und stöhnenden Einbrecher auf, der sich gerade über die zweite Umzäunung kämpfte. Schwer plumpste der Einbrecher in den nächsten Käfig hinunter, um auf einem laut winselnden Kerry blue Terrier zu landen. Jetzt lagen also zwei Käfige zwischen ihnen.

Drei Minuten später versuchten sich zwei Männer an den Drahtmaschenwänden. Walnikow war nicht mehr ganz so schwindlig, hatte aber dennoch Angst, in drei Metern Höhe das Bewußtsein zu verlieren und auf den Betonboden hinunterzuklatschen.

Philo Skinner war so erschöpft, daß er an nichts anderes als ans Atmen denken konnte. Einen Atemzug nach dem anderen, Philo.

Immer schön einen nach dem anderen – durch trockene, aufgesprungene Lippen hindurch.

Die Verfolgungsjagd durch die Käfige dauerte eine Stunde. Keuchen, Stöhnen, Ächzen. Drei Meter den Zaun hoch, dann vorsichtig die Beine auf die andere Seite hinüberschwingen, mit den Zehenspitzen nach einem Halt suchen, die Haut in Fetzen von den Händen hängend, in den nächsten Verschlag hinuntergleiten und in kleinen Haufen Terrierscheiße landen.

Der verletzte und geschwächte Verfolger sollte es nie schaffen, in diesem eigenartigen Rennen seiner verletzten und geschwächten Beute näher zu kommen. Wortlos beobachteten sie sich durch zwei Drahtmaschenabtrennungen hindurch und pausierten wie auf ein geheimes Zeichen hin gleichzeitig. In der Regel war es Walnikow, der das Ende einer solchen Ruhepause signalisierte, indem er seinen massigen Körper hochwuchtete, seine kräftigen, blutigen Finger um den Draht legte und sich schwer hochhievte. Der Schweiß brannte in ihren Augen und floß schmerzhaft in die zahllosen Wunden an ihren mitgenommenen Körpern.

Als Philo nur noch zwei Käfige vom rettenden Gang entfernt war, bekam er einen schrecklichen Schwindelanfall. Er mußte sich setzen, und zwar mitten in eine Pfütze gelben Dandie-Dinmont-Durchfalls – eine Folge der Aufregung, welche die Hunde während der letzten Stunde durchgemacht hatten. Aber Hundescheiße war im Augenblick das geringste von Philos Problemen. Ungläubig mußte er feststellen, daß der bullige Killer nicht die Gelegenheit wahrnahm, ebenfalls eine Rast einzulegen. Entsetzt beobachtete Philo, wie der Killer wie ein riesiger Krebs Zentimeter für Zentimeter langsam die Drahtwand hochkletterte. Entsetzt beobachtete Philo, wie der blutverschmierte Killer – die Kleider hingen ihm in Fetzen vom Leib – für eine Sekunde in prekärem Gleichgewicht drei Meter über dem Betonboden in der Luft hing, als er sich auf die andere Seite schwang.

»Fall schon runter, du Scheißkerl. Und brich dir deinen verdammten Hals!« krächzte Philo, aber die gigantische Krabbe klammerte sich an dem Drahtgitter fest und glitt auf der anderen Seite zu Boden. Nun lag nur noch eine Abtrennung zwischen ihnen.

Der Killer wankte auf diese Abtrennung zu und starrte Philo in die Augen. Dann versuchte er hochzuklettern. Aber er schaffte es nicht. Er sank in die Knie und stöhnte fast ebenso gequält wie Philo Skinner. Und dann geschah etwas Unvorhergesehenes, als ein verängstigter Yorkshire Terrier auf den Killer zukroch und sich in Demutshaltung vor ihm auf dem Boden wand. Das Unvorhergesehene war, daß sich der zerfetzte Jackenärmel des Killers an einem Gegenstand an seinem Gürtel verhängte, als er versuchte, den Terrier zur Seite zu schieben. Der Killer machte an seinem Ärmel herum, und dabei fiel ihm klimpernd ein Paar Handschellen auf den Boden.

Handschellen? An einem gedungenen Killer? Mit dem, was von seinem Rollkragenpullover noch übrig war, wischte sich Philo Skinner den Schweiß vom Gesicht. Seine imitierte Goldkette hing ihm inzwischen bis zu den Lenden hinab. Er riß sie sich vom Hals und warf sie weg. Ein gedungener Mörder mit Handschellen?

»Wer – wer sind Sie?« krächzte Philo.

»Wer – wer sind *Sie?*« rang Walnikow nach Atem.

»Ich – ich habe als erster gefragt«, krächzte Philo zurück.

»Ich – ich bin – Walnikow, vom Los – Los Angeles Police Department. Und Sie – Sie sind verhaftet!« keuchte Walnikow.

»Sie – Sie – Sie wollen mich gar nicht *umbringen?*« winselte Philo.

»Ich – ich werde – Sie *verhaften!*« brachte Walnikow mühsam hervor.

Und dann dämmerte es Philo. Ein Polizist! Irgendwie hatten sie wohl schon alles herausgekriegt. Irgendwie hatte er ihnen einen Anhaltspunkt gegeben. Wahrscheinlich hatten sie festgestellt, von wo aus er angerufen hatte, als er in seiner Verzweiflung so unvorsichtig gewesen war, vom Zwinger aus zu telefonieren. Als er dem kleinen Schnauzer das Ohr abgeschnitten hatte. Als er nicht mehr klar hatte denken können.

»Ich habe in meinem ganzen Leben noch keinem Tier etwas zuleide getan!« winselte Philo. »Daran war nur diese miese Fotze schuld!«

»Woran – woran war sie denn schuld?« keuchte Walnikow.

»Daß ich – daß ich ihr das Ohr abgeschnitten habe!« schluchzte Philo. »Ich werde das Geld zurückgeben! Ich habe in meinem ganzen Leben noch keinem Tier etwas zuleide getan!«

Walnikow wischte sich mit dem Jackenärmel sein verschwitztes Gesicht ab und stand auf. Er mußte sich dabei jedoch am Drahtmaschengitter der Abtrennung festhalten. Er versuchte, einen klaren Kopf zu bekommen. Er folgte Philos Blicken, die in den letzten Käfig fielen, der hinter Philo Skinner lag. Wo der kleine Schnauzer zitternd und leise winselnd zusammengekrümmt in der Ecke lag. Ein kleiner Schnauzer mit einem Verband um den Kopf.

»Sie! *Sie* haben den Hund gestohlen!« entfuhr es Walnikow.

»Was? Wie – was haben Sie denn gedacht?« entgegnete Philo.

»Daß Sie ein Einbrecher wären!« enthüllte ihm Walnikow die tragische Wahrheit.

»Wie bitte?« Philo wurde sogar noch bleicher und richtete sich mühsam auf. »Warum – warum sind Sie dann hierhergekommen?«

»Um – um Sie wegen Mrs. Gharoujians Tutu zu fragen. Ich – ich hoffte, Sie könnten mir vielleicht sagen, ob jemand – ob einer ihrer Freunde Tutu ge...«

»Woher haben Sie gewußt, daß der tote Schnauzer Millies Tutu war?« heulte Philo inzwischen fast.

»Ich habe es ja nicht sicher gewußt. Ich bin hierhergekommen, um Sie zu bitten, sie sich anzusehen.«

»Nein, das darf doch nicht wahr sein!« Philo war außer sich. »NEIEIEIEIEIN!« Und ein Teil der Hunde, die sich allmählich wieder zu beruhigen begonnen hatten, fing neuerlich an, laut loszuheulen.

Und während Philo noch damit beschäftigt war, seine Enttäuschung und Frustration hinauszuschreien, machte sich Walnikow daran, die letzte Drahtwand zu erklimmen, die sie noch voneinander trennte. Als Philo schließlich doch merkte, was der Detektiv vorhatte, wandte er sich mit einem Japsen um und kletterte verzweifelt die vorletzte Abtrennung hoch.

Oben angelangt, fluchte Philo nach Atem ringend heftig los, da er offensichtlich nicht mehr die Kraft aufbrachte, sich auf die andere Seite zu schwingen. Und dann hörte er das dumpfe Dröhnen, als Walnikow auf dem Boden des Käfigs landete. Walnikow rutschte in einem Haufen Hundedreck aus und schlug mit dem Kopf gegen den Beton.

Und endlich hatte es Philo geschafft. Er sprang in den letzten Käfig hinab. In Vickies Käfig. Der kleine Schnauzer drängte sich noch mehr in die Ecke – so weit weg von Philo Skinner wie möglich. Der kleine Hund zitterte so sehr, daß sich seine Krallen an dem harten Beton abwetzten.

Stöhnend lag Walnikow auf dem Rücken. Er hatte gar nicht gemerkt, daß er das Bewußtsein verloren hatte, als er aufsah und sein Blick auf Philo Skinner fiel, der sich gerade mit letzter Kraft die letzte Umzäunung hochzog. Und schon war auch Walnikow wieder auf den Beinen und kletterte die Käfigwand hoch. Beide Männer stöhnten – mehr vor Erschöpfung als vor Schmerz, den sie durch die übermenschliche Anstrengung kaum mehr spürten. Walnikow erreichte etwa zum gleichen Zeitpunkt wie Philo Skinner das obere Ende der Abtrennung.

Philo Skinner sah sich zu dem Detektiv um, der wie er drei Meter über dem Boden hing, und schrie ihn an: »Sie hatten ja nicht die geringste Ahnung, daß ich es war! Sie sind nur gekommen, damit ich mir Tutu ansehe. Warum muß so etwas immer mir passieren! UAAAAAAAAAAHHHHH!«

Und nachdem Philo Skinner diesen Urschrei ausgestoßen hatte, ließ er los und glitt an dem Drahtmaschengitter entlang zu Boden. Er landete auf dem Mittelgang. Er hatte es geschafft. Er war frei.

Walnikow ließ sich ebenfalls fallen und landete auf einem Knie. Er hörte etwas knacken und schrie vor Schmerz auf, kroch aber trotzdem durch den Käfig und zog sich an der Umzäunung hoch. Nun stand er Philo Skinner von Angesicht zu Angesicht gegenüber, nichts als die Umzäunung des letzten Käfigs zwischen ihnen.

Plötzlich ließ ihn ein Wimmern zu dem verstümmelten Schnauzer in seiner Ecke sehen. »Sie – Sie sind verzweifelt«, keuchte Walnikow.

»Da – da müssen Sie mich erst mal erwischen«, hechelte Philo zurück und griff nach seinem Koffer. Zu seinem Entsetzen war er nicht in der Lage, ihn mit einer Hand hochzuheben.

»Nicht... nicht«, redete Walnikow auf ihn ein, während er spürte, wie ihn allmählich wieder ein Schwindelanfall überkam. »Geben Sie auf, Skinner. Es hat doch keinen Zweck. Geben Sie auf.«

Philo hätte sich fast wieder übergeben müssen, als er auf seinen blutigen Unterleib hinuntersah. Lieber Gott, laß ihn bitte noch dasein! Bitte! Er stellte fest, daß er den Koffer heben konnte, wenn er mit beiden Händen zupackte. Und dann richtete er noch seine letzten Worte an Walnikow: »Sagen Sie denen – sagen Sie allen, daß Philo Skinner in seinem ganzen Leben keinem – keinem einzigen Tier etwas zuleide getan hat!«

Und während sich Walnikow dann die letzte Drahtabzäunung hinaufzuarbeiten begann, hörte er Philo nur noch in der Tür ächzen und stöhnen, als er den Flugbeutel vom Boden aufhob und den Koffer mit einer Hand mit sich schleppte. Und dann das Geräusch von splitterndem Glas, als sich Philo durch das Chaos im Arbeitsraum einen Weg bahnte.

Walnikow war übel, und diesmal überkam ihn auch ein heftiges Schwindelgefühl, als er sich so hoch über dem Boden über die Drahtumzäunung schwingen wollte. Er wußte, daß er es nur noch dieses eine Mal schaffen mußte. Nur dieses eine Mal noch. Er brüllte vor Schmerzen und hatte ein Gefühl, als würde ihm jeden Augenblick das Blut in einem riesigen Schwall aus der Nase strömen, bis seine blutigen Finger endlich den richtigen Halt fanden. Verzweifelt mit den Füßen um sich tretend und schlagend, bekam er schließlich einen über den oberen Rand und hakte sich mit den Zehenspitzen fest. Jetzt durfte er auf keinen Fall haltmachen. Er mußte den Schwung dieser seiner letzten Energieanwallung nutzen. Dabei half es ihm eine Menge, zusammen mit den kläffenden Hunden hemmungslos zu stöhnen und zu schreien. Und dann hing er in luftiger Höhe über dem Betonboden. Er hatte keine Kraft mehr. Er konnte nicht mehr hinunterklettern. Er konnte sich auch nicht mehr festhalten und hinunterhängen lassen, um sich dann fallen zu lassen. Er mußte es einfach riskieren. Er ließ seine Füße plumpsen und folgte mit dem Rest seines massigen Körpers, so daß er mit steifen Beinen auf dem Beton aufkam. Eine gewaltige Erschütterungswelle durchlief seinen ganzen Körper bis hinauf in die Schädeldecke. Und dann fiel er auf den Rücken und blieb liegen.

Die Hunde schienen sich allmählich zu beruhigen, und dann hörte er den Motor von Philos El Dorado spucken. In seiner Panik hatte Philo den Motor ersäuft. Walnikow sah zu Vickie hinüber, die sich immer noch völlig verschreckt in ihrer Ecke zusammengekauert hatte. Armes Ding, dachte er. Armes, gequältes, kleines...

»Ist ja schon gut, Vickie«, redete er tröstend auf den kleinen Hund ein. »Ist ja schon gut. Gleich kommst du zu deinem Frauchen nach Hause.«

Philo Skinner schluchzte voller Verzweiflung los, schaltete die Zündung wieder aus und zwang sich, eine Weile ruhig zu sitzen, damit der Vergaser wieder trocken wurde. Er sah sich im Rückspiegel an und traute für einen Moment seinen Augen nicht. Er hatte schon halb verhungerte und räudige streunende Hunde gesehen, die einen besseren Eindruck gemacht hatten. In seiner Luftröhre sammelte sich wieder einmal Schleim an, und er begann zu würgen.

Als Walnikow schließlich den langen, engen Gang zwischen den

Käfigen mit den Hunden entlangstolperte, war er für eine Weile auf nichts anderes bedacht, als nur nicht ohnmächtig zu werden. Wen er eigentlich verfolgte und weshalb, war ihm vorübergehend völlig entfallen. Er erreichte die Tür, bevor Philo Skinner wieder den Anlasser probierte. Wenn Philo sich umgedreht und den Detektiv gesehen hätte, dem die Hosen in Fetzen von den Beinen hingen – ein Jackenärmel fehlte ihm ganz, und der andere hing ihm vom Ellbogen herab; das Gesicht war mit Blut und Hundefutter verschmiert –, wäre er sicher in Panik geraten und hätte den Motor des El Dorado neuerlich absaufen lassen. Aber so sah er seinen Verfolger nicht einmal, als dieser auf den Cadillac zustolperte. Er starrte nur wie gebannt auf den Zündschlüssel und drehte ihn schließlich im Schloß. Der Motor sprang an.

Philo juchzte vor Erleichterung und schoß mit quietschenden Reifen davon, ohne die erbarmungslose, blutige Krabbe zu sehen, die auf dem Parkplatz von Philo Skinner, dem Terrier-King, mit dem Gesicht voll auf den Asphalt knallte.

15

Das Paradies

Philo Skinner war bereits auf halbem Weg zum Flughafen, bis ihm schließlich langsam zu dämmern begann, was er eigentlich tat. Es waren nicht die vollkommene Erschöpfung oder das blanke Entsetzen oder die Schmerzen, die ihn wieder aufleben ließen. Es war der Geruch. Der Geruch nach kaltem Schweiß, nach Blut und Angst. Und vor allem war es der Geruch von Hundescheiße. Philo Skinner hatte sie überall – in seinem Haar, an seiner Hose und auf seiner bloßen Brust. Auch die Haare in seinen Achselhöhlen waren damit verklebt, wo sein Pullover zerrissen war. Und sogar seine Hosentaschen waren voll davon!

Philo bog vom San Diego Freeway ab und fuhr zwanzig Minuten ziellos in einem Gebiet herum, das er nicht kannte. Schließlich fand er einen öffentlichen Park. Er umkreiste ihn mehrere Male, bis er schließlich eine Toilette fand. Er parkte den Wagen im Schatten einer Ulme, und als einen Moment keine Passanten zu sehen waren, stieg er aus und humpelte über die Grünfläche auf die öffentliche Toilette zu. Seinen Koffer und seine Flugtasche schleppte er mit sich.

Fünf Minuten später stand Philo Skinner splitternackt im Waschraum der Toilette und säuberte sich mit einem Stück Seife und einer Unmenge von Papierhandtüchtern in einem der verschmutzten Waschbecken. Auf seine zahlreichen Schmerzensschreie folgten ebensoviele Seufzer der Erleichterung, als er schließlich alles Blut von seinen verletzten Genitalien gewaschen hatte und feststellte, daß alles noch an Ort und Stelle war. In Aktion treten würde er damit allerdings so schnell nicht können. Seine Vorhaut war zerfetzt und purpurn angeschwollen. Seine Hoden waren unversehrt, aber seine beiden Oberschenkel waren an der Innenseite übel mitgenommen und bluteten immer noch. Er wußte, daß diese Wunden genäht werden mußten. Philo Skinner hatte bereits genügend verletzte Hunde verarztet, um zu wissen, welche Verletzungen einem ein Hund zufügen konnte. Seine Hände waren wie seine Knie und seine Brust blutüberströmt. Ein Auge war blau und grün und zugeschwollen, und ihm war klar, daß er auch hinter dem Ohr genäht werden mußte, wo er den Blutfluß kaum eindämmen konnte.

Als Philo in das Waschbecken urinierte, schrie er vor Schmerzen laut auf. Dann öffnete er seinen Koffer und benutzte zwei seiner nagelneuen Dreißig-Dollar-Hemden als *Windeln*. Er durfte es auf keinen Fall riskieren, Aufsehen zu erregen, indem er auf den Sitzen in der Flughafenwartehalle ein Blutbad anrichtete. Er band sich die beiden Hemden wie einen Lendenschurz um und zwängte sich in eine neue Hose. Er fluchte, weil er sie sich so modisch knapp gekauft hatte. Wie alles andere auch war ihm das damals als eine gute Idee erschienen. Dann zog er die Jacke seines neuen Freizeitanzugs an und knöpfte sie durchgehend zu, da er seine beiden neuen Hemden ja zu Windeln umfunktioniert hatte. Damit war er ohne Hemd, Socken und Schuhe, da er nicht wußte, woher er die Zeit und Energie hätte nehmen sollen, seine imitierten Krokoslipper von alldem Blut und Hundedreck zu säubern.

Fünfzehn Minuten später sah ein Verkäufer in einem Herrenbekleidungsgeschäft direkt am San Diego Freeway etwas verwundert einen Herrn, der aussah, als hätte er gerade ein Eishockey-Match als Torwart und ohne Gesichtsmaske hinter sich, barfüßig und ohne Hemd den Laden betreten. Der Kunde war leicht zufriedenzustellen; es machte ihm nicht einmal etwas aus, daß seine neuen Slipper nicht zu seinem Freizeitanzug paßten.

Dem Verkäufer entging auch nicht, daß die Haut des Mannes, wo sie nicht blutig geschürft war, von einem fahlen Grau war. Außerdem blutete er hinter einem Ohr. Auch Philo fiel das auf, worauf er ein Dutzend Taschentücher kaufte, die er sich in seine Hosentaschen stopfte. Er zahlte bar und hinkte aus dem Geschäft. In der Tür blieb er kurz stehen, um sich vor Schmerz zu krümmen. Dann ging er in ein Lebensmittelgeschäft nebenan und kaufte sich vier Packungen Camel, von denen er hoffte, daß sie ihm für die nächsten zwölf Stunden reichen würden.

Um vierzehn Uhr hinkte Philo Skinner auf den Schalter der Mexicana Airlines zu. Immer wieder mußte er sich das Blut hinter seinem Ohr abtupfen. Die Wunde fing immer wieder von neuem an zu bluten. Auch zwischen seinen Beinen fühlte er sich durchnäßt; er hatte auch dort unten wieder zu bluten begonnen. Philo Skinner war sich klar darüber, daß er *verletzt* war.

Als er seine Flugtasche in die Röntgenanlage steckte, geriet er für einen Augenblick in Panik. Hatte er vielleicht seinen Kugelschreiber aus Versehen vergessen? Hatte er irgendeinen metallischen Gegenstand in der Tasche liegenlassen, daß er sie würde öffnen müssen? Als er selbst durch die Röntgenschleuse trat, war er einer Ohnmacht nahe. Eine Frau in Uniform händigte ihm seine Flugtasche wieder aus.

Nun war jeder einzelne Schritt mit schrecklichen Qualen verbunden. Philo hinkte zu seinem Terminal, als er einen Gepäckträger entdeckte, der ein paar Gepäckstücke an ihm vorbeischleppte.

»Wenn Sie sich ein bißchen beeilen«, krächzte ihm Philo nach, »und mir einen Rollstuhl bringen und mir zu meinem Ausgang helfen, kriegen Sie zwanzig Dollar.«

Der Mann sah in Philos verquollenes, graues, verschwitztes Gesicht und sagte: »Sie sind ja schwer verletzt. Ich sollte Ihnen lieber einen Arzt holen, wie Sie aussehen!«

»Ach was, ich hatte nur einen kleinen Verkehrsunfall, nichts weiter«, winkte ihm Philo schwer atmend ab. »Ich war bereits beim Arzt, und der hat gemeint, es wäre alles in Ordnung. Also holen Sie mir schon einen Rollstuhl, wenn Sie sich *dreißig* Dollar verdienen wollen.«

»Wenn Sie meinen«, nickte der Gepäckträger. »Ich bin in fünf Minuten wieder zurück.«

Philo setzte sich und wartete und beobachtete, wie andere Passagiere nach Waffen und Bomben durchsucht wurden, und er wünschte, er hätte eine Waffe oder Bombe gehabt. So weit war er nun also gekommen. Aber er hatte so ein Gefühl, als würde er es nicht schaffen. Lieber wollte er sterben, als ins Gefängnis zu wandern. Ihm war so übel, daß er schon dachte, mit ihm ginge es zu Ende. Aber er wollte in Puerto Vallarta sterben. Er wollte mit seinem Traum sterben. Im Paradies.

»Fahren wir los, Mister?« fragte der Gepäckträger, und Philo öffnete seine Augen. Der Mann stand mit einem Rollstuhl vor ihm.

»Klar«, nickte Philo. »Würden Sie mir einen Gefallen tun und mir Feuer geben? Ich habe keine Streichhölzer.«

Der Gepäckträger schob den rauchenden und hustenden Philo durch die Wartehalle zu seinem Ausgang. Als sie schließlich am Ziel angelangt waren, zeigte er sich widerstrebend, Philo allein zurückzulassen.

»Sind Sie sich auch wirklich sicher, daß Sie fliegen wollen?«

drang der Mann in Philo. »So, wie Sie aussehen, werden die Sie sowieso nicht in die Maschine lassen. Jedenfalls nicht, wenn Sie's nicht allein schaffen, ins Flugzeug zu kommen.«

»Das wird schon gehen. Machen Sie sich meinetwegen mal keine Sorgen.« Damit steckte Philo dem Gepäckträger zwanzig Dollar zu. »Der Rest ist für Sie.« Noch nie zuvor in seinem Leben hatte Philo jemandem ein so hohes Trinkgeld gegeben.

»Kann ich sonst noch etwas für Sie tun, Mister?«

»Ja, eines noch«, krächzte Philo. »Kaufen Sie mir von dem Geld doch noch was zu trinken. Whisky pur. Lassen Sie ihn sich in einen Pappbecher geben, damit Sie ihn mir hierherbringen können.«

»Mache ich, Mister. Einen Moment nur.« Und damit verschwand der Mann, um nach fünf Minuten wieder zurückzukommen.

Gerade bevor der Drei-Uhr-Flug der Mexicana Airlines aufgerufen wurde, hatte Philo Skinner es geschafft, den Blutfluß hinter seinem Ohr zu stoppen. Nun betupfte er sich mit dem letzten seiner Dutzend Taschentücher das Gesicht. Der Schweiß würde sie mehr auf seinen bedenklichen Zustand aufmerksam machen, als sein mitgenommenes Gesicht. Er setzte seine Sonnenbrille auf und blickte an sich hinunter. Er hatte Angst, auf seiner Hose einen Blutfleck sich langsam ausbreiten zu sehen. Warum mußte er sich ausgerechnet einen cremefarbenen Anzug kaufen? Warum hatte er sich nicht einen roten aussuchen können? Warum hatte er überhaupt eine Menge Dinge nicht getan?

Warum mußte er immer den Schwarzen Peter bekommen?

Als er auf die Mexicana-Maschine zuhumpelte, sprach er mit aller ihm zu Gebote stehenden Lässigkeit einen jungen Mann an, der wie ein Student auf einer Ferienreise wirkte: »Entschuldigen Sie, würden Sie mich vielleicht ein bißchen stützen, wenn wir ins Flugzeug steigen? Wissen Sie, ich hatte erst kürzlich einen Autounfall und bin noch nicht recht auf dem Damm.«

Die Stewardeß, die den Passagieren ihre Sitzplätze zuwies, runzelte die Stirn: »Fehlt Ihnen auch nichts, Señor?«

Obwohl Philo sich fast jede zweite Sekunde mit seinem Taschentuch über das Gesicht wischte, floß ihm der Schweiß in Strömen herab. Jeder einzelne Schritt war mit unsäglichen Schmerzen verbunden. »Das wird gleich wieder besser werden«, grinste Philo die Stewardeß an, »sobald Sie mir nur einen Marguerita bringen.

Ich hatte heute früh noch einen Unfall, aber mein Hausarzt meinte, es wäre alles in Ordnung. Aber bringen Sie mir doch möglichst schnell einen Marguerita.«

»Tut mir leid, Señor, aber uns sind die Zutaten für die Margueritas ausgegangen.«

»Keinen Marguerita?« krächzte Philo enttäuscht und hinkte durch den Gang zu seinem Erster-Klasse-Sitz.

»Aber ich könnte Ihnen eine Bloody Mary mixen«, lächelte die Stewardeß.

»Nein danke, nichts mit Blut«, erwiderte Philo abwesend. »Dann lieber einen Bourbon mit Soda.«

»Gleich nach dem Start, Señor«, lächelte die Stewardeß.

»Gleich nach dem Start«, wiederholte Philo Skinner, sein Mund trocken wie ein Grab.

Walnikow war nie vollends bewußtlos, aber auch nie gänzlich bei Bewußtsein. Er sah Clarence Cromwell in dem Krankenhauszimmer. Und Hipless Hooker. Natalie Zimmerman sah er nicht. Sie sprachen zu ihm. Aber er konnte nicht alles verstehen, was sie sagten. Clarence tätschelte ihm ständig den Arm und grinste dabei: »Das sind eben die Kerle vom alten Schlag. Diese jungen Spritzer mit ihren Erdnußeiern sollen bloß nicht glauben, sie könnten uns so was nachmachen!«

Dann ging Hipless Hooker. Clarence blieb noch.

»Habt ihr Skinner gefaßt, Clarence?« wollte Walnikow wissen, als er allmählich aus seinem Sedativa-Nebel empordämmerte. Wie es schien, kam er aus irgendeiner weglosen Öde. Aber zumindest war es nicht Sibirien gewesen.

»Wir werden ihn schon schnappen, Wal«, beruhigte ihn Clarence. »Diesen Scheißkerl werden wir uns schon schnappen. Mach dir deswegen mal keine Sorgen. Jedenfalls ist der kleine Hund wieder bei seinem Frauchen. Sie hat schon mindestens zehnmal wegen dir angerufen. Sie will dir Blumen schicken und dich besuchen, und der Chef soll dir 'nen Orden verleihen oder 'ne Parade für dich veranstalten. Das letztemal, als sie angerufen hat, meinte sie, ich sollte dir ausrichten, Vickie würde schon wieder werden und sie auch. Ich weiß allerdings nicht so recht, was sie damit eigentlich gemeint hat.«

»Ich glaube auch, daß sie es schaffen wird«, nickte Walnikow. »Hat Natalie angerufen?«

»Sie, äh, sie läßt dich – äh, schön grüßen – und wünscht dir gute Besserung. Ich habe deinen Bruder angerufen, aber du darfst erst ab morgen Besuch bekommen. Wahrscheinlich zähle ich nicht als Besuch, und außerdem dachte ich, du würdest sicher gern wissen, was los ist, wenn du wieder zu dir kommst.«

»Kann ich von diesem Zimmer aus telefonieren, Clarence?«

»Klar hast du hier ein Telefon! Was denkst du denn?« grinste Clarence. »Du wirst doch nicht glauben, ich würde einen Stardetektiv wie dich in einem Zimmer ohne Telefon unterbringen lassen?«

»Würdest du bitte Natalies Nummer für mich wählen?«

»Aber ich weiß doch ihre Nummer gar nicht.«

»Klar hast du sie. Du hast doch alle Telefonnummern in deinem kleinen Notizbuch aufgeschrieben. Das in deiner Jackentasche.«

»Ach ja, stimmt«, erinnerte sich Clarence etwas betreten und zog das Notizbuch aus seiner Tasche.

Während er wählte, faßte Walnikow sich an den Kopf. Man hatte ihm einen Verband angelegt, der sich vor allem um sein linkes Ohr legte. Nur oben standen ein paar Haare hervor. Sein Knie tat etwas weh, und seine Rippen und seine Schulter schmerzten leicht, aber insgesamt verspürte er nicht so viele Schmerzen, wie er erwartet hatte.

»Natalie?« brummte Clarence in den Hörer. »Ich bin's, Clarence. Einen Augenblick bitte.«

Er reichte den Hörer Walnikow, der ihn ergriff und sagte: »Natalie?«

»Walnikow! Ich hab' mir solche Sorgen gemacht! Wie geht es dir? Sie haben gesagt, wir dürften dich erst morgen besuchen. Sonst wäre ich bestimmt schon längst gekommen.«

»Ja, das weiß ich, Natalie«, lächelte Walnikow. »Und wie geht es *dir?*«

»Wir haben gehört, daß du eine Gehirnerschütterung hast. Und Schüsse sind gefallen! Ein toter Hund. Hast du ihn erschossen?«

»Nein, das war Skinner. Natalie, geht es dir... äh, wann fährst du eigentlich nach Hawaii?«

»Walnikow«, sagte sie leise, und dann wurde es plötzlich still. Im Hintergrund hörte Walnikow die Stimme von Captain Jack Packerton fragen: »Wer ist das, Natalie? Mit wem sprichst du gerade?«

»Das ist mein Partner«, antwortete sie, und dann wieder zu Walnikow: »Wir haben es uns anders überlegt. Wir reisen morgen. Wir haben umgebucht. Das war zwar ziemlich schwierig, aber man hat uns gesagt, daß es in zwei Wochen in diesem Teil von Kauai schon sehr viel regnet. Und wer möchte seine Ferien schon im Regen verbringen.«

»Ja, natürlich«, erwiderte Walnikow.

»Clarence Cromwell hat dafür gesorgt, daß ich morgen schon Urlaub bekomme.«

»Ja, sicher, Clarence tut wirklich was für seine Leute.«

»Ich werde aber auf keinen Fall losfahren, ohne vorher noch bei dir vorbeizuschauen. Unser Flug geht nämlich erst morgen nachmittag.«

»Ja, das ist die beste Zeit zum Fliegen«, entgegnete Walnikow.

»Tja, ich will dich jetzt mal nicht überanstrengen, ja? Paß gut auf dich auf und gute Besserung. Hättest du morgen gern Besuch? Ich könnte dir ein paar Bücher mitbringen oder...«

»Nein, lieber nicht, Natalie. Ich glaube, ich werde morgen noch zu schwach sein. Aber laß es dir in Hawaii gut gehen, ja?«

»Ja, danke. Bis dann also, Walnikow.«

»Ja, bis später.« Walnikow reichte Clarence den Hörer, worauf dieser für ihn aufhängte.

Darauf sagte Clarence: »Weißt du, was? Mir steht es allmählich bis hier oben, ständig nur hinter meinem Schreibtisch herumzuhocken und mich um den ganzen Organisationskram zu kümmern. Ich möchte mal wieder richtige Detektivarbeit machen. Ich hätte richtig Lust, wieder für ein paar Tage die Woche mit dir zusammenzuarbeiten. Damit wir es diesen jungen Saftheinis mal zeigen. Was hältst du davon?«

»Nicht schlecht, Clarence«, murmelte Walnikow. »Klingt wirklich nicht schlecht.«

»Also gut, und jetzt sieh mal zu, daß du ein bißchen schlafen kannst, ja? Ich werde morgen wieder vorbeikommen. Der Arzt hat gemeint, du müßtest vielleicht noch einen Tag oder so hier bleiben. Und jetzt versuch mal, ein bißchen zu schlafen. Hast du gehört?«

»Wie spät ist es jetzt?«

»Zehn Uhr«, sagte Clarence nach einem kurzen Blick auf seine Uhr.

»Abends oder vormittags?«

»Abends. Es ist immer noch Donnerstag. Du warst nur einen Nachmittag lang weg. Mehr ist dir nicht entgangen.«

»Genau, das ist alles, was mir entgangen ist«, erwiderte Walnikow.

Philo Skinner setzte nicht über weißen Sandstränden und schäumenden Brandungswellen bei Sonnenuntergang zur Landung an. Es war bereits dunkel, als die Maschine aufsetzte. Außerdem hätte es für Philo auch keinen großen Unterschied gemacht. Philo Skinner saß zusammengesunken in seinem Sitz, den Kopf auf ein blutiges Kissen aufgestützt, und bemühte sich angestrengt, sich nicht zu übergeben. Er hatte hohes Fieber und machte auch die anderen Erster-Klasse-Passagiere ganz krank, da er endlos Schleimbrocken hochhustete und in eine Papierserviette spuckte.

Der Stewardeß war der bedenkliche Zustand des fahlen, fiebrigen Mannes erst aufgefallen, als es kein Zurück mehr gab. Sie verständigte den Flugkapitän, der kurz aus dem Cockpit kam, um sich mit ihm zu unterhalten.

Philo beantwortete die meisten seiner Fragen mit einem Nicken. »Ich hatte gestern einen Unfall. Ich war im Krankenhaus, und man hat mir gesagt, es wäre alles in Ordnung. Und es ist ja auch alles in Ordnung, verdammt noch mal!«

Als schließlich Philo für eine Weile in unruhigen Schlaf verfiel und dabei vor Schmerzen leise stöhnte, nahm die Stewardeß vorsichtig seine Flugtasche von seinem Schoß und stellte sie neben Philo auf den Boden. Der mitgenommene Mann hatte dieses Gepäckstück seit dem Betreten des Flugzeugs nicht eine Sekunde aus den Händen gelassen. Sie war etwas beunruhigt. Es gab verschiedene hoch entwickelte Sprengstoffe, welche die Detektoren nicht feststellten. Sie öffnete die Flugtasche, um sie freilich rasch wieder zu schließen und zum Kapitän ins Cockpit zu bringen, der einen Funkspruch nach Los Angeles durchgab. Der Kapitän vermutete, einen verwundeten Bankräuber an Bord zu haben.

Als das Flugzeug landete, wartete bereits ein Krankenwagen am Flughafen. Und etwa zur selben Zeit, da Walnikow in seinem Zimmer im Central Receiving Hospital in seinem Bett lag und an die Decke starrte, wurde Philo Skinner ins Hospital Seguro Social eingeliefert. Philo hatte noch keinen einzigen Sonnenstrahl von Puerto Vallarta gesehen, geschweige denn einen Strand oder die Brandung. Philo hatte über vierzig Grad Fieber, und er mußte erst ausdrücklich darum bitten, daß man ihm diesen Wert in Fahrenheit umrechnete. Philo Skinner ersuchte auch darum, ihm unverzüglich einen amerikanischen Konsulatsangestellten ans Krankenbett zu schicken.

Philo hatte mehrere Stunden geschlafen, als er durch ein Pulsieren in seinem Penis geweckt wurde. Das Pulsieren wurde erst warm und dann glühend heiß. Er schrie laut auf, worauf ein junger Mann in sein Zimmer trat. Er trug gewöhnliche Kleidung. Er war klein und schlank und hatte einen schmalen Schnurrbart und schwarzes Haar, das unter dem weißen Licht auffallend hell schimmerte.

»Ich bin Doktor Rivera«, stellte er sich in fast akzentfreiem Englisch vor.

»Ich habe schreckliche Schmerzen«, wimmerte Philo. »Hier unten.« Er griff mit seinem rechten Arm nach unten, da er mit dem anderen am Tropf hing. Er tätschelte die Bandagen zwischen seinen Beinen. »Ist er... Bitte! Ist er...?«

»Noch da?« lächelte der Arzt. »Aber sicher, Mr. Skinner. Sie sind allerdings ganz schön übel zugerichtet worden. Mit Ihrem Liebesleben wird es wohl für einige Zeit nichts sein, aber es ist zumindest noch alles da. Das auf jeden Fall.«

»Gott sei Dank!« schluchzte Philo. »Doktor, ich habe solche Schmerzen.«

»Sie urinieren gerade«, klärte ihn der Arzt auf. »Ich habe Ihnen einen Katheter eingesetzt. Sie sind schwer verletzt, Mr. Skinner.«

»Wo ist meine – Flugtasche?« krächzte Philo.

»Ihre Flugtasche liegt bei Mexicana Airlines, Mr. Skinner«, antwortete der junge Arzt. »Man hat Ihnen allerdings eine Quittung über die fast zwanzigtausend Dollar ausgestellt, die darin enthalten waren. Ihre Tasche hat man jedoch in Zusammenhang mit einer Untersuchung in Verbindung mit den amerikanischen Behörden einbehalten.«

»Mein Gott!« wimmerte Philo.

»Sagen Sie, Mr. Skinner«, fragte der junge Arzt neugierig, »sind Sie ein Bankräuber, oder was?«

»Mein Gott!« wimmerte Philo nun ein zweites Mal.

»Sie können es mir ruhig sagen«, zuckte der Arzt mit den Achseln. »Ich bin mir sicher, daß die Polizei von Los Angeles oder das FBI hinter Ihnen her ist. Ein Mann mit mehreren Hundebissen, Prellungen und Abschürfungen? Ein Mann mit einer Tasche voller Geld? Wir haben da... wie nennen Sie das... so eine kleine Lotterie. Einige der Ärzte und Schwestern glauben, daß Sie ein Bankräuber sind. Aber meines Wissens haben die Banken von Los Angeles keine Wachhunde. Ich habe an der Loma Linda University studiert, aber ich habe in keiner Bank in Los Angeles einen Wachhund gesehen.«

»Mein Gott, eine Lotterie!« stöhnte Philo. Und das ihm, der gerade den Klauen der vereinigten Buchmacher von Los Angeles entronnen war.

»Ich denke eher, Sie sind ein Safe – wie sagt man dazu?«

»Knacker«, krächzte Philo.

»Ach ja, stimmt; Safeknacker. Ich glaube, Sie haben einen Safe geknackt, und ein Wachmann hat einen Hund auf Sie losgelassen und... Sagen Sie, Mr. Skinner, haben Sie auch jemanden umgebracht? Einen Wachmann vielleicht?«

Und dann sah sich Philo in dem kleinen Krankenzimmer um und hinaus auf den Freitagmorgenhimmel über Puerto Vallarta, auf den lächelnden jungen Arzt, dessen Augen so braun waren wie die eines Hundes, so oval und braun wie die von...

»Ich habe Tutu umgebracht«, sagte Philo.

»Sie haben was?«

»ICH HABE TUTU UMGEBRACHT!« heulte Philo hohläugig und verzweifelt los. »Und ich habe Vickie ein Ohr abgeschnitten! Und ich erschoß... ich erschoß...« Aber Philo konnte nicht mehr weitersprechen. Er weinte haltlos. Philos langer, knochiger Körper schüttelte sich so heftig, daß auch das Bett, in dem er lag, in Bewegung kam. Philo Skinner hörte erst zu weinen auf, als er einen Hustenanfall bekam, der ihn fast erstickt hätte.

Eine Krankenschwester kam in das Zimmer gerannt, und der junge Arzt sagte etwas in Spanisch zu ihr.

»Beugen Sie sich etwas nach vorn, Mr. Skinner«, wandte sich der Arzt darauf wieder an Philo. »Spucken Sie in diesen Behälter.«

Als sich Philo schließlich wieder in die Kissen zurückfallen ließ, konnte er sie durch die Tränen in seinen Augen kaum erkennen. Die Schwester wischte ihm über die Augen und den Mund und sprach Spanisch mit dem Arzt.

Dessen ovale, braune Augen rundeten sich mit einemmal. Diese Lotterie würde niemand gewinnen! Ein Massenmörder!

»Wollen Sie mir nicht darüber erzählen, Mr. Skinner«, wandte er sich wieder an Philo. »Wie viele haben Sie denn umgebracht? Und jemandem haben Sie auch ein Ohr abgeschnitten?« Der junge Arzt konnte es gar nicht erwarten, den Rest der Belegschaft zu informieren. Dieser dürre Gringo war ein zweiter Charles Manson!

»Bitte, Doktor!« flehte Philo. »Ich will nicht hier sterben. Ich will nicht hier in diesem fremden Land sterben.«

»Sie werden nicht sterben, Mr. Skinner.«

»Ich will aber auch nicht in einem fremden Land *leben!*« schluchzte Philo.

»Sie haben eine Menge Blut verloren, haben ein paar Infektionen, und außerdem sieht Ihre Lunge ziemlich übel aus, aber...«

»Ich will nach Hause!« heulte Philo. »Verständigen Sie die Polizei von Los Angeles, Doktor. Sagen Sie ihnen, sie sollen mich nach Hause holen.«

»Ja, aber diese ganzen Leute, die Sie umgebracht haben...«

»Ich bin Amerikaner«, schluchzte Philo Skinner. »Ich möchte nach Hause!«

16

Byzantinische Augen

Am Freitag stand Walnikow noch vor Mittag von seinem Bett auf und ging unsicher in seinem Zimmer auf und ab. Dann rief er seinen Bruder an. Er sollte in seine Wohnung fahren und ihm etwas zum Anziehen bringen.

Um dreizehn Uhr dreißig hatte Alex Walnikow das Gewünschte bereits gebracht, und sein jüngerer Bruder spazierte in einer Popelinehose und einem alten Sporthemd durch die Station.

Um vierzehn Uhr verständigte eine Schwester den zuständigen Arzt, daß Sergeant Walnikow gegen jedes ärztliche Anraten das Krankenhaus verlassen wollte.

Um vierzehn Uhr dreißig rief Hipless Hooker in Walnikows Zimmer an und erteilte ihm Order, auf die Anweisungen des Arztes zu achten.

Um vierzehn Uhr dreiunddreißig teilte Sergeant Walnikow Hipless Hooker in aller Höflichkeit mit, daß er sich entschlossen hätte, seinen Abschied beim Los Angeles Police Department einzureichen. Captain Hooker sollte doch bereits die entsprechenden Entlassungspapiere für ihn vorbereiten.

Um siebzehn Uhr dreißig, die Wintersonne war gerade in all ihrer Pracht über Los Angeles untergegangen, saß Walnikow auf der Treppe am Wasserbecken des Los Angeles Music Center und lauschte Horst, dem Fiedler, der gerade Rimskij-Korsakow spielte. Für fünfzehn Dollar.

Horst wurde allmählich müde. Außer diesem Kerl mit dem mächtigen Kopfverband, der unbedingt russische Musik hören wollte, hörte ihm um diese Zeit kein Mensch mehr zu. Horst erkundigte sich, was denn mit seinem Kopf passiert sei, aber der Mann sagte nur: »Ein Unfall.«

Horst nahm das Geld natürlich gern, aber allmählich reichten die fünfzehn Dollar nicht mehr. Außerdem war Horsts Repertoire an russischer Musik erschöpft, und von neuem wollte er ebenfalls nicht mehr beginnen.

Walnikow hatte seinen Rücken der Hope Street zugekehrt. Er lauschte einer Zigeunergeige und starrte auf das melancholische Tableau des Fiedlers mit dem Gerichtsgebäude und dem Ritter in voller Rüstung im Hintergrund, der dieses so überaus wichtige Dokument triumphierend in den Abendhimmel reckte. Und dann vernahm Walnikow eine vertraute Stimme: »Man hat mir gesagt, in Kauai regnet es.« Walnikow drehte sich um und rief: »Natalie!«

»Bleib sitzen; steh nicht auf«, stoppte sie ihn. »Mein Gott, wie dieser Kerl dich zugerichtet hat! Das ist ja schrecklich!«

»Zugerichtet? Zugerichtet?« strahlte Walnikow mit dem breitesten, einfältigsten Lächeln, das sie je an ihm gesehen hatte. »Mir fehlt doch nichts! Ich fühle mich großartig!«

Und dann trat Natalie auf Horst, den Fiedler, zu und fragte ihn: »Läuft dein Motor noch, Horst?«

»Wie?«

»Ich meine, kriegen wir noch etwas Musik für das Geld, das er dir bis jetzt in den Rachen gestopft hat?«

»Mir reicht's, gnädige Frau, ich geh' jetzt nach Hause.«

Darauf nahm Natalie Zimmerman einen Zwanziger aus ihrer Börse und streckte ihn Horst entgegen. »Zieh ihn doch noch mal auf, Horst. Solange das hier reicht.«

»Na gut«, grinste Horst. »Was möchten Sie denn gern hören?«

»Zigeunermusik. Russische Zigeunermusik.«

»Meine Güte, dauernd dieses russische Zeug. Muß das unbedingt sein?«

»Falls du die Schmiere für deine Kurbel willst, ja.« Natalie strich sich ihre Locke aus dem Gesicht.

»Wie wär's denn dann mit ›Ochi Chornija‹?« schlug Horst vor. »Sie wissen, schon, ›Dark Eyes‹.«

»Also gut, Horst, dann also ›Dark Eyes‹«, nickte Natalie und ging wieder zu Walnikow zurück, der auf der Treppe stand und aussah wie ein Teilnehmer bei einem Fernseh-Quiz.

»Setz dich doch. Du mußt dich schonen«, befahl Natalie. »Eigentlich hast du hier ja absolut nichts verloren. Ich habe gehört, daß du im Krankenhaus einfach gegangen bist. Ich habe auch gehört, daß du gekündigt hast. Stimmt das tatsächlich?«

»Ich hatte einfach die Nase voll«, bejahte er. »Aber was ist mit dir? Fliegst du *nicht* nach Hawaii?«

»Das ist doch nur rausgeschmissenes Geld. Ich glaube, ich investiere meine Ersparnisse lieber in einen Plattenladen oder etwas Ähnliches.«

Während Horst nun in ein ›Ochi Chornija‹ einfiel, das allein schon seine zwanzig Dollar wert war, rückte Natalie näher an Walnikow heran und sagte: »Kennst du den Text von diesem Lied auch?«

»Ich kann ihn dir jetzt leider nicht übersetzen«, entgegnete er. »Meine Stimme ist noch etwas mitgenommen und...«

Natalie rückte nur noch näher. Er sah durch ihre komische Brille in ihre braunen Augen und übersetzte aus dem Russischen: »Dunkle Augen, leidenschaftliche Augen, feurige und schöne Augen. Wie sehr ich dich liebe...«

»Ja«, flüsterte sie. »Weiter.«

»Der Rest des Lieds ist traurig«, meinte er heiter. »Wie alle Zigeunerlieder.«

»Dann laß es lieber bleiben. Beschränken wir uns lieber auf diesen Teil.«

»Du hast Augen wie die Gottesmutter auf der Ikone«, sagte Walnikow. »Richtig byzantinische Augen. Diese liebevollen, warmen, byzantinischen Augen!«

Sie legte ihren Kopf an seine Schultern, und diese byzantinischen Augen füllten sich langsam mit Tränen, während Horst vor sich hin fiedelte und ab und zu zu den beiden herüberschielte.

»Und ich dachte schon, ich hätte diesmal auch den Schwarzen Peter bekommen«, sinnierte Walnikow.

»Ich möchte nicht sein wie Charlie Lightfoot«, meinte Natalie.

»Du bist doch auch überhaupt nicht wie Charlie Lightfoot«, beruhigte sie Walnikow.

»Andruschka!« Walnikow zerfloß fast das Herz.

Er küßte sie zärtlich. Sie küßte ihn leidenschaftlich. Und dann legten sie sich auf den Stufen zurück, während Horst so tat, als sähe er ganz woanders hin.

Sie blickten auf die Hope Street hinunter und küßten sich zu den Klängen von Zigeunermusik.

»Andruschka!« rief sie.

»Natascha!« schluchzte er.

Horst dagegen wurde zunehmend nervöser und fing an, verstohlen um sich zu blicken. Zum Glück war es inzwischen dunkel geworden. Und vor allem hatte er außer diesen beiden keine weiteren Zuhörer. Das Wasserbecken reflektierte jedoch immer noch eine Menge Licht.

»Entschuldigen Sie, Gnädigste, aber ich kann es mir nicht leisten, mich hier mit der Geschäftsleitung anzulegen«, begehrte Horst schließlich auf.

Natalie löste sich nur kurz von Walnikows Lippen, um zu Horst hinüberzurufen: »Mach ruhig weiter, Horst. Wir werden das schon regeln.«

Horst dachte an den Zwanziger und spielte weiter. Aber schließlich gingen sie doch zu weit.

»Hey!« schrie er und hörte zu spielen auf. »Warum geht ihr zwei nicht lieber in ein Motel oder sonst wohin? Einen Teil des Gelds kann ich euch ja zurückerstatten.«

Walnikow hörte ihn gar nicht. Walnikow hörte nur Nachtigallen, die in einem Brombeerbusch sangen. Natalie ließ nicht von seinen Lippen, als sie nach ihrer Geldbörse tastete. Sie nahm ihre Dienstwaffe aus ihrer Handtasche und legte sie neben sich auf eine Stufe. Schließlich unterbrach sie ihren Kuß aber doch.

»Du hättest wohl gern ein Loch in deiner Geige, was Horst?«

»Also... also wissen Sie, alles was recht ist«, stotterte Horst. »Das ist ja ein Revolver! Also, jetzt hören Sie mal! Ich möchte hier wirklich keinen Ärger.«

»Dann würde ich dir auf jeden Fall raten, weiterzuspielen, junger Freund«, drohte Natalie mit einem vielsagenden Blick auf den Revolver, um sich jedoch gleich wieder in einen endlosen Kuß fallen zu lassen.

Horst hatte solche Angst, daß er kaum mehr spielen konnte. Seine Finger waren naß von Schweiß, so daß sie ihm von den Saiten rutschten. Jedesmal, wenn er daran dachte, seinen Zylinder mit dem Geld zu nehmen und sich mit seinem Geigenkasten und seinem Klappstuhl aus dem Staub zu machen, mußte er auf diesen Revolver schauen, der neben diesen zwei wollüstigen Verrückten auf der Treppe lag.

»Hey, Sie!« schrie Horst noch einmal, während er ein etwas verstimmtes ›Ochi Chornija‹ fiedelte. »Ich würde gern mal 'ne Pause einlegen.«

Und dann – seine Augen hatten sich allmählich an das Dunkel gewöhnt – konnte er ihre Hände in zärtlichen Liebkosungen sich bewegen sehen. Und er hörte ihre Küsse und ihr Seufzen.

»Ach, Andruschka!«

»Meine Natascha!«

»Sie zwei sollten sich was schämen!« winselte Horst, immer noch den Bogen über die Saiten schwingend. »Wenn jetzt ein Bulle vorbeikommt, denkt der noch, ich hätte damit was zu tun.« Und dann fiel sein Blick auf den Revolver. »Ich wäre sogar froh, wenn ein Bulle vorbeikäme!«

»Andruschka!«

»Natascha!«

»Und dann sagen die immer, *meine* Generation wüßte nicht, was sich gehört«, flennte Horst.

Er warf einen letzten verstohlenen Blick auf den Revolver, der in dem schwachen Licht, welches das Wasserbecken reflektierte, böse schimmerte. Horst hatte plötzlich ein Gefühl, als müßte er in die Hosen machen. Warum kam in dieser Stadt *nie* ein Polizist vorbei, wenn man einen brauchte. Horst betrachtete diesen Verrückten genauer, der mit dieser Frau herumknutschte. Mein Gott, er hatte ja einen Verband um den Kopf wie einen Turban. Vermutlich hatten sie gerade eine Lobotomie an ihm vorgenommen. Völlig sinnlos, mit diesem Kerl auch nur zu reden zu *versuchen*. Und dieses Flittchen mit der Knarre war offensichtlich sogar noch gefährlicher.

Es blieb ihm also nichts anderes übrig, als so lange ›Ochi Chornija‹ zu spielen, bis sie ihn entweder über den Haufen knallten oder gehen ließen. Horst preßte seine Knie zusammen, konzentrierte sich auf seine Blase und malträtierte seine Geige.

Er wünschte sich nichts sehnlicher, als Arzt zu werden und anderen Menschen zu helfen. Und vielleicht auch noch jährlich zwanzig Riesen mit unversteuerten Honoraren einzustreichen, damit er sich einen Porsche Turbo kaufen konnte. Und vielleicht konnte er seine Krankenkassenabrechnungen auch noch ein bißchen frisieren, daß unter Umständen ein Wasserskiboot mit einer 454er Chevy-Maschine heraussprang. Tja, er war wirklich ein Helfer der Menschheit!

Seine Blase war nahe am Explodieren. Horst sah stöhnend zum Abendhimmel empor und konzentrierte sich auf einen heldenhaften Stern, der es geschafft hatte, den Smog zu durchdringen. Horst winselte laut zu diesem einsamen Stern hoch. Und Horst stellte ihm die zeitlose, universelle, unbeantwortete Frage: »Warum muß ausgerechnet immer ich den Schwarzen Peter bekommen?«

Die beiden Liebenden sollten ihn jedoch nie hören. Sie hörten nur einen Zigeunergeiger und russische Nachtigallen und ihre pochenden Herzen.

»Andruschka!«

»Meine Natascha!«

»Ach, Andruschka!«

Joseph Wambaugh
Meister des amerikanischen Thrillers

Geboren wurde Joseph Wambaugh 1937 in Pittsburgh. Nach seiner Dienstzeit bei der Marine absolvierte er ein Universitätsstudium, um Englischlehrer zu werden, ging dann jedoch zur Polizei von Los Angeles. »Ich bin zur Polizei nicht nur aus einem Sicherheitsbedürfnis heraus, sondern auch, um etwas zu erleben. Am Anfang war das, wie bei vielen, das John-Wayne-Syndrom. Aber in Wahrheit lernte ich bei meiner Arbeit in kürzester Zeit, manchmal sogar in einer einzigen Nacht, mehr über mich selbst und meine gesellschaftliche Rolle, als Nicht-Polizisten in einem ganzen Jahr lernen.« Seine Polizeikarriere endete nach 14 Jahren. Anlaß war die Festnahme eines Einbrechers, den er zur Vernehmung mitnahm, und der ihm anbot, seine Lebensgeschichte als Material für eine Kriminalgeschichte zu verwerten. 1971 erschien Joseph Wambaughs erster Roman *Die neuen Centurionen.* Weitere Romane, die alle im Polizeimilieu spielen, folgten.
Heute ist Joseph Wambaugh in den Vereinigten Staaten ein angesehener Bestseller-Autor. Treibender Impuls zu schreiben, ist seine Neugier auf Menschen und ihre Schicksale. So versucht er, den Schriftsteller mit dem Journalisten zu koppeln. Er recherchiert sorgfältig, wälzt Polizeiakten und Gerichtsprotokolle. Prostitution, Drogenhandel, Mord und Totschlag sind die Themen seiner Romane, deren schonungslose Realität den Leser in atemlose Spannung versetzt. Packend und wahrhaftig beschreibt er Polizisten auf der Suche nach ihrer Identität in einer verwahrlosten Gesellschaft, von der sie selbst ein Teil sind. Ihre Gegner sind Sadisten, Fanatiker, Bestien in einer verrückten Welt. Es ist Joseph Wambaugh ein Anliegen, »Literatur zu schaffen, die wahr ist. Immer wieder erlebe ich es, daß mich Cops anrufen, die meine Innenschau bestätigen und sagen: ‹Verdammt, Joe, du hast genau geschrieben, wie's in mir vorgeht.›«

Verzeichnis lieferbarer Titel
(Stand Dezember 1988)

Die Chorknaben (01/6321)
Der Delta-Stern (01/6968)
Ein guter Polizist (01/6122)
Der Hollywood-Mord (01/6566)
Der müde Bulle (01/6221)
Nachtstreife (01/6470)
Der Rolls-Royce-Tote
Die San-Diego-Mission (01/7656)
Tod im Zwiebelfeld (01/6416)

Die Bandnummern der Heyne-Taschenbücher sind jeweils in Klammern angegeben.

HEYNE BÜCHER

TOP-THRILLER

Wer Spannung sagt, meint Heyne-Taschenbücher

50/28 - DM 10,–

01/6885 - DM 6,80

01/6556 - DM 7,80

01/7643 - DM 6,80

01/6529 - DM 7,80

01/6240 - DM 9,80

01/6954 - DM 9,80

01/6972 - DM 7,80

HEYNE BÜCHER

DER SPANNUNGSAUTOR NR. 1 IN AMERIKA

Joseph Wambaugh

In seinen fesselnden Thrillern beschreibt Joseph Wambaugh die gefährlichen und atemberaubenden Abenteuer von Polizisten und Detektiven im Kampf mit der Unterwelt.

Ein guter Polizist
01/6122 - DM 7,80

Der müde Bulle
01/6221 - DM 7,80

Die Chorknaben
01/6321 - DM 8,80

Tod im Zwiebelfeld
01/6416 - DM 9,80

Nachtstreife
01/6470 - DM 7,80

Der Hollywood-Mord
01/6566 - DM 7,80

Der Delta-Stern
01/6968 - DM 8,80

Die San-Diego-Mission
01/7656 - DM 8,80

Wilhelm Heyne Verlag München

HEYNE BÜCHER

TIP DES MONATS

Jeden Monat ein neuer »Tip des Monats«! Romane einer beliebten Autorin, eines erfolgreichen Autors in einem Band zum Sonderpreis.

23/17 - DM 8,–

23/18 - DM 10,–

23/19 - DM 8,–

23/20 - DM 10,–

23/21 - DM 8,–

23/22 - DM 8,–

23/23 - DM 10,–

23/24 - DM 12,–